ଆମ ସମୟର ନିର୍ବାଚିତ ଏକାଙ୍କିକା

ଆମ ସମୟର ନିର୍ବାଚିତ ଏକାଙ୍କିକା

ସଂକଳିକା
ଡକ୍ଟର ମମତା ସାହୁ

ବ୍ଲାକ୍ ଇଗଲ୍ ବୁକ୍ସ
ଭୁବନେଶ୍ୱର, ଓଡ଼ିଶା

BLACK EAGLE BOOKS
Dublin, USA

ଆମ ସମୟର ନିର୍ବାଚିତ ଏକାଙ୍କିକା / ସଂକଳିକା: ଡକ୍ଟର ମମତା ସାହୁ

ବ୍ଲାକ୍ ଇଗଲ୍ ବୁକ୍ସ : ଭୁବନେଶ୍ୱର, ଓଡ଼ିଶା ● ଡବ୍‌ଲିନ୍, ଯୁକ୍ତରାଷ୍ଟ୍ର ଆମେରିକା

BLACK EAGLE BOOKS

USA address:
7464 Wisdom Lane
Dublin, OH 43016

India address:
E/312, Trident Galaxy, Kalinga Nagar,
Bhubaneswar-751003, Odisha, India

E-mail: info@blackeaglebooks.org
Website: www.blackeaglebooks.org

First International Edition Published by
BLACK EAGLE BOOKS, 2022

AMA SAMAYARA NIRBACHITA EKANKIKA
by **Complied by Dr. Mamata Sahoo**

Cover & Interior Design: Ezy's Publication

ISBN- 978-1-64560-125-8 (Paperback)

Printed in the United States of America

ମୋର ପ୍ରିୟ ଭଉଣୀ **ଶ୍ରୀମତୀ ମାଣିକ ସାହୁ** (ନାନା);
ଯିଏ କି ଜଣେ ଅତ୍ୟନ୍ତ ନାଟ୍ୟାନୁରାଗୀ ମଣିଷ – ତାଙ୍କରି ହାତରେ
ଏଇ ଗ୍ରନ୍ଥଟିକୁ ସମର୍ପି ଦେଉଛି।

– ମମତା

ମୁଖବନ୍ଧ

ସ୍ୱଳ୍ପ ଆୟତନ ଓ ସମୟ ଭିତରେ କଥାବସ୍ତୁକୁ ବିଭିନ୍ନ ଘଟଣା ଓ ଚରିତ୍ର ମାଧମ ଦେଇ ଚରମ ପରିଣତି ଆଡ଼କୁ ଯଦି କେହି ଅଗ୍ରସର କରାଇପାରେ ତେବେ ସେ ହେଉଛି ଏକାଙ୍କିକା ବା ଛୋଟ ନାଟକ । ଏଇ ସଂକଳନ କାର୍ଯ୍ୟ ମୁଖ୍ୟତଃ ଏକାଙ୍କିକା ଓ ଛୋଟ ନାଟକକୁ ନେଇ ହୋଇଛି । ଦୀର୍ଘ ନାଟକ ଅପେକ୍ଷା ଏକାଙ୍କିକା ବା ଛୋଟ ନାଟକ ବହୁ ଲୋକପ୍ରିୟତା ଅର୍ଜନ କରିପାରିଛି । ଓଡ଼ିଆ ସାହିତ୍ୟରେ ଏକାଙ୍କିକା ପ୍ରାୟ ୧୯୪୦ ମସିହାରୁ ଏପର୍ଯ୍ୟନ୍ତ ଲେଖାହୋଇ ଆସୁଛି । ଦୀର୍ଘ ଅଶୀ ବର୍ଷ ଭିତରେ ନାଟ୍ୟକାରମାନେ ବିଭିନ୍ନ ପରୀକ୍ଷା ନିରୀକ୍ଷା କରିଆସୁଛନ୍ତି ବିଭିନ୍ନ ନାଟକ ଓ ଏକାଙ୍କିକାରେ । ଫଳରେ ପ୍ରାରମ୍ଭିକ ପର୍ଯ୍ୟାୟରେ ଏକାଙ୍କିକା ଯାହା ଥିଲା ବର୍ତ୍ତମାନ ତା'ର ନାମ ବଦଳାଇ ଛୋଟ ନାଟକରେ ରୂପାନ୍ତରିତ । ଏହି ଏକାଙ୍କିକାର ପ୍ରୟାସ ନାଟ୍ୟକାର କାଳୀଚରଣ ପଟନାୟକଙ୍କଠାରୁ ଆରମ୍ଭ ହୋଇଛି । ଦୀର୍ଘ ନାଟକ ଅପେକ୍ଷା ଛୋଟ ନାଟକ ବା ଏକାଙ୍କିକା ଖୁବ୍ ସୁଦୂର ପ୍ରସାରୀ ଓ ଭାବଗର୍ଭକ । କେବଳ ସେତିକି ନୁହେଁ ବଂର ଏହି ପ୍ରକାରର ନାଟ୍ୟରଚନା ବିଶ୍ୱ ନାଟ୍ୟଧାରା ସହ ସମକକ୍ଷ ହୋଇ ପାରିଛି । ପ୍ରାଣବନ୍ଧୁ କରଙ୍କଠାରୁ ସୁବୋଧ ପଟନାୟକ (ନାଟ୍ୟଚେତନ)ଙ୍କ ପର୍ଯ୍ୟନ୍ତ ବିଭିନ୍ନ ଏକାଙ୍କିକା ଦେଶ ବିଦେଶରେ ମଞ୍ଚସ୍ଥ ହୋଇ ସଫଳତା ଲାଭ କରିଛି । କେବଳ ଯେ ଅବସର ବିନୋଦ ନିମନ୍ତେ ଏକାଙ୍କିକା ଲେଖାଯାଇଛି ତା'ନୁହେଁ ବରଂ ମଣିଷ ଜୀବନର ଜଟିଳ ଦିଗ ଓ ବିଭିନ୍ନ ସମସ୍ୟାକୁ ମଧ୍ୟ ରୂପାୟିତ କରାଯାଇଛି । କାଳୀଚରଣ ପଟନାୟକଙ୍କ 'ଦେବତାର ତଳେ' ଏକାଙ୍କିକାଠାରୁ ଆରମ୍ଭ କରି ଶଙ୍କର ପ୍ରସାଦ ତ୍ରିପାଠୀଙ୍କ 'ପଶୁଘାତ' ଏକାଙ୍କିକା ପର୍ଯ୍ୟନ୍ତ ପ୍ରାୟ ସମସ୍ତ ଏକାଙ୍କିକାରେ ଜୀବନର ଗଭୀରତମ ଦିଗ, ବିଭିନ୍ନ ମନସ୍ତାତ୍ତ୍ୱିକ ଚିନ୍ତନ, ପ୍ରଗତିଶୀଳ ସମାଜର ଚିତ୍ର ଓ ବହୁବିଧ ସମସ୍ୟାକୁ ଦେଖିବାକୁ ପାଇବା । ତା'ସହିତ

ବିଭିନ୍ନ ପୌରାଣିକ, ସାମାଜିକ ଓ ମନସ୍ତାତ୍ତ୍ୱିକ କାହାଣୀକୁ ଆଧାର କରି ରଚନା ହୋଇଥିବା ଛୋଟ ନାଟକ ଗୁଡ଼ିକରେ ମଣିଷ ଜୀବନର ଅବ୍ୟକ୍ତ ଯନ୍ତ୍ରଣା, ଅସହାୟତା, ନୈରାଶ୍ୟ, ବିଫଳତା ପ୍ରଭୃତିକୁ ନାଟ୍ୟକାରମାନେ ସଫଳତା ସହକାରେ ଉପସ୍ଥାପନ କରିପାରିଛନ୍ତି ।

କାଳୀଚରଣ ପଟ୍ଟନାୟକଙ୍କ 'ଦେବତାର ତଳେ' ଏକାଙ୍କିକାରେ ଗୋପବନ୍ଧୁ ଦାସଙ୍କ ଜୀବନର ଗୋଟିଏ ସତ୍ୟ ଘଟଣାକୁ ଗ୍ରହଣ କରି ନାଟ୍ୟକାର ଏକାଙ୍କିକାଟି ରଚନା କରିଛନ୍ତି । ଗୋପବନ୍ଧୁ ଦାସ ନିଜ ଜୀବନରେ ସର୍ବସ୍ୱକୁ ତୁଚ୍ଛ କରି ଜନତାଙ୍କ ସେବାରେ କିପରି ନିଜ ଜୀବନକୁ ଉତ୍ସର୍ଗ କରିଛନ୍ତି ଏବଂ ଦେବତାର ତଳେ କିପରି ସେ ନିଜର ସ୍ଥାନ ବନେଇ ପାରିଛନ୍ତି ତାହା ଦେଖିବା ସହିତ ମନୁଷ୍ୟ ମରି ବି ନିଜ କର୍ମ ପାଇଁ କିପରି ଅମର ହୋଇରହିପାରେ ତାହା ପ୍ରତିଫଳିତ ।

ଗୁପ୍ତ ପ୍ରଣୟ କଷ୍ଟ ସାଧ୍ୟ ହେଲେ ମଧ୍ୟ ସେଥିରେ ସ୍ୱତନ୍ତ୍ର ମାଧୁରୀ ଥାଏ । ପ୍ରତ୍ୟେକଟି ମଣିଷ ତା' ଜୀବନରେ କିଛି ନା କିଛି ଅବସୋସ ଓ ଅବସାଦକୁ ନେଇ ବଞ୍ଚେ । ଉପଭୋକ୍ତା ଅଭାବରେ ଉପଭୋଗ୍ୟର ଦୁଃଖ ଯେ କେତେ ବେଶୀ ତାହା ହରେକୃଷ୍ଣ ମହତାବ ତାଙ୍କର 'ଗୁପ୍ତ ପ୍ରଣୟ' ଏକାଙ୍କିକାରେ ରୂପାୟନ କରିଛନ୍ତି ।

କାଳିନ୍ଦୀଚରଣ ପାଣିଗ୍ରାହୀଙ୍କର 'ପଦ୍ମିନୀ' ଏକ ଐତିହାସିକ ନାଟକ । ଦିଲ୍ଲୀ ସମ୍ରାଟ ଆଲ୍ଲାଉଦ୍ଦିଙ୍କର ପ୍ରଲୋଭନ ରାଣୀ ପଦ୍ମିନୀଙ୍କର ଆଦର୍ଶକୁ କିପରି ଭାଙ୍ଗି ପାରିନାହିଁ ଏବଂ ଯୁଦ୍ଧ ନୁହେଁ ବରଂ ମଣିଷ ବଡ଼ ତାହା ଉପସ୍ଥାପନ କରିବାକୁ ଯାଇ ନାଟ୍ୟକାର ପଦ୍ମିନୀଙ୍କ ମୁଖରେ ଯେଉଁ ତୀକ୍ଷ୍ଣ ସଂଳାପ ପ୍ରୟୋଗ କରିଛନ୍ତି ତାହା ଅତ୍ୟନ୍ତ ଆକର୍ଷଣୀୟ । କେବଳ ସେତିକି ନୁହେଁ ପ୍ରାଚୀନ ଭାରତର ଇତିହାସରେ ରାଣୀ ପଦ୍ମିନୀଙ୍କ ସହିତ ଚିତୋରର ରମଣୀମାନଙ୍କର ଆତ୍ମବଳି ଦାନ, ଆଦର୍ଶ ଓ ସାହସକୁ ନାଟ୍ୟକାର ଏକାଙ୍କିକାରେ ଅତି ସୁନ୍ଦର ଭାବେ ଉଲ୍ଲେଖ କରିଛନ୍ତି ।

ଦୂର ପାହାଡ଼ ସବୁବେଳେ ସୁନ୍ଦର । ସେହିପରି ସମସ୍ତଙ୍କ ପାରିବାରିକ ଜୀବନ ଦୂରକୁ ବା ବାହାରୁ ସବୁ ଭଲ ପରି ମନେ ହେଉଥିଲେ ମଧ୍ୟ ପାରିବାରିକ କଳହ କିପରି ମଣିଷ ଜୀବନକୁ ଅତିଷ୍ଠ କରିପକାଏ ତାହା ଆମେ ପ୍ରାଣବନ୍ଧୁ କରଙ୍କର 'ଦୂର ପାହାଡ଼' ଏକାଙ୍କିକାରେ ଦେଖିବାକୁ ପାଉ ।

ସେହିପରି ଜୀବନର ତିରିଶ/ବତିଶ ବର୍ଷ ବୟସ ଭିତରେ କିଏ ବା ମରିବାକୁ ଚାହେଁ ? ନିଜର ଜୀବନରେ ରହିଥିବା ପ୍ରେମ, ବିଭିନ୍ନ ଇଚ୍ଛା, ଆକାଂକ୍ଷା, ଅବସୋସ ଓ ଯନ୍ତ୍ରଣାକୁ ନାଟ୍ୟକାର 'କବିର ମୃତ୍ୟୁ' ଏକାଙ୍କିକାରେ ଦେଖାଇବାକୁ ଯାଇ ପ୍ରକାଶ କରିଛନ୍ତି ଯେ ସାହିତ୍ୟରେ କବିଟିଏ କିପରି କେବେ ପୂଜା ପାଏ ନାହିଁ, କବିର କବିତା କେବେ ଅମର ହୋଇପାରେନାହିଁ । ଜୀବନର ସବୁ ସ୍ୱପ୍ନ ଓ ଆଦର୍ଶ କାଳକ୍ରମେ କିପରି ବିଫଳ

ହୋଇଯାଏ, କୁପଥକୁ ଆଚରଣ କଲେ କିପରି ଲକ୍ଷ୍ୟ ପୂରଣ ହୋଇପାରେ ନାହିଁ ଏ ସବୁକୁ ନାଟ୍ୟକାର ଶ୍ରୀଦ୍ଵାକର ସ୍ବପ୍ନକାର 'କବି' ଓ 'ମୃତ୍ୟୁ' ଚରିତ୍ର ମାଧମରେ ଉପସ୍ଥାପନ କରିଛନ୍ତି।

ସାଂପ୍ରତିକ ରାଜନୀତିରେ ବିକାଶ ନାଁରେ ଦୁର୍ନୀତି ବହୁମାତ୍ରାରେ ଚାଲିଛି। ଇଲେକସନ୍ ସମୟରେ ନେତା ମନ୍ତ୍ରୀମାନଙ୍କର ମିଛ ପ୍ରତିଶ୍ରୁତି, ଝିଅ ଚାଲାଣ, ଦେହକୁ ନେଇ ବ୍ୟବସାୟ, ସାଧାରଣ ଜନତାର ସ୍ବପ୍ନଭଙ୍ଗ, ପ୍ରତିଟି କ୍ଷେତ୍ରରେ ମଣିଷମାନେ କିପରି ଅପଦସ୍ତ ହେଉଛନ୍ତି ତା'ର ଅବିକଳ ଚିତ୍ର 'ମନ୍ତ୍ରୀ ଆସିବେ' ଏକାଙ୍କିକାରେ ରାମଚନ୍ଦ୍ର ମିଶ୍ର ସ୍ବଷ୍ଟ ଦେଖାଇଛନ୍ତି।

ଗୋପାଳ ଛୋଟରାୟଙ୍କ 'ନ ପାହୁ ରାତି ନ ମରୁ ପତି' କୃତିଟି ପ୍ରଥମେ ଚତୁରଙ୍ଗ ପ୍ରକାଶନୀ ଦ୍ବାରା ୧୯୯୧ ମସିହାରେ 'ଶ୍ରେଷ୍ଠ ଏକାଙ୍କିକା' ସଂକଳନରେ ପ୍ରକାଶ ପାଇଥିଲା। କିନ୍ତୁ ପରବର୍ତ୍ତୀ ସମୟରେ ଅର୍ଥାତ୍ ୧୯୯୫ ମସିହାରେ ଗ୍ରନ୍ଥମନ୍ଦିର ପ୍ରକାଶନ ଦ୍ବାରା 'ଛୋଟରାୟ ଗୀତି ନାଟ୍ୟ ସଂକଳନ' ଗୀତିନାଟ୍ୟ ଭାବେ ପ୍ରକାଶିତ। ଏଠି କହିରଖେ ଉକ୍ତ ନାଟ୍ୟ କୃତିରେ ଗୀତର ପ୍ରୟୋଗ ରହିଛି ସତ ମାତ୍ର ତାହା ମାତ୍ରାଧିକ ନୁହେଁ। ଆବଶ୍ୟକ ସ୍ଥଳେ ସଙ୍ଗୀତର ପ୍ରୟୋଗ କରି କାହାଣୀର ଅଗ୍ରସର କରାଯାଇଛି। ସତୀ ଅନୁସୂୟାରଙ୍କ ଅକାଟ୍ୟ ବାକ୍ୟ, ନିଜ ସ୍ବାମୀଙ୍କୁ ବଞ୍ଚେଇବା ପାଇଁ ପ୍ରୟାସ, ପତିବ୍ରତା, ଧର୍ମ ପ୍ରଭୃତି ପ୍ରସଙ୍ଗକୁ ନାଟ୍ୟରୂପ ଦେବା ସହ ନାଟ୍ୟକାର ନାରୀର ସେବା ଆଉ ତ୍ୟାଗ ନିକଟରେ, ସଂସାରରେ କିଛି ଅସମ୍ଭବ କିପରି ନୁହେଁ ତାହା କିମ୍ବଦନ୍ତୀକୁ ଆଧାର କରି ଲେଖିଛନ୍ତି। ଯୁଗ ଯୁଗ ଧରି ଲୋକମୁଖରେ ପ୍ରଚଳିତ ହେଇ ଆସୁଥିବା ଲୋକକ୍ତି "ନ ପାହୁ ରାତି, ନ ମରୁ ପତି। ଏକ ରାତି, ହେଉ ସପତ ରାତି" ପ୍ରସଙ୍ଗକୁ ସଫଳ ଭାବେ ଉପସ୍ଥାପନ କରିଛନ୍ତି।

ଜଣେ ମଣିଷର ଜୀବନକୁ ବଞ୍ଚେଇ ରଖିବା ପାଇଁ ହୃଷୀକେଶ ଚରିତ୍ରଟି ଦୀର୍ଘ କୋଡ଼ିଏ ବର୍ଷ ରୂପରଞ୍ଜନ ଭୂମିକାରେ ଅଭିନୟ କରିଛନ୍ତି। କାରଣ ରୂପରଞ୍ଜନର ମୃତ୍ୟୁ ଖବର ହୁଏତ ପୀତବାସଙ୍କର ମୃତ୍ୟୁ କାରଣ ହୋଇପାରେ ତେଣୁ 'ପାହାଡ଼ର ଆତ୍ମକଥା' ଏକାଙ୍କିକାରେ ସୁରେନ୍ ମହାନ୍ତି ସତ୍ୟ ଅପେକ୍ଷାକୁ ଜୀବନକୁ ଗୁରୁତ୍ଵ ଦେଇଛନ୍ତି।

ମହାଭାରତର ପୃଷ୍ଠଭୂମିରେ ରଚିତ ଏକ ସଫଳ ପୌରାଣିକ ଏକାଙ୍କିକା 'ବାଣହରଣ'। ଭଞ୍ଜ କିଶୋର ପଟ୍ଟନାୟକ ଉକ୍ତ ଏକାଙ୍କିକାରେ ଦୁର୍ଯୋଧନ ଚରିତ୍ର ପୁନର୍ମୂଲ୍ୟାୟନ କରିଛନ୍ତି। ଯାହାକୁ ଆମେ କୁଚକ୍ରୀ, ଖଳ, ପରସ୍ବାପହାରୀ ବୋଲି ଦେଖି ଆସିଛେ ସେଇ ଚରିତ୍ରଟିର ଜୀବନରେ ଥିବା ଭଲ ଦିଗକୁ ଭଞ୍ଜକିଶୋର ପଟ୍ଟନାୟକ ଦେଖାଇଛନ୍ତି ଏବଂ ତା' ସହିତ ଯୁଗ ଯୁଗ ଧରି ପଞ୍ଚୁ ପାଣ୍ଡବଙ୍କର ଯେଉଁ ଗୁଣଗାରିମାର ବର୍ଣ୍ଣନା କରାଯାଇଛି ତା'ର ବିଭିନ୍ନ ଦିଗକୁ ନାଟ୍ୟକାର ଅତି ଚତୁରତାର ସହିତ ଏକାଙ୍କିକାରେ ଉଲ୍ଲେଖ କରିଛନ୍ତି। ଚକ୍ରଧର କିପରି କୁଚକ୍ରୀ, ଫାଲ୍ଗୁନୀ ମହାବୀର ହେଲେ ମଧ୍ୟ କୌଶଲୀ, ପ୍ରତାରକ, ପ୍ରବଞ୍ଚକ, କପଟୀ ପ୍ରଭୃତି ଗୁଣାବଳୀକୁ ଗ୍ରହଣ କରି ମୃତ୍ୟୁର ବାଣକୁ ହରଣ କରି

ନେଇଛି, ଦୁର୍ଯ୍ୟୋଧନ ଏ ପରିସ୍ଥିତିରେ ଟିକେବି ବିଚଳିତ ନହୋଇ ତା'ର ଅସୀମ ବୀରତ୍ବର ପରିଚୟ ଦେଉଛି ତାହା ନାଟ୍ୟକାର ପ୍ରକାଶ କରିଛନ୍ତି ।

ଜୀବନରେ ମଣିଷ ଟଙ୍କା ଲୋଭ କରି ଶେଷରେ ମାନବିକତା ହରେଇ ବସେ । ଦୁଇଲକ୍ଷ ଟଙ୍କାର ଲୋଭର ବଶବର୍ତ୍ତୀ ହୋଇ ବୈକୁଣ୍ଠନାଥ ନିଜର ମୂଳନାମକୁ ପରିବର୍ତ୍ତନ କରାଇବାକୁ ପଛେଇ ନାହାଁନ୍ତି । ବର୍ତ୍ତମାନ ସମାଜରେ ଆଦର୍ଶ ଓ ମାନବିକତାର କିପରି କ୍ଷୟ ଘଟୁଛି ତା'ର ରୂପ ନାଟ୍ୟକାର ବିଶ୍ୱଜିତ୍ ଦାସ 'ଛଦ୍ମବେଶୀ' ଏକାଙ୍କିକାରେ ଆଦର୍ଶବାଦୀ ଜୟନ୍ତ ଓ ଟଙ୍କାଲୋଭୀ ବୈକୁଣ୍ଠ ଚରିତ୍ରରେ ଦେଖାଇଛନ୍ତି ।

ବିଜୟ ମିଶ୍ରଙ୍କ 'ଲେଭଲ୍ କ୍ରସିଙ୍' ଏକାଙ୍କିକାରେ ବେକାରୀ ସମସ୍ୟା, ମଣିଷର ଅସହାୟତା, ବ୍ୟକ୍ତି ଚରିତ୍ର ମାନସିକତାକୁ ପ୍ରତୀକ ମାଧ୍ୟମରେ ପ୍ରକାଶ କରିଛନ୍ତି । ପ୍ରଚଳିତ ସାମାଜିକ ବ୍ୟବସ୍ଥାକୁ ଭାଙ୍ଗିଦେବା ପାଇଁ ଚରିତ୍ରମାନେ ବିରୋଧ କରିଛନ୍ତି ମାତ୍ର କିଛି ପରିବର୍ତ୍ତନ ହୋଇପାରିନାହିଁ ବରଂ ସେ ପୁରୁଣା ବ୍ୟବସ୍ଥାରେ ମଣିଷ ବଞ୍ଚିଛି ।

ପୁରୁଣା ଆଦର୍ଶ, ପରମ୍ପରା ଓ ବିଶ୍ୱାସକୁ କେତେଦିନ ଧରି ମଣିଷ ଗେଣ୍ଠା ପରି ବୋହି ଚାଲିଥିବ ? ଏପରି ପ୍ରସଙ୍ଗକୁ ଗାନ୍ଧିକ ନିମାଇଁ ପଟ୍ଟନାୟକ ତାଙ୍କର 'ଗେଣ୍ଠା' ଏକାଙ୍କିକାରେ ଉଲ୍ଲେଖ କରିଛନ୍ତି । ସମସ୍ତ ପ୍ରାଚୀନ ପରମ୍ପରା, ପ୍ରଥା, ଆଦର୍ଶକୁ ଭାଙ୍ଗି ଦେଇ ଜୀବନରେ ନୂଆ ଚଳଣି, ନୂଆ ସମ୍ଭାବନା, ନୂଆ ଦୁନିଆର ପରିକଳ୍ପନା କରିଛନ୍ତି । ମଣିଷ ସବୁବେଳେ ନିଜର ବଂଶର ପରିଚୟରେ ନିଜର ପରିଚୟ ଗଢ଼େ ମାତ୍ର ଏହାକୁ ଏକାଙ୍କିକାରେ ବିରୋଧ କରାଯାଇଛି । ପ୍ରତ୍ୟେକଟି ମଣିଷ ନିଜେ ନିଜର ପରିଚୟରେ ବଞ୍ଚୁ, ପାପ-ପୁଣ୍ୟର ଊର୍ଦ୍ଧ୍ବରେ ବଞ୍ଚିବାଟି ହିଁ ସତ୍ୟ ଏବଂ ଜୀବନ ଜୀଇଁବା ହିଁ ସତ୍ୟ ଏ ଦର୍ଶନକୁ ଗୁରୁତ୍ୱ ଦେଇଛନ୍ତି ।

ହରିହର ମିଶ୍ରଙ୍କ 'ସିଗ୍ନାଲ୍' ଏକାଙ୍କିକାରେ ନାଟ୍ୟକାର ଚାଉଳ ଚାଲାଣ, ଅନାହାରରେ ଲୋକଙ୍କ ମୃତ୍ୟୁ, ଦୁର୍ଭିକ୍ଷର ଚିତ୍ର, ଦୋଷୀ କିପରି ସର୍ବଦା ମୁକ୍ତି ପାଇଯାଏ ଏବଂ ନିର୍ଦ୍ଦୋଷୀ ସବୁବେଳେ ଦଣ୍ଡପାଏ ଏ ସମସ୍ତ ଦିଗକୁ ନାଟ୍ୟକାର ବିଭିନ୍ନ ଚରିତ୍ର ମାଧ୍ୟମରେ ଦେଖାଇଛନ୍ତି ।

ରମେଶ ପାଣିଗ୍ରାହୀ କେବଳ ନାରୀ ଚରିତ୍ରକୁ ଗ୍ରହଣ କରି 'ଶ୍ରୀ ଶ୍ରୀ ମହାଲକ୍ଷ୍ମୀ ପୂଜା' ଛୋଟ ନାଟକ ରଚନା କରିଛନ୍ତି । ମଣିଷ ଭିତରେ ଥିବା ଈର୍ଷା, ଅସୂୟା, ଅହଂକାର, ଲାଳସାର ରୂପ ବା ଚିତ୍ରକୁ ଦେଖାଇଛନ୍ତି । ଧର୍ମ ନାମରେ ରାଜନୀତି, ରାଜପଥରେ ଲକ୍ଷ୍ମୀପୂଜା କରିବା, କ୍ଷମତା ଲୋଭୀ ମଣିଷର କିପରି ମାନବିକତା ଲୋପ ପାଇଛି ତାହା ନାଟ୍ୟକାର ପ୍ରକାଶ କରିଛନ୍ତି । ତେଣୁ ନାଟକର ଶେଷରେ ମହାଲକ୍ଷ୍ମୀ ଚାହିଁଛନ୍ତି ସବୁ ପୋଡ଼ିଯାଉ, ସବୁ ଧ୍ୱସ ହେଇଯାଉ । କାରଣ ଧ୍ୱସ ହେଲେ ହିଁ ମଣିଷ ବୁଝିପାରିବ ଗଢ଼ିବା କେତେ ଯେ

ଯନ୍ତ୍ରଣାଦାୟକ । ଯେ ପର୍ଯ୍ୟନ୍ତ ସମସ୍ତ ମଣିଷ ଶୂନ୍ୟ ନ ହୋଇଛନ୍ତି ସେ ପର୍ଯ୍ୟନ୍ତ ଲକ୍ଷ୍ମୀ ସବୁ ନେଇ ଯିବା ପାଇଁ ଚାହୁଁଛନ୍ତି । ସେଇଟା ହିଁ ମା'ଙ୍କର ନୈବେଦ୍ୟ ହେବ ବୋଲି କହିଛନ୍ତି ।

ମଣିଷ ଚନ୍ଦ୍ର ସହିତ ବନ୍ଧୁତା କଲାଣି ଅଥଚ ଆମେ ଛୋଟ ଛୋଟ କଥାରେ କଳହ କରି ଶତ୍ରୁତା କରୁଛେ । ବାସ୍ତବତା ପଛରେ ମଣିଷ ଗୋଡ଼େଇବା ଅପେକ୍ଷା ପଦମର୍ଯ୍ୟାଦା, ଆଭିଜାତ୍ୟର ସୁନାହରିଣ ପଛରେ ଧାଉଁ ଧାଉଁ ଶେଷରେ ନିରାଶ ହୋଇଛି । ଏପରି ପ୍ରସଙ୍ଗକୁ ନାଟ୍ୟକାର ରତ୍ନାକର ଚଇନି ତାଙ୍କର 'ସୁନାହରିଣ' ଏକାଙ୍କିକାରେ ପ୍ରତୀକାତ୍ମକ ଭାବେ ଦର୍ଶାଇଛନ୍ତି ।

"ମୂଲ୍ୟବୋଧକୁ ହତ୍ୟାକରି ସ୍ୱାର୍ଥରକ୍ଷା ହିଁ ଆଜିର ଅନୁଶାସନ ।" ଏହାକୁ ଭିତ୍ତି କରି ନାଟ୍ୟକାର ନୀଳାଦ୍ରି ଭୂଷଣ ହରିଚନ୍ଦନ 'ଅନୁଶାସନ' ଏକାଙ୍କିକାଟି ଲେଖିଛନ୍ତି । ଧର୍ମ, ନ୍ୟାୟ, ସତ୍ୟ, କର୍ମଛଳରେ ନାଟ୍ୟକାର ବହୁ ଉପଦେଶ ଓ ଯୁକ୍ତିକୁ ବାଢ଼ି ପାରିଛନ୍ତି । ପାପ ପୁଣ୍ୟର ଉର୍ଦ୍ଧ୍ୱରେ ମଣିଷ ମାନବିକତାକୁ ହତ୍ୟା କରିପାରେ, ଧର୍ମନାମରେ ଅନ୍ୟାୟ କରିପାରେ, ଛଳନା କରି ଯୁଦ୍ଧ ଜିତିପାରେ ଏପରି ଜୀବନର ବିଭିନ୍ନ ଦିଗକୁ ପୌରାଣିକ ତଥା ମହାଭାରତର ପୃଷ୍ଠଭୂମିକୁ ଆଧାର କରି ନାଟକ ସୃଷ୍ଟି କରିଛନ୍ତି ।

୧ ୯ ୭ ୫ ମସିହାରେ ହୋଇଥିବା ଜାରି ହୋଇଥିବା ଜାତୀୟ ଜରୁରୀ କାଳୀନ ପରିସ୍ଥିତିର ନିଖୁଚ ଚିତ୍ର ଅତି ସଂକ୍ଷିପ୍ତ ପରିସର ମଧ୍ୟରେ ନାଟ୍ୟକାର ରତିରଞ୍ଜନ ମିଶ୍ର 'ଶୀତଳ ହୁଅନା ସୂର୍ଯ୍ୟ' ଛୋଟ ନାଟକରେ ଦେଖାଇଛନ୍ତି । ବେକାରୀ ସମସ୍ୟା, ଅର୍ଥହୀନ ପ୍ରେମର ମୃତ୍ୟୁ, ରାଜଶକ୍ତିର ଅବମାନନା, ଆଦର୍ଶକୁ ବଳିଦାନ, ରାଜଦ୍ରୋହର ଅପରାଧ, କ୍ଷମତାର ଅପବ୍ୟବହାର, ମଣିଷ ମଣିଷ ଭିତରେ ରକ୍ତପାତର ସଂଘର୍ଷ ଇତ୍ୟାଦିକୁ ଅତି ଚତୁରତାର ସହିତ ନାଟ୍ୟକାର ଉପସ୍ଥାପନ କରିଛନ୍ତି ।

ଜୀବନର ଚରମ ସତ୍ୟକୁ ଉପଲବ୍ଧି କରିବା, ଜୀବନରେ ଯେ କିଛି ଦୁଃଖ, ନୈରାଶ୍ୟ, ଶୋକ ଓ ଅନୁଶୋଚନା ରଖିବା ନାହିଁ, ଜଣେ ମୁକ୍ତ ମଣିଷ ହୋଇ ବଞ୍ଚିବା ତାହାକୁ ମୁଖ୍ୟତଃ ବିଜୟ ଶତପଥୀ 'ଭଗ୍ନ ସହରର ଇତିବୃତ୍ତ' ଏକାଙ୍କିକାରେ ଦେଖାଇବାକୁ ଚାହୁଁଛନ୍ତି ।

ପୁରସ୍କାର ପାଇଁ ମଣିଷ ଯେ କେତେ ତଳକୁ ଆସିପାରେ, ଲୋକମାନଙ୍କ ଭିତରେ ଥିବା ବିଭିନ୍ନ ବିକୃତ ମାନସିକତାର ରୂପ, ବଡ ବଡ ଉଚ୍ଚ ପଦସ୍ଥ କର୍ମଚାରୀମାନେ ମଧ୍ୟ ପୁରସ୍କାର ଲୋଭରୁ ମୁକୁଳି ପାରି ନାହାନ୍ତି ଏ ସବୁକୁ ନାଟ୍ୟକାର ନାରାୟଣ ସାହୁ 'ଫ୍ଲାଗ୍' ଏକାଙ୍କିକାରେ ଦେଖାଇଛନ୍ତି । ଯୋଗ୍ୟ ବ୍ୟକ୍ତିଙ୍କ ପାଖରୁ ପୁରସ୍କାର ଛଡ଼େଇ ନେଇ ଅଯୋଗ୍ୟ ବ୍ୟକ୍ତିର ହସ୍ତରେ ଦେଇଦବା ଘଟଣା ବର୍ତ୍ତମାନ ସମୟରେ ବହୁତ ଦୃଷ୍ଟିଗୋଚର ହୁଏ । ଏଇ କୁତ୍ସିତ ପ୍ରକ୍ରିୟାକୁ ନାଟ୍ୟକାର ସମାଲୋଚନା କରିଛନ୍ତି ।

କର୍ପୋରେଟ୍ ଦୁନିଆରେ ବଞ୍ଚୁଥିବା ମଣିଷର ସଂଜ୍ଞାହୀନ ଅସ୍ତିତ୍ୱ, କର୍ପୋରେଟ୍

ମାଲିକର ଅଧସ୍ତନ କର୍ମଚାରୀମାନେ ସବୁବେଳେ କ୍ରୀତଦାସ ଭାବେ ବଞ୍ଚିବା, ଦେହକୁ ନେଇ ଉପଭୋଗ କରିବା, ମଣିଷ ଅନେକ ସମୟରେ ବସ୍ତୁ କେନ୍ଦ୍ରିକ ହୋଇଯିବା, କ୍ଷମତାର ଅପବ୍ୟବହାର କରି ଅନ୍ୟ ଉପରେ ଅତ୍ୟାଚାର କରେ ଏବଂ ସେଥିରୁ ଏକ ଆନନ୍ଦ ପାଏ ତାହା ଆମେ ଶଙ୍କର ତ୍ରିପାଠୀଙ୍କର 'ପଶୁଘାତ' ଏକାଙ୍କିକାରେ ଦେଖିବାକୁ ପାଉ।

ଏଇ ସଂକଳନ କାର୍ଯ୍ୟ କରିଲା ବେଳେ ମୁଁ ସମସ୍ତ ଏକାଙ୍କିକାର ମସିହା ସଂଗ୍ରହ କରିବାକୁ ଚେଷ୍ଟା କରିଛି ମାତ୍ର ସବୁ ମିଳିଲା ନାହିଁ ତେଣୁ ମୁଁ ନାଟ୍ୟକାରମାନଙ୍କ ଜନ୍ମ ମସିହା ଅନୁଯାୟୀ କୋଡିଏଟି ଏକାଙ୍କିକାକୁ ସଜ୍ଜୀକରଣ କରିଛି। ଯଦି ମୋଟାମୋଟି ଭାବେ ଲକ୍ଷ୍ୟ କରିବା ତେବେ ସ୍ଥାନିତ ଏକାଙ୍କିକା ଗୁଡ଼ିକ ପ୍ରାୟ ୧୯୪୫ ରୁ ୨୦୦୦ ମସିହା ପରେ ରଚିତ ହୋଇଥିବା କୃତି। ଏଇ ପଚାଶ ବର୍ଷ ଭିତରେ ଏକାଙ୍କିକା ତା'ର ବିଭିନ୍ନ ପରୀକ୍ଷା ନିରୀକ୍ଷା ଦେଇ ଆସିଛି। କେବଳ ଆତ୍ମିକ ସ୍ତରରେ ନୁହେଁ ବରଂ ଆଙ୍ଗିକ କ୍ଷେତ୍ରରେ ମଧ୍ୟ ନୂଆ ନୂଆ ପରୀକ୍ଷା ନିରୀକ୍ଷାର ପ୍ରୟୋଗ ଦ୍ୱାରା ମଞ୍ଚସ୍ଥ ହୋଇଛି। ସଂଲାପ କ୍ଷେତ୍ରରେ ନୂତନତା ତଥା ବ୍ୟଞ୍ଜନାତ୍ମକ ସଂଲାପ, ସଙ୍କେତ ଓ ପ୍ରତୀକର ସାହାଯ୍ୟରେ ଏକାଙ୍କିକା ରଚିତ ହୋଇ ଦର୍ଶକ ମନରେ ଆନ୍ଦୋଳନ ସୃଷ୍ଟି କରିପାରିଛି। 'ପଦ୍ମିନୀ', 'ବାଣହରଣ', 'ଅନୁଶାସନ', 'ଗେଣ୍ଡା' ଇତ୍ୟାଦି ଏକାଙ୍କିକାର ସଂଲାପରେ ପରୀକ୍ଷା ନିରୀକ୍ଷା କରାଇ ନାଟ୍ୟକାରମାନେ ଏକାଙ୍କିକାର ମହତ୍ତ୍ୱ ବଢ଼େଇ ପାରିଛନ୍ତି। ସ୍ଥାନିତ ସମସ୍ତ ଏକାଙ୍କିକା ଓ ନାଟକଗୁଡ଼ିକରେ ନାଟ୍ୟକାର ଦ୍ୱନ୍ଦ ଓ ଉତ୍କଣ୍ଠା ସୃଷ୍ଟି କରି ଶେଷ ପରିଣତିରେ ପହଞ୍ଚାଇ ପାରିଛନ୍ତି। ଶୈଳୀ ଦୃଷ୍ଟିରୁ ବିଚାର କଲେ 'ଶୀତଳ ହୁଅନା ସୂର୍ଯ୍ୟ' ଏକାଙ୍କିକାରେ ରୂପାନ୍ତର ଶୈଳୀର ବ୍ୟବହାର, 'ଶ୍ରୀ ଶ୍ରୀ ମହାଲକ୍ଷ୍ମୀ ପୂଜା', 'ପଶୁଘାତ', 'ଫ୍ଲେଗ୍‌' ପ୍ରଭୃତି ଏକାଙ୍କିକାରେ ମୁକ୍ତଧାରାର ଶୈଳୀର ପ୍ରୟୋଗ ଲକ୍ଷ୍ୟ କରାଯାଏ। ନାଟ୍ୟକାରମାନଙ୍କର ଗଭୀର ଅନୁଭୂତି ଓ ସରଳଭଙ୍ଗୀ ହିଁ ଏକାଙ୍କିକାକୁ ସୁଦୂର ପ୍ରସାରୀ କରିପାରିଛି। ମୁଁ ଏଇ ସଂକଳନ କାର୍ଯ୍ୟରେ ଯେଉଁମାନଙ୍କୁ ନେଇ ପାରି ନାହିଁ ସେଥିପାଇଁ ମୁଁ କ୍ଷମାପ୍ରାର୍ଥୀ। କାରଣ ସ୍ୱଚ୍ଛ କଲେବରକୁ ଆଖି ଆଗରେ ରଖି ବହୁ ପ୍ରଖ୍ୟାତ ନାଟ୍ୟକାରମାନଙ୍କ କୃତିକୁ ମଧ୍ୟ ସ୍ଥାନ ଦେଇପାରିନାହିଁ।

ଓଡ଼ିଆ ସାହିତ୍ୟରେ ଗଳ୍ପ, କବିତାକୁ ନେଇ ପ୍ରଚୁର ପରିମାଣରେ ସଂକଳନ ହୋଇଛି ମାତ୍ର ଏକାଙ୍କିକା, ନାଟକକୁ ନେଇ ସେତିକି ପରିମାଣରେ ନାହିଁ। ତେବେ ଯେଉଁ କେତେକ ଏକାଙ୍କିକା ସଂକଳନ ମୋ ଦୃଷ୍ଟିକୁ ଆସିଛି ସେଗୁଡ଼ିକ ହେଉଛି 'ଏକାଙ୍କିକା ଚୟନ' (୧୯୫୪), 'ଏକାଙ୍କିକା ସଂଗ୍ରହ' (୧୯୬୧), 'ଆଜିର ଏକାଙ୍କିକା' (୧୯୭୩), 'ନୂତନ ଏକାଙ୍କିକା' (୧୯୭୪), 'ଏକାଙ୍କିକା ଗୁଚ୍ଛ' (୧୯୭୭), 'ଏକାଙ୍କିକା ମାଧୁରୀ' (୧୯୭୮), 'ଏକାଙ୍କିକା ସମାରୋହ' (୧୯୭୮) 'ଏକାଙ୍କିକା ପ୍ରତିନିଧି' (୧୯୭୯),

‘ନିର୍ବାଚିତ ଏକାଙ୍କିକା’ (୧୯୮୫) ‘ସାଂପ୍ରତିକ ଏକାଙ୍କିକା’ (୨୦୦୩), ‘ଏକାଙ୍କିକା ଓ ଛୋଟନାଟକ ସଂଗ୍ରହ’ ୧ମ ଓ ୨ୟ ଭାଗ (୨୦୧୫) ପ୍ରଭୃତି। ଏହା ବ୍ୟତୀତ କେତେକ ପାଠ୍ୟ ପୁସ୍ତକରେ ମଧ୍ୟ ଗଳ୍ପ ସହିତ ଏକାଙ୍କିକାକୁ ସ୍ଥାନ ଦିଆଯାଇଛି ସେ ସବୁ ବହିରୁ ପ୍ରାୟ ମୁଁ ଏକାଙ୍କିକା ଗୁଡ଼ିକ ଗ୍ରହଣ କରିଛି। ତେବେ ମୁଁ ଏଇ ସଂକଳନରେ ପ୍ରମୁଖ କୋଡ଼ିଏ ଜଣ ନାଟ୍ୟକାରଙ୍କର ଏକାଙ୍କିକା ଓ ନାଟକକୁ ଗ୍ରହଣ କରିଛି। ଏଇ ସମସ୍ତ କୃତି ଗୁଡ଼ିକରେ ନାଟ୍ୟକାରମାନେ ଜୀବନର ବିଭିନ୍ନ ଦିଗକୁ ମଞ୍ଚରେ ସିଧାସଳଖ ଉପସ୍ଥାପନ କରିପାରିଛନ୍ତି। ଆମେ ଗଳ୍ପ କି ଉପନ୍ୟାସ ପଢ଼ିଲା ବେଳେ ମନ ଭିତରେ ସବୁ ଚରିତ୍ର ଓ ଘଟଣାକୁ କଳ୍ପନା କରୁ କିନ୍ତୁ ନାଟକଟିଏ ମଞ୍ଚରେ ଦେଖିଲେ ଚରିତ୍ର ସହିତ ସିଧାସଳଖ ଯୋଡ଼ିହେଇ ସେଇ ସମସ୍ୟା, ସେଇ ବକ୍ତବ୍ୟକୁ ଗୁରୁତ୍ୱ ଦେଇଥାଉ। ଆମେ ଅଳ୍ପ ସମୟରେ ସଂଯୋଜିତ ହେଇପାରୁ ନାଟକ ସହିତ। ତେଣୁ ସାହିତ୍ୟରେ ଯେତେ ତତ୍ତ୍ୱ, ଦର୍ଶନର କଥାକୁହାଗଲେ ମଧ୍ୟ ଯେଉଁ ସାହିତ୍ୟ ଜୀବନର ବାସ୍ତବ ଓ ନିଷ୍ଠୁର ସତ୍ୟକୁ ଆମ ସହିତ ଯୋଡ଼ି ପାରୁଛି ସେଇ ସାହିତ୍ୟ କାଳଜୟୀ ହୋଇ ରହିପାରିବ ଏହା ମୋର ବିଶ୍ୱାସ।

ଏଇ ସଂକଳନ କାର୍ଯ୍ୟ କରିବା ସମୟରେ ଯେଉଁମାନେ ମୋତେ ସାହାଯ୍ୟ ଓ ସହଯୋଗ କରିଛନ୍ତି ମୁଁ ସବୁବେଳେ ସେମାନଙ୍କ ପାଖରେ କୃତଜ୍ଞ ରହିବି। ମୁଁ ପ୍ରଥମେ ଧନ୍ୟବାଦ ଦେବି ବ୍ଲାକ୍ ଈଗଲର ପ୍ରକାଶକ ସତ୍ୟ ପଟ୍ଟନାୟକ ସାର୍ ଓ ମୋର ମାର୍ଗଦର୍ଶକ ରବୀନ୍ଦ୍ର ଦାସ ସାରଙ୍କୁ। ଦୁହିଁଙ୍କର ପ୍ରଚେଷ୍ଟାରେ ଆଜି ଏ ସଂକଳନଟି ପ୍ରକାଶ ପାଇବାକୁ ଯାଉଛି। ପୁରୁଣା ଏକାଙ୍କିକା ସଂଗ୍ରହ କଲାବେଳେ ଶାନ୍ତିଲତା ମହାବିଦ୍ୟାଳୟର ଲାଇବ୍ରେରୀରେ ଥିବା କାର୍ଯ୍ୟରତ ଦୁଇ କର୍ମଚାରୀ କାହ୍ନୁଚରଣ ପତି ଓ ସନ୍ତୋଷ ପଣ୍ଡାଙ୍କୁ ଧନ୍ୟବାଦ ଦେଉଛି କାରଣ ବହି ଖୋଜିବାରେ ସେମାନେ ମତେ ସଂପୂର୍ଣ୍ଣ ସହଯୋଗ କରିଥିଲେ। ତା ସହିତ ‘ଓଡ଼ିଆ ବିଭବ’ ସାଇଟ୍ ପାଖରେ ମଧ୍ୟ ମୁଁ କୃତଜ୍ଞ। ସେଇ ସାଇଟ୍‌ରୁ ବିଭିନ୍ନ ତଥ୍ୟ ପାଇପାରି ଥିବା ହେତୁ ସଂକଳନ କାମଟି ସହଜ ହୋଇପାରିଛି। ଏଇ ସଂକଳନ କାର୍ଯ୍ୟଟିରେ ଡିଟିପି କରିଥିବା ସୁପ୍ରିୟା ଦିଦିଙ୍କୁ ମଧ୍ୟ ଧନ୍ୟବାଦ ଦେଉଛି। ପରିଶେଷରେ ଯଦି କିଛି ତ୍ରୁଟି ଥାଏ ଏଇ ପୁସ୍ତକରେ ତେବେ ମୋତେ କ୍ଷମା କରିବେ।

ଡକ୍ତର ମମତା ସାହୁ

ଓଡ଼ିଆ ଅଧ୍ୟାପିକା ଶାନ୍ତିଲତା ମହାବିଦ୍ୟାଳୟ

ଉଇଟିକିରି, ବାଲେଶ୍ୱର

ସୂଚିପତ୍ର

ଦେବତାର ତଳେ

କାଳୀଚରଣ ପଟ୍ଟନାୟକ

– କୁଶୀଳବ –

ଗୋପବନ୍ଧୁ – ଉତ୍କଳମଣି

ରଘୁନାଥ ରାୟ – ଉତ୍କଳମଣିଙ୍କ ବନ୍ଧୁ

ଡାକ୍ତର

ପ୍ରଧାନ

ସାହୁ

ସାମଲ

କେତେ ଜଣ ଗ୍ରାମବାସୀ

ଗୋପାଳ – ପ୍ରଧାନପୁଅ

ଗୋପାଳୁଣୀ ସ୍ତ୍ରୀ

ଗୋପାଳର ମାଆ

ପ୍ରଥମ ଦୃଶ୍ୟ

(ଗୋଟିଏ ବରଗଛ ମୂଳେ ପଥର ତିନିଖଣ୍ଡ ରଖି ଚୁଲିଟିଏ ତିଆରି ହୋଇଛି । ଜଣେ ସ୍ତ୍ରୀଲୋକ ଗୁଡ଼ିଏ ଚାକୁଣ୍ଡା ଶାଗ ଛୁରୀରେ କାଟୁଛି । ଗଛମୂଳେ ଖଣ୍ଡିଏ କନାପାରି ଶୁଆ ଉପରେ ଦଶ ଏଗାର ବର୍ଷର ବାଳକଟିଏ ଶୋଇଛି । ସ୍ତ୍ରୀଲୋକଟି ତାକୁ ତା'ର ପିନ୍ଧା ଶାଢ଼ିର କାନି ଘୋଡ଼ାଇ ଦେଇଛି । ଦୁହେଁ ମାଆ ଓ ପୁଅ – ପୁଅଟିର ନାଆଁ ଗୋପାଳ ।)

ଗୋପାଳ –   ବୋଉ, ଆଉ କେତେ ଦିନ ଏ ଗଛମୂଳେ ଏମିତି ପଡ଼ିଥିବା ମ ?

ଉପରୁ ପାଣି ଟୋପେ-ଟୋପେ ପଡ଼ୁଚି। ମତେ ପୁଣି ଜର ଆସିଲାଣି କି କଥଣ? ଭାରୀ ଶୀତ ହଉଚି।

(ମାଆ ତା' ଆଡ଼କୁ ଖାଲି ଟିକିଏ ଚାହିଁଲେ – ଆଖ୍ରୁ ଲୁହ ଗଡ଼ି ପଡ଼ିଲା। କାନିଟାକୁ ଆଉ ଟିକିଏ ଭଲ କରି ତା' ଦେହରେ ଘୋଡ଼ାଇଦେଲେ।

ଗୋପାଳ –   ଭାରି ଶୋଷ ହଉଚି ବୋଉ! ତୋରାଣୀ ଟିକିଏ ପିଅନ୍ତି।

ମାଆ –   ଟିକିଏ ଶୋଇପଡ଼ ଧନ! ବାପା ଆସନ୍ତୁ। ପିଇବାକୁ ତତେ ଦେବି।

ଗୋପାଳ –   ବାପା କେତେବେଳକୁ ଆସିବେ? କୁଆଡ଼େ ସେ ଯାଇଛନ୍ତି?

ମାଆ –   (ଅନ୍ୟମନସ୍କଭାବେ, ଲୁହ ପୋଛୁ ପୋଛୁ) ହଁ... ଆସିବେ... ଯାଇଛନ୍ତି।

ଗୋପାଳ –   ବୋଉ, ଓଃ! (କାନିଟାଣି ଘୋଡ଼ି ହେଲା)

ବୋଉ –   କଥଣ କହୁଚୁ ବାପା?

ଗୋପାଳ –   ମୋତେ ଫୁଟିଆଣି ପାଣି ଟିକିଏ ହେଲେ ଦେ। ଭାତ କଥଣ ରାନ୍ଧିନାହୁଁ?

ମାଆ –   ନାଇଁରେ ବାପା! ଭାତ ରାନ୍ଧିବି, ବାପା ଆସିଲେ...

ଗୋପାଳ –   କଥଣ ତେବେ କରୁଚୁ?

ମାଆ –   ଶାଗ କାଟୁଚି ପରା; ଭାରି ସୁଆଦିଆ ଶାଗ ତତେ ଦେବି ଯେ। ଟିକିଏ ଶୋଇପଡ଼।

ଗୋପାଳ –   କି ଶାଗ ସେ?

ମାଆ –   ଅମୃତ-ଶାଗରେ ବାପା!

ଗୋପାଳ –   ଅମୃତ-ଶାଗ? ଭାରି ଭଲ ଲାଗୁଥ୍ବ ତେବେ। କାଇଁ, ଆମ ଗାଆଁରେ ତ ତୁ କେବେ ଏମିତି ଶାଗ କରୁନାଇଁ?

ମାଆ –   ନା, ଏ ଶାଗ ଏଠି ମିଳେ।

ଗୋପାଳ –   ରାନ୍ଧ, ରାନ୍ଧ, ଆମେ ଘରକୁ ଗଲାବେଳେ ଏ ଗଛ ନେଇଯିବା; ବାଡ଼ିରେ ରୋଇବା। ଆମେ କୋଉଦିନ ଘରକୁ ଯିବା ବୋଉ?

ମାଆ –   ଯିବା ଯେ। ବାପା ଆସନ୍ତୁ। ତୁ ଟିକିଏ ତୁନିହେଇ ଶୋଇପ'ଡ଼। (ଗୋପାଳର ବାପା 'ପଧାନ' ଆସିଲେ)

ପଧାନ –   (ଆସି ଚାହିଁ ରହିଲେ ଗୋପାଳକୁ। ଦୀର୍ଘନିଃଶ୍ବାସ ପକାଇ) ଭଗବାନ! ଘରଦ୍ବାର ଗଲା, ଗାଇଗୋରୁ ଗଲେ, ଧାନଓଳିଆ ଗଲା – ଗଛମୂଳ, ଚାକୁଣ୍ଡା ଶାଗ!

ମାଆ –   କିଛି ପାଇଲ?

ପ୍ରଧାନ – ନାଃ, ଚାରିଆଡ଼ ତ ଖାଲି ଚିଲିକାମୟ । କାହାକୁ ଦେଖ୍‌ବି ? କାହାକୁ
କହିବି ? ମୁଠାଏ ହେଲେ ଚାଉଳ ମିଳିଲା ନାହିଁ ।

ଗୋପାଳ – ବାପା ଆସିଲେଣି ତ ବୋଉ ! ଏଥର ଭାତ ରାନ୍ଧ୍‌ । ଆଗ ମୋତେ
ଟିକିଏ ଫୁଟିଆଣି ପାଣି ଦେ ।

ପ୍ରଧାନ – ଓଃ ! ଆଉ ଦେଖ୍‌ପାରିବି ନାହିଁ ଗୋପାଳ-ବୋଉ ! ଆଉ ଶୁଣିପାରିବି ନାହିଁ ।
ମୁଠାଟିଏ ଚାଉଳ ହୋଇଥିଲେ ପଥ କରିଥାନ୍ତା ଛୁଆଟା ମୋର । ପାଣି
ପବନ । ସେଥିରେ ପୁଣି ଜର ଭର୍ତ୍ତିହୋଇଚି ଦେହରେ ! ବାଟରେ ମୋର
ତିନିଟା ପୋଖରୀ ହୋଇଗଲାଣି । କାହାକୁ କହିବି ? ସମସ୍ତେ ତ ଏକା
ଡଙ୍ଗାରେ । କିଏ ମରିଯାଡ଼ିଚି, କିଏ ଶୁଙ୍କୁ-ଶୁଙ୍କୁ ହଉଚି- ଗଛମୂଳେ ବୁଡ଼ାତିଲେ ।
ଏ କାଳ ନଛବଢ଼ି ଟିକିଏ ହେଲେ ଛାଡ଼ିଯାଆନ୍ତା । "ଛଅଦିନ ହୋଇଗଲା
ତ ପାଣି ଯେମେତେକୁ ସେମେତେ ଫୁଲାଇ ରଖିଛି । ଦେଖ, କଅଣ ହଉଚି ।
କାଲି ସକାଳ ଯାଏଁ ତକାଅ । ବହୁତ କୁହାପୋଛା କଲାରୁ କାଉଆ ଖଣ୍ଡକରେ
ଖବର ନେଇଯାଇଚି ଦାମିଆ ନାଉରୀ । ରାତି ରାତି ଯିବ ସେ ।

ଗୋପାଳ – ବାପା ! ଆମେ ଘରକୁ କୋଉଦିନ ଯିବା ? ଭାରି ଶୀତ ହଉଚି, ଗଛ
ଉପରୁ ପାଣିଗୁଡ଼ା ପଡ଼ୁଚି । ବାଟ ଫିଟିଯିବଣି, ଚାଲ ବାହାରିଯିବା ଘରକୁ ।
ଆମ କଅଁଲା ବାଛୁରୀଟି କଅଣ ଖାଉଥିବ ? ଚାଲ ଯିବା ବାହାରି ।

ପ୍ରଧାନ – ଯିବା, ଯିବାରେ ବାପା ! କହିବି, ଆଜି ରାତିଟା ଯାଉ । ଜଗନ୍ନାଥେ ତ
ଏତେବେଲେ କାଠପଥର ହେଇଗଲେଣି । ଆଉ କେଜାଣି ମଣିଷ-
ଦେବତା ଯେବେ ଗୁହାରି ଶୁଣିବେ ।

ବୋଉ – ଟିକିଏ ପୁଅ ପାଖେ ବସ । ମୁଁ ଶାଗ କେରାକ ଧୋଇଆଣେ । (ପ୍ରଧାନଙ୍କୁ କହିଲେ)

ଗୋପାଳ – ହଁ ବୋଉ, ଭାତ ବସା । ତୁ ଯା, ମୁଁ ଶୋଇଚି ।

ପ୍ରଧାନ – ଜର ହେଇଚି ପରା ବାପା ! ଭାତ ଖାଆନ୍ତି ନାଇଁ । ଏଇ ଶାଗ ଖାଇବୁ ।
(ସ୍ୱୀପ୍ରତି) ତୁମେ କେମିତି ଯିବ ? ଛୁଆ କଅଣ ଘୋରିହବ ? ଶାଗ
ମତେ ଦିଆ । ଓଃ ! ଫେର୍ ପେଟଟା ମୋଡ଼ିଦେଲାଣି । (ଶାଗ ନେଇଗଲେ
କାନି ଫିଟାଇ) ହଁ, ହଁ, ଏ ଲୁଣ ଟିକକ ରଖ । ଦାମିଆ ପାଖରୁ ମାଗି
ଆଣିଚି । (ଲୁଣ ଦେଲେ)

ଗୋପାଳ – ବାପା ! ବେଗେ ଆସିବ ।

ପ୍ରଧାନ – ହଁ, ବାପା ! ମୁଁ ଆସୁଚି ।
(ମାଆ ଉଠିଯାଇ ଶାଗ ନେଇ, ଚାଲିଗଲେ ଗୋପାଳର ମଥା ଆଉଁଷିଲେ)

ଦ୍ୱିତୀୟ ଦୃଶ୍ୟ

(ଗୋପବନ୍ଧୁ ଦାସଙ୍କ ଘର। ଶିଶୁ ସନ୍ତାନଟି ତାଙ୍କର ନିତାନ୍ତ ଅସୁସ୍ଥ।
ସନ୍ତାନର ମାତା ବସି ତାର ମୁଣ୍ଡ ଆଉଁଷି ଦେଉଛନ୍ତି।)

ବାଳକ – ବୋଉ, ନନା ?

ବୋଉ – କିଏ ସବୁ ଡାକିଲେ ଯେ ଦାଣ୍ଡକୁ ଯାଇଛନ୍ତି।

  (ପ୍ରବେଶ କଲେ ରଘୁନାଥ ରାଓ ଏବଂ ଜଣେ ଡାକ୍ତର)

ରଘୁ – ଟିକିଏ ଘୁଞ୍ଚିବେ କି, ଡାକ୍ତର ବାବୁ ଆସିଛନ୍ତି।

  (ବୋଉ ଉଠିଗଲେ ଟିକିଏ ଦୂରକୁ)

ରଘୁ – ଆସନ୍ତୁ, ଯେମିତି ଦେଖୁଛନ୍ତି ସେମିତି ପଡ଼ିରହିଛି ଯେ ରହିଛି। ଜର
  ଜମା କମିବାକୁ ନାହିଁ।

  (ଡାକ୍ତର ଆସି ପରୀକ୍ଷା କଲେ ଛାତି)

ଡାକ୍ତର – ଦେଖ୍ ବାବା, ଜିଭଟା ଦେଖ୍ ...ହଁ... ଆଉ ଟିକିଏ (ପିଲାର ଜିଭ
  ଦେଖି) ବାସ୍...ଥାଉ। (ରଘୁବାବୁଙ୍କ ଆଡ଼କୁ ଚାହିଁ) ଔଷଧଟା ଠିକ୍
  ସମୟରେ ଦିଆହେଉଚି ତ ? (ରଘୁ ବୋଉଙ୍କ ଆଡ଼କୁ ଚାହିଁଲେ)

ବୋଉ – ହଁ, ପ୍ରତି ଚାରି ଘଣ୍ଟାରେ ଦଉଚି।

ଡାକ୍ତର – ଟିକିଏ ଗରମ ଦୁଧ ଆଣନ୍ତୁ ତ ! (ବୋଉ ଚାଲିଗଲେ)

  (ଅନ୍ୟ ଦିଗରୁ ଗୋପବନ୍ଧୁ ବାବୁ ଆସିଲେ)

ଗୋପବନ୍ଧୁ – ଓ, ଡାକ୍ତରବାବୁ ଆସିଛନ୍ତି କି ? କଅଣ ଦେଖିଲେ ?

ଡାକ୍ତର – ନା, ସେଭଳି ବିଶେଷ କିଛି ପରିବର୍ତ୍ତନ ଦେଖାଯାଉ ନାହିଁ।

ରଘୁ – ଚାହୁଁ ଚାହୁଁ ତ ୯/୧୦ ଦିନ ଆସି ହେଲା। ରାତି ତ ସୁବିଧା ଦେଖାଯାଉ
  ନାହିଁ – ଜରଟା ଟିକିଏ ଛାଡ଼ିଯାଇ ପୁଣି ହୁଅନ୍ତା ବୋଇଲେ, ସେ ଭିନ୍ନ
  କଥା।

ଗୋପବନ୍ଧୁ – ନାଇଁ ରଘୁବାବୁ, ଜର ଛାଡ଼ିଯିବାର ତ ଦେଖୁନାହିଁ କେତେବେଲେ।
  ତା'ପରେ ନିତାନ୍ତ ଥଣ୍ଡା ପାଗ। ବର୍ଷା ତ ଅବିଶ୍ରାନ୍ତ ଚାଲିଛି। ଦେଖାଯାଉ,
  ଈଶ୍ୱରଙ୍କ ଇଚ୍ଛା।

ଡାକ୍ତର – ମୁଁ ବିଚାରୁଛି ଆଉ ଜଣେ-ଅଧେ ଡାକ୍ତରଙ୍କ ସଙ୍ଗେ ଟିକିଏ ପରାମର୍ଶ
  କରାଯାଆନ୍ତା।

ଗୋପବନ୍ଧୁ – ଦେଖନ୍ତୁ, ଆପଣଙ୍କଠାରୁ ମୁଁ ଆଉ ଏ ବିଷୟରେ ବେଶୀ କଅଣ କହିବି ?
  ମୁଁ ପୁଣି ଏତିକିବେଲେ ଆଉ ଏକ ଅତୁଆରେ ପଡ଼ିଲିଣି।

ରଘୁ –		କଅଣ ?

ଗୋପ –		ତଲମାଲଟା ନଇବଢ଼ିରେ ଏକାବେଳେ ଧୋଇଯାଇଛି । ଲୋକେ
		ଛୁଆପିଲା ନେଇ, ଘରଦ୍ୱାର ଛାଡ଼ି ପଳାଇ ଆସିଛନ୍ତି । କେତେ ଯେ
		ଘରଦ୍ୱାର, ଗାଈଗୋରୁ, ମଣିଷ ଭାସିଯାଇଛି, ତାର ଠିକଣା ନାହିଁ । ନ
		ଖାଇ, ନପିଇ ଝଡ଼ିବର୍ଷାରେ ଗଛମୂଳେ ପଡ଼ିଛନ୍ତି ଲୋକେ । ସୁବିଧା
		କିଛି ନାହିଁ ସେମାନଙ୍କୁ ଉଦ୍ଧାର କରିବାକୁ । ସରକାର ବି କିଛି କରିବାକୁ
		ନାହିଁ । ବର୍ତ୍ତମାନ ଖବର ପାଇଲି । ଯିବାକୁ ହେବ ମତେ ।

ରଘୁ –		କିନ୍ତୁ, ପିଲାର ଦେହର ଅବସ୍ଥା ଯେ ଏଣେ...

ଗୋପବନ୍ଧୁ –	(ହସି) ଏଠି ଗୋଟାଏ ପିଲା – ତେଣେ ଯେ ଶହଶହ, ହଜାର ହଜାର
		ଯ଼ାଠୁଁ ବେଶୀ ଦୁରବସ୍ଥାରେ ପଡ଼ିଛନ୍ତି । କଅଣ କରାଯାଏ ? ମନୁଷ୍ୟର
		କର୍ତ୍ତବ୍ୟ ଯେ ଆଗ । ଗୋଟିକୁ ଚାହିଁବି, ନା କୋଟିକୁ ଚାହିଁବି ? ସେମାନେ
		ଆକୁଳ ହୋଇ ମୋତେ ଅନାଇଁଛନ୍ତି । ଚୂଡ଼ା, ଚାଉଳ ଆଉ କିଛି ଲୁଗାପଟା
		ନେଇ ଶୀଘ୍ର ସେମାନଙ୍କ ପାଖେ ନ ପହଞ୍ଚିଲେ ପୋକ ମାଛି ପରି
		ଲୋକେ ମରିଯିବେ । ତାଙ୍କୁ ଡଙ୍ଗାରେ ଆଣି ଗୋଟାଏ କୌଣସି ସ୍ଥାନରେ
		ଛାଡ଼ି ନଦେଲେ ତ ଆଉ ବଞ୍ଚିପାରିବେ ନାହିଁ ସେମାନେ ।

ଡାକ୍ତର –	ସେକଥା ସତ ଯେ । ଏଠି ତ ପୁଣି ପିଲାର ଯନ୍ ନେବା ଦର୍କାର ପଡ଼ୁଚି ।
		ଏ ଟାଇଫଏଡ଼ । ବୋଉ କଅଣ ତାଙ୍କର ଏତେ ସାବଧାନ ହୋଇପାରିବେ ?

ଗୋପବନ୍ଧୁ –	(ହସି) ଲୋକ ସାବଧାନ ବା ଅସାବଧାନ ହୋଇ କିଛି କରିପାରେ
		ଡାକ୍ତରବାବୁ ? ଶୁଣିଲେ ତ ଧୋଇଆ ଗାଆଁ ଗୁଡ଼ିକର କଥା । ଧରନ୍ତୁ,
		ସେମାନେ ଖୁବ୍ ସାବଧାନ ହୋଇଥାଆନ୍ତେ, କଅଣ ବା
		କରିପାରିଥାଆନ୍ତେ ? ମୋର ଗୋଟିଏ ବୋଲି ତ ପିଲା ଏ ରାଜ୍ୟରେ
		ନାହିଁ – ଏଠିତ ପୁଣି ସେ ଘରେ ଅଛି, ଚିକିତ୍ସାର ସୁବିଧା ଅଛି ।
		ଆପଣମାନଙ୍କ ପରି ବନ୍ଧୁ ମୋର ଅଛନ୍ତି । ପିଲାର ବୋଉ ଅଛନ୍ତି । ଆଉ
		ଅଧିକ ମୁଁ ଥାଇ ଅବା କଅଣ କରିବି ? (ଦୁଧ ନେଇ ବୋଉ ଆସିଲେ)
		ହଁ, ଆସିଲେଣି ତ । ସେ କଅଣ ଦୁଧ ?

ବୋଉ –		ହଁ, ଡାକ୍ତରବାବୁ କହିଛନ୍ତି ।

ଗୋପବନ୍ଧୁ –	ହଉ, ଭଲକଥା । ତୁମେ ଯାହା ହେବ ଏଠି ପିଲାକୁ ଦେଖ । ରଘୁବାବୁ
		ଅଛନ୍ତି । ମୋତେ ଦି'ଖଣ୍ଡ ଲୁଗା ଚାଦର ଦିଅ ତ । ମୁଁ ଧୋଇଆଖଣ୍ଡକୁ
		ବାହାରିଯାଏ । ଡଙ୍ଗା ନେଇ ଲୋକ ଆସି ବସିଛି ।

ବୋଉ –	ଏଣେ ସ୍ୟେ ପିଲାର ଅବସ୍ଥା !
ଗୋପବନ୍ଧୁ –	ଆମର ତ ଗୋଟିଏ ପିଲା – ତେଣେ ଶହଶହଙ୍କର ଏଇ ଅବସ୍ଥା – ତାଙ୍କ ବାପମାଆ କଅଣ ହେଉଥିବେ, ସେ ପିଲାଏ କଅଣ ହେଉଥିବେ ! ତାଙ୍କର ଚୂଲିଚାଲ ନାହିଁ, ଖାଇବା ପିଇବା ନାହିଁ । ଏଥିରେ ପୁଣି ଲଗାଣ ବର୍ଷା ! ମୁଁ ଗଲେ ତ କିଛି ହେଲେ କରିପାରିବି । ସର୍କାର ତ ପଥର । ଏଠି ଏମାନେ ସବୁ ଆମର ଅଛନ୍ତି । ହଉ, ତୁମେ ଛୁଆକୁ ଦୁଧ ଖୁଆଅ । ମୁଁ ଏମାନଙ୍କୁ ବଲେଇ ଦେଇ ଆସୁଛି । ଚାଲନ୍ତୁ ରଘୁବାବୁ ! ଡାକ୍ତରବାବୁ ଆସନ୍ତୁ ।

(ନେଇ ଚାଲିଗଲେ)

ତୃତୀୟ ଦୃଶ୍ୟ

(ନଦୀଘାଟରେ ତିନିଜଣ ଲୋକ ଠିଆ ହୋଇଛନ୍ତି । ସମସ୍ତେ ଉଦ୍‌ଗ୍ରୀବ ହୋଇ ଚାହିଁଛନ୍ତି ନଦୀଆଡ଼କୁ) ।

ସାହୁ –	ଦାମିଆଁ ସତେରେ ଯାଇଛିଟି ପଧାନେ ?
ପଧାନ –	ସେ କଥା ଭଗବାନଙ୍କୁ ଗୋଚର ସିନା ସାହୁ ! ମୁଁ କଅଣ ଆଉ କହିବି ? ତମରିମାନଙ୍କ ଆଗରେ ତ ଯେତେକ ନେହୁରା ହେଲି, କହିଲି, ବୋଇଲି । ଆଉ କଅଣ କରନ୍ତି କହ ? ତେଣିକି ତା ଧରମ, ଆମ କରମ ।
ସାମଲ –	ଡଙ୍ଗା ମେଲି ବାହାରିଯିବାର ମୁଁ ଦେଖ୍‌ଚି । ହେଲେ ଗଲା ନଗଲା କିଏ କହିବ ?
ପଧାନ –	ଆରେ ସାମଲପୁଅ ! 'ହୀନକରମା ଯେଣିକି ଯାଏ, ଗମ୍ଭୀରା ଲିଙ୍ଗ ଛାଡ଼ି ପଲାଏ ।' ଦେଖୁନାଉଁ, ଆମେ କରମ କିମିତି ଦାଉ–ଦାଉ ଜଲୁଚି ? ହାତ ବଢ଼ାଇଲେ ପରା ଜଲିପୋଡ଼ି ଯାଉଚି ! ସ୍ୟେ ତ ଦଇବୀ–ମାଡ଼ । କଅଣ ଏକୁଟିଆ ତତେ ନା ମତେ ? ରାଜଜ୍ୟାକ ତ ଏକା ଡଙ୍ଗାରେ ବସିଚେଁ । 'ସାଉକୁ ବାଲି – ଚୋରକୁ ବାଲି ।'
ସାହୁ –	ହଁ, ପଧାନଘର ! ନଥିଲା କଅଣ ? ବାଧିକା ପିଲାଟାକୁ ପଥ ଟିକିଏ ଖାଇବାକୁ ମିଳୁନାହିଁ ।

(ଦୂରରୁ ଶୁଭିଲା – ହରିବୋଲ, ହରିବୋଲ)

| ପଧାନ – | ସାମଲପୁଅ ! ଅନେଇଲୁ, ଅନେଇଲୁ । ଡଙ୍ଗା ଲାଗିଲା କି ରେ ? ଭାରି |

ହରିବୋଲ ଶୁଭୁଚି ତ। ଏଇ ବାଙ୍କଟା ବୁଲିଗଲୁ ଟିକିଏ।

ସାମଲ – ହଉ। (ଦଉଡ଼ିଗଲା)

(ପୁଣି ହରିବୋଲ ଶୁଭିଲା)।

ସାହୁ – ଜାଣିଲ ପଧାନେ; ନିଷ୍ଠେ ଆସିଚନ୍ତି। ଆଉ ତଟେଇବା କଅଣ? ଚାଲ ମାଡ଼ିଯିବା।

ପଧାନ – ହଁ, ସାମଲ ଯିବ – ପୁଣି ଆସିବ। ସେ ଘଡ଼ିଏ ବେଳର କଥା। 'ବାଜୁ କୋରଡ଼ା – ତୁଟୁ ଟୋକା'। ଆମର ବାହାରି ଯିବା ଚାଲ। ଚଲନ୍ତି-ଦେବତା ସେ। ତାଙ୍କୁ ଦେଖିଲେ ପେଟ ପୂରିଯିବ ହେଲେ!

ସାହୁ – ଏ ଯୁଗକୁ ଦୁଃଖୀ ଗରିବଙ୍କର ସେଇ ଏକା ଜୀଅନ୍ତା ଠାକୁର। ଆପଣା ପେଟ କାଟି ଖୁଆଇବାକୁ ଆଉ ପୁଣି ପୁଅ କିଏ ଅଛି, ଏ ଖଣ୍ଡ ଚକଡ଼ାରେ? (ଦୂରକୁ ଚାହିଁ) ଚାହିଁଲ ଏଣେ, ଗୁଡ଼ାଏ ଲୋକ ଦିଶୁନାହାନ୍ତି?

ପଧାନ – କହୁଚି ପରା, ଚାଲ। ଆଉ ଏଶେତେଣେ ଚାହିଁବାକୁ ତର ନାହିଁ ସାହୁ! ଗଣି ଗଣି ଛଅଦିନ ବିତିଗଲା। ପିଲାଟାର ଦିହରୁ ତାତି ଓହ୍ଲାଇବାକୁ ନାହିଁ। ଛାର ଚାଉଳ ମୁଠାଏରେ ସାହୁପୁଅ! କାଉଙ୍କୁ ଯାହା ଫିଙ୍ଗି ଦଉଥିଲୁଁ – ସେଟିକି ଯେବେ ମିଳିଥାଆନ୍ତା, ଢୋକେ ଫୁଟିଆଣି ପାଣି ଛୁଆଟା ମୁହଁରେ ଦେଇଥାଆନ୍ତି। (କାନ୍ଦିକାଟି) ହଇରେ! ସାଧୁ ପଧାନର କେତେବେଳର ପୁଅ ସେ! ନଖାଇ, ନପିଇ ବାପମାଆ ଯୋଡ଼ାଙ୍କର ଆଖି ଆଗରେ ଚାହୁଁଚାହୁଁ ତା ଜୀବନଟା ବାହାରିଯିବ?

ସାହୁ – ଛି,ଛି,ଛି, ଏ ଅମଙ୍ଗଳ କଥାଗୁରାକ ମୁହଁକୁ ଆଣନାହିଁ ପଧାନେ! ଚାଲ ଯିବା। ମୁଠାଏ ବୃଢ଼ା କି ଚାଉଳ ଯେବେ ଦୌବୀବଳକୁ ଆଣିଥିବେ, ମିଳିଯିବ। ସେଇ ଏତେବେଲେ ଆମର ଲକ୍ଷେ ଟଙ୍କା।

ପଧାନ – ରହ ରହ। (ସାହୁ ମୁହଁ ମୁଦିଧରି) ସାମଲ ତ କଅଣ ବାହୁଡ଼ି ଆସୁଚି। ହେଇଟି, ହାତ ଦେଖାଉଚି – ରହିଥା ବୋଲି। କଅଣ ସତରେ ଆଇଲେ କି ଆଉ?

(ଦୂରକୁ ଠାରିଲା)

(ସାମଲ ଧଇଁସଇଁ ହୋଇ ଆସିଛି)

ସାହୁ – କଅଣ, କଅଣ ହେଲା ସାମଲେ? ଆଇଲେ ନାଇଁ?

ସାମଲ – ଆସିଚନ୍ତି, ଡଙ୍ଗା ଏଇ ଘାଟକୁ ଆସୁଚି। ବାଟରେ ଅଟକାଇ କେତେ

ଲୋକଙ୍କୁ ଚୁଡ଼ା, ଚାଉଳ, ଲୁଣ, ଗୁଡ଼ ବାଣ୍ଟୁଥିଲେ। ଡଙ୍ଗା କୂଳ ଛାଡ଼ିଲା, ମୁଁ ଆଇଲି। ଉଜାଣିରେ ସୁଖ କାଟି ଆସୁଚି ବୋଲି ଯାହା ଟିକିଏ ଉଚ୍ଚୁର ହେବ, ସେତିକି। ଆଉ କାହିଁକି ମିଛେରେ ଦଉଡ଼ିବ ?

ପ୍ରଧାନ – (ହାତଯୋଡ଼ି ଉପରକୁ ଚାହିଁ) ହେ ଦଇବୀ-ପୁରୁଷ ! ସତେ ତମେ ଆଖି ମେଲେଇ ଚାହିଁବ ?

(ଆଖି ଲୁହ– ଛଲଛଲ ହୋଇଗଲା। ଅନ୍ୟ ଦିଗରୁ ଆସିଛି ରାମଦାସ)

ରାମ – ପଧାନେ, ପଧାନେ ! ତେଣେ ଟିକିଏ ବେଗି ଆସ। ଗୋପାଳ ବୋଉ ଡାକ ଛାଡ଼ିଚି। ଗୋପାଳର ଚେତା ନାହିଁ। ଡାକିଲେ ଶୁଣୁନାହିଁ। ତମେ ବେଗେ ଆସ।

ପ୍ରଧାନ – ଗୋପାଳର ଚେତା ବୁଡ଼ିଯାଇଚି ? ରାମ ! ତୁ ସତ କହୁଚୁ ? ଆରେ ! ଚେତା କଅଣ ନଇଁ ଆଉ ରଖିଚି ? ସାମଲ, ମୁଁ ବାହାରିଲି। ଫେରିବି ଯେବେ ମୁଠାଏ ଚାଉଳ ଖାଲି ରଖିଥିବୁ ମୋ ପାଇଁ ମାଗିକରି। କେଜାଣି ଯେବେ ସେ ବାହୁଡ଼ିଆସେ...ପଥ ମୁଠାଏରେ - ପଥ ମୁଠାଏ ହେଲେ...ମୁହଁରେ ଖାଲି ଢୋକ ତୋରାଣୀ ମୁଦାଏ ପଡ଼ିଥିଲେ ଆଜି ଚେତା ବୁଡ଼ିଯାଇ ନଥାନ୍ତା ତା'ର।

(କାନିରେ ଲୁହ ପୋଛିଲା)

ରାମ – ଆଉ କଥା କହିବାକୁ ତର ନାହିଁ ପଧାନେ ! ଗୋପାଳ ବୋଉ ମୁଣ୍ଡ ପିଟିହଉଚି। ତୁମେ ବାହାରିଆସ ଆଗ।

(ଭିଡ଼ି ନେଇଗଲା)

ପ୍ରଧାନ – ସାମଲ ! ମୁଠାଏ ଚାଉଳ। ମନେ ରହିଲାଟି... (ଯାଉଁ ଯାଉଁ କହି କହି ଗଲା) କେଜାଣି ଯେବେ ଗୋପାଳ ମୋ'ର...

(ସାମଲ ଲୁହ ପୋଛି ବୋକାପରି ଚାହିଁ ରହିଲା; ଦୂରରୁ 'ହରିବୋଲ' ଶବ୍ଦ ନିକଟତର ହେଲା)

ଚତୁର୍ଥ ଦୃଶ୍ୟ

(ଗୋପବନ୍ଧୁ ଦାସଙ୍କ ଘର – ପଦଚାରଣ କରୁଥିଲେ ଅଧୀରଭାବେ ରଘୁନାଥ ରାଓ। ଘରଭିତରୁ ଡାକ୍ତର ଆସିଲେ ବିଷର୍ଷ ମୁଖରେ।)

ରଘୁ – (ଡାକ୍ତରଙ୍କ ହାତ ଧରି ପକାଇ, ଛଲଛଲ ଆଖିରେ ଚାହିଁ) ଡାକ୍ତରବାବୁ ! ଗୋପବନ୍ଧୁ ଆସି ଦେଖିବେ ଟି ପିଲା ଭଲ ଅଛି ?

ଡାକ୍ତର	–	ରଘୁବାବୁ!… (ନୀରବ)

ରଘୁ – କୁହନ୍ତୁ ସତ କଥା । ମୁଁ ଆଉ ସ୍ଥିର ରହିପାରୁନାହିଁ । ପିଲା ଦେହ କେମିତି ଦେଖୁଲେ ?

ଡାକ୍ତର – (ଦୀର୍ଘନିଃଶ୍ୱାସ ପକାଇ) ବିଶେଷ ଭଲଆଡ଼କୁ ଯାଉଛି ବୋଲି କହିହେବ ନାହିଁ…ଏଇ ପର୍ଯ୍ୟନ୍ତ ।

ରଘୁ – କାଲିଠାରୁ ଆଜିର ଅବସ୍ଥା କିଛି ସୁଧୁରିଛି ଭଲା ?

ଡାକ୍ତର – ନାଇଁ ରଘୁବାବୁ! ମୁଁ ମୋ ଔଷଧ ଉପରେ ନିର୍ଭର କରୁଥିଲି କାଲି ସୁଦ୍ଧା । ଆଜି କିନ୍ତୁ ଯାହା ଦେଖିଲି (ଉପରକୁ ଠାରି) କେବଳ ଭଗବାନ ଯଦି ପିଲାକୁ ବଞ୍ଚାଇବାକୁ ଚାହାନ୍ତି – ତାହାହେଲେ ଅବା କିଛି ଆଶା କରାଯାଇପାରେ ।

ରଘୁ – (ଚମକିବା ପରି) କଅଣ କହୁଛନ୍ତି !

ଡାକ୍ତର – ବେଶୀ ଦୁଃଖ ଯେ ଗୋପବନ୍ଧୁ ବାବୁ ଏତେବେଲେ ନାହାନ୍ତି । ସେଦିନ ଏତେକରି ଆମେ କହିଁଲେ । ସେ ତ ଶୁଣିଲେ ନାହିଁ କାହା କଥା । ଘରେ ପିଲାଟିର ଅବସ୍ଥା ଖରାପ ଦେଖିଲେ, ଶୁଣିଲେ । ତଥାପି ଧୋଇଆ ଅଞ୍ଚଲକୁ ବାହାରି ଗଲେ, ଆମରିମାନଙ୍କ ଉପରେ ନିର୍ଭର କରି । କିନ୍ତୁ ଦେଖୁଛି, ଭଗବାନ ଆମକୁ ତାଙ୍କର ସେ ଅଗାଧ ବିଶ୍ୱାସର ମୂଲ୍ୟ ଦେବାର ସୁଯୋଗ ଆଉ ଦେଉନାହାନ୍ତି ।

ରଘୁ – ମୁଁ କଅଣ କମ୍ ବୁଝାଇଛି ? ଶୁଣିଛନ୍ତି ତ; ଉଭର ମିଲିଲା – ମୋ ପିଲାଟି ତ ଘରେ ହେଲେ ଅଛି, ଚିକିସ୍ତା ପାଉଛି, ପଥ୍ୟ ମିଲୁଛି ତାକୁ – ଶହ ଶହ ପିଲା ତେଣେ ଅରକ୍ଷ ହୋଇ ପଡ଼ିଥିବେ – ସେ ସବୁ କାହାର ପିଲା ? ଏଇ ଦେଶର ତ – ଆମରି ତ ? ଘର ନାହିଁ – ଦ୍ୱାର ନାହିଁ, ଖାଇବା–ପିନ୍ଧିବାକୁ ନାହିଁ । କାହାର ପୁଣି କିଏ ମରିହଜି ଯାଇଛି । ଚିକିସ୍ତା ତ ମୂଲରୁ ପାଉନାହାନ୍ତି । କହ, ବାରଶ ବଢ଼େଇରେ ଦାୟ – ନା ପୁଅରେ ଦାୟ ? ତୁମ୍ଭେମାନେ ଅଛ – ଭଗବାନ ଅଛନ୍ତି । ମୁଁ ଥାଇ ଅଧିକ ବା କଅଣ କରିବି ?…

ଡାକ୍ତର – ହଁ, ସେ ତ ମଣିଷ ନୁହନ୍ତି – ଅଭିଶାପ ପାଇ କେହି ଦେବତା ମଣିଷ-ଜନ୍ମ ପାଇଛନ୍ତି । ଛାଡ଼ନ୍ତୁ, ସେସବୁ ଏଇନେ ଭାବିବାର ବେଲ ନୁହେଁ । ମୁଁ ଭାବୁଛି, ଏତେ ଯେ ଆମ ଉପରେ ଆଉ ଭଗବାନଙ୍କ ଉପରେ ନିର୍ଭର କରି ନିଶ୍ଚିନ୍ତ ହୋଇ ସେ ଗଲେ – ହେଲା କଅଣ ? ଆମରି

ବିଦ୍ୟାବୁଦ୍ଧି ଶେଷ – ବାକି ରହିଲେ ଭଗବାନ। (ହଠାତ୍ ଘର ଭିତରୁ ବଡ଼ପାଟିରେ କାନ୍ଦଣା ଶୁଣାଗଲା)

ରଘୁବାବୁ! ଏଇ, ବୋଧହୁଏ ଲିଭିଗଲା ଦୀପ। ଓଃ! ଭଗବାନ! କଅଣ ବୋଲି ମାଆକୁ ଆମେ ସାନ୍ତ୍ୱନା ଦେବା? କଅଣ ଉତ୍ତର ଦେବା ଗୋପବନ୍ଧୁ ବାବୁ ଫେରିଲେ? (ଗୋପବନ୍ଧୁ ବାବୁ ଫେରି ଆସିଛନ୍ତି – ତାଙ୍କ ସହିତ ଜଣେ ଦି'ଜଣ କର୍ମୀ)

ଗୋପବନ୍ଧୁ –   କଅଣ? କଅଣ ହେଲା? ଡାକ୍ତରବାବୁ, ରଘୁବାବୁ ଦୁହେଁ ଏମିତି କଅଣ ମୁହଁ ଶୁଖାଇ ଠିଆହୋଇଛ? କଅଣ? କଥା କଅଣ?

ରଘୁ –   କହିବାକୁ ମୁହଁରେ କଥା ଆଉ ନାହିଁ ଗୋପବନ୍ଧୁ ବାବୁ! ଆମେ ଆପଣଙ୍କୁ ନିଶ୍ଚିନ୍ତ କରିପାରିଲୁ ନାହିଁ।
(କାନ୍ଦି ଉଠିଲେ)

ଗୋପବନ୍ଧୁ –   ଓ, ବୁଝିଲି (ଅଳ୍ପ ହସି) ଯାହା ମୋର ନୁହେଁ, ସେ ମୋର ହୁଅନ୍ତା କିପରି? ଅନେକ ଆସେ – ଅନେକ ଯାଏ। ଏଥିରେ ଦୁଃଖ କରିବାର କଅଣ ଅଛି? ଦାମୋଦର ପଧାନ – ବେଶ ଥଲାବାଲା। ଦାଣ୍ଡ ଭିଖାରୀଠାରୁ ହୀନ ହୋଇ ବସିଛି। ସବୁ ଯାଇଥିଲା ତା'ର। ଶେଷକୁ ଗୋଟିଏ ବୋଲି ପୁଅ ଥିଲା। ଗଛମୂଳରେ ପାଣି-ବରଷାରେ ପଡ଼ି- ପଥ୍ୟମୁଠିକ ଅଭାବରୁ ପିଲାଟି ବି ଚାଲିଗଲା। ଏମିତି କେତେ ତ ଦେଖି ଆସିଲି। ମୋର ବା ଗୋଟିକର କଥା! (କର୍ମୀଙ୍କୁ ଚାହିଁ) ହଁ, ତୁମ୍ଭେମାନେ ଯାଅ। ଚିଠିଟା ନେଇ ପୁରୀ ବାହାରି ଯାଅ – କଲେକ୍ଟରଙ୍କୁ ଦିଅ। ତେଣିକି ଦେଖିବା। ଡାକ୍ତର ବାବୁ! ଚାଲନ୍ତୁ ଘରକୁ। ଭାବୁଛନ୍ତି କଅଣ ଆଉ? ଯିବାଧନକୁ ଫେରାଇଆଣିବାଟା ତ ମନୁଷ୍ୟ ହାତରେ ନାହିଁ। ଆସନ୍ତୁ, ଆସନ୍ତୁ।
(ଦୁହିଁଙ୍କୁ ଟାଣି ନେଇଗଲେ ଘରକୁ – କର୍ମୀ ଦୁହେଁ ପ୍ରଣାମ କଲେ ଭକ୍ତିରେ।)

ଗୁପ୍ତ ପ୍ରଣୟ

ହରେକୃଷ୍ଣ ମହତାବ

ପ୍ରଥମ ଦୃଶ୍ୟ

(ଚରିତ୍ର : କଳା, ବୃତ୍ତି, ଯୁବକ, କବି, ପ୍ରହରୀ)

ଦିଲ୍ଲୀର ଏକ ବିସ୍ତୀର୍ଣ୍ଣ ପ୍ରାଙ୍ଗଣର ଏକ ପାର୍ଶ୍ୱରେ ସୁନ୍ଦର ଅଟ୍ଟାଳିକା - ଚାରିପାଖରେ ସୁଶୋଭିତ ଉଦ୍ୟାନ। ଅଟ୍ଟାଳିକାର ଦ୍ୱାର ଦେଶରେ ଦଣ୍ଡାୟମାନ ପ୍ରହରୀ। ସନ୍ଧ୍ୟା ଉପଗତ ପ୍ରାୟ। ଅଟ୍ଟାଳିକା ମଧ୍ୟରୁ ତରତର ହୋଇ ନିର୍ଗତ ହେଲେ ଏକ ସମ୍ଭ୍ରାନ୍ତ ଯୁବକ। ଚାରିଆଡ଼କୁ ଚାହିଁ ଦୀର୍ଘ ନିଃଶ୍ୱାସଟିଏ ପକାଇ ସେ ପଦଚାରଣ କଲେ ପାର୍ଶ୍ୱସ୍ଥ ଉଦ୍ୟାନ ମଧ୍ୟରେ। ଶେଷରେ ଉପସ୍ଥିତି ହେଲେ ଏକ କୋଣରେ, ଯେଉଁଠି ପରିଦୃଷ୍ଟ ଦେବଦାରୁ ଗଛ କେତୋଟି ସ୍ଥାନଟିକୁ ଏକ କୁଞ୍ଜର ରୂପ ଦାନ କରିଛନ୍ତି। ଯୁବକ ଚାହିଁଲେ ଚାରିଆଡ଼କୁ ଟିକିଏ ଅଧୀର ହୋଇ।

ଯୁବକ– କାହିଁ ଏଠି ତ କେହି ନାହାନ୍ତି ? କଥା ହୋଇଥିଲା ସନ୍ଧ୍ୟାବେଳେ ଏଠି ଦେଖା ହେବ ବୋଲି - ତରତର ହୋଇ ଅଫିସରୁ ଆସି ମୁହଁ ହାତ ଧୋଇ ଏଠିକି ବାହାରି ଆସିଲି। କାହିଁ, ଏଠି ତ କେହି ନାହାନ୍ତି ! (ତଳକୁ ମୁହଁକରି କିଛିକ୍ଷଣ ପଦଚାରଣ କଲେ; ପୁଣି ଚାରିଆଡ଼କୁ ଅନାଇ) ଲୋକଙ୍କର ସମୟ ଜ୍ଞାନ ନାହିଁ। ମୋତେ କହିଥିଲେ ମୁଁ ସେଠିକି ଯାଇଥାନ୍ତି। କଥା ଦେଇ...

(ଧୀରେ ଧୀରେ କଳାର ପ୍ରବେଶ)

କଳା– କେଉଁଠିକି ଯାଇଥାନ୍ତ ? କିଏ କାହାକୁ କଥା ଦେଇଥିଲା ? ତୁମେ ମୋତେ କଥା ଦେଇଥିଲ ନା, ମୁଁ ତୁମକୁ କଥା ଦେଇଥିଲି ? ମୁଁ କାହାରିକି କଥା ଦେଇ ନାହିଁ ବା ମୁଁ କାହାରିପାଇଁ ଝୁରି ହୁଏନାହିଁ। ମୋ'ପାଇଁ ତୁମ ପରି ଶହଶହ ଝୁରି ହୁଅନ୍ତି।

ଯୁବକ– ଶୁଣିଲେ କି ମୋ ମନକଥା ଟିକକ ? କେତେବେଳୁ ତୁମକୁ ଚାହିଁ ଏଇଠି
        ଏପାଖ ସେପାଖ ହେଉଛି । ତୁମେ ଜାଣ ମୁଁ ଅତି କାର୍ଯ୍ୟବ୍ୟସ୍ତ । ଜାଣ ଘରେ
        ମୋର ତାଡ଼ନା କେତେ ? ତୁମରିପାଇଁ ସବୁ କଥାକୁ ଆଖି ବୁଜିଦେଇ ଏଠିକି
        ଚାଲି ଆସିଲି । ସେଦିନ ଯେତେବେଳେ ଯମୁନାକୂଳରେ ଦେଖା ହୋଇଥିଲା,
        ତୁମେ ପରା କହିଥିଲ ଆଜି ଏତିକିବେଳେ ଏଇଠିକି ଆସିବ ବୋଲି । ଭୁଲିଗଲ
        ସେ କଥା ?

କଳା–   ମୁଁ ଅଭିସାରିକା ହୋଇ କେଉଁଠିକି ଯାଏ ନାହିଁ । ନିର୍ଜନ ସ୍ଥାନରେ ଯେ ମୋ
        ପାଇଁ ଟିକିଏ ଭାଲି ହୁଏ, ମୋତେ ଟିକିଏ ସ୍ନେହ କରେ, ମୁଁ ସେଠିକି ଆସେ ।
        ମୁଁ ପରୀକ୍ଷା କରେ ମୋର ପ୍ରେମିକମାନଙ୍କୁ । ଯେ ଟିକିଏ ଥାଙ୍କ କାମଛାଡ଼ି,
        ମୋ କଥା ନ ଭାବିବ, ମୁଁ ବା ସେପରି ପ୍ରେମିକୁ ଅପେକ୍ଷା କରିବି କାହିଁକି ?
        ମୋ'ରିଠାରେ ସମସ୍ତ ଜୀବନ ଅଜାଡ଼ି ଦେବାପାଇଁ ବହୁଲୋକ ମନେ କରୁଛନ୍ତି ।

ଯୁବକ– କେହି କି ତା'ର ସମସ୍ତ ଜୀବନ ତୁମଠାରେ ଅଜାଡ଼ି ଦେଲାଣି ? ସମସ୍ତେ
        ଚାହାନ୍ତି, ମୁଁ ବି ଚାହେଁ, ସମୁଦାୟ ଜୀବନଟିକୁ ତୁମକୁ ସଅଁପି ଦେବାପାଇଁ ।
        କିନ୍ତୁ ପାରୁ ତ ନାହିଁ । ତା'ଛଡ଼ା ତୁମେ କଅଣ ଏକଥା ସ୍ୱୀକାର କରିବ ନାହିଁ
        ଯେ ଗୁପ୍ତ ପ୍ରଣୟରେ ଏକ ପ୍ରକାର ସ୍ୱତନ୍ତ୍ର ମାଧୁରୀ ଅଛି ବୋଲି ।

କଳା–   ଏ କଥା ତୁମେ କହିବ ତୁମର ସ୍ତ୍ରୀ ଆଗରେ ?

ଯୁବକ– କହିଲେ ପ୍ରଣୟର ଗୋପନୀୟତା କାହିଁ ?

କଳା–   ଗୁପ୍ତ ପ୍ରଣୟକୁ ମୁଁ ଘୃଣା କରେ । ଯାହାର ସାହସ ନାହିଁ ନିଜର ପ୍ରଣୟ ପ୍ରକାଶ
        କରିବା ପାଇଁ, ସେ ପୁରୁଷ ବୋଲି କାହିଁକି ବା ଦାବୀ କରିବ ?

ଯୁବକ– ସତ କଥା । ମାତ୍ର ମୋ ଘରେ ମୋର ପତ୍ନୀ 'ବୃତ୍ତି' । ସେ କାହାରି ସହିତ କଥା
        ସୁଦ୍ଧା କହିବାକୁ ଦେବନାହିଁ ।

କଳା–   ତେବେ ସେଇଠି ମନମାରି ରହୁନାହିଁ – ଗୁପ୍ତ ପ୍ରଣୟରେ ମନ ବଲାଉଛ
        କାହିଁକି ?

ଯୁବକ– ମନ ମାନେ ନାହିଁ, ସେଇଠି ମନମାରି ରହିବାପାଇଁ । ମନଟା ଚାରିଆଡ଼ୁ ଘେରି
        କେହି ଯେପରି ବନ୍ଦୀଶାଲାରେ ବନ୍ଦକରି ରଖୁଛି ଏହିପରି ମନେହୁଏ ।

କଳା–   (ଅଳ୍ପ ହସି) ତେବେ ଛାଡ଼ପତ୍ର ଦେଉନାହଁ ?

ଯୁବକ– ତା ମଧ ପାରୁନାହିଁ । ତା କଲେ ବୋଧହୁଏ ଏ ପ୍ରଣୟ ମଧ ବନ୍ଧନ ହୋଇଯିବ ।
        ବୃତ୍ତିକୁ ମୁଁ ଛାଡ଼ିପାରିବି ନାହିଁ – ଇଚ୍ଛାକଲେ ମଧ ତା' ସମ୍ଭବ ନୁହେଁ । ତଥାପି
        ମନ ଟିକିଏ ଏହିପରି ତୁମ ସହିତ ଏକାନ୍ତ ମିଳନ ଚାହେଁ । ଆଉ ତର୍କ ଯୁକ୍ତି

ଆଲୋଚନା କିଛି ନାହିଁ। ଆସ, ଏଇଠି ନୀରବରେ ଟିକିଏ ହାତ ଧରାଧରି ହୋଇ ବୁଲିବା। ତୁମେ କିଛି କହିବ ନାହିଁ, ମୁଁ କିଛି କହିବି ନାହିଁ – ଆସ। (ଦୂରରୁ ପ୍ରହରୀ କ୍ଷିପ୍ର ଗତିରେ ଆସିବାର ଦେଖି ଯୁବକ ଟିକିଏ ଇତସ୍ତତଃ ହୋଇ ପ୍ରହରୀ ଆଡ଼କୁ ଆସିଲେ; ଇତି ମଧ୍ୟରେ କଳା ସେଠାରୁ ଅନ୍ତର୍ହିତା ହୋଇଗଲା।)

ଯୁବକ– କ'ଣ, କଥା କ'ଣ? ମୁଁ ଟିକିଏ ଏଠି ବୁଲୁଥିଲି। କହିଥିଲି ପରା କେହି ମୋ ପାଖକୁ ଆସିବ ନାହିଁ।

ପ୍ରହରୀ– ହଜୁର, ଘରେ ଡାକୁଛନ୍ତି। ଜରୁରୀ କ'ଣ କାମ ଅଛି –

ଯୁବକ– କି କାମ? ଦିନସାରା ଆଉ କଥା ଛିଡ଼ିଲା ନାହିଁ। ଏ ବୁଲିବା ସମୟରେ ସୁଦ୍ଧା ଜରୁରୀ କାମ ପଡ଼ିଲା? ଆଚ୍ଛା ଚାଲ, (ପଛକୁ ଚାହିଁ) ଆରେ ସେ ଚାଲିଗଲେଣି। ଗଲା ଆଜି ଦିନଟା–

ଦ୍ୱିତୀୟ ଦୃଶ୍ୟ

(ବୃତ୍ତି ଟେବୁଲ ଉପରେ କାଗଜପତ୍ର ଏକାଠି କରି ରଖୁଛନ୍ତି-ବ୍ୟସ୍ତତାର ସୀମା ନାହିଁ-ବିରକ୍ତ ହୋଇ କହୁଛନ୍ତି)

ବୃତ୍ତି– ଏତେ କାମ ବାକୀ ପଡ଼ିଛି – ବାବୁ ଗଲେ ହାଉଆ ଖାଇବାକୁ! ଏତେ ଚିଠି ପଡ଼ିଛି, ଉତ୍ତର ଦିଆଯାଉନାହିଁ-କେତେ ଫାଇଲ ପଡ଼ିଛି ଦେଖା ହୋଇନାହିଁ। ତାରଗୁଡ଼ାକ ସୁଦ୍ଧା ଖୋଲା ହୋଇନାହିଁ। (କ୍ଷିପ୍ର ଗତିରେ ତାରଗୁଡ଼ାକ ଖୋଲିବାରେ ଲାଗିଲେ) ଟେଲିଫୋନ ଉପରେ ଜବାବ ଦେବାକୁ କେହି ନାହିଁ। ଏତେ କାମ ଏଣେ, ତେଣେ ହାଉଆଖିଆ ଚାଲିଛି–

(ଯୁବକର ପ୍ରବେଶ)

ଯୁବକ– କ'ଣପାଇଁ ଏତେ ବିରକ୍ତ? ବ୍ୟସ୍ତ ହେବାର କିଛି ନାହିଁ – ସବୁ କାମ ଧୀରେ ସୁସ୍ତେ ହେବ।

ବୃତ୍ତି– ଧୀରେ ସୁସ୍ତେ ହେବ? ଏହି ଯେ ଚିଠିପତ୍ର ସବୁ ଖୋଲା ନ ହୋଇ ପଡ଼ିଛି, ଏହି ଯେ ଏତେ ଫାଇଲ ପଡ଼ିଛି, କେତେ ଅତି ଦରକାରୀ ବିଷୟ ଏଥିରେ ନ ଥିବ – ଟିକିଏ ଡେରି ହେଲେ କେତେ ଲୋକଙ୍କର କେଉଁଠି ସର୍ବନାଶ ଘଟିଯାଉ ନ ଥିବ! ଏତେ ଦାୟିତ୍ୱ ମୁଣ୍ଡାଇ ହାଉଆ ଖାଇବାକୁ ମନ ହେଉଛି କିପରି? ଟିକିଏ ସଂକୋଚ ବୋଧ କରୁନାହିଁ?

ଯୁବକ– (ଗମ୍ଭୀର ହୋଇ ଯାଇ) ସତ, ଏସବୁ କାମ ଅତି ଶୀଘ୍ର ଶେଷ କରିବାକୁ ହେବ

– କିନ୍ତୁ ମନୁଷ୍ୟ ତ କଳ ନୁହେଁ! କଳ ହୋଇଥିଲେ ମଧ୍ୟ ମଝିରେ ଟିକିଏ ତ ଅୟେଲିଙ୍ଗ୍ ଲୋଡ଼ା। ଟିକିଏ ବୁଲି ନ ଆସିଲେ ମନର ଫୁର୍ତ୍ତି ରହିବ କିପରି? କାମ ବା ହେବ କିପରି?

ବୃତ୍ତି– (କ୍ରୁଦ୍ଧ ସ୍ୱରରେ) ଫୁର୍ତ୍ତି କରିବାକୁ ଚାହ? ତେବେ ଏ କାମର ଦାୟିତ୍ୱ ନେଲ କାହିଁକି? ମୋ ସଙ୍ଗରେ ବା ଘରକରଣା କଲ କାହିଁକି? ବହୁଲୋକ ଫୁର୍ତ୍ତି କରି ଦୁନିଆରେ ବୁଲୁଛନ୍ତି, ତୁମେ ଜଣେ ସେହିପରି ହୋଇଥିଲେ କିଛି କ୍ଷତି ନ ଥାନ୍ତା। କିନ୍ତୁ ମୋ ସଙ୍ଗରେ ଛନ୍ଦି ହେଲ କାହିଁକି? ମୁଁ ଥିବା ଯାଏ ଦାୟିତ୍ୱ ତୁଲାଇବାକୁ ହେବ। ମୁହୂର୍ତ୍ତେ ମୁଁ ଏପାଖ ସେପାଖ ହେବାକ ଦେବି ନାହିଁ।

ଯୁବକ– (ଟେଲିଫୋନ୍ ବାଜିଲା; ଯୁବକ ଟେଲିଫୋନ୍ ଧରି) – ହ୍ୟାଲୋ...ହଁ, କହୁଚି। ...ବଡ଼ ଦୁଃଖିତ। ଟିକିଏ ବୁଲିବାକୁ ଚାଲି ଯାଇଥିଲି – କ୍ଷମା ଦେବେ। ମୁଁ କାଲି ସକାଳେ ଥିବି, ଆସିବେ (ବୃତ୍ତିକୁ) ବଡ଼ ଦରକାରୀ କାମରେ ଏକ ଟେଲିଫୋନ୍ ଆସିଥିଲା। ମୁଁ ନ ଥିଲି। ଯାଉଛି ବର୍ତ୍ତମାନ।

ବୃତ୍ତି– ଯେତେବେଳେ କହିଲ– 'ବଡ଼ ଦୁଃଖିତ; ଟିକିଏ ବୁଲିବାକୁ ଯାଇଥିଲି' ସେତେବେଳେ ଟିକିଏ ଲଜ୍ଜାବୋଧ ହେଲା ନାହିଁ?

ଯୁବକ– (କ୍ଷୁବ୍ଧ ସ୍ୱରରେ) ଦେଖ, ମନ ପ୍ରାଣ ଦେଇ ତୁମକୁ ସନ୍ତୋଷ ଦେବି ବୋଲି ଚେଷ୍ଟା କରୁଛି। ତଥାପି ତୁମେ ଏଡ଼େ ନିଷ୍ଠୁର! ଦିନ ସାରା ଖଟିଖଟି ଟିକିଏ ସନ୍ଧ୍ୟାବେଳେ ଯାଇଥିଲି ବୁଲିବାକୁ। ବେଶୀ ଦୂର ନୁହେଁ, ଏହି କମ୍ପାଉଣ୍ଡ ଭିତରେ – ସେଥିରେ ଏତେ ବିରକ୍ତ! ମୁଁ କ'ଣ ପଦେ କୋମଳ ବଚନର ଉପଯୁକ୍ତ ପାତ୍ର ନୁହେଁ।

ବୃତ୍ତି– ନୁହେଁ, ମୁଁ କହୁଛି – କୋମଳତା ମୁଁ ଶିଖି ନାହିଁ କି ମୋତେ ତାହା ଜଣା ନାହିଁ। ହାତ ଧରି ଯେତେବେଳେ ବାହା ହେଲ, ସେତେବେଳେ ତା' ଜଣା ନ ଥିଲା?

ଯୁବକ– ସବୁ ଜଣାଥିଲା; କିନ୍ତୁ...

ବୃତ୍ତି– କିଛି ଆପଢ଼ି ନାହିଁ – ମୁଁ ବାହାରି ଯାଉଛି। ମୋ କଥା ଯଦି ଏତେ କାଟୁଛି, ମୁଁ ଏ ଘରୁ ଯାଉଛି – କର ଆଉ କାହା ସାଥିରେ ଘର – (ବାହାରିଗଲେ। ଯୁବକ ଟିକିଏ ନିସ୍ତବ୍ଧ ରହିଲେ।)

ଯୁବକ– ଯାଉ ବାହାରି। ମୁଁ ପାରିବି ନାହିଁ – (କିଛି କ୍ଷଣ ନୀରବ ରହି ଚଉକିରେ ବସି ରହିଲେ – ତା'ପରେ) ଚାଲିଗଲା? କୁଆଡ଼େ ଗଲା? ଜୀବନ ଯେ ଶୂନ୍ୟ – ଘରକରଣା ଯେ ଭାଙ୍ଗିଲା। (ଚିତ୍କାରକରି) ବୃତ୍ତି– କୁଆଡ଼େ ଗଲ ବୃତ୍ତି?

ବୃତ୍ତି– (ଫେରିଆସି) ଫେର ହାକରା କାହିଁକି? କଥା ପଦେ କହିଲା ବେଳକୁ ଦେହକୁ

ଆଖ୍ ଲାଗୁଛି - ଟିକିଏ ରହିପାରୁ ନାହିଁ। ମୁଁ ଜାଣେ ମୋତେ ଛାଡ଼ି ତୁମେ ରହି ପାରିବ ନାହିଁ। ବସ, ଏସବୁ କାମ ଶେଷକରି ତା'ପରେ ଉଠିବ। ରାତି ଯେତେ ହେଉ, ଚିନ୍ତା ନାହିଁ। ଆଖିର ନିଦକୁ ସେହି ଆଖିରେ ମାରି ଏ କାମଟକ ଶେଷ କର। ମୋ କଥା ସିନା ଟାଣ, କିନ୍ତୁ ମୋ କଥା ମାନି ଚାଲିଲେ ସେଥିରେ ଆନନ୍ଦ ଅଛି।

ଯୁବକ– ଆନନ୍ଦ ? ସାଧାରଣ ଗୃହସ୍ତ ଦିନ ରାତି ଖଟି ଜୀବିକାର୍ଜନ କରି ପାରିଲେ ତା'ର ଯେତିକି ଆନନ୍ଦ, ମୋର ଏ ଗୁରୁଦାୟିତ୍ବ ତୁଲାଇବାରେ ସେତିକି ଆନନ୍ଦ; ନୁହେଁ ?

ବୃତ୍ତି– ତୁମେ କାହିଁକି ଯାକୁ ଜୀବିକାର୍ଜନ ଠାରୁ ବଡ଼ ମନେ କରୁଛ ? ନିଜ ମନକୁ ନିଜେ ଠକୁଛ। ଦାୟିତ୍ବ ସବୁଠି ସମାନ। କୁଟୁମ୍ବ କଥା ନ ବୁଝି ଆଖଡ଼ାରେ ମାତିବା ଯାହା– ଏସବୁ ଫାଇଲ କାମ ଶେଷ ନ କରି ଏଣେ ତେଣେ ବୁଲିବା ତାହା। ମୁଲିଆ କାମ ନ ପାଇ ଉପାସେ ଭୋକେ ରହିବା ଯାହା, ତୁମର ଦାୟିତ୍ବ ତୁମେ ତୁଲାଇ ନ ପାରି ଲଜ୍ଜାରେ ପଡ଼ିବା ଠିକ୍ ସେୟା। ଖାଲି ଲୋକଚକ୍ଷୁରେ ଏସବୁ ଛୋଟ ବଡ଼ ଜଣାଯାଏ।

ଯୁବକ– ହଁ... ମୋର କର୍ତ୍ତବ୍ୟ।

ବୃତ୍ତି– ଭାବ ଦେଖି, ତୁମର କଅଣ ଏ ଜୀବିକା ନୁହେଁ ? ମୁଲିଆ କାମ ନ କରି ଠକିଲେ ଜଣେ ମାଲିକ ବିରକ୍ତ ହୁଏ; କିନ୍ତୁ ତୁମେ କାମ ନକରି ଠକିଲେ ଶହଶହ ଲୋକ ବିରକ୍ତ ହେବେ।

ଯୁବକ– ଆଛା ହେଉ, ସବୁ କାମ ଶେଷ କରିବି–ତୁମେ ଆଉ ବିରକ୍ତ ହୁଅ ନାହିଁ। ଆଛା, ମୁଁ ଏଠୁ କାମ ଶେଷ ହେଲେ ଯାଇ ଉଠିବ। (କାମରେ ଲାଗିଲେ)–

ତୃତୀୟ ଦୃଶ୍ୟ

ଯମୁନା କୂଳ। କବି ଓ କଳା ଏକ ସଙ୍ଗରେ ବୁଲି ବାହାରିଛନ୍ତି।

କବି– ଯମୁନା ନାମଟିରେ କବିତା ଅଛି, ନୁହେଁ ? କେତେ କବିତା ଓ କେତେ ସଙ୍ଗୀତ ଏହି ଯମୁନା ସ୍ରୋତରେ ଭାସି ଭାସି ଯାଇଛି – ଯୁଗ ଯୁଗ ଧରି ଆଜି ଯଦି କାନ ଡେରି ଶୁଣ, ତେବେ ହୁଏତ ଶୁଣିବ କାହ୍ନୁର ସେ ବଂଶୀ ସ୍ବନ, ଗୋପୀଙ୍କର ପ୍ରେମ–ଗୀତିକା, ଏହି ବାଲିରେ ରେକର୍ଡ ହୋଇ ରହିଛି; ଖାଲି ହୃଦୟ ଉପରେ ଚଢ଼ାଇ ଦେଲେ ହେଲା।

କଳା– ସେଥିପାଇଁ ମୁଁ ପ୍ରାୟ ସବୁବେଳେ ଏହି ଯମୁନା କୂଳରେ ବୁଲିବାକୁ ସୁଖ ପାଏଁ। ଯମୁନାର ଓ ମୋର ସମ୍ବନ୍ଧ ବହୁକାଳୁ। କିନ୍ତୁ ମୁଁ ଲକ୍ଷ୍ୟ କରିଛି ଏକ-ଏକ ବିଶାଳ ପରିବର୍ତ୍ତନ ସେ ଯୁଗ ଓ ଏ ଯୁଗ ମଧ୍ୟରେ।

କବି– କଅଣ ସେ ପ୍ରଭେଦ ?

କଳା– ସେତେବେଳେ ପ୍ରେମିକ ଥିଲେ – ଆଜିକାଲି ନାହାନ୍ତି। ଏକୁଟିଆ ବୁଲୁଥାଏ, ବେଲେବେଲେ ଠିକ୍ ଗୋପୀଙ୍କପରି ପ୍ରତୀକ୍ଷା କରିଥାଏ ସେହି ପ୍ରଣୟକୁ, ଯାହା ଦିନେ ଏହି ଯମୁନାକୁ ଉଜାଣି ବୁହାଇଥିଲା। ବେଲେବେଲେ ତୁମେ ଆସୁଛ, ଏ ମୋର ଭାଗ୍ୟ।

କବି– ମନ ହୁଏ ଦିନ ରାତି ଏଠି ବସି ରହନ୍ତି – ପ୍ରେମାଲାପରେ ଦିନର ଚବିଶ ଘଣ୍ଟାକୁ ଦୁଇ ଘଣ୍ଟା ଭାବି କଟାନ୍ତି। କିନ୍ତୁ ସେ ସୁବିଧା କାହିଁ ? ଜୀବିକାର ଚିନ୍ତା, ତେଣେ ଘରକରଣାର ଭାର।

କଳା– ମୋପାଇଁ କଅଣ ଜୀବିକାକୁ ଭୁଲି ପାରୁନାହିଁ ? ଘରକରଣା ଛାଡ଼ିପାରୁ ନାହଁ ? ଗୋପୀମାନେ କିପରି ସବୁ ଛାଡ଼ିଦେଇ ପ୍ରେମ-ପାଗଳିନୀ ହୋଇଥିଲେ ?

କବି– କଠିନ ପ୍ରଶ୍ନ ଏ-ମୁଁ ତ ସହଜେ ଉତ୍ତର ଦେଇପାରୁ ନାହିଁ। ଗଭୀର ସ୍ନେହ ତୁମ ପ୍ରତି ମୋର। କିନ୍ତୁ ଏକମୁଖୀ ପ୍ରେମ ବୋଲି ମୁଁ ତ ସାହସ କରି କହିପାରୁନାହିଁ।

କଳା– ସେଇଠି ତୁମର ସୀମା। ଆଛା, ଘରେ ଯେତେବେଳେ ଥାଅ, ମୋ କଥା ମନେ ପଡ଼େ ?

କବି– ମନେ ତ ପଡ଼େ, କିନ୍ତୁ ଦୀର୍ଘ ନିଃଶ୍ୱାସଟିଏ ପକାଇ ଭୁଲିବାକୁ ପଡ଼େ।

କଳା– ସେହି ମୋର ଦୁର୍ଭାଗ୍ୟ। ଏକମୁଖୀ ପ୍ରେମର ଅଧିକାରୀ ମୁଁ ହୋଇପାରୁ ନାହିଁ; ଏହି ମୋର ଚିର ଅବସାଦ। ସେହି ଅବସାଦ ଏହି ଯମୁନାର କଳକଳ ସ୍ୱରରେ ଟିକିଏ କରୁଣ ଭାବ ମିଶାଇ ଦେଇଛି। ଜାଣି ପାରୁଛ ? ଉପଭୋଗ୍ୟର ଅଭାବରେ ଉପଭୋକ୍ତାର ଯେତେ ଦୁଃଖ ନୁହେଁ, ଉପଭୋକ୍ତ ଅଭାବରେ ଉପଭୋଗ୍ୟର ତା'ଠାରୁ ବେଶୀ ଦୁଃଖ। କେବେ ଏହା ଅନୁଭବ କରିଛ ?

କବି– ନିରବଚ୍ଛିନ୍ନ ଉପଭୋଗ ମୋ ପାଖରେ ନାହିଁ-ସେହି ମୋର ଚିର ଅବସାଦ। ଉପଭୋକ୍ତା ବୋଲି ମଧ୍ୟ ନିଜକୁ ନିଜେ ମନେ କରୁନାହିଁ। ଏତିକି ମୁଁ ଅନୁଭବ କରିଛି ଯେ, ଯେତେ କ୍ଷଣ ତୁମ ସଙ୍ଗରେ ଥାଏଁ ତେତେକ୍ଷଣ ମୋର ମନ ଉଲ୍ଲସିତ-ତା'ପରେ ନାନା ଚିନ୍ତା, ନାନା ଉଦ୍ବେଗରେ କ୍ଷତ ବିକ୍ଷତ ହୋଇଯାଏ ମନଟା। ଅଗତ୍ୟା ସବୁ ସହି ଯିବାକୁ ପଡ଼େ।

କଳା– ତୁମେ ଜାଣ ବହୁ ଲୋକ ମୋଠି ପ୍ରେମଙ୍କ୍ଷାପନ କରି ଶେଷରେ ମୋତେ ସମ୍ପୂର୍ଣ

ଭୁଲି ଯାଇଛନ୍ତି; ଦେଖା ହେଲେ ଚିହ୍ନି ପାରନ୍ତି ନାହିଁ ମଧ ? ସେମାନଙ୍କ ଆଡ଼କୁ ଚାହିଁ ଦେଇ ନୀରବରେ ଏକ ଦୀର୍ଘ ନିଃଶ୍ୱାସ ପକାଇ ରହେ। ତୁମଠାରୁ ସେ ବ୍ୟବହାର ମୁଁ ଆଶା କରେ ନାହିଁ ?

କବି– ଭବିଷ୍ୟତ ଏକ ଅତି ଅନିର୍ଦ୍ଦିଷ୍ଟ ବସ୍ତୁ। କିନ୍ତୁ ଯେତିକି ମୁଁ ନିର୍ଦ୍ଦିଷ୍ଟ ରୂପେ ଅନୁଭବ କରୁଛି, ସେଥିରୁ ଏତିକି କହିପାରେ ଯେ ଭୁଲିଯିବି ନାହିଁ କେବେ ତୁମକୁ।

କଳା– ନାଁ, ବିଶ୍ୱାସ ହେଉନାହିଁ। ଗୁପ୍ତ ପ୍ରଣୟର ଏହି ଦୋଷ ସବୁ ଛାଡ଼ି ମୋରି ପ୍ରଣୟରେ ଆବଦ୍ଧ ତ ହୋଇପାରିବ ନାହିଁ ! ଏଣୁ ପ୍ରକାଶ୍ୟ ପ୍ରଣୟର ତାଡ଼ନାରେ ଏ ଗୋପନ ପ୍ରୀତିକୁ ଭୁଲିବାକୁ ବାଧ୍ୟ ହେବ।

କବି– ମୁଁ ତ କଳ୍ପନା କରି ପାରୁନାହିଁ। ଯଦି ଯେପିର କେବେ ହୁଏ, ତେବେ ତ ଆତ୍ମହତ୍ୟା ଶ୍ରେୟସ୍କର।

କଳା– (ହସିଦେଇ) ସମସ୍ତେ ଗୁପ୍ତ ପ୍ରଣୟରେ ସେହିପରି କହିଥାନ୍ତି। ହୁଏତ ସେ ସେହି ସମୟ ପାଇଁ ସେହିପରି ଭାବିଥାନ୍ତି। କିନ୍ତୁ ତାହା ରହେ ନାହିଁ। ଏହି ସୁଖରେ ପାଣିଫୋଟକା ଭଳି ସେ କଥା।

କବି– ଏହାହିଁ କ'ଣ ସମସ୍ତଙ୍କ ପକ୍ଷରେ ସତ୍ୟ ? ତାହାହେଲେ ତ ପ୍ରେମତତ୍ତ୍ୱ ଆମୂଲଚୂଲ ଭ୍ରମାତ୍ମକ ବୋଲି ପ୍ରତିପନ୍ନ ହେବ।

କଳା– ନା, ଅବଶ୍ୟ ଏ ସାଧାରଣ ସତ୍ୟରେ କେତେକ ବ୍ୟତିକ୍ରମ ଅଛି। ଅଛନ୍ତି କେତେକ, ଦୁଇଆଡ଼ ବଜାୟ ରଖି ଚାଲିଛନ୍ତି। ତା' ନହେଲେ ତ ମୁଁ ଏ ଯମୁନାରେ ଝାସଦେଇ କେଉଁ ଦିନୁ ନିଜକୁ ଲୋପ କରି ସାରନ୍ତିଣି। ଏହି ଦେଖ ଦିଗ୍‌ବଲୟରେ ସୂର୍ଯ୍ୟ ଲୁଚିଲୁଚି ଚାଲି ଯାଉଛନ୍ତି। ଅନ୍ଧକାର ସହିତ ଏହା ତାଙ୍କର ଗୋପନ ପ୍ରଣୟ –

କବି– (ଟିକିଏ ଉଦ୍‌ବିଗ୍ନ ହୋଇ) ଏତେ ଡେରି ହୋଇ ଗଲାଣି ? ଆଚ୍ଛା ଯାଉଛି, ପୁଣି କାଲି ଦେଖା ହେବ। ଏଠୁ ଫେରି ଘରେ ପହୁଞ୍ଚିବାକୁ ରାତି ହୋଇ ଯାଇଥବ। ଘରେ ରାଗ କରିବେ।

କଳା– (ହସି) ସନ୍ଦେହ କରିବେ ନାହିଁ ତ ?

କବି– ଅବସ୍ଥା ଟିକିଏ ସ୍ୱଚ୍ଛଳ ହୋଇଥ୍‌ଲେ ସନ୍ଦେହ କରନ୍ତେ। ମାତ୍ର ଜୀବିକାଚିନ୍ତାରେ ସେ ପ୍ରକାର ସନ୍ଦେହର ଅବକାଶ ନାହିଁ ?

କଳା– ତେବେ ଯିବ ?

କବି– (ତରତର ହୋଇ ଯାଉଛି ଦୁଃଖରେ। କାଲି ପୁଣି ଏଠି ଦେଖା–

କଳା– ବ୍ୟସ୍ତ କାହିଁକି ? ଯିବ ତ, – ଏତେ ତରତର କାହିଁକି ?

କବି–   ନା, କ୍ଷମାକର – ମୋତେ ଘରେ ଯାଇ ବହୁତ କାମ କରିବାକୁ ହେବ
        (ସଙ୍କୁଚିତ ହୋଇ ଯିବାପାଇଁ ଉଦ୍ୟମ)।

କଳା–   ଏହାହିଁ ତୁମର ଗଭୀର ପ୍ରେମର ପ୍ରମାଣ... ! ଆଛା ଯାଅ– ଏକାକିନୀ ବୁଲୁଥିବି
        ଏହି ଯମୁନା କୂଳକୁ ଚାହିଁ ଚାହିଁ।

କବି–   (ଲଜ୍ଜିତ ଅବସ୍ଥାରେ ଦଣ୍ଡାୟମାନ ଓ ଧୀରେ ଧୀରେ ପ୍ରସ୍ଥାନ) –

ଚତୁର୍ଥ ଦୃଶ୍ୟ

(ପ୍ରଥମ ଦୃଶ୍ୟର ପ୍ରାଙ୍ଗଣ ମଧ୍ୟସ୍ଥ ଅଟ୍ଟାଳିକ ଓ ନିକଟବର୍ତ୍ତୀ ଉଦ୍ୟାନରେ ଯୁବକ ପଦଚାରଣ
କରୁଛନ୍ତି – ସଙ୍ଗରେ ବୃତ୍ତି।)

ବୃତ୍ତି–   ଏହିପରି ଯଦି ଧର୍ମଘଟ ଚାଲେ, ତେବେ ତ ଦେଶରେ ଏକ ଘୋର ଅବ୍ୟବସ୍ଥା
        ଘଟିବ।

ଯୁବକ–   ବାସ୍ତବିକ ମୁଁ ବଡ଼ ଚିନ୍ତିତ। ଖାଲି ଧର୍ମଘଟ ନୁହେଁ, ଚାରିଆଡ଼େ ବନ୍ୟା,
        ଆସାମରେ ଭୂମିକମ୍ପ। ଦେଶଟା ତ ପ୍ରକୃତି ଓ ମନୁଷ୍ୟ ଉଭୟ ଆଡ଼ୁ ଆକ୍ରାନ୍ତ।
        ପ୍ରତ୍ୟେକଟି ଗୋଟିଏ ଗୋଟିଏ ବଡ଼ ବିପଦ। ସମସ୍ତଙ୍କ ଏକତ୍ର ସମାବେଶ
        ଯେ କଅଣ; ମୁଁ କଳ୍ପନା କରିପାରୁ ନାହିଁ।

ବୃତ୍ତି–   ହଁ, ଆଉ ଗୋଟିଏ କଥା ମନେ ପଡ଼ିଗଲା। ଘରୁ ଚିଠି ଆସିଥିଲା ଟଙ୍କା ପଠାଇବା
        ପାଇଁ–

ଯୁବକ–   ପଠାଇ ଦେଇଛ ?

ବୃତ୍ତି–   ଟଙ୍କା କାହିଁ ? ସେଠି ସେମାନେ ହଇରାଣ ହେଉଥିବେ।

ଯୁବକ–   ତାକୁ ବି ମୋତେ ଚିନ୍ତା କରିବାକୁ ହେବ ?

ବୃତ୍ତି–   ଅବଶ୍ୟ ମନୁଷ୍ୟର ମସ୍ତିଷ୍କ ସେଥ୍ୟପାଇଁ ଅକ୍ଷମ ନୁହେଁ।

ଯୁବକ–   କିନ୍ତୁ ମୁଁ ଟିକିଏ ନିଶ୍ଚିନ୍ତ ରହିବାକୁ ଚାହେଁ, ଅନ୍ତତଃ କିଛି ସମୟ ପାଇଁ।

ବୃତ୍ତି–   ତା'ର ଅର୍ଥ, ମୁଁ ତୁମ ସଙ୍ଗରେ ରହିବି ନାହିଁ। ଏୟା ତ ?

ଯୁବକ–   ନା, ତା' ନୁହେଁ। ତୁମେ ରହ; କିନ୍ତୁ ଚିନ୍ତା ନ ରହୁ।

ବୃତ୍ତି–   (ହସି) ହସ କଥାଟିଏ କହିଲ। ମୁଁ ନିଜେ ଯେ ଚିନ୍ତାର ମୂର୍ତ୍ତିମତୀ ରୂପ। ମୁଁ
        ରହିଲେ ହିଁ ଚିନ୍ତା ରହିବ। ମୋର ଆପତ୍ତି ନାହିଁ ଚାଲିଯିବାକୁ।

ଯୁବକ–   ନା, ତା' ହବ ନାହିଁ। ତୁମେ ଗଲେ ସେସବୁ ଶୂନ୍ୟ। ଏସବୁ ଚିନ୍ତା ଓ ଉଦ୍‌ବେଗ
        ଭିତରେ ଆନନ୍ଦ ମଧ ଲୁଚି ରହିଛି। ସମ୍ପୂର୍ଣ୍ଣ ଚିନ୍ତାଶୂନ୍ୟ ହେଲେ ଜୀବନଟା ତ

ନୀରସ ହୋଇଯିବ। ମୁଁ କଅଣ କହୁଛି କି, ତମେ ରହ, କିନ୍ତୁ ବେଳେବେଳେ ମୋତେ ଛାଡ଼ିଦିଅ, ମୁଁ ଟିକିଏ ଏକୁଟିଆ ରହେ।

ବୃଦ୍ଧି– କାହିଁକି କୁହ। ତୁମର କଥାରୁ ତ ମୋତେ ଟିକିଏ ସନ୍ଦେହ ହେଉଛି। ସତ କହ, ଏକୁଟିଆ ରହିବାକୁ ଚାହଁ ନା ଆଉ କାହା ସହିତ ?

ଯୁବକ– (ଟିକିଏ ଇତସ୍ତତଃ ହୋଇ) ଅବଶ୍ୟ ମୋର ଅନେକ ବନ୍ଧୁ ଅଛନ୍ତି। ସେମାନଙ୍କ ସଙ୍ଗରେ ଟିକିଏ କଥାବାର୍ତ୍ତା ହେଲେ ମୁଁ ଟିକିଏ ଚିନ୍ତାରୁ ମୁକ୍ତ ହୋଇଯାଏ।

ବୃଦ୍ଧି– କିଏ ସେ ବନ୍ଧୁ ? କହ। ମୋଠାରୁ ବଳି କିଏ ତୁମ ମନରେ ଅନ୍ତତଃ ଅଳ୍ପ ସମୟପାଇଁ ଆନନ୍ଦ ଦେଇ ପାରୁଛି, – ତାହା ମୋର ଜାଣିବାର କଥା। ଜାଣିଲେ ତେଣିକି ମୋର କର୍ତ୍ତବ୍ୟ ନିରୂପଣ କରିବା କଥା।

ଯୁବକ– ଏଇ ତ ତୁମର ଦୋଷ। ଛୋଟ କଥାଟାକୁ ହଠାତ୍ ବଡ଼ କରିଦିଅ। ସେହି ହେତୁରୁ...

ବୃଦ୍ଧି– କଅଣ ସେହି ହେତୁରୁ ? ସେହି ହେତୁରୁ ମୋତେ ଚାଲିଯିବାକୁ କହୁଛ ?

ଯୁବକ– ଏତେ ଶୀଘ୍ର ଉପସଂହାରରେ ପହଞ୍ଚୁଛ କାହିଁକି ? ତୁମକୁ ତ କହିଲେ ଦୋଷ, ନ କହିଲେ ଦୋଷ। କରିବି କଅଣ ?

ବୃଦ୍ଧି– ସତ କହୁଛି– ମୋତେ ଏସବୁ ସୁହାଗିଆ କଥା ସୁଖ ଲାଗେ ନାହିଁ। କାମ ପଡ଼ିଛି, କରିବାକୁ ହେବ। ନିଜର ସ୍ୱାସ୍ଥ୍ୟପାଇଁ ଟିକିଏ ବୁଲାଚଲା କଲ– ତା'ପରେ କାମକୁ ଚାଲ। ଦୁନିଆରେ ବନ୍ଧୁତ୍ୱ ଯୋଗେ କାମ ନଷ୍ଟ ହୁଏ।

ଯୁବକ– ତଥାପି ବନ୍ଧୁତା ଭାଙ୍ଗିବା ଉଚିତ ନୁହେଁ।

ବୃଦ୍ଧି– ସେଥିପାଇଁ ମୋ ମନରେ ଆଘାତ ଲାଗେ। ମୁଁ ବାସ୍ତବିକ ଚାହେଁ ନାହିଁ ଯେ କାହାରି ସହିତ ବନ୍ଧୁତା ରଖ। ସେଦିନ ବୁଲିବାକୁ ଚାଲି ଆସିଲ, କେତେ କାମରେ ଡେରି ହେଲା ! ତେଣୁ ଆଜି ଆସିଲି ତୁମକୁ ସାଙ୍ଗରେ ଠିକ୍ ସମୟରେ ଫେରାଇ ନେବାକୁ–

ଯୁବକ– (ଦୁଃଖରେ) ସତ, ବନ୍ଧୁତା ହିଁ କାମରେ ବ୍ୟାଘାତ ଘଟାଏ। ସେଥିପାଇଁ ତୁମ ମନରେ କଷ୍ଟ ହୁଏ। କିନ୍ତୁ...(ଚାରିଆଡ଼କୁ ଚାହିଁ)–

ବୃଦ୍ଧି– କିନ୍ତୁ କଅଣ ? ହେଲା, ବୁଲା ସରିଲା, ଏଥର ଚାଲ। କେତେ କାଗଜ ଆସି ଯାଇଥିବ। ରାତି ଉଜାଗର କାହିଁକି ହବ, ବେଳ'ସୁ କାମ ଶେଷକଲେ ଯାଏ।

ଯୁବକ– (ଅନ୍ୟମନସ୍କ ହୋଇ) ଆଚ୍ଛା ଚାଲ, ଯାଉଛି ମୁଁ ଟିକିଏ ପଛରେ।
(ସମ୍ପୂର୍ଣ୍ଣ ଅନ୍ୟମନସ୍କ ହୋଇଗଲେ। ବୃଦ୍ଧି ବିରକ୍ତ ହୋଇ ଟିକିଏ ଚାହିଁ ଚାଲି ଆସି ଦୂରରେ ଛିଡ଼ା ହେଲେ– ଧୀରେଧୀରେ କଳାର ପ୍ରବେଶ।)

କଳା— (ଈଷତ୍ ହାସ୍ୟ କରି) ସେ ଥିଲେ କଅଣ ହୋଇଥାଆନ୍ତା ?- ଧରା ପଡ଼ି ଯାଇଥାଆନ୍ତା ନା ?

ଯୁବକ— ନା, ତା ନୁହେଁ– କାହିଁକି କେଜାଣି ସେ ଚାହେଁ ନାହିଁ ଯେ, ମୁଁ ଆଉ କାହାରି ସଙ୍ଗରେ ଟିକିଏ କଥାବାର୍ତ୍ତା ସୁଦ୍ଧା ହୁଏ, ପ୍ରେମ ପ୍ରଣୟ ତ ଦୂରର କଥା। ଏତେ ଈର୍ଷାପରାୟଣା ସ୍ତ୍ରୀ ମୁଁ ଆଉ ଦେଖିନାହିଁ।

କଳା— ତାଙ୍କର ଈର୍ଷା, ତୁମର ତାଙ୍କ ପ୍ରତି ପ୍ରଣୟ ଯୋଗ୍ୟ। ତାଙ୍କଠାରେ ତୁମର ଗଭୀର ପ୍ରଣୟ, ଏଥିରେ ସନ୍ଦେହ ନାହିଁ।

ଯୁବକ— ଏହାର ଅର୍ଥ ନୁହେଁ ଯେ ମୋର ତୁମଠାରେ ପ୍ରଣୟ ନାହିଁ।

କଳା— ପ୍ରଣୟ ନିକିତିରେ ତଉଲିବା ଜିନିଷ ନୁହେଁ। ତେଣୁ ମୋ ପ୍ରତି ତୁମର ପ୍ରଣୟ ଗଭୀର କି ଗଭୀରତର ତା' ତୁମେ ସୁଦ୍ଧା ନିଜେ ଜାଣିପାରିବ ନାହିଁ। ତେବେ ମୁଁ ସେସବୁ କଥା ଭାବେ ନାହିଁ। ମୁଁ ମଧ୍ୟ କାହାରିଠାରୁ ଏକନିଷ୍ଠ ପ୍ରଣୟ ଆଶା କରେ ନାହିଁ। କାରଣ ମୋର ଜୀବନଟା ସେହିପରି। ଯେଉଁଠି ଟିକିଏ ଶ୍ରଦ୍ଧା ଯାଏଁ ସେଠିକି ଆସେ, କଥାବାର୍ତ୍ତା କରେ, ଚାଲିଯାଏ।

ଯୁବକ— ତମେ ଗୁପ୍ତ ପ୍ରଣୟକୁ ଭୟ ପାଅ ?

କଳା— ମୁଁ ଜାଣେ ଗୁପ୍ତ ପ୍ରଣୟର ସୀମା। ଗୁପ୍ତ ପ୍ରଣୟ ମଧ୍ୟ ମୋତେ ଆନନ୍ଦ ଦିଏ। କାରଣ ମୁଁ କାହାରି ପୁରାପୂରି ନୁହେଁ। ପବନ ଭଳି ମୁଁ ସମସ୍ତଙ୍କ ଠାରୁ ଆନନ୍ଦ ସୌରଭ ଗ୍ରହଣ କରେ; ସମସ୍ତଙ୍କୁ ସେ ସୌରଭ ବିତରଣ କରେ। ସେଥିରେ ମୋର ନିଜର କିଛି ନାହିଁ।

ଯୁବକ— କିନ୍ତୁ ମୋର ପ୍ରାଣ ଡାକେ – ତୁମରି ସହ ଦିନ ରାତି କଟାଇ ଦିଅନ୍ତି।

କଳା— ଅସମ୍ଭବ ! କରିପାରିବ ନାହିଁ ତାହା–କେହି କରିପାରି ନାହାନ୍ତି। ପ୍ରଣୟର ପ୍ରବଞ୍ଚନା ସେ। ଆଛା ଶୁଣ – ଏଠି ଜଣେ କବି ଅଛନ୍ତି। ତାଙ୍କ ସହିତ ମୋର ଆଲାପ ଅଛି। ମୁଁ କହିଥିଲି ତାଙ୍କୁ ଏଠାକୁ ଆସିବାକୁ, ଏହି ସମୟରେ। ସେ ଚାହାନ୍ତି ତୁମ ସହିତ ଦେଖା ସାକ୍ଷାତ କରିବାକୁ।

ଯୁବକ— କବି ? ସେ ଏଠାକୁ ଆସିବେ ? କିନ୍ତୁ ମୁଁ ଯେ ଚାହୁଁଥିଲି ତୁମ ସହିତ ଏକୁଟିଆ କିଛି ସମୟ ରହିବାପାଇଁ।

କଳା— ତୁମର ସମସ୍ତ କାହିଁ ? ତା'ଛଡ଼ା ସେ କବିଙ୍କ ପ୍ରତି ବାସ୍ତବିକ ମୋର ଶ୍ରଦ୍ଧା ଜାତ ହୋଇଛି। ଟିକିଏ ସମୟ ପାଇଲେ ସେ ଯମୁନା କୂଳକୁ ବୁଲିବାକୁ ଯାଆନ୍ତି; ସେଠି ଦେଖାହୁଏ। ଅତି ଉତ୍ତମ ଲୋକ ସେ –

ଯୁବକ–   ମୁଁ ବି ମନ କରେ ବରାବର ଯମୁନା କୂଳକୁ ଯିବାପାଇଁ– କିନ୍ତୁ, କିନ୍ତୁ...
          (ବ୍ୟସ୍ତ ହୋଇ)

କଳା–   କାହିଁକି ତୁମେ ସେ ଦିଗରେ ମନ ବଳାଉଛ ? ଯେତିକି ଦେଖା ହେଉଛି ସେତିକି
          ଭଲ । ପ୍ରଣୟ ବିଷୟରେ କବିଙ୍କ ସହ ତୁମେ ପ୍ରତିଦ୍ୱନ୍ଦ୍ୱିତା କରିପାରିବ ନାହିଁ ।
          ତୁମ ମନରେ ଈର୍ଷା ହେବାର କାରଣ ନାହିଁ । କାରଣ, ତୁମେ ନିଜର ପାରିପାର୍ଶ୍ୱିକ
          ଅବସ୍ଥା ଦ୍ୱାରା ଯେପରି ସୀମିତ, ସେ ସେପରି ନୁହନ୍ତି । ସେହି ହେଉଛି ତୁମ ଓ
          ତାଙ୍କ ଭିତରେ ପ୍ରଭେଦ ।

ଯୁବକ–   ନା, ତା' ନୁହେଁ–

କଳା–   ଯୁକ୍ତିକରି ଲାଭ କଅଣ ? ନିଜକୁ ନିଜେ ଠକ ପଛେ, ମୋତେ କାହିଁକି ଠକୁଛ ?
          ଏହି ସେ କବି ଆସିଲେଣି ।

କବି–   (ପ୍ରବେଶ କରି) ଆପଣ !

ଯୁବକ–   ଆପଣ କଅଣ ଏହି ଦିଲ୍ଲୀରେ ରହନ୍ତି ?

କବି–   ଆଜ୍ଞା । ହଁ ।

ଯୁବକ–   କଅଣ ମୋଠାରେ କାମ ?

କବି–   ଶୁଣିଲି ଆପଣ ସାହିତ୍ୟ ଚର୍ଚ୍ଚା କରନ୍ତି । ଏକ ସାହିତ୍ୟ ସମ୍ମିଳନୀର ଆୟୋଜନ
          କରୁଛି । ସେଥିରେ ଯୋଗଦେବାପାଇଁ ଆପଣଙ୍କୁ ଅନୁରୋଧ କରିବାକୁ ଆସିଛି ।
          (କଳାଙ୍କ ଆଡ଼କୁ ଦୃଷ୍ଟି ଦେଇ) ଏହି ତ ସେଠି ଅଧ୍ୟକ୍ଷାତ୍ରୀ ।

ଯୁବକ–   ସାହିତ୍ୟ ସମ୍ମିଳନୀ ? କେବେ ? କେଉଁ ସମୟରେ ?

କବି–   ଆସନ୍ତା ଶନିବାର ଛଅଟା ସମୟରେ ।

ଯୁବକ–   (ଚିନ୍ତା କରି) ସେଦିନ ତ ମୋତେ ସମୟ ହେବ ନାହିଁ । ଦିନଟା ସାରା ଅନେକ
          ଏନ୍ଗେଜମେଣ୍ଟ ଅଛି । ଠିକ୍ ଛଅଟାବେଳେ ଅହମଦାବାଦର ମିଲ-ଓନରସ୍
          ଆସୋସିଏସନର ପ୍ରତିନିଧିମାନେ ଆସିବେ । ବଡ଼ ଦୁଃଖିତ ମୁଁ, ଯୋଗ ଦେଇ
          ପାରିବି ନାହିଁ ।

କବି–   ଆମ ସହିତ ସମ୍ପର୍କଟା ଏମିତି...

ଯୁବକ–   ନାଁ, ଆପଣଙ୍କ ସହିତ ମୁଁ ସମ୍ପର୍କ ରଖିବି । ମଝିରେ ମଝିରେ ଆସିବେ,
          ଆଲୋଚନା କରିବା । ବଡ଼ ଦୁଃଖ ସମ୍ମିଳନୀରେ ଯୋଗ ଦେଇ ପାରୁନାହିଁ ।
          (କଳାଙ୍କ ଆଡ଼କୁ ଅନାଇ) ବାସ୍ତବିକ୍ ମୋ ଜୀବନରେ ଏହି ଅବସାଦ ।
          (କବିଙ୍କୁ) ମୁଁ ଟିକିଏ ଏଠି ବିଶ୍ରାମ ନେଉଛି । ଆପଣ ଆସନ୍ତୁ, ପରେ ଦେଖା
          ହେବ ।

କଳା–   (ହସି ଦେଇ) ଦେଖିଲି ତୁମର ପ୍ରଣୟର ସୀମା। ମୁଁ ଯେଉଁଠି ଅଧ୍ୟକ୍ଷାତ୍ରୀ
        ସେଠିକି ଯିବାପାଇଁ ତୁମର ବେଳ ନାହିଁ। ଏଠି ମୋ ପାଇଁ ଯେପରି ଅବସାଦ,
        ଘରେ ବୁଢ଼ିପାଇଁ ମଧ ସେହିପରି ଅବସାଦ। ନୁହେଁ ?

ଯୁବକ–   (ବ୍ୟସ୍ତ ହୋଇ ପଡ଼ି) ମୁଁ କଅଣ କରିବି – ଟିକିଏ ସମୟ ମିଲୁନାହିଁ। ମୋର
        ଇଚ୍ଛା ଏକ ଦିଗରେ ତ ଅବସ୍ଥା ଅନ୍ୟ ଦିଗରେ – ବିରକ୍ତ ହେବ – ନାହିଁ, ମୋ
        ପ୍ରତି ଦୟା ରଖିବା ଉଚିତ।

କଳା–   ଦୟା ଅଛି ବୋଲି ତ ମୁଁ ବେଳେବେଳେ ଆସେ। ପ୍ରଣୟପାଇଁ ମନ ଅଛି;
        ମାତ୍ର ସୁବିଧା ନାହିଁ। ଏପରି ଲୋକ ତ ଦୟନୀୟ। ଆଚ୍ଛା ବସ, କିଛି ସମୟ
        କଥାବାର୍ତ୍ତା ହେବା।

ଯୁବକ–   (ନିକଟରେ ଏକ ବେଞ୍ଚ ଦେଖାଇ ଦେଇ)। ଆସ ବସ। (ବୁଢ଼ି ଦୂରେ ଏ
        କଥୋପକଥନ ଶୁଣି ବିରକ୍ତି ଭାବ ପ୍ରକାଶ କରୁଥିଲେ। ବସିବାର ଦେଖି କ୍ଷିପ୍ର
        ଗତିରେ ଚାଲି ଆସିଲେ।)

ବୁଢ଼ି–   ଏଇଥିପାଇଁ ଏକୁଟିଆ ରହିବାକୁ କହୁଥିଲ ନା ? କିଏ ଏ ସ୍ତ୍ରୀଲୋକ ? (କଳାକୁ
        ଚାହିଁ) ଲଜ୍ଜା ନାହିଁ ତୁମକୁ ? ଏକାନ୍ତରେ ଜଣେ ପର ପୁରୁଷ ସହ ପ୍ରଣୟାଳାପ
        କରୁଛ ? (ଯୁବକକୁ ଚାହିଁ) ଏହି ଗୁପ୍ତପ୍ରଣୟପାଇଁ ଏକୁଟିଆ ରହିବାକୁ
        ବେଳେବେଳେ ଚାହଁ – ମୁଁ ଥିବାଯାଏ ତା କରାଇ ଦେବି ନାହିଁ। ଚାଲ ଏଠୁ।

ଯୁବକ–   (ଉଠି ଠିଆ ହେଲେ) –

ବୁଢ଼ି–   (କଳାପ୍ରତି) ଫେର ଯଦି ଏପରି ଅବସ୍ଥାରେ ମୋ ସ୍ୱାମୀଙ୍କ ସହ ଦେଖାକର,
        ତେବେ ସମ୍ମାନ ହାନିହେଲେ ମୋତେ ଆଉ ଦୋଷ ଦେବନାହିଁ। (ଯୁବକର
        ହାତ ଧରି) ଚାଲ ଏଠୁ – ଆଜି ତୁମର ମୋର କଥାବାର୍ତ୍ତା। ଲମ୍ପଟତାର
        ଗୋଟାଏ ସୀମା ଅଛି – ଆଶ୍ଚର୍ଯ୍ୟ ! ଯୁବକ କଳା ଆଡ଼କୁ ଦୁଃଖରେ ଚାହିଁଲେ –
        କଳା ହସି ହସି ଯିବାକୁ ବାହାରିଲେ।)

ପଦ୍ମିନୀ

କାଳିନ୍ଦୀଚରଣ ପାଣିଗ୍ରାହୀ

ଚିତୋରର ରାଜକକ୍ଷ
(ଭୀମ ସିଂହ ଓ ପଦ୍ମିନୀ)

ଭୀମସିଂହ– ହେବ ନାହିଁ ପଦ୍ମିନୀ ! ଚିତୋର ରସାତଳକୁ ଯାଉ, ସମଗ୍ର ଦୁର୍ଗ ଭସ୍ମୀଭୂତ ହେଉ, ଚିତୋରବାସୀଙ୍କ ଆର୍ତ୍ତ ହାହାକାରରେ ଆକାଶ ମଥିତ ହୋଇଉଠୁ– କିନ୍ତୁ ଭୀମସିଂହ ରାଜପୁତ ଶକ୍ତିକୁ ଅବମାନିତ ହେବାକୁ ଦେବନାହିଁ–ଚିତୋରର ବଂଶଗୌରବକୁ ଭୂଲୁଣ୍ଠିତ କରିବନାହିଁ ।

ପଦ୍ମିନୀ– କିନ୍ତୁ ରାଣା ! କୁଳଗୌରବ ଏହି ସାମାନ୍ୟ କଥାରେ ନଷ୍ଟ ହୁଏ କି ? ରାଜା ତୁମେ; ପ୍ରଜାକୁ ଛାଡ଼ି ଅସ୍ତିତ୍ୱ ତୁମର ନାହିଁ । ଚିତୋର ରାଜନବରକୁ ତୁମେ ଜାଳି ଦେଇ ପାର; କିନ୍ତୁ ଶତ ସହସ୍ର ପ୍ରଜାଙ୍କ ପ୍ରତି ରାଜାର କର୍ତ୍ତବ୍ୟ ଅଛି ।

ଭୀମସିଂହ– ରାଜାର କର୍ତ୍ତବ୍ୟ ! ରାଜପୁତ୍ ମର୍ଯ୍ୟାଦା ଯବନର ପଦଦଳିତ ହେଉ, ହିନ୍ଦୁସ୍ତାନର ମହତ୍ତ୍ୱ ଉପରେ ଶତ୍ରୁ ନିଷ୍ଠୁର ଅଟ୍ଟହାସ୍ୟରେ ନୃତ୍ୟକରି ଉଠୁ, ରାଜକକ୍ଷରେ ପଶି ମହିଷୀଙ୍କ ସହିତ ପରିହାସ କରୁ, ଆଉ ଚିତୋରରାଜା ଭୀମସିଂହ ନିକଟରେ ଉଭାହୋଇ ମୃଦୁହାସ୍ୟରେ ତାହା ସମର୍ଥନ କରନ୍ତୁ; କାରଣ ରାଜାର କର୍ତ୍ତବ୍ୟ ପାଳନ କରିବାକୁ ହେବ । ହେବନାହିଁ ପଦ୍ମିନୀ, ରାଜପୁତ୍ ଧମନୀରେ ଯେଉଁ ରକ୍ତ ବହୁଛି, ତା ଅଗ୍ନିପରି ଉତ୍ତପ୍ତ ।

ପଦ୍ମିନୀ– ରାଜପୁତ୍ ଧମନୀରେ କେବଳ ଉତ୍ତପ୍ତ ରକ୍ତ ଲୋଡ଼ାନୁହେଁ ରାଣା ! ତାହାର ମସ୍ତିଷ୍କ ତୁଷାରପରି ଶୀତଳ ହେବା ଉଚିତ । ତୁମେ ଭୀମସିଂହ ରୂପରେ ଯାହା ଇଚ୍ଛା କରିପାର; କିନ୍ତୁ ଚିତୋରର ଅଧିନାୟକଭାବରେ ପ୍ରଜାର ଇଚ୍ଛାକୁ ଏଡ଼ି ଦେଇ ପାରିବନାହିଁ ।

ଭୀମସିଂହ– ପ୍ରଜା କ'ଣ ଇଚ୍ଛାକରେ, ରାଜାର ମର୍ଯ୍ୟାଦା ବଦଳରେ ନିଜର ଲଜ୍ଜାବହି
ଜୀବନ ବଞ୍ଚାଇ ରଖିବାକୁ ?

ପଦ୍ମିନୀ– ଯେଉଁମାନେ ରାଜ୍ୟର ମର୍ଯ୍ୟାଦାକୁ ଜାତିର ମର୍ଯ୍ୟାଦା ବୋଲି ଭାବନ୍ତି,
ସେମାନଙ୍କ ବ୍ୟତୀତ ତୁମର ଅନ୍ୟ ପ୍ରଜା ଅଛନ୍ତି – ସେମାନେ ଚିତୋରର
ନାରୀ ଓ ଶିଶୁ ।

ଭୀମସିଂହ– ଚିତୋରର ନାରୀ ! ସେ କ'ଣ ପ୍ରାଣ ଅପେକ୍ଷା ମହତ୍ତ୍ୱକୁ ବଡ଼ ବୋଲି ଧରେ
ନାହିଁ ? ଚିତୋର ମହିଷୀଙ୍କ ମର୍ଯ୍ୟାଦା ଯେ ସମସ୍ତ ରାଜ୍ୟର ପୁଞ୍ଜୀଭୂତ
ମର୍ଯ୍ୟାଦା । ନିଜର ଜୀବନ କିଣିବାପାଇଁ ଚିତୋର ରମଣୀ ତେବେ ସମସ୍ତ
ରାଜସ୍ଥାନର କୁଳଲକ୍ଷ୍ମୀଙ୍କର ରୂପ ବିକିପାରେ ! ରାଜପୁତ୍ ନାରୀର ମର୍ଯ୍ୟାଦାଜ୍ଞାନ
ଏତେ ହୀନ ! ତାହା ହେଲେ ପଦ୍ମିନୀ, ସମସ୍ତ ଦୁର୍ଗରେ ବହ୍ନି ସଂଯୋଗ କର,
ରାଜପୁତ୍ ଲଳନାର ରୂପରାଶି ତାହାର ଆହୁତି ହେଉ । ଆଉ ତୁମେ ? ସମସ୍ତ
ହିନ୍ଦୁସ୍ଥାନର ଶ୍ରେଷ୍ଠ ରୂପସୀ, ଚିତୋର ରାଜ୍ୟର ଏକମାତ୍ର ଇଜ୍ଜତ–ତୁମର
ଅଙ୍ଗ–ଯଷ୍ଟି ମଧ ସେ ହୋମର ସମିଧ ହେଉ ! ସେ ଅନଳର ଜୈତ୍ରଶିଖା
ଆକାଶ ବକ୍ଷରୁ ଚନ୍ଦ୍ର, ସୂର୍ଯ୍ୟ ନିଭାଇ ଦେଉ, ଶିବିର ମଧରେ ଶତ୍ରୁର ରୂପଲୁବ୍ଧ
ଦୃଷ୍ଟିକୁ ଅନ୍ଧ କରୁ – ଆଉ ରାଜସ୍ଥାନର ପୁରୁଷ ! ସେହି ରୂପଯକ୍ଷର ଶୋଣିତ
ଜିହ୍ୱାକୁ ନିରୀକ୍ଷଣ କରି ରୁଧିରରେ ସ୍ୱଦେଶ ମାଟିକୁ ରଞ୍ଜିତ କରୁ !

ପଦ୍ମିନୀ– ରାଜପୁତ୍ ଲଳନା ନିଜ ଜୀବନଠାରୁ ତାହାର ଶିଶୁର ଜୀବନକୁ ବଡ଼ କରି
ଦେଖେ ମହାରାଜ ! ରାଜପୁତ୍ ସନ୍ତାନ ପାଇଁ, ଚିତୋରର ଭବିଷ୍ୟତ ପାଇଁ,
ଅତି ସହଜରେ ସେ ନିଜ ଜୀବନକୁ ଉତ୍ସର୍ଗ କରିପାରେ, ନିଜର ମର୍ଯ୍ୟାଦାକୁ
ଉପହାସ କରିପାରେ !

ଭୀମସିଂହ– ନିଜକୁ ମର୍ଯ୍ୟାଦାକୁ ଉପହାସ ! ନାରୀର ମର୍ଯ୍ୟାଦା ! ରାଜପୁତ ରମଣୀର
ମର୍ଯ୍ୟାଦା !

ପଦ୍ମିନୀ– ପୁରୁଷ ଦୃଷ୍ଟିରେ ନାରୀର ମର୍ଯ୍ୟାଦା ଯାହା, ନାରୀ ଦୃଷ୍ଟିରେ ଠିକ୍ ତାହା ନୁହେଁ ।
ଶତ୍ରୁ ଆଗରେ ବୀରବେଶରେ ଉଭାହେବା ପାଇଁ ରାଜପୁତ୍ କନ୍ୟାର ସଂକୋଚ
ନାହିଁ । ରାଜପୁତ ଲଳନାର ମର୍ଯ୍ୟାଦା ଏପରି କ୍ଷୀଣ ରେଶମ ସୂତ୍ରରେ ଝୁଲନାହିଁ
ମହାରାଜ ! ଯେଉଁ ମର୍ଯ୍ୟାଦା କଥା ଭାବି ତୁମେ ଏତେ ବିଚଳିତ, ତାହା
କାଳ୍ପନିକ; କିନ୍ତୁ ଶତ୍ରୁ ଯେ ଦୁର୍ଗପଥ ରୋଧକରି ଚିତୋରବାସୀଙ୍କୁ ଅନାହାରରେ
ହତ୍ୟାକରବାକୁ ଯାଉଛି, ଏହା ସତ୍ୟ । ଏ ଦୁଃଖରୁ ଚିତୋରର ନିରୀହ ଜନନୀ
ଓ ଶିଶୁମାନଙ୍କୁ ଉଦ୍ଧାର କରିବାକୁ ହେବ । ଅଥଚ ଗୋଟିଏ ସାମାନ୍ୟ

ଉପାୟଦ୍ୱାରା ଯଦି ଏତେ ବଡ଼ ମହତ୍ କାର୍ଯ୍ୟ ସାଧିତ ହୋଇପାରେ, ତେବେ ଏ ରାଜ୍ୟର ଅଧିନାୟକ ରୂପରେ ତୁମର ଅସ୍ଥିର ହେବା ଉଚିତ କି ?

ଭୀମସିଂହ– ହାଁ ପଦ୍ମିନୀ ! ସ୍ଥିର ହେବି, ମେରୁ ପରି ଅଚଳ ହେବି, ଶତ୍ରୁ – ହାତରେ ନିଜ ପତ୍ନୀର ରୂପ ବିକ୍ରୟ କରି ।

ପଦ୍ମିନୀ– ଶୁଣ ରାଣା–ଆଲ୍ଲାଉଦ୍ଦିନ ମୋର ରୂପକୁ ହିଁ ଦେଖି ଫେରିଯିବେ । ସେଥିରେ ଏ ରୂପ ମଳିନ ହେବନାହିଁ; ରାଜନବର ରସାତଳକୁ ଯିବ ନାହିଁ; କିନ୍ତୁ ଚିତୋରର ଭବିଷ୍ୟତ ବଞ୍ଚିରହିବ ।

ଭୀମସିଂହ– ରାଜ୍ୟର ଭବିଷ୍ୟତକୁ ଚାହିଁ ଉପସ୍ଥିତକୁ ବଳିଦେବା ରାଜାର କର୍ତ୍ତବ୍ୟ ନୁହେଁ ।

ପଦ୍ମିନୀ– ଉପସ୍ଥିତକୁ ବଳି ଦେଉନାହିଁ ରାଣା ! ତାକୁ ଜୀବିତ ରଖିବାକୁ ଯାଉଛ । ଦେହର ମର୍ଯ୍ୟାଦା ଅପେକ୍ଷା ଅନ୍ତରର ମର୍ଯ୍ୟଦା ଯଥେଷ୍ଟ ବଡ଼ । ସେ ମର୍ଯ୍ୟାଦା ରକ୍ଷାକରିବାକୁ ରାଜପୁତ୍ କନ୍ୟା ବହୁ ପୂର୍ବରୁ ଶିଖିଛି (ଭୀମ ସିଂହଙ୍କ କାନ୍ଧରେ ହାତ ରଖି କୋମଳ ସ୍ୱରରେ) ଛା ଛି, ପ୍ରିୟତମ ! ମର୍ଯ୍ୟାଦା କହୁଛ କେବଳ ଗୋଟାଏ ଅର୍ଥହୀନ ଆବରଣକୁ ? – ରାଜପୁତ୍ ବାହିନୀର ଅଗ୍ରଣୀ ହୋଇ ଯୁଦ୍ଧଭୂମିରେ ସେ ଆବରଣକୁ ରାଜପୁତକନ୍ୟା ଏଥିପୂର୍ବେ ଛିନ୍ନ କରିନାହିଁ କି ?

ଭୀମସିଂହ– ସେଥିପାଇଁ ରାଜପୁତକନ୍ୟା ହିନ୍ଦୁସ୍ଥାନର ଗର୍ବ; କିନ୍ତୁ ରାଜପୁତ–ସନ୍ତାନ ପକ୍ଷରେ ନିଜ ପତ୍ନୀର ରୂପକୁ ଶତ୍ରୁ ହାତରେ ଯାଚି ଦେବା କାପୁରୁଷତା !

ପଦ୍ମିନୀ– ତାହାଠାରୁ ବଡ଼ କାପୁରୁଷତା ବିଚାରହୀନ ହୋଇ ସମଗ୍ର ରାଜ୍ୟକୁ ଶତ୍ରୁ ଆଗରେ ଜାଳିଦେବା । ରାଜା କେବଳ ବାହୁବଳରେ ଶାସନ କରେନାହିଁ ରାଣା, ମସ୍ତିଷ୍କବଳରେ; କିନ୍ତୁ ସେ ମସ୍ତିଷ୍କ ତୁମର ଏକ କାଳ୍ପନିକ ଭୟରେ ଉତ୍ତପ୍ତ ହୋଇପଡ଼ିଛି ।

ଭୀମସିଂହ– ତେବେ କ'ଣ ଭାବୁଛ–ଦିଲ୍ଲୀ ସମ୍ରାଟଙ୍କୁ ଅଭ୍ୟର୍ଥନା କରି ଚିତୋର ଅନ୍ତଃପୁରକୁ ଡାକି ଆଣିବା ଶୀତଳ ମସ୍ତିଷ୍କର କାର୍ଯ୍ୟ ?

ପଦ୍ମିନୀ– ନା, ତୁମକୁ ଡାକିବାକୁ ହେବ ନାହିଁ । ଡାକିବାର ଅନ୍ୟ ବ୍ୟବସ୍ଥା କରାଯାଉଛି । ତୁମେ ଯାଇ ବିଶ୍ରାମ କର । ରାଜପୁତ ଲଳନାର ଇଜ୍ଜତ୍ ଏପରି ହୀନପ୍ରଭ ନୁହେଁ ଯେ, ତାହା କାହାରି ଦୃଷ୍ଟିପାତ ମାତ୍ରକେ ଲିଭିଯିବ ।

ଭୀମସିଂହ– ଯାଉଛ ପଦ୍ମିନୀ ! ତୁମେ କେବଳ ଚିତୋରର ରାଜମହିଷୀ ନୁହଁ, ତାହାର ମାତା; ଚିତୋର ରାଣାର ପ୍ରେୟସୀ ନୁହଁ, ତାହାର ପ୍ରିୟତମ ସଚିବ । (ପ୍ରସ୍ଥାନ) (ଦିଲ୍ଲୀ ସମ୍ରାଟ ଆଲ୍ଲାଉଦ୍ଦିନଙ୍କର ପ୍ରବେଶ । କିନ୍ତୁ ପଦ୍ମିନୀ ତାଙ୍କ ପ୍ରତି ଦୃଷ୍ଟିପାତ କଲେନାହିଁ ।)

ଆଲ୍ଲାଉଦ୍ଦିନ– ତୁମେ ପଦ୍ମିନୀ ? ଚାରଣ କବିର କବିର ଉଷ୍ଣ ସଙ୍ଗୀତ ? ସମଗ୍ର ହିନ୍ଦୁସ୍ଥାନର ସର୍ବଶ୍ରେଷ୍ଠ ଶିଳ୍ପ–ସୃଷ୍ଟି ?

ପଦ୍ମିନୀ– ରମଣୀଙ୍କୁ ମୁଗ୍ଧ କରିବାର କୌଶଳରେ ଦିଲ୍ଲୀ ସମ୍ରାଟ୍ ସିଦ୍ଧହସ୍ତ ଏବଂ କିପରି ଭାଷାରେ ନାରୀ ହୃଦୟକୁ ସ୍ପର୍ଶ କରାଯାଏ, ତାହାର ବହୁ ଅଭିଜ୍ଞତା ତାଙ୍କର ଅଛି ।

ଆଲ୍ଲାଉଦ୍ଦିନ – ହାୟ ପଦ୍ମିନୀ ! ଜଗତର ସବୁ ଭାଷା ସ୍ୱପ୍ରାୟିତ ହେଲେ ଏ ରୂପକୁ ଗଢ଼ି ପାରିବ କି ? ଚାରଣ କବିର ସ୍ତୁତିଗାଥା ଶୁଣି କେତେ ରାତି କେତେ ଦିନ ଏରୂପର କଳ୍ପନା କରିଛି, କେତେ ସନ୍ଧ୍ୟାରେ ଜାନୁପାତ କରି ତାକୁ ଧ୍ୟାନର ମୂର୍ତ୍ତି କରିଛି, ତିନି ଥର ଚିତୋର ଆକ୍ରମଣ କରି ଶତ ସହସ୍ର ସେନାଙ୍କୁ ବିପଦରେ ପକାଇଛି । କିନ୍ତୁ ଆଜି ତୁମକୁ ଶରୀରିଣୀ ରୂପରେ ଦେଖିବାକୁ ପାଇ ମନେହେଉଛି, ବାସ୍ତବ ଅପେକ୍ଷା କଳ୍ପନା ବଡ଼ ବସ୍ତୁ ନୁହେଁ ।

ପଦ୍ମିନୀ– ଦିଲ୍ଲୀ ସମ୍ରାଟଙ୍କର ଦୟା ଅପାର ।

ଆଲ୍ଲାଉଦ୍ଦିନ – ଦୟା ! ତୁମ ନିକଟରେ ଉଭାହୋଇ ଦିଲ୍ଲୀର ସିଂହାସନ ଆଜି ସାମାନ୍ୟ ଶିଳାଖଣ୍ଡ ମାତ୍ର । ତୁମ କଥା ଶୁଣିବାକୁ ପାଇ ସମସ୍ତ ଦେହ କଥା କହିଉଠିଛି । ତୁମ ଚକ୍ଷୁକୁ ଚାହିଁ ସବୁ ଅବୟବ ଦୃଷ୍ଟିଶକ୍ତି ପାଇଛି ।

ପଦ୍ମିନୀ– ଦିଲ୍ଲୀଶ୍ୱର ! ଏସବୁ ପ୍ରଶଂସା ପାଇଁ ମୁଁ ଯୋଗ୍ୟା ନୁହେଁ । ଆପଣଙ୍କର ମନୋରଥ ପୂର୍ଣ୍ଣ ହୋଇଛି । ପୂର୍ବ ଅଙ୍ଗୀକାର ମାନି ବର୍ତ୍ତମାନ ଫେରିଯିବାକୁ ହେବ ।

ଆଲ୍ଲାଉଦ୍ଦିନ –ମନୋରଥ ପୂର୍ଣ୍ଣ ହୋଇନାହିଁ ପଦ୍ମିନୀ, ଆରମ୍ଭ ହୋଇଛି ମାତ୍ର । ଏ ପ୍ରାଣରେ ଯେଉଁ ତୀବ୍ର ତୃଷ୍ଣ ଜଳିଉଠିଛି, ସମଗ୍ର ଭାରତ ସାମ୍ରାଜ୍ୟ ତାକୁ ତୃପ୍ତ କରିବାକୁ ଅକ୍ଷମ । ଫେରିଯିବି ? ତୁମେ ମୋହର ଦୃଷ୍ଟି–ପଥରୁ ଦୂର ହେଲେ ଯେ ଦିଲ୍ଲୀ ସିଂହାସନ ଆଲ୍ଲାଉଦ୍ଦିନ ନିକଟରେ ତୁଚ୍ଛ ।

ପଦ୍ମିନୀ– ଦିଲ୍ଲୀଶ୍ୱର ! ନାରୀ ସହିତ କଥା କହିବାର ସାଧାରଣ ସୌଜନ୍ୟ ଆପଣ ଭୁଲିଯାଉଛନ୍ତି ।

ଆଲ୍ଲାଉଦ୍ଦିନ – ସମସ୍ତ ଜଗତକୁ ଭୁଲିଛି ପଦ୍ମିନୀ ! ରାଜ୍ୟ, ରାଜସିଂହାସନ, ସମ୍ରାଟ, ମହିଷୀ, ସମସ୍ତେ–ନିଜେ କେବଳ ଜୀଇ ଉଠିଛି ଅନ୍ତରମୟ ମଞ୍ଜରିତ ସୁରଭିତ ହୋଇ ।

ପଦ୍ମିନୀ– ଯେଉଁ ରୂପରେ ଆପଣ ଏତେଦୂର ବିମୁଗ୍ଧ, ସେ ରୂପରେ ମୁଁ ନିଜେ ମୁଗ୍ଧ ନୁହେଁ । ପୁରୁଷର ରୂପତୃଷ୍ଣା ତୃପ୍ତ କରିବାର ହୀନତା ଚିତୋରର ଭିକ୍ଷୁଣୀ ମଧ୍ୟ ସ୍ୱୀକାର କରିବ ନାହିଁ ।

ଆଲ୍ଲାଉଦ୍ଦିନ – ଧନ୍ୟ ବାଳିକା ! ଏ ଜଗତରେ ତୁମେ ମଧ୍ୟ ନିଷ୍ଠୁର ହୋଇପାର !

ପଦ୍ମିନୀ– ସମୟ ଅତୀତ ହୋଇଛି, ଆପଣଙ୍କୁ ଫେରିବାକୁ ହେବ ।

ଆଲ୍ଲାଉଦ୍ଦିନ – ଫେରିବାକୁ ହେବ ! ହାୟ ପଦ୍ମିନୀ, ଏହି କଥା ବଦଲରେ ଦିଲ୍ଲୀ ସମ୍ରାଟର ପ୍ରାଣଦଣ୍ଡ ଆଦେଶ ନ କଲ କାହିଁକି ? ସେ ଯବନ, ସେ ରୂପଭିକ୍ଷୁ, ତଥାପି ସେ ଯେ ତୁମ ପାଇଁ କେତେ ନିଶିକୁ ଦିବସରେ ପରିଣତ କରିଛି, କେତେ ରୂପସୀଙ୍କର ବିରହ–ଅଶ୍ରୁ ଝୁରାଇଛି–ଥରେ ହେଲେ ତା ଆଡ଼କୁ ଚାହିଁବା ପାଇଁ ତୁମର ଅନୁକମ୍ପା ହେଲା ନାହିଁ ?

ପଦ୍ମିନୀ– ଦିଲ୍ଲୀସମ୍ରାଟ ଆସିଥିଲେ ଚିତୋର ମହିଷୀର ରୂପ ଦେଖିବାକୁ । କିନ୍ତୁ ଚିତୋର ରାଣୀ ସମ୍ରାଟଙ୍କୁ ଦେଖିବାକୁ ଲୋଡ଼ିନାହିଁ ।

ଆଲ୍ଲାଉ.– ନ ଚାହିଁ ପଦ୍ମିନୀ, ମୁଁ ହିଁ କେବଳ ଚାହେଁ – ଅନନ୍ତ କାଲ ଧରି ବିଶ୍ୱସୃଷ୍ଟିର ଆରମ୍ଭରୁ ଶେଷ ପର୍ଯ୍ୟନ୍ତ ।

ପଦ୍ମିନୀ– ଦିଲ୍ଲୀଶ୍ୱରଙ୍କର ଫେରିବାର କିଛି ଉଦ୍ୟମ ଦେଖୁନାହିଁ ।

ଆଲ୍ଲାଉ.– ତୁମେ ଯେ ମୋର ସବୁ ଉଦ୍ୟମ ଛଡ଼ାଇ ନେଇଛ–ମୋର ସକଲ ଚିନ୍ତା ସକଲ କର୍ମର ପ୍ରେରଣା । ଯେଉଁ ଭୂମି ଉପରେ ତୁମରି ପାଦପଦ୍ମ ଫୁଟାଇଛି, ତାହାରି ସ୍ପର୍ଶ ଯେ ମୁଁ ଅନୁଭବ କରେ । କେଉଁଦିଗକୁ ଫେରିବି ପଦ୍ମିନୀ ? ଏ ଭୂମିରୁ ପାଦ ଉଦାଇଲେ ଯେ ଦିଲ୍ଲୀଶ୍ୱର ଦୁନିଆର ଫକୀର ।

ପଦ୍ମିନୀ– (ଛୁରୀ କାଢ଼ି ନିଜ ସମ୍ମୁଖରେ ଧରି ଧୀର ଭାଷାରେ) ତାହା ହେଲେ ଦେଖନ୍ତୁ ଏହି ଛୁରିକା; ଏହାରି ସାହାଯ୍ୟରେ ଦିଲ୍ଲୀ ସମ୍ରାଟଙ୍କ ଦୁର୍ଦମ ରୂପତୃଷ୍ଣାର ତର୍ପଣ କରେ । (ନିଜ ବକ୍ଷରେ ଛୁରୀ ମାରିବାକୁ ଉଦ୍ୟତା)

ଆଲ୍ଲାଉ.– (ବାଧା ଦେଇ) ଥାଉ ପଦ୍ମିନୀ ! ଫେରିବାପାଇଁ ତୁମକୁ ଆଉ ସ୍ମରଣ କରାଇବାକୁ ହେବନାହିଁ; କିନ୍ତୁ କି ଦୁର୍ବଲ ଅତୃପ୍ତି ଘେନି ଫେରୁଛି, ଜାଣ କି ? ଦିଲ୍ଲୀ ସମ୍ରାଟର ଅତୃପ୍ତି ଜାତ ହେଲେ ତାହାର ପରିଣାମ କେତେଦୂର ଯାଇପାରେ, ବିଚାରି ଥରେ ଦେଖିଛ କି ?

ପଦ୍ମିନୀ– ଜାଣେ ! ସେଥିପାଇଁ ସମ୍ରାଟଙ୍କ ବିଚାର ଆସନରେ ଅନେକ ନିର୍ଦୋଷ ପ୍ରଜା ପ୍ରାଣଦଣ୍ଡ ଭୋଗ କରିବେ; ଅନେକ ଅଧୀନ ରାଜାଙ୍କର ବିନା ଅପରାଧରେ ହୃତକମ୍ପ ଜାତ ହେବ ।

ଆଲ୍ଲାଉ.– ଆଉ ଚିତୋର ? ଚିତୋର ଯଦି ଆଉ ଥରେ ଆକ୍ରାନ୍ତ ହୁଏ ?

ପଦ୍ମିନୀ– ତାହାହେଲେ ଦିଲ୍ଲୀ ସମ୍ରାଟ ତାଙ୍କର ଅଙ୍ଗୀକାର ଭଙ୍ଗ କରିବେ ।

ଆଲ୍ଲାଉ.– କିନ୍ତୁ ସେଥିପାଇଁ ଦୋଷୀ କିଏ ? ତୁମେ ନୁହଁ କି ? ରାଜାର ସବୁ ଅଙ୍ଗୀକାର,

ବିଚାରବୁଦ୍ଧି ସବୁ ଗଦ୍ୟମୟ କର୍ତ୍ତବ୍ୟ, ସୁରନର୍ତ୍ତକୀର ଗୀତ ମୁର୍ଚ୍ଛନାରେ ହଜାଇ ଦେଇଛି କିଏ ? ମୋର ସମସ୍ତ ଜୀବନ ଆଜି ଯତି-ଛେଦରେ ଝଙ୍କୃତ କରିଛି କାହାର ସ୍ପର୍ଶ ?

ପଦ୍ମିନୀ–   ରାଜା ଯଦି କବି ହୁଏ, ତେବେ ତାହା ପୃଥିବୀ ପକ୍ଷରେ ଭୟଙ୍କର । କାରଣ କବିତାକୁ କାର୍ଯ୍ୟରେ ପରିଣତ କରିବାର ନାନା ସୁଯୋଗ ତାହାର ଅଛି । ଦିଲ୍ଲୀଶ୍ବରଙ୍କ ଏହି କାବ୍ୟପ୍ରୀତି ହିନ୍ଦୁ ନାରୀ ସମକ୍ଷରେ ନୀତିବିରୁଦ୍ଧ ।

ଆଲ୍ଲାଉ.–   ନୀତି ! ଚିତୋର ରାଜା ଭୀମସିଂହଙ୍କର ହି ନୀତିଜ୍ଞାନ ଅଛି ! ରୂପ ଅଛି ! ଶୌର୍ଯ୍ୟ ଅଛି !

ପଦ୍ମିନୀ–   ଦିଲ୍ଲୀ ସମ୍ରାଟ ଯାହାଙ୍କ ପ୍ରତି ଏପରି ଶ୍ଳେଷବାକ୍ୟ ବ୍ୟବହାର କରୁଛନ୍ତି, ସେ ଏଠାରେ ଅନୁପସ୍ଥିତ ।

ଆଲ୍ଲାଉ.–   ନା, ସେ ଉପସ୍ଥିତ ଥିଲେ ମଧ ଦିଲ୍ଲୀ ସମ୍ରାଟଙ୍କୁ ଅନ୍ୟମାନେ ଭୟ କରନ୍ତି ।

ପଦ୍ମିନୀ–   କିନ୍ତୁ ଚିତୋରର ରାଣା ସେମାନଙ୍କ ମଧରୁ ଜଣେ ନୁହନ୍ତି ।

ଭୀମସିଂହ–   ସେ କେବଳ ତୁମରି ପାଇଁ ପଦ୍ମିନୀ–ତୁମେ ହିଁ ଚିତୋରର ରୂପ, ତାହାର ଶକ୍ତି, ତାହାର ତପସ୍ୟା ।

ପଦ୍ମିନୀ–   ଦିଲ୍ଲୀ ସମ୍ରାଟଙ୍କ ମୁଖରୁ ସ୍ତୁତିବାକ୍ୟ ଶୁଣିବାକୁ ଅନେକ ରମଣୀ ନିଜକୁ ଭାଗ୍ୟବତୀ ଜ୍ଞାନ କରିବେ ।

ଆଲ୍ଲାଉ.–   ତୁମେ କେବଳ କରୁନାହଁ; କିନ୍ତୁ ଯାହାକୁ ଲାଭକରି ନିଜକୁ ଭାଗ୍ୟବତୀ ଜ୍ଞାନ କରୁଛି, ସେହି ଭୀମସିଂହ ଯଦି ଦିଲ୍ଲୀଶ୍ବରଦ୍ ବନ୍ଦୀ ହୁଏ ?

ପଦ୍ମିନୀ–   ତାହାହେଲେ ପଦ୍ମିନୀ ଚକ୍ଷୁରୁ ଅଶ୍ରୁପାତ ହେବନାହିଁ । ଉପସ୍ଥିତ କ୍ଷେତ୍ରରେ କର୍ତ୍ତବ୍ୟ ସ୍ଥିର କରିବାକୁ ରାଜପୁତ-ନନ୍ଦିନୀ ଜାଣେ ।

ଆଲ୍ଲାଉ.–   ଯୁଦ୍ଧ କରି ନିଜ ସ୍ବାମୀଙ୍କୁ ଉଦ୍ଧାର କରିବ ସିଂହ ହସ୍ତରୁ ? ପାତିବ୍ରତ୍ୟର ଉଗ୍ର ଦୃଷ୍ଟାନ୍ତ ଦେଖାଇବ ଜଗତର ଇତିହାସରେ ?

ପଦ୍ମିନୀ–   ହେଉ ତେବେ, ତାହାହିଁ ହେବ । ତାହାହେଲେ ଆଉ ଥରେ ତୁମକୁ ଦେଖିବାକୁ ପାଇବି – ଯୋଦ୍ଧ ବେଶରେ । କଟୀବିଲମ୍ବିତ ଏହି କୃଷ୍ଣବେଣୀ, ମସ୍ତକରେ ହୀରାର ମୁକୁଟ ଏବଂ ଘୋଟକପୃଷ୍ଠରେ ସବୁ ମୁକୁଟର ମଣି ସ୍ବରୂପ ତୁମେ ନାରୀରୂପରେ, ଶ୍ରେଷ୍ଠ ମାନବୀ ରୂପରେ, ଅତୁଲନୀୟ ରୂପସୀ ଭାବରେ, କବର ଭିତରେ ମଧ ତୁମେ ଆଲ୍ଲାଉଦ୍ଦିନର ଧ୍ୟାନର ବସ୍ତୁ ହୋଇ ରହିବ; କିନ୍ତୁ ସେଥିପୂର୍ବରୁ ତୁମର ସୁକୋମଳ ନାରୀ ଅନ୍ତରର ପୌରୁଷ ଦେଖିବାର ଅଭିଲାଷ ଆଜି ଦିଲ୍ଲୀଶ୍ବରର ମାଦକତାରେ ପରିଣତ ହୋଇଛି । ସେତେଦିନ

ପର୍ଯ୍ୟନ୍ତ ଦିଲ୍ଲୀଶ୍ୱରର ଜୀବନ ରାଜସିଂହାସନ ଛାଡ଼ି ପ୍ରେତାତ୍ମା ରୂପରେ ଚିତୋରର ଚାରିପାଖରେ ଦିବା ନିଶି ବୁଲିବ; କିନ୍ତୁ ଯେଉଁଦିନ ତୁମେ ବିପୁଳ ରାଜପୁତବାହିନୀର ଅଗ୍ରବର୍ତ୍ତିନୀ ହୋଇ ଦିଲ୍ଲୀ ସାମ୍ରାଜ୍ୟ ବିରୁଦ୍ଧରେ ଅଭିଯାନ କରିବ, ଆଉ ତୁମର ଶରମୁନ-ତୁମରି ମେଧା ପରି ତୀକ୍ଷ୍ଣ ସେହି ବିଷାକ୍ତ ଲୌହଖଣ୍ଡ ଯେତେବେଳେ ଏହି କରପଲ୍ଲବରୁ ମୁକ୍ତ ହୋଇ ଆଲ୍ଲାଉଦ୍ଦିନର ଦଗ୍ଧ ବକ୍ଷରେ ଲାଗିବ ଏବଂ ଯୁଦ୍ଧ ସାନ୍ତୁ ଜଡ଼ିତ ତୁମର ଅଙ୍ଗଯଷ୍ଟିକୁ ଚାହିଁ ଆଉ ସେହି ବକ୍ଷବିଦ୍ଧ ଶରକୁ ହିଁ ଆଲିଙ୍ଗନ କରି ଦିଲ୍ଲୀ ସମ୍ରାଟ ରଣଭୂମିର ତୃଣଶଯ୍ୟାରେ ଚିରନିଦ୍ରା ବରଣ କରିବ, ସେ ତାହାର ମୃତ୍ୟୁ ହେବନାହିଁ, ପଦ୍ମିନୀ! – ସହସ୍ର ଯୁଗବିସ୍ତୃତ ଅମର ଜୀବନ।   (ପ୍ରସ୍ଥାନ)

(ତ୍ରସ୍ତ ବ୍ୟସ୍ତ ହୋଇ ପଦ୍ମିନୀଙ୍କ ସହଚରୀ ସୁଚାରିକାର ପ୍ରବେଶ)

ସୁଚାରିକା– ଦେବୀ! ବଡ଼ ଗୁରୁତର ସମ୍ବାଦ।

ପଦ୍ମିନୀ– ଗୁରୁତର, କିପରି ?

ସୁଚାରିକା– ସେହି ଯେ ବୁଢ଼ା-ଡୋଲା ଯୋଡ଼ିକ ଯାହାର ଆଖୀ ଭିତରୁ ଆସି ନାକ ଉପରେ ଝୁଲୁଛି, ଦାନ୍ତଗୁଡ଼ିକ ଯାହାର ପାଟିରୁ ବାହାରି ଆସି ଦାଡ଼ି ହୋଇ ଆଣ୍ଠୁଯାଏ ଲମ୍ବିଛି, ସେହି ଦାଡ଼ି ଉପରେ ଘୋରଣା ପରି ଯେ ସବୁବେଳେ ଓଠକୁ ବୁଲାଏ, ଆଉ ସେଥ୍ରେ କଥାଗୁଡ଼ାକ ଯେମିତି କୁଆପଥର।

ପଦ୍ମିନୀ– କିଏ ସେ ? ରାଜଦୂତ ?

ସୁଚାରିକା– ସେହି ବୁଢ଼ା-ମନ୍ତ୍ରୀଙ୍କ ଆଗରେ କୁଆପଥର ଫିଙ୍ଗିଲା ପରି କଥାଗୁଡ଼ାକ–

ପଦ୍ମିନୀ– କ'ଣ କହୁଥ୍ଲେ ?

ସୁଚାରିକା– କ'ଣ କହୁଥ୍ଲେ ସେ ଜାଣନ୍ତି, ନ ହେଲେ ତାଙ୍କ ଦାଡ଼ିରେ ଯେଉଁ ବିରୁଡ଼ି ବସା କରିଛନ୍ତି –

ପଦ୍ମିନୀ– (ବ୍ୟଗ୍ର ହୋଇ) କହ ସୁଚାରିକା, କ'ଣ କହୁଥ୍ଲେ ?

ସୁଚାରିକା– କ'ଣ କହୁଥ୍ଲେ କେହି କିଛି ବୁଝିପାରିଲେ ନାହିଁ।

ପଦ୍ମିନୀ– ଇସ୍ ! କି ଅସମ୍ବ କଥା କହୁଛୁ।

ସୁଚାରିକା– ଅସମ୍ବ ନୁହେଁ ମଣିମା, ମୁଁ ଯେପରି ସମ୍ବ, ଆପଣ ଯେପର ସମ୍ବ, ସେହିପରି। ଯେତେ ଲୋକ ସେଠାରେ ଥ୍ଲେ, କେହି କିଛି ବୁଝିପାରିଲେ ନାହିଁ, କାବାହୋଇ ଉପରକୁ ଡୋଲା ଖୋଷିଦେଲେ – ସବୁରି ଆଖିଗୁଡ଼ିକ ଯେମିତି ଗୋଟିଏ ଗୋଟିଏ ଚନ୍ଦ୍ରବିନ୍ଦୁ – ଡିମ୍ବ ଉଷ୍ଣମେଶିଲା ବେଲେ ପାରା ଯେମିତି ଆଖି ଖୋଷିଦିଏ।

ପଦ୍ମିନୀ–   କେତେ ଉପମା ସଜାଡ଼ୁଛୁ, ସୁଚାରିକା ! ଏହି ଗୁରୁତର ସମ୍ବାଦ ଦେବାକୁ
             ଆସିଥିଲୁ ?

ସୁଚାରିକା–   ଆଉ ଦେବି ! ମନ୍ତ୍ରୀଙ୍କଠାରୁ ଆରମ୍ଭ କରି ଦରବାର ଘରର ସେହି ପୋଷା
             କୁତ୍ରୀଟା ପର୍ଯ୍ୟନ୍ତ ସମସ୍ତେ ନଅର ଛାଡ଼ି ଦୌଡ଼ିଛନ୍ତି, ବିଲ ମଝିରେ ଯେମିତି
             ଖଣ୍ଡିଆଭୂତ ।

ପଦ୍ମିନୀ–   (ପ୍ରଥମେ ବିଚଳିତା ଓ ପରେ ପ୍ରକୃତିସ୍ଥା ଭାବରେ) ଯା’ତ ସୁଚାରିକା ବିଜୁଳି
             ବେଗରେ – ଭଲ କରି ବୁଝିଆ, ଘଟଣା କ’ଣ !

ସୁଚାରିକା–   ଘଟଣା ଆଉ ବୁଝିବି କ’ଣ ? ମନ୍ତ୍ରୀ କହି ପଠାଇଛନ୍ତି –

ପଦ୍ମିନୀ–   ଏହି ପରା କହୁଥିଲ, ମନ୍ତ୍ରୀ କୁଆଡ଼େ ଦୌଡୁଛନ୍ତି ?

ସୁଚାରିକା–   ମୁଁ ଯେଉଁ ମନ୍ତ୍ରୀଙ୍କ କଥା କହୁଥିଲି ସେ କ’ଣ ଆମ ରାଜମନ୍ତ୍ରୀ କି ମଣିମା ?
             ସେହି ଯେ ଆମର ଦରୋଆନ, ମନ୍ତ୍ରୀ ବେଶରେ ରାମଲୀଳା ସୁଆଙ୍ଗରେ
             ନାଚେ ନାହିଁ ?

ପଦ୍ମିନୀ–   ତୋ ସାଥିରେ ଏତେ କଥା ଗପିପାରିବ ନାହିଁ–ମନ୍ତ୍ରୀ କ’ଣ କହିଲେ ?

ସୁଚାରିକା–   ମନ୍ତ୍ରୀ କହିଲେ, ଦିଲ୍ଲୀ ସମ୍ରାଟ୍ ଫେରିଲାବେଳେ ଖବର ଦେଇଛନ୍ତି, ଚିତୋର
             ମହିଷୀଙ୍କୁ ଆଉଥରେ ଦେଖିବେ ! ମୁଁ କହିଲି–

ପଦ୍ମିନୀ–   ତୋ କଥା ଆଉ, ଆଉ ଥରେ କାହିଁକି ଦେଖିବେ ?

ସୁଚାରିକା–   ନ ଦେଖିଲେ ଆମ ମହାରାଜଙ୍କୁ ମୁକ୍ତି ଦେବେ ନାହିଁ ।

ପଦ୍ମିନୀ–   ମହାରାଜା ତେବେ ବନ୍ଦୀ ?

ସୁଚାରିକା–   ନାହିଁ ଦେବି ! ଆଲ୍ଲାଉଦ୍ଦିନ ନିଜେ ଚିତୋରରୁ ମୁକ୍ତିଲାଭ କରିଥିବାରୁ ଭାବୁଛନ୍ତି
             – ଆଉ ସମସ୍ତେ ବନ୍ଦୀ ।

ପଦ୍ମିନୀ–   ମନ୍ତ୍ରୀ ଆଉ କ’ଣ କହିଛନ୍ତି ?

ସୁଚାରିକା–   ସେ ଆଉ କିଛି କହି ନାହାନ୍ତି; କିନ୍ତୁ ମୁଁ କହେ, ଗୋଟିଏ ସବାରି ଭିତରେ
             ଚିତୋର ମହିଷୀଙ୍କର ସବୁ ବେଶ ପିନ୍ଧାଇ ଦେଇ ଦିଲ୍ଲୀ ଦରବାରକୁ ଆମର
             ସେହି ଦାଢ଼ିଆ ବୁଢ଼ାଙ୍କୁ ପଠାଇ ଦିଅନ୍ତେ ! ତାହାର ଦାଢ଼ି ତଳେ ମଣିମାଙ୍କର
             ମୁକ୍ତାହାରଟି ଭାରି ମାନନ୍ତା ।

ପଦ୍ମିନୀ–   ଏହି କ’ଣ ତୋର କୌତୁକ କରିବାର ସମୟ, ସୁଚାରିକା ?

ସୁଚାରିକା–   ଚିତୋରର ମହାରାଣୀ ଯୁଦ୍ଧକୁ ମଧ କୌତୁକ ମନେକରନ୍ତି ।

ପଦ୍ମିନୀ–   ସେଥିପାଇଁ ଏ ସମ୍ବାଦଟା ଦେବାରେ ଏତେ ଚତୁରତା କରୁଥିଲୁ ? (କ୍ଷଣକାଳ
             ଚିନ୍ତା କରି) ଆଛା, ହେଇଛି ଏଥର – ତୁ ଯାଇ ମନ୍ତ୍ରୀଙ୍କୁ ତୁରନ୍ତ ସମ୍ବାଦ

ଦେବୁ, ଦଶ ହଜାର ସବାରି ଠିକ୍ କରିବେ । ପ୍ରତି ସବାରିରେ ଜଣେ ଜଣେ ରାଜପୁତ ସୈନ୍ୟ ଯୁଦ୍ଧ ସରଞ୍ଜାମ ଧରି ବସିବେ ! ଚିତୋରର ପଦାତିକମାନେ ସବାରି ବେହେରା ହେବେ ।

ସୁଚାରିକା– ଆଉ ଆମେ ସବୁ ?

ପଦ୍ମିନୀ–   ହଁ, ତୁମ ଭିତରୁ ଯେଉଁମାନେ ଯୁଦ୍ଧବିଦ୍ୟା ଶିଖିଛ, ସେମାନେ ଯିବ । ମନ୍ତ୍ରୀଙ୍କୁ କହ, ସେ ଦିଲ୍ଲୀ ସମ୍ରାଟଙ୍କୁ ଖବର ଦିଅନ୍ତୁ । ଚିତୋର ମହିଷୀ ଦଶ ହଜାର ପରିଚାରିକା ସଙ୍ଗରେ ଘେନି ରାଜଦର୍ଶନ ପାଇଁ ଦିଲ୍ଲୀ ଦରବାରକୁ ଆସୁଛନ୍ତି ।

ସୁଚାରିକା– ଆଉ ସେହି ଦାଢ଼ିଆ ବୁଢ଼ା ? ତାଙ୍କୁ ଗୋଟିଏ ସବାରି ଭିତରେ ନେବା ନାହିଁ ?

ଦୂର ପାହାଡ଼

ପ୍ରାଣବନ୍ଧୁ କର

ବିମଳ ବାବୁଙ୍କ ବୈଠକଖାନା... ଅପରାହ୍ନ ସାଢ଼େଚାରିଟା... ବିମଳବାବୁ ପ୍ରବେଶ କରି ଗୋଟାଏ ଚୌକିରେ ବସିପଡ଼ିଲେ କ୍ଲାନ୍ତଭାବ ଦେଖାଇ...ବୟସ ଅନ୍ଦାଜ ପଇଁଚାଳିଶ... ଦେହର ରଙ୍ଗ ଚିକ୍‌କଣ କଳା... ମୁଣ୍ଡର ବାଁପଟରୁ ଅଧେ ଚନ୍ଦା... ଘର ଭିତର ଆଡ଼େ ଚାହିଁ...

ବିମଳ– ହଇହୋ, ଶୁଣୁଚ! ...ହଇକିଓ ରୀନାବୋଉ! ଠାକୁରାଣୀ କ'ଣ ଶୁଣିବେ! (ଉଠି ଓ ଅସ୍ଥିର ଚିଉରେ ବୁଲାଚଲା କରି) ଓ ରୀନା ବୋଉ।
(ରୀନାବୋଉଙ୍କର ପହଁରା ହାତରେ ପ୍ରବେଶ।)

ରୀନାବୋଉ– କାହିଁକି ଏମିତି ଗଳା ଫଟେଇ ଡାକୁଥିଲ ଶୁଣେ ?

ବିମଳ– ନଳା ଧୋଉଥିଲଟି ? ମୁଁ ଜାଣେ...

ବୀଣା– (ରି.ବୋ.)–ସେଇଟା ଗୋଟାଏ କାମ ନୁହେଁ ପରା ?

ବିମଳ– ହଁ, ହଁ, ନୁହଁ ଆଉ କଅଣ ? ତୁମ ଘରେ ତ ନଳା ଧୋଇ ଧୋଇ ହାତରେ ବିନ୍ଧି କରିଥିଲ... ସେ ଅଭ୍ୟାସଟା ଯିବ କୁଆଡୁ ? ବୁଝିଲ... ଡିଙ୍କି ସ୍ୱର୍ଗକୁ ଗଲେ ବି ଧାନ କୁଟେ।

ବୀଣା– ଆଜି ଏଇଟା ନୂଆ ଦେଖିଲ ?

ବିମଳ– ତମେ ଏସବୁ ଛୋଟ ଅଭ୍ୟାସ ଛାଡ଼ିବ ନାହିଁ ? ଚାକର ଚାକରାଣୀକିତ ପେନ୍‌ସନ୍ ଦେଇ ଘରେ ବସେଇଚ – ହଇହୋ... ମୁଁ ଗୋଟେ ଆସିଷ୍ଟାଣ୍ଡ ସେକ୍ରେଟାରୀ... ମୋ ମାନ ସମ୍ମାନ ତମେ ତଳକୁ ପକେଇ ଦେଇ ସାରିଲଣି।

ବୀଣା– (ତାସ୍ଲ୍ୟ ହସି) କିରାଣିଗିରି କରି ତ କୋଡ଼ିଏ ବର୍ଷ କଟେଇଲ, ଏବେ ମାସ କେଇଟା ହେଲା ଆସିଷ୍ଟାଣ୍ଡ ସେକ୍ରେଟେରୀ ହୋଇଗଲ ବୋଲି ମୋ ନଳା

ଓଲେଇବାଟା ତୁମକୁ ଗଣ୍ଢେଇଲା। ବାହା ହବାଠୁଁ ଆଜିଯାଏ କେତେ ଗଣ୍ଠା ଚାକର ପୂଜାରୀ ଖଣ୍ଡି ଦେଇଥିଲ ?

ବିମଳ– (ଚିଡ଼ିଯାଇ) ଏବେତ ରଖିଚି ! ଦେଖ ରୀନାବୋଉ... ମୋତେ ରଗାଇନା କହୁଚି...

ବୀଣା– ମୁଁ କାଇଁକି ତୁମକୁ ରଗାନ୍ତି... ତୁମେ ସିଆଠୁ ତ ମୁଣ୍ଡ ବିଗାଡ଼ି କରି ଆସିଚ... ଉପର ହାକିମଠୁ ବକା ଖାଇଥିବ। ...ମୋ ଉପରେ ଆସି ଝଡ଼େଇ ହଉଚ। ମଲା ମୋର... କାଣୀ ବିରାଡ଼ିର କୁଜି ଅସରପା ଉପରେ ରାଗ... (ସବେଗ ପ୍ରସ୍ଥାନ)।

ବିମଳ– ଦେଖ୍ଚ ଦେଖ୍ଚ... ଲୋକଟା କେତେ ଖରାପ ! ଚାକର ଚାକିରିଆଣୀଙ୍କ ମୁଣ୍ଡରେ ବସାଇଛି, ମୁଁ ସେଇକଥା କହିଲାରୁ (ହରେନ୍ଦ୍ରର ପ୍ରବେଶ...ବୟସ ସେଇ ଚଉରାଳିଶ ପଇଁଚାଳିଶ ଭିତରେ...ସୁନ୍ଦର ଚେହେରା... ପୋଷାକପରିଚ୍ଛଦ ରୁଚିସମ୍ପନ୍ନ...ମୁହଁରେ ପାଇପ)।

ହରେନ୍ଦ୍ର– (ହସ ହସ ମୁହଁରେ).... କିରେ ବିମଳ-କଣ ଏମିତି ବସି ଭାବୁଚୁ ?

ବିମଳ– ଆରେ ହରେନ୍ଦ୍ର ଆ ଭାଇ ଆ...ମାସେ ହେଲା ଏ.ଡି.ଏମ୍. ହୋଇ ଆସିଲୁଣି- ଆଜି ମନେ ପଡ଼ିଲା ? ବ' ବ'- ହାଇହେ ଶୁଣୁଚ... ହରେନ୍ଦ୍ର ଆସିଛି...

ହରେନ୍ଦ୍ର– (ବସି) ସମୟ ପାଇନି ଭାଇ...ବୁଝ୍ଚୁ...ନୂଆ ହୋଇ କଟକ ଭଳି ଜାଗାକୁ ଏ.ଡି.ଏମ୍. ହୋଇ ଆସିଛି - ଟିକିଏ ସମ୍ଭାଳିଲା ପରେ ତ ଯାଇଁ - ହେଲେ ତୁ ତ ଯାଇ ପାରିଥା'ନ୍ତୁ ମୋ ଘରଟିକି ?

ବିମଳ– ଏ ସଂସାର ଜଞ୍ଜାଳରୁ ମୁକୁଲିଲେ ତ ! କହିବୁଟି ଭାଇ, ଆମ ସୁମିତ୍ରା ଦେବୀ କିପରି ଅଛନ୍ତି ?

ହରେନ୍ଦ୍ର– ସୁମିତ୍ରା-ସେ ତା'ର ବେଶ୍ ଆରାମରେ ଅଛି-ପିଲାଛୁଆ ଜଞ୍ଜାଳରୁ ତ ଭଗବାନ୍ ତାକୁ ପ୍ରଥମରୁ ମୁକ୍ତି ଦେଇଛନ୍ତି। ସ୍ୱଚ୍ଛନ୍ଦ ଓ ଅଟୁଟ ସ୍ୱାସ୍ଥ୍ୟ ଭିତରେ ସେ ଆକଣ୍ଠ ସୁରା ପାନ କରୁଚି, ବରଂ ତୋ' ଖବର କଣ କହ।

ବିମଳ– ମୋ ଖବର...ନାସ୍ତି ଭାଇ...ନିହାତି ନାସ୍ତି।

ହରେନ୍ଦ୍ର– ତୋ' କହିବା ଢଙ୍ଗଟା ବଦଳିନି ଦେଖୁଚି। ଗୋଟିଏ ଝିଅ ଏ ବର୍ଷ ଡାକ୍ତରୀ ପାଶ୍ କରିବ...ସାନ ଝିଅଟି ଆସି ଆଇ.ଏ. ପଢ଼ିଲାଣି...ଆଉ ବୀଣା ଦେବୀଙ୍କ ଭଳି ସୁନ୍ଦରୀ ସୁନିପୁଣା ଗୃହିଣୀ...

ବିମଳ– ହାଇରେ ହରେନ୍ଦ୍ର, ସୁନ୍ଦରୀମାନେ କେବେ ପୁଣି ସୁନିପୁଣା ହେବାର ନଜିର ଅଛି ଏ ଦୁନିଆଁରେ ? ଚାଲ, ଦେଖିବୁ ଚାଲ... ସ୍ତ୍ରୀ ଆମର ବର୍ତ୍ତମାନ କଣ୍ଠ ଖଣ୍ଡିଏ ପିନ୍ଧି ନଳା ଧୋଉଥିବେ, ନହେଲେ ଗାଲକୁ କୁଣ୍ଡା ତୋରାଣି ଦେଉଥିବେ।

ହରେନ୍ଦ୍ର– I see ଏଇଟି ସୁନିପୁଣା ସ୍ତ୍ରୀର କାମ ନୁହେଁ ବୋଧହୁଏ ।

ବିମଳ– (ଉଦ୍ୟକ୍ତ ହୋଇ) ଦେଖ ହରେନ୍ଦ୍ର...ମୋତେ ତୁ ଆଉ କିଛି ପଚାରନା...ମୋ ମୁଣ୍ଡ ବିଗିଡ଼ିଯିବ ।

ହରେନ୍ଦ୍ର– (ପାଇପରୁ ପାଉଁଶ ଝାଡ଼ି ପକେଟ୍‌ରେ ରଖୁ ରଖୁ) ତୋ’ ମୁଣ୍ଡ କେବେ ବିଗିଡ଼ି ନ ଥିଲା ବୋଲିତ କାଇଁ ମୋର ମନେ ପଡ଼ୁନାହିଁ ?

ବିମଳ– ତା’ମାନେ ତୁ କହୁଛୁ ଯେ ମୋ ମୁଣ୍ଡ ସବୁବେଳେ ବିଗିଡ଼ା ?

ହରେନ୍ଦ୍ର– ମୋର ସେହି ଧାରଣା ବଦଳିଯିବାର କୌଣସି କାରଣ ଦେଖୁନି ତ । ବାହା ହବାର ଗୋଟିଏ ମାସ ନଯାଉଣୁ ତ ତୁ ସ୍ତ୍ରୀର ସମାଲୋଚନା ଆରମ୍ଭ କରିଦେଇ ଥିଲୁ । ଆଉ ଏ ଦୀର୍ଘ କୋଡ଼ିଏ ବର୍ଷ ଭିତରେ ତା’ର ବହୁତ ପୁନରାବୃତ୍ତି ନିଶ୍ଚୟ କରିଥିବୁ ।

ବିମଳ– କଅଣ କୌଣସି କାରଣ ନଥାଇ ?

ହରେନ୍ଦ୍ର– କାରଣ ନଥାଇ କାର୍ଯ୍ୟର ଉତ୍ପତ୍ତି ବି ତ ହୋଇ ପାରେ... ବିଭାବନା ଅଳଙ୍କାରଟା କଅଣ ଜାଣିଥିବୁ ତ... ଆମର ଆଇ.ଏ.ରେ ପଢ଼ା ହେଉଥିଲା ?

ବିମଳ– (ଦୀର୍ଘ ନିଃଶ୍ୱାସ ମାରି) ତୁ ତ ଖାଲି ଏଇଥରୁ ଗୁଡ଼େ କହି ମୋ କଥା ଉଡ଼େଇ ଦବୁ । ମୋ କପାଳ ହରେନ୍ଦ୍ର...ମୋ କପାଳ ...ମୋ କଥା କେହି ବୁଝିବେନି ।

ହରେନ୍ଦ୍ର– ବୁଝିଲୁ...ତୁ ଏମିତି ଗୁଡ଼ାଏ ଅଭିଯୋଗ ତୋ’ ସ୍ତ୍ରୀ ବିରୁଦ୍ଧରେ ବାଢ଼ି ଚାଲିଥିବୁ ମଲାଯାଏ । ହାଇରେ ବିମଳ, ମୁଁ ମୋତେ ବୁଝିପାରୁନି ତୁ କାହିଁକି ଏମିତି ହଉରୁ ? ତୋ’ ସଂସାରରେ ତ ଯଥେଷ୍ଟ ଆନନ୍ଦ ଅଛି...ତୋ ସ୍ତ୍ରୀ ସୁନିପୁଣା ବୋଲି ଜଣକଠୁଁ ନୁହେଁ ହଜାର ଜଣକଠୁଁ ମୁଁ ଶୁଣିଚି...ତା’ଛଡ଼ା ମୁଁ ତ ନିଜେ ଦେଖିଚି ।

ବିମଳ– ହଁ ହେଇଥିବ । ମୋ ସ୍ତ୍ରୀର ପ୍ରଶଂସା ଶୁଣିବା ବିଚିତ୍ର ନୁହେଁ । ଅନ୍ୟ ପାଖରେ ସେ ଖୁବ୍ ଭଲ– But I know where the shoe pinches.

ହରେନ୍ଦ୍ର– ତୋ’ ଜୋତାରେ ତ କଣ୍ଟା ଫୁଟି ବାହାରିନି...pinch କରିବ କୁଆଡୁ...ମିଛଟାରେ ଖାଲି ଗୋଟାଏ...ଶିରୋନାସ୍ତି ଶିରଃପୀଡ଼ା...ବୁଝିଲୁ । ତୋ’ ସ୍ତ୍ରୀଠୁଁ ତୁ ଅତି ବେଶି ସେବା ଯତ୍ନ ଆଶା କରୁଚୁ ।

ବିମଳ– ଆଶା କରିବାଟା କଅଣ ଅନ୍ୟାୟ ? ମୋ’ ସଂସାରଟା କଅଣ ତା’ର ନୁହେଁ ? ସବୁ କଥା କହିଲେ ଯାଇ ହବ ନିହାତି ଅଯୋଗ୍ୟା ...ହରେନ୍ଦ୍ର...ନିହାତି ଅଯୋଗ୍ୟ... ଆଚ୍ଛା; ଏଇ ଗୋଟାଏ କଥାରୁ ତୁ ବୁଝ । ଅଫିସରୁ ହାଲିଆ ହୋଇ ଫେରେ...ଇଚ୍ଛା ହୁଏ, ସେ ଦଉଡ଼ି ଆସି ମୋତେ ଟିକିଏ ପଙ୍ଖା କରିଦିଅନ୍ତେ, ମୋ’ ପାଖରେ ଆସି ବସନ୍ତେ ।

ହରେନ୍ଦ୍ର– ଆଉ ତାଙ୍କ ପ୍ରୌଢ଼ ସ୍ୱାମୀଟି ଆଢ଼େ ଟିକିଏ ବାଙ୍କନୟନରେ ଚାହାନ୍ତେ... ମୁରୁକୁ ମୁରୁକି ହସନ୍ତେ, ବୀଣାଜିଣା କଣ୍ଠରେ ଗାଆନ୍ତେ – ଚୁପ୍‌କେ ଚୁପ୍‌କେ ବୋଲ ନୟନା...

ବିମଳ– ହଁ, ଠଟ୍ଟା କରିବୁନି କାହିଁକି ! ଆଚ୍ଛା, ସତ କହିଲୁ, ହରେନ୍ଦ୍ର... ତୋ’ ସ୍ତ୍ରୀ କଅଣ ତୋର ସେବା ଯତ୍ନ କରେନି ?

ହରେନ୍ଦ୍ର– ହଁ ଭାଇ, ସେତକ ମୋ ଭାଗ୍ୟରେ ଜୁଟେ... ଯେତେବେଳେ ସୁମିତ୍ରା ମିଜାଜଟା...।

ବିମଳ– ମୁଁ ଜାଣେ ପରା... ଆରେ, ଯେତେହେଲେ ଉଚ୍ଚ ଶିକ୍ଷିତା...ଫେର ପିଲାଦିନରୁ କଲିକତାରେ ବଢ଼ି ଆସିଛନ୍ତି ।

ହରେନ୍ଦ୍ର– ତା’ ଯାହା କହିଲୁ ତୁ ଅତି ଠିକ୍ କଥା । କାଣୀ ହେଲେବି କଟକିଆଣୀ ତ !

ହରେନ୍ଦ୍ର– ଏଇଥର... ମୋ ଗୋଡ଼ରୁ ଜୋତା ମୋଜା କାଢ଼ି ଦିଅନ୍ତି...

ବିମଳ– କାଢ଼ି ଦିଅନ୍ତିଟି ? କିନ୍ତୁ ଇଏ ଆମର...? ଆଚ୍ଛା, ଅଫିସରୁ ତୁ ଝାଳନାଳ ହୋଇ ଫେରିଲା ପରେ ତୋତେ ପଙ୍ଖା କରି ଦିଅନ୍ତିନି ? ସେ ଯେଉଁ ହାଉ୍ତ୍ତା କରନ୍ତି ବିମଳ, ଦିହ ଶୀତେଇ ଉଠେ, ଟେମ୍ପରେଚର ୯୮.୪ରୁ ବିଲ୍‌କୁଲ୍ ୫୦°କୁ ଖସି ପଡ଼େ ।

ବିମଳ– ମୁଁ ଜାଣେ ପରା... କିନ୍ତୁ ଆମର ଯେଙ୍କୁ ସମୟ ନଥାଏ । ଭାଇ କହିଲୁ, ଆଉ କି କି ସୋ କରନ୍ତି ସୁମିତ୍ରା ଦେବୀ !

ହରେନ୍ଦ୍ର– ଦିହରୁ ଜାମା ପଟା କାଢ଼ି ଦିଅନ୍ତୁ...ଦିହ ହାତ ମୋଡ଼ାମୋଡ଼ି କରିଦିଅନ୍ତି, ଏମିତି କେତେ କଅଣ...

ବିମଳ– ବୁଝିଲୁ, ୟାଙ୍କୁ କହି କହି ୟାଙ୍କ ପ୍ରକୃତି ବଦଲିଲାନି...କୁଆଡୁ ବଦଲିବ... ଘୁଷୁର ପ୍ରକୃତି ପଙ୍କେ ଲୋଟେ, ମଣିଷ ପ୍ରକୃତି ମଲେ ଟୁଟେ ।
(ଦୀର୍ଘ ନିଶ୍ୱାସ ମାରି) ବୁଝିଲୁ ହରେନ୍ଦ୍ର, ତୁ ଭାରି କପାଳିଆ ।

ହରେନ୍ଦ୍ର– କହନି ଭାଇ, ମୋ କପାଳ – ଖାଲି ଜଳୁଚି, (ଘଣ୍ଟା ଦେଖ) ଭାଇ, ମୁଁ ଉଠେ, ଆଉ ଟିକିଏ ଛାଡ଼ିକରି ଆସିବି । ବର୍ତ୍ତମାନ ଗୋଟାଏ ଜରୁରୀ କାମ ଅଛି ।

ବିମଳ– ଆର ଆର, ତା’ ଟିକିଏ...

ହରେନ୍ଦ୍ର– ପଛେ ଆସିଲେ ଖାଇବି । ବରଂ ଯଦି ସିଗାରେଟ୍ ରଖିଛୁ... ଖଣ୍ଡେ ଦୋ ।

ବିମଳ– (ପକେଟ୍‌ରୁ ସିଗାରେଟ୍ ବାହାର କରି) ନେ...

ହରେନ୍ଦ୍ର– କିରେ, ଇଗୁଡ଼ାକ ଚାରି ମିନାର...

ବିମଳ– ୩ କ୍ୟାସେଲରୁ ୪ କ୍ୟାସେଲକୁ ପ୍ରମୋଶନ ହୋଇଯାଇଛି ।

ହରେନ୍ଦ୍ର– କାହିଁକିରେ ?

ବିମଳ– ସ୍ତ୍ରୀଙ୍କ ଯୋଗ୍ୟତାରୁ ।

ହରେନ୍ଦ୍ର– (ସିଗାରେଟ୍ ଲଗାଇ) ଆଃ । ଘୁରିଘୁରି ଫେର୍ ସେଇଠି ! ସ୍ତ୍ରୀର ଦୋଷ ନ ଦେଲେ ତୋ ପେଟର ଭାତ ହଜମ ହଉନି... ହଉ ଆସେ ।

(ହରେନ୍ଦ୍ରର ପ୍ରସ୍ଥାନ – ବୀଣାଦେବୀଙ୍କର ଜଲଖିଆ ହସ୍ତେ ପ୍ରବେଶ) ବୀଣା– (ଟେବୁଲ୍ ଉପରେ ଜଲଖିଆ ଥୋଇ) ମଲା, ହରେନ୍ଦ୍ର ବାବୁ ଚାଲି ଗଲେ ନା କଅଣ ?

ବିମଳ– ନାଇଁ, ତମ ଶ୍ରୀ ହସ୍ତରୁ ଜଲଖିଆ ଖାଇବାପାଇଁ ଘଣ୍ଟା ଘଣ୍ଟା ଧରି ଅନେଇ ବସିଥାନ୍ତେ ?

ବୀଣା– (ରାଗିଯାଇ) ପାଞ୍ଚ ମିନିଟ୍ ତ ହେଇନି – ଆଉ ଘଣ୍ଟାଘଣ୍ଟା ଧରି କୋଉଠି ହେଲା ?

ବିମଳ– ହଉ, ରଖ ତମ ବାଟିଙ୍ଗ । (ବାହାରୁ ଶୁଭିଲା – ଭିତରକୁ ଆସିପାରେ କି ସାର୍ ?)

(ରାଜୀବର ପ୍ରବେଶ–ବୀଣାଦେବୀ ଓଢ଼ଣା ଟାଣିଦେଇ ପ୍ରସ୍ଥାନ)

ରାଜୀବ– ଆଜ୍ଞା ନମସ୍କାର !

ବିମଳ– (ଭ୍ରୁକୁଞ୍ଚନ କରି) ନମସ୍କାର...ତମେ କିଏ ?

ରାଜୀବ– ଆଜ୍ଞା, ଦୟାକରି ମୋତେ ମିନିଟିଏ ସମୟ ଦେଲେ ମୋର ପରିଚୟଟା ଦେବି... ଟିକିଏ ବସିବେନି ?

ବିମଳ– ନା, ମୋର ବସିବାକୁ ସମୟ ନାହିଁ – ମୁଁ ବର୍ତ୍ତମାନ –

ରାଜୀବ– ଉଭ୍ୟକ୍ତ ?

ବିମଳ– ହଁ...ଏଁ...ତମେ କେମିତି ଜାଣିଲ ?

ରାଜୀବ– ଆଜ୍ଞା, ଲୋକମାନଙ୍କର ମନ ଜାଣିବା ହେଲା ଆମର ପେସା ।

ବିମଳ– ତା'ମାନେ ତମେ ଜଣେ Psychologist ?

ରାଜୀବ– ନାଇଁ ଆଜ୍ଞା, କହୁଛି–ଆପଣ ଟିକିଏ ବିସୟା'ନ୍ତୁ ।

ବିମଳ– ନା ନା, ମୁଁ ବସି ପାରିବି ନାହିଁ । ମୋର ଖୁବ୍ ଗୋଟିଏ ଜରୁରୀ କାମ ଅଛି ।

ରାଜୀବ– ଆଜ୍ଞା, ସେ କଥା ବି ମୁଁ ଜାଣେ ।

ବିମଳ– ସେ କଥା ବି ଜାଣ ? ତମେ ତେବେ ସାଇକଲଜିଷ୍ଟ ନୁହଁ ବୋଲି କିମିତି କହୁଚ ?

ରାଜୀବ– ଟିକିଏ ବସିବେନି ?

ବିମଳ– ହଉ ବସୁଚି...କଅଣ କୁହ... ଶ୍ରୀଘ୍ର କୁହ।

ରାଜୀବ– (ବସି) ଆପଣ ଆଉ କିଛି ଇନ୍‌ସିଓର କରନ୍ତୁ।

ବିମଳ– ଇନ୍‌ସିଓର! ତମେ ତେବେ ଜୀବନବୀମା ଏଜେଣ୍ଟ ?

ରାଜୀବ– ଆଜ୍ଞା, ମୁଁ ନର୍ଥ ବ୍ରିଟିଶ କମ୍ପାନୀର ଓଡ଼ିଶା ଶାଖାର ଜେନେରାଲ ମ୍ୟାନେଜର।
ଏ କମ୍ପାନୀ... ଆପଣ ଦେଖିବେ...ସବୁଠୁ ପୁରୁଣା କମ୍ପାନୀ...ବିଲାତି। ସବୁଠୁ
ବେଶୀ ବୋନସ ଦିଏ, କୋଡ଼ିଏ ପରସେଣ୍ଟ।

ବିମଳ– (ଉଠି) ହଉ, ସବୁ ବୁଝିଗଲି–ଦେଖନ୍ତୁ ମୁଁ ଏ ଜୀବନବୀମାବାଲାଙ୍କୁ ଦି'ଆଖିରେ
ଦେଖି ପାରେନି।

ରାଜୀବ– ଭାରି ଭଲ କରନ୍ତି ଆଜ୍ଞା...

ବିମଳ– (ବିସ୍ମିତ ହୋଇ) ମାନେ ?

ରାଜୀବ– ମାନେ, ଆପଣ ଜୀବନବୀମାବାଲାଙ୍କୁ ଯଦି ଦି' ଆଖିରେ ଦେଖି ପାରୁଥା'ନ୍ତେ,
ତେବେ ସେମାନେ ଇନ୍‌ସିଓର୍‌ର ଉପକାରିତା ବିଷୟରେ କ୍ଲାଏଣ୍ଟମାନଙ୍କୁ କିଛି
ବୁଝାଇ ପାରନ୍ତେ ନାହିଁ।

ବିମଳ– ତମେ ତ ଭାରି କଥା କହିପାର ହୋ।

ରାଜୀବ– ଆଜ୍ଞା, ସେଇଟା ଆମ ପେସା ସାର୍... ଆପଣ କେତେ ହଜାର ଇନ୍‌ସିଓର
କରିଛନ୍ତି ?

ବିମଳ– ମୋଟେ କରନି – ମୁଁ ଇନ୍‌ସିଓରେନ୍‌ସର ପକ୍ଷପାତୀ ନୁହେଁ।

ରାଜୀବ– ସ୍ୱାଭାବିକ...ଆଗରୁ ଆପଣଙ୍କୁ ଏହାର ଉପକାରିତା ବିଷୟରେ କେହି ଠିକ୍
ବୁଝାଇ ପାରିନାହାନ୍ତି। ଜାଣନ୍ତି ତ ସାର୍, ଚାଣକ୍ୟ ପଣ୍ଡିତଙ୍କର ସେହି ଶ୍ଲୋକ–
"ଅଜରାମରବତ୍ ପ୍ରାଜ୍ଞଃ ବିଦ୍ୟାମର୍ଥଞ୍ଚ ଚିନ୍ତୟେତ୍"–ଧରନ୍ତୁ ଯଦି ଆପଣଙ୍କର
ମୃତ୍ୟୁ ହୁଏ...

ବିମଳ– ଏଁ, କଅଣ କହିଲ ?

ରାଜୀବ– ହବ ସାର୍, ନିଶ୍ଚୟ ହବ... Sceptre and crown must tumble down..

ବିମଳ– ବହୁତ ବିରକ୍ତ କଲଣି – ତମେମାନେ ତ ଜୀବନବୀମା ନୁହଁ ଗୋଟିଏ ଗୋଟିଏ
ଜୀବନବୋମା, ମାନେ – ଲାଇଫ୍ ବମ୍।

ରାଜୀବ– ସେ ତ ସତ କଥା ଆଜ୍ଞା। ଆପଣମାନେ insure କରିନେବା ଦ୍ୱାରା
ଆପଣମାନଙ୍କ ଜୀବନକୁ ଗୋଟିଏ ଲେଖାଏଁ ବୋମାରେ ପରିଣତ କରିଦେଉଁ।

ବିମଳ– ହଉ, ଆଉ ମୋର ସମୟ ନାହିଁ– ଆଉ ଯଦି ବେଶୀ ବିରକ୍ତ କରିବ ତେବେ
ମୋ ମୁଣ୍ଡଟା ଗୋଟିଏ ଆତମ୍‌ବମ୍ ହୋଇଯିବ।

ରାଜୀବ- (ହସି) ଆପଣଙ୍କର ବୟସ କେତେ ?

ବିମଳ- ଛୟାଳିଶ ।

ରାଜୀବ- ଆପଣଙ୍କର ସ୍ତ୍ରୀଙ୍କ ବୟସ ?

ବିମଳ- ଛତିଶ ।

ରାଜୀବ- ତେବେ ଆପଣଙ୍କ ସ୍ତ୍ରୀଙ୍କ ନାମରେ କରନ୍ତୁ ।

ବିମଳ- ସ୍ତ୍ରୀଙ୍କ ନାମରେ-କାହିଁକି ହୋ, ମୋ ନାଁରେ ନ କରି ମୋ ସ୍ତ୍ରୀଙ୍କ ନାଁରେ କିଆଁ
କରିବି ?

ରାଜୀବ- ତା'ହେଲେ ଆଃ କମ୍ ପ୍ରିମିୟମ୍ ଦେବାକୁ ପଡ଼ିବ ।

ବିମଳ- ଆଃ କହିଲ, ଯେଉଁମାନେ ପତି ସେବା କରନ୍ତିନି ତାଙ୍କୁ ଇନ୍ସିଓର୍ କଲେ କି
ସୁବିଧା ମିଳିବ ।

ରାଜୀବ- ଆଃ ବହୁତ ।

ବିମଳ- ହୋଇଥିବ, ହୋଇଥିବ-ବିଲାତ କମ୍ପାନୀ କି ନା ?

ରାଜୀବ- ଠିକ୍ କହୁଛନ୍ତି ଆଃ । ଶୁଣନ୍ତୁ ଯେଉଁ ସ୍ତ୍ରୀ ସ୍ୱାମୀର ସେବା ଯତ୍ନ ନ କରେ
ଆମର ସେଇମାନଙ୍କୁ ଆଗ ଇନ୍ସିଓର୍ କରିବା ଦରକାର ।

ବିମଳ- କାଇଁକି ବାବୁ ?

ରାଜୀବ- ସେମାନେ ଅଯଥା ସ୍ୱାମୀସେବାରେ ସେମାନଙ୍କର ଶକ୍ତି କ୍ଷୟ କରନ୍ତି ନାହିଁ-
ତଦ୍ଵାରା ଶକ୍ତି ସଞ୍ଚୟ, conservation of enerty ହୁଏ-ତେଣୁ longivity
ବଢ଼େ । ସେମାନଙ୍କୁ ଇନ୍ସିଓର୍ କଲେ କମ୍ପାନୀର ରିସ୍କ୍ ମୋଟେ ନାହିଁ ।

ବିମଳ- ବାବୁ ତମେ ଗାଲ-ତମ ଥିଓରୀ ମୁଁ ଶୁଣିବାକୁ ଚାହେଁନି- ଉଠ-ମୋର କାମ
ଅଛି-ମୁଁ ଯିବି ।

ରାଜୀବ- ଆପଣ ବର୍ତ୍ତମାନ ଆପଣଙ୍କ ସ୍ତ୍ରୀଙ୍କ ଉପରେ ଭାରି ଉତ୍ୟକ୍ତ ଅଛନ୍ତି । ଆଚ୍ଛା
ସାର, ମୁଁ ବର୍ତ୍ତମାନ ଉଠେ-ଆପଣଙ୍କ ମିଜାଜ୍ ଥଣ୍ଡା ଥିଲାବେଲେ ଆସିବି-
ହଉ ନମସ୍କାର ।

ବିମଳ- ହଇଓ ବାବୁ-ଶୁଣ ଶୁଣ-

ରାଜୀବ- କଅଣ କହନ୍ତୁ ଆଃ !

ବିମଳ- ତୁମେ ବାହା ହୋଇଚ ? (ରାଜୀବ ମୁହଁକୁ ଚାହିଁ)

ରାଜୀବ- ଆଃ ନା... ହୋଇନି ।

ବିମଳ- ତେବେ ବାହା ହବନି... ବୁଝିଲ ।

ରାଜୀବ- ବାହା ହେବିନି ? କିନ୍ତୁ ଆଃ...

ବିମଳ– କିନ୍ତୁ ଆଜ୍ଞା। ଫେର କଥଣ ? ମୁଁ କହୁଚି ବିବାହ କରନି, ଭୀଷଣ ବିପଦରେ ପଡ଼ିବ।

ରାଜୀବ– ମୁଁ କରନ୍ତିନି ଯେ-କିନ୍ତୁ ମୋତେ ଜଣେ ବିବାହ କରିବାକୁ ଇଚ୍ଛା ପ୍ରକାଶ କରିଛନ୍ତି- ତାଙ୍କୁ ମୁଁ କିମିତି ନିରାଶ କରିବି କୁହନ୍ତୁ ତ ?

ବିମଳ– ଜଣେ ସ୍ତ୍ରୀଲୋକ ହୋଇ, ସେ ଫେର ତମକୁ ବିବାହ କରିବାକୁ ଇଚ୍ଛା ପ୍ରକାଶ କରିଛନ୍ତି ?

ରାଜୀବ– ଆଜ୍ଞା !

ବିମଳ– କି ବିଚିତ୍ର କଥା ଇୟେ-ହେଇଓ, ଇୟେ କି ଓଲଟା କଥା ?

ରାଜୀବ– ଆଜ୍ଞା, ଆଜିକାଲି ପରା ଏମିତି ସବୁ ଓଲଟା କଥା ଚାଲିଲାଣି।

ବିମଳ– ସେ ଝିଅଟି କଣ କରେ ?

ରାଜୀବ– ଆଜ୍ଞା, ଡାକ୍ତରି ପଢ଼ନ୍ତି।

ବିମଳ– ହଁ। ସେଇକଥା କହନ୍ତ – ତା'ନ ହେଲେ ସ୍ତ୍ରୀ ଫେର ପୁରୁଷ ପାଖରେ ବିବାହ କରିବାକୁ ଇଚ୍ଛା ପ୍ରକାଶ କରନ୍ତ ! ତମେ ଫେର ଏଭଳି ସ୍ତ୍ରୀଙ୍କୁ ବାହା ହେବାକୁ ଇଚ୍ଛା ପ୍ରକାଶ କରିଚ।

ବିମଳ– ହଇହୋ ବାବୁ, ତମ କମ୍ପାନୀ ତେବେ ସ୍ୱାମୀ ସେବାକୁ ପସନ୍ଦ କରେନି ? ସ୍ୱାମୀ ସେବା କଲେ ଶକ୍ତି କ୍ଷୟ ହୁଏ, ନା ?

ରାଜୀବ– ଆଜ୍ଞା ରାଗୁଛନ୍ତି କାହିଁକି ? ମୁଁ ବୁଝେଇ ଦେଉଛି, ଶୁଣନ୍ତୁ। ଆଜିକାଲି ଆଉ ସ୍ୱାମୀ ସେବା କରିବା ଉଚିତ ନୁହେଁ। ସତୀ ସାଧ୍ୱୀ ସ୍ତ୍ରୀ ଭାବରେ – ଧରନ୍ତୁ କେହି ଅକ୍ଲାନ୍ତ ପରିଶ୍ରମ କରି ସ୍ୱାମୀ ସେବା କଲା, ରାତିରେ ସ୍ୱାମୀର ଗୋଡ଼ ମୋଡ଼ିଦେଲା, ଖାଇବା ସମୟରେ ବସି ପାଖରେ ହାୱା କଲା...ଇତ୍ୟାଦି ଇତ୍ୟାଦି। କିନ୍ତୁ ତା'ର ଲାଭ କଣ ହେଲା ? ସ୍ୱାମୀ ଇଆଡ଼େ ସ୍ତ୍ରୀଠାରୁ ଏତକ ପାଇ ସିଆଡ଼େ ପର ସ୍ତ୍ରୀ ଉପରେ ଦୃଷ୍ଟିପାତ କଲେ-ନିଜ ସ୍ତ୍ରୀକୁ ଆଡ଼ଆଖିରେ ଚାହିଁଲେନି।

ବିମଳ– ହଁ, ଏମିତି କଥା। ହେଇଓ ଏଥିରେ ତୁମ କମ୍ପାନୀର ସିନା ଲାଭ, ଇନ୍‌ସିଓରେନ୍‌ସ କଲାବାଲାର କି ଲାଭ ?

ରାଜୀବ– ବହୁତ ଆଜ୍ଞା, ବହୁତ। ଦେଖନ୍ତୁ ଆଜ୍ଞା, ମୁଁ ଆଜି ଆପଣଙ୍କୁ ଅତି ବନ୍ଧୁ ଭାବରେ କହୁଚି, କିନ୍ତୁ କାହାରିକୁ କହିବା କଥା ନୁହେଁ।

ବିମଳ– କୁହ ବାବୁ, ଶୀଘ୍ର କଣ କହୁଚ କୁହ।

ରାଜୀବ– ଆଜିକାଲି ତ ଦେଖୁଛଣ୍ତି, ପାଠୋଇ ଝିଅମାନେ ଅଧିକାଂଶ ସ୍ୱାମୀ ଭକ୍ତି, ସ୍ୱାମୀ ସେବା କରୁନାହାନ୍ତି। ତେଣୁ ସବୁବେଲେ ସ୍ୱାମୀ ସ୍ତ୍ରୀ କଲହ ଲାଗି ରହିଛି।

ବିମଳ– ହଁ, ତା' ତ ଠିକ୍ କଥା ।

ରାଜୀବ– ଫଳ କ'ଣ ହେଉଛି ବୁଝୁଛନ୍ତି ସାର୍... ପାଥୋଇ ଝିଅ ତ ହିନ୍ଦୀ ଫିଲ୍ମ ଦେଖି ଅତିମାତ୍ରାରେ ଭାବପ୍ରବଣ ହୋଇପଡ଼ୁଛନ୍ତି... ଆଉ ପରିଣତି ଯାହା ହୁଏ...ଆତ୍ମହତ୍ୟା । ସ୍ୱାମୀ ସ୍ତ୍ରୀଙ୍କ ନାମରେ ଯୋଡ଼ିଏ ପ୍ରିମିୟମ୍ ଦେଉଛନ୍ତି କି ନାହିଁ କିଲ୍ଲାଫତେ । ଦଶ ହଜାର ହଉ, କୋଡ଼ିଏ ହଜାର ହଉ, ଯେତେ ଟଙ୍କା ପାଇଁ ଇନ୍ସିଓର୍ କରିଥିବେ ସବୁ ଆସି ଆଞ୍ଜ ପାଦତଳେ ହାଜର ।

ରାଜୀବ– ଆଞ୍ଜ କରିଟି ।

ବିମଳ– ସେଇଥିପାଇଁ ତମେ ମୋତେ ଏତେ ଥିଓରୀ ପଢ଼ାଉଚ ସ୍ତ୍ରୀ ନାଁରେ ଇନ୍ସିଓର୍ କରିବା ପାଇଁ । ତମେ ବାବୁ ଶୀଘ୍ର ଗଲ–ତମେ ମୋତେ ସୁବିଧା ଲୋକ ନୁହଁ ।

ରାଜୀବ– ଯାଉଛି ଆଞ୍ଜ, ନମସ୍କାର । (ପ୍ରସ୍ଥାନ)

ବିମଳ– ଗୋଟାଏ ଭୟଙ୍କର ଲୋକ ! ଫେର...ସ୍ତ୍ରୀ ନାଁରେ ଇନ୍ସିଓର୍ କରିବାକୁ କହୁଛି । ନାଃ, ମୁଁ ଯାଏ । ଯାର ଗୋଟେ ଦଫା ରଫା ନ କଲେ ଚଳିହବନି ଏଘରେ । କିମିତି ମୋ ସ୍ତ୍ରୀ ମୋର ସେବା ଯତ୍ନ ନ କରିବ ଦେଖିବା । ଏଇ ସ୍ଲାପ୍‌ବାଲା ଜୋତା ପିନ୍ଧିଲାରୁ ସିନା ଏତେକଥା–ଖୁସ୍‌କିନା ଗୋଡ଼ରୁ ଖସିଯାଉଛି–ରହ... (ବାହାର ଆଡ଼େ ପ୍ରସ୍ଥାନ । ପଦୀର ପ୍ରବେଶ । ସେ ଥୁଆ ହୋଇଥିବା ଜଳଖିଆ ନିକଟକୁ ଯାଇ ସିଙ୍ଗଡ଼ାକୁ ଧରି ଖାଇବାକୁ ଆରମ୍ଭ କଲା । ଚାରିଆଡ଼େ ଚାହିଁ ଦେଖିଏ କିଏ କୁଆଡ଼େ ଆସୁଛି କି ନାହିଁ । ସିଙ୍ଗଡ଼ାଟିଏ ଉଠେଇ ଓ ପାଟିରେ ପୁରେଇ–)

ପଦୀ– ଜିନିଷଗୁଡ଼ାକ ଏମିତି ନଷ୍ଟ ହେଲେ ମୋ ଦିହ ଜଳିଯାଏ । ବଡ଼ ଲୋକଙ୍କର ଖିଆପିଆ ପରା ସିମିତି...ଖାଲି ଖୁମ୍ପିବେ...ପୋଡ଼ିଯାଉ ତାଙ୍କ ଜଳଖିଆ–କାହାକୁ କହିବ ଏ ଘରେ ! ମା'ଙ୍କୁ ତ ମାୟା, ବାବୁକୁ ତ ବାବୁ–ଓଲଟି କହିଲା ଲୋକର ଦୋଷ, ଶୁଣିଲା ଲୋକର ରୋଷ । ମୋର କି ଥାଏ ଲୋ ମା' । ଆମେ ଦାସୀ ପୋଇଲି ଲୋକ–ଆମକାମ ହେଲା କଂସା ଲୋଟା ଯାହା ହାବୁଡ଼ିଛି ଅଣ୍ଟିକି ଉଠା ।

(ରାଜୀବର ପୁନଃ ପ୍ରବେଶ । ରାଜୀବକୁ ଦେଖି ପଦୀ ମୁହଁ ପୋଛିଦେଇ ଠିଆ ହୋଇ–) କ'ଣ କିଏ ବାବୁ– ଏଇନେ ତ ଆଇଥିଲ, ଫେର କିଅଁ ? ବାବୁ ତମ ପଛେ ପଛେ କୁଆଡ଼େ ବାହାରି ଗଲେଣି ।

ରାଜୀବ– ମୁଁ ବାବୁଙ୍କ ପାଖକୁ ଆସିନି – ତୋ ରୀନା ଦେଇ ଅଛନ୍ତି ?

ପଦୀ– ଆମ ଦେଇଙ୍କ ସାଥିରେ ତମର କି କାମ ?

ରାଜୀବ– (ପଦୀ ନିକଟକୁ ଯାଇ) କାମ ଅଛି, ଟିକିଏ ତାଙ୍କୁ ଡାକି ଦେବୁ।

ପଦୀ– ମୁଁ ପାରିବିନି ପରା କହିଲି– ସିଏ ଘରେ ନାହାନ୍ତି କୁଆଡ଼େ ଯାଇଚନ୍ତି।

ରାଜୀବ– ତୁ ମିଛ କହୁରୁ...

ପଦୀ– ତେବେ କୋଉଆଡ଼ିକିଆ ବାବୁ କିଓ ? ମୋତେ ମିଛେଇ କହୁଚ ? କହିଲି ପରା ସିଏ ନାହାନ୍ତି।

ରାଜୀବ– ଆଛା ହଉ ହଉ, ତୁ ଏମିତି ପାଟିକରନି।

ପଦୀ– ମୋ ପାଟି ତ ସେମିତି...

ରାଜୀବ– (ପକେଟରୁ ଗୋଟେ ଟଙ୍କା ବାହାର କରି) ନେ...

ପଦୀ– କଅଣ ?

ରାଜୀବ– ନେ ଏ ଟଙ୍କାଟା ବକ୍‍ସିସ୍।

ପଦୀ– (ହାତ ବଢ଼େଇ ଦେଇ) ମିଲା, ମୁଁ ତମର କଅଣ କଲିକି ମତେ ବକ୍‍ସିସ୍ ଦଉଚ ?

ରାଜୀବ– ଦେଲି ଏମିତି ଖୁସିରେ। ହଉ ମୁଁ ଯାଉଚି (ଯିବାକୁ ଉଦ୍ୟତ ହେଲା।)

ପଦୀ– ଚାଲିଯାଉଚ କିଆଁ ବାବୁ। ରଇଥା ମୁଁ ରୀନା ଦେଙ୍କୁ ଡାକି ଦେଉଚି।

ରାଜୀବ– ସିଏ ପରା ନାହାନ୍ତି ?

ପଦୀ– ନିଆଁ ନଗା ମନତା ଏ ପରା ବାବୁ। ସିଏ କୁଆଡ଼େ ଯାଇଥିଲେ ଯେ ତାଙ୍କ ଫେରିବା କଥାଟା ଭୁଲି ଯାଇଥିଲି। ଏବେ ମନେ ପଇଲା – ତେବେ ବସ ମୁଁ ତାଙ୍କୁ ଡାକି ଦଉଚି।

ରାଜୀବ– ହଉ ଯା – ବେଇଗି ଡାକି ଦେ। ମୁଁ ବେଶୀ ସମୟ ରହିପାରିବିନି।

     (ପଦୀର ପ୍ରସ୍ଥାନ। ରାଜୀବ ପଦାକୁ ଥରେ ଥର ଚାହିଁ ବୁଲାଚଲା କରିବା – ରୀନାର ପ୍ରବେଶ)

ରୀନା– (ହସି ହସି) କଅଣ ବାପାଙ୍କ ସଙ୍ଗେ ଆଲାପ ପରିଚୟ ହେଲା ?

ରାଜୀବ– ହଁ ହେଲା...କିନ୍ତୁ ତାଙ୍କ ମିଜାଜଟା ବର୍ତ୍ତମାନ ସପ୍ତମରେ ଅଛି। ହେଲେ ମୁଁ ଠିକ୍ ଜମେଇ ଦେବି। କିନ୍ତୁ ବାପା ତମର ବିଲକୁଲ୍ ବିବାହ ବିରୋଧୀ ହୋଇପଡ଼ିଛନ୍ତି।

ରୀନା– ତା'ତ ମୁଁ ତୁମକୁ ଆଗରୁ କହିଛି...

ରାଜୀବ– ମତେ ଜଣେ ଡାକ୍ତର-ଛାତ୍ରୀ ବାହା ହେବାକୁ ଚାହାନ୍ତି ଶୁଣି ତ ଏକବାର ଖପ୍ପା।

ରୀନା– ବାପା କୁଆଡ଼େ ଫେର ଗଲେ।

ରାଜୀବ– ମୁଁ ତାଙ୍କୁ ଗୋଟେ ଜୋତା ଦୋକାନରେ ପଶିବାର ଦେଖି ସୁଟ୍‍କିନି ଫେର

ଫେରିଆସିଲି ତମ ସହିତ ଟିକିଏ ଦେଖାକରି ଯିବାକୁ । ମୁଁ ଉଠେ ରୀନା...
ଯଦି ହଠାତ୍‌ ପହଞ୍ଚିଯିବେ ନା, ତେବେ ସର୍ବନାଶ ।

ରୀନା–	ଅସମ୍ଭବ କିଛି ନୁହେଁ...

ରାଜୀବ–	ଆଚ୍ଛା, ମୁଁ ଆସେ । ତମେ କିଛି ଭାବନି ରୀନା । ମୁଁ ସବୁ ଠିକ୍‌ କରିଦେବି ।
	(ରୀନାର ଭିତରକୁ ପ୍ରସ୍ଥାନ । ପଦୀର ଚାରିଆଡ଼େ ଚାହିଁ ଚାହିଁ ପ୍ରବେଶ ଓ ଜଲଖିଆ
	ଥାଲିଆ ପାଖକୁ ଯାଇ ଗୋଟିଏ ରସଗୋଲା ପାଟିରେ ପୂରେଇ ଦଉଦଉ ଗୁରିଆର
	ପ୍ରବେଶ । ଗୁରି ତା'ର ଗାଲଫୁଲା ଦେଖିଲା–ତା'ନିକଟକୁ ଯାଇ) –

ଗୁରିଆ–	କଅଣ ହେଲାକି ପଦୀ, କଅଣ ହେଲା ? (ପଦୀ ପେଟକୁ ଚିପି ଧରି ବସିପଡ଼ି
	ଗାଲକୁ ଫୁଲାଇ ରସଗୋଲାଟା ଖାଇବାକୁ ଲାଗିଲା) ଏଁ...ଏଁ...କଅଣ ହେଲା ?
	(ପଦୀ ପିଠିକୁ ଆଉଁସି ପକାଇ) କଅଣ ହେଲା ?

ପଦୀ–	ଓଃ !

ଗୁରିଆ–	ଓଃ, କଅଣ ହେଲା ପଦୀ ତୋର ? ତୋ ଗାଲ ଦି'ଟା ଏମିତି ଫୁଲିଯାଇଥଲା
	କାହିଁକି ?

ପଦୀ–	କଅଣ କହିବିରେ ଗୁରିଆ, ପେଟ ଭିତରୁ ଗୋଟେ ପବନ ବାହାରି ଆସିଲା
	ଯେ ମୋ ଗାଲ ଦି'ଟା ଫୁଲେଇ ଦେଲା ପରାରେ ଗୁରିଆ । ମୁଣ୍ଡ ଝାଇଁ ଝାଇଁ
	କରିଦେଲା ।

ଗୁରିଆ–	ସତରେ... ଭାରି କଷ୍ଟ ହୋଇଥବ ? ତୁ ପାଟିଟା ମେଲା କରି ଦେଲୁନି...
	ପବନଗୁଡ଼ା ପଦାକୁ ପଲେଇ ଥାଆନ୍ତା ।

ପଦୀ–	ଆରେ ସତେ ତ ଗୁରିଆ...ନିଆଁ ନଗା ମନପରା...ସେତେବେଲେ କଅଣ
	ହେଲା ମନେ ପଲଲା ? ଗୁରିଆରେ, ମୁଁ ଏ ଘରେ ଆଉ ରହିବିନି ।

ଗୁରିଆ–	(ବ୍ୟସ୍ତ ହୋଇ) କାହିଁକି ଲୋ ?

ପଦୀ–	ମୁଁ ଆଉ ଏ କାମକୁ ପାରିବିନି–ବଅସ ଗଲାଣି ।

ଗୁରିଆ–	ଭାରିତ କାମ କରି ଫଟେଇ ଦେଲୁଣି ! କିଲୋ ତୁ କି କାମ କରୁଚୁ । ମା' ତ
	ସବୁ ବାସି ପାଇଟି କରୁଚନ୍ତି–ତୁ ତ ଖାଲି ବସିଚୁ ।

ପଦୀ–	ହଇରେ, ହେ କଅଣ କହିଲୁ...କଅଣ କହିଲୁ ! ମୁଁ ଖାଲି ବଇଚି ? ହଇରେ, ମୋ'
	ପାଇଟି ତୋ ଆଖିକି ଦିଶୁନି, ହଇରେ ? ଏ ଘରର ସକଲ ପାଇଟି କିଏ କରୁଚି ?
	ଡଙ୍କି ପଡ଼ିଚି ଆଠ ଗଣ୍ଟା, ଶୁଖେଇଁ ଦେବାକୁ ଜଣେ ଭେଣ୍ଡା । ଏତେ ବଡ଼ ଘରଟାରେ
	ପାଇଟି ସବୁ ମୁଁ କରୁଚି । ଦିଶୁନି ? ହଇରେ ତୁ ଏ ଘରେ କି କରୁଚୁ ?

ଗୁରିଆ–	ମୁଁ କରୁନି ? ଆଉ ତୁ କରୁଚ୍ଚ – ନାଇଁ ?

ପଦୀ–   ତୁଟା କଅଣ ତୋ ଗୋଇ ଜାଣିନି ? ଖୋଲିବି ବୋଇଲେ –

ଗୁରିଆ–   ତୁ ଦେଖିରୁ...ମୁଁ ପଇସା ଖାଉଚି ବଜାର ସଉଦାରୁ...ହଇଲୋ ଦେଖିରୁ ?

ପଦୀ–   ହଇରେ ହେ ହେ, ଚୋରି କିଏ ଦେଖୁଥାଏ ? ଆରେ–
          ତଳେ ତଳେ ଗଲା ତଳ ଗଡ଼ିଶାନା
          କେହି ନ ଜାଣିଲେ ସାଇ ପଡ଼ିଶା,

ଗୁରିଆ–   ହ'ମ, ତୋ ଗୋଇ ମୁଁ ଜାଣିନି ବାକି ଯେ –

ପଦୀ–   ହଇରେ, କ'ଣ ଜାଣିରୁ କହିଲୁ...କହିଲୁ ଦେଖି...ନଇଲେ ତୋ ଦାନ୍ତ ଭାଙ୍ଗି
          ଦେବି ।

ଗୁରିଆ–   କହିବି...କହିବି ?

ପଦୀ–   କହନ୍ତୁ, ତୋ ଜିଭରେ କେତେ ହାଡ଼ ଅଛି ଦେଖିବା ।

ଗୁରିଆ–   ଏଃ, ରସଗୋଲାଟା ପାଟିରେ ପୁରେଇ କହୁଥିଲୁ ପେଟରୁ ପବନ ବାହାରି
          ଗାଲ ଫୁଲେଇ ଦେଲା । ତୁ ଭାବିଥିଲୁ ମୁଁ ଜାଣିନି ବୋଲି ?

ପଦୀ–   ଦେଖ୍ ଗୁରିଆ, ମୋ ସାଙ୍ଗେ ଖର୍ନାଟ୍ କରି ଲଗାନା କହୁଚି...

ଗୁରିଆ–   ମୁଁ କାହିଁକି ତୋ ସାଥିରେ ଲଗାନ୍ତି... ଓଲ୍ଟି ତୁ ତ ମୋ ଉପରେ ପଡ଼ି ଝଗଡ଼ା
          କରୁଚୁ ।
          (ବୀଣାଦେବୀଙ୍କର ଚୌକି ଝାଡୁଣି ଧରି ପ୍ରବେଶ । ଧମକ ଦେବା ସ୍ୱରରେ–)

ବୀଣା–   ମୁଁ ଜାଣେ ପରା–ହଇଲୋ ପଦୀ, ବୁଢ଼ୀଦିନେ ତୁ କଅଣ ଭାରି ଟୋକୀ
          ହୋଇଯାଉଚୁ ଲୋ ? କାମ ନାଇଁ ଦାମ ନାଇଁ ଖାଲି... କିରେ ଗୁରିଆ କଅଣ
          କରୁଚୁ ଏଠି ଠିଆହୋଇ...ଯା ଗଲୁ... କଳରୁ ପାଣି ଆଣିବୁ ଯା । କୌଠି
          ଟୋପାଏ ହେଲେ ପାଣି ନାଇଁ ।

ଗୁରିଆ–   ଯାଉଛି ମା' (ବାଲ୍ଟି ଧରି ପ୍ରସ୍ଥାନ)

ବୀଣା–   ହଇଲୋ ଏ ! ଆଲୋ, ସେଇଟା ସଙ୍ଗେ ଏତେ ରଜଘଷ କିଆଁଲୋ ଅଲାଜୁକୀ ?

ପଦୀ–   (କାନ୍ଦ କାନ୍ଦ ସ୍ୱରରେ) ମା', ତମେ କିଚ୍ଛି ନ ବୁଝି ମତେ କିଆଁ ଗାଲି ଦେଉଚ ?
          ସେ ନିଲଟିଆ ଅଲାଜୁକ ତ ସବୁବେଳେ ମୋ ପଛେ ପଛେ ଗୋଡ଼େଇଚି ।

ବୀଣା–   ହଁ, ତୋର ଯେମିତି ଦୋଷ ନାହିଁ...ଗୋଟିକଯାକ ତ ତୁଳସୀ ପତ୍ର ! ଯା,
          ଅଇଁଠା ବାସନଗୁଡ଼ାକ ସିଆଡ଼େ ପଡ଼ିଚି ।

ପଦୀ–   କିଚ୍ଛି ନ ବୁଝି ମୋତେ ଏତେ କିଆଁ କହୁଚ ମ ?
          (ପଦୀର ପ୍ରସ୍ଥାନ ଓ ବୀଣା ଦେବୀଙ୍କର ଚୌକି ଝାଡ଼ିବା – ଘରେ ପ୍ରବେଶ
          କଲେ ରୀନା) ।

ରୀନା– ବୋଉ, ତତେ ଯେତେ ମନାକଲେ ବି ତୁ ଶୁଣିବୁନି ।

ବୀଣା– କୋଉ କଥା ମ ?

ରୀନା– କୋଉ କଥା ଆଉ...ଏଗୁଡ଼ା ସବୁ ଚାକରବାକରଙ୍କ କାମ । ତୋତେ ଏସବୁ ନ
କରିବାକୁ କହି କହି ଅମେ ଥକି ଗଲୁଣି ।

ବୀଣା– କାହିଁକି କହୁଚ ଯେ...ଦେଖୁଚ ତ ମୁଁ ଶୁଣିନି ।

ରୀନା– ନାଇଁ ବୋଉ, ତୋତେ ଶୁଣିବାକୁ ହେବ । ତୁ ଏତେ କାମ କଲେ ବି ବାପା
କୋଉ ଖୁସି ତୋ ଉପରେ ?

ବୀଣା– ତୋ ବାପାଙ୍କୁ ଖୁସି କରିବା ପାଇଁ ତ ମୁଁ ଏସବୁ କରୁନି ।

ରୀନା– ତୁ ତ ବାପାଙ୍କ କଥା କିଛି ବୁଝୁନୁ ବୋଲି ସେ ତୋ ଉପରେ ସବୁବେଳେ
ଚିଡ଼ିଚିଡ଼ି ହଉଚନ୍ତି ।

ବୀଣା– ସେ ସେମିତି ହେଉଥିବେ । ତମେ ଦି' ଝିଅ ତ ତାଙ୍କ କଥା ସବୁ ବୁଝୁଚ ।
ଆଉ ମୁଁ ବୁଢ଼ୀ ହେଲାଯାଏ ତୋ ବାପାଙ୍କର ସବୁକଥା ବୁଝୁଥିବି !
(ପଦୀର ଗୋଟିଏ ଗଣ୍ଠିଲି ଧରି ପ୍ରବେଶ)

ପଦୀ– ମା', ମୁଁ ଆଉ ଏଠି ରହିବିନି... ମତେ ଗାଁକୁ ପଠେଇ ଦିଅ ।

ରୀନା– କାଇଁକି...ତୋର କଅଣ ହେଲା ?

ପଦୀ– ନାଇଁ ଦେଖ...ମୁଁ ଆଉ ରହିପାରିବିନି-ମୁଁ ଆଉ କାମକୁ ପାରୁନି ।

ରୀନା– କି କାମଟା ତୁ କରୁଚୁ କିଲୋ...ବୋଉ ତ ସବୁ କରୁଚି । ତୁ ସାଆନ୍ତାଣୀ ହୋଇ
ବସିଚୁ ।

ପଦୀ– ମୁଁ ଯେତେ କାମ କଲେ ଏ ଘରେ କାହାରିକି ଦିଶୁନି । ନାଇଁ, ମୁଁ ଏତେ କଥା
ଶୁଣିପାରିବିନି କି ରହିପାରିବିନି ।

ବୀଣା– କିଲୋ, ତତେ କିଏ କଅଣ କହିଲା କିଲୋ ?

ରୀନା– ତମେ ତ ମା' ନିଜେ କହିଲ ?

ବୀଣା– (ହି) ମୋ କଥାକୁ ତୁ କୋଉଦିନ ଧରିଥିଲୁ ଯେ ଆଜି ଧରୁଚୁ-

ରୀନା– ନାଇଁ ବୋଉ, ତାକୁ ଖୁସାମତ କରନା - ସେ ଯାଉ ତା'ର ଯୁଆଡ଼େ ଇଚ୍ଛା
ହେଉଚି ।

ପଦୀ– ମୁଁ ଯିବିନି ଆଉ କ'ଣ ରହିବି ! ଗତର ଖଟେଇଲେ କଅଣ ପେଟକୁ ଗଣ୍ଡେ
ଖାଇବାକୁ ମିଲିବନି ? ଦେ କଉଡ଼ି ଖା ପିଠା, ଏଥିପାଇଁ କିଆଁ ଦାନ୍ତ ନିକୁଟା ।

ରୀନା– ହଉ ଢଗ ମେଲାନି...ଯିବୁ ଯଦି ଚାଲିଯା...ତୋ ପଛରେ କେହି ଗୋଡ଼ାଇ
ଯିବେନି ।

ପଦୀ– (ବୁଜୁଲି ଜାକି ଘରର ଗୋଟିଏ କୋଣରେ ବସିପଡ଼ି) ହଁ, ଯିବି ତ... ନିଶ୍ଚେ ଯିବି ।

ରୀନା– ଯିବୁ ତ ବସିଲୁ କିଆଁ ?

ପଦୀ– ମୁଁ ଯିବି ବୋଲି କଅଣ ବସିବାକୁ ମନା ? ଯିବି ବୋଲି ତ ବସିଲି ।

ବୀଣା– କାହିଁକି ସେଇଟାକୁ କିଛି କହୁଛୁ ? ଆଜିକାଲି ତା' ମୁଣ୍ଡ ଠିକ୍ ରହୁନି ।

ରୀନା– ତୁ ତା' ମୁଣ୍ଡ ବିଗାଡୁଚୁ ।

ବୀଣା– ମୁଁ ସଭିଙ୍କ ମୁଣ୍ଡ ବିଗାଡୁଚି–ତା' ମୁଣ୍ଡ, ତୋ ବାପା ମୁଣ୍ଡ ।

ରୀନା– ତୁମର ଯାହା ଇଚ୍ଛା କର... ମୁଁ ବାହାରିଲି ।

ବୀଣା– କୁଆଡ଼େ ?

ରୀନା– ମୋର ଆଜି ରାତି ୱାର୍ଡ ଡ୍ୟୁଟି ଅଛି ।

ବୀଣା– କଅଣ ରାତିରେ ଡାକ୍ତରଖାନାରେ ରହିବୁ ?

ରୀନା– ହଁ ।

(ରୀନାର ପ୍ରସ୍ଥାନ । ଦୁଇଯା ବାଲ୍ଟି ଦୁଇ ହାତରେ ଧରି ଗୁରିଆର ପ୍ରବେଶ) ।

ଗୁରିଆ– (ବାଲ୍ଟି ଧଡ଼କିନା ଥୋଇଦେଇ) ମା', ମୁଁ ଆଉ ତୁମ ଘରେ ନଉକରି କରିପାରିବିନି । ମୋତେ ଆଜି ବିଦା କରିଦିଅ ।

ବୀଣା– କିରେ ତୋର ଫେର କଅଣ ହେଲା ?

ଗୁରିଆ– ମୁଁ ଆଉ ଦାଣ୍ଡ କଳରୁ ପାଣି ବୋହି ପାରିବିନି – ମୋ ଅଣ୍ଟା ପିଟି ଲାଗିଗଲାଣି ।

ବୀଣା– ଆଜିଯାଏ ତ କାହିଁ ସେ କଥା କହୁନଥିଲୁ ।

ଗୁରିଆ– କହୁନଥିଲି... ଏବେ କହିଲି ।

ବୀଣା– ହଉ, ଦି'ଜଣଯାକ ଅଭି ବାହାର ମୋ ଘରୁ... ବାହାର । ଯା ପଦୀ, ବାହାର...

ପଦୀ– ମ, କହିଲା ସାଙ୍ଗେ ସାଙ୍ଗେ କଅଣ ମୁଁ ବାହାରିଯିବ ! ମୁଁ ସିନା ଆଉ ତମ ଘରେ ରହିବିନି ବୋଲି କହିଲି, ଏଇନେ ସାଥ୍ ସାଥ୍ ତମ ଘରୁ ବାହାରି ଯିବାକୁ ତ କହିନି ।

ବୀଣା– ତେବେ ଗଣ୍ଠିଲିପତ୍ର ଧରି ଏଠି ବସିଲୁ କିଆଁ ?

ପଦୀ– ମୋ ଇଚ୍ଛା ହେଲା, ତା' ବୋଲି କଅଣ ମୁଁ – ନାଇଁ, ମୋର ଯୋଉ ଦିନ ଇଚ୍ଛା ହବ–ମୁଁ ଯିବି–ମାସକରେ ହଉ–ବର୍ଷକରେ ହଉ–ହେଲେ ତମ ଘରେ ଆଉ ରହିବିନି ।

ବୀଣା– (ହସି) ହଉ, ଭଲ କଥା । ଗୁରିଆ, ତୁ କଅଣ ଆଜି ଯିବୁ ?

ଗୁରିଆ– (ପଦୀକୁ କଣେଇ ଚାହିଁ), ଏ଼ଁ, କଅଣ କହିଲ ମା' ? (ମୁଣ୍ଡ କୁଣ୍ଡେଇ) ଦାଣ୍ଡ

କଳରୁ ପାଣି ବୋହିବାକୁ କଷ୍ଟ ହଉଚି ବୋଲି ସେମିତି କୋରଧରେ କହିଦେଲି ନା ! (ପଦୀ ଆଡ଼େ ଚାହିଁ) ମୁଁ କଅଣ ସତରେ ଯିବି ମା' ତମ ଘର ଛାଡ଼ି ?

ବୀଣା– (ହସି) ଯା ଯା... କାନ ତ ଯାଇନି, ଆଉ ମୁଣ୍ଡ କେମିତି ଯିବ ?

ଗୁରିଆ– ମା' ତମର ଯୋଉ କଥା ! (ଟିକିଏ ରହି) ହଇକିଏ ମା', ବାବୁଙ୍କୁ କହୁନ ଆଉ ଗୋଟେ ବଡ଼ ଡିରାମ ଆଣିମେ । ଗୋଟେ ଡିରାମ ପାଣି ଅଣ୍ଟୁନି । ଦି'ଟା ଡିରାମରେ ପାଣି ଭର୍ତ୍ତି କରିଦେବି ଯେ କେତେ ଖର୍ଚ କରୁତ କରୁଥା ।

ବୀଣା– ହଉ ହଉ ଯା-ସେ କଥା ମୁଁ ବୁଝିବି । ଏଘରେ ସଭିଙ୍କ ମୁଣ୍ଡ ଖରାପ । (ପ୍ରସ୍ଥାନ)

ଗୁରିଆ– ଏ ପଦୀ, ଚାଲ – କାମ କରିବୁ ଚାଲ । ଗଣ୍ଠିଲି ଯାକି ଗାଁକୁ ଯିବ ବୋଲି ବଇଚି...ଭାରି ଯିବାବାଲା ।

ପଦୀ– (ଉଠି) ହଇରେ, ମୁଁ ତ ଗଲିନି – ତୁ ତ ଆଜି ଯିବୁ ବୋଲି ବାହାରିଥେଲୁ, କାହିଁକି ରହିଗଲୁ ?

ଗୁରିଆ– ଆଲୋ ଏତିକି ବୁଝିପାରିଲୁନି ? ତୁ ବାହାରିଥିଲୁ ବୋଲି ମୁଁ ଯିବାକୁ କହୁଥିଲି ନା !

ପଦୀ– ସତେ !

ଗୁରିଆ– ତୋ ଆଖି ଛୁଉଁଚି ଲୋ ପଦୀ !

ପଦୀ– ମୋ ଆଖି ଛୁଇଁବୁ କିଆଁରେ ବାଡ଼ିପଡ଼ା ?

ଗୁରିଆ– ତୁ ପଦୀ ମୋ ଉପରେ ଏମିତି ଗର ଗର କିଆଁ ହଉଚୁ ? ମୁଁ ତ ତୋ ପେଇଁ...

ପଦୀ– କଅଣ କହୁନୁ-ରହିଗଲୁ କିଆଁ ?

ଗୁରିଆ– ମୁଁ ଯୋଉ ପଇସା ସଞ୍ଚୁଚି...କାହାପେଇଁ କହିଲୁ ପଦୀ ?

ପଦୀ– କାହାପେଇଁ ?

ଗୁରିଆ– ହେଁ ହେଁ ହେଁ... ।

ପଦୀ– ହଇରେ, ମୁଁ ତୋଠୁଁ ଆଠ କି ଦଶବର୍ଷ ବଡ଼ ହେବି – ସାଆନ୍ତାଣୀଙ୍କି ଯେତେ ମତେ ସେତିକି ବଅସ ହେଲାଣି ଆସି... ତୁ ଫେର୍... ।

ଗୁରିଆ– ହେଲେ କଅଣ ହେଲା-ସବୁବେଲେ ବରମାନେ କନ୍ୟାମାନଙ୍କଠୁ ବଡ଼ ହେବେ ଇୟା କଅଣ ଶାହାସ୍ତରେ ଲେଖା ଅଛି ? ଆଜିକାଲି ଶାହାସ୍ତ ବଦଲି ଗଲାଣିମ । ଆଇନ ହୋଇଗଲା ପରା ଲୋ... କନ୍ୟାମାନେ ବରଠୁ ଦଶ ବାରବର୍ଷ ବଡ଼ ହେବେ...ବୁଝିଲୁ !

ପଦୀ– ହଇରେ, ତୁ ଏଠୁ ଯାଉଚୁ ନା ଇଲେ ଦେଖିବୁ !

ଗୁରିଆ– ଯାଉଚି ପଦୀ...ତୁ ଏମିତି ରାଗନା । (ପ୍ରସ୍ଥାନ)

ପଦୀ–	ହଁ, ରସିକ ଯାଉଚି ବନ୍ଦରେ, ବଣମଲ୍ଲୀ ଫୁଲ ପାଟିଲା ଗାମୁଛା ପଶି ହେଉନେଇ ଗନ୍ଧରେ। (ଜଳଖିଆ ପ୍ଲେଟ୍ ଓ ଚା' ଗ୍ଲାସ୍ ଧରି ପ୍ରସ୍ଥାନ। ପ୍ୟାଣ୍ଟିକୁ ଗୋଡ଼ ଉପରେ ଉଷତ୍ ଟେକି ଧରି ବିମଳ ବାବୁଙ୍କର ପ୍ରବେଶ ଓ ଡ୍ରଇଂ ରୁମ୍‌ରେ ଛୋଟେଇ ଛୋଟେଇ ପଦଚାରଣ କରିବା। କାହାକୁ ନ ଦେଖି...)

ବିମଳ–	ଓଃ... କାହାରି ଦେଖା ନାହିଁ... ଗୋଡ଼ ଏଆଡେ କଟ୍‌କଟ୍ କଲାଣି... କଅଣ କରିବ ମଣିଷ। (ଗୋଟିଏ ଚୌକିରେ ବସିବା।)

ମୀନା–	(ନାଚି ନାଚି ପ୍ରବେଶ ଓ କିଛି ସମୟ ପରେ ବିମଳ ବାବୁଙ୍କୁ ଦେଖି–) ବାପା ! ତମେ କେତେବେଳୁ ବସିଚ ଏଠି ?

ବିମଳ–	(ଗମ୍ଭୀର ଭାବରେ) ବହୁତ ବେଳୁ, ନିଦରେ ଶୋଇବା ବେଳେ ନାଚ କରୁନୁ ତ ମୀନା ?

ମୀନା–	ଏଠି କାହିଁକି ବସିଚ – ଭିତରକୁ ଯାଉନ ?

ବିମଳ–	ନା...

ମୀନା–	ଚାଲ-ଜାମାପଟା ଖୋଲି ଚା' ଖାଇବ ଚାଲ।

ବିମଳ–	ନା, ତୁ ପାଟିତୁଣ୍ଡ କରନା ମୀନା– ତୁ ତୋର ନାଚୁତୁ ନାଚୁଥା, ମୁଁ ଭାରି ହାଲିଆ।

ମୀନା–	ହାଲିଆ ହବନି ? ଗଧଙ୍କ ଭଲି ସକାଳ ସାତରୁ ରାତି ଦଶ ପର୍ଯ୍ୟନ୍ତ ଖାଲି ଅଫିସ ଫାଇଲରେ ମୁଣ୍ଡ ଗୁଞ୍ଜି ବସୁଚ...ଆଉ...

ବିମଳ–	କିଏ ସେ ମୋ ଦୁଃଖ ବୁଝୁଚି ?

ମୀନା–	କାହିଁକି...ରୀନା ଅପା, ମୁଁ କେତେଥର ମନା କଲିଣି ଖଟନାଇଁ ବୋଲି...

ବିମଳ–	ତୁମେ ସବୁ କହିଲେ କଅଣ ହେବ ?

ମୀନା–	ବାପା, ମୁଁ ଗୋଟିଏ ନୂଆ ନାଚ ଶିଖିଚି – ଦେଖିବ ସେଇଟା ?

ବିମଳ–	ନାଇଁ ନାଇଁ, ମୋର ବର୍ତ୍ତମାନ ତୋ ନାଚ ଫାଚ ଦେଖିବାକୁ ଇଚ୍ଛାନାହିଁ। ବୁଢ଼ୀ ଦିନରେ ଗୋଟେ ନାଚ ଶିଖା ହଉଚି...

ମୀନା–	(ବିମଳ ବାବୁଙ୍କ ପାଖରେ ଲାଗିକରି ବସି ଓ ଗେହ୍ଲେଇ ହୋଇ)
	ବାପା, ତମେ ଆଜିକାଲି ଭାରି ଚିଡ଼ିଲ ହୋଇଗଲାଣି – ସବୁବେଳେ ଖାଲି ଚିଡ଼ଚିଡ଼ ହଉଚ।

ବିମଳ–	ହେବିନି ? ମୋ କଥା କେହି ବୁଝିନାହାନ୍ତି।

ମୀନା–	ମୁଁ ଆଉ ରୀନାଅପା ତ ସବୁବେଳେ ବୁଝୁ ତମ କଥା।

ବିମଳ–	ତମେ ବୁଝିଲେ କଅଣ ହେବ–ଯିଏ ବୁଝିବା କଥା ସିଏ ତ ବୁଝୁନି।

ମୀନା– (ଟିକିଏ ଦୁଷ୍ଟାମି କରି) ସେଇ ଯିଏଟି କିଏ ବାପା ?

ବିମଳ– ଜାଣିନୁ କିଏ ?

ମୀନା– ବୋଉ ?

ବିମଳ– ହଁ, ହଁ, ତୋର ସେଇ ଗୁଣବତୀ ବୋଉ – ମତେ ଟିକିଏ ପଚାରୁଚି ?

ମୀନା– ତାକୁ କେତେବେଳେ ଫୁରସତ୍‌ ଅଛି କହିଲ ?

ବିମଳ– ହଁ, ସେଇଥିପାଇଁ ମୋ କଥା ଟିକିଏ ବୁଝିବାକୁ ଫୁରସତ୍‌ ହଉନି ? ମୋ ପ୍ରତି ତୋ ବୋଉର ଗୋଟେ ଘୃଣା ହୋଇଯାଇଚି ।

ମୀନା– (ଦୁଷ୍ଟାମି ହସ ହସି) ଆଚ୍ଛା, କାହିଁକି ବୋଉ ତୁମକୁ ଘୃଣା କରୁଥିବ ବୋଲି ଭାବୁଚ ବାପା ?

ବିମଳ– କାହିଁକି...କାହିଁକି...ଆଉ କଣ... ମୋର ଏଇ କଳା ଚେହେରା, ଆଉ ମୁଣ୍ଡର ଏହି ଭାଲୁଖିଆ ଚନ୍ଦା-ଆଉ ନିଜେ ସୁନ୍ଦରୀ ବୋଲି ଗୋଟାଏ ଗର୍ବ-କଣ କହୁରୁ...ସତ ନୁହେଁ ?

ମୀନା– (କପଟ ଗାମ୍ଭୀର୍ଯ୍ୟ ପ୍ରକାଶ କରି), ମୁଁ ଟିକିଏ ଭାବେ ବାପା –

ବିମଳ– ଭାବିବୁ ଆଉ କଣ, ମୁଁ ଠିକ୍‌ ଜାଣେ । ତମ ଦି’ ଝିଅଙ୍କ ମତ ବି ସେଇଥା । ତମ ଦି’ ଝିଅଙ୍କର ମିଜାଜ୍‌ ବି ଠିକ୍‌ ତମ ବୋଉଙ୍କ ମିଜାଜ୍‌ ଅନୁସାରେ ଗଢ଼ି ଉଠିଲାଣି ।

ମୀନା– ବାପା, ତମେ ତ ସବୁ କଥା ଖାଲି ନିଜେ ନିଜେ କହିଯାଉଚ... ଆଚ୍ଛା ବାପା, ସତ କହିଲ, ବୋଉ ସୁନ୍ଦରୀ ବୋଲି ତମ ମନରେ ଗର୍ବ ହୁଏନା ?

ବିମଳ– ଆରେ ବାବୁ, ସେକଥା କିଏ ମନାକଲା ? ତା’ ବୋଲି ସିଏ ମୋତେ ଘୃଣା କରିବ ? ନା, ଏ ଘରେ ଆଉ ଚଳିହେବନି । ତୁମେ ଝିଅଗୁଡ଼ାକ ବି ମାଥାକୁ support କଲଣି । ନା, ମୁଁ ଆଉ ଏ ଘରେ ଚଳିପାରିବି ନାହିଁ ।

ମୀନା– (ହସି) ଆଉ ତେବେ କେଉଁ ଘରେ ଚଳିବ ବାପା ?

ବିମଳ– (ପାଟିକରି) ତୋ ବୋଉ ଯେଉଁ ଘର ତୋଳିଦେଇଛି ମୋ ପାଇଁ! ଚୁପ୍‌କର ବୋକି! ଭାରି ଫାଜିଲ୍‌ ହେଇଯାଇଚି... । (ଅସ୍ଥିର ଭାବରେ ବୁଲିବାକୁ ଲାଗିଲେ । ବୀଣା ଦେବୀଙ୍କର ପ୍ରବେଶ)

ବୀଣା– କୁଆଡ଼େ ଯାଇଥିଲ ? ଫେରିବା ସଙ୍ଗେ ସଙ୍ଗେ ପୁଣି ପାଟିତୁଣ୍ଡ ଆରମ୍ଭ କରିଦେଲଣି ?

ଗୁରିଆ– ଘଣ୍ଟାଏ ହେଲା ଫେରିଲିଣି । ହେଲେ କିଏ ମୋ କଥା ବୁଝୁଛି ? ଉଃ, ପାଦଟା କଟ୍‌ କଟ୍‌ ହେଲା ।

ମୀନା– ନାଇଁ ବୋଉ, ବାପା ମିଛ କହିନାହାନ୍ତି ଯେ, ତାଙ୍କର ସମୟଜ୍ଞାନ ଟିକିଏ
       କମିଗଲାଣି ।

ବୀଣା– ତୁ ଚୁପ୍‌କର ବୋକି ! ଅତି ଫାଜିଲ୍‌ ହୋଇଯାଉଚି...

ବିମଳ– କାହିଁକି ଆଉ ଏମିତି ଶୁଖିଲା ଧମକ ଦଉଚ ଝିଅକୁ ? ଝିଅଗୁଡ଼ାକୁ ତ ସେମିତି
       ଖରାପ କରି ବଢ଼େଇଚ ।

ମୀନା– ଫେର୍ ମିଛ କହିଲ ବାପା । ଆମେ ମୋଟେ ଖରାପ ବଢ଼ିନୁ । ଦେଖ ମୁଁ ଲମ୍ବା
       ଚୌଡ଼ା figure, କେମିତି ideal !

ବିମଳ– (ଗମ୍ଭୀର ହୋଇଯାଇ ଓ ତଳକୁ ଜୋତା ଓ ମୋଜାକୁ ଚାହିଁ) ଉଃ, କି ଭୀଷଣ
       କଟ୍‌କଟ୍ କଲାଣି ପାଦ !

ମୀନା– ଏଁ, କଅଣ କହିଲ ବାପା ? ପାଦ କଟ୍‌କଟ୍ କଲାଣି...(ପାଦକୁ ଚାହିଁ–ହସିହସି)
       ବାପା, ଜୋତା ଫିତାଟା ଏମିତି ଚିପିଚାପି ଭିଡ଼ିଚ କାହିଁକି ? ବାପା, ଏଇଟା
       କଅଣ ନୂଆ ଜୋତା ହେଲେ ? ଇଲେ ଏଇ ଜୋତା କିଣିବାକୁ ଯାଇଥିଲ କି
       ବାପା ? ହଉ ହଉ – ମୁଁ ଖୋଲି ଦଉଚି ।

ବିମଳ– ନା ନା, ତୋର ଖୋଲିବା ଦରକାର ନାହିଁ ।

ବୀଣା– ମଲା, ପାଦକୁ କାଟୁଚି ବୋଲି ତ କହୁଚ–ମୀନା ଜୋତା ମୋଜା ଖୋଲି
       ଦେବାବେଳକୁ ମନା କରୁଚ କାହିଁକି ? ତେବେ ନିଜେ ଖୋଲ ।

ବିମଳ– (ରାଗିଯାଇ) ହଁ, ନିଜେ ନ ଖୋଲିବି ତ ଆଉ ମୋର କିଏ ଅଛି ଯେ
       ଖୋଲିଦେବ ! ରକ୍ତ ପାଣି କରି ଚାକିରି କରିବି, ଆଉ ଜୋତା ମୋଜା ନିଜେ
       ଖୋଲିବିନି ତ ଆଉ କଅଣ ? ଉଃ, ପାଦଟା କଟ୍‌କଟ୍ କଲାଣି !

ମୀନା– ତୁ କେମିତି ବୁଝିପାରୁନୁ ବୋଉ ? ବାପା ଚାହାନ୍ତି ତୁ ତାଙ୍କ ଜୋତା ମୋଜା
       ଖୋଲିଦେ ।

ବୀଣା– ମୁଁ ଖୋଲି ଦେବି ?

ବିମଳ– ତୁମେ ଖୋଲିଦେବ... କୋଉ ଦିନ ଦେଇଥିଲ ନା...

ବୀଣା– (ବିରକ୍ତ ହୋଇ) ତା' ହେଲେ ନିଜେ ଖୋଲ । ଯେତେ କାମ କଲେବି ତୁମ
       ଆଖିକି ଦିଶୁନି ।

ବିମଳ– ଏଁ, କଅଣ ଏମିତି ଗୁଡ଼ାଏ କାମ କରି ପକାଉଚ ? ଭାରି ଧମକ...

ବୀଣା– ଦିଅ ଉଠ – କାହିଁକି ଗୁଡ଼ାଏ ଅଯଥା ଅଶାନ୍ତି ସୃଷ୍ଟି କରୁଛ । ମୀନା, ଗାଲୁ
       ବାପାଙ୍କ ପେଇଁ ଚା' ଜଳଖିଆ ନେଇଆସିବୁ ।

ମୀନା– ବାପା, ମୁଁ ଚା' ଜଳଖିଆ ଆଣିବି ? (ପ୍ରସ୍ଥାନ)

ବିମଳ– ମୁଁ ଚା' ଜଳଖିଆ ଖାଇବିନି। ଆଜି ୟାର ଗୋଟିଏ ଦଫା. ରଫା. ନ କଲେ ମୁଁ
ଏ ଘରେ ଜଳ ସ୍ପର୍ଶ କରିବିନି।

ବୀଣା– କାହାର ଦଫା. ରଫା. କରିବ ? କଥା କିଛି ନାହିଁ...ଛି ଛି, ଝିଅଗୁଡ଼ାକ ଏଡ଼େ
ଏଡ଼େ ହେଲେଣି। ସେମାନେ କଅଣ ଭାବୁଥିବେ କହିଲ ?

ବିମଳ– ଭାବିବେ ଗୋଟେ କଅଣ ? ମୁଁ ଘରର ମାଲିକ– ମୁଁ ଯାହା କହିବି ସେଥିରେ
ଭାବିବ ଗୋଟାଏ କିଏ କଅଣ ?

ବୀଣା– କ'ଣ ଦଫା. ରଫା. କରିବ ଶୁଣେ ?

ବିମଳ– ତମେ କାଲି ବାପଘରକୁ ଯାଅ।

ବୀଣା– ମୋର କି ଦୁଃଖ ହୋଇଯାଇଛି ଯେ ବାପଘରକୁ ଯିବି ?

ବିମଳ– ତମର କାଇଁକି ଦୁଃଖ ହେବ, ମୋର ଦୁଃଖ ହୋଇଚି। ମୁଁ ତମ ସାଥିରେ ଆଉ
ଚଲିପାରିବିନି।

ବୀଣା– ତମେ କାହା ସାଥିରେ ଚଲିପାରିବନି। ତମର ଯେମିତି ଖଟିଖିଆ ମିଜାଜ୍
ହେଲାଣି ନା...

ବିମଳ– ତୁମରି ସକାଶେ–ଖାଲି ତୁମରି ସକାଶେ–ତୁମେ ମୋ କଥା ମୋତେ ବୁଝନା।
ଉଃ, ପାଦଟା କଟ୍‌କଟ୍‌ ହେଲାଣି।

ବୀଣା– କେତେ ଜଣ ଲୋକ ତମ କଥା ବୁଝିବେ ?

ବିମଳ– ଯେତେ ଜଣ ବୁଝନ୍ତୁ – ତୁମେ ବୁଝୁଚ କି ?

ବୀଣା– ମୋର ବେଳ ନାହିଁ।

ବିମଳ– କେମିତି ବେଳ ହବ ? କୋଉ ଝିଅକୁ ନାଚି ଶିଖେଇ ସିନେମାଷ୍ଟାର
କରେଇବ–ଆଉ କୋଉ ଝିଅକୁ ଡାକ୍ତରାଣୀ କରେଇବ। ସିଏ ଗୋଟେ
ଷ୍ଟେଥ୍‌ସକୋପ୍ ବେକରେ ଝୁଲେଇ ସବୁବେଳେ ଟଙ୍ଗ ଟଙ୍ଗ ହୋଇ
ବୁଲୁଚି।

ବୀଣା– ବେଶ୍, ମୁଁ ତେବେ ମୀନାର ନାଚ ବନ୍ଦ କରିଦଉଚି–ମାଷ୍ଟରକୁ ମନା କରିଦେବି
ଆସିବାକୁ।

ବିମଳ– କାହିଁକି ମନା କରିଦେବ ? ମୁଁ ଟଙ୍କା ଦବାକୁ ଆପଉ କଲି ?

ବୀଣା– ତେବେ ମୁଁ ସିନେମାଷ୍ଟାର କମିତି କରେଇଲି ବୋଲି କହୁଚ! ସିଏ ତ ଭଲ
ନାଚୁଚି ବୋଲି ତମେ ଖୁସିରେ ପାଗଳ !

ବିମଳ– ତମେ ହଉନ ?

ବୀଣା– ତେବେ ଏମିତି କଥା କହୁଚ କାହିଁକି ?

ବିମଳ– ହଁ କହିବି, ହଜାର ଥର କହିବି – ମୋ ଇଚ୍ଛା ମୁଁ କହିବି। ୩୪, ପାଦଟା କଟ୍‌କଟ୍‌ ହେଲାଣି।

ବୀଣା– ପାଦ ସେମିତି କଟ୍‌କଟ୍‌ କରୁଥାଉ–ତମେ ବସିଥା ଏଠି–ମୁଁ ଯାଉଚି। ମୋତେ ଦେଖିଲେ ତ ପାଦ କଟକଟ, ଦିହଜ୍ୱଳା, ମୁଣ୍ଡବଥା କେତେ କଅଣ ବାହାରିବ।

ବିମଳ– ଦେଖ ରୀନାବୋଉ, ମତେ ରଗାନ୍ତ କହୁଚି।

ବୀଣା– ରଗେଇଲି କଅଣ ? ତୁମ କାମ କରିବାକୁ ଗଲେ ତ କହିବ – ନା ଥାଉ, ତମର ଆନ୍ତରିକତା ନାହିଁ, ଉପର ମନରେ କରୁଛ...

ବିମଳ– ମୁଁ ସେ କଥା ମିଛ କହିନି ତ !

ବୀଣା– ବେଶ୍‌, ତେବେ ନିଜେ ନିଜେ କର। ଝିଅମାନେତ ଅଛନ୍ତି, ତମ ସେବା କରନ୍ତୁ। ତମ ମୁଣ୍ଡ ତ ଖରାପ... (ପ୍ରସ୍ଥାନ)

ବିମଳ– ଦେଖୁଚ, କହୁଚି ମୋ ମୁଣ୍ଡ ଖରାପ। ହଁ ହଁ, ମୋ ମୁଣ୍ଡ ଖରାପ ନୁହେଁ ଆଉ କଅଣ ? ଭାଲୁଖିଆ... ଚନ୍ଦାମୁଣ୍ଡ...।
(ମୀନା ଜଳଖିଆ ନେଇ ପ୍ରବେଶ କରି ଟେବୁଲ ଉପରେ ରଖି)

ମୀନା– ବାପା ଉଠ, ଜାମାପଟା କାଢ଼।

ବୀଣା– ମୁଁ ଖାଇବିନି (ରୀନାର ଡାକ୍ତରୀ ବ୍ୟାଗ୍‌ ଧରି ପ୍ରବେଶ)–କୁଆଡ଼େ ବାହାରିଲ ଡାକ୍ତରାଣୀ ? ବେକରେ କାଇଁକି ସେଇଟା ଆଜି ଝୁଲୁନି ?

ରୀନା– (ହସି) ମୁଁ ଡାକ୍ତରଖାନାକୁ ଯାଉଛି–ମୋର ଆଜି ନାଇଟ୍‌ ଡ୍ୟୁଟି ଅଛି।

ବିମଳ– ନାଇଁ, ସେ ନାଇଟ୍‌ ଡିଉଟି ଫିଉଟି ତୋତେ କରିବାକୁ ପଡ଼ିବନି। ଶୁଣ ରୀନା, ମୀନା ! ତମର କଲେଜ ପାଠପଢ଼ା ଆଜିଠୁ ବନ୍ଦ। ତୁ ଡାକ୍ତରୀ ପଢ଼ି ଆଜିଠୁ ସ୍ୱାଧୀନ ହୋଇଯାଉରୁ।

ମୀନା– (ବିମଳ ପାଖରେ ବସିପଡ଼ି) ବାପା ସତ କହୁଚ...ପାଠପଢ଼ା ବନ୍ଦ ହେବ ?

ବିମଳ– ହଁ ହଁ, ବନ୍ଦ...

ମୀନା– (ଖୁସି ହୋଇ) ବାପା, ଭାରି ଭଲ ହେଲା – ମୋର ପାଠ ପଢ଼ିବାକୁ ମୋତେ ଇଚ୍ଛା ନାହିଁ। ଏଇ ଯେଉଁ ଲଜିକ୍‌ ପଢ଼ୁଥିଲା ?

ବିମଳ– ଏଁ, ମୋ ମୁଣ୍ଡରେ ଲଜିକ୍‌ ପଶୁଥିଲା ? ମୁଁ କ୍ଲାସରେ ଫାଷ୍ଟ ହେଉଥିଲିତ।

ମୀନା– (ମୁହଁ ଶୁଖେଇ) ବାପା, ସେଇଥିପାଇଁ ତମ ମୁଣ୍ଡ ଆଜିକାଲ ମୋତେ ଠିକ୍‌ ରହୁନି।

ବିମଳ– ଏଁ, କଅଣ କହିଲୁ ? ନାଃ, ବନ୍ଦ–ତୁମ ଦୁହିଁଙ୍କ ପାଠପଢ଼ାରେ କିଛି ମୂଲ୍ୟ ନାହିଁ। ନା, ଯେଉଁ ପାଠପଢ଼ାରେ 'ପତି ପରମ ଗୁରୁ' 'ପତି ଦେବତା' ଶିକ୍ଷା

ଦିଆଯାଉନି ସେଗୁଡ଼ା ପଢ଼ି କିଛି ଲାଭ ନାହିଁ । ଆଚ୍ଛା, ଆଜିଯାଏଁ ଭଲ କୋଉଠି ପଢ଼ିଲ "ପତିସେବା ପରମ ଧର୍ମ" ?

ରୀନା– ନାଇଟ୍ ବାପା ! ଆଜିକାଲି ଯେଉଁମାନେ ଟେକ୍ସ୍ଟ ବୁକ୍ ଲେଖୁଛନ୍ତି, ସେମାନେ ଏମିତିକିଆ କଥା ଆଉ ଲେଖୁନାହାନ୍ତି ।

ମୀନା– ତା'ର କାରଣ କଣ ଜାଣିଚ ବାପା । ବାପା, Psychology କହୁଚି unful-filled desire ଗୁଡ଼ାକ ସାହିତ୍ୟରେ ପ୍ରକାଶ ପାଏ । ଆଜିକାଲି ସ୍ୱାମୀମାନେ ସ୍ତ୍ରୀମାନଙ୍କୁ ଅତି ବେଶୀ ସେବା ଯତ୍ନ ପାଉଛନ୍ତି ବୋଲି ପୁରୁଷ ଲେଖକମାନଙ୍କୁ ଆଉ ସେସବୁ କଥା ଲେଖାରେ ପ୍ରକାଶ କରିବାକୁ ଦରକାର ପଡ଼ୁନି ।

ବିମଳ– ତମ Psychology ଏଇଆ କହୁଛି, ନାଇଁ ? ଆଜିଠୁ ବନ୍ଦ – ସବୁ ବନ୍ଦ । (ରୀନାକୁ) ତତେ ଡାକ୍ତରୀ ପାଠ ପଢ଼ିଯିବାକୁ ହବନି ।

ବୀଣା– (ପ୍ରବେଶ କରି) ତମ ମୁଣ୍ଡ ଆଜି ଠିକ୍ ହେବନି ଦେଖୁଚି ।

ବିମଳ– ହବନିତ... ତମ ଭଲି ଯୋଗ୍ୟା ସ୍ତ୍ରୀ ଥିଲେ... ନାଇଁ ସବୁ ବନ୍ଦ... ଏ ଘରେ ଆଉ କିଛି ତାମସା ହୋଇ ପାରିବନି । ଯେଉଁ ଘରେ ପୁଅଝିଅମାନଙ୍କୁ ସ୍ୱାମୀ ସେବା ମହତ୍ତ୍ୱ ଶିକ୍ଷା ଦିଆ ଯାଉନି କିୟ । ତା'ର କୌଣସି ଉଦାହରଣ ଦେଖାଇ ଦିଆହେଉନି, ସେ ଘର ଘର ନୁହେଁ–ନର୍କ–ନର୍କ ଉ୫, ପାଦଟା ବଡ଼ କଟ୍କଟ୍ –

ମୀନା– ବାପା, ପୁଅଗୁଡ଼ାଙ୍କୁ ସ୍ୱାମୀ ସେବା ଶିକ୍ଷା ଦିଆଯିବ କିମିତି କହିଲ ! ବରଂ ସେମାନଙ୍କୁ ସ୍ତ୍ରୀ ସେବା ଶିକ୍ଷା ଦିଆଯିବା ଉଚିତ ।

ବିମଳ– ଏଁ । ନା, ନା, ପୁଅଗୁଡ଼ାକୁ ସ୍ତ୍ରୀ ସେବା ଶିକ୍ଷା ଦିଆଯିବା ଉଚିତ ନୁହେଁ । ତାହାଲେ ସେଗୁଡ଼ାକ efiminate ବା ସ୍ତ୍ରୈଣ ହୋଇଯିବେ ।

ରୀନା– ବାପା, ମୋର କାହିଁକି ଭୀଷଣ ସନ୍ଦେହ ହେଉଚି ଯେ, ତମର ହାଇ–ବ୍ଲଡ୍ ପ୍ରେସର ହେଲାଣି ?

ବିମଳ– କଣ କହିଲୁ, କଣ କହିଲୁ ? ମୋର ହାଇ–ବ୍ଲଡ୍ପ୍ରେସର ହେଲାଣି ?

ରୀନା– ହଁ ବାପା, ତା'ନ ହେଲେ ତମେ ସବୁବେଲେ ଏମିତି କାହିଁକି ଚିଡ଼ଚିଡ଼ ହଉଚ । ତମେ ରହ, ମୁଁ ତୁମର ବ୍ଲଡ୍ପ୍ରେସର ପରୀକ୍ଷା କରେ ।

ମୀନା– ହଁ ରୀନା, ଟିକିଏ ପରୀକ୍ଷା କରିବୁଟି – ମୋର ତ ସେଇ ସନ୍ଦେହ ହଉଚି ।

ବିମଳ– ନା–ନା–ନା, ମୋତେ ପରୀକ୍ଷା କରିବାକୁ ହବନି ।

ରୀନା– (ବାପା ପାଖରେ ବସିଯାଇ) ନାଇଁ ବାପା, ମୁଁ ପରୀକ୍ଷା କରିବି... (ବ୍ୟାଗରୁ ବ୍ଲଡ୍ପ୍ରେସର ଯନ୍ତ୍ର ବାହାର କରି) କୋଟ୍ଟା ଟିକିଏ କାଢ଼ ବାପା – ମୀନା ଟିକିଏ ବାପାଙ୍କ କୋଟ୍ଟା କାଢ଼ିବୁଟି...

ବିମଳ– (ଉଠିପଡ଼ି) ନାଇଁ ନାଇଁ, ମୋ କୋଟ୍ ଫୋଟ୍ କଥା ହବନି – (ବୀଣାକୁ
ଦେଖୀ) ଠିଆତେ ହୋଇ ସେଠି ଚାହିଁଚ କ'ଣ ? ଦେଖ ଝିଅକୁ ପାଠ ପଢ଼େଇ
କିମିତି ସାଣ୍ଡୁଆ ବଢ଼େଇଚ ମୋଠୁ ଜନ୍ଦ ହୋଇ ଇୟେ ଫେର ମତେ କହିବ
ମୋର ବ୍ଲଡ୍‌ପ୍ରେସର୍ ହୋଇଚି । ହୁଁ, ମୁଁ ଗୋଟେ ଆସିଷ୍ଟାଣ୍ଟ ସେକ୍ରେଟେରୀ –
ଆମ ସେକ୍ରେଟେରୀ ବି ମତେ ଖାତିର୍ କରେ । ମୋର ବ୍ଲଡ୍‌ପ୍ରେସର୍ ନରମାଲ୍
ଅଛି ବୋଲି ସିନା ମୋତେ ସେମାନେ ଖାତିର କରନ୍ତି ।
(ସୁମିତ୍ରାର ପର୍ଦ୍ଦା ଆଢ଼େଇ ପ୍ରବେଶ)

ବିମଳ– ଆରେ ସୁମିତ୍ରା ଦେବୀ! ନମସ୍କାର ।

ବୀଣା– ନମସ୍କାର ! ବସନ୍ତୁ ।

ସୁମିତ୍ରା– (ବସି ଓ ରୀନା ମୀନାକୁ ଚାହିଁ ଚାହିଁ) ଝିଅ ଦିଓଟି ଆପଣଙ୍କର ?

ବିମଳ– ହଁ ଆଜ୍ଞା, ଏ ଝେଠି ଡାକ୍ତରୀ ପଢ଼େ – ଏଇ ବର୍ଷ ଶେଷ ପରୀକ୍ଷା ।

ସୁମିତ୍ରା– (ସ୍ନିତ ହସି) ବାଃ, ବେଶ୍‌, ଆମ ଦେଶରେ ଡାକ୍ତରାଣୀରେ ବହୁତ ଅଭାବ ।

ବିମଳ– ଆଉ ଏ ମୋ ସାନ ଝିଅ ମୀନା – ଖୁବ୍ ଭଲ ନାଚ ଜାଣେ – ବଡ଼ ବଡ଼
function ରେ ନାଚି ଖୁବ୍ ନାଁ କରିଚି । ବୁଝିଲେ ନା ମୁଁ Assistant
Sectretary ହିସାବରେ ଯେତେ ନାଁ କରିନି ମୀନାର ବାପା ବୋଲି ତା'
ଅପେକ୍ଷା ବେଶୀ Known । ଗୋଟିଏ ନାଚ ଦେଖେଇ ଦବୁଟି ମୀନା । (ବୀଣାକୁ)
କିଓ ଆଁଟା କରି ସେଠି ଠିଆ ହୋଇଚ କାହିଁକି...ଯାଅ ! ସୁମିତ୍ରା ଦେବୀଙ୍କ
ପାଇଁ ଚା, ଜଳଖିଆ ଟିକିଏ ଆଣ ।
(ବୀଣା ଅପ୍ରସ୍ତୁତ ଭାବରେ ପ୍ରସ୍ଥାନ କଲେ)

ମୀନା– ବାପା, ତୁମ ପାଦ କଟ୍‌କଟ୍ ବନ୍ଦ ହୋଇଗଲାଣି ?

ବିମଳ– ଏଁ... କିରେ ତୋତେ ପରା କହିଲି ସୁମିତ୍ରା ଦେବୀଙ୍କୁ ଗୋଟିଏ ନାଚ
ଦେଖାଇବାକୁ ?

ମୀନା– ମୋ ଆଙ୍ଗୁଟା ଆଜି ଦରଜ ହୋଇଛି ବାପା – ମୁଁ ପାରିବିନି ।

ସୁମିତ୍ରା– (ହାତ ଘଡ଼ି ଦେଖୀ) ନାଇଁ – ପରେ ମୀନାର ନାଚ ଦେଖିବି – ମୋର ଆଜି
ସମୟ ନାହିଁ । ମି. ଦାସ ଇଆଡ଼େ ଆସିଥିଲେ ?

ବିମଳ– ହଁ ଆସିଥିଲେ ଯେ, ହେଲେ ସେ ତ କେତେବେଲୁ ଗଲେଣି ।

ସୁମିତ୍ରା– କୁଆଡ଼େ ଗଲେ ?

ବିମଳ– କହିପାରିବିନି ଆଜ୍ଞା !

ସୁମିତ୍ରା– ଯାଆଁ... ତାଙ୍କୁ ଖୋଜେ... ।

ବିମଳ–	କୁଆଡ଼େ ଏବେ ଖୋଜିବ ଏତେ କଷ୍ଟ କରି ?

ସୁମିତ୍ରା–	ନା, କଷ୍ଟ ଆଉ କଣ ? ଗାଡ଼ି ଅଛି–ଗାଡ଼ିଟା ତାଙ୍କୁ ଅଫିସରେ ଛାଡ଼ିଦେଇଆସେ, ପୁଣି ନେଇ ଆସେ– ବାକି ସମୟତକ ମୋ Disposalରେ ଥାଏ...ହଜାର ସଭା ସମିତିରେ ଯୋଗ ଦେବାକୁ ପଡ଼େକିନା ! ହଉ ତେବେ, ମୁଁ ଉଠେ ।

ବିମଳ–	ଟିକିଏ ଚା' ଜଳଖିଆ...

ସୁମିତ୍ରା–	No, thanks... ମୁଁ ବର୍ତ୍ତମାନ ଘରୁ ଖାଇ ବାହାରିଛି ମି. ଦାସଙ୍କ ଖୋଜାରେ ।

ବିମଳ–	ଓଃ, ଆପଣ ବାସ୍ତବିକ୍ କି ପତିଗତପ୍ରାଣା, ସୁମିତ୍ରା ଦେବୀ ! ସ୍ୱାମୀଙ୍କ ଦଣ୍ଡେ ନ ଦେଖି ରହିପାରୁନାହାନ୍ତି ।

ସୁମିତ୍ରା–	ଆଉ ଆପଣଙ୍କ ସ୍ତ୍ରୀ ?

ବିମଳ–	(ଦୀର୍ଘଶ୍ୱାସ ନେଇ) ଛାଡ଼ନ୍ତୁ– କଣ ଆଉ ସେ କଥାଗୁଡ଼ା କହିବି ! ମୋ ଭାଗ୍ୟ – ମୋ ସ୍ତ୍ରୀ ଆଉ ଆପଣ...ହୁଁ ।

ସୁମିତ୍ରା–	ଆଚ୍ଛା, ଆସୁଛି...ନମସ୍କାର । (ବ୍ୟାଗ୍‌ଟା ଛାଡ଼ିଦେଇ ପ୍ରସ୍ଥାନ)

ବିମଳ–	ନମସ୍କାର ! (ପର୍ଦ୍ଦା ପର୍ଯ୍ୟନ୍ତ ଯାଇ ସୁମିତ୍ରା ଦେବୀଙ୍କୁ ବିଦାକରି ଫେରିଲା ବେଳକୁ ଦେଖିଲେ ଓ ମୀନା ଓ ରୀନା ହସୁଛନ୍ତି ।) ଐଁ ଏତେ ହସୁଛ କିଆଁ ?

ମୀନା–	ବାପା – ସୁମିତ୍ରା ଦେବୀ ବଡ଼ ପତିଗତପ୍ରାଣା – ତା'ର ପ୍ରଥମ ନମୁନା ଗାଡ଼ିଟା ସବୁବେଳେ ତାଙ୍କ Disposalରେ ଥାଏ ।

ରୀନା–	ଆଉ ଦ୍ୱିତୀୟ ନମୁନା – ସେ ସବୁବେଳେ ସ୍ୱାମୀଙ୍କୁ ଖୋଜିବାରେ ବ୍ୟସ୍ତ ।

ବିମଳ–	ଏଇ ଦେଖ, ତାଙ୍କ ଭଳି ବିଦୁଷୀ ମହିଳାଙ୍କୁ ଏମିତି ପରିହାସ କରନ୍ତି ! ସେ ଶିକ୍ଷିତା ହୋଇ ବି ତାଙ୍କ ସ୍ୱାମୀଙ୍କର ସେବା ଯତ୍ନ କରନ୍ତି ଦିନ ରାତି... ଆହା ସ୍ୱର୍ଗୀୟ ।

ମୀନା–	କେତେବେଳେ ସେବା କରନ୍ତି ବାପା ? ତାଙ୍କୁ ତ ସଭା ସମିତିରେ ଯୋଗ ଦେବାକୁ ଆଉ ସ୍ୱାମୀଙ୍କୁ ଖୋଜିବାକୁ ବେଳ ମିଳୁନଥିବ । ଆରେ, ତାଙ୍କ ଭାନିଟି ବ୍ୟାଗ୍‌ଟା ଛାଡ଼ି ଦେଇ ଗଲେ...

ବିମଳ–	ଐଁ... ବଡ଼ ମୁସ୍କିଲ୍ ହେଲା । ଆଚ୍ଛା ମୁଁ ଦେଇଆସିବି ନିଜେ ଯାଇ ।

ରୀନା–	(ଗମ୍ଭୀର ହୋଇ) ବାପା ଦେଖ, ତମେ ଆଜି ବୋଉକୁ ଭୀଷଣ ଅପମାନ ଦେଇଚ ସୁମିତ୍ରା ଦେବୀଙ୍କର ସାମ୍‌ନାରେ ।

ବିମଳ–	କଣ ଅପମାନ ଦେଲି ?

ରୀନା–	କ'ଣ ଅପମାନ ଦେଲ... ତମେ ବୁଝି ପାରୁନ – ତମର ମୁଣ୍ଡ ଠିକ୍ ନାହିଁ ।

ମୀନା–	ରୀନା ଅପା, ବାସ୍ତବିକ୍ ବାପାଙ୍କ ମୁଣ୍ଡ କେମିତି ଠିକ୍ କରାଯିବ କହିଲୁ । ଗୋଟାଏ ଉପାୟ ଚିନ୍ତା କର – ଆଜି କାହିଁକି ସବୁଦିନ ଅପେକ୍ଷା ବେଶୀ ବିଗିଡ଼ି ଯାଇଛି ।

ରୀନା– ମୁଁ କାଲି ହସ୍‍ପିଟାଲରୁ ଫେରିଆସେଁ ମୀନା (ପ୍ରସ୍ଥାନ) ।

ବିମଳ– ନାଃ, ତମମାନଙ୍କ ଦୌରାତ୍ମ୍ୟରେ ମୁଁ ଆଉ ଏଠି ଚଳିପାରିବିନି । ମୁଁ ଚାଲିଲି...
(କହି ଉଠିପଡ଼ିଲେ) ଉଃ, ପାଦଟା କଟ୍‍କଟ୍ କଲା ।

ମୀନା– (ବାପାଙ୍କ ହାତ ଧରି) ବାପା, ତୁମ ପାଦ କଟ୍‍କଟ୍ କରୁଛି, ତୁମେ
ଯାଇପାରିବନି ।

ବିମଳ– ନାଃ, ମୁଁ ଯିବି । ମନ ତ କଟ୍‍କଟ୍ କଲାଣି...ଆଉ ପାଦ କଟ୍‍କଟ୍ କଲେ କିଏ
ପଚାରୁଛି !

ମୀନା– ନା, ଆମେ ତମକୁ ଛାଡ଼ିବୁନି – ତମେ ଯାଇପାରିବନି ।
(ହରେନ୍ଦ୍ର ପଶି ଆସିଲେ)

ହରେନ୍ଦ୍ର– କିରେ ବିମଳ; ବାପ ଝିଅଙ୍କର କି ଦୃଶ୍ୟ ଏ ଲାଗିଛି ? ବଡ଼ ମଜାର ତ ।

ବିମଳ– ଏଁ...ନାଇଁ ‘ଆ’ ବ–ବ ! ମୁଁ ତ ଦୁଃଖ ସମୁଦ୍ରରେ ଭାସୁଛି । ଆରେ ହଁ, ସୁମିତ୍ରା
ଦେବୀ ଏଇଲେ ଆସିଥିଲେ ତତେ ଖୋଜିବାକୁ ।

ହରେନ୍ଦ୍ର– ସୁମିତ୍ରା ଆସିଥିଲା–ମୁଁ ଜାଣେ ।

ବିମଳ– ବୁଝିଲୁ ହରେନ୍ଦ୍ର–ତୋ ଭାଗ୍ୟ ଭଲ ଯେ ତୁ ଏମିତି ସ୍ତ୍ରୀ ରତ୍ନଟିଏ ପାଇରୁ ।
ତତେ ଦଣ୍ଡେ ନ ଦେଖିଲେ ପାଗଳ...ଆହା...ହା... କି ପତିଗତପ୍ରାଣା !

ମୀନା– ମଉସା, ଆପଣ ଠିକ୍ ସମୟରେ ଆସିଛନ୍ତି । ବାପା ତ ଇଲେ ଘରୁ ଏକମୁହାଁ
ହୋଇ ବାହାରି ଯାଉଥିଲେ, ଆଉ ଫେରି ନ ଥା’ନ୍ତେ ।

ହରେନ୍ଦ୍ର– (ହସି) କିରେ କାହିଁକି ?

ମୀନା– ଆଜି କଅଣ ଯେ ମୁଣ୍ଡ ବିଗିଡ଼ିଛି ବାପାଙ୍କର, ଆମ ସଙ୍ଗେ ଝଗଡ଼ା ଆରମ୍ଭ
କରିଚନ୍ତି ।

ହରେନ୍ଦ୍ର– କଥା କଅଣ ?

ମୀନା– କାରଣ ତାଙ୍କର ଅଭିଯୋଗ ଯେ, ବୋଉ ତାଙ୍କର କୌଣସି ସେବା ଯତ୍ନ
କରୁନି ।

ହରେନ୍ଦ୍ର– ସେ ଅଭିଯୋଗ ତ ମୁଁ ଏଇ ଘଣ୍ଟାକ ଆଗରୁ ବୁଝି କରି ଯାଇଥିଲି ।

ବିମଳ– ଏ ମୀନା, ତୁ ଗଲୁ... ଏଠୁ ଯା ।

ମୀନା– ନା, ମୁଁ ଯିବିନି । ଶୁଣିବ ମଉସା... ଗୋଟେ କଥା । ଅଧଘଣ୍ଟା ଆଗରୁ ବାପା
ଦୋକାନକୁ ଯାଇ ନୂଆ ଜୋତା ମୋଜା ପିନ୍ଧି ଫେରିଆସିଲେ । ଦେଖ ମଉସା,
ଜୋତାକୁ କିମିତି କଷିକରି ପିନ୍ଧିଛନ୍ତି ।

ହରେନ୍ଦ୍ର– ହଁ, ସେଯ଼ା ଦେଖୁଛି – ଜୋତା ମୋଜା ବି ବିଲକୁଲ୍ ନୂଆ ।

ମୀନା– ତାଙ୍କର ଇଚ୍ଛା ଥିଲା ବୋଉ ଦୌଡ଼ି ଆସି ତାଙ୍କ ଜୋତା ମୋଜା ଖୋଲି ଦେଇଥା'ନ୍ତା । ସେଥିପାଇଁ ତାଙ୍କ ପାଦ କଟ୍‍କଟ୍ କଳିବି ସେ ଜୋତା ଯାଏଁ ନ ଫିଟେଇ ଲଗେଇଛନ୍ତି କଳି ।

ବିମଳ– ହୁଁ, କ'ଣ ଭାରି ଗୋଟେ ପାପ କରିଦେଇଛି ? ପଚାରିଲୁ... ପଚାରିଲୁ ମଉସାକୁ । ଅଫିସରୁ ଫେରିବା ସଙ୍ଗେ ସଙ୍ଗେ କେମିତି ସୁମିତ୍ରା ଦେବୀ ତାଙ୍କ ଗୋଡ଼ରୁ ଜୋତା ମୋଜା କାଢ଼ିଦିଅନ୍ତି । ସିଏ ଫେର ଅନର୍ସ ସହ ବି.ଏ. ପାଶ୍ କରିଛନ୍ତି । କିରେ ହରେନ୍ଦ୍ର କହୁନୁ-ନୁହେଁ ?

ହରେନ୍ଦ୍ର– ହଁ, ମୁଁ କହୁଛି ଯେ... କିନ୍ତୁ ମୋ କଥାର ତାତ୍ପର୍ଯ୍ୟ ବୁଝେଇବାକୁ ସମୟ ପାଇପାରେନି । ମୁଁ ତ ଆଉ ଜାଣିନି ଯେ ତୁ ମୋଠାରୁ ଶୁଣିବା ସଙ୍ଗେସଙ୍ଗେ ବଜାରରୁ ନୂଆ ଜୋତା ମୋଜା ଆଣି ଘରେ ମର୍କଟାମି ଆରମ୍ଭ କରିଦେବୁ ?

ବିମଳ– ତୋ କଥାର ତାତ୍ପର୍ଯ୍ୟ କ'ଣ ମୁଁ ବୁଝିପାରୁନି ଯେ ତୁ ମୋତେ ବୁଝେଇଥା'ନ୍ତୁ ? ତୁ ଗ୍ରୀନ୍ ନା ଲାଟିନ୍ କ'ଣ କହିଲୁ ଯେ ମୁଁ ବୁଝିପାରିବିନି ?

ହରେନ୍ଦ୍ର– ହଁ, ତୁ ଯାହା ବୁଝିଲୁ ତୋ ସ୍ତ୍ରୀ ଉପରେ ସେଇଆ ପ୍ରୟୋଗ କରିଚୁ ସଙ୍ଗେ ସାଙ୍ଗେ... ତୋ ଗୋଡ଼ର ଜୋତା ମୋଜା ପିନ୍ଧାରୁ ଜଣାପଡ଼ିଯାଉଛି । କିନ୍ତୁ ମୁଁ ଭିନ୍ନ ଅର୍ଥରେ କହିଲି ।

ବିମଳ– ହଇରେ, ତୋ ସ୍ତ୍ରୀ ତ ଗୋଡ଼ରୁ ଜୋତା ମୋଜା କାଢ଼ିଦିଅନ୍ତି... ତା'ର ପୁଣି ଭିନ୍ନ ଅର୍ଥ କଅଣ ?

ହରେନ୍ଦ୍ର– ଆରେ ବୁଝେଇ ଦେଉଚି-ମୁଁ କ୍ଲବ୍‍କୁ ବାହାରିଲାବେଳେ ମୋ ସ୍ତ୍ରୀ ମୋ ଗୋଡ଼ରୁ ଜୋତା ମୋଜା କାଢ଼ି ଲୁଚେଇ ଦିଏ – ଯିମିତିକି ଆଉ କ୍ଲବ୍‍କୁ ଯାଇପାରିବିନି ।

ବିମଳ– (ବିସ୍ମିତ ହୋଇ) ଏଁ, ଆରେ ସେଇଟା ତ ତୋ ପ୍ରତି ଅତିରିକ୍ତ ସ୍ନେହ ଅଛି ବୋଲି...

ହରେନ୍ଦ୍ର– ଆଗ କଥାଟା ଶୁଣିସାରେ । ଖାଲି ପାଦରେ ଯଦି କ୍ଲବ୍‍କୁ ବାହାରିଲି ତେବେ ମୋତେ ମାଡ଼ିବସି ମୋ କୋଟ୍, କାମିଜ ଗେଞ୍ଜି ଉତାରି ନେବ, ବାକ୍ସ ଭିତରେ ଲୋଚା କୋଚା କରି ଥୋଇ ଦେବ ।

ବିମଳ– ବାଃ, କି ଅଚଳା ସ୍ନେହ... ସ୍ୱର୍ଗୀୟ...ସ୍ୱର୍ଗୀୟ । ହଁ ହଁ ଭାଇ, ମୋଡ଼ାମୋଡ଼ି କଥାଟା କଅଣ କହିବୁଟି ?

ହରେନ୍ଦ୍ର– ସେଇଟାର ତ କେତେ ଅର୍ଥ ହୋଇ ପାରିବ – ପାରିବ ହାତ ମୋଡ଼ି ଦେବା, କାନମୋଡ଼ି ଦେବା ଇତ୍ୟାଦି । ରାଗିଗଲାବେଳେ ମୁଁ ଯେ ତୋ'ର ସ୍ୱାମୀ ଏକଥା ସୁମିତ୍ରା ଭୁଲିଯାଏ ।

ବିମଳ– ଏ଼ଁ, ତୁ କ'ଣ କହୁଚୁରେ ହରେନ୍ଦ୍ର ! ସୁମିତ୍ରା ଦେବୀ ତତେ ମାରନ୍ତି ? ଏକଥା
କ'ଣ ସତ ?

ମୀନା– ମାଉସା, ଆପଣ ଭାରି ମିଛୁଆ ଲୋକ । ମାଉସୀ ଫେର କୁଆଡ଼େ...

ହରେନ୍ଦ୍ର– ମିଛ ନୁହେଁ... ମୁଁ ଯାହା କହୁଛି ସତ...କେହି ଅବଶ୍ୟ ଏକଥା ଜାଣନ୍ତିନି । ମୋ
କଥାକୁ ଭୁଲ ବୁଝି ତୋ ବାପା ଏସବୁ ଗଣ୍ଡଗୋଳ ଆରମ୍ଭ କରି ଦେଇଛି ।

ବିମଳ– ହଇରେ, ମୁଁ ଭାବିଥିଲି ତୋ ସ୍ତ୍ରୀ ଉଚ୍ଚଶିକ୍ଷିତା...

ହରେନ୍ଦ୍ର– ଆରେ, ଯେତେ ଶିକ୍ଷା ପାଇଲେ ବି ଯୋଉ ମଣିଷର ଯୋଉ ପ୍ରକୃତି ତା'
କ'ଣ ସହଜରେ ଯିବ ?

(ଝଡ଼ ଭଳି ସୁମିତ୍ରା ପ୍ରବେଶ)

ସୁମିତ୍ରା– ଆରେ, ତମେ ଏଠି ?

ମୀନା– ମାଉସୀ ! ତମେ ଭାନିଟି ବ୍ୟାଗ୍‌ଟା ଛାଡ଼ିଯାଇଥିଲ ।

ସୁମିତ୍ରା– ମୁଁ ସେଥିପାଇଁ ଫେରିଲି । ଓଃ, ତମକୁ ଖୋଜି ଖୋଜି ନଯ୍ୟାନ୍ତ । ଏଠୁ ଥରେ
ଫେରିସାରିଚି । ଚାଲ-ଉଠ, ଘରକୁ ଚାଲ ।

ହରେନ୍ଦ୍ର– ସୁମିତ୍ରା, ମୁଁ ବାଜିଏ ଚେସ୍ ଖେଲି ଦେଇ...

ସୁମିତ୍ରା– ନା ନା, ସେକଥା ହୋଇ ପାରିବନି । ମିଟିଙ୍ଗ୍‌ରୁ ଫେରି ଦେଖେତ ତମେ
ନାହିଁ–ମୋ ଆବ୍‌ସେନ୍‌ସରେ ଖସିଆସିଲା ଖସିଆସିଲା–ନାଇଁ... ଚାଲ ଘରକୁ
ଚାଲ । ତମକୁ ଗୋଟେ ବୁଲା ରୋଗ ଧରିଲାଣି ।

ହରେନ୍ଦ୍ର– ତମ ଦୟାରୁ ମୁଁ କଅଣ ଆଉ କୁଆଡ଼େ ଟିକେ ବୁଲି ପାରୁଛି ?

ସୁମିତ୍ରା– ନାଃ, ମୋଟେ ବୁଲୁନା ! ଚାଲ ଘରକୁ– ।

ହରେନ୍ଦ୍ର– ହଉ, ଚାଲ ତେବେ । (ବିମଳକୁ ଚାହିଁ) ବିମଳ ଯାଉଚିରେ... ସବୁ ବୁଝିଲୁତ ?

(ପ୍ରସ୍ଥାନ)

ବିମଳ– ଏସବୁ କଅଣ ସତ ? ମୋର ତ କାହିଁକି ବିଶ୍ୱାସ ହଉନି । ମୋର ତ
ମନେହେଉଥିଲା... ଛାୟା ସଙ୍ଗେ କାୟା କ୍ଷୀର ସଙ୍ଗେ ନୀର...

ମୀନା– ସମିତି ମନେ ହେବ ବାପା ! ଦୂର ପାହାଡ଼ ସୁନ୍ଦର ପରା !

ବିମଳ– ତୁ ଟିକିଏ ରୂପ କଲୁ ମୀନା... ମୋ ମୁଣ୍ଡଟା କିମିତି ଗୋଲମାଲ ହୋଇଯାଇଚି ।
ତୁ ଗଲୁ, ବୋଉକୁ ଡାକିଦେବୁ ।

ମୀନା– ହଉ, ଯାଉଚି ବାପା । (ମୀନାର ପ୍ରସ୍ଥାନ)

ବିମଳ– ଏ଼ଁ, ମୁଁ କେତେ ବୋକା ସତେ ?

(ବୀଣା ଦେବୀଙ୍କର ପ୍ରବେଶ)

ବୀଣା– କାହିଁକି ଡାକୁଥିଲ ?

ବିମଳ– ହଇକିଓ, ଟିକେ ସିନେମା ଦେଖିଗଲେ ହୁଅନ୍ତା ନାଇଁ ?

ବୀଣା– ସିନେମା ଯିବତ, ଯାଉନା...

ବିମଳ– ମୁଁ କଅଣ ଏକା ଯିବି ?

ବୀଣା– ମୀନାକୁ ସାଙ୍ଗରେ ନେଇ ଯାଅ ।

ବିମଳ– ଆହେ, ସେମାନେ ତ ବଡ଼ ବଡ଼ ହୋଇଗଲେଣି । ମୁଁ କଅଣ କହୁଥିଲି କି...ଦଶ
କି ବାରବର୍ଷ ହେଲା ଆମେ ଏକାଠି ସିନେମା ଦେଖି ଯାଇନେ...

ବୀଣା– ଆଜି ତ ମୋର କଅଣ ବଡ଼ ଭାଗ୍ୟ !

ବିମଳ– ଗୋଟେ କଅଣ ସିନେମା ଆସିଚି ପରା ହୋ...ଆମ ଓଡ଼ିଆ ଛବି...ଚାଲ
ଚାଲ...ବେଇଗି ଲୁଗାପଟା ପିନ୍ଧି ବାହାର ।

ବୀଣା– କଅଣ ସତ କହୁଚ ?

ବିମଳ– ମ, ମୁଁ କଅଣ ଏ ବୟସରେ ଆଉ ମିଛ କହୁଛି ? (ବୀଣାଙ୍କର ହସି ହସି
ପ୍ରସ୍ଥାନ) ହଇଓ, ମୁଁ କି ବୋକା ସତେ ? ଗୋଡ଼ଟା କଟ୍‌କଟ୍ ହେଲାଣି । ନିଜେ
ତ ଅର୍ଜିଛି... ଜୋତାଟା ନ ଫିଟାଇଲେ ଚଲୁନି । (ଜୋତା ଫିଟାଇବାକୁ ଆରମ୍ଭ
କରିବା)

କବିର ମୃତ୍ୟୁ

ଶ୍ରଦ୍ଧାକର ସୂପକାର

ଯକ୍ଷ୍ମା ସ୍ୱାସ୍ଥ୍ୟ ନିବାସର ଗୋଟିଏ କୋଠରୀ। ସମୟ ଅର୍ଦ୍ଧ ରାତ୍ର। ପୃଷ୍ଠଭୂମିର ବାମ ପଟରେ ଗୋଟିଏ କାନ୍ଥ ଓ ଡାହାଣ ପଟରେ ଗୋଟିଏ ଝରକା। ଝରକାରେ ଚୌକାଠ ସୁଦ୍ଧା ନାହିଁ। ପୂରାପୂରି ମେଲା। ଝରକା ଉପରୁ ଗୋଟିଏ ଧଳା କାନ୍ଭାସ୍ ପର୍ଦ୍ଦା ଝୁଲୁଛି।

ମଝିରେ ଗୋଟିଏ ଖଟ। ତହିଁରେ ଜଣେ ଭଦ୍ରଲୋକ ଶାୟିତ ଅବସ୍ଥାରେ। ତାଙ୍କର ସାରା ଦେହ କାନ୍ଧ ପର୍ଯ୍ୟନ୍ତ ଲାଲ କମ୍ବଲରେ ଢଙ୍କା, କେବଳ ମୁହଁଟି ଦେଖାଯାଉଛି। ମୁହଁରେ ଚାରି ଛ' ଦିନର ନିଶଦାଢ଼ି। ମୁହଁ ଖୁବ୍ ଦୁର୍ବଲ ଓ କଙ୍କାଳସାର, ଆଖି ଦୁଇଟି କୋଟରଗତ ଜଣାଯାଉଛି। ବୟସ ଅନୁସାରେ ତିରିଶ କି ବତିଶ ବର୍ଷ ହେବ। ଖଟ ତଳେ ଗୋଟିଏ ଛୋଟ ଟ୍ରଙ୍କ୍। ଖଟ ପାଖରେ ଗୋଟିଏ ଛୋଟ ଟେବୁଲରେ ଗୋଟିଏ କାଚର ଜଗ୍, ଗ୍ଲାସ୍ ଓ ଗୋଟିଏ ଔଷଧ ଶିଶି। ଖଟର ସେ ପାଖରେ କାନ୍ଥରେ ଗୋଟିଏ କଣ୍ଢାରେ ଗୋଟିଏ କୋଟ୍ ଝୁଲୁଛି।

ବାମପଟ ଦ୍ୱାରୁ ପ୍ରବେଶ କଲେ ଏକ ମୂର୍ତ୍ତି। ତାଙ୍କର ସାରା ଦେହ- ମୁଣ୍ଡ ସୁଦ୍ଧା-ଧଳା ଚାଦରରେ ଢଙ୍କା। କେବଳ ଆଖି ଦୁଇଟି, ନାକ ଓ ମୁହଁ ଛଡ଼ା ଆଉ ଶରୀରର ଅନ୍ୟ କୌଣସି ଅଂଶ ଦେଖା ଯାଉନାହିଁ।

(ଆଗନ୍ତୁକ ଧୀର ପଦକ୍ଷେପରେ କୋଠରିକୁ ପଶିଆସି ରୋଗୀଙ୍କୁ ଦେଖିଲେ। ଠିକ୍ ସେହି ସମୟରେ ରୋଗୀଙ୍କର ମୁହଁ ବେଦନାରେ ବିକୃତ ହେଲା।)

ରୋଗୀ- (ଅସ୍ୱସ୍ଥ ଶବ୍ଦ କଲେ) 'ଓଃ'।

ଆଗନ୍ତୁକ- (ଧୀର ସ୍ୱରରେ ଶୋଇଲା ଲୋକକୁ ଉଠାଇଲା ପରି) ଧନଞ୍ଜୟ ଧନଞ୍ଜୟ ବାବୁ!

ରୋଗୀ- (ଆଖି ଖୋଲି, ଆଗନ୍ତୁକ ଆଡ଼କୁ ନିରେଖି ଚାହିଁ କ୍ଷୀଣ ସ୍ୱରରେ) କିଏ? ନର୍ସ ? ନା, କିଏ ତୁମେ ?

ଆଗନ୍ତୁକ– ମୋତେ ଚିହ୍ନି ପାରୁ ନାହଁ ?

ଧନ– ନା, ନା। ଏପରି ଅବସ୍ଥାରେ କ'ଣ ମୋର ମଣିଷ ଚିହ୍ନିବାର ଶକ୍ତି ଅଛି ?

ଆଗନ୍ତୁକ– ନା, ମୁଁ ମଣିଷ ନୁହେଁ। ମୁଁ ମୃତ୍ୟୁ।

ଧନ– (ମୁହଁ ଫେରାଇ ନେଇ, ଭୟରେ) ମୃତ୍ୟୁ ? ତୁମେ ଏ ଅସମୟରେ ? କ'ଣ ଚାହଁ ? ତୁମେ ଚାଲିଯାଅ।

ମୃତ୍ୟୁ– ଚାଲିଯିବି ? ନା, ନା, ମୁଁ ଇଚ୍ଛାକଲେ ମଧ ଏଠାରୁ ଫେରିଯାଇ ପାରିବି ନାହିଁ। ତୁମେ କ'ଣ ଏବେସୁଦ୍ଧା ବଞ୍ଚିରହିବାକୁ ଚାହଁ ?

ଧନ– ଏ ସୁନ୍ଦର ପୃଥିବୀରେ କିଏ ବଞ୍ଚିରହିବାକୁ ଚାହେଁ ନାହିଁ ?

ମୃତ୍ୟୁ– କିନ୍ତୁ ଯକ୍ଷ୍ମାରୋଗ କୋଟି କୋଟି କୀଟାଣୁ ତୁମର ଦୁଇଟାଯାକ ଫୁସ୍‌ଫୁସ୍‌କୁ ନିଃଶେଷ ଓ କ୍ଷୀଣ କରି ସାରିଛନ୍ତି। ତୁମର ଆଉ ନିଃଶ୍ୱାସ ନେବାର ଶକ୍ତି ମଧ ନାହିଁ। ଡାକ୍ତରମାନେ ତୁମର ସବୁ ଆଶା ଛାଡ଼ିଦେଇଛନ୍ତି। ଏତେ ଯନ୍ତ୍ରଣାମୟ ଶରୀର ନେଇ ତଥାପି ତୁମେ ବଞ୍ଚିରହିବାକୁ ଚାହଁ ?

ଧନ– ହଁ, ମୋର ଯେ ଆହୁରି ଅନେକ କବିତା ଲେଖିବାର ବାକି ଅଛି। ମୋର ସୃଷ୍ଟି ଏପର୍ଯ୍ୟନ୍ତ ଅପୂର୍ଣ୍ଣ ରହିଛି। ଜୀବନର ସୌନ୍ଦର୍ଯ୍ୟକୁ ଯେ ମୁଁ ଏପର୍ଯ୍ୟନ୍ତ ରୂପ ଦେଇ ପାରିନାହିଁ। ଆଉ କିଛିଦିନ ସମୟ ଦିଅ ମତେ।

ମୃତ୍ୟୁ– କିନ୍ତୁ ତୁମେ ପରା 'ମୃତ୍ୟୁ ମଙ୍ଗଳମୟ' କବିତା ଲେଖିଛ ?

ଧନଞ୍ଜୟ– (ଆଗ୍ରହ ସହକାରେ ମୃତ୍ୟୁ ଆଡ଼କୁ ଦେଖି) ତୁମେ ପଢ଼ିଛ ମୋର ସେଇ କବିତା ?

ମୃତ୍ୟୁ– ନା, ପଢ଼ିନାହିଁ। ତେବେ ମୁଁ ଜାଣିଛି ତୁମେ ମୃତ୍ୟୁ ବିଷୟରେ ବି କବିତା ଲେଖିଛ।

ଧନଞ୍ଜୟ– ଶୁଣ, (ମନେ ପକାଇବାକୁ ଚେଷ୍ଟା କରି) ୩୪ ! କିଛି ମନେପଡ଼ୁନାହିଁ। ମୋର ସ୍ୱାସ୍ଥ୍ୟ ଭଲଥିଲେ, ମୁଁ ଏବେ ସେ କବିତାଟି ନିଜ ମନରୁ ଆବୃତ୍ତି କରିଯାଆନ୍ତି। କିନ୍ତୁ ମୋର ସ୍ମରଣଶକ୍ତି ବି ଭଲ ନାହିଁ। କବିତାଟି ମୋର ମନେ ପଡ଼ୁନାହିଁ। ଆଛା, ମୋର ଏ ଖଟତଳେ ଯେଉଁ ଟ୍ରଙ୍କ୍‌ ଅଛି, ତା'ର ଚାବି ମୋର ଏଇ କୋଟ୍‌ ପକେଟ୍‌ରେ। ଟ୍ରଙ୍କ୍‌ଟି ଖୋଲ। ସେଥରୁ ମୋର କବିତା ଖାତାଟି ବାହାର କର। ମୁଁ ତୁମକୁ 'ମୃତ୍ୟୁ ମଙ୍ଗଳମୟ' କବିତାଟି ପଢ଼ି ଶୁଣାଏଁ। ମୁଁ ତୁମ ବିଷୟରେ କବିତା ଲେଖିଛି ବୋଲି ତୁମେ ଜାଣିଛ। କବିତା ଶୁଣିଲେ ତୁମେ ବୁଝିପାରିବ, ତୁମ ବିଷୟରେ ଏତେ ସୁନ୍ଦର କବିତା ଆଉ ଅନ୍ୟ କୌଣସି କବି ଲେଖି ନାହାନ୍ତି।

ମୃତ୍ୟୁ–   ଥାଉ! ତୁମର କବିତା ଶୁଣିବାକୁ ଏବେ ମୋର ସମୟ ନାହିଁ।

ଧନଞ୍ଜୟ–(ଅଭିମାନଭରା ସ୍ୱରରେ) ତୁମର ବି ସମୟ ନାହିଁ? ତୁମେ ପରା କାଳ?
            ମୋର କବିତା ଶୁଣିବାକୁ ତୁମର ବି ସମୟ ନାହିଁ?

            ତୁମେ କ'ଣ କହି ପାରିବ କାଳ ଦେବତା, ମୋର କବିତା ଶୁଣିବାକୁ
ମନୁଷ୍ୟର କାହିଁକି କେତେବେଳେ ସୁଦ୍ଧା ସମୟ ନ ଥାଏ! କେତେ କବିଙ୍କ
ପାଖକୁ ଯାଇଛି, କେତେ ସାହିତ୍ୟିକ, ସମ୍ପାଦକ, ସମାଲୋଚକ, ଲେଖକଙ୍କ
ପାଖକୁ ଯାଇଛି ମୁଁ କେତେଥର ମୋର କବିତା ଶୁଣାଇବାକୁ। କିନ୍ତୁ କାହାରି
ସମୟ ନାହିଁ। କିଏ କହନ୍ତି– ଏବେ ସମୟ ନାହିଁ, ଅନ୍ୟ ସମୟରେ ଆସିବେ।
କିଏ କହନ୍ତି, ଓଃ ମୁଁ ଯେ ଏବେ ସିନେମା ଦେଖିବାକୁ ବାହାରିଛି, ଆପଣ
କାଲି ସନ୍ଧ୍ୟାରେ ଆସନ୍ତୁ। ଏମିତି ସବୁ ସାହିତ୍ୟିକଙ୍କ ଠାରୁ ନିରାଶ ହୋଇ
ଫେରିଛି।

ମୃତ୍ୟୁ–   କି ଦୁଃଖ କଥା! କିନ୍ତୁ ତୁମେ କ'ଣ କେବେ କାହାକୁ ତୁମର କବିତା ଶୁଣାଇ
            ନାହିଁ?

ଧନଞ୍ଜୟ–ହଁ, କେବେକେବେ ଶୁଣାଇଛି। କିନ୍ତୁ ମୋର କବିତା ଶେଷ ହେବା ପୂର୍ବରୁ
            ଶ୍ରୋତାଙ୍କର ମୁହଁରୁ ହାଇ ବାହାରିବା ଦେଖିଛି ବା ତାଙ୍କୁ ଢୁଲାଇ ପଡ଼ୁଥିବାର
            ଦେଖି କବିତା ପଢ଼ା ବନ୍ଦ କରି ପଚାରିଛି-ଶୁଣୁଛନ୍ତି? ଓ ଚମକି ପଡ଼ି ନିଦରୁ
            ଉଠୁଥିବା ଶ୍ରୋତାଙ୍କଠାରୁ ଉତ୍ତର ପାଇଛି, ବାଃ ଚମତ୍କାର କବିତା ତ।

ମୃତ୍ୟୁ–   ତେବେ ଏଥିପାଇଁ ସମୟକୁ ଦୋଷ ଦେଇ କି ଲାଭ। ଲୋକେ ହୁଏତ ତୁମର
            କବିତାକୁ ଯଥେଷ୍ଟ ପରିମାଣରେ ଚିତ୍ତାକର୍ଷକ ବୋଲି ମନେକଲେ ନାହିଁ, ହୁଏତ
            ତୁମର କବିତା ଉତ୍କୃଷ୍ଟ କବିତା ନୁହେଁ, ବା ହୁଏତ ପୁରାତନ ଯୁଗରେ ଯେପରି
            କବିତାର ଆଦର ଥିଲା, ଏବେ ଯୁଗ ବଦଳି ଯାଇଥିବାରୁ କବିତା ପ୍ରତି
            ଲୋକଙ୍କର ମମତା ଲୋପ ପାଇଛି।

ଧନଞ୍ଜୟ–କିନ୍ତୁ ମୁଁ ଯେ ମନପ୍ରାଣ ଦେଇ କବିତା ଲେଖିଛି କାଳ! ମୋର ଜୀବନର
            ସମସ୍ତ ଶକ୍ତି ସାମର୍ଥ୍ୟ ବିନିଯୋଗ କରିଛି ପ୍ରକୃତି ଓ ଜୀବନର ସୌନ୍ଦର୍ଯ୍ୟକୁ
            ଭାଷା ଦେବାରେ, ଦୁନିଆର କ୍ଷଣସ୍ଥାୟୀ ରୂପ ରସ ଗନ୍ଧକୁ ଅମର କରିବାରେ।

ମୃତ୍ୟୁ–   କିନ୍ତୁ ତାହା କ'ଣ ଅମର ହେବ ତୁମର କବିତାରେ?

ଧନଞ୍ଜୟ–ମୁଁ ଚେଷ୍ଟା କରିଛି ରାତ୍ରିର ରଜନୀଗନ୍ଧାର ଗନ୍ଧକୁ ଅମୃତମୟ କରିବା ପାଇଁ
            କବିତାର ଭାଷାରେ। ଆମ୍ରମୁକୁଳର ସୁରଭି, ବାସନ୍ତୀ ଜ୍ୟୋତ୍ସ୍ନାରେ ପ୍ରତିଫଳିତ
            ନିର୍ଝରିଣୀର ଧବଳିମା, ଶରତ୍ ପ୍ରଭାତରେ ପୂର୍ବାକାଶର ବର୍ଣ୍ଣସମ୍ଭାର, ନିଦାଘ

ସନ୍ଧ୍ୟାରେ ନିତ୍ୟ ପ୍ରତ୍ୟାଗତ ବିହଙ୍ଗମାନଙ୍କର କଳକାକଲିକୁ ଭାଷାରେ ଚିରନ୍ତନ କରିଛି ମୁଁ। ତାହାଁରୁ ଅଧିକ ସୁନ୍ଦର ଭାବରେ ଚିତ୍ରଣ କରିଛି ମୁଁ ନବବଧୂର ମୁଗ୍ଧ ପ୍ରେମୋଲ୍ଲାସ, ମାତାର ବାତ୍ସଲ୍ୟ, ଯନ୍ତ୍ର ସଭ୍ୟତାର ବିଭୀଷିକା ଓ ଆଧୁନିକ ଜୀବନର ଜୁଆର ଭଟା।

ମୃତ୍ୟୁ–   କିନ୍ତୁ ତୁମର କବିତା କ'ଣ ଅମର ହେବ, କବି ?

ଧନଞ୍ଜୟ– ଦିନେ ବିଶ୍ୱାସ ଥିଲା ମୋର କବିତା ମୃତ୍ୟୁଞ୍ଜୟ ହେବ। ମୁଁ ଚିରଜୀବୀ ହେବି। କିନ୍ତୁ ଏବେ ସେ ବିଷୟରେ ମୋର ଘୋର ସନ୍ଦେହ ଜାତ ହୋଇଛି। ମୋର ମୃତ୍ୟୁ ପରେ କ'ଣ ଲୋକେ ମୋର କବିତା ପଢ଼ିବେ ? ମୋର ଜୀବନକାଳ ମଧରେ ଯଦି ମୋର କବିତା ଲୋକଙ୍କର ହୃଦୟ ସ୍ପର୍ଶ କରି ପାରିଲା ନାହିଁ, ସାହିତ୍ୟିକମାନେ ସମୟ ନାହିଁ ବୋଲି ମୋର କବିତାକୁ ଟାଳି ଦେଉଛନ୍ତି; ଟିକିଏ ହେଲେ ଆଗ୍ରହ ଦେଖାଇ ନାହାନ୍ତି ମୋର କବିତା ଶୁଣିବାପାଇଁ, ତେବେ ମୋର ମୃତ୍ୟୁ ପରେ କାହାର ଆଉ ସମୟ ହେବ ମୋର କବିତା ଖାତା ଖୋଲି ପଢ଼ିବାକୁ ? ଏତେ ପରିଶ୍ରମ ବ୍ୟର୍ଥ ହୋଇଛି। ମୋର ଜୀବନ ମଧ ବ୍ୟର୍ଥ ହୋଇଛି, ମୃତ୍ୟୁ।

ମୃତ୍ୟୁ–   ଆଛା, ତୁମେ ଯେତେବେଳେ ପ୍ରଥମ ବୁଝିପାରିଲ ଯେ ତୁମରି କବିତା ସାହିତ୍ୟିକ ମାନଙ୍କର ଆଦର ଲାଭ କରୁ ନାହିଁ, ସେତେବେଳେ ତୁମେ କବିତା ଲେଖା ଛାଡ଼ି ଦେଇ ଅନ୍ୟ ବୃତ୍ତି ଧରିଲ ନାହିଁ କାହିଁକି ? ତୁମେ ଶିକ୍ଷିତ ଯୁବକ। ବ୍ୟବସାୟ କରିଥିଲେ, ଚାକିରି କରିଥିଲେ, ତୁମେ ଆଜି ପ୍ରକୃତରେ ଧନଞ୍ଜୟ ହୋଇ ପାରିଥା'ନ୍ତି।

ଧନଞ୍ଜୟ– କିନ୍ତୁ ମୃତ୍ୟୁ, ମୁଁ ଯେ ମୃତ୍ୟୁଞ୍ଜୟ ହେବାର କଳ୍ପନା ନେଇ ଜୀବନ ଆରମ୍ଭ କରିଥିଲି। ଏକ ଉଚ୍ଚ ଆଦର୍ଶ, ଜୀବନର ମହାନ୍ ଲକ୍ଷ୍ୟ ନେଇ ଜୀବନଯାତ୍ରା ଆରମ୍ଭ କରିଥିଲି। ମୁଁ ଚାହୁଁଥିଲି କାଳିଦାସ, ଜୟଦେବ, ରବୀନ୍ଦ୍ରନାଥଙ୍କ ପରି ଅମର ହେବାକୁ। ମୁଁ ଚାହୁଁଥିଲି ମୋର ଜୀବନ କାଳରେ, ମୋର ମୃତ୍ୟୁପରେ ମୋର କବିତା ପଢ଼ି ଲୋକେ ବିଶ୍ୱକୁ ମଧୁମୟ ଆନନ୍ଦମୟ ଦେଖିବେ, ତୁମକୁ ଭୁଲିଯିବେ, ଦୁଃଖ ଦୈନ୍ୟ ଭୁଲିଯିବେ। ମୋତେ ହୃଦୟରେ ଟିକିଏ ସ୍ଥାନ ଦେବେ। ମୋର ଏଇ ଦେହ ଚିତା ଭସ୍ମସାତ୍ ହେବାର ବହୁବର୍ଷ ପରେ ସୁଦ୍ଧା ମୋର ଭାଷା ସେମାନଙ୍କର ହୃଦୟତନ୍ତ୍ରୀରେ ମଧୁର ମୂର୍ଚ୍ଛନା ଆଣିଦେବ। କିନ୍ତୁ କାହିଁକି–ମୋର ସବୁ ସ୍ୱପ୍ନ ବ୍ୟର୍ଥ ହୋଇଛି। ସବୁ ଆଦର୍ଶ କୁହେଲିକା ପରି ମୋର ଜୀବନ କାଳ ମଧରେ ଉଭେଇ ଯାଇଛି !

ମୃତ୍ୟୁ–   କିନ୍ତୁ ମୁଁ ପଚାରେ, ତୁମେ ଘରଦ୍ୱାର କଲ ନାହିଁ କାହିଁକି ? ବ୍ୟବସାୟ ବା
         ଚାକିରି କଲ ନାହିଁ କାହିଁକି ? ତୁମପରି କେତେ କବି, କେତେ ସାହିତ୍ୟିକ
         ପୁସ୍ତକ ବ୍ୟବସାୟ କରି ବା ଚାକିରି କରି ବେଶ୍ ଆରାମରେ ଚଳୁଛନ୍ତି । ସମାଜ
         ସେମାନଙ୍କୁ ପ୍ରତିଷ୍ଠା ଦେଇଛି । ସାହିତ୍ୟ ସେବା ସେମାନଙ୍କର ଅର୍ଥଲାଭର ପନ୍ଥା
         ସୁଗମ କରିଛି । ତୁମେ ସେହି ପନ୍ଥା ଗ୍ରହଣ କଲ ନାହିଁ କାହିଁକି ? ସେପରି
         କରିଥିଲେ ତୁମକୁ ଏ ନିଃସ୍ୱ, ନିଃସହାୟ ଜୀବନ ଯାପନ କରିବାକୁ ପଡ଼ି ନ
         ଥା'ନ୍ତା । ଏ ଦୁରାରୋଗ୍ୟ ବ୍ୟାଧି ତୁମକୁ ଅକାଳରେ ଗ୍ରାସ କରି ନ ଥା'ନ୍ତା,
         ଏତେ ଅଳ୍ପ ବୟସରେ ତୁମର ଜୀବନ ଶେଷ ହୋଇ ନ ଥା'ନ୍ତା ।

ଧନଞ୍ଜୟ– ତୁମେ ଯାହା କହୁଛ, ତା'ର ମର୍ମ ମୁଁ ଏବେ ବୁଝୁଛି–କିନ୍ତୁ ଅତି ବିଳମ୍ବରେ ମୁଁ
         ତୁମର କଥାର ସତ୍ୟତା ଉପଲବ୍ଧ କରି ପାରିଛି ମୃତ୍ୟୁ ।

              କିନ୍ତୁ ଦିନ ଥିଲା, ଯେତେବେଳେ ମୁଁ ତେଲଲୁଣର ଦୁନିଆଁକୁ ଘୃଣା
         କରୁଥିଲି । କେଉଁ ଅଫିସରେ ବସି ଘଣ୍ଟା ଘଣ୍ଟା ଧରି ଫାଇଲରେ ଟଙ୍କା ଅଣା
         ପାହୁଲାର ହିସାବରେ ଦିନ ପରେ ଦିନ ମଜ୍ଜି ରହିବା, ଉପର ହାକିମଙ୍କ ମର୍ଜି
         ସହିତ ନିଜର ମର୍ଜିର ତାଳ ପକାଇ ଚାଲିବା, ଘରକୁ ଆସିଲା ପରେ ପୁଣି
         ବାଇଗଣ ଭାଉ ବୁଝିବାକୁ ଯିବା–ଯ଼ାଥାରୁ ବଡ଼ ବନ୍ଧନ ମୁଁ କଳ୍ପନା କରିପାରୁ ନ
         ଥିଲି । ମୋ ପକ୍ଷରେ ଚୋରି କରି ଦୁଇବର୍ଷ ଜେଲ୍ ଖଟିବା ଯେପରି ଅସାଧ୍ୟ
         ଥିଲା ସେହିପରି ବା ତା'ଠାରୁ ଅଧିକ କଠୋର ଥିଲା ସରକାର ବା ନିଜର
         ତେଲ ଲୁଣର ହିସାବରେ ନିଜର ବହୁ ମୂଲ୍ୟ ଜୀବନର ଅପବ୍ୟୟ କରିବା ।
         ମନୁଷ୍ୟ ପକ୍ଷରେ କ'ଣ ଅନ୍ନଚିନ୍ତା ପାଇଁ ନିଜର ଆଦର୍ଶକୁ ବଲିଦେବା ଉଚିତ ।
         ପେଟପାଇଁ ସାଧନାର ପଥରୁ ବିଚଲିତ ହେବା ଉଚିତ କି ?

ମୃତ୍ୟୁ–   କିନ୍ତୁ ମନୁଷ୍ୟର ଦୈନନ୍ଦିନ ଜୀବନ ଯାତ୍ରା ପାଇଁ ଅପରିହାର୍ଯ୍ୟ ଯାହା ତାହା
         ପରିହାର କରି ସାଧନା କଲେ ସାଧନା କ'ଣ ସଫଳ ହୁଏ ? ସର୍ବୋତ୍କୃଷ୍ଟ
         ପ୍ରତିଭାବାନ୍ ବ୍ୟକ୍ତି ଯଦି ଦୁଇବେଳା ଦୁଇଗୁଣ୍ଠ ଶାଗଭାତ ହେଲେ ନ ପାଏ,
         ତେବେ ତା'ର ପ୍ରତିଭା ସୁଦ୍ଧ ସ୍ଫୁରିବ ନାହିଁ ।

ଧନଞ୍ଜୟ– ଠିକ୍ କହିଛ ମୃତ୍ୟୁ ! କିନ୍ତୁ ଏପରି ହୁଏ କାହିଁକି ? ମନୁଷ୍ୟ ସବୁ ସମୟ ଦେଇ,
         ମନ ପ୍ରାଣ ଦେଇ ତା'ର ସାଧନାରେ ବ୍ରତୀ ହୋଇପାରୁଥିଲେ କି ଅଭୁତ
         କାର୍ଯ୍ୟ ସାଧିତ ହୋଇ ପାରନ୍ତା । କିନ୍ତୁ କବିତା ସହିତ ଅନ୍ନଚିନ୍ତା ରହି ପ୍ରତିଭାକୁ
         ଗ୍ଲାନିମୟ କରିପକାଏ କାହିଁକି ?

ମୃତ୍ୟୁ–   ଏହାହିଁ ପ୍ରକୃତିର ନିୟମ କବି !

ଧନଞ୍ଜୟ—ପ୍ରକୃତିର ନିୟମ ! ଯେଉଁ ପ୍ରକୃତିର ନିୟମରେ ପ୍ରଭାତ ସୂର୍ଯ୍ୟର ଅରୁଣ
କିରଣରେ ପଦ୍ମ ବିକଶିତ ହୁଏ, ଯେଉଁ ପ୍ରକୃତିର ନିୟମରେ ଚନ୍ଦ୍ରର ଆକର୍ଷଣରେ
ସମୁଦ୍ର ଉଚ୍ଛ୍ୱସିତ ହୁଏ, ସେହି ପ୍ରକୃତିର ନିୟମରେ କବିର ବିଚିତ୍ର ଚିନ୍ତାଧାରା
ବୁଭୁକ୍ଷା ଦ୍ୱାରା ପ୍ରତିହତ ହୁଏ ?
ମୃତ୍ୟୁ—	ହଁ, ସେହି ପ୍ରକୃତିର ନିୟମରେ ହିଁ ହୁଏ କ୍ଷୁଧା, ତୃଷା, ନିଦ୍ରା, ମାନବର ଦୈନନ୍ଦିନ
ପ୍ରବୃତ୍ତି । ଏହାହିଁ ଜୀବନର ଲକ୍ଷଣ । ଏହାହିଁ ଜୀବନ୍ତର ଲକ୍ଷଣ ।

କିନ୍ତୁ କବି ପାଇଁ ମଧ ଯେ ଦୁଇବେଳା ଅନ୍ନ ସଂସ୍ଥାନର ବ୍ୟବସ୍ଥା
ଦରକାର, ଏଥିରେ ତୁମର କ'ଣ ଆପତ୍ତି ଥାଇପାରେ ମୁଁ ବୁଝୁନାହିଁ । ତେଲ
ଲୁଣର ଦୁନିଆଁ ପ୍ରତି ତୁମର ଘୃଣା କାହିଁକି ମୁଁ ବୁଝୁନାହିଁ । ଗୋଲାପ ବଗିଚା
ପାଖରେ କଦଳୀ ବଗିଚା ରହିଲେ ତୁମର ଆପତ୍ତି କ'ଣ ?
ଧନଞ୍ଜୟ—ନା, ନା, ମୁଁ କ'ଣ ସେ କଥା କହୁଛି ? ମୁଁ କହୁଛି, ଏଇ ତେଲ ଲୁଣର
ଦୁନିଆକୁ ନେଇ ସିନା ଦୁନିଆର ଶ୍ରେଣୀ ବିଭାଗ ସୃଷ୍ଟି । ଅଭିଜାତ, ନୀଚ,
ଧନୀ, ଦରିଦ୍ର, ସମ୍ମାନିତ, ଅସମ୍ମାନିତ ଏତେ ଶ୍ରେଣୀ କ'ଣ ଟଙ୍କା ଅଣା ପାହୁଲାର
ହିସାବ ନେଇ ହୁଏ ନାହିଁ ? ଆଉ ଆମେ ଯେତେବେଳେ ମନୁଷ୍ୟକୁ ଟଙ୍କା
ଅଣା ପାହିର ମାପକାଠିରେ ମାପିବାକୁ ଆରମ୍ଭକରୁଁ ସେତେବେଳେ ମନୁଷ୍ୟର
ମନୁଷ୍ୟତ୍ୱ କେତେ ହୀନ ଜଣାପଡ଼େ ।

ମୁଁ ଯଦି ମାସିକ ଶହେ ଟଙ୍କା ବେତନରେ ଚାକିରି କରୁଥା'ନ୍ତି,
ତେବେ ଯେଉଁମାନେ ମାସିକ ତିନି ଶହଟଙ୍କା ପାଉଛନ୍ତି, ସେମାନଙ୍କଠାରୁ
ଭିନ୍ନ ଶ୍ରେଣୀରେ ଥା'ନ୍ତି । ଏସବୁକୁ ମୁଁ ଘୃଣା କରେ ।
ମୃତ୍ୟୁ—	କିନ୍ତୁ ଏକଥା କ'ଣ ସତ ନୁହେଁ ଯେ ତୁମେ ତୁମର ବଡ଼ ଭାଇଙ୍କର ଗଳଗ୍ରହ
ଥିଲ । ବେକାର ଓ ଅଳସୁଆ ବୋଲି ତୁମକୁ ତୁମର ଭାଇ ଭାଉଜ ଘୃଣା
କରନ୍ତି ।
ଧନଞ୍ଜୟ—ଅତି କଠୋର ସତ୍ୟ କଥା କହିଛ, ମୃତ୍ୟୁ । ମୁଁ ଯଦି ଜାଣିଥା'ନ୍ତି ଯେ, ମାସିକ
ଶହେ ଟଙ୍କା ପାଉଥିବା ଚାକିରିଆଠାରୁ ବେକାର କବିର ସାମାଜିକ ସ୍ତର ବହୁ
ନିମ୍ନରେ – ତେବେ ମୁଁ କବିର ସାଧନା ଛାଡ଼ି ଚାକିରି କରିଥା'ନ୍ତି-ସରସ୍ୱତୀଙ୍କର
ଆରାଧନା ଛାଡ଼ି ଲକ୍ଷ୍ମୀଙ୍କର ସେବା କରିଥା'ନ୍ତି; କିନ୍ତୁ ମୋର ଆଦର୍ଶର ନିଦ୍ରା
ଭାଙ୍ଗିବାକୁ ବହୁତ ବିଳମ୍ବ ହେଲା ।
ତୁମେ ଜାଣ, ଭାଇ ଭାଉଜ ମୋର ଅକର୍ମଣ୍ୟତା ଯୋଗୁଁ ବିରକ୍ତ ହେଉଥିଲେ
ବୋଲି କେତେଥର ମୁଁ ବନ୍ଧୁମାନଙ୍କଠାରୁ ଧାରକରି ନିଜ ପକେଟ ଖର୍ଚ୍ଚ

ଚଳାଇଛି । ଯେଉଁ ବନ୍ଧୁମାନଙ୍କଠାରୁ ଯେତେ ଧାର ନେଇଛି, ଧାର ଦେଲାବେଳେ ସେମାନେ ସ୍ପଷ୍ଟ ଅନୁଭବ କରିଛନ୍ତି ଓ ମୋତେ ବୁଝାଇ ଦେବାକୁ ଚେଷ୍ଟା କରିଛନ୍ତି ଯେ ଧାର ଶୁଝିବାର ଶକ୍ତି ମୋର ନାହିଁ । ତଥାପି ମୁଁ ମାଗିଛି । ଭିକ୍ଷା ନେବ ଚ ନେବ ଚ ଜାଣି ସୁଦ୍ଧା ମୁଁ ଧାର ଚାହୁଁଛି । ସେଥିପାଇଁ ମୁଁ ଆଜି ବନ୍ଧୁଶୂନ୍ୟ, ସମ୍ବଳଶୂନ୍ୟ । ନିର୍ଜଳା ପ୍ରତିଭାର ଏହାହିଁ ବୋଧହୁଏ ଶେଷ ପରିଣତି ।

ମୃତ୍ୟୁ– କିନ୍ତୁ ଏବେ ସେଥିପାଇଁ ଦୁଃଖ କରି ଲାଭ କ'ଣ ? ତୁମେ ଇଚ୍ଛା କରିଥିଲେ ନିଜକୁ ସୁଖୀ କରିପାରିଥା'ନ୍ତ । ନିଜକୁ ଦୁଃଖୀ କରି ହୁଏ ତ ତୁମେ ଜଗତକୁ ସୁଖଦେବାକୁ ଚାହୁଁଥିଲ । କିନ୍ତୁ ତୁମେ କ'ଣ କେବେ ସୁଖୀ ହୋଇ ପାରି ନାହିଁ ? ନିଜ ମନରେ ଆନନ୍ଦ ଅନୁଭବ ନକରି ତୁମେ କିପରି ଅନ୍ୟକୁ ଆନନ୍ଦ ପରିବେଷଣ କରିବାକୁ ଚାହୁଁଥିଲ ?

ଧନଞ୍ଜୟ– ହଁ, ହଁ, ଦୁଃଖଭିତରେ କ'ଣ ସୁଖ ନାହିଁ ? କହୁଛି ମୁଁ ମୋର ଆନନ୍ଦର କଥା, ମୋର ପ୍ରେମର କଥା, ମୋର ସ୍ୱର୍ଣ୍ଣମୟ ଦିନଗୁଡ଼ିକର କଥା । କିନ୍ତୁ ତାହା ପୂର୍ବରୁ ମୋ ପାଇଁ ଗୋଟିଏ କାମ କର ।

ଏଇ ଖଟତଳେ ଯେଉଁ ବାକ୍ସ ଅଛି, ସେଥରେ ଅଛି ଗୋଟିଏ ଫଟୋ । ମୋହରି ହାତରେ ନିଆଯାଇଥିବା ଫଟୋ । ଆଜି ତୁମକୁ ସେ ଫଟୋ ଦେଖାଇବାକୁ ଓ ଏ ଜଗତରୁ ବିଦାୟ ନେବାର ଶେଷମୁହୂର୍ତ୍ତରେ ଆଖିଭରି ସେ ଫଟୋ ଦେଖିବାକୁ ମୋର ମନ ହେଉଛି, ମୋର ଶେଷ ଇଚ୍ଛା ପୂରଣ କରିବ ନାହିଁ ?

ମୃତ୍ୟୁ– କାହାର ଫଟୋ ସେଇଟା ?

ଧନଞ୍ଜୟ– ସେ ଫଟୋରେ ଅଛି ମୋର ମାନସୀ ଅରୁଣାର ଛବି । ଆଜିକି ପ୍ରାୟ ଦଶବର୍ଷ ତଳର କଥା । ମୋର କଲେଜ ପଢ଼ା ସେତେବେଳେ ଶେଷ ହୋଇ ନ ଥାଏ । ପୁରୀ ସମୁଦ୍ର କୂଳରେ ଦିନେ ଗ୍ରୀଷ୍ମ ପ୍ରଭାତର କୋମଳ ସୂର୍ଯ୍ୟ କିରଣରେ ବସି ମୁଁ ଦେଖୁଥାଏ ସମୁଦ୍ରର ନୃତ୍ୟ । ଲହରୀ ପରେ ଲହରୀ ଆସି ନିଷ୍ଫଳ ଆଘାତ କରୁଥାଏ ବେଲାଭୂମିକୁ । ସେହି ସମୟରେ ଦେଖିଲି ଜଣେ ସଦ୍ୟସ୍ନାତା, ଆଲୁଲାୟିତକେଶା, ସିକ୍ତ ବାସନା ତରୁଣୀ ସମୁଦ୍ରରୁ ସ୍ନାନ କରି ଫେରୁଛି, କି ସୁନ୍ଦର ଥିଲା ତା'ର ରୂପ ! କି ମାଦକ ତା'ର ଚାହାଣୀ ! କି ମନୋରମ ତା'ର ଗତି ! ରବୀନ୍ଦ୍ରନାଥଙ୍କର 'ଉର୍ବଶୀ' କବିତା ପଢ଼ିଛ ତୁମେ ? ମୋହରି ହୃଦୟର ବାସନାର ବିକଶିତ ଅରବିନ୍ଦରେ ପାଦପଦ୍ମ ପକାଇ ଚାଲିଗଲା ସେ । ସେହି ସମୟରୁ ତାକୁ ଭଲ ପାଇବାକୁ ଲାଗିଲି । ସେହି ସମୟରୁ ମୋର କବିତାର

ରୂପ ବଦଳିଗଲା। ମୋର ଛନ୍ଦରେ ଦେଖାଗଲା ଏକ ନୂତନ ଉନ୍ମାଦନା। ମୁଁ ସମୁଦ୍ର ସୌନ୍ଦର୍ଯ୍ୟ ଭୁଲିଗଲି। ପ୍ରକୃତିର ମାଧୁରୀ ଭୁଲିଗଲି। ତାହାରି ପାଇଁ ମୋର ଲେଖନୀକୁ ରସାୟିତ କଲି।

ମୃତ୍ୟୁ– (ହସି ହସି) ବାଃ, ବାଃ କି ଚମତ୍କାର! ଚାରିଚକ୍ଷୁର ମିଳନରୁ ଦୁଇହୃଦୟର ମିଳନ? ଏତ କବିତା ନୁହେଁ, ଏହା ଯେ ଏକ ଉପନ୍ୟାସ!

ଧନଞ୍ଜୟ– ଶୁଣ, ସେହି ସମୟରୁ ମୋର ସବୁବେଳେ ଇଚ୍ଛା ହେଲା କିପରି ତା' ସାଙ୍ଗରେ ଏକାନ୍ତରେ ଦେଖାହେବ। କିପରି ତାକୁ ମୋର କବିତା ପଢ଼ି ଶୁଣାଇବି। କିପରି ତା'ର ଅପୂର୍ବ ରୂପର ଏକ ପ୍ରତିକୃତି ମୋର ଚିତ୍ତ ପଟରେ ସାଇତି ରଖିବି।

ମୃତ୍ୟୁ– ସେ ସୁଯୋଗ ମିଳିଲା ତୁମକୁ?

ଧନଞ୍ଜୟ– ହଁ, ଧନ୍ୟ ମୋର ଭାଗ୍ୟ! ଅଳ୍ପ କେତେଦିନ ପରେ ମୁଁ ଲାଟ କୋଠ ପାଖରେ ସମୁଦ୍ରକୂଳରେ ବୁଲୁଥିଲି ଗୋଟିଏ କ୍ୟାମେରା ଧରି ଅପରାହ୍ନ ସମୟରେ। ତାକୁ ସେହିପରି ସମୁଦ୍ରରୁ ସ୍ନାନକରି ଫେରୁଥିବାର ଦେଖିଲି। ସେ ଥିଲା ଏକାକିନୀ। ମୁଁ ସାହସ ସଞ୍ଚୟ କରି ତାକୁ ପଚାରିଲି, 'ଆପଣଙ୍କର ଫଟୋ ଉଠାଇ ପାରେ କି?' ମୁଁ ଆଶଙ୍କା କରୁଥିଲି, ଭଦ୍ର ତିରସ୍କାର। ନିଷ୍ଠୁର ଅପମାନକୁ ସୁଦ୍ଧା ସହିନେବାର ମାନସିକ ଅବସ୍ଥା ଥିଲା ମୋର ସେତେବେଳେ। କିନ୍ତୁ ସେ ମୋତେ ଅପମାନ ଦେବା ବଦଳରେ ମୋ ଆଡ଼କୁ ଚାହିଁ ହସି କହିଲା, 'ଆପଣ କ'ଣ ପେଶାଦାର ଫଟୋଗ୍ରାଫର?' ମୁଁ କହିଲି, 'ମୁଁ ଜଣେ କବି।' 'କ୍ୟାମେରାଧାରୀ କବି? କ୍ୟାମେରା କଲମ ଉଭୟରେ ସିଦ୍ଧହସ୍ତ? ଆଚ୍ଛା ଫଟୋ ଉଠାନ୍ତୁ' ସେ କହିଲା। ମୁଁ ଫଟୋ ଉଠାଇ ତାକୁ ଧନ୍ୟବାଦ ଦେଲି। ସେ କହିଲା, 'ମୋର ନାମ ବି ନୋଟ୍ କରି ଦିଅନ୍ତୁ, ମୋ ନାମ ଅରୁଣା। ଆଉ ଆପଣଙ୍କ କବିତା ତ ଶୁଣାଇଲେ ନାହିଁ? ମୁଁ କହିଥିଲି, 'ଶୁଣିବେ! ସତେ?' ତା'ପରେ ମୋର ବହୁ ଦିନର ସଞ୍ଚିତ ଆଶା ପୂର୍ଣ୍ଣହେଲା। ତାକୁ ମୋର ସର୍ବଶ୍ରେଷ୍ଠ କବିତା ପଢ଼ି ଶୁଣାଇଥିଲି। ତା'ର ମୁହଁ ହର୍ଷୋତ୍ଫୁଲ୍ଲ ହୋଇ ଉଠିଲା। ମୋର କବିତାକୁ ତା'ଠାରୁ ଅଧିକ ଆଗ୍ରହ ସହକାରେ ଆଉ କେହି ବୋଧହୁଏ ଶୁଣିନାହିଁ। ତା'ଠାରୁ ଅଧିକ କେହି ପସନ୍ଦ ମଧ କରିନାହିଁ। ସେଦିନରୁ ଆଉ ତା' ସାଙ୍ଗରେ ଦେଖା ହୋଇ ନାହିଁ।

ମୃତ୍ୟୁ– ବେଶ୍ ନାଟକୀୟ କଥାତ! (ଟିକିଏ ମନେ ପକାଇ) ଓଃ ଅରୁଣା? ବେଶ୍ ମନେ ପଡ଼ିଛି ମୋର। ଆଚ୍ଛା, ତା'ର ଫଟୋ ଦେଖିବା ଠାରୁ ତାକୁ ସଶରୀର ଦେଖିବାକୁ ଚାହଁକି?

ଧନଞ୍ଜୟ-ନା, ନା, ଫଟୋ ଦେଖିବାହିଁ ଯଥେଷ୍ଟ ହେବ । ଆଛା, ଅରୁଣାକୁ ତୁମେ ଜାଣିଲ
କିପରି ? ସେ କି ଏବେ ତୁମ୍ଭର କବଳରେ... (ଅଟକି ଯାଇ) ଓଃ, ମୁଁ ଅତିଶୟ
ଦୁଃଖିତ । ତୁମକୁ ବଡ଼ କଥା...

ମୃତ୍ୟୁ-   (କଥାରେ ବାଧା ଦେଇ) ନା, ନା, ଅରୁଣା ମରିନାହିଁ । ସେ ଏବେ ବି ଜୀବିତ ।
ଏବେ ସେ ତା'ର ସ୍ଵାମୀ ଘରେ ତା'ର ତିନିମାସର ତୃତୀୟ ପୁତ୍ରକୁ ସାଙ୍ଗରେ
ଧରି ଶୋଇଛି । ତୁମେ ତାକୁ ଦେଖିବାକୁ ଚାହଁକି ?

ଧନଞ୍ଜୟ-ଶୋଇଛି ? ଆହା ବିଚାରୀ ଶୋଇଛି ? ଶୋଇଥାଉ । ମୋ ଦୁଃଖରେ ତାକୁ
ଦୁଃଖୀ କରିବାକୁ ମୁଁ ଚାହେଁ ନାହିଁ ଏବେ । ମୋର ଏତେ କଷ୍ଟ, ଏ ସଂସାରରୁ
ବିଦାୟ ନେବା କଥା ସେ ଜାଣିଲେ ତା'ର ମନରେ କଷ୍ଟ ହେବ । କିନ୍ତୁ ତାକୁ
ହିଁ ଘେରି ମୋର ସବୁ କବିତା । ସେ ମୋର କବିତାର କବିତା ।

ମୃତ୍ୟୁ-   ଆଛା, ତୁମେ ଯଦି ତାକୁ ଏତେ ଭଲପାଅ, ତୁମେ ତାକୁ ବାହା ହୋଇ ପଡ଼ିଲନି ?
ଅରୁଣାକୁ ତୁମେ ବାହା ହୋଇଥିଲେ, କି ଆନନ୍ଦରେ କଟୁଥା'ନ୍ତା ତୁମ ଜୀବନ !
ହୁଏତ ଦୁଇତିନୋଟି ପିଲାପିଲି ନେଇ କି ଆନନ୍ଦରେ ଥାଆନ୍ତ ସ୍ଵାମୀ ସ୍ତ୍ରୀ ।

ଧନଞ୍ଜୟ-(ହସିହସି) ସ୍ଵାମୀ ସ୍ତ୍ରୀ । ମୁଁ ହୋଇଥା'ନ୍ତି ଅରୁଣାର ସ୍ଵାମୀ । ପତି ପରମ ଗୁରୁ !
ଆଉ ସେ ହୋଇଥା'ନ୍ତା ମୋର ସ୍ତ୍ରୀ ? ଧର୍ମପତ୍ନୀ । ପ୍ରେମ ଗୋଟିଏ ଅଲଗା
ଜିନିଷ । ଦେହ ଓ ଦେହାତୀତ ଉଭୟକୁ ବ୍ୟାପୀ ମୋର ପ୍ରେମ । ସେଇ ପ୍ରେମ
ବାର୍ଦ୍ଧକ୍ୟକୁ ଏଡ଼ାଇ ଦିଏ । ମୃତ୍ୟୁକୁ ଜୟ କରେ ।

ମୃତ୍ୟୁ-   ତୁମେ ମୋର ପ୍ରଶ୍ନ ବୁଝିପାରିଲ ନାହିଁ । ମୋର ପ୍ରଶ୍ନ ଏତେ ସହଜ ନୁହେଁ ।
ତେବେ ଥାଉ ସେ କଥା । ତୁମ ବାକ୍ସରେ ଥିବା ଅରୁଣାର ଫଟୋ ଦେଖିବାକୁ
ଚାହୁଁଥିଲ ପରା । ମୁଁ ଏଇଠୁ ଖୁବ୍ ଭଲ ଭାବରେ ଦେଖିପାରୁଛି ସେ ଫଟୋଟି ।
ଫଟୋଟି ବାକ୍ସରୁ କାଢ଼ି ମୁଁ ତୁମକୁ ଦେବି । କିନ୍ତୁ ଫଟୋ ଦେଖିସାରିଲା
ପରେ ତାକୁ ଟିକିଟିକି ଚିରି ଝରକା ବାଟେ ତାହା ଗଲାଇ ଦେବାକୁ ପଡ଼ିବ
ତୁମକୁ ।

ଧନଞ୍ଜୟ-କ'ଣ କହୁଛ ତୁମେ, ମୃତ୍ୟୁ ! ମୋର ଏତେ ଆଦରର ଛବିକୁ, ମୋର ମାନସୀର
ଛବିକୁ ମୁଁ ନିଜ ହାତରେ ଚିରି ଦେବି ?

ମୃତ୍ୟୁ-   ହଁ ! ସେଇ ସର୍ତ୍ତରେ ମୁଁ ଅରୁଣାର ଛବି କାଢ଼ି ତୁମକୁ ଦେଇପାରେ ।

ଧନଞ୍ଜୟ-ଓଃ, କି ନିଷ୍ଠୁର ତୁମେ ମୃତ୍ୟୁ ! ମୁଁ ଭାବିଥିଲି, ବେଦନାମୟ ପ୍ରାଣରେ ତୁମେ ହିଁ
ଶାନ୍ତି ଆଣିଦିଅ । ସବୁ ଯାତନା, ସବୁ ଯନ୍ତ୍ରଣାର ଉପଶମ ତୁମରିଠାରେ । କିନ୍ତୁ
ମନୁଷ୍ୟର ଯନ୍ତ୍ରଣାକୁ ତୁମେ ବହୁ ଗୁଣରେ ବଢ଼ାଇ ଦେଇପାର ମଧ । କିଛି

ମନେ କରିବ ନାହିଁ, ମୃତ୍ୟୁ । ତୁମକୁ ଅପମାନ ଦେବା ମୋର ଉଦ୍ଦେଶ୍ୟ ନୁହେଁ ।

ମୃତ୍ୟୁ– ମୁଁ କିଛି ମନେ କରୁ ନାହିଁ । ତୁମର ମନର ଭାବ ମୁଁ ଭଲ ଭାବରେ ବୁଝୁଛି । କିନ୍ତୁ ଗୋଟିଏ କଥା ତୁମକୁ କହିଁ ଯାଁ । କାଲି ସକାଳେ ତୁମେ ଆଉ ଇହ ଜଗତରେ ନ ଥିବ । ତୁମର ବନ୍ଧୁ ବାନ୍ଧବ ବା ଜ୍ଞାତି କୁଟୁମ୍ବ କେହି ନାହାନ୍ତି ଏଠାରେ । ତୁମର ବାକ୍ସ ସରକାରୀ ସମ୍ପତ୍ତି ବୋଲି ପରିଗଣିତ ହେବ । କ'ଣ ବା ସମ୍ପତ୍ତି ପାଇବେ ତୁମର ଭାଇ ଏ ବାକ୍ସରୁ! ତୁମେ ଯେଉଁ ଅରୁଣାକୁ ଏବେ ସୁଦ୍ଧା ଏତେ ଭଲପାଅ, ସେହି ଅରୁଣାର ସ୍ୱାମୀ ଏଠାରେ ବଡ଼ ସରକାରୀ ଅଫିସର । ସେ ଯଦି କାଲି ଏଠାକୁ ଆସି ତୁମ ବାକ୍ସ ଖୋଲନ୍ତି ଓ ଅରୁଣାର ସଦ୍ୟସ୍ନାତା ଛବି ଦେଖନ୍ତି, ତେବେ ଅରୁଣାର ଅବସ୍ଥା କ'ଣ ହେବ ଅରୁଣାର ସ୍ୱାମୀର ମାନସିକ ଅବସ୍ଥା କ'ଣ ଭାବି ଦେଖ । ଭାବି ଦେଖ ।

ଧନଞ୍ଜୟ– ଓଃ, କି ଭୟାନକ ପରିଣତି ! ମୃତ୍ୟୁ, ଚଞ୍ଚଳ ବାକ୍ସଟି ଖୋଲି ମୋତେ ଦିଅ । ମୁଁ ଏବେ ତାକୁ ଟିକିଟିକି କରି ଚିରି ଫିଙ୍ଗି ଦିଏ । ମୋ ପାଇଁ ଜଣେ ପବିତ୍ରା ନାରୀର ନାମରେ କଳଙ୍କ ଲାଗିବ, ଏକଥା ସହ୍ୟ କରିବାକୁ ଚାହେଁ ନାହିଁ ।

[ମୃତ୍ୟୁକୁ ଅବିଚଳିତ ଥିବା ଦେଖି]

...କାହିଁ ? ସ୍ତବ୍‌ଧ ହୋଇ ରହିଲ ଯେ, ଚଞ୍ଚଳ କର । ଆଉ ସମୟ ନାହିଁ ।

ମୃତ୍ୟୁ– ପ୍ରକୃତରେ ଆଉ ସମୟ ନାହିଁ । ମୁଁ ବାକ୍ସ ଖୋଲିଲେ ବି ତୁମେ ଆଉ ଫଟୋ ଦେଖି ପାରିବ ନାହିଁ, ତାକୁ ଚିରି ପାରିବ ନାହିଁ ।

ଧନଞ୍ଜୟ– ମୋର ସ୍ନେହ ଯୋଗୁଁ ।

ମୃତ୍ୟୁ– (ହସି) ସ୍ନେହ ! ପୁଣି ସେଇ ସ୍ନେହର ଛଲନା । ଯଦି ତୁମେ ପ୍ରକୃତରେ ଅରୁଣାକୁ ଏତେ ଭଲ ପାଅ, ତେବେ ତୁମ ବାକ୍ସରେ ଥିବା ଅରୁଣାର ଫଟୋ ତା'ର ପତି ହାତରେ ପଡ଼ିବାକୁ ଏତେ ଡରୁଛ କାହିଁକି ? ତୁମେ ବଡ଼ ଭୀରୁ, ଧନଞ୍ଜୟ । ତୁମେ ବଡ଼ ସ୍ୱାର୍ଥପର । ନିଜର ତଥାକଥିତ ସ୍ନେହର ମର୍ଯ୍ୟାଦା ରକ୍ଷା କରିବା ପାଇଁ ଜଣେ ସୁନ୍ଦରୀ ଚରିତ୍ରବତୀ ନାରୀର ଲଲାଟରେ କଳଙ୍କର ଟୀକା ଲଗାଇ ଦେଇଛ ।

ଅରୁଣାର ତିନୋଟି ପୁଅ । ସେମାନେ ବଡ଼ ହେଲେ ସମ୍ପତ୍ତି ଲାଭ କରିବେ । ସେମାନେ ଯଦି ଜାଣନ୍ତି ସେମାନଙ୍କର ଜନନୀ ଜଣେ କବିର ପ୍ରଣୟିନୀ– ଦେହାତୀତ ପ୍ରଣୟିନୀ ହେବାର ସୌଭାଗ୍ୟ ଲାଭ...

ଧନଞ୍ଜୟ– (ବାଧାଦେଇ) ଓଃ, ଥାଉ ସେତିକିରେ ମୃତ୍ୟୁ । ତପ୍ତ ବୈତରଣୀ ଆଉ କେତେ ଦୂର ?

...କେତେ ନିର୍ଦୟ ତମେ ମୃତ୍ୟୁ, କେତେ ନିଷ୍ଠୁର। ମୋର ଜୀବନ ବ୍ୟର୍ଥ ହୋଇଛି। ମୋର ପ୍ରେମ ମଧ୍ୟ ବ୍ୟର୍ଥ ହୋଇଛି। ମୁଁ ଚାହୁଁଥିଲି ଏ ଦୁନିଆଁରେ ଅମର ହେବାକୁ। ସମସ୍ତଙ୍କ ହୃଦୟରେ ଚିର ଜୀବିତ ରହିବାକୁ। ମୁଁ ଏବେ ଚାହୁଁଛି, ମୋତେ ସମସ୍ତେ ଭୁଲିଯା'ନ୍ତୁ। ମୋତେ ନିଅ ମୃତ୍ୟୁ ସାଙ୍ଗରେ ବିସ୍ମତିର ଅତଳ ଗର୍ଭକୁ।

ମୃତ୍ୟୁ– ଯିବ ? ଚାଲ, ଉଠ।

ଧନଞ୍ଜୟ– କିନ୍ତୁ ମୋର ଯେ ଉଠିବାର ସୁଦ୍ଧା ଶକ୍ତି ନାହିଁ। ମୁଁ ବଡ଼ ଦୁର୍ବଳ ହୋଇ ପଡ଼ିଛି।

ମୃତ୍ୟୁ– ନା, ନା, ତୁମର ସବୁ ଦୁର୍ବଳତା ତୁମ ଜୀବନ ସହିତ ଶେଷ ହୋଇ ଯାଇଛି। ମୃତ୍ୟୁ ଏକ ନୂତନ ଶକ୍ତି। ଉଠ, ନିଜେ ଚେଷ୍ଟା କରି ଉଠ।

ହଁ ବେଶ୍। ତୁମେ ଠିକ୍ ଚାଲିପାରିବ ମୋ ସାଙ୍ଗରେ। ଆସ ମୋ ପଛେ ପଛେ।

(କବି ଧନଞ୍ଜୟ ଅନତିକ୍ଲେଶରେ ଶଯ୍ୟାରୁ ଉଠି ଧୀରେଧୀରେ ମନ୍ତ୍ର ମୁଗ୍ଧ ପରି ମୃତ୍ୟୁର ଅନୁଗମନ କରିରଙ୍ଗ ମଞ୍ଚରୁ ନିଷ୍କ୍ରାନ୍ତ ହେଲେ। ମଞ୍ଚ ଅନ୍ଧକାର ହେଲା। ପୁଣି ଯେତେବେଳେ ରଙ୍ଗମଞ୍ଚ ଆଲୋକିତ ହେଲା, ଧନଞ୍ଜୟ ପୂର୍ବପରି ଶେଷରେ ଶୋଇଥିବାର ଦେଖାଗଲା।

[ଖୁବ୍ ଅଳ୍ପ ସମୟ ପରେ ନର୍ସର ପ୍ରବେଶ। ନର୍ସ ରୋଗୀର ନାଡ଼ିଦେଖି, କପାଳରେ ହାତ ଦେଇ, ଆଖିପତା ଖୋଲି କହିଲେ 'ସବୁଶେଷ'। କମଳ ମୃତ ଦେହର ମୁଣ୍ଡ ପର୍ଯ୍ୟନ୍ତ ଆବୃତ କରି ସେ ରଙ୍ଗମଞ୍ଚରୁ ନିଷ୍କ୍ରାନ୍ତ ହେଲେ]

ମନ୍ତ୍ରୀ ଆସିବେ

ରାମଚନ୍ଦ୍ର ମିଶ୍ର

ମଞ୍ଚ– ଯେକୌଣସି ପ୍ରକାର ମଞ୍ଚ ହୋଇପାରେ। ଏହା ଏକମୁଖୀ ରଙ୍ଗମଞ୍ଚରେ ମଞ୍ଚସ୍ଥ ହୋଇପାରେ, କିମ୍ବା ଖୋଲା ମଞ୍ଚରେ ମଞ୍ଚସ୍ଥ ହୋଇପାରେ। ଖୋଲା ମଞ୍ଚରେ ମଞ୍ଚସ୍ଥ କଲାବେଳେ ପାତ୍ର ପାତ୍ରୀଙ୍କ ପ୍ରବେଶ ପ୍ରସ୍ଥାନ ଉପରେ ସତର୍କ ଦୃଷ୍ଟି ରଖିବାକୁ ହେବ। ଖୋଲା ମଞ୍ଚପାଇଁ ଚତୁଷ୍କୋଣ ସମବାହୁ ବିଶିଷ୍ଟ ଏକ ବର୍ଗକ୍ଷେତ୍ର ରଙ୍ଗମଞ୍ଚ ହୋଇପାରେ ଏହି ମଞ୍ଚର ଦକ୍ଷିଣ ପାର୍ଶ୍ୱରେ ସାଜ ଘର ରହିବ। ସାଜ ଘର ସହିତ ରଙ୍ଗମଞ୍ଚର ସଂଯୋଗ ରକ୍ଷାକାରୀ ଦୁଇଟି ପଥ ରହିବ। ସେଥିରୁ ଗୋଟିଏ ପ୍ରବେଶ ପାଇଁ ଓ ଅନ୍ୟଟି ପ୍ରସ୍ଥାନ ପାଇଁ ମୁଖ୍ୟତଃ ବ୍ୟବହାର କରାଯିବ। ଆବଶ୍ୟକ ସ୍ଥଲେ, ଏଥିର ବ୍ୟତିକ୍ରମ ହୋଇପାରେ।

ରଙ୍ଗମଞ୍ଚର ଦକ୍ଷିଣ ପାର୍ଶ୍ୱର ମଧ୍ୟସ୍ଥଲରେ ଦେବୀ ଖମ୍ବ ରହିବ। ତାହାର ତଳେ ଅତ୍ୟୁଚ୍ଚ ଦୁଇ କିମ୍ବା ତିନି ପାହାଚ ବିଶିଷ୍ଟ ଗୋଟାଏ କ୍ଷୁଦ୍ରମଞ୍ଚ। ଯାହାକି, ଆବଶ୍ୟକ ସ୍ଥଲେ ବିଶିଷ୍ଟ ଲୋକଙ୍କର ବସିବା ଆସନ–ସିଂହାସନ–ମଞ୍ଚ ଇତ୍ୟାଦି ଭାବରେ ଅଭିନବ ସମୟେ ବ୍ୟବହୃତ ହୋଇପାରିବ।

ସ୍ୱତନ୍ତ୍ର ଆଲୋକ ସଂପାତ ପାଇଁ ସେହି ଦେବୀ ଖମ୍ବକୁ ମଧ୍ୟ ବ୍ୟବହାର କରାଯାଇପାରେ। ଏହି ଦକ୍ଷିଣ ପାଖର ଦେବୀଖମ୍ବ ପାଖକୁ ମଞ୍ଚତଳେ, ଅର୍କେଷ୍ଟ୍ରାଙ୍କର ସ୍ଥାନ। counter fire ମାନେ ନିଆଁକୁ ନିଆଁରେ ଲିଭାଯାଇ ପାରିବ – ଏଟା ହେଲା ରାଜନୀତି ସଭାସମିତିମାନଙ୍କରେ ଲୋକଙ୍କୁ କିମିତି (Tackle) ମନେଇ ଦେବାକୁ ହୁଏ, ସେ ବିଦ୍ୟା ମୋତେ ବେଶ୍ ମାଲୁମ୍। ସେଥିପାଇଁ ବଡ଼ ବଡ଼ ସଭାସମିତିମାନଙ୍କରେ ମୋତେ ଆଗ ଡାକରା। ମୁଁ ସବୁ ଆଗରୁ ଯାଇ ତଦାରଖ କରିଥିଲେ – ଆଉ କିଛି ଅଘଟଣ ଘଟିବାର ସମ୍ଭାବନା ଥାଏ।

(ବଡ଼ ସନ୍ତର୍ପଣରେ ନିତ୍ୟାନନ୍ଦ ବାବୁ ପ୍ରବେଶ କଲେ – ନିତ୍ୟାନନ୍ଦ ବାବୁ ମଞ୍ଚ ଆଡ଼କୁ ଆସୁଥିବାର ଲକ୍ଷ୍ୟ କରି ସଦାନନ୍ଦ ବାବୁ ନିଜର ଚଦର – ଚଷମା ପ୍ରଭୃତି ସଜାଡ଼ୁ ସଜାଡ଼ୁ ଟିକିଏ ଅପ୍ରାକୃତିକ ଗମ୍ଭୀର ହୋଇ ପଡ଼ିଲେ । ନିତ୍ୟାନନ୍ଦ ବାବୁ ସଦାନନ୍ଦବାବୁଙ୍କ ଆଡ଼କୁ ନ ଆସି, ପଛ ପାଖରେ ରହି ନମସ୍କାର ଜଣାଇଲେ ।)

ନିତ୍ୟାନନ୍ଦ–   ଆଜ୍ଞା – ନମସ୍କାର–

ସଦାନନ୍ଦ–   କିଏ ?

ନିତ୍ୟାନନ୍ଦ–   ନିତ୍ୟାନନ୍ଦ ଆଜ୍ଞା, ଆପଣଙ୍କ ନିତେଇ !

ସଦା–   ଓଃ ନିତେଇ ! ତୁମକୁ ନିତ୍ୟାନନ୍ଦ କରିବାକୁ ଯେତେ ଚେଷ୍ଟା କଲେ ମଧ୍ୟ, ଦେଖୁଛି, ତମେ ସେଇ ନିତେଇରେ ରହିଯିବ ।

ନିତ୍ୟା–   ଆଜ୍ଞା ସ୍ଲୋଗାନ ଶୁଣି ମୁଁ ଆପଣଙ୍କୁ ଖୋଜୁଛି ।

ସଦା–   କାହିଁକି ? ମୁଁ କ'ଣ ତୁମ ମନ୍ତ୍ରୀ ଯେ ମୋ ପାଇଁ ସ୍ଲୋଗାନ ଦିଆ ଯାଉଥିଲା ବୋଲି ଭାବିଲ ?

ନିତ୍ୟା–   ଆ – ଜ୍ଞା – (ହସିଲେ)–

ସଦା–   ହଠାତ୍ ତୁମକୁ ହସ ମାଡ଼ିଲା କାହିଁକି ?

ନିତ୍ୟା–   ଆପଣ ତ ଆମ ଅଞ୍ଚଳର ଲୋକଙ୍କୁ ଜାଣନ୍ତିନି ?

ସଦା–   ହଇହୋ, ମୋଠୁ ଆଉ ଅଧିକ କିଏ ତମ ଅଞ୍ଚଳ ଲୋକଙ୍କୁ ଜାଣନ୍ତି ?

ନିତ୍ୟା–   ସେଥିପାଇଁ ଆପଣଙ୍କୁ ମନ୍ତ୍ରୀଙ୍କଠୁ ଉଚ୍ଚରେ ସବୁବେଳେ ରଖିଥାନ୍ତି ।

ସଦା–   ଏବେ କ'ଣ ହେବ ? ମନ୍ତ୍ରୀ ଆସିଗଲେ ମତେ ଉଚ୍ଚକୁ ନେବେ ନା ତଳେ କଟାଡ଼ି ଦେବେ ?

ନିତ୍ୟା–   କାହିଁକି, କ'ଣ ଅଭାବ କି ?

ସଦା–   ମୁଁ ଯାହା କହିଥିଲି, ତା'ରତ ବିନ୍ଦୁ ବିସର୍ଗ ଦେଖିବାକୁ ପାଉନି ।

ନିତ୍ୟା–   ଆପଣ ଆସିବେଲେ ଆମ ଯୁବକ ଦଳ କିମିତି ସ୍ଲୋଗାନ ଦେଲେ କ'ଣ ଠିକ୍ ଥିଲା ।

ସଦା–   ଠିକ୍ ଏକବାରେ ଠିକ୍ – ମନ୍ତ୍ରୀ ଆସିବା ପୂର୍ବରୁ ଯେଉଁ ଧ୍ୱନି ।

ନିତ୍ୟା–   ଆଜ୍ଞା ଆପଣତ ପୁରୁଣା ଲୋକ, ଆପଣଙ୍କଠୁ ଆମେ ଶିଖିବା କଥା – ଏଇ ଭଳିଆ ମଝିରେ ମଝିରେ ଚାଲିଲେ ବାତାବରଣ ସରଗରମ ହେଇଯିବ – ଲୋକଙ୍କ ମନ ଏ ଆଡ଼କୁ ଟାଣି ହେବ । ସେଥିପାଇଁ ପରା ସେ ଯାହା ଡିମାଣ୍ଡ କଲେ, ତାଠୁ ଆହୁରି ଜଣକା ଦଶ ଦଶ ଟଙ୍କା ବଢ଼ାଇ ଦେଇଛି ।

ସଦା–   ପାରିବାର ପଣ କରିଛ – ହଉ ଟ୍ରିକ୍ କଥା କ'ଣ ?

ନିତ୍ୟା– ଚାଲିଛି – ସକାଳ ଆଠଟା ବେଳୁ ଚାଲିଛି । ଆଜି କାଳିକା ଲୋକେ କ'ଣ ଆଉ ବୋକା ଅଛନ୍ତି । ଦିନକର ମଜୁରି ହାତରେ ଧରିଲେ ବାହାରୁଛନ୍ତି ।

ସଦା– ଆଉ ତାଙ୍କ କାମ ବେଳକୁ –

ନିତ୍ୟା– ଆପଣ ଯାହା ଦେଇ ପାରିଲେ, ସେଥିରେ ସେ କ'ଣ ଆପତ୍ତି କରୁଛନ୍ତି ।

ସଦା– ଆଚ୍ଛା ଏଥର କାମ ବଢ଼ିଯାଉ ବୁଝିବା ।
ନିତ୍ୟାନନ୍ଦ ବାବୁ, ମନ୍ତ୍ରୀ ଆସୁ ଆସୁ ଡେରି ହେଇଯିବ – ତାଙ୍କ ପାଇଁ ବ୍ୟବସ୍ଥା ।

ନିତ୍ୟା– ସ୍ଥାନୀୟ ଅଫିସରଙ୍କୁ ଜଣାଇ ଦେଇଛି ।

ସଦା– ଜଣାଇବାରୁ କ'ଣ ମିଳିବ – ସେ ସବୁ ବ୍ୟବସ୍ଥା କରିବେ ?

ନିତ୍ୟା– ନାଇଁ ଆଜ୍ଞା – ସେ କହିଲେ ତାଙ୍କ ପ୍ରୋଗ୍ରାମ ଏଠି ସେ ପାଇ ନାହାନ୍ତି ।

ସଦା– ତାପରେ–

ନିତ୍ୟା– ଆପଣଙ୍କ ନିତେଇ କ'ଣ ଏତେ କଞ୍ଜାଲୋକ ଯେ, ସେମାନଙ୍କ କୁଲା ଢାଉଁ ଢାଉଁରେ ଚମକି ଯିବ – ଆଜ୍ଞା ଶୁଣେଇ ଦେଇଛି ଲୋଟା କମ୍ୟଲ ସଜାଡ଼ି ଥାଅ ।

ସଦା– ସେ ତ ପଛ କଥା – ତେବେ ତାଙ୍କ ପାଇଁ କିଛି କରାଯାଇ ନାହିଁ ?

ନିତ୍ୟା– କରା ହେଇଛି – ସବୁ ରେଡ଼ି । ଧରିଲି କଣ୍ଟ୍ରୋଲ ଡିଲରଙ୍କୁ – ଯବାବ ତୁଟିଗଲା । ଗୋଟିଏ କୋଟା ତାଙ୍କର ଯାହା ଖର୍ଚ୍ଚ ହେବ କରିବେ । ବଙ୍ଗଳା ବ୍ୟବସ୍ଥା – ଏଣେ ଲୋକଙ୍କ ପାଇଁ ଭାତ ଡାଲମା, ସେମାନେ ଲାଗିଛନ୍ତି । ହେଲେ ଆପଣଙ୍କୁ ଟିକିଏ ଯୋରରେ ଲାଗିବାକୁ ହେବ – ମନ୍ତ୍ରୀଙ୍କ ସହିତ ପରିଚୟ – ଏମାନେ ଫୁଲମାଳ ଦେବେ – ତା ସଙ୍ଗେ ସଙ୍ଗେ ଏଠା ଅଫିସରକୁ ସାତଦିନ ଭିତରେ ବଦଳି... କ'ଣ ମନେ ରହିଲା ?

ସଦା– ୩୪... ମୋର ମନେ ନରହିଲେ ତୁମେ ତ ଅଛ – (ଘଣ୍ଟାକୁ ଦେଖି) ଆରେ ଏ ଘଣ୍ଟା ଯେମିତି ଦୌଡୁଛି, ଅନ୍ୟ ସଭା ସରିବା ବେଳ ହୋଇଗଲା । ମନ୍ତ୍ରୀଙ୍କୁ ଖବର ଦେବାକୁ ହେବ – କାହିଁ, ତୁମର ପ୍ରସ୍ତୁତି ତ ସରିଲା ନାହିଁ –

ନିତ୍ୟା– କ'ଣ ବାକି ଅଛି କହୁ ନାହାନ୍ତି ? ଫୁଲମାଳ ଠିକ୍ଅଛି, ଦବାବାଲା ଠିକ୍ଅଛି – ପ୍ରାରମ୍ଭିକ ସଙ୍ଗୀତ ଗାଇବା ବାଲା ରେଡ଼ି ହେଇ ବସିଛନ୍ତି – ମାଇକ୍ ରେଡ଼ି –

ସଦା– କଥାରେ କଥାରେ ସବୁ ଠିକ୍, ହେଲେ ଲୋକ କାହାନ୍ତି ।

ନିତ୍ୟା-   ଆଜ୍ଞା - ଦଶଖଣ୍ଡ ଗାଡ଼ି ଲାଗିଛି - ଦୁଇ ଦୁଇ ଟ୍ରିପ୍ କଲେଣି - ଖାଇବା
          ପିଇବା ଚାଲିଛି। ଏବେ କ'ଣ ଲୋକ ତମ ଆଖିକି ଦିଶୁନାହିଁ। ଆଜ୍ଞା
          ଟିକିଏ ଡେରି ହେଇଯାଉ, ବିଜୁଳିବତୀ ଲାଗିଲା ମାତ୍ରକେ - ଏଇ ଲୋକ
          ଡବୁଲ ଦିଶିବେ -
ସଦା-   ମନ୍ତ୍ରୀ ବସିବାକୁ ଚୌକି ?
ନିତ୍ୟା-   ଅଣେଇଛି...
ସଦା-   ତା'ଉପରେ କିଛି ପକାପକି କରିବାକୁ -
ନିତ୍ୟା-   ଗଦି, ଡନ୍‌ଲପ୍ ଗଦି - ତା ଉପରେ ପକାଇବାକୁ ମଧ ରଖିଛି।
ସଦା-   ଟେବୁଲ - ଟେବୁଲ କ୍ଲଥ୍ - ଫୁଲ ଦାନି ସବୁ ରେଡ଼ି...
ନିତ୍ୟା-   ମନ୍ତ୍ରୀଙ୍କ ପାଖକୁ ଚୌକି... ହିଁ କେତେଟା ପଡ଼ିବ ?
ସଦା-   କେତେଟା... (ହିସାବ କରି)
          ମନ୍ତ୍ରୀ - ମନ୍ତ୍ରୀ...
ନିତ୍ୟା-   ତା' ପରେ କଲେକ୍ଟର-
ସଦା-   କଉଁ କଲେକ୍ଟର ତମ ଗାଁକୁ ଆସିବେ ?
ନିତ୍ୟା-   ଏସ୍.ଡି.ଓ !
ସଦା-   ନା- ଏସ୍.ଡି.ଓ. ଫେସ୍.ଡି.ଓ କେହି ନୁହେଁ।
ନିତ୍ୟା-   ସେ ବି କ'ଣ ଆସୁନାହାନ୍ତି ?
ସଦା-   ଆସୁ ନାହାନ୍ତି ? ଅଲବତ୍ ଆସିବେ - ତାଙ୍କ ଚାକିରି କ'ଣ ପିତା ଲାଗିଲାଣି ?
ନିତ୍ୟା-   ମୁଁ କ'ଣ କହୁଥିଲି... (କାନ ପାଖରେ ଫୁସ୍‌ଫୁସ୍ କରି କହିବା)
ସଦା-   ନା, ନା ସେ କଥା ହେଇ ପାରିବ ନାହିଁ -
ନିତ୍ୟା-   ବେଶ୍ ମୋ କଥାଟା ଯଦି ହେଇ ପାରିବ ନାହିଁ ତେବେ ମୁଁ ରୂପ - ତୁମେ
          ଏଥର ସବୁ ବୁଝ। (ଅଭିମାନ କରି ଦୂରେଇ ଯିବା)
ସଦା-   (ଟିକିଏ ମୁଲାୟମ ଗଲାରେ) ଆରେ ନିତିଆ କଥାଟାକୁ ଠିକ୍ ବୁଝି ପାରିଲୁ
          ନାହିଁ।
ନିତ୍ୟା-   ବୁଝିଛି - ନିଜ ପକେଟ ଗରମ ହେଲେ ହେଲା।
ସଦା-   ଆଃ - କଥାଟା ବୁଝ। ତୋ କାମ ହାସଲ ହେଲେ ହେଲା। ଶୁଣ -
          (ନିତ୍ୟାନନ୍ଦ ପାଖକୁ ଯାଇ) ତୋ ପ୍ରସ୍ତାବଟାକୁ ମନେ ରଖ - ଅନ୍ୟମାନଙ୍କ
          କଥା ସବୁ ମୁଁ ବୁଝାଇ ନ ପାରିଲେ ତୋ କଥା ରହିବ - ସଫାସଫିରେ
          କଥାଟା କଥାଟା ନ ତୁଟାଇ ଯଦି ବୁଝାଇ ନପାରିବି ତେବେ ଏତେ ଲୋକଙ୍କ

କିମିତି ବୁଝାଇବି କହିଲୁ ।

ନିତ୍ୟା– ହଉ ଚଞ୍ଚଳ ଚଞ୍ଚଳ କୁହ – କେତେଟା ଚଉକି ଆସିବ –

ସଦା– ମୁଁ କହୁଚି, ମନ୍ତ୍ରୀଙ୍କ ଚଉକି ବାଦ୍ ଆଉ ଦି'ଖଣ୍ଡ ଚଉକି ମଞ୍ଚ ଉପରେ ଦିଅ ।

ନିତ୍ୟା– ଜମାରୁ ଦି'ଖଣ୍ଡ !

ସଦା– ଖଣ୍ଡେ ହେଲେ ବି ଚଲନ୍ତା ।

ନିତ୍ୟା– ତାହେଲେ ଖଣ୍ଡେ ଚଉକି ପକାଇ ଦେବି ।

ସଦା– ୩୪–ସବୁ ଜାଣି ଅଜଣା ପରି କିମିତି ହଉଚି ନିତିଆ ଭାଇ...

ନିତ୍ୟା– ନି – ତି – ଆ – ଭା – ଇ !

ସଦା– ସବୁ କଥାରେ ଏମିତି ଚମକ ନାହିଁ । ମନ୍ତ୍ରୀଙ୍କ ପାଇଁ ଖଣ୍ଡିଏ ଭଲ – ମାନେ ଯାହାକୁ କହନ୍ତି ଭଲ ଚଉକି – ମଝିରେ ପଡ଼ିବ । ତାଙ୍କର ଡାହାଣ ପାଖକୁ ଖଣ୍ଡିଏ ପଡ଼ିବ, ସେଥିରେ ମୁଁ ବସିବି...

ନିତ୍ୟା– ମନ୍ତ୍ରୀଙ୍କ ପାଖରେ ତମେ ବସିବ... ବସ – ଭଲ –

ସଦା– ଆଉ ଆର ଚଉକି ଖଣ୍ଡିକ ମୋ ପଛ ପାଖକୁ ରଖିଥିବ । ମନ୍ତ୍ରୀଙ୍କ ସାଙ୍ଗେ ସାଙ୍ଗେ ସେ ମହାପାତ୍ରଟା ଗୋଡ଼େଇଚି । ଏଥର ମୋ ସହିତ କମ୍ପେଟ୍ କରିବ – ମୋ ଭୟରେ ତ ସେ ଏଠିକି ନ ଆସିପାରେ – ଯଦି ଆସିଯିବ ସେ, ସେ ଚଉକିରେ ବସିବ –

ନିତ୍ୟା– କେଜାଣି ? ଆସିଲା ପରି ଲାଗୁନାହିଁ ।

ସଦା– ଉତ୍ତମ ଅତି ଉତ୍ତମ – ସେତେବେଳେ ମୁଁ ଡାକିବି ନିତିଆ ଭାଇ – ନା–ନା ନିତ୍ୟାନନ୍ଦ ଭାଇ ?

ନିତ୍ୟା– ମୁଁ ତ ସେଇଠି ଥିବି –

ସଦା– ତୁମେ ସିନା ଥିବ – ହେଲେ ମୋ' ସହିତ ତମ ସମ୍ପର୍କଟା କ'ଣ ମନ୍ତ୍ରୀ ଜାଣି ପାରିବେ ? ଯେତେବେଳେ ଏତେ ଲୋକଙ୍କ ଆଗରେ ମୁଁ ତୁମକୁ ନିତ୍ୟାନନ୍ଦ ଭାଇ ବୋଲି ଡାକିବି – ସେତେବେଳେ – ହେଁ ହେଁ – ମନ୍ତ୍ରୀ ତୁମକୁ କରି ଚାହିଁବେ – ସେତିକିବେଳେ ତୁମେ ଅତି ନମ୍ରତା ସହକାରେ, ହାତଯୋଡ଼ି, ମୁଣ୍ଡ ନୁଆଇଁ ନମସ୍କାର ଜଣାଇବ – ମୁଁ କହିବି ଆଜ୍ଞା ଏ ଅଞ୍ଚଳରେ ମୋର ଡାହାଣ ହାତ ନିତ୍ୟାନନ୍ଦ ଭାଇ – ଗୋଟିଏ ଖୁଣ୍ଟ –

ନିତ୍ୟା– (କୃତକୃତ୍ୟ ହୋଇ) ବାଃ – ବାଃ ସଦାନନ୍ଦ ବାବୁ – ଏ ମୁଣ୍ଡ ଭିତରେ କେତେ କଥା ତୁମର ଅଛି । ହଉ ତେଣେ ମୁଁ ଟିକିଏ ଦେଖେ – ଆଉ

କ'ଣ କ'ଣ ବାକି ରହିଲା । ହଁ - ସେ ବିଡିଓ କଥାଟା ଯେମିତି ମନେ ଥାଏ
- ମୁଁ ଯାଉଚି (ପ୍ରସ୍ଥାନ)

ସଦା- (ନିତ୍ୟାନନ୍ଦର ପ୍ରସ୍ଥାନ ଆଡ଼କୁ ଚାହିଁ... ଦେଖିବ ନିତ୍ୟାନନ୍ଦ ଆଉ ଫେରିବାର
ସମ୍ଭାବନା ନାହିଁ)
ଆରେ ତୁମେ ଡାଲେ ଡାଲେ ଗଲେ ମୁଁ ପତ୍ରେ ପତ୍ରେ ଯିବା ଲୋକ -
ବିଡିଓଠୁ ମୋଟା ଚାନ୍ଦା ଆଶାଟା କମି ଯିବାରୁ ରାଗଟା ଟିକିଏ ବଢ଼ି ଯାଇଛି
- ଆଚ୍ଛା ହଉ ମନ୍ତ୍ରୀ ଆସି ସର୍ବ ଶୁଭରେ ଫେରିଯାନ୍ତୁ । ତା'ପରେ ଆମେ
ଭାଇ ଭାଇ କଥାବାର୍ତ୍ତା ହେବା...
(ଗୋଟିଏ ନିସହାୟା ସ୍ତ୍ରୀଲୋକର ପ୍ରବେଶ, ନାଁ-ମାଲତୀ)

ମାଲତୀ- (ଉଚ୍ଚସ୍ୱରରେ) ହାଇହୋ ସଦା ବାବୁ... ମୁଁ ଚଉଦିଗ ଖୋଜି ଖୋଜି ଆସିଲିଣି
- ତମେ ଆପଣ ଆସି ଏଠି...

ସଦା- (ମାଲତୀ ପାଟି ଶୁଣି ପ୍ରମାଦ ଗଣିଲେଣି - ନିଶ୍ଚୟ ଗୋଟାଏ ଅଶୁଭ ଲକ୍ଷଣ
ହେବ - କଅଁଳେଇ ତାକୁ ବିଦା କରି ଦେବା ମତଲବରେ । ମନରେ
ରାଗକୁ ଚାପି ରଖି କଥା ବାର୍ତ୍ତା ଆରମ୍ଭ କଲା) ନାନୀ କିଲୋ ? ତୋର
ସବୁ କଥା ତୁଟି ଗଲା ?

ମାଲତୀ- ତୁଟିଥିଲେ ମୁଁ ଆସି ତମେ ଆପଣଙ୍କ ପାଖରେ ଠିଆ ହେଇଥାନ୍ତି ?

ସଦା- କ'ଣ ହେଲା ସେଇଠୁ ? ନିଜ ଲୋକ ପାଖରେ ଠିଆ ହେବୁ ନାହିଁ ତ ଆଉ
କାହା ପାଖରେ ଠିଆ ହେବୁ ?

ମାଲତୀ- ସେହି କଥା କହି ମୋ ଦି'ଗାଲରେ ଦି'ଥାପଡ଼ ମାରିଲା- ଏଇନେ ତମ
ଆପଣଙ୍କ ନାଁ ଧରି, ଯେତେ ପଚାରିଲି, ସମସ୍ତେ ମୁରୁକି ହସ ଦେଇ ମୁହଁ
ମୋଡ଼ିଲେ, ଯିମିତି ତମେ କଉଠି ଅଛ କହି ଦେଲେ ତାଙ୍କର ପାଞ୍ଚ ପଚିଶ
ସରିଯିବ ।

ସଦା- ସରିଯିବ ନାନୀ - ସରିଯିବ - ହିଂସା - ହିଂସାରେ ପରା ସେମାନେ
ଜଳିପୋଡ଼ି ଯାଉଛନ୍ତି - ତୋ ଝିଅ କାହିଁକି ମନ୍ତ୍ରୀଙ୍କ ପାଖରେ ରହିଲା -

ମାଲ- ମନ୍ତ୍ରୀଙ୍କ ପାଖରେ - ହେଲେ ମୋତେ ଦାସ ସାହିର ରାଧାଶ୍ୟାମ ବାବୁ
କହିଲେ-

ସଦା- ରାଧାଶ୍ୟାମବାବୁ... (ଭାବି)

ମାଲ- ହଁ, ମ ସେଇ ରାଧୁଆ - ଏବେ ମେମ୍ବର ହୋଇ, ହେଇଛି ରାଧାଶ୍ୟାମ
ବାବୁ...

ସଦା– ଓଃ – ସେହି ରାଧାଶ୍ୟାମ...

ମାଳ– କ'ଣ ଭୁବନେଶ୍ୱର କେଉଁ ମାଳି ସାହିରେ ଅଛି ବୋଲି କହିଲା ।

ସଦା– ତୋ ଝିଅଟା ମାଳିସାହିରେ ଅଛି – ଆଉ ତା'ର ସ୍ୱାମୀ, ତା'ର ସ୍ୱାମୀଟି କେଉଁଠି ଅଛି ?

ମାଳ– କେଉଁଠି ଅଛି କହିଲ... କେଉଁଠି ଅଛି । ମୁଁ ଯଦି ତା ଦାନ୍ତ ଭାଙ୍ଗି ନ ଦେଇଛି... ହେଲେ ଆପଣ ସେତେବେଲେ ଯେଉଁ ରବାଜ ଉଠିଲା...

ସଦା– ମୋ ସାଙ୍ଗରେ ପଳାଇଛି ବୋଲି – ହେଁ – ହେଁ ସେତକ କରିଥିଲେ ତ ସେ ତା' ଭଳିଆ ଘରଣୀ ହେଇଥାନ୍ତା... ରବାଜ ସିନା ଉଠାଇ ଦେଲେ... ହେଲେ ସତଟା ସତ ହେଇ ସବୁବେଲେ ରହିଲା । ଏବେ ସେ କେଉଁଠି ? ମାଳିସାହିରେ ।

ମାଳ– ଆଉ ମୋ ଝିଅ ?

ସଦା– ମନ୍ତ୍ରୀଙ୍କ ପାଖରେ – ମୋ ପରି ଗାର୍ଡିଆନ ଥାଉ ଥାଉ ମୁଁ ତାକୁ ମାଳି ସାହିକୁ ଛାଡ଼ି ଦେବି...।

ମାଳ– ସେଠି କ'ଣ କରୁଛି ?

ସଦା– ମୋତେ କାହିଁକି ପଚାରୁଚୁ – ଆଜି ମନ୍ତ୍ରୀ ଆସିବେ – ତାଙ୍କ ସାଙ୍ଗରେ ସେ ମଧ୍ୟ ଆସିବ...

ମାଳ– ସେ ଆସିବ ?

ସଦା– ଆସିବ ନାହିଁ – ଏ ଅଞ୍ଚଳର ଝିଅ – ସେତେବେଲେ ତାକୁ ପଚାରି ବୁଝି ନେବୁ ତା'ର ଭଲ ମନ୍ଦ କଥା...

ମାଳ– ତମେ ଆପଣେ ସତ କହୁଚ ଟି...

ସଦା– ତୁ ଆଖିରେ ଦେଖୁବୁ । ମୋ ସତ ମିଛରେ କଣ ଅଛି ।

ମାଳ– ତେବେ ଆଜି ଯୋଗୀନୀଖିଆଙ୍କର ଟାହି ଟାପରା ଛଡ଼େଇ ଦେବି, ଆରେ – ମୁଁ ମାଳତୀଟି... (ଯାଉଥିଲା ଫେରିପଡ଼ି) କ'ଣ ତମେ ସତ କହୁଚଟି... ମୋ ଝିଅ ଆଜି ଆସିବ ?

ସଦା– ଥରେ କହିଲି ପରା...।

ମାଳ– ହଉ ତେବେ ମୁଁ ମନ୍ତ୍ରୀଙ୍କ ଗାଡ଼ିକି ଅପେକ୍ଷା କରି ରହିଲି ? (ଯାଉଥିଲା)

ସଦା– ହଁ – ଶୁଣ – ସେ ସ୍କୁଲ ଘରଟି ଆମର ରୋଷେଇ ଚାଲିଚି – ସେଠି ମୋ ନାଁ କହି – ମାନେ କହିବୁ ସଦାନନ୍ଦ ବାବୁ କହିଛନ୍ତି – ଦି'ଟା ଖାଇ ଦେଇ ଅପେକ୍ଷା କରିଥିବୁ । ହଁ, କେତେ ବାଟରୁ ଆସିଛୁ – ପେଟ ଗରମ ହେଇ ଯିବଣି... (ଚପା ଗଲାରେ) ପେଟ ଗରମ ହେଇପାରେ, ପୁଣି ମୁଣ୍ଡ ଗରମ

ହେଇ ଯାଇଥିବ ? ହେ ଭଗବାନ ! ଗୋଟେ କଣ୍ଢାଖାଇ ଡାହାଣୀ ହାବୁଡ଼ୁ ମୋତେ ଅଜକେ ରକ୍ଷା କରିଦେଲା । ନହେଲେ ଆଜି ମୋର ମିଟିଂ ଫିଟିଂ ସବୁ ସଫା ହେଇ ଯାଇଥାନ୍ତା... ଏ ଲୋକ ଗୁଡ଼ାଙ୍କର କି ଅନ୍ଧ ବିଶ୍ୱାସ –

ବି.ଡି.ଓ.–	(ପ୍ରବେଶ କରି) କ'ଣ ସଦାନନ୍ଦବାବୁ ଆପଣଙ୍କ ମନ୍ତ୍ରୀ କେତେବେଲେ ଆସିବେ ?

ସଦା–	(ବି.ଡି.ଓ.ଙ୍କୁ ଦେଖି ଗ୍ରାଭିଟି ଉପର କଥା ହେଲେ) ଓ ବି.ଡି.ଓ. ବାବୁ, ଆମ ମନ୍ତ୍ରୀ – ଆଉ ଆପଣଙ୍କ ମନ୍ତ୍ରୀ ନୁହନ୍ତି କି ?

ବି.ଡି.ଓ.–	ମନ୍ତ୍ରୀ ତ ସମସ୍ତଙ୍କର, ମାନେ ସାରା ରାଜ୍ୟର ।

ସଦା–	ଜାଣିଚନ୍ତି, ତ ? ଆମ ମନ୍ତ୍ରୀ ବୋଲି ଆକ୍ଷେପ କରିବାର ଉଦ୍ଦେଶ୍ୟ ?

ବି.ଡି.ଓ.–	ଆପଣ ପରା ତାଙ୍କୁ ଏଠିକି ଡାକି ଆଣିଛନ୍ତି ?

ସଦା–	କ୍ଷତି କ'ଣ ହେଲା ?

ବି.ଡି.ଓ.–	ଅଯଥାରେ ଆମକୁ ହଇରାଣ କରୁଛନ୍ତି ।

ସଦା–	ଆମେ ହଇରାଣ କରୁଛୁ – ଆପଣଙ୍କୁ ? ଆପଣ ହେଲେ ବି.ଡି.ଓ. ସାହେବ – ମାନେ ଏ ଅଞ୍ଚଳର ସର୍ବେସର୍ବା... ଏ ଅଞ୍ଚଳର ଉନ୍ନତିର ଚାବିକାଠି ଆପଣଙ୍କ ହାତରେ । ଆମେ ପୁଣି ଆପଣଙ୍କୁ ହଇରାଣ କରିବୁ ? କିମିତି ହଇରାଣ ହେଲେ ଟିକିଏ ଟିକିଏ ଶୁଣିଥିବା ।

ବି.ଡି.ଓ.–	ଛାଡ଼ନ୍ତୁ ସେ କଥା – ମନ୍ତ୍ରୀ କ'ଣ ଆସୁଛନ୍ତି ?

ସଦା–	ଆସୁଛନ୍ତି ମାନେ – ନିଶ୍ଚୟ ଆସୁଛନ୍ତି – ଅଲବତ୍ ଆସୁଛନ୍ତି –

ବି.ଡି.ଓ.–	ଆମ ପାଖକୁ ତ କିଛି ଅଫିସିଆଲ ପ୍ରୋଗ୍ରାମ ଆସି ନାହିଁ ।

ସଦା–	ଆପଣ ଜାଣନ୍ତି ସେ ମହାକାଳପୁର ଆସିଛନ୍ତି –

ବି.ଡି.ଓ.–	କିନ୍ତୁ ଏଇଟା ମଧୁପୁର –

ସଦା–	ତା ଅର୍ଥ ?

ବି.ଡି.ଓ.–	ମନ୍ତ୍ରୀ ନ ଆସିଲେ ଭଲ ହୁଅନ୍ତା ।

ସଦା–	ତା' ହେଲେ ଆପଣ ହଇରାଣରୁ ରକ୍ଷାପାଇ ଯାନ୍ତେ–

ବି.ଡି.ଓ.–	ମୁଁ କାହିଁକି ? ଆପଣ ମାନେ ମଧ –

ସଦା–	ଆମର ହଇରାଣ କ'ଣ ? ଆମେ ପବ୍ଲିକ୍ ଲୋକ । ତମ ପରି ତ ବିନା କାମରେ ବିଲ୍ କରି ଟଙ୍କା ପକେଟ୍‌ରେ ପୂରାଇ ନାହୁଁ । ଛେଲି ମେଣ୍ଢା, ହଳ ବଳଦ କିଣା ନାଁରେ ପକେଟ କରି ନାହୁଁ ! ହେଲେ ଆମେ ଯେଉଁ ଫଙ୍କଡ଼କୁ ସେଇ ଫଙ୍କଡ଼, ଆମକୁ କହିବ କିଏ ? ମନ୍ତ୍ରୀଙ୍କ ପାଖରେ ସବୁ ପହଞ୍ଚିବ ।

ବି.ଡି.ଓ.– (ହସି ଉଠିଲେ) ଏତିକି ନା ଆଉ କିଛି ? ଆପଣ ଯାହା କହି ପାରିଲେ ନାହିଁ – ତାହା ଯଦି ପୂରଣ କରେ –

ସଦା– କ'ଣ ଆପଣ ଭାବୁଛନ୍ତି କହିଲେ ?

ବି.ଡି.ଓ.– ଆପଣ ବି ଭାବିଛନ୍ତି, ହେଲେ ମୁହଁ ଖୋଲି କହି ପାରୁ ନାହାନ୍ତି ।

ସଦା– ଆମେ ମୁହଁ ଖୋଲି ପାରୁନୁ – କ'ଣ ଡରରେ ? ଏମିତି କିଏ ଅଛି ଏ ଅଞ୍ଚଳରେ ଆମକୁ ଡରେଇବ ?

ବି.ଡି.ଓ.– ଆପଣଙ୍କ ପରି ଲୋକଙ୍କର ଡର କେବଳ ଆପଣମାନଙ୍କୁ ।

ସଦା– ମାନେ ?

ବି.ଡି.ଓ.– ଆଉ କିଛି ନ ଥାଇ ପାରେ – ହେଲେ ଲାଜ ସରମତ ଅଛି ।

ସଦା– (ହସି) ଲାଜ ଆଉ ସରମ (ପୁଣି ହସି) ଆମେ ଯଉଁ ବାଟକୁ ଗୋଡ଼ ବଢ଼େଇଚୁ ସେଥିରେ ପୁଣି ଲାଜ ସରମ କ'ଣ ? ଆମେ ଘୋଡ଼ା ଚଢ଼ିପାରୁ ଘାସ ବି କାଟି ପାରୁ । ହେଲେ ଆପଣମାନଙ୍କ ପରି ଆମେ ପ୍ରେଷ୍ଟିଜ୍ ଖୋଜୁ ନାହୁଁ କିମ୍ବା ଗ୍ରାଭିଟ୍ ଧରି ଚଲୁନା (ଜଣେ ଯୁବନେତାଙ୍କର ପ୍ରବେଶ ପରିଧେୟ ଢିଲା ପଞ୍ଜାବୀ ପାଇଜାମା ଜରିର ଜାକେଟ୍)

ଯୁବନେତା– (ପାଦର ଗତିରେ ଭାରସାମ୍ୟ ନ ଥିଲା; ମୁଣ୍ଡବାଲ ଅସଂଯତ) ଏଇ ଯେ ବି.ଡି.ଓ. ସାହେବ ! ଆପଣ ଆସି ପେଣ୍ଠାଲ ଉପରେ !

ବି.ଡି.ଓ.– ସଦାନନ୍ଦ ବାବୁଙ୍କ ପାଖକୁ ଆସିଥିଲି ।

ସଦାନନ୍ଦ– ମୁଁ ତ ଆପଣଙ୍କୁ ଡାକି ନ ଥିଲି ।

ଯୁବନେତା– ସେଇଟା ଗୋଟାଏ ବାହାନା – ଲୋକଙ୍କ ଆଗରେ ଦେଖେଇ ହେବେ, ମନ୍ତ୍ରୀଙ୍କ ପାଇଁ ତାଙ୍କ ଆଖୁ ଗଣ୍ଡି କିମିତି ଛିଣ୍ଡି ଗଲାଣି ?

ବି.ଡି.ଓ.– ତେବେ, ମୁଁ ଯାଉଛି –

ଯୁବନେତା– ଯେତେ ଚଞ୍ଚଳ ପାରନ୍ତି – ଏ ମିଟିଂ ସ୍ଥାନ ଛାଡ଼ି ଚାଲି ଯାଆନ୍ତୁ – ନଚେତ୍ କେତେ ଆମ ଲୋକଙ୍କୁ କୈଫିୟତ ଦେବୁ – ଛେଲି, ମେଣ୍ଢା, ଗୋରୁ, ବଲଦ –ରିଲିଫ ଟଙ୍କାରୁ ଆରମ୍ଭ କରି ଶିଶୁ ଖାଦ୍ୟ ପର୍ଯ୍ୟନ୍ତ କୁଆଡ଼େ ଗଲା ।
ଯାନ୍ତୁ – ଯାନ୍ତୁ Please get out –

ଅନ୍ତରାଲରୁ– ହଁ ତାଙ୍କୁ ଆଗ ବାହାର କରନ୍ତୁ ।

(ଲୋକଙ୍କ ପ୍ରତି କୃତଜ୍ଞତା ଜଣାଇ ଯୁବନେତା ଜଣକ ମୋଗଲୀ କାଏଦାରେ କୁର୍ଣୀସ ଜଣାଇଲେ । ବି.ଡି.ଓ. ଗଲେ – ତାଙ୍କ ପଛେ ପଛେ ତାଲି ମାରିଲେ ଯୁବନେତା ଓ ଦର୍ଶକମାନଙ୍କ ମଧ୍ୟରୁ କେତେକ କରତାଲି ଶୁଣାଗଲା ।

ସଦାନନ୍ଦବାବୁ ବି.ଡ଼ି.ଓ.ଙ୍କ ଅସହାୟ ଅବସ୍ଥାରେ ଉତ୍‌ଫୁଲିତ ହେଉଥିବା ସମୟରେ ଯୁବନେତାଙ୍କ ଡାକ ଶୁଣି ଚମକି ପଡ଼ିଲେ)

ଯୁବନେତା- ତମେ ସଦା କଳା, କ'ଣ ବି.ଡ଼ି.ଓ. ସାଙ୍ଗରେ ଫୁସୁରୁ ଫାସର ହେଉଥିଲ ?

ସଦାନନ୍ଦ- ସେଇ କଥା –

ଯୁବନେତା- ମାନେ !

ସଦାନନ୍ଦ- ତୁମେ ଯାହା କହୁଥିଲ, ପଚାର ସମସ୍ତଙ୍କୁ। ମୁଁ ତ ଲୁଚେଇ କରି କିଛି କହୁ ନ ଥିଲି।

ଯୁବନେତା- କେତେ ଚାନ୍ଦା ଦେଲେ ?

ସଦାନନ୍ଦ- ଚାନ୍ଦା, କି ଚାନ୍ଦା ?

ଯୁବନେତା- ନଗଦ ନ ହେଲେ ଭବିଷ୍ୟତରେ ପ୍ରତିଶ୍ରୁତି।

ସଦାନନ୍ଦ- ମୁଁ ଜଣେ ଛୋଟ କାତର ଲୋକପ୍ରତିନିଧି – ମୁଁ ପୁଣି ବି.ଡ଼ି.ଓ.ଙ୍କୁ ଚାନ୍ଦା କଥା କହିବି ?

ଯୁବନେତା- ସେ ଜଣେ ତୁମର ଗହୀରି ଦୋସ୍ତ। କାଞ୍ଚନକୁ ତାଙ୍କ ବ୍ଲକ୍ ଜିପରେ ବସାଇ ଚାକିରି କରାଇ ଦେବ କହିବ ତୁମ ହେପାଜତ୍‌ରେ ରଖାଇ ଦେଇ ଆସି ନାହାନ୍ତି ?

ସଦାନନ୍ଦ- ଓଃ ହୋ – କାଞ୍ଚନ, ମାନେ ମାଲତୀର ଝିଅ – ତାକୁ ମୋ ପାଖକୁ ନେବେ କାହିଁକି ? କାଞ୍ଚନ ଯାଇଥିଲା ମନ୍ତ୍ରୀଙ୍କ ପାଖକୁ – ବାଇଚାନ୍ଦ ମୁଁ ତାଙ୍କ ବଙ୍ଗଳାରେ ଥିଲି।

ଯୁବନେତା- ମନ୍ତ୍ରୀ କାଞ୍ଚନକୁ ତମ ହାତରେ ସମର୍ପି ଦେଲେ ?

ସଦାନନ୍ଦ- ସେତିକି ବିଶ୍ୱାସ ଥିଲା ବୋଲି ସିନା।

ଯୁବନେତା- ଶୁଣ ସଦାକକା, ମୁଁ ତମକୁ ମୋ ମନର ଅତି ବିଶ୍ୱାସ କଥା କହୁଚି –

ସଦାନନ୍ଦ- କହ – କେବେହେଲେ ଅବିଶ୍ୱାସୀ କାମ ମୋଟି ପାଇବୁ ନାହିଁ।

ଯୁବନେତା- ମୁଁ କାଞ୍ଚନକୁ ଖୁବ୍ ଭଲ ପାଉଥିଲି –

ସଦାନନ୍ଦ- ସେ କଥା ମୁଁ ଶୁଣିଛି।

ଯୁବନେତା- କ'ଣ କାଞ୍ଚନ କହୁଥିଲା ?

ସଦାନନ୍ଦ- ସେ କହୁ ବା ନ କହୁ, ମୁଁ ତୁମଠୁ ଜାଣିବାକୁ ଚାହୁଁଛି, ତୁମେ କ'ଣ ଏବେବି ଭଲ ପାଉଚ ?

ଯୁବନେତା- ତୁମ ମନରେ ଯଦି ସନ୍ଦେହ ଅଛି, କାନ ଫାଡ଼ି ଫାଡ଼ି କରି ଶୁଣ – 'ମୋର ଭଲ ପାଇବା କେବେ' ବାସି ହୁଏନା।'

ସଦାନନ୍ଦ– ସାବାସ୍ ସାବାସ୍ ବାବୁ –

ଯୁବନେତା– (ଟିକିଏ ଭାବ ବିହ୍ୱଳ ହୋଇ) ମୋ ହୃଦୟଟାକୁ ଯଦି ଫାଡ଼ି ଦେଇ ପାରନ୍ତି, ଦେଖନ୍ତ କାଞ୍ଚନ ଛଡ଼ା ସେଠି ଆଉ କେହି ନାହିଁ – କାଞ୍ଚନକୁ ଏବେ ମଧ ମୁଁ ସେମିତି ଭଲ ପାଉଛି ।

ସଦାନନ୍ଦ– ତା' ହେଲେ କାଞ୍ଚନ ତୁମର ସବୁ ଦିନ ପାଇଁ ହେଇଯିବ ।

ଯୁବନେତା– ସତ କହୁଚ ସଦା କକା – ତମେ ମୋ ମୁଣ୍ଡ ଛୁଇଁ କହିଲ ।

ସଦାନନ୍ଦ– ଆଜି ଯଦି ମନ୍ତ୍ରୀଙ୍କ ସାଙ୍ଗରେ ଆସି ପହଞ୍ଚ ଯିବ ତେବେ ଏଠି ଏହି ସଭାମଞ୍ଚ ହେବ ତୁମ ବାହା ବେଦି, ମନ୍ତ୍ରୀଙ୍କ ଫୁଲମାଲ ହେବ ତୁମ ବରଣମାଲା । ଗୋଟାଏ ଆଦର୍ଶ ବିବାହ ଏଠି ହେଇ ପାରିଲେ ସମସ୍ତଙ୍କର ଗୌରବ ବଢ଼ିବ ।

ଯୁବନେତା– ଦେଖ କକା, ମୁଁ ଯାହା ଶୁଣୁଛି –

ସଦାନନ୍ଦ– ସବୁ ମିଛ – ସବୁ ମିଛ – ଶୁଣା କଥା – ଶୁଣା କଥା, ସେଥରେ ବିଶ୍ୱାସ କରିହୁଏ – କଥାରେ ଅଛି ଯାହା ନ ଦେଖିବ ଦୁଇ ନୟନେ ପରତେ ନ ଯିବ ଗୁରୁବଚନେ...

ଯୁବନେତା– (ପକେଟରୁ ଗୋଟିଏ କ୍ଷୁଦ୍ର ଚେପ୍ଟା ନିଶା ବେତାଲ ବାହାର କରି ତାକୁ ଚୁମ୍ବନ ଦେଉଦେଉ କହିଲା) ମାଇଁ ଡାର୍ଲିଂ କାଞ୍ଚନ – ଏଥର ତୁ ମୋର ଅତି ନିକଟତର ହୋଇଯିବୁ ।

ସଦାନନ୍ଦ– କିଏ ତାକୁ ତୋ ଠାରୁ ଦୂରକୁ ନେଇଗଲା, ତାହା କଥା ଟିକିଏ ମନେ ପକାଅ–

ଯୁବନେତା– ମୋ ଛାତିର ବାଗଟାକୁ ଆଉ ଚିଆଁଇ ଦିଅନା କକା– ମନେରଖ ମୁଁ ତାକୁ ମଧ ଛାଡ଼ୁନି – ଆଉ ତମକୁ କହି ରଖୁଛି, ତମେ ଯଦି, ଏଥରେ କିଛି ମାମାଲତ ପଇଠ କରି, ଏପଟ ସେପଟ କର, ତେବେ ତମକୁ ମଧ ମୁଁ ଛାଡ଼ୁନି–

ସଦାନନ୍ଦ– ହଉ ଦେଖ, ବି.ଡି.ଓ. ସାହେବ କୁଆଡ଼େ ଗଲେ ?

ଯୁବନେତା– ମୁଁ ମୋ କାମ ଠିକ୍ କରୁଛି – ବାକୀ ତମ କାମରେ ଯେପରି ଖଟଚା ନ ହୁଏ ।

ସଦାନନ୍ଦ– ହଁ ଭଲ କଥାଟାଏ ମନେ ପଡ଼ିଲା । ମାଲ– ମାଲ ଆସିଛି ?

ଯୁବନେତା– ମାଲ କଥା କହୁଚ – ଏଇ ଲମ୍ବା ମାଲ – ମନ୍ତ୍ରୀ ତା ଚଉଦ ପୁରୁଷରେ ବି ପିନ୍ଧି ନ ଥିବ ।

ସଦାନନ୍ଦ-   ହେଃ, ଟିକିଏ ସଂଯତ ହେଇ କଥା କହି ଆସେନା - ମୁଁ କ'ଣ କହୁଚି, ତୁ
            କ'ଣ ବୁଝୁଚୁ?

ଯୁବନେତା- ତମେ ମାଳ କଥା କହିଲ ପରା ?

ସଦାନନ୍ଦ-   ମାଳ, ମାନେ ମାଳତୀ - ମାନେ କାଞ୍ଚନର ମା' ।

ଯୁବନେତା- ସେଇ ବୁଢ଼ୀ- ! ! (ଟିକିଏ ଚମକି ପଡ଼ିଲା)

ସଦାନନ୍ଦ-   ଏତିକି ବେଳୁ ତ ଚମକି ପଡ଼ିଲୁଣି, ପୁଣି ପଛ କଥା ଅଛି ।

ଯୁବନେତା- ସେ ଏଠି କିମିତି ?

ସଦାନନ୍ଦ-   ସେ କଥା ତୁମେ କହିବ ନା, ମୋତେ ଓଲଟି ପଚାରୁଚ କ'ଣ ?

ଯୁବନେତା- ମାନେ ରୀତିମତ ଷଡ଼ଯନ୍ତ ।

ସଦାନନ୍ଦ-   ଏଥିରେ କୌଣସି ପୋଖତ ଲୋକର ହାତ ଅଛି ନିଶ୍ଚୟ ।

ଯୁବନେତା- ସେ ଯିଏ ହଉ, ମୁଁ ତାକୁ ସହଜରେ ଛାଡ଼ୁନି ।

ସଦାନନ୍ଦ-   ସେ ତ ପଛ କଥା । ମୁଁ ତାକୁ ବୁଝାସୁଝା କରି ଭୋଜନ କେନ୍ଦ୍ରକୁ ପଠାଇ
            ଦେଇଛି । ଖାଲି ମନ୍ତ୍ରୀ ଆସି ଚାଲି ଯିବା ପର୍ଯ୍ୟନ୍ତ ତା ଉପରେ ମଧ୍ୟ ଟିକିଏ
            ନଜର ରଖିବାକୁ ପଡ଼ିବ । ନଚେତ୍ ସମସ୍ତଙ୍କ ଗୁମର ଏକା ସେଇ ବୁଢ଼ୀ
            ପଦାରେ ପକାଇ ଦେବାକୁ ପଛେଇବ ନାହିଁ ।

ଯୁବନେତା- ୟେ, ମଧ୍ୟ ସେ ବି.ଡି.ଓ.ର ଚାଲବାଜି ।

ସଦାନନ୍ଦ-   ହଁ କଥାଟାକୁ ତା ହେଲେ ତୁମେ ଠିକ୍ ଧରି ପାରିଛ - ଏଥର ତୁମ କାମ
            କର ।

ଯୁବନେତା- ବାଉଁଶ ଥିଲେ ସିନା ବଇଁଶୀ ବାଜିବ । ଏକାବେଳେ ବାଉଁଶ ବଂଶ ନିପାତ
            କରିଦେଲେ - ବାଉଁଶ ଥିବ ନା ବଇଁଶୀ ବାଜିବ ।

ସଦାନନ୍ଦ-   ଆରେ ବାବୁ ହୁସ୍ କିନା କିଛି ଗୋଟାଏ କରି ପକାଇନି - ତା ହେଲେ ସେ
            ବଦନାମଠୁ ଏ ବଦନାମ ବଳେଇ ଯିବ ।

ଯୁବନେତା- ତମେ ଚୁପ୍ ରହ ସଦାନନ୍ଦ ବାବୁ - ତମ କାମ ତମେ କର । ତମ
            ନିରାମିଷାସୀ ବେଳ ଗଲାଣି - ଏବେ ଖାଲି ଆମିଷ । ତମେ ଖାଲି ଦେଖି
            ଯାଅ କ'ଣ ହେଉଛି । କିନ୍ତୁ କାଞ୍ଚନକୁ ତୁମକୁ ମୋତେ ଦେବାକୁ ହେବ ।

ସଦାନନ୍ଦ-   ସେ ବିଷୟରେ ତୁମେ ନିର୍ଭୟ ।
            ଯାଅ, ଯାଅ ତୁମ କାମ କର ।

ଯୁବନେତା- ମୁଁ ଚାଲିଲି ନମସ୍ତେ - (ପ୍ରସ୍ଥାନ)

ସଦାନନ୍ଦ-   (ଯୁବନେତାଙ୍କ ଯିବା ବାଟକୁ ଚାହିଁ ଦୀର୍ଘ ନିଶ୍ୱାସ ପକାଇ) ମଫସଲ

ଅଞ୍ଚଳରେ ବି' ୟାଙ୍କ ପରି ଜନ୍ତୁ, ମାନେ ହିଂସ୍ର ଜନ୍ତୁ ବି ଅଛନ୍ତି। ୟାଙ୍କୁ ଛାଡ଼ିଦେଲେ ତ ରାଜନୀତି ବଞ୍ଚ ପାରିବ ନାହିଁ।

(ବିବ୍ରତ ଅବସ୍ଥାରେ ନିତ୍ୟାନନ୍ଦ ବାବୁଙ୍କ ପ୍ରବେଶ)

ନିତ୍ୟାନନ୍ଦ– ସଦା ଭାଇ... ସଦା ଭାଇ... କ'ଣ କରିବା ଏବେ କହିଲ ?

ସଦାନନ୍ଦ– କାହିଁକି କ'ଣ ହେଲା ?

ନିତ୍ୟାନନ୍ଦ– କ'ଣ ତମେ ବି.ଡ଼ି.ଓ.ଙ୍କୁ କହିଲ ?

ସଦାନନ୍ଦ– ସତ କଥା – ସତକଥା କହିବାରେ ସଦାନନ୍ଦ କେବେ ମୁଲହିଜା ରଖେନି।

ନିତ୍ୟାନନ୍ଦ– ସେ ତମଠୁ ଯାଇ, ସେ ଡ଼ିଲର ବାବୁଙ୍କୁ କ'ଣ କହିଲା, ଡ଼ିଲରବାବୁ ମୁହଁ ଫିକା କରି ମୋ ପାଖରେ ପହଞ୍ଚ ପଚାରିଲେ, ସତରେ ମନ୍ତ୍ରୀ ଆସିବେ – ମୁଁ ଗୋଟିଏ ରାଗିଯାଇ କହିଲି, ଏ ସବୁ ଯାଉ ଆୟୋଜନ, ଏହା କ'ଣ ମୋ ପୁଅ ବାହାଘର ନା ମୋ ଝିଅ ବାହାଘର ପାଇଁ ହଉଛି ? ମୋ ରାଗ ଦେଖି ଟିକିଏ ଦବି ଗଲା। କହିଲା ବୁଝି ପାରୁଛ ଯେ – ମୁଁ ଆଉ ଟିକିଏ ଚଢ଼ା ଗଲାରେ କହିଲି, କଥାଟା ବୁଝୁଛ, ବି.ଡ଼ି.ଓ. ଆଜି ଅଛି କାଲି ରାତି ପାଇଲେ ଯିବ। ଆଉ ତମେ ଡ଼ିଲରୁ ...ହୋଲଡ଼ିଲର...ଓଃ ପାଟିରେ ପଶୁଛିକି ? ହଁ ହୋଲସେଲ ଡ଼ିଲର ହେବ। ମାନେ ତମଠୁ ଖୁଚୁରା ବେପାରୀ ଜିନିଷ ନେବେ। ଗୋଟେ ଗୋଟେ କୋଟାକୁ କାରବାର କରିଦେଲେ ଇମିତି କେତେ ମନ୍ତ୍ରୀ ଆସୁଥାନ୍ତୁ ଯାଉଥାନ୍ତୁ, ତମର ବଡ଼ତିରୁ ବଡ଼ତି ସିନା ହେବ – ବି.ଡ଼ି.ଓ. କ'ଣ କରିବ... ତମେ ତାକୁ ଆଜି ହାତ ମଲି ଖୋସାମତ କରୁଛ। ସେ ତୁମ ଦୁଆରକୁ ଧାଡ଼ି ଦେବ ପରସେଣ୍ଟେଜ୍ ପାଇଁ। କ'ଣ ମୁଣ୍ଡରେ ପଶୁଛି।

ସଦାନନ୍ଦ– ସାବାସ୍ ନିତିଆ ଭାଇ – ମିଛରେ ମୁଁ ଏ ଅଞ୍ଚଳର ଭାର ତୁମ ହାତରେ ସମର୍ପି ଦେବାକୁ ସ୍ଥିର କରିଛି।

ନିତ୍ୟାନନ୍ଦ– ଆଉ ଚିକ୍କଣ କଥା ଶୁଣିବାକୁ ବେଳ ନାହିଁ। ଯେତିକି ଡେରି ହେବ, ପିଠିକୁ ତେଲ ଘସି ମଜବୁତ୍ କରିବାକୁ ହେବ। ଆଜିକାଲିକା ଲୋକଙ୍କ କଥାତ ଜାଣିଚ। ଯିଏ ଏଇନେ ଆମ ଲୋକ, ତାଙ୍କୁ ଲେଉଟି ପଡ଼ିବାକୁ ମୋତେ ସମୟ ଲାଗିବ କି ?

ସଦାନନ୍ଦ– ମାନେ ?

ଯୁବନେତା– ସଭା କଥା କରାଯାଉ – ତମ କଥା ଲୋକେ ବହୁତ ଶୁଣିଲେଣି। ସଭା ସମୟ ହେଲେ ଭୋଜନଶାଳା ବନ୍ଦ କରିଦିଅନ୍ତେ।

ସଦାନନ୍ଦ– ଆଛା ମୁଁ ବୁଝୁଛି – (ସଭାସ୍ଥଳରେ ଉପସ୍ଥିତ ଜନତା ପ୍ରତି ଲକ୍ଷ୍ୟ କରି) ବନ୍ଧୁଗଣ, ମନ୍ତ୍ରୀ ଆସିବାରେ ଟିକିଏ ବିଳମ୍ବ ହୋଇଗଲାଣି। ସେ ହୁଏତ ଆର ମିଟିଂ ସାରି ଚାଲି ଆସିଥିବେ– ଯେ କୌଣସି ମୁହୂର୍ତ୍ତରେ ପହଞ୍ଚିଯିବେ। କେତେକ ବିରୋଧୀ ଲୋକ ଅପପ୍ରଚାର ଆରମ୍ଭ କରିଦେଇଛନ୍ତି, ମନ୍ତ୍ରୀ ଆସିବେ ନାହିଁ ବୋଲି। ମନ୍ତ୍ରୀ ତମ ପାଖ ଗାଁରେ ମିଟିଂ କରୁଥିବା କଥା ତୁମେ ଶୁଣିବଣି। ମୋତେ ଯେତେବେଳେ କହିଛନ୍ତି ସେ ନିଶ୍ଚୟ ଆସିବେ।

ଜନତାଭିତରୁ– ଭୋଟ ଆସିଗଲାଣି –

ସଦାନନ୍ଦ– ହଁ ସେଇକଥା ଏବେ ହେଉ। ଭୋଟ ବେଳ ହେଲାଣି, ଏତେବେଳେ ସେ ନ ଆସିବାର କରି ପାରିବେ ?

ଜନତାଭିତରୁ– ନ ଆସିଲେ ସେ ତାଙ୍କ କଥା ବୁଝିବେ।

ସଦାନନ୍ଦ– ମୁଁ ଆପଣଙ୍କ ସହିତ ଏକମତ। ମନ୍ତ୍ରୀ ନ ଆସିଲେ ମଧ୍ୟ ଏ ସଦାନନ୍ଦ ଯେ ଆପଣଙ୍କର ସେବା ଆଜିଯାଏ କରି ଆସିଛି, ସେ ସବୁବେଳେ ଆପଣଙ୍କ ସହିତ ଅଛି, ଥିବ –

ନିତ୍ୟାନନ୍ଦ– ଜୟ ସଦାନନ୍ଦ ବାବୁଙ୍କି ଜୟ – ଆମର ନେତା ସଦାନନ୍ଦ ବାବୁ (ତା ସହିତ ସ୍ୱର ମିଳାଇଲେ ଆଉ ଅନ୍ୟ ଲୋକ)

ସଦାନନ୍ଦ– ନିତ୍ୟାନନ୍ଦ ଭାଇ, କାହାକୁ ଟିକିଏ ଟେଲିଫେନ୍ କରିବାକୁ ପଠାଇ ଦିଅ –

ନିତ୍ୟାନନ୍ଦ– ଟେଲିଫୋନ୍ ଦେବାକୁ ବି.ଡ଼ି.ଓ. ପରା ମନା କଲେ।

ସଦାନନ୍ଦ– ଡାକଘର ନାହିଁ ? ଡାକ ବାବୁଙ୍କୁ ମୋ ନାଁରେ ଧରି କହ–ମହାକାଳପୁର ଟିକିଏ ଫୋନ୍ କରି ବୁଝିବେ।

ନିତ୍ୟାନନ୍ଦ– ମୁଁ ପରା ଏଠାରେ ସଭା ମଞ୍ଚ ଦାୟିତ୍ୱରେ ଅଛି। ଯଦି ଏଇନେ ଆସି ପହଞ୍ଚିଯିବେ।

ସଦାନନ୍ଦ– ସେଇଥିପାଇଁ ତ ମୁଁ ଏଇନେ, ସଭା ମଞ୍ଚ ଛାଡ଼ି ଯାଇ ପାରୁନି। ଶୁଣ– (କାନରେ ଫୁସ୍ ଫୁସ୍ କରି କହିବା)

ନିତ୍ୟାନନ୍ଦ– ତେବେ ମୁଁ ଯାଉଚି, ଏଇ ଗଳି ଫେରି ଆସିବି।

ସଦାନନ୍ଦ– ନା – ନା, ଗୋଟେ ଗାଡ଼ି ନେଇ କରି ଯାଅ – ଯିବ ଆଉ ଆସିବା (ନିତ୍ୟାନନ୍ଦ ଗଲେ)

ଭାଇମାନେ – ଆପଣମାନେ ଯାହା ଆପଣ କରିବେ – ଯଦି ଲେଖା ଆଣିଛନ୍ତି, ତେବେ ଆପଣମାନିଙ୍କ ଗାଁରି ମେମ୍ବର ବା ଅନ୍ୟ ଯେ କୌଣସି ଲୋକଙ୍କ ହାତରେ ସଭା ମଞ୍ଚ ଉପରକୁ ପଠାଇ ଦିଅନ୍ତୁ।

ସଭାପଧରୁ– ନା–ନା ଆମେ ମନ୍ତ୍ରୀଙ୍କ ହାତରେ ଦେବୁ ।

ସଦାନନ୍ଦ– ନିଷ୍ଚୟ, ତମ ମନ୍ତ୍ରୀ, ତମେ ତାଙ୍କ ହାତରେ ଦବାଟା ଯଥାର୍ଥ । କିନ୍ତୁ, ସମୟ ଗଡ଼ି ଯାଉଚି, ସେତେବେଳେ ତରତରରେ ଜଣଜଣ କରି ଶୁଣିବାକୁ ହୁଏତ ସମୟ ନ ଥିବ ।

ସଭାପଧରୁ– ସମୟ ଦେବାକୁ ବାଧ୍ୟ ।

ସଦାନନ୍ଦ– ଦବା ଉଚିତ ମଧ୍ୟ – ସେଇ କାରଣରୁ ଡେରି ହେଉ ପଛେ ଶେଷ ସଭାଟାକୁ ଏଇଠି ରଖାଇଥିଲି – (ହଠାତ୍ ଲାଇଟ୍ ଲିଭିଗଲା)

ଗଲା – ସବୁ ଅନ୍ଧାର – ଭାଇମାନେ ଯେଝା ସ୍ଥାନରେ ବସି ରହନ୍ତୁ । ମନ୍ତ୍ରୀ ଆଜି ଆସି ସ୍ୱଚକ୍ଷୁରେ ଦେଖିଯାନ୍ତୁ । ହଜାର ହଜାର ଖର୍ଚ୍ଚ କରି, ଯଉଁ ବିଜୁଲିବତୀ ଏଠିକି ଆସିଛି, ତା ଅବସ୍ଥା କିମିତି – ଆରେ ପେଟ୍ରୋମାକ୍ ଲାଇଟ୍ ଆଣ... (ଜଣେ ଗୋଟାଏ ଲଣ୍ଠନ ଦେଲା) ବିଜୁଲୀ ବତୀ ଜଲିବ ସହରରେ, ହେଲେ ନାଁ ହବ ଆମର ପୁରପଲ୍ଲୀକୁ । ବିଜୁଲି ତାର ଯୋଡ଼ି କେତେ ପଇସା ଖର୍ଚ୍ଚ ହେଲା । କିଏ ଟିକିଏ ବିଜୁଲି ବାବୁମାନଙ୍କୁ ଦେଖ–ଯଦି ମନ୍ତ୍ରୀ ଆସି ପହଞ୍ଚିବେ– ଓଃ କେଉଁଆଡ଼େ ନ ଦେଖିଲେ ନ ଚଲେ – (ପ୍ରବେଶ କଲେ ନିତ୍ୟାନନ୍ଦ)

ନିତ୍ୟାନନ୍ଦ– ସଦା ଭାଇ ମୁଁ ଯାହା ବୁଝିଲି, ଆମ ସଭା ଭଣ୍ଡୁର କରିବାର ଗୋଟାଏ ବିରାଟ ଷଡ଼ଯନ୍ତ୍ର ।

ସଦାନନ୍ଦ– ଷଡ଼ଯନ୍ତ୍ର, କିଏ ଏମିତି ଷଡ଼ଯନ୍ତ୍ର କରିଲା ବାଲା ?

ନିତ୍ୟାନନ୍ଦ– ଛୋଟି ଥାଉ ଥାଉ ବାଡ଼ି ଦୁଆର କିଏ ମାରା କରିବ ?

ସଦାନନ୍ଦ– ବି.ଡ଼ି.ଓ ! ବି.ଡ଼ି.ଓ ଚାହିଁଲେ କ'ଣ ସଭା ବନ୍ଦ କରି ଦେବ ?

ଯୁବନେତା– ସେ ଛକ ଉପରେ କେତେ ଜଣ ଟୋକା ଏକାଠି ହୋଇଛନ୍ତି । ସେମାନେ କଲା ପତାକା ମନ୍ତ୍ରୀଙ୍କୁ ଦେଖାଇବେ ।

ସଦାନନ୍ଦ– ପୋଲିସ କରିଦିଅ । ନା, ତମେ ଥାଅ ମୁଁ ଯାଏ ପୋଲିସ ପାଖକୁ । (ଯିବାକୁ ଉଦ୍ୟତ)

ନିତ୍ୟାନନ୍ଦ– ସଭା ହବ ଜାଣିକରି ମଧ୍ୟ ଜଣେ ପୋଲିସର ଦେଖା ଦର୍ଶନ ଅଛି ?

ଯୁବନେତା– (ପ୍ରବେଶୀ) ପୋଲିସ କ'ଣ କରିବେ – ସେ ନ ଆସନ୍ତୁ – କେତେ ମର୍ଡ଼ର କେସ୍, କେତେ ଯୌତୁକ ହତ୍ୟା, ମୋକଦ୍ଦମା ଘୋଡ଼ାଇ ପକାଇଛନ୍ତି, ସେ କଥା ଲୋକ କହିବେ – ସେଇଥିପାଇଁ ସେମାନେ ଏଠିକି ଆସିବାକୁ ରାଜି ନାହାନ୍ତି । ମନ୍ତ୍ରୀଙ୍କ ଗାଡ଼ି ଆସିଲେ ସଲାମ୍ ପକାଇ, ଡିଉଟି କରୁଛନ୍ତି ବୋଲି ଦେଖୋଇ ହେବେ ।

ଯୁବନେତା- ନ ଆସୁ - ମନ୍ତ୍ରୀ ଦେଖନ୍ତୁ -

ସଦାନନ୍ଦ- ଆରେ ସଭା ହେବ କେମିତି ?

ଯୁବନେତା- ପେଟ୍ରୋମାକ୍ସ ଜାଳିବା -

ସଦାନନ୍ଦ- ଜାଳିବା ନୁହେଁ- ଜଳାଇ ପକାଅ। ହଁ ନିତ୍ୟାନନ୍ଦ ଭାଇ କ'ଣ କହୁଥିଲେ ଶୁଣ ?

ଯୁବନେତା- କ'ଣ ନିତିଆ ଦାଦି -

ନିତ୍ୟାନନ୍ଦ- ଟେଲିଫୋନ୍ ଲାଇନ୍ କଟାଯାଇଛି। ଇଲେକ୍ଟ୍ରିକ୍ ଲାଇନ୍ କଟା ହେଲା। ସେ ଛକ ପାଖରେ କେତେଟା ଟୋକା ମତେ ଦେଖି କହୁଛନ୍ତି "ଦାବି ଆଜିକା ସଭା ହେବ ?" ଏଇଠାରୁ ବୁଝ।

ଯୁବନେତା- ତମେ କ'ଣ ବୁଝୁଛ।

ସଦାନନ୍ଦ- ଷଡ଼ଯନ୍ତ୍ର ସଭା ଭଣ୍ଡୁର କରିବାକୁ ବି.ଡି.ଓ.ର ଏ ଗୋଟେ ଷଡ଼ଯନ୍ତ୍ର।

ଯୁବନେତା- ଯନ୍ତ ତନ୍ତ କିଛି ନୁହେଁ ଦାଦି, ଖାଲି ମନ୍ତ କରି ଦେଲେ ସବୁ ଉଡ଼ିଯିବ।

ସଦାନନ୍ଦ- ଆରେ କ'ଣ ଭାବୁଛ କରୁନ କାହିଁକି ?

ଯୁବନେତା- (ଅଭିନୟରେ ଦେଖାଇ ଦେବା ଚାରିଟା ବୋତଲ)
ମିଲିଯାଉ- ମନ୍ତ୍ରୀଙ୍କ ପାଇଁ ଯଉଁ ଜଳଖିଆ, ମିଠା ସବୁ ଅଛି, ସେଥିରୁ କିଛି ତାଙ୍କୁ ଧରେଇ ଦେଲେ, ସେ ସବୁ ଠିକ୍ କରିଦେବେ...

ସଦାନନ୍ଦ- ମନ୍ତ୍ରୀ ଆସିଲେ ତାଙ୍କୁ କ'ଣ ଦିଆଯିବ ?

ଯୁବନେତା- ଭାତ ଡାଲ୍‌ମା ଯାହା ବଲି ଥିବ -

ନିତ୍ୟାନନ୍ଦ- ଏଇଟା କ'ଣ ଗୋଟେ କଥା ହେବ ?

ଯୁବନେତା- ବଢ଼ିଆ କଥା ହବ। ଦେଖିବ ସବୁ କଥା ମିନିଟ୍‌କରେ ତୁଟିଯିବ।

ସଦାନନ୍ଦ- ତମେ ସବୁ କ'ଣ କରୁଚ କର, ମୁଁ ଯାଇ ଚୁପ୍‌ଚାପ୍ ବସିଲି। (ପ୍ରସ୍ଥାନ)

ଯୁବନେତା- ଦାଦି - ଦାଦି ଚାଲିଗଲେ, ଯାଆ କଉ ମୋର ଝିଅ ବାହାଘର ବନ୍ଦ ହେଇ ଯାଉଚି-

ନିତ୍ୟାନନ୍ଦ- କିଛି ଗୋଲମାଲ ହେଇଗଲେ, ତୋର କିଛି କ୍ଷତି ହବନି -

ଯୁବନେତା- ମୋର କ'ଣ ହବ ? ମୁଁ ଯଉଁ ଫକଡ଼କୁ ସେଇ ଫକଡ଼ ମୋର ଆଉ କ'ଣ ହେବ ?

ନିତ୍ୟାନନ୍ଦ- ଏ ଖବର ପାଇଁ ମନ୍ତ୍ରୀ ଯଦି ନ ଆସିବେ ?

ଯୁବନେତା- ନ ଆସନ୍ତୁ -

ନିତ୍ୟାନନ୍ଦ- ଆଉ ତମ କାଞ୍ଚନଟି କିମିତି ଆସିବେ ? (ଚାପା ଗଳାରେ)

ଯୁବନେତା– ସେଇଥିପାଇଁ, ମୋ ପାଟି ବନ୍ଦ। ନ ହେଲେ ନିଆଁ ଲଗାଇ ଦିଅନ୍ତି। ମନ୍ତ୍ରୀଙ୍କ
ଚର୍ଜ୍ଜା ପାଇଁ ଗୋଟିଏ ଜିପ୍‌ରେ ବୋଝେଇ ହୋଇ କ’ଣ କ’ଣ ଆସିଛି
କ’ଣ ମୁଁ ଜାଣି ନାହିଁ? ତାକୁ କିଏ ଖାଇବ? କ’ଣ ଏକା ମନ୍ତ୍ରୀ ସବୁ ଗିଳି
ପକେଇବେ? ନା, ମନ୍ତ୍ରୀଙ୍କ ନାଁରେ ଘରମାନଙ୍କୁ ସବୁ ବୁହା ଚାଲିବ।
ଲୋକ ଖାଇଲା ବେଳକୁ ଭାତ ଡାଲ୍‌ମା। କା ପତରରେ ଭାତ ପଡ଼ିଛି କା
ପତରରେ ଡାଲ୍‌ମା ନାହିଁ।

ନିତ୍ୟାନନ୍ଦ– ଦୂରଦୂରାନ୍ତରୁ ଲୋକ ଆସିବେ, ତାଙ୍କ ପାଇଁ ସେଇ ଭାତ ଡାଲ୍‌ମା ହେଉ
ପଛେ କେତେ କଷ୍ଟରେ ଯୋଗାଡ଼ ହେଇଛି, ତା’ କ’ଣ ତମେ ଜାଣିନାହିଁ?

ଯୁବନେତା– ଜାଣିଚି ବୋଲିତ କହୁଚି। ପଚାରିଲି, ଯଉଁଲୋକ ଆସିଛନ୍ତି, ସେ କ’ଣ
ଏଠିକି ଭାତ ଡାଲ୍‌ମା ଖାଇବାକୁ ଆସିଛନ୍ତି।

ନିତ୍ୟାନନ୍ଦ– ଭାତ ଡାଲ୍‌ମା ବ୍ୟବସ୍ଥା କରିବା କ’ଣ ଅପରାଧ ହେଲା?

ଯୁବନେତା– ମନକୁ ପଚାର – କଣ୍ଟ୍ରୋଲ ଡିଲର ଚାଉଳ ଦେଲେ, କଣ୍ଟ୍ରାକ୍ଟର ପଇସା
ଦେଲେ, ଗାଡ଼ି ମଟର ସବୁ ଯୋଗାଇଲେ କ’ଣ ସେମାନେ ନିଃସ୍ୱାର୍ଥପର
ଭାବରେ ସବୁ କରିଛନ୍ତି। ସେଥିରେ ପୁଣି ହାତ ଚିକଣା ହେଇ ନାହିଁ –
ଚାନ୍ଦା କେତେ ଆସିଲା, କେତେ ଖର୍ଚ୍ଚ ହେଲା, ତା’ର ହିସାବ କିଏ ଦବ?

ନିତ୍ୟାନନ୍ଦ– ଏତେ କଥା ପଚାରୁଚ – ନିଜ ହିସାବ ନିଜେ ଆଗ ଠିକ୍ କର।

ଯୁବନେତା– ମୋ ହିସାବ? ମୋ ହିସାବ କିଏ ନବ? ସାହାସ ଥିଲେ ଆସି ମାଗୁ...
(ଟିକିଏ ଚାରିଆଡ଼କୁ ଅପେକ୍ଷା କରି) ମୁଁ ଜାଣେ ଏଥିପାଇଁ ମୋତେ କେହି
କେବେ ପଚାରି ନାହାନ୍ତି କିମ୍ବ ଆଜି ପଚାରି ପାରିବେ ନି – ହଉ ଦାଦି,
ସମୟ ନଷ୍ଟ ନ କରି, ସେ ଷ୍ଟୋର ଘରର ଚାବିଟା ମୋତେ ଦେଲ।

ନିତ୍ୟାନନ୍ଦ– ଷ୍ଟୋର, କେଉଁ ଷ୍ଟୋର?

ଯୁବନେତା– କେତେ ବୁଝାଇ କହିବି? ଷ୍ଟୋର – ଯଉଁଠି ଚାବି ପକାଇ ରଖିତ କଲିକତା
ସନ୍ଦେଶ, କେନ୍ଦ୍ରାପଡ଼ା ରସଗୋଲା, କଟକୀ ଦହିବରା।

ନିତ୍ୟାନନ୍ଦ– ମନ୍ତ୍ରୀ ଆସିଲାପରେ ତାକୁ ତ ତମେମାନେ ଖାଇବ।

ଯୁବନେତା– ସେ ମନ ବୁଝା କଥା ଆଉ କହନା... ଆଗ କିଛି ଦେଲ ମୁଁ ସେମାନଙ୍କୁ
ସନ୍ତୁଷ୍ଟ କରି, କାମରେ ଲଗାଇ ଦିଏ। ଦେଖିଲ ଆଲୁଅ ଏ ଯାଏ ଆସିଲା
ନି?

ନିତ୍ୟାନନ୍ଦ– ଓଃ, ମୋତେ କାଇଁକି ଏ ଝମେଲା ଭିତରେ ପକାଉଚ। ହଉ ଚାଲ, ମୁଁ
ତୁମକୁ ଲୁଚାଇ କରି ଦେବି ତୁମେ ସଦା ଭାଇକି କହିବ ନାହିଁ।

ଯୁବନେତା– ହଉ ଚାଲ ଆଉ ଡେରି କଲନା – (ଉଭୟଙ୍କ ପ୍ରସ୍ଥାନ) (ଲୋକଙ୍କ ଭିତରୁ
ପ୍ରଶ୍ନ)–ମନ୍ତ୍ରୀ ଆଉ କେତେବେଳେ ଆସିବେ ? ମନ୍ତ୍ରୀ ଯଦି ନ ଆସିବେ,
ତେବେ ଆମକୁ ବସାଇ ରଖିଚ କାହିଁକି ?

ସଦାନନ୍ଦ– (ପ୍ରବେଶୀ) ଆସିବେ – ଆସିବେ – ଲୋକ ପ୍ରତିନିଧୁ – ସେ, କ'ଣ
ସରକାରୀ କର୍ମଚାରୀ ହେଇଛନ୍ତି, ଲୋକଙ୍କୁ ଆଢ଼େଇ ପଳେଇ ଆସିବେ ?
ଟିକିଏ ଧୈର୍ଯ୍ୟ ଧରନ୍ତୁ। କଉଁ ଆଡ଼କୁ ନ ଗଲେ ତ' ନ ଚଲେ। ସରକାରୀ,
ଅର୍ଦ୍ଧସରକାରୀ ଏପରିକି ବେସରକାରୀ ଲୋକମାନେ ପାଉଣା ନ ପାଇଲେ
ଟିକିଏ କିଛି କରିବାକୁ ପ୍ରସ୍ତୁତ ନୁହନ୍ତି। ପାଉଣା ଅଭାବରୁ ଲାଇଟ୍ ବନ୍ଦ,
ଫୋନ୍ ଅଚଲ, ବି.ଡି.ଓ. ବିକଳ। (ଲାଇଟ ଆସିଗଲା)
ଓଃ, ହୋ ମଣିଷ ଟିକିଏ ରକ୍ଷା ପାଇଲା। ନ ହେଲେ ତ ଆଜି ମନ୍ତ୍ରୀ
ଆସିଥିଲେ, ଏଇ ଅନ୍ଧାରରେ ବିଦାକରି ଦେଇ କହିଥାନ୍ତି ଲାଇଟ୍ ଆସିଲେ
ଆସିବେ। (ଦୂରରେ ଗୋଟେ ମଟର ସାଉଣ୍ଡ ଶୁଭିବାରୁ ସ୍ଲୋଗାନ ଉଠିଲା
– ଇନ୍‌କିଲାବ ଜିନ୍ଦାବାଦ – ମନ୍ତ୍ରୀ ମହୋଦୟ ଜିନ୍ଦାବାଦ–ସଦା ଭାଇ
ଜିନ୍ଦାବାଦ)
(ଦୂରରୁ ନଜର ପକାଇ) କ'ଣ ଗୋଟେ ଗାଡ଼ି ଆବାଜ ଆସିଲା ମୁଁ ଟିକିଏ
ଦେଖି ଆସେ...

ବି.ଡି.ଓ.– (ପ୍ରବେଶୀ କରି) ପୋଲିସ ବାବୁ ଆସିଲେ।

ସଦାନନ୍ଦ– କ'ଣ ପାଇଲଟ ଗାଡ଼ି ?

ବି.ଡି.ଓ.– ନା ଥାନା ବାବୁ। ସେ କହୁଛନ୍ତି ତାଙ୍କୁ କିଛି ଖବର ନାହିଁ।

ସଦାନନ୍ଦ– ଖବର ତ ମୋ ପାଖକୁ ଆସିଲା, ମୁଁ ସମସ୍ତଙ୍କୁ ଜଣାଇ ଦେଲି। ଆଉ କ'ଣ
ଅଧିକା ଖବର ପାଇଥାନ୍ତେ। ପଚାରିଲେ ନାହିଁ – ସେ ଆସିଛନ୍ତି କୁଆଡ଼େ ?

ବି.ଡି.ଓ.– ସେ କଟକରୁ ଓ୍ୱାରଲେସ୍ ପାଇ ଆସିଛନ୍ତି। କେତେ ଲୋକ ଗୋଟେ ଟ୍ରକ୍
ଧରି ମହାକାଳପୁର ଗଲେଣି।

ସଦାନନ୍ଦ– କାହିଁକି ? ଆପଣ କ'ଣ ତାଙ୍କୁ ପଠାଇଛନ୍ତି ?

ବି.ଡି.ଓ.– ମୋର କ'ଣ ଆବଶ୍ୟକ ? ପୋଲିସ କହୁଚି ମନ୍ତ୍ରୀ କ'ଣ ନିଜେ ଇନ୍‌କ୍ୱାରୀ
କରିବେ।

ସଦାନନ୍ଦ– କରିବା ତ ଉଚିତ। ଏଠି ସବୁ ଯଉଁ ଦୁର୍ନୀତି ହଉଚି ମୁଁ ଆଗରୁ କିହୁନି
ବି.ଡି.ଓ. ସାହେବ ଟିକିଏ ସାବଧାନରେ ଚଲ।

ଯୁବନେତା– (ପ୍ରବେଶୀ) ବି.ଡି.ଓ. ଖୁବ୍ ସାବଧାନରେ ଅଛନ୍ତି, ତାଙ୍କ ପାଉଣାରେ ହାତ

ମାରିବା ଲୋକ କିଏ ? ଇନ୍କ୍ୱାରୀ କଥା ଶୁଣି ପୋଲିସ ଏକାବେଳକେ ନରଭସ୍ । ପୋଲିସ ସାହେବ ଖୋଦ୍ ଆସି ପହଞ୍ଚିବେ ପୋଲିସ ବି.ଡି.ଓ.ଙ୍କର ଯଉଁ ଅଭେଦ ପ୍ରୀତି ।

ସଦାନନ୍ଦ– ପଦାରେ ପଡୁ ସେଥିରେ ଆମର କ'ଣ ଅଛି ? ଦୁର୍ନୀତିର ସମୂଳେ ମୂଲୋତ୍ପାଟନ ହେବା ଆବଶ୍ୟକ ।

ବି.ଡି.ଓ.– ଇନ୍କ୍ୱାରୀ କେତେବେଳେ ହବ, ସଭା କେତେବେଳେ ହବ ?

ଯୁବନେତା– ଏକ ସାଙ୍ଗରେ ହେବ । ଏଇଟି ଅବ । ସର୍ବ ସାଧାରଣଙ୍କ ସମ୍ମୁଖରେ ହବ । ନା କ'ଣ କହୁଚନ୍ତି ଆପଣମାନେ ?

(ଲୋକଙ୍କ ଭିତରୁ – ସମସ୍ତଙ୍କର ଆଗରେ ଏଇଟି) ଶୁଣିଲେ ଲୋକମାନେ କ'ଣ କହୁଛନ୍ତି –

ବି.ଡି.ଓ.– ଆଗ ସଭା ହେବ ନା ଆଗ ଇନ୍କ୍ୱାରୀ – ସେହି ଅନୁସାରେ ବ୍ୟବସ୍ଥା କରିବାକୁ ହେବ ।

ସଦାନନ୍ଦ– ସବୁ କାମ ସରୁ ସରୁ ରାତି କେତେ ହବ ଅନୁମାନ କରି ପାରୁଚ ?

ଯୁବନେତା– ଯେତେ ଡେରି ହେବ ହଉ–

ସଦାନନ୍ଦ– ମନ୍ତ୍ରୀ ପେଟରେ ଓଦା କନା ପକାଇ ମୋକଦ୍ଦମା ବୁଝୁଥିବେ ?

ନିତ୍ୟାନନ୍ଦ– (ପ୍ରବେଶୀ) ସଦା ଭାଇ ! ଶୁଣିଲ– (କାନରେ ଫୁସ୍ ଫୁସ୍ କରି କହିବା)

ସଦାନନ୍ଦ– ଆମକୁ ବି କିଛି କରିବାକୁ ପଡ଼ିବ । ଆଉ ମୁଁ ପୋଲିସ ବାବୁଙ୍କଠାରୁ ସବୁ କଥା ବୁଝି ଯାହା କରିବା କଥା କରୁଛି ।

ନିତ୍ୟାନନ୍ଦ– ପୋଲିସ ସାହେବ ଜଣାଇଛନ୍ତି, ସଦାଭାଇ, ଯୁବକ ସଂଘ ନେତା, ବି.ଡି.ଓ. ତାଙ୍କ ଗାଡ଼ି ଡ୍ରାଇଭର ଇମିତି କେତେ ଲୋକଙ୍କୁ ଟିକିଏ ଅଟକାଇ ଥିବେ ।

ସଦାନନ୍ଦ– ପୋଲିସ ହୁକୁମତ ମୁଦେଇ ମୁଦାଇ ସବୁ ସମାନ । ଆଚ୍ଛା, ପୋଲିସ ବାବୁଙ୍କଠୁ ସବୁ କଥା ଜଣାପଡ଼ିବ –

(ପ୍ରସ୍ଥାନ– ଓ ପ'ରେ ନିତ୍ୟାନନ୍ଦ ଓ ବି.ଡି.ଓ. ଗଲେ)

ଯୁବନେତା– ତମେ ସବୁ ଯାଅ – ମୁଁ କାହାରି କଥା ମାନିବାବାଲା ନୁହେଁ–ମନ୍ତ୍ରୀ କହିଲେ ମଧ ନୁହେଁ । କେବଳ ଆପଣମାନଙ୍କର କଥା ମୁଁ ମୁଣ୍ଡରେ ମୁଣ୍ଡେଇ ଚାଲିଥାଏ । ଆପଣମାନେ ଶୁଣିଲେ ମନ୍ତ୍ରୀ ଆସୁଚନ୍ତି କ'ଣ ଇନ୍କ୍ୱାରୀ କରିବାକୁ କରନ୍ତୁ । କମ୍ଳ ଯାକ ବାଲ, କେଉଁଟିକି ବାଛିବେ ବାଛନ୍ତୁ । ମୋ ମତରେ ଏବି ଗୋଟିଏ ପ୍ରହସନ । (ବାହାରୁ କରତାଲି)

ଯୁବନେତା– ତମେ ସବୁ ଯାଅ– ମୁଁ କାହାରି କଥା ମାନିବାବାଲା ନୁହେଁ–ମନ୍ତ୍ରୀ କହିଲେ

ମଧ ନୁହେଁ। କେବଳ ଆପଣମାନଙ୍କର କଥା ମୁଁ ମୁଣ୍ଡରେ ମୁଣ୍ଡେଇ ଚାଲିଥାଏ। ଆପଣମାନେ ଶୁଣିଲେ ମନ୍ତ୍ରୀ ଆସୁଛନ୍ତି କ'ଣ ଇନ୍କ୍ବାରୀ କରିବାକୁ କରନ୍ତୁ। କମଳ ଯାକ ବାଲ, କେଉଁଟିକି ବାଛିବେ ବାଛନ୍ତୁ। ମୋ ମତରେ ଏବି ଗୋଟେ ପ୍ରହସନ। (ବାହାରୁ କରତାଲି) ବି.ଡ଼ି.ଓ.ଠୁ ଆରମ୍ଭ କରି, କମିଶନର ପର୍ଯ୍ୟନ୍ତ କର୍ମଚାରୀ ଅଛନ୍ତି, ଇନ୍କ୍ବାରୀ କରିବେ ମନ୍ତ୍ରୀ। ତେବେ ଏମାନେ କ'ଣ କରିବେ ? ତମେ ଏତେ ସଂଖ୍ୟାରେ ଏଠିକି ଆସିଛ କାହିଁକି ? ମନ୍ତ୍ରୀ ଆସିବେ, ତୁମେ ତାଙ୍କୁ ପଚାରିବ ଚାଉଳ କିଲୋ ଛଅ ଟଙ୍କା ହେଲା କାହିଁକି ? କିରୋସିନି ମିଲୁ ନାହିଁ କାହିଁକି, ଚିନି କୋଟା ଗଲା କୁଆଡ଼େ ? ସ୍କୁଲରେ ମାଷ୍ଟର ନାହାନ୍ତି କାହିଁକି ? ଇସ୍କୁଲ ଘର ମରାମତି ହେବ କେବେ ? ଗାଁ ରାସ୍ତା ହବ କେବେ ? ପିଇବା ପାଣି ମିଳିବ କେବେ ଇତ୍ୟାଦି ଇତ୍ୟାଦି ବିଷୟ। ଏ ସବୁ ଗାଁ ଭୁଇଁ କଥା-ଆଉ ମକଦ୍ଦମା ତ ପକ୍ଷ ପକ୍ଷ ଭିତରେ- ଗାଁ ଭୁଇଁ କଥା ବିଚାର କରିବେ ବି.ଡ଼ି.ଓ. ତା' ଉପର ତା' ଉପର। ସବୁ ସ୍ତରରେ ଖଡ଼ି ଗଡୁ ଗଡୁ – ତମ ପାଖକୁ ଆସିଲା ବେଳକୁ ଗୋଲ ଆଲୁ।

ଭାଇମାନେ, ଆମରି ଲୋକ ମନ୍ତ୍ରୀ। ଆମେ ଯାହାକୁ ଭୋଟ ଦେଇଚେ ସେ ମନ୍ତ୍ରୀ। କାଲି ଆପଣମାନେ ମୋତେ ଭୋଟ ଦେଲେ ମୁଁ ମଧ ମନ୍ତ୍ରୀ ହେଇ ପାରିବି। ଏମାନଙ୍କ ପରି ସମୟ ଜ୍ଞାନ ମୁଁ ଆପଣମାନଙ୍କ ଆଶୀର୍ବାଦରୁ କେବେ ହରାଇବି ନାହିଁ।

ସଦାନନ୍ଦ– (ପ୍ରବେଶୀ) ବେଳ ପଡ଼ିଲେ ସମସ୍ତେ ସବୁ କଥା ହରାଇବାକୁ ବେଶୀ ସମୟ ଲାଗେ ନାହିଁ – (ଯୁବ ନେତାକୁ ଲକ୍ଷ୍ୟ କରି) ବହୁତ ଭାଷଣ ଦେଲଣି ଶୁଣ – ମନ୍ତ୍ରୀ ସେ ବୁଢ଼ୀ ମାଳତୀର ଦରଖାସ୍ତ ଇନ୍କ୍ବାରୀ କରିବେ...

ଯୁବନେତା– କରନ୍ତୁ-ଭଲହବ-ହେଲେ ଏ ଲୋକମାନଙ୍କୁ ଏଠାରେ ବସାଇ ରଖି ଲାଭ କ'ଣ ? ଏତେ ବାଟରୁ ଆସିଛନ୍ତି।

ସଦାନନ୍ଦ– ତାଙ୍କ ଇଚ୍ଛା-ଗାଡ଼ିବାଲାମାନେ ବ୍ୟସ୍ତ ହେଲେଣି। ଶୁଣ– (କାନ ପାଖରେ କହିଲାବେଳକୁ)

ଯୁବନେତା– କ'ଣ ବଡ଼ ପାଟିରେ କହୁନାହଁ–ଏ ବେଳେ ଫୁସଫୁସ କଥା ଭଲ ନୁହେଁ।

ସଦାନନ୍ଦ– ହଉ କହୁଛି-ପୋଲସ ଇନସପେକ୍ଟର ଆସିଛନ୍ତି ସେ ମାଳତୀ ଠାରୁ ସବୁ କଥା ବୁଝୁଛନ୍ତି।

ଯୁବନେତା– ବୁଝୁଛନ୍ତୁ ?

ସଦାନନ୍ଦ- ସେ ତ ସବୁ ତୁମ ବିରୁଦ୍ଧରେ ବିଷ ଉଦ୍‌ଗାର କରୁଛି ।

ଯୁବନେତା- ମୋ ବିରୁଦ୍ଧରେ ?

ସଦାନନ୍ଦ- ହଁ ଚାଲ ଶୁଣିବ-ସଭାଠୁ ସେଠି ବେଶୀ ଲୋକ ଗହଳି ହେଲାଣି ।

ଯୁବନେତା- ଆରେ ମୁଁ କ'ଣ କଲି ? ତା'ର ଝିଅକୁ ସେ ଦିନ ରାତିରେ କେତେ ଟୋକା ଉଠେଇ ନେବାକୁ ବସିଥିଲେ । ମୁଁ ସେଥିରେ ବାଧା ଦେଇଥିଲି । ତା'ପରେ ତା' ଝିଅ ମୋ ପାଖ ଛାଡ଼ିଲା ନାହିଁ, ସେଥିରେ ମୁଁ କ'ଣ କରିବି ?

ସଦାନନ୍ଦ- ବେଶ୍ ବର୍ତ୍ତମାନ, ତା ଝିଅକୁ ତାକୁ ଦେଇ ଦିଅ ।

ନିତ୍ୟାନନ୍ଦ- ଆରେ ଯେ କିମିତି ଓଲଟା କଥା କହୁଚ ଦାଦି-ତା'ଝିଅ ପରା ଯାଇ ଭୁବନେଶ୍ୱରରେ ଉଠିଲାଣି ?

ସଦାନନ୍ଦ- ସେ ଭୁବନେଶ୍ୱର ଗଲା କିମିତି ?

ଯୁବନେତା- ସେଇ କଥା, ତମ ବି.ଡ଼ି.ଓ.ଙ୍କୁ ଡାକି ପଚାରୁ ନାହିଁ, ସେ ତାକୁ ଚାକିରି ଦେବାକୁ ଭୁବନେଶ୍ୱର ନେଇଥିଲା ।

ସଦାନନ୍ଦ- ଏ କଥା ତମେ କହିଲେ ହବ ?

ଯୁବନେତା- କାହିଁକି ପୋଲିସ ଡାଇରୀ ଦେଖୁ ନାହଁ ?

ସଦାନନ୍ଦ- ଆଉ ଡାଇରୀ ଅଛି - ସବୁ ସାଫ୍ ।

ଯୁବନେତା- ଯୁବନେତା-ଆମକୁ ମଧ ସେମିତି ସଫା କରି ଆସେ । ଭାଇମାନେ, ଆପଣମାନଙ୍କ ମଧରୁ କିଏ ନ ଜାଣିଚ ସେ କାଞ୍ଚନ ନିରୁଦ୍ଦିଷ୍ଟ ଘଟଣା ବିଷୟରେ ।

ସଦାନନ୍ଦ- ଆମ ଜାଣିବାରେ କ'ଣ ଅଛି-ସବୁ କଥା ଆଇନରେ ପଡ଼ିଲେ ହେଲା ।

ଯୁବନେତା- ଆଇନ ସମସ୍ତଙ୍କ ପାଇଁ । ତାଙ୍କ କଥାଟା ଆଇନରେ ପଡ଼ିବ, ଆମ କଥାଟା ଆଇନରେ ପଡ଼ିବ ନାହିଁ କିମିତି ? ଚାଲ ଦେଖିବା ସେ କଥା ମୁଁ ପଚାରିବି- ଏଇ ଲୋକମାନଙ୍କ ପାଖରେ । ଏ ଜନତା ଦରବାରରେ ପ୍ରକୃତ କଥା ପଦାରେ ପଡୁ... (ପ୍ରସ୍ଥାନ)

ସଦାନନ୍ଦ- ଆପଣମାନେ ବିଚାର କରନ୍ତୁ । ଏ ବିଷୟରେ କେତେ ହଇଚଇ ଖବର କାଗଜରେ କେତେ କଥା ବାହାରିଲା । ଶେଷରେ ମୁଁ ଗୋଟିଏ ଅନାଥିନୀ ଝିଅ ପାଇଁ ଆଶ୍ରୟ ବ୍ୟବସ୍ଥା କରି ଦେଲି - ଶେଷରେ ମୋ ମୁଣ୍ଡରେ ମଧ ଅଠା ବୋଲିବାକୁ ଲୋକ ଛାଡୁ ନାହାନ୍ତି । ଏହା ପଛରେ ଗୋଟାଏ ବିରାଟ ଚକ୍ରାନ୍ତ ଅଛି, ମୋତେ ଜଣା ପଡୁଛି, ଏଥିରେ ପୂରାପୂରି ରାଜନୀତି

ପଶିଗଲାଣି–ମୋତେ ଯେମିତି ଜଣାପଡୁଛି, ଏ ଦେଶରେ ଖାଇବା, ପିଇବା, ଶୋଇବା ସବୁଥିରେ ରାଜନୀତି ।

ଯୁବନେତା– (ବି.ଡି.ଓ.ଙ୍କ ଧରି ପ୍ରବେଶ କରୁ କରୁ) ରାଜନୀତି କରୁଚୁ ଆମେ ଆମ କଥା ଆମେ ସମ୍ଭାଳିବୁ । ତମେ ଚାକିରି କରୁଚ ଚାକିରି କଥା ତୁମେ ବୁଝ । ସେ କାଲୁ ମୁଁ ତୁମକୁ କହିଚି, ବି.ଡି.ଓ. ସାହେବ, ରାଜନୀତି ଛାଡ଼ ।

ବି.ଡି.ଓ.– ତମ ରାଜନୀତି ସହିତ ମୋର କି ସମ୍ପର୍କ, ମୁଁ ତ ଏଠୁ ଚାଲିଯିବାକୁ କେବେଠୁ ଛୁଟି ଦରଖାସ୍ତ ଦେଲେଣି । କହିଲେ– ମୁଁ ଏଇନେ ଚାଲିଯିବେ ।

ସଦାନନ୍ଦ– ଚାଲିଯିବା ପୂର୍ବରୁ ଟିକିଏ ପୁରୁଣା ଘା'କୁ ଉସୁକାଇ ଦେବାର ବ୍ୟବସ୍ଥା କରିଛନ୍ତି ?

ବି.ଡି.ଓ.– ମୁଁ କ'ଣ କରିଛି ? ମିଛରେ ମୋ ନାଁରେ ଦୋଷାରୋପ କରୁଛନ୍ତି, ଏ ଅଞ୍ଚଳରୁ ପୋଲିସ ଉଠିଗଲା ନା ଆଇନକାନୁନ୍ ଉଠିଗଲା ।

ସଦାନନ୍ଦ– ଗୋଟିଏ ଟ୍ରକ୍‌ରେ ଯେଉଁମାନେ ମହାକାଳପୁର ଗଲେ ସେମାନେ କିଏ ? ତାଙ୍କୁ ଆପଣ ପଠାଇ ନାହାନ୍ତି ?

ଯୁବନେତା– ବୁଢ଼ିବୁଢ଼ି ପାଣି ପିଉଚନ୍ତି ! କଉଁମାନେ ମହାକାଳପୁର ଯାଇଛନ୍ତି ଦାଦି ।

ସଦାନନ୍ଦ– କାଞ୍ଚନ ପାଇଁ ଯେଉଁମାନେ ତମ ଘର ଉପରେ ଚଢ଼ାଉ କରିଥିଲେ ।

ଯୁବନେତା– ସେମାନେ କ'ଣ ବି.ଡି.ଓ.କୁ ଘେରାଉ କରି ନ ଥିଲେ ? କାହିଁକି ଜାଣିଚ ଦାଦି ?

ସଦାନନ୍ଦ– ମୁଁ ପରା ସେତେବେଳେ ଭୁବନେଶ୍ୱରରେ ଥିଲି ମୁଁ କିମିତି ଜାଣିଲି ?

ଯୁବନେତା– ବିଛା ମନ୍ତ୍ର ନ ଜାଣି, ସାପ ଖେଳାଇବାକୁ ବସିଥିଲେ, ସେତେବେଳେ ବି.ଡି.ଓ. ସାହେବ ମଧ ସେମାନଙ୍କ ସାଙ୍ଗରେ ଥିଲେ । ତା ପରେ ଟୋକା ଲୋକ – କାଞ୍ଚନକୁ ଦେଖି ତାଙ୍କ ବ୍ଲକ୍ କଲୋନୀରେ ତାକୁ ଡ୍ରାଇଭର ବସାରେ ରଖିଥିଲେ । ହେଲେ ସେ ଟୋକାଦଳକୁ ବି.ଡି.ଓ. ଛାଡ଼ିଲେ ନାହିଁ ।

ବି.ଡି.ଓ.– ସେମାନେ ତାକୁ କଲିକତା ନେଇ ଯାଇଥାନ୍ତେ, ସେଇଟା କ'ଣ ଭଲ ହେଇଥାନ୍ତା ।

ଯୁବନେତା– ପୋଲିସରେ ଖବର ଦେଇ ନ ଥିଲି ? ଓଲଟି ପୋଲିସ କହିଲେ ତାକୁ ରଖ ନାହିଁ, ଛାଡ଼ି ଦିଅ ।

ସଦାନନ୍ଦ– ବେଶ୍ ତମେ ନେଇ ତାକୁ ଥାନାରେ ଛାଡ଼ି ଦେଇ ଥାଆ ।

ବି.ଡି.ଓ.– ପୋଲିସ କହିଲେ, ଏଠି ରହିଲେ ସମସ୍ତଙ୍କୁ ବିପଦ କାଲି 'ଲ ଏଣ୍ଡ ଅର୍ଡର' ପ୍ରଶ୍ନ ଉଠିବ । ତାକୁ ଏଠୁ ବିଦାକରି ଦେଲେ ସବୁଠୁ ଭଲ ହେବ । କଥା

ହେଲା ବ୍ଲକ୍ ଜିପ୍‌ରେ ରାତିରେ ତାକୁ କଟକ କିମ୍ବା ଭୁବନେଶ୍ୱର ନେଇ
ଯିବା। ସାଙ୍ଗରେ ଏ.ଏସ୍.ଆଇ ବାବୁ ମଧ୍ୟ ଯାଇଥିଲେ। ପଚାରି ବୁଝନ୍ତୁ।

ଲୋକଙ୍କ–   ଏ ବି.ଡ଼ି.ଓ.ଙ୍କୁ ଏଠାରୁ ତୁରନ୍ତ ବିଦାକର– down with

ମଧ୍ୟରୁ–   B.D.O., ମଧ୍ୟରୁ down with B.D.O.

ଯୁବନେତା–   ଏ ପୋଲିସକୁ ମଧ୍ୟ ଏଠାରୁ ବିଦା କରିବା ଦର୍‌କାର। ଆଜି ସେ ବିଷୟରେ
             ପୂରା ଫଇସଲା ହେଇଯାଉ।
             ବେଶ୍‌ ତା’ପରେ ଏ ହୋଟେଲରୁ ସେ ହୋଟେଲ, ଏ ଲଜିଂରୁ ସେ ଲଜିଂ
             ହେଇ କେତେ ଦିନ କଟକ ଭୁବନେଶ୍ୱରରେ କଟିଲା। ଖବର କାଗଜରେ
             କଥା ବାହାରିଲା।

ସଦାନନ୍ଦ–   ତା’ପରେ ତାକୁ ଭୁବନେଶ୍ୱରରେ ମାଲି ସାହିରେ ଛାଡ଼ି ଦେଇ, ସସମ୍ମାନେ
             ଗୃହକୁ ପ୍ରତ୍ୟାବର୍ତ୍ତନ।

ବି.ଡ଼ି.ଓ.–   ନା, ଏ.ଏସ୍.ଆଇ ବାବୁ ତାକୁ ଗୋଟେ ସୁବିଧା ଜାଗାରେ ରଖାଇ
             ଦେଇଥିଲେ।

ସଦାନନ୍ଦ–   ତା’ପରେ ସେ ମନ୍ତ୍ରୀଙ୍କ ବଙ୍ଗଳାରେ ହାତର, ମନ୍ତ୍ରୀ ତା କଥା ବୁଝିବାକୁ
             ଆଶ୍ରୟ ଦେଲେ, ହେଲେ ଖବର କାଗଜରେ ଅନ୍ୟରୂପ ପାଇ ଖବର ସବୁ
             ବାହାରିଲା। ତା’ରି ଫଳରେ ଏ ଇନ୍‌କ୍ୱାରୀ।

ଯୁବନେତା–   ଇନ୍‌କ୍ୱାରୀ ହବ ବହୁତ – ଯେ ତା ଦେହକୁ, ସେ ତା ଦେହକୁ କାଦୁଅ
             ଫୋପାଡ଼ିବେ ବହୁତ – ହେଲେ ନିରାଶ୍ରୟ ଝିଅଟା କୂଳରେ ଲାଗିବ କିମିତି
             ତା କଥା କିଏ ବୁଝୁଛି ?

ମାଲତୀ–   (ପ୍ରବେଶୀ) ମୁଁ କହୁଚି, ମୋ ଝିଅ ମୋତେ ଫେରାଇ ଦିଅ।

ଯୁବନେତା–   ତୋ ଝିଅକୁ ତୋ ପାଖରେ ରଖି ନ ଥିଲୁ କି ?

ମାଲତୀ–   ତୁ ବାଡ଼ିପୋଡ଼ା ତାକୁ ଶିଖେଇ ମତେଇ ଗୁଣ୍ଟା ଲଗାଇ... ମୋତେ ସର୍ବସ୍ୱାନ୍ତ
             କାହିଁକି କଲୁ ?

ଯୁବନେତା–   ଦେଖ, ମୁହଁ ସମ୍ଭାଳି କଥା କୁହ। ତମ କଥା ସମସ୍ତେ ଜାଣନ୍ତି।
             ସତ ସତ କଥା କୁହ...

ମାଲତୀ–   ମୁଁ କିଛି କହୁଚି, ଗୋବର୍ଦ୍ଧନ ବାବୁଙ୍କୁ ପାଚାରୁ ନାହିଁ।

ଯୁବନେତା–   ଗୋବର୍ଦ୍ଧନ ବାବୁ !

ମାଲତୀ–   ଆରେ ଆର ସାହିର ଗୋବରା, କଲିକତାରେ କଉଁଠି ମାନେଜର କି ଦଲାଲ
             ହେଇଛି କେଜାଣି–

ବି.ଡ଼ି.ଓ.- ସେଇ ଗୋବର୍ଦ୍ଧନ ବାବୁ ମଧ୍ୟ ମତେ କହୁଥିଲେ ।

ଯୁବନେତା- କ'ଣ କହୁଥିଲେ ?

ବି.ଡ଼ି.ଓ.- ଗୋବର୍ଦ୍ଧନ ବାବୁଙ୍କୁ ଦଶହଜାର ଟଙ୍କା ଦେଲେ, ସେ କାଞ୍ଚନକୁ ଛାଡ଼ିଦେବେ । ସେଥିରୁ ପାଞ୍ଚ ହଜାର ତା'ର ଖର୍ଚ୍ଚ ବାବଦକୁ ଆଉ ପାଞ୍ଚ ହଜାର ମାଲତୀ- ମାନେ କାଞ୍ଚନର ମା'କୁ ଦେଇଚି ।

ମାଲତୀ- ପାଞ୍ଚ ହଜାର ମତେ ଦେଇଚି ? ଡାକନୁ ତାକୁ ମୋ ଆଗରେ ସେ କହୁ ମୁଁ ଯଦି ତା' ଜିଭଟାକୁ ଭିଡ଼ି ନ ଆଣିଚି, ମୋ ନାଁ ମାଲତୀ ନୁହେଁ ।

ସଦାନନ୍ଦ- ସେ ଗୋବରା ପରା ବର୍ତ୍ତମାନ ଭୁବନେଶ୍ୱରରେ । ଦିନେ ମନ୍ତ୍ରୀଙ୍କ ବଙ୍ଗଳାକୁ ଯାଇଥିଲା । ତାକୁ ସେଠୁ ବାହାର କରିଦିଆଯାଇଥିଲା । ତା' ପରେ ବିରୁଦ୍ଧ ଦଳର ଲୋକଙ୍କୁ ଧରି ନାଟ ଲାଗିଛି । ସେ କାହିଁକି ଏଠିକି ଆସିବ ?

ଯୁବନେତା- ମନ୍ତ୍ରୀଙ୍କ ବଙ୍ଗଳାରେ ତୁମ ସାଙ୍ଗେ ଦେଖା ହେଇଥିଲା ।

ସଦାନନ୍ଦ- ଦେଖା ଦେଇଥିଲା ମାନେ, ମୁଁ ମନ୍ତ୍ରୀଙ୍କ ବଙ୍ଗଳାର ଆଉଟ୍ ହାଉସରେ ରହୁଥିଲି । ମୋତେ ମନ୍ତ୍ରୀ କହିଲେ ସେ ତୁମ ପାଖରେ ଥାଉ । ପିଲାଟି ଭାରି ଭଲ । ମୋ ପାଇଁ ମଧ୍ୟ କେତେ ଦିନ ରୋଷେଇ କରି ଦେଇଚି । ରାତିରେ ଗୋଡ଼ ହାତ ମୋଡ଼ାମୋଡ଼ି କରି ଦେଇଚି... (ହାସ୍ୟରୋଲ) ଆରେ ସତ କଥାଟାକୁ ଆପଣମାନେ ଯଦି ଇମିତି ହସରେ ଉଡ଼ାଇ ଦେବେ, ତେବେ ମୁଁ ନାଚାର...

ଯୁବନେତା- ଆଛା ତୁମେ ତାକୁ କିଛି ପଚାରି ଥିବ, କି ତୁମକୁ ସେ କିଛି କହିଥିବ ।

ସଦାନନ୍ଦ- କହିଛି - ଯାହା କହିଛି, ମୁଁ ତାକୁ ପ୍ରଥମେ ବିଶ୍ୱାସ କରିପାରୁ ନ ଥିଲି, ଏବେ ତା କଥାର କେତେ ମେଲ ପାଇଲିଣି ।

ଯୁବନେତା- ଟିକିଏ ଅପେକ୍ଷା କର, ସବୁ ମେଲ ଧରିଯିବ...

ବି.ଡ଼ି.ଓ.- ମୁଁ ତାହେଲେ ଆସୁଚି ସଦାନନ୍ଦ ବାବୁ ।

ଯୁବନେତା- ଆପଣ ସେ ସ୍କୁଲ ଘର ପାଖରେ ଅପେକ୍ଷା କରନ୍ତୁ, ମନ୍ତ୍ରୀ ଆସିଲା ପର୍ଯ୍ୟନ୍ତ ।

ବି.ଡ଼ି.ଓ.- ମନ୍ତ୍ରୀଙ୍କ ଆଗକୁ ନ ଗଲେ କ'ଣ ଚଳିବ ନାହିଁ ?

ସଦାନନ୍ଦ- ଆପଣଙ୍କ ତରଫରୁ କିଏ କୈଫିୟତ ଦେବ ? ମାଲତୀ, ଯାଆ ସେ ପୋଲିସ ବାବୁମାନେ ଯଉଁଠି ଅଛନ୍ତି, ସେଠି ଥିବ-ସେଠି ପରା ତୁମ ମକଦ୍ଦମାର ଇନକ୍ୱାରୀ ହେବ । ତେବେ ଆପଣ ଟିକିଏ ସ୍କୁଲ ଘରେ ଅପେକ୍ଷା କରନ୍ତୁ ।

ବି.ଡ଼ି.ଓ.- ନମସ୍କାର (ବି.ଡ଼ି.ଓ. ପ୍ରସ୍ଥାନ)

ସଦାନନ୍ଦ- ମାଲତୀ ତୁମେ ବି ଚାଲ, ପୋଲିସ ବାବୁଙ୍କ ପାଖକୁ । ତାଙ୍କରି ଆଗରେ ଗୋବର୍ଦ୍ଧନ ବାବୁ ଓରଫ ଗୋବରାକୁ କ'ଣ ପଚାରିବୁ ।

ମାଲତୀ– ସେ ବାବୁ କ'ଣ ଆସିଛନ୍ତି ?

ସଦାନନ୍ଦ– ନ ଆସିଥିଲେ, ପୋଲିସ ବାଲା ତାଙ୍କୁ ହାଜର କରିବାକୁ କେତେ ସମୟ ଲାଗିବ ?

ମାଲତୀ– ସେ ବାବୁଙ୍କ ସହିତ ମୋର କିଛି କାମ ନାହିଁ କି ପୋଲିସ ଆଗକୁ ଯିବା ମୋର କିଛି ଦର୍କାର ନାହିଁ । ମୋ ଝିଅ ମୋତେ ଫେରାଇ ଦେବ ବୋଲି କହିଥିଲା, ମୋ ଝିଅ ମୋତେ ଦେଇ ଦିଅ । ମୁଁ ମୋ ଘରକୁ ଚାଲିଯିବ ।

ସଦାନନ୍ଦ– ଆଲୋ ଉଚ୍ଛନ୍ଦ କାହିଁକି ? ପୋଲିସବାଲା, ଗାଡ଼ିରେ ନେଇ ତୋତେ ଯଥା ସ୍ଥାନରେ ଛାଡ଼ିଦେବେ ।

ମାଲତୀ– ପୋଲିସ ବାଲା ମୋତେ କାହିଁକି ନେବେ ? ମୁଁ ତାଙ୍କର କ'ଣ ଅପରାଧ କଲି – (ସକ ସକ ହେବା)

ସଦାନନ୍ଦ– ଦେଖ୍, ମାଲତୀ ଆଉ ଗୋଟିଏ କଥା ସତ କହିବୁ ।

ମାଲତୀ– କ'ଣ କହନ୍ତୁ, ମୁଁ କେଉଁଟା ମିଛ କହୁଚି କି ?

ସଦାନନ୍ଦ– କାଞ୍ଚନ ନିଜେ ମୋତେ କହିଚି–

ମାଲତୀ– ପାଞ୍ଚ ହଜାର ମୁଁ ନେଇଚି ବୋଲି ?

ସଦାନନ୍ଦ– ସେ କଥା ମୁଁ କେତେବେଲେ କହିଚି ?

ମାଲତୀ– ନାଇଁତ, ସେ ଯୋଗିନୀଖିଆ ବି.ଡି.ଓ. ଏଇନେ କହୁଥିଲା କିମିତି ? ସେଥିପାଇଁ ଖସି ପଲାଇଗଲା ।

ସଦାନନ୍ଦ– ବି.ଡି.ଓ. କଥା ତ ବୁଝା ହେବ ତୋ କଥା କହିଲୁ ?

ମାଲତୀ– ମୋ କଥା ଆଉ କ'ଣ କହିବି ବା (ମୁହଁ ମୋଡ଼ିଲା)

ସଦାନନ୍ଦ– ସତ କହିଲୁ ମାଲତୀ, କାଞ୍ଚନ କ'ଣ ତୋର ଜନ୍ମ କଲା ଝିଅ ?

ମାଲତୀ– ଏ କଥା କାଞ୍ଚନ କହୁଥିଲା – ପଚାର ତାକୁ କିଏ ଆଜି ଯାଏ ପାଲି ପୋଷି ଆସିଛି ?

ସଦାନନ୍ଦ– ସେ କଥା କ'ଣ ସେ ମନା କରୁଛି ?

ମାଲତୀ– ଶୁଣ ହେ, ୟାଙ୍କ କଥା, ପାଲିଲି, ପୋଷିଲି, କୋଡ଼ିଏକୁ ନାଗ ଫାସ ହେଲାଣି – ଏବେ ପଚରା ହେଉଚି, ସେ କ'ଣ ମୋ ଝିଅ ?

ଯୁବନେତା– ସେ କଥା ନୁହେଁ – ସଫା ସଫା କହ କାଞ୍ଚନ ତୋର ଜନ୍ମ କଲା ଝିଅ ?

ମାଲତୀ– ଆଉ ଝିଆଟା ଆସିଲା କୁଆଡୁ ?

ଯୁବନେତା– ସେ କଥା ତୁ କହିବୁ ନା, ଆମେ କହିବୁ ?

ସଦାନନ୍ଦ– ଆମ ଆଗରେ ନ କହିଲେ ଚାଲ ପୋଲିସ ଆଗରେ କହିବୁ ।

ଯୁବନେତା- ହଁ ଦାଦି ତାକୁ ସେଠିକି ନେଇ ଯାଅ; ସେଠି ତାଙ୍କ ମା'ଝିଅ କଥାବାର୍ତ୍ତା
        ହେବେ।

ମାଲତୀ- ନେତାବାବୁ, ମୋତେ ପୋଲିସ ପାଖକୁ ପଠାନ୍ତୁ ନାହିଁ।

ନିତ୍ୟାନନ୍ଦ- (ପ୍ରବେଶୀ) ସଦା ଭାଇ - ପୋଲିସ ସାହେବ ଆସିଗଲେଣି ମନ୍ତ୍ରୀ ଟିକିଏ
        ଛାଡ଼ି ଆସି ପହଞ୍ଚିବେ।

ସଦାନନ୍ଦ- ହେଲା ମୋ କଥା ହେଲାଟି - ବାକି ମନ୍ତ୍ରୀ ଆସିଲେ ତାଙ୍କ ବ୍ୟବସ୍ଥା।

ନିତ୍ୟାନନ୍ଦ- ପୋଲିସ ସାହେବ ସାଙ୍ଗରେ ହବ, ଚଞ୍ଚଳ କାମ ତୁଟିଗଲେ, ସେ
        ଭୁବନେଶ୍ୱର ରାତି ରାତି ଫେରି ଯିବେ। ଆବଶ୍ୟକ ହେଲେ ପୋଲିସ
        ସାହେବ ରହିବେ।

ସଦାନନ୍ଦ- ତା'ହେଲେ ମୁଁ ଟିକିଏ କଥା ହେଇ ଆସେ।

ମାଲତୀ- ମୋ କଥା ତୁଟେଇ ଦିଅ ନେତା ବାବୁ।

ସଦାନନ୍ଦ- ପୋଲିସ ସାହେବ ଆସିଲେଣି ପରା-ସେ ତ ତୋରି ପାଇଁ ଆସିଛନ୍ତି।

ନିତ୍ୟାନନ୍ଦ- ସଦା ଭାଇ, ଏ ମାଲତୀଟିକୁ ସହଜରେ ବିଶ୍ୱାସ କର ନାହିଁ। ନାଁ ସିନା
        ମାଲତୀ ହେଲେ ଗୋଟିଏ ବିଛୁଆତି।

ଯୁବନେତା- ଦାଦି କେତେବେଲୁ ପଚାରିଲେଣି ଗୋଟିଏ କଥା ବାହାରୁ ନାହିଁ।

ମାଲତୀ- ମୁଁ କହିବି ନେତାବାବୁ।

ସଦାନନ୍ଦ- କହ ସିଧାସଳଖ କହ।

ମାଲତୀ- କାଞ୍ଚନ - ମୋର ଜନ୍ମ କଲା ଝିଅ ନୁହେଁ।

ନିତ୍ୟାନନ୍ଦ- ତା' ବାପ ?

ମାଲତୀ- ମୁଁ କହି ପାରିବିନି ବାବୁ। ମୋ ସ୍ୱାମୀ ଆଣି ଦେଇଥିଲେ ମୁଁ ପାଲି ଥିଲି -
        ସେ ଚାଲିଗଲେ, ମୋତେ ଏବେ ଏତେ ଅଡୁଆରେ ପକାଇ ଦେଇଗଲେ।

ଯୁବନେତା- ଅଡୁଆ କ'ଣ କଲେ ? ତୋତେ ଗୋଟେ ରୋଜଗାର ବାଟ ମିଳିଗଲା।

ସଦାନନ୍ଦ- ଏଥିରେ ତ ସେହି କାଞ୍ଚନ ପାଇଁ ତୋ ଆଖିରେ କେତେ ଦିନ ନିଦ ନ
        ଥିଲା- ଏବେ ଶୁଣ।

ଯୁବନେତା- ଶୁଣିଲିଣି-ଏଥିପାଇଁ ଦୋଷ କାହାର ? ଏଇ ବୁଢ଼ୀର-ଯେ ତାକୁ ପାଲିଲା
        ପୋଷିଲା ତା'ର ? ନା, ଟଙ୍କା ଲୋଭ ଦେଖାଇ ଯେ ତାକୁ ଅବାଟକୁ
        ନେବାକୁ ଚେଷ୍ଟା କଲା ତା'ର। ତା'କୁ ଯେଉଁ ବି.ଡି.ଓ. ପୋଲିସ ଅଫିସ,
        ସାହାଯ୍ୟ ନାଁରେ ନର୍କ କୁଣ୍ଡରେ ପକାଇ ଦେବାକୁ ପଛାଇଲେ ନାହିଁ, ଆଉ
        ତମେ ସଦା ଦାଦି...

ସଦାନନ୍ଦ–	ଆରେ, ମୁଁ କ'ଣ କଲି ?

ଯୁବନେତା–	କିଛି ନାହିଁ – କାଞ୍ଚନର କଅଁଳିଆ ହାତ ଲାଗି ତମ ଗୋଡ଼ ଦରଜ କେତେ ଦିନ ପାଇଁ ଛାଡ଼ି ଯାଇଥିଲା ।

ସଦାନନ୍ଦ–	ଆରେ, ଶୁଣ ହେ – ଏ ଯୁଗର କଥା – ଉପକାରୀକୁ ବାଟରେ ମାର ।

ଯୁବନେତା–	ମୋ କଥା ଶୁଣିବ ଦାଦି – ମୁଁ ଏବେ ମଧ ତାକୁ ମନ ଭିତରେ ଭଲ ପାଏ ।

ସଦାନନ୍ଦ–	ଭଲ ପାଉଚ କାହିଁ – ବାହାହେଇ ପଡ଼ୁନ ?

ଯୁବନେତା–	ହଁ ମୁଁ ତାକୁ ବାହା ହେବି – ସଦା ଦାଦି ମୁଁ ତାକୁ ବାହାହେବି ।

ସଦାନନ୍ଦ–	କ'ଣ ସବୁ ବୁଝି ବିଚାରି କହୁଛ ତ ?

ଯୁବନେତା–	ହଁ, ସବୁ ବୁଝି ସାରିଛି – ମୋର ଶେଷ ନିଷ୍ପତ୍ତି ମୁଁ ବାହାହେବି ।

ସଦାନନ୍ଦ–	ତାହେଲେ ଏଠି, ସମସ୍ତଙ୍କ ଆଗରେ ଗୋଟାଏ ଆଦର୍ଶ ବାହାଘର ହେବ ।

ନିତ୍ୟାନନ୍ଦ–	ଆରେ ମଟର ହର୍ନ ଶୁଭିଲା – ମନ୍ତ୍ରୀ ଆସିଗଲେଣି ନା କ'ଣ ?

ଯୁବନେତା–	ନିତିଆ ଦାଦି – ଫୁଲମାଲ ମୋତେ ଦିଅ – ମୁଁ ସେହି ଫୁଲମାଲ କାଞ୍ଚନ ବେକରେ ଲମ୍ଭାଇ ଦେବି । ତା'ପରେ ଗୋଟେ ଫୁଲମାଲ ସେ ମୋ ବେକରେ ଦେବ ।

ସଦାନନ୍ଦ–	ନିତ୍ୟା ଭାଇ, ତାକୁ ଗୋଟେ ଫୁଲମାଲ ଦେ – ଆଉ ସବୁ ଧରି ଚାଲ, ତାଙ୍କୁ ପାଛୋଟି ଆଣିବା । ଆରେ ସବୁ ସ୍ଲୋଗାନ ଦିଅ ।

	ଇନ୍‌କିଲାବ – ଜିନ୍ଦାବାଦ୍‌

	ମନ୍ତ୍ରୀମହାଶୟ – ଜିନ୍ଦାବାଦ୍‌

	ଯୁବନେତା – ଜିନ୍ଦାବାଦ୍‌

	ଆଦର୍ଶ ବିବାହ – ଜିନ୍ଦାବାଦ୍‌ (ଯୁବନେତା ମାଲଟିକୁ ବେକରେ ଦେବା ଠାଣିରେ ଠିଆ ହୋଇଥିବା ବେଳେ ପରଦା...)

ନ ପାହୁ ରାତି, ନ ମରୁ ପତି

ଗୋପାଳ ଛୋଟରାୟ

[କାଳ-ପୁରାଣ ଯୁଗ। ସ୍ଥାନ– ନଗରର ନଟୀ ସୁନ୍ଦରୀ ଲକ୍ଷହୀରାର ରଙ୍ଗଭବନ। ରାତ୍ର ଦ୍ୱିତୀୟ ପ୍ରହର ଉତ୍ତୀର୍ଣ୍ଣ ହୋଇଯାଇଛି। ଲକ୍ଷହୀରା ଗୀତ ଗାଉଛି। ତାର ଅନୁଚରୀ କାନ୍ତି ନୃତ୍ୟ କରୁଛି। ଉପସ୍ଥିତ ନଗରର ଦୁଇଜଣ ଶ୍ରେଷ୍ଠୀ– ଧନପତି ଓ ବିଦ୍ୟାପତି।]

ଲକ୍ଷହୀରା : (ଗୀତ) ହୀରା ଆଣିଚ ବନ୍ଧୁ,

        ନୀଳା ଆଣିଚ ବନ୍ଧୁ,

           ମାଣିକ ମେଳରେ ମୋତି ଆଣିଛ ବନ୍ଧୁ।ପଦ।

           (ଆଜି) ଚହଳ ପଡ଼ିଚି କଞ୍ଚ ରାଇଜ ଭରି,

        ସରି ନୁହେଁ ମୋ ପାଦକୁ ସରଗପରୀ,

        ଲକ୍ଷହୀରା ମୁଁ ତ ଲକ୍ଷ ହୃଦୟରାଣୀ

        ରାଇଜର ରାଜା ଭୁଲେ ତା'ପାଟରାଣୀ।

          ଲକ୍ଷେ ହୀରାର ଥଳି

          ଦିଅ ଚରଣେ ଢାଳି

        ରଜନୀ ବିତିବ ଚାଖ୍ ଅମର ମଧୁ।୧।

ଧନପତି : ଦେବି ! ଦେବୀ ଲକ୍ଷହୀରା !

ଲକ୍ଷହୀରା : କୁହନ୍ତୁ।

ଧନପତି : କହିବି ଯେ– କିନ୍ତୁ ମୁଁ ଯେମିତି କିଛି ବୁଝିପାରୁନାହିଁ ! ମୁଁ ଅଛି କେଉଁଠ ? ଏଇଟା କୋଉ ସ୍ଥାନ ?

ବିଦ୍ୟାପତି : ସତ କହୁଛନ୍ତି ଧନପତି ମହାଶୟ ? ବୁଝି ପାରୁ ନାହାନ୍ତି ?

ଧନପତି : ନା ବନ୍ଧୁ ବିଦ୍ୟାପତି– ମୁଁ ବୁଝିପାରୁନାହିଁ ।

ଲକ୍ଷ୍ମୀହୀରା : ଜାଣେ, ବୁଝିପାରିବେ ନାହିଁ ।

(ଗୀତ) : ଏଇ ମୋ ରଙ୍ଗଭବନ, ଏ କେଳିପୁର

ଯମପୁରୀ ନୁହେଁ– ଅଳକାପୁର ।

ନୁହେଁ ରାଜବାଟୀ– ନୁହେଁ ରାଣୀ ଉଆସ

ରାଜପୁତ୍ର ନାହିଁ– ନାହିଁ ଜେମା ନିବାସ,

(ଧନପତିଙ୍କ ନିର୍ବୋଧତାରେ ଅନ୍ୟମାନେ ଆମୋଦ ଅନୁଭବ କରୁଥାନ୍ତି ।)

ଏଇ ଅବସ୍ଥାରେ କାନ୍ତି ଗୀତ ଗାଇଲା ଓ ଲକ୍ଷ୍ମୀହୀରା ନୃତ୍ୟ କଲା ।)

ଭାନୁମତି କୁହୁକ

ଜବାଫୁଲେ ମହକ

କେ ଜାଣିବ ଝରେ କାହୁଁ ମନର ମଧୁ

ହୀରା ଆଣିବ ବନ୍ଧୁ....।୨।

(ନୃତ୍ୟ ଗୀତ ବନ୍ଦ ହେଲା । ଧନପତି ବିସ୍ଫାରିତ ନେତ୍ରରେ ଲକ୍ଷ୍ମୀହୀରାକୁ ଚାହିଁ ରହିଥାନ୍ତି ।)

ବିଦ୍ୟାପତି: ଏବେ ବୁଝିଲେ ତ ଧନପତି ମହାଶୟ ?

ଧନପତି : ବୁଝିଲି । ଏବେ ଟିକିଏ ଦର୍ଶନର ଲାଳସା ରହିଲା ।

ଲକ୍ଷ : ଏଇତ... ମୁଁ ଆପଣଙ୍କ ସମ୍ମୁଖରେ । ମତେ ଦେଖୁଚନ୍ତି । ଆଉ କି ଦର୍ଶନ ?

ଧନପତି : ନୃତ୍ୟ ।

ଲକ୍ଷ : ଦେଖୁଥିଲେ ମୁଁ ଗାଉଥିଲି– କାନ୍ତି ନାଚୁଥିଲା ।

ଧନପତି : ନା, ନା, କହୁଥିଲି – ଦେବୀଙ୍କ ପଦରଜ ।

ବିଦ୍ୟାପତି : କ'ଣ କହିଲେ ! ପଦରଜ ! ଏଠି ଏ ମର୍ମର ଗାନ୍ତିନୀ...ସ୍ଫଟିକର ଚଟାଣ । ଏଠି ପଦରଜ କାହୁଁ ଆସିବ ?

ଧନପତି : ଆହା, ତୁମେ ବୁଝିପାରିଲ ନାହିଁ ବିଦ୍ୟାପତି ! ମୁଁ କହୁଥିଲି ପଦରଜ ଅର୍ଥାତ୍...

କାନ୍ତି : ଆଜି ବସୁମାତା ରଜ ପାଳୁଚନ୍ତି । ଶ୍ରେଷ୍ଠ ଧନପତି କ'ଣ ସେଇ ରଜ କଥା କହୁଚନ୍ତି ?

ଧନପତି   : ନା, ନା, କାନ୍ତିଦେବୀ ମୁଁ ସେକଥା କହୁ ନାହିଁ । ମୁଁ କହୁଥିଲି ଦେବୀ
ଲକ୍ଷହୀରା ଯଦି ଟିକିଏ ପାଦ ଉଠାନ୍ତେ –

ଲକ୍ଷ   : ଓ ! ଆପଣ ମୋ ନୃତ୍ୟ ଦେଖିବେ ?

ଧନପତି   : ଯଦି ସେତିକି ଅନୁଗ୍ରହ ଦେବୀଙ୍କର ହବ ?

ଲକ୍ଷ   : ନଗରୀର ନଟୀ ମୁଁ-ବାରାଙ୍ଗନା...ମୋ ରଙ୍ଗଶାଲାରେ ଗୋଟିଏ ରାତିର
ରହଣି ପାଇଁ ଆପଣ ମତେ ଏକ ଲକ୍ଷ ହୀରା ଦେଇଛନ୍ତି । ଆପଣଙ୍କ କଥା
ମୁଁ ପୁଣି ରଖିବି ନାହିଁ ! !

ଧନପତି   : ଭାଗ୍ୟ...ଭାଗ୍ୟ... ମୋ ଭାଗ୍ୟ ! ଆପଣ ନୃତ୍ୟ କରିବେ... ଆଉ କାନ୍ତି ଗାଇବେ ।

କାନ୍ତି   : ମୁଁ କି ଗୀତ ଗାଇବି ? ମତେ ତ ଭଲ ଗୀତ ଗାଇ ଆସେ ନାହିଁ । ଏଣୁ
ତେଣୁ କ'ଣ ଗାଇଦେବି ।

ଧନପତି   : ଆହା, ତୁମେ ଯାହା ଗାଇବ ତାହା ଅମୃତ !

କାନ୍ତି   : ହଉ, ହେଲା ।
            (ଧନପତିଙ୍କ ନିର୍ବୋଧତାରେ ଅନ୍ୟମାନେ ଆମୋଦ ଅନୁଭବ କରୁଥାନ୍ତି ।
            ଏଇ ଅବସ୍ଥାରେ କାନ୍ତି ଗୀତ ଗାଇଲା ଓ ଲକ୍ଷହୀରା ନୃତ୍ୟ କଲା ।)

କାନ୍ତି   : (ଗୀତ)   କୋଇଲି ଡାକିଲା କୁହୁ ଗୋ
                      ଗୁରୁ ଚନ୍ଦ୍ର ବଦନ,
                ଶୁଆ ଶାରୀ ଦୁହେଁ ମୁରୁକି ହସିଲେ,
                ମୁହଁ ମୋଡ଼ିଦେଲା କାଉ ଗୋ
                      ଚାରୁ ଚନ୍ଦ୍ର ବଦନ ।୧।

ଧନପତି   : ଆହା-ହା-ଅମୃତ-ଅମୃତ !

କାନ୍ତି   : (ଗୀତ)   କଳା କାଇଁଚର ପେଢ଼ି ଗୋ
                      ଚାରୁ ଚନ୍ଦ୍ର ବଦନ,
                ପେଢ଼ିରୁ ବାହାରି ଭାନୁମତି ରାଣୀ
                ଶୂନ୍ୟ ପଥେ ଯାଏ ଉଡ଼ି ଗୋ
                      ଚାରୁ ଚନ୍ଦ୍ର ବଦନ ।୨।

ବିଦ୍ୟାପତି : ଏ ଗୀତ ତୁମକୁ ଭଲ ଲାଗୁଚି ବନ୍ଧୁ ଧନପତି !
            (ଲକ୍ଷହୀରାଙ୍କ ଓଷ୍ଠରେ ମୃଦୁ ହସ)

ଧନପତି   : ତୁମେ ନିର୍ବୋଧ । ଚାହିଁ ଦେଖ, ଏ ଗୀତ ଶୁଣୁ ଶୁଣୁ ସୁନ୍ଦରୀ ରାଣୀ
ଲକ୍ଷହୀରାଙ୍କ ଓଷ୍ଠଧାରରେ ଯାହା ଫୁଟିଉଠୁଚି-ତାହା ଅମୃତ ।

କାନ୍ତି   : (ଗୀତ)   ରାତି ଆସେ ପାହି ପାହି ଗୋ,

                          ଚାରୁ ଚନ୍ଦ୍ର ବଦନ

                          କି ବୁଦ୍ଧି କରିଲି ପରବାସ କଲି

                          ନିଜ ବାସେ ରାହା ନାହିଁ ଗୋ,

                          ଚାରୁ ଚନ୍ଦ୍ର ବଦନ ।୩।

                          (ନୃତ୍ୟ ଗୀତ ଶେଷ ହେଲା)

ଧନପତି   : ଆହା, ଅପୂର୍ବ...ଅପୂର୍ବ !

ବିଦ୍ୟାପତି : ଏଣେ ପୂର୍ବଦିଗକୁ ଚାହ, ରାତି ପାହିଲଣି। ନିଜ ବାସରେ ରାହା ମିଳିବ
             ନାହିଁ ଯେ ! ଉଠିଆସ ।(ପ୍ରସ୍ଥାନ)

ଧନପତି   : ହାୟ, ହାୟ ! ଏ ରାତି ଯଦି ନ ପାହିଥା'ନ୍ତି !!
             (ଅନିଚ୍ଛାସତ୍ତ୍ୱେ ବିଦାୟ ନେଲେ। ଲକ୍ଷ୍ମୀହୀରା ଓ କାନ୍ତି ହସୁଥାନ୍ତି।)
             (ନଗର ଉପକଣ୍ଠରେ ଭିକାରି ବ୍ରାହ୍ମଣ ବିଷ୍ଣୁ ଦାସର ଜୀର୍ଣ୍ଣ କୁଟୀରର
             ବହିର୍ଭାଗ। ବିଷ୍ଣୁ ଦାସ ବୟସରେ ତରୁଣ। କିନ୍ତୁ ଉତ୍କଟ ବ୍ୟାଧିଗ୍ରସ୍ତ
             ହୋଇଥିବା ଯୋଗୁଁ ବିକଳାଙ୍ଗ। ସମୟ-ପ୍ରଭାତ। ବିଷ୍ଣୁ ଦାସ କୁଟୀର
             ଦ୍ୱାରରେ ଠିଆ ହୋଇ ଅତି ଉତ୍କଣ୍ଠାର ସହିତ ରାଜପଥକୁ ଚାହିଁ ରହିଚି।
             ବିଷ୍ଣୁ ଦାସର ଅସାମାନ୍ୟ ରୂପଲାବଣ୍ୟଭରା ସ୍ତ୍ରୀ ଅନସୂୟା ସୂର୍ଯ୍ୟଙ୍କୁ ପ୍ରଣାମ
             ଜଣାଇ ବନ୍ଦନା କରୁଚି।)

ଅନସୂୟା   : (ଶ୍ଲୋକ)– ଜବାକୁସୁମସଂକାଶଂ କାଶ୍ୟପେୟଂ ମହାଦ୍ୟୁତିଂ
                          ଧ୍ୱାନ୍ତାରିଂ ସର୍ବପାପଘ୍ନଂ ପ୍ରଣତୋସ୍ମି ଦିବାକରଂ।

             (ଗୀତ) : ସପ୍ତାଶ୍ୱରଥବାହନ ହେ ପ୍ରଭୁ ସୂର୍ଯ୍ୟଦେବତା,

                       ଉଷାନାଥ ଗ୍ରହନାଥ ତମସାହରଣକର୍ତ୍ତା । ପଦ ।

                          ଏ ଦାସୀର ନମସ୍କାର,

                          ଘେନ ପ୍ରଭୁ ଦିବାକର

                       ପଙ୍କଜିନୀ ହୃଦନିଧି ସର୍ବମଙ୍ଗଳ କରତା ।୧।

                          ସ୍ୱାମୀ ମୋର ହୀନବୁଦ୍ଧି

                          ଦିଅ ତାଙ୍କୁ ସର୍ବସିଦ୍ଧି

                       ଏ କଲୁଷପଙ୍କୁ ବାରେ ଉଦ୍ଧାର କର ହେ ଧାତା ।୨।

ଅନସୂୟା   : ସୂର୍ଯ୍ୟୋଦୟ ହେଲାଣି କେତେବେଲୁ। ଏ ଯାଏ ସୂର୍ଯ୍ୟଙ୍କୁ ନମସ୍କାର କରି
             ନାହିଁ। କ'ଣ, ଶୁଭୁନାହିଁ ମୋ କଥା ?

ବିଷ୍ଣୁ : (ମନକୁ ମନ) ଲକ୍ଷହୀରା, କିଏ ସେ ନିର୍ବୋଧ ଯିଏ ମାତ୍ର ଏକଲକ୍ଷ
ହୀରାରେ ତମ ମୂଲ୍ୟ ନିରୂପଣ କରିଛି ?

ଅନ : କ'ଣ କହୁଚି ପରା ମୁଁ! ଯେତେ ଔଷଧ ମହୌଷଧ କଲେ ବି ତମର ଏ
ଘା' ସବୁ ଭଲ ହେଲା ନାହିଁ । ସେଦିନ ଶମ୍ଭୁଗୋସେଇଁ କହିଗଲେ, ସକାଲୁ
ଉଠି ସୂର୍ଯ୍ୟଙ୍କୁ ନମସ୍କାର କଲେ...

ବିଷ୍ଣୁ : ସେ କଥା ମୁଁ ଜାଣେ । ତୁ ଯା' ଏଠୁ!

ଅନ : ତୁମେ ଆସ...ମୁହଁ ହାତ ଧୋଇବ ।

ବିଷ୍ଣୁ : ଯା'...ମତେ ବିରକ୍ତ କରନାଇଁ ।

ଅନ : ହୁଁ! ସଖୀ ମେଲରେ ଲକ୍ଷହୀରା ପ୍ରତିଦିନ ଏଇ ବାଟରେ ନଈଘାଟକୁ
ଯାଏ । ଆଜି ବି ତ ଯାଉଚି – ଆଉ ତମେ ତା' ବାଟ ଚାହିଁ ଏଠି ଠିଆ
ହୋଇ ରହିଚ, ଆଖିରେ ତମର ପଲକ ପଡୁନି । କାହିଁକି ?

ବିଷ୍ଣୁ : ତୁ ମୋର ସ୍ତ୍ରୀ–ମୋର କିଙ୍କରୀ ଦାସୀ । ମତେ ଏ ପ୍ରଶ୍ନ ପଚାରିବାର ଅଧିକାର
ତୋର ନାହିଁ ।

ଅନ : ସ୍ୱର୍ଗର ଅପ୍ସରାଠୁ ବଳି ସୁନ୍ଦରୀ ହେଲେ ବି ଲକ୍ଷହୀରା ଗୋଟାଏ
ବାରନାରୀ... ବେଶ୍ୟା...ତାର ମୁହଁ ଚାହିଁବା ପାପ –

ବିଷ୍ଣୁ : ତୁନି ହ' । ସାଇପଡ଼ିଶା ପାଞ୍ଚ ଜଣ ତତେ ଭାରୀ ସୁନ୍ଦରୀ ଆଉ ସତୀ
କୁହନ୍ତି ବୋଲି ତୋର ଗର୍ବ ଖୁବ୍ ବଢ଼ିଯାଇଚି – ନା ?

ଅନ : ହେଲେ ସାଇପଡ଼ିଶା ଯାଏ କଥା ଯାଉଚି କାହିଁକି ? ମୁଁ ସୁନ୍ଦରୀ କି ଅସୁନ୍ଦରୀ
...ସତୀ କି ଅସତୀ...ସେକଥା ତମଠୁଁ ତ ଆଉ କେହି ବେଶୀ ଜାଣନ୍ତି
ନାହିଁ । ପାଣି ଦଉଚି ଆସ, ଗାଧୋଇବ । (ଭିତରକୁ ଗଲା)

ବିଷ୍ଣୁ : ମୁଁ ଦୀନହୀନ ଗରିବ । ଭିକ୍ଷା କରି ପେଟ ପୋଷେ । ଉକ୍ରଟ ବ୍ୟାଧିରେ
ମୋ ଦେହ ବିକଳାଙ୍ଗ ହୋଇଯାଇଚି । ମତେ ଦେଖିଲେ ଲୋକେ ଘୃଣା
କରନ୍ତି । କିନ୍ତୁ ମୁଁ ଲକ୍ଷହୀରାକୁ ଦେଖି ପାଗଲ ହୋଇଯାଉଚି । ଲକ୍ଷହୀରା
ବିନା ମୋ ଜୀବନରେ ଗତି ନାହିଁ – ମୁକ୍ତି ନାହିଁ ।
(କୁଟୀର ସମ୍ମୁଖ ଚଉପାଢ଼ିରେ ଶୋଇଲା – ଅନୁସୂୟା ଆସିଲା ।)

ଅନ : ଏ କ'ଣ – ତୁମେ ପୁଣି ଶୋଇଲଣି ଯେ ?

ବିଷ୍ଣୁ : କ'ଣ ଆଉ କରିବି ?

ଅନ : ଗାଧୋଇସାରି, କ'ଣ ଦି'ଟା ମୁହଁରେ ଦେଇ...

ବିଷ୍ଣୁ : (ବାଧାଦେଇ) ଓଃ, ସତେ ଯେମିତି ମୋପାଇଁ ଖଜା ମାଲପୁଆ କରି ରଖିଦେଇଚି ।

ଅନ   : ହସି ହସି ତମର ସେବା କରି ପାରିଲେ ମୋ ହାତରୁ ଖୁଦ ଚାଉଳ ଭଜା କ'ଣ
        ଖଜାପିଠା ସଙ୍ଗେ ସମାନ ନୁହେଁ ? ଆସ, ଗାଧୋଇ ସାରିଲେ ଭିକ୍ଷା କରି ଯିବ ।

ବିଷ୍ଣୁ : ନା, ମୁଁ ଆଜି ଭିକ୍ଷା କରି ଯିବି ନାହିଁ ।

ଅନ   : ଯିବ ନାହିଁ ? ଆଜି ଏ ବେଳା ଭିକ୍ଷା ନ ଆଣିଲେ ଆର ବେଳାକୁ ଯେ
        ଉପାସ ରହିବାକୁ ପଡ଼ିବ !

ବିଷ୍ଣୁ : କହୁଚି ମୁଁ ଭିକ୍ଷା କରି ଯିବି ନାହିଁ – ଯିବି ନାହିଁ ।

ଅନ   : ହଉ, ତମ ଇଚ୍ଛା ! (ପ୍ରସ୍ଥାନ)
        ଏ ମଧରେ ତିନି ଦିନ ବିତିଯାଇଛି । ବିଷ୍ଣୁ ଦାସ ସେମିତି ଶୋଇରହିଚି ।

ଅନ   : (କାନ୍ଦି) ତିନି ଦିନ ତିନି ରାତି ହୋଇଗଲା–ମୁହଁରେ ପାଣି ଟୋପାଏ ଦଉନ–
        ଯେତେ ପଚାରିଲେ କିଛି କହୁନ ।

ବିଷ୍ଣୁ : କାହାରିକୁ ମୋର କିଛି କହିବାର ନାହିଁ ।

ଅନ   : ତମ ପାଦ ଧରି ଅଳି କରୁଚି – ମତେ କୁହ, କ'ଣ ତମର ହୋଇଚି ।
        କାହିଁକି ଏ ନିଷ୍ଠୁର ପଣ ତୁମେ କରିଚ ?...କୁହ ।

ବିଷ୍ଣୁ : ଶୁଣିବୁ ? ସେ ଧୈର୍ଯ୍ୟ ତୋର ଅଛି ?

ଅନ   : ଯେତେ ଦିନଯାଏ ତୁମେ ମୋ ପାଖରେ ଅଛ, ମୋର ଦନ୍ଦ ମୋର ଧୈର୍ଯ୍ୟ
        କେବେ ତୁଟିବ ନାହିଁ ।

ବିଷ୍ଣୁ : ଶୁଣ ତା'ହେଲେ – ମୁଁ ଚାହେଁ ଲକ୍ଷହୀରାକୁ !

ଅନ   : ଲକ୍ଷହୀରାକୁ !!

ବିଷ୍ଣୁ : ହଁ । ଲକ୍ଷହୀରାମୁ ନ ପାଇଲେ ମୁଁ ବଞ୍ଚପାରିବିନାହିଁ । ସେଥିପାଇଁ ଏ
        ମୃତ୍ୟୁପଣ ମୁଁ କରିଚି ।

ଅନ   : ନା–ନା, ଏ ପାପ–ଅନାଚାର କଥା କୁହନାଇଁ ତୁମେ – କୁହନାଇଁ ।

(ଗୀତ)   ଏ କି ପଣ କର   ହେ ଜୀବନେଶ୍ୱର
        ଘେନା କର ଦାସୀ ଗୁହାରି,
        ବାରନାରୀ ବାରାଙ୍ଗନା   ଭଲା କେବେ
        ହେଇଚି ନିଜର କାହାରି ? ।୦।
        ଲକ୍ଷେ ହୀରା ଯା'ର ରାତିକର ମୂଲ
        ଲକ୍ଷେ ସଂସାର ଯେ କରିପାରେ କ୍ରୁର
        ତାହାଲାଗି ତୁମେ   ସଂସାରି ପୁରୁଷ
        ଯାଉଚ ସଂସାରୁ ବାହାରି ।୧।

ବିଷ୍ଣୁ   : ତୁ ଚାଲିଯା-ଚାଲିଯା ଏଠୁ ! ମୋ ପ୍ରତିଜ୍ଞାରୁ କେହି ମୋତେ ଟଳାଇ ପାରିବ
          ନାହିଁ ! ତୁ ଚାଲିଯା !

(ଗୀତ)   ଯେ’ ପଣ କରିଚି, ଜୀବନ ବିକିଚି
               ପାରିବ କେ ତାହା ରୋଧ କରି ?
          କରିଛି ଶପଥ ତିନିବାର ସତ୍ୟ
               ମୋ ଇଷ୍ଟ ଦେବତା ନାମ ସ୍ମରି ।୦।
          ଲକ୍ଷ୍ୟହୀରା ଲକ୍ଷରମଣୀ-ମଣି ସେ,
               ମୋ ଜୀବନ-ଗଗନ ଧ୍ରୁବତାରା,
          ସେହି ମୋ ସଂସାର, ସେହି ମୋ ବିଚାର
               ଗତି ମୁକ୍ତି ମୋ ଜୀବନତରୀ ।୧।
          ମୁଁ ଦୀନ କାଙ୍ଗାଲ, ନାହିଁ ମୋ ସମ୍ବଳ
               ଦେଇପାରିବିନି ତାର ମୂଲ,
          ବଣ୍ଠବାର ଆଶା ଟୁଟାଇ ଦେଇଚ
               ମରଣ ପଥ ମୁଁ ନେଲି ବରି ।୨।

ଅନ   : ଏଇ ତେବେ ତମ ମନର କଥା !

ବିଷ୍ଣୁ   : ହାଁ ! ମୁଁ ଜାଣେ, ମୁଁ ଲକ୍ଷହୀରାର ଯୋଗ୍ୟ ନୁହେଁ ! ମୁଁ ତାକୁ ପାଇପାରିବି ନାହିଁ ।
          ସେଇଥିପାଇଁ ମୁଁ ପଣ କରିଚି-ଏମିତି ନ ଖାଇ ନ ପିଇ ଶୁଖି ଶୁଖି ମରିବି ।

ଅନ   : ନା ! (ଅନସୂୟାର ସ୍ୱର ଦୃଢ଼ତାବ୍ୟଞ୍ଜକ)

ବିଷ୍ଣୁ   : ନା ?

ଅନ   : ଲକ୍ଷହୀରାକୁ ତୁମେ ପାଇବ ।

ବିଷ୍ଣୁ   : ଏଁ, ତୁ କ’ଣ କହୁଚୁ ଅନସୂୟା ?

ଅନ   : ଠିକ୍ କହୁଚି । ନାରୀର ସେବା ଆଉ ତ୍ୟାଗ ନିକଟରେ ଏ ସଂସାରରେ
          କିଛି ଅସମ୍ଭବ ନୁହେଁ । ତୁମେ ଲକ୍ଷହୀରାକୁ ପାଇବ – ଆଉ ମୁଁ ପାଇବି ମୋ
          ସ୍ୱାମୀଙ୍କ ଜୀବନ ।

ବିଷ୍ଣୁ   : ଅନୁ !! (ବିଷ୍ଣୁ ଦାସର ମୁଖମଣ୍ଡଲରେ ବିସ୍ମୟ ଓ ଆନନ୍ଦର ଚିହ୍ନ)
               ଲକ୍ଷହୀରାର ବାସଭବନର ସମ୍ମୁଖଭାଗ

ଲକ୍ଷ   : ଆଲୋ କାନ୍ତି, ଆଜି କ’ଣ ସିଏ ପୁଣି ଆସିଚି ?

କାନ୍ତି   : ହାଁ, ଦେବୀ ! ଆଜି ବି ରାତି ନପାହୁଣୁ ଆସି ଦାଣ୍ଡଦୁଆର ବାରିଦୁଆର ସବୁ
          ଖରଖିଲାଣି ।

ଲକ୍ଷ୍ମ : ଚାଲିଲୁ ଦେଖୋ ।

କାନ୍ତି : ଆସ...ଏଇ ଦେଖ ।

(ଲକ୍ଷ୍ମହୀରା ଦେଖିଲା ହାତରେ ସମ୍ମାର୍ଜନୀ ଧରି ଅନସୂୟା ବାହାର ଅଗଣା ଖରକୁଟି ।)

ଲକ୍ଷ୍ମ : ଆହା, ଏଡ଼େ ସୁନ୍ଦରୀ ସ୍ତ୍ରୀ ତ ମୁଁ କେବେ କୋଉଠି ଦେଖି ନ ଥିଲି ! ଏ ସୁନ୍ଦର ରୂପ – ଏ ସୁକୁମାର ତନୁଲତା – ପୁଣି ଉଚ୍ଚ କୁଳର ବୋହୂ ଭଳି ଜଣାଯାଉଚି । ଅଥଚ ହାତରେ ଝାଡ଼ୁ ଧରି ମୋ ଦୁଆର ଖରକୁଟି କାହିଁକି ? (ଅନସୂୟାକୁ) କିଏ ତୁମେ ଭଉଣୀ–କୁହ ତୁମେ କିଏ ? କାହିଁକି ଆସି ମୋର ଏ ସେବା କରୁଚ ?

ଅନ : ତମର ଏ ସୁନ୍ଦର ରୂପକୁ ଏତେ ପାଖରେ କେବେ ଦେଖି ନଥିଲି, ଆଗେ ଥରେ ଆଖି ପୂରେଇ ଦେଖିସାରେ !

ଲକ୍ଷ୍ମ : ମୁଁ ସୁନ୍ଦରୀ ସତ – ହେଲେ ଆକାଶରେ ଚାନ୍ଦ ଉଇଁଲେ କୁଆଁ ତାରାର ତେଜ ମଉଳିଯାଏ ।

ଅନ : ମାତ୍ର ଚାନ୍ଦର ଦୁର୍ଭାଗ୍ୟ ତା ଜୀବନରେ ଆସେ ଅମାବାସ୍ୟା–ଠିକ୍ ଯେମିତି ମୋ ଜୀବନ–ଆକାଶରେ ଆଜି ଅମାବାସ୍ୟାର ଅନ୍ଧାର ଘୋଟିଆସିଚି

ଲକ୍ଷ୍ମ : କିଏ ତୁମେ – କ'ଣ ହେଇଚି ତମର ?

ଅନ : ତମେ ନଦୀକୁ ଗାଧୋଇଯିବା ବାଟରେ ଭଗବତୀ ମନ୍ଦିର ପଛ ଭଙ୍ଗା କୁଡ଼ିଆର ଦୁଆର ମୁହଁ ଧରି ଯୋଉଁ ଭିକାରି ବ୍ରାହ୍ମଣ ଜଣକ ତମ ବାଟ ଚାହିଁ ଠିଆ ହୋଇଥାଏ...

ଲକ୍ଷ୍ମ : ବୁଝିଲି । ପ୍ରତିଦିନ ଏକଲୟରେ ସେ ମୋତେ ଚାହିଁ ରହିଥାଏ ।

କାନ୍ତି : ଇହି, କି ବିକଳାଙ୍ଗ ଅସନା ରୂପ ସେଇଚାର ।

ଅନ : ସେଇ ମୋର ସ୍ୱାମୀ । ମୋ ନାଁ ଅନସୂୟା ।

ଲକ୍ଷ୍ମ : ତୁମେ–ତୁମେ ତା'ର ସ୍ତ୍ରୀ ! କାଇଁ ତୁମକୁ ତ ମୁଁ କେବେ ଦେଖିନି ସେଠି ?

ଅନ : ଦେଖିବ କେମିତି ? ମୁଁ ଉଚ୍ଚ କୁଳର ବୋହୂ । ତମ ମୁହଁ ଚାହିଁବା ତ ମୋର ଉଚିତ ନୁହେଁ ।

କାନ୍ତି : ହେଁ, କ'ଣ ଏମିତି ବଢ଼ି ବଢ଼ି କଥା କହୁଚୁ ? ଚାଲିଯା' ଏଠୁ ।

ଅନ : ମତେ ଭଉଣୀ ବୋଲି ଡାକିଚ ଲକ୍ଷ୍ମହୀରା–ଶୁଣିବ ନାହିଁ ମୋ କଥା ?

ଲକ୍ଷ୍ମ : ଶୁଣିବି । କୁହ, ସ୍ୱାମୀ ତମର କାହିଁକି ପ୍ରତିଦିନ ଏକ ଲୟରେ ମୋତେ ଚାହିଁରହନ୍ତି । ଦରିଦ୍ର ବୋଲି ମୋ'ଠାରୁ କ'ଣ କିଛି ଭିକ୍ଷା ଚାହାନ୍ତି ?

ଅନ   : ନା !

ଲକ୍ଷ   : ତେବେ ? କ’ଣ ସେ ଚାହାନ୍ତି ?

ଅନ   : (ଗୀତ)   ଅଘଟନ କଥା କହୁଚି

                        ଶୁଣ ସୁଦୟା ବିହି,

             ଅଭାଗିନୀ ମୁଁ ଯେ ଦୁଃଖିନୀ

                        ପ୍ରାଣ ହୁଏ ମୋ ବହି ।୧।

             ଦେଖି ତୁମ ରୂପଲାବଣ୍ୟ

                        ସ୍ୱାମୀ ପାଗଳ ପ୍ରାୟ,

             ବୁଝୁନ୍ତିନି କିଛି କଥା ସେ

                        କିଛି ନ୍ୟାୟ ଅନ୍ୟାୟ ।୨।

ଲକ୍ଷ   : ତମର କ’ଣ ହିତାହିତ ଜ୍ଞାନ ଲୋପ ପାଇଲାଣି ଅନସୂୟା ! ବ୍ରାହ୍ମଣ କୁଳର
             ସ୍ତ୍ରୀ ନା ?

             (ଗୀତ)   ଏ’କି ବିବେଚନା ତୁମର

                        ତୁମେ କୁଳର ବୋହୂ

             ଏତିକିରେ ରହୁ ଏ କଥା

                        ଆଉ ପ୍ରଘଟ ନୋହୁ ।୩।

             ସ୍ୱାମୀ ତୁମ ସର୍ବ ଦେବତା

                        ସର୍ବ କରମେ ସାର,

             ପର ନାରୀଠାରେ ବଖାଣ

                        କିମ୍ପା ତାଙ୍କ ବେଭାର ।୪।

ଅନ   : କ୍ଷମ ଅପରାଧ ଦେବୀ ଗୋ

                        ମୋର ଅଛି କି ଚାରା,

             ତୁମେ ତାଙ୍କ ଗତି-ମୁକତି

                        ତାଙ୍କ ହୃଦୟ-ହାରା ।୫।

             ତୁମେ ଯେବେ ପ୍ରାପ୍ତ ନୋହିବ,

                        ଦେବେ ଜୀବନ ବଳି,

             ଏ ଦୁଃଖରୁ ସିନା ସେ ଦୁଃଖ

                        ମୋର ଯାଉଚି ବଳି ।୬।

ଅନ : ପଣ କରିଚନ୍ତି – ତମକୁ ନ ପାଇଲେ ନ ଖାଇ ନ ପିଇ ଶୁଖି ଶୁଖି
ମରିବେ। ସେଥିପାଇଁ ହାତରେ ଝାଡୁ ଧରି – ହୀନ ଚଣ୍ଡାଳୁଣୀ ପରି ମୁଁ
ତମର ସେବା କରୁଚି। ମତେ ତମେ ଦୟାକର।

ଲକ୍ଷ : ତୁମେ ଭୁଲ କରୁଚ ଅନସୂୟା – ତୁମେ ଭୁଲିଯାଉଚ ମୋ ଅବସ୍ଥା ଆଉ
ତୁମ ଅବସ୍ଥାର କଥା।

(ଗୀତ) ରାଜା ମହାରାଜା ସାମନ୍ତ

ଶ୍ରେଷ୍ଠୀ ବଣିକକୁଳ,

ପାଦତଳେ ଯାର ଲୋଟନ୍ତି

ଯାହା ପାଇଁ ଆକୁଳ ।୭।

ସେ ଦେଲା ତମକୁ ଯେବେ ତା'

ଭଉଣୀର ଆସନ,

ଏଇ ଫଳ ଦେଲ!! ଫେରି ଯା'

ଏବେ ନିଜ ଭବନ ।୮।

ଅନ : ଏମିତି ଖାଲି ହାତରେ ମୁଁ ତମ ପାଖରୁ ଫେରିଯାଇ ପାରିବ ନାହିଁ ଲକ୍ଷହୀରା!
ଧନପତିମାନଙ୍କ ପାଇଁ ତମ ଦୁଆର ରାତିକ ସକାଶେ ବନ୍ଦ ହେଲେ ତମ ରତ୍ନଭଣ୍ଡାର
କିଛି ଉଣା ହୋଇଯିବ ନାହିଁ। ହେଲେ ମୋ' ସ୍ୱାମୀ ଯଦି ତୁମକୁ ନ ପାନ୍ତି
ତେବେ ମୋ ସଂସାର ଉଚ୍ଛନ୍ନ ହୋଇଯିବ। ମୁଁ ହେବି ବିଧବା – ଅଲକ୍ଷଣୀ।

ଲକ୍ଷ : ମୋ କଥା ମୁଁ କହିସାରିଚି।

ଅନ : ନା–ନା, ମତେ ଦୟାକର!

କାନ୍ତି : ଏଇଟା କଥା କାହିଁକି ଶୁଣୁଚ ମ ଦେବି! ସିଏ ସେମିତି ହଉଥାଉ, ତମେ
ଭିତରକୁ ଚାଲ।

ଅନ : ଲକ୍ଷହୀରା, ଥରେ ଚାହଁ ମତେ – ଦୟାକର! ସବୁ ବିଧିବିଧାନକୁ ପଛରେ
ପକାଇ ମୁଁ ତମ ଦ୍ୱାରକୁ ଧାଇଁ ଆସିଚି – ତମ ସେବା କରିଚି। କହିବ ତ
ତମ ପାଦସେବା କରିବି। ତମ ବସ୍ତ୍ର ପଖାଳିବି। (ଅନସୂୟାର ଏ କାତର
ପ୍ରାର୍ଥନାରେ ଲକ୍ଷହୀରା ବିଚଳିତା ହୋଇଉଠିଲେ।)

ଲକ୍ଷ : ଅନସୂୟା...

ଅନ : ଦୟାକର ଦେବୀ, ମୋ ସ୍ୱାମୀଙ୍କୁ ବଞ୍ଚାଅ!

ଲକ୍ଷ : ମୁଁ ରାଜି, ଅନସୂୟା!

କାନ୍ତି : ଦେବୀ!

ଲକ୍ଷ୍ମ   : ମୁଁ କଥା ଦେଉଚି। ଆଜି ରାତିରେ ତମ ସ୍ୱାମୀ ମୋର ଅତିଥୁ ହେବେ–
             ତମେ ଯାଅ।

ଅନ   : ତମର – ତମର ଜୟ ହେବ ଲକ୍ଷ୍ମହୀରା ! ତମେ ସୌଭାଗ୍ୟବତୀ ହୁଅ।
             (ପ୍ରସ୍ଥାନ)
             (ଲକ୍ଷ୍ମହୀରାର ରଙ୍ଗଭବନ। ସମୟ–ରାତ୍ରି। ଉପସ୍ଥିତ ଧନପତି ଓ ବିଦ୍ୟାପତି।
             ଦୁହିଁଙ୍କ ଅବସ୍ଥାରୁ ଜଣାଯାଏ ଯେ ଦୁହେଁ ଅତି ଉତ୍କଣ୍ଠାର ସହିତ ଲକ୍ଷ୍ମହୀରାର
             ଆଗମନକୁ ଅପେକ୍ଷା କରି ରହିଚନ୍ତି; କିନ୍ତୁ ଲକ୍ଷ୍ମହୀରା ନ ଆସିବାରୁ ଦୁହେଁ
             ବେଳକୁବେଳ ଅସ୍ଥିର ଓ ହତାଶ ହୋଇପଡୁଛନ୍ତି।)

ଧନପତି   : କବି ବନ୍ଧୁ ବିଦ୍ୟାପତି !

ବିଦ୍ୟାପତି : କୁହନ୍ତୁ ଧନପତି ବନ୍ଧୁ !

ଧନ   : କ'ଣ ଦେଖୁଛନ୍ତି ?

ବିଦ୍ୟା   : ଆପଣ ଯାହା ଦେଖିପାରୁନାହାନ୍ତି।

ଧନ   : ମୁଁ ତ ଲକ୍ଷ୍ମହୀରାଙ୍କୁ ଦେଖିପାରୁ ନାହିଁ !

ବିଦ୍ୟା   : ଓଃ !

ଧନ   : ଆପଣ ତାଙ୍କୁ ଦେଖୁଚନ୍ତି କି ?

ବିଦ୍ୟା   : ସେ କଥା ଆପଣ ଜାଣି ଲାଭ କ'ଣ ?

ଧନ   : ତା ଅର୍ଥ ଆପଣ ଯାହା ଦେଖୁଚନ୍ତି ମୁଁ ତାହା ଦେଖିପାରୁନାହିଁ।

ବିଦ୍ୟା   : ତାହା ହିଁ ମୁଁ ଭାବୁଚି।

ଧନ   : ଛାଡ଼ନ୍ତୁ – ଆପଣ ମିଛ କହୁଚନ୍ତି। ଲକ୍ଷ୍ମହୀରା ଏ ଯାଏଁ ରଙ୍ଗଭବନକୁ
             ଆସିନାହାନ୍ତି।

ବିଦ୍ୟା   : ଏତେବେଳକେ କଥାଟା ତା' ହେଲେ ଆପଣଙ୍କର ବୋଧଗମ୍ୟ ହେଲା।

ଧନ   : ଲକ୍ଷ୍ମହୀରାଙ୍କର ଏ ଅନ୍ୟାୟ। ଏତେବେଳ ହେଲାଣି, ଆମେ ଅପେକ୍ଷ କରି
             ବସିଛୁ – ସେ ଆସୁନାହାନ୍ତି।

ବିଦ୍ୟା   : କ'ଣ ତେବେ କରିବା ?

ଧନ   : ଯେତେ ଚେଷ୍ଟା କଲେ ବି ଖାଇ ହାଇମାରିବା ଛଡ଼ା ଆଉ କିଛି କରିପାରୁ
             ନାହିଁ। ଏଇ ଆସିଲେ !

ବିଦ୍ୟା   : ଆସିଲେ ?

ଧନ   : ଏଇ ଦେଖନ୍ତୁ, ପରଦା ସେ ପାଖରେ।

ବିଦ୍ୟା   : ସେ ନୀଳ ପରଦା ?

ଧନ		: ନା !

ବିଦ୍ୟା		: ତା’ ସେପଟକୁ ସେ ସବୁଜ ପରଦା ?

ଧନ		: ନା !

ବିଦ୍ୟା		: ତା’-ତା’ ସେପଟକୁ ସେ ଲୋହିତ ପରଦା ?

ଧନ		: ହଁ, ଦେଖନ୍ତୁ-ପରଦା ତଳ ଅଂଶଟା ଅଳ୍ପ ଅଳ୍ପ ହଲୁଚି ।

ବିଦ୍ୟା		: ତା’ ଅର୍ଥ ?

ଧନ		: ଦେବୀ ଆସିବେ ଆସେବ ହଉଚନ୍ତି, ଅଥଚ ଆସି ପାରୁନାହାନ୍ତି ।

ବିଦ୍ୟା		: ତା’ହେଲେ ?

ଧନ		: ମୋର ଗୀତଟିଏ ଗାଇବାକୁ ମନ ବଳୁଚି ।

ବିଦ୍ୟା		: ମୋର ଶୁଣିବାକୁ ମନ ବଳୁଚି - ଗା’ନ୍ତୁ ।

ଧନ		: (ଗୀତ)		ସେ ପଟର ମାୟା ଭୁଲି

				ଏ ପଟକୁ ଆସ ବାରେ

			କଟ କଟ କଟିଦେଶ

				ବସି ବସି ହାଇ ମାରେ...

		ଖାଲି, ବସି ବସି ହାଇମାରେ ।୦।

		ମଠ ମଠ କର ଯେତେ ଛଟପଟ ହୁଏ ସେତେ

				ଉକୁଟିବ ନାହିଁ କିବା,

			ନାଲି ଓଠ ହସ ଧାରେ ।୧।

		କରୁଚ କିଆଁ କପଟ-ମାରୁଚ କିଆଁ ଚମଟ

				କେତେ ହେବି ଭଟ ଭଟ

				ଶୁଖି ତ ଯାଉଟି କଣ୍ଠ

				ଦାନ୍ତ ମୂଳ ରଟ ରଟ

				ଛାଡ଼ିଯାଉଅଛି ଘଟ ।

ବିଦ୍ୟା		: (ବାଧାଦେଇ) ବନ୍ଧୁ ଧନପତି !

ଧନ		:		ଆରେ ଯାଃ ହଟ ହଟ !

				ନଦୀତଟ ଅକ୍ଷବଟ

				ଶେଷକୁ ଆଶ୍ରୟ ମଠ

			ଡାରେ ଡାରେ ନାରେ ନାରେ

			ଡାରେ ଡାରେ ନାରେ ନାରେ ।୨।

ବିଦ୍ୟା   : ଏଇ ଆସିଲେ !

ଧନ   : ମୁଁ ଜାଣିଥିଲି, ମୋ' ଗୀତ ଶୁଣି ଦେବୀ ନ ଆସି ରହିପାରିବେ ନାହିଁ ।

(ଲକ୍ଷହୀରାର ପ୍ରବେଶ)

ଲକ୍ଷ   : ମତେ କ୍ଷମା କରିବେ !

ଧନ   : ଆହା, ବହୁ ଆଗରୁ ସେ ଅଡୁଆ ତୁଟିଯାଇଚି । ଏଇ ଦେଖ ଦେବୀ,
             ଏକଲକ୍ଷ ହୀରାର ଏକ ଥଲି ।

ବିଦ୍ୟା   : ମୁଁ କବି – ହୀରା ଦବାର କ୍ଷମତା ମୋର ନାହିଁ । ସେଥିପାଇଁ ଏକଲକ୍ଷ
             ଶ୍ଳୋକ ମୁଁ ରଚନା କରି ଆଣିଚି ।

ଲକ୍ଷ   : ଆଗେ ଶୁଣନ୍ତୁ ମୋ' କଥା ।

ଧନ ଓ ବିଦ୍ୟା : ତା' ପୂର୍ବରୁ ଆମ କଥା ଶୁଣ ଦେବି !

(ଗୀତ)

ଧନ   : ପାଟବସନ ଥଲିରେ ଏକଲକ୍ଷ ହୀରା

             ଘେନାକର ଶ୍ରୀହସ୍ତରେ ଦେବୀ ଲକ୍ଷହୀରା   ।୧।

ବିଦ୍ୟା   : ଭୂର୍ଜ ପତ୍ରେ ଲେଖିଚି ମୁଁ ଶ୍ଳୋକ ଏକଲକ୍ଷ

             ଛୁଟାଇଚି ନେତ୍ରୁ ନୀର ଫଟାଇଚି ବକ୍ଷ   ।୨।

ଧନ   : ହୀରାକୁଦ ହୀରା ଏହି ଦଶଟି ହଜାର

             ଦେଖି ଛାତି ଫାଟିଗଲା ସେ ଦେଶ ରଜାର   ।୩।

ବିଦ୍ୟା   : ଏହି ଶ୍ଳୋକେ ଅଛି ମୋର ଅତି ଗୂଢ଼ ଛନ୍ଦ

             ବିରହର ବିଷଜ୍ୱାଲା ମିଳନର ଗନ୍ଧ   ।୪।

ଧନ   : କମ୍ବୁ ଦ୍ୱୀପ ହୀରା ଇଏ ଜମ୍ବୁ ଦ୍ୱୀପେ ସାର

             ଗଢ଼ି ଆଣିଚି ଏଥିରେ ସାତସରି ହାର   ।୫।

ବିଦ୍ୟା   : ଗନ୍ଧମାର୍ଦ୍ଦନ ଚୂଡ଼ାରେ ରାତିସାରା ବସି

             ଏ ଶ୍ଳୋକ ମୁଁ ବିରଚିଲି ସାକ୍ଷୀ ତାରା ଶଶୀ   ।୬।

ଧନ   : ସାତ ସମୁଦ୍ର ସେପଟୁ ଏ ହୀରା ଆଣିଚି

ବିଦ୍ୟା   : ସାତତାଳ ପଙ୍କେ ପଶି ଏ ଶ୍ଳୋକ ଭଣିଚି   ।୭।

ଧନ   : ଏ ହୀରା ମୁଁ ଆଣିଅଛ –

ବିଦ୍ୟା   : ଏ ଶ୍ଳୋକ ମୁଁ ଲେଖିଅଛି–

ଲକ୍ଷ   : ଶୁଣନ୍ତୁ-ଶୁଣନ୍ତୁ ମୋ' କଥା ! ଆପଣମାନଙ୍କ ହୀରା ଓ ଶ୍ଳୋକ ନେଇ
             ଆପଣମାନେ ଫେରିଯାନ୍ତୁ !

ଧନ ଓ ବିଦ୍ୟା : କାହିଁକି ?

ଲକ୍ଷ୍ମୀ   : ଏଇ ଦେଖନ୍ତୁ ସେ ଘରେ ଯିଏ ବସିଚନ୍ତି –

ଧନ   : (ଭିତରକୁ ଚାହିଁ ଦେଖି) ସେଇ ବିକଳାଙ୍ଗ ଭିକାରି ବ୍ରାହ୍ମଣ ବିଷ୍ଣୁ ଦାସ !

ଲକ୍ଷ୍ମୀ   : ହଁ, ସେଇ ବିଷ୍ଣୁ ଦାସ ଆଜି ମୋର ଅତିଥି !

ଧନ   : ନା–ନା–ଲକ୍ଷ୍ମୀହୀରା...

ଲକ୍ଷ୍ମୀ   : କହିଲି ପରା ଆପଣମାନେ ଯା'ନ୍ତୁ !

ବିଦ୍ୟା   : ଆସନ୍ତୁ ଧନପତି ମହାଶୟ, ଉଠନ୍ତୁ !

ଧନ   : କିନ୍ତୁ ଯିବା କୁଆଡ଼େ ? ଅଦ୍ୟ ରାତ୍ରରେତ ସ୍ୱଗୃହ ପ୍ରତ୍ୟାବର୍ତ୍ତନର ବାସନା
           ମୋର ନ ଥିଲା ।

ବିଦ୍ୟା   : ମଠ – ଯୋଉ ମଠ...ଗୀତ ଗାଉଥିଲେ !

ଧନ   : ଚାଲନ୍ତୁ – ଏବେ ମଠ ହିଁ ଆମ ଆଶ୍ରୟ ।

ଲକ୍ଷ୍ମୀ   : କାନ୍ତି !   (ଦୁହିଁଙ୍କର ପ୍ରସ୍ଥାନ)

                              (କାନ୍ତିର ପ୍ରବେଶ)

କାନ୍ତି   : ଦେବୀ !

ଲକ୍ଷ୍ମୀ   : ଅନସୂୟା କ'ଣ କରୁଚି ?

କାନ୍ତି   : ଭିତର ଅଳିନ୍ଦରେ ବସିଚନ୍ତି – ଡାକିବି ?

ଲକ୍ଷ୍ମୀ   : ନା, ବିଷ୍ଣୁ ଦାସଙ୍କୁ ଆସିବାକୁ କୁହ ।
           (ଟିକିଏ ପରେ ବିଷ୍ଣୁ ଦାସ ଆସିଲେ । ସେ ବିବ୍ରତ ବିହ୍ୱଳିତ ।)

ଲକ୍ଷ୍ମୀ   : ଆସ ଏଠି–ଏଇ ଆସନରେ ବସ । ଏ କ'ଣ ? ତୁମେ ଏମିତି ଥରୁଚ
           କାହିଁକି ?

ବିଷ୍ଣୁ   : ନା'ତ–ନା'ତ !

ଲକ୍ଷ୍ମୀ   : ନା !! ଏଇ ତ, ତମ ମୁହଁରେ ବିନ୍ଦୁ ବିନ୍ଦୁ ଝାଳ ଦେଖା ଦେଲାଣି ! ଓ
           ବୁଝିଲି ମୋର ଏ ବେଶ ଭୂଷା – ସାଜ ସଜ୍ଜା ଦେଖି ତମର ବୋଧହୁଏ
           ଏଣୁ ତେଣୁ ଭ୍ରମ ହେଉଚି । କ'ଣ କରିବି କୁହ–ଏଇଟା ତ ଆମ କୁଳର
           କଥା ! କେତେ କେତେ ରାଜା, ଧନୀବଣିକ ଏଠିକି ଆସୁଚନ୍ତି । ସେମାନଙ୍କ
           ମନ ନେବାକୁ ହେଲେ...କ'ଣ ଶୋଷ ହେଉଚି ? ପାଣି ପିଇବ ?

ବିଷ୍ଣୁ   : ହଁ, ଟିକେ ପାଣି ପିଇବି ।

ଲକ୍ଷ୍ମୀ   : ହଉ ଆଣୁଚି !   (ପ୍ରସ୍ଥାନ)

ବିଷ୍ଣୁ   : (ମନକୁମନ) ମୁଁ ବୁଝି ପାରୁନାହିଁ କ'ଣ ମୁଁ କରିବି !

ଆଶା, ଯେଉଁ ବାସନା ନେଇ ଏଠିକି ଆସିଥିଲି – ଏଠି ଆସି ଦେଖୁଚି ସେ
ସବୁ ଯେମିତି ସ୍ୱପ୍ନ ମାୟା...
(ହାତରେ ଦୁଇଟି ପାଣିଭରା ପାତ୍ର ନେଇ ଲକ୍ଷ୍ମହୀରା ଆସିଲା)

ଲକ୍ଷ୍ମ : ଏଇ, ପାଣି ନିଅ ।

ବିଷ୍ଣୁ : ଏ କ'ଣ ଦୁଇଟି ପାତ୍ରରେ ପାଣି ?

ଲକ୍ଷ୍ମ : ହଁ, ଦୁଇଟି ପାତ୍ର, – ଇଏ ସୁନାର ପାତ୍ର, ଆଉ ଇଏ ମାଟିର ।

(ଗୀତ)
  ହେ ପୂଜ୍ୟ ଅତିଥି, ହେ ବନ୍ଧୁବର,
  ଦୁଇ ପାତ୍ରେ ଭରିଅଛି ମୁଁ ଜଳ ।
  ସ୍ୱର୍ଣ୍ଣ ପାତ୍ର ଜଳ ଏ ସୁବାସିତ
  ସେଥି ସଙ୍ଗେ ପୁଣି ମଧୁ ମିଶ୍ରିତ ଯେ,
  ମାଟି ପାତ୍ର ଏ ଜଳ ଯେ,
  ପବିତ୍ର ଗୋ'କନ୍ୟା ନଦୀରୁ ଆଣିଚି
  ଶୁଦ୍ଧପୂତ ନିରିମଳ ଯେ ।୧।

(ଗୀତ)
ବିଷ୍ଣୁ :
  ବୁଝି ନ ପାରେ ଏ ରହସ୍ୟ କିବା
  ଭିନ୍ନ ପାତ୍ରେ ଭିନ୍ନ ଜଳ ରଖିବା ।
  ସ୍ୱର୍ଣ୍ଣ ପାତ୍ର ତୁମ ଯୋଗ୍ୟ ବେଭାର
  ମାଟି ପାତ୍ର ସିନା ତୁଚ୍ଛ ଅସାର ଯେ,
  କିପାଇଁ ତେବେ ଏ ଭ୍ରମ ଯେ,
  କହ ଗୋ ଫିଟାଇ କେଉଁ ଜଳ ପିଇ
  ତୃଷ୍ଣ ମେଣ୍ଟାଇବି ମମ ଯେ ।୨।

(ଗୀତ)
ଲକ୍ଷ୍ମ :
  ନାହିଁ କିଛି ଭ୍ରମ ନାହିଁ ରହସ୍ୟ,
  ନାହିଁ ଏଥି ବିଷ ନାହିଁ ପିୟୁଷ ।
  ତୁମେ ଆଜି ମୋର ପ୍ରିୟ ଅତିଥି
  ଲକ୍ଷ୍ୟ ତୁମ ଲକ୍ଷ୍ୟହୀରାର ପ୍ରୀତି ଯେ
  କି କଥାକୁ ଆଉ ଡରି ଯେ,
  କେଉଁ ଜଳପାନେ ତୃଷା ଦୂର ହେବ
  ସେ ବିଚାର ନିଜେ କର ଯେ ।୩।

ଲକ୍ଷ୍ମ   : ଲକ୍ଷହୀରାକୁ ପାଇବା ପାଇଁ ଯଦି ମରଣ ପଣ କରିପାରିଲ, ତେବେ ନଦୀ ଜଳ
କି ସୁବାସିତ ଜଳ କେଉଁଥିରେ ତମ ତୃଷା ମେଣ୍ଟିବ ସେ ବିଚାର କରିପାରୁନ ?

ବିଷ୍ଣୁ   : ସେ ବିଚାର ମୁଁ କଲି, ଦେବୀ ଲକ୍ଷହୀରା ! ଏଇ ମାଟିପାତ୍ରର ପବିତ୍ର
ନିର୍ମଳ ଜଳ ମୁଁ ପିଉଚି ।   (ପିଇଲା)

ଲକ୍ଷ୍ମ   : ମଧୁର ସୁବାସିତ ଜଳ ଥାଉ ଥାଉ ନଦୀଜଳ ପିଇଲ ?

ବିଷ୍ଣୁ   : ହଁ ।

(ଗୀତ)

ସ୍ୱର୍ଣ୍ଣ ପାତ୍ର ଜଳ ମଧୁ ମିଶ୍ରିତ

ଶେଷୀ ଜନେ ମାତ୍ର କରେ ଅହିତ

ରସନା ଲାଳସେ ବଢ଼େ ବାସନା

ମେଣ୍ଟେ ନାହିଁ ଶୋଷ ବଢ଼େ ଯାତନା ଯେ,

ମତେ ଭଲ ମାଟି ପାତ୍ର ଯେ,

ନାହିଁ ବାସ ନାହିଁ ବାସନା ଏଥିରେ

ଏ ଜଳ ପିଇ ମୁଁ ତୃପ୍ତ ଯେ ।୪।

ସୁବାସିତ ମଧୁର ଜଳରେ ଶୋଷ ମେଣ୍ଟେ ନାହିଁ, ବରଂ ବଢ଼େ ।
ସେଇଥିପାଇଁ ଏ ନଦୀଜଳ ମୁଁ ପିଇଲି । ଏଥିରେ ମୁଁ ତୃପ୍ତ ।

ଲକ୍ଷ୍ମ   : ଏତିକି-ଏତିକି ମୁଁ ତୁମଠୁ ଶୁଣିବାକୁ ଚାହୁଁଥିଲି । (ଡାକିଲା) ଅନସୂୟା -
ଅନସୂୟା ! (ଅନସୂୟା ଆସିଲା)

ଅନ   : ମତେ-ମତେ ଡାକିଲ ?

ଲକ୍ଷ୍ମ   : ହଁ, ଆସ, ଏଠିକି ଆସ । ତମର ଜୟ ହୋଇଚି ।

ଅନ   : ଜୟ ହୋଇଚି ?

ଲକ୍ଷ୍ମ   : ହଁ, ତମ ସ୍ୱାମୀଙ୍କ ବିଚାରରେ ହିଁ ତମର ଜୟ ହୋଇଚି - ଆଉ ତାଙ୍କର
ହୋଇଚି ପରାଜୟ

ବିଷ୍ଣୁ   : ମୋ ବିଚାରରେ ?

ଲକ୍ଷ୍ମ   : ମୁଁ ଆଉ ଅନସୂୟା - ମୋର ଏ ବେଶଭୂଷା ଆଉ ଅଳଙ୍କାର ଭିତରେ ମୁଁ
ହେଉଚି ସୁନାପାତ୍ରର ସୁବାସିତ ଜଳ । ଆଉ ଏ ସାଦା ବେହେରଣ ଖଣ୍ଡକ
ପିନ୍ଧି ତମର ସତୀ ଅନସୂୟା ହେଉଚି ପବିତ୍ର ଗୋକନ୍ୟା ନଦୀର ଜଳ ।
ତମେ ବର୍ତ୍ତମାନ ଏଇ ନଦୀ ଜଳ ପିଇଲ । କୁହ- ତା' ହେଲେ ତମ
ଜୀବନକୁ ଧନ୍ୟ କରିବ କିଏ-ମୁଁ ନା ଏଇ ସତୀ ସାଧ୍ୱୀ ଅନସୂୟା ?

ବିଷ୍ଣୁ : ମତେ କ୍ଷମାକର ଦେବୀ - ମୁଁ ପାପୀ, ଅଧମ । ମୋର ଭ୍ରମ ମୁଁ ବୁଝିପାରିଚି ।
ମତେ କ୍ଷମାକର !

ଲକ୍ଷ : ଅନସୂୟା - ଯାଅ ଭଉଣୀ, ସ୍ୱାମୀଙ୍କୁ ନେଇ ଏଥର ଘରକୁ ଫେରିଯାଅ ।
ଏ କ’ଣ - ତମ ଆଖିରେ ଲୁହ ?

ଅନ : ଜନ୍ମ ଜନ୍ମ ପାଇଁ ମୁଁ ତୁମ ନିକଟରେ ଋଣୀ ରହିଗଲି ଭଉଣୀ । ସଂସାର
ଆଖିରେ ତୁମେ ଯାହା ହୁଅନା କାହିଁକି - ମୋ ଆଖିରେ ତୁମେ ଦେବୀ ।
(ପଦଧୂଳି ନେଲା)

ଲକ୍ଷ : ଆରେ ଆରେ, ଏ କ’ଣ କରୁଚ ଅନସୂୟା ? ମୋର ପଦଧୂଳି ନେଉଚ ! !
ସାମାନ୍ୟ ଗୋଟିଏ ବାରନାରୀ ମୁଁ...

(ଗୀତ)

ଅନ : ବାରନାରୀ ତୁମେ ନୁହଁ ଗୋ ଭଉଣୀ

ଦେବୀ ତୁମେ ବରନାରୀ,

ଅନୁଗ୍ରହେ ତୁମ ଅନସୂୟା ହେଲା

ସଙ୍କଟ ସାଗର ପରି ଗୋ ଭଉଣୀ,

ଦେବୀ ତୁମେ ବରନାରୀ ।୧।

ଲକ୍ଷହୀରା ନାମ ବହିଚ ଜଗତେ

ନାରୀ ମଧ୍ୟେ ତୁମେ ହୀରା

ଭାଗ୍ୟବଳେ ସିନା ସ୍ୱାମୀଙ୍କୁ ଜିତିଲି

ତୁମ ପାଖେ ଗଲି ହାରି ଗୋ ଭଉଣୀ

ଦେବୀ ତୁମେ ବରନାରୀ ।୨।

ଏ ଅମା ରଜନୀ ଘୋଟିଚି ଅବନୀ

ଆକାଶରେ ନାହିଁ ଜହ୍ନ,

ମୋ ଆକାଶେ ତୁମେ ସାତ ଜହ୍ନପରି

ଜୋଛନା ଦେଲଟି ଢାଳି ଗୋ ଭଉଣୀ,

ଦେବୀ ତୁବେ ବରନାରୀ ।୩।

ଲକ୍ଷ : ଯାଅ ଭଉଣୀ, ସ୍ୱାମୀଙ୍କୁ ସାଥିର ନେଇ ଯାଅ । ମୁଁ ଠାକୁରଙ୍କୁ ଜଣାଉଚି,
ସ୍ୱାମୀ ତୁମର ରୋଗମୁକ୍ତ ହୁଅନ୍ତୁ । ସ୍ୱାମୀ ସନ୍ତାନ ନେଇ ସୁଖରେ ଘର
ସଂସାର କର । କିନ୍ତୁ ଏ ଅନ୍ଧକାରରେ ମୁହଁକୁ ମୁହଁ ଦିଶୁନି - ଯିବ କେମିତି ?

ଅନ : କହିଚ୍ଛି ପରା, ମୋର ଜୟ ହୋଇଚି ! ଏ ଅନ୍ଧାର ଆମକୁ ବାଧା

ଦେଇପାରିବନି। ଯାଉଚୁ ଆମେ। (ଦୁହିଁଙ୍କର ପ୍ରସ୍ଥାନ)

ଅମାବାସ୍ୟାର ରାତି। ପଥଧାରରେ ଆଗ୍ନିକ ରଷି ଶୂଳିଦଣ୍ଡ ଭୋଗୁଛନ୍ତି। ଯନ୍ତ୍ରଣାରେ ସେ ଅସ୍ଥିର।

ଆଗ୍ନିକ : ହେ ଭଗବାନ, ବିନା ଦୋଷରେ ମତେ ଏ ଗୁରୁଦଣ୍ଡ ଦେଲ ! ରାଜନବରରୁ ଧନରତ୍ନ ଚୋରିକରି ଚୋରମାନେ ଅରଣ୍ୟରେ ଯାଇ ଲୁଚିଲେ। ମୁଁ ନିରୀହ ରଷି, ନୀରବରେ ବସି ଧ୍ୟାନ କରୁଥିଲି। ରାଜକର୍ମଚାରୀମାନେ ମତେ ମିଥ୍ୟାରେ ସନ୍ଦେହ କଲେ। ରାଜା ଅବୁଝ– ମତେ ଶୂଳିଦଣ୍ଡ ଆଦେଶ ଦେଲା। ମୁଁ ଏ ଶୂଳିଦଣ୍ଡ ଭୋଗୁଛି। ଜାଣେନା, କେତେ କାଳ ଯାଏ ମୁଁ ଯମ-ଯନ୍ତ୍ରଣା ଭୋଗ କରୁଥିବି। ଆଃ-ଆଃ.... (ସେଇବାଟରେ ବିଷ୍ଣୁ ଦାସ ଓ ଅନସୂୟା, ଲକ୍ଷ୍ମହୀରା ନିକଟରୁ ଫେରି ଆସୁଛନ୍ତି।)

ବିଷ୍ଣୁ : ଅନୁ, ଧୀରେ ଚାଲ ଅନୁ ! ଅନ୍ଧାରରେ କାଲେ କେଉଁଠ ଝୁଣ୍ଟିବ।

ଅନ : ସତ କହୁଚି – ଆଜି ମୋ ପାଖରେ ଆଲୁଅ ଅନ୍ଧାରର ଭେଦ କିଛି ନାହିଁ। ତମକୁ ମୁଁ ଫେରି ପାଇଚି – ମୋର ଯେମିତି ନବଜନ୍ମ ହୋଇଚି।

ବିଷ୍ଣୁ : ଓଃ...

ଅନ : କ'ଣ ହେଲା ? ତମକୁ ଚାଲିବାକୁ କଷ୍ଟ ହେଉଚି ?

ବିଷ୍ଣୁ : ନା, ଏ ଡାହାଣ ପାଦଟା...

ଅନ : ଶୁଣ, ମୋ କାନ୍ଧରେ ଭରା ଦେଇ ତୁମେ ଆସ।

ବିଷ୍ଣୁ : ଏମିତି ଚାଲିପାରିବ ତୁମେ ?

ଅନ : ହଁ ଆସ।

(ଏଇପରି ଭାବେ ଚାଲୁଥିବା ଅବସ୍ଥାରେ ଅନସୂୟା ଅନ୍ଧାରରେ ଜାଣି ନ ପାରି ଆଗ୍ନିକ ରଷିଙ୍କୁ ଝୁଣ୍ଟିଲା।)

ଆଗ୍ନିକ : ଆଃ-ଆଃ... (ଚିତ୍କାର କରି) କିଏ ? କିଏ ମୋତେ ଝୁଣ୍ଟିଲା ? ଯନ୍ତ୍ରଣାରେ ମୋ ମେରୁଦଣ୍ଡ ହାଡ଼ ଭାଙ୍ଗି ଚୂନା ହୋଇଯାଉଚି। କିଏ ମତେ ଝୁଣ୍ଟିଲା ?

ବିଷ୍ଣୁ : ଆପଣ-ଆପଣ-କିଏ ?

ଆଗ୍ନିକ : ମୁଁ ଆଗ୍ନିକ ରଷି।

ଅନ : ମତେ କ୍ଷମା କରନ୍ତୁ ମହାତ୍ମା – ଅନ୍ଧାରରେ ମୁଁ ବାଟ ବାରି ନ ପାରି...

ଆଗ୍ନିକ : ମିଥ୍ୟା କଥା। ଯୋଗ ବଳରେ ମୁଁ ସବୁ ଜାଣିପାରିଚି। ତୋର ସ୍ୱାମୀକୁ ତୁ ଫେରିପାଇଚୁ ବୋଲି ଗର୍ବ ଅହଙ୍କାରରେ ତୁ ଧରାକୁ ସରା ଜ୍ଞାନ କରୁଚୁ।

ଅନ : ନା-ନା, ମହାମୁନି...

ଆଗ୍ନିକ   : ତୋ ଆଖିରେ ସମସ୍ତେ ତୁଚ୍ଛ-ହେୟ-ନଗଣ୍ୟ!! ଗର୍ବରେ ଅନ୍ଧ ହେଇ ତୁ
            ମତେ ପଦାଘାତ କରିବୁ। ସେଥିପାଇଁ ମୁଁ ତତେ ଅଭିଶାପ ଦେଉଚି।

ଅନ   : ଅଭିଶାପ!!

ଆଗ୍ନିକ   : ହଁ, ହଁ-ମୁଁ ତୋତେ ଅଭିଶାପ ଦେଉଚି। ଯୋଉ ସ୍ୱାମୀ ପାଇଁ ତୋର ଏ
            ଗର୍ବ, ଏ ଅହଙ୍କାର - ଯାହାପାଇଁ ତୁ ମୁନି ରଷିଙ୍କୁ ମଧ୍ୟ ଅବମାନନା
            କରୁଚୁ - ଆଜିର ଏ ରାତି ପାହିଲା ମାତ୍ରେ ତୋର ସେ ସ୍ୱାମୀ ପ୍ରାଣ ତ୍ୟାଗ
            କରିବ।

ଅନ   : ପ୍ରଭୁ, ଏ କି ଦଣ୍ଡ ଦେଉଛନ୍ତି! ମୁଁ ଆପଣଙ୍କ ପାଦ ଛୁଇଁ କହୁଚି ଜାଣିଶୁଣି
            କିଛି ଅପରାଧ ମୁଁ କରିନାହିଁ। ମତେ କ୍ଷମା କରନ୍ତୁ।

ଆଗ୍ନିକ   : ନା, ଏ ଅପରାଧର କ୍ଷମା ନାହିଁ। ରଷିବାକ୍ୟ ଅନ୍ୟଥା ହୋଇପାରେନା।

(ଗୀତ)

ଲୋ ନିର୍ବୋଧ ନାରୀ, ତୁହି କଲୁ ଯେଉଁ କର୍ମ

ନ ମାନିଲା ଇନ୍ଦ୍ର ଚନ୍ଦ୍ର   ନ ମାନିଲୁ ଧର୍ମ

ତାର ଫଳ ଭୋଗ ଲୋ,

ଭୋଗ ଏବେ ବଇଧବ୍ୟ   ଯୋଗ ଲୋ   ।୧।

ଏ ରାତି ଯେ କାଳେ ପାହି ପ୍ରଭାତ ହୋଇବ

ସ୍ୱାମୀ ତୋର ଶମଶାନ   ଚିତାରେ ଶୋଇବ

ଏହା ଧ୍ରୁବ ସତ୍ୟ ଲୋ।

ମୁନି ବାକ୍ୟ ନହୁଏ   ଅସତ୍ୟ ଲୋ   ।୨।

ଅନ   : ଦୟା କରନ୍ତୁ ମୁନିଶ୍ରେଷ୍ଠ; ଦୟା କରନ୍ତୁ! ଏ ଅଭିଶାପ ଫେରାଇ ନିଅନ୍ତୁ।

ବିଷ୍ଣୁ   : ମୁଁ ମୋ ପାଇଁ ଆପଣଙ୍କ ନିକଟରେ ଅଳି କରୁନାଇଁ ମହାମୁନି - ଅନସୂୟାର
            ଅବସ୍ଥା ଦେଖନ୍ତୁ - ତା ପ୍ରତି ଦୟା କରନ୍ତୁ।

(ଗୀତ)

ଆଗ୍ନିକ   :   ବ୍ରହ୍ମଶକ୍ତି ଜାଣୁନାହିଁ ତୁ ଅଜ୍ଞାନ ମୂଢ଼,

ଇନ୍ଦ୍ର ଶକ୍ତି ଠାରୁ   ବ୍ରହ୍ମ-ଶକ୍ତି ଅଟେ ଗୂଢ଼,

ସେଇ ବ୍ରହ୍ମ କୋପରେ,

କରି ଦେଇ ପାରେ   ସୃଷ୍ଟି ଲୋପରେ   ।୩।

ଆଗ୍ନିକ   : ଯାଅ ଏବେ-ତୁମେ ଦୁଇଟା ଚାଲିଯାଅ ମୋ ସମ୍ମୁଖରୁ, ଚାଲିଯାଅ। ଆଃ...

ଅନ   : ରାତି ପାହିଲେ ମୁଁ ମୋ ସ୍ୱାମୀଙ୍କୁ ହରାଇବି। ମୁଣ୍ଡ ଉପରେ ଏ ଅଭିଶାପର

ବୋଝ ନେଇ ମୁଁ ଏଠୁ ଯାଇପାରିବିନାହିଁ। ମହାମୁନି, ମତେ ଦୟା କରନ୍ତୁ!
(କାନ୍ଦୁଥାଏ)

(ଗୀତ)

ଆଗ୍ନିକ   :   ଅପରାଧ ମୁହିଁ   କରିଚି ରକ୍ଷି ହେ
                ମତେ ଦିଅ ଅଭିଶାପ,
        କରେ ନର୍କ ବାସ   ଯାଉ ବସବାସ
            ଘାରୁ ପଛେ ଘୋର ତାପ।
                        ଏ ରୂପ କୁରୂପ ହେଉ,
        ଜନ୍ମେ ଜନ୍ମେ ସାତ ଜନ୍ମେ –
                        ଏ ରୂପ କୁରୂପ ହେଉ,
            ଚଉଦ ଭୁବନେ କାହିଁ
                        ଏ ଆତ୍ମା ଶାନ୍ତି ନ ପାଉ ॥୧॥
        ମହା ଆତ୍ମା ମହା   ପୁରୁଷ ତୁମେ ହେ
            ମୋ ଦୁଃଖ ବିଚାର କର,
        ମୋ ଜୀବନ ନେଇ ମୋ ସ୍ୱାମୀ ଦେବତା
            ଜୀବନକୁ ରକ୍ଷା କର।
        ବ୍ରହ୍ମ ତେଜେ ଜାଳି ମତେ,
            ସ୍ୱାମୀଙ୍କୁ ମୋ ରକ୍ଷାକର।
        ଏତିକି ଥିଲି ହେ ପ୍ରଭୁ,
            ସ୍ୱାମୀଙ୍କୁ ମୋ ରକ୍ଷାକର   ॥୨॥

ଅନ   :   ଅପରାଧ ମୁଁ କରିଚି ପ୍ରଭୁ – ମୋ ଜୀବନ ନେଇ ମୋ ସ୍ୱାମୀଙ୍କ ଜୀବନ
            ରକ୍ଷା କରନ୍ତୁ। ପତିବ୍ରତା ସତୀ ନାରୀ ମୁଁ। ବୈଧବ୍ୟ ଯୋଗରୁ ମୋତେ
            ମୁକ୍ତ କରନ୍ତୁ।

ଆଗ୍ନିକ   :   ନା–ନା, ମୁଁ କିଛି ଶୁଣିବି ନାହିଁ। କାହାରି କଥା ଶୁଣିବି ନାହିଁ।

(ଗୀତ)

        ଦେବଲୋକ ଠାରୁ ନାଗଲୋକଯାଏ
            ସର୍ବେ ହୋଇ ଯେବେ ଯୋଡ଼ହସ୍ତ,
        ଜାନୁପାତି ମୋର ପାଦତଳେ ବସି
            ସର୍ବେ କରି ଯେବେ ମଥା ନତ,

କ‌ଲେ ମତେ ଅଳି ଯିବି ନାହିଁ ଭଳି

ଟଳିଯିବି ନାହିଁ ମୋର କଥା,

ଆଗ୍ନିକ ରଷି ମୁଁ ବୁଝେ ନାହିଁ କିଏ

ସତୀ ଆଉ କିଏ ପତିବ୍ରତା ।

ଅନ : ତା'ହେଲେ ଶୁଣନ୍ତୁ ମୁନିବର – ନିର୍ଦ୍ଦୋଷ ମୁଁ–ମୁଁ ଏ ଅନ୍ୟାୟ ସହିପାରିବି

ନାହିଁ । (ଅନସୂୟା କଣ୍ଠରେ ଦୃଢ଼ତା)

ଆଗ୍ନିକ : ସହି ପାରିବୁ ନାହିଁ ?

ଅନ : ନା ।

ଆଗ୍ନିକ : ତୁ ସହିବା ପୂର୍ବରୁ ଏ ରାତି ପାହିଥିବ ।

ଅନ : ନା – ଏ ରାତି ପାହିବ ନାହିଁ । ମୁଁ ଯଦି କାୟ–ମନ–ବାକ୍ୟରେ ସତୀ

ହୋଇଥାଏ–ମୋର ପତିବ୍ରତା ଧର୍ମ ଯଦି ମୁଁ ପାଳନ କରିଥାଏ–ତେବେ ମୁଁ

କହୁଚି–ଏ ରାତି ପାହିବ ନାହିଁ ।

ବିଷ୍ଣୁ : ଅନ !

ଆଗ୍ନିକ : ତୋର ଏ ଗର୍ବ, ଏ ଅହଙ୍କାର !

ଅନ : ହଁ, ମୁନି ବାକ୍ୟ ଯଦି ଅନ୍ୟଥା ନ ହୁଏ, ତେବେ ସତୀ ବାକ୍ୟ ମଧ

ଅନ୍ୟଥା ହେବନାହିଁ ।

(ଗୀତ)

ଦେବଲୋକଠାରୁ ନାଗଲୋକ ଯାଏ

ସମସ୍ତଙ୍କୁ ଯୋଡ଼ି ହସ୍ତ,

ସବୁ ଦେବ ଦେବୀ ପାଦତଳେ ମୁହିଁ

କରି ମୋର ମଥା ନତ,

ଜଣାଣ୍ତୁ କରୁଚି ପରାଣଆକୁଳେ

ସତୀ ମାନ ରକ୍ଷା ପାଇଁ,

ସତୀ ଯେବେ ମୁହିଁ ପତିବ୍ରତା ନାରୀ

ଏ ରାତି ପାଇବ ନାହିଁ ।୧।

ସତୀ ମା' କମଳା, ସତୀ ଗିରିବାଳା,

ସତୀ ମାତା ମହାମାୟା,

ସାକ୍ଷୀ ତୁମେ ମାୟ, ଡାକି ଡାକି କହେ

କହେ ସତୀ ଅନସୂୟା –

ନ ପାହୁ ରାତି

ନ ମରୁ ପତି

ଏକ ରାତି ହେଉ ସପତ ରାତି ।୬।

(ସଙ୍ଗେ ସଙ୍ଗେ ଆକାଶ ପୃଥିବୀ ପ୍ରକମ୍ପିତ କରି ଏକ ଶବ୍ଦ ଶୁଣାଗଲା ଓ ରାତ୍ରି ଗାଢ଼ରୁ ଗାଢ଼ତର ହେବାକୁ ଲାଗିଲା । ସମସ୍ତ ଜୀବଜଗତ ପ୍ରମାଦ ଗଣିଲା । ଏଇ ଅବସ୍ଥାରେ ଆତଙ୍କିତ ନାଗରିକମାନଙ୍କର ସ୍ୱର ଶୁଣାଗଲା ।)

ପ୍ରଥମସ୍ୱର : ଏ କ'ଣ ? ଏ କି ଅସମ୍ଭବ କଥା ? ଏ ରାତି ପାହୁନାହିଁ କାହିଁକି ?

ଦ୍ୱିତୀୟସ୍ୱର : କୁଆଁତରା ଉଦୟ ହୋଇ ପହର ପହର ବିତିଗଲାଣି କିନ୍ତୁ ସିନ୍ଦୂରା ନ ଫାଟି ଅନ୍ଧାର ମାଡ଼ିଆସୁଛି ?

ପ୍ର. ସ୍ୱର : ଏ ଅଘଟନ ଘଟୁଚି କାହିଁକି ? ଏ ରାତି କ'ଣ ପାହିବ ନାହିଁ ?

ଦ୍ୱି. ସ୍ୱର : ଏ ସୃଷ୍ଟି କ'ଣ ଧ୍ୱଂସ ହୋଇଯିବ ?

ପ୍ର. ସ୍ୱର : ଏଇ ତ, ଜନବସତି ଭିତରେ ସିଂହ ବାଘ ଆଦି ହିଂସ୍ରଜନ୍ତୁ ପ୍ରବେଶ କଲେଣି – ଅସୁରମାନଙ୍କର ବିକଟ ଚିତ୍କାର ଶୁଣାଯାଉଚି ।

ଦ୍ୱି. ସ୍ୱର : ହେ ଭଗବାନ, ବିଷ୍ଣୁ – ରକ୍ଷାକର – ରକ୍ଷାକର !

ପ୍ର. ସ୍ୱର : ହେ ପ୍ରଭୁ ସୂର୍ଯ୍ୟ ଦେବତା – ଆଉ କୃଟ ନ କରି ପୂର୍ବ ଦିଗରେ ଉଦୟ ହୁଅ; ପ୍ରଭୁ-ଉଦୟ ହୁଅ !

(ମିଳିତ କଣ୍ଠରେ ଗୀତ)

ସୂର୍ଯ୍ୟ ହେ–ସୂର୍ଯ୍ୟ, ହେ ଛାୟାକାନ୍ତ,

ଅଂଶୁମାଳୀ ହେ ଆଦିତ୍ୟ,

କୁହ ପ୍ରଭୁ, କୁହ କେବେ ଏ ନିଶି ହେବ ପ୍ରଭାତ ?

ସୂର୍ଯ୍ୟ ହେ –

ଲୋକ ଲୋଚନରୁ ଅନ୍ତର ହୋଇ

କେଉଁଠି ରହିଲ ରବି,

କେଉଁ ଗଗନରେ ହଜିଗଲା ତୁମ

ଉଦୟ କାଳର ଛବି !

କାହିଁ ଗଲେ ତୁମ ସପତ ଅଶ୍ୱ

କାହିଁ ଗଲା ତୁମ ରଥ,

ଅନ୍ତ ହୀନ ଏ ତମିସ୍ର ରଜନୀ

କାହିଁ ତୁମ ଛାୟାପଥ ?

ସୂର୍ଯ୍ୟ ହେ...ସୂର୍ଯ୍ୟ ହେ,

ଏ'କି ସୃଷ୍ଟିର ଅବସାନ !

ଏ'କି ପ୍ରଳୟର ଅଭିଯାନ !

ହେ ସୂର୍ଯ୍ୟ, ହେ ଛାୟାକାନ୍ତ,

ଅଂଶୁମାଳୀ, ହେ ଆଦିତ୍ୟ,

କୁହ ପ୍ରଭୁ, କୁହ କେବେ

ଏ ନିଶି ହେବ ପ୍ରଭାତ ।୧।

ସ୍ୱର୍ଗପୁର । ଜୀବ-ଜଗତର ଏ ଦୁର୍ଦ୍ଦଶାରେ ବିଚଳିତ ହୋଇ ବ୍ରହ୍ମାଙ୍କ ସହ ଦେବଗଣ ବିଷ୍ଣୁଙ୍କ ନିକଟରେ ଉପସ୍ଥିତ ହୋଇଛନ୍ତି ।

ବ୍ରହ୍ମା : ଏଥର କୁହନ୍ତୁ ପରମେଶ୍ୱର, ଏ ସୃଷ୍ଟି କ'ଣ ଧ୍ୱଂସ ହୋଇଯିବ ?

ବିଷ୍ଣୁ : ଆପଣ ତ ସୃଷ୍ଟିକର୍ତ୍ତା, ବ୍ରହ୍ମା ! ଏ ପ୍ରଶ୍ନ ଆପଣ ମତେ ପଚାରନ୍ତି କାହିଁକି ?

ବ୍ରହ୍ମା : ମୁଁ ସୃଷ୍ଟିକର୍ତ୍ତା ସତ-ଆପଣ ହେଉଛନ୍ତି ପାଳନକର୍ତ୍ତା । ଏ ସୃଷ୍ଟି ରକ୍ଷାର ଦାୟିତ୍ୱ ଆପଣଙ୍କର । ସାତ ଦିନ ସାତ ରାତି ହୋଇଗଲା, ମର୍ତ୍ତ୍ୟରେ ସୂର୍ଯ୍ୟୋଦୟ ହୋଇନାହିଁ ।

ବିଷ୍ଣୁ : ମୁଁ ନିରୁପାୟ ପିତାମହ ! ସତୀ ଅନସୂୟାଙ୍କ ବାକ୍ୟ କେବେ ଅନ୍ୟଥା ହେବ ନାହିଁ । ସତୀ ତାଙ୍କ ବାକ୍ୟ ଫେରାଇ ନ ନେଲେ ଏ ମହାରାତ୍ରିର ଅବସାନ ହେବ ନାହିଁ ।

ବ୍ରହ୍ମା : କିନ୍ତୁ ସତୀ ତାଙ୍କ ବାକ୍ୟ ଫେରାଇ ନେଲେ ତାଙ୍କ ସ୍ୱାମୀଙ୍କ ଜୀବନ ରକ୍ଷା...

ବିଷ୍ଣୁ : ସେଇଥିପାଇଁ ତ କହୁଚି - ମୁଁ ନିରୁପାୟ !

ବ୍ରହ୍ମା : ଆପଣ ଆଉ ଛଳନା କରନ୍ତୁ ନାହିଁ, ଗୋଲୋକବିହାରୀ ! କୁହନ୍ତୁ, ଉପାୟ କ'ଣ ?

ବିଷ୍ଣୁ : ଏକମାତ୍ର ଉପାୟ-ସତୀ ଯଦି ସ୍ୱଦେହରେ ସ୍ୱର୍ଗକୁ ଆସି ପାରିବେ...

ବ୍ରହ୍ମା : କିନ୍ତୁ ଅନସୂୟା ଯେ ମାନବୀ ?

ବିଷ୍ଣୁ : ସେ ଉପାୟ ଆପଣ କରିବେ । ଆପଣ ବିଧାତା ପୁରୁଷ । ଆପଣ ବର ଦେଲେ ସତୀ ସ୍ୱଦେହରେ ସ୍ୱର୍ଗକୁ ଆସିପାରିବେ ।

ବ୍ରହ୍ମା : ଧନ୍ୟ ଆପଣ ଛଳନାମୟ । ବେଶ୍, ମୁଁ ଏଇ ମୁହୂର୍ତ୍ତରେ ବର ପ୍ରଦାନ କରୁଚି- ଅନସୂୟା ସ୍ୱଦେହରେ ସ୍ୱର୍ଗକୁ ଆଗମନ କରନ୍ତୁ !

(ଧ୍ୟାନରତ ବ୍ରହ୍ମା ଉର୍ଦ୍ଧ୍ୱକୁ ବାହୁ ପ୍ରସାରଣ କରି ବର ପ୍ରଦାନ କଲେ । ପର ମୁହୂର୍ତ୍ତରେ ପଟ୍ଟ ବସ୍ତ୍ର-ସୁଶୋଭିତ; ଅନସୂୟା ଦେବଲୋକରେ ଉପସ୍ଥିତ ହେଲେ ଓ ଆଖିର ପଲକରେ ଦେବଦେବୀଙ୍କ ଗହଣରେ ସମସ୍ତ ସ୍ୱର୍ଗପୁରୀ ଦେଖିଆସିଲେ ।)

ବିଷ୍ଣୁ : ସମସ୍ତ ସ୍ୱର୍ଗପୁରୀ ତ ବୁଲି ଦେଖିଲ – ଏବେ କୁହ ସତୀ ଅନସୂୟା, ମର୍ତ୍ତ୍ୟପୁରୀକୁ
କି ସମ୍ବାଦ ନେଇ ଫେରିଯିବ ? କ'ଣ ଏଠି ଦେଖିଲ ?

ଅନ : ନନ୍ଦନକାନନରୁ ନରକପୁରୀ ସବୁଠି ମୋ' ଆଖି ଆଗରେ ଭାସିଉଠିଲା ସେଇ
ଗୋଟିଏ ଚିତ୍ର ?

ବିଷ୍ଣୁ : କ'ଣ ସେ ଚିତ୍ର ?

ଅନ : ପ୍ରଭୁ ଗୋଲୋକବିହାରୀ ଭଗବାନ ବିଷ୍ଣୁ–ସବୁଠି ସେ ବିଦ୍ୟମାନ।

ବିଷ୍ଣୁ : ମୁଁ କିନ୍ତୁ ତମ ମୁହଁରୁ ଏ ସ୍ତୁତିଗାନରେ କେବଳ ସନ୍ତୁଷ୍ଟ ହୋଇ ପାରିବ ନାହିଁ।
ତମ ପାଖରେ ମୋର ନିବେଦନ ଅଛି।

ଅନ : ନିବେଦନ ?

ବିଷ୍ଣୁ : ମର୍ତ୍ତ୍ୟ ଆକାଶରେ କ'ଣ ସୂର୍ଯ୍ୟ ଉଇଁବେ ନାହିଁ। ମର୍ତ୍ତ୍ୟରେ ଏ କାଳରାତ୍ରି କ'ଣ
ପାହିବ ନାହିଁ ?

ଅନ : ଏ ପ୍ରଶ୍ନର ଉତ୍ତର ମୁଁ ଦେବି ?

ବିଷ୍ଣୁ : ହଁ, ତୁମେ।

(ଗୀତ)

ଆଜି ଏ ଗୋଲୋକ ଧାମେ

ଗୋଲୋକବିହାରୀ ହେ

ସତୀ ଅନସୂୟା ପାଶେ

ଜଣାଏ ଗୁହାରି ଯେ   ।୦।

ଲକ୍ଷ୍ମଣର ଶକ୍ତିଭେଦ

ଗନ୍ଧମାଦନୁ ଔଷଦ

ଏକ ରାତ୍ରି ମଧେ ହନୁ ଆଣିଲା କିପରି ଯେ ।୧।

ତୁମ ବାକ୍ୟ ବଳେ ସତୀ

ରାତି ହେଲା ସାତ ରାତି

ସୁମିତ୍ରାନନ୍ଦନ ଚେତା ପାଇଲେଣି ଫେରି ଯେ   ।୨।

ଜଣାଇଲି ସବୁ ଭେଦ

ମନେ ଯଦି ନାହିଁ ଖେଦ

କୁହ ମନ କଥା ଖୋଲି ସଂଶୟ ନ କରି ଯେ   ।୩।

(ଗୀତ)

ତୁମ କୃପାବଳେ ନାଥ,

ଜାଣିଲି ସବୁ ବୃତ୍ତାନ୍ତ

ସବୁ ସିନା ତୁମ ଚକ୍ର ପ୍ରଭୁ ଚକ୍ରଧାରୀ ହେ,

ଶୁଣ ମୋ ଦୟି ପ୍ରଭୁ ଗୋଲୋକବିହାରୀ ହେ।

ଜଗତ କଲ୍ୟାଣ ପାଇଁ

ମୋ' ବାକ୍ୟ ନେଲି ଫେରାଇ

ମର୍ତ୍ୟରୁ ଏ କାଳରାତ୍ରି ଯାଉ ଅପସରି ହେ!

ଶୁଣ ମୋ ଦୟିନୀ...   ।୪।

ବିଷ୍ଣୁ : ସବୁ ତ ଶୁଣିଲ ଦେବୀ! ତୁମେ ତୁମ ସ୍ୱାମୀଙ୍କ ଜୀବନ ରକ୍ଷା ପାଇଁ ପ୍ରାଣପାତ କରୁଥିଲା ବେଳେ ଲଙ୍କା ଯୁଦ୍ଧରେ ଲକ୍ଷ୍ମଣଙ୍କ ବକ୍ଷରେ ଶକ୍ତିଭେଦ ହେଲା। ରାତି ପାହିବା ପୂର୍ବରୁ ଗନ୍ଧମାଦନ ପର୍ବତରୁ ଔଷଧ ନ ଆସିଲେ ଲକ୍ଷ୍ମଣ ବଞ୍ଚିବେ ନାହିଁ। ଔଷଧ କିନ୍ତୁ ଆସିବ କିପରି ? ଆଉ କଥା ତେଣିକି ଥାଉ, ପବନସୁତ ହନୁମାନ ମଧ ସାତଦିନ ସାତରାତି ପୂର୍ବରୁ ଏ ଦୁରୂହ କାର୍ଯ୍ୟ କରିପାରିବେ ନାହିଁ। ସେଇଥିପାଇଁ ଏ ମହାଯୋଗ ଘଟିଲା। ତୁମ ବାକ୍ୟ ବଳରେ ଏକ ରାତି ସାତ ରାତି ହେଲା– ହେଲା ଲକ୍ଷ୍ମଣଙ୍କ ଜୀବନ ରକ୍ଷା। ବର୍ତ୍ତମାନ ତୁମେ ଚାହିଁଲେ ଏ ଜୀବଜଗତ ରକ୍ଷା ହେବ।

ଅନ : ମୋ' ସ୍ୱାମୀଙ୍କ ମଙ୍ଗଳ ପାଇଁ ମୁଁ ମୋ' ନିଜ ସ୍ୱାର୍ଥକୁ ଜଳାଞ୍ଜଳି ଦେଇଥିଲି। ବର୍ତ୍ତମାନ ଜଗତର ମଙ୍ଗଳ ପାଇଁ ମୁଁ ମୋର ସାଂସାରିକ ସ୍ୱାର୍ଥ ତ୍ୟାଗ କରୁଚି – ମର୍ତ୍ୟର ଏ ରାତି ଏବେ ପାହୁ।

ପାହାଡ଼ର ଆତ୍ମକଥା

ସୁରେନ୍ ମହାନ୍ତି

(ଚରିତ୍ର : ପୀତବାସ, ହୃଷୀକେଶ, ଡାକ୍ତର, ଚାକର)

ବୃଦ୍ଧ ପୀତବାସଙ୍କ ଗୃହର ଗୋଟିଏ କକ୍ଷ ଆମର ଦୃଶ୍ୟ । କକ୍ଷଟି ପୀତବାସଙ୍କର ଶୟନ ଓ ବୈଠକଖାନା ଲାଗି ବ୍ୟବହୃତ । ଖଟ, ଆରାମଚୌକି, ଟେବୁଲ ଓ ଚୌକିଟିଏ । ଖଟରେ ବିଛଣା, ଟେବୁଲ ଉପରେ ଚିଠିର ସ୍ତୂପ ଓ ନାନା ପ୍ରକାର ଔଷଧ । କାନ୍ଥରେ କାନ୍ଥଘଣ୍ଟା । ଆରାମଚୌକିରେ ବସି ପୀତବାସ ମନୋନିବେଶ କରି ଚିଠି ପଢ଼ୁଛନ୍ତି । ଚାକର ଆଣି ପାଣି ଗିଲାସେ ଦେଲା ।

ପୀତବାସ– ପାଣି, ପାଣି ପରେ ଗରମ ଦୁଧ, ତା’ପରେ ପୁଣି ପାଣି । (ପାଣି ପିଇ) ଘଣ୍ଟାକଣ୍ଟା ସହିତ ତୁମେ ଆସ, ନା ତୁମ ସହିତ ଘଣ୍ଟାକଣ୍ଟା ଚାଲେ ସୁପରମ୍ୟାନ୍ ?

ଚାକର–   ଆଜି କ’ଣ ଖବର ଆସିଛି ?

ପୀତବାସ– ହୃଷୀକେଶ ଲେଖୁଛି ସୁପରମ୍ୟାନ୍ – ତୁମର ବାବୁ ଆଜି ପିଲା ନୁହେଁ – ସେ ଯୁବକ – ଯୁବକ ! (ହସି) ଯୁବକ କ’ଣ ବୁଝ ?

ଚାକର–   ବୁଝେ ।

ପୀତବାସ– ଯୁବକର ଦେହ କିପରି କମ୍ପେ ? କିଏ କମ୍ପାଏ ଜାଣ ?

ଚାକର–   ଜାଣେନା ।

ପୀତବାସ– ଶିରାପ୍ରଶିରା କି ହାଡ଼ କମ୍ପେନା; କମ୍ପେ ମନ, କମ୍ପାଏ ଯୌବନ । (ରହି) ବାବୁ ଯାଇଛି ବଣଭୋଜି କରି । ସାଙ୍ଗରେ ଅଛନ୍ତି ଦିଲ୍ଲୀ ସହରର ଯୁବକ– ଯୁବତୀ, ବନ୍ଧୁ–ବାନ୍ଧବୀ । କ’ଣ ବୁଝିଲ ?

ଚାକର–   ଆଉ କ’ଣ ଲେଖିଛନ୍ତି ?

ପୀତବାସ– ବାବୁ ତମର ଭଲ ଘୋଡ଼ା ଚଢ଼ିପାରୁଛି। ପ୍ରତିଯୋଗିତାରେ ଫାଷ୍ଟ ହୋଇ
        'ଦିଲ୍ଲୀ କପ୍' ପାଇଛି। ଶୁଣ, ଆହୁରି ଶୁଣ – ବାବୁର ଉଚ୍ଚା ବର୍ତ୍ତମାନ ୫'୬"।
        ବୟସ ମାତ୍ର କୋଡ଼ିଏ। ଧାରୁଆ ନିଶ–ନେଲି ଆଖି – ଫୁଲାଗାଲ – ଠିଆ
        ନାକ – ମୁକ୍ତା ପରି ଦାନ୍ତ। ଓଜନ ? ରୁହ, ଚିଠି ଦେଖେ। (ଚିଠି ଦେଖି) ହଁ,
        ୧ ୨ ୫ ପାଉଣ୍ଡ। ଦେଖିବାକୁ ଠିକ୍ – (ଚିଠିସବୁ ମୋଡ଼ି ହାତରେ ଧରିବା।)
ଚାକର–   କାହା ପରି ? ଖୋକାବାବୁଙ୍କ ପରି ?
ପୀତବାସ– (ଆରାମ ଚୌକିରେ ଶୋଇ ଦୁଇହାତ ମୁହଁ ଉପରେ ରଖିବା।)–
ଚାକର–   ବାବୁ! (କିଛି ଉତ୍ତର ନ ପାଇ ପୁଣି ଡାକିବା।) ବାବୁ! ବାବୁ! (ଦେହ
        ହଲାଇ) ବାବୁ! ବାବୁ! ଓଃ–ଡାକ୍ତର! ଯାଏଁ – (ଚାକରର ପ୍ରସ୍ଥାନ ଓ ଅଳ୍ପ
        ସମୟ ପରେ ଡାକ୍ତର ବନ୍ଧୁ ପାର୍ଥଙ୍କର ପ୍ରବେଶ।)
ଡାକ୍ତର– ଆରେ ଚାକରଟା... ? ସୁପରମ୍ୟାନ୍! ସୁପରମ୍ୟାନ୍! ....ପୀତବାସ!
        ପୀତବାସ! (ଉତ୍ତର ନ ପାଇ ନାଡ଼ି ଦେଖିବା ଓ ବ୍ୟାଗ୍‌ରୁ ଇଞ୍ଜେକ୍‌ସନ୍
        ବାହାର କରି ସିରିଞ୍ଜ ଭର୍ତ୍ତି କରିଦେବା ଓ ପାଖ ଟୁଲରେ ବସି) ଆଶ୍ଚର୍ଯ୍ୟ!
        ଦାଣ୍ଡଦୁଆର ମୁକୁଲା–ଆଲୁଅ ଜଳୁଛି–ଚାକର ନାହିଁ–ଏ ଏମିତି ପଡ଼ିଛି। ଭାଗ୍ୟକୁ
        ମୁଁ ପାଖ ଘରକୁ ଆସିଥିଲି। ନଇଲେ ଏତେ ରାତିରେ କିଏ –
ପୀତବାସ– ସୁପରମ୍ୟାନ୍! ସୁପରମ୍ୟାନ୍! (ଉଠିବାକୁ ଚେଷ୍ଟା କରିବା)–
ଡାକ୍ତର– ଉଠ ନାହିଁ ଭାଇ!
ପୀତବାସ– କିଏ ?
ଡାକ୍ତର– ମୁଁ ପାର୍ଥ!
ପୀତବାସ– (ଉଠି ବସି ଓ ଆଖି ମଳି) କିଏ ? ପାର୍ଥ– ଡାକ୍ତର ?
ଡାକ୍ତର– ହଁ ବନ୍ଧୁ!
ପୀତବାସ– ପାଖ ଘରେ ରୋଗୀ ଥିଲେ। ଫେରିଲାବେଳେ ତୋ' ଘର ଦୁଆର ମେଲା
        ଦେଖି ପଶିଆସିଲି। ବୁଝୁନୁ? ତୋର ଓ ମୋର ବା' ଆଉ କେତେ ଦିନ ?
        (ରହି) ଆଚ୍ଛା, ତୋ ସୁପରମ୍ୟାନ୍ ?
ପୀତବାସ– ତାକୁ ଡାକିବାକୁ ହୁଏନା ପାର୍ଥ! ଛାଇପରି ଥାଏ। ମୋ ଉପରେ ସନ୍ଦେହ
        ହେଲେ ତୋ'ପାଖକୁ ଯାଏ।
ଡାକ୍ତର– ତୁ ଚାଲ୍ ତ ଶୋଇବୁ। ସେ ମୋରି ପାଖକୁ ଯାଇଛି।
ପୀତବାସ– ଓଃ, ମୁଁ ତାହାହେଲେ – (ରହି) ଆଉ ଚେଷ୍ଟା କରନା ପାର୍ଥ!
ଡାକ୍ତର– ପୀତବାସ! ମୁଁ ତୋ'ଠାରୁ ବର୍ଷେ ବଡ଼! ମୁଁ ନିଜକୁ ଏତେ ବୟସ୍କ ଭାବେ ନା!

ଯୀତବାସ– ଦେହଠାରୁ ଛାତିଟା ବେଶୀ ବୁଢ଼ା ହେଲାଣି ପାର୍ଥ ! ଖାଲି ଗୁରୁଣ୍ଡୁଛି । ଅଣ୍ଡା ଭାଙ୍ଗି ଗଲାଣି । ଆଉ କେତେ ସହିବ କହ ? ସବୁ ତ ଗଲେ – ଆଉ କିଏ ଅଛି ? ପିଲାବେଳେ ତୁ’ ତ ଦେଖିଛୁ–ଏଇ ଘରେ କେତେ ପୁଅ, ଝିଅ, ମିଣିପ, ମାଇପେ ଥିଲେ ? ଆଜି କାହିଁ କିଏ ? ଥୁଣ୍ଠା ବରଗଛର ମୁଣ୍ଠା ଡାଲରେ ପତରଟାଏ କଅଁଳିଛି । ସେ ପତର ଉପରେ କି ଆଶା କହିଲୁ ?

ଡାକ୍ତର– କିଛି ଖବର ପାଇଛୁ ?

ଯୀତବାସ– ସବୁଦିନ ପାଏ । ଆଜି ହୃଷିକେଶ ଲେଖିଛି ଯେ ବାବୁ ଆମର ଯାଇଛନ୍ତି ବଣଭୋଜିରେ । ପାର୍ଥ, କୋଡ଼ିଏ ବର୍ଷର ଟୋକା ଯୁବକ । ସେ ତ ଯିବ । ହୃଷିକେଶ ଲେଖିଛି ଯେ ସେ କୁଆଡ଼େ ଦେଖିବାକୁ –

ଡାକ୍ତର– କାହାପରି ?

ଚାକର– (ପ୍ରବେଶ) ବାବୁ ! ଆପଣ ଏଠି ? ମୁଁ...

ଡାକ୍ତର– ତୁମ ଦୁଆର ଖୋଲା ଦେଖି ଆସିଲି । (pause) ଯୀତବାସ ! ଯୀତବାସ ! ...ସୁପରମ୍ୟାନ୍ ! ସୁପରମ୍ୟାନ୍ ! ବାବୁଙ୍କୁ ଧର – ଘରକୁ ନବା ।

ଯୀତବାସ– (ଉଠାଇ ନେଲାବେଳେ) – ପାର୍ଥ, ମତେ ଏଠି ଛାଡ଼ି ଦେ । ଆଜି ତା’ର ଜନ୍ମଦିନ । ଉତ୍ସବ ପାଳିବାକୁ ଜ୍ୟୋତିଷ ମନା କରିଛି । ହେଲେ ମନର ଉତ୍ସବକୁ କେମିତି ବନ୍ଦ କରିବି କହିଲୁ ? ଆଜି ଏଠି ଶୋଇବି । ଆଜି ୨୦ ବର୍ଷ ପୂରିଗଲା । ତୁ ତ ସେ ରାତିରେ ଥିଲୁ ପାର୍ଥ ! ତୁ ଦେଖିଛୁ ତାକୁ ! ଜନ୍ମ କରି ମା’ ତା’ର ମଲା ତୋରି କୋଳରେ – ଗୋଟି ଗୋଟି କରି ସମସ୍ତଙ୍କୁ ଚିକିତ୍ସା କରିଛୁ । କେବଳ ମୁଁ ରହିଲି ମୋର ଅଦେଖା ନାତିଟାକୁ ଧରି ।

ଡାକ୍ତର– ଛାଡ଼୍ ସେସବୁ କଥା – ଯା’ ହେବାର ଥାଏ ହୁଏ । ତୋର ଆଉ ବା ଚିନ୍ତା କ’ଣ ? ନାତି ଉପଯୁକ୍ତ ହେଲାଣି । ଘଆଡ଼କୁ ତୁ ସେସବୁ ଭାବେନା ।

ଯୀତବାସ– ଖାଲି ଭୟ କ’ଣ ଜାଣୁ ?

ଡାକ୍ତର– କେତେବେଳେ ଲୋଭ ନ ସମ୍ଭାଲି ତୁ ଦୌଡ଼ିଯିବୁ ଦିଲ୍ଲୀ । ମୋ ମତରେ କିଛି କ୍ଷତି ହେବ ନାହିଁ । ତୋ ଦେହ ଲାଗି ବରଂ ମୁଁ ସେଇଆ ପରାମର୍ଶ ଦେବି ।

ଯୀତବାସ– ମୁଁ ମଧ ଭାଗ୍ୟ ଓ ଗଣନାକୁ ବିଶ୍ୱାସ କରୁନଥିଲି । ଆଜି ବି ବିଶ୍ୱାସ କରେନା ପାର୍ଥ; କିନ୍ତୁ ଭୟ କରେ । ଯେଉଁ ପ୍ରଚଣ୍ଡ ଆକ୍ରମଣରେ ସେ ମୋତେ ପଙ୍ଗୁ କରିଦେଇଛି, ମୁଁ ତାକୁ ଭୟ କରେ । ଭୟ କରେନା ମୋ ଜୀବନ ଲାଗି – ଭୟ କେବଳ ସେହି କଅଁଳ ପତରଟି ଲାଗି !

ଡାକ୍ତର– ମୁଁ ତାହାହେଲେ ଆସେ ଭାଇ !

ପୀତବାସ– ଯିବୁ– ? ଯା ।

ଡାକ୍ତର– ତୋତେ ଶୋଇବାକୁ ହେବ । ମାଇଲଡ୍ ଷ୍ଟ୍ରୋକ୍ – କେତେବେଲେ ସିରିଅସ୍‌
ହୋଇଯାଇପାରେ ।

ପୀତବାସ– ଆଜି ରାତିରେ ତ ମୁଁ ଶୁଏନା ପାର୍ଥ – ପରିଣାମ ଯାହା ହେଉନା କାହିଁକି !
ସୁପରମ୍ୟାନ୍ ! ଆଶ ବର୍ଷକର ରିଭ୍ୟୁଟା – ପଢ଼, ପାର୍ଥ ଶୁଣ୍ଟୁ ।

ଚାକର– (କପେ କଫି ଡାକ୍ତରଙ୍କୁ ଦେବା)–

ଡାକ୍ତର– କଫି ! ବାଃ ସୁପରମ୍ୟାନ୍, ସତରେ ତୁମେ ଅଦ୍‌ଭୁତ ! ହଁ, ତୋର ରିଭ୍ୟୁଟା
କ'ଣ ପୀତବାସ ?

ପୀତବାସ– ନାତିର ଭିନ୍ନ ନକ୍ଷତ୍ର ପାଲନର ଏକମାତ୍ର ଉଚ୍ଛବ । ହୃଷିକେଶର ବର୍ଷର ଚିଠିର
ରିଭ୍ୟୁ ମୁଁ କରେ, ଆଉ ଶୁଣାଏ ସୁପରମ୍ୟାନ୍‌କୁ । ଏଯାଏଁ ତ ତାକୁ ଦେଖିନି,
କି ଦେଖିପାରିବି ନାହିଁ । ବନ୍ଧୁ ହୃଷିକେଶ ମୋର ଅନୁରୋଧ ଅକ୍ଷରେ ଅକ୍ଷରେ
ପାଲନ କରିଆସୁଚି, ୨୦ ବର୍ଷ ହେବ ପ୍ରତି ସପ୍ତାହରେ ଚିଠି ଲେଖି । ସେହି
ଚିଠିରୁ ମୁଁ ଦେଖେ ମୋର ଏକମାତ୍ର ବଂଶଧର ରୂପ ରଞ୍ଜନକୁ ।

ଡାକ୍ତର– ରୂପ ନିଜେ ଲେଖେନା ?

ପୀତବାସ– ରୂପ ଜାଣେନା ଯେ ତା'ର ଅଜା ମୁଁ । ସେ ଜାଣେ, ସେ ହୃଷିକେଶର ପୁଅ ।
ଜାଣିଥିଲେ, କି ଏବେ ବି ଜାଣିଲେ ସେ ହୁଏତ କିଛି ମାନିବନି – କେଉଁଦିନ
ଧାଇଁଆସିବ ମୋର ଶନିଦୃଷ୍ଟି ସମ୍ମୁଖକୁ ।

ଡାକ୍ତର– କ'ଣ ଏସବୁ କହୁଛୁ ?

ପୀତବାସ– ଯାହା ଭୋଗିଛି ଭାଇ, ସେଇଆ କହୁଛି । ଅଭିଜ୍ଞତା–ଜଳାପୋଡ଼ା ଅଭିଜ୍ଞତା ।
ହଁ ପାର୍ଥ, ଶୁଣ୍‌-ଶୁଣ୍‌-ଆଉ କଳ୍ପନା କରି କହ, ମୋ ରୂପରଞ୍ଜନ କିପରି ?
ପଢ଼ ସୁପରମ୍ୟାନ୍ !

ଚାକର– ୨୦ବର୍ଷ ଚାଲିଲା । ଉଚ ୫ ଫୁଟ ୬ ଇଞ୍ଚ–ଛାତି ୩୪ – ରଙ୍ଗ ଆହୁରି
ଫିଟିଯାଇଛି । ଓଠ ଦୁଇଟି ଲାଲ – କୁଞ୍ଚକୁଞ୍ଚିଆ ବାଲ – ଗୋଡ଼ର ପେଶୀ
ଖୁବ୍ ଶକ୍ତ–ପ୍ରତିଦିନ ସକାଲେ ଘୋଡ଼ା ଚଢ଼େ–ପ୍ରାୟ ୧୦ ମାଇଲ–ଆଖି
ଦୁଇଟି ନେଲୀ ନେଲୀ– । ହସିଲେ ଖୁବ୍ ମାନେ । ନାକ ଉନ୍ନତ । ବଡ଼ କପାଲ ।
ସହରରେ ଏତେ ସୁନ୍ଦର ଯୁବକ ନାହାନ୍ତି କହିଲେ ଚଲେ । ପଢ଼ାରେ ଯେପରି,
ଖେଲ କସରତ୍ ଓ ସବୁ କାମରେ ସେପରି । ଚମକ୍ରାର ଇଂରାଜୀ କହିପାରେ ।
ପୋଷାକ ପିନ୍ଧି ଇଂଲିଶ କହିଲେ ଇଂଲିଶ ଯୁବକ ବୋଲି ଭୁଲ ହୋଇଯାଏ ।

ପୀତବାସ– ଓଃ ଦୁଇଟି ଲାଲ୍, କୁଞ୍ଚକୁଞ୍ଚିଆ ବାଲ–ଉନ୍ନତ ନାକ–ବଢ଼ କପାଳ–ସୁନ୍ଦର
ଦାନ୍ତ–ରଙ୍ଗ ସୁନ୍ଦର–ଆଖି ନେଲିଆ। ପାର୍ଥ, କହ ପାର୍ଥ, କିରପି ମୋ
ରୂପରଞ୍ଜନ ? ମୁଁ ଆଙ୍କିଛି ତାକୁ ରଙ୍ଗ ଦେଇ ମୋ ତୂଲିରେ। ସୁପରମ୍ୟାନ୍,
ଦେଖାଅ–ପାର୍ଥକୁ ଦେଖାଅ।

ଚାକର–   (ଟେବୁଲ୍ ଉପରୁ ଫଟୋ ଦେବା)–

ଡାକ୍ତର–   ଚମତ୍କାର ! ଚମତ୍କାର ! ରିଏଲି ଏ ମାସ୍କୁଲାଇନ୍ ବିଉଟି...

ପୀତବାସ– ଚମତ୍କାର ! ପାର୍ଥ କହିଲା ଚମତ୍କାର ! ସୁପରମ୍ୟାନ୍ ! ମାସ୍କୁଲାଇନ୍ ବିଉଟି
(ହସିଉଠିବା ଓ ହଠାତ୍ ଛାତିକୁ ଧରି ଚିକ୍କାର କରିବା)

ଡାକ୍ତର–   କ'ଣ ହେଲା ପୀତବାସ ? ପୀତବାସ !

ପୀତବାସ– କିଛି ନାଇଁ ପାର୍ଥ, କିଛି ନାଇଁ...। ଗୁଡ଼ାଏ ନିଃଶ୍ୱାସ ଠେଲି ହେଲେ କଲିଜାଟା
ଥରିଉଠେ।

ଡାକ୍ତର–   (ଚାକର ସହ ପୀତବାସକୁ ଧରିବା) – ଚାଲ ବିଛଣାକୁ ଚାଲ– (ଶୁଆଇବା)–

ପୀତବାସ– ସୁପରମ୍ୟାନ୍ ! ଟଙ୍କା। କାଲି ପଠେଇଦେବ। ପାର୍ଥ ! ହୃଷି କହେ, ନାତି ଲାଗି
୩୦୦ ଟଙ୍କା ଦରକାର। ମୁଁ କିନ୍ତୁ ପଠାଏ ୫୦୦। ପ୍ରତିବର୍ଷ ୧୦୦ ବେଶୀ।
ବୁଝ୍‌ନୁ ପାର୍ଥ, ପ୍ରତିବର୍ଷ ସେ ବଢ଼ ହେଉଛି। ମନ ନୂଆନୂଆ କେତେ ଚିନ୍ତା
କରିବ – ସାଙ୍ଗସାଥୀ ବନ୍ଧୁବାନ୍ଧବ ଦଳ ବଢ଼ିବେ। ମୁଁ ଚାହେଁ ତା'ର ସ୍ଟାଣ୍ଡାର୍ଡ
ଅଫ୍ ଲିଭିଂ ଉଚ୍ଚ ହେଉ। ମୁଁ ଚାହେଁ –

ଡାକ୍ତର–   ସବୁ ଠିକ୍ ହୋଇଯିବ। ତୁ ଶୋଇଲୁ। ନେ, ଔଷଧ ଖାଇଲୁ (ଔଷଧ ବଟିକା
ବାହାର କରିଦେବା ଓ ପାଣି ପିଆଇ) ତୁ ଶୋ–। ତୁ ନ ଶୋଇଲାଯାଏ ମୁଁ
ଯିବିନି।

ପୀତବାସ– ତୁ ଯା ପାର୍ଥ – ଯା !

ଡାକ୍ତର–   ମୁଁ ଯିବି ପୀତବାସ ! ମୋ ଲାଗି ତୁ ବ୍ୟସ୍ତ ହୁଅନା।

ପୀତବାସ– ସେ ଖୁବ୍ ଭଲ ପଢ଼ୁଛିରେ ପାର୍ଥ ! ହୃଷି ପୁଣି ଲେଖେ ଯେ, ରୂପ ଆଇ.ଏ.ଏସ୍
ପରୀକ୍ଷାରେ ପ୍ରଥମ ସ୍ଥାନ ଅଧିକାର କରିବ (ହସି)। ପାର୍ଥ, ହୃଷିର ରଣ
ଅସୁଖ। ରହିଯିବ। ବିରାଟ ରଣ। ବନ୍ଧୁପାଇଁ ବନ୍ଧୁ ଏପରି କରିପାରେ ! ମୁଁ
ହୁଏତ ପାରି ନ ଥାଇଛି। ସାତ ଦିନରୁ ଛୁଆଟାକୁ କି ଦୟରେ ସେ ନେଲା
କହିଲୁ ? କି ଛାତି ତା'ର ? ୨୦ ବର୍ଷ ଧରି ସେ ତାକୁ ମଣିଷ କରିବାରେ
ଲାଗିଛି। ପ୍ରତିଟି ଦିନ, ପ୍ରତି ମୁହୂର୍ତ୍ତରେ ସେ ତାକୁ ନିରୀକ୍ଷଣ କରୁଛି – ତାକୁ
ବଢ଼ କରିବାକୁ କାର୍ଯ୍ୟ କରୁଛି। ତା'ର ଚେଷ୍ଟାକୁ ବ୍ୟର୍ଥ କରନା ପ୍ରଭୁ ! ମୁଁ ନ

ଦେଖ – ହୃଷି ତା'ର ପରିଶ୍ରମ ଓ ଧୈର୍ଯ୍ୟର ଫଳ ଦେଖୁ! ଆଜି, ଆଜି କି ଶାନ୍ତି! ପାର୍ଥ-ପାର୍ଥ!

(ଆସ୍ତେ ଆସ୍ତେ ସ୍ୱର କ୍ଷୀଣ ହେବା ସହିତ ଆଲୋକ ନିସ୍ତବ୍ଧ ହେବାକୁ ଲାଗିଲା। କିଛି ସମୟ ପରେ ଦେଖାଗଲା ଡାକ୍ତର ଓ ଚାକର ନିସ୍ତବ୍ଧ ଆଲୋକରେ ପୀତାବାସଙ୍କର ବିଛଣା ପାଖରେ ଠିଆହେବା ଓ ପୀତବାସଙ୍କୁ ଶୋଇବା ଦେଖି ମଞ୍ଚର ସମ୍ମୁଖକୁ ଦୁହେଁ ଆସିବା।)

ଡାକ୍ତର–   ସୁପରମ୍ୟାନ୍, ତୁମେ ତ ବୁଢ଼ା ହେଲ! ଆଚ୍ଛା ତୁମେ କହିପାରିବ ପୀତବାସର ଏ ମାରାତ୍ମକ ରୋଗର ଔଷଧ କ'ଣ?

ଚାକର–   ଦେହ ଯଦି ମନ ଉପରେ ନିର୍ଭର କରେ, ତେବେ ଆପଣ ହିଁ କହିବେ ଡାକ୍ତରବାବୁ।

ଡାକ୍ତର–   ତୁମର ସଂଳାପ ଅତି ବଳିଷ୍ଠ ସୁପରମ୍ୟାନ୍! ମୁଁ କହିବି? (ରହି) ଯାହା କହିବି ତୁମେ ଜାଣ। ଆଉ ବିଳମ୍ବର କୌଣସି ପ୍ରୟୋଜନ ନାହିଁ। ତୁମେ ମୋତେ ଦେଖି ତାହା ଅନୁଭବ କରିପାରିଛ। ହୃଷିର ଠିକଣାଟା ଦିଅ।

ଚାକର–   (ଚମକି) ଡାକ୍ତରବାବୁ।

ଡାକ୍ତର–   ଉପାୟ ନାହିଁ। ନିଜ ମନର ବ୍ୟାକୁଳତାକୁ ଅଜଣା ଆତଙ୍କ ଲାଗି ସେ ଚାପିବାରେ ଲାଗିଛି – ଯା'ର ପରିଣାମ କ୍ରମଶଃ ଭୟାବହ ହେବାକୁ ଯାଉଛି। ତା'ର ଇଚ୍ଛା ପୂରଣ କରିବାକୁ ହେବ। ସେ ହୁଏତ ଅଜ୍ଞାନ ହୋଇପଡ଼ିଛି। ଭୟର କୌଣସି କାରଣ ନାହିଁ। ମୋତେ ଠିକଣାଟା ଦିଅ। (ଚାକର ନୋଟ୍‌ବୁକ୍ ଆଣି ଦେଖାଇବା ଓ ଡାକ୍ତର ଲେଖିନେଇ ଆସ୍ତେ ଆସ୍ତେ ପ୍ରସ୍ଥାନୋଦ୍ୟତ ଓ ପୁଣି ଫେରି)–

ଚାକର–   ଦେଖ ସୁପରମ୍ୟାନ୍, ତୁମେ ପାଖରେ ଥାଅ। ମୁଁ ଠିକ୍ ସମୟରେ ଆସିଯିବି। ଯଦି ଜ୍ଞାନ ଫେରିଆସେ ଏଇଟା ଖୋଲିଦେବ। ତୁମେ ବସ।

(ଧୀରେ ଧୀରେ ଡାକ୍ତରଙ୍କର ପ୍ରସ୍ଥାନ। ଚାକର କିଛି ସମୟ ବସି ଘର ଭିତରକୁ ଚାଲିଗଲା ଓ ମଞ୍ଚ କ୍ରମେ ଅନ୍ଧାର ହୋଇଗଲା-ଦରବାରୀ କାନାଡ଼ାର ଗତ ସଂଗୀତ ମଧ ଧାରେଧାରେ ଗଲା ପଛଭୂମିକୁ। ହୃଷୀକେଶର ଅସ୍ପଷ୍ଟ ସ୍ୱର ଅନ୍ତରାଳରୁ ଶୁଣାଗଲା-)

ହୃଷୀକେଶ–   ତୁ ଭାବନା ଭାଇ! ...ରୂପରଞ୍ଜନ! ରୂପରଞ୍ଜନ-ଏ ରୋମାନ୍ ବିଉଟି। କାଲି ଘୋଡ଼ା ଚଢ଼ିଥିଲା-ମନେହେଲା ସ୍ୱପ୍ନରାଇଜର ରାଜକୁମାର ଯାଉଛି ପକ୍ଷୀରାଜ ଘୋଡ଼ା ନେଇ ପରୀର ସନ୍ଧାନରେ –

(ସ୍ୱପ୍ନରେ ପୀତବାସ ହୃଷୀକେଶର ହସ ସହିତ ହସିବା ଓ ସଙ୍ଗେ ସଙ୍ଗେ
ମଧୁର ସଙ୍ଗୀତର ଛନ୍ଦ ଓ ପୀତବାସ ପାଟିକରି ହସିବା –

ପୀତବାସ– ତା'ପରେ ?

(ଏକ ଛାୟା ମଞ୍ଚରେ ଆବିର୍ଭୂତ ହୋଇ କହିବା)

୧ମ ଛାୟା– ସେ ବିଲାତ ଯିବ କହୁଛି । ତୋର ଆପଢ଼ି ନାହିଁ ? ସେ ଯାଉ ।

ପୀତବାସ– ହାଁ, ସେ ଯାଉ !

(୨ୟ ଛାୟା ଆବିର୍ଭୂତ ହୋଇ କହିବା)

୨ୟ ଛାୟା– ହାଁ, ସେ ଯାଉ –ସେ ଯାଉ । ଯେଉଁଆଡ଼େ ଚାହିଁବ ସିଆଡ଼େ ଯାଉ । ଗୋଟିଏ
ବଂଶର ଆମେ ସମସ୍ତେ ଚାହୁଁ, ସେ ପୁଣି ପୂର୍ଣ୍ଣ କରିଦେଉ ଏ ଘରକୁ ।

ପୀତବାସ– କିଏ ? କିଏ ତୁମେ ?

୧ମ ଛାୟା– ହାଁ – କିଏ ତୁମେ ?

୨ୟ ଛାୟା– ମୁଁ-ମୁଁ ଅଶ୍ୱିନୀ–

(ସଙ୍ଗୀତର ବ୍ୟାକୁଳ ସ୍ୱର)

ପୀତବାସ– ଅଶ୍ୱିନୀ ! ଅଶ୍ୱିନୀ ! ମୁଁ ଜୀବନର ଶେଷ ପ୍ରାନ୍ତରେ ଦୀପ ଜାଲି ବସିଛି ଅଶ୍ୱିନୀ–
ତୋର ରୂପରଞ୍ଜନ ଲାଗି । ସେ ମଣିଷ ହେଲେ ମୁଁ ତୋରି ପାଖକୁ ଚାଲିଯିବି ।

ଅଶ୍ୱିନୀ– ହାଁ ବାପା ! ତୁମେ ଥାଅ – ଥାଅ ।

(୨ୟ ଛାୟା ଅନ୍ତର୍ହିତ ହେଲା ।)

ହୃଷୀକେଶ– ସାରା ସହରର ଯୁବତୀ ଆଜି ରୂପକୁ ଚାହାନ୍ତି । ଆରେ ଭାଇ, ରୂପ କି
ସୁନ୍ଦର କଥା କହେ–କି ସୁନ୍ଦର ହସେ ? (ସଙ୍ଗୀତ)

(୧ମ ଛାୟା ଅନ୍ତର୍ହିତ ହେଲା)

ପୀତବାସ– ୱାଁ–ୱାଁ–କିଏ ? ହୃଷୀକେଶ ! ନା–ସ୍ୱପ୍ନ ? ସ୍ୱପ୍ନ ?

(କକ୍ଷରେ ମୁଣ୍ଡ ଉପରୁ ଗ୍ଲାସ ନେଇ ପାଣି ପିଇ ପୁଣି ଶୋଇବା । ଦୁଆରେ
କେହି ଜୋରରେ ଧକ୍କା ମାରିବା ।)

ପୀତବାସ– କିଏ ? କିଏ ? (କିଛି ସମୟ ପରେ ପୁଣି ଧକ୍କା) କିଏ ? କିଏ ?
ଏତେବେଲେ କିଏ ? ସୁପରମ୍ୟାନ୍ ! ସୁପରମ୍ୟାନ୍ !

(ଔଷଧ ହାତରେ ଧରି ଚାକର ଦୌଡ଼ିଆସିବା)

ଚାକର– କିଏ ? କାହାକୁ ଡାକୁଥିଲେ ?

ପୀତବାସ– କିଏ ଡାକୁଛି ଦେଖ ତ ସୁପରମ୍ୟାନ୍ !

ଚାକର– (ସେ ଯାଇ ପୁଣି ଫେରିଆସି)–କେହି ନାହାନ୍ତି – ପବନ ।

ପୀତବାସ– ମୁଁ ତା'ହେଲେ ସ୍ୱପ୍ନ ଦେଖୁଥିଲି !

ଚାକର– ଡାକ୍ତର କହିଯାଇଛନ୍ତି ଯେ, ନିଦ ଭାଙ୍ଗିଲେ ଏଇ ବଟିକା ଖାଇବେ ।

ପୀତବାସ– କେତେ ଆଉ ଔଷଧ ଖାଇ ନିଦ କିଣିବି କହିଲୁ ସୁପରମ୍ୟାନ୍ ?

        (ପୀତବାସ ଶୋଇଲେ ଓ କିଛି ସମୟ ପରେ ପୋଷ୍ଟମ୍ୟାନ୍‌ର ପ୍ରବେଶ)

ଚାକର– ଆସ୍ତେ, ତମେ ପାଟି କରନା । ଦିଅ ଟେଲିଗ୍ରାମ୍ – (ପୋଷ୍ଟମ୍ୟାନ୍‌ର ପ୍ରସ୍ଥାନ)

ପୀତବାସ– କିଏ ?

ଚାକର– କେହି ନାହିଁ ବାବୁ !

ପୀତବାସ– ମୁଁ ଦେଖିଛି କିଏ ଆସିଛି । ମୁଁ ନ ଦେଖିଲେ ସୁଦ୍ଧା ସୁପରମ୍ୟାନ, କାନ ମୋର କାହାର ପାଦଶବ୍ଦ ଧରିପାରିଛି – ତା ଆଜିଯାଏଁ ଭୁଲ ହୋଇନି ସୁପରମ୍ୟାନ୍ !

ଚାକର– କିନ୍ତୁ କେହି ତ ନାହିଁ । କବାଟରେ ଶୁଣିଲା ପରି ମନେହେଲା । ମୁଁ କବାଟ ଖୋଲିଲି । କେହି ଆସିଥିଲେ ମୁଁ ନ କହନ୍ତି କାହିଁକି ?

ପୀତବାସ– ତା'ହେଲେ କେହି ଆସିନାହାନ୍ତି ?

ଚାକର– ୨୦ ବର୍ଷ ଭିତରେ ଡାକ୍ତରବାବୁ ଛଡ଼ା ଆଉ ତ କେହି ଆସିନି ବାବୁ !

ପୀତବାସ– ଜଣେ ଆସେ ସୁପରମ୍ୟାନ୍ – ଜଣେ ଆସେ, ଯାହା ଲାଗି ମୁଁ ଛାତିରେ ସ୍ୱାଗତିକା ଝୁଲାଇ ବସିଥାଏ । ୨୦ ବର୍ଷ ଧରି କେବଳ ତାକୁ ହିଁ ମୁଁ ଚାହିଁ ରହିଥାଏ–ସେ ହେଲା ପୋଷ୍ଟମ୍ୟାନ୍ । ଆଃ, ହସିହସି ସେମାନେ ଯେତେବେଳେ ଚିଠି ବଢ଼ାଇ ଦିଅନ୍ତି, ଛାତି ଭିତରଟା କ'ଣ ହୋଇଯାଏ । ଛାତି ଭିତରଟା ସେମିତି ହୋଇ ଉଠିଲା ବର୍ତ୍ତମାନ ପାଦଶବ୍ଦ ଶୁଣି । ସେଥିପାଇଁ କହୁଛି, ମୁଁ ଶୁଣିଛି ସୁପରମ୍ୟାନ୍ କେହି ଆସିଥିଲେ ବୋଲି ।

ଡାକ୍ତର– (ପ୍ରବେଶ) ମୁଁ ଆସୁଥିଲି । ତୁ ଶୋଇଛୁ ଦେଖି ଫେରିଯାଉଥିଲି । ତୁ ଯେ ଏମିତି କାନ୍‌ଢେରି ଶୋଇଛୁ ଜାଣିବି କିପରି ? ୟୁ ନିଡ୍ ସାଉଣ୍ଡ ସ୍ଲିପ୍ ।

ଚାକର– (ଦୀର୍ଘଶ୍ୱାସ ପକେଇବା) –

ଡାକ୍ତର– ନେ, ଔଷଧ ଖାଇନେଲୁ ।

ପୀତବାସ– ହୃଷୀକେଶର ଟେଲିଗ୍ରାମ୍‌ଟା ଆସିନି – ଆସିଯିବ । ହୃଷି ଅବହେଲା କରେନି । ମୋତେ ଯଦି ଉଠାଇବୁ ତେବେ ତୋର ଔଷଧ ଖାଇ ଶୋଇବି ପାର୍ଥ ।

ଡାକ୍ତର– ଏକବାର ପିଲା ହୋଇଗଲୁଣି । ଦେଖିଛୁ ତୋ' ଦେହରେ ଜର କେତେ ?

ପୀତବାସ– ସେଟା ତ ଉତ୍ତେଜନା ! ବର୍ଷର ଏଇ ଗୋଟିଏ ଦିନରେ ଛାତି ଥରେ, ଉତ୍ତେଜନା ଦେହରେ ଉତ୍ତାପ ଆଣେ – ସେ କିଛି ନୁହେଁ । ତୁ ଯେ ସାରା ରାତି ଶୋଇନୁ ପାର୍ଥ !

ଡାକ୍ତର– ରାତି ଆଉ ନାହିଁ । ଦିନ କେତେ ହେଲାଣି ତୁ ବୁଝିପାରୁନୁ । ତୋର ସ୍ୱପ୍ନର ରାତି ଏଯାଏ ଅଛି ? (ପାଣି ପିଇବା ଶବ୍ଦ) ଆଉ ଗପ ନାହିଁ । ମୁଁ ବସୁଛି । ତୁ ଶୋଇଲେ ମୁଁ ଯାହା କରିବି ।

ଚାକର– ଡାକ୍ତରବାବୁ ! ଟେଲିଗ୍ରାମ୍‌ଟା ।

ଡାକ୍ତର– (ଟେଲିଗ୍ରାମ୍ ନେଇ) ମାଙ୍ଗ ଗଢ଼ ! (ସଙ୍ଗୀତ) ତୁ ସତରେ ହତଭାଗା, ବନ୍ଧୁ ! ତୋର ଅଜାଣତରେ ଟେଲିଗ୍ରାମ୍ କଲି ତାକୁ ଆଣିବାକୁ – କିନ୍ତୁ…

ଚାକର– କିନ୍ତୁ କ'ଣ ଡାକ୍ତରବାବୁ ?

ଡାକ୍ତର– ଆଛା ସୁପରମ୍ୟାନ୍‌, ତୁମେ ତାକୁ ଦେଖିଛ ?

ଚାକର– ଏଇ ହାତରେ ବଢ଼େଇଦେଲି ହୃଷିବାବୁଙ୍କ କୋଳକୁ – ସେତିକି ।

ଡାକ୍ତର– ତୁମେ ହୁଏତ ତାକୁ ଦେଖିପାରିବ–କିନ୍ତୁ ପୀତବାସ –

ଚାକର– କ'ଣ ଖବର ଆସିଛି ଡାକ୍ତରବାବୁ ? ହୃଷିବାବୁ ଆସିନାହାନ୍ତି ?

ଡାକ୍ତର– କାହାକୁ ନେଇ ଆସିବ ?

ଚାକର– କାହିଁକି ସାନ ସା'ନ୍ତଙ୍କୁ ?

ଡାକ୍ତର– ସାନ ସା'ନ୍ତ ତୁମର ବର୍ତ୍ତମାନ ଉଡ଼ାଜାହାଜରେ – ଆଜି ଗଲେ ବିଲାତ । ମୋ ଟେଲିଗ୍ରାମ୍ ପାଇବା ଆଗରୁ ସେ ବାହାରିଗଲେ – ନଇଲେ ହୁଏତ ପୀତବାସ ଦେଖିଥାନ୍ତା । ଅବସ୍ଥା ବଡ଼ ସାଂଘାତିକ ହେଲା ସୁପରମ୍ୟାନ୍ । ହୃଷି ହୁଏତ ନିୟମିତ ଭାବରେ ଚିଠି ଦେଇ ପାରିବନି; କାରଣ ସେ ବିଲାତରୁ ଚିଠି ପାଇ ଏଠାକୁ ଲେଖିବ । ଏ ବିଳମ୍ବ ପୀତବାସର ଦେହକୁ ପ୍ରବଳ ଭାବରେ ଅସ୍ଥିର କରିବ । ତୁମର ଦାୟିତ୍ୱ ବଢ଼ିଗଲା ସୁପରମ୍ୟାନ୍ । ମୋର ମଧ୍ୟ ବାହାରକୁ ଯିବାର ଅଛି । ଉଠିଲେ ତାକୁ କ'ଣ କହିବା ?

ପୀତବାସ– (ବିଛଣାରୁ ଉଠିବସି) ମୁଁ ଉଠିଲିଣି ପାର୍ଥ ! ଟେଲିଗ୍ରାମ୍ ଆସିଚି ତା' ହେଲେ ! ଦେ, ମତେ ଦେ । ଆରେ ପାର୍ଥ, ସେହି ହେଲା ମୋ ଔଷଧ । ପଚାର ସୁପରମ୍ୟାନ୍‌କୁ – ବାର୍ଥ ଡେ ଟେଲିଗ୍ରାମ୍ ପାଇଲା ପରେ ମୁଁ ଯାହା ଶୁଏ ନା – ସୁପରମ୍ୟାନ୍ କହେ ଏହି ଗୋଟିଏ ଦିନ ସେ ଯେମିତି ବେଳ ପାଏ ସାରା ବର୍ଷଟିକର ସଉଦା କରିବାକୁ । (ପାର୍ଥକୁ ଉଦାସୀନ ଓ ଟେଲିଗ୍ରାମ୍ ନ ଦେବାର ଦେଖି ପାଟିକରି ଉଠିବା–)

ପୀତବାସ– ଟେଲିଗ୍ରାମ ଦେ ! ବିଳମ୍ବ କଲେ ସହିପାରିବିନି ।

ଡାକ୍ତର– ସେ ଭଲ ଅଛି ।

ପୀତବାସ– ଟେଲିଗ୍ରାମ୍ ଦେ ।

ଡାକ୍ତର– ମୋ କଥା ବିଶ୍ୱାସ କରନ୍ତୁ ?

ପୀତବାସ– ଟେଲିଗ୍ରାମ୍ ଦେ ।

ଡାକ୍ତର– ଭଲ ଖବର ଭାଇ; କିନ୍ତୁ –

ପୀତବାସ– ମୁଁ ସେ ସବୁ ଜାଣେନା । ପ୍ରଥମେ ମୁଁ ପଢ଼େ ମୋ ଟେଲିଗ୍ରାମ୍, ତା ପରେ
ପଢ଼େ ସୁପରମ୍ୟାନ୍ । ଦେ–
(ଝଲକାଏ ସଙ୍ଗୀତ ଘର ମଧ୍ୟରେ ପ୍ରବେଶ କରି ପୁଣି ଯେପରି ବାହାରିଗଲା ।
ଡାକ୍ତର ଟେଲିଗ୍ରାମ୍ ଦେଲେ ।)

ଡାକ୍ତର– ପୀତବାସ! ପୀତବାସ! ପୀତବାସ!! କୋରାମିନ୍ ବ୍ୟାଗ୍‌ରୁ କୋରାମିନ୍
ଦିଅ ସୁପରମ୍ୟାନ୍ !
(ଚାକର ବ୍ୟାଗ୍‌ ବାହାର କରି ଔଷଧ ଦେବା – ଡାକ୍ତର ଇଞ୍ଜେକ୍‌ସନ୍ ଦେବା
ଓ ଶଙ୍କିତ ହୋଇ ଚାହିଁରହିବା । ସଙ୍ଗୀତ ମଧ୍ୟମ ଲୟରୁ ଗତି ବଢ଼ାଇବ ।)

ଡାକ୍ତର– (ପୁଣି ନାଡ଼ି ଓ ଛାତି ଦେଖି) ନା, ଯାହା ଭୟ କରୁଥିଲି ସୁପରମ୍ୟାନ୍–ସେ
ଗଲାଣି – ନିଜ ପ୍ଲେନ୍‌ରେ ସେ ବିଲାତଠାରୁ କେତେ ଦୂରକୁ ଗଲାଣି । ସେ
ଆଉ ଆସିବନି । (ଚାଦର ଘୋଡ଼ାଇଦେବା)

ଚାକର– (ନୀରବରେ ଆଖି ପୋଛିବା)–

ଡାକ୍ତର– କି ଭୟଙ୍କର ଦିନ ଆଜି । ଭଗବାନ !
(ସଂଗୀତ ଦ୍ରୁତଲୟରେ ବଢ଼ିଯିବା ପରେ ଧୀରେଧୀରେ ପ୍ରବେଶ କଲେ ଅନ୍ୟ
ଏକ ବୃଦ୍ଧ–କ୍ଷୀଣ ଆଲୋକରେ ସ୍ପଷ୍ଟ ରୂପେ ପ୍ରତୀୟମାନ ନୁହନ୍ତି । ଆସି ମଞ୍ଚର
ମଝିରେ ଠିଆହେଲେ ।)

ଡାକ୍ତର– କିଏ ଆପଣ ?

ହୃଷୀକେଶ– ଡାକ୍ତର ! ପୀତବାସର କ'ଣ ହେଲା ?

ଡାକ୍ତର– ପୀତବାସ ଇଜ୍‌ ଡେଡ୍‌–କିଛି ମୁହୂର୍ତ୍ତ ପୂର୍ବରୁ ।

ହୃଷୀକେଶ– (ମୃତ ପୀତବାସ ମୁହଁ ଉପରୁ ଚାଦର ଖୋଲି ଚାହିଁବା ଓ ମୁହଁ ଘୋଡ଼ାଇ
ଦେଇ ପ୍ରଣାମ କରି ଫେରିଆସିବା ଓ ମଞ୍ଚର ବିପରୀତ ଦିଗକୁ ଚାହିଁ) ଡାକ୍ତର
ପାର୍ଥ ! (ପକେଟ୍‌ରୁ କାଗଜ ବାହାର କରି) ରଖ ଏଇ ଦୁଇଟି ଉଇଲ୍‌–
ପୀତବାସର ଉଇଲ । ଆସିଥିଲି ଦେଖିଯିବି ବୋଲି ତୁମଠାରୁ ଟେଲିଗ୍ରାମ୍
ପାଇ ।

ଡାକ୍ତର– କିଏ ? ...ହୃଷୀକେଶ ?

ହୃଷୀକେଶ– ହଁ, ମୁଁ ହୃଷୀକେଶ । ଉଇଲ୍‌ ଦୁଇଟି ରଖ । ଯଦି ବଂଶରେ କେହି ନ ରୁହନ୍ତି

ତେବେ ତା’ର ବିଶାଳ ସମ୍ପତ୍ତି ଯିବ ବିଶ୍ୱବିଦ୍ୟାଳୟ ଟ୍ରଷ୍ଟବୋର୍ଡ଼କୁ। ଏଇଟା ଭଲ କରି ପଢ଼ି ଦେଖ। ତୁମେ ତା’ର ପ୍ରକୃତ ବନ୍ଧୁ। ତୁମେ କାର୍ଯ୍ୟକାରୀ କରିପାରିବ।

ଡାକ୍ତର– ଏ କ’ଣ କହୁଛ ହୃଷୀକେଶ ? ସବୁ ତୁମରି ପାଖରେ ଥାଉ। ରୂପରଞ୍ଜନ ପଢ଼ି ଫେରିଲେ ତୁମେ ତାକୁ ଦେବ ତାର ଉଇଲ। ସେ କି ମୁଁ, କେହି ତାହାକୁ ଚିହ୍ନନା।

ହୃଷୀକେଶ– ଚିହ୍ନନା ? ଭଲ କରିଛ।

ଡାକ୍ତର– ଭୁଲ କରିଛ। ନିଅ ହୃଷୀକେଶ-ଉଇଲ ଦୁଇଟି !

ହୃଷୀକେଶ– ନା, ତୁମେ ରଖ। ଅନ୍ୟଟି ହିଁ କାର୍ଯ୍ୟକାରୀ ହେବ।

ଡାକ୍ତର– ମାନେ ?

ହୃଷୀକେଶ– କୋଡ଼ିଏ ବର୍ଷ-ଦୀର୍ଘ କୋଡ଼ିଏ ବର୍ଷ, ପୀତବାସ ! ମୁଁ ଆଉ କ’ଣ କରିଥାନ୍ତି କହ ? ତୋତେ କ’ଣ ବା କହିଥାନ୍ତି ? ୟୁ ଆର୍ ଏ ଓ୍ୱାଇଜ୍‌ମ୍ୟାନ୍‌-ୟେସ୍, ଏ ଓ୍ୱାଇଜ୍ ମ୍ୟାନ୍। ହଁ ଡାକ୍ତର, ଦୀର୍ଘ କୋଡ଼ିଏ ବର୍ଷ ଧରି ପୀତବାସ ଲାଗି ବଞ୍ଚିଥିଲା ଏକ ରୂପରଞ୍ଜନ। ତା’ର ତ ଆଉ ପ୍ରୟୋଜନ ନାହିଁ ଡାକ୍ତର !

ଡାକ୍ତର– ହୃଷୀକେଶ !

ହୃଷୀକେଶ– ହଁ ଡାକ୍ତର, ତୁମେ ଓ ମୁଁ ଦୁଇଜଣ ହାରିଗଲେ। ତୁମେ ଆଜି, ଆଉ ମୁଁ...?

ଡାକ୍ତର– ଏ କ’ଣ କହୁଛ ତୁମେ ?

ହୃଷୀକେଶ– ହଁ, ମୁଁ ହାରିଛି କୋଡ଼ିଏ ବର୍ଷ ତଳେ। ରୂପରଞ୍ଜନ ନାହିଁ। ରୂପରଞ୍ଜନ ମରିଛି କୋଡ଼ିଏ ବର୍ଷ ତଳେ। କେବଳ ବଞ୍ଚେଇ ରଖିଥିଲି ପୀତବାସର ଜୀବନ ଲାଗି। ଗୁଡ୍‌ବାୟ ଫ୍ରେଣ୍ଡ, ଗୁଡ୍‌ବାୟ ୟୁ ଥଲ।

ଧୀରେ ଧୀରେ ଅନ୍ଧକାର ଘେରିଗଲା ମଞ୍ଚସାରା

ବାଣ ହରଣ

ଭଞ୍ଜ କିଶୋର ପଟ୍ଟନାୟକ

କୁଶୀଳବ

ଦୁର୍ଯ୍ୟୋଧନ	–	କୁରୁପତି
ଶକୁନି	–	ଏକ୍ ମାତୁଳ
ଭୀଷ୍ମ	–	ଏକ୍ ପିତାମହ
ଯୁଧିଷ୍ଠିର	–	ପାଣ୍ଡବ ଶ୍ରେଷ୍ଠ
ଭୀମ	–	ଏକ୍ ଭ୍ରାତା
ଅର୍ଜୁନ	–	ଏକ୍ ଭ୍ରାତା
ଶ୍ରୀକୃଷ୍ଣ	–	ଦ୍ୱାରକାଧିପତି
ରକ୍ଷୀ	–	ପ୍ରହରୀ

ପ୍ରଥମ ଦୃଶ୍ୟ
(ଶିବିର)

ଶକୁନି–   (ହସି ହସି) କପଟ ପଶାର ପରାଭବ ତୁମେ ଯଦି ନ ଭୋଗିବ ଦୁର୍ଯ୍ୟୋଧନ, ତା' ହେଲେ ଭୋଗିବ ଆଉ କିଏ ? କୁରୁକ୍ଷେତ୍ରର ବିଭୀଷିକା ମଧ୍ୟରେ ରକ୍ତର ତର୍ପଣ କରି କିଏ କରିବ ପାପର ପ୍ରାୟଶ୍ଚିତ ! ହା୦-ହା୦-ହା୦-ହା୦- ତିଲେ ତିଲେ ପଲେ ପଲେ ଦଗ୍ଧ କରି ତୁମେ ଶକୁନି ବଂଶର ଉଚ୍ଛେଦ ସାଧନ କରିଛ–ତା'ରି ପ୍ରତିଶୋଧ ନେବାକୁ...ଧୃତରାଷ୍ଟ୍ର ବଂଶର ଶେଷ ଦୀପଶିଖା ଲିଭିବା ପର୍ଯ୍ୟନ୍ତ, ଏହି ଶକୁନି ଅପେକ୍ଷା କରିବ ! ସ୍ୱପ୍ନରେ ସୁଦ୍ଧା ତୁମେ କଳ୍ପନା କରିପାରିବ ନାହିଁ ଦୁର୍ଯ୍ୟୋଧନ, ମାତୁଳ ଶକୁନି ଏହି କୁରୁ-ପାଣ୍ଡବ ସଂଗ୍ରାମର ସୂତ୍ରଧର ! ହା୦-ହା୦-ହା୦-ହା୦-କିଏ ?

ଦୁର୍ଯ୍ୟୋଧନ– ମାତୁଳ ! (ପ୍ରବେଶ କଲେ)

ଶକୁନି– କିଏ ! ଦୁର୍ଯ୍ୟୋଧନ ?

ଦୁର୍ଯ୍ୟୋଧନ– ତୁମ ସହିତ ଏକ ପରାମର୍ଶ କରିବାଲାଗି ଫେରି ଆସିଲି ମାତୁଳ !

ଶକୁନି– କି ପରାମର୍ଶ କୌରବଶ୍ରେଷ୍ଠ ?

ଦୁର୍ଯ୍ୟୋଧନ– ଚକ୍ରଧର କ'ଣ ତାଙ୍କ ପ୍ରତିଶ୍ରୁତି ରକ୍ଷା କରିବେ ?

ଶକୁନି– ପ୍ରତିଶ୍ରୁତି ?–

ଦୁର୍ଯ୍ୟୋଧନ– ହଁ, ଏ ସଂଗ୍ରାମରେ ଅସ୍ତ୍ର ଧରିବେ ନାହିଁ ବୋଲି ବାସୁଦେବ ମୋତେ ପ୍ରତିଶ୍ରୁତି ଦେଇଛନ୍ତି – କେବଳ ସେତିକି ନୁହେଁ, ସମଗ୍ର ଯାଦବ ସେନା ମୋର ସହାୟତା କରିବେ ।

ଶକୁନି– ଚକ୍ରଧର କୁଚକ୍ରୀ... ସେ ପ୍ରତିଶ୍ରୁତିରେ ମୋର ଭରସା ନାହିଁ – ମାତ୍ର ବର୍ତ୍ତମାନ ସେ ଆଶଙ୍କା ଆପାତତଃ ଆମ୍ଭମାନଙ୍କର ନାହିଁ । ଭୀଷ୍ମଦେବଙ୍କ ଅଧିନାୟକତ୍ଵ ହିଁ –

ଦୁର୍ଯ୍ୟୋଧନ– କୁହ ମାତୁଳ, ନୀରବ ରହିଲ କାହିଁକି ?

ଶକୁନି– ମୋର ଅନୁମାନ ଯଦି ସତ ହୁଏ... ତାହାହିଁ ଏକମାତ୍ର ଆଶଙ୍କାର କାରଣ...

ଦୁର୍ଯ୍ୟୋଧନ– କ'ଣ ତୁମର ଅନୁମାନ ମାତୁଳ ?

ଶକୁନି– ଦୁର୍ଯ୍ୟୋଧନ !

ଦୁର୍ଯ୍ୟୋଧନ– ମାତୁଳ ! ତୁମେ ହିଁ ମୋର ପରାମର୍ଶଦାତା । ତୁମରି ପାଇଁ ଆୟୋଜନର ସାର୍ଥକତା । କୁହ, କ'ଣ ତୁମର ଅନୁମାନ ?

ଶକୁନି– ନା ମୋର ଅନୁମାନ ମିଥ୍ୟା ହେଉ, ଦୁର୍ଯ୍ୟୋଧନ ! ମୋର ଅନୁମାନ ମିଥ୍ୟା ହେଉ । କିନ୍ତୁ ମୋର ଅନୁମାନ ଯଦି ସତ୍ୟ ହୁଏ, ତା'ହେଲେ ମୁଁ କହିବି ଭୀଷ୍ମ ଦେବ ତ କେବଳ କୌରବ କୁଳର ପିତାମହ ନୁହନ୍ତି । ହୁଏତ ସେଇ ବନ୍ଧନ, ରକ୍ତର ସେଇ ନିବିଡ଼ ସମ୍ପର୍କ...

ଦୁର୍ଯ୍ୟୋଧନ– ନା, ତୁମର ଏ ଅନୁମାନ ମିଥ୍ୟା ମାତୁଳ ! ପିତାମହ ପରମ ଆଗ୍ରହରେ ଗ୍ରହଣ କରିଛନ୍ତି କୌରବର ସେନାପତିତ୍ଵ ।

ଶକୁନି– ଅନୁମାନ ମୋର ମିଥ୍ୟା ହେଉ ଦୁର୍ଯ୍ୟୋଧନ ! ମହାବୀର ଭୀଷ୍ମଙ୍କର ସେନାପତିତ୍ଵରେ ଧ୍ଵଂସ ହେଉ ଏଇ ଭ୍ରାତୃ ବିବାଦର ବିଭୀଷିକା...କୁରୁ ପାଣ୍ଡବ ଯୁଦ୍ଧର ଯବନିକା ପଡୁ ।

ଦୁର୍ଯ୍ୟୋଧନ–ଆସ, ମାତୁଳ ! ବର୍ତ୍ତମାନ ପିତାମହଙ୍କ ସହିତ ପରାମର୍ଶର ନିତାନ୍ତ ପ୍ରୟୋଜନ । ଯଦି ସେ ଦାୟିତ୍ଵରୁ ଅବସର ଚାହାନ୍ତି, ସେ ଅବସର ତାଙ୍କୁ

ଦେବାପାଇଁ ଦୁର୍ଯ୍ୟୋଧନ ପ୍ରସ୍ତୁତ। ମହାବୀର ଦ୍ରୋଣାଚାର୍ଯ୍ୟ, କର୍ଣ୍ଣ, ଶଲ୍ୟ, ଆଚାର୍ଯ୍ୟ କୃପ, ଦୁର୍ଯ୍ୟୋଧନ, ଦୁଃଶାସନ, କୌରବ କୁଳର ମହା ମହା ବୀରଗଣ ଥାଉଁ ଥାଉଁ ବୃଦ୍ଧ ପିତାମହ ଯଦି ତାଙ୍କର ଅସାମର୍ଥ୍ୟ ପ୍ରକାଶ କରନ୍ତି, ସେଥିପାଇଁ ମୋର ଶୋଚନା ନାହିଁ। ପ୍ରତିଜ୍ଞା ମୋର ହିମାଳୟ ଭଳି ଅଟଳ ରହିବ – ବିନା ଯୁଦ୍ଧରେ ସୃଚ୍ୟଗ୍ର ମେଦିନୀ ମଧ ମୁଁ ପାଣ୍ଡବମାନଙ୍କୁ ଦେବିନାହିଁ... ଯୁଦ୍ଧରେ ଯାର ଆରମ୍ଭ, ତା'ର ସମାପ୍ତି ମଧ ସେଇ ଯୁଦ୍ଧରେ ! ଆସ ତୁମେ –

ଦ୍ୱିତୀୟ ଦୃଶ୍ୟ
(ଶିବିର)

ଭୀଷ୍ମ–   କ'ଣ କହିଲ ତୁମେ, ଦୁର୍ଯ୍ୟୋଧନ ? ଭୀଷ୍ମ ଅସମର୍ଥ ? ଦୁର୍ବଳ ? ଭୀଷ୍ମ ଚାହେଁ ଦାୟିତ୍ୱରୁ ଅବସର ? ପ୍ରକାଶ୍ୟ ରଣକ୍ଷେତ୍ରରେ ସେ ଆଜି କେବଳ ଆତ୍ମରକ୍ଷା କରିଆସିଛି। ଭୁଲିଯାଉଛ ତୁମେ ମାନଗୋବିନ୍ଦ, ସତ୍ୟ ରକ୍ଷା କରିବା ପାଇଁ ଏଇ ଭୀଷ୍ମ, ଆଜୀବନ ଅବିବାହିତ। ପିତାଙ୍କର ଆଶୀର୍ବାଦରେ ଏହି ଭୀଷ୍ମର ମୃତ୍ୟୁଭୟ ପର୍ଯ୍ୟନ୍ତ ନାହିଁ। ଭୀଷ୍ମ ମୃତ୍ୟୁଞ୍ଜୟ।

ଦୁର୍ଯ୍ୟୋଧନ– ସବୁ ଜାଣେ ପିତାମହ !

ଭୀଷ୍ମ–   ହଁ, ଜାଣି ଶୁଣି କରିଛ ତୁମେ ଏଇ କୁରୁକ୍ଷେତ୍ରର ଆୟୋଜନ – ଜାଣି ଶୁଣି ତୁମେ ଏଇ ଧ୍ୱଂସଲୀଳାର ସୃଷ୍ଟି।

ଦୁର୍ଯ୍ୟୋଧନ– ପିତାମହ !

ଭୀଷ୍ମ–   ପାଣ୍ଡବ ଶିବିରରୁ ବାସୁଦେବ ଯେତେବେଳେ ମାତ୍ର ପାଞ୍ଚଖଣ୍ଡି ଗ୍ରାମ ଭିକ୍ଷା ମାଗିବାକୁ ଆସିଥିଲେ କୌରବ ଦରବାରକୁ, ପାଣ୍ଡମାନଙ୍କୁ ସେତିକି ଭିକ୍ଷା ତୁମେ ଯଦି ଦେଇ ପାରିଥାନ୍ତ କୌରବବୀର ! ଆଜି ଏ ବୃଦ୍ଧବୟସରେ ମୋତେ ସେନାପତିତ୍ୱ ଗ୍ରହଣ କରିବାକୁ ପଡ଼ି ନ ଥାନ୍ତା। ନିଜ ହାତରେ ନିଜ ବଂଶଧରମାନଙ୍କର ଚିତା ମୁଁ ଜାଳିବାକୁ ଆଗଭର ହୋଇ ନ ଥାନ୍ତି। ମାତ୍ର ସବୁ ଜାଣିଶୁଣି ସବୁ ବିଚାର କରି ଏ ଯୁଦ୍ଧର ଆମନ୍ତ୍ରଣ ମୁଁ ଉପେକ୍ଷା କରିନାହିଁ। କୌରବଙ୍କୁ ରକ୍ଷା କରିବାର ଭାର ମୁଁ ନିଜେ ନେଇଛି। ଜାଣ ଦୁର୍ଯ୍ୟୋଧନ, ପାଣ୍ଡବ ପାଞ୍ଚ ଭାଇଙ୍କୁ ନିଃଶେଷ କରିବା ପାଇଁ କୁରୁ-ପାଣ୍ଡବ ବଂଶର ବୃଦ୍ଧ ପିତାମହ କି କଠୋର ଶପଥ ନେଇଛି ? ଜାଣ, ପାଣ୍ଡବମାନଙ୍କର ଜୀବନକାଳ ଆଉ କେତେ ଅଛ ?

ଦୁର୍ଯ୍ୟୋଧନ– କ୍ଷମା କରନ୍ତୁ, ପିତାମହ !

ଭୀଷ୍ମ– କ୍ଷମା ! ଏ କୁରୁ ପାଣ୍ଡବ ଯୁଦ୍ଧରେ କ୍ଷମା, ଦୟା, ସ୍ନେହ, ପ୍ରୀତି, ମାୟାମମତାର
ପ୍ରଶ୍ନ ଆଜି ଉଠୁନାହିଁ ଦୁର୍ଯ୍ୟୋଧନ ! ଲେଲିହାନ ଶିଖା ବିସ୍ତାର କରି ହିଂସାର
ଅନଳ ଆଜି ଗୋଟାଏ ରାଜବଂଶକୁ ଭସ୍ମୀଭୂତ କରିବାକୁ ଯାଉଛି... ଆଉ
ସେହି ହିଂସା-ବେଦୀରେ ସର୍ବ ପ୍ରଥମେ ରକ୍ତପିପାସୁ ମାରଣାସ୍ତ୍ର ଧରି ଛିଡ଼ା
ହୋଇଛି ଏଇ ପକ୍ବକେଶ କୁରୁ-ପାଣ୍ଡବର ପିତାମହ ଭୀଷ୍ମ ! ଯାଅ, ବିଶ୍ରାମ
କର ତୁମେ ବୀର ! କୌରବ ସେନାପତିର ଦାୟିତ୍ୱ ବହନ କରି ମୁଁ କେବଳ
ନିଶ୍ଚିତ ହୋଇନାହିଁ, କୌରବ ରାଜମୁକୁଟକୁ ଗୌରବମଣ୍ଡିତ କରିବା ପାଇଁ
ମୁଁ କରିଛି ତୁରନ୍ତ ଆୟୋଜନ । ପୃଥିବୀ ପୃଷ୍ଠରୁ ପାଣ୍ଡବମାନଙ୍କୁ ନିଃଶେଷ
କରିବାକୁ ଭୀଷ୍ମ କରିଛି ଭୀଷ୍ମପ୍ରତିଜ୍ଞା । ତୃତୀୟ ଦିନର ସଂଗ୍ରାମ ହେବ
କୁରୁ-ପାଣ୍ଡବର ଶେଷ ସଂଗ୍ରାମ !

ତୃତୀୟ ଦୃଶ୍ୟ
(ପାଣ୍ଡବ ଶିବିର)

ଶ୍ରୀକୃଷ୍ଣ– କି ଆଶ୍ଚର୍ଯ୍ୟ ! ପାଣ୍ଡବ-ଶିବିର ଆଜି ନୀରବ, ନିଷ୍ପଦ... ଦୀର୍ଘଶ୍ୱାସ ବ୍ୟତୀତ
ଜୀବନର କୌଣସି ସଭା ପର୍ଯ୍ୟନ୍ତ ନାହିଁ । ଧର୍ମରାଜ ଯୁଧିଷ୍ଠିର ନିଜେ ବିଚଳିତ
ଯେପରି ଗୋଟାଏ ଅମଙ୍ଗଳର ଆଶଙ୍କାରେ ଭୀତତ୍ରସ୍ତ ! କ'ଣ ହେଲା ଆଜି ?
ସମସ୍ତେ ମୂକ...ସମସ୍ତେ ନୀରବ ! ଅହେତୁକ ଚିନ୍ତାର କାରଣ କ'ଣ ପାର୍ଥ ?

ଅର୍ଜୁନ– ସଖା ! ପଞ୍ଚଭ୍ରାତା ଭୀତ ଆଜି ମରଣର ଭୟେ !

ଶ୍ରୀକୃଷ୍ଣ– ମରଣର ଭୟେ ? କି ଆଶ୍ଚର୍ଯ୍ୟ ! ପାଣ୍ଡବର ମୃତ୍ୟୁଭୟ ? ହଠାତ୍ ଏ ଆଶଙ୍କାର
କାରଣ କ'ଣ ସବ୍ୟସାଚୀ ? ତଥାପି ନୀରବ ତୁମେ ! ନ କହିଲେ ଜାଣିବି
କିପରି ?

ଭୀମ– ଯାଅ, କୃଷ୍ଣ ! ପାଣ୍ଡବର ସଖା !
(ବ୍ୟଙ୍ଗ ସ୍ୱରେ) ଜାଣିବାର ନାହିଁ ପ୍ରୟୋଜନ ।

ଶ୍ରୀକୃଷ୍ଣ– ଏ କି କଥା କହ ବୃକୋଦର !
ଜାଣିବାର ନାହିଁ ପ୍ରୟୋଜନ ?
ପାଣ୍ଡବର ସଖା ମୁହିଁ, ପାଣ୍ଡବର ବନ୍ଧୁ...
କୁରୁକ୍ଷେତ୍ର ରଣେ ସାଜି ପାର୍ଥର ସାରଥି,
ପାଣ୍ଡବର ହିତଲାଗି, ଦେଇଛି ଯେ ମନଧ୍ୟାନ

ତା'ର ଆଜି ନାହିଁ ପ୍ରୟୋଜନ ?

ଉତ୍ତମ– !

ଗୁରୁ ଅପରାଧ ଯେବେ ଅର୍ଜିଛି କେଶବ

ସତ୍ୟ କିବା ତାର ପ୍ରୟୋଜନ ପାଣ୍ଡବ ଶିବିରେ ଆଉ ?

ଯୁଧିଷ୍ଠିର– ଅନ୍ତର୍ଯ୍ୟାମୀ କୃଷ୍ଣ !

ନ ଜାଣ କି ମଧ୍ୟମ ପାଣ୍ଡବେ ?

ଶ୍ରୀକୃଷ୍ଣ– ଜାଣେ ! ଜାଣିଛି ବୋଲି ତ

କଟୁ ବାକ୍ୟ ସହେ ହସି ହସି ।

ଯୁଧିଷ୍ଠିର– ହସ ହସ ହେ କେଶବ !

ମୁଖେ ତବ ହସ ସଦା ରହ ଅମଳିନ –

ଚରାଚର ବିଶ୍ୱ ନିରେଖି ନୟନେ

ହୋଇବ ସାର୍ଥକ, ଲଭିବ ମାଧୁର୍ଯ୍ୟ ।

ଯିବ କାହିଁ କହ ?

ପାଣ୍ଡବର ଭାଗ୍ୟ ସାଥେ –

ଆପଣେ ତ ଛନ୍ଦିତ କେଶବ !

ଶ୍ରୀକୃଷ୍ଣ– କି ହୋଇଛି କହ, ବୀର ଶ୍ରେଷ୍ଠ ?

ପାଣ୍ଡବ ଶିବିରେ କିମ୍ପା ବିରାଜିତ ଶାନ୍ତ ନୀରବତା !

କି ହୋଇଛି କହ, ଧନଞ୍ଜୟ ?

ଅର୍ଜୁନ– ଚର ଆସି ଦେଇଛି ବାରତା –

ଶ୍ରୀକୃଷ୍ଣ– କି ବାରତା ସଖା ?

ଅର୍ଜୁନ– ପିତାମହ ଭୀଷ୍ମଦେବ ।

ଯୁଧିଷ୍ଠିର– କାଲି ଯୁଦ୍ଧେ ଅପାଣ୍ଡବା କରିବେ ଧରଣୀ !

ଅର୍ଜୁନ– କଠୋର ସେ ପ୍ରତିଜ୍ଞା ତାଙ୍କରି –

ପଞ୍ଚଶରେ ପଞ୍ଚଭ୍ରାତା ବିନାଶିବେ ଯୁଦ୍ଧେ ।

ସଂଜୀବିତ ମୃତ୍ୟୁବାଣ ପଞ୍ଚ-ତାଣ୍ଡବର !

ଶ୍ରୀକୃଷ୍ଣ– ଜାଣେ ପାର୍ଥ ! ଭୀଷ୍ମଦେବ ବୀର – ସତ୍ୟସନ୍ଧ ।

ମାତ୍ର... କି ଉପାୟ ଅଛି ଅବା ପ୍ରତିକାର ଲାଗି ?

ଯୁଧିଷ୍ଠିର– ହେ କେଶବ ! କାରଣ ତ ତୁମେ ।

କେ କହିବ ପ୍ରତିକାର ତା'ର ?

ଶ୍ରୀକୃଷ୍ଣ–   ନା, ନା, ଅସମ୍ଭବ!
          ଭୀଷ୍ମ ବାକ୍ୟ ନୋହିବ ଅସତ୍ୟ।
          ନିରୁପାୟ, ନିରୁପାୟ ମୁହିଁ –
          ନାହିଁ ପ୍ରତିକାର!

ଯୁଧିଷ୍ଠିର–   ପାଣ୍ଡବର ସଖା ବୋଲି ବିଦିତ ଭୁବନେ!
          ଆପଦେ ବିପଦେ କେତେ...
          ମରୁପଥେ, ବନେ,
          ପାଣ୍ଡବର ହିତ ଲାଗି ଆପଣେ କେଶବ!
          କରିଛ ଲାଞ୍ଛନା କେତେ, ବ୍ୟଥା ଓ ବେଦନା।
          ଦୂତ ରୂପେ ଗଲ ଯେବେ କୌରବ ଶିବିରେ–
          ପାଞ୍ଚଖଣ୍ଡି ଗ୍ରାମ ଲାଗି।
          ପାସୋରି କି ଗଲ ସବୁ?
          ହେ କେଶବ!
          ଶେଷ ଭିକ୍ଷା, ଶେଷ ଅନୁରୋଧ,
          ଜୀବନର ଶେଷ ଦିନେ, ଶେଷ ଏ ମୁହୂର୍ତ୍ତେ–
          କୃଷ୍ଣହୀନ, ସାଥୀହୀନ, ପ୍ରାଣହୀନ କରି ପଞ୍ଚଭ୍ରାତେ
          ନ ଯାଅ ହେ ସଖା!
          କାଲିଠାରୁ ତୁଟିଯିବ ସକଳ ଦାୟିତ୍ୱ!
          ନ ଥିବ ଶୋଚନା ତିଲେ ଭାଗ୍ୟହୀନ ପାଣ୍ଡବଙ୍କ ଲାଗି!

ଅର୍ଜୁନ–   ସଖା! ଅନ୍ତର୍ଯ୍ୟାମୀ ନାଥ! କହ ଏ କି ବିପରୀତ କଥା?
          ସରଜି ଏ ବିରାଟ ସମର
          ରଚି ତହିଁ ମରଣର ଲୀଳା...
          ନିରୁପାୟ ତୁମ୍ଭେ?

ଶ୍ରୀକୃଷ୍ଣ–   ପାଣ୍ଡବ ନିଧନ ଯେବେ ନିୟତି ଲିଖନ,
          ନାହିଁ ଯେବେ ପ୍ରତିକାର କିଛ:
          କିବା କାର୍ଯ୍ୟେ କହ ଧନଞ୍ଜୟ, ରହିବ ମୁଁ ଏଥ
          ପାଣ୍ଡବର ସଖା ବୋଲି ଜଗତେ ବିଦିତ;
          କିପରି ଦେଖିବି କହ ମରଣ ତାଙ୍କର?
          ଜାଣିଛି ମୁଁ ଭୀଷ୍ମ ବାକ୍ୟ ନୋହିବ ଅନ୍ୟଥା,

ନୁହେଁ ଚଲିବାର !

ଅର୍ଜୁନ– ସଖା !

ଶ୍ରୀକୃଷ୍ଣ– ପାର୍ଥ ! ନିୟତି ନିର୍ଦ୍ଦେଶ ଲଙ୍ଘନ କରିବାକୁ ଅଛି ଏକମାତ୍ର ଉପାୟ । ପାରିଲେ ପାରିବ ତୁମେ ।

ଅର୍ଜୁନ– ନିୟତି ବିଧାନ ଖଣ୍ଡନ କରିବା ଦେବତାର ମଧ୍ୟ ଦୁଃସାଧ୍ୟ । ଭବିତବ୍ୟ ଅବଶ୍ୟ ଘଟିବ । ଶୋଚନା କରି ଲାଭ କ'ଣ ସଖା ?

ଶ୍ରୀକୃଷ୍ଣ– ଉଦ୍ୟୋଗୀ ପୁରୁଷ ମୁଖରେ ଏ ଉକ୍ତି ଶୋଭା ପାଏନା ଧନଞ୍ଜୟ ! ଜୀବନର ଶେଷ ମୁହୂର୍ତ ପର୍ଯ୍ୟନ୍ତ ସଂଗ୍ରାମ ଲାଗି ରହିଛି । ପ୍ରତିକାର ଅବଶ୍ୟ କର୍ତ୍ତବ୍ୟ ।

ଅର୍ଜୁନ– କି ପ୍ରତିକାର କେଶବ ? ପିତାମହ ଦୃଢ଼ପ୍ରତିଜ୍ଞ ।

ଶ୍ରୀକୃଷ୍ଣ– ଭୁଲିଯାଉଛ ତୁମେ ସଖା ! କାଲିର ପ୍ରଭାତ ପୂର୍ବରୁ ଏହି ଯୁଦ୍ଧର ଅବସାନ ହୋଇପାରେ । ଇଚ୍ଛା କଲେ ଏହି ମୁହୂର୍ତରେ ତୁମେ କୁରୁପତି ଦୁର୍ଯ୍ୟୋଧନଙ୍କୁ ମଧ୍ୟ କରଗତ କରିପାରିବ । ଆସ, ମୋର ଅନୁଗମନ କର ।

ଚତୁର୍ଥ ଦୃଶ୍ୟ
(କୌରବ ଶିବିର)

ଶକୁନି– ହାଃ ହାଃ-ହାଃ... ପ୍ରଭାତରେ, କାଲି-ପ୍ରଭାତରେ ଦୁର୍ଯ୍ୟୋଧନ, ନିଷ୍କଣ୍ଟକ ହେବ ତୁମର ରାଜସିଂହାସନ ! ପାଣ୍ଡବମାନେ ଭଜିବେ ଚିରନିଦ୍ରା ! ହସ୍ତିନା, ଇନ୍ଦ୍ରପ୍ରସ୍ଥରେ କୌରବମାନେ କରିବେ ଅଖଣ୍ଡ ରାଜତ୍ୱ । ଦେଖିଲ ତ କୁରୁପତି ଦୁର୍ଯ୍ୟୋଧନ ! ପଶାକାଠି କେବଳ ନୁହେଁ, ଶକୁନିର ଗଣନା ମଧ୍ୟ ଅବ୍ୟର୍ଥ । ହାଃ-ହାଃ-ହାଃ-ହାଃ...

ଦୁର୍ଯ୍ୟୋଧନ– କିନ୍ତୁ ଏ କ'ଣ ହେଲା ମାତୁଲ ? ମୁଁ ମନେକରିଥିଲି...

ଶକୁନି– ତୁମେ ମନେ କରିଥିଲ, ସାମ୍ରାଜ୍ୟ ପାଇଁ-ଗୋଟାଏ ପ୍ରତିଯୋଗିତା ବର୍ଷ ବର୍ଷ ଧରି ଚାଲିଥାନ୍ତା ? ଦ୍ୱନ୍ଦ୍ୱ କଳହ, ରକ୍ତପାତରେ କୁରୁକ୍ଷେତ୍ର ହୋଇଥାନ୍ତା ଆର୍ଯ୍ୟ ଇତିହାସରେ ଧୂସର ଗୋଟାଏ ବିରାଟ କୀର୍ତ୍ତିପୀଠ-କିନ୍ତୁ ମାତ୍ର ତୃତୀୟ ଦିନର ଯୁଦ୍ଧ ପରେ ଏତେ ବଡ଼ ଆୟୋଜନ, ଏତେ ବଡ଼ ସମାରୋହରେ ଯବନିକା ପଡ଼ି ଏତେ ହଠାତ୍ ହେବ ଏ ପ୍ରଳୟର ସମାପ୍ତି – ବାସ୍ତବିକ ବିସ୍ମିତ ହେବାର କଥା ଦୁର୍ଯ୍ୟୋଧନ ! ଖାଲି ତୁମେ ନୁହଁ, ମୁଁ ନୁହେଁ, ସାରା ପୃଥିବୀ ଚକିତ ହୋଇଯିବ... ସ୍ଥିର ନେତ୍ରରେ କୁରୁକ୍ଷେତ୍ର ବିଶାଳ ପ୍ରାନ୍ତର ପ୍ରଦର୍ଶିଣ କରି ମାନବ ଜାତି ଲେଖିବ ତା'ର ବିସ୍ମୟକର ଇତିହାସ !

ଦୁର୍ଯ୍ୟୋଧନ– ବୀରତ୍ୱର ପରୀକ୍ଷା ନାହିଁ, ସଂଗ୍ରାମର ସଭା ନାହିଁ... ଅଥଚ ମରି ଶୋଇବେ
ପାଣ୍ଡବ ପାଞ୍ଚଭାଇ । କିଏ, ଜାଣିଥିଲା ମାତୁଳ, ଏତେ ବଡ଼ ଆୟୋଜନର
ସମାପ୍ତି ହେବ ଏତେ ସହସା – ବିନା ରକ୍ତପାତରେ ଆଉ ନିର୍ବିବାଦରେ ?

ରକ୍ଷୀ– (ପ୍ରବେଶ କରି) ମହାରାଜ ! ପାଣ୍ଡବବୀର ଫାଲ୍‌ଗୁନି କୁରୁପତିଙ୍କର ସାକ୍ଷାତ
ଅପେକ୍ଷାରେ !

ଦୁର୍ଯ୍ୟୋଧନ– ପାଣ୍ଡବବୀର ଫାଲ୍‌ଗୁନି ? କି ରହସ୍ୟ !

ଶକୁନି– ସାବଧାନ, ଦୁର୍ଯ୍ୟୋଧନ ! ଫାଲ୍‌ଗୁନ କେବଳ ମହାବୀର ନୁହନ୍ତି, ସୁଚତୁର,
କୌଶଳୀ...

ଦୁର୍ଯ୍ୟୋଧନ– ନିର୍ଭୟରେ ପାର୍ଥକୁ ଆସିବାକୁ ଦିଅ ରକ୍ଷୀ !   (ରକ୍ଷୀର ପ୍ରସ୍ଥାନ)

ଶକୁନି– ଏ କ’ଣ କଲ ତୁମେ ଦୁର୍ଯ୍ୟୋଧନ ?

ଦୁର୍ଯ୍ୟୋଧନ– ସହୋଦର ନ ହେଲେ ମଧ ପାର୍ଥ ମୋର ପରମ ଆତ୍ମୀୟ । ମୋର ସାକ୍ଷାତ
ଲାଭ କରିବାର ଅଧିକାର ମଧ ମୁଁ ତାକୁ ଦେବି ନାହିଁ ? କି ଆଶ୍ଚର୍ଯ୍ୟ !

ଶକୁନି– କିନ୍ତୁ ଲକ୍ଷଣ କିଛି ଭଲ ନୁହେଁ କୁରୁପତି ! ଆଜି ଏଇ ଗୋଟିଏ ରାତ୍ରିର
ଅନ୍ତରାଳରେ ମଧ ଅବସ୍ଥାର ଚକ୍ର ପରିବର୍ତ୍ତିତ ହୋଇପାରେ । ପାଣ୍ଡବ
ପକ୍ଷରେ ଅଛନ୍ତି କପଟୀ ଶ୍ରୀକୃଷ୍ଣ । ସାବଧାନ !

ଦୁର୍ଯ୍ୟୋଧନ– ଏହା ତୁମର ଅନ୍ୟାୟ ମାତୁଳ ! ତୁମର ଏ ବ୍ୟବହାର ପାଇଁ ମୁଁ ବିଶେଷ
ଦୁଃଖିତ । ତୁମେ ବର୍ତ୍ତମାନ ଆସିପାର ।

ଶକୁନି– ବେଶ, ତୁମରି ଇଚ୍ଛା ପୂର୍ଣ୍ଣ ହେଉ ! ମୁଁ ଆସୁଛି – (ପ୍ରସ୍ଥାନ)
(ଅର୍ଜୁନଙ୍କର ପ୍ରବେଶ)

ଅର୍ଜୁନ– କୁରୁପତି, ମୋର ପ୍ରଣାମ ଗ୍ରହଣ କରନ୍ତୁ ।

ଦୁର୍ଯ୍ୟୋଧନ– ଆସ, ପାର୍ଥ ! ଆସ ଭାଇ, ଏ ମୁହୂର୍ତ୍ତରେ ତୁମର ସାକ୍ଷାତ ଲାଭ କରିବି,
ଏହା ମୋର କଳ୍ପନାର ଅତୀତ ଥିଲା । (ଆଲିଙ୍ଗନ କଲେ)

ଅର୍ଜୁନ– କୁରୁପତିଙ୍କର ଆଲିଙ୍ଗନ ଲାଭକରି ମୁଁ ଧନ୍ୟ ହୋଇଛି ।

ଦୁର୍ଯ୍ୟୋଧନ– ପାଣ୍ଡବ ଶିବିରରେ ସମସ୍ତେ କୁଶଳରେ ଅଛନ୍ତି ତ ଫାଲ୍‌ଗୁନି ? ମାତା
କୁନ୍ତୀ ? ରାଜା ଯୁଧିଷ୍ଠିର ? ମଧ୍ୟମ ପାଣ୍ଡବ ଭୀମ ? ଅନ୍ୟମାନେ ?

ଅର୍ଜୁନ– ସମସ୍ତ କୁଶଳ ମହାରାଜ ଦୁର୍ଯ୍ୟୋଧନ ।

ଦୁର୍ଯ୍ୟୋଧନ– ମାତା କୁନ୍ତିଙ୍କୁ ମୋର ପ୍ରଣାମ ଦେବ ଭାଇ, ଅନ୍ୟମାନଙ୍କୁ ଦେବ ମୋର
ସସ୍ନେହ ସମ୍ଭାଷଣ । କହ ଫାଲ୍‌ଗୁନି, ମୋ ନିକଟରେ ଯଦି କୌଣସି ଅଭିଳାଷ
ଥାଏ...

ଅର୍ଜୁନ–   କୁରୁପତି !

ଦୁର୍ଯ୍ୟୋଧନ–   ନିଃସଙ୍କୋଚରେ କହ ବୀର ! ଭାଇ ନିକଟରେ ଭାଇର ସଂକୋଚର ସ୍ଥାନ ନାହିଁ ।

ଅର୍ଜୁନ–   ବହୁ ଆଶା ନେଇ ମୁଁ ଆସିଛି ଭାଇ ! ମୁଁ ଜାଣେ, ଭାଇ ନିକଟରେ ଭାଇର ପ୍ରାର୍ଥନା କେବେ ଅପୂର୍ଣ୍ଣ ରହିବ ନାହିଁ । ଅତୀତ କଥା ସ୍ମରଣ କରନ୍ତୁ ମହାରାଜ ! ଗନ୍ଧର୍ବ ସେନା ଯେତେବେଲେ ଆପଣଙ୍କୁ ବନ୍ଦୀକରି ନେଇ ଯାଉଥିଲେ, ସେତେବେଲେ ଆପଣଙ୍କ ସମ୍ମାନ ରକ୍ଷା କରିଥିଲା ଏଇ ଫାଲ୍ଗୁନି । ସେ ଦିନ ପ୍ରୀତ ହୋଇ ଆପଣ ମୋତେ...

ଦୁର୍ଯ୍ୟୋଧନ–   ସେ ଦିନର କଥା ସବୁ ମୋର ମନେଅଛି ଧନଞ୍ଜୟ ! ଦୁର୍ଯ୍ୟୋଧନର ସମ୍ମାନ ସେଦିନ ରକ୍ଷ କରିଥିଲ ତୁମେ । ଆଉ କୃତଜ୍ଞ ଦୁର୍ଯ୍ୟୋଧନ ସେଦିନ ତୁମକୁ ଦେବାକୁ ଚାହିଁଥିଲା ତୁମର.. ଯେ କୌଣସି ବାଞ୍ଛିତ ବାସନାର ଅଧିକାର । ମନେଅଛି ମୋର ପାର୍ଥ, ଏ ପର୍ଯ୍ୟନ୍ତ ତୁମର ସେ ପ୍ରାର୍ଥନା ଅପୂର୍ଣ୍ଣ ।

ଅର୍ଜୁନ–   ଧନ୍ୟ ହେଲି କୁରୁପତି...

ଦୁର୍ଯ୍ୟୋଧନ–   ମୁଁ ଜାଣେ... ଅଦ୍ୟାବଧ୍ ଯେ ପ୍ରାର୍ଥନା ତୁମର ଅପୂର୍ଣ୍ଣ... ମାତ୍ର... ଆଜି କ'ଣ ଚାହଁ ତୁମେ ଧନଞ୍ଜୟ...

ଅର୍ଜୁନ–   ସାମାନ୍ୟ ଏକ ଭିକ୍ଷା ମୋର । କୁରୁପତି ଯଦି ଅସ୍ୱୀକାର କରନ୍ତି ବା ଅସାମର୍ଥ୍ୟ ପ୍ରକାଶ କରନ୍ତି, ତାହା ହେଲେ ସେ ଭିକ୍ଷାରେ ମୋର ପ୍ରୟୋଜନ ନାହିଁ । କୁରୁପତିଙ୍କୁ ଦୁଃଖ ଦେଇ ଧନଞ୍ଜୟ କୌଣସି ସ୍ୱାର୍ଥସିଦ୍ଧି ଚାହେଁନା ।

ଦୁର୍ଯ୍ୟୋଧନ–   କ'ଣ କହିଲ ତୁମେ ଧନଞ୍ଜୟ ! ସାମାନ୍ୟ ଗୋଟିଏ ଭିକ୍ଷା ଦେବାକୁ କୁରୁପତି ଦୁର୍ଯ୍ୟୋଧନ ଅସମର୍ଥ ! ଦୁର୍ଯ୍ୟୋଧନ କ'ଣ ଏପରି ଦୁର୍ବଳ ଯେ ସତ୍ୟରକ୍ଷା କରିବାର ସତ୍ୟସାହସ ମଧ ତା'ର ନାହିଁ ? ଜାଣ ପାର୍ଥ, ସତ୍ୟ ରକ୍ଷା ପାଇଁ ଏଇ କୁରୁକ୍ଷେତ୍ରର ସୃଷ୍ଟି ?–

ଅର୍ଜୁନ–   ଜାଣେ, ମହାରାଜ ଦୁର୍ଯ୍ୟୋଧନ ସତ୍ୟବାଦୀ । ତା' ହେଲେ କ'ଣ...

ଦୁର୍ଯ୍ୟୋଧନ–   ବିନା ବାଧାରେ... ନିର୍ଭୟରେ ଆଉ ନିଃସଙ୍କୋଚରେ ତୁମେ ବ୍ୟକ୍ତ କର ଅର୍ଜୁନ ! ତୁମର ଇଚ୍ଛା ମୁଁ ପୂରଣ କରିବି । ସତ୍ୟ ରକ୍ଷା ପାଇଁ ମୋତେ ଯଦି ମୋର ଜୀବନ ଦେବାକୁ ହୁଏ, ଏଇ ମୁହୂର୍ତ୍ତରେ ମୁଁ ପ୍ରସ୍ତୁତ । ଚାହଁ ତୁମେ ଏଇ ବିଶାଳ ସାମ୍ରାଜ୍ୟ ? ଏଇ ଅଗାଧ ଐଶ୍ୱର୍ଯ୍ୟ ?

ଅର୍ଜୁନ–   ଭିକ୍ଷା ମୋର ଅତି ସାମାନ୍ୟ ମହାରାଜ ! ସାମ୍ରାଜ୍ୟ ବା ଐଶ୍ୱର୍ଯ୍ୟରେ ପ୍ରୟୋଜନ ନାହିଁ । କୁରୁପତିଙ୍କର ରାଜମୁକୁଟ କେବଳ ଆଜି ରାତ୍ରିଟି ଲାଗି...

ଦୁର୍ଯ୍ୟୋଧନ- କ’ଣ କହିଲ ପାର୍ଥ, କୁରୁପତିଙ୍କର ରାଜମୁକୁଟ ନା ରାଜସିଂହାସନ ?

ଅର୍ଜୁନ-   ରାଜମୁକୁଟ, ଶିରୋଭୂଷା ?

ଦୁର୍ଯ୍ୟୋଧନ- ତୁମର ମତିଭ୍ରମ ହୋଇଛି ବୀର ସବ୍ୟସାଚୀ ! ତୁମର ମତିଭ୍ରମ ହୋଇଛି । ବିଚାର କରିବାର ଶକ୍ତି ତୁମର ନାହିଁ ।

ଅର୍ଜୁନ-   ମୁଁ ବେଶ୍ ପ୍ରକୃତିସ୍ଥ ମହାରାଜ ! ପ୍ରୟୋଜନ ମୋର ରାଜାମୁକୁଟ !

ଦୁର୍ଯ୍ୟୋଧନ- କିନ୍ତୁ କାହିଁକି ଏ ଭୁଲ କଲ ହତଭାଗ୍ୟ ପାଣ୍ଡବ ? କାଲି ପ୍ରଭାତରେ ମରଣ ତୁମର ଅନିବାର୍ଯ୍ୟ...ଅଥଚ...ଅଥଚ ତୁମର ଭିକ୍ଷା ପାଣ୍ଡବ ପଞ୍ଚଭ୍ରାତାର ଜୀବନ ନୁହେଁ, କୁରୁପତିର ସିଂହାସନ ନୁହେଁ–ରାଜମୁକୁଟ ? ଆଉ ଥରେ ଚିନ୍ତାକର ଫାଲ୍ଗୁନି ! ବର୍ତ୍ତମାନ ସୁଦ୍ଧା ସମୟ ଅଛି । ନିଃସଙ୍କୋଚରେ ତୁମେ ଜୀବନ ଭିକ୍ଷା ମଧ କରିପାର ।

ଅର୍ଜୁନ-   ପାର୍ଥିବ ଜୀବନ ଭିକ୍ଷା କରିବା ପାର୍ଥର ଶିକ୍ଷା ନୁହେଁ କୁରୁପତି ! ଜନ୍ମ ହେଲେ ମୃତ୍ୟୁ ଅବଶ୍ୟମ୍ଭାବୀ !

ଦୁର୍ଯ୍ୟୋଧନ- ତୁମର ଏ ଧର୍ମଜ୍ଞାନ ଆଉ ନୀତିଶିକ୍ଷା ମୋତେ ଆଜି କେବଳ ଦୁଃଖ ହିଁ ହେଉଛି ପାର୍ଥ ! ଭୁଲିଯାଉଛ ତୁମେ ତୁମର ବୀରତ୍ୱ, ତୁମର ସାମ୍ରାଜ୍ୟ ଲିପ୍ସା, ତୁମର ସ୍ଥିତି ଆଉ ବିଲୟ ସବୁ ଏଇ ଗୋଟାଏ ଭିକ୍ଷା ଉପରେ ନିର୍ଭର କରୁଛି... ତଥାପି ନିରୁତ୍ତର ? ଉତ୍ତମ ! ଏଇ ନିଅ କୁରୁପତିର ରାଜମୁକୁଟ । ନିଅ ଫାଲ୍ଗୁନି, ମୁଁ ନିଜେ ଏ ମୁକୁଟ ତୁମ୍ଭଙ୍କୁ ପିନ୍ଧାଇଦେଉଛି ।

ଅର୍ଜୁନ-   ମହାରାଜ, ସତ୍ୟରକ୍ଷା କରି ମୋତେ ଧନ୍ୟ କରିଛନ୍ତି ।

ଦୁର୍ଯ୍ୟୋଧନ- ଆସ ଭାଇ ! ମାତା କୁନ୍ତିଙ୍କୁ ମୋର ପ୍ରଣାମ ଦେବ ।
          (ଅର୍ଜୁନଙ୍କର ପ୍ରସ୍ଥାନ, ଆସିଲେ ଶକୁନି)

ଶକୁନି-   ପାଣ୍ଡବର ମତିଭ୍ରମ ହୋଇଛି ଦୁର୍ଯ୍ୟୋଧନ, ବାସ୍ତବିକ ତୁମର ଅନୁମାନ ଅଭ୍ରାନ୍ତ ।

ଦୁର୍ଯ୍ୟୋଧନ- ଦେଖିଲ ତ ମାତୁଲ, କି ଭ୍ରମ ଫାଲ୍ଗୁନିର ! ଅତି ଆନନ୍ଦରେ ମୁଁ ମୋର ସର୍ବସ୍ୱ ଦେଇ ପାରିଥାନ୍ତି । ପାଞ୍ଚ ଭାଇଙ୍କର ଜୀବନ ଭିକ୍ଷା ମଧ ସେ କରିପାରିଥାନ୍ତା । ଅଥଚ ପ୍ରୟୋଜନ ହେଲା ତା’ର କୁରୁପତି ରାଜମୁକୁଟ !

ଶକୁନି-   ସିଂହାସନ ନ ପାଇ ପାରିଲେ ନାହିଁ; ରାଜମୁକୁଟ ଥରେ ଥରେ ପିନ୍ଧି ସେ ବାସନାର ଅନ୍ତତଃ ତୃପ୍ତି ହେବ ସେମାନଙ୍କର । କି ଆଶ୍ଚର୍ଯ୍ୟ, ଏ ପରାମର୍ଶ ଧନଞ୍ଜୟ ପାଇଲା କେଉଁଠୁ ? (ହସିଲେ)

ଦୁର୍ଯ୍ୟୋଧନ- ତୁମେ ହସୁଚ ମାତୁଲ ?

ଶକୁନୀ-   ତୁମର ବିଜୟରେ ଶକୁନି ଯେବେ ଆଜି ପ୍ରାଣଖୋଲି ନ ହସିବ, କିଏ
                ହସିବ ଆଉ ଦୁର୍ଯ୍ୟୋଧନ ? କୌରବର ମଙ୍ଗଳ ପାଇଁ ଏଇ ଶକୁନିର
                ପଶାକାଠି ପାଣ୍ଡବଙ୍କୁ ଦିନେ କରିଥିଲା ସର୍ବହରା, ଦେଶାନ୍ତର-ଆଉ ପାଣ୍ଡବର
                ଆଶାଦୀପ ଆଜି ଧୀରେ ଧୀରେ ଲିଭିଯାଉଛି । ରାତ୍ରିର ଅବସାନ ସଙ୍ଗେ
                ସଙ୍ଗେ ଉଇଁ ଆସିବ କୁରୁପତିଙ୍କର ସୁଖ ସୂର୍ଯ୍ୟ । ମାତୁଳ ଶକୁନି ଯେବେ ଏ
                ମଧୁର ଲଗ୍ନରେ ପ୍ରାଣଖୋଲି ଟିକିଏ ନ ହସିବ, ହସିବ ଆଉ କିଏ
                ଦୁର୍ଯ୍ୟୋଧନ-ହସିବ ଆଉ କିଏ ?
ଦୁର୍ଯ୍ୟୋଧନ-   ତୁମେ ଯାଅ ମାତୁଳ, ବିଶ୍ରାମ କର...ମତେ ଟିକିଏ ଏକୁଟିଆ ରହିବାକୁ
                ଦିଅ । ଶତ୍ରୁ ହେଲେ ବି ସେମାନେ ମୋରି ଭାଇ । ସତ୍ୟରକ୍ଷା କରିବାକୁ
                ଯାଇ, ମୁଁ ସେମାନଙ୍କୁ ହତ୍ୟା କରିବାକୁ ଯାଉଛି । ଅକାଳରେ ସେମାନେ
                ଝଡ଼ିପଡ଼ିବେ । ସମଗ୍ର ମାନବଜାତି ସେମାନଙ୍କର ଏଇ ଅକାଳ ମୃତ୍ୟୁପାଇଁ
                ଦାୟୀ କରିବ ମୋତେ । ମୋତେ ଅନୁତାପ କରିବାକୁ ସମୟ ଦିଅ ମାତୁଳ !
                ମୋତେ ଏକାକୀ ରହିବାକୁ ଦିଅ । ତୁମେ ଯାଅ, ତୁମେ ଯାଅ...(ଉତ୍ତେଜିତ
                କଣ୍ଠସ୍ୱର)

ପଞ୍ଚମ ଦୃଶ୍ୟ

    (ଭୀଷ୍ମଦେବଙ୍କ ବିଶ୍ରାମ କକ୍ଷ – ପ୍ରବେଶ କଲେ ଅର୍ଜୁନ ଦୁର୍ଯ୍ୟୋଧନଙ୍କ ବେଶରେ)
ଛଦ୍ମବେଶୀ ଅର୍ଜୁନ- ପିତାମହ !
ଭୀଷ୍ମ-   କିଏ ଦୁର୍ଯ୍ୟୋଧନ ? ତୁମେ ହଠାତ୍ ଅସମୟରେ ?
ଛଦ୍ମ.ଅର୍ଜୁନ- ଆସିବାକୁ ବାଧ୍ୟ ହେଲି ପିତାମହ ।
ଭୀଷ୍ମ-   କାହିଁକି ? ଏ ପର୍ଯ୍ୟନ୍ତ ମୋ ଉପରେ ତୁମର ସନ୍ଦେହ ?
ଛଦ୍ମ.ଅର୍ଜୁନ- ସନ୍ଦେହ ନୁହେଁ, ପିତାମହ-
ଭୀଷ୍ମ-   ତା' ହେଲେ ଅସମୟରେ ଆସିବାର କାରଣ ? କାଲି ପ୍ରଭାତରେ କୁରୁକ୍ଷେତ୍ର
                ସଂଗ୍ରାମର ସମାପ୍ତି-ପାଣ୍ଡବବଂଶର ଉଚ୍ଛେଦ । ସନ୍ଦେହ କରିବାର କିଛି ନାହିଁ
                ଦୁର୍ଯ୍ୟୋଧନ ! ପାଞ୍ଚାଗୋଟି ଶର ମୁଁ ସଂଜୀବିତ କରି ରଖିଛି । ନାରାୟଣ
                ମଧ୍ୟ କାଲି ମୋର ପଥରୋଧ କରିପାରିବେ ନାହିଁ । ପଞ୍ଚପାଣ୍ଡବଙ୍କର ମୃତ୍ୟୁ
                ଅବଶ୍ୟମ୍ଭାବୀ ।
ଛଦ୍ମ.ଅର୍ଜୁନ- ମୁଁ ଜାଣେ ପିତାମହ ! ଏକାକୀ ଅନେକ ସମୟ ଚିନ୍ତା କରି ଦେଖିଲି, ଏ
                ଯୁଦ୍ଧରେ ମୋର ପ୍ରୟୋଜନ ନାହିଁ ।

ଭୀଷ୍ମ–	କ'ଣ କହିଲ ଦୁର୍ଯ୍ୟୋଧନ !

ଛଦ୍ମ.ଅର୍ଜୁନ–	ନା, ଏ ଯୁଦ୍ଧରେ ମୋର ପ୍ରୟୋଜନ ନାହିଁ । ପାଣ୍ଡବମାନଙ୍କର ଏ ଅକାଲ ମୃତ୍ୟୁ ପାଇଁ ସମଗ୍ର ମାନବ ଜଗତ ମୋତେ ଦାୟୀ କରିବ । ସ୍ୱର୍ଗର ଦେବତାମାନେ ମଧ ମୋତେ କ୍ଷମା କରିବେ ନାହିଁ । ଏହି ପାପରେ ମୁଁ ନର୍କବାସ କରିବି । ନା, ପ୍ରୟୋଜନ ନାହିଁ ପିତାମହ ! ପାଣ୍ଡବମାନଙ୍କର ମୃତ୍ୟୁରେ ମୋର ପ୍ରୟୋଜନ ନାହିଁ । ମୁଁ ଚାହେଁ ସେମାନଙ୍କର ଜୀବନ ଭିକ୍ଷା ।

ଭୀଷ୍ମ–	ତୁମେ ଚାହଁ ପାଣ୍ଡବମାନଙ୍କର ଜୀବନ ଭିକ୍ଷା ? ବିନା ଯୁଦ୍ଧରେ ପାଣ୍ଡବମାନଙ୍କୁ ସୂଚ୍ୟଗ୍ର ମେଦିନୀ ନ ଦେବାକୁ କରିଥିଲ କଠୋର ଶପଥ, ସେଇ ଦୁର୍ଯ୍ୟୋଧନ ତୁମେ –

ଛଦ୍ମ.ଅର୍ଜୁନ–	ସେଇ ଦୁର୍ଯ୍ୟୋଧନ ପିତାମହ ! ପାଣ୍ଡବମାନେ ସୁଖରେ ହସ୍ତୀନାରେ ରାଜତ୍ୱ କରନ୍ତୁ । ସେମାନଙ୍କୁ ମୁଁ ବରଂ ମୋର ସର୍ବସ୍ୱ ଅର୍ପଣ କରି ଦେଶାନ୍ତରୀ ହେବି... ସେ ଭଲ, ତଥାପି ନିର୍ଦୋଷରେ ସେମାନଙ୍କୁ ନିଧନ କରାଇ ମୁଁ ନିଜେ ପାପର ଭାଗୀ ହେବି ନାହିଁ କିମ୍ବା ତୁମଙ୍କୁ ମଧ ସେ ପାପରେ ଭାଗୀ କରାଇ ପାରିବି ନାହିଁ । ଚାହେଁନା ମୁଁ କୁରୁକ୍ଷେତ୍ରର ଜଘନ୍ୟ ପରିଣତି ନିଜ ଆଖିରେ ଦେଖିବାକୁ । କ୍ଷମତାଲୋଭୀ, ମହାମାନୀ ଦୁର୍ଯ୍ୟୋଧନ ଆଜି ସଂଗ୍ରାମ ଚାହେଁନା, ଶାନ୍ତି ଚାହେଁ ।

ଭୀଷ୍ମ–	ଚିରଜୀବୀ ହୁଅ ଦୁର୍ଯ୍ୟୋଧନ ! ତୁମେ ମୋର ସସ୍ନେହ ଆଶୀର୍ବାଦ ଗ୍ରହଣ କର । କୁରୁ ପାଣ୍ଡବର ବୃଦ୍ଧ ପିତାମହ ଭୀଷ୍ମ ଆଜି ତୁମର ପରିବର୍ତ୍ତନରେ କେବଳ ମୁଗ୍ଧ ହୋଇନାହିଁ, ସେ ଆଜି ମୁକ୍ତ କଣ୍ଠରେ ତୁମର ମଙ୍ଗଳ କାମନା କରୁଛି । ତୁମେ ଯଶସ୍ୱୀ ହୁଅ ।

ଛଦ୍ମ.ଅର୍ଜୁନ–	ପିତାମହ ! କାଲି ପ୍ରଭାତରେ ଯେପରି ସନ୍ଧିବାର୍ତ୍ତା ପ୍ରେରିତ ହୁଏ ।

ଭୀଷ୍ମ–	କୁରୁପତିଙ୍କର ଆଦେଶ ଅବଶ୍ୟ ପାଲିତ ହେବ । ମୁଁ ନିଜେ ଶାନ୍ତିର ବାର୍ତ୍ତା ନେଇ ଯିବି ।

ଛଦ୍ମ.ଅର୍ଜୁନ–	ଆଶ୍ୱସ୍ତ ହେଲି ପିତାମହ !

ଭୀଷ୍ମ–	ମୁଁ ମଧ ଆଶ୍ୱସ୍ତ ହେଲି ଦୁର୍ଯ୍ୟୋଧନ ! ନିଜ ହାତରେ ମୋତେ ନିଜର ବଂଶ ଲୋପ କରିବାକୁ ପଡ଼ିବ ନାହିଁ । ପାପରେ ଭାଗୀ ହେବା ପୂର୍ବରୁ ନାରାୟଣ ତୁମର ମତି ପରିବର୍ତ୍ତନ କରିଛନ୍ତି । ତୁମେ ଧନ୍ୟ ଦୁର୍ଯ୍ୟୋଧନ, ତୁମେ ଧନ୍ୟ ।

ଛଦ୍ମ.ଅର୍ଜୁନ– ମୁଁ ତାହାହେଲେ ଆସେ, ପିତାମହ ?

ଭୀଷ୍ମ–   ଆସ ।

ଛଦ୍ମ.ଅର୍ଜୁନ– (ଫେରି ଆସି) କିନ୍ତୁ ପିତାମହ...

ଭୀଷ୍ମ–   ପୁଣି କ'ଣ ଦୁର୍ଯ୍ୟୋଧନ ?

ଛଦ୍ମ.ଅର୍ଜୁନ– ସେ ପାଞ୍ଚଗୋଟି ଶର ଆପଣ ସଯତ୍ନେ ରଖିଛନ୍ତି ତ ? କୌଣସି ମାୟାବୀ
          ତ...

ଭୀଷ୍ମ–   ଅର୍ଥାତ୍ ?

ଛଦ୍ମ.ଅର୍ଜୁନ– ନା, ସେଥିରେ ଆଉ ପ୍ରୟୋଜନ କ'ଣ ? ଆପଣ ବରଂ ପିତାମହ, ସେଗୁଡ଼ିକ
          ମୋତେ ଦିଅନ୍ତୁ... ତା' ହେଲେ କେବେ ଯଦି ପାଣ୍ଡବମାନେ ବିଶ୍ୱାସଘାତକ
          କରନ୍ତି... ସେମାନଙ୍କର ବରାବର ସ୍ମରଣ ଥିବ ଯେ, ସେମାନଙ୍କର ମୃତ୍ୟୁ
          ବାଣ ମୋରି ହାତରେ ।

ଭୀଷ୍ମ–   ନା, ନା, ସେପରି କୌଣସି ବିପଦର କାରଣ ନାହିଁ । ପାଣ୍ଡବମାନେ
          ଧର୍ମଭୀରୁ !

ଛଦ୍ମ.ଅର୍ଜୁନ– ତଥାପି – ତଥାପି ଆପଣ ତ ଭୀମର ଦୁଃସାହସ ସମ୍ବନ୍ଧରେ...

ଭୀଷ୍ମ–   ନା, ନା, ପାଣ୍ଡବମାନଙ୍କ ପକ୍ଷରୁ କେବେ କୌଣସି ଅମଙ୍ଗଳର ଆଶଙ୍କା
          କରାଯାଇ ପାରେ ନା – ତୁମେ ଭୁଲ କରୁଛ ।

ଛଦ୍ମ.ଅର୍ଜୁନ– ତଥାପି ମାନବର ପ୍ରବୃତ୍ତି ପରିବର୍ତ୍ତନ ଅସମ୍ଭବ ନୁହେଁ... ଆପଣ ଅନୁଗ୍ରହ
          କରି ମୋ ହାତରେ ମୃତ୍ୟୁବାଣ ଅର୍ପଣ କରନ୍ତୁ ।

ଭୀଷ୍ମ–   ଉତ୍ତମ, ତୁମେ ଅପେକ୍ଷା କର । ମୋର ବା ସେଥିରେ ଆଉ କି ପ୍ରୟୋଜନ ?
          କୁରୁ ପାଣ୍ଡବ ବଂଶର ଶ୍ରୀ ସମୃଦ୍ଧିରେ ମୋର ଆନନ୍ଦ । ପ୍ରଥମରୁ ତ ମୁଁ
          ଯୁଦ୍ଧର ପକ୍ଷପାତୀ ନ ଥିଲି । ତୁମେ ଅପେକ୍ଷା କର ବସ ! (ବାଣ ଆଣି
          ଦେଲେ) ଏଇ ନିଅ ପାଣ୍ଡବର ମୃତ୍ୟୁବାଣ ! ଆଜି ଯଦି ତୁମର ସତ୍ ଅଭିପ୍ରାୟ
          ହୋଇ ନ ଥାନ୍ତା, କାଲି ପ୍ରଭାତରେ ଯୁଧିଷ୍ଠିର, ଭୀମ, ଅର୍ଜୁନ, ନକୁଳ
          ଆଉ ସହଦେବ ଭଜିଥାନ୍ତେ ଚିରନିଦ୍ରା । ପାଣ୍ଡବ ବଂଶର ଉଚ୍ଛେଦ କରିଥାନ୍ତା
          ଏଇ ବୃଦ୍ଧ ପିତାମହ କୌରବ ସେନାପତି ଭୀଷ୍ମ । ଯାଅ ଦୁର୍ଯ୍ୟୋଧନ ! ମୁଁ
          ତୁମର କଲ୍ୟାଣ କାମନା କରୁଛି– (ଶର ନେଇ ଛଦ୍ମବେଶୀ ଅର୍ଜୁନଙ୍କର
          ପ୍ରସ୍ଥାନ)

                    (ନେପଥ୍ୟେ ଶକୁନିଙ୍କର କଣ୍ଠସ୍ୱର)

ଶକୁନି–   ପାର୍ଥ ସହିତ ଶ୍ରୀକୃଷ୍ଣ ଏକାକୀ ଏଇ ପଥରେ – ଭୀଷ୍ମଦେବଙ୍କ ବିଶ୍ରାମ

କକ୍ଷରୁ ? ହୁଁ, ତା ହେଲେ ଦେଖୁଛି ଶକୁନିର ଗଣନା ବ୍ୟର୍ଥ ନୁହେଁ । କୁରୁପତିଙ୍କ ରାଜମୁକୁଟ ସାହାଯ୍ୟରେ ଗୋଟାଏ କିଛି ସ୍ୱାର୍ଥସିଦ୍ଧି ହୋଇଛି । ହସ ଶକୁନି, ହସ ମାତୁଲ ଶକୁନି, ଯେବେ ରାତ୍ରିର ଏଇ ନିସ୍ତବ୍ଧ ଲଗ୍ନରେ ମନଖୋଲି ଟିକିଏ ନ ହସିବ, ତାହେଲେ ଆଉ ହସିବ କିଏ ? ? ହାଃ-ହାଃ-ହାଃ-ହାଃ...

ଷଷ୍ଠ ଦୃଶ୍ୟ

(ଭୀଷ୍ମଦେବଙ୍କ ବିଶ୍ରାମ କକ୍ଷ । ପ୍ରଭାତର ସୂଚନା-ଘନଘନ ତୂର୍ଯ୍ୟନାଦ ।)

ଦୁର୍ଯ୍ୟୋଧନ- ପିତାମହ ।

ଭୀଷ୍ମ-	ପାଣ୍ଡବ ଶିବିରକୁ ମୁଁ ବର୍ତ୍ତମାନ ସନ୍ଧିର ବାର୍ତ୍ତା ପ୍ରେରଣ କରୁଛି, ଦୁର୍ଯ୍ୟୋଧନ !

ଦୁର୍ଯ୍ୟୋଧନ- ପାଣ୍ଡବ ଶିବିରକୁ ଆପଣ ସନ୍ଧିର ବାର୍ତ୍ତା ପ୍ରେରଣ କରିବେ ? ଶତ୍ରୁ ପକ୍ଷରୁ ଘନଘନ ତୂର୍ଯ୍ୟନାଦ ହେଉଥିଲାବେଲେ କୌରବ ସେନାପତି ଦେଖୁଚନ୍ତି ସନ୍ଧିର ସ୍ୱପ୍ନ ? ରାତ୍ରି ପ୍ରଭାତ ହୋଇଛି, ପିତାମହ ।

ଭୀଷ୍ମ-	କାଲରାତ୍ରି ପ୍ରଭାତ ହୋଇଛି ବସ ! ଆଜିର ସୂର୍ଯ୍ୟ ବହନ କରି ଆଣିଛି କୁରୁ ପାଣ୍ଡବର ମିଳନ ବାର୍ତ୍ତା ।

ଦୁର୍ଯ୍ୟୋଧନ- କୁରୁ ପାଣ୍ଡବର ମିଳନ ! ଏସବୁ ଆପଣ କ'ଣ କହୁଛନ୍ତି ପିତାମହ ! ଶପଥ ସ୍ମରଣ ନାହିଁ ? କ'ଣ କଲେ ପାଣ୍ଡବର ମୃତ୍ୟୁ ବାଣ ?

ଭୀଷ୍ମ-	ପରିହାସ କରୁଚ ଦୁର୍ଯ୍ୟୋଧନ ?

ଦୁର୍ଯ୍ୟୋଧନ- ପରିହାସ କରୁଛନ୍ତି ଆପଣ ! ପରିହାସର ଏ ସମୟ ନୁହେଁ ପିତାମହ ! ପାଣ୍ଡବ ସେନା ପ୍ରସ୍ତୁତ-ଅଥଚ କୌରବ ପକ୍ଷରୁ କୌଣସି ଆୟୋଜନ ନାହିଁ- କି ଆଶ୍ଚର୍ଯ୍ୟ ! ବ୍ୟୁହ ରଚନା ନ କରି କୌରବ ସେନାପତି ସନ୍ଧିର ବାର୍ତ୍ତା ପ୍ରେରଣ କରିବାକୁ ପ୍ରୟାସୀ !

ଭୀଷ୍ମ-	ମାୟାବୀ, କପଟୀ ଦୁର୍ଯ୍ୟୋଧନ ! ଏଇ ତୁମର ଅନୁତାପ ? ପାଣ୍ଡବମାନଙ୍କ ପାଇଁ ଏଇ ତୁମର ସ୍ନେହ-ମମତା ? କାଲି ରାତ୍ରିରେ ଛଲନା କରି ମୋଠାରୁ ପଞ୍ଚବାଣ ହରଣ କରି ମୋତେ ଉପହାସ କରିବାକୁ ଆସିଛ ? ଦୁର୍ଯ୍ୟୋଧନ, କାଲି କ'ଣ ତୁମେ ପାଣ୍ଡବମାନଙ୍କର ଜୀବନ ଭିକ୍ଷା କରି ନ ଥିଲ ? ଯୁଦ୍ଧ ସ୍ଥଗିତ ରଖିବାକୁ ଆଦେଶ କ'ଣ ତୁମେ ଦେଇ ନ ଥିଲ ? କାଲି ରାତ୍ରିରେ ମୁଁ କ'ଣ ସ୍ୱପ୍ନ ଦେଖୁଥିଲି ! ଦେଇନାହିଁ ମୁଁ ତୁମକୁ ପାଣ୍ଡବର ମରଣ ଆୟୁଧ ?

ଦୁର୍ଯ୍ୟୋଧନ– ଆପଣ ବୋଧହୁଏ ସ୍ୱପ୍ନ ଦେଖୁଛନ୍ତି ପିତାମହ ! କାଲି ରାତ୍ରିରେ ମୁଁ ତ
ଆପଣଙ୍କ ସହିତ ଆଦୌ ସାକ୍ଷାତ କରି ନାହିଁ – ମୃତ୍ୟୁବାଣ ଆପଣ ଦେଲେ
କାହାକୁ ?

ଭୀଷ୍ମ– ସାବଧାନ ଦୁର୍ଯ୍ୟୋଧନ, ଭୀଷ୍ମ ପରିହାସର ପାତ୍ର ନୁହେଁ ।

ଦୁର୍ଯ୍ୟୋଧନ– ପିତାମହ !

ଭୀଷ୍ମ– ସଂଯତ ହୁଅ । (ଉତ୍ତେଜିତ କଣ୍ଠରେ) ଆସି ନ ଥିଲ ତୁମେ ? ପାଣ୍ଡବର
ମୃତ୍ୟୁବାଣ ମୁଁ ଦେଇନାହିଁ ତୁମ ହାତରେ, କରି ନାହିଁ ମୁଁ ତୁମର କଲ୍ୟାଣ
କାମନା ?

ଦୁର୍ଯ୍ୟୋଧନ– ଏସବୁ ଆପଣ କ'ଣ କହୁଛନ୍ତି ପିତାମହ ?

ଭୀଷ୍ମ– ତୁମେ ନୁହଁ ? ତା ହେଲେ କିଏ ସେହି ମାୟାବୀ ? କିଏ ସେହି ପ୍ରତାରକ ?
ମୁଁ ନିଜେ ଦେଖିଛି ଦୁର୍ଯ୍ୟୋଧନ – ତୁମେ ଆସିଥିଲ... ତୁମରି କଣ୍ଠ...
ତୁମରି ରାଜମୁକୁଟ- ତୁମେ ଆସି କହିଲ, ଚାହଁ ନା ତୁମେ ଏ ଭ୍ରାତୃବିବାଦ,
ଏ ଭୀଷଣ ସଂଗ୍ରାମ... ପାଣ୍ଡବମାନଙ୍କୁ ତୁମେ ଦେବାକୁ ଚାହଁ ତାଙ୍କର ନ୍ୟାୟ୍ୟ
ଅଧିକାର... ସ୍ପଷ୍ଟ ମୋର ମନେଅଛି...ମୃତ୍ୟୁବାଣ ମୁଁ ତୋଳିଦେଲି ତୁମରି
ହାତରେ...ଅଥଚ...

ଦୁର୍ଯ୍ୟୋଧନ– ଆପଣ ପ୍ରତାରିତ ହୋଇଛନ୍ତି ପିତାମହ ! ଭ୍ରମରେ ପଡ଼ି ଆପଣ ପାଣ୍ଡବର
ମୃତ୍ୟୁବାଣ ଫାଲ୍‌ଗୁନି ହାତରେ ତୋଳି ଦେଇଛନ୍ତି...

ଭୀଷ୍ମ– ଫାଲ୍‌ଗୁନି ! ଅଥଚ କୁରୁପତିଙ୍କର ଶିରୋଭୂଷଣ, ରାଜମୁକୁଟ ।

ଦୁର୍ଯ୍ୟୋଧନ– ମୁଁ ମଧ୍ୟ ପ୍ରତାରିତ ହୋଇଛି ପିତାମହ ! ସତ୍ୟରକ୍ଷା କରି ଫାଲ୍‌ଗୁନିକୁ ମୁଁ
ପିନ୍ଧାଇ ଦେଇଥିଲି ମୋର ଶିରୋଭୂଷା –

ଭୀଷ୍ମ– କି ପ୍ରବଞ୍ଚନା ! କି ପ୍ରତାରଣା ! ଫାଲ୍‌ଗୁନି ଆସିଥିଲା ମୋର ବିଶ୍ରାମକକ୍ଷକୁ ?

ଶକୁନି– (ପ୍ରବେଶ) ବିଶ୍ରାମ କକ୍ଷରେ ପ୍ରବେଶ କଲେ ବୀର ଫାଲ୍‌ଗୁନି ଛଦ୍ମବେଶୀ
କୁରୁପତି ରୂପରେ – ଆଉ ବାହାରେ ଅପେକ୍ଷା କରିଥିଲେ ନିଜେ ମାୟାଧର
ଶ୍ରୀକୃଷ୍ଣ ।

ଭୀଷ୍ମ– ଦେଖିଛ ତୁମେ ଶକୁନି ?–

ଶକୁନି– ପ୍ରାନ୍ତର ମଧ୍ୟରେ ଗୋପନରେ ମୁଁ ସେମାନଙ୍କର ଅନୁଗମନ କରିଥିଲି–
କଥାବାର୍ତ୍ତାରୁ ଜାଣିଲି କୁରୁପତିଙ୍କ ନିକଟକୁ ଫାଲ୍‌ଗୁନି ଆଗମନ ମୂଳରେ
ଥିଲା ଏଇ ପ୍ରତାରଣାର ଅଭିସନ୍ଧି । ସେତେବେଳେ ମୁଁ କହିଥିଲି କୁରୁପତି
ଦୁର୍ଯ୍ୟୋଧନ ! ପାଣ୍ଡବ ପକ୍ଷରେ ଅଛନ୍ତି କପଟୀ ବାସୁଦେବ ।

ଦୁର୍ଯ୍ୟୋଧନ- ତୁମେ ଠିକ୍ କହିଥିଲ ମାତୁଲ, ବିନା ବାଧାରେ ସେମାନେ ମୃତ୍ୟୁବାଣ
ହରଣ କରିନେଲେ... କିନ୍ତୁ ବର୍ତ୍ତମାନ ଉପାୟ ?-

ଭୀଷ୍ମ-   ଭୟ ନାହିଁ ଦୁର୍ଯ୍ୟୋଧନ, ଆଜିର ଯୁଦ୍ଧ ହିଁ ହେବ କୁରୁକ୍ଷେତ୍ରର ଶେଷ ଯୁଦ୍ଧ ।
ଭୀଷ୍ମ ମୃତ୍ୟୁଞ୍ଜୟୀ, ଶର-ସନ୍ଧାନ ତା'ର ଅବ୍ୟର୍ଥ । ସେମାନେ ଯେଉଁ ପ୍ରତାରଣା
କରି ବଞ୍ଚି ରହିବାର ଆଶା ପୋଷଣ କରିଛନ୍ତି, ସେ ଆଶା ତାଙ୍କ ସମ୍ମୁଖରେ
ଧ୍ୱଂସ ହେବ । ଉଦୀୟମାନ ସୂର୍ଯ୍ୟଦେବଙ୍କୁ ସାକ୍ଷୀ ରଖି ମୁଁ ଶପଥ କରୁଚି
ଦୁର୍ଯ୍ୟୋଧନ, ସୂର୍ଯ୍ୟାସ୍ତ ପୂର୍ବରୁ ପାଣ୍ଡବମାନଙ୍କର ଯଦି ମୃତ୍ୟୁ ନ ହୁଏ, ତା
ହେଲେ ମୁଁ ଆଉ ଅସ୍ତ୍ର ଧରିବି ନାହିଁ । ଏଇ ହେବ ମୋର ଶେଷ ସଂଗ୍ରାମ ।
ଆସ ତୁମେ, ମୁଁ ବ୍ୟୁହ ରଚନା କରୁଛି- (ତୂର୍ଯ୍ୟନାଦ-କୁରୁକ୍ଷେତ୍ର ଯୁଦ୍ଧର
କୋଲାହଲ ସ୍ପଷ୍ଟତର ହେଲା । ଧୀରେଧୀରେ ଶକୁନିର ହସ ଶୁଭିଲା) ।

ଶକୁନୀ-   କପଟ ପଶାର ପରାଭବ ତମେ ଯଦି ନ ଭୋଗିବ ମହାମାନୀ ଦୁର୍ଯ୍ୟୋଧନ,
ତା ହେଲେ ଭୋଗିବ ଆଉ କିଏ ? କୁରୁକ୍ଷେତ୍ରର ବିଭୀଷିକା ମଧ୍ୟରେ ରକ୍ତର
ତର୍ପଣ କରି କିଏ କରିବ ପାପର ପ୍ରାୟଶ୍ଚିତ ? ହାଃ-ହାଃ-ହାଃ- ତିଲେ
ତିଲେ ପଲେ ପଲେ ଦଗ୍ଧ କରି ତୁମେ ଶକୁନି ବଂଶର ଉଚ୍ଛେଦ ସାଧନ
କରିଛ ! ତା'ରି ପ୍ରତିଶୋଧ ନେବାକୁ ଧୃତରାଷ୍ଟ୍ର ବଂଶର ଶେଷ ଦୀପଶିଖା
ଲିଭିବା ପର୍ଯ୍ୟନ୍ତ ଏଇ ଶକୁନି ଧୀରେଧୀରେ ଖଞ୍ଜିଯିବ ଗୋଟିକ ପରେ
ଗୋଟିଏ ମାରଣାସ୍ତ୍ର । ସ୍ୱପ୍ନରେ ସୁଦ୍ଧା କଳ୍ପନା କରିପାରିବ ନାହିଁ ଦୁର୍ଯ୍ୟୋଧନ ।
ମାତୁଲ ଶକୁନି ଏହି କୁରୁ-ପାଣ୍ଡବ ସଂଗ୍ରାମର ସୂତ୍ରଧର । ଆଜିର ଏଇ
ଆନନ୍ଦରେ ଆଉଥରେ ହସ ଶକୁନି, ପ୍ରାଣଖୋଲି ଆଉ ଥରେ ହସ... ହାଃ-
ହାଃ-ହାଃ-ହାଃ-

ଛଦ୍ମବେଶୀ

ବିଶ୍ୱଜିତ ଦାସ

(ପାର୍ଲାମେଣ୍ଟ ସଭ୍ୟ ଶ୍ରୀଯୁକ୍ତ ବୈକୁଣ୍ଠନାଥ ପଟ୍ଟନାୟକଙ୍କ କଟକ ସହରସ୍ଥ ବାସଭବନ-ସମୟ-ସକାଳ। ଶ୍ରୀଯୁକ୍ତ ପଟ୍ଟନାୟକ ସୁସଜ୍ଜିତ ବୈଠକଖାନାର ଗୋଟିଏ ଦାମିକା ସୋଫା। ଉପରେ ନିଶ୍ଚିତ ଭାବରେ ଆଉଜି ବସି ଖବର କାଗଜ ପଢୁଥିଲେ ବୈକୁଣ୍ଠନାଥଙ୍କର ଏକମାତ୍ର ବିବାହିତା ଭଗ୍ନୀ ମିତ୍ରା। ମିତ୍ରା ସୁନ୍ଦରୀ, ବୟସ ଖୁବ୍ ବେଶୀ ହେଲେ ୨୩-୨୪ ପାଖାପାଖି। ଭାବଭଙ୍ଗୀ ଓ ପୋଷାକପରିଚ୍ଛେଦରେ ଆଭିଜାତ୍ୟ ଚିହ୍ନ ସୁସ୍ପଷ୍ଟ।)

ଅଳ୍ପ କିଛି ସମୟ ପରେ ଦୁଆର ପାଖରେ ଦେଖାଦେଲେ ଜୟନ୍ତ ଦାସ – ବୈକୁଣ୍ଠନାଥଙ୍କ ଭିଣୋଇ – ମିତ୍ରାର ସ୍ୱାମୀ। ଶ୍ରୀ ଦାସ ଜଣେ ସୁପରିଚିତ ଏମ୍.ଏଲ୍.ଏ.। ବୟସ ୩୦ରୁ ୩୫ ଭିତରେ। ମୁହଁରେ ଦୀପ୍ତି, ବେଶଭୂଷା ଅବଶ୍ୟ ଅତ୍ୟନ୍ତ ସାଧାରଣ।

ମିତ୍ରାର ଅଲକ୍ଷ୍ୟରେ ଗୋଡ଼ ଟିପିଟିପି ପଶିଆସିଲା ଜୟନ୍ତ। ହାତରେ ତା'ର ଗୋଟିଏ ଚମଡ଼ା ବ୍ୟାଗ୍। ସମ୍ଭବତଃ ଏଇ ସାଙ୍ଗେ ସାଙ୍ଗେ କଟକ ବାହାରୁ ଫେରିଚି। ମିତ୍ରାକୁ ତଥାପି ଖବରକାଗଜରେ ନିମଗ୍ନ ଦେଖି ଜୟନ୍ତ ଆସ୍ତେ ଆସ୍ତେ ପଛଆଡୁ ଆସି ଅତର୍କିତ ଭାବରେ ତା'ହାତରୁ ଖବରକାଗଜଟି ଛଡ଼ାଇ ନେଲା। ଚମକିଉଠି ପଛକୁ ବୁଲି ଚାହିଁଲା ମିତ୍ରା।

ମିତ୍ରା–   (ଆଶ୍ଚର୍ଯ୍ୟ ହୋଇ) ତମେ! କୁଆଡୁ ଆସିଲ ?

ଜୟନ୍ତ–   କୁଆଡୁ ଆଉ ଆସିଥାଆନ୍ତି ? ଷ୍ଟେସନରୁ !

ମିତ୍ରା–   କିନ୍ତୁ ବାଲେଶ୍ୱରର କାମ କ'ଣ ତମର ଏତେ ଚଞ୍ଚଳ ସରିଗଲା ?

ଜୟନ୍ତ–   କାମଟା ଆଉ କ'ଣ ଥିଲା ? ଗୋଟାଏ ସାଧାରଣ ସଭା – ସେଇଠାରେ ଦି'ଘଣ୍ଟା ବକ୍ତୃତା, ଏଇଟା ଗୋଟାଏ କାମ ?

ମିତ୍ରା– କେମିତି ହେଲା ସଭାଟା ? ଲୋକ ହୋଇଥିଲେ ?

ଜୟନ୍ତ– ପ୍ରଥମେ ପ୍ରଥମେ ଅବଶ୍ୟ ଲୋକ ଖୁବ୍ କମ୍ ଥିଲେ । ତା'ପରେ ଲାଉଡ଼ସ୍ପିକରରେ ସିନେମା ରେକର୍ଡ଼ ଦି'ଟା ବାଜିଲା ପରେ ଲୋକ ଜମା ହୋଇଗଲେ ।

ମିତ୍ରା– ଆଉ ତା'ପରେ ତମେ ତମର ସ୍ପିଚ୍ ଆରମ୍ଭ କରିଦେଲ, ନା ?

ଜୟନ୍ତ– ଆଉ କ'ଣ କରିଥାନ୍ତି ? ସ୍ପିଚ୍ ଦେବା ହିଁ ତ ମୋର କାମ, ତାକୁ ତୁମେ ପେସା ବି କହିପାର ।

ମିତ୍ରା– କିନ୍ତୁ ଏମିତି ଆଉ କେତେଦିନ ଚଲେଇବ କହିଲ ? ଇଆଡ଼େ ତମେ ଭାଇଙ୍କ ବିରୁଦ୍ଧରେ ଯା' ଇଚ୍ଛା ତା' କହିବେ, ଏଇଟା କ'ଣ ଲୋକଙ୍କ ଆଖିରେ ସୁନ୍ଦର ଦିଶୁଛି ?

ଜୟନ୍ତ– କ'ଣ ଆଉ କରିବି ? କହିଲି ପରା, ଏଇଟା ହେଉଚି ମୋର ପେସା । ସିଏ ଏମ୍.ପି. ହେଲେ ମୁଁ ବି ତ ଏମ୍.ଏଲ୍.ଏ । ବୁଲି ବୁଲି ବକ୍ତୃତା ନ ଦେଲେ ଚଲିବ କେମିତି ? ଜନସାଧାରଣଙ୍କର ପ୍ରତିନିଧି ଆମେ । ସେମାନଙ୍କ ଦୁଃଖଦୁର୍ଦ୍ଦଶା ନ ବୁଝିଲେ, ଆମ ଉପରୁ ସେମାନଙ୍କର ଆସ୍ଥା ଟୁଟିଯିବ ନାହିଁ ?

ମିତ୍ରା– ତା' ବୋଲି ଭାଇ ଆଉ ତମ ଭିତରେ ଏମିତି କଳିକଜିଆଟା ମୁଁ ପସନ୍ଦ କରେନା ।

ଜୟନ୍ତ– ଆଇଡ଼ିଆଲିଜମ୍ ମିତ୍ରା, ଆଇଡ଼ିଆଲିଜମ୍ । ଆଇଡ଼ିଆଲିଜମ୍ ଆଗରେ ବାପ-ପୁଅ, ଶ୍ୱଶୁର-ଜ୍ୱାଇଁ, ଏମିତି କି ସ୍ୱାମୀ-ସ୍ତ୍ରୀର ସମ୍ପର୍କ ବି କିଛି ନୁହେଁ ।

ମିତ୍ରା– ଯାହା ତୁମେ ବୁଝୁଚ୍ଚ କର । ମୁଁ ଆଉ କିଛି କହିବି ନାହିଁ । (ଖବରକାଗଜ ଦେଖେଇ) ଆଜିକାର କାଗଜ ଦେଖିଚ ?

ଜୟନ୍ତ– (ନିରୁତ୍ସାହିତ ସ୍ୱରରେ) କ'ଣ ବାହାରିଛି !

ମିତ୍ରା– ଭାଇଙ୍କ ସ୍ପିଚ୍ ।

ଜୟନ୍ତ– କ'ଣ ଲେଖା ହେଇଚି ?

ମିତ୍ରା– ପୁରୀର ବିରାଟ ଜନସଭାରେ ବକ୍ତୃତା ଦେଇ ଭାଇ କହିଛନ୍ତି, ତମମାନଙ୍କର କୁଆଡ଼େ ନୈତିକ ଅଧଃପତନ ଘଟିଚି ।

ଜୟନ୍ତ– (ରହସ୍ୟମୟ ଭାବରେ ହସି) ବାଲେଶ୍ୱରର ମିଟିଂରେ ତମ ଭାଇ ବିରୁଦ୍ଧରେ ମୁଁ ବି ଠିକ୍ ସେଇଆ କହିଚି । ସେସବୁ ଛାଡ଼, ତମର ସେଠରେ ମୁଣ୍ଡ ଖେଲେଇ କିଛି ଲାଭ ନାହିଁ । ତମର ଭାଇ ମୋର ନୈତିକ ଅଧଃପତନ ହେଇଚି ବୋଲି ଖାଲି କହିଦେଲେ ତ ହେବ ନାହିଁ, ଲୋକେ ବିଶ୍ୱାସ କରିବା ଦରକାର । ତମେ ନିଜେ ବିଶ୍ୱାସ କର ସେକଥା ?

ମିତ୍ର—   ହେଲେ, ଭାଇ କାହିଁକି ତମ ନାଁରେ ଏମିତି କହୁଛନ୍ତି ?

ଜୟନ୍ତ— କହିବାର ଅଧିକାର ଅଛି ବୋଲି। ଏଇଟା ତାଙ୍କର ଗୋଟାଏ କନଷ୍ଟିଟ୍ୟୁସନାଲ ରାଇଟ୍ ମିତ୍ର। ଗଣତାନ୍ତ୍ରିକ ସମ୍ବିଧାନରେ ଏଇଟା ହିଁ ବିଶେଷତ୍ୱ। ହଁ, ତା' ବୋଲି ଘର ଭିତରେ ତ ଆମେ କେହି କାହାର ଶତ୍ରୁ ନୋହୁଁ। ଏଇ ତ ସେଇଦିନ, କ'ଣ ଗୋଟାଏ ପ୍ରୋବଲେମ୍ ଉପରେ ମୋର ପରାମର୍ଶ ସେ ମାଗିଲେ। ମୁଁ ବି ତ ଅନେକଥର ତାଙ୍କର ଆଡ୍‌ଭାଇସ୍ ନେଇଚି, ଅନେକ କାମରେ। ସେଥିରେ କ'ଣ ଅଛି ? କିନ୍ତୁ ହଁ, ବ୍ୟକ୍ତିଗତ ଭାବରେ ତାଙ୍କର ଏଇ କ୍ୟାପିଟାଲିଷ୍ଟିକ୍ ମେଣ୍ଟାଲିଟି ମୋତେ ଭଲ ଲାଗେନା। ସେ ଚାହାଁନ୍ତି, ମୁଁ କେମିତି ରାତାରାତି ବଡ଼ଲୋକ ହେଇ ତମକୁ ନେଇ କଣ୍ଟିନେଣ୍ଟାଲ ଟୁରରେ ଯାଏଁ। ହେଲେ ମୁଁ, ଆଇ ହେଟ୍ ମନି !

ମିତ୍ର—   ଭାଇ ବୋଧହୁଏ ଠିକ୍ ଏଇଥିଲାଗି ତମର ନୈତିକ ଅଧଃପତନ ହେଇଚି ବୋଲି କହୁଛନ୍ତି।

       (ପ୍ରବେଶ କଲେ ବୈକୁଣ୍ଠ ପଟ୍ଟନାୟକ। ବୟସ ୪୫ ପାଖାପାଖି। ଦାଢ଼ି ଭଲ ଭାବରେ ହୋଇଥିଲେ ବି ନିଶଟା ବେଶ୍ ଦର୍ଶନୀୟ। ପୋଷାକ-ପରିଚ୍ଛଦ ସାମାନ୍ୟ ପୁରୁଣାକାଲିଆ)

ବୈକୁଣ୍ଠ—ଆରେ ଜୟନ୍ତ ଯେ ! ତମେ କେତେବେଲେ ଆସିଲ ?

ଜୟନ୍ତ— ଏଇ ତ, ଏକ୍‌ସପ୍ରେସ୍‌ରେ।

ବୈକୁଣ୍ଠ—(ମିତ୍ର ଆଡ଼କୁ ଅନାଇ) ତୋ ନୂଆବୋଉ କୋଉଠି ମିନି ?

ମିତ୍ର—   ମୁଁ ଦେଖିନାହିଁ ତ ! ଡାକିଦେବି ନୂଆବୋଉକୁ ?

ବୈକୁଣ୍ଠ—ହଁ, ଟିକିଏ ଡାକିଦେ। କଥାବାର୍ତ୍ତା ଅଛି।

       (ମିତ୍ର ନିଃଶବ୍ଦରେ ବାହାରିଗଲା)

ବୈକୁଣ୍ଠ—(ଚୌକିରେ ବସି ଗମ୍ଭୀର ଭାବରେ) ତମେ କିଛି ଗୋଟାଏ କରୁନା କାହିଁକି, ଜୟନ୍ତ ?

ଜୟନ୍ତ— କ'ଣ କହିଲେ ? ହଁ, ମୁଁ ଜଳଖିଆ କରିଆସିଛି।

ବୈକୁଣ୍ଠ—ଆହା ଜଳଖିଆ ନୁହେଁ, ମୁଁ ଘରକଥା କହୁନାହିଁ। ମୁଁ ତମ କ୍ୟାରିଅର କଥା କହୁଚି।

ଜୟନ୍ତ— ଚାଲିଛି ତ ଏକ ରକମର, ଆଜ୍ଞା।

ବୈକୁଣ୍ଠ—(ପ୍ରଚ୍ଛନ୍ନ ବିରକ୍ତିରେ) କ'ଣ ଏଇସବୁ ବକ୍ତୃତା ଦବା କାମ ? ମୁଁ କହୁଚି କ'ଣ କି, ସେସବୁ ଛାଡ଼ି ତମେ ଗୋଟା ଚାକିରି ବାକିରି ଧରୁନା। କହିଲେ, ମୁଁ

ପଛେ ମି. ପଣ୍ଡାଙ୍କ ପାଖକୁ ଖଣ୍ଡେ ଚିଠି ଲେଖିଦେବି । ତାଙ୍କର ସେଠି ଡାଇରେକ୍ଟର ପୋଷ୍ଟଟା ଏ ପର୍ଯ୍ୟନ୍ତ ଖାଲି ଅଛି ।

ଜୟନ୍ତ– ମୁଁ ବର୍ତ୍ତମାନ ଗାଁ ଗଣ୍ଡା ବୁଲି ସଙ୍ଗଠନମୂଳକ କାମ କରୁଛି । ସେସବୁ ଡାଇରେକ୍ଟର ପୋଷ୍ଟ ଫୋଷ୍ଟ ମୋ ଦେଇ ହବନାହିଁ । ସେସବୁକୁ ମୁଁ ଘୃଣା କରେ ।

ବୈକୁଣ୍ଠ– (ବିଦ୍ରୁପ ସହ) ତେବେ ? ତମମାନଙ୍କର ନୈତିକ ଅଧଃପତନ ଘଟିଚି ବୋଲି ପୁରୀ ମିଟିଂରେ ମୁଁ ଯାହା କହିଥିଲି, କ'ଣ କିଛି ଭୁଲ୍ କହିଛି ?

ଜୟନ୍ତ– (କୃତ୍ରିମ ଗାମ୍ଭୀର୍ଯ୍ୟ ସହ) ମୁଁ ବି ଭାବୁଚି ୟା' ଭିତରେ କେବେ ଥରେ ପୁରୀ ଯିବ – (ପ୍ରବେଶ କଲେ ପ୍ରଭାବତୀ । ପାଠଶାଠ ବିଶେଷ କିଛି ପଢ଼ିନାହାନ୍ତି । ତେବେ ଆଭିଜାତ୍ୟର କିଛିଟା ଆଭାସ ଅଛି ତାଙ୍କର ବେଶଭୂଷା ଓ ଚାଲିଚଲନରେ) ।

ପ୍ରଭା– (ଜୟନ୍ତକୁ) କେତେବେଲୁ କ'ଣ ଗଣ୍ଠାଏ ଖାଇଥବ, ଜଳଖିଆ କିଛି ଆସେ ।

ଜୟନ୍ତ– ନା' ନା, ଥାଉ, ଆପଣ ବ୍ୟସ୍ତ ହେବେ ନାହିଁ, ମୁଁ ଷ୍ଟେସନରୁ ଏଇ ସାଙ୍ଗେ ସାଙ୍ଗେ ଜଳଖିଆ ଖାଇ ଆସୁଚି ।

ପ୍ରଭା– ଖାଇକରି ଆସିଛ ? ତେବେ ଆଉ କିଛି ଖାଇବ ନାହିଁ ? (ବୈକୁଣ୍ଠକୁ) ହଁ, କାହିଁକି ଡାକୁଥିଲ ମତେ ?

ବୈକୁଣ୍ଠ– (ଇତସ୍ତତଃ ହୋଇ) ହଁ, ଡାକୁଥିଲି ଯେ, କଥା କ'ଣ କି (ଜୟନ୍ତର ଉପସ୍ଥିତିକୁ ଲକ୍ଷ୍ୟ କରି) ଜୟନ୍ତ, ତମେ ଟିକିଏ ରେଷ୍ଟ ନବ ନାହିଁ ଭିତରକୁ ଯାଇ ?

ଜୟନ୍ତ– (ସନ୍ଦିଗ୍ଧ ଭାବରେ) ରେଷ୍ଟ ? ଓ, ହଁ, ମିତ୍ରା କୁଆଡ଼େ ଗଲା ? ତା' ପାଖରେ ମୋର କେତେଗୁଡ଼ାଏ ଦରକାରୀ କାଗଜପତ୍ର ଥିଲା ଦେଖେ ।
(ଭିତରକୁ ଯିବାର ଉପକ୍ରମ କଲା)

ବୈକୁଣ୍ଠ– ହଁ, ଜୟନ୍ତ, ତମେ ଭିତରେ ଅଛ ତ ? ଗୋଟାଏ ଦରକାରୀ ବିଷୟରେ ତମ ସାଙ୍ଗରେ ମୋର ପରାମର୍ଶ କରିବାର ଅଛି ।

ଜୟନ୍ତ– ହଉ, ମୁଁ ଅଛି ।   (ଭିତରକୁ ଚାଲିଗଲା)

ବୈକୁଣ୍ଠ– (ଉଦ୍‍ବିଗ୍ନ ଭାବରେ)ବସ ପ୍ରଭା, ତମ ସାଙ୍ଗରେ ଖୁବ୍ ଦରକାରୀ କଥାବାର୍ତ୍ତା ଅଛି ।

ପ୍ରଭା– (ବସି) କୁହ ।

ବୈକୁଣ୍ଠ– ଆଜି ଖରାବେଲ ଡାକରେ ଏ ଚିଠିଟା ଆସିଚି । ଶୁଣ, ମୁଁ ପଢ଼ିଦଉଚି । (ପଢ଼ିଲେ) "ବ୍ରହ୍ମପୁର, ୨୯-୯-୬୮ । ପ୍ରିୟ ମହାଶୟ, ଆପଣ ଶୁଣି ଖୁସି ହେବେ ଯେ, ସ୍ୱର୍ଗତ ଶ୍ରୀଯୁକ୍ତ ରବିଶଙ୍କର ମର୍ଦ୍ଦରାଜ ମହାଶୟ, ତାଙ୍କର ଉଇଲରେ ଆପଣଙ୍କ ନାମରେ ଦୁଇଲକ୍ଷ ଟଙ୍କା ଗଚ୍ଛିତ ରଖି ଯାଇଛନ୍ତି ।"

ପ୍ରଭା–   ଦୁ... ଦୁଇ ଲକ୍ଷ !

ବୈକୁଣ୍ଠ–ଆହୁରି ଅଛି ଶୁଣ। (ପଢ଼ିବାକୁ ଆରମ୍ଭ କରି) "କିନ୍ତୁ ଏଥିପାଇଁ ସେ ଏକ
          ସାମାନ୍ୟ ସର୍ତ୍ତ ରଖିଯାଇଛନ୍ତି। ସର୍ତ୍ତଟି ହେଉଛି, ଉଲ୍ଲିଖିତ ଟଙ୍କା ପାଇବାକୁ
          ହେଲେ, ଆପଣଙ୍କୁ ଆପଣଙ୍କ ନାମ ଶେଷରେ 'ଗଜ ଗୋବର୍ଦ୍ଧନ ସିଂ' ଉପାଧିଟି
          ଗ୍ରହଣ କରିବାକୁ ହେବ।"

ପ୍ରଭା–   ଏଁ –

ବୈକୁଣ୍ଠ– "ଇତି – ବଂଶମ୍ୟଦ-ମଣିଶଙ୍କର ମର୍ଦ୍ଧରାଜ, ଓକିଲ।" (ଚିଠିଟିକୁ ଲଫାପାରେ
          ପୂରେଇ ରଖିଦେଲେ।)

ପ୍ରଭା–   ହେଲେ, ଏ ଉଇଲ କାଲାବାଲା ଲୋକଟା କିଏ ?

ବୈକୁଣ୍ଠ– ମୁଁ କିଛି ଜାଣେନା ପ୍ରଭା ! ଓକିଲ ଭଦ୍ରଲୋକଙ୍କୁ ମୁଁ ଟେଲିଗ୍ରାମ କରିଛି ଆସି
          ପହଞ୍ଚିବାକୁ। ଯେ କୌଣସି ମୁହୂର୍ତ୍ତରେ ଆସି ପହଞ୍ଚିଯାଇ ପାରନ୍ତି।

ପ୍ରଭା–   (ପୁଲକିତ ହୋଇ ମନକୁ ମନ) ଦୁଇଲକ୍ଷ – ହେ ପ୍ରଭୁ, ଏତେ ଟଙ୍କା !

ବୈକୁଣ୍ଠ– (ଶୁଷ୍କ ସ୍ୱରରେ) ହଁ, ତା' ସାଙ୍ଗରେ 'ଗଜଗୋବର୍ଦ୍ଧନ ସିଂ' ବି। (ମନକୁ ମନ
          ଉଚ୍ଚାରଣ କରି) ଶ୍ରୀଯୁକ୍ତ ବୈକୁଣ୍ଠନାଥ ଗଜ ଗୋବର୍ଦ୍ଧନ ସିଂ, ଏମ୍.ପି. ! କେମିତି
          ଶୁଭୁଛି ନାଁ ଟା ?

ପ୍ରଭା–   ନା–ନା–ସେ କଥା କେବେ ହୋଇ ନଥିବ। ଟଙ୍କା ତ ନବ, ଆଉ ଏ 'ଗଜ–
          ରାଜ–ବର୍ଦ୍ଧନ' ଗୋଟାଏ ପୁଣି କ'ଣ ?

ବୈକୁଣ୍ଠ– (ସଂଶୋଧନ କରି) 'ଗଜ ଗୋବର୍ଦ୍ଧନ ସିଂ' ପ୍ରଭା, ଗଜ ଗୋବର୍ଦ୍ଧନ ସିଂ !

ପ୍ରଭା–   ସେ ଯାହାହେଉ, ତମେ ଆଜ୍ଞା କରି ଦି'ପଦ ଲେଖି ଦେଉନା – ଏସବୁ ବର୍ଦ୍ଧନ
          ଫର୍ଦ୍ଧନ ହୋଇପାରିବ ନାହିଁ ବୋଲି।

ବୈକୁଣ୍ଠ– ତମେ ବୁଝିପାରୁନ ପ୍ରଭା, ଏସବୁ ଆଇନ୍ କାନୁନ୍ କଥା।

ପ୍ରଭା–   ହଁ ହଁ, ମୁଁ ସବୁ ବୁଝୁଚି। ତମେ ସେ ଓକିଲକୁ ସଫା ଖୋଲି ଲେଖିଦିଅ ଯେ,
          ତମେ ଟଙ୍କା ନେବାକୁ ରାଜି ଅଛି, ହେଲେ ନାଁ ବଦଲାଇ ପାରିବ ନାହିଁ। ତମ
          ନାଁ ଭଲା ଦେଶଟ୍ୟାକ କିଏ ନ ଜାଣେ, କହିଲ ?

ବୈକୁଣ୍ଠ– ହେଲେ ସର୍ତ୍ତଟା ପରା ଅଛି ! ଶ୍ରୀଯୁକ୍ତ ରବିଶଙ୍କର ମର୍ଦ୍ଧରାଜଙ୍କର ଦୁଇଲକ୍ଷ ଟଙ୍କା ମୁଁ
          ସେତିକିବେଳେ ପାଇବି, ଯେତେବେଳେ ନାଁଟା ବଦଲେଇବି, ତା' ଆଗରୁ ନୁହେଁ।

ପ୍ରଭା–   ଇମିତି କ'ଣ ହଉଚି ଆଉ କୋଉଠି ?

ବୈକୁଣ୍ଠ– ବହୁତ ଜାଗାରେ ଲୋକେ ସମ୍ପତ୍ତିବାଡ଼ି ପାଇଁ ନିଜର ନାଁ ବଦଲାଇବାର ଅନେକ
          ଦୃଷ୍ଟାନ୍ତ ଅଛି।

ପ୍ରଭା– ହେଲେ- ସିଏ-ତମ ନାଁରେ - ଏତେଗୁଡ଼ାଏ ଟଙ୍କା।...ମୁଁ ତ କିଛି ବୁଝିପାରୁନି।

ବୈକୁଣ୍ଠ– (ସର୍ବଜ୍ଞ ବୋଲି ଗମ୍ଭୀର ସ୍ୱରରେ) ମୁଁ ସବୁ ବୁଝିପାରୁଛି। କଥାଟା ହଉଚି, ଏଇ ଭଦ୍ରଲୋକ ବୋଧହୁଏ, ଠିକ୍ ମୋ ପରି ଜଣେ ନିଷ୍ଠାପର ଦେଶସେବୀ ଥିଲେ। ମରିବାବେଳେ ଆଉ କୌଣସି ଉପଯୁକ୍ତ ଉତ୍ତରାଧିକାରୀ ନ ପାଇ ଟଙ୍କାତକ ମୋତେ ହିଁ ଦେଇଯାଇଛନ୍ତି। ଆଉ ଏଇ ଗଜ ଗୋବର୍ଦ୍ଧନ ସିଂ ନାଁଟା। ସେଟା ନିଶ୍ଚୟ ତାଙ୍କର ବଂଶର କାହାରି ନା ହୋଇଥିବ। ଲୋକଙ୍କ ମନରେ ସେଇ ନାଁ ଟାକୁ ଜିଆଇଁ ରଖିବା ପାଇଁ ବୋଧହୁଏ ଏମିତି ଗୋଟାଏ ଉପିଲ କରିଦେଇ ଯାଇଛନ୍ତି। ତାଙ୍କର ଧାରଣା, ମୋତେ ଅନେକ ଲୋକ ଜାଣନ୍ତି ନା, ଗଜ ଗୋବର୍ଦ୍ଧନ ସିଂ ଟାଇଟଲଟା ମୁଁ ନେଲେ ନାଁ ଚାର ଗୋଟାଏ ବିରାଟ ପବ୍ଲିସିଟି ହେବ।

ପ୍ରଭା– ତେବେ କ’ଣ ତୁମେ ରାଜି ହେଉଛ, ନାଁ ଟା ନବାକୁ ?

ବୈକୁଣ୍ଠ– କ’ଣ କରିବି କିଛି ଠିକ୍ କରିପାରୁନି। ଇଆଡ଼େ ମୋ ବଂଶପରମ୍ପରା, ଖ୍ୟାତି, ସିଆଡ଼େ ଜନସାଧାରଣଙ୍କ ପ୍ରତି କର୍ତ୍ତବ୍ୟ।

ପ୍ରଭା– (ଉଚ୍ଛ୍ୱସିତ ଭାବରେ) ଟଙ୍କାଟା ମିଳିଲେ ଆମର ଭାରି ସୁବିଧା ହୁଅନ୍ତା ନୂଆ ଘରଟା ଚାରିମହଲା କରି ଏଇ ବର୍ଷକ ଭିତରେ ଆମେ ସେଇଠିକି ଉଠିଯାଆନ୍ତେ।

ବୈକୁଣ୍ଠ– ମୁଁ ସବୁ ବୁଝୁଛି ପ୍ରଭା! ହେଲେ, ଏଇ ଲୋକଗୁଡ଼ାକଙ୍କ କଥା ତ ଜାଣିଛ ? କ’ଣ ନାଇ କ’ଣ ଭାବିବେ। ଏତେଗୁଡ଼ାଏ ଟଙ୍କା କାହାରି ଦିହ ସହିବ ନାହିଁ।

ପ୍ରଭା– (ବୈକୁଣ୍ଠ କଥାରେ କର୍ଣ୍ଣପାତ ନ କରି) ଆଉ ଗୋଟାଏ ନୂଆ ଗାଡ଼ି କିଣିବ ବୋଲି କହୁଥିଲ, ସେଟା ବି କିଣିପାରନ୍ତ।

ବୈକୁଣ୍ଠ– ହଁ, ସେ କଥାଟା ଠିକ୍। ଧର, ଟଙ୍କାଟାକୁ ମୁଁ ନେଲି; କିନ୍ତୁ ଗଜ-ଗୋବର୍ଦ୍ଧନ ସିଂ; ସେଇଟାକୁ ନେଇ କ’ଣ କରିବି ?

ପ୍ରଭା– ହଁ ମ, ଦିନାକେତେ ଗଲେ ନାଁଟା ବଲେ ପଇଟି ଯିବ ନାହିଁ। ମୋ ବାହାଘର ଆଗରୁ ମୁଁ ତ ପୁଣି ପ୍ରଭାବତୀ ମହାନ୍ତି ଥିଲି। ଏଇନେ ହେଇଚି ପଞ୍ଚନାୟକ। କ’ଣ ହେଇଗଲା ସେଇଠୁ ? କୋଉଠି ଭଲା ଦିନେ ମତେ ନାଁଟା ଦସ୍ତଖତ କରିବାକୁ ପଡ଼ିଛି ?

ବୈକୁଣ୍ଠ– ତମମାନଙ୍କ କଥା ଅଲଗା। ଇଏ ତ ଜଣାଶୁଣା କଥା ଯେ, ଦିନେ ନା ଦିନେ ବାହାହେଇ ନାଁଟା ବଦଲିବ। ହେଲେ, ଏଇନେ ମୁଁ ନାଁ ଟା ବଦଲେଇ ଦେଲେ ଲୋକେ ମତେ ଚିହ୍ନିପାରିବା ମୁସ୍କିଲ ହୋଇଯିବ, ପ୍ରଭା! କହିବେ ଏ ‘ଗଜ ଗୋବର୍ଦ୍ଧନ ସିଂହ ପୁଣି କିଏ ?

ପ୍ରଭା– ହେଲେ, ଏତେଗୁଡ଼ାଏ ଟଙ୍କା ଯେ ପାଇବ ?

ବୈକୁଣ୍ଠ– ମୁଁ ତା' ବି ବୁଝୁଛି ପ୍ରଭା ! ମୁଁ ମାନୁଚି, ଟଙ୍କାଟା ନେବା ମୋର କର୍ତ୍ତବ୍ୟ । ହେଲେ କିଏ କ'ଣ କରିବ ? ଭଦ୍ରଲୋକ ଏମିତି ଗୋଟାଏ ସର୍ତ୍ତ ରଖିଦେଇ ମରିଛନ୍ତି ଯେ, 'ଗଜ ଗୋବର୍ଦ୍ଧନ ସିଂ' ନ ହେଲା ପର୍ଯ୍ୟନ୍ତ ଦି'ଲକ୍ଷ ଟଙ୍କା ମିଳିବାର କୌଣସି ସମ୍ଭାବନା ନାହିଁ । (ଟିକିଏ ଚିନ୍ତାକରି) ଆଛା ପ୍ରଭା, ମୁଁ ଆମ ଜୟନ୍ତ ସାଙ୍ଗରେ ଟିକିଏ ପରାମର୍ଶ କରେ । ଦେଖାଯାଉ ସିଏ କ'ଣ କହୁଚି ।

ପ୍ରଭା– (ଉଠିପଡ଼ି) ତା' ସାଙ୍ଗରେ ଗୋଟାଏ କ'ଣ ପରାମର୍ଶ କରିବ ମ ? ତମେ ଯା' ଠିକ୍ ଭାବୁଚ କର । ହେଲେ ଜୟୀଚାର କଥାରେ ମାତି ଦି' ଦି' ଲକ୍ଷ ଟଙ୍କା ଯେମିତି ଛାଡ଼ିଦେଇ ନବସ ! ବୁଝିଲ ? ମୁଁ ଡାକିଦଉଚି ତାକୁ ।

ବୈକୁଣ୍ଠ– (ପ୍ରଭାକୁ ଅଟକାଇ) ତମେ କ'ଣ କହୁଚ ପ୍ରଭା ?

ପ୍ରଭା– କହିଲି ପରା, ତମେ ଯା' ଠିକ୍ ଭାବୁଚ କର ।
(ପ୍ରଭା ଚାଲିଗଲେ, ବୈକୁଣ୍ଠ ବଡ଼ ଚିନ୍ତାନ୍ଵିତ ଭାବରେ କିଛି ସମୟ ପଦଚାରଣ କଲେ, ତା' ପରେ ଅନ୍ୟମନସ୍କ ଭାବରେ ଖବରକାଗଜଟା ଦେଖିଲେ । ନିଃଶବ୍ଦରେ ପ୍ରବେଶ କଲା ଜୟନ୍ତ)

ଜୟନ୍ତ– ଏ କଥା କ'ଣ ସତ ?

ବୈକୁଣ୍ଠ– କୋଉ କଥା ?

ଜୟନ୍ତ– ସେ ଦି' ଲକ୍ଷ ଟଙ୍କା ଆପଣ ପାଇବେ ?

ବୈକୁଣ୍ଠ– ହଁ, କିଏ ଜଣେ ରବିଶଙ୍କର ମର୍ଦ୍ଧରାଜ ଉଇଲ କରିଦେଇ ଯାଇଚନ୍ତି । ମୁଁ ତାଙ୍କ ନାଁ ଜୀବନରେ କେବେ ଶୁଣିନାଇଁ ।

ଜୟନ୍ତ– (ଆଶ୍ଚର୍ଯ୍ୟ ହେବାର ଭଙ୍ଗୀ କରି) ଶୁଣିନାହାନ୍ତି ? ସତ ! ଛାଡ଼ନ୍ତୁ ସେ କଥା । ଇଏ ତ ମସ୍ତବଡ଼ ଗୋଟାଏ ସୌଭାଗ୍ୟ ! ହେଲେ– ମୁଁ ଆପଣଙ୍କୁ କ'ଣ ଗୋଟାଏ ପରାମର୍ଶ ଦେବି ?

ବୈକୁଣ୍ଠ– ସେଥିରେ ସାମାନ୍ୟ ଗୋଟାଏ ସର୍ତ୍ତ ଅଛି ।

ଜୟନ୍ତ– ସର୍ତ୍ତ ? କି ସର୍ତ୍ତ ?

ବୈକୁଣ୍ଠ– ସର୍ତ୍ତଟା ହେଉଚି ଯେ, ଟଙ୍କା ସାଙ୍ଗରେ – ମାନେ – ସେଇ ଦି'ଲକ୍ଷ ଟଙ୍କା ସାଙ୍ଗରେ – ମୋତେ 'ଗଜ ଗୋବର୍ଦ୍ଧନ ସିଂ' ନାଁ ଟା ବି ନେବାକୁ ହେବ ।

ଜୟନ୍ତ– (ପ୍ରାୟ ଡେଇଁପଡ଼ି) କ'ଣ କହିଲେ ?

ବୈକୁଣ୍ଠ– ଗଜ ଗୋବର୍ଦ୍ଧନ ସିଂ ।
(ଜୟନ୍ତ କିଛି ସମୟ ଭାବିଲେ, ତା'ପରେ ମନକୁମନ)

ଜୟନ୍ତ– ହଁ, ଶ୍ରୀଯୁକ୍ତ ବୈକୁଣ୍ଠନାଥ ଗଜ ଗୋବର୍ଦ୍ଧନ ସିଂ, ଏମ୍.ପି.। ଆହାଃ ଚମତ୍କାର, ହେଭେନ୍ଲି !

ବୈକୁଣ୍ଠ– ତମେ ଟିକିଏ ସିରିଅସ୍ ହୁଅ ଜୟନ୍ତ ! ତା ନହେଲେ ଏ ସମ୍ପର୍କରେ ଆଲୋଚନା କରି କିଛି ଲାଭ ହେବ ନାହିଁ।

ଜୟନ୍ତ– ସିରିଅସ୍ ହେବି ? 'ଗଜ ଗୋବର୍ଦ୍ଧନ ସିଂ' ଏମ୍.ପି.। ଆହାଃ ଚମତ୍କାର, ହେଭେନ୍ଲି !

ବୈକୁଣ୍ଠ– ତମେ ଟିକିଏ ସିରିଅସ୍ ହୁଅ ଜୟନ୍ତ ! ତା ନହେଲେ ଏ ସମ୍ପର୍କରେ ଆଲୋଚନା କରି କିଛି ଲାଭ ହେବ ନାହିଁ।

ଜୟନ୍ତ– ସିରିଅସ୍ ହେବି ? 'ଗଜ ଗୋବର୍ଦ୍ଧନ ସିଂ' ପରି ଗୋଟାଏ ନାଁ ବିଷୟରେ ଆପଣ ଆଲୋଚନା କରିବେ, ଆଉ ମୁଁ ସିରିଅସ୍ ହେବି ? (ହସିପକାଇ) ଗଜ ଗୋବର୍ଦ୍ଧନ ସିଂ ! (ଆବୃତ୍ତି କରିବା ଢଙ୍ଗରେ) ପୁରୀର ସାଧାରଣ ସଭାରେ ଭାଷଣଦେଇ ପାର୍ଲାମେଣ୍ଟର ବିଶିଷ୍ଟ ସଭ୍ୟ ଶ୍ରୀଯୁକ୍ତ ବୈକୁଣ୍ଠନାଥ ଗଜ ଗୋବର୍ଦ୍ଧନ ସିଂ କହିଲେ– (ହସିଉଠିଲା) ଖବରକାଗଜରେ ତ ପୁଣି ବାହାରିବ।

ବୈକୁଣ୍ଠ– (ଶୁଷ୍କ ସ୍ୱରରେ) ତମେ ତେବେ ଧରିନେଇ ସାରିଚ ଯେ, ଟଙ୍କାଟା ମୁଁ ନଉଚି !

ଜୟନ୍ତ– ସେ ବିଷୟରେ ମୁଁ ନିଃସନ୍ଦେହ।

ବୈକୁଣ୍ଠ– ତମେ ! ତମେ ହୋଇଥିଲେ ନିଅନ୍ତ ନାହିଁ ?

ଜୟନ୍ତ– (ରହସ୍ୟମୟ ଭଙ୍ଗୀରେ) ଠିକ୍ କହିପାରୁନାହିଁ।

ବୈକୁଣ୍ଠ– ସେକ୍ସପିଅର ତ କହିଛନ୍ତି – ହ୍ୱାଟ୍ ଇଜ୍ ଇନ୍ ଏ ନେମ୍।

ଜୟନ୍ତ– ତେବେ ଆଉ ଅସୁବିଧା କ'ଣ ? ସେକ୍ସପିଅର ଯେତେବେଲେ କହିଛନ୍ତି – ଆପଣ ନିଅନ୍ତୁ ନାଁଟା –

ବୈକୁଣ୍ଠ– ଆଚ୍ଛା ନାଁଟାକୁ ତମେ ଏତେ ଅପସନ୍ଦ କରୁଛ କାହିଁକି କହିଲ ? ଜାଣିଛ, ଗଞ୍ଜାମର ଗୋଟାଏ ବିରାଟ ଜମିଦାର ବଂଶର ନାଁ ସେଇଟା। ଆମ ପିଲାବେଲେ ସେଇ ଗଜ ଗୋବର୍ଦ୍ଧନ ସିଂମାନେ ହିଁ ତ ସବୁଠୁଁ ବଡ଼ ଫ୍ୟାମିଲି ଥିଲେ ଓଡ଼ିଶାରେ। ସେମାନଙ୍କ ସ୍ମୃତିକୁ ବଞ୍ଚାଇ ରଖିବାକୁ ମୁଁ ଯଦି ଏଇ ନାଁଟା ନିଏ, କ୍ଷତି କ'ଣ ?

ଜୟନ୍ତ– ନା ନା, କ୍ଷତି ଆଉ କ'ଣ ? ପୁଣ୍ୟ ସଞ୍ଚୟ ହେବ। (ହଠାତ୍ ସ୍ୱର ବଦଲାଇ, ତୀକ୍ଷ୍ଣ କଣ୍ଠରେ) ଆପଣଙ୍କ ଉଦ୍ଦେଶ୍ୟଟା କ'ଣ ?

ବୈକୁଣ୍ଠ– କି ଉଦ୍ଦେଶ୍ୟ ?

ଜୟନ୍ତ– ବୁଝିପାରିଲେ ନାହିଁ ? ଏଇ ଧରନ୍ତୁ, ରାସ୍ତାରେ ଯାଉଁ ଯାଉ ହଠାତ୍ ଗୋଟିଏ ଲୋକ ଯଦି ଆସି ଆପଣଙ୍କୁ କହିଲା– ଆହୋ ବିଚରା, ଏଇ ନିଅ ପାଞ୍ଚଟା

ଟଙ୍କା, ଆପଣ କ'ଣ କରିବେ ? ନିଶ୍ଚେ ତାକୁ ଖୁବ୍ ଗାଳି ଫଜିତ୍ କରି ଘଉଡ଼େଇ ଦେବେ ! ଦେବେ ନା ନାହିଁ ?

ବୈକୁଣ୍ଠ– ସେ କଥା ଠିକ୍ ଯେ, କିନ୍ତୁ ମୁଁ ରାସ୍ତାର ଲୋକଠୁ ଟଙ୍କା କାଇଁକି ନବାକୁ ଯିବି ?

ଜୟନ୍ତ– ମୁଁ ବୁଝୁଛି । ନହେଲା ଏବେ, ପାଞ୍ଚଟଙ୍କା ନୟାଚି ଯାଚିଲା ହଜାରେ ଟଙ୍କା, ଆପଣ ନେବେ ?

ବୈକୁଣ୍ଠ– (ପ୍ରତିବାଦ କରି) କେବେ ନୁହେଁ । ଇମ୍ପସିବୁଲ୍ ।

ଜୟନ୍ତ– କିନ୍ତୁ ସିଏ ଯଦି ମରିଗଲା ପରେ ଟଙ୍କାତକ ଆପଣଙ୍କର ନାଁରେ ଲେଖିଦେଇଯାଏ, ତେବେ ?

ବୈକୁଣ୍ଠ– ଓହୋ, ବୁଝିଲି । ତମେ ଯେ ଶେଷକୁ ଏଇଆ କହିବ, ମୁଁ ଆଗରୁ ଜାଣିଥିଲି ।

ଜୟନ୍ତ– ଜାଣିଥିଲେ ?

ବୈକୁଣ୍ଠ– ହଁ, ଜାଣିଥିଲି । ଆଛା ତମେ ତ ଭାରି ବଡ଼ ବଡ଼ କଥା କହୁଚ, ତମେ ହେଇଥିଲେ, ନିଅନ୍ତ ନାହିଁ ?

ଜୟନ୍ତ– ନିଅନ୍ତି ନାହିଁ ? ନିଶ୍ଚୟ ନିଅନ୍ତି; କିନ୍ତୁ ମୁଁ ବୁଝିପାରୁନାହିଁ, ଜଣେ ଲୋକ ମରିଗଲା ପରେ ହିଁ ଆପଣ କାହିଁକି ଟଙ୍କା ନେବେ ? ବଞ୍ଚିଥିବା ଅବସ୍ଥାରେ କାହିଁକି ନ ନେବେ ?

ବୈକୁଣ୍ଠ– ଓହୋ, ଏଇ କଥା ? ତେବେ ଶୁଣ, ବୁଝେଇ ଦଉଚି ଗୋଟାଏ ଲୋକ ବଞ୍ଚିବା ଅବସ୍ଥାରେ ତା' ପାଖରେ ଯେତେ ଟଙ୍କା ଥାଉ ପଛେକେ, ସେଟା ତା'ରି ଟଙ୍କା । ସେ ଚାହିଁଲେ ତାକୁ ଅକ୍ଲେଶରେ ଖର୍ଚ୍ଚ କରିପାରିବ । ସେତେବେଲେ ତା' ପାଖରୁ ଦାନ ନବାଟା ନିଛକ ଭିକ୍ଷାଗ୍ରହଣ ପରି ମନେହେବ; କିନ୍ତୁ ଥରେ ମରିଗଲା ପରେ, ତା'ର ଆଉ ଟଙ୍କା ଦରକାର ନାହିଁ । ସେତେବେଲକୁ ଟଙ୍କା ନେବାକୁ ମନା କରିବାଟା କେବଳ ବୋକାମି ନୁହେଁ, ସ୍ୱର୍ଗତ ଆତ୍ମା ପ୍ରତି ଅବିଚାର ହେବ ।

ଜୟନ୍ତ– ସତେ ? ଲୋକଟା ବିଚରା ମରିଯାଇଚି ବୋଲି ସିଏ ଦୟା କରିବା ବଦଲରେ ଆପଣ ଦୟାକରି ଟଙ୍କାତକ ନେବେ, ନୁହେଁ ?

ବୈକୁଣ୍ଠ– କଥାଟାକୁ ଭାରି ଗଣ୍ଡଗୋଲିଆ କରିଦଉଚ ଜୟନ୍ତ ।

ଜୟନ୍ତ– ଆଛା, ସେ କଥା ଛାଡ଼ନ୍ତୁ । ଧରନ୍ତୁ, ରାସ୍ତାରେ ହଠାତ୍ ଗୋଟାଏ ପୂରାପୂରି ଅଜଣାଅଶୁଣା ଲୋକ ଆପଣଙ୍କୁ ଦେଖି ଆପଣଙ୍କ ଚେହେରା ପସନ୍ଦ କଲା ନାହିଁ । ଦଶଟା ଟଙ୍କା ଦେଇ ଆପଣଙ୍କୁ କହିଲା, ନିଶଟା ମୂଳରୁ ଉଡ଼େଇ ଦେଇ ମୁଣ୍ଡବାଲ ଛୋଟଛୋଟ କରି କାଟି ଗୋଟାଏ ଚୁଟି ରଖିବାକୁ । ଆପଣ ରାଜି ହେବେ ?

ବୈକୁଣ୍ଠ– (ଉଚ୍ଛ୍ୱସିତ ହୋଇ) ଜୟନ୍ତ, ଜଗିରଖ କଥାବାର୍ତ୍ତା କର – ମୁଁ ତମର ମାନେ –

ଜୟନ୍ତ– ନ ହେଲା ଏବେ, ଦଶଟଙ୍କା ନ ଯାଇଟି ଯାଟିଲା ଶହେ ଟଙ୍କା, ଲକ୍ଷେ ଟଙ୍କା, ଦି'ଲକ୍ଷ ଟଙ୍କା ! କ'ଣ ଯାଏଆସେ ସେଥିରେ ? ଅସଲ କଥା ହେଉଟି, ଦର । ଯାହାର ଯେମିତି ଦର । ଚାରି ମହଲା କୋଠା କରିବେ । ଦି'ଦିଟା ମଟର କିଣିବେ, ଡଜନେ ଚାକର ପୂଜାରୀ ରଖିବେ । ହେଲା ଏବେ, ନାଁଟା 'ଗଜ ଗୋବର୍ଦ୍ଧନ ସିଂ' । ମୃତଆତ୍ମା ପ୍ରତି ସମ୍ମାନ ଦେଖାଇବାଟା ତ ହେଲା ।

ବୈକୁଣ୍ଠ– ନାଃ, ଆଉ ବେଶୀ କଥାବାର୍ତ୍ତା କରି କିଛି ଲାଭ ନାହିଁ । (ଉଠି ଠିଆ ହେଲେ) ଗଜ ଗୋବର୍ଦ୍ଧନ ସିଂ ନାଁଟା ତମକୁ ଭଲ ନ ଲାଗିପାରେ ଜୟନ୍ତ, ହେଲେ ଏତେ ବଡ଼ ମୋଟା ଟଙ୍କା ଜାଣିଶୁଣି ଏଇ ସାମାନ୍ୟ କାରଣରେ ହାତଛଡ଼ା କରିବାଟା ଠିକ୍ ହବ ନାହିଁ ।

ଜୟନ୍ତ– ଆପଣଙ୍କର ସବୁବେଳେ ଖାଲି ସେଇ ଟଙ୍କା – ଟଙ୍କା । ଟଙ୍କା ଛଡ଼ା ଦୁନିଆରେ ଯେମିତି ଆଉ କିଛି ନାହିଁ । ଏଇଥିଲାଗି ତ ମୁଁ ଟଙ୍କାକୁ ଘୃଣାକରେ ।

ବୈକୁଣ୍ଠ– ଆହା, ତମେ ମିଛଟାରେ ଏତେ ବ୍ୟସ୍ତ ହେଉଚ ? ତମେ ପିଲାଲୋକ, ସାମାନ୍ୟ ଗୋଟାଏ ନାଁ ବଦଲରେ ଦି'ଲକ୍ଷ ଟଙ୍କା ଛାଡ଼ିଦେବା ତମ ଆଗରେ ପିଲାଖେଲ ହୋଇପାରେ, ମୋ ଆଗରେ ନୁହେଁ । ମୁଁ ତମଠୁ ବହୁତ ବେଶୀ ପ୍ରାକ୍ଟିକାଲ ! ତମେ କ'ଣ ଭାବୁଛ ନାଁଟା ବଦଲେଇ ଦେଲେ, ମୋର ରେପ୍ୟୁଟେସନ୍ ଉପରେ ଆଞ୍ଚ ଆସିବ ?

ଜୟନ୍ତ– (ବିଦ୍ରୂପ କରି) ନା, ତା' ଆଉ କୁଆଡ଼େ ଆସିବ ? ଆମପରି ନୈତିକ ଅଧଃପତନ ଯେଉଁମାନଙ୍କର ଘଟିଛି – ସେମାନେ ଆପଣଙ୍କୁ ଖୁବ୍ ପ୍ରଶଂସା କରିବେ – (ଏଇପରି ଏକ ଅସ୍ୱସ୍ତିକର ମୁହୂର୍ତ୍ତରେ ପ୍ରବେଶ କଲେ ପ୍ରଭାବତୀ)

ପ୍ରଭା– (ବୈକୁଣ୍ଠଙ୍କୁ) ଜୟା ଶୁଣିଛି ସବୁ ?

ଜୟନ୍ତ– ଏମିତିକା ସୁଯୋଗ ଛାଡ଼ିବା ଉଚିତ ନୁହେଁ –

ପ୍ରଭା– ଯା' ହେଉ, ମୋ ମନରୁ ମସ୍ତବଡ଼ ଗୋଟାଏ ବୋଝ ଖସିଗଲା ।

ବୈକୁଣ୍ଠ– (ଘଡ଼ି ଦେଖି) ଓକିଲ ଭଦ୍ରଲୋକ ଆସିବାର ସମୟ ହୋଇଗଲା । ଦେଖାଯାଉ, ତାଙ୍କୁ ଧରାଧରି କରି ଏ ସମ୍ପର୍କରେ କିଛି ଗୋଟାଏ ଯଦି...
(ପ୍ରବେଶ କରିଛି ମିତ୍ରା)

ମିତ୍ରା– ଆଛା, ତମମାନଙ୍କର ସବୁ କ'ଣ ହୋଇଛି କହିଲ ? ଚୁପ୍‌ଚାପ୍ ବସି କ'ଣ କଥାବାର୍ତ୍ତା ଏତେ ଚାଲିବ ?

ପ୍ରଭା– (ବୈକୁଣ୍ଠଙ୍କୁ) ମିନି କ'ଣ କିଛି ଶୁଣିନାହିଁ– ?

ବୈକୁଣ୍ଠ- ମୁଁ କହିନାହିଁ ତ-

ପ୍ରଭା-   ଭାଇ କିଛି ଟଙ୍କା ପାଇବେ ଲୋ ମିନି -

ଜୟନ୍ତ-   ହଁ, ଖାଲି ନାଁଟା ଥରେ ବଦଳିଗଲେ -

ମିତ୍ରା-   (ହାତତାଳି ମାରି ଉଛ୍ୱସିତ ଭାବରେ) ହାଉ ଥ୍ରିଲିଙ୍! ନାଁଟା କ'ଣ ନୂଆବୋଉ ?

ପ୍ରଭା-   (ବୈକୁଣ୍ଠଙ୍କୁ) କ'ଣ କହୁଥିଲ ତ ନାଁଟା ? ପୋଡ଼ା ନାଁଟା କ'ଣ ମନେରଖି
         ହଉଚି !

ବୈକୁଣ୍ଠ- (ସ୍ୱର ଯଥାସମ୍ଭବ ସଂଯତ କରି) 'ଗଜ ଗୋବର୍ଦ୍ଧନ ସିଂ -

ମିତ୍ରା-   (ବୁଝି ନ ପାରି) କହୁନା କାହିଁକି ମ ଭାଇ -

ବୈକୁଣ୍ଠ- (ଗମ୍ଭୀର ସ୍ୱରରେ) କହିଲ ତ 'ଗଜ ଗୋବର୍ଦ୍ଧନ ସିଂ' !

ମିତ୍ରା-   ଏଇଟା ଗୋଟାଏ ନାଁ ? ନାଇଁମ, କହୁନା ନାଁଟା କ'ଣ ?

ବୈକୁଣ୍ଠ- (ଈଷତ୍ ଉତ୍ୟକ୍ତ ହୋଇ) ଗଜ ଗୋବର୍ଦ୍ଧନ ସିଂ।

ମିତ୍ରା-   ଗଜ - ତା' ପାଖରେ ପୁଣି ଗୋ - ପୁଣି ବର୍ଦ୍ଧନ - ଫେର ସିଂ। ବାପରେ
         ବାପ, କି ସାଂଘାତିକ ନାଁରେ ବାବା - ଶୁଣିଲା ମାତ୍ରେ ହିଁ ହସ ଲାଗୁଚି।
         (ହସିପକାଇଲା)

ବୈକୁଣ୍ଠ- (କଠୋର ସ୍ୱରରେ) ହସିଲେ ଚଳିବ ନାହିଁ ମିନି! ବହୁତ ବଡ଼ ଜମିଦାର
         ବଂଶର ନାଁଟା ଏ।

ଚାକର-   (ନେପଥ୍ୟରୁ) ମଣିଶଙ୍କର ବାବୁ ବୋଲି ଜଣେ କିଏ ଆସିଚ୍ଛନ୍ତି ଆଜ୍ଞା। - (ପର
         ମୁହୂର୍ତ୍ତରେ ପ୍ରବେଶ କଲେ ମଣିଶଙ୍କର ମର୍ଦ୍ଧରାଜ। ଅଭୁତ ତାଙ୍କର ବେଶଭୂଷା।
         କଳା ରଙ୍ଗର ଢୋଲା କୋଟ, ପ୍ୟାଣ୍ଟ, ଟାଇଟ୍ ଜାମା, ବେକ ପର୍ଯ୍ୟନ୍ତ ବୋତାମ
         ଲାଗିଛି। ହାତରେ ମସ୍ତବଡ଼ ଗୋଟାଏ ବ୍ୟାଗ୍। ବୈକୁଣ୍ଠ ଆଗେଇଲେ)

ବୈକୁଣ୍ଠ- ଆସନ୍ତୁ ଆଜ୍ଞା, ବସନ୍ତୁ। ଆପଣ ହିଁ ତେବେ ଓକିଲ ମଣିଶଙ୍କର ମର୍ଦ୍ଧରାଜ।

ମଣିଶଙ୍କର- (ଉଛ୍ୱସିତ ଭାବରେ) ଆଜ୍ଞା ହଁ। ଲୁଗାପଟାଗୁଡ଼ାକ ଟିକିଏ ଖରାପ ଦିଶୁଥିବ।
         କିଛି ଭାବିବେ ନାହିଁ। ଆଜିକାଲିକା ଧୋବାଗୁଡ଼ାକଙ୍କ କଥା ତ ଜାଣିଚନ୍ତି।
         ଠିକ୍ ସମୟରେ ଲୁଗା ଦେବା ଯେମିତି ତାଙ୍କ ଜାତକରେ ନାହିଁ। ତା' ଛଡ଼ା
         ମୋ ମୋହରିରଟାର ବୁଦ୍ଧିରେ ପଡ଼ି ନିଶଟା କାଟୁ କାଟୁ ଏକଦମ୍ ଉଡ଼ିଯାଇଛି।
         ହେଁ ହେଁ, ମାନେ ଆପଣମାନେ କିଛି ଭାବିବେ ନାହିଁ -

ବୈକୁଣ୍ଠ- (ବିଭ୍ରାନ୍ତ ଭାବରେ) ହଁ ହଁ, ସିଏ କିଛି ନୁହେଁ, କିନ୍ତୁ ଏ କେସରେ ଆପଣ ହିଁ
         ଫୁଲ୍ ଲିଗାଲ୍ ଅଥରଟି ତ ?

ମଣି ଶ.- କ'ଣ କହୁଚ୍ଛନ୍ତି, ଏଥିରେ ପୁଣି ସନ୍ଦେହ କରିବାର କ'ଣ ଅଛି ?

ବୈକୁଣ୍ଠ– (ପରିଚୟ କରାଇଦେଲେ) ମୋର ସ୍ତ୍ରୀ, ମୋର ଭଉଣୀ, ଆଉ ଯେ ଜୟନ୍ତ
      ଦାସ–

ମଣି ଶ.– (ଅତ୍ୟନ୍ତ ଖୁସି ହୋଇ) ଜୟନ୍ତ ଦାସ ! କ୍ୱାଇଟ୍ ଏ ସିଚୁଏସନ – କ୍ୱାଇଟ୍ ଏ
      ସିଚୁଏସନ। କିଛି ଭାବିବେ ନାହିଁ ଆଜ୍ଞା, ଏଇ ଚର୍ମଟା ଆମ ପ୍ରଫେସନ୍‌ରେ
      ବ୍ୟବହାର କରି ଅଭ୍ୟାସ ହୋଇଯାଇଚି –

ମିତ୍ରା– (ହସି) ଲଗାଇ ପ୍ରଫେସନ୍‌ରେ ?

ମଣି ଶ.– ଉଁହୁଁ, ଥିଏଟ୍ରିକାଲ୍ ପ୍ରଫେସନ୍ – ମୁଁ ଆଜ୍ଞା ଜଣେ ନାଟ୍ୟକାର ! ନିୟମିତ
      ନାଟକ ଲେଖେ। ଏଇ ଗତ ସପ୍ତାହରେ ଗୋଟାଏ ମସ୍ତବଡ଼ ନାଟକ ଶେଷ
      କରିଦେଇଚି।

ବୈକୁଣ୍ଠ– (ଗମ୍ଭୀର ଭାବେ) କିନ୍ତୁ ମଣିଶଙ୍କର ବାବୁ, ମୋର ତ ଧାରଣା ଥିଲା, ଆପଣ ଜଣେ
      ଓକିଲ ବୋଲି। ରବିଶଙ୍କର ବାବୁଙ୍କର ଉଇଲ ସମ୍ପର୍କରେ ନିଷ୍ପତ୍ତି କରିବାକୁ ଆସିଛନ୍ତି।

ମଣି ଶ.– ମୋର ବି ତ ସେଇଆ ଧାରଣା, ଆଜ୍ଞା। ଆଉ ତା' ଛଡ଼ା ମୁଁ କ'ଣ ଓକିଲ ପରି
      ଦିଶୁନାହିଁ ? ମୋ ମୋହରିରଟା ଅଭୁତ ଇନ୍‌ଟେଲିଜେଣ୍ଟ – ଟ୍ରେନ୍‌ଟା ସିନା
      ଫେଲ୍ ହେଲା, ସିଏ ଯଦି ଆସିଥାଆନ୍ତା, ଆପଣଙ୍କୁ ସବୁ ବୁଝେଇ ଦେଇଥାନ୍ତା।
      ଜାଣନ୍ତି ଆଜ୍ଞା, ବାର୍ ଆସୋସିଏସନ୍‌ର ସଭ୍ୟ ମୁଁ। ଯଦିଓ ଏଇ ନାଟକ ଫାଟକ
      ଲେଖିବାରେ ତା'ଠୁ ଢେର ବେଶୀ ଇଣ୍ଟରେଷ୍ଟ ମୋର।

ମିତ୍ରା– (ଜୟନ୍ତକୁ) ଲୋକଟା ତ ଭାରି ଇଣ୍ଟେରେଷ୍ଟିଙ୍ଗ।

ବୈକୁଣ୍ଠ– ହଁ, ଦେଖନ୍ତୁ ମଣିଶଙ୍କର ବାବୁ, ମୁଁ ସବୁ ବୁଝିଲି। ଏଟା ଯଦି ନାଟକ ଲେଖିବା
      କଥା ହୋଇଥାନ୍ତା, ତେବେ ସେ କଥା ଅଲଗା; କିନ୍ତୁ ବର୍ତ୍ତମାନ ପାଇଁ ମୁଁ
      ଭାବୁଚି ଆମେ ଆମର ଲିଗାଲ ବିଜିନେସ୍ ବିଷୟରେ କଥାବାର୍ତ୍ତା ହବା।

ମଣି ଶ.– ଉଇଥ୍ ପ୍ଲେଜର ସାର୍! ମୋର କୌଣସି ଆପତ୍ତି ନାହିଁ। ଆପଣଙ୍କର
      ଯେତେବେଲେ ଯାଁ ଇଚ୍ଛା, ମୋତେ ଓକିଲ ବୋଲି ଧରିନିଅନ୍ତୁ। (ଟିକିଏ
      ଆରାମ କରି ବସି) ମେକ୍‌ଅପ୍‌ଟା ଟିକିଏ ଖରାପ ହେଲେ ବି ଓକିଲ ଭୂମିକାରେ
      ମଣିଶଙ୍କର ମର୍ଦ୍ଦରାଜ ମନ୍ଦ ନୁହେଁ।

ପ୍ରଭା– (ବୈକୁଣ୍ଠଙ୍କୁ) ଆମେ ତେବେ ଭିତରକୁ ଯାଉଚୁ ?

ଜୟନ୍ତ– (ଇଙ୍ଗିତପୂର୍ଣ୍ଣ ଭାବରେ) ମୁଁ ବି ସେଇଆ ଭାବୁଚ୍ଛି। ଆମେ ଏଠି ରହିଲେ ଅସୁବିଧା
      ହୋଇପାରେ। (ଯିବାର ଉପକ୍ରମ କରି)

ମଣି ଶ.– (ଜୟନ୍ତର ହାତ ଧରିପକେଇ) ଗୋଟାଏ ମିନିଟ୍ ଜୟନ୍ତ ବାବୁ, ଆପଣଙ୍କର
      ଗୋଟାଏ ଚିଠି ଅଛି।

ଜୟନ୍ତ– (ଆଶ୍ଚର୍ଯ୍ୟ ହୋଇ) ଚିଠି ? ମୋର ?

ମଣି ଶ.– ହଁ ଆଜ୍ଞା ! ମୋ ମୋହରିରଟା, ଅଭୁତ ଇଣ୍ଟେଲିଜେନ୍ସ ଲୋକଟାର । କେଉଁଠି
ଚିଠିଟା ରଖିଦେଇଛି କିଏ ଜାଣେ ? (ପକେଟ ଅଣ୍ଡାଳି ଚିଠିଟା ବାହାର କଲେ)
ଆପଣଙ୍କ ଚିଠିଟା ମୁଁ ସାଙ୍ଗରେ ନେଇ ଆସିଥିଲି ଆଜ୍ଞା, ହେଲେ ଏଠି ଯେ
ବୈକୁଣ୍ଠବାବୁଙ୍କୁ ସାମ୍ନାରେ ଏମିତି ଦେଖା ହୋଇଯିବ – ଛାଡ଼ନ୍ତୁ; ବରଂ
ଏକପ୍ରକାର ଭଲ ହେଇଚି । (ଚିଠିଟା ଜୟନ୍ତକୁ ବଢ଼େଇଦେଲେ । ଜୟନ୍ତ
ନିରବରେ ଚିଠିଟାକୁ ନେଇ ପକେଟରେ ରଖିଲା)

ମଣି ଶ.– ଆହାଃ, ପଢ଼ନ୍ତୁନା, ରଖିଦେଲେ କ'ଣ ? ଟିକିଏ ପାଟିକରି ପଢ଼ନ୍ତୁ ନା !
(ପ୍ରଭାଙ୍କୁ) ଆପଣ କେବେ ଘରୋଇ ଚିଠି ପାଟିକରି ପଢ଼ିବାର ଶୁଣିଛନ୍ତି ?
ମୋତେ ଭାରି ଭଲ ଲାଗେ । ଷ୍ଟେଜ୍ ଉପରେ ଦେଖିଥିବେ, ଯେତେ ଗୋପନୀୟ
ଚିଠି ହେଇଥାଉ ପଛେ – ପଢ଼ା । ହେଉଥିବ ଏମିତି ଯେ, ସମସ୍ତେ
ଶୁଣିପାରୁଥିବେ –

ଜୟନ୍ତ– (ଗଭୀର ବିସ୍ମୟରେ) ଇସ୍ – କ'ଣ ?

ମିତ୍ରା– କ'ଣ, କ'ଣ ହେଲା ?

ଜୟନ୍ତ– (ଚିଠିଟା ପଡ଼ୁ ପଡ଼ୁ) "ପ୍ରିୟ ମହାଶୟ, ଆପଣ ଶୁଣି ଖୁସି ହେବେ ଯେ ସ୍ୱର୍ଗତ
ଶ୍ରୀଯୁକ୍ତ ରବିଶଙ୍କର ମର୍ଦ୍ଦରାଜ ମହାଶୟ ତାଙ୍କର ଉଇଲରେ ଆପଣଙ୍କ ନାମରେ
ଦୁଇଲକ୍ଷ ଟଙ୍କା ଗଚ୍ଛିତ ରଖିଦେଇ ଯାଇଛନ୍ତି–"

ମିତ୍ରା– (ସ୍ମିତ ହୋଇ) ଦି' ଲକ୍ଷ !

ଜୟନ୍ତ– ଆହୁରି ଅଛି ଶୁଣ (ପୁଣି ପଢ଼ି) "କିନ୍ତୁ ମହାଶୟ ! ସେଥିପାଇଁ ଏକ ସାମାନ୍ୟ
ସର୍ତ ଅଛି । ସର୍ତଟି ହେଉଚି, ଉଲ୍ଲିଖିତ ଟଙ୍କା ପାଇବାକୁ ହେଲେ, ଆପଣଙ୍କୁ
ଆପଣଙ୍କ ନାମ ଶେଷରେ 'ଗଜ ଗୋବର୍ଦ୍ଧନ ସିଂ' ଉପାଧିଟି ଗ୍ରହଣ କରିବାକୁ
ପଡ଼ିବ ।"

(ମଣିଶଙ୍କର ହାସ୍ୟମୁଖରେ ଚିଠିଟିର ବକ୍ତବ୍ୟକୁ ସମର୍ଥନ କଲେ)

ବୈକୁଣ୍ଠ– (ବିବ୍ରତ ହୋଇ) ଅସମ୍ଭବ ! ତା କେବେ ହୋଇପାରେନା । ତୁମେ ପୁଣି ଟଙ୍କାଟା
କେମିତି ପାଇବ ?

ମିତ୍ରା– ଓଃ ! ହାଉ ଥ୍ରିଲିଂ ।

ପ୍ରଭା– ଏସବୁ କ'ଣ, ମୁଁ ତ କିଛି ବୁଝିପାରୁନାହିଁ ।

ଜୟନ୍ତ– (ରାଗିଯାଇ) ମୋ ସାଙ୍ଗରେ କ'ଣ ଠଙ୍ଗା କରୁଛନ୍ତି, ମଣିଶଙ୍କର ବାବୁ ?

ମଣି ଶ.– ଟଙ୍କାଟା କିନ୍ତୁ ଅଛି ଆଜ୍ଞା । ସେ ବିଷୟରେ ନିଶ୍ଚିତ ରହନ୍ତୁ । ମୋ ମୋହରିଟା

ଅଭୁତ ଇନ୍‌ଟେଲିଜେନ୍ସ; କିନ୍ତୁ ଲୋକଟା କ’ଣ କରିଚି ଜାଣନ୍ତି–

ଜୟନ୍ତ–   ମୁଁ... ମୁଁ ରିଫ୍ୟୁଜ୍ କରୁଚି । ଏ ସମ୍ପର୍କରେ କୌଣସି ଆଲୋଚନା ବି ମୁଁ କରିବାକୁ
           ଚାହେଁନା । (ଚିଠିଟା ଟିକ୍ ଟିକ୍ କରି ଚିରିପକେଇ) ହୁଁ, ମୋତେ ପୁଣି ଟଙ୍କାର
           ଲୋଭ ଦେଖାଉଛନ୍ତି ! (ବିବ୍ରତ ଭାବରେ ଭିତରକୁ ଚାଲିଗଲା)

ମିତ୍ରା–   ଆରେ, ତମେ ଚାଲିଯାଉଛ ଯେ... (ପ୍ରଭାକୁ) ଦେଖୁଚ ନୂଆବୋଉ,
           ଏତେଗୁଡ଼ାଏ ଟଙ୍କା...ସିଏ କେମିତି ଚାଲିଯାଉଛନ୍ତି । ଶୁଣ ମ – ଶୁଣ –
           (କହି କହି ଜୟନ୍ତ ପଛରେ ଦୌଡ଼ି ଚାଲିଗଲା)

ପ୍ରଭା–   ଏସବୁ କ’ଣ ମୁଁ ତ କିଛି ବୁଝିପାରୁନାହିଁ । (ମିତ୍ରା ପଛେପଛେ ସେ ବି
           ଚାଲିଗଲେ)

ବୈକୁଣ୍ଠ–   ଏସବୁର ଅର୍ଥ କ’ଣ ହୋଇପାରେ, ମଣିଶଙ୍କରବାବୁ ?

ମଣି ଶ.–   ମୁଁ ତ ସେଇକଥା ବୁଝେଇବାକୁ ଆସିଛି, ଆଜ୍ଞା । ଜାଣନ୍ତି, ଏଠିକି ଆସିବା
           ପାଇଁ ଲୁଗା ପିନ୍ଧିବା ଆଉ ମୁଣ୍ଡ କୁଣ୍ଠେଇବାରେ କେତେ ସମୟ ମୁଁ ଖର୍ଚ୍ଚ କରିଛି ?
           ପକ୍କା ଦେଢ଼ଘଣ୍ଟା । (ବ୍ୟାଗରୁ କେତେକ କାଗଜପତ୍ର କାଢ଼ି) ତେବେ ଏକଦମ୍
           ମୂଳରୁ ଆରମ୍ଭ କରାଯାଉ, ନା କ’ଣ କହୁଛନ୍ତି ?

ବୈକୁଣ୍ଠ–   (ଆଗ୍ରହରେ) ଏଗୁଡ଼ାକ କ’ଣ ଡକୁମେଣ୍ଟ ?

ମଣି ଶ.–   ହଁ, କହିପାରନ୍ତି, ଡକୁମେଣ୍ଟ ଯଦିଓ ମ୍ୟାନୁସ୍କ୍ରିପ୍ଟ କହିଲେ ଆହୁରି ଆପ୍ରୋପ୍ରିୟଟ୍
           ହେବ । କହିଥିଲି ପରା, ମୋହରିରଟାର କଥା । ଅଭୁତ ଇଣ୍ଟେଲିଜେନ୍ସ ! କ’ଣ
           ହେଇଚି ଜାଣନ୍ତି ? (କାଗଜପତ୍ର ପଢ଼ି) ଉତ୍କଳ ଫର୍ଣ୍ଚିଚର କମ୍ପାନୀ ଭର୍ସେସ୍
           ଜଗନ୍ନାଥ ରାମ୍ ଏଣ୍ଡ କୋଃ ।

ବୈକୁଣ୍ଠ–   (ବିଭ୍ରାନ୍ତ ଭାବରେ) ଭର୍ସେସ୍ ଜଗନ୍ନାଥ ରାମ ଏଣ୍ଡ କୋଃ ! କିନ୍ତୁ ହୁଁ, ଆଜ୍ଞା;
           ଦେଖନ୍ତୁ ମଣିଶଙ୍କରବାବୁ ଆପଣ ନିଶ୍ଚୟ ଜାଣିଥିବେ, ଦେଶର ଚାରିଆଡ଼େ
           ମୋର ପ୍ରତିପତ୍ତି ଅଛି । ପ୍ରାୟ ସମସ୍ତେ ମତେ ଚିହ୍ନନ୍ତି, ମୋ ନାଁ ଜାଣନ୍ତି ।
           ଅବଶ୍ୟ ଶ୍ରୀଯୁକ୍ତ ରବିଶଙ୍କର ବାବୁଙ୍କ ଟଙ୍କାର ଉତ୍ତରାଧିକାରୀ ହୋଇପାରିଥିବାରୁ
           ମୁଁ ଗର୍ବ ଅନୁଭବ କରୁଚି – (ଖବ୍ ବିନୟରେ) ହେଲେ ଏ ସମୟରେ
           ଅରିଜିନାଲ ନାଁଟା ଛାଡ଼ି ମୋ ପକ୍ଷରେ ‘ଗଜ ଗୋବର୍ଦ୍ଧନ ସିଂ’ ହବାଟା –

ମଣି ଶ.–   ଭାରି ଅକ୍‌ଓ୍ୱାର୍ଡ ହବ, ମୁଁ ବୁଝୁଚି ଆଜ୍ଞା – ମୁଁ ବୁଝୁଚି ।

ବୈକୁଣ୍ଠ–   (ଉତ୍ସାହିତ ବୋଧକରି) ଆପଣଙ୍କୁ ଏଠିକି ମୋର ଡକାଇବାର ଉଦ୍ଦେଶ୍ୟ ହେଲା,
           ମୁଁ ଜାଣିବାକୁ ଚାହେଁ ଯେ, ଟଙ୍କାଟା ସାଙ୍ଗରେ ନାଁଟା ନ ନେଲେ କ’ଣ ଚଲିବ
           ନାହିଁ ?

ମଣି ଶ.– (ଟିକିଏ ଭାବି) ଏଁ – ଚଲିବ ଆଜ୍ଞା ! ଆପଣ ଯଦି ଚାହାନ୍ତି ଟଙ୍କାଟା ନ ନେଇ
        ନାଁ ଟା ନେଇପାରନ୍ତି ।

ବୈକୁଣ୍ଠ– (ନିରାଶା ହୋଇ) ଏଁ – (ପୁଣି କଥା ବଦଲାଇ) ଅବଶ୍ୟ ଗଞ୍ଜାମର ସେଇ
        ବିରାଟ ଜମିଦାର ବଂଶର ନାଁଟାକୁ ମୁଁ ଅପସନ୍ଦ କରୁନାହିଁ ।

ମଣି ଶ.– (ବିସ୍ମୟରେ) ବିରାଟ ଜମିଦାର ବଂଶ ? ଆପଣ ତେବେ ଧରିନେଇଛନ୍ତି ‘ଗଜ
        ଗୋବର୍ଦ୍ଧନ ସିଂ’ ପରି ଗୋଟାଏ ନାଁ ପ୍ରକୃତରେ ଆଗରୁ ଥିଲା ? ନା,
        ବୈକୁଣ୍ଠବାବୁ ଭୁଲ ଧାରଣା ସେଟା । ପ୍ରଥମଥର ପାଇଁ ଆପଣ ଆଉ ଜୟନ୍ତବାବୁ
        ହିଁ ଏଇ ନାଁଟା ନେବେ । ଆପଣମାନେ ହିଁ ହେବେ ‘ଗଜ ଗୋବର୍ଦ୍ଧନ ସିଂ’
        ନାମର ପ୍ରତିଷ୍ଠାତା ।

ବୈକୁଣ୍ଠ– ତେବେ କ’ଣ ଏଟା ସତକୁ ସତ ଗୋଟାଏ ନାଁ ନୁହେଁ ?

ମଣି ଶ.– ନେମ୍ ଇଜ୍ ନେମ୍ ସାର୍ ! ସେଥିରେ ପୁଣି ସତ କ’ଣ ଆଉ ମିଛ କ’ଣ ? ଏ
        ନାଁଟା ମୋ’ରି ମନଗଢ଼ା ।

ବୈକୁଣ୍ଠ– (ରାଗିଯାଇ) ମନଗଢ଼ା ! କୋଉ ସାହାସରେ ଆପଣ ମତେ ଗୋଟାଏ ମନଗଢ଼ା
        ନାଁ ନବାକୁ କହୁଛନ୍ତି ?

ମଣି ଶ.– (ବିନୀତ ଭାବରେ) ସବୁ ନାଁ ତ ଆଜ୍ଞା ମନଗଢ଼ା । ମଣିଷ ଜନ୍ମ ହେବା ଆଗରୁ
        ତ ଆଉ ନାଁ ନଥିଲା, ସେଇ ନିଜେ ଭାବି ଠିକ୍ କରିଛି ।

ବୈକୁଣ୍ଠ– ମୁଁ ଆପଣଙ୍କୁ ସତର୍କ କରେଇ ଦଉଚି, ଏତେ ବଡ଼ ସିରିଅସ୍ କଥାବାର୍ତ୍ତା ବେଳେ,
        ଯଦି ଇମିତି ଇଏ କରନ୍ତି, ତେବେ...

ମଣି ଶ.– (ବୈକୁଣ୍ଠଙ୍କ କଥାରେ କର୍ଣ୍ଣପାତ ନ କରି) ହଁ – କହିଥିଲି ପରା – ମୋର
        କକେଇ କିନ୍ତୁ ଭାରି ମଜାର ଲୋକ ଥିଲେ ଆଜ୍ଞା ! ଭାରି ହିଉମରସ୍ । ଆଉ
        ଆଉ ଆପଣଙ୍କୁ କ’ଣ ଲୁଚେଇବି ଆଜ୍ଞା– ? (ବୈକୁଣ୍ଠ ପାଖାକୁ ଲାଗିଆସି
        ଖୁବ୍ ଗୋପନୀୟ ଭାବରେ)– ଏ ଉଇଲଟା କରିଦେଇ ଯାଇଛନ୍ତି କେବଳ
        ହିଉମର କ୍ରିଏଟ୍ କରିବା ପାଇଁ ।

ବୈକୁଣ୍ଠ– (ତିକ୍ତ ସ୍ୱରରେ) ତେବେ ମୁଁ କହିବାକୁ ବାଧ୍ୟହେଉଚି ଯେ ଆପଣଙ୍କ କକେଇ
        ମରିଯାଇ ଭଲ ହୋଇଚି, ଖୁବ୍ ଭଲ ହୋଇଚି, ମଣିଶଙ୍କର ବାବୁ । ଆପଣ
        ନିଜେ ଜଣେ ଓକିଲ କେବେ ନୁହନ୍ତି କିମ୍ଭ ଆପଣାର କୌଣସି କକେଇ
        କେବେ ନଥିଲେ । ଆପଣ କେବଳ ଗୋଟିଏ ମଜା ଦେଖିବାକୁ ଆସିଛନ୍ତି ।
        ଯାରି ଉପରେ ବୋଧହୁଏ ଫାର୍ସ ଲେଖିବାର ମତଲବରେ ଆପଣ ଅଛନ୍ତି । ମୁଁ
        – ମୁଁ ବାର୍ ଆସୋସିଏସନ୍‌ରେ ଆପଣଙ୍କ ନାଁରେ ରିପୋର୍ଟ କରିବି ।

ମଣି ଶ.– (ଟିକିଏ ଚିନ୍ତାକରି) ତେବେ କ'ଣ ଆଜ୍ଞା, ଆପଣ ଏ ଲିଗାସିରେ ରାଜି ନୁହନ୍ତି ?

ବୈକୁଣ୍ଠ– (ବିଭ୍ରାନ୍ତ ବୋଧକରି) କ'ଣ କହିଲେ ?

ମଣି ଶ.– ଦି'ଲକ୍ଷ ଟଙ୍କା ନବାକୁ କ'ଣ ତେବେ ରାଜି ନୁହନ୍ତି ?

ବୈକୁଣ୍ଠ– (ଆଗ୍ରହରେ) ଟଙ୍କା ? ମାନେ, ଟଙ୍କାଟା ଯଦି ସତକୁ ସତ ଥାଏ – ତେବେ ମୁଁ
ନବାକୁ ରାଜି ଅଛି ।

ମଣି ଶ.– 'ସତକୁ ସତ ଥାଏ' ମାନେ ? ଅଛି ଆଜ୍ଞା ଅଛି । ଆଉ ତା' ସାଙ୍ଗକୁ ନାଁଟା ବି ।

ବୈକୁଣ୍ଠ– (ହତୋତ୍ସାହ ବୋଧକରି) ନାଁଟା ବି ! ୦୫ (ଚିନ୍ତାକରି) ଆଚ୍ଛା, ମୁଁ ରାଜି ଅଛି,
ମୃତଆତ୍ମା ପ୍ରତି କର୍ତ୍ତବ୍ୟ ଦୃଷ୍ଟିରୁ – ମାନେ, ମୁଁ ଟଙ୍କାଟା ନେଇପାରେ; କିନ୍ତୁ
ଦେଖନ୍ତୁ, ଆଜି ମୋର ମୁଣ୍ଡଟା ଠିକ୍ ନାହିଁ, ଆପଣ ବରଂ କାଲି ଆସନ୍ତୁ ।
ନମସ୍କାର ! (ସ୍ଖଳିତ ପଦକ୍ଷେପରେ ବୈକୁଣ୍ଠବାବୁ ଭିତରକୁ ଚାଲିଗଲେ । ସେଇ
ସଙ୍ଗେ ସଙ୍ଗେ ମଣିଶଙ୍କର କଲମ ବାହାର କରି କାଗଜ ଉପରେ ଲେଖିଲେ)

ମଣି ଶ.– (ଗିଲାସେ ପାଣି ପିଇଲେ । ବୈକୁଣ୍ଠଙ୍କ ଯିବା ଆଡ଼କୁ ଚାହିଁ) ନମସ୍କାର ଶ୍ରୀ ଗଜ
ଗୋବର୍ଦ୍ଧନ ସିଂ, ଆପଣଙ୍କ ନାଁଟାକୁ ଭଗବାନ ଆମର କରି ରଖନ୍ତୁ ! (ମଣିଶଙ୍କରବାବୁ
ଉଠି ଦୁଆର ବାଟେ ଚାଲିଗଲେ; କିନ୍ତୁ ସେ ଆଣିଥିବା କାଗଜଗୁଡ଼ାକ ଛାଡ଼ିଦେଇ
ଚାଲିଗଲେ । ମଣିଶଙ୍କର ଚାଲିଯିବାର କେତେକ ମୁହୂର୍ତ୍ତ ପରେ ଅତି ସନ୍ତର୍ପଣରେ
ପୁଣି ଭିତରକୁ ପଶିଆସିଲେ ବୈକୁଣ୍ଠବାବୁ । ମଣିଶଙ୍କର ଚାଲିଯାଇଥିବାର ଦେଖି
ଚିନ୍ତିତ ଭାବରେ କିଛି ସମୟ ପଦଚାରଣା କଲେ, ତା'ପରେ ମଣିଶଙ୍କର ଛାଡ଼ିଦେଇ
ଯାଇଥିବା କାଗଜ ଉପରେ ତାଙ୍କର ନଜର ପଡ଼ିଲା)

ବୈକୁଣ୍ଠ– (କାଗଜରେ ଗୋଟିଏ ଅଂଶ ପଢ଼ି, ବିରକ୍ତିରେ) ଉତ୍କଳ ଫର୍ଷ୍ଟଚରସ୍ କମ୍ପାନୀ
ଭର୍ସେସ୍ ଜଗନ୍ନାଥ ରାମ ଏଣ୍ଡ କୋଃ ! ନନ୍‌ସେନ୍‌ସ (କାଗଜଟିକୁ ଚିରି
ପକାଇଲେ । ଏଇ ସମୟରେ ପ୍ରବେଶ କଲେ ଜୟନ୍ତ ଓ ମିତ୍ରା)

ମିତ୍ରା– (ଅନୁନୟ କରିବା ଭଙ୍ଗୀରେ) ଭାଇ, ଇଏ କହୁଛନ୍ତି, ଟଙ୍କା ନେବେ ନାହିଁ ।
ହେଲେ ମୁଁ କହୁଚି, ତାଙ୍କର ନିଶ୍ଚୟ ନବା ଉଚିତ । ଏତେ ଗୁଡ଼ାଏ ଟଙ୍କା,
ତୁମେ କ'ଣ କହୁଚ ଭାଇ ?

ବୈକୁଣ୍ଠ– (ଅର୍ଥପୂର୍ଣ୍ଣ ସ୍ୱରରେ) ହଁ, ଜୟନ୍ତର ଯଦି କୌଣସି ଆପତ୍ତି – ମାନେ – ଅସୁବିଧା
ନଥାଏ –

ମିତ୍ରା– ତାଙ୍କର ପୁଣି ଅସୁବିଧା କ'ଣ ମ ?

ବୈକୁଣ୍ଠ– ନା, ନା, ଅସୁବିଧା ସେମିତି ବିଶେଷ କିଛି ନୁହେଁ, ଖାଲି – ମାନେ – 'ଗଜ
ଗୋବର୍ଦ୍ଧନ ସିଂଟା'–

ମିତ୍ରା–   କ'ଣ ହୋଇଗଲା ସେଥୁ, ତମେ ତ ନବାକୁ ରାଜି ହେଉଚ, ସେ କାହିଁକି ନ
          ନେବେ ?

ବୈକୁଣ୍ଠ– ହଁ, ତା' ବି ଠିକ୍ – ତା' ବି ଠିକ୍ –

ଜୟନ୍ତ–   ୩୪, ତମକୁ ଆଉ ମୁଁ ପାରିବି ନାହିଁ, ଶେଷକୁ ଦେଖୁଚି, ତମ ବୁଦ୍ଧିରେ ପଡ଼ି
          ମତେ ବାଧ୍ୟ ହୋଇ ଟଙ୍କାଟା ନବାକୁ ପଡ଼ିବ ।

ବୈକୁଣ୍ଠ– (ଉଠି ଆସି ଜୟନ୍ତର ପିଠି ଥାପୁଡ଼େଇ) ମୁଁ ତମକୁ କହୁଥୁଲି ନା, ତମେ
          ପିଲ୍ଲାଲୋକ ବୋଲି । ଏଥର ବୁଝିଲ ତ ? ସଂସାରରେ ଘର କରିବାକୁ ହେଲେ,
          ଏସବୁ ପୌରାଣିକ ଆଦର୍ଶ ଫାଦର୍ଶ ଚଲିବ ନାହିଁ । ପ୍ରାକ୍ଟିକାଲ୍ ହେବାକୁ
          ପଡ଼ିବ, ଠିକ୍ ମୋ ପରି । (କଥା ବଦଲେଇ) ବେଶ୍, ତେବେ ବର୍ତ୍ତମାନ ଯାଇ
          ମଣିଶଙ୍କର ମର୍ଦ୍ଦରାଜ ପାଖକୁ ଏକଥା ଜଣେଇ ଗୋଟିଏ ଟେଲିଗ୍ରାମ କରିଦିଅ ।
          ମୁଁ ପ୍ରଭାକୁ ଶୁଣେଇଦେଇ ଆସେ ଏ ଖବରଟା । (ଭିତରକୁ ଚାଲିଗଲେ)

ଜୟନ୍ତ–   (ଦୀର୍ଘଶ୍ୱାସ ନେଇ, ମନକୁ ମନ) କ'ଣ ଯେ ମୁଁ କରିବି । (ପରମୁହୂର୍ତ୍ତରେ
          ପ୍ରବେଶ କଲେ ମଣିଶଙ୍କର, ବଡ଼ ବ୍ୟସ୍ତ ଭାବରେ) ଆରେ, ଆପଣ ପୁଣି ?

ମଣିଶ.–   କୋଉଠି ରଖୁଲି କାଗଜଗୁଡ଼ାକ ? କୁହନ୍ତୁ ନା, କୁଆଡ଼େ ଗଲା କାଗଜଗୁଡ଼ାକ ?
          ମୁଁ ତ ଏଇଠି ଛାଡ଼ିଦେଇ ଯାଇଥୁଲି ।

ମିତ୍ରା–   (ଜୟନ୍ତକୁ) ଏମିତି ଅନେଇ ଠିଆହୋଇ ରହିଲ କ'ଣ ମ ? କହୁନ – କୁହ !

ଜୟନ୍ତ–   (ଅସ୍ଫୁଟ ସ୍ୱରରେ) କହିବି ?

ମିତ୍ରା–   ହଁ ହଁ, କୁହ ।

ଜୟନ୍ତ–   ତେବେ କହୁଚି । (ନିଜକୁ ପ୍ରସ୍ତୁତ କରି) ଶୁଣନ୍ତୁ ମଣିଶଙ୍କରବାବୁ !

ମଣିଶ.–   (ଜୟନ୍ତ କଥାରେ କର୍ଣ୍ଣପାତ ନ କରି) କୁଆଡ଼େ ଗଲା କାଗଜଗୁଡ଼ାକ ?

ମଣିଶ.–   (ଅଟକି ଯାଇ ପରମ ବିସ୍ମୟରେ ଜୟନ୍ତ ଆଡ଼କୁ ଚାହିଁ) ତେବେ କ'ଣ ଆପଣ
          କହୁଛନ୍ତି –

ଜୟନ୍ତ–   (ଏକ ନିଃଶ୍ୱାସରେ) ହଁ, ଟଙ୍କା ନେବାକୁ ରାଜି ଅଛି ।

ମଣିଶ.–   ରାଜି ଅଛନ୍ତି ? (ଉଚ୍ଛ୍ୱସିତ ସ୍ୱରରେ ପ୍ରାୟ ଚିତ୍କାର କରି) କ୍ୱାଇଟ୍ ଏ ସିଚୁଏସନ୍ !
          କ୍ୱାଇଟ୍ ଏ ସିଚୁଏସନ୍ । (ଉପରକୁ ଅନାଇ) ଶୁଣ୍ଡୁଚ କକେଇ, ଜୟନ୍ତ ଦାସ
          ବି ରାଜି ଅଛନ୍ତି । (ହସିଉଠି) ତେବେ ଆପଣ ଟଙ୍କାଟା ନେବେ ଜୟନ୍ତବାବୁ ?

ଜୟନ୍ତ–   ହଁ !

ମଣିଶ.–   ଆଉ ବୈକୁଣ୍ଠ ବାବୁ ?

ଜୟନ୍ତ–   ସିଏ ବି ନେବେ ।

ମଣୀଶ.– ଦି'ଜଣଯାକ ନଉଚନ୍ତି ତେବେ ? (କବାଟ ଆଡ଼କୁ ଯାଉଁ ଯାଉଁ) କକେଇ
      ଜାଣିଥିଲେ, କକେଇ ଠିକ୍ ଏଇଆ ହବ ବୋଲି ଜାଣିଥିଲେ।
      (କହୁ କହୁ ବାହାରିଗଲା। ବିଭ୍ରାନ୍ତ ଅବସ୍ଥାରେ ଠିଆହୋଇ ରହିଲେ ଜୟନ୍ତ
      ଆଉ ମିତ୍ରା)

ଲେଭଲ୍ କ୍ରସିଙ୍

ବିଜୟ କୁମାର ମିଶ୍ର

(ଚରିତ୍ର : ୧ମ ସିଗ୍ନାଲର, ୨ୟ ସିଗ୍ନାଲର, ରମୁ, ବୁଢ଼ା, କୌଣସି
ଏକ ଝିଅ, ରିକ୍ସାବାଲା ଏବଂ ଅନ୍ୟାନ୍ୟ ଅନେକ)

(ଲେଭଲ କ୍ରସିଙ୍। ଗାଡ଼ିର ହର୍ଷ। ରିକ୍ସାର ଟୁଙ୍ଟାଙ୍। କିଛି ଲୋକଙ୍କର କଥାବାର୍ତ୍ତା
ଦୂରରେ/ପାଖରେ। ବିଭିନ୍ନ ଫୋଟରମାନଙ୍କର ସ୍ୱର ଏବଂ ଗାଡ଼ିର ସଣ୍ଟିଙ୍ ଇତ୍ୟାଦିର
ମିଶ୍ରିତ କୋଲାହଲ। ଦୂରରେ ଷ୍ଟେସନରେ ଗାଡ଼ି ଆସିବାର First Bell ପଡ଼ିଲା କ୍ୟାବିନ୍
ଭିତରେ ମଧ୍ୟ ଏକ ଯାନ୍ତ୍ରିକ ଘଣ୍ଟିର ଆୱାଜ୍। ଦୁଇଜଣ ସିଗ୍ନାଲରଙ୍କ କଥାବାର୍ତ୍ତା।)

୧ମ– ହେଇ ପ୍ରଥମ ଘଣ୍ଟି, ନାଇନ୍ଟି ସିକ୍ସ ଡାଉନ୍ ଆସିବାର ପ୍ରଥମ ଘଣ୍ଟି ହେଇଗଲା।
(ଦ୍ୱିତୀୟକୁ) ଏମିତି ଭେଲକା ମାଇଲା ଭଳିଆ କୁଆଡ଼କୁ ଅନେଇଚୁ? କ'ଣ
ଦେଖୁଚୁ ?

୨ୟ– ହେଇ, ହେଇ, ଗଲା-ଗଲା- (ଚିକ୍ଚାର କରି ଉଠିଲା)
ତା' ସାଙ୍ଗେ-ସାଙ୍ଗେ ତଲେ ହଠାତ୍ କ୍ରେନ୍ କସି ଗାଡ଼ି ଠିଆ କରେଇବାର ଶବ୍ଦ।
ଗୋଟାଏ ପିଲାର "ମରିଗଲି ଲୋ ମା" ଶବ୍ଦଟି କ୍ୟାବିନ୍ ପାଖକୁ କ୍ଷୀଣଟା କ୍ଷୀଣ
ଶୁଭିଲା)

୧ମ– କ'ଣ ହେଲା ?

୨ୟ– ୟାଃ, ବାବା।

୧ମ– ଆବେ କ'ଣ ହେଲା ?

୨ୟ– ଘୁଞ୍ଚିଗଲା, (ଟିକିଏ ରହି) ପିଲାଟା, ମେଣ୍ଢ ଖଣ୍ଡେ ଅବିକା ଚେପାହେଇ
ଯାଇଥାନ୍ତା-

୧ମ– (ନିଷ୍ଠୁର କଣ୍ଠରେ) ବସ୍ ନାଁ କାର୍ ?

୨ୟ- ଟ୍ରକ୍‌ଟା-ଅଜ୍ଞକେ ବଞ୍ଚିଗଲା ।

୧ମ- ସେମିତି ହୁଏ-

୨ୟ- କ’ଣ ହୁଏ ?

୧ମ- ଅଜ୍ଞକେ ବଞ୍ଚିଯା’ନ୍ତି, ନ ହେଲେ ବଞ୍ଚିଲେ କେମିତି ?

୨ୟ- ହାଏ, ସବୁ ପାଣିଚିଆ ହେଇଗଲା -

୧ମ- କାହିଁକି ?

୨ୟ- ଗେଟ୍‌ଟୋର ଅଛି ବୋଲି । କିଛି କଥା ଘଟିବାକୁ ଦଉ ନାହିଁ - ଦେଖୁନାହୁଁ । ପିଲାଟା ମଲା ନାହିଁ, ବଞ୍ଚିବାକୁ ଟିକିଏ ଚେଷ୍ଟା ବି କଲା ନାହିଁ । ମରଣଟା ଯିମିତି ସାଁକିନି ତା’ ପାଖ ଦେଇ କଟି ଚାଲିଗଲା ।

୧ମ- ହଉ, ଏଠିକି ଆ, ଲିଭର୍ ହ୍ୟାଣ୍ଡଲଟା ଧର ।

୨ୟ- ଆଉ ତୁ ?

୧ମ- ମୁଁ ଗେଟ୍ ବନ୍ଦ କରିବି ।

୨ୟ- କାହିଁକି ?

୧ମ- ଫାଷ୍ଟବେଲ୍ କେତେବେଲୁ ହେଇଗଲାଣି, ନାଇନ୍‌ଟି ସିକ୍‌ସ ଡାଉନ୍ ଆସିବ -

୨ୟ- ଏଇ ବାଟ ଦେଇ ଗୋଟାଏ ଶୋଭାଯାତ୍ରା ବି ଯିବ ।

୧ମ- (ଦୃଢ଼ତାର ସହିତ) ମୁଁ ଛାଡ଼ିବି ନାହିଁ !

୨ୟ- (ଅବଜ୍ଞ ଭଙ୍ଗୀରେ) ତୁ !

୧ମ- ହଁ, ମୁଁ ।

୨ୟ- ନ ଛାଡ଼ିବାକୁ ତୁ କିଏ ?

୧ମ- ମୁଁ ଗେଟ୍ ଜଗେ । ଖୋଲିବା, ବନ୍ଦ କରିବା ମୋ ଉପରେ -

୨ୟ- ତୋ’ ନିଜ ଇଚ୍ଛାରେ ନୁହେଁ । ଆଉ କେହି ଆଦେଶ ଦେଲେ, ମାଲିକ ଇଚ୍ଛା କଲେ-

୧ମ- ଖାଲି ସେମାନଙ୍କର ଇଚ୍ଛା ?

୨ୟ- ସେଇଟା ଆଇନ୍-

୧ମ- (ଦାନ୍ତ କାମୁଡ଼ି, ନିଜର ସମସ୍ତ ରାଗ ଏବଂ ଈର୍ଷାକୁ ପ୍ରକାଶ କରି) ଆଇନ୍ !

୨ୟ- ଇସ୍ ! ଇସ୍ ଦେଖୁଟୁ ।

୧ମ- ଚୁପ୍ ବେ !

୨ୟ- ହେଇ ଦେଖ୍, ଫେର ପାଲା ଲାଗିଗଲାଣି -

୧ମ- ଚୁପ୍‌କର କହୁଚି ।

୨ୟ- ଆରେ ଟିକିଏ ଦେଖ -

୧ମ- ଦେଖିବା ଦରକାର ନାହିଁ, ଲିଭର୍ ହାଣ୍ଡଲ୍ ଧର । ବେଳ ହେଇଗଲା -

୨ୟ- ଟିକିଏ ଗେଟ୍ ଆଡ଼କୁ ଅନା - ଦେଖ୍ କେମିତି ଗେଟ୍ ଜାମ୍ ହୋଇଯାଇଚି-

୧ମ- ଆରେ-

୨ୟ- ଏପାଖ ଗେଟ୍‌ରୁ ସେପାଖ ଗେଟ୍ ଯାଏ ଲୋକ, ଗାଡ଼ି, ରିକ୍‌ସା, ସବୁ ଜାମ୍ ।
କେହି ଆଗେଇ ପାରୁନାହାନ୍ତି -

୧ମ- (ବିରକ୍ତିରେ) ମରନ୍ତୁ । ଏତିକିବେଳେ ଗାଡ଼ିଟା ଆସିଯାନ୍ତା କି ?

୨ୟ- ସବୁ ଜାମ୍ । ସମସ୍ତେ ସମସ୍ତଙ୍କୁ ପଛରେ ପକେଇ ଆଗେଇବାକୁ ବସିଚନ୍ତି -
ସବୁ ଜାମ୍ । ସବୁ ବନ୍ଦ -

୧ମ- ଶଳା ଗାଡ଼ିଟା ଆହୁରି ଦି'ଟା ଘଣ୍ଟି ନ ପଡ଼ିଲେ ଆସିବ ନାହିଁ । ଏ ସନ୍ଧ୍ୟାଙ୍‌
ଇଞ୍ଜିନ୍‌ଟା ନହେଲେ ପାଗଳା ହୋଇଯା'ନ୍ତା କି ।

୨ୟ- ହାରିଗଲା, ଇଞ୍ଜିନ୍‌ଟା ଥୋବରା ପରିକା ଫେରି ଯାଉଚି -

୧ମ- ଆଉ ନାଇନ୍‌ଟି ସିକ୍‌ସ ଡାଉନ୍ ଗାଡ଼ିଟାକୁ ଶଳା କୁମ୍ଭ ହେଇଯାଇଚି - ଯୋଡ଼ାଏ
ଟେସନ୍ ଆସିବାକୁ ଯେମିତି ଧକେଇ ଯାଉଚି -

୨ୟ- କିଛି ହଉ ନାହିଁ । ଗେଟ୍ ବନ୍ଦ ନକଲେ ସିଗ୍‌ନାଲ ପଡ଼ିବ ନାହିଁ । ଗାଡ଼ି ଡିସ୍ ଟାଣ୍ଟ
ସିଗ୍‌ନାଲ ପାଖରେ ଅଟକିଯିବ -

୧ମ- ନାଁ, ଲାଇନ୍ କ୍ଲିଅର୍ ଦେଇଦିଅନ୍ତି । ଦେଖନ୍ତି କିଏ ଶଳା ମୋର କ'ଣ କରନ୍ତା -

୨ୟ- କିଏ କରୁ ନକରୁ, ଆଇନ୍ ଠିକ୍ ତା' କାମ କରନ୍ତା -

୧ମ- (ଦାନ୍ତ କଡ଼ମଡ଼ କରି ଖିଙ୍କାରି ଉଠିଲା) ଆଇନ୍ -
ଲେଣ୍ଡାଏ ଛେପ ବାହାରକୁ ପକେଇଲା-ଯେମିତିକି ଆଇନ୍ ଉପରେ)

୨ୟ- ପଟୁଆରଟା ଆସିଯାଆନ୍ତା କି ଏତିକିବେଳେ -

୧ମ- ସେମାନେ ବି, ଏ ଜାମ୍ ସାଙ୍ଗରେ ଠିଆହେଇ ପଡ଼ନ୍ତେ । ଗାଡ଼ିଟା ସେମାନଙ୍କ
ଉପରେ ଭୁସ‌ଭୁସ୍ ହେଇ ଚାଲିଯାନ୍ତା - ସମସ୍ତେ ମରନ୍ତେ -

୨ୟ- ନାଁ, ସମସ୍ତେ ପାର୍ ହୋଇଯାନ୍ତେ -

୧ମ- ନାଁ, ମୁଁ ସେମାନଙ୍କୁ ଅଟକେଇ ଦେବି । ନହେଲେ ଲାଇନ୍ ଭିତରେ ପୁରେଇ
ଗେଟ୍ ବନ୍ଦ କରିଦେବି ।

୨ୟ- ହେଇ ଜାମ୍ କଟିଗଲା, ସମସ୍ତେ ଧୀରେ ସୁସ୍ତେ ଗେଟ୍ ପାର୍ ହଉଚନ୍ତି । ଆ-
ପଟୁଆରଟା ଠିକ୍ ଏତିକିବେଳେ -

୧ମ- ଶଳା ଟ୍ରେନ୍‌ଟା ଠିକ୍ ଏତିକିବେଳେ-

– ଗେଟ୍ –

(ସେଇ କୋଲାହଲ, କ୍ୟାବିନ୍‌ର କଥାବାର୍ତ୍ତା ତଳେ ଯୋଉ କୋଲାହଲ–ଆପାତତଃ
କ୍ଷୀଣ ଶୁଭୁଥିଲା । କୋଲାହଲମାନଙ୍କ ଭିତରୁ ଜଣେ ଚିତ୍କାର କରି ଉଠିଲା ।)

ରମୁ– ବୁଢ଼ା, ହେ ବୁଢ଼ା !

ବୁଢ଼ା– ରମୁ !

      (କୋଲାହଲ ଭିତରୁ ଅନ୍ୟ ଜଣେ ଚିତ୍କାର କରି ଉଠିଲା)

ରମୁ– ଆବେ ଶୁଭୁ ନାହିଁକି ତୋତେ ? ରମୁ ବୋଲି ଡାକି ଦେଇ ସିଧାସଳଖ ପାର
      ହୋଇ ଯାଉଚୁ ।

ବୁଢ଼ା– କ'ଣ କହୁଚୁ – ମୋ'ର କାମ ଅଛି ।

ରମୁ– ଆ, ଶୁଣିଯା –

ବୁଢ଼ା– ନାଇଁ, ଗେଟ୍ ବନ୍ଦ ହେଇଯିବ । ମୋର ସେଇ ପାଖରେ ଟିକିଏ କାମ ଅଛି ।

ରମୁ– ଆରେ ଶୁଣ !

ବୁଢ଼ା– (ପାଖକୁ ଆସି) କ'ଣ ?

ରମୁ– ତୋ' ସାଙ୍ଗରେ ବହୁତ କଥା ଅଛି ।

ବୁଢ଼ା– କହିଲି ପରା ମୋର କାମ ଅଛି, ଗେଟ୍ ବନ୍ଦ ହେଇଯିବ ।

ରମୁ– ଗଲେ ଗଲା, ଗଲି ଗଲି ଚାଲିଯିବା –

ବୁଢ଼ା– ମୁଁ ସେମିତି ମାଇଚିଆଙ୍କ ଭଲି ଯିବାକୁ ଭଲପାଏ ନାହିଁ । ଯିବ ଯଦି ମୁଣ୍ଡ ସିଧାକରି
      ମର୍ଦ୍ଦଙ୍କ ଭଲି ଯିବ –

ରମୁ– ଗାଡ଼ି ଆସିବାକୁ ଡେରିଅଛି–ସାଙ୍ଗେ ସାଙ୍ଗେ କଥା ସରିଯିବ –

ବୁଢ଼ା– ଆଃ, କ'ଣ କହୁନୁ, କହୁନୁ !

ରମୁ– ମୁଁ ଏଠି କାହିଁକି ଠିଆ ହେଇଚି ଜାଣୁ ?

ବୁଢ଼ା– କାହିଁକି ?

ରମୁ– ଏଇ ବାଟ ଦେଇ ଗୋଟାଏ ଶୋଭାଯାତ୍ରା ଯିବ

ବୁଢ଼ା– କୋଉ ପାର୍ଟିର ?

ରମୁ– ମୁଁ ଜାଣେ ନାହିଁ ।

ବୁଢ଼ା– ତୁ କ'ଣ କୋଉ ପାର୍ଟିର ମେୟର ହେଲୁଣି ?

ରମୁ– ନା...

ବୁଢ଼ା– ମିଛଟାରେ ଭାଙ୍ଗିବୁ କାହିଁକି ?

ରମୁ– କ'ଣ ଭାଙ୍ଗିବି ?

ବୁଢ଼ା- ଏଇ, ଶୋଭାଯାତ୍ରା ।

ରମୁ- ନାଁ ଭାଙ୍ଗିବି ନାହିଁ, ଦେଖିବି ?

ବୁଢ଼ା- ଆଃ, ଦୁଧଖିଆ ଛୁଆଟା !

ରମୁ- ସେମିତି କ'ଣ କହୁଚୁ ?

ବୁଢ଼ା- ଶୋଭାଯାତ୍ରା ଦେଖିବ ! କି ସଉକ୍ !

ରମୁ- ଅନେକ ଦିନ ହୋଇଗଲା । ବିଶ୍ୱାସ କର ମୁଁ ଗୋଟାଏ ହେଲେ ଶୋଭାଯାତ୍ରା
ଦେଖି ନାହିଁ ।

ବୁଢ଼ା- ଶୋଭାଯାତ୍ରାର ପାଟିତୁଣ୍ଡ ଆଉ ସ୍ଲୋଗାନରେ କ'ଣ ଦେହ ସେକିବାକୁ ଥାଉଚୁ ?

ରମୁ- ହଁ, ଦେହ ସେକିବି-ଠିକ୍ କହିଚୁ ।

ବୁଢ଼ା- କେତେବେଲେ ଆସିବ ?

ରମୁ- କଲେଜ୍ ଛକରେ ସେମାନେ ଆସୁଥିଲେ । ମୁଁ ଆଗରେ ଚାଲି ଆସିଲି –

ବୁଢ଼ା- ସେମାନେ ଆସିଲାବେଲକୁ ଗେଟ୍ ବନ୍ଦ ହେଇ ଯାଇଥିବ ।

ରମୁ- ଭାକ୍ !

ବୁଢ଼ା- ଯଦି ବନ୍ଦ ହୋଇଯାଏ ?

ରମୁ- ନ ଆଗେଇ ଯଦି ବନ୍ଦ କରିଦିଅନ୍ତି, ସତ କହୁଚି, ସୋଡ଼ା ବୋତଲ ଆଉ ଟେକା
ଫିଙ୍ଗି ସମସ୍ତଙ୍କୁ ଖଣ୍ଡିଆ କରିଦେବି ।

ବୁଢ଼ା- ମୋର ତେଣେ ଅନ୍ୟ କାମ ଥିଲା –

ରମୁ- ମାର ଗୋଲି କାମକୁ ।

ବୁଢ଼ା- ଦେଖ୍ –

ରମୁ- ଦେଖା ନାଇଁ । ମୁଁ ସବୁ ଦେଖିଚି –

ବୁଢ଼ା- ସେ ଗେଟ୍‌ବାଲା ଉପରୁ କେମିତି ଅନେଇଚି, ଦେଖ୍ ।

ରମୁ- ଶଲା ଆଖିମିଟିକା ମାରୁଚି ।

ବୁଢ଼ା- ଆମକୁ ଠଙ୍ଗା କରୁଚି ।

ରମୁ- ଆମକୁ ?

ବୁଢ଼ା- ହଁ, ଆମ୍, ଯୋଉମାନେ ଏଠି ଗେଟ୍ ପାରି ହବାପାଇଁ ଠିଆ ହେଇଚୁ, କି ଗେଟ୍
ପାରି ହଉଚୁ – ଆରେ, ଇଏ କ'ଣ କରୁଚୁ ?

ରମୁ- ରହ !

ବୁଢ଼ା- ରମୁ !

ରମୁ- ଏଇ ଗୋଟିଟା ତା' ମୁଣ୍ଡ ଉପରକୁ ଛାଡ଼ି, ତା ମୁଣ୍ଡଟାକୁ ଛତୁ କରି ଦିଅନ୍ତି-

ବୁଢ଼ା- ହାସ୍ –

ରମୁ- ଏମିତି କାହିଁକି ଅନେଇବ ?

ବୁଢ଼ା- ଅନାଇଁ ନାହିଁ ? ସେ ଉପରେ ଅଛି, ଗେଟ୍ ଜଗୁଚି –

ରମୁ- ଆଉ ଆମେ ?

ବୁଢ଼ା- ବେକାର, ହାତ ପାଖରେ କିଛି କାମ ନାହିଁ। ଘରକୁ ଯିବାର ସାହସ ନାହିଁ। ଘରୁ
ବାହାରିବାକୁ ରସଦ ନାହିଁ – ଆମେ ବେକାର !

ରମୁ- ବେକାର !

ବୁଢ଼ା- ଆମର ସମସ୍ତେ ଶତ୍ରୁ। ଏ ଗେଟ୍‌ବାଲା ସହିତେ–

ରମୁ- ତୋ’ର କାମ ଥିଲା କହୁଥିଲୁ –

ବୁଢ଼ା- କହୁଥିଲି କି ?

ରମୁ- ହଁ, କହୁଥିଲୁ। ଧଇଁସଇଁ ହେଇ, ଏପାଖରୁ ସେପାଖକୁ ଚାଲିଯିବାକୁ ବସିଥିଲୁ–

ବୁଢ଼ା- ମିଛଟାରେ କହୁଥିଲି –

ରମୁ- ମିଛ ? ମୋତେ ମିଛ କହୁଥିଲୁ ?

ବୁଢ଼ା- ନା, ନିଜକୁ ନିଜେ ମିଛ କଥାଟାଏ କହୁଥିଲି।

ରମୁ- କାହିଁକି ?

ବୁଢ଼ା- କିଛି କାମ ନାହିଁ ବୋଲି।

ରମୁ- ତା’ହେଲେ ଠିଆ ହ। ପଟୁଆରଟା ଦେଖିବା –

ବୁଢ଼ା- ସେଇ ପୁରୁଣା ଜିନିଷ।

ରମୁ- କାହିଁକି ?

ବୁଢ଼ା- ସବା ଆଗରେ ଆମଠୁ ବୟସରେ ବେଶୀ, ଏମିତି କିଏ ଗୋଟାଏ ଲୋକ
ସ୍ଲୋଗାନ୍ ଦଉଥିବ, ଗେଟ୍ ସେପାଖ ଛକରେ ପହଞ୍ଚ ସେ ଫୁଲମାଳ ପାଇବ।

ରମୁ- ସେ କାହିଁକି ପାଇବ ?

ବୁଢ଼ା- ଆମର ପାଇବାର ହକ୍ ନାହିଁ ବୋଲି।

ରମୁ- ତା’ମାନେ ?

ବୁଢ଼ା- ବହୁତ କଷ୍ଟରେ ଜାଗା ଯଦି ମିଳେ, ତା’ହେଲେ ସେଇ ସବା ପଛରେ। ଫୁଲମାଳ
ଆମପାଇଁ ନୁହେଁ, ଆମ ଫୁଲମାଳ ଏ ପର୍ଯ୍ୟନ୍ତ ଗୁନ୍ଥା ହେଇ ନାହିଁ।

ରମୁ- ସବୁ ଶଳା ଚୋର, ବଦମାସ୍।

ବୁଢ଼ା- ଆମେ ସୋଡ଼ାବୋତଲ ଫିଙ୍ଗି, ଟେକା ମାରି ସେମାନଙ୍କୁ ଖଣ୍ଡିଆ କରିବୁ।

ରମୁ- ମୁନିଆ ଜୋତା, ନଲି ପେଣ୍ଟ ପିନ୍ଧି ସେମାନଙ୍କୁ ଖତେଇ ହବୁ।

ବୁଢ଼ା– ଆଉ ପଟୁଆରରେ ସେମାନଙ୍କ ପଛରେ ଠିଆ ହବୁ –

ରମୁ– ନା, ସେମାନେ ଚାଲିଯା'ନ୍ତୁ। ଆମେ ଏଇଠି ପାଖରେ ଠିଆହୋଇ ସେମାନଙ୍କୁ
ବିଦା କରିଦବୁ।

ବୁଢ଼ା– ସେମାନେ ଏଠି ଆସି ପହଞ୍ଚିଲା ବେଳକୁ ଗେଟ୍ କିନ୍ତୁ ବନ୍ଦ ହେଇ ସାରିଥିବ –

ରମୁ– ସେମାନେ ତା'ହେଲେ –

ବୁଢ଼ା– ଟ୍ରେନ୍ ଚାଲିଯିବା ପର୍ଯ୍ୟନ୍ତ ଏଇଠି ଠିଆହୋଇ ଚିଲ୍ଲେଇ ଚିଲ୍ଲେଇ ଆମ କାନର
ବାରଟା ବଜେଇ ଦେବେ।

ରମୁ– ତା'ହେଲେ ଏ ଗେଟ୍ ବନ୍ଦ ହେବ ନାହିଁ।

ବୁଢ଼ା– ଟ୍ରେନ୍ ଆସିବାର 1st bell କିନ୍ତୁ ହୋଇଗଲାଣି।

ରମୁ– ଟ୍ରେନ୍ ଠିଆ ହେବ, ସେମାନେ ଚାଲିଯିବେ।

ବୁଢ଼ା– କିନ୍ତୁ ସେମାନେ ତ ଏପର୍ଯ୍ୟନ୍ତ ଆସୁନାହାନ୍ତି।

ରମୁ– ଶିଲା ଟ୍ରେନ୍‌ଟା –

– କ୍ୟାବିନ୍ –

୧ମ– ଏ ଯାକେ ଶିଲା second bell ବାଜିଲାନି –

୨ୟ– କାହିଁକି ଏମିତି ଉଚ୍ଛନ୍ନ ହଉଚୁ?

୧ମ– କେତେଗୁଡ଼ାଏ ଲୋକ ଚାଲିଗଲେ, ଗେଟ୍ ବନ୍ଦ ହେଲାବେଳକୁ ଏପାଖ ସେପାଖ
କୋଉଠି ଆଉ ଲୋକ ନଥିବେ।

୨ୟ– ନ ଥା'ନ୍ତୁ, ଆମର ଗେଟ୍ ବନ୍ଦ କରିବା କାମ, ଲୋକ ଥିବା ନ ଥିବାରୁ କ'ଣ
ମିଳିବ ?

(ଦୂରରୁ Second bell ବାଜିଲା)

୧ମ– (ଉଲ୍ଲସିତ ହୋଇ) ବାଜିଲା, ବାଜିଲା –

୨ୟ– ଏଣିକି ଖାଲି ଆଦେଶକୁ ଅପେକ୍ଷା –

୧ମ– ହେଇ ଦେଖନ୍ତୁ ?

୨ୟ– କ'ଣ ?

୧ମ– ରିକ୍ସାରେ ଗୋଟିଏ ଝିଅ ଏଇ ଗେଟ୍ ଆଡ଼କୁ ଆସୁଚି।

୨ୟ– ଏମିତି କେତେ ଆସନ୍ତି –

୧ମ– ଈଏ ସବୁଦିନେ ଆସେ।

୨ୟ– ଅନେକେ ଏମିତି ସବୁଦିନେ ଆସନ୍ତି।

୧ମ– କୋଉଦିନ ତା'ପାଇଁ ଗେଟ୍ ବନ୍ଦ ନ ଥାଏ।

୨ୟ– ଠିକ୍ ଟାଇମ୍‌ରେ ଆସୁଥିବ।

୧ମ– ସବୁଦିନେ ଏମିତି ଠିକ୍ ଟାଇମ୍‌ରେ ଆସିବ କାହିଁକି ?

୨ୟ– ସେ'ଟା ତା' ଇଚ୍ଛା, ତା' ଖୁସି –

(ଶୋଭାଯାତ୍ରାର ସ୍ଲୋଗାନ୍ ଶୁଭିଲା)

୧ମ– ଆଜି ସମସ୍ତେ ରୋକିବେ। ସେ ପଟୁଆର ବି–

୨ୟ– କେମିତି ବନ୍ଦ ହେବ –

୧ମ– ହେଲ ଦେଖ –

୨ୟ– ଆରେ – ଆରେ, ଇଏ କ'ଣ କରୁଚୁ ? ଷ୍ଟେସନ୍‌ମାଷ୍ଟର ଅର୍ଡର୍ ଦେଇ ନାହିଁ
ଯେ–

୧ମ– ସବୁଦିନେ ସମସ୍ତଙ୍କର ଇଚ୍ଛା ଆଉ ଖୁସି କାଏମ୍ ରହୁଥିବ। ଆଜି ଆମର ରହୁ –

୨ୟ– ସତକୁ ସତ –

୧ମ– ହଁ, ଗେଟ୍ ବନ୍ଦକରି ଦଉଚି–

(ଗେଟ୍ ବନ୍ଦ ହେବାର bell)

– ଗେଟ୍ ପାଖରେ –

ବୁଢ଼ା– ଦେଖିଲୁ, ଦେଖିଲୁ, ଗେଟ୍ ବନ୍ଦହେଇ ଯାଉଚି।

ରମୁ– ଯା', ଶାଳା –

ବୁଢ଼ା– ପଟୁଆରର ସ୍ଲୋଗାନ୍ ବି ଶୁଭିଲାଣି।

(ଠିକ୍ ଏଇ ସମୟରେ ରିକ୍ସାଟିଏ ଆସିଲା। ଝିଅଟି ମଧ ହତାଶରେ କହି ଉଠିଲା)

ଝିଅ– ଯାଃ !

ରିକ୍ସା– କ'ଣ କରିବି ମା'–ଅଶନିଶ୍ୱାସିଆ ହେଇ ତ ଦଉଡ଼ିଚି।

ଝିଅ– ମୁଁ ଏବେ କ'ଣ କରିବି ?

ରିକ୍ସା– ଜରୁରୀ କାମ ଅଛି ଯଦି ଗେଟ୍ ପାରିହୋଇ ଆରପାଖରେ ଆଉ ଖଣ୍ଡେ ରିକ୍ସା
ଧରି ଚାଲିଯାଅ।

ଝିଅ– କେବେ ତ ଗେଟ୍ ବନ୍ଦ ହୁଏ ନାହିଁ, ଆଜି କାହିଁକି ବନ୍ଦ ହେବ –

ବୁଢ଼ା– ରମୁ !

ରମୁ– ଇଏ ବି ଠିଆ ହୋଇଗଲା ?

ବୁଢ଼ା– କହୁଚି ଆରପାଖରେ ଜରୁରୀ କାମ ଅଛି –

ରମୁ– ଆଉ ସିଏ ବି ବୋଧହୁଏ ତୋ' ପରି ମୁଣ୍ଡ ନାଇଁ ଯିବାକୁ ଚାହୁଁ ନାହିଁ।

ବୁଢ଼ା– ଆ ହେଇଥାଉ, ଟ୍ରେନ୍ ଆସିବା ପର୍ଯ୍ୟନ୍ତ –

ଝିଅ– ଶୁଣୁଚନ୍ତି !

ବୁଢ଼ା– ମୋତେ ?

ରମୁ– ମୋତେ ?

ଝିଅ– ଆପଣଙ୍କ ଭିତରୁ ଯିଏ ହେଲେ –

ରମୁ– ଦି’ଜଣ ଯାକ– ?

ଝିଅ– ଆସ, ଟିକିଏ ଚଞ୍ଚଳ ଆସନ୍ତୁ –

ବୁଢ଼ା– ଏଇଠିକି ଆସନ୍ତୁ, ଟିକିଏ ଛାଇ ଅଛି।

ଝିଅ– ମୁଁ ରିକ୍ସା ପାଖକୁ ଯାଇ ପାରିବୁ ନାହିଁ।

ବୁଢ଼ା– ଆମେ ରିକ୍ସା ପାଖକୁ ଯାଇ ପାରିବୁ ନାହିଁ।

ଝିଅ– (ଟିକିଏ ଜୋର ଗଳାରେ) ତା’ହେଲେ କିଛି ଗୋଟାଏ କରନ୍ତୁ।

ରମୁ– କ’ଣ କରାଯିବ– ?

ଝିଅ– ମୁଁ କେମିତି ସେପାଖକୁ ଯିବି –

ରମୁ– ଓ୍ୱେଲ୍, ନ‍ଇଁପଡ଼ି ସେପାଖ ଗେଟ୍, ଆଉ ନ‍ଇଁପଡ଼ି ସେ ପାଖ ଗେଟ୍। ନଇଲେ ଟ୍ରେନ୍ ଆସିବା ପର୍ଯ୍ୟନ୍ତ –

ଝିଅ– ମୁଁ କୋଉଟା ହେଲେ କରିପାରିବି ନାହିଁ।

ବୁଢ଼ା– ଆତ୍ମହତ୍ୟା କରନ୍ତୁ ?

ଝିଅ– ଛ୍ସ୍ !

ରମୁ– ଆମକୁ କିଛି କାମ ଦେଇପାରିବେ ?

ଝିଅ– କାମ ?

ରମୁ– ଅନ୍ତତଃ ଆପଣଙ୍କ ଟିକ୍ସା ଚାଣିବା କାମ–

ଝିଅ– ବୋକା, ଗଧ।

ବୁଢ଼ା– ହେଇ, ସେମିତି କ’ଣ କହୁଚନ୍ତି– ?

ଝିଅ– ରିକ୍ସା ଚାଣିବାକୁ ଆଗେଇ ଆସୁଚନ୍ତି, ଗେଟ୍‍ଟା ଖୋଲିବାର ବଦୋବସ୍ତ କରିପାରୁ ନାହାନ୍ତି– ?

ରମୁ– ଲାଭ ?

ଝିଅ– ଆମେ ସମସ୍ତେ ଚାଲିଯିବା। ଠିକ୍ ଯେମିତି ଏ ଗେଟ୍ ପର୍ଯ୍ୟନ୍ତ ଆସିଥିଲେ।

ବୁଢ଼ା– ତା’ହେଲେ ଟ୍ରେନ୍‍ଟା ବାହାରି ଯାଉ।

ଝିଅ– କାହିଁକି ? ଟ୍ରେନ୍‍ପାଇଁ ଆମ କାହିଁକି ଅପେକ୍ଷା କରିବା। ଆମ ପାଇଁ ଟ୍ରେନ୍ କାହିଁକି ଅପେକ୍ଷା ନ କରିବ ?

ବୁଢ଼ା– (ଫିସ୍ ଫିସ୍ ଗଳାରେ) ଟୋକୀଟା ଠିକ୍ ଆମପରି ବେକାର।

ରମୁ– ଆମପରି ?

ବୁଢ଼ା– ହଁ, ଆମରି ପରି। ଖାଲି ଯାହା ସେ ରିକ୍‌ସାରେ ଆସୁଛି, ଆଉ ଆମେ ଚାଲୁଚୁ।

ଝିଅ– କ'ଣ କଥାବାର୍ତ୍ତା ହଉଚନ୍ତି ?

ବୁଢ଼ା– ଆପଣଙ୍କ ଲୁଗାର ପ୍ରିଣ୍ଟ। ବ୍ଲାଉଜ୍ ଆଉ ହେୟାର ଷ୍ଟାଇଲ୍ ବିଷୟରେ।

ଝିଅ– ମୋ ଚାକିରି, ମୋ ରୋଜଗାର ?

ବୁଢ଼ା– କିଛି ନାହିଁ।

ଝିଅ– କେମିତି ଜାଣିଲେ ?

ବୁଢ଼ା– ନହେଲେ ଆପଣ ଏତେ ଅଧୈର୍ଯ୍ୟ ହୁଅନ୍ତେ କାହିଁକି ? ଆରେ, ତୁ କୁଆଡ଼େ
ଯାଉଚୁ ?

ରମୁ– କେବିନ୍‌କୁ –

ବୁଢ଼ା– କାହିଁକି ?

ରମୁ– ଗେଟ୍ ଖୋଲେଇବାକୁ।

ବୁଢ଼ା– ଖୋଲିବ ତ !

ରମୁ– ଖୋଲିବ !

ବୁଢ଼ା– ଯା, ଜଲ୍‌ଦି ଯା – ମୁଁ ଏଠି ବ୍ୟବସ୍ଥା କରୁଚ !

ଝିଅ– କି ବ୍ୟବସ୍ଥା ?

ବୁଢ଼ା– ରମୁ ଯଦି ଫେଲ୍ ମାରେ–

ଝିଅ– ତା'ହେଲ ମୁଁ –

ବୁଢ଼ା– ଆପଣ କାନ୍ଦିବେ। ସେପାଖ କାରଖାନାରେ ଆପଣଙ୍କ ସ୍ୱାମୀ କାମ କରୁ କରୁ
ହାତ କଟିଗଲା।

ଝିଅ– ଆଁ, ମୁଁ ଯଦି କାନ୍ଦିପାରନ୍ତି।

ବୁଢ଼ା– ଓଃ ! ତା'ବି ପାରିବେ ନାହିଁ।

(ହୁଇସିଲ୍ ଦେଲା)

ଝିଅ– ଇଏ କ'ଣ ?

ବୁଢ଼ା– ଇସାରା।

ଝିଅ– କାହାକୁ ?

ବୁଢ଼ା– ଆମ ସାଙ୍ଗ-ସାଥୀ ଦଳର ଲୋକମାନଙ୍କୁ। ସେମାନେ ଚାଲିଆସିବେ।

ଝିଅ– ଗେଟ୍ ଖୋଲିଯିବ ?

ବୁଢ଼ା– ସେମାନେ ଯଦି ଆସିଯା'ନ୍ତି –

ଝିଅ– ଟ୍ରେନ୍-ଆସିବା ଆଗରୁ ?

– କ୍ୟାବିନ୍ –

୧ମ– ଦେଖିଲୁ, ଅଟକେଇ ଦେଲି ।

୨ୟ– ମରିବୁ !

୧ମ– ଯାଃ, ମରିବି ।

୨ୟ– କ'ଣ କହିବୁ ?

୧ମ– ଯାହା ମନକୁ ଆସିବ ।

୨ୟ– ସେ ଝିଅଟା ବି ଠିଆ ହୋଇଗଲା ।

୧ମ– ନହେଲେ ଗେଟ୍ ବନ୍ଦକରି କି ଫାଇଦା ମିଳିଥାନ୍ତା –

ରମୁ– ତମେ କାଇଁକି ଗେଟ୍ ବନ୍ଦ କଲ ?

୧ମ– ତୁମେ କିଏ ?

ରମୁ– ମୁଁ ସେପାଖକୁ ଯିବି–

୧ମ– ନଇଁ, ନଇଁ ଯାଅ–ଅନେକ ଯାଉଚନ୍ତି ।

ରମୁ– ମୁଁ ସେମିତି ଯିବି ନାହିଁ ।

୧ମ– ଟ୍ରେନ୍ ଆସିବା ଯାଏ ଅପେକ୍ଷା କର ।

ରମୁ– ମୁଁ ଅପେକ୍ଷା କରିପାରିବି ନାହିଁ ।

୧ମ– ତା' ହେଲେ ?

ରମୁ– ଟ୍ରେନ୍ ଆସିବାକୁ ଡେରିଅଛି । ଗେଟ୍ ଖୋଲି ଦିଅ ଆମେ ଚାଲିଯାଉ ।

୧ମ– ଲାଟ୍ ସାହିବ ?

ରମୁ– ହେଁ –

୧ମ– ଯା–ପଲା ଏଠୁ !

ରମୁ– ଗେଟ୍ ଖୋଲିବ ନା ନାହିଁ ।

(ଶୋଭାଯାତ୍ରାର ସ୍ଲୋଗାନ୍ ପାଖେଇ ଆସୁଥାଏ)

ରମୁ– ହେଇ ପଟୁଆର ଆସିଗଲାଣି ।

୧ମ– ସବୁ ଅଟକିଯିବେ ।

ରମୁ– କାଇଁକି ?

୧ମ– ଟ୍ରେନ୍ ପାସ୍ କରିବ ।

ରମୁ– ଟ୍ରେନ୍ ଅଟକି ଯାଉ ।

୧ମ- ଟ୍ରେନ୍ କାହା ବୋପା ସମ୍ପତ୍ତି ନୁହେଁ।

ରମୁ- ଆଉ ଆମେ କ'ଣ ତୋ ବୋପା ସମ୍ପତ୍ତି ?

୧ମ- ଆବେ, ଆଣିଲୁ ସେ ଲୁହା ହ୍ୟାଣ୍ଡେଲଟା-

ରମୁ- କ'ଣ ହେଲା, ମାଡ଼ ଧମକ ଦଉଚୁ ?

୧ମ- ଝକ୍ଝକ୍ କଲେ ମୁଣ୍ଡ ଫଟେଇ ଦେବି।

ରମୁ- ଆଚ୍ଛା-(ଜୋରରେ) ବୁଢ଼ା-ବୁଢ଼ା !

ବୁଢ଼ା- (ହୁଇସିଲ୍ ଦେଲା)-

ରମୁ- (ହୁଇସିଲ୍ ଦେଲା)-

୧ମ- ଇଏ କ'ଣ କରୁଚୁ ?

ରମୁ- ଦେଖ କ'ଣ ହଉଚି।

ବୁଢ଼ା- (କୋଲାହଲ ଭିତରେ ବଡ଼ ପାଟିରେ କହୁଥାଏ)
       ଗେଟ୍ ନିଜ ଇଚ୍ଛାରେ, ନିଜ ଖୁସିରେ ବନ୍ଦ କରିପାରିବେ ନାହିଁ।

ବୁଢ଼ା- ନା, ପାରିବେ ନାହିଁ।

ଝିଅ- ଆମକୁ ସେମାନେ ଅପଦସ୍ତ, ଅପମାନିତ କରୁଚନ୍ତି।

କୋରସ୍- କରୁଚନ୍ତି - କରୁଚନ୍ତି

ବୁଢ଼ା- ନା, ପାରିବେ ନାହିଁ।

ଝିଅ- ଆମକୁ ସେମାନେ ଅପଦସ୍ତ, ଅପମାନିତ କରୁଚନ୍ତି -

କୋରସ୍- କରୁଚନ୍ତି-କରୁଚନ୍ତି -

ବୁଢ଼ା- ନା, ପାରିବେ ନାହିଁ।

ଝିଅ- ଆମକୁ ସେମାନେ ଅପଦସ୍ତ, ଅପମାନିତ କରୁଚନ୍ତି -

କୋରସ- କରୁଚନ୍ତି-କରୁଚନ୍ତି-

ବୁଢ଼ା- ଆମେ ୟାର ପ୍ରତିକାର କରିବୁ।

ଝିଅ- ଆମେ ଏ ଗେଟ୍ ଭାଙ୍ଗି ଦବୁ !

ବୁଢ଼ା- ପଛରୁ ଗୋଟାଏ ପଟୁଆର ଆସୁଚି।

ଝିଅ- ଟ୍ରେନ୍ ଆମ ପାଇଁ ଅପେକ୍ଷା କରୁ।

ବୁଢ଼ା- ଆମେ ଗେଟ୍ ଭାଙ୍ଗିଦେବୁ।

କୋରସ- ଭାଙ୍ଗିଦବୁ - ଭାଙ୍ଗିଦବୁ-

- କ୍ୟାବିନ୍ -

୨ୟ- ସେମାନେ ସେଠି କ'ଣ କରୁଚନ୍ତି ?

ରମୁ– ତମର ଶ୍ରାଦ୍ଧ କରୁଚନ୍ତି ?

୨ୟ– କି ଅନ୍ୟାୟ କଥା ଇଏ–

ରମୁ– ଅନ୍ୟାୟ କଥା ? ଏବେ ତ ସମୟ ଅଛି, ଗେଟ୍ ଖୋଲି ଦିଅ।

୧ମ– ନା–

ରମୁ– ତା'ହେଲେ ଏ ଗେଟ୍ ଭାଙ୍ଗିଯିବ।

୨ୟ– ଆରେ, ଆରେ –

୧ମ– ତୁ ପରା କହିଥିଲୁ ଏଠି କିଛି ଘଟୁ ନାହିଁ ! ଦେଖ୍ ଦେଖ୍, ଏ କେମିତି ପାଲା ଲାଗିଯିବ।

୨ୟ– ଭୀଷଣ ଗରମ – ଭୀଷଣ ଗରମ !

୧ମ– ପୋଡ଼ୁ, ପୋଡ଼ିଯାଉ–ସବୁ ପୋଡ଼ିଯାଉ–

୨ୟ– କିନ୍ତୁ ଆଇନ !

୧ମ– ଚୁପ୍... ଆଇନ !

ଝିଅ– ଭାଙ୍ଗ – ଭାଙ୍ଗ –

କୋରସ୍– ଭାଙ୍ଗିଦିଅ–ଭାଙ୍ଗିଦିଅ–

ବୁଢ଼ା– ହୁର୍ରା।

କୋରସ୍– ହିପ୍... ହିପ୍...।

ଝିଅ– ଆହୁରି ଜୋର୍–

ବୁଢ଼ା– ଭୀଷଣ ଗରମ – ଭୀଷଣ ଗରମ –

ଝିଅ– ଯାଉ, ପୋଡ଼ିଯାଉ ସବୁ। ଆମକୁ କାମ ମିଲିଛି, ଭାଙ୍ଗ – ଭାଙ୍ଗ –

ବୁଢ଼ା– ଆମର ଶକ୍ତି ପରୀକ୍ଷା ପାଇଁ ବାଟ ଫିଟିଚି। – ଭାଙ୍ଗ – ଭାଙ୍ଗ।

କୋରସ୍– ଭାଙ୍ଗ...ଭାଙ୍ଗ ! (ଏବଂ ବିଭିନ୍ନ ପ୍ରକାର କୋଲାହଲ-ଠିକ୍ ଏଇ ସମୟରେ ସ୍ଲୋଗାନ୍ ମଧ ଉତ୍କଟ ହେଇ ଆସିଲା – 'ଆମର ଦାବି ପୂରଣ ହେଉ-ବିପ୍ଲବ ଦୀର୍ଘଜୀବୀ ହେଉ ଇନ୍‌କିଲାବ ଜିନ୍ଦାବାଦ୍' ଇତ୍ୟାଦି।)

୨ୟ– ଗେଟ୍‌ଟା ଭାଙ୍ଗିବାକୁ ବସିଲାଣି।

୧ମ– କେମିତି ମଜା – ଆଃ ! ଦେଖୁରୁ, କେମିତି ଗରମ କଟିଯାଉଚି।

ରମୁ– ଆହୁରି ଗରମ ଦରକାର।

୧ମ– ଚୋପ୍–(ଚାପୁଡ଼ା ମାରିଛି)

ରମୁ– ଶାଲା, ଚୋଟା–(ଚାପୁଡ଼ା ମାରିଛି ଏବଂ ଧସ୍ତାଧସ୍ତି ଆରମ୍ଭ କରିଛି। ଭିତରୁ ସ୍ଲୋଗାନ୍-ଏବଂ 'ଭାଙ୍ଗ ଭାଙ୍ଗ' ଶବ୍ଦ)

ବାହାରୁ ପୋଲିସ ସାଇରନ୍)

୨ୟ– ପୋଲିସ୍! – ସାଇରନ୍ ବାଜୁଚି।

ରମୁ– ଆହୁରି ଦରକାର–ଆହୁରି।

୧ମ– ଚୋପ୍! (ଏବଂ ଧସ୍ତାଧସ୍ତି)

କୋରସ୍– ଭାଙ୍ଗ–ଭାଙ୍ଗ!

କୋରସ୍– ଇନ୍ କିଲାବ୍–ଜିନ୍ଦାବାଦ୍–

କୋରସ୍– ଭାଙ୍ଗିଦିଅ–

କୋରସ୍– ଆମର ଦାବି ପୂରଣ ହେଉ।

     (ଏହିପରି ସ୍ଲୋଗାନ୍ ଭିତରେ ହଠାତ୍ ବିକଟ ଚିତ୍କାର କରି ଟ୍ରେନ୍‌ଟା ପାଖ
ଦେଇ   ଚାଲିଗଲା। ତା'ପରେ ସବୁ ନିସ୍ତବ୍ଧ।)

ରମୁ– ଯାଃ ଶଳା, କିଛି ହେଇ ପାରିଲାନି।

ବୁଢ଼ା– ତୁ କ'ଣ ଏଯାଏ ବି ବୁଝିନୁ।
    କିଛି ହୁଏନି, କିଛି ଘଟେନି ?

ରମୁ– ଟ୍ରେନ୍‌ଟା ଚାଲିଗଲା, ଗୋଟେଟା ଭାଙ୍ଗିଲା ନାହିଁ, କି ଖୋଲିଲା ନାହିଁ।

ବୁଢ଼ା– କିଛି ଭାଙ୍ଗେନି, ସବୁ ଯିଏ ଯେମିତି ସେଠି ଠିଆହେଇ ରହିଥାଏ। ତା'ପରେ
    କାଳକ୍ରମେ ମ୍ୟୁଜିୟମ୍, ମନୁମେଣ୍ଟ ହେଇଯାଏ।

ରମୁ– ସ୍ମୃତି–ଥୁଃ (ମେଞ୍ଚାଏ ଛେପ ପକେଇଲା) ଚାଲ୍ ଯିବା!

ବୁଢ଼ା– ନ ହେଲେ ସବୁ ଭାଙ୍ଗିଯାଏ; ଛାଇଟା ଖାଲି ସାକ୍ଷୀ ହେଇ ରହେ – ଚାଲ୍ ଯିବା।
    (ରମୁ ଓ ବୁଢ଼ା ଚାଲିଗଲେ। ସ୍ଲୋଗାନ୍ ସେମିତି ଶୁଭୁଥାଏ।
    ଗେଟ୍ ସେଇମିତି ବନ୍ଦ ଥାଏ।)

ଗେଣ୍ଠା

ନିମାଇ ପଟ୍ଟନାୟକ

ବରଦାପ୍ରସନ୍ନ ପଟ୍ଟନାୟକଙ୍କ ଘର । ଘରର କାଠମାନ କଲା । ଘର ମଝିରେ ଦୁଇଟି ନାଇଲନ୍-ବୁଣା ଚୁଲ୍ ଓ ଗୋଟିଏ ଛୋଟ ଟି'ପୟ । ସମୟ-ସନ୍ଧ୍ୟା

ପରଦା ଖୋଲିଲା ବେଳକୁ ମଞ୍ଚରେ ଅନ୍ଧକାର । କେବଳ ମେଟ୍ରୋନମ୍ର ଟକ୍-ଟକ୍ ଶବ୍ଦ ସେଇ ଅନ୍ଧକାର ମଧ୍ୟରେ ଅଧିକ ଗମ୍ଭୀର-ଯାହାକି ନାଟକର ଗତି ଅନୁସାରେ ଦ୍ରୁତ, ଦ୍ରୁତତର ବା ମନ୍ଥର ହେବ ।

ସେଇ ଅନ୍ଧକାର ଭିତରେ ଶୁଣାଗଲା ପ୍ରସୂତିର ଗର୍ଭବେଦନାଜନିତ ଅସ୍ପଷ୍ଟ ଚିତ୍କାର । କ୍ରମେ ସେ ଚିତ୍କାର ମିଲାଇଗଲା ।

ମଞ୍ଚ ଆଲୋକିତ ହେଲା । ବରଦାପ୍ରସନ୍ନ ଅସ୍ଥିର ମନରେ ପଛ କାନ୍ଥ ପାଖରେ ଠିଆ ହୋଇଥିଲେ । ପ୍ରବେଶ କଲେ ତାଙ୍କ ମାଆ ଶାନ୍ତିଲତା

ବରଦା : (ଶାନ୍ତିଲତାଙ୍କୁ ଦେଖି-ଚମକିଲା ପରି) କ'ଣ ହେଲା ?
କ'ଣ ହେଲା ?

ଶାନ୍ତି : ନା ।

ବରଦା : (ମାଆଙ୍କ ଆଡ଼କୁ ପୁଣି ଚାହିଁଲେ । ନୀରବତା ଲକ୍ଷ୍ୟ କରି କିଛି କହିଲେ ନାହିଁ ଓ ଦୃଷ୍ଟି ଫେରାଇ ନେଲେ)

ଶାନ୍ତି : ବୋହୂ ଶୋଇଯାଇଚି । ନର୍ସ କହୁଥିଲା...

ବରଦା : (ଆତଙ୍କିତ ସ୍ୱରରେ) କ'ଣ ?

ଶାନ୍ତି : ଭୟର କାରଣ ନାହିଁ ।

ବରଦା : ଓ୍ !

ଶାନ୍ତି   : ନର୍ସ କହୁଥିଲା—ହୁଏତ ଆଜି ହୋଇନପାରେ । କାଲିକି ଗଡ଼ିଯାଇପାରେ ।
           ତେବେ ସେ ବୋହୂ ପାଖରେ ଅଛି । ଧାଇଁ ବି ।

ବରଦା   : ଡାକ୍ତର… ?

ଶାନ୍ତି   : ଖବର ଦେଲା ମାତ୍ରେ ଆସିବେ ।

ବରଦା   : ଡାକ୍ତରଖାନାକୁ –

ଶାନ୍ତି   : କ'ଣ ଦରକାର ? ତମେ ତ ସବୁ ସେ'ଦିନ ଏଇ ଘରେ ହେଇଥିଲ ।

ବରଦା   : ହଉ । (ପାଖ ଟୁଲରେ ବସିପଡ଼ିଲେ)
           (ସାମାନ୍ୟ ନୀରବତା ପରେ) ବାପା… ?

ଶାନ୍ତି   : ସେମିତି ଅଛନ୍ତି ।

ବରଦା   : କ'ଣ କରୁଛନ୍ତି ?

ଶାନ୍ତି   : କ'ଣ ଆଉ କରିବେ ? (ସାମାନ୍ୟ ନୀରବତା ପରେ—ନିମ୍ନ ସ୍ୱରରେ) ଆଜି
           ଖାଲି ଏପାଖ ସେପାଖ ହେଉଛନ୍ତି—ଦୁଃଖରେ…

ବରଦା   : ଆଜି…ଏପାଖ ସେପାଖ… ?

ଶାନ୍ତି   : (ଦୁଃଖ ବିଜଡ଼ିତ କଣ୍ଠରେ) ହଁ !
           (କହୁ କହୁ ବାମପାଖକୁ ଅଗେଇ–) ଏ କୋଣରୁ ସେ କୋଣ…

ବରଦା   : (ଟୁଲ୍ ଛାଡ଼ି ଠିଆହେଲେ । ଆଶ୍ଚର୍ଯ୍ୟ ସହକାରେ–) ସେ କୋଣୁ ଏ କୋଣ ।

ଶାନ୍ତି   : (ପୁଣି ପାଦେ ଆଗେଇଲେ । ସମବେଦନା ସହକାରେ–) ସେ କୋଣରୁ ଏ କୋଣ ।

ବରଦା   : (ମଞ୍ଚର ଡାହାଣ ପାଖକୁ ଯାଉ ଯାଉ) ବୋଉ !

ଶାନ୍ତି   : ଫେର୍ ଏ କୋଣରୁ ଆର କୋଣ । ଘରଟା ସାରା ।

ବରଦା   : ଏମିତି… ! !

ଶାନ୍ତି   : (ସତେ ଯେପରି ସ୍ୱାମୀଙ୍କ ଅବସ୍ଥା ଓ କଷ୍ଟ ବୁଝିପାରିଛନ୍ତି, ମାତ୍ର କଥାରେ
           ଠିକ୍ ପ୍ରକାଶ କରିପାରୁନାହାନ୍ତି–)
           ଯେମିତି ଗୁଣ୍ଡୁଛନ୍ତି…ନା–ଯେମିତି…ଯେମିତି

ବରଦା   : ପିଲାଙ୍କ ପରି ?

ଶାନ୍ତି   : ନା ।

ବରଦା   : ଆଉ ?

ଶାନ୍ତି   : କେମିତି ଘୁସୁରି ଘୁସୁରି…ନା, ଯେମିତି…

ବରଦା   : ଯେମିତି ଅସରପା ବେଳେବେଳେ ତଳେ ଓଲଟି ପଡ଼ି ଘୁସୁରୁଥାଏ ? ଗୋଡ଼
           ଛଟ୍ ଛଟ୍ କରୁଥାଏ…

ଶାନ୍ତି   : ବରଦା !

ବରଦା   : (ମାଆ ଶାନ୍ତିଲତା ଯାହା କହିବାକୁ ଚାହୁଁଛନ୍ତି, ଅଥଚ କହିପାରୁ ନାହାନ୍ତି,
ତାହା ନିଜେ ବୁଝିପାରିଥିଲା ଭଳି)
ଯେମିତି ମହୁରେ ମାଛି ପଡ଼ିଯାଇଥାଏ... ?

ଶାନ୍ତି   : (ସ୍ୱାମୀଙ୍କ ଅବସ୍ଥା ଓ ମହୁରେ ମାଛିରେ ଅବସ୍ଥାର ତୁଳନା କରିବାକୁ ଚେଷ୍ଟା
କରି) ବରଦା !

ବରଦା   : ବାହାରିବାକୁ ଚେଷ୍ଟା କରୁଥାଏ...ଅଥଚ...

ଶାନ୍ତି   : (ଯେମିତି ଠିକ୍ ଅନୁଭବ କରିପାରୁଛନ୍ତି)
ଅଥଚ ବାହାରି ପାରୁନଥାଏ–

ବରଦା   : ବୋଉ !

ଶାନ୍ତି   : ଯେତେ ଯାହା ହେଲେ ବି ସେ ତୋର ବାପା ।
(ବରଦା ନୀରବରେ ଘର ମଝିରେ ଥିବା ଟୁଲ୍ ପାଖକୁ ଫେରିଗଲେ)

ଶାନ୍ତି   : (ଟୁଲ୍ ଆଡ଼କୁ ଯାଉ ଯାଉ) ତୁ ତାଙ୍କୁ ସେଦିନ ଏମିତି ଅପମାନିତ କରି...

ବରଦା   : (ବିନୀତ ସ୍ୱରରେ) ତା’ ବ୍ୟତୀତ ଆଉ କ’ଣ ଉପାୟ ଥିଲା ? (ଟୁଲ୍‌ରେ
ବସିପଡ଼ିଲେ)

ଶାନ୍ତି   : (କହୁ କହୁ ଟୁଲ୍ ପଛକୁ ଯାଇ) ସେଇଦିନଠୁଁ ସେଇ କେମିତି ଭାଙ୍ଗିପଡ଼ିଛନ୍ତି ।
ଦୁଃଖରେ–ଅଭିମାନରେ–ଯେମିତି ଜଳିପୋଡ଼ି ହେଇ...

ବରଦା   : ବୋଉ... !

ଶାନ୍ତି   : ଗଲୁ ଦେଖିବୁ । କାଲିଠାରୁ କେମିତି...
ତୋର ଅନ୍ତତଃ ଏ ସମୟରେ... ଏମିତି କହିବା (କହୁ କହୁ ଡାହାଣ ପାଖକୁ
ଆଗେଇଗଲେ)

ବରଦା   : ଏ ସମୟରେ ?

ଶାନ୍ତି   : ବୋହୂର...(ପ୍ରସବ ବେଦନାଜନିତ ସେଇ ଚିତ୍କାର ଅସ୍ପଷ୍ଟଭାବେ
ଶୁଣାଯାଉଥାଏ)

ବରଦା   : ଓଃ ! (କ୍ରମେ ଚିନ୍ତିତ ଜଣାଗଲେ)

ଶାନ୍ତି   : (ବରଦାଙ୍କର ନିକଟତର ହୋଇ) ବରଦା !

ବରଦା   : ସହିବାର ତ ଗୋଟାଏ ସୀମା ଅଛି ବୋଉ !

ଶାନ୍ତି   : ହଉ, ଯାହା ସୁନ୍ଦର ଦିଶୁଛି...
(ଶାନ୍ତିଲତା ଧୀର ପଦରେ ଭିତରକୁ ଚାଲିଗଲେ)

(ବରଦାପ୍ରସନ୍ନ ଚିନ୍ତିତ ଜଣାଗଲେ। ବାହାରୁ କିଏ ଆସୁଥିବାର ଅନୁମାନ କରି କହିଲେ– "କିଏ ?" ଏବଂ କେହି ନ ଆସୁଥିବାର ଜାଣିଲେ। କ୍ରମେ ଚିନ୍ତାର ରେଖା କପାଳରେ ଫୁଟିଉଠିଲା। ଚାହାଣିରେ ବି ସେଇ ଭାବ। ମଞ୍ଚର ଆଲୋକ ନୀଳାଭ ହେଲା। ପ୍ରବେଶ କଲେ ଶାରଦାପ୍ରସନ୍ନ ପଟ୍ଟନାୟକ, ବରଦାପ୍ରସନ୍ନଙ୍କ ବାପା)

ଶାରଦା : (ମଞ୍ଚର ଦାହାଣ ଦିଗରୁ ପ୍ରବେଶ କରି ପାଦପ୍ରଦୀପ ଅଭିମୁଖରେ ସାମାନ୍ୟ ଆଗେଇ–)
         ଶାରଦାପ୍ରସନ୍ନ ପଟ୍ଟନାୟକ ବି କାହା କଥା ସହ୍ୟ କରେନା।

ବରଦା : (ଉଠି ଠିଆହୋଇ–) ବାପା ! !

ଶାରଦା : ବାପା ନ କହିଲେ ଭଲ ହୁଅନ୍ତା।

ବରଦା : ଆପଣ...ଏଠି... ?

ଶାରଦା : ସବୁ ଶୁଣୁଛି। ସବୁ ଜାଣୁଛି।
         ଜାଣୁଛି ତୋ ମନର ପ୍ରତିକ୍ରିୟା।
         (ବରଦାଙ୍କ ନିକଟକୁ ଆସି–) ମୁଁ ଯାହା କଲେ, ନ କଲେ ତୋ'ର କହିବାର କ'ଣ ଅଛି ?

ବରଦା : (ବିସ୍ମିତ ହୋଇ–) କିନ୍ତୁ–ମୁଁ ତ କିଛି–ଆପଣଙ୍କୁ...

ଶାରଦା : ମୁହଁ ଖୋଲି କହିନାହୁଁ।

ବରଦା : ନା।

ଶାରଦା : ନ କହିଲେ କ'ଣ ହେଲା ? ସବୁ କଥା କ'ଣ ସବୁବେଲେ ମୁହଁ ଖୋଲି କୁହାଯାଏ ? (ବାମ ପାଖକୁ ଚାଲିଆସିଲେ)

ବରଦା : (କିଛି ବୁଝିନପାରି) ନା।

ଶାରଦା : ନା ମାନେ ? କୁହାଯାଏନା ବୋଲି କ'ଣ ବୁଝି ହୁଏନା ? ଜାଣି ହୁଏନା ? ବମ୍ବେ, ଦିଲ୍ଲୀ କଲିକତା ବେତାର କେନ୍ଦ୍ରର ଗୀତ କ'ଣ ଏ ଘର ରେଡ଼ିଓରୁ ଶୁଣାଯାଏଇପାରେନା ? (କହୁକହୁ ବାମପାଖେ ଆଗକୁ ଆଗେଇଗଲେ)

ବରଦା : ହଁ...

ଶାରଦା : ତା'ହେଲେ ?

ବରଦା : କିନ୍ତୁ କ'ଣ ଆପଣ... ?

ଶାରଦା : କ'ଣ କହିବାକୁ ଚାହେଁ ?

ବରଦା : କ'ଣ ?

ଶାରଦା   : ଯାହା ଭାବୁଚୁ !

ବରଦା   : ଭାବୁଚି... !

ଶାରଦା   : ଅଥଚ କହିପାରୁନାହୁଁ !

ବରଦା   : କ'ଣ ?

ଶାରଦା   : ତୋ ମନରେ ଝଡ଼ ଉଠିଚି ।

ବରଦା   : ଝଡ଼ ?

ଶାରଦା   : ମୋ ବିରୁଦ୍ଧରେ...

ବରଦା   : (ଚିନ୍ତା କଲାଭଳି ଜଣାଗଲେ)

ଶାରଦା   : ପୁଞ୍ଜୀଭୂତ ହେଉଚି ।

ବରଦା   : (ତାଙ୍କ ପାଟିରୁ ବାହାରିଗଲା, 'ହଁ' ଏବଂ ସେ କହିଦେଇ ବିସ୍ମିତ ହେଲେ)–
ହଁ !

ଶାରଦା   : ଆଶଙ୍କା ହେଉଚି...

ବରଦା   : (ପୂର୍ବପରି) – ହଁ !

ଶାରଦା   : ଆଶଙ୍କା ?

ବରଦା   : କ'ଣ (ମୁହଁରେ ବିସ୍ମୟ ଭାବ)

ଶାରଦା   : ଆଶଙ୍କା–ମୁଁ ସବୁ ଉଡ଼େଇ ଦେବି । କିଚ୍ଛି ରଖିବି ନାହିଁ ।

ବରଦା   : କ'ଣ ?

ଶାରଦା   : ସମ୍ପତ୍ତି । (ପାଖ ଟୁଲ୍‌ରେ ବସିଲେ)

ବରଦା   : ହଁ ତ । ସବୁ ସମ୍ପତ୍ତି । ଅଯଥାରେ...

ଶାରଦା   : ଅଯଥାରେ ?

ବରଦା   : (ଶଘମାନ ଟେପ୍‌ରେକଡ଼ର୍ ସାହାଯ୍ୟରେ ସଂଗୃହୀତ ହେଲାଭଳି ସତେ କି
ତାଙ୍କ ଭିତରେ ସଂଗୃହୀତ ହୋଇ ରହିଚ୍ଛି ଏବଂ କିଏ ଯେପରି ସେଇ ରେକଡ଼ଟି
ବଜାଇ ଦଉଚ୍ଛି–)
ଅଯଥାରେ ନୁହଁ ଆଉ କ'ଣ ?
ରାସ ଦଳ ପିଛା ? ସେମାନଙ୍କ ପିଛା ଦୈନିକ କେତେ ଖର୍ଚ୍ଚ ? ଠାକୁର
ବେଢ଼ା ଭିତରେ ଦଳେ ପୁଅ-ଝିଅଙ୍କୁ ରଖି ଯେ ଲୀଳା ଚାଲିଚ୍ଛି ? ରାସଲୀଳା
ନା ଆଉ କ'ଣ ? (ଗୋଟିଏ ସ୍ଥାନରେ ଠିଆହୋଇ ନିର୍ଲିପ୍ତ ଭାବରେ
କହିଗଲେ)

ଶାରଦା   : (ଟୁଲ୍ ଛାଡ଼ି ଠିଆହେଲେ–ସାମାନ୍ୟ ଉତ୍ତେଜିତ ସ୍ୱରରେ) କ'ଣ ହେଲା ସେତୁ ?

ବରଦା : (ପୂର୍ବପରି ଠିଆ ହୋଇଥାଆନ୍ତି-ସେହିପରି କହିଗଲେ) କ'ଣ ଆଉ ହୁଅନ୍ତା ? ଜମି ବିକ୍ରି ହୋଇ ଖର୍ଚ୍ଚ ଚାଲିଚି। ମନ୍ଦିର ତିଆରି ହେଲା- ଜମି ବିକ୍ରି। ଅନ୍ୟ ଗାଁରେ କୁଆ ଖୋଲା ହେଲା- ଜମି ବିକ୍ରି। ରାସ ଦଳ ପୋଷା ହଉଚନ୍ତି- ଜମି ବିକ୍ରି। ଆଉ କେତେ ଏକର ରହିଲା ? ପୁଣି ଭାଗଚାଷୀ ଆଇନ ଯାହା ହେଲାଣି, ସେମାନେ ହୁଏତ...

ଶାରଦା : ମୋ ସମ୍ପତ୍ତି ବିଷୟରେ କାହାର କିଛି କହିବାର ଅଧିକାର ନାହିଁ।

ବରଦା : (ସ୍ୱାଭାବିକ ଭାବରେ) କୋଉଠୁ କହୁଛନ୍ତି ? ରକ୍ତକୁ ପଚାରନ୍ତୁ।

ଶାରଦା : କ'ଣ ପଚାରିବି ?

(ବରଦା ପୂରା ସ୍ୱାଭାବିକ ଅବସ୍ଥାକୁ ଫେରି ବାମପାଖେ ମଞ୍ଚ ଆଗକୁ ଆଗେଇ ଯାଉ ଯାଉ-)

ବରଦା : ଆମେ ବଞ୍ଚବୁ କେମିତି ! ବଜାର ଦର କ'ଣ ହେଲାଣି ? ଟଙ୍କାଟାର ମୂଲ୍ୟ ଆସି ଅଣତିରିଶି ପଇସା ହେଲାଣି। କହନ୍ତୁ, ଆମେ ବଞ୍ଚବୁ କେମିତି ? ସେମାନେ ବଞ୍ଚବେ କେମିତି ?

ଶାରଦା : ସେମାନେ ? (ବରଦାଙ୍କୁ ହଠାତ୍ ନୀରବ ଦେଖି) କୋଉମାନେ ?

ବରଦା : କାଲି ଯେଉଁମାନେ ଏ ସଂସାରକୁ ଆସିବେ- ?

ଶାରଦା : (ବୁଝିପାରି)-ଓଃ !

ବରଦା : ସେମାନଙ୍କ ଭବିଷ୍ୟତ ?

ଆମର ବର୍ତ୍ତମାନ ପ୍ରଶ୍ନମୟ; ଭବିଷ୍ୟତ ସ୍ଥିତିହୀନ। କ'ଣ କରିବୁ ?

(ବରଦା ଟୁଲ୍ ଆଡ଼କୁ ଫେରିଆସିଲେ। ଶାରଦା ମଧ୍ୟ)

ଶାରଦା : ଏ ପ୍ରଶ୍ନ ହଠାତ୍ ମତେ କାହିଁକି ? ମୁଁ କ'ଣ ବଜାରରେ ଜିନିଷପତ୍ର ଦରଦାମ୍ ବଢ଼େଇ ଦେଇଚି ? ସୁନାଦର ଚଢ଼ା କରିଦେଇଚି ? ଟଙ୍କାର ମୂଲ୍ୟ କମେଇ ଦେଇଚି। ମୁଁ ତ କିଛି ମଦ, ଗଞ୍ଜେଇ ଖାଇଦେଇ ନାହିଁ। ମଦନମୋହନ ଇଷ୍ଟଦେବତା- କୁଳଦେବତା। ଯାହା କରିଚି, ସବୁ ତାଙ୍କରି ପ୍ରୀତି ପାଇଁ, ବଂଶର ମଙ୍ଗଳ ପାଇଁ।

(ଶାରଦା କହୁ କହୁ କ୍ରମେ ବାମ ଆଡ଼କୁ ଆଗେଇଗଲେ)

ବରଦା : ମଦନମୋହନଙ୍କ ନାଁରେ ଭଲ ପ୍ରହସନ ଚାଲିଚି। ଈଶ୍ୱରଙ୍କ ନାଁରେ ସବୁଟି ଏକା ପ୍ରହସନ, ଏକା ଭାଣ୍ଡାମି।

ଶାରଦା : ବରଦା !

ବରଦା : ସେଇ ପ୍ରତାରଣା, ସେଇ ହିପୋକ୍ରାସି - ନିଜ ପାଖରେ, ଅନ୍ୟ ପାଖରେ, କେଦିନ ଏମିତି -

ଶାରଦା   : ଏଇମିତି ପଞ୍ଚାଏ ବାହାରିଚି-ଏଇଆ କହିବ।

ବରଦା   : ଈଶ୍ବର ଆଉ ନାହାନ୍ତି। ମରିଗଲେଣି। କେବେଠୁଁ ମରିଗଲେଣି।

ଶାରଦା   : ବରଦା! ଏମିତି ଈଶ୍ବର-ବିରୋଧୀ ହେଲେ...

ବରଦା   : ସେଇ ପୁରୁଣା କଥା ? ସେଇ ପୁରୁଣା ଭୟ। ପିଲାଦିନୁ ଆଜିଯାଏ।

ଶାରଦା   : କୋଉ କଥା ? କୋଉ ଭୟ ?

ବରଦା   : ଈଶ୍ବର ଭୟ। ମିଛ ଭୟ। ଏଇ ମିଛ ଭୟ ମଣିଷର ମନକୁ ଦୁର୍ବଳ
         କରିଦେଇଛି। ପଙ୍ଗୁ କରି ରଖିଛି। (କ୍ରମେ ଡାହାଣ ପାଖେ ସାମାନ୍ୟ ଆଗେଇ-
) ସେଇଥିପାଇଁ ମଣିଷ ପରି ବଞ୍ଚପାରୁନାହିଁ। ଇଆ ବିରୁଦ୍ଧରେ-

ଶାରଦା   : ବହୁ ସଂଗ୍ରାମ ହେଇଚି, ଅତୀତରେ। ଫଳ କିଛି ହେଇନି। ବିଶ୍ବାସ ବଡ଼
         କଥା। ଯେ ସେମିତି ବିଶ୍ବାସ ରଖିଚି...

ବରଦା   : ସେଇ ମିଛ ବିଶ୍ବାସ ପଛରେ ଧାଉଁଥାନ୍ତୁ। ଧାଉଁ ଧାଉଁ ତ ସବୁ ସମ୍ପତ୍ତି
         ସାରିଲେଣି। (ଶାରଦାଙ୍କ ସାମାନ୍ୟ ନିକଟକୁ ଯାଇ) ଆମେ ଚଳିବୁ କେମିତି ?
         ଆମେ ବଞ୍ଚବୁ କେମିତି ? ସେମାନଙ୍କୁ ବଞ୍ଚାଇବୁ କେମିତି ?

ଶାରଦା   : (ଶାରଦାଙ୍କ କଥାପ୍ରତି ଧ୍ୟାନ ନଦେଇ-) ଏବେ ଦେଶରେ ସତାଅଶୀ ଲକ୍ଷ
         ବେକାର। ସେମାନଙ୍କ ବେଳକୁ କ'ଣ ଥିବ ? – ନା ଥିବ ଚାକିରି, ନା
         ଆପଣ ରଖିଥିବେ ଜମିବାଡ଼ି। କ'ଣ ସେମାନେ କରିବେ ? (ଘର ମଝିରେ
         ଥିବା ଟୁଲ୍ ଆଡ଼କୁ ଆସୁଆସୁ-) ଚୋରି କରିବେ, ଡକାୟତି କରିବେ,
         ରାସ୍ତାରେ କାହାକୁ ହତ୍ୟା କରିବେ, ଗାଡ଼ି ଭିତରେ ଛୁରୀ ଦେଖାଇ ଟଙ୍କା
         ସୁନା ନେଇଯିବେ, କେଉଁଠୁ ଖାଦ୍ୟଦ୍ରବ୍ୟ ଲୁଟି କରିବେ। ସେମାନଙ୍କ କଥା
         ଛାଡ଼ନ୍ତୁ। ଆମକୁ ବି ସେଇଆ କରିବାକୁ ପଡ଼ିପାରେ। ଆଉ ଉପାୟ କ'ଣ ?

ଶାରଦା   : କିଏ ଏସବୁ ପାଇଁ ଦାୟୀ ? କିଏ ? ମୁଁ ନା ଆଉ କିଏ ?

ବରଦା   : ଆଗେ ନିଜ କଥା ଭାବନ୍ତୁ – ଆପଣ ନୁହନ୍ତି ?

ଶାରଦା   : ମାନେ...

ବରଦା   : ଏଇ ମୋ କଥା ଦେଖନ୍ତୁ-ମୋର ବୟସ କେତେ ହେଲା ? ଜମିବାଡ଼ି ଘରଦ୍ବାର
         ବୁଝିବାର ବୟସ ମୋର କ'ଣ ହୋଇନି ? (ଘର ମଝିରେ ଥିବା ଟୁଲ୍
         ଆଡ଼କୁ ଆସିଲେ)

ଶାରଦା   : ବୟସ ହେଲେ କ'ଣ ହେଲା ? କହିଦେବା ସହଜ। କାମ ବେଳକୁ-
         ଅଭିଜ୍ଞତା ? ସେ କାଇଁ ?

ବରଦା   : ବୁଢ଼ାମାନେ ସବୁଟି ଗାଦି ମାଡ଼ି ବସୁଛନ୍ତି। ଛାଡ଼ି ଯିବାକୁ ନାରାଜ। ପଞ୍ଚାବନରୁ

ଅଠାବନ । ତା'ପରେ ଅଭିଞ୍ଜତା । ଅଭିଞ୍ଜତା ନାଁରେ... ଅଠାବନରୁ ଅଣଷଠି-
ଷାଠିଏ-ଏକଷଠି-ବାଷଠି । ତା'ପରେ ବୟସ ମର୍ଯ୍ୟାଦା-ଏଠି ସଭାପତି, ସେଠି
ଚେୟାରମ୍ୟାନ, କୋଉଠି ଉପଦେଷ୍ଟା... ସବୁ ଗାଦି... ସେଇଥିପାଇଁ ସବୁଠି
ଅସନ୍ତୋଷ, ସବୁଠି ବିଭ୍ରାଟ୍‌, ସବୁଠି ଗଣ୍ଡଗୋଳ ।

ଶାରଦା   : ଓଃ, ତୁ ତା'ହେଲେ ରାଜା ହେବାକୁ ଚାହୁଁ ?

ବରଦା   : ରାଜା ?

ଶାରଦା   : ରାଜା ନୁହେଁ ଆଉ କ'ଣ ? ଗାଦି ଅଧିକାର କରିବୁ–ଔରଙ୍ଗଜେବ୍‌ ପରି ମତେ
         ବନ୍ଦୀ କରିବେ । ତା'ପରେ ସବୁ ଦଖଲ କରିବୁ ।

ବରଦା   : ଅସମ୍ଭବ କ'ଣ ?

ଶାରଦା   : ଅସମ୍ଭବ ନୁହେଁ–ଦୁର୍ଗାପ୍ରସନ୍ନ ବସି ତତେ ସେଇଆ କରିବ ।

ବରଦା   : ଦୁର୍ଗାପ୍ରସନ୍ନ ?

ଶାରଦା   : ଓଃ !

ବରଦା   : ସେ କିଏ ?

ଶାରଦା   : ଯାହା ପାଇଁ ଏତେ ଚିନ୍ତା, ଏତେ ଅଭିଯୋଗ ।
         (ଶାନ୍ତିଲତା ଅନ୍ତରାଲରୁ ଡାକିଲେ– ବରଦା ! ବରଦା ! ଶାରଦାପ୍ରସନ୍ନ ବରଦାଙ୍କୁ
         ଚାହିଁଲେ ଓ ଆସିଥିବା ବାଟରେ ଚାଲିଗଲେ । ବରଦା ସେତେବେଳକୁ ଟୁଲ୍‌
         ପାଖରେ ଥିଲେ । କ୍ଲାନ୍ତ ହେଲାପରି ବସିପଡ଼ିଲେ– ଶାରଦାପ୍ରସନ୍ନଙ୍କ ପ୍ରବେଶ
         ପୂର୍ବରୁ ଯେପରି ଚିନ୍ତାବିଷ୍ଟ ହୋଇ ବସିଥିଲେ, ସେଇଭଳି ।
         ମଞ୍ଚର ନୀଳ ଆଲୋକ ଉଜ୍ଜ୍ୱଲ ହେଲା । ପ୍ରବେଶ କଲେ ଶାନ୍ତିଲତା)

ଶାନ୍ତି   : ବରଦା ! ବରଦା !

ବରଦା   : (ସ୍ୱପ୍ନୋତ୍‌ଥିତ ପରି) ଏଁ !

ଶାନ୍ତି   : କ'ଣ ହେଲା ?

ବରଦା   : ନା ।

ଶାନ୍ତି   : ମୁଣ୍ଡରେ ଏମିତି ହାତଦେଇ...

ବରଦା   : ବାପାଙ୍କ କଥା ।
         (ଟୁଲ୍‌ ଛାଡ଼ି ଠିଆହେଲେ)

ଶାନ୍ତି   : ଭାବିବାର କ'ଣ ଅଛି ? ବାରମ୍ୱାର କହିଲି– ତାଙ୍କ ସଙ୍ଗେ ଝଗଡ଼ା କରନା ।
         ଯାହା କରୁଛନ୍ତି କରନ୍ତୁ– ଉଡ଼ାନ୍ତୁ, ବୁଡ଼ାନ୍ତୁ । ତେଣିକି ତମ ଭାଗ୍ୟରେ ଯାହାଥିବ ।
         କିନ୍ତୁ...

ବରଦା   : ତାଙ୍କ ଅସନ୍ତୋଷରେ ଆମେ ପାପ ଭୋଗ ନ କରୁ–ନା ?

ଶାନ୍ତି   : କହିଲେ ତ ବିଶ୍ୱାସ କରନ୍ତୁ । (ସାମାନ୍ୟ ନୀରବତା ପରେ–) ଆଉ ସେଥିରୁ କ’ଣ ମିଳିବ ? ଜମିବାଡ଼ି ତ ଆୟତ୍ତକୁ ଆଣିଲୁ । ତାଙ୍କ ରାସଦଳ ଭାଙ୍ଗିଦେଲୁ । ନ କହିବା କଥା ତ କହିଲୁ...

ବରଦା   : ତା’ ବ୍ୟତୀତ ଆଉ କ’ଣ ଉପାୟ ଥିଲା ? ମିଛ ଆଦର୍ଶ ପଛରେ ତ ବହୁତ ଧାଇଁଲି । କ’ଣ ଫଳ ହେଲା ? ଆଜିକାଲିର ପରିସ୍ଥିତି ଯାହା ହେଲାଣି, ମଣିଷ ପରି ଆମେ ବଞ୍ଚିବା କଷ୍ଟ । ଏ ଘରକୁ କାଲି ଯେ ଆସିବ... ?

ଶାନ୍ତି   : କିଏ (ପରେ ବୁଝିପାରି–) ଓଃ ! ଦୁର୍ଗାପ୍ରସନ୍ନ ।

ବରଦା   : ଦୁର୍ଗାପ୍ରସନ୍ନ ?

ଶାନ୍ତି   : ସେଇ । ଏ ଘରକୁ ଯେ ଆସିବାକୁ ଅପେକ୍ଷା କରି ବସିଚି । ସମୟ ଗଣୁଚି । ଆସିଯିବ–ହୁଏତ ଆଜି ବା କାଲି...

ବରଦା   : କିନ୍ତୁ ଦୁର୍ଗାପ୍ରସନ୍ନ ?

ଶାନ୍ତି   : ତାରି ନାଁ । ତୋ ବାପା କହୁଥିଲେ...

ବରଦା   : କ’ଣ ହଉଚି ଆଗ ଦେଖ, ତମେ ଯାହା ଆଶା କରୁଚ ଯଦି ହୁଏ – ତେବେ...

ଶାନ୍ତି   : ତେବେ ?

ବରଦା   : ସେ ପୁରୁଣା ସୂତାର ଖିଅ ପୁଣି କାହିଁକି... ?

ଶାନ୍ତି   : (ବୁଝିନପାରି) ପୁରୁଣା ସୂତା ?

ବରଦା   : ସେଇ କ୍ଷୀରୋଦପ୍ରସନ୍ନ, ବିରାଜପ୍ରସନ୍ନ, ଶାରଦାପ୍ରସନ୍ନ, ବରଦାପ୍ରସନ୍ନ– ତା’ପରେ ପୁଣି ଦୁର୍ଗାପ୍ରସନ୍ନ ? ନା, ଦୁର୍ଗାପ୍ରସନ୍ନ କି ହରପ୍ରସନ୍ନ ଆଉ ନୁହେଁ । ବରଂ... ବରଂ... । ସେ ପରମ୍ପରାର ପୁନରାବୃତ୍ତି ଆଉ ନ ହେଉ । ମୁଁ ଭାଙ୍ଗିଦେବାକୁ ଚାହେଁ, ସବୁ ପୁରୁଣା ପରମ୍ପରା, ସବୁ ପୁରୁଣା ପ୍ରଥା, ପୁରୁଣା ଆଦର୍ଶ । (ବରଦା ଆଗେଇଗଲେ ପାଦେ ପାଦେ ଓ ତାଙ୍କ ପଛରେ ଶାନ୍ତି ଦୁଇପାଦ ଯାଇ ଠିଆ ହୋଇଗଲେ)

ଶାନ୍ତି   : କିନ୍ତୁ...

ବରଦା   : ଆଉ କିନ୍ତୁ କ’ଣ ? ସେ ଗତାନୁଗତିକ ଚଳଣି ଓ ବିଶ୍ୱାସ ଭିତରେ ମୁଁ ନିଜେ ଅଣନିଃଶ୍ୱାସୀ ହୋଇଯାଉଚି । ସେ ପୁରୁଣା ଜମିଦାରୀ ମିଛ୍ୟାସ ଏଠୁ ଲୋପ ପାଇବ । ଏଣିକି ନୂଆ କରି–(କହି କହି ପୁଣି ମା’ଙ୍କ ଆଡ଼କୁ ଆସିଲେ)

ଶାନ୍ତି   : ତା’ କେମିତି ହବ ?

ବରଦା   : କାହିଁକି ନ ହବ ? ଆମେ କାହିଁକି ସେଇ ପୁରୁଣା ବିଶ୍ୱାସର ଖୋଲକୁ

ଗେଣ୍ଡାପରି ବୋହି ବୋହି ଚାଲିଥିବୁ, ଚାଲୁ ଚାଲୁ ଗଡ଼ି ପଡ଼ୁଥିବୁ, ପୁଣି ଉଠି ଚାଲୁଥିବୁ? ଆମେ କାହିଁକି ପୁରୁଣା ଖିଆଲ ପଛରେ ଅଣନିଃଶ୍ୱାସୀ ହେଇ ଧାଇଁଥିବୁ? ଧାଉଁ ଧାଉଁ ଥକି ପଡ଼ୁଥିବୁ। ପୁଣି ଧାଉଁଥିବୁ ଓ ଆମ ପରବର୍ତ୍ତୀ ବଂଶଧରଙ୍କୁ ବାଧ୍ୟ କରୁଥିବୁ—ଆମରି ପଛରେ ଧାଉଁଥା। ଏଠୁ ଆରମ୍ଭ ହେବ ଏକ ନୂଆ ଚଳଣି। ଏଠୁ ଅଲଗା ହୋଇଯିବ ଅତୀତ ସହିତ ବର୍ତ୍ତମାନର ସବୁ ସମ୍ପର୍କ।

(କ୍ରମେ ବାମ ଆଡ଼କୁ ଗଲେ)

ଶାନ୍ତି : ତା' କିଏ କରିପାରିବ? ତୁ ପାରିବୁ? ସମ୍ପର୍କର ପୁରୁଣା ଖିଅ ତୁଟାଇ ପାରିବୁ? (ନିମ୍ନ ସ୍ୱରରେ–) ମୋର ଯାହା ଆଶଙ୍କା...

ବରଦା : କ'ଣ?

ଶାନ୍ତି : ନା, କିଛି ନାଇଁ।

ବରଦା : ଏଇଥିପାଇଁ ତ ଆମର ଆଜି ଏ ଅବସ୍ଥା।

ଶାନ୍ତି : କୋଉଥିପାଇଁ?

ବରଦା : ଏଇ–ମନକଥା ନ କହି–ସାରା ଜୀବନ ତୁ ନିଜେ କୁହୁଳି କହୁଳି ମଲୁ, ଆମକୁ ବି ଜାଳିଦେଲୁ। କ'ଣ ଲାଭ ହେଲା, ଏମିତି–
(ଟୁଲ୍ ପାଖକୁ ଆସି ବସିଲେ)

ଶାନ୍ତି : କିଏ ସେ ଲାଭକ୍ଷତିର ହିସାବ କରୁଚି?

ବରଦା : (ଶାନ୍ତିଙ୍କ କଥା ପ୍ରତି ଧ୍ୟାନ ନଦେଇ–) ତାଙ୍କୁ ଯାହା ଯେତେବେଳେ କହିବାକୁ ଭାବିଲୁ, କହିଲୁନି? ସବୁ କଥାରେ ନୀରବ ରହିଗଲୁ। ସେଇଥିପାଇଁ ସେ ସାରା ଜୀବନ ତତେ ଉପେକ୍ଷାକରି ଆସିଛନ୍ତି। ତତେ ଏକା ନୁହେଁ– ତତେ, ମତେ, ଆମ ସମସ୍ତଙ୍କୁ।

ଶାନ୍ତି : ସମୟ କେତେ କେତେ ହେଲା? (ବରଦା ଉଠି ଠିଆହେଲେ)

ବରଦା : ନା ତୁ ତାଙ୍କୁ କିଛି କହିଲୁ, ନା ଆମକୁ କୁହାଇଦେଲୁ। ସବୁବେଳେ ସେଇ କଥା – କିଛି କହନା–ବାପା ରାଗିବେ–ବାପା ଦୁଃଖ କରିବେ। ସଦାବେଳେ 'ପିତା ଧର୍ମ, ପିତା ସ୍ୱର୍ଗ' ପଢ଼େଇଲୁ। ଏବେ ହେଲା କ'ଣ?

ଶାନ୍ତି : କ'ଣ ହେଲାଣି ଦେଖୌଁ। (ଶାନ୍ତି ଯିବାକୁ ବାହାରିଲେ)

ବରଦା : ଥିଲା ଥିଲା, ହଠାତ୍ ବେଲୁନ୍ ଫାଟିଗଲା–

ଶାନ୍ତି : ବେଲୁନ୍?

ବରଦା : ଆଦର୍ଶ। ମିଛ ଆଦର୍ଶ। ଆଦର୍ଶର ବେଲୁନ୍–ବାପାଙ୍କୁ କିଛି କହିବାନି, ସେ

ଯାହା କଲେ ବି, କାରଣ ସେ ବାପା । ଅଜାଣତରେ ତାଙ୍କ ବିରୁଦ୍ଧରେ ମନ
ଭିତରେ ଲୁଚିଛପି ଯେତେ ଅସନ୍ତୋଷ ଥିଲା, ସବୁ ହଠାତ୍...

ଶାନ୍ତି : ଏମିତି ହଠାତ୍ ରାଗନ୍ତି ? ତୁ ସେଦିନ ରାଗି ଯେମିତି ହେଲୁ...

ବରଦା : ବାପା କ'ଣ କେବେ ଭାବିଥିବେ...

ଶାନ୍ତି : କ'ଣ ?

ବରଦା : ମୋ ପରି ପୁଅ ଦିନେ ଏମିତି ହେବ !
ନା, ମୁଁ ନିଜେ କେବେ ଭାବିଥିଲି ।

ଶାନ୍ତି : ମୁଁ କିନ୍ତୁ ଠିକ୍ ଆଶଙ୍କା କରିଥିଲି । (ବସିପଡ଼ିଲେ)

ବରଦା : କାହିଁକି ?

ଶାନ୍ତି : କାହିଁକି, କ'ଣ କହିବି ?

ବରଦା : ପୁଣି ସେଇ କଥା ?

ଶାନ୍ତି : ନା, ଆଜି ଆଉ କିଛି ଲୁଚାଉନି । (ସାମାନ୍ୟ ନୀରବତା ପରେ-) ତୋ ବାପା
ତୋ'ରି ବୟସର ହୋଇଥାନ୍ତି । (ଟୁଲରୁ ଉଠିପଡ଼ିଲେ) ତୁ ସେତେବେଳକୁ
ଜନ୍ମ ହେବାର ଥାଏ । ତାଙ୍କ ବାପାଙ୍କ ସାଙ୍ଗରେ ଏଇ ଗଣ୍ଡଗୋଳ ଲଗାଇ
ଥାଆନ୍ତି । ବୁଢ଼ା ବୟସରେ ସେ ଯେମିତି ଅସହାୟ ଭାବରେ ଦିନ କାଟିଲେ...

ବରଦା : ଅସହାୟ ଭାବରେ ?

ଶାନ୍ତି : ବୁଢ଼ାଙ୍କର ଆଗରୁ ତ ସ୍ତ୍ରୀ ଚାଲିଯାଇଥାନ୍ତି-ମୁଁ ଆସିବା ଆଗରୁ । ଘରେ
ପୋଲିଟିଏ ଥାଏ । ବୁଢ଼ାଙ୍କ ଖବର ବୁଝୁଥାଏ, ଘର ଚଲାଉଥାଏ । ତୋ
ବାପା କୋଉଠୁ ଶୁଣିଲେ... (ଯାଉଯାଉ ଠିଆ ହୋଇଗଲେ)

ବରଦା : କ'ଣ ?

ଶାନ୍ତି : ସେଇ କୁଆଡ଼େ...

ବରଦା : ଜେଜେମା'ଙ୍କୁ ମାରି ଦେଇଚି ?

ଶାନ୍ତି : ହଁ ! (ଆଶ୍ଚର୍ଯ୍ୟ ହୋଇ) କେମିତି ଜାଣିଲୁ ?

ବରଦା : ନାଇଁ, ଏମିତି...।

ଶାନ୍ତି : ତୋ ବାପା ଦିନେ ରାଗି ତାଙ୍କୁ ଘରୁ ବାହାର କରିଦେଲେ । ବୁଢ଼ାଙ୍କୁ
ଗାଲିଦେଲେ । ଅପମାନ ଦେଲେ । ସବୁ ଜମିବାଡ଼ି ନିଜ ଆୟତ୍ତକୁ ଆଣିଲେ ।
ବୁଢ଼ା ନିରୋଳାରେ ବସି ଭାରି କାନ୍ଦନ୍ତି । ଦିନେ ଦିନେ ରାତିରେ ନିଦ ଭାଙ୍ଗିଲା
ବେଲକୁ, ଅଗଣାରେ...

ବରଦା : ବସି କାନ୍ଦୁଥାଆନ୍ତି ?

ଶାନ୍ତି : ହଁ ! (ଆଶ୍ଚର୍ଯ୍ୟ ହୋଇ) କେମିତି ଜାଣିଲୁ ?

ବରଦା : ସିଏ ଦିନେ ରାତିରେ ବାହାରକୁ ଆସିଲାବେଳକୁ–ବାପା ଏକୁଟିଆ ଅଗଣାରେ
        ବସି...

ଶାନ୍ତି : କାନ୍ଦୁଥିଲେ ?

ବରଦା : ହଁ !

ଶାନ୍ତି : ସେ ବୁଢ଼ାଙ୍କ ମନରେ ଯେମିତି ଆଘାତ ଦେଲେ, ବୁଢ଼ା ସେଇ ଯୋଗେ
        ଯେମିତି ଦୁଃଖରେ ମଲେ, ମୋର ଆଶଙ୍କା ଥିଲା–ଦିନେ ହୁଏତ ତୁ ତାଙ୍କୁ
        ସେମିତି...(ଟୁଲ୍‌ରେ ବସିଗଲେ)

ବରଦା : ତା' ସହିତ ଯ୍ଵା'ର କ'ଣ ସମ୍ପର୍କ ?

        (ଶାନ୍ତିଲତାଙ୍କ ମୁହଁ ମିଳିନ ଦେଖାଗଲା। କ୍ରମେ କ୍ରମେ ସେ ଖୁବ୍ ଶଙ୍କାକୁଳା
        ଜଣାଗଲେ)

ବରଦା : ବୋଉ !

ଶାନ୍ତି : (ସ୍ଥିର ଦୃଷ୍ଟିରେ ଆଗକୁ ଚାହିଁଥାନ୍ତି–ଆଖିରେ ଭବିଷ୍ୟତର ଭୀତି) ଏଁ...

ବରଦା : କ'ଣ ହେଲା ?

ଶାନ୍ତି : (ଶଙ୍କିତ ମୁହଁରେ ଓଠ ଥରିଗଲା) ନା, କିଛି ନାଇଁ।

ବରଦା : ବୋଉ ! କ'ଣ ହେଲା, କହନ୍ତୁ...?

ଶାନ୍ତି : ମୋର ଭାରି ଆଶଙ୍କା...
        ଭଗବାନ ନ କରନ୍ତୁ...(ଆଉ କହି ପାରିଲେନି)

ବରଦା : କ'ଣ ?

ଶାନ୍ତି : (ନୀରବ ରହିଲେ। ତାଙ୍କର ସ୍ଥିର ଦୃଷ୍ଟିରେ ଅସ୍ଥିରତାର ଛାଇ)

ବରଦା : ବୋଉ ! କ'ଣ ଆଶଙ୍କା କରୁଚୁ ?
        ବାପାଙ୍କର...

ଶାନ୍ତି : ନା ! (ସାମାନ୍ୟ ନୀରବତା ପରେ ଥରିଲା କଣ୍ଠରେ–)
        ତୋ' ବାପା ବୁଢ଼ାଙ୍କୁ ଯେମିତି...
        ସେ ଆଜି ନିଜେ ସେମିତି...
        ସେତେବେଳକୁ ତୁ ଜନ୍ମ ହବାର ଥାଏ–
        ଆଜି ତୋର ସନ୍ତାନ ହବାର ଅଛି...
        ମୁଁ ତାଙ୍କୁ କହିଲି–
        ତମେ ବରଦାର ଅମଙ୍ଗଳ ଚିନ୍ତା କରିବନି–

ବୋହୂ...

(ଅନ୍ତରାଳରୁ ଶୁଣାଗଲା ପ୍ରସୂତିର ଗର୍ଭବେଦନାଜନିତ ଅସ୍ପଷ୍ଟ ଆର୍ତଚିତ୍କାର-
ଓଃ, ମରିଯିବି ସିଷ୍ଟର...ମରିଯିବି...ସିଷ୍ଟର, ମରିଯିବି...ଓଃ...ଓଃ...ମରିଯିବା
ଲୋ, ବୋଉ...ଓଃ...ଓଃ...ଆଉ ସମ୍ଭାଳି ପାରିବିନି । ଓଃ...ଶାନ୍ତିଲତା ତରତର
ହୋଇ ଚାଲିଗଲେ । ବରଦାପ୍ରସନ୍ନ ଯେଉଁଠାରେ ଠିଆ ହୋଇଥିଲେ, ସେଠାରେ
କିଛି ସମୟ ସ୍ଥିର ହୋଇଗଲେ । କ୍ରମେ ସେ ଚିନ୍ତିତ ଜଣାଗଲେ ଓ ତାଙ୍କର
ମନ ଭାରାକ୍ରାନ୍ତ ହେଲା)

ବରଦା : (ଧୀରେ ଧୀରେ ଦୁଇପାଦ ଆଗକୁ ଆଗେଇ-)

ସେ ଯେମିତି ତାଙ୍କ ବାପାଙ୍କୁ...

ନିଜେ ସେମିତି ଭୋଗୁଛନ୍ତି-

କାଲି ମତେ ବି...

(କିଛି ସମୟ ପରେ-ମନକୁ ସହଜ ଓ ହାଲୁକା କରି)

ନା, ମିଛ ! ମିଛ !

(ପୁଣି ଗମ୍ଭୀର ଜଣାଗଲେ)

କାଲି ସକାଳେ...ମତେ...ମୋ ସନ୍ତାନ...

(ନିଶ୍ଚିତ ସ୍ୱରରେ-)

ନା, ମିଛ ! ମିଛ ଭୟ !

ମନଗଢ଼ା ଭୟ । ଏମିତି ଯଦି ହଉଥା'ନ୍ତା...

(ହାଲୁକା ମନରେ ଉପରକୁ ମୁହଁକରି ଟୁଲ୍ ଆଡ଼କୁ ଫେରିଲେ । ନିଜକୁ
ନିଜେ କହିଲେ- "ବରଦା ପଟ୍ଟନାୟକ ! ଡରୋ ମତ୍, କୁଛ୍ ନେହିଁ ହୋଗା ।"
ନିଜ ମନକୁ ବୁଝାଇଦେଲେ ଓ ଟୁଲ୍ ଉପରେ ବସିଲେ । ପୁଣି ସେଇ ଚିନ୍ତା
ମନକୁ ଛୁଇଁଲା । ହାତମୁଠା ଉପରେ ମୁହଁ ଭାରା ଦେଇ ତଳକୁ ଚାହିଁରହିଲେ ।
ମଞ୍ଚର ଆଲୋକ ନୀଳାଭ ହେଲା ।

ବରଦା ପୂର୍ବପରି ବସି ରହି କହିଲେ- କିଏ ?

ଦକ୍ଷିଣ ପାଖରୁ ପ୍ରବେଶ କଲେ ବିବେକ ଏବଂ କହିଲେ- 'ବିବେକ' ।

ବିବେକ ତରୁଣ ନୁହନ୍ତି-ପ୍ରାପ୍ତବୟୟସ୍କ । ବିଚାରବନ୍ତ ।

ପିନ୍ଧିଥାନ୍ତି ଧଳା ପାଇଜାମା ଓ ଧଳା ପଞ୍ଜାବି ।

ପରେ ପରେ ପ୍ରବେଶ କଲେ ମାନସ ।

ବୟସ କିଶୋର। ମନ ବି ସେହିପରି।
ଦେହରେ ଆଧୁନିକ ପୋଷାକର ପରିପାଟୀ)

ବିବେକ : ବିବେକ...

ମାନସ : ବିବେକ ?

ବିବେକ : (ମାନସଙ୍କୁ ନ ଚାହିଁ)-ବିବେକ ପଞ୍ଚନାୟକ। ତମେ ?

ମାନସ : ଏଠି କେମିତି ?

ବରଦା : ମାନେ ? (ମାନସଙ୍କୁ ଚାହିଁଲେ)

ମାନସ : ମୁଁ ତ କେବେ ଆଗରୁ-!

ବରଦା : ମନେ ନଥିବ। ତମେ...?

ମାନସ : ମୁଁ ବରଦାପ୍ରସନ୍ନ ପଞ୍ଚନାୟକ।

ବିବେକ : ନା।

ମାନସ : ନା, ମାନେ ?

ବିବେକ : ତମେ ବରଦାପ୍ରସନ୍ନ ହୋଇପାରନା।

ମାନସ : ଆଉ ?

ବିବେକ : ମାନସ। ମାନସ ପଞ୍ଚନାୟକ।

ମାନସ : କେମିତି ଜାଣିଲ ?

ବିବେକ : ଜାଣି ହୁଏ।

ମାନସ : ଆଉ କ'ଣ ଜାଣିଚ ?

ବିବେକ : ଅନେକ କିଛି।

ମାନସ : ଅନେକ ! ଯଥା- ?

ବିବେକ : ଯଥା-ତୁମେ ଉଚ୍ଛୃଙ୍ଖଳ, ଉଦ୍‌ଭ୍ରାନ୍ତ।

ମାନସ : ତମେ ?

ବିବେକ : ବିପରୀତ। କାରଣ ମୁଁ ଦେଖିଆସିଚି, ଯୌବନର ରଙ୍ଗମାନ। ମଣିଷର
ଗତିବିଧମାନ।

ମାନସ : ହୁଁ।
ଅନ୍ୟାୟର ପ୍ରତିବାଦ କରିବା କ'ଣ ଉଚ୍ଛୃଙ୍ଖଳତା ?

ବିବେକ : ନା, ସୌଜନ୍ୟ ହରାଇବା...।
ସମସ୍ତଙ୍କ ବିରୁଦ୍ଧରେ ବି ପ୍ରତିବାଦ କରାଯାଏନା।
ସେପରି ସ୍କୁଲେ ବି...

ମାନସ   : ବାପାଙ୍କ ବିରୁଦ୍ଧରେ ?

ବିବେକ   : ନା । କାରଣ ସେ ବାପା । ସେ...

ମାନସ   : ସେ ଥରକୁଥର ଭୁଲ୍ କଲେ...

ବିବେକ   : ସହିବାକୁ ହବ । ନ ସହି ସେଇ ଭୁଲ୍ ହେଇଚି ।

ମାନସ   : କେତେ ଏମିତି ସହି ହୋଇଥାନ୍ତା ?

            ସହିବାର ତ ଗୋଟାଏ ସୀମା ଅଛି ?

            ଚାହୁଁଚାହୁଁ କେତେ ସମ୍ପତ୍ତି ଉଡ଼ିଗଲା ?

ବିବେକ   : ପରେ ଯେତେବେଳେ ଅନୁତାପ କରବାକୁ ପଡ଼ିବ ?

ମାନସ   : କାହିଁକି ?

ବିବେକ   : ନିଜ ପୁଅ ଯେତେବେଳେ ସେମିତି କହିବ ?

            ସେମିତି ଉଚ୍ଛୃଙ୍ଖଳ ହବ– ? ଶଠ୍ତା କରିବ ?

ମାନସ   : ସହିଥିଲେ ବି ସେଇ ଅନୁତାପ କରିବାକୁ ପଡ଼ିଥାନ୍ତା ।

            କାରଣ ସେଇ ପୁଅ ପଚାରିଥାନ୍ତା–

            (ଆଗାମୀ ଯୁଗର ଉଚ୍ଛୃଙ୍ଖଳ ଯୁବକସୁଲଭ ଭଙ୍ଗୀରେ ବରଦାପ୍ରସନ୍ନଙ୍କୁ

            ପଚାରିଲେ–)

            ଘରେ ତ ଖାଇବାକୁ ନାଇଁ । ଆମ ପାଇଁ ବାହାରେ ଚାକିରି ନାଇଁ । ଆମେ

            ଚଲିବୁ କେମିତି ? ଆମେ ବଞ୍ଚିବୁ କେମିତି ? ତମ ବାପା ସବୁ ସମ୍ପତ୍ତି ଉଡ଼େଇ

            ଦେଲାବେଳେ, ତମେ ଯଦି ଏମିତି ସାଧୁ ହୋଇଗଲ, ଆମକୁ ଜନ୍ମ ଦେଇଥିଲ

            କାହିଁକି ? ଆମେ ଏବେ କରିବୁ କ'ଣ ?

            (ତା'ପରେ ବିବେକଙ୍କ ପାଖକୁ ଯାଇ ସାମ୍ନାସାମ୍ନି ଠିଆହୋଇ ସ୍ୱାଭାବିକ

            ରୀତିରେ–) ପୁଣି ସେଇ ଏକ ଶଠ୍ତା । (ବରଦା ଇଚ୍ଛା କଲେ ମଞ୍ଚରୁ ଧୀରେ

            ଧୀରେ ଚାଲିଯାଇପାରନ୍ତି)

ବିବେକ   : ହୁଏତ ସେ ତା' କରିନଥାନ୍ତା । ହୁଏତ ସେ ନିଜେ ନିଜ ଗୋଡ଼ରେ ଠିଆ

            ହେଇପାରିଥାନ୍ତା; କିନ୍ତୁ ଏବେ ? ବାପାଙ୍କ ଅସନ୍ତୋଷରେ ଜଳିଜଳି ମରିବାକୁ

            ପଡ଼ିବ । ସେ ପାପ କୁଆଡ଼େ ଯିବ ? (ଉଭୟେ ସାମ୍ନାସାମ୍ନି ଠିଆ ହୋଇଥାନ୍ତି)

ମାନସ   : ପାପ ଗୋଟାଏ କ'ଣ ? –ମିଛ ବାଘ ।

            ପାପ ଗୋଟାଏ ମିଛ ବାଘ । କାନ୍ତର ଚିତ୍ରବାଘ ।

            (ଏହାପରେ ମାନସ କ୍ରମେ ବାମ ପାଖକୁ ଗଲେ ଓ ବିବେକ ତାଙ୍କର ଅନୁସରଣ

            କଲେ)

ଯେ କେବଳ ଦୁର୍ବଳମନା ଲୋକମାନଙ୍କୁ କଟ୍‌ମଟ୍‌ କରି ଚାହେଁ। ନିଶ
ମୋଡ଼େ। ଲାଞ୍ଜ ପିଟେ।

(ତା'ପରେ ବାମରୁ ଦକ୍ଷିଣ ପାଖକୁ ଅର୍ଦ୍ଧବୃତ୍ତାକାର ପଥରେ ପାଦେ ପାଦେ
ହୋଇ ଆଗେଇଲେ। ବିବେକ ତାଙ୍କର ଅନୁସରଣ କରୁଥାନ୍ତି) ଏବଂ ଭୀରୁ
ଲୋକଙ୍କୁ–ଦାନ୍ତ ଦେଖାଏ, ଓଠ ଚାଟେ, ଗର୍ଜନ କରେ ଏବଂ ଅତିଭୀରୁ
ଲୋକଙ୍କ ଉପରକୁ କୁଦାମାରେ। ମାଡ଼ିବସେ। ପିଣ୍ଡରୁ ପ୍ରାଣ ଗଲାଯାଏଁ ପୂଜା
ପୁଲା କରି ମାଂସ ଖାଉଥାଏ।

ବିବେକ :   ଏବଂ ନିର୍ଭୀକ ଲୋକ ଦେଖିଲେ ?

(ମାନସ ବିବେକଙ୍କୁ ଚାହିଁଲେ ଓ ଉଭୟେ ସାମ୍‌ନାସାମ୍‌ନି ହୋଇ ଠିଆହେଲେ)
ନିର୍ଭୀକ ଲୋକଙ୍କ ପାଇଁ ସେଇ ବାଘ ସାଧୁ ହୋଇଯାଏ। ଚାନ୍ଦ୍ରାୟଣ ବ୍ରତ
କରେ। ସୁନାର କଙ୍କଣ ଦେଖାଏ। ଦାନ କରିଦେବ ବୋଲି କହେ।
ତା'ପରେ...

(ବାମ ପାଖକୁ ଧୀରେ ଧୀରେ ଗଲେ। ପଛେ ପଛେ ମାନସ)

ତା'ପରେ ପଦ୍ମପୋଖରୀକୁ ପଠାଇଦିଏ ଗାଧୋଇ ଆସିବାକୁ। ବାଘ ଜାଣେ,
ସେ ଲୋକ ନିଶ୍ଚୟ ପଦ୍ମପୋଖରୀକୁ ଯିବ ଓ ସେଠି ପଙ୍କରେ ପୋତି
ହୋଇଯିବ। ଆଉ ବାହାରି ଆସିବାର ଉପାୟ ନଥିବ। ତା'ପରେ ସେ
ଦୁର୍ବଳମନା ଲୋକଙ୍କୁ ଖାଇଲା ପରି ପୁଲାପୁଲା କରି, ପୁଲାପୁଲା କରି ତା'ର
ମାଂସ ଖାଇଯାଏ।

ମାନସ :   (ମଞ୍ଚର ଗୋଟିଏ ପାଖକୁ ଗଲେ) ତା'ହେଲେ ସତ କଥାରେ- କହିଲେ
ପାପ, ନ କହିଲେ ବି ପାପ। କହିଲେ ଦୋଷ, ନ କହିଲେ ବି ଦୋଷ।

ବିବେକ :   ସେ ତାଙ୍କ ବାପାଙ୍କୁ ଯେମିତି କନ୍ଦାଇଥିଲେ, ନିଜେ ସେମିତି କାନ୍ଦୁଛନ୍ତି।
ତାଙ୍କୁ ଏବେ ସେଯକନ୍ଦାଇଛି, ରସେ ରକ୍ଷା ପାଇଯିବ କେମିତି ?

ମାନସ :   ସେ ପାପ କରିଥିଲେ, ଶାସ୍ତି ପାଇବେ ବୋଲି ଆମକୁ କାହିଁକି ପାପ କରିବାକୁ
ପଡ଼ୁଛି ? ଆମ ପୁଅ ବି ସେମିତି ପାପରେ ସଢ଼ିବ। ତା'ପରେ ତା' ପୁଅ-
ତା'ହେଲେ ଏ ବଂଶରେ ଜନ୍ମ ହେବା ପାପ। ମୁଁ ତ ଇଚ୍ଛାକରି ଏ ବଂଶରେ
ଜନ୍ମ ହେଇନାହିଁ। ମୁଁ କାହିଁକି କାହା ପାଇଁ ପାପର ବୋଝ ବୋହି ଚାଲିଥିବି ?

(ମାନସ ମଞ୍ଚର ବାମ ପାଖେ ଓ ବିବେକ ଦାହାଣ ପାଖେ ଠିଆ ହେଲେ।
ମାନସଙ୍କ ଉପରେ ନୀଳ ଓ ବିବେକଙ୍କ ଉପରେ ଉଜ୍ଜ୍ବଳ ଆଲୋକପାତ
ହେଲା)

ମାନସ : ମୁଁ ଅସ୍ୱୀକାର କରୁଛି ଏ ବଂଶକୁ, ଏ ପରିବାରକୁ, ଏ ସମାଜକୁ, ଏ
ପରମ୍ପରାକୁ। ମୁଁ କାହାର ନୁହେଁ। ମୁଁ ବିଚ୍ଛିନ୍ନ। ମତେ ଏଥୁ ମୁକ୍ତି ଦରକାର...ମୁଁ
ଗଢ଼ିବି ମୋର ସମାଜ...

ବିବେକ : (ଉଜ୍ଜ୍ୱଳ ଆଲୋକରେ ସ୍ଥାଣୁ ପରି ଠିଆହୋଇ ଗମ୍ଭୀର ସ୍ୱରରେ କହିଲେ)
ଯେଉଁଆଡ଼େ ଗଲେ ବି ପାପରୁ ନିସ୍ତାର ନାହିଁ।
(ପ୍ରତିଧ୍ୱନିତ ହେଲା- ପାପରୁ ନିସ୍ତାର ନାହିଁ - ପାପରୁ ନିସ୍ତାର ନାହିଁ) ମୁକ୍ତି
କାହିଁ ? ମୁକ୍ତି ଖୋଜି ବୁଲିଲେ ମୁକ୍ତିରେ ନିଶାରେ ପୁଣି ଛନ୍ଦିହୋଇ ରହିବ।
ପାପପୁଣ୍ୟର ସଂସାରରୁ କୁଆଡ଼େ ଯିବ ?
(ପ୍ରତିଧ୍ୱନି-କୁଆଡ଼େ ଯିବ। କୁଆଡ଼େ ଯିବ)

ମାନସ : ନା, ନା।
(ପୂର୍ବ ଆଲୋକ-ସମ୍ପାତ ବନ୍ଦ ହୋଇ ମଞ୍ଚ ସାଧାରଣ ଉଜ୍ଜ୍ୱଳ ଆଲୋକରେ
ଆଲୋକିତ ହେଲା।
ବରଦା ଉଚ୍ଚସ୍ୱରରେ ନା' ନା' କହି ଆଗେଇଗଲେ। ମାନସ ଓ ବିବେକ
ନିସ୍ତେଜ ହେଲା ପରି ଆସିବା ପଥରେ ଫେରିଗଲେ)

ବରଦା : ନା, ନା, ନା।
ପାପ ମିଛ। ପୁଣ୍ୟ ମିଛ।
ପାପ-ପୁଣ୍ୟ ଏଇ ମଣିଷର କଳ୍ପନା।
ଏ ମୁଣ୍ଡ ଭିତରେ ପାପପୁଣ୍ୟର ଧାରଣା
ପୁରାଇ ଦିଆଯାଇଛି। ସେଥିପାଇଁ ମଣିଷ
ଡରି ଡରି ମରୁଛି-ଜଳି ଜଳି ମରୁଛି।
ମିଛ। ମିଛ। ସବୁ ମିଛ।
ସତ ହେଉଛି, କେବଳ ବଂଶବା।
ସତ ହେଉଛି କେବଳ ବଂଶ ଜାଣିବା।
ଏଠି ବଂଶବାକୁ ହେଲେ, ଭାଙ୍ଗିଦେବାକୁ ହେବ ପୁରୁଣା ପରମ୍ପରାକୁ।
ଭାଙ୍ଗିଦେବାକୁ ପଡ଼ିବ ପୁରୁଣା ବିଶ୍ୱାସର ମୋଟା ଖୋଳପାକୁ। ତା'ପରେ ଏ
ସମାଜକୁ ଯେ ଆସିବ, ସେ ହେବ ଏକ ନୂଆ ମଣିଷ। ନୂଆ ରୁଚିର ମଣିଷ।
ବଂଶର ପରିଚୟରେ ସେ ପରିଚିତ ହେବ ନାହିଁ। ସେ ନିଜେଇ ହେବ ତା'
ନିଜର ପରିଚୟ।
(ଅନ୍ତରାଳରୁ 'ବରଦା', 'ବରଦା' ବୋଲି ଡାକିଲେ ଶାନ୍ତିଲତା। ସେ ଡାକ

ଶୁଣି ସେ ସ୍ୱାଭାବିକ ଅବସ୍ଥାକୁ ଆସିଗଲେ ଏବଂ ଟୁଲ୍ ଉପରେ ବସିପଡ଼ିଲେ)

ଶାନ୍ତି   : (ପ୍ରବେଶ କରି–) ବରଦା ! ବରଦା !
ପୁଅ ହେଇଚି । ପୁଅ, ମୁଁ କହୁଚି–ପୁଅ ହବ । ମାଆ ପିଲା ଦୁହେଁ ଭଲ ଅଛନ୍ତି ।
(ବରଦା ଠିଆହୋଇ ପଡ଼ିଲେ) ତୁ ଟିକିଏ ଯା’–ବାପାଙ୍କ ପାଖରେ ଥା’ ।
ତାଙ୍କ ଅବସ୍ଥା ଆଜି ଭଲ ନାହିଁ । ଏଇନେ ସେ ଭାରି ଛଟପଟ ହେଉଛନ୍ତି ।
ଭୂଇଁଟାରେ ପଡ଼ି ଘୁଷୁରୁଛନ୍ତି । ଭୟ ହେଉଛି– କେତେବେଳେ କ’ଣ ଥାଏ ।
ତୁ ଟିକିଏ ପାଖରେ ଥା’ । (ପ୍ରସ୍ଥାନ)

ବରଦା   : (ମୁହଁ ସରସ ଦିଶୁଥାଏ । ସରସ ମନରେ ପାଦପ୍ରଦୀପ ଆଡ଼କୁ ଦୁଇପାଦ
ଆଗେଇଲେ । ଠିଆହେଲେ । ସରସ ଓଠ ଧୀରେ ସଙ୍କୁଚିତ ହୋଇ ଆସିଲା)
ଦୁର୍ଗାପ୍ରସନ୍ନ ! ନା, ଦୁର୍ଗାପ୍ରସନ୍ନ ନୁହେଁ । ଅସମ୍ଭବ...
ଶାରଦାଙ୍କ ସ୍ୱର–ଅସମ୍ଭବ ନୁହେଁ–ଦୁର୍ଗାପ୍ରସନ୍ନ ତତେ କାଲି ସେଇଆ କରିବ ।

ଶାରଦା   : ବାପାଙ୍କ ଦେହ ଆଜି ଭଲ ନାହିଁ । ଆଜି ଭାରି କଷ୍ଟ ହେଉଚି–ଛଟପଟ
ହେଉଛନ୍ତି । ମହୁରେ ମାଛି ପଡ଼ିଥିଲା ପରି ? ପଙ୍କରେ ପଡ଼ି ପୋକ ଛାଟିପିଟି
ହେଲା ପରି ?
(ବରଦାଙ୍କୁ କ୍ଲାନ୍ତ ଲାଗିଲା । ଦେହ ଅବଶ ଜଣାଗଲା । ମୁଣ୍ଡ ଝିମିଝିମି ଲାଗିଲା ।
ସେ ତଳେ ଆସ୍ତେ ବସିପଡ଼ିଲେ)

ବରଦା   : ସେ ଘରେ ପୁଅ ତା’ ମାଆ ପାଖରେ ଗଡ଼ୁଥିବ । ଆର ଘରେ ବାପା ଭୂଇଁରେ
ଗଡ଼ୁଛନ୍ତି । ଭୂଇଁରେ ଘୁଷୁରୁଛନ୍ତି । ଛଟପଟ ହେଉଛନ୍ତି । (କହୁ କହୁ ସେ ନିଜ
ଭୂଇଁରେ ଘୁଷୁରିବାକୁ ଆରମ୍ଭ କଲେ । ଏପାଖ ସେପାଖ ହେଲେ । ଭୂଇଁରୁ
ଉଠିବାକୁ ଚେଷ୍ଟାକଲେ– ଉଠି ପାରିଲେ ନାହିଁ)

ଶାନ୍ତି   : (ଛୁଆକୁ ଧରି) ଭିତରୁ କହି କହି ଆସିଲେ–
ବରଦା ! ଦେଖ, ଆଜି ଆଶ୍ୱିନ ଦୁର୍ଗାଷ୍ଟମୀରେ ଜନ୍ମ ହେଇଚି । ତୋ ବାପା
ଠିକ୍ ନାଁ କହିଥିଲେ – ଦୁର୍ଗାପ୍ରସାଦ ।
(ବରଦାଙ୍କୁ ତଳେ ଏମିତି ଅବସ୍ଥାରେ ଦେଖି)
ବରଦା ! ଇଏ କ’ଣ ? କ’ଣ ଏମିତି ହଉଚୁ ?

ବରଦା   : (ଅସହାୟ ଭାବରେ ହସିଲେ–)
ନା, କିଛି ନାହିଁ । ଏମିତି ଖୁସିରେ । ଖୁସିରେ । ଦୁର୍ଗାପ୍ରସନ୍ନ କାହିଁ ? ଦୁର୍ଗାପ୍ରସନ୍ନ...
(ତଳୁ ଉଠିବାକୁ ଚେଷ୍ଟା କରୁଥାନ୍ତି)

ସିଗ୍‌ନାଲ୍

ହରିହର ମିଶ୍ର

ଚରିତ୍ର ଚିତ୍ରଣ- ଘନଶ୍ୟାମ, ଶ୍ରୀଚରଣ, ସୁନ୍ଦରରାୟ (କଣ୍ଡକ୍ଟର), ସପନା, ପ୍ରାଣନାଥ, ଡାକ୍ତର ସୁବଳ ସ.ଇ,ପୋଲିସ ଓ ସାମୁଏଲ୍

(ବାଉଦପୁର ଷ୍ଟେସନ୍।)

ଟ୍ରେନ୍‌ର ପ୍ରଥମ ଘଣ୍ଟି ଶୁଭିଲା, ରାତି ଗାଡ଼ିର କେତୋଟି ଲୋକ ଟିକେଟ୍ ପାଇଁ କିଉରେ ଛିଡ଼ା ହୋଇଥାନ୍ତି। ୪/୫ ଟି ଲୋକ, ତା ଭିତରୁ ଜଣେ ଜଣେ କହି ଚାଲିଥାନ୍ତି 'ବାବୁ...ମତେ ଯାଜପୁର...କେହି କେହି ଭଦ୍ରଖ... ବାଲେଶ୍ୱର... ଶେଷରେ ମୋଟାହୋଇ ନିଶ ରଖିଥିବା ଗୋଟିଏ ଲୋକ ୮ଟି ଟିକେଟ୍ ହାଓଡ଼ାକୁ ମାଗିଛି। ଜଲ୍‌ଦି ଟିକେଟ୍ ଦେବାକୁ ସମସ୍ତେ କାଉଣ୍ଟରରେ ବ୍ୟସ୍ତ କରୁଥାନ୍ତି। ଶେଷ ଲୋକଟି ଟିକେଟ୍ ନେଇ ସାରିଲା ପରେ ଦ୍ୱିତୀୟ ଘଣ୍ଟି ବାଜିଲା। ଲୋକଟି ଭିତରକୁ ଯିବାକୁ ଓ ବୁଲିବାକୁ ଉଦ୍ୟତ ହେଲାବେଲେ ଆଉ ଜଣେ ସୁବିଶାଳ ପୁରୁଷ ତାକୁ Stickରେ ତାର କାନ୍ଧ ଉପରେ ଆଘାତ ଦେଲେ। ଲୋକଟି ସାମାନ୍ୟ ଚମକି ଚାହିଁଲା। ଲୋକଟିର ନାମ ଘନଶ୍ୟାମ। ତାଙ୍କ ସହିତ ଗୁମାସ୍ତା ଶ୍ରେଣୀୟ ଆଉ ଏକ ବୃଦ୍ଧ ଲୋକ ଥିଲେ।)

ଘନଶ୍ୟାମ	: ସଲାମ୍ ବାବୁଜୀ।
ଗୁମାସ୍ତା	: ଶୁଭସ୍ୟ ଶୀଘ୍ରମ୍। ସର୍ବମଙ୍ଗଳ ଜଗନ୍ନାଥଙ୍କୁ ଡାକି ଚାଲିଯିବୁ ବାପ।
କଣ୍ଡକ୍ଟରବାବୁ	: ଡେରି ହେଉଛି ମୁନ୍‌ସାଜୀ। ଗାଡ଼ି ଆସିବାର ସମୟ ହେଲା। ଘନଶ୍ୟାମ ଯାଉ...
ଘନ	: ଜୀ ହକୁର, ଆପଣ ନିଶ୍ଚିନ୍ତରେ ଘରେ ଯାଇ ଆରାମ କରନ୍ତୁ। ଆପଣ କାହିଁକି ଏ ଅଧରାତିରେ ଏତେଦୂର ଏଠିକି ଆସିଲେ ? ପୁଣି ବର୍ଷାରାତି। ଘନଶ୍ୟାମକୁ କଣ ବିଶ୍ୱାସ ନାହିଁ ?

କଣ୍ଟ୍ରାକ୍ଟର   : ସେ ବିଶ୍ୱାସ ମୋର ଅଛି ଘନଶ୍ୟାମ । ଆଜି ଖାଲି ଥରେ ନୁହେଁ ।
                      ଥରକୁ ଥର ତମେ ବିପଦକୁ କାନ୍ଧରେ ବୋହି ଯାଇଛ । ଆଉ ସଫଳ
                      ହୋଇ ଆସିଛ । କିନ୍ତୁ ଶୁଣିଲି ଏଥର ତମେ ଯାଉନ ଅଥଚ ମାଲ୍
                      (ଏଣେ ତେଣେ ଚାହିଁବାରୁ ଦେଖାଗଲା । ପଛ ବେଞ୍ଚରେ ଜଣେ ଖବର
                      କାଗଜ ଘୋଡ଼ିହୋଇ ଶୋଇଛି । ଅନ୍ୟଏକ ମଫସଲି ଲୋକ ଗୋଟିଏ
                      କୋଣରେ ଶୀତରେ ଥୁରୁଥୁରୁ ହୋଇ ତଳେ ଗଡ଼ୁଛି । କଣ୍ଟ୍ରାକ୍ଟର ସୁନ୍ଦର
                      ରାୟଙ୍କର ଇଙ୍ଗିତରେ ଗୁମାସ୍ତା ଶ୍ରୀଚରଣବାବୁ ସେମାନଙ୍କ ପାଖକୁ
                      ଯାଇ ଦେଖିଲେ ବେଞ୍ଚରେ ଶୋଇଥିବା ଲୋକଟିକୁ ।)

ଶ୍ରୀଚରଣ   : ଆଜ୍ଞା ବାଇଆଟା । ଏଇ ଇଷ୍ଟେସନ୍‌ରେ ସବୁବେଳେ ଲଙ୍ଗାପଙ୍ଗା ହୋଇ
                      ବୁଲେ । ଇଆଡୁ ତାଡୁ ବିଡ଼ି ସିଗ୍ରେଟ୍ ନେଇ ପିଏ । ବାବନାଭୂତ ଆଜ୍ଞା ।
                      ତାର କ'ଣ ଅଛି ?

ଘନଶ୍ୟାମ   : (କଣ୍ଟ୍ରାକ୍ଟର) ମୁଁ ସବୁ ବ୍ୟବସ୍ଥା କରିସାରିଛି ଆଜ୍ଞା, ମୋ କଥା ଅନୁଯାୟୀ
                      ସେମାନେ ମାଲ୍ ଠିକ୍ ନେଇ ସେଠି ପହଞ୍ଚେଇ ଦେବେ ।

କଣ୍ଟ୍ରାକ୍ଟର   : (ଶୁଣୁ ଶୁଣୁ ପଛକୁ ଚାହିଁ) ସେ କିଏ ?

ଶ୍ରୀଚରଣ   : (ତଳେ ଶୋଇଥିବା ମଫସଲି ଲୋକଟି ପାଖକୁ ଯାଇ) ଏଯ, ଲୋକ

ସପନ(ଲୋକଟି) : ଆଜ୍ଞା...ଆଜ୍ଞା, ମୁଁ ସବୁ ଶୁଣୁଛି ଆଜ୍ଞା...

ଶ୍ରୀଚରଣ   : ଶୁଣୁଛୁ ? ଆବେ କଣ ଶୁଣୁଛୁ ? ଆଜ୍ଞା, କହୁଛି ସବୁ ଶୁଣୁଛି ?

ସୁନ୍ଦର ରାୟ   : ଶୁଣୁଛି ? କିଏ ସେ.. କଣ ଶୁଣୁଛି ? (ତା ପାଖକୁ ଯାଇ)

ଶ୍ରୀଚରଣ   : ଆବେ ତୋ ନାଁ କ'ଣ ବେ ? କାହିଁକି ଏଠି ଶୋଇଛୁ ?

ଲୋକଟି   : ମୋ' ନାଁ ସପନ ଆଜ୍ଞା, କିଛି ଖାଇନି ପେଟର ଭୋକକୁ ଚପେଇବାକୁ
                      ଶୋଇପଡ଼ିଛି ।

ସୁନ୍ଦର   : କ'ଣ ଶୁଣୁଥିଲୁ ? କହୁଥିଲୁ ?

ସପନ   : ଶୁଣୁଥିଲି ବାବୁ କେତେ ବଡ଼ଲୋକ । କାଲି ରାତିରୁ ଆଜି ରାତି ଠକ୍‌ଠାକ୍
                      ଓପାସ ଆଜ୍ଞା । ଏଇ ସେ ପାଖ ବଜାର ଡେଇଁଲେ ଯୋଉ ବରଗଛ
                      ପଡ଼ିବ, ବାବୁ ସେଇଠି ମୋ ପିଲାଏ ଖରା ବର୍ଷାରେ ନ ଖାଇ ନ ପିଇ
                      ପଡ଼ିଛନ୍ତି ।

ସୁନ୍ଦର   : ଓଃ...ଲୋକଟା ଓପାସରେ ଅଛି ତା'ହେଲେ ?

ଶ୍ରୀଚରଣ   : ବାରବୁଲା ଭିକାରୀଟା ଆଜ୍ଞା ।

ସପନା   : ହଁ ଆଜ୍ଞା... ଗଣ୍ଡେ ଚାଉଳ କଥା କହୁଛି...

ସୁନ୍ଦର	: କ'ଣ କହୁଛି ?
ଶ୍ରୀଚରଣ	: ଚାଉଳ ମାଗୁଛି ?
ସୁନ୍ଦର	: ଚାଉଳ ?
ଶ୍ରୀଚରଣ	: କେଜାଣି ଆଜ୍ଞା ସେ କେମିତି ଜାଣିଲା ଆମର ଏଠି ଚାଉଳ କାରବାର ଚାଲିଛି । ପ୍ରଭୁ ଅନ୍ତର୍ଯ୍ୟାମୀ...
ସୁନ୍ଦର	: ଶ୍ରୀଚରଣ...You scoundral..ଚୁପ୍କର ତମେ..
ଶ୍ରୀଚରଣ	: ପ୍ରଭୁ! ପ୍ରଭୁ! (ତୃତୀୟ ଘଣ୍ଟି ବାଜିଲା, ଟ୍ରେନ୍‌ର...)
ଘନଶ୍ୟାମ	: ମୁଁ ଆସେ ଆଜ୍ଞା । କିଏ କେଉଁଠି ବସିଲେ ସବୁ ନିଜେ ନ ଦେଖିଲେ ନ ଚଳେ ।
ସୁନ୍ଦର	: କେତେ ନମ୍ବର ପ୍ଲାଟ୍‌ଫର୍ମରେ । ଆପଣ ଏଠି ଥାଆନ୍ତୁ ଆପଣ ଯିବେ କାହିଁକି (ଚାଲିଲା) ?
	(ସମସ୍ତେ ଚାଲିଗଲା ପରେ ସପନା ଶ୍ରୀଚରଣ ବାବୁଙ୍କୁ ପୁଣି ମାଗିଲା) ।
ସପନା	: ବାବୁ! ଭାତ ଖାଇବି ବାବୁ । ଚାଉଳ କିଣିଚ ?
ଶ୍ରୀଚରଣ	: ଆବେ କାହିଁକି ଚାଉଳ ଚାଉଳ ହଉଚୁ (ସୁନ୍ଦର ଘନଶ୍ୟାମର ଯିବା ବାଟକୁ ଦେଖୁଥାନ୍ତି) ଚାଉଳ ତ ତମରିମାନଙ୍କ ଯୋଗୁ ମିଳୁନି । ହାତ ଗୋଡ଼ ଥାଇ ସଲଖ ସୁନ୍ଦର ଭେଣ୍ଡିଆଟିଏ । କାଉଁ କାମ କରୁନୁ ଚାଉଳ ପାଇବୁ । ବାପା ଅଜା କଣ ଆମର ଥୋଇ ଦେଇଛନ୍ତି ? ଖାଲି ହାତ ପତେଇଲେ ଆକାଶରୁ ଚାଉଳ ବସ୍ତା ପଡ଼ିବ ? (ଭିତରକୁ ଚାଲି ଯାଇଥାନ୍ତି ସୁନ୍ଦର ବାବୁ)
ସପନା	: ଭୋକ ବିକଳରେ ମାଗୁଛି ଭାଇ । ଇନ୍ଦ୍ର ସହିଲାନି । ଭୁଆଁ ପଥର ପାଲଟିଗଲା । ଆଉ ଚାଉଳ ପାଇବୁ କୋଉଠୁ ? ନ ହେଲେ ଏଇ ହାତ ଦି'ଟାରେ ମାଟି ତାଡ଼ି ଯୋଉ ଭୁଆଁରୁ ସୁନା ଫଳେଇଲୁ ତାକୁଇ କିଣିକାଟି ଆପଣ ବଡ଼ଲୋକ । ବେପାର କରିଛନ୍ତି ।
ଶ୍ରୀଚରଣ	: ଏଲୋକଟା ମୋତେ ସୁବିଧା ଲୋକ ନୁହଁ ଦେଖୁଛି । ଯା, ସିଆଡ଼େ–
ସୁନ୍ଦର	: (ଆସି) କ'ଣ ଅସୁବିଧା ହେଉଛି ଶ୍ରୀଚରଣ ? ସବୁ ତ ଖୁବ୍ ସୁବିଧାରେ ହୋଇପାରୁଛି । ଘନଶ୍ୟାମ, ବାସ୍ତବିକ ଖୁବ୍ ସାହସୀ । ପରୋପକାରୀ ସେ...
ଶ୍ରୀଚରଣ	: ପରୋପକାରାୟ ସ୍ୱର୍ଗାୟ– ହେଲେ ପରୋପକାର କରି ମଧ ଘନଶ୍ୟାମର ଭାଗ୍ୟରେ ସ୍ୱର୍ଗପ୍ରାପ୍ତି ନ ହୋଇ ନର୍କଗାମୀ ହେବାର ସମ୍ଭାବନା ରହିଛି । ଆଜ୍ଞା–

ସୁନ୍ଦର   : ଶ୍ରୀଚରଣ- (ସାମୁଏଲ୍ ଉଠିଲା)

ଶ୍ରୀଚରଣ   : ଘନଶ୍ୟାମ ଗୋଟେ ଖୁନୀ, ରକ୍ତ ପିପାସୁ, ଡକାଏତ, ପଇସା ନେବା
                  ଦେବାରେ ଟିକେ ଏପଟ ସେପଟ ହେଲେ ସେ ନିଜ ପୁଅ ଗଳାରେ
                  ଛୁରୀ ଚଲେଇଦେବା ଲୋକ ଆଇଁ।

ସୁନ୍ଦର   : କିନ୍ତୁ ସୁନ୍ଦରରାୟ ସତ୍ୟ-ଶିବ-ସୁନ୍ଦରର ଉପାସକ।

ଶ୍ରୀଚରଣ   : ସାଧୁ ଭାବରେ ଆପଣ କାଳାତିପାତ କରୁଥିବା ସମସ୍ତେ ଜାଣନ୍ତି ଆଇଁ।

ସୁନ୍ଦର   : ତମେ କ'ଣ କହୁଛ ?

ପାଗଳା (ସାମୁଏଲ୍) : ପଛରୁ ଖଣ୍ଡେ ବିଡ଼ି...

ସୁନ୍ଦର   : କିଏ ସେ ତମେ ?

ସାମୁଏଲ୍   : ମୁଁ ମାଗୁଛି ଖଣ୍ଡେ ବିଡ଼ି କି ସିଗାରେଟ୍।

ଶ୍ରୀଚରଣ   : ଲୋକଟା କି ଜବରଦସ୍ତି କରୁଛି ଆଇଁ, ପ୍ରଭୁ! ଇସ୍-ମୁହଁଟାରୁ କେମିତି
                  ଗୋଟେ ବିଚିକିଟିଆ ଗନ୍ଧ ଆସୁଛି ଏଯ-ବାହାରକୁ ବାହାର-

ସାମୁଏଲ୍   : ବାହାରେ ବର୍ଷା, ଛାତି ଶୁଖିଲା ପଡ଼ିଛି। ଦେ ବୋତଲ ଭରି ଦେ,
                  ବାହାରକୁ ଯିବି! ନିଝୁମ୍ ବର୍ଷାରେ ନାଚିବି। ଫୁଙ୍ଗୁଲା ଦିହରେ, ଫୁଙ୍ଗୁଲା
                  ବାଳରେ ଦଉଡ଼ିବି ଖୋଜିବି...

                  Lo-Lee-a..Light of my life..Fire of my loins..My
                  sin...my soul...Lo...Leeta.
                  (ଚାଲିଗଲା)

ସୁନ୍ଦର   : ଲୋକଟା ବଡ଼ ଡେସ୍‌ପରେଟ୍। ଆସ ଶ୍ରୀଚରଣ-ଘନଶ୍ୟାମ ଆସିବା
                  ପର୍ଯ୍ୟନ୍ତ ଆମକୁ ଅପେକ୍ଷା କରିବାକୁ ପଡ଼ିବ। ବାହାରକୁ ଆସ।

ଶ୍ରୀଚରଣ   : ଏଁ, ବାହାରେ ଭୀଷଣ ବର୍ଷା ସାର- ଏ ବାହାରକୁ ଆସନ୍ତୁ।

ସୁନ୍ଦର   : ଟ୍ରକ୍ ଅଛି, ଡ୍ରାଇଭର ଅଛି। ବର୍ଷା କ'ଣ ? ଅଣଚାଶ ପବନ ତାର
                  ମେଘର ଫୌଜ ଧରି ଆସିଲେ ବି ସୁନ୍ଦର ରାୟର ଟ୍ରକ୍‌କୁ ତାର
                  ଡ୍ରାଇଭିଁର ଗତିପଥରେ କେହି ବାଧା ଦେଇ ପାରିବେନି।

ଶ୍ରୀଚରଣ   : ନିଜେ ଦେବରାଜ ଇନ୍ଦ୍ର ତେତିଶ କୋଟି ଦେବତା ମଧ୍ୟ। (ଦୁହେଁ
                  ହସିଉଠିଲେ)

ସାମୁଏଲ୍   : Is it! (ଫେରିଆସିଲା) (ଦୁହିଁଙ୍କର ହସ ବନ୍ଦ ହୋଇଗଲା ଓ ଦୁହେଁ
                  ବାହାରକୁ ଚାଲିଗଲେ। ହସିଉଠିଲା ସାମୁଏଲ୍ (ହଠାତ୍ ଶୁଭିଲା ଖୁବ୍
                  ପ୍ରାଣାନ୍ତ ଚେଷ୍ଟାରେ ଗାଉଥିବା ଗୀତ ସପନାର। ସାମୁଏଲ୍ ତା କରୁଣ

ଗୀତିରେ ତାଳ ମିଳାଇ ନାଚି ନାଚି ଆହୁରି ଉନ୍ମାଦ ହୋଇଉଠିଲା ।
ଭଗବାନ ତୁ କାନ୍ଦ, ତୁ କାନ୍ଦି କାନ୍ଦି ମର । ତୋରି ସୃଷ୍ଟିରେ ଏତେ
ଫୁଲ ଏତେ ଫଳ, ତୋରି ପୁଅ ଖାଇବାକୁ ପାଉନି, ନ ଖାଇ ନ ପିଇ
ମରି ଶୋଇଛି... ତା'ର ଶକ୍ତି ନାହିଁ...ତା'ର ବଞ୍ଚିବା ଦରକାର ନାହିଁ ।
ନେଇଯା... ଫେରେଇ ନେ ତୋ' ଜୀବନ, ଯୋଉଠି ତୁ ଅଛୁ...
ଖାଉଛୁ ପିଉଛୁ...ସ୍ୱର୍ଗର ନନ୍ଦନ କାନନରେ ଟହଲୁଛୁ, ସେ ଜଲିୟାଉ
ଛାରଖାର ହୋଇଯାଉ ।

ସାମୁଏଲ୍	: ସପନା କଣ ହେଲା ସପନା । ସପନା ?
ସପନା	: ମୁଁ...ମୁଁ...ମୋ ତଣ୍ଟି ଶୁଖିଯାଉଛି । କିଛି ଖାଇନି, ମୁଁ ମରିଗଲେ ମୋ ପିଲାପିଲି ? ଛୁଆଗୁଡ଼ାକ ? ସବୁ ଆଉଟି ପାଉଟି ହୋଇ ମରିଯିବେ ଭାଇ...
ସାମୁଏଲ୍	: କେହି ମରିବେନି । ତୁ ବଞ୍ଚିବୁ । ସେମାନେ ବି ବଞ୍ଚିବେ । ବଞ୍ଚିବାର ଅଧିକାର ସେମାନଙ୍କର ଅଛି । ଆ, ମୋ ସଙ୍ଗେ ଆ– ତତେ ମୁଁ ଖାଇବାକୁ ଦେବି । କ'ଣ ଖାଇବୁ ?
ସପନା	: ମୁଁ ଭାତ ଗଣ୍ଡେ ମାଗୁଛି ଭାଇ, ମୋର ଦରକାର ଭାତ...
ସାମୁଏଲ୍	: ଆରେ ଭାତ କୁଆଡୁ ମିଳିବ ଏଠି । ହଉ, ଯାହା ଟିକେ ଖାଇ ଢୋକେ ପାଣି ପିଇ... ଆ ମୋ ... ସାଙ୍ଗେ...
ସପନା	: (ଉଠିବାକୁ ଚେଷ୍ଟା କରି) ଏଠି ଟିଳି ପଡ଼ିବି ଭାଇ..ଆଉ ନାହିଁ..ତୁ ଯା ମୋ ପିଲାଛୁଆ ତତେ ଲାଗିଲେ । ସେ ଗଛ ତଳେ ପଡ଼ିଛନ୍ତି ସେମାନେ ।
ସାମୁଏଲ୍	: (ଟେକି ଧରି) ଆ ତୁ ଏଠି ବସ୍ । ତୋ' ପିଲାଙ୍କ କଥା ମୁଁ ବୁଝୁଛି– ଆ ତୁ ଏଠି ବସ (ଭିତରକୁ ଚାଲିଗଲେ ସପନାକୁ ଓ୍ଵେଟିଙ୍ଗ୍‌ରୁମ୍‌ର ବେଞ୍ଚରେ ବସେଇ ଦେଇ ।) (ସେଇ ପାଖରୁ ହସି ହସି ପହଞ୍ଚିଲେ ସୁନ୍ଦର ରାୟ ଓ ଘନଶ୍ୟାମ)
ସୁନ୍ଦର	: (ହସି) ସାବାସ୍ ଘନ । ତୋ ଭଳି ଲୋକ ଏ ଦେଶରେ ଉପଯୁକ୍ତ କର୍ମୀ ହୋଇପାରିବ ।
ଘନ	: ଆସନ୍ତା ନିର୍ବାଚନରେ ଆପଣ ଠିଆ ହୁଅନ୍ତୁ ନା, ଦେଖିବେ ଆପଣଙ୍କୁ ମନ୍ତ୍ରୀ କରେଇ ଦେବି ।
ଶ୍ରୀଚରଣ	: (ଆସି) ସେ ଦିନ ଚାଲିଗଲାଣି ହଜୁର । ଆଉ ଟଙ୍କା ଦେଇ ଭୋଟ୍

କିଣିବା କଥା ଚଲିପାରିବନି । ଦେଖିଲେନି, ଏ ଲୋକଗୁଡ଼ା ଟଙ୍କାକୁ ପାଦରେ ଆଡ଼େଇ କେମିତି ଅସଲ ଲୋକ ଦେଖ ଭୋଟ୍ ଗଲେଇ ଦଉଛନ୍ତି ।

ଘନ   :   ତମେ କଣ ଜାଣିଛ ହେ ଚିତାକଟା ବୈଷ୍ଟବ ? ଗିନି ଖୋଲ ଧରି ଗାଁରେ କୀର୍ତ୍ତନ କରିବ ଯାଆ ।

ସୁନ୍ଦର   :   ଶ୍ରୀଚରଣ ! ତମେ କଣ ଭାବିଛ ମୋତେ ?

ଶ୍ରୀଚରଣ   :   ହଜୁରଙ୍କ କଥା ନିଆରା ହଜୁର, ଖାଲି ନାଁକୁ ଛିଡ଼ା ହୋଇ ପଡ଼ିଲେ ଘରୁ ଝିଅବୋହୂ ଆସି ବନ୍ଦାପନା କରିବେ ।

ସୁନ୍ଦର   :   (ଖୁସି ହେଉଥିଲେ) ଶ୍ରୀଚରଣ କେବେ ଖୋସାମତ କରେନି ଘନ, ଯାହା କହେ ମୁହଁରେ କହେ ।

ଶ୍ରୀଚରଣ   :   ଶ୍ରୀଚରଣ ଖୋଲା ଲୋକଟେ ଆଜ୍ଞା ।

ସୁନ୍ଦର   :   ତମେ ଚୁପ୍ କର । ହଁ, ଘନଶ୍ୟାମ ତମର ପାଉଣା ଟଙ୍କାଟା ଗୋଦାମରୁ ଆସି କାଲି ସନ୍ଧ୍ୟାରେ ନେଇଯିବ–

ଘନ   :   ପାଞ୍ଚଶ ବୋଲି କହିଥିଲି; କିନ୍ତୁ କାମ ଯାହା ଦେଖୁଛି ମୋ' ନିଜ ପକେଟରୁ ଆହୁରି ପାଞ୍ଚଶହ ଖର୍ଚ୍ଚ ହୋଇଯିବ । ହଜାରେ ଟଙ୍କାରୁ କମ୍ ହେଲେ ଟଙ୍କା ମୁଁ ନେବିନି ।

ଶ୍ରୀଚରଣ   :   କିଓ ବାପ ଘନଶ୍ୟାମ..ତମର କ'ଣ ଗଡ଼ିକେ ଘୋଡ଼ା ଛୁଟୁଛି..

ଘନ   :   ଘୋଡ଼ା ତ ଧାଇଁବ ଗୁମାସ୍ତା ବାବୁ । ଘୋଡ଼ା ଯେତିକି ଶୀଘ୍ର ଧାଇଁବ ସେତିକି ଶୀଘ୍ର ତାର ଲକ୍ଷ୍ୟ ହାସଲ କରିବ । ରେସ୍ ଖେଲିଛନ୍ତି ?

ସୁନ୍ଦର   :   ତମେ କାଲି ଆସ । ବୁଝିବା...

ଘନ   :   ବୁଝିବାର କିଛି ନାହିଁ । ଏ କାମ ହଁ ସେଇଆ । ଏଇଠ କହନ୍ତୁ ହଜାରେ ଟଙ୍କା କାଲି ଦଉଛନ୍ତି କି ନା ?

ସୁନ୍ଦର   :   ହଜାରେ ଟଙ୍କା କ'ଣ ଖୁବ୍ ବେଶୀ ? ତମେ ଏଇଠି ସେଥିପାଇଁ ଜୁଲମ୍ କରିବ । ବଦମାସ୍ । ମୁହଁ ହୋଇଗଲାଣି ନା ?

ଘନ   :   ମାଫ କରିବ **Boss**, ଟଙ୍କାରୁ ଭୂତ ମୋ ମୁଣ୍ଡ ଉପରେ ସବାର ହୋଇଥିଲା ।

            (ହଠାତ୍ ବାହାରୁ କୁଲିଟାଏ ଆସି ଘନଶ୍ୟାମର କାନରେ ଚୁପଚାପ୍ କିଛି କହିଲା)

ଘନ   :   କଣ କହୁଛୁ ଅପା ରାଉ ?

କୁଲି   : ପଛକୁ ମୋତେ କହିବୁନି । ମୁଁ ଗଲି । (ଚାଲିଗଲା)
           (ଘନ ତାର ଯିବା ବାଟକୁ ଚାହିଁ ରହିଥିଲା)

ସୁନ୍ଦର   : କ'ଣ ହୋଇଛି ଘନ ? ତମେ ଖୁବ୍ ଗମ୍ଭୀର ହୋଇ ଚାହିଁ ରହିଛ
           ଯେ !

ଘନ   : ଡାଲ୍‌ମେ କୁଛ କାଲା ହେ ବସ୍ । ପାରା ପଛେ ପଛେ ବାଜ ବି
           ଛୁଟିଛି ।...

ଶ୍ରୀଚରଣ   : ଆମେ ଯେ କିଛି ବୁଝିପାରୁନୁ ।

ସୁନ୍ଦର   : ଆମ ବାଟରେ ପୁଣି କଣ୍ଟା ବିଛେଇଲା କିଏ ?

ଘନ   : କଣ୍ଟାକୁ କଣ୍ଟାରେ ହିଁ କାଢ଼ି ଦେବାକୁ ପଡ଼ିବ ।

ସୁନ୍ଦର   : କିନ୍ତୁ ମୁଁ ପଚାରୁଛି କିଏ ? କିଏ ନିଆଁକୁ ଧରିବାକୁ ହାତ ବଢ଼େଇଲା ?

ଘନ   : ମୁଁ ଭାବୁଛି ଆମ କଥାବାର୍ତ୍ତା ସବୁ କିଏ ଶୁଣି ରେଲ‌ୱେ ପୋଲିସ୍‌କୁ
           ଖବର କରିଛି । ଆଉ ସେମାନେ ଫୋନ୍ କରି ଆଗ ଷ୍ଟେସନ୍‌ରେ
           ଗାଡ଼ି ଅଟକାଇବାର ଚେଷ୍ଟା କରୁଛନ୍ତି ।

ଶ୍ରୀଚରଣ   : ତା' ହେଲେ ସବୁ ଯେ ସର୍ବନାଶ । ପ୍ରଭୁ ଅନ୍ତର୍ଯ୍ୟାମୀ । ଯଦି ପ୍ରତି ଡବା
           ଖାନ୍‌ତଲାସ କରି ଦିଆଯାଏ । ଆମର ଚାଲାଣ ହେଉଥିବା ବସ୍ତା ବସ୍ତା
           ଚାଉଳ...

ସୁନ୍ଦର   : ଚୁପ୍ କର । (ହଠାତ୍ ସାମନାରେ ସେଇ ଭିକ୍ଷୁ ସପନା ଆସି ଛିଡ଼ା
           ହୋଇଯାଇଛି)

ସପନା   : ଚାଉଳ...ଚାଉଳ ରଖ୍ଛ ? ଦିଅ...ମତେ ଦିଅ... ଚାଉଳ ଦିଅ ମୋର
           ପିଲା ଖାଇବେ । ମୁଁ ଖାଇବି । ମୋ ଭାରିଯା ଖାଇବ । ଦବନି ? ଚାଉଳ
           ଦବନି ? ଆମେ ଖାଉନୁ । ଆମର ଓଳିକୁ ଦାନା ନାହିଁ । ଭୋକ ଓପାସରେ
           ଆମେ ପୋକ ମାଛି ପରି ଟଳି ପଡ଼ୁଛୁ । ଘରଦ୍ୱାର ଛାଡ଼ି ବରଗଛ ତଳେ
           ମୁଣ୍ଡ ଗୁଞ୍ଜିଛୁ । ତମେ ଆମକୁ ଚାଉଳ ଦବନି । ଚାଉଳ ଦବ ଆଉ
           କାହାକୁ ? ଚୋରେଇ ଲୁଟେଇ ଆମରି ମୁହଁରୁ ଆହାର ଛଡ଼େଇ ଆମରି
           ପେଟରେ ଗୋଇଠା ମାରି ଚାଉଳ ପଠେଇବ । କଲିକତା... କାଲିମାଟି ।
           ଆମ ହାତ ଖାଲି । ତମ ହାତ ଟିକ୍‌କଣ । ଦିଅ, ଦିଅ ମତେ ଚାଉଳ–

ସୁନ୍ଦର   : କାହାକୁ କ'ଣ କହୁଛୁ ତୁ ?

ଶ୍ରୀଚରଣ   : ଲୋକଟା ଉପରେ ସନ୍ଦେହ ହଉଛି ଆଖା । ସବୁକଥା ଇଏ ଶୁଣିଛି
           ଆଉ ପୋଲିସ୍‌କୁ ଖବର ଦେଇଛି ।

ସୁନ୍ଦର	: ଚାଉଳ ନବୁ ? ଆ–ଆ–ମୁଁ ଦେବି–ଆ–
ସପନା	: ଦିଅ ଆଞ୍ଜା, ମୁଠେ ଚାଉଳ ଦିଅ– ମତେ ଆଉ କିଛି ଲୋଡ଼ା ନାହିଁ । ମୁଠେ ଭାତ ଦରକାର । (ପାଖକୁ ଆସିଛି ସୁନ୍ଦର ରାୟଙ୍କର) (ଶ୍ରୀଚରଣ ହାତରେ ଥିବା ବାଡ଼ିଟି ହାତରେ ଧରିଛି ଘନ)
ସୁନ୍ଦର	: ଆ, ମୁଁ ଭାତ ଦେବି । ମୁଁ ଚାଉଳ ଦେବି ।
ସପନା	: ବାବୁ– ତମେ ମୋ ଦିଅଁ– ତମେ ମୋ ଠାକୁର– ମୋ ଭଗବାନ । (ସପନା ପାଖକୁ ଲାଗି ଆସିବା ପରେ ସୁନ୍ଦର ରାୟର ଇଙ୍ଗିତରେ ସେଇ ବାଡ଼ିଟିରେ ଆଘାତ କରିଛି ଘନ... ସୁନ୍ଦରରାୟ ତାର ଦୁଇଟି ହାତ ଧରି ନେଇଛନ୍ତି । ଘନ ତାର ଦେହ ମୁଣ୍ଡରେ ପାହାର ପରେ ପାହାର ବସେଇ ଚାଲିଛି । ଲୋକଟି ଶ୍ୱାସରୁଦ୍ଧ ହେଲା ପର୍ଯ୍ୟନ୍ତ । ତାର ତଣ୍ଟି ଚିପି ଦିଆଯାଇଛି ଓ ସପନା ଛଟପଟ ହୋଇ ରକ୍ଷା କରିବାକୁ ପାଟି କରିଛି, କିନ୍ତୁ ପାଟିକୁ ଚାପି ଦେଇଛନ୍ତି ସୁନ୍ଦର ରାୟ । ସପନା ଟଳି ପଡ଼ିଛି । ସପନା ଟଳି ପଡ଼ିଲା ପରେ କିଛି ସମୟ ପର୍ଯ୍ୟନ୍ତ ନୀରବତା ଖେଳିଯାଇଛି । ରାଗରେ stickଟିକୁ ଭାଙ୍ଗି ଦେଇଛି ଘନ । ଶ୍ରୀଚରଣ ଧୀରେ ସତର୍କତାର ସହ ଦେଖୁଛନ୍ତି ଓ ମୃତ୍ୟୁ ଆଶଙ୍କାରେ ଶିହରି ଉଠିଛନ୍ତି ।)
ଶ୍ରୀଚରଣ	: ଲୋକଟା ଜିଭ କାମୁଡ଼ି ଦେଇଟି ଆଞ୍ଜା । ନିଃଶ୍ୱାସ ଚାଲିଲା ପରି ଜଣାଯାଉନି ତ !
ସୁନ୍ଦର	: ମରିଯାଇଛି !
ଶ୍ରୀଚରଣ	: କ'ଣ ଯେ ହବ ଆଞ୍ଜା... କିଏ ଯଦି ଦେଖୁଥିବ... କି ଜାଣିବ କଣ ଅବସ୍ଥା ହବ ମୋର ? (ଚାଲିଗଲା ବେଳେ ପଛରୁ କଲାର୍ ଧରି ଟାଣିଲା ଘନ) ମୁଁ ମରିଯିବି ରେ ବାପ.. ମତେ ଛାଡ଼ିଦିଅ... ମୋର ପାଞ୍ଚପ୍ରାଣୀ କୁଟୁମ୍ବ ଭାସିଯିବେ ।
ଘନ	: (ଧମକେଇ) ଚୁପକର... ସେମିତି ପାଟି କଲେ ତତେ ବି ଶେଷ କରିଦେବି । ଚୁପ୍ ହୋଇ ଛିଡ଼ାହୁଅ, ଆପଣ କିଛି ଭୟ କରନ୍ତୁନି । ଛାତିକୁ ଲୁହା ପରି ନ କଲେ ଏ କାମ ହୁଏନି । ଆପଣ ଚାଲନ୍ତୁ ଟ୍ରକ୍‌ରେ ବସି ରହନ୍ତୁ (ସୁନ୍ଦର ରାୟ ଚାଲିଗଲେ... ଶ୍ରୀଚରଣ ଯିବାକୁ ଉପକ୍ରମ କଲାବେଳେ) ଏ..ଧର..ଉଠା ତାକୁ...
ଘନ	: ହୁଁ ଉଠାଅ... ପାଟି କରନି (ସପନାର ମୃତ ଦେହକୁ ଦୁହେଁ ଉଠେଇ

ସେ ଚଉକିରେ ଆଉଜେଇ ବସେଇ ଦେଲେ । ତା' ହାତରେ
ଖବରକାଗଜଟିଏ ଧରେଇ ଦେଲେ । ଯେମିତି ଜଣାପଡ଼ିବ ଜଣେ
କେହି ଖବରକାଗଜ ପଢ଼ୁଛି । ତା'ପରେ ଉଭୟେ ଚାଲିଗଲେ ।
(କିଛି ସମୟ ପରେ ପହଞ୍ଚିଲେ ଜଣେ ମଫସଲି ଭଦ୍ରଲୋକ,
ପୋଷାକପତ୍ର ବର୍ଷାରେ କିଞ୍ଚିତା ଭିଜିଯାଇଛି । ନାଁ ପ୍ରାଣନାଥ ।)

ପ୍ରାଣନାଥ   : ହଉ, ହଉରେ ପୁଅ । ତୁ ଏକା ମଟର ଚଲାଉଛୁ ନା ତୋ' ବୋପା
ଏମିତି ଚଲାଉଥିଲେ (ଭିତରକୁ ଆସି) ଗଲା ନୁଆ ଧୋତି ଯୋଡ଼ାକ ।
କେତେ ଉତ୍ପାତିଆ ହଉଛ ? ହେଇଯା (କାନିରେ ଗଣ୍ଠି ଦେଇ)
ମନେ ରହିଲା । ହଉ..
ଦୁର୍ଯୋଗ, ଏଇ ବର୍ଷାଟା ଶତ୍ରୁ ପରି ଲାଗିଛି । ଘରୁ ଗୋଡ଼େ ଗୋଡ଼େ
ଲାଗିଛି । ଭଲ ଦିନ ନାହିଁ, ମନ୍ଦ ଦିନ ନାହିଁ । (ହଠାତ୍ ଚଉକି ଉପରେ
ଆଉଜିଥିବା ଖବରକାଗଜ ଆଢ଼ୁଆଲରେ ମୃତଦେହକୁ ଲକ୍ଷ୍ୟ କରି)
ଆଞ୍ଜା ଟିକିଟି ହେଲାଣି । ମୁଁ ଏଣେ ଗାଡ଼ିରେ ଯିବି କଟକ । ଗାଡ଼ି
ଡେରି ନାହିଁ ତ ଆଉ...
(ଅତ୍ୟଧିକ ଥଣ୍ଡା ହେତୁ ଛିଙ୍କ ଆସିଲା ଓ ପ୍ରାଣନାଥ ଛିଙ୍କିଲେ ।)
ବ୍ରାହ୍ମଣାୟ ନମଃ ।
କହିଲେ କେତେ ହିନସ୍ତା ହେଲି । ହଇଏ ଏଡିକି ଥଣ୍ଡା ଧଲାଲାଣି ।
ରାତି ପାହିଲେ କହିଲା ଉଭାରୁ ମୁଣ୍ଡ ଉପରେ କାମ ଯେ, ମାଛ
ଆସିବ, କଦଳୀ ପତ୍ର । ବନ୍ଧୁବାନ୍ଧବ, ଭଦ୍ରଲୋକ । ଚା'
ସରବତ...ଆଲୁଅ... ବାଜା କୋଉଟାର ଦାୟିତ୍ୱ ଏ ପ୍ରାଣନାଥ ମୁଣ୍ଡରେ
ଝୁଲୁନି ? ସହଜ ପଡ଼ିଛି କି ବାପ, ଗୋଟେ ବାହାଘର ତୁଲେଇବା
ସହଜ ପଡ଼ିଛି ? ହେଲେ ବାବୁ, ଏଇ ପ୍ରାଣନାଥର ରୁମ ଯେତିକି
ସେତିକି ବାହା ନିମିଉ ଉଠେଇଛି ସେ ।
ବାହାଘର... ବିବାହ... ପ୍ରଜାପତି ସମ୍ବନ୍ଧ ବଡ଼ ପବିତ୍ର...ହଁ– କି କୁହୁକ
ଅଛି ସେଥିରେ ବାବା ପାଞ୍ଚଟି ତୀର୍ଥଯାତ୍ରା କରି ଯେତିକି ପୁଣ୍ୟ ନାହିଁ,
ଆଜିକାଲି ପାଞ୍ଚଟି କନ୍ୟାଙ୍କ ବିବାହ ସମ୍ପନ୍ନ କରିପାରିଲେ ସେତିକି
ପୁଣ୍ୟ ଆଞ୍ଜା । କ'ଣ ମିଛ କହୁଛି ? କୋଇ ଆପଣ କହୁନାହାଁନ୍ତି– (ପାନ
ବଟୁଆରୁ ପାନ ଭାଙ୍ଗୁ ଭାଙ୍ଗୁ) ହେ ଆପଣ କଣ କହିବେ, ଆପଣଙ୍କର
ଖବର–କାଗଜ ଭଲ ତ ଆପଣ ଭଲ– ପାଠ ପଢ଼ୁଆ ପିଲା ହେଇଥିବେ

ତ ? ମଧୁରେ ମଧୁରେ ଆଲାପ କେମିତି ହୁଏ ହାତକୁ ଦ'ହାତ ହେଲେ ସିନା ବୁଝିବେ।

ଆଚ୍ଛା, ଆଜ୍ଞା ଆପଣଙ୍କର ପଢ଼ା ସରିଲାଣି ?

କହିବେନି ତ ? ନ କହନ୍ତୁ ଆପଣ କଣ କହିବେ ? ଖାଲି ନାଁ ଗାଁ ଟିକେ ଟିପ୍ପଣା ହୋଇଗଲେ କହିଲା ଉଠାରୁ ଏ ପ୍ରାଣନାଥ ଗାଁକୁ ଝପଟିଯିବ। ଆହା-ଆଃ କି ଲାଜ- କି ଗାମ୍ଭୀର୍ଯ୍ୟ କି ଲାଲିତ୍ୟ ଠାଣିରେ ବସିଛନ୍ତି। ସେମିତି ଗୋଟିଏ ଲଜ୍ଜାବତୀ-ମୌନାବତୀ-ଲୀଳାବତୀଟିଏ ବାଛି ବାଛି ଯଦି ବାନ୍ଧି ନ ଦିଏ (ହସିଦେଲେ ପାନ ଖଣ୍ଡେ ଖାଇ) ହେଲେ ଆଜି କାଲିକା ଯୁଗ-ଆଜି କାଲି ପିଲା-ନ ଦେଖ୍ ନ ହସି- ନ ରସି- ନ ବୁଲି- ନ ଭୁଲି-ଅଦେଖା-ଅଶୁଣା-ଅଭୁଲା-ପୀରତିରେ ନ ଭାସି କେହି କେବେ ମଙ୍ଗିଲେଣି ?

ଦେଖେଇବି ବାବୁ- କେତେ ଜାତି ଝିଅଙ୍କୁ ଏ ପକେଟ୍‌ରେ ରଖିଛି। କେତେ ଟିପ୍ପଣା କେତେ ଫଟୋ ଦେଖିବେନି କେମିତି ? ଦେଖନ୍ତୁ, ଯାହା ପସନ୍ଦ କରିବେ ମୁହଁ ନ ଖୋଲି ନ କହନ୍ତୁ ପଛେ ମନକୁ ପାଇଲା ଭଳି ହସିଦେଲେ ହେଲା।

ଏଇ ନିଅନ୍ତୁ- ଝିଅଟି ନାଁ କନକ। ନାଁ ଖାଲି କନକ ନୁହଁ, ଦେଖିଲେ କହିଦେଲେ ଯେ ସେ ଗୋଟିଏ କନକ ପ୍ରତିମା ପଢୁଛି ବାବୁ- ଗାଁ ଇସ୍କୁଲରୁ ମାଇନର ପଢ଼ି ଗାଁ ସ୍କୁଲକୁ ଗଲାଣି। ହେଲେ ତା' ବୋଉଟା ଲଗେଇଛି। ଆରେ ମୁଁ ତ ଏଠି ଭଲ ପାଲା ଲଗେଇଛି, ତେଣେ ଟିକିଏ ଘର ଖୋଲା ହୋଇନି। ଗାଡ଼ି ଗଲାଣି କି ବାବୁ - ବାବୁ ଏ କଟକ ଗାଡ଼ି ଗଲାଣି, ନା ଡେରିଅଛି ? ବାବୁ... କଣ ଶୋଇପଡ଼ିଛ କି ବାବୁ... (ଦେଖ୍) ବାବୁ! ବାବୁ! (ଚମକି ପଡ଼ି) ଆରେ ଏଇଟା କିଏରେ-ଏଁ। (ମୃତଦେହଟି ଗଡ଼ିପଡ଼ିଲା) ମଲି-ମଲି-ମରିଗଲି- ଆରେ ଏ କଣ ହେଲା ? ମରିଗଲି-ଆରେ ଏ କଣ ହେଲା ? ମରିଗଲି- ମରିଗଲାରେ ବାବା- କିଏ ଅଛ-ଏଁ! ଚୁପ୍‌କର ପ୍ରାଣନାଥ (ପାଟି ବନ୍ଦ କର। ନିଜକୁ ନିଜେ ସାବଧାନ କଲା)

ପ୍ରାଣକୁ ଡର ନାହିଁ ପ୍ରାଣନାଥ ମୁଣ୍ଡରେ ଅକଲ୍ ନାହିଁ। ବୁଢ଼ୀଟିଏ ହେଲାଣି ଲୋକଟା ମରିଯାଇଛି। ବାବା ଖୁବ୍ ହୋଇଛିରେ ବାବା।

କୁଆଡ଼େ ? କୁଆଡ଼େ ଯାଉଛ ? ଖବର ଦାର... ତମକୁ ଯଦି କେହି

ସନ୍ଦେହ କରେ ଯେ, ତମେ ହେଉଛ ଏହାର ହତ୍ୟାକାରୀ ? ନା ନା ନାରାୟଣ ହେ- ଗାଡ଼ି କୁଆଡ଼େ ଗଲା ନାରାୟଣ ? ମୁଁ କିଛି ଜାଣେନି- ମୁଁ ମଧ୍ୟସ୍ତ ଲୋକ- ମୁଁ କଣ ଜାଣେ ! (ପୂର୍ବଭଳି ମୃତ ଲୋକକୁ ବସେଇଦେଲା। ବ୍ୟାଗ୍‌ଟି ଖୋଲି ଖଣ୍ଡିଏ ବହି ଖୋଲି ପଢ଼ିବାକୁ ଆରମ୍ଭ କଲା 'ବଜାରବୋଲି' ବହି। ଯେତିକି ଭୟ ଲାଗୁଥାଏ ସେତିକି ଜୋର୍‌ରେ ପଢ଼ୁଥାନ୍ତି।)

(ଏ ସମୟରେ ପହଞ୍ଚିଲେ ଆଉ ଜଣେ ଭଦ୍ରଲୋକ। ଭଦ୍ରଲୋକ ଡାକ୍ତର- ହାତରେ ବ୍ୟାଗ୍‌)

(ଡାକ୍ତର ପ୍ଲଫ୍‌ଟି ନିଜ ଦେହରୁ କାଢ଼ି ଚଉକିରେ ରଖ୍‌ଲେ ଭାଇନା- ଓ ଭାଇନା (ଜୋରରେ ଗୀତ ଗାଉଥାନ୍ତି ପ୍ରାଣନାଥ) ଆରେ ଗାଡ଼ି ଆସିବାରେ କ'ଣ ଡେରି ଅଛି- (ନିଜର ଘଣ୍ଟା ଦେଖ୍‌) ଟ୍ରେନ୍ ଟାଇମ୍ ହେଲାଣି; ଅଥଚ ବୁକିଂ ଅଫିସ ଖୋଲା ହୋଇନି। କଥା କ'ଣ ? (ଭୟରେ ମୃତ ଦେହକୁ ଅଙ୍ଗୁଲି ନିର୍ଦ୍ଦେଶ କରି, ଯାହାର ଅର୍ଥ 'ତାଙ୍କୁ ପଚାରନ୍ତୁ' ଜୋରରେ ବହି ପଢ଼ୁଥାନ୍ତି। ଡାକ୍ତର ବୁଝି ନ ପାରି)

ଡାକ୍ତର   : ବଡ଼ ହଇରାଣ ହେଲି ତା'ହେଲେ। ଭୋରରୁ ଯାଜପୁରରେ ନ ପହଞ୍ଚିଲେ ସବୁ ସର୍ବନାଶ। ଗୋଟେ ରୋଗୀର ଅବସ୍ଥା ତେଣେ ସାଂଘାତିକ।

ପ୍ରାଣ   : (ଗୀତ ଗାଇବା ସ୍ୱରରେ) ତେଣେ ରୋଗୀର ଅବସ୍ଥା ସାଂଘାତିକ, ଆପଣ ଏଣେ କ'ଣ କରୁଛନ୍ତି ?

ଡାକ୍ତର   : ଆରେ ଏଣେ ବି ଗୋଟେ ରୋଗୀ ସାଂଘାତିକ ଅବସ୍ଥାରେ ପଡ଼ିଥିଲା। ଆଛା... ଗାଡ଼ି କଣ Late ଅଛି ?

ପ୍ରାଣ   : ଏଣେ ବି ସାଂଘାତିକ ଅବସ୍ଥା.. (ପୁଣି ଗୀତ ଇଙ୍ଗିତରେ ଅନ୍ୟ ଲୋକକୁ ପଚାରନ୍ତୁ) ଅନ୍ୟ ଲୋକକୁ ପଚାରନ୍ତୁ,... ମୁଁ କିଛି ଜାଣେ ନାହିଁ।

ଡାକ୍ତର   : (ଅଗତ୍ୟା ସେହି ମୃତଦେହକୁ ଲକ୍ଷ୍ୟ କରି) ଗାଡ଼ି କେତେ ବେଳେ ଆସୁଛି କହିପାରିବ ?

ପ୍ରାଣ   : ଶୋଇଛନ୍ତି। ଜୋରରେ ହଲେଇ ଦିଅନ୍ତୁ-

ଡାକ୍ତର   : (ସେଇଆ କରି) ଆଛା... ଆଜ୍ଞା। (ମୃତ ଦେହକୁ ଗଡ଼ିଯିବାର ଦେଖ୍‌) ଆରେ ଏ କଣ। ଏ କଣ ହୋଇଛି... ଲୋକଟା Senseରେ ନାହିଁ (ନାଡ଼ି ପରୀକ୍ଷା କରି)

ପ୍ରାଣ   : ଲୋକଟା ଇହଜଗତରେ ନାହିଁ ?

ଡାକ୍ତର   : ଏ କେମିତି ହେଲା ?

ପ୍ରାଣ   : ଆପଣ ଡାକ୍ତର ଆପଣ ଜାଣନ୍ତି ।

ଡାକ୍ତର   : ମୁଁ କିଛି ଜାଣେନା ।

ପ୍ରାଣ   : ଜାଣନ୍ତିନି, ଆଉ ଡାକ୍ତର କେମିତି ହୋଇଛନ୍ତି ?

ଡାକ୍ତର   : ନା- ନା, ମାନେ ଲୋକଟାର ଏ ଅବସ୍ଥା କେମିତି ହେଲା ? ଆପଣ
           ଆଗରୁ ଜାଣନ୍ତି ଯେ-

ପ୍ରାଣ   : ଲୋକଟିକୁ ନିଶ୍ଚେ କିଏ ମାରି ପକେଇଛି । ରକ୍ତ ଲାଗିଛି ।

ଡାକ୍ତର   : (ପୁଣି ପରୀକ୍ଷା କରି) ହଁ... ରକ୍ତ...ଯେ... ତା'ହେଲେ ପୋଲିସରେ
           ଖବର ଦେଇ ନାହାନ୍ତି କାହିଁକି ?

ପ୍ରାଣ   : ମୁଁ କିଏ ହେ ପୋଲିସରେ ଖବର ଦେବାକୁ ? ମୁଁ କିଏ ଏଥରେ
           ମାମଲତି କରିବି ? ମୋ ମାମଲତ ଗିରି... ଜୀବନ୍ତ ଲୋକକୁ ନେଇ
           ମୃତ ଲୋକମାନଙ୍କୁ ନେଇ ନୁହେଁ ।

ଡାକ୍ତର   : କିନ୍ତୁ ପୋଲିସରେ ଖବର ଦେବା ଯେ କର୍ତ୍ତବ୍ୟ-

ପ୍ରାଣ   : ସେ କର୍ତ୍ତବ୍ୟ ଆପଣଙ୍କର ହୋଇପାରେ । ହେବା ମଧ ଉଚିତ୍ । କାରଣ
           ଶବ ବ୍ୟବଚ୍ଛେଦ ହେବାରୁ ଜନ୍ମ ମୃତ୍ୟୁ ପ୍ରତ୍ୟେକରେ ଆପଣଙ୍କର
           ମାମଲତି ରହିଛି ।

ଡାକ୍ତର   : ସେ ମାମଲତ୍‌କାର କଥା ଥାଉ, ମୁଁ ଯେ କେତେ କର୍ମବ୍ୟସ୍ତ ତା' ମୁଁ
           ଜାଣେ । କାଲି ସକାଳୁ ଯେ କୌଣସି ପ୍ରକାରେ ଯାଜପୁରରେ ପହଞ୍ଚିଲେ
           ମତେ ଜଣଙ୍କର ଜୀବନ ବଞ୍ଚେଇବାକୁ ପଡ଼ିବ ।

ପ୍ରାଣ   : ମତେ ତା'ହେଲେ କାହିଁକି କହୁଛନ୍ତି ଆଜ୍ଞା, ରାତି ପାହିଲେ ମୋର
           ଭୋଜିଭାତ- ଶଙ୍ଖା-ମହୁରୀ...

ଡାକ୍ତର   : କିନ୍ତୁ-

ପ୍ରାଣ   : ପୋଲିସକୁ ଯିବାକୁ କହୁଛନ୍ତି କି ମତେ ? ବରଂ ଆପଣ ଶିକ୍ଷିତ ଆପଣ
           ଡାକ୍ତର ଲୋକ ଆପଣ ଯାଆନ୍ତୁ- ଆମେ ମଲି ମୁଣ୍ଡିଆ ପୁଲିସ୍ ପେଞ୍ଚରେ
           ପଶି ପାରିବୁନି ।

ଡାକ୍ତର   : ରଖନ୍ତୁ ସେ ଶିକ୍ଷା । ମୋ ଶିକ୍ଷା ମତେ କହୁଛି 'ଏ ଯୁଗରେ ଭାବପ୍ରବଣ
           ହୋଇ ଭଲ କାମଟିଏ କଲେ ମଧ ବିପଦ ଅଛି ।' ମୋ ଉପରେ
           କେତେ ଦାୟିତ୍ୱ । ଏତେ ଦାୟିତ୍ୱ ନେଇଯାଉଛି, ସେଥରେ ପୋଲିସ

ଷ୍ଟେସନ୍‌ରେ ଯଦି ଅଯଥା ଡେରି ହୋଇଯାଏ, କାଲି ସେ ରୋଗୀଟିର ଅବସ୍ଥା କ'ଣ ହେବ ବିଚାର କରିପାରୁଛନ୍ତି ତ ? ତା' ଛଡ଼ା ମୁଁ ଜଣେ ଡାକ୍ତର। ମୁଁ ଜଣେ ପୋଲିସ କେଶ୍‌ରେ କେମିତି ଏସବୁ ଯାଞ୍ଚ କରାଯାଏ। ଡାକ୍ତର ରିପୋର୍ଟ-ପୋଷ୍ଟମର୍ଟମ।

ପ୍ରାଣ   : ସାକ୍ଷୀ-ଗୁହା-ପ୍ରମାଣ-ହଲ୍‌ପ। ସେଇଥିପାଇଁ କହୁଛି ବାବୁ, ତାକୁ ସେମିତି ଆଉଜେଇ ଦିଅନ୍ତୁ। କିଏ କଣ କଲା... କଣ ହେଲା... ଆମେ କ'ଣ ଜାଣୁ-

ଡାକ୍ତର   : (ଆଉଜେଇ ମୃତଦେହକୁ) ଏ ଯୁଗରେ ସବୁ ଦେଖିବ, କିନ୍ତୁ ପାଟି ଫିଟେଇବନି। ଯିଏ ଯାହା କରେ ସିଏ ତା' ଫଳ ପାଏ। ଆମେ ଏତେ କଥାରେ ମୁଣ୍ଡ ପୂରେଇବା ଏକ ପ୍ରକାର ମୂର୍ଖତା।

ପ୍ରାଣ   : ଯାହା କହିଲେ ଆଜ୍ଞା, ବୁଝିଲେ ଆଜ୍ଞା- ଆପଣ ନ ଆସି ଥିଲେ ମୋର ହାର୍ଟଫେଲ୍‌ ହୋଇଯାଇଥାନ୍ତା। ଟିକେ ଛାତିଟା ଦେଖିଲେ-

ଡାକ୍ତର   : ଚୁପ୍ କରନ୍ତୁ- କିଏ ଜଣେ ଆସୁଛି। (ଯେ ଆସିଛି, ସେ ଜଣେ ଦାଗୀ। ସୁବଳ ସାଆନ୍ତାରା ଲୋକଟିର ଦାଢ଼ି ବଢ଼ି ଚେହେରାଟିକୁ ବେଶୀ ରୁକ୍ଷ କରି ଦେଇଛି। ସେ ସିଧା ବୁକିଂ ଅଫିସ୍ ଆଡ଼େ ଯାଇଛି। ହାତରେ ଦୁଇଟି ଗଣ୍ଠିଲି। କିନ୍ତୁ ଟିକେଟ୍ ହୋଇ ନଥିବା ଦେଖ ସେ ପ୍ରଥମେ ପଚାରିଛି ପ୍ରାଣନାଥଙ୍କୁ। ପ୍ରାଣନାଥ ଓ ଡାକ୍ତର ଉଭୟେ ତାକୁ ଦେଖ ଖୁବ୍ ଗମ୍ଭୀର ହୋଇ ପଡ଼ିଥାଆନ୍ତି।)

ସୁବଳ   : ବାବୁ, ଏଠିକି ଗାଡ଼ି ଆସେନା, ଘୋଡ଼ା ଆସେ। ତମେ ଚଢ଼ିକରି ଯିବ ହରିପୁର। କହିଲା ହରିପୁର ଗାଡ଼ି। ବାପା ଅଜା ଗାଡ଼ି ଇଆର କରିଥିଲେ।

ସୁବଳ   : ମୁଁ ଜାଣେନି ବାବୁ, ଏଠି ଷ୍ଟେସନ ଆଗେ ନଥିଲା। ଏଠି ଗାଡ଼ି ରହିବା ମୁଁ ତ କାଇଁ ଦେଖିନି।

ପ୍ରାଣନାଥ : ତମେ କୁମ୍ଭକର୍ଣ୍ଣଙ୍କ ପିତୃପୁରୁଷ। ଛ'ମାସ କୁମ୍ଭକର୍ଣ୍ଣ ସିନା ଶୁଏ, ତମେ କଣ ଛଅବର୍ଷ ଶୋଇ ପଡ଼ିଥିଲ ?

ସୁବଳ   : ଛଅ ବର୍ଷ... ହଁ ଛଅ ବର୍ଷ ମୁଁ ଶୋଇ ପଡ଼ିଥିଲି। ଅନ୍ଧାର ଘେରା ପଞ୍ଝୁରି ଭିତରେ।

ଡାକ୍ତର   : ଦେଖିଲେ ଜଣାପଡ଼ୁଛି ସତେ ଯେମିତି ଜଙ୍ଗଲରେ ଦଶବର୍ଷ ତପସ୍ୟା କରି ଫେରିଛ ?

ସୁବଳ : ତପସ୍ୟା, ସେତେବଡ଼ ପୁଣ୍ୟ ଏ ପାପୀ ସୁବଳ ସାନ୍ତରାର ?

ପ୍ରାଣନାଥ : କିଏ ତମେ ? କ'ଣ ତମ, ନାଁ କହିଲ ?

ସୁବଳ : ମୋ ନାଁ ? ଆପଣ ମୋ ନାଁ ଶୁଣିବେ ? ସେଥିରୁ କଣ ମିଳିବ, ଆପଣଙ୍କୁ ? ମତେ କହନ୍ତୁ ଗାଡ଼ି କେତେବେଲେ ନେଇ ମତେ ହରିପୁରରେ ପହଞ୍ଚିବ ।

ଡାକ୍ତର : ଗାଡ଼ି ଖବର ଆମେ ଜାଣୁନି । ଏ ବାବୁ ଜାଣିଥିବେ ପଚାର । ସେ ତ ଗାଡ଼ିରୁ ଅପେକ୍ଷା କରିଛନ୍ତି । ସେଇ ଗାଡ଼ିରେ ତମେ ଯିବ । ତାଙ୍କୁ ପଚାର–

ସୁବଳ : ବାବୁ, ଆଜ୍ଞା କହିପାରିଲେ କେତେବେଲେ ଗାଡ଼ି ମତେ ହରିପୁରରେ ପହଞ୍ଚାଇବ । ବାବୁ... (ହଠାତ୍ ହଲେଇ ଦେଲା ପରେ ଚମକି ଉଠିଛି) ଆରେ ଏ କଣ ! ବାବୁଙ୍କର କଣ ହୋଇଛି ? ଏଁ, ଏ ତ ଆଉ ଜଣେ କିଏ ? ଏ କେମିତି ହେଲା ! ଲୋକଟାକୁ କିଏ ମାରି ଦେଇଛି ନା କ'ଣ ? ଭଗବାନ୍ ଆପଣମାନେ ଜାଣନ୍ତି ଲୋକଟା ଏଠି ମରିଯାଇଛଛି !

ପ୍ରାଣନାଥ : ଆମେ ତ ଜାଣୁନା...

ଡାକ୍ତର : ନାଁ, ଆମେ କିଛି ଜାଣୁନି ।

ସୁବଳ : ଆପଣଙ୍କ ଆଗରେ ମରି ଶୋଇଛି ଲୋକଟା–ଆପଣ ଜାଣନ୍ତି କିଏ ମାରିଛି ?

ଡାକ୍ତର : କେହି ଡକାୟତ ବା ଆତତାୟୀ ତାକୁ ହତ୍ୟା କରିଛି ।

ସୁବଳ : ପୋଲିସ୍ ନାହିଁ ? ପୋଲିସ୍‌ରେ ଖବର ଦିଅନ୍ତୁ । ଯେ ଖୁନୀ ପୋଲିସ୍ ତାକୁ ନ ଧରି ଛାଡ଼ିବନି ।

ପ୍ରାଣନାଥ : କିନ୍ତୁ ତମେ ଚେଷ୍ଟା କଲେ ଖୁନୀକୁ ଧରିପାରିବ ସୁବଳ ସାନ୍ତରା–

ସୁବଳ : ଆପଣ–ଆପଣ...ଆପଣ ମତେ ଜାଣିଛନ୍ତି ?

ପ୍ରାଣ : ସୁବଳ ସାଆନ୍ତରାକୁ ଜାଣେନି କିଏ, ଏମିତି ଚଉଦଖଣ୍ଡ ମୌଜାରେ କିଏ ନାହିଁ, ପାଞ୍ଚବର୍ଷ ତଲେ ତମେ ନା ନିଧୁପୁର ମୌଜାର ଜମିଦାର ଘର ଲୁଟ୍‌ତରାଜ କରି ତା'ର ସ୍ତ୍ରୀ ପିଲାଙ୍କୁ ଛୁରୀମାରି ଚାଲି ଯାଇଥିଲ–

ସୁବଳ : ସୁବଳ ତାର ଶାସ୍ତି ପାଇଛି ବାବୁ! ଜେଲରୁ ଫେରିଲାପରେ ରକ୍ତପିପାସୁ ସୁବଳ ଭଲଲୋକ ହୋଇ ଆସିଛି । ବାବୁ, ଜାଣନ୍ତି ମୋର ଭଲଗୁଣ ଦେଖି ଜେଲ୍ ବାବୁ ମୋର ଛ'ମାସ ଦଣ୍ଡ କମେଇ ଦେଇଛନ୍ତି ।

ପ୍ରାଣ   : ଏଇ ଲୋକକୁ ଯେ ମାରିଛି ତାକୁ ତମେ ଜାଣିନ ?

ସୁବଳ   : କାଲି ମୁଁ ଜେଲରୁ ଖଲାସ ହୋଇ ନଇ ପାର ହୋଇ ଆଜି ଏଠିକି
              ଆସିଛି । କାଲି ମତେ ଗାଁରେ ପହଞ୍ଚିବାକୁ ହେବ । ମୋର ଛୁଆପିଲା
              ପାଞ୍ଚବର୍ଷ ହେଲା ମତେ ଚାତକ ପରି ଅନାଇ ବସିଛନ୍ତି । ଆଜି ବି
              ଅନେଇ ବସିଥିବେ ।

ଡାକ୍ତର   : କିନ୍ତୁ ଏ ଖୁନ୍ ମାମଲାରେ ତମେ ଟିକିଏ ସାହାଯ୍ୟ କଲେ ପ୍ରକୃତ ଖୁନି
              ଧରା ପଡନ୍ତା । ଯାଅ, ପୋଲିସ୍‌ରେ ଖବର ଦିଅ । ତାଙ୍କୁ ସାହାଯ୍ୟ
              କର । ତେବେ ଯାଇ ତମେ ପ୍ରକୃତ ଭଲ ମଣିଷ ହୋଇଛ ବୋଲି
              ଜଣାପଡିବ ।

ସୁବଳ   : ନା ବାବୁ, ଆଜି ମତେ କିଛି କହନ୍ତୁନି । ଆଜି ମୁଁ କିଛି କରିପାରିବିନି,
              ପାଞ୍ଚବର୍ଷ ପରେ ମୁଁ ମୋ ଘରକୁ ଯାଉଛି । ପାଞ୍ଚବର୍ଷ ହେଲା ମୋ
              ପିଲାଙ୍କ ମୁହଁ ମୁଁ ଦେଖିନି ।

ପ୍ରାଣ   : ତା'ହେଲେ ଏତିକି କାମ ତମେ କରି ପାରିବନି ?

ସୁବଳ   : ନା, ଆଜି ନୁହେଁ ।

ଡାକ୍ତର   : ତା' ହେଲେ ତମେ ପୋଲିସର ସନ୍ଦେହରେ ପଡ଼ିବ । ଜଣେ ଜେଲ୍‌
              ଫେରନ୍ତା ବାଗୀକୁ ପୋଲିସ୍ କେବେ ବିଶ୍ୱାସ କରେନା ।

ସୁବଳ   : କିନ୍ତୁ ମୁଁ ତ ଏସବୁ କିଛି ଜାଣେନି । ଆପଣ ତ ଦେଖୁଛନ୍ତି । ମୁଁ କଣ
              ଜାଣିଛି ? ଆପଣ ମତେ ବାଧ କରନ୍ତୁନି । ପୋଲିସର ଛାଇ ମାଡ଼ିବାକୁ
              ମତେ ଡର ଲାଗୁଛି ବାବୁ । ଆପଣ ସବୁ ଭଦ୍ରଲୋକ, ଆପଣ ଚେଷ୍ଟା
              କରନ୍ତୁ । ମତେ ସେ ବିପଦରୁ ବଞ୍ଚାନ୍ତୁ । ଆପଣଙ୍କ ଗୋଡ଼ ମୁଁ ଧରୁଛି–
              (ଭିତରୁ ପାଟି ଶୁଭିଲା)

ସାମୁୟେଲ୍   : ଜୁଲୁମ୍, ଜୁଆଚୋରୀର ଅବସାନ ନାହିଁ ଏ ଯୁଗରେ ବନ୍ଧୁ, ହେଲେ
              ଗୋଟି ଗୋଟି କରି ଦୁର୍ନୀତିର ଜାରଜ ଶିଶୁକୁ ତଣ୍ଟି ଚିପି ମାରିବାକୁ
              ପଡ଼ିବ । ତେବେ ଯାଇ ସପନା ତୁମରି ସ୍ୱପ୍ନର ଭାରତରେ ଶାନ୍ତି ଆସିବ ।
              ରାମରାଜ୍ୟ ଆସିବ ।

              ଓ... ଆପଣମାନେ– ମୁସାଫିର ? ଗାଡ଼ି ଆପଣଙ୍କ ଡେରି ? ଆଜି
              ଆସି ନ ପାରେ ଯୋଆନ୍ତୁ, ଫେରିଯାଆନ୍ତୁ ଘରକୁ ।

ସୁବଳ   : ଗାଡ଼ି ଆଜି ଆସୁନି ଭାଇ ?

ସାମୁୟେଲ୍   : ଭାଇ ? କଣ ମୁଁ ତୋ ଜନମ କଲା ଭାଇ ?

ପ୍ରାଣ : ଆଜି କଣ ଗାଡ଼ି ଆସିବା ଡେରି ?

ସାମୁଏଲ୍ : ଚୁପ୍ କର, ପାଟିକଲେ ଶେଷ କରିଦେବି। ପାଟି କରୁଛୁ କାହିଁକି ? ତୋ ଉପରେ କେହି ଜୁଲମ୍ କରିନି ବୋଲି ? ତୋ ପିଠିରେ କେହି ଚାବୁକ୍ ଦେଇ ଆହାର ଛଡ଼େଇ ନେଇନି ବୋଲି ? ଦେଖୁପାରୁନୁ– ସେ ଲୋକଟା ଶୋଇଛି। କେତେ ଅପମାନ, ଆଘାତ, ବଜ୍ରପାତକୁ ମୁଣ୍ଡରେ ସହି ସେ ଶୋଇଛି। ଦିଶୁନି– ତାକୁ ଶାନ୍ତିର ନିଦ ଟିକେ ବି ଦବନି ତମେ ?

ଡାକ୍ତର : ସେ କଣ ଶୋଇଛି ?

ସାମୁଏଲ୍ : ଶୋଇ ଶୋଇ ସ୍ୱପ୍ନ ଦେଖୁଛି– ଏ ପାପମୟ ରୁକ୍ଷ ବନ୍ଧ୍ୟା ପୃଥିବୀର ସ୍ୱପ୍ନ ନୁହେଁ, ଏକ ଚିର ଶାନ୍ତି ବିରାଜିତ ପୁଷ୍ପିତ ଅମରାବତୀର ସ୍ୱପ୍ନ। ସପନା... ସପନା... ଶୋଇଛୁ... ଅପେକ୍ଷା କରି କରି ଶୋଇଛୁ... ଆରେ ସେ ଆସିବ.. ତୁ ଯେତେ ନିଃସ୍ୱ.. ଅସହାୟ ହୁଅ ପଛକେ. ତୋ ବନ୍ଧୁ ସେ– ତୋ ପାଖକୁ ଆସିବନି ? ନିଶ୍ଚୟ ଆସିବ– ସପନା– (ହଲେଇ ଦେବା) ସପନା ! ସପନା !

ଡାକ୍ତର : ସେ ନାହିଁ । ମରିଯାଇଛି..

ସୁବଲ : ଖୁନ୍ ହୋଇଛି ତାକୁ–

ପ୍ରାଣ : କେତେବେଲୁ ସେ ଶୋଇଗଲାଣି ବାବୁ। ତାକୁ କାହିଁକି ଉଠଉଛ ?

ସାମୁଏଲ୍ : ବହୁ ଆଗରୁ ତାର ମରିବା ଉଚିତ୍ ଥିଲା– (କ୍ରୋଧ କରି) ହେଲେ ଆପଣମାନେ ପୋଲିସ୍‌ରେ ଖବର ଦେଇଛନ୍ତି– କିଏ ମାରିଛି ତାକୁ ? ଏତେବେଲୁ ମରି ପଡିଛି ଲୋକଟା; ଅଥଚ ଆପଣମାନେ କେହି ପୋଲିସ୍‌ରେ ଖବର ଦେଇପାରି ନାହାଁନ୍ତି–

ପ୍ରାଣ : ପୋଲିସ କଥା। ଆମେ ସେଥିରେ ପଶିପାରିବୁନି।

ଡାକ୍ତର : ଏବେ ତ ଆପଣ ଦେଖୁଲେ ? ଆପଣ ପୋଲିସ୍‌ରେ ଖବର ଦିଅନ୍ତୁ। ଡେରି ହେଲେ ମଧ ପୋଲିସ୍ କିଛି କରିପାରିବ।

ସାମୁଏଲ୍ : ଏ ଡେରି ହେଲା କାହିଁକି ? ଆଉ ତାର ସୁଯୋଗ ନେଇ ହତ୍ୟାକାରୀ, ଖୁନୀ, ଡକାୟତମାନେ ଏ ଦେଶ ଛାଡ଼ି ମଧ ଚାଲି ଯାଇପାରଛି। ଆପଣ ଜଣେ ଶିକ୍ଷିତ ପରି ଜଣାପଡନ୍ତି। ଅଥଚ ଏତିକି ସତ୍‌ସାହାସ ଆପଣଙ୍କର ନାହିଁ ? ଆପଣ ଜଣଙ୍କର ଦାରୁଣ ଦୁର୍ଘଟଣା ବରଦାସ୍ତ କରି ବସି ରହିଛନ୍ତି ?

ପ୍ରାଣ   : କାହାକୁ କ'ଣ କହୁଛନ୍ତି ? ସେ ଜଣେ ଡାକ୍ତର ଆଉ ମୁଁ ଜଣେ
               ଭଦ୍ରଲୋକ-

ସାମୁଏଲ୍   : Damn your ଭଦ୍ରତା-ଭଦ୍ରତାର ମୁଖା ତଳେ ଆପଣମାନେ ଜଣେ
               ଜଣେ ଦ୍ୱିତୀୟ ସଇତାନ୍‌ । ଯେ ଏ ଦେଶର ଆଖି ଖୋଲି ସୁଦ୍ଧା ଅନ୍ଧ
               ହେବାର ଛଳନା କରୁଛନ୍ତି, ଆଖି ଆଗରେ ଦେଖୁଥିବା ଜାଲ୍‌
               ଜୁଆଚୋରି, ହତ୍ୟା...ଲୁଣ୍ଠନ...ଦୁର୍ନୀତି ସବୁର ସାକ୍ଷୀ ହୋଇ ଭାବିଛନ୍ତି
               ଆପଣମାନଙ୍କର ଏହି ନିର୍ଯ୍ୟାତିତ ଅବହେଳିତମାନଙ୍କ ପାଇଁ କିଛି
               କର୍ତ୍ତବ୍ୟ ନାହିଁ ? ଦଳେ ଶୋଷଣ କରୁଛନ୍ତି, ହତ୍ୟା ଲୁଣ୍ଠନ କରୁଛନ୍ତି ।
               ଆଉ ପୋକମାଛି ପରି ଜଣେ ତାର ଶିକାର ହେଉଛି । ଆଉ ଶିକ୍ଷାର
               ଖୋଲପା ତଳେ ଏକ କାପୁରୁଷର ଆତ୍ମା ଧରି ଦଳେ ସେସବୁ
               ନୀରବରେ ଦେଖୁଛନ୍ତି ? ବରଦାସ୍ତ କରି ଯାଉଛନ୍ତି ? ମୁଁ କହିବି ଆଜିର
               ଭାରତରେ ଏଇ ନୀରବ ଦ୍ରଷ୍ଟା, ନିଷ୍କ୍ରିୟ, ନପୁଂସକ ଶିକ୍ଷିତ
               ଭଦ୍ରବ୍ୟକ୍ତିମାନେ ହିଁ ଦ୍ୱିତୀୟ ସଇତାନ୍‌- Sec and criminal ଏ
               ସବୁର ଦୁର୍ଘଟଣା ପାଇଁ ମୁଁ ଆପଣମାନଙ୍କୁ ଦାୟୀ କରିବି-
               (ହଠାତ୍‌ ଜଣେ ସବ୍‌ଇନିସ୍ପେକ୍ଟର ଓ ପୋଲିସ୍‌ ଆସିଛନ୍ତି)

ସ.ଇ   : (ସାଲ୍ୟୁଟ ଦେଇ) ସବୁ ସମୟ ମୁତାବକ ହୋଇପାରିଛି । ଆମର
               ପୋଲିସ୍‌ ସେ ଟ୍ରକ୍‌ଟିକୁ ବାଟରେ ଜବତ୍‌ କରିଛନ୍ତି ।

ସାମୁଏଲ୍   : ଆଉ ଆଗ ଷ୍ଟେସନରେ ମଧ ଟ୍ରେନ୍‌କୁ ଅଟକାଯାଇ ଚାଉଳ ଖାନତଲାସ
               ଚାଲିଛି । ଆପଣ ଷ୍ଟେସନ ମାଷ୍ଟରଙ୍କୁ ଖବର ଦିଅନ୍ତୁ- ଟ୍ରଲିର ବଦୋବସ୍ତ
               କରିବେ ମତେ ବର୍ତ୍ତମାନ ଆଗ ଷ୍ଟେସନରେ ପହଞ୍ଚିବାକୁ ପଡ଼ିବ । ହଁ
               ଶୁଣନ୍ତୁ- ସପନା ଏ ଲୋକଟା ଖୁନ୍‌ ହୋଇଛି- କଣ୍ଟାକ୍ଟର ସୁନ୍ଦର ରାୟ
               କିମ୍ବା ତାର ଦଲାଲ୍‌ ଘନଶ୍ୟାମ ଛଡ଼ା ଏ ହତ୍ୟାକାଣ୍ଡରେ କେହି ଦାୟୀ
               ନୁହନ୍ତି ।

ସ.ଇ   : ସେମାନଙ୍କୁ ଗିରଫ୍‌ କରାଯାଉଛି ସାର୍‌-

ସାମୁଏଲ୍   : ଏଠି ପୋଲିସ୍‌ ମୁତୟନ କରନ୍ତୁ- ହଁ ଆଉ ଏମାନେ-

ସୁବଳ   : ମୁଁ କିଛି ଜାଣେନା ହଜୁର୍‌-

ସାମୁଏଲ୍   : ମୁଁ ଜାଣେ ତମକୁ । ତମର ଘରକୁ ଯିବା କେତେ ଦରକାର, ତମେ
               ଯେ ଏମାନଙ୍କ ଜୁଲମ୍‌ରେ ଶିକାର ହେଉଥିଲ, ତା' ମୁଁ ବୁଝିପାରିଛି ।

ସ.ଇ   : ଆପଣ ଜାଣନ୍ତି ଆଜ୍ଞା- ଡାକ୍ତର ଶାନ୍ତନୁ-

ସାମୁଏଲ୍‌   : ଜାଣେ–

ସ.ଇ   : ଆମର ସାର୍‌– ଡି.ଏସ୍‌.ପି. ଗିରିଜା ପଟ୍ଟନାୟକ ।

ଡାକ୍ତର   : ନମସ୍କାର । କ୍ଷମା କରିବେ, ଭୁଲ୍‌ ହୋଇଛି । ଜରୁରୀ ପେସେଣ୍ଟ୍‌ ଥିବାରୁ–

ପ୍ରାଣନାଥ   : ମୋର ମଧ–

          (କିନ୍ତୁ ସାମୁଏଲ୍‌ ଧୀରେ ଯାଇ ସପନା ମୁଣ୍ଡରେ ହାତ ମାରି ଆଶ୍ଟେଇ
          ପଡିଛି ।)

ସାମୁଏଲ୍‌   : Sleep Silently and Forget the Death- ସବୁ ଭୁଲିଯା–ଯା–
          ଶୋଇଯା... ଶୋଇଯା ।

          (କଣ୍ଠ ବାଷ୍ପାକୁଳ ହୋଇ ଆସିଲା)

          ସମାପ୍ତ

(ରଚନାକାଳ ୧୯୬୮)

ମୋହନ କଲେଜ ବଡ଼ମ୍ବା ଓ ନୟାଗଡ଼, କଲେଜ୍‌ରେ ଅଭିନୀତ

ଶ୍ରୀ ଶ୍ରୀ ମହାଲକ୍ଷ୍ମୀ ପୂଜା

ରମେଶ ପ୍ରସାଦ ପାଣିଗ୍ରାହୀ

ଭୁବନେଶ୍ୱରର ଏକ ରାସ୍ତା। ସମୟ ସକାଳ। ସେଦିନ ମାର୍ଗଶୀର ମାସ ଗୁରୁବାର। ହୁଲୁହୁଲି କୋରସ। ରାସ୍ତାରେ ବୁଲୁଥିବା ଚରିତ୍ରମାନେ ହେଲେ ଯଥାକ୍ରମେ ଶର୍ବରୀ ପଟ୍ଟନାୟକ ଓ ତାଙ୍କ ସାନ ଭଉଣୀ ଶର୍ମିଲା। ଶର୍ବରୀ ଶାଢ଼ି ପିନ୍ଧିଛି, କାନ୍ଧରେ ଝୁଲୁଚି କ୍ୟାମେରା ଖୋଲ। ହାତରେ କ୍ୟାମେରା, ମଞ୍ଜସାରା ବୁଲି ବୁଲି ଦର୍ଶକମାନଙ୍କ ଆଡ଼କୁ ଚାହିଁ କ୍ୟାମେରା କ୍ଲିକ୍ କରୁଛି ପ୍ରଚ୍ଛଦ ପଟ୍ଟରୁ ଶୁଭୁଛି ମାଣବସା ଗୁରୁବାର ଓଷାର ଗୀତ :

“ସେହିଦିନ ମାର୍ଗଶୀର ମାସ ଗୁରୁବାର
ପର୍ବ ପଡ଼ିଥିଲା ସର୍ବ ପୁରବାସୀଙ୍କର।
ପ୍ରତି ଘରଦ୍ୱାର ଗୋମୟରେ ଲିପା ହୋଇ
ଲକ୍ଷ୍ମୀ ପାଦ ପଦ୍ମ ଚିତା ପଡ଼ିଥିଲା ତହିଁ
ନାରୀମାନେ ସ୍ନାନସାରି ପିନ୍ଧି ଝିନ ବାସ
ଲକ୍ଷ୍ମୀଙ୍କ ପୂଜାରେ ସର୍ବେ ହୋଇଛନ୍ତି ବଶ
ବ୍ରାହ୍ମଣଙ୍କ ଠାରୁ ଯେ ଚାଣ୍ଡାଲ ପରିଯନ୍ତେ
ଲକ୍ଷ୍ମୀଙ୍କ ପୂଜାରେ ରତ ଅଛନ୍ତି ସମସ୍ତେ
ହୁଲୁହୁଲି ଶବଦରେ ପୁରୁଛି ଗଗନ
ଦେଖି ଏ ଉତ୍ସବ ରୀତି ବିଧାତା ନନ୍ଦନ
ପଚାରନ୍ତି ପରାଶର ମୁନିଙ୍କୁ ଉଦନ୍ତ
କହ କହ ତପିବର ଏ କିସ ଚରିତ।”

(ଗୀତଟି ସାତ ମାତ୍ରା ତାଳରେ ବୋଲାଯିବା ଉଚିତ । ତିନିମାତ୍ରା ତବଲା ଇତ୍ୟାଦିରେ ଏବଂ ଚାରିମାତ୍ରା ଗୀତାର ଓ ଭାଇବ୍ରୋରେ ଆବଦ୍ଧ ହେବ । ଶର୍ବରୀ ଓ ଶର୍ମିଲାର ପାଦ ପ୍ରତ୍ୟେକ ଚତୁର୍ଥ ମାତ୍ରାରେ ପଡ଼ିବ ଚାଲିଲାବେଳେ ଏବଂ ଚାଲିବାରେ ନୃତ୍ୟଛନ୍ଦ ବନ୍ଦ ହେଲାପରେ ଶର୍ମିଲା ଓ ଶର୍ବରୀ ବୃତ୍ତାକାର ଗତର ପରିଧିରେ ଯିଏ ଯେମିତି ଥାଆନ୍ତୁ, ଶର୍ମିଲା ପଚାରିବ :)

ଶର୍ମିଲା– ଇଏ କ'ଣ ଅପା ! ସକାଳୁ ସକାଳୁ ଏମିତି ଚକର ମାରି ପୃଥିବୀ ସାରା ବୁଲୁଚୁ କାହିଁକି ? କ୍ୟାମେରାଟେ କ'ଣ ଧରିଛୁ ?

ଶର୍ବରୀ– ଆଜିପରା ମାର୍ଗଶୀର ମାସ ଗୁରୁବାର । ମନେ ନାହିଁକି ?

ଶର୍ମିଲା– ସେଇଠୁ ? ତୁ କ୍ୟାମେରା ଧରି ଏମିତି ରାଜଧାନୀ ରାସ୍ତାରେ ବୁଲିବା କ'ଣ ଦରକାର ?

ଶର୍ବରୀ– ଆରେ ବୋକୀ, ଆଜି ଲକ୍ଷ୍ମୀ ଆସିବେ ।

ଶର୍ମିଲା– (ମନକୁ ମନ) ଲକ୍ଷ୍ମୀ ଆସିବେ ? ଏଇ ରାଜଧାନୀକୁ ? (ପ୍ରକାଶ୍ୟ) କେତେବେଳେ ?

ଶର୍ବରୀ– ସକାଳୁ ସକାଳୁ ତ ଆସିବା କଥା ।

ଶର୍ମିଲା– ଲକ୍ଷ୍ମୀଙ୍କର ଫଟୋ ଉଠେଇବୁ ?

ଶର୍ବରୀ– ଆଉ କ'ଣ କରିବି ? କାଲିପରା ଆମ ଫିଜିକ୍ସ୍ ସେମିନାର୍‌ରେ ଗଣ୍ଡଗୋଳ ହେଇଛି !

ଶର୍ମିଲା– ସତେ ନା ? କ'ଣ ପେଇଁ ?

ଶର୍ବରୀ– ଡେଇଜି କହୁଚି, ଲକ୍ଷ୍ମୀ ଫକ୍ଷ୍ମୀ, ସବୁ ବୋଗାସ୍ କଥା, ସେଗୁଡ଼ା କିଏ ନାହାନ୍ତି । ସେଇଥିପାଇଁ ଭାବୁଚି ଆଜି ତାଙ୍କର ଗୋଟେ ଫଟୋ ଉଠେଇଦେବି । ତାପରେ 'ଲାଲ୍ କମଲ' ଷ୍ଟୁଡ଼ିଓରେ ଡେଭେଲାପ୍ କରି ଗୋଟେ ବଡ଼ ସାଇଜ୍ କରି ଡେଇଜି କୁ କହିବି– "ନେ'! ଲକ୍ଷ୍ମୀକୁ ଦେଖିବୁ ପରା – ଦେଖ !"

ଶର୍ମିଲା– (ହସିଲା) ତମ ଫିଜିକ୍ସ୍ ଅନର୍ସ ପିଲା ସବୁ ଏମିତି ନା ? ମୁଁ ଜାଣି ନଥିଲି ଅପା । ହେଲେ ଯୋଉ ଫଟୋ ଉଠେଇବୁ ସେଥରେ ଲକ୍ଷ୍ମୀଙ୍କର ଚାରିଟା ହାତ... ପଦ୍ମଫୁଲ... ଶଙ୍ଖ ଚକ୍ର ଗଦା – ଏଗୁଡ଼ା ସବୁ ରହିବ କ୍ୟାଲେଣ୍ଡର ଲକ୍ଷ୍ମୀ ଭଳିଆ ?

ଶର୍ବରୀ– କେଜାଣି ! ମୁଁ କ'ଣ ଜାଣିଚି ? ଲକ୍ଷ୍ମୀ ଠାକୁରଘରେ ଆଉ କାନ୍ଥରେ ଝୁଲୁଥିବା ଗୋଟେ ରଙ୍ଗୀନ କ୍ୟାଲେଣ୍ଡର ନା ଆଉ କିଛି ? ମତେ ବୋଉ କହିଲା ଆଜି ଲକ୍ଷ୍ମୀ ଠାକୁରାଣୀ ଘରଘର ବୁଲିବେ । ସେଥିପାଇଁ ଭାବିଲି ଗୋଟେ ଫଟୋ ଉଠେଇ ଦେବି ।

ଶର୍ମିଲା– ଫଟୋ ନବା ପାଇଁ ଲକ୍ଷ୍ମୀ ତତେ ଆଲାଉ କରିବେ ?

ଶର୍ବରୀ– କାହିଁକି, ସିଏ କିଏ କି ଏମିତି ? ଆମେରିକାର ପ୍ରେସିଡେଣ୍ଟ ଆଲାଉ କରିଛନ୍ତି, ଆଉ ଇଏ ପୁରୀ ଜଗନ୍ନାଥ ମନ୍ଦିରୁ ଭୁବନେଶ୍ୱର ଆସିବେ ଯେ ମତେ ମନା କରିଦେବେ ? ଦେଖିବା, କେମିତି ମନା କରିଦେବ । (ହଠାତ୍ କାର୍ ହର୍ଣ୍ଣ ଶୁଭିଲା, ଶର୍ବରୀ ଚମକି ପଡ଼ି କ୍ୟାମେରା ଧରି ରେଡ଼ି ହେଇଗଲା ଫଟୋ ଉଠେଇବା ପାଇଁ)

ଶର୍ମିଲା– କ'ଣ ହେଲା ?

ଶର୍ବରୀ– (କ୍ୟାମେରା ଫିକ୍ସ କଲି) ଉଃ ରହ । (ହତାଶ ହେଇ) ଯାଃ ! ସିଏ ନୁହ !

ଶର୍ମିଲା– କିଏ ? କାର୍‌ଟା କାହାର ଯେ ଏମିତି ଫଟୋ ଉଠେଇବୁ ?

ଶର୍ବରୀ– ଦେଖିଲୁ ନମ୍ବରଟା... ପାର୍କ କଲାନା କ'ଣ ?

ଶର୍ମିଲା– ନମ୍ବର... ନମ୍ବର... ନମ୍ବର... ୭୯୩୫୧୦ । ସେଇଠାତ କୁନ୍‌ମୁନ୍ ଘର ଗାଡ଼ି ।

ଶର୍ବରୀ– କୁନ୍‌ମୁନ୍ ? କୁନ୍‌ମୁନ୍ କିଏ ?

ଶର୍ମିଲା– କୁନ୍‌ମୁନ୍ ଜାଣିନ ? ଆଠ ନମ୍ବରର !

ଶର୍ବରୀ– ଆଠ ନମ୍ବରର !

ଶର୍ମିଲା– ଆଲୋ ରାନୁଅପାଙ୍କ ଘରକୁ ନାଲିଆ କାଇନାଟିକ୍‌ରେ ଯୋଉ ଟିଲୁ ଭାଇ ଆସନ୍ତି ନି ?

ଶର୍ବରୀ– (ଚିନ୍ତା କରି) ମନେ ପଡ଼ୁନି ।

ଶର୍ମିଲା– ରାନୁଅପା ଯାହା ସାଙ୍ଗରେ ଲୁଚି ପଳେଇ କଟକନା ଛକ ହୋଟେଲରେ ଦି ଦିନ ରହି ଲିଙ୍ଗରାଜ ମନ୍ଦିରରେ ବାହାହେଲା ମ' । ମନେ ପଡ଼ୁନି ?

ଶର୍ବରୀ– ଓହୋ ହଁ... ସତ୍ୟଜିତ୍ !

ଶର୍ମିଲା– ତାଙ୍କ ସାନ ଭଉଣୀ କୁନ୍‌ମୁନ୍ । ଜାନୁଆରୀ ଛବିଶୀ ପ୍ୟାରେଡ଼କୁ ଯିଏ ଦିଲ୍ଲୀ ଯାଏନା । ଏନ୍‌ସିସିର, ଏଇଟା ତାଙ୍କ ଗାଡ଼ି ।

ଶର୍ବରୀ– ଫରେଷ୍ଟ ଡିପାର୍ଟମେଣ୍ଟ ?

ଶର୍ମିଲା– ହଁ କେନ୍ଦୁପତରିଆ ପଇସା ।

ଶର୍ବରୀ– ମତେ ଲାଗିଲା ଲକ୍ଷ୍ମୀଙ୍କର ଗାଡ଼ି (ପୁଣି ହର୍ଷୋଶ୍ଚ) ଦେଖିଲୁ ଏ ଗାଡ଼ିଟା ।

ଶର୍ମିଲା– ଏଇଟା ! ଏଇଟା ରବୀନ୍ଦ୍ର ମଣ୍ଡପ ପଞ୍ଚପଟ ଗାଡ଼ି । ଏମ୍.ଏଲ୍.ଏ ଟେ ।

ଶର୍ବରୀ– ତା' ଭିତରେ ଯାଉ ଲମ୍ବାବାଲ ସେଇଟା ପୁଅ‍ଟେନା ଝିଅଟେ ?

ଶର୍ମିଲା– ଏ ଯୋଉ ଏମ୍.ଟି.ଭି. ଭଳିଆ କାନରେ ନଗେଇଟି ସେଇଟା ପୁଅନୁହେଁ ! ଝିଅଟେ !

ଶର୍ବରୀ– ଠିକ୍ ରାଣୀ ଭଳି ଦେଖାଗଲେ ତ... ମୁଁ ଭାବିଲି ମହାଲକ୍ଷ୍ମୀ !

ଶର୍ମିଲା– ମହାଲକ୍ଷ୍ମୀ ! ହୁଁ ତ ! ମହାଲକ୍ଷ୍ମୀ କଣ ଜଣେ ଏମ୍.ଏଲ୍.ଏ ?

ଶର୍ବରୀ– ଦେଖ ଶର୍ମିଲା । ମହାଲକ୍ଷ୍ମୀ ଜଣେ ଏମ୍ଏଲ୍ଏ ହବାର ଯଥେଷ୍ଟ କାରଣ ଅଛି । ପ୍ରଥମ କାରଣ... ହରିଜନ ମାନଙ୍କ ନାଁରେ ସେ ଖୁବ୍ ଫାଇଦା ଉଠାଇ ପାରନ୍ତି । ଦ୍ୱିତୀୟତଃ ସେ ଜଣେ ଆଦିବାସୀ ମୁଖିଆଙ୍କ ମିସେସ୍ ହୋଇଥିଲେ ସୁଦ୍ଧା ତାଙ୍କୁ ଭାଷଣ ଘୃଣା କରନ୍ତି !

ଶର୍ମିଲା– ତୁ କେମିତି ଜାଣିଲୁ ? କୋର୍ସରେ ଅଛି ?

ଶର୍ବରୀ– ନାଇଁବା ! ରବିବାର ଖରାବେଳେ ଟି.ଭି.ରେ ଗୋଟେ ଫିଲ୍ମ ଦଉଥିଲା 'ମହାଲକ୍ଷ୍ମୀ' । ଜାଣିରୁ ଅପା ? (ଜଗନ୍ନାଥ ଲକ୍ଷ୍ମୀଙ୍କୁ ଛାଡ଼ିବାରୁ ତାଙ୍କୁ ଡିନର, ଲଂଚ, ବ୍ରେକ୍ଫାଷ୍ଟ କିଛି ମିଳିଲାନି ।

ଶର୍ମିଲା– ବ୍ରେକ୍ ଫାଷ୍ଟ ବି ନାଇଁ । ତାହେଲେ ଜଣାପଡ଼ିଲା, ଲକ୍ଷ୍ମୀ ଜଣେ ପଲିଟିକାଲ୍ ଲୋକ । ଡଲ୍ସ୍ ହାଉସ୍ର ନୋରା ପରି ସ୍ୱାମୀ ବିରୁଦ୍ଧରେ ବିପ୍ଳବ କରିଛନ୍ତି ନା ବାମପନ୍ଥୀ ଭଳି ପୁଞ୍ଜିପତିମାନଙ୍କୁ ସର୍ବହରା କରୁଛନ୍ତି ମୁଁ ଜାଣିନି, ତେବେ ଗୋଟିଏ କଥା ନିଶ୍ଚିତ ଅପା ସିଏ ଯଦି ପଲିଟିକାଲ୍ ଲୋକ ହୋଇଥିବେ ଆଜି ରାଜଧାନୀର ଫଂକ୍ସନ୍କୁ ଜମାରୁ ଆସିବେ ନାଇଁ ।

ଶର୍ବରୀ– କେମିତି ଆସିବେ ନାଇଁ ଯେ ? ଆଜି ପରା Exhibition ପଡ଼ିଆରେ ସଭା ହବ । ବହୁତ ଶ୍ରୀୟା ଚାଣ୍ଡାଲୁଣୀଙ୍କୁ ଆଜି ସିଏ ଅଟୋଗ୍ରାଫ୍ ଦେବେ । ସେଥିପାଇଁ ବହୁତ ଆୟୋଜନ ହେଇଚି ! (ଘଡ଼ିଦେଖି) ତେବେ ଅନେକ ଡେରି ହେଲାଣି ।

ଶର୍ମିଲା– ଦେଖ–ଏତେ ସକାଳୁ କିଏ କେମିତି ଆସିବ ଯେ ? ନମ୍ବର ୱାନ୍...ପୁରୀରେ ଶ୍ରୀମନ୍ଦିର ଗେଟ୍ ଖୋଲି ନଥାଇ ପାରେ । ନମ୍ବର ଦୁଇ ରାସ୍ତାରେ ବାବାଜୀମାନେ ତାଙ୍କୁ ଅଟକାଇ ଦେଇଥାଇ ପାରନ୍ତି । ନମ୍ବର ତିନି ଲକ୍ଷ୍ମୀ ଗାଡ଼ିର ଡ୍ରାଇଭର ଭାଙ୍ଗିଖାଇ ଶୋଇପଡ଼ିଚି ପୁରୀରେ... (ହସିଲେ) ଆସୁ ଅପା ! ଲକ୍ଷ୍ମୀ ପୁରୀରୁ ଭୁବନେଶ୍ୱର କ'ଣ ଏରୋପ୍ଲେନ୍ରେ ଉଡ଼ିକି ଆସିବେ ନା କାରରେ ଆସିବେ ? ତାଙ୍କ ଗାଡ଼ିଟା କୋଉଠି ରହେ ? କେତେ ନମ୍ବର ଗାଡ଼ି ?

ଶର୍ବରୀ– ଅପେକ୍ଷା କର । ଜାଣିବୁ, ଆଜି ଲକ୍ଷ୍ମୀ ଆସିଲା ମାତ୍ରେ ତୋପ ଫୁଟିବ ୪ ଥର । ଚାରିପାଲି ଗୁରୁବାର... ମିଟିଂ ହେବ... ଆଉ ଖବର କାଗଜରେ ଫଟୋ ବାହାରିବ ! ହେଲେ ତାପରେ ଜାଣିବୁ !

(ଅନ୍ଧାର । ତୋପ ଫୁଟିଲା । ୪ଥର ଓ ଜୟ ମହାଲକ୍ଷ୍ମୀଙ୍କର ଜୟ ସାଙ୍ଗକୁ ହୁଲହୁଲି ଶବ୍ଦ ହେଲା ଅନ୍ଧାରରେ ।)

ଦ୍ୱିତୀୟ ଦୃଶ୍ୟ

(ତୋପ, ଶଙ୍ଖ ଓ ହୁଳହୁଲି ଶବ୍ଦ ସରି ସରି ଆସିଲା ବେଳେ ଶୂନ୍ୟମଞ୍ଚ
ଉପରେ ପ୍ରବେଶ କଲେ ମହିଳା କଲେଜ ଛାତ୍ରୀ ଇତିଶ୍ରୀ। ହାତରେ
ତାଙ୍କର ମାଇକ୍ରୋଫୋନ୍।)

ଇତିଶ୍ରୀ– ଭଉଣୀମାନେ! ଆଜି ମାର୍ଗଶୀର ମାସ ଚତୁର୍ଥ ପାଲି ଗୁରୁବାର ଉପଲକ୍ଷେ
ଏଗ୍‌ଜିବିଶନ ପଡ଼ିଆରେ ଏକ ବିରାଟ ସାଧାରଣ ସଭା ଅନୁଷ୍ଠିତ ହେବ।
ଏଥିରେ ସ୍ୱୟଂ ମହାଲକ୍ଷ୍ମୀ ଦେଶର ଅର୍ଥନୀତି ଉପରେ ଭାଷଣ ଦେଇ ଦରିଦ୍ରତମ
ଲୋକମାନଙ୍କର କି ସେବା କରାଯାଇପାରିବ ତାର ଏକ ବିବରଣୀ ଦେବେ।
ଏହାଛଡ଼ା ଦେଶର ଅର୍ଥନୀତିକ ବିକାଶ ପାଇଁ ସେ ଅଭଡ଼ା ଉପରେ ଏକ ନୂଆ
ଟିକସ ଲାଗୁ ହେବା କଥା କହିବେ ଏବଂ ଇନ୍‌କମ୍ ଟିକସ କିପରି ଫାଙ୍କିଲେ
ସରସ୍ୱତୀ ପୂଜା ପାଇଁ ଭଲ ପୋଷାକ ବିକ୍ରୀ ହୋଇପାରିବ ସେ ସମ୍ପର୍କରେ ଏକ
ସମ୍ପୂର୍ଣ୍ଣ ଶ୍ଳୋକ ଆବୃତ୍ତି ରଖିବା ସଙ୍ଗେ ସଙ୍ଗେ ବଙ୍ଗୋପସାଗର ଏବଂ ତା’
ଉପରର ଆକାଶକୁ ଏକ ରୁଷୀୟ କମ୍ପାନୀ କେତେ ରୁବେଲ୍ ଦେଇ କିଣିବ
ସେ ସମ୍ପର୍କରେ ମଧ୍ୟ କହିବେ। ଏହା ଟେଲିଭିଜନରେ ପ୍ରଚାରିତ ହୋଇପାରିବ
ନାହିଁ। ତେଣୁ ଆପଣମାନେ ବହୁସଂଖ୍ୟାରେ ଯୋଗଦେଇ ସଭାଟିକୁ ସାଫଲ୍ୟ
ମଣ୍ଡିତ କରନ୍ତୁ। ଖୀରୀ ଓ ଚକୁଳିପିଠା ମଧ୍ୟ ବଣ୍ଟନ କରାଯାଇପାରେ।

(ଉଡ଼ାଜାହାଜ ଶବ୍ଦ। ତାପରେ ଜଣାଯିବ। ବହୁ ନାରୀଙ୍କର ହୁଲହୁଲି ଶବ୍ଦ।
ଏହା ଶୁଣି ଇତିଶ୍ରୀ ବ୍ୟସ୍ତ ହୋଇ ପଡ଼ିବ ଏବଂ ବ୍ୟସ୍ତତା ଭିତରେ ହଠାତ୍
ମୁଣ୍ଡରୁ ଗୋଟାଏ ଉକୁଣି ବାହାରି କରି ତାକୁ ହତ୍ୟା କରିବ। ତା ପରେ କ୍ରିକେଟ୍
ବା ଫୁଟ୍‌ବଲର କ୍ଲାଇମାକ୍‌ ବିବରଣୀ ଦେଲା ପରି ଖୁବ୍ ତରତର ସ୍ପଷ୍ଟ ସ୍ୱରରେ
କହିବାକୁ ଲାଗିବ ନିମ୍ନ ଧାରା ବିବରଣୀଟି)

ବର୍ତ୍ତମାନ ସମୟ ସକାଳ ଆଠଟା। ଶ୍ରୀ ଶ୍ରୀ ମହାଲକ୍ଷ୍ମୀଙ୍କ ଉଡ଼ାଜାହଜ ବର୍ତ୍ତମାନ
ଏରୋଡ୍ରମ୍‌ରେ ଓହ୍ଲାଇଲା। ଆକାଶ ମେଘାଚ୍ଛନ୍ନ ନ ଥିବାରୁ ତାଙ୍କ ଉଡ଼ାଜାହାଜକୁ
ଦୁଇତିନିଥର ଭୁବନେଶ୍ୱର ପରିକ୍ରମା କରିବାକୁ ପଡ଼ିନାହିଁ। ଆପଣମାନେ ଜାଣି ଖୁସି
ହେବେ ଯେ କେବଳ ଓଡ଼ିଶାରେ ମାଣବସା ଗୁରୁବାର ପୂଜା ହେଉଥିବାରୁ ମହାଲକ୍ଷ୍ମୀ
କେବଳ ଓଡ଼ିଶାବାସୀଙ୍କର ଦୁଃଖ ବୁଝିବେ ଏବଂ ଓଡ଼ିଶାରେ ଶ୍ରୀଶ୍ରୀ ମହାଲକ୍ଷ୍ମୀପୂଜାର
ଜାତୀୟକରଣ କରାଯିବ। ଆପଣମାନଙ୍କୁ ଅନୁରୋଧ, ଶୀଘ୍ର ନିଜ ନିଜ ଘରୋଇ ପୂଜା
ସାରି ରାଜ୍ୟସ୍ତରୀୟ ଗୁରୁବାର ଓଷା ପାଳନ ମହୋତ୍ସବକୁ ଯାଇ ସ୍ୱୟଂ ମହାଲକ୍ଷ୍ମୀଙ୍କୁ
ମୁଣ୍ଠିଆ ମାରି ଆସନ୍ତୁ।

(ଭିତରୁ ଶୁଭିଲା ହୁଲହୁଳି ଶବ୍ଦ ଏବଂ ସ୍ଲୋଗାନ୍। ଜୟ, ମହାଲକ୍ଷ୍ମୀଙ୍କର ଜୟ !)

ଇତିଶ୍ରୀ– ଜୟ ମହାଲକ୍ଷ୍ମୀଙ୍କର।

ଅନ୍ତରାଳରୁ ଏବଂ ଦର୍ଶକମାନଙ୍କ ମଧ୍ୟରୁ – ଜୟ

ଇତିଶ୍ରୀ– ଜୟ ଦାରିଦ୍ର୍ୟ ନିସ୍ତେଶିଣୀ ମହାଲକ୍ଷ୍ମୀଙ୍କର ଜୟ।

ଅନ୍ତରା..– ଜୟ।

(କଳା ପତାକା ଧରି ପ୍ରବେଶ କଲା ଏଲୋରା, ବିପ୍ଲବିଣୀ, ବାମପନ୍ଥୀ)

ଏଲୋରା– 'ନୋ' (Highpitch Voice)

ଆମେ ଆଜି ଲକ୍ଷ୍ମୀଙ୍କୁ କଳାପତାକା ଦେଖାଇବୁ।

ଇତିଶ୍ରୀ– (କଡ଼ା ଗଳାରେ) କମ୍ରେଡ୍ ଏଲୋରା ଦାସ୍! ବିପ୍ଲବ କରିବାର ଗୋଟେ ସମୟ ଅଛି।

ଏଲୋରା– ମତେ କିଛି କହିପାରିବ ନାହିଁ ଇତିଶ୍ରୀ। ଆଜି ଆମେ ତମର କ୍ୟାପିଟାଲିଷ୍ଟ ମହାଲକ୍ଷ୍ମୀଙ୍କୁ ନିଶ୍ଚୟ ଅପଦସ୍ତ କରିବୁ।

ଇତିଶ୍ରୀ– (ମାଇକ୍ରୋଫୋନ୍ ଧରି) ଭଉଣୀମାନେ ! ଦେଖନ୍ତୁ ! ଶ୍ରୀ ଶ୍ରୀ ମହାଲକ୍ଷ୍ମୀ ମାନବ ଜାତିର ସୁଖ ସମ୍ପଦର ପ୍ରତୀକ। ଆବହମାନ କାଳରୁ ଓଡ଼ିଶାର ମହାଲକ୍ଷ୍ମୀପୂଜାର ପରମ୍ପରା ଅଛି। ଅଥଚ, ଏଇ ଏଲୋରା ଦାସ... ସାରା ନାରୀ ସମାଜର ଶତ୍ରୁ ଏଲୋରା ଦାସ ଆଜି ରାଜଧାନୀ ପ୍ରଦର୍ଶନୀ ପଡ଼ିଆରେ ଓଡ଼ିଶାର 'ଫୋକ୍ ରିଚୁଆଲ୍'କୁ ଭଣ୍ଡୁର କରୁଛି।

ଏଲୋରା– ଆଜିଠାରୁ ଏ ପୂଜା ହୋଇପାରିବ ନାହିଁ। ଏ ପୂଜା ଗୋଟାଏ ସାମାଜିକ କୁସଂସ୍କାର।

ଇତିଶ୍ରୀ– ଘୋର ନର୍କ। ଅହି ନର୍କରେ ପଡ଼ିବ ତମେମାନେ ! ସେଥିପାଇଁ ଆଜିୟାଏଁ ତମର ବାହାଘର ପ୍ରସ୍ତାବ ଆସୁନି। ସେଥିପାଇଁ ତମେ ସର୍ବହରା।

ଏଲୋରା– ଆଉ ସେଥିପାଇଁ ଏ ଆନ୍ଦୋଳନ ଚାଲିଛି। ସବୁ ସେଇ ମହାଲକ୍ଷ୍ମୀଙ୍କର ଚାଲବାଜି। କ'ଣ ନା ମଣ୍ଡାପିଠା ହେବାପାଇଁ ବାଧ। କାକରା ପିଠା ଅଲବତ୍ ଖାଇବେ ? କିଏ କି ସିଏ ଏମିତି ? ତାଛଡ଼ା ଘାଣ୍ଟତରକାରୀ, ଅରୁଆ ଅନ୍ନ। ଡାଲି, ଖଟା, ଶାଗ... ଏଗୁଡ଼ା କ'ଣ ସବୁ ଚାଲିଟି ପ୍ରଦର୍ଶନୀ ପଡ଼ିଆରେ ? ଗଂଜାମ ଆଉ ପୁରୀରୁ ଦେଢ଼ଶ' ମହିଳା ଆସି ତିନିଦିନ ହେଲା ଟେଣ୍ଟ ପକାଇ କାକରା ଛାଣୁଛନ୍ତି। ଆମେ ଭାବିଲୁ ଜାନୁଆରୀ ଛବିଶ ନାଟକୁ ଆସୁଛନ୍ତି। ଦେଖିଲାବେଳକୁ କାକରା ଛଣା ପାର୍ଟି। ଚାଉଳ ଦି'ଟଙ୍କାରେ ମିଳିବ ବୋଲି କହିଦେଲୋ– ମିଳୁଛି କୋଡ଼ିଏ ଟଙ୍କାରେ। ଏବେ ଇଲେକ୍ସନ

ଆଗରୁ କିଛି ହେଇ ପାରୁନି । ୟା ଭିତରେ ଗୋଟେ ରାଜ୍ୟସ୍ତରୀୟ ମହାଲକ୍ଷ୍ମୀ ପୂଜା କ'ଣ ?

ଇତିଶ୍ରୀ– ବୁଝିଲ ଏଲୋରା ? ସେ ଯୋଉ ପାର୍ଟି ଟୋକା 'ଭାଇ'ମାନେ ସବୁ ଆସୁଛନ୍ତି ତମ ହଷ୍ଟେଲକୁ... ତାଙ୍କ ସାଙ୍ଗରେ ରାତି ଦଶଟା ପର୍ଯ୍ୟନ୍ତ ଗପିଗପି ତମ ମୁଣ୍ଡରେ ବନ୍ୟା କି ମରୁଡ଼ି କ'ଣ ଗୋଟେ ହୋଇଗଲାଣି; ବୁଝିଲ ଏଲୋରା ? ଏଇଟା ଗୋଟେ ଦେଶ ହିତକର କାମ... ମାନେ ଖୋଦ୍ ମହାଲକ୍ଷ୍ମୀ ଆସୁଛନ୍ତି । ଖାଲି ଏଇ ସହର ପାଇଁ କାହିଁକି... ଏଇଟା ଦେଶପାଇଁ ଗୋଟେ ଅପରଚ୍ୟୁନିଟି । ଅଥଚ, ନାଷ୍ଟ ବେଶରେ, ଗୋଟିଏ କଳାପତାକା ଧରି କଳାବେଜ୍ ପିନ୍ଧି ଛି-ଛି-ଛି- ଏଇଠି ବିପ୍ଳବ କରୁଚ ? ତୁମକୁ ଅନ୍ନବସ୍ତ୍ର ମିଳିବ ନାହିଁ !

ଏଲୋରା– ଦାବି । ହକ୍ ଦାବି କରି ଆମେ ମହାଲକ୍ଷ୍ମୀଙ୍କଠୁ ଅନ୍ନବସ୍ତ୍ର ଛଡ଼େଇନେବୁ ।

ଇତିଶ୍ରୀ– ଏମିତି ଛଡ଼େଇ ନେଲା ବାଲା ?

ଏଲୋରା– ଅଲବତ୍ ଛଡ଼େଇ ନେବୁ ! ଆଜି ମହାଲକ୍ଷ୍ମୀଙ୍କୁ ଘେରାଉ ହବ । ତାଙ୍କ ସୁନାଗହଣା ନବରତ୍ନ ହାର ସବୁ ଲୁଟି ହବ (ଲୋକଙ୍କୁ) ଆପଣମାନେ କୁହନ୍ତୁ କାହିଁକି ଆମେ ଶାଢ଼ିଖଣ୍ଡେ କିଣି ପାରୁନୁ ? କାହିଁକି ଆମେ କଟକ ବାଲା, ରାଜଧାନୀ ବାଲା ସୁନାଟିକେ ରଖିପାରୁନୁ ? ସବୁ ସୁନା ମହାଲକ୍ଷ୍ମୀଙ୍କୁ ନିଅନ୍ତୁ । ଅଥଚ କାହିଁକି ? ଦେଶର ଝିଅମାନେ ଯୌତୁକ ଦେଇନପାରି ନିଆଁରେ ପୋଡ଼ି ମରୁଛନ୍ତି ? କାହିଁକି ଯୌତୁକ ଦେଇ ନପାରି ବାହାହେଇ ପାରୁନାହାନ୍ତି ? ମୁଣ୍ଡରେ ସିନ୍ଦୂର ନ ନାଗିଲା ନାଇଁ ଗୋଟେ ବଡ଼ ନାଲି ଟିକିଲି ପିନ୍ଧି ପାରିବେ ନାହିଁ ? ସମସ୍ତେ ଖାଲି ବୁଢ଼ୀ ହେଲା ପର୍ଯ୍ୟନ୍ତ ଓମେନ୍ସ୍ କଲେଜରେ ପଢ଼ୁଥିବେ ?

ଇତିଶ୍ରୀ– ଲକ୍ଷ୍ମୀପୂଜା କର । ସବୁ ଉତ୍ତର ମିଳିଯିବ । ଆଜି ସମ୍ବର୍ଦ୍ଧନା ସଭାକୁ ଆସ ।

ଏଲୋରା– Impossible ! ସମ୍ବର୍ଦ୍ଧନା, ପୁଣି ମହାଲକ୍ଷ୍ମୀକୁ ?

ଇତିଶ୍ରୀ– ଏଇଟା ଆମର ପ୍ରାଇଭେଟ୍ ଆଫେୟାର୍ । ତମର ଏଇଥିରେ ମୁଣ୍ଡ ଖେଲାଇବା କ'ଣ ଦରକାର ?

ଏଲୋରା– କ'ଣ ଦରକାର ? ଏଇଯେ ରାସ୍ତାରେ ମାଇକ୍ ଧରି ମହାଲକ୍ଷ୍ମୀଙ୍କର ପ୍ରଚାର କରୁଚ ? ଏଇଟା କ'ଣ ଆମ ସର୍ବହରା ଝିଅଙ୍କ ପାଇଁ ଏକ ଦୁଃସହ୍ୟ ଯନ୍ତ୍ରଣା ନୁହେଁ ।

ଇତିଶ୍ରୀ– କମ୍ରେଡ୍ ଏଲୋରା ! ମହାଲକ୍ଷ୍ମୀ ପୂଜା ରାଜନୀତି ନୁହେଁ ? ପ୍ରାଚୁର୍ଯ୍ୟ ପାଇଁ ଗୋଟିଏ ଦରକାରୀ ବିଶ୍ୱାସ !

(ଅନ୍ତରାଳରୁ ପଦେ ଗୀତ)

“ତୋର ଦୟାବଳେ ମାଗୋ ଦରିଦ୍ର ଜନର

ହୁଅଇ ଅଚଳ ବିଉ ଜିଣଇ କୁବେର

ତୋର ଦ୍ରୋହୀ ଜନେ ମା’ଗୋ ଅନ୍ନ ନ ମିଳଇ

ଯେତେ ଅରଜିଲେ କେଢେ଼ଁ ପେଟ ନ ପୁରଇ।”

(ଅନ୍ତରାଳର ଏହି ଗୀତ ଭିତରେ ଇତିଶ୍ରୀ ଏଲୋରାକୁ ମୁଦ୍ରାଭିନୟରେ ବୁଝେଇବା ଅଭିନୟ କରିପାରନ୍ତି)

ଏଲୋରା– ତମର ସେ କ୍ୟାପିଟାଲିଷ୍ଟ ଧର୍ମରେ ମୋର ବିଶ୍ୱାସ ନାହିଁ। ମୁଁ ଜାଣେ ତମ ମହାଲକ୍ଷ୍ମୀ ପୁଞ୍ଜିପତି ଦଳର ନେତ୍ରୀ। ସେ ଆଦୌ ଏ ଦେଶର ଖଟିଖିଆ କୁଲି ମଜୁଦୁରଙ୍କ କଥା ବୁଝନ୍ତି ନାହିଁ। ଆମେ ସେଇଥିପାଇଁ ଡେମନ୍‍ଷ୍ଟ୍ରେଟନ୍ କରିବୁ।

ଇତିଶ୍ରୀ– ସ୍ୱତନ୍ତ୍ର ଆଇନ ବଳରେ ତମକୁ ଗିରଫ କରାଯିବ।

ଏଲୋରା– ଦରକାର ପଡ଼ିଲେ ଆମେ ଜେଲ୍ ଯିବୁ। କିନ୍ତୁ ତୁମ ଲକ୍ଷ୍ମୀଙ୍କୁ ଆଜି ଘେରାଉ କରାଯିବ।

ଇତିଶ୍ରୀ– ପ୍ଲିଜ୍! ମୁଁ ତୁମକୁ ଅନୁରୋଧ କରୁଛି, ଏଲୋରା! ଆଉ ଯେତେବେଳେ ଆରେଷ୍ଟ ହବା କଥା ହୁଅ ପଛେ, ଏଇ ଚତୁର୍ଥପାଲି ଗୁରୁବାରରେ ଆରେଷ୍ଟ ହବାକୁ ଚେଷ୍ଟା କରନାହିଁ। ତା’ ଛଡ଼ା ଲକ୍ଷ୍ମୀ ଯଦି ରାଗିଯିବେ ଏଇବର୍ଷ ଦେଶରେ ଘୋର ଆର୍ଥିକ ସଂକଟ ପଡ଼ିବ।

ଏଲୋରା– ବାଃ ଦେଶରେ ଆର୍ଥିକ ସଂକଟ ଯେମିତି ଆଦୌ ନାହିଁ। ଆଉ ଏଇ କ୍ୟାପିଟାଲିଷ୍ଟ ମହାଲକ୍ଷ୍ମୀଙ୍କୁ ପୂଜାକରି ପକେଇଲେ ଯେମିତି ସବୁ ସୁଧୁରିଯିବ!

ଇତିଶ୍ରୀ– ଏଲୋରା! ଭାଷଣ ଯଦି ମାରିବ, ତମେ ପାର୍ଟି ଅଫିସ୍‍କୁ ଯାଅ। ଏଇଠି ଯଦି ଗଣ୍ଡଗୋଳ କରିବ ଆମେ ପୋଲିସ୍‍ରେ ଖବର ଦେବାକୁ ବାଧ୍ୟ ହେବୁ।

ଏଲୋରା– ତମେ ଯୋଉଠି ଖବର ଦେଉଛ ଦିଅ। ଆମେ ନିଶ୍ଚୟ କଳାପତାକା ଦେଖେଇବୁ।

ଇତିଶ୍ରୀ– ଦେଖିବା କେମିତି ସେଗୁଡ଼ା କରିବ! ଆମେ ବି ଲକ୍ଷ୍ମୀଙ୍କୁ ତମର ନାଁ, ଗୋତ୍ର ସବୁ ଦେଇଦବୁ। ତପରେ ଦେଖିବ ତମ ପାର୍ଟିର ସବୁଛଅଁ ବାହା ନ ହୋଇ ରହିଯିବେ! ଆଉ ପଇସା ଥିବା ଯେ ବାହାହେବେ!

ଏଲୋରା– ତମ କ୍ୟାଲେଣ୍ଡର ଲକ୍ଷ୍ମୀ ଆମକୁ ଅଭିଶାପ ଦେବ?

ଇତିଶ୍ରୀ– ଅଭିଶାପ ଗୋଟେ କ’ଣ? କାଲି ଯେତେବେଳେ ଆସେମ୍ବ୍ଲିରେ ଲକ୍ଷ୍ମୀପୂଜା ବିଲ୍‍ଟା ପାସ୍ ହୋଇଯିବ, ଦେଖିବ ସେତିକିବେଳେ! ଯିଏ ଲକ୍ଷ୍ମୀଙ୍କର ପୂଜା ନକରିବ ସିଏ ଆରେଷ୍ଟ ହବ!

ଏଲୋରା– ଆରେଷ୍ଟ କରିବ ! ଲକ୍ଷ୍ମୀଙ୍କ ଉପରେ ବୋମା ପଡ଼ିବ !

ଇତିଶ୍ରୀ– ହଉ ଆଉ ବେଶୀ ପାଟିକରନି ଏଲୋରା । ତମେ ହଷ୍ଟେଲ ଯାଅ । ଲକ୍ଷ୍ମୀଙ୍କ
ଆସିବା ସମୟ ହେଇଗଲାଣି – ଆମେ ରେସିପ୍ସନ୍‌ରେ ବ୍ୟସ୍ତ ରହିବୁ ।

ଏଲୋରା– କେବେ ନୁହେଁ ମୁଁ ହଷ୍ଟେଲକୁ ଯାଇ ଦୁଇଶହ ଝିଅ ଡାକି ଆଣିବି ।

ଇତିଶ୍ରୀ– ଦେଖ ଏଲୋରା ! ତମର ଯଦି ନିଜର କିଛି ଅସୁବିଧା ଅଛି କୁହ, ଲକ୍ଷ୍ମୀଙ୍କୁ
କହି କରେଇ ଦେବି ।

ଏଲୋରା– ଇତିଶ୍ରୀ !

ଇତିଶ୍ରୀ– ସିଧା କଥା, ଚାହିଁବ ଯଦି ପୁରା ବ୍ୟବସ୍ଥା କରାଇ ଦିଆଯିବ ।

ଏଲୋରା– ମାନେ ?

ଇତିଶ୍ରୀ– କାଲିଠୁ ତୁମ ରୁମ୍ ଭିତରକୁ ଫାଷ୍ଟକ୍ଲାସ୍ ଖାନା ଆସିବ । ଇଚ୍ଛାକଲେ ଯାହା
ଚାହିଁବ ଶୂନ୍ୟରୁ ତାହା ଆସିଯିବ ।

ଏଲୋରା– ମୁଁ ସେ ଡାଲମା, ବେଶର, ରାଇ ଖାଇ ପାରିବି ନାହିଁ ।

ଇତିଶ୍ରୀ– ତା'ହେଲେ ବିଦେଶୀ ଖାନା ମିଳିବ । ଚାଓମିନ୍, ଚିକେନ୍ ମସଲା... ଆଉ
ଜଳଖିଆରେ ଏଗ୍ ରୋଲ୍ !

ଏଲୋରା– ମିଳିବ ? ନିତି ମିଳିବ ? (ଖୁସିହେଲା)

ଇତିଶ୍ରୀ– ଆହେ ଯୋଉ ଡିଜାଇନ୍ ଗହଣା ଚାହିଁବ, ମିଳିବ... ହୀରାର କାନଫୁଲ ଆଉ
ରିଙ୍ଗ୍... ନେକ୍‌ଲେସ୍ ।

ଏଲୋରା– ସେଗୁଡ଼ା ମୋର ଦରକାର ନାଇଁ ମ । ଇତିଶ୍ରୀ ମୁଁ ଥରେ ଆମେରିକା ଯାଇ
ଆସଡି ! ଲକ୍ଷେଖଣ୍ଡେ ଟଙ୍କା ହୋଇଗଲେ ଚଲିବ ।

ଇତିଶ୍ରୀ– ମାତ୍ର ? ଲକ୍ଷେ ଖଣ୍ଡେ ଟଙ୍କା ? ମହାଲକ୍ଷ୍ମୀଙ୍କ ପାଇଁ ସେଇଟା ବାଁ ହାଥ୍‌କା
ଖେଲ୍ ।

ଏଲୋରା– ବାଁ ହାତ୍ ମାନେ ? ତାଙ୍କର ତ ବାଁ ପଟେ ଦିଇଟା ହାତ !

ଇତିଶ୍ରୀ– ଓହୋ ! କେତେ ମାର୍କ୍ସିଜମ୍ ଦେଖାଉଚୁ କିହୋ ? ବାଁ ହାତ ମାନେ ଉପର
ପଟର ବାଁ ହାତ ! ବର୍ତ୍ତମାନ କହ ଆଉ କ'ଣ କ'ଣ ଦରକାର ? ...ବାସ୍...
ଶୀଘ୍ର କୁହ... କହିବ ଯଦି ଲକ୍ଷ୍ମୀକୁ କହି ତମ ପାଇଁ ବର ବି ଯୋଗାଡ଼
କରିଦବା ।

ଏଲୋରା– ବର ? (ହସିଲା) ଆଜିକାଲି ସେଗୁଡ଼ା ବଜାରରେ ପଣପଣ । ଟଙ୍କା ପଇସା
ହେଲେ ସେଥ୍‌ରୁ ଗୋଟେ କିଣାହେଇ ପାରିବ । ବୁଝିଲ ଇତିଶ୍ରୀ ଆଜିକାଲି
ପଚାଶ ହଜାରହେଲେ ସିନ୍ଦୁକୁ ସିନ୍ଦୁର ଟୋପାଏ ମିଳୁଚି । ସିନ୍ଦୁର ଦାମ ଭାରୀ

ମହଙ୍ଗା । ଆଉ ଆମେ ଯୋଉମାନେ ବସ୍ତୁବାଦୀ ସଭ୍ୟତା ବିରୁଦ୍ଧରେ ସଂଗ୍ରାମ କରୁଛୁ, ଏତେ ଦାମ ଦେଇ ସିନ୍ଦୁର କିଣିପାରିବୁ ନାହିଁ ।

ଇତିଶ୍ରୀ- ହଉ ସେ ବିଷୟରେ ଆଉଥରେ ଭାବିବି ! ବର୍ତ୍ତମାନ ଚାଲ ହସ୍ଟେଲରେ ତମକୁ ଛାଡ଼ି ଦେଇ ଆସିବି । ବରଂ ସେଇଠି ବସି ଗୋଲ ଗୋଲ ଅକ୍ଷରରେ ଗୋଟେ ତାଲିକା କରିଦିଅ, ତମର କ'ଣ କ'ଣ ଦରକାର । ଏତେ କଥା ମୋର ଲକ୍ଷ୍ମୀକୁ କହିବା ପାଇଁ ମନେ ପଡ଼ିବ ନାହିଁ ।

ଏଲୋରା- ନାଇଁ ତମେ ଯିବା ଦରକାର ନାଇଁ । ମୁଁ ଯାଉଛି । ଯଦି ହବ ସନ୍ଧ୍ୟାରେ ଆସି ମୋ ରୁମ୍‌ରୁ ତାଲିକାଟା ନେଇଯିବ । ନା ଏଇଟା ଇଲେକ୍‌ସନ୍ ପ୍ରତିଶ୍ରୁତି ?

ଇତିଶ୍ରୀ- ହେଃ ! ସେମିତି ମୋଟରୁ ଭାବିବନି !

        (ଚାଲିଗଲେ ଏଲୋରା ।

        ଅନ୍ୟପଟୁ ଆସିଲେ ଶ୍ରୀମତୀ ସୁଜାତା ମହାନ୍ତି ଓ ଶ୍ରୀମତୀ ମନ୍ଦାକିନୀ ମିଶ୍ର, ମନ୍ଦାକିନୀ ପାନ ଖାଆନ୍ତି ଓ ତାଙ୍କ ଆଖିରେ ଚଷମା । ଉଭୟେ ମଧ୍ୟ ବୟସ୍କା । ସୁଜାତା ବୟସରେ ସାମାନ୍ୟ କମ୍ ଏବଂ ସାବ୍‌ନା ହେଲେ ମଧ୍ୟ ସୁନ୍ଦରୀ)

ମନ୍ଦାକିନୀ- (ପାନ ଚୋବେଇ ଚୋବେଇ) ବୁଝିଲ ସୁଜାତା ! ମୁଁ ଭାବିଥିଲି ତମେ ନିଶ୍ଚୟ ଆସିବ । ବୁଝିଲତ ? ପାଟିକୁ ! କିନ୍ତୁ ତମର ଶେଷ ପର୍ଯ୍ୟନ୍ତ ଦେଖା ମିଳିଲା ନାହିଁ ଯେ !

ସୁଜାତା- କିଛି ଭୁଲ୍ ବୁଝିବେନି ନାନୀ ! ତମ ଝିଅର ବାର୍ଥ ଡେ' ଦିନ ନା... ମୋଟରୁ ସମୟ ହେଲାନି । ହଠାତ୍ ଡଲିର ମୁଣ୍ଡ ବିନ୍ଧିଲା... ଆଉ ଡାକ୍ତର ଡାକି... ମାନେ ବାନ୍ତି ଫାଟି ହେଇ ସବୁ ସରିଲାବେଳକୁ ଏତେ ହାଲିଆ ହେଇ ଯାଇଥିଲି ସେ ଆଉ କୁଆଡ଼େ ଯିବା ପାଇଁ ମୁଡ୍ ନ ଥିଲା । ତା'ଛଡ଼ା ଡ୍ରାଇଭରଟା ଘରକୁ ଚାଲି ଯାଇଥିଲା ।

ମନ୍ଦାକିନୀ- ମୁଁ ନା... ବୁଝିଲ ? ରାତି ଏଗାରଟା ଯାଏଁ ଅପେକ୍ଷା କଲି । ବୁଝିଲ ? ତାପରେ... (ଅନ୍ୟମନସ୍କ) (ହଠାତ୍ ଇତିଶ୍ରୀକୁ ଦେଖି) ଆଚ୍ଛା ଝିଅ, ଏଠି ଗୋଟେ ସଭା ହବାର ଥିଲାନା ?

        (ଇତିଶ୍ରୀ ଉଭୟକୁ ନମସ୍କାର କଲା)

ଇତିଶ୍ରୀ- ହଁ ମାଡ଼ାମ, ଶ୍ରୀ ଶ୍ରୀ ମହାଲକ୍ଷ୍ମୀଙ୍କ ସମର୍ଦ୍ଧନା ସଭା । ମୁଁ ଇତିଶ୍ରୀ । ମୁଁ ଆପଣମାନଙ୍କୁ ଚିହ୍ନିଚିନା...ଆପଣ ରୁହନ୍ତି ଆଠ ନମ୍ବରରେ ଆଉ ଆପଣତ ଶହୀଦ ନଗର ।

ସୁଜାତା- ଠିକ୍ କହିଚ... ଏଇବର୍ଷ... (ମନ୍ଦାକିନୀ) ଜାଣ ନାରୀ... ଲକ୍ଷ୍ମୀଙ୍କର ଏଇ ଗୁଣ୍ତ କାର୍ଯ୍ୟକ୍ରମଟା ଭାରୀ ଇଂପୋଟାଣ୍ଟ ।

ମନ୍ଦାକିନୀ- ସପ୍ତାହେ ଆଗରୁ ସେଇଥିପାଇଁ...ବୁଝିଲ! ବିଭିନ୍ନ ଏରିଆରୁ ଲୋକ ଆସି
ପହଞ୍ଚ ଗଲେଣି।

ସୁଜାତା- କ'ଣପେଇଁ ସେଗୁଡ଼ା କାହିଁକି ଆସୁଛନ୍ତି?

ମନ୍ଦାକିନୀ- ସବୁ ମହାଲକ୍ଷ୍ମୀଙ୍କ ଫଟୋ ଉଠେଇବେ ଆଉ ଇଷ୍ଟରଭୁ ନେବେ, (ଉପରକୁ
ଚାହିଁ) ବୁଝିଲ! ଏଠି ଗୋଟେ ସାମିଆନା ଟାଙ୍ଗିଥିଲେ ଭଲ ହୋଇଥାନ୍ତା!

ସୁଜାତା- ହେଇଥାନ୍ତା। ସବୁ ହୋଇଥାନ୍ତା।

ମନ୍ଦାକିନୀ- ହେଲେ ଭଲ୍ୟୁଣ୍ଟିଅର୍ କାହାନ୍ତି? ସବୁ ଜଳଖିଆଟା ଖାଇଦେଇ... ବୁଝିଲ?
(ହସିଲେ) ଗୋଟେ ଫ୍ୟାସନ୍ ସୋ' କର ଦେଖିବ କୋଡ଼ିଏ ପଚିଶ ଝିଅ
ପୁରା ହାଫ୍ୟପ୍ୟାଣ୍ଟ ପିନ୍ଧି ଚାଲି ଆସିବେ। ଓଃ! ସେଦିନ ଟି.ଭି.ରେ ଫ୍ୟାସନ୍
ସୋ' ଦେଖି ବୁଝିଲି...!

ସୁଜାତା- ମତେ ତ ବାନ୍ତି ମାଡ଼ିଲା ନାନୀ!

ମନ୍ଦାକିନୀ- (ମୁହଁପୋତି) ମତେ ବି ସେମିତି ଗୋଟେ କିଛି ଲାଗିବ ବୋଲି ଭାବିଥିଲି।
ହେଲେ ଚଷମାଟା ନ ଥିଲା ତ... ଭଲଭାବେ ଦେଖିପାରିଲିନି। ଛାଡ଼...
ବୁଝିଲ? (ହସିଲେ) ମହାଲକ୍ଷ୍ମୀ ଆସିବେ...କାହାରି ଗୋଟେ ଦେଖା ନାହିଁ।
ଏଥିରେ କି କାମ କରିବ କହ୍ନ?

ସୁଜାତା- ଯାହାକୁହ ନାନୀ! ମହିଳା କଲେଜ ଝିଅମାନେ ଏବର୍ଷ ଖୁବ୍ କାମ କରୁଛନ୍ତି!
ଏ ଛୁଆମାନଙ୍କୁ ସମିତିରେ ପୁରାଅ ମ ନାନୀ! ଭଲ କାମ ଦେବେ। ଆଚ୍ଛା
ଇତିଶ୍ରୀ! ଲକ୍ଷ୍ମୀ ଠାକୁରାଣୀ ଆସିବାକୁ ଡେରିଅଛି ବୋଧେ।

ଇତିଶ୍ରୀ- ଆସିଯିବେ-ଆପଣ ସେଇଠି ବସୁ ନାହାନ୍ତି? (ଦର୍ଶକ ଗ୍ୟାଲେରୀକୁ ଚାହିଁ)
ସିଟ୍ ନାହିଁ? ଏ! ପଟରେ କିଏ ଆଗରେ ଦ'ଟା ଚୌକି ପକାଅ।

ମନ୍ଦାକିନୀ- କ'ଣ ହେଲା? ଆମେ ସେଇଠି ବସିଯିବୁ? ହଇଏ ସୁଜାତା, ବୁଝିଲ?

ସୁଜାତା- ଇଏ କ'ଣ ମ ଝିଅ? ଆମେ ସମିତିର ପୁରୁଣା ମେମ୍ବର। ଆମେ ତଳେ
ବସିବୁ? ଆଉ ସମ୍ପାଦିକା ତାଙ୍କ ସାଙ୍ଗରେ ବସି ଫଟୋ ଉଠେଇବେ।

ଇତିଶ୍ରୀ- ଆପଣମାନେ ସେଇଠି ଆଡ଼୍ଜଷ୍ଟ କରି ବସନ୍ତୁ, ମୁଁ ଦେଖୁଛି...
(ହୁଲହୁଲି ଶବ୍ଦ ଶୁଭିଲା। ଇତିଶ୍ରୀ ଚଞ୍ଚଳ ହୋଇ ଉଠିଲା)
ହେଇ ମହାଲକ୍ଷ୍ମୀ ବିଜେ ହେଲେଣି। ଦେଖନ୍ତୁ!
(ଦର୍ଶକ ଗ୍ୟାଲେରିରୁ ଲକ୍ଷ୍ମୀଙ୍କୁ ପ୍ରବେଶ କରାଗଲେ ଭଲ)
(ମାଇକ୍ରୋଫେନ୍ ଧରି) ପାର୍ଟି ଦଳ ଏବଂ ବୟସ ନିର୍ବିଶେଷରେ ସମସ୍ତ
ରାଜନୈତିକ ଦଳ ଶ୍ରୀ ଶ୍ରୀ ମହାଲକ୍ଷ୍ମୀଙ୍କୁ ଏରୋତ୍ତମରେ ଶଙ୍ଖ ହୁଲହୁଲି ଧ୍ୱନି

ଦେଇ ଗୁରୁବାରର ଆକାଶକୁ ପ୍ରକମ୍ପିତ କରୁଛନ୍ତି । ଏରୋଡ୍ରମ ଡେଇଁ ସହାସ୍ୟ ବଦନରେ ଓହ୍ଲାଇ ଆସିଲେ ମହାଲକ୍ଷ୍ମୀ । ସମସ୍ତ ରାଜନୈତିକ ନେତା ଏବଂ ବ୍ୟବସାୟୀମାନଙ୍କୁ ଧନଧାନ୍ୟ ଭରା ଭବିଷ୍ୟତ ପାଇଁ ବରଦାନ କରି ଗାଡ଼ି ଉପରକୁ ଉଠିଲେ ଶ୍ରୀଶ୍ରୀ ମହାଲକ୍ଷ୍ମୀ । ଗାଡ଼ିରୁ ଓହ୍ଲାଇ ଲକ୍ଷ୍ମୀ ଠାକୁରାଣୀ ଆସ୍ତେ ଆସ୍ତେ ଜନ ସମୁଦ୍ର ପାର ହୋଇ ଉଠି ଆସୁଛନ୍ତି ମଞ୍ଚ ଉପରକୁ । ଦୁଇପଟେ ଲକ୍ଷଲକ୍ଷ ବୁଭୁକ୍ଷୁ ଜନତାଙ୍କ ପଟୁଆର । ହାତରେ ସେମାନଙ୍କ ପୁଷ୍ପମାଲ୍ୟ ।

(ଇତିଶ୍ରୀ ଚାଲିଗଲା)

(ଲକ୍ଷ୍ମୀ ମଞ୍ଚଉପରକୁ ଆସି ଅଦୃଶ୍ୟ ହେଲେ)

ମଞ୍ଚ ଉପରେ ବିରାଟ ଏକ ପଦ୍ମଫୁଲ ଉପରେ ଠିଆ ହୋଇ ଲକ୍ଷ୍ମୀ ଠାକୁରାଣୀ ଭାଷଣ ଦେବେ । ଅପେକ୍ଷା କରନ୍ତୁ ।

ମନ୍ଦାକିନୀ– ବୁଝିଲୁ, ସୁଜାତା ! ଆଜି ଆଉ ଲକ୍ଷ୍ମୀଙ୍କ ପାଖରେ ମଞ୍ଚଉପରେ ବସିବାର ସୁବିଧା ନାହିଁ । ଚାଲ ଓହ୍ଲେଇଯିବା । ଆସ... ବୁଝିଲ ? ଆମଯୁଗ ଗଲାଣି ପରା !

(ସାମନାପଟେ ଓହ୍ଲେଇଗଲେ)

(ଅନ୍ଧାର)

(ଅନ୍ତରାଳରୁ ଶୁଭିଲା ଗୀତ)

ନମସ୍ତେ କମଲା ମା' ଗୋ ସାଗର ଦୁଲଣୀ

ନମସ୍ତେ ନମସ୍ତେ ଲକ୍ଷ୍ମୀ ବିଷ୍ଣୁଙ୍କ ଘରଣୀ

ନମସ୍ତେ କମଲା ମା' ଗୋ' ଅତି ଦୟାବତୀ

ସ୍ଥାବର ଜଙ୍ଗମ କୀଟ ଆଦି ପାଲି ନିତି ।

(ସେଇ 'ସାତ' ମାତ୍ରାରେ ସୁର ହେବ ଏବଂ ସୁବିଧା ହେଲେ ତାକୁ ୩– ୪ରେ ବିଭକ୍ତ କରି ପ୍ରଥମ ତିନି ମାତ୍ରାରେ କୋରାଲ ହମିଂଟିଏ ଖଞ୍ଜାଯିବ । ୩ ଆବର୍ତ 'ଆ–ଆ' ପରେ ମଞ୍ଚ ଆଲୋକିତ ହେଉ କି ନହେଉ ଲକ୍ଷ୍ମୀଙ୍କୁ ସାଇକ୍ଲୋରାମା ଆଗର ପଦ୍ମଫୁଲ ଉପରେ ଠିଆ କରାନ୍ତୁ ପୂରା ପୌରାଣିକ ବେଶରେ । ଉପରୁ ମାଇକ୍ରୋଫୋନ୍ ନ ମିଳିଲେ ସାମ୍ନାରେ ସ୍ଥାଣ୍ଡ ମାଇକ୍ରୋଫୋନ୍ ବ୍ୟବହାର କରନ୍ତୁ । ବର୍ତ୍ତମାନ ଲକ୍ଷ୍ମୀ ଦୃଶ୍ୟମାନ । ଗୀତର ପରବର୍ତ୍ତୀ ଦୁଇଧାଡ଼ି ଶୁଣାଯିବ ବର୍ତ୍ତମାନ : "ତୋର ଦୟାବଳେ ମାଗୋ ଦରିଦ୍ର ଜନର

ହୁଅଇ ଅଚଳ ବିଉ ଜିଣଇ କୁବେର ।"

ତୃତୀୟ ଦୃଶ୍ୟ

ମହାଲକ୍ଷ୍ମୀ– ଦିନରେ ଥାଏ ଗଣ୍ଠାଘରେ

ରାତିରେ ବିଜୁଳି

କେବେ କୋଉ ଜଗନ୍ନାଥ ସଙ୍ଗେ

ମୁଁ କରିନାହିଁ କଳି ।

ହେଲେ

ମତେ ବଢ଼ ଦେଉଳ ମନା କଲେ

ତମ ସିଂହାସନ ଦୋହଲେ ।

କଳିଯୁଗର ଓଡ଼ିଶା ବାସୀ !

ଆଜିଠାରୁ ଗୁରୁବାର ଓଷା ପୂଜାକୁ ତୁମ୍ଭେମାନେ

ଜାତୀୟ କରଣ କରୁଥିବାରୁ ମୁଁ ଧନ୍ୟବାଦ ଜଣାଇଲି ।

ମନେକର

ଆଜିଠାରୁ ଓଡ଼ିଶାରେ ସୁବର୍ଣ୍ଣଯୁଗ ଆରମ୍ଭ ହେଲା ।

(ସମଗ୍ର ମଞ୍ଚକୁ ବର୍ତ୍ତମାନ ତୀବ୍ର ହଳଦିଆ ଆଲୁଅରେ ଉଦ୍ଭାସିତ

କରାଯିବ ମୁହୂର୍ତ୍ତକ ପାଇଁ ଏବଂ ତାପରେ ଅନ୍ଧାର କରାଯାଉ ।)

ଚତୁର୍ଥ ଦୃଶ୍ୟ

(IAS ପାଇଁ ପାଠ ପଢ଼ୁଥିବା ଦୁଇଜଣ ଛାତ୍ରଛାତ୍ରୀ ଆସିଲେ କଥାବାର୍ତ୍ତା

ହେଇ, ସ୍ୱାତୀ ଓ ସସ୍ମିତା)

ସସ୍ମିତା– ବୁଝିଲୁ ସ୍ୱାତୀ ! ଏ ବର୍ଷ IASରେ ଏମିତି କ'ଣ ପ୍ରଶ୍ନ ପଡ଼ିଲାଣି ଯେ ?

General Paper ଗୁଡ଼ା ଆଦୌ ଭଲ ହେଲାନି । Essay ଟାତ ପୂରା

ବ୍ଲଫ୍ ମାରିବାକୁ ପଡ଼ିଲା ।

ସ୍ୱାତୀ– କୋଉ Essay ଟା ଲେଖିଲୁ ଯେ ?

ସସ୍ମିତା– ସେଇଟା nationalsation of Lakshmi Pooja.

ସ୍ୱାତୀ– ସେଇଟାରେ କ'ଣସବୁ ଲେଖିଲୁ ? ଲେଖିଲୁ... ବ୍ଲଫ୍ ମାରିଚୁ ବୋଲି ?

ସସ୍ମିତା– ଶ୍ରୀଶ୍ରୀଶ୍ରୀ ମହାଲକ୍ଷ୍ମୀ ପୂଜା ଓଡ଼ିଶାରେ ଜାତୀୟ କରଣ ହେଲାପରେ କଳରେ

ଆଉ ପାଣି ଆସିବ ନାହିଁ ।

ସ୍ୱାତୀ– ମୁସ୍କିଲ କଥା ।

ସସ୍ମିତା– ଖାଲି କଳରୁ ରସ ଝରିବ । ସୋମବାର ନଡ଼ିଆରସ, ମଙ୍ଗଳବାର ଲେମ୍ବୁରସ, ବୁଧବାର କମଳାରସ, ଗୁରୁବାର ଆପଲ୍‌ରସ, ଶୁକ୍ରବାର ଆଖୁରସ, ଶନିବାରେ ଅଙ୍ଗୁରରସ ଓ ରବିବାର ଗୋ’ରସ । ଏକଦମ୍ ଭୋରରୁ ମାନେ ପାଞ୍ଚରୁ ଛ’କଫି ଆସିବ, ଆଉ ଛ’ରୁ ସାତ ଚା’ !

ସ୍ୱାତୀ– ଏଗୁଡ଼ା ଆସିବ ବୋଲି ମହାଲକ୍ଷ୍ମୀ କହିଲେ ? ତା’ହେଲେ ବହୁତ ଅସୁବିଧା ମାନେ disadvantage ଅନେକ । ମାନେ ଏ ପୃଥିବୀର ସ୍ୱାସ୍ଥ୍ୟ ସମସ୍ୟାକୁ ଜଟିଳ କରିଦେଇଗଲେ ମା’ ମହାଲକ୍ଷ୍ମୀ ବୁଝିଲୁ ସସ୍ମିତା । କଳରୁ ଏତେ ପ୍ରକାର ରସ ଝରିଲେ ମାଛି ଭଣ୍ଡଭଣ ହେବେ । ସେଠୁ ଯୋଉ ରୋଗ ହବ ସେଥିରେ ଦିନରେ ଶୃଙ୍ଗାର ରସ ଆଉ ରାତିରେ ବିରହ ରସ ଝରିଯିବ ଯେ ।

ସସ୍ମିତା– ତୁ’ କିନ୍ତୁ ଜାଣିନୁ, ଲକ୍ଷ୍ମୀ ଠାକୁରାଣୀ କହିଛନ୍ତି ମାନେ ଅଟୋମେଟିକ୍ କଣ୍ଟ୍ରୋଲ ବ୍ୟବସ୍ଥା ଥବ ।

ସ୍ୱାତୀ– କେମିତି କଣ୍ଟ୍ରୋଲ୍ ?

ସସ୍ମିତା– ରାତିରେ ବନ୍ଦ କରାଯିବ । ସନ୍ଧ୍ୟା ଛ’ରୁ ସାତ ହ୍ୱିସ୍କି, ସାତରୁ ଆଠ ବିଅର, ଆଉ ରାତି ନ’ଟା ପରେ କଳରୁ ଯୋଉ ଦେଶୀ ମଦ ଆସିବ ସେଥିରେତ ମଣିଷ ମରିଯାଉଛନ୍ତି, ମାଛି ରହିବେ କୁଆଡୁ ? ତେଣୁ ଆଉ ରୋଗର ଆଶଙ୍କା ନାଇଁ । (ଏମାନେ ଯୋଉପଟେ ଅଦୃଶ୍ୟ ହେବେ ସେଇପଟୁ ଆସିବେ ଶର୍ମିଲା ଓ ଶର୍ବରୀ । ଆଗରେ ଶର୍ମିଲା ଖୁବ୍ ଜୋରରେ ଚାଲିଛି ।)

ଶର୍ବରୀ– ଓଃ ଏମିତି ଦୌଡୁଛୁ କ’ଣ ଯେ ?

ଶର୍ମିଲା– ମୁଁ ସେ ବଜାରୀଟା ସାଙ୍ଗରେ ଏ ଫଙ୍କ୍‌ସନ୍ ଫଙ୍କ୍‌ସନ୍ ଆସିପାରିବେନି ।

ଶର୍ବରୀ– କାନମୋଡ଼ି ଦେବି ଦି’ଟା ଚଟକଣା ଯେ, ସୁବୋଧଭାଇ ବଜାରୀ !

ଶର୍ମିଲା– ବଜାରୀ ନାଇଁ ? ଆସିଲାବେଲେ ସ୍କୁଟରର ସ୍ଟେପିନ୍ ନଥିଲା ଯେ ମତେ କହିଲା ପେଟକୁ ଜାବୁଡ଼ି ଧରି ବସ । ମୁଁ ସେମିତି ଧରି ବସିଲି ମୋ ଦୋଷ ହେଇଗଲା ?

ଶର୍ବରୀ– କ’ଣ କଲା କି ?

ଶର୍ମିଲା– କିଛି ନାଇଁ । ଯାହା କଲା ଯଥେଷ୍ଟ କଲା, ବୁଝିଲୁ ଅପା, ଖାଲି ତତେ ଭଲ ପାଉଛି ବୋଲି ତାକୁ ଛାଡ଼ିଦେଲି, ତୁ ଦାନ ହେଲେ ମୁଁ ଦକ୍ଷିଣାଟା କ’ଣ ?

ଶର୍ବରୀ– ହେଃ ପୁଅ ପିଲାଙ୍କୁ ସାଙ୍ଗରେ ମିଟିଂ ଆସିବୁ ଏଗୁଡ଼ା ଧରିଲେ ହବ । ବାପାତ ତାଙ୍କର ଅଫିସରେ । ବୋଉ ତା’ ସାଙ୍ଗମାନଙ୍କୁ ଧରି ଆସିବ । ଆମେ ଆଉ କାହା ସାଙ୍ଗରେ ଆସିବା ?

ଶର୍ମିଳା– ଆଜି ମହାଲକ୍ଷ୍ମୀ ଯୋଉ କାନଫୁଲ ବାର୍ଣ୍ଡିଲେ ଆଣିଲୁ ?

ଶର୍ବରୀ– ସେଗୁଡ଼ା ସୁନାର ନା 'ଫଲସ୍' ମ ?

ଶର୍ମିଳା– (ଦି'ଟା ଦେଖାଇ) ହୁଁ ! ଫଲସ୍ ହବ ? ମହାଲକ୍ଷ୍ମୀ ଦେବେ ସେଇଟା କେମିତି
ଫଲସ୍ ହବ ଯେ ? ତାଙ୍କ ଭାଷଣରେ କହିଲେ ସୁବର୍ଣ୍ଣଯୁଗ ଆସିଲା ବୋଲି !
ଆଉ କ'ଣ ହେବ କେଜାଣି !

ଶର୍ବରୀ– ଚାଲ ଚାଲ, ଶୀଘ୍ର ଘରକୁ ଚାଲ–ଆମର ଚୌକୀ ଖଟ ଆଉ ବାସନ ସବୁ
ସୁନା ହେଇଟିକି ନାଇଁ ଦେଖିବା ।

ଶର୍ମିଳା– ଆଉ ଜୋର୍‌ରେ ଚାଲିଲେ ରାଗୁରୁ କାହିଁକି ?
             (ସେମାନେ ଯୋଉପଟେ ଗଲେ ସେ ପଟୁ ଆସିଲେ ମନ୍ଦାକିନୀ ଓ ସୁଜାତା)

ମନ୍ଦାକିନୀ– ବୁଝିଲୁ ସୁଜାତା ! ଇଏ ଯୋଉ ସବୁ ମିଟିଂ ହେଲା, ଫଟୋ ଉଠିଲା ଆଉ
ଭାଷଣ ହେଲା… କ'ଣ କିଛି ମତଲବ ବୁଝିଲୁ ?

ସୁଜାତା– ଏତେସବୁ ବୁଝାବୁଝିରୁ ମତେ କ'ଣ ମିଳିବ କହୁନା ନାନୀ' ? ମୁଁ ମହାଲକ୍ଷ୍ମୀଙ୍କୁ
ଖଣ୍ଡେ ଗାଡ଼ି ମାଗିଥିଲି । ସେଇଟା ହେଇଗଲା । ଘରକୁ ଆସିଲା ବେଳକୁ ଦାଣ୍ଡରେ
ମାରୁତି । ଆଠ ଦଶ ହଜାର ବଢ଼ିଥିଲେ ବଢ଼ିଥିବ ପଛେ ଦର । ଆମର ଯେ
କହୁଛନ୍ତି ଆହୁରି ୩୫ ହଜାର ଖର୍ଚ୍ଚକରି ଏୟାର କଣ୍ଡିସନ୍ ଲଗେଇବ !

ମନ୍ଦାକିନୀ– ଆଜିକାଲି ସମସ୍ତଙ୍କର ତ ଗାଡ଼ି ହେଲାଣି ସୁଜାତା, ତମର ଗାଡ଼ି ହେଲେ
ଅଧିକ କ'ଣ ହବ ? ବୁଝିଲୁ ?

ସୁଜାତା– ତା'ହେଲେ ନାନୀ କ'ଣ ହବ ?

ମନ୍ଦାକିନୀ– ଲକ୍ଷ୍ମୀ ଠାକୁରାଣୀଙ୍କୁ ମାଗିଲାବେଲେ ଖାଲି ନିଜର ମଙ୍ଗଳ ମାଗିବନି ସୁଜାତା !
ବୁଝିଲୁ–ଅନ୍ୟର ଅମଙ୍ଗଳ ବି ମାଗିବ ।

ସୁଜାତା– ସେଇଟାତ ଭଲ କଥା ନୁହ ନାନୀ !

ମନ୍ଦାକିନୀ– ଏଇଟା ରାଜଧାନୀର ନିୟମ । ଆମ ଘରେ ପଲଉ ମାଂସ ହଉ
ମା'…ପଡ଼ିଶାଘରେ ଶାଗ ମଧ ନିମିଲୁ… ଆମେ କିଛି କ୍ଷତି ସହିବୁ ପଛେ
ଅନ୍ୟମାନେ ମରିଯାଆନ୍ତୁ– ଆମେ ୨୮ ପରସେଣ୍ଟ ରଖି ଫେଲ୍ ହବୁ ପଛେ
ଅନ୍ୟମାନଙ୍କର ଜିରୋ ଆସୁ… ଏଇଟା ରାଜଧାନୀର ଲକ୍ଷଣ ସୁଜାତା, ବୁଝିଲୁ !

ସୁଜାତା– ଆଛା ନାନୀ, ତମେ ଯୋଉ କହିଲ ସମସ୍ତଙ୍କର ଗାଡ଼ି ହେଇଗଲା ବୋଲି–
ଦେଶରୁ ଗରୀବୀ ହଟିଗଲା ?

ମନ୍ଦାକିନୀ– ମହାଲକ୍ଷ୍ମୀ କହିବା ପ୍ରକାରେ ଗରୀବୀ ଦେଶରୁ ଦୌଡ଼ି ପଲେଇଲାଣି ହେ
ସୁଜାତା… ସେ କଥା କ'ଣ କହୁଚ !

ସୁଜାତା– 'ସର୍ବହରା'ମାନେ ଉଠିଗଲେ !

ମନ୍ଦାକିନୀ– 'ସର୍ବଗିଲା' ହେଇ ଗଲେଣି । ବୁଝିଲ ? (ହସିଲେ)

ସୁଜାତା– ସର୍ବହରା ଯଦି ଉଠିଯିବେ ଆଉ କମ୍ୟୁନିଷ୍ଟ ପାର୍ଟି ଚାଲିବ ଯେମିତି ? ଗରିବ ତ ନ ଥିବେ ଆଉ ଫାଇଟିଙ୍ଗ୍ ହବ୍ ଯେମିତି ? ନାଇଁ ନାନୀ ମୁଁ କିଛି ବୁଝିପାରୁନି ।

ମନ୍ଦାକିନୀ– ଆହେ ସୁଜାତା... ଇଲେକ୍ସନ୍ ବେଳେ ଆମ ହେରା ଗୋହିରୀ ସାଇରେ ପରା କହିଲେ– ଆଉ "ନାରୀ ଜାଗରଣ ସମିତି" ଦରକାର ନାଇଁ, ଦେଶରେ ମନକୁ ମନ ସବୁ ଜାଗରଣ ହେଲାଣି । ବୁଝିଲ ? ଆସ (ଏମାନେ ଯୋଉପଟେ ଗଲେ ସ୍ୱାତୀ ଓ ସସ୍ମିତା ଆସିଲେ ସେଇପଟୁ)

ସ୍ୱାତୀ– ତୁ ଆଉ ଗୋଟେ ପଏଣ୍ଟ ଛାଡ଼ିଗଲୁ ।

ସସ୍ମିତା– କୋଉ କଥାଟା କହିଲୁ ?

ସ୍ୱାତୀ– ସବୁଜ ବିପ୍ଳବ । ମାନେ ଲକ୍ଷ୍ମୀ ଏଗ୍ରିକଲ୍ଚର କଲେଜକୁ ଏମିତି ଗୋଟେ ଧାନ ବିହନ ଦେଇଛନ୍ତି ଯେ ରାତିରେ ତାକୁ ରୋଇଦେଇ ଶୋଇଗଲେ ସକାଳୁ ଧାନ ଫଳୁଚି । ଆଉ ଠିକ୍ ସାଢ଼େ ନ'ଟାରେ ଭାତ ହେଇଯାଉଛି । ତାକୁ ଖାଇ ଅଫିସ ଗଲେ ଆଉ ନିଦ ଲାଗୁନି ଜମାରୁ । ତେଣୁ ଅଫିସ୍ କାମ ଭଲ ହଉଚି । ଆଗରୁ ଅଫିସରମାନେ ଲଞ୍ଚ ଖାଇବାକୁ ଯାଇ ଯୋଉ ମ୍ୟାଟିନୀ ସୋ' ଦେଖୁଥିଲେ ଆଉ ସନ୍ଧ୍ୟାବେଳେ ସ୍ତ୍ରୀମାନଙ୍କ ସାଙ୍ଗରେ ଝଗଡ଼ା ହଉଥିଲା ଏବେ ଆଉ ସେଗୁଡ଼ା ହଉନି । ମତେ କିଏ ଗୋଟେ କହିଲା ସମାଜବାଦୀ ଧାନ ଆଉ ସବୁଜ ବିପ୍ଳବର ଫଳ ଏୟା ।

ସସ୍ମିତା– ହଁ ପରା... ଏବେ ରସୁଲଗଡ଼ଠୁ ସାମନ୍ତରାୟପୁର, ସିଆଡ଼େ ସୁନ୍ଦରପଦା ପର୍ଯ୍ୟନ୍ତ ସବୁ ହାଣ୍ଡିଶାଳ ଝଙ୍କାର ରେଷ୍ଟୋରାଁ ହୋଇଗଲାଣି !

ସ୍ୱାତୀ– ହେୟ ! ଶୁଣ ! ମହାଲକ୍ଷ୍ମୀଙ୍କୁ କହିଲେ ଆମକୁ IASରେ ପାସ୍ କରେଇଦେବେନି ?

ସସ୍ମିତା– କେଜାଣି ! ପଢ଼ାପଢ଼ି କଥାଗୁଡ଼ା ସବୁ ମହାଲକ୍ଷ୍ମୀଙ୍କ ପାଖରେ ହବ ନା ତାଙ୍କ ଯା' ସରସ୍ୱତୀଙ୍କ ପାଖରେ ହବ ? ଯଦି ୟାଙ୍କ ପାଖରେ ହବ, ମୁଁ ନିଶ୍ଚୟ କହିବି, ଆଉ ଆମର ନିଶ୍ଚୟ ହବ । (ବହୁତ ଖୁସି ହୋଇ) ଆଉ ଯଦି ହେଇଯିବ ନା... ମୁଁ ଆଇ.ଏ.ଏସ୍. ପାଇଲା ପରେ ବି ମହାଲକ୍ଷ୍ମୀ ପୂଜା କରିବି ଆଉ କହିବି (ଖୁବ୍ ଜୋରୁରେ) "ଜୟ ମହାଲକ୍ଷ୍ମୀଙ୍କର ଜୟ ।"

ସ୍ୱାତୀ– (ଭଡ଼ାଟିଆ ସ୍ଲୋଗାନ୍ ଦେଲାବାଲାଙ୍କ ପରି) ଜୟ । ମହାଲକ୍ଷ୍ମୀଙ୍କର ଜୟ !

ସସ୍ମିତା– ମହାଲକ୍ଷ୍ମୀ ହଁ ଆମର ସଭ୍ୟତା !

ସ୍ୱାତୀ– ମହାଲକ୍ଷ୍ମୀ ହଁ ସୋସିଓଲଜି !

ସସ୍ମିତା– ମହାଲକ୍ଷ୍ମୀ ହଁ ପଲିଟିକାଲ ସାଇନ୍ସ !

ସ୍ୱାତୀ– ମେଟାଫିଜିକ୍ସ !

ସସ୍ମିତା– ମହାଲକ୍ଷ୍ମୀ ହଁ ଫିଜିକ୍ସ !

ସ୍ୱାତୀ– ସିଏ ହଁ ବିଶ୍ୱଯୁଦ୍ଧ !

ସସ୍ମିତା– ସିଏ ହଁ ମୈତ୍ରୀ ଆଉ ଶାନ୍ତି ।

ସ୍ୱାତୀ– ସିଏ ହଁ କଲେଜ ଇଲେକ୍ସନ୍ !

ସସ୍ମିତା– ସିଏ ହଁ ଡ୍ରାମାଟିକ୍ ଫଙ୍କସନ୍ !

ସ୍ୱାତୀ– ମହାଲକ୍ଷ୍ମୀ ଆମର ସବୁ କିଛି ।

ସସ୍ମିତା– ମହାଲକ୍ଷ୍ମୀ ଆମକୁ ଦିଅ ।

ସ୍ୱାତୀ– ଖାଲି ଦିଅ–ଖାଲିଦିଅ !

(ତା'ପରେ ସଂକୀର୍ତ୍ତନ କଳାପରି ହରେ କୃଷ୍ଣ ହରେ ରାମ ସ୍ୱର ଓ ନାଚ କରି)

ସ୍ୱାତୀ– ମହାଲକ୍ଷ୍ମୀ ଖାଲି ଦିଅ – ଦିଅ, ଦିଅ, ଦିଅ ଦିଅ !

ସସ୍ମିତା– ମହାଲକ୍ଷ୍ମୀ ଖାଲିଦିଅ – ଦିଅ ଦିଅ – ଖାଲି ଦିଅ !

(ଚାରି / ଛ'ଥର ଏମିତି କୀର୍ତ୍ତନିଆ ସ୍ୱରରେ ନାଚିନାଚି ନାଚିବେ ଶ୍ରୀ ଚୈତନ୍ୟ ସ୍ଟାଇଲରେ । ଏମିତି ହଉହଉ ଖୋଲ ଓ ଗିନିବାଜିବ ଏବଂ ଲୟ ଦ୍ରୁତ ହୋଇ ବଢ଼ିଲା ବେଳକୁ ଆଲୋକ କମି କମି ଆସିବ ଡିମରୁ)

ପଞ୍ଚମ ଦୃଶ୍ୟ

(ଡିମର ବତି ଆଲୋକ ଆସିଲାବେଳକୁ ସ୍ୱାତୀ ଓ ସସ୍ମିତା ନାହାନ୍ତି, ଅଛନ୍ତି ଶ୍ରୀଶ୍ରୀ ମହାଲକ୍ଷ୍ମୀ । ସାମ୍ନାରେ ମାଇକ୍ରୋଫୋନ୍ । ମହାଲକ୍ଷ୍ମୀ ଜଣେ ପୌରାଣିକ ନାଟକର ନାୟିକା ପରି ହସିବେ ଶବ୍ଦକରି ଓ କହିବେ)

ଶ୍ରୀଶ୍ରୀ ମହାଲକ୍ଷ୍ମୀ– ମୁଁ ଅତ୍ୟନ୍ତ ପ୍ରୀତ । ଦାନ କରିବାକୁ କିଏ ନ ଚାହେଁ ? ତମେ ସବୁ ମାଗୁଚ ଆଉ ମୁଁ ଦଉଚି ବୋଲି ଆମ ପ୍ରେଷ୍ଟିଜ୍ ବଢୁଚି । ଦେଖ ମୁଁ ଶୂନ୍ୟରୁ ମାନେ ବୈକୁଣ୍ଠ ଲୋକରୁ କ୍ଷୀରୀ ମାଗେଇଚି ! ବର୍ତ୍ତମାନ ଏ ସଭାରେ ସମସ୍ତଙ୍କୁ କ୍ଷୀରୀ ଦେଲାବେଳକୁ କିଛି ଦର୍ଶକ ହସିବେ ଏବଂ ଏଗୁଡ଼ା ଭଣ୍ଡାମୀ ବୋଲି

କହିବେ । ଆଉ କେତେଜଣ ସଫିଷ୍ଟିକେଶନ୍ ଦେଖାଇ ମହିଳା କଲେଜ ସ୍ୱାରୀ ଖାଇଲେ 'ଡାଏବେଟିସ୍ ହବ୍' ବା 'ମୁଁ : ସ୍ୱାରୀ ଖାଏନାହିଁ' ବୋଲି କହିବେ । ଚିତ୍ରୁଆ ଦର୍ଶକ ଗ୍ୟାଲେରୀରେ ପାଟିତୁଣ୍ଡ ହୋଇପାରେ ।

– ଗୀତ –

(ଆରମ୍ଭ ହେବ Choral Humming । ସେଇ 3+4-Beat ତାଲରେ ଏବଂ ୩ ଆବର୍ତ ପରେ ଗୀତ)

"ଶୁଣିଲ ନାରଦ ଏହି ପୁରାତନ ଆଖ୍ୟା

ଯିଏ ଅପ୍ରସନ୍ନ ପ୍ରଭୁ ମାଗିଲେ ଯେ ଭିକ୍ଷା ।

ଛାର ଚାଣ୍ଡାଲୁଣୀ ଅଇଶ୍ୱର୍ଯ୍ୟ ଭୋଗ କଲା ।

ଲକ୍ଷ୍ମୀଙ୍କ ସୁଦୟାରୁ ଯେ ଏ ସମସ୍ତ ହୋଇଲା ।

ଏ ପୁରାଣ ପଢ଼ିଲେ ଯେ ସର୍ବସିଦ୍ଧି ହୁଏ

ସୂର୍ଯ୍ୟୋଦୟ ସମ ଶାପ କ୍ଷୟ ଯାଏ ।

ଏ ପୁରାଣ ଯେଉଁମାନେ ପଢ଼ନ୍ତି ଶୁଣନ୍ତି

ଲକ୍ଷ କୋଟି ଯୋଜନର ଫଳ ସେ ଲଭନ୍ତି ।

ଏ ପୁରାଣ ଅଟଇ ଯେ ମୁକ୍ତିର ପଥ

ଏହି ଫଳ କଥନର କେ ହେବ ସମର୍ଥ ?"

(ମେଲୋଡ଼ି ପାର୍ଟ ମାଇକ୍ରୋଫୋନ୍ ଧରିଲା ପରି ଖଣ୍ଡେ ମାଇକ୍ରୋଫୋନ୍ ଧରି ଇତିଶ୍ରୀ ଆସିବ ମଞ୍ଚ ଉପରକୁ ଓ କହିବ)

ଇତିଶ୍ରୀ– ଦେଖନ୍ତୁ, ଆପଣମାନେ ବେଶ୍ ପାଟିତୁଣ୍ଡ କରୁଛନ୍ତି, କିଛି କାମ ନ କରି ଖାଲି ଗପିବା ଆଉ ଅନ୍ୟମାନଙ୍କୁ କ୍ରିଟିସାଇଜ୍ କରିବା ଆମ ସମାଜର ଗୋଟେ ଲକ୍ଷଣ ହେଇଗଲାଣି । ଆଉ ଯାହା ନହେଉଚି, ଖାଲି ଧର୍ମଘଟ, ହରତାଲ ଶୋଭାଯାତ୍ରା କରୁଛନ୍ତି ଆପଣମାନେ... ସେଥିପାଇଁ ଆମ୍ଭେମାନେ ଶ୍ରୀ ଶ୍ରୀ ମହାଲକ୍ଷ୍ମୀଙ୍କୁ ଆଣି ଆପଣମାନଙ୍କ ଆଗରେ ପଦ୍ମଫୁଲ ଫୁଟେଇ ଠିଆ କରିଛୁ । ତେଣୁ କ'ଣ ଦାବି କରିବେ କରନ୍ତୁ । (ଗୋଟାଏ ପଟକୁ ଘୁଞ୍ଚିଗଲା)

ମହାଲକ୍ଷ୍ମୀ– ତମମାନଙ୍କର ସମସ୍ତ ଦାବି ପୂରଣ ହେଲା । ଆଉ ଶୋଷଣ ଚାଲିବ ନାହିଁ । ଓଡ଼ିଶାର ଖବର କାଗଜରୁ ବନ୍ୟା, ବାତ୍ୟା, ମରୁଡ଼ି ଉଠିଗଲା । ସର୍ବହରା ଶବ୍ଦ ମଧ୍ୟ ଉଠିଗଲା ।

ଇତିଶ୍ରୀ– ଆମେ ଜାଣିପାରୁଚୁ ଆପଣଙ୍କର ଅସୁବିଧା ହବ । 'ସର୍ବହରା' ଶବ୍ଦଟା ଉଠିଗଲା ପରେ ଆଉ ଧର୍ମଘଟ ହେଇପାରିବ ନାହିଁ । ତେଣୁ ଆମେ ଶ୍ରୀଶ୍ରୀ ମହାଲକ୍ଷ୍ମୀଙ୍କୁ

ଅନୁରୋଧ କରୁଛୁ ସେ ଶୀଘ୍ର ଆପଣମାନଙ୍କର ଦାବି ପୂରଣ କରନ୍ତୁ। ଜୟ ଶ୍ରୀଶ୍ରୀ ମହାଲକ୍ଷ୍ମୀଙ୍କର ଜୟ ହେଉ। (ହୁଳହୁଳି)

ମହାଲକ୍ଷ୍ମୀ– ଏଇଟିକି ଆସି ସମସ୍ତେ କୁହ ତମମାନଙ୍କର କ'ଣ ଦରକାର।

ଇତିଶ୍ରୀ– ବେଶ୍। ମୁଁ ଜାଣିପାରୁଛି ଆପଣମାନଙ୍କର କ'ଣ ଦରକାର ଆପଣମାନେ ନିଜେ ଜାଣିନାହାନ୍ତି, ତେଣୁ ଅନ୍ଧାରରେ କିଛି ସମୟ ଚିନ୍ତାକରି ସମସ୍ତେ ମଞ୍ଚ ଉପରକୁ ଆସି ମାଗନ୍ତୁ। ତା' ପୂର୍ବରୁ ଆମେ ମଞ୍ଚକୁ ଅନ୍ଧାର କରୁଛୁ। ଆପଣମାନେ ଅନ୍ଧାର ଭିତରେ ଚିନ୍ତା କରନ୍ତୁ।

(ମଞ୍ଚ ଅନ୍ଧାର ହେଲା।)

ଷଷ୍ଠ ଦୃଶ୍ୟ

(ହୁଳହୁଳି। ଅନ୍ଧାର ଭିତରେ ସମସ୍ତ ଚରିତ୍ର ଆସି ମହାଲକ୍ଷ୍ମୀଙ୍କ ସାମ୍ନାରେ ଦୁଇଧାଡ଼ିରେ ଠିଆ ହେବେ। ଯେ କୌଣସି ରୈଖିକ Composition ନିଆଯାଇପାରେ। ହୁଳହୁଳି ଆଉ ଥରେ। ଆଲୋକ ଆସିଲା। ସମସ୍ତ ଫୁଲ ଆଞ୍ଜୁଳି ଦେଲେ ଓ ହୁଳହୁଳି ପକାଇଲେ)

ମହାଲକ୍ଷ୍ମୀ– ମୁଁ ଆଶା କରୁଚି, ବର୍ତ୍ତମାନ ସୁଦ୍ଧା କାହାର କ'ଣ ଦରକାର ଜଣାପଡ଼ିଲାଣି, ଯେହେତୁ ତୁମ୍ଭମାନଙ୍କ ବନ୍ଦନା, ସ୍ତୁତି ଏବଂ ପୂଜା ଇତ୍ୟାଦିରେ ମୁଁ ଆଜି ସନ୍ତୁଷ୍ଟ; ତେଣୁ ହେ ଭକ୍ତଗଣ : ମାଗ, ଲଜ୍ଜା ନକରି ମାଗ, ମୁଁ ବର୍ତ୍ତମାନ ମନ୍ତ୍ର କରିଦେଉଛି, ଯିଏ ମାଗିବ ତା' କଥା ହିଁ ଶୁଭିବ, ଅନ୍ୟମାନେ ସେ କଥା ଶୁଣିପାରିବେ ନାହିଁ। (ସମସ୍ତେ ଉତ୍ସାହିତ ହେଲେ ଏବଂ ପରସ୍ପରକୁ ଚାହିଁଲେ। ମୈତ୍ରୀ ସମ୍ପର୍କରେ ସଚେତନ ନ ହୋଇ, ବରଂ ଜଣେ ଅନ୍ୟ ଜଣଙ୍କ ବିରୁଦ୍ଧରେ ଚକ୍ରାନ୍ତ କରିବାର ସୁଯୋଗ ମିଳୁଚି ବୋଲି)

ସସ୍ମିତା– ମା' ଲକ୍ଷ୍ମୀ! ମୁଁ ଏ ବର୍ଷ IAS ଦେଇଚି… Written ଆଉ Viva ରେ ମତେ ସଫଳ କରେଇ ଦିଅନ୍ତୁ। ଯେତେବଡ଼ ଅଫିସର ହେଲେ ବି ମୁଁ ମାଣବସା ଗୁରୁବାର ଓଷା କରିବି। କିନ୍ତୁ ଗୋଟିଏ condition. ଏ ସ୍ୱାତୀଟାକୁ… ଛାଡ଼…

ସ୍ୱାତୀ– ମା' ମହାମାୟା! ମତେ ଆଇ.ଏ.ଏସ୍. କରିଦିଅ ପଛେ ଏ ସସ୍ମିତାଟାକୁ ଆଦୌ ଆଇଏଏସ୍ କରାଅ ନାହିଁ। ସିଏ ଆଇଏଏସ୍ ପାଇଲେ ନା… ମତେ ଏମିତି Under estimate କରିବ ଯେ… ଛାଡ଼!

ସସ୍ମିତା– ମା' ଲକ୍ଷ୍ମୀ! ସ୍ୱାତୀ କ'ଣ କହିଲା ଆଦୌ ବୁଝା ପଡ଼ିଲା ନାହିଁ।

ଇତିଶ୍ରୀ– 	Silence, Silence ! ମହାଲକ୍ଷ୍ମୀଙ୍କ କୋର୍ଟ ଚାଲିଛି । ଥରେ କହିଲାପରେ ଆଉଥରେ କହିବା ପାଇଁ ଚାନ୍ସ ଦିଆଯିବ ନାହିଁ ।

ମହାଲକ୍ଷ୍ମୀ– 	ମୁଁ ସମସ୍ତଙ୍କୁ ଆଉଥରେ ଅଭୟ ଦେଉଛି । ତୁମ୍ଭମାନଙ୍କ କଥା ଆଉ କାହାରିକୁ ଶୁଭୁନାହିଁ । ତେଣୁ ନିର୍ଭୟରେ ନିଜନିଜ ଇଚ୍ଛା ପ୍ରକାଶ କରି (ତା'ପରେ ଶର୍ବରୀ !)

ଶର୍ବରୀ– 	ତମେ ତ ମୋ ମନ କଥା ଜାଣିଚ ମା' ! ଏତେ ଲୋକଙ୍କ ଆଗରେ କହିବା ପାଇଁ ଲାଜ ମାଡୁଛି । ତେଣୁ କହୁନାହିଁ, ଯେମିତି ହେଲେ ସୁବୋଧ ଭାଇ ସାଙ୍ଗରେ ମୋ' ପ୍ରେମଟା କରେଇ ଦିଅ ।

ଶର୍ମିଲା– 	ମା'ଗୋ ! ସୁବୋଧ ଭାଇ ଭଳିଆ ବଜାରୀ ମୁଁ ଆଉ ପୃଥ୍ବୀରେ ଦେଖିନାହିଁ । ତେଣୁ ଆଉ ଯାହା କର ପଛେ ଅପା ସାଙ୍ଗରେ ତା'ର ବାହାଘର କରାଅ ନାହିଁ । ମୋ ଅବସ୍ଥା ବାର ବାଜିଯିବ ।

ସୁଜାତା– 	ମା'ଗୋ ! ସାଗର ଦୁଲାଣୀ, ବିଷ୍ଣୁଙ୍କ ଘରଣୀ ! ସମସ୍ତଙ୍କୁ ଯାହା ଦେଉଛ ମତେ ତା'ର ଦ୍ୱିଗୁଣ ଦିଅ ।

ମନ୍ଦାକିନୀ– 	ଶଙ୍ଖଚକ୍ର ଗଦାହସ୍ତା ମା' ! ବୁଝିଲ ! ଏଗୁଡ଼ା ସମସ୍ତେ ସ୍ୱାର୍ଥପର । ସମସ୍ତଙ୍କୁ ମାରିଦିଅ ମା' ମତେ ଖାଲି ବଞ୍ଚେଇ ରଖ ।

ଇତିଶ୍ରୀ– 	ମା' ପରଂବ୍ରହ୍ମ ସ୍ୱରୂପିଣୀ ! ମା' ପଦ୍ମାସନସ୍ଥିତା । ଏ ସର୍ବହରା ଏଲୋରାର ଦାସର ଦଳ ପୃଥ୍ବୀର ସବୁ ଅନର୍ଥର ମୂଳ । ସେମାନଙ୍କୁ ନିର୍ମୂଳ କରିଦିଅ ମା' ! ଆଉ ସ୍ଟ୍ରାଇକ୍ ହବନାଇଁ ।

ଏଲୋରା– 	ମା' ସର୍ବବରଦେ ! ଆଗରୁ ସିନା ଧର୍ମକୁ ବିଶ୍ୱାସ କରୁନଥିଲି, ହେଲେ ଆଜିକାଲି ସବୁ ବିଶ୍ୱାସ କରୁଚି... ଏଣିକି ପାର୍ଟି ଅଫିସରେ ତମର ଡବଲ ସାଇଜର ସୁନାମୂର୍ତ୍ତି ରଖିବୁ ପଛେ ଆମକୁ ଚାନ୍ଦା ମାଗିବାକୁ ଧନୀଲୋକମାନଙ୍କ ପାଖକୁ ପଠାଅ ନାହିଁ । ବଡ଼ ହଇରାଣ କରୁଛନ୍ତି ମା' । ଏଣିକି ପଛେ ତମେ ଆଗରେ ଘଣ୍ଟି ବଜେଇବୁ... ସେ ପୁଞ୍ଜିପତିମାନଙ୍କର ଘରେ ଘଣ୍ଟି ବଜେଇବାକୁ କୁହନାଇଁ ।

(ପ୍ରଚଣ୍ଡ ଘଣ୍ଟାଧ୍ୱନି ହେଲା । ଗୋଟାଏ ନିଆଁ ଲାଗିବା ଶବ୍ଦ ଓ ଦମକଲର ସାଇରନ୍ ଆସ୍ତେ ଶୁଭିଚ)

ସସ୍ମିତା– 	(ଖୁବ୍‌ଶୀଘ୍ର) ମା' ! ଦେହକୁ ଭଲ ଲାଗିଲା ଭଳି ଉପଚାର ଦିଅ । ଦୁଧପୁଲି, ଘୃତ ପୁଲି, ସରପୁଲି ଦିଅ । ପୋଡ଼ ପିଠା ଦିଅ । ଆମ୍ବିଲ ଶାକର ଦିଅ । କଦଲୀର ଭଜା ଦିଅ, ବଗଡ଼ା ଭାତ ଦିଅ, ମାଂଜା ତିଅଣ ଦିଅ, ବଡ଼ିର ମହୁର ଦିଅ... ରଂଗବାଣ ପଇଡ଼ ସଂଗତେ ଛେନାପଣା ଦିଅ ।

ସ୍ୱାତୀ-	ଏଗୁଡ଼ା ମୋରକିଛି ଦରକାର ନାହିଁ ମା'! ମନରେ ଶାନ୍ତି ନାହିଁ... ଶାନ୍ତି
	ଦିଅ-ପ୍ରୀତି ଦିଅ...ମୁକ୍ତିଦିଅ।

ଶର୍ବରୀ-	ମତେ ଖାଲି ପ୍ରୀତି ଦିଅ।

ଶର୍ମିଲା-	ମତେ କିଛି ସ୍ୱପ୍ନ ଦିଅ!

ଏଲୋରା-	ମତେ କିଛି ସମସ୍ୟାଦିଅ ଆଉ ତା'ର ସମାଧାନ ଦିଅ!

ସୁଜାତା-	ନାକର ନବରତ୍ନ ବସେଣୀ ଦିଅ, ସୁନାସୁତା ମାଣିକ୍ୟ ପଦକ ଦିଅ, ବାଜେଣୀ
	ନୂପୁର ଦିଅ... ଚଉସରି ରତ୍ନମାଳା ଦିଅ।

ମନ୍ଦାକିନୀ-	ତମର ଚାରୋଟି ହାତ ଦିଅ-ଶଙ୍ଖଚକ୍ର ଗଦାପଦ୍ମ ଦିଅ... ସୌଭାଗ୍ୟ ଦିଅ।

ଇତିଶ୍ରୀ-	ମତେ କିଛି ଅହଂ ଦିଅ... ଗୌରବ ଦିଅ...

ଏଲୋରା-	ତମର ସଖା ଦିଅ... ତମର ହୃଦୟ ଦିଅ... ତମର ଶକ୍ତିଦିଅ...

ସସ୍ମିତା-	ତମର ସ୍ନାୟୁ ଦିଅ... ରକ୍ତ ଦିଅ...

ସ୍ୱାତୀ-	ତମର ମାଂସପେଶୀ ଦିଅ... ତନ୍ତୁ ଦିଅ... ଅସ୍ଥି... ଦିଅ...

ଏଲୋରା-	ଅଷ୍ଟବେତାଳ ଦିଅ... ସମୁଦ୍ର ଦିଅ... ସୁବର୍ଣ୍ଣର କାନ୍ତୁ ଆଉ ପ୍ରବାଳ ସ୍ତମ୍ଭ
	ଦିଅ... ବାଉନକୋଟି ଭଣ୍ଡାର ଦିଅ... ଷାଠିଏ ପଉଟି ଭୋ ଦିଅ!

ସୁଜାତା-	ମତେ ସବୁ ଦିଅ ମା'! ସବୁ ଯାହା ମାଗିଲେ ମତେ ସବୁ ଦିଅ। ଦି'ଗୁଣ
	କରିଦିଅ।

ମନ୍ଦାକିନୀ-	ମତେ ସବୁଦିଅ ମା' ଆଉ କାହାକୁ କିଛି ଦିଅନି।

ଶର୍ମିଲା-	ଖାଲି ଆମକୁ ସ୍ୱପ୍ନ ଦିଅ ମା'... ଖାଲି ସ୍ୱପ୍ନ... ସ୍ୱପ୍ନ... ଆଉ ସ୍ୱପ୍ନ।

ସସ୍ମିତା-	ଶୁଭର ସ୍ୱପ୍ନ, ଲାଭର ସ୍ୱପ୍ନ।

ସ୍ୱାତୀ-	କୁବେର ଧନ, ସୂର୍ଯ୍ୟଙ୍କର ତେଜ... ଇନ୍ଦ୍ରଙ୍କର ଶକ୍ତି।
	(ହଠାତ୍ ଦମକଳ ଘଣ୍ଟି ଶୁଭିବ ଜୋରରେ)

ଏଲୋରା-	ସ୍ୱପ୍ନ ଏକ ନିଆଁ ମା'! ଲୋଭ ଏକ ନିଆଁ। ଚାରିଆଡ଼େ ଲୋଭର ନିଆଁ
	ଲାଗିଗଲାଣି ମା'! ସ୍ୱାର୍ଥର ନିଆଁ ଜଳୁଚି ହୁତ୍ ହୁତ୍ ହେଇ... ଦମ୍କଳ ଘଣ୍ଟି
	ଶୁଭିବ ଆହୁରି ଜୋରସର)
	ମା' ଶୀଘ୍ର ଗୋଟେ ଦମକଳ ପଠାଅ ମା'। ନହେଲେ ଏ ସ୍ୱାର୍ଥର ନିଆଁ
	ଲିଭିବ ନାଇଁ ମା'। ଶ୍ରୀଘ୍ର ଦମକଳ ପଠାଅ!
	(ଶଙ୍ଖ, ହୁଳହୁଳି, ଦମକଳ ଘଣ୍ଟି ସବୁ ଶୁଭିବ। ମହାଲକ୍ଷ୍ମୀ ରାଗିଯିବେ)

ମହାଲକ୍ଷ୍ମୀ-	ନା, ସବୁ ପୋଡ଼ିଯାଉ। ସବୁ ଧ୍ୱଂସ ହୋଇଯାଉ, ତା' ପରେ ତମେ ସବୁ
	ବୁଝିବ ଗଢ଼ିବା କେତେ ଯନ୍ତ୍ରଣାଦାୟକ।

ଏଇଠି ମୁଁ ଦେଖୁଚି ଦାନ ହିଁ ସମସ୍ୟା। ଦେଇଦେଇ ମୋର ଭଣ୍ଡାର ଶୂନ୍ୟ ଆଉ ନେଇନେଇ ତମେ ଭିକାରୀ... ଅଧିକ ଲୋଭ କରି... ଅଧିକ ଅସହାୟ। ତେଣୁ ମୁଁ ଆଜି ଆବିର୍ଭାବ ହେଇଚି। ସର୍ବଗ୍ରାସୀ ହେଇ ଆସିଚି। ଏଣିକି ମତେ ଦିଅ।

ମତେ ଦିଅ ତମର ଈର୍ଷା।

ମତେ ଦିଅ ତମର ଅସୂୟା। ଓ ଅହଂକାର

ମତେ ଦିଅ ତମର ବିଢ଼, ଚିଢ଼ ଓ ଲାଳସା।

ଏଣିକି ମୁଁ ନେବି। ତମେ ଦେଇ ଦେଇ ଶୂନ୍ୟ ହେଲା ପର୍ଯ୍ୟନ୍ତ।

ଏଣିକି ମୁଁ ନେବି। ତମ ସମସ୍ତେ ଶୂନ୍ୟ ହେଲା ପର୍ଯ୍ୟନ୍ତ।

ସେୟା ହିଁ ମୋର ପୂଜାର ନୈବେଦ୍ୟ।

(କ୍ରାସ୍ ଶବ୍ଦ। ଅନ୍ଧାର। ସମୁଦ୍ରର ସ୍ୱର) ?

ସୁନା ହରିଣ

ରତ୍ନାକର ଚଇନି

(କୌଣସି ଏକ ଅଖ୍ୟାତନାମା ରେଲ ଷ୍ଟେସନ। ସମୟ ରାତ୍ରିର ଦ୍ୱିତୀୟ ପ୍ରହର। ଯାତ୍ରୀ ଭିଡ଼ ଆଦୌ ନାହିଁ। ଷ୍ଟେସନରେ ବି କୌଣସି ଯାତ୍ରୀବାହୀ ଗାଡ଼ି ନାହିଁ। କିନ୍ତୁ ଦୂରରେ କେବଳ ଖାଲି ଇଞ୍ଜିନ୍‌ଟା ଗଜୁଥିଲା ଧଇଁସଇଁ ହୋଇ। ଏବେ ସେ ମଧ୍ୟ ନୀରବ। କ୍ୱଚିତ୍ କୌଣସି କୌଣସି ଯାତ୍ରୀ ପଶି ଆସିଲେ ପ୍ଲାଟ୍‌ଫର୍ମରେ ନାନା ସ୍ୱର ଗୁଞ୍ଜରି ଉଠୁଥିଲା। ଷ୍ଟେସନରେ ସ୍ଥାୟୀ ଦୋକାନ ବୋଇଲେ ଦୁଇଟା। ଗୋଟିଏ ପାନ ଦୋକାନ; ଅନ୍ୟଟି ଚା' ଦୋକାନ। ଆଉ ସବୁ ଭ୍ରାମ୍ୟମାଣ। ଆଲୋକିତ ପରିବେଶରେ ଦେଖାଗଲା ଚା' ଦୋକାନୀ ନବଘନ ଭୁଲଉଚି। ପାନ ଦୋକାନୀ ରଙ୍ଗାଧର ଗୁଣୁଗୁଣୁ ହୋଇ ଗୋଟାଏ ସିନେମା ସଙ୍ଗୀତର ଖିଅ ଧରିଚି। ଦୁଇ ଦୋକାନର ବ୍ୟବଧାନ ମଧ୍ୟରେ ଗୋଟିଏ ସିମେଣ୍ଟ ବେଞ୍ଚ। ଠିକ୍ ପଛକୁ ଝୁଲୁଚି ଗୋଟାଏ ପରଦା। ପରଦାର କିଞ୍ଚିତ୍ ଉପରକୁ ଗୋଟିଏ କାଠ ପ୍ଲେଟ୍‌ରେ ଲେଖାଯାଇଚି 'ୱେଟିଂରୁମ୍'। ବେଞ୍ଚଟି ଖାଲି ଥିଲା। ଗୀତର ଲହରୀ ଭିତରେ ରଙ୍ଗାଧର ନବଘନକୁ ଭୁଲଉଥିବା ଦେଖିପାରିଚି। ମନକୁ ମନ ହସି ଉଠିଚି ସେ।)

ରଙ୍ଗାଧର– କିରେ ନବଘନ! ଆଜି ଏତିକି ବେଳୁ କ'ଣ ଥଙ୍ଗେଇଲଣି ?

ନବଘନ– (ଆଖି ବନ୍ଦିଥିବା ଅବସ୍ଥାରେ) ...ଭାଁ !

ରଙ୍ଗାଧର– ନିଦ ଆସିଗଲା ?

ନବଘନ– (ଟେଙ୍ଗଉଠି ହାଇମାରି)...ଉଁ...ହୁଁ !

ରଙ୍ଗାଧର– କାଲି ଶ୍ରୀଗୁଣ୍ଡିଚା। ମହାପ୍ରଭୁ ରଥରେ ବିଜେ ହେବେ। ଆଜି ରାତି ଗାଡ଼ିଟା ଭାରି ଭିଡ଼ ହେବ, ବୁଝିଲୁ ?

ନବଘନ– (ଟିକିଏ ଖନା) କେ – କେତେ ଟା...ବାଜିଲାଣି ?

ରଙ୍ଗାଧର– ସାଢ଼େ ଦଶ ।

ନବଘନ– ଥ-ଥା ଥଣ୍ଡା ପାଗୁଆ...ହେଇଚି ।...ନାରେ ?

ରଙ୍ଗାଧର– ଟୋପେ ଗରମ ପାଣି ହଉ ।

ନବଘନ– ହଁ...ହଉ ।

ରଙ୍ଗାଧର– ହଉ କ'ଣ ?...ପାଗ ସାଙ୍ଗରେ ଲାଗିଲା ବାଜି ।

ନବଘନ– ହଁ... ! ଦୋ...ଦୋକେ ତିନ୍...ନ...ନ...ନ ହେଲେ...ପ...ପାର ତେର ।
ହେଁ...ହେଁ...ହେଁ...(ହସି ଉଠିଲା) ।

ରଙ୍ଗାଧର– ଖାସା କଥାଟିଏ କହିଲୁ ନବଘନ । ଆଜି ବେଶ୍ ମଉସମ୍ ଅଛି ।...ଚଲାଓ
ରାତିସାରା ଦୀପ ଜଳୁ ।

ନବଘନ– ଜ...ଜଳୁ ।

ରଙ୍ଗାଧର– କର୍ ଚା ।

ନବଘନ– ପା...ପାରି ଫୁ...ଫୁଟିଚି ପରା ।

(ନବଘନ ଚା କରିବାରେ ମନଦେଲା । ଗଙ୍ଗାଧର ପୁଣି ଆରମ୍ଭ
କରିଦେଲା ତା'ର ବେସୁରା ସଙ୍ଗୀତ ରାଗିଣୀ । ଏହି ସମୟରେ ଜଣେ
ଭଦ୍ରବ୍ୟକ୍ତି ପ୍ଲାଟଫର୍ମରେ ଦେଖାଦେଲେ । ସେ ଖଦଡ଼ ପରିହିତ । ବୟସ
୪୫ କି ୪୦ ହେବ । ମୁଖମଣ୍ଡଳ ଗମ୍ଭୀର ।)

ରଙ୍ଗାଧର– ଏଇ..., ଗରାଖ ଗଡ଼ିଲେଣି । ଗାଡ଼ିବେଳ ହେଇଗଲା ବୋଧେ ।

ନବଘନ– ସତେ ତ ! ଡା – ଡାକ୍ ଗୋଟାଏ ଡା...ଡାକ ।

ରଙ୍ଗାଧର– ଏ...ଏଇ, ପାଆନ୍ ବିଡ଼ି ସିଗାରେଟ୍ !

ନବଘନ– ଚାଏ ଗରମ୍ ! ଇସ୍... ଇସାପସିଆଲ...

ରଙ୍ଗାଧର– କିରେ ବାପ ! ଗାଡ଼ି ଅଟକିଗଲା କି ?

ନବଘନ– ଚୋ...ଚୋୟ !

ମୁରାରି– ଏଁ... ! ଗାଡ଼ି ଆସିଗଲା ?

ନବଘନ– ନାଇଁ ବାବୁ । ମ...ମତେ ଥ...ଥଟ୍ଟା କରୁଚି । ଭାରି କଇଲାବାଲା । ମୁଁ...ମୁଁ
ତତେ ଚା' ଦେବିନ । ଯାଃ...

ରଙ୍ଗାଧର– (ମୁରୁକି ହସି ଖଣ୍ଡିକାଂଶ ମାଇଲା) – ଇସ୍...ଇସ୍...

ନବଘନ– ହେ... ହେଏଇ ବାବୁ ! ପୁଣି ଖ...ଖଟେଇ ହେଲା ।

ମୁରାରି– ଆହା... ଥାଉ !

ନବଘନ– ହେଏଇ !...ମତେ ଚି...ଚିନ୍‌ଚୁଟି ।

ରଙ୍ଗାଧର- ବସ୍ ବେ ! କାହିଁ ଗୋଟା ଫେଁ-ଫେଁ ହଉଚୁ !

ନବଘନ- (ଉଠିଆସି) ...କ...କ'ଣ କଲୁ ?

ରଙ୍ଗାଧର- ତୁ କ'ଣ କହିଲୁ ? ...ମାରିବୁ ? ...ମାଇଲୁ ଦେଖି !

ନବଘନ- ଦେ... ଦେଖ୍ କଉଚି, ଭଲ ହବନି !

ରଙ୍ଗାଧର- (ବାହା ଉପରର ଗଞ୍ଜିକୁ ମୋଡ଼ି)... ଆସୁନୁ, ଆ...! ଡରଉଚୁ କାହାକୁ
ବେ ?

ନବଘନ- ପୁ...ପୁଣି...କଲୁ ?

ମୁରାରି- (ଉଠିପଡ଼ି) ...ହାଁ-ହାଁ, ଇଏ କ'ଣ ? ...ଇଏ କ'ଣ ? ବସ୍...ବସ୍ ! ମଣିଷ
ଯାଇ ଚନ୍ଦ୍ର ସାଙ୍ଗରେ ବନ୍ଧୁତା କଲାଣି । ଅଥଚ ଆପଣମାନେ ଏଇ ସାମାନ୍ୟ
କଥାରେ ଶତ୍ରୁତା...

ନବଘନ- ଯାଃ... ! ତତେ ଛା...ଛାଡ଼ି ଦେଲି ।

ମୁରାରି- ହଁ, ଠିକ୍ ! ଠିକ୍ କଥା ।

ରଙ୍ଗାଧର- ତତେ ମୁଁ ଦୟା କଲି ।

ମୁରାରି- ସାବାସ୍ ! ଏମିତି ଦୟା ଦରକାର ଥିଲା । - (ଦୁହେଁ ଯାଇ ଯେଝା କାମରେ
ଲାଗିଗଲେ) - ଏଇ ହେଉଚି ଜାତୀୟ ଏକତା । ଏଇଠୁହିଁ ଦେଶ ଆଗେଇବ ।
ଆଚ୍ଛା, ଆସୁ କପେ ଚା । ତୁମେ, ଦିଅ ଗୋଟାଏ ସିଗାରେଟ୍ ।

ନବଘନ- ବା...ବାଜେ ଲୋକଟା ହୋ !

ମୁରାରି- ଆହା, ପୁଣି... ସେଇ କଥା ।

ରଙ୍ଗାଧର- ନିଅନ୍ତୁ ବାବୁ, ସିଗାରେଟ୍ ।

ମୁରାରି- ଧନ୍ୟବାଦ ।

ନବଘନ- ଏଇ ବାବୁ...ଚା ।

ମୁରାରି- ସାବାସ୍

(ମୁରାରି ସିଗାରେଟ୍ ଲଗାଇଲା ଓ ତା'ପରେ ଚା' ପିଇବାକୁ ଆରମ୍ଭ କଲା ।
ନବଘନ ଓ ରଙ୍ଗାଧର ପରସ୍ପରକୁ ଚାହିଁ ମୁହଁ ମୋଡ଼ୁଥିଲେ । ଏଇ ସମୟରେ
ବାହାରୁ ଡାକି ଡାକି ଦୃଶ୍ୟମାନ ପ୍ଲାଟ୍‌ଫର୍ମ ଭିତରକୁ ଆସିଲା ଜଣେ
ଖବରକାଗଜ ହକର ।)

ହକର- ସମାଜ...ପ୍ରଜାତନ୍ତ୍ର...ମାତୃଭୂମି...କଳିଙ୍ଗ... ! ତାଜା ଖବର....

ମୁରାରି- ଏ ଖବରକାଗଜ !

ହକର- 'ଖାଦ୍ୟ ଉତ୍ପାଦନରେ ଭାରତ ଆତ୍ମନିର୍ଭରଶୀଳ ହେବ' ।

ମୁରାରି–   ଖଣ୍ଡେ ଦେଇଯା ।

ହକର–   (ପାଖକୁ ଆସି) ...କ'ଣ ଦେବି ବାବୁ ?

ମୁରାରି–   ଯୁଆଡ଼ୁ ହେଲେ ଗୋଟାଏ ଦେ । ସବୁଗୁଡ଼ାତ ଏକା ।

ହକର–   ନିଅନ୍ତୁ ବାବୁ । ...ତାଜା ଖବର ।
   (ମୁରାରି ଖବରକାଗଜ ନେଇ ପଢ଼ିବା ଆରମ୍ଭ କରିଦେଲା । ଚା ଓ ସିଗାରେଟ୍
   ଖିଆ ଚାଲିଥିଲା । ହକର ଠିଆ ହୋଇ ମଝିରେ ମଝିରେ ସେମିତି ଡାକ
   ପକାଉ ଥିଲା । କିଛି ସମୟ ପରେ ସେ ବିରକ୍ତ ହୋଇ ଉଠିଲା ।)

ହକର–   ବାବୁ, ପଇସା !

ମୁରାରି–   ରହ ।

ହକର–   ଅନ୍ୟଆଡ଼େ ଯିବି ପରା ।

ମୁରାରି–   ଯାଉନ୍ତୁ, ଯା ।

ହକର–   ଖବରକାଗଜ ପଇସା ।

ମୁରାରି–   ଓଁ ! ବିରକ୍ତ କରନା ।

ହକର–   ପଇସା ଦେଇଦେଲେ ମୁଁ କାହିଁକି ବିରକ୍ତ କରିବି ।

ମୁରାରି–   ଯାଃ, ବାଜେ ଲୋକ । ଭଲରେ ଟିକେ, ଖବରକାଗଜ ପଢ଼େଇ ଦଉନି ।
   ନେ ତୋ କାଗଜ ।

ହକର–   ହେଇଟି ବାବୁ, ମୁହଁ ହୁଡ଼ନା । ...ଭାରି ଭଦରଲୋକ ଦେଖେଇ ହଉଚ ତ ।

ମୁରାରି–   ଆରେ ଚୁପ୍ !

ହକର–   ଚୁପ୍ କ'ଣ ? ପଇସା ନ ଦେଇ କାଗଜ ପଢ଼ିବ ବସି– । ଭାରି ପଢ଼ିଲାବାଲା ।
   ତମରିମାନଙ୍କ ପାଇଁ ଏଦେଶରେ କୌଣସି ଖବରକାଗଜ ବଞ୍ଚୁନି ।

ମୁରାରି–   ଯାବେ ଯା ! ...ଭାରି ଦେଶସେବକଟାଏ ବାହାରି ପଡ଼ିଲା ।

ହକର–   ହେଇଟି, ନିଜ ମାନସମ୍ମାନ ଜଗି କଥାବାର୍ତ୍ତା କର । ମୁହଁ ହୁଡ଼ିଲେ, ମୁହଁର
   ରଙ୍ଗ ବଦଲିଯିବ ।
   (ଏଇ ସମୟରେ ବାହାରେ ଗାଡ଼ି ବ୍ରେକ୍ ଦେବାର ଶବ୍ଦ ଶୁଣାଗଲା । ପରେ
   ପରେ ପ୍ଲାଟଫର୍ମରେ ଦେଖାଦେଲେ ଜଣେ ସୁଶ୍ରୀ ତରୁଣୀ । ପୂରାପୂରି
   ଆଧୁନିକା । ପାଦରେ ହାଇହିଲ୍ । ଆଖିରେ ସରୁ କଳାଫ୍ରେମର ଚଷମା ।
   ଦେହରେ ଖୁବ୍ ଟାଇଟ୍ ଚିପା ପୋଷାକ । ଓଠରେ ଲିପ୍‌ଷ୍ଟିକ୍ । ହାତରେ ହ୍ୟାଣ୍ଡ
   ବ୍ୟାଗ୍ । ତାଙ୍କୁ ଦେଖି ମୁରରି ନିଜ ପ୍ରତି ଖୁବ୍ ଯତ୍ନଶୀଲ ହୋଇଉଠିଲେ ।
   ମାତ୍ର ହକର ସେମିତି ପାଟି କରୁଥିଲା ।)

ମୁରାରି– ଆବେ ଚୁପ୍ କର । ...ଦେଖନ୍ତୁ, ଭଦ୍ରମହିଳା ଜଣେ ଇଆଡ଼େ ଆସୁଛନ୍ତି
ପରା ।

ହକର– ହେଇଟି ବାବୁ, 'ବେ – ବା' କହିବ ତ, ଗାଲକୁ ଚଟି ଚରିଯିବ । ହଁ...

ମୁରାରି– ଚୁପଚାପ୍ !...ଆରେ ବାବୁ, ଗଲୁ ତୁ ଏଠୁ । ଆଉ ପାଟି କରନା, ଯା । ତୋ
ଖବରକାଗଜଟା ତ ତତେ ଫେରେଇ ଦେଲି । ସବୁ କଥା ସରିଲା । ଆଉ
ପୁଣି ପାଟି...

ହକର– ପାଟି କରିବିନି କାହିଁକି ? ତମୁକୁ ଡରି କି ?

ମୁରାରି– (ତରୁଣୀ ଜଣକ ଆଡ଼କୁ ସତର୍ପଣରେ ଚାହିଁ)...ଆହା ! ଯା...

ହକର– (ଯାଉଯାଉ)... ଆରେ... ଏ‍ଏ ! ଭାରି ବଢ଼ିବଢ଼ି କଥା କଇଲାବାଲା ।
(ଚାଲିଗଲା ଡାକି ଡାକି)

ବାଦାମବାଲା– (ଦୂରରୁ) ରାଗ ବୁଁଟ !...ଗରମାଗରମ ବାଦାମ ଭଜା ।

ନବଘନ– ଚା‍ଏ ଗରମ୍ ।

ରଙ୍ଗାଧର– ମୋ ପାଟି ବନ୍ଦ ରେ ନବଘନ ! ମୋ ଗ୍ରାହକ ଏଠି ନାହାନ୍ତି –

ଲୀନା– (ଅତିଷ୍ଠ ମନେକରି)...ଊଃ ! Nasry ! (ଚାଲିଯାଉଥିଲା ବାହାରେ ଥିବା ନିଜ
ଗାଡ଼ି ପାଖକୁ) –

ମୁରାରି– ଶୁଣନ୍ତୁ..., ମାଡ଼ାମ୍ !

ଲୀନା– What ! ...କ'ଣ ହେଲା ?

ମୁରାରି– ଦେଖନ୍ତୁ ଟ୍ରେନ୍ ଆସିବାକୁ ଆହୁରି ଅନେକ ସମୟ ଡେରିଅଛି । ଆପଣ
ବରଂ ଏଇ ୱେଟିଂରୁମ୍‍ରେ...

ଲୀନା– ଓ...! Thanks.

ମୁରାରି– ଟିକେ ଶୁଣନ୍ତୁ...

ଲୀନା– କୁହନ୍ତୁ ।

ମୁରାରି– ଯଦି କିଛି ଆବଶ୍ୟକ ପଡ଼େ – (ହସି ହସି) ମୋ ସାହାଯ୍ୟ ନେଇପାରନ୍ତି ।
ମୁଁ ବି ଜଣେ ଅପେକ୍ଷାରତ ଯାତ୍ରୀ – ଠିକ୍ ଆପଣଙ୍କ ଭଳି ।

ଲୀନା– Not necessary (ଚାଲି ଯାଇଥିଲା ୱେଟିଂରୁମ୍ ଭିତରକୁ)–

ନବଘନ– ର...ରଙ୍ଗାଧର ।

ରଙ୍ଗାଧର– ଦେଶ ଆଗେଇଚି ରେ ନବଘନ !

ନବଘନ– ହଁ, ଖୁ...ଖୁଉବ୍...ଆଗେଇଚି ।

ରଙ୍ଗାଧର– ବେଶଭୂଷାରେ, ଚାଲିଚଲନରେ, କଥାବାର୍ତ୍ତାରେ; ଆଉ...

ଲୀନା–   (ଫେରି ଆସି) – କ'ଣ କହିଲୁ ? ...ୟୁ ନେଟିଭ୍... !

ନବଘନ–   ଚାଏ ଗରମ୍ !

ରଙ୍ଗାଧର–   ପାଆନ୍ ବିଡ଼ି ସିଗାରେଟ୍ !

ଲୀନା–   ଓ... ! Thanks.

ମୁରାରି–   ଟିକେ ଶୁଣନ୍ତୁ...

ଲୀନା–   କୁହନ୍ତୁ ।

ମୁରାରି–   ଯଦି କିଛି ଆବଶ୍ୟକ ପଡ଼େ – (ହସି ହସି) ମୋ ସାହାଯ୍ୟ ନେଇପାରନ୍ତି । ମୁଁ
            ବି ଜଣେ ଅପେକ୍ଷାରତ ଯାତ୍ରୀ – ଠିକ୍ ଆପଣଙ୍କ ଭଳି ।

ଲୀନା–   Not necessary (ଚାଲି ଯାଇଥିଲା ୱେଟିଂରୁମ୍ ଭିତରକୁ)–

ନବଘନ–   ର...ରଙ୍ଗାଧର ।

ରଙ୍ଗାଧର–   ଦେଶ ଆଗେଇଚିରେ ନବଘନ !

ନବଘନ–   ହୁଁ, ଖୁ...ଖୁଉବ୍...ଆଗେଇଚି ।

ରଙ୍ଗାଧର–   ବେଶଭୂଷାରେ, ଚାଲିଚଳନରେ, କଥାବାର୍ତ୍ତାରେ; ଆଉ...

ଲୀନା–   (ଫେରି ଆସି) – କ'ଣ କହିଲୁ ? ...ୟୁ ନେଟିଭ୍... !

ନବଘନ–   ଚାଏ ଗରମ୍ !

ରଙ୍ଗାଧର–   ପାଆନ୍ ବିଡ଼ି ସିଗାରେଟ୍ !

ଲୀନା–   Nonsense.

ମୁରାରି–   ଆଉ କିଛି ନୁହେଁ ଆଜ୍ଞା – Want of common sense. ଲୋକ ଖରାପ
            ନୁହନ୍ତି, କିନ୍ତୁ ତାଙ୍କ ଅଭ୍ୟାସ ଖରାପ ।

ଲୀନା–   ଦୟାକରି ଆପଣ ଚୁପ୍ ରୁହନ୍ତୁ ।

ମୁରାରି–   ଠିକ୍ ଅଛି । ତଥାପି ୱେଟିଂରୁମ୍‌ରେ ଯଦି ଦରକାରୀ ପଡ଼େ...; ମୁଁ ଆପଣଙ୍କୁ
            ସାହାଯ୍ୟ...

ଲୀନା–   ମୁଁ କାହାରି ସାହାଯ୍ୟ ଚାହେଁନା । (ଚାଲିଗଲା)

ନବଘନ–   (ଜୋର୍‌ରେ ହସି ଉଠିଲା) – ର...ରଙ୍ଗାଧର !

ମୁରାରି–   ଆଃ !...ବାଜେ ଲୋକ ।

ରଙ୍ଗାଧର–   (ହସ ଚାପି ଖଣ୍ଡିକାଶ ମାଇଲା)–

ମୁରାରି–   ଅସେଭ୍ୟ କୁଆଡ଼ିକାର ! (ଦୂରକୁ ଚାଲିଯାଉଥିଲା) –

ରଙ୍ଗାଧର–   ବାବୁ, ମୋ ପଇସା ?

ନବଘନ–   ମୋର ପ...ପନ୍ଦର ପଇସା ।

ରଙ୍ଗାଧର- ମୋର ଛ ପଇସା ।

ମୁରାରି- ମୋଟ କେତେ ହେଲା ?

ନବଘନ- ଆ...ଆମର ଦୋ...ଦୋକାନ...ଅଲଗା ଅଲଗା ।

ମୁରାରି- (ପକେଟ୍ ଦରାଣ୍ଡି)... ମୋ ପାଖରେ ଏବେ ଖୁଚୁରା ନାହିଁ ।

ରଙ୍ଗାଧର- ଦଉନା, ଖୁଚୁରା କରିଦଉଚି ।

ମୁରାରି- ନାଇଁ ଅସୁବିଧା ହବ । ...ଆଚ୍ଛା ଶୁଣ; ମୁଁ ଏଇ ଚାଲି ଗଲି ଆଉ ଆସିଲି । ମୁଁ
ଆସି ଦେଇଯିବି ।

ରଙ୍ଗାଧର- ଆମ ପଇସା ଦେଇସାରି ଯୁଆଡ଼େ ଯାଉଚ ଯା ।

ନବଘନ- ଆ...ଆଚ୍ଛା ଭ...ଭଦର ଲୋକ ! ତ...ତମେ ଦେଲ !

ମୁରାରି- ଦେଖ... ମୁଁ କ'ଣ କହୁଚି କି...

ରଙ୍ଗାଧର- ଆଉ ଦେଖାଦେଖି ନାହିଁ । ତମ ଚିଟାକଟା ଧଦା ଜଣାପଡ଼ିଲା ।

ନବଘନ- ଦିଅ, ଦିଅ...ଦେ...ଦେଲ ।

ମୁରାରି- ଶୁଣ...

ନବଘନ- ଦିଅ, ଦିଅ...

ରଙ୍ଗାଧର- ନିକାଲ...ନିକାଲ ପଇସା ।

ମୁରାରି- ଶୁଣ

(ଏଇ ସମୟରେ ପ୍ଲାଟ୍‌ଫର୍ମ ଭିତରକୁ ପଶି ଆସିଲେ ସଦାଶିବ । ସେ ତରୁଣ
କବି । ପରିଚ୍ଛଦ ସାଧାସିଧା । ହାତରେ କେତେଖଣ୍ଡ ବହି ଓ ପୁରୁଣା ପତ୍ରପତ୍ରିକା ।
ସେ ଦେଖି ପାରିଲେ, ମୁରାରିଙ୍କୁ ଏ ଦୁଇଜଣ ଦି'ପଟୁ ଧରିଛନ୍ତି । ଟଣାଭିଡ଼ା
କରୁଛନ୍ତି ।)

ସଦାଶିବ- ହାଁ-ହାଁ ! ଇଏ କ'ଣ ? ଆରେ ଇଏ କ'ଣ ହଉଚି ?

ରଙ୍ଗାଧର- ପଇସା...; ଆଜ୍ଞା, ଆମ ପଇସା...!

ନବଘନ- ଇଏ...ପ...ପକା ଗୁରୁ ଆଜ୍ଞା...

ମୁରାରି- ଦେଖନ୍ତୁ ଆଜ୍ଞା ! ଆରେ ନମସ୍କାର...ନମସ୍କାର ! ଯା ହଉ-ଆପଣ ଆସିଗଲେ,
ଭଲ ହେଲା ।

ସଦାଶିବ- ଆପଣ...!!

ମୁରାରି- ମୁଁ...? ମତେ ଆଜ୍ଞା...

ସଦାଶିବ- ଏମାନଙ୍କର କ'ଣ ହେଲା ?

ମୁରାରି- ଏମାନେ...; ଛାଡ଼ନ୍ତୁ –

ସଦାଶିବ– ଆପଣ କ'ଣ ମୋତେ ଚିହ୍ନିଛନ୍ତି ?

ମୁରାରି– କି କଥା କହୁଛନ୍ତି ଆଜ୍ଞା। ମୁଁ ଖାଲି ଆପଣଙ୍କର ନାଁଟା ଭୁଲିଯାଇଚି।
ହେଁ...ହେଁ...; କିନ୍ତୁ ମୁଁ ଆପଣଙ୍କୁ ଭଲଭାବେ ଜାଣେ। ଆପଣ ନାଁଟା...

ସଦାଶିବ– ମୋ ନାଁ ? କିନ୍ତୁ ମୁଁ ତ ଆପଣଙ୍କୁ କେଉଁଠି ଦେଖିଲା ଭଳି ମନେ ହେଉନି।

ରଙ୍ଗାଧର– ଠିକ...ଇଏ ପୂରା ଠିକ –

ନବଘନ– ଏ...ଏକ୍ ବାରେ ଗୁରୁ...

ମୁରାରି– ଆପଣ ମୋତେ ଭୁଲିଯାଇଥିବେ। ମୁଁ କିନ୍ତୁ ଆପଣଙ୍କୁ ଭୁଲି ପାରିବିନି। ଆପଣ
ଜଣେ ବିଖ୍ୟାତ ଲେଖକ...ମାନେ କବି – ଏ କଥା କିଏ ନ ଜାଣେ। କ'ଣ
ନାଁଟା ତ ? ଜିଭ ଅଗରେ ହଳ ହଳ ହଉଚି – (ବହି ଉପରେ ଆଖି ବୁଲାଇ
ନେଇ)...ହଁ, ମନେ ପଡ଼ିଗଲା – ସଦାଶିବ ବାବୁ!

ସଦାଶିବ– ମୋ ନାଁ ତ ମୋର ପ୍ରତ୍ୟେକ ବହିରେ ଛାପା ହେଇଚି।

ମୁରାରି– ହଁ, ଆଜ୍ଞା, ସେଇ ବହିପତ୍ରୁ ଆପଣଙ୍କୁ ଜାଣିବା କଥା।

ସଦାଶିବ– (ଧରିଥିବା ବହିକୁ ଚାହିଁ) ତେବେ ଆପଣ ମୋ ନାଁ ଏଇ ବହିରୁ ଜାଣିଲେ ?

ମୁରାରି– ହଁ...। ଏଁ ? ନା ଆଜ୍ଞା, – ଆଗରୁ ଜାଣେ। ବହୁତ ଆଗରୁ।

ସଦାଶିବ– ଆପଣଙ୍କ ନାଁ ?

ମୁରାରି– ମୁରାରି ମୋହନ ମିଶ୍ର। ଦଲିତ ଜନତାଙ୍କ ସେବକ। ଆଜୀବନ ଦେଶପ୍ରେମୀ
କର୍ମୀ। ଆପଣ ଖବରକାଗଜମାନଙ୍କରେ ବାରମ୍ୱାର ମୋ ଷ୍ଟେଟ୍‌ମେଣ୍ଟ ସବୁ
ପଢ଼ୁଥିବେ।

ସଦାଶିବ– କ୍ଷମା କରିବେ, ମୁଁ ରାଜନୀତିକ ବିବୃତିର ଧାରା ଧାରେନା।

ମୁରାରି– ଖୁବ୍ ଭଲ କରିଛନ୍ତି। ଆଜିକାଲିକା ରାଜନୀତିରେ ଖାଲି ଗୋଲିଆ ପାଣି
ଲହଡ଼ା ମାରୁଚି। କିନ୍ତୁ...

ସଦାଶିବ– କିନ୍ତୁ କ'ଣ ?

ମୁରାରି– ନାଇଁ, ଏଇ ଦୁଇ ପାଖରେ ଲୋକ ଦି'ଟା...

ସଦାଶିବ– ଘଟଣାଟି କ'ଣ ହେଇଚି ?

ମୁରାରି– ଦେଖନ୍ତୁ, ଯଦି କିଛି ନ ଭାବନ୍ତି...

ମୁରାରି– ମାତ୍ର ଏକୋଇଶିଟି ପଇସାର ସମସ୍ୟା।...କେବଳ ଖୁଚୁରାର ଅଭାବ।
ଏମାନେ ମୋତେ ଚିହ୍ନନ୍ତିନି ଆଜ୍ଞା। ନଚେତ୍ ଏ ପରିସ୍ଥିତି ଉପୁଜି ନ ଥାନ୍ତା।

ସଦାଶିବ– ମୋ ପାଖରେ ବି ଖୁଚୁରା ନାହିଁ। ଏଇ ଗୋଟାଏ ଟଙ୍କା...

ମୁରାରି– କିଛି ନାହିଁ, ଚଳିଯିବ। (Pause) ଯାକୁ ଖୁଚୁରା କରି ହେବ।

ସଦାଶିବ– (ହସିଉଠି) – ଆଚ୍ଛା ନିଅନ୍ତୁ ।

ମୁରାରି– ବହୁତ ଧନ୍ୟବାଦ ! (ରଙ୍ଗାଧରକୁ)...ଏ, ନେ... । ଅବଶିଷ୍ଟ ପଇସା ଜଲ୍‌ଦି
ଫେରା... ।

ରଙ୍ଗାଧର– ନବଘନ ! ଦେ'ରେ ପଞ୍ଝାଅଶୀ ପଇସା ।

ନବଘନ– (ନିଜ ପଇସା ରଖି ସାରି)...ନେ । ରଖ୍ ତୋ ଛ...ଛଅ ପଇସା ।
(ଗଙ୍ଗାଧର ନିଜ ପଇସା ରଖି ସାରି ଅବଶିଷ୍ଟ ଫେରାଇ ଦେଲା ସଦାଶିବକୁ ।
ମୁରାରି କଟ୍‌ମଟ୍ କରି ଚାହିଁଲା ତା' ଆଡ଼କୁ । ସଦାଶିବ ମୁରାରିର ଭଙ୍ଗୀ
ଲକ୍ଷ୍ୟ କରିପାରିଲେ । ତେଣୁ ସେ ହସିଉଠିଲେ । ମୁରାରି ପାଖରୁ ଦୂରେଇ
ଯିବାପାଇଁ ସେ କହିଉଠିଲେ–)

ସଦାଶିବ– ଆଚ୍ଛା, ମୁଁ ଏଥର ଯାଏ–

ମୁରାରି– ଏତେ ଶୀଘ୍ର ଚାଲିଯିବେ ?

ସଦାଶିବ– କାହିଁକି, ଆଉ କିଛି...କାମ ଥିଲା କି ?

ମୁରାରି– ଦେଖନ୍ତୁ, ଏତେଶୀଘ୍ର ଫେରିଯିବାଟା ଆପଣଙ୍କ ପାଇଁ ଭଲ ହେବନି । ବରଂ
ଆସନ୍ତୁ ପ୍ଲାଟଫର୍ମ ସେପଟକୁ ଯିବା । ମୁଁ ଆପଣଙ୍କ ସହ କମ୍ପାନି ଦେଇପାରେ ।
ସେପଟେ ଖୋଲା ଆକାଶ...ଶାଳଗଛର ଜଙ୍ଗଲ । ଆପଣଙ୍କୁ କବିତା ସୃଷ୍ଟି
କରିବା ପାଇଁ ଯଥେଷ୍ଟ ଖୋରାକ୍ ମିଲିଯିବ ।

ସଦାଶିବ– କିନ୍ତୁ...ମୋର...

ମୁରାରି– ଆଉ କିନ୍ତୁ କ'ଣ ? ଟ୍ରେନ୍ ଆସିବାକୁ ଆହୁରି ଅଧଘଣ୍ଟା ଡେରି । ମୁଁ ସବୁ
ଖବର ବୁଝି ନେଇଚି ।

ସଦାଶିବ– ବୁଲିବାକୁ ମୁଁ ତ ପ୍ରସ୍ତୁତ । କିନ୍ତୁ ଟ୍ରେନ୍ ଟାଇମ୍‌କୁ ପହଞ୍ଚିବାକୁ ହେବ ।

ମୁରାରି– ନିଶ୍ଚୟ ପହଞ୍ଚିବା । ଚାଲନ୍ତୁ...ବୁଲିବାକୁ ବୁଲିବା ହେବ; ଆଉ ଆପଣଙ୍କ
ଲେଖାପାଇଁ ମିଲିଯିବ କିଛି ଖୋରାକ । ଆଉ ମୋ ପାଇଁ ଟିକିଏ ମିଲିବ
ଆଲାପ ।

ସଦାଶିବ– ବାସ, ସ୍ୱାର୍ଥ ବି ଅଛି ? ନେତାମାନେ ବିନା ସ୍ୱାର୍ଥରେ ବୋଧହୁଏ ଆଜିକାଲି
କିଛି କରନ୍ତିନି – (ଦୁହେଁ ହସିଉଠିଲେ)–

ମୁରାରି– ଆପଣ ଜାଣନ୍ତି ନି, ମୁଁ କବି ଶିଳ୍ପୀ କଳାକାରଙ୍କ ସହିତ ଆଲାପ କରିବାକୁ
ଖୁବ୍ ଭଲପାଏ । କାରଣ ସେମାନେ ଭାରି ଦରଦୀ –

ସଦାଶିବ– ଆଉ ନେତାମାନେ ?

ମୁରାରି– ସେ କଥା ଆପଣ... ହିଁ ଭଜନ କର । ମୋର ମନୋହାରିଣୀ ସେ ।

ସଦାଶିବ– ପ୍ରତ୍ୟେକ ନେତାଙ୍କର ବେଶୀ ଗପିବା ଗୋଟାଏ Hobby... ନୁହେଁ... ?
(ହସି ଉଠିଲେ)

ମୁରାରି– ଆପଣ ଭାରି ମଜାଲିଆ ଲୋକ ।
(କ୍ରମେ କଥାବାର୍ତ୍ତା ହୋଇ ଦୁହେଁ ଆଗେଇ ଯାଇଥିଲେ । କିଛି ସମୟ ପରେ ଦୁହିଁଙ୍କ ଆଲାପ ଆଉ ଶୁଣାଗଲା ନାହିଁ । ଏଶେ ପ୍ଲାଟଫର୍ମରୁ ଶୁଣାଗଲା ଦୋକାନୀ ଦୁହିଁଙ୍କର ଆଲୋଚନା ।)

ରଙ୍ଗାଧର– ନବଘନ ! ନେତା ଦେଖିଲୁଟି ? ନେ–ଏତା ।

ନବଘନ– ଖା...ଖାଲି ଚା...ଚାନ୍ଦାରେ ଭାଇ ।

ରଙ୍ଗାଧର– ଏମିତି ହୁଏ ନେତାଗିରିର ଆରମ୍ଭ ।

ଲୀନା– (ବାହାରପଟୁ ଆସି ନବଘନ ପ୍ରତି)... ଏ ଗୋଟାଏ ସ୍ପେଶାଲ ଚା ।

ନବଘନ– ଫା...ଫାଷ୍ଟ କିଲାସ୍ ?

ଲୀନା– ହଁ...; Idiot
(କିଛି ବୁଝି ନ ପାରି ନବଘନ ଆବାକାବା ହୋଇ ଚାହିଁଲା ଲୀନା ଆଡ଼କୁ । ପୁଣି କ'ଣ ଭାବି ସେ ତା କାମରେ ମନ ଦେଲା ।)

ରଙ୍ଗାଧର– ପାନ ?

ଲୀନା– No...(pause)... ଆଛା, ରୟାଲ୍ ଉଇଲସ୍ ଅଛି ?

ରଙ୍ଗାଧର– ସିଗାରେଟ୍... ! !

ଲୀନା– ହଁ ।

ରଙ୍ଗାଧର– (ଆଶ୍ଚର୍ଯ୍ୟ ହୋଇ) ଦେବି ?

ଲୀନା– ଗୋଟାଏ ଦେ ।

ରଙ୍ଗାଧର– (ବିସ୍ମାରିତ ନେତ୍ରରେ ଚାହିଁ)...ଏଇ ନିଅନ୍ତୁ ।

ଲୀନା– ଚା ହେଲା ?

ନବଘନ– ଦି' ନି...ନି...ନିମିଟ୍ ।

ଲୀନା– Hopeless !

ହକର– (ଦୂରରୁ ଡାକି ଡାକି ଫେରିଲା)...ସମାଜ... ପ୍ରଜାନ୍ତ... ମାତୃଭୂମି...! ତାଜା ଖବର –

ଲୀନା– ଏ ଖବରକାଗଜ ! ...ଇଆଡ଼େ ଶୁଣ ।

ହକର– କ'ଣ ଦେବି ଆଜ୍ଞା ?

ଲୀନା– Star and Style ଅଛି ?

ହକର– ନା ।

ଲୀନା– Filmfare ?

ହକର– ନା ।

ଲୀନା– Picture post ?

ହକର– ନା ।

ଲୀନା– ଆଉ କ'ଣ ଅଛି ।

ହକର– ଝଙ୍କାର, ଜୀବନ ରଙ୍ଗ, ଆସନ୍ତା କାଲି...

ଲୀନା– ଯାଃ; ଯେତେ ସବୁ ରବିସ୍... !

ନବଘନ– ଚା !

ଲୀନା– (ହକରକୁ) ଯା... !
(ହକର ଲୀନା ପ୍ରତି ବିରାଗ ମିଶ୍ରିତ ଚାହାଣି ପକାଇ ପୂର୍ବଭଳି ଡାକି ଡାକି
ସେଠୁ ଚାଲିଗଲା ।)

ଲୀନା– Match box !

ରଙ୍ଗାଧର– କ'ଣ ?

ଲୀନା– ଓଃ ! ସବୁ କଥାକୁ ବୁଝେଇବାକୁ ପଡ଼ିବ । ନନ୍‌ସେନ୍‌ସ୍ ।

ରଙ୍ଗାଧର– ବୁଝି ପାରିଲିନି ।

ଲୀନା– ଆରେ ବାବୁ... ଦିଆସିଲି ।
(ଲୀନା ଚା ପିଇବାକୁ ଆରମ୍ଭ କରିବା ସଙ୍ଗେସଙ୍ଗେ ସିଗାରେଟ୍ ଲଗାଇଲା ।
ତାହାର ସିଗାରେଟ୍ ପିଆ ଢଙ୍ଗକୁ ଏକ ଲୟରେ ଚାହିଁ ରହିଥିଲେ ନବଘନ ଓ
ରଙ୍ଗାଧର । ଏଇ ସମୟରେ ଷ୍ଟେସନରେ ଗୋଟିଏ ମାଲ୍‌ଗାଡ଼ି ଆସି ଅଟକିବାର
ଶବ୍ଦ ହେଲା । କ୍ରମେ ଇଞ୍ଜିନ୍‌ର ଗର୍ଜନ କମିଗଲା ।)

ରଙ୍ଗାଧର– ମାଲ୍ ଗାଡ଼ିଟାରେ ନବଘନ !

ନବଘନ– ହଁ... । ଗାଡ଼ି ଡେ...ଡେରି ଅଛି ।
(ଦୂରରୁ ପ୍ଲାଟଫର୍ମ ଆରପଟୁ କାହାର କଥାବାର୍ତ୍ତା ଶୁଣାଗଲା ।)

ରଙ୍ଗାଧର– ଲୋକ ଗଡ଼ିଲେଣି ରେ !

ଲୀନା– ଆରେ, ଇଏ ତ ଆମ ସାର୍... !
(ଷ୍ଟେସନ ଭିତରକୁ ପଶି ଆସିଲେ ଆଧ୍ୟାପକ ଗୁରୁଚରଣ । ପରିଣତ ବୟସ୍କ
ବୃଦ୍ଧ । ଧୋତି ପଞ୍ଜାବି ପରିହିତ । ଲୀନା ସିଗାରେଟ୍ ଲୁଚାଇ ଦେଲା ତାଙ୍କୁ
ଦେଖି । ତା' ପରେ ଠିଆ ହୋଇପଡ଼ିଲା ।)

ଲୀନା–   Good evening Sir !

ଗୁରୁଚରଣ– Good evening, ଆରେ ଲୀନା ! ତମେ...!! ଏଠି କେମିତି ?

ଲୀନା–   ଜଣଙ୍କୁ Receive କରିବାକୁ ଆସିଛି ।

ଗୁରୁ–   କ’ଣ Relative ?

ଲୀନା–   ଠିକ୍ ସେଇୟା ନୁହେଁ । ତେବେ Relative କହିଲେ ଚଳିବ ।

ଗୁରୁ–   ମୁଁ ମଧ ଜଣକୁ ଭେଟିବାକୁ ଆସିଛି । ସେ ଏଇ ହାଓଡ଼ା–ପୁରୀ ଏକ୍ସପ୍ରେସରେ
           ଆସୁଚି ।

ଲୀନା–   ମୁଁ ଠିକ୍ ସେଇୟା ସାର୍ । ଏକା ଟ୍ରେନ୍ ।

ଗୁରୁ–   ହଉ, ଭଲ ହେଲା, ବସ ।

ଲୀନା–   (ନବଘନକୁ) ଏଇ ଆଉ ଗୋଟେ ସ୍କେଶାଲ୍...

ଗୁରୁ–   କ’ଣ ଚା ? ନାଇଁ...ଥାଉ ।

ନବଘନ–   ଦେ...ଦେ...ଦେବି ?

ଲୀନା–   ଜଲ୍‌ଦି ।

ରଙ୍ଗାଧର–   ସିଗାରେଟ୍ ?

ଲୀନା–   ସାର୍... ?

ଗୁରୁ–   ନା... ମୁଁ ସେସବୁ କିଛି ଖାଏନା ।

ଲୀନା–   ଆପଣଙ୍କର ସାର୍, ରିଟାୟାଡ଼ ସମୟ ତ ହେଇଯିବଣି ?

ଗୁରୁ–   ହଁ, ଆଉ ଦେଢ଼ ବର୍ଷ । ତା’ ପୂର୍ବରୁ ମୋ ମୁଣ୍ଡରୁ ଦାୟିତ୍ୱଗୁଡ଼ାକ ଓହ୍ଲେଇ
           ଦେବାକୁ ମୁଁ ଚାହେଁ ।

ଲୀନା–   ମାନେ ?

ଗୁରୁ–   ଏଇ ମନେକର, ଲିପୁ ଆଉ ଦୀପୁର ବାହାଘର ।

ଲୀନା–   ଲିପୁର ବାହାଘର କେଉଁଠି ଠିକ୍ କଲେଣି ?

ଗୁରୁ–   ନା, ତେବେ ଏକପ୍ରକାର ମନସ୍ଥ କରିଛି । ...ଦେଖାଯାଉ ।

ଲୀନା–   ଲିପୁ ଏ ବର୍ଷ ଏମ୍.ଏ. ଦଉଚି ନା ?

ଗୁରୁ–   ହଁ ।

ଲୀନା–   ମୋଠୁଁ ଲିପୁ ଗୋଟାଏ ବର୍ଷ ପଛେଇଗଲା ।

ଗୁରୁ–   ହଁ... । ଯେତେବେଳେ ଏମ୍.ଏ. ପଢ଼ା ଥିଅ । ତା’ ସ୍ୱାଣ୍ଡାର୍ଡକୁ ଚାହିଁ ବରପାତ୍ର
           ଦରକାର ।

ଲୀନା–   ତା’ ଠିକ୍ ।

ଗୁରୁ– ସେଭଳି ବରପାତ୍ରଟିଏ ପାଇବା ମଧ ଆଜିକାଲି ସହଜ କଥା ନୁହେଁ। ଏମ୍.ଏ. ପଢ଼ା ଝିଅକୁ ଆଇ.ଏ.ଏସ୍. ଡାକ୍ତର କିମ୍ବା ଇଞ୍ଜିନିୟର ହେବା ଦରକାର।

ଲୀନା– ହଁ, ମୋ ମତରେ First preference ହେଉଛି I.A.S. ଆଉ Second preference ହେଉଛି ଇଞ୍ଜିନିୟର କିମ୍ବା ଡାକ୍ତର।

ଗୁରୁ– ନିଜ ପ୍ରଫେସନ୍ ପ୍ରତି ସମସ୍ତଙ୍କ ଘୃଣା। ତେଣୁ ମୁଁ...

ଲୀନା– ନାଇଁ ସାର୍; ଆପଣ ଠିକ୍ ଡିସିସନ୍ ନେଇଛନ୍ତି।

ଗୁରୁ– ଦେଖାଯାଉ। 'ଏକ ପ୍ରକାର'...ଠିକ୍ କରିଚି–

ଲୀନା– ମାନେ ? ...Settled ?

ଗୁରୁ– ହଁ; ପ୍ରାୟ–

ଲୀନା– ବର ?

ଗୁରୁ– I.A.S..., ମୋର ଛାତ୍ର।

ଲୀନା– I.A.S.! Very Good.

ଗୁରୁ– ହଁ,...ଦେଖାଯାଉ। ଆଚ୍ଛା, ତମ କଥା ସବୁ କ'ଣ ? ବାପା କେମିତି ଅଛନ୍ତି ?

ଲୀନା– ମୋ Daddyଙ୍କ କଥା କହୁଛନ୍ତି ?

ଗୁରୁ– ହଁ–ହଁ, ତମ Daddy

ନବଘନ– ଏଇ, ଚା ନିଅନ୍ତୁ।

ଲୀନା– ନିଅନ୍ତୁ ସାର୍।

ଗୁରୁ– Thanks.

ଲୀନା– Dady ବର୍ତ୍ତମାନ ମସୋରୀରେ।

ଗୁରୁ– ଆଉ ଏଠି ତମେ... ?

ଲୀନା– ମମି ଆଉ ମୁଁ।

ଗୁରୁ– ତମ ବାହାଘର ?

ଲୀନା– Dady ସେ କାମ ମୋ ଦାୟିତ୍ବରେ ଛାଡ଼ି ଦେଇଛନ୍ତି।

ଗୁରୁ– ତମ ଦାୟିତ୍ବରେ ?

ଲୀନା– ହଁ...। ମୁଁ ତ ଆଉ ଛୋଟ ପିଲା ନୁହଁ। ମୁଁ କରିବି।

ଗୁରୁ– ଏଇଟା କିନ୍ତୁ ତୁମ ବାପାଙ୍କର...ମାନେ ତୁମ Daddy ଙ୍କର ଭାରି ଅନ୍ୟାୟ।

ଲୀନା– କାହିଁକି ସାର୍ ?

ଗୁରୁ– ତାଙ୍କ ଦାୟିତ୍ବଟା ତମ ଉପରେ ଦେଇ...

ଲୀନା– ଦେଶ ଆଗେଇଚି ସାର୍ ! ଆପଣ ବହୁତ ପଛରେ ପଡ଼ି ରହିଯାଉଛନ୍ତି।

ନବଘନ– ରେ-ରେ...ରଙ୍ଗାଧର... !

ରଙ୍ଗାଧର– ହଁ, ଦେଶ ଆଗେଇଚି ରେ !

ଲୀନା– ଅଭଦ୍ର ! ଦେଖନ୍ତୁ ସାର୍...

ଗୁରୁ– ନାଗରିକ ଜ୍ଞାନର ଅଭାବ ।

ଲୀନା– ସାର୍... !

(ଏଇ ସମୟରେ ବାହାରୁ କଥାବାର୍ତ୍ତା ହୋଇ ପଶିଆସିଲେ ମୁରାରି ଓ ସଦାଶିବ । ମୁରାରି ଲୀନାର ସମ୍ବୋଧନ ଶୁଣିପାରିଛି । ଚତୁରତା ସହିତ ସେଇ କଥାରୁ ଖିଅ ଧରିଲେ ମୁରାରି –)

ମୁରାରି– ନମସ୍କାର ସାର୍ !

ଗୁରୁ– ତମେ... ! !

ଲୀନା– Hopeless.

ମୁରାରି– Hope ଅଛି ଆଜ୍ଞା !...ଆସନ୍ତୁ ସଦାଶିବ ବାବୁ-ଚିହ୍ନା କରାଇଦିଏ । ଇଏ ହେଉଛନ୍ତି ଜଣେ ଲବ୍ଧପ୍ରତିଷ୍ଠ ତରୁଣ କବି । ଭାରି ସୁନ୍ଦର କବିତା ଲେଖନ୍ତି ସାର୍ ।

ସଦାଶିବ– ନମସ୍କାର !

ଗୁରୁ– ନମସ୍କାର ! ପଢ଼ିଚି... ପଢ଼ିଚି ଆପଣଙ୍କର କବିତା । ଖୁବ୍ ସୁନ୍ଦର । ଭାରି ଭଲ ଲାଗେ ମୋତେ । (ମୁରାରିକୁ)...କିନ୍ତୁ, ତୁମକୁ କେଉଁଠି ଦେଖିଲା ଭଲି ମନେ ହେଉଚି ।

ମୁରାରି– ଦେଖିଥିବେ, ଦେଖିଥିବେ ଆଜ୍ଞା । ଜନତାଙ୍କ ପ୍ରତିନିଧ୍ୱ କିନା, – ଅନେକଠି ଦେଖିଥିବେ ।

ଗୁରୁ– କ୍ଷମା କରିବେ – ଏଇ ଦୁଇ ଚାରିଦିନ ତଳେ...ରାଜମହଲ ହୋଟେଲ ଆଗରେ...

ମୁରାରି– ଆଉ ସାର୍...ଥାଉ... !

ଗୁରୁ– ସେମାନେ ତମ ଉପରେ...

ମୁରାରି– ଘୋଡ଼େଇ ପକାନ୍ତୁ ସାର୍ । ଏମିତି ଅନେକ ଜାଗାରେ ଅନେକ କଥା ସହିବାକୁ ହୁଏ । ଛାଡ଼ନ୍ତୁ, ମୁଁ ଭୁଲିଯାଉଚି । ସଦାଶିବ ବାବୁ! ଇଏ ହେଉଛନ୍ତି ସାର୍...ମାନେ ଜଣେ ବିଶିଷ୍ଟ ଅଧ୍ୟାପକ... । ମାନେ...

ସଦାଶିବ– ମନେ ପଡୁନି କି ନାଁଆଁଟା ?

ଗୁରୁ– ମୁଁ କହି ଦେଉଚି । ମୋ ନାଁ ଗୁରୁଚରଣ ମହାନ୍ତି, ଓଡ଼ିଆ ଅଧ୍ୟାପକ ।

ମୁରାରି– ଠିକ୍ ସେଇୟା ସାର୍ ! ମୋର ମନେପଡୁ ନ ଥିଲା ।

ଲୀନା– ମୁଁ ଟିକିଏ ୱେଟିଂ ରୁମରୁ ଆସୁଚି ସାର୍ !

ଗୁରୁ-	ହଁ, ଆସ ।

ମୁରାରି-	କିଛି ଭାବିନେ ନି ଆଜ୍ଞା । ମୋର ଟିକିଏ ଭୁଲାମନ । ବୁଝିଲେ ସଦାଶିବ ବାବୁ, ସାର୍ ଆମର ଖୁବ୍ ପ୍ରବୀଣ ନାମଜାଦା ଅଧ୍ୟାପକ ।

ଗୁରୁ-	ଥାଉ ! ହେଲା-ହେଲା !

ମୁରାରି-	ଦେଖନ୍ତୁ ଆଜ୍ଞା..., ଆପଣମାନେ ହେଲେ ଏ ଦେଶର ଭବିଷ୍ୟତ । ମୋର ଗୋଟାଏ ସାମାନ୍ୟ ନିବେଦନ ଆପଣମାନଙ୍କୁ ।

ସଦାଶିବ-	କୁହନ୍ତୁ ।

ମୁରାରି-	ଆମ ଦେଶର ଅବସ୍ଥା ତ ଆପଣମାନେ ଜାଣନ୍ତି । ଏବେ ସବୁ କ୍ଷେତ୍ରରେ ବିଶୃଙ୍ଖଳା । କର୍ମକ୍ଷେତ୍ରରେ ହେଉ କି ସାଧାରଣ ଜୀବନରେ ହେଉ,- ସବୁଟି ଜଣେ ମାରି ନେଉଛି, ଅଥଚ ଅନ୍ୟ ଜଣେ ଚାହିଁଁଚ ।

ବାଦାମବାଲା-	(ଡାକି ଡାକି ଆସିଲା ଏବଂ ଡାକ ଶେଷରେ ଚାଲିଗଲା) ଏ ରାଗ ବୁଣ୍ଡ । ଗରମାଗରମ୍ ବାଦାମ ଭଜା !...ରାଗ ବୁଣ୍ଡ...

ମୁରାରି-	ଇଏ କେବଳ ବାଦାମବାଲା ନୁହେଁ, ଗୋଟାଏ ଭୋକିଲା ସମ୍ପ୍ରଦାୟର ପ୍ରତୀକ । ଏ ହେଉଚି ଆପଣଙ୍କର ଆଜିର ଭାରତବର୍ଷ ।...ଆପଣମାନେ ମୋତେ କମ୍ୟୁନିଷ୍ଟ କହିପାରନ୍ତି । କିନ୍ତୁ ମୁଁ କୌଣସି ଦଳର ମୋହର ମାରି ହେଇନି...। ମୁଁ ଜଣେ ସାଧାରଣ ଜନସେବକ କର୍ମୀ ।

ସଦାଶିବ-	ଆପଣଙ୍କ ମତ କ'ଣ ?

ମୁରାରି-	ପ୍ରତ୍ୟେକ କ୍ଷେତ୍ରରେ କର୍ମବାଦୀ ବିପ୍ଳବ ଦରକାର ।

ଗୁରୁ-	ବିପ୍ଳବ ! ! ...ଖାଲି ବିପ୍ଳବ ଦରକାର ?

ମୁରାରି-	ହଁ, ସବୁଟି ବିପ୍ଳବ ।...ଯୁଗାନ୍ତକାରୀ କର୍ମ ବିପ୍ଳବ ।

ସଦାଶିବ-	ବେଶ୍ ମଧୁର କଥାଟାଏ କହିଲେ ଆପଣ । ଶୁଣିବାକୁ ଖୁବ୍ ମିଠା ଲାଗିଲା ।

ଗୁରୁ-	ଅସମ୍ଭବ ! ଶିକ୍ଷାକ୍ଷେତ୍ରରେ ପୁଣି କି ବିପ୍ଳବ ?

ମୁରାରି-	ନିଶ୍ଚୟ ହେବ । ଆପଣମାନେ ଶିକ୍ଷା ନୀତିରେ କାଳ-ବୈଶାଖୀର ଝଡ଼ ଉଠାନ୍ତୁ । ପାରମ୍ପରିକ ଶିକ୍ଷାର ଧାରା ବଦଳି ଯାଉ...

ସଦାଶିବ-	ବାଃ, ଚମତ୍କାର ।

ମୁରାରି-	ଆଉ ଆପଣ...(ସଦାଶିବକୁ)...ଆପଣ ହେଲେ ଜଣେ ମହାନ୍ କବି । ଜାତିର ମେରୁଦଣ୍ଡକୁ ଶକ୍ତ କରିବାର ଦାୟିତ୍ୱ ଆପଣଙ୍କର । ଆପଣମାନେ ଲେଖନୀକୁ ଗିଣ୍ଟି କରନ୍ତୁ । କଲମ ହେଉ ପ୍ରଗତିର ହତିଆର । ଦଲିତ ନିର୍ଯ୍ୟାତିତ ଜନତାକୁ ଆପଣମାନେ ଆଗେଇ ନିଅନ୍ତୁ । କର୍ମୀ ଉଠୁ...

ଗୁରୁ–   ଥାଉ... ଥାଉ । ବନ୍ଦ କରନ୍ତୁ । ଆଉ କମ୍ପାନ୍ତୁନି ଏ ପ୍ଲାଟଫର୍ମକୁ ।

ମୁରାରି–   କ'ଣ ହେଲା ସାର୍ ?

ଗୁରୁ–   କିଛି ନାହିଁ । ତମେ ଯଦି ଏମିତିକା ଭାଷଣ ବନ୍ଦ ନ କରିବ, ବାଧ୍ୟ ହୋଇ
          ମତେ ଏଠୁ ଉଠିଯିବାକୁ ହେବ ।

ମୁରାରି–   କାହିଁକି ?

ଗୁରୁ–   ଆଉ କାହିଁକି କ'ଣ ? ମୋତେ ଦେଢ଼ବର୍ଷ ସରକାରୀ ଚାକିରି ରହିଲା ।
          ଶେଷବେଳେ କାହିଁକି ବଦନାମ୍ ହେବାକୁ ଠେଲୁଚ ?

ରଙ୍ଗାଧର–   ନବଘନ !

ନବଘନ–   କହ ।

ରଙ୍ଗାଧର–   ଏଡ଼େ ବଡ଼ ଦିନଟା ଫାଙ୍କା ଗଲା ରେ !

ନବଘନ–   ଗା...ଗାଡ଼ି କେତେ ଡେରି ?

ରଙ୍ଗାଧର–   କେଜାଣି ।

ନବଘନ–   ଯା' ଯିକେ, ବୁଝିଲୁ ର... ରଙ୍ଗାଧର !

ରଙ୍ଗାଧର–   ନାଇଁ, ତୋ ଦୋକାନକୁ ମୁଁ ଅନେଇଚି; ତୁ ଯା –

ନବଘନ–   ହଉ, ଯାଇଚି – (ଉଠିଗଲା)–

ସଦାଶିବ–   ଆଃ, ବହୁତ ଡେରି ହେଲାଣି ଗାଡ଼ିର ।

ଗୁରୁ–   ଆପଣ ତେବେ ଟ୍ରେନ୍ ଅପେକ୍ଷାରେ ?

ସଦାଶିବ–   ହଁ, ଜଣେ ବନ୍ଧୁଙ୍କୁ ଅପେକ୍ଷା କରିଚି । ଚିଠି ଦେଇଥିଲା ଏଇ ଟ୍ରେନ୍‌ରେ
          ଆସିବ ବୋଲି । ଆଇ.ଏ.ଏସ୍ ଅଫିସର କିନା । ପରୁଆନା ପଠେଇ ଦେଇଚି ।

ମୁରାରି–   ଆଇଏଏସ୍ ଅଫିସର !!

ସଦାଶିବ–   ହଁ ।

ମୁରାରି–   ଆପଣ ଆମ ପ୍ରକାଶବାବୁଙ୍କ କଥା କହୁନାହାନ୍ତି ତ ?

ଗୁରୁ–   ତମେ ପ୍ରକାଶକୁ ଜାଣିଲ କେମିତି ?

ମୁରାରି–   ମୁଁ ତ ତାଙ୍କରି ଅପେକ୍ଷାରେ ।

ସଦାଶିବ–   ଏଁ– ! ଆରେ ବାଃ... ! ମୁଁ ମଧ୍ୟ ତାକୁ ଅପେକ୍ଷା କରିଚି । (ଗୁରୁବାବୁଙ୍କ)
          ଆପଣ କ'ଣ ସାର୍ ତାକୁ ଅପେକ୍ଷା କରିଛନ୍ତି ?

ଗୁରୁ–   ହଁ । କିନ୍ତୁ ମୁଁ ବୁଝିପାରିଲିନି..., ତୁମେ...?

ମୁରାରି–   ସବୁକଥା ସବୁବେଳେ ବୁଝି ହୁଏନା । ଯେମିତି ଏସବୁ ଆଧୁନିକ କବିତା ।
          ...ଆପଣ କିଛି ମନେ କରିବେନି, ସଦାଶିବ ବାବୁ !

ସଦାଶିବ– ନା–ନା, ମନେ କରିବାର କ’ଣ ଅଛି। ଆଧୁନିକ କବିତା ତ ଆଧୁନିକ
ମଣିଷ ମନର ପ୍ରତିବିମ୍ବ। ମଣିଷର ମନଟାକୁ ଯେମିତି ସବୁବେଳେ ବୁଝି
ହୁଏନା, ସେମିତି ଆଧୁନିକ କବିତା...।

ଗୁରୁ– କିନ୍ତୁ ଗୋଟିଏ କବିତାକୁ ବୁଝିବା ପାଇଁ ସମସ୍ତଙ୍କ ପ୍ରାଣରେ ଏତେ ବ୍ୟାକୁଳତା
କାହିଁକି ?

ସଦାଶିବ– କବିତାଟିର କିଛି ବିଶେଷତ୍ଵ ଥାଇପାରେ।

ମୁରାରି– ଆଇ.ଏ.ଏସ୍. ପ୍ରକାଶଚନ୍ଦ୍ର କ’ଣ ଗୋଟିଏ ଦାମୀ ଆଧୁନିକ କବିତା ?

ସଦାଶିବ– ନିଶ୍ଚୟ। କାରଣ ତା’ର ବିଶେଷତ୍ଵ ହେଉଛି ସେ ଆଇ.ଏ.ଏସ୍।

ଗୁରୁ– (ମୁରାରିକୁ) କିନ୍ତୁ ତାକୁ ବୁଝିବାକୁ ତୁମ ପ୍ରାଣରେ ଏତେ ବ୍ୟାକୁଳତା କାହିଁକି
ଜନ ପ୍ରତିନିଧ ?

ମୁରାରି– ଜନତାଙ୍କ ହିତ ଉଦ୍ଦେଶ୍ୟରେ।...ଆଉ ଆପଣ... ?

ଗୁରୁ– କନ୍ୟାଦାୟ।

ମୁରାରି– ମୁଁ କିନ୍ତୁ ଜଣେ ବନ୍ଧୁଙ୍କ ଭଗ୍ନୀଦାନରେ ମଧ୍ୟସ୍ଥ।

ଗୁରୁ– ମାନେ ?

ମୁରାରି– ମାନେ ଗୋଟାଏ ଦାମୀ ମଟର ଗାଡ଼ି–ଆଉ ସବୁ ମଞ୍ଜିକଥା ଛାଡ଼ନ୍ତୁ। ପଚାଶ
ହଜାର ଟଙ୍କା ରେଡ଼ି କ୍ୟାସ୍।

ଗୁରୁ– ପଚାଶ ହଜାର !!

ସଦାଶିବ– ତା’ମାନେ ମଟର କାର ଓ ପଚାଶ ହଜାର ଟଙ୍କା ବିନିମୟରେ ଆପଣ
କିଣିବାକୁ ଚାହାନ୍ତି ପ୍ରକାଶ ଦାସକୁ !

ଲୀନା– (ପରଦା ଠେଲି ବାହାରକୁ ଆସି)...ପ୍ରକାଶ ଦାସ !! କିଏ କିଣୁଚି କାହାକୁ ?

ଗୁରୁ– ନାଇଁ..., ଏମାନେ ପ୍ରକାଶର ବାହାଘର କଥା କହୁଛନ୍ତି। ବିନିମୟ ହେଉଚି
ଗୋଟେ ଦାମୀ ମଟର କାର...(ଦୀର୍ଘଶ୍ୱାସ)...ଆଉ ପଚାଶ ହଜାର ଟଙ୍କା !!

ଲୀନା– Impossible ମୋର ତ already କଥାବାର୍ତ୍ତା ହୋଇସାରିଚି ତାଙ୍କ ସାଙ୍ଗରେ।

ମୁରାରି– କଥାବାର୍ତ୍ତା...!!! ମାନେ –

ଲୀନା– ମାନେ ଇଂପାଲା କାର, ଆଉ ଏକ ଲକ୍ଷ ଟଙ୍କା। ତା’ ଛଡ଼ା ମୋର ବହୁ
ଆଗରୁ ପ୍ରକାଶ ସହିତ ବନ୍ଧୁତା ଅଛି।

ସଦାଶିବ– My Good !

ଗୁରୁ– ମୁଁ ତେବେ ଆସୁଚି।

ଲୀନା– କାହିଁକି ସାର୍ ? ଆପଣ କ’ଣ ଆପଣଙ୍କ Student ପାଇଁ ଅପେକ୍ଷା କରିବେ ନି ?

ଗୁରୁ-   ନା ।

ଲୀନା-   କାହିଁକି ?

ଗୁରୁ-   ବଜାରରେ ତା' ଦାମ୍ ଖୁବ୍ ବଢ଼ିଗଲାଣି । ସେୟାକେ ମୋ ହାତ କେବେ
           ପାଇବନି । ଆଛା, ମୁଁ ଆସୁଚି । - (ଚାଲିଯାଉଥିଲେ)-

ସଦାଶିବ-   ଅପେକ୍ଷା କରନ୍ତୁ ସାର୍ ! ହୁଏତ ଭାୟାଭୋସ୍‌ରେ ଆପଣ ପ୍ରଥମ ହୋଇଯାଇ
           ପାରନ୍ତି ।

ଗୁରୁ-   କିନ୍ତୁ ଟ୍ରେନ୍ ଆସିବା ସମୟ ତ ଅନେକ ଗଡ଼ିଗଲାଣି ।

ସଦାଶିବ-   ଧୈର୍ଯ୍ୟ ରଖନ୍ତୁ ।

ମୁରାରି-   ଏଭଳି କଣ୍ଟାକ୍ଟ୍ କରିବା କିନ୍ତୁ ତାଙ୍କର ଅନ୍ୟାୟ । ମତେ କଥାଦେଇସାରି,
           ଆଉ ଜଣକ ସହ କଣ୍ଟାକ୍ଟ୍ କରିବା ଅନ୍ୟାୟ ।

ସଦାଶିବ-   ମୋତେ ନୁହେଁ । ସବୁ ଅନ୍ୟାୟ ଆପଣମାନଙ୍କର । ଆପଣ ଏଇନେ ବିପ୍ଳବର
           ସ୍ୱର ତୋଲୁଥିଲେ ପରା ? ସମାଜର ଏ କୁପ୍ରଥା ବିରୁଦ୍ଧରେ ଆପଣଙ୍କର ସ୍ୱର
           ନୀରବ କାହିଁକି ? କାହିଁକି ଯୌତୁକ ନାମରେ ଚାଲିଚି ଏ ଅର୍ଥ ଶୋଷଣ ?
           ପଦସ୍ଥ ବ୍ୟକ୍ତିକୁ ଜାମାତା କରିବା ପାଇଁ କାହିଁକି ଚାଲିଚି ଏ ହୀନ ପ୍ରୟାସ ?

ଗୁରୁ-   ଠିକ୍ କଥା । You are right.

ମୁରାରି-   କିନ୍ତୁ ଟ୍ରେନ୍‌ର ରାଇଟ୍ ଟାଇମ୍‌ରୁ ଦୁଇଘଣ୍ଟା ବିଳମ୍ବ ହେଲାଣି । ପ୍ରକାଶ ବାବୁ
           ଆସିଗଲେ ସବୁକଥା ଖୋଲା ହେଇଯାଆନ୍ତା ?

ସଦାଶିବ-   ରହନ୍ତୁ, ବିଳମ୍ବର କାରଣଟା ମୁଁ ଷ୍ଟେସନ ମାଷ୍ଟରଙ୍କଠୁ ବୁଝିଆସେ ।

ଗୁରୁ-   ବୁଝ ଟିକେ ବାବୁ ।
           (ନବଘନ ଫେରି ଆସୁଥିବା ଦେଖି)

ରଙ୍ଗାଧର-   କ'ଣ ବୁଝିଲୁ ରେ ନବଘନ ?

ନବଘନ-   ଆକ୍...ଆକ୍‌ସିଡେଣ୍ଟ ।

ରଙ୍ଗାଧର-   ଆଁ ! !

ମୁରାରି-   ଟ୍ରେନ୍ ଆକ୍‌ସିଡେଣ୍ଟ ! !

ଗୁରୁ-   ଜୟ ମା' କାଳୀ !

ଲୀନା-   ପୁରୀ-ହାଓଡ଼ା ଏକ୍‌ପ୍ରେସ...ଆକ୍‌ସିଡେଣ୍ଟ ! !

ରଙ୍ଗାଧର-   ହଁ..., ଛାଡ଼ ! ଆଜି ଘୋର ଦୁର୍ଯୋଗ । (pause) ମା ! ମୋ ସିଗାରେଟ୍
           ପଇସା ଦେଲ; ଦୋକାନ ବନ୍ଦ କରିବା ।

ମୁରାରି-   ସିଗାରେଟ୍ ! !

ଲୀନା–   Idiot- (ପଇସା ଦେଲା)–

ନବଘନ–   ମୋ ପ...ୟସା ।

ଲୀନା–   ନେ ।

ସଦାଶିବ–   ରୁହନ୍ତୁ; ମୁଁ ବୁଝେ ଆକ୍‌ସିଡେଣ୍ଟ କୋଉଠି ହେଇଚି ।

ଗୁରୁ–   ବୁଝ ଟିକେ ବାବୁ । ଜୟ ମା' କାଳୀ...! !

ଲୀନା–   ମୋର ବଡ଼ ଭୟ ହେଉଚି ସାର୍ ।

ମୁରାରି–   ମୋର ବି ଖୁବ୍ ଭୟ । ଯଦି...(Pause) ସାର୍ ! ଆପଣ କିଛି ଭାବି ପାରୁଛନ୍ତି ?

ଗୁରୁ–   ମୁଁ କିଛି ଭାବି ପାରୁନି ।

            (ବାହାରେ ଗୋଟିଏ ମଟରଗାଡ଼ି ଅଟକିବାର ଶବ୍ଦ ଶୁଣାଗଲା । ପରେ ପରେ
            କ୍ଷିପ୍ର ପଦରେ ଷ୍ଟେସନରେ ଦେଖାଦେଲେ ଜଣେ ଯୁବକ । ଦୂରରୁ ସଦାଶିବ
            ବାବୁଙ୍କୁ ଅନ୍ୟଆଡ଼େ ଚାଲିଯାଉଥିବା ଦେଖି ସେ ଡାକିଛି ।)

ସୁନ୍ଦର–   ସଦାଶିବ ଭାଇ !...ସଦାଶିବ ଭାଇ ! !

ଗୁରୁ–   ଓଃ, ପଛରୁ ଡାକନି ବାବା !

ସୁନ୍ଦର–   ସଦାଶିବ ଭାଇ ! !

ସଦାଶିବ–   (ଦୂରରୁ)... କିଏ ?...ଆରେ ସୁନ୍ଦର ! ତୁ ଏଠି ?

ସୁନ୍ଦର–   ଶୁଣନ୍ତୁ...ଶୁଣନ୍ତୁ...!

ସଦାଶିବ–   (ପ୍ରବେଶୀ) – କିରେ ଖବର କ'ଣ ?

ସୁନ୍ଦର–   (ଆର୍ଦ୍ର କଣ୍ଠରେ) – ସବୁ ସରିଯାଇଛି ଭାଇ ! ଆପଣ ଶୀଘ୍ର ଚାଲନ୍ତୁ । ପ୍ରକାଶ
            ଭାଇ...

ଲୀନା–   ପ୍ରକାଶ ଭାଇ...! !

ମୁରାରି–   କ'ଣ ହେଲା ?

ଗୁରୁ–   କ'ଣ ହେଲା ପ୍ରକାଶର ?

ସୁନ୍ଦର–   ଟ୍ରେନ୍ ଆକ୍‌ସିଡେଣ୍ଟରେ...

ସଦାଶିବ–   କିରେ ପ୍ରକାଶର କ'ଣ ହେଲା ?

ସୁନ୍ଦର–   ସେ ବର୍ତ୍ତମାନ ବଡ଼ ମେଡ଼ିକାଲରେ । ବୋଧେ ଦୁଇଟାଯାକ ଆଖି ନଷ୍ଟ ହେଇ
            ଯାଇଛି । ଆଉ ଡାହାଣ ହାତଟା...

ସଦାଶିବ–   ସୁନ୍ଦର ! !

ସୁନ୍ଦର–   ଆପଣ ଶୀଘ୍ର ଆସନ୍ତୁ । ସେନ୍‌ସ ଆସିଲା ପରେ ସେ ଆପଣଙ୍କୁ ଖୋଜୁଛନ୍ତି ।

ସଦାଶିବ–   ଆଚ୍ଛା, ଚାଲ, ଚାଲ ।

ସୁନ୍ଦର-   ଆସନ୍ତୁ ଶୀଘ୍ର...(ଚାଲିଗଲା ଦ୍ରୁତ ପଦରେ)-
         (ନବଘନ ଓ ରଙ୍ଗାଧର ଦୋକାନ ବନ୍ଦ କରୁଥିଲେ।)

ସଦାଶିବ- ଆଃ ! ବିଚାରର ସର୍ବନାଶ ହେଇଗଲା। ଆଖି ଦି'ଟା ଗଲାନି ଯେ ଆଇ.ଏ.ଏସ୍
         ଚାକିରିଟା ଗଲା।...ଭଗବାନ୍ !...ମୁଁ ଯାଉଛି ମୁରାରିବାବୁ।

ମୁରାରି-   ଯାଆନ୍ତୁ। ମୁଁ ବି ଯାଉଚି -

ସଦାଶିବ- ଆଚ୍ଛା, ଆସନ୍ତୁ ସାଙ୍ଗ ହେଇ ମେଡିକାଲ ଯିବା।

ମୁରାରି-   ମରୀଚିକା ପଛରେ ଧାଁ ଲାଭ କ'ଣ ? ମୁଁ ଆସୁଚି... ନମସ୍କାର।
         (ଚାଲିଗଲେ ସେ ଖୁବ୍ ଧୀରସ୍ଥିର ଭାବରେ-)

ସଦାଶିବ- ସାର୍ ! ପ୍ରକାଶ ଆପଣଙ୍କ ଛାତ୍ର। ପୁଣି ଆପଣ ତାକୁ ନେଇ-

ଗୁରୁ-   ଛାଡ଼ନ୍ତୁ ଏବେ ସେ କଥା।

ସଦାଶିବ- ଆସନ୍ତୁ, ଥରେ ତାକୁ ଦେଖି ଆସିବେ ?

ଗୁରୁ-   ନାଇଁ, ମୁଁ ବସାକୁ ଯାଉଚି। ଘରେ କେହି ନାହାନ୍ତି। ଏକୁଟିଆ ରହିଛନ୍ତି ଦୁଇ
         ଦୁଇଟା ଝିଅ - (ଚାଲିଗଲେ) -

ସଦାଶିବ- ଲୀନା ଦେବୀ ! ଆପଣ...

ଲୀନା-   ମୁଁ...? ଦିନରେ ସ୍ୱପ୍ନ ଦେଖିବା ମୁଁ ଛାଡ଼ି ଦେଇଚି।...(Pause)- ଚାଲନ୍ତୁ
         ସାର, ମୁଁ ଗାଡ଼ିରେ ଆପଣଙ୍କୁ ଘରେ ଛାଡ଼ି ଦେଇଯିବି।

ସଦାଶିବ- ମୁଁ ପ୍ରକାଶ ପାଖକୁ ଯିବାକୁ କହୁଚି। ପ୍ରକାଶ ଆପଣଙ୍କ ବନ୍ଧୁ...ପୁଣି ବାକ୍‌ଦତ୍ତା।
         ତା'ର ଏ ଅବସ୍ଥାରେ ଆପଣ ଥରେ...

ଲୀନା-   କ୍ଷମା କରିବେ...। ସେଠିକି ଯାଇ ମୁଁ ଆଉ ନିଜ ପ୍ରତି ଅନ୍ୟାୟ କରିପାରିବିନି।
         - (ଚାଲିଗଲା)

ସଦାଶିବ- ଧନ୍ୟରେ ସ୍ୱାର୍ଥପର ଜାତି !

ନବଘନ-   ର...ରଙ୍ଗାଧର !

ରଙ୍ଗାଧର- ଦେଶ ଆଗେଇଚିରେ ଭାଇ !

ସଦାଶିବ- ହଁ, ପ୍ରକୃତରେ ଦେଶ ଆଗେଇଚି।

ରଙ୍ଗାଧର- ହଉ, ଯିବା ଚାଲ।

ନବଘନ-   ଚାଲ।

(ସଦାଶିବ ପ୍ଲାଟଫର୍ମରୁ ବାହାରି ଯାଉଥିଲା। ନବଘନ ଓ ରଙ୍ଗାଧର ନିଜ ନିଜର
ଦୋକାନସଜ ଏକାଠି କରୁଥିଲେ। ଠିକ୍ ସେହି ସମୟରେ ମଞ୍ଚ ଅନ୍ଧାର ହୋଇଗଲା।)

ଅନୁଶାସନ

ନୀଳାଦ୍ରି ଭୂଷଣ ହରିଚନ୍ଦନ

(ଅନୁଶାସନ ପର୍ବ। ଶରଶଯ୍ୟାରେ ଭୀଷ୍ମ। ନିକଟରେ ଅନୁଶାସନ ଶ୍ରବଣରତ ଯୁଧୁଷ୍ଟିର)

ଭୀଷ୍ମ-   ତୁମେ କ୍ଲାନ୍ତି ଅନୁଭବ କରୁନାହିଁ ତ ଯୁଧୁଷ୍ଟିର ?

ଯୁଧୁଷ୍ଟିର-   କ୍ଲାନ୍ତି ? କାହିଁକି ପିତାମହ ?

ଭୀଷ୍ମ-   ଏତେ ସମୟ ଅନୁଶାସନ ଶୁଣିବା ପରେ ବି ତୁମର କ୍ଲାନ୍ତି ନାହିଁ ? ଆଶ୍ଚର୍ଯ୍ୟ !

ଯୁଧୁଷ୍ଟିର-   ବରଂ ଆହୁରି ବେଶୀ ବେଶୀ ଆଗ୍ରହ ଜନ୍ମୁଛି।

ଭୀଷ୍ମ-   ଅନୁଶାସନ, ଉପଦେଶ – ଏ ସବୁରେ ଆଗ୍ରହ ଦେଖାଇ ନିଜକୁ ପ୍ରତାରିତ
          କରନାହିଁ ଯୁଧୁଷ୍ଟିର।

ଯୁଧୁଷ୍ଟିର-   ମୁଁ ତ ନିଜକୁ କେବେ ପ୍ରତାରଣା କରିନାହିଁ ପିତାମହ ଭୀଷ୍ମ।

ଭୀଷ୍ମ-   ତମେ ସତ୍ୟ କହୁଛ ?

ଯୁଧୁଷ୍ଟିର-   ସତ୍ୟ ଛଡ଼ା ତ ଅନ୍ୟ କିଛି ମୁଁ କହେ ନାହିଁ।

ଭୀଷ୍ମ-   ତୁମେ ସତ୍ୟକହିପାର; କିନ୍ତୁ ସତ୍ୟକୁ ତୁମେ ଚିହ୍ନିପାରିଛ, ସେଥିରେ ମୋର
          ଘୋର ସନ୍ଦେହ ରହିଛି।

ଯୁଧୁଷ୍ଟିର-   ପିତାମହ !

ଭୀଷ୍ମ-   ସତ୍ୟ ବଡ଼ ନିଷ୍ଠୁର ଯୁଧୁଷ୍ଟିର। ପାହାଡ଼ ଚୂଡ଼ାର ଶେଷ ସୂର୍ଯ୍ୟାଲୋକ ପରି
          ସତ୍ୟ କେତେବେଳେ ହଜିଯାଏ ଛାଇ ଆସୁଥିବା ଅନ୍ଧକାର ପରି। ମିଥ୍ୟାଟି
          ହିଁ ସତ୍ୟ ହୋଇ ଠିଆ ହୋଇଯାଏ।

ଯୁଧୁଷ୍ଟିର-   ଆପଣଙ୍କ ବକ୍ତବ୍ୟ ମୁଁ ବୁଝିପାରୁନାହିଁ ପିତାମହ।

ଭୀଷ୍ମ-   ବୁଝିବାକୁ ଚେଷ୍ଟାକର। ପାରିବ। ଅବଶ୍ୟ ପାରିବ।

ଯୁଧୁଷ୍ଟିର-   ମୁଁ ?

ଭୀଷ୍ମ–	ତୁମେ ଯାହାକୁ ସତ୍ୟ ବୋଲି ମାନି ନେଇଚ, ହୃଦୟରଅର୍ଘ୍ୟ ଦେଇ ପୂଜାକରି ଆସିଛି, ତାହା ପ୍ରକୃତରେ ସତ୍ୟ ନୁହେଁ।

ଯୁଧ୍ଷ୍ଠିର–	ତା' ହେଲେ ସତ୍ୟ କ'ଣ ?

ଭୀଷ୍ମ–	ତୁମ ସହିତ ଛାଇ ପରି ଯେଉଁ ବାସ୍ତବତାଟି ଜଡ଼ିତ ହୋଇ ରହିଛି।

ଯୁଧ୍ଷ୍ଠିର–	ତା'ର ସ୍ୱରୂପ ?

ଭୀଷ୍ମ–	ତୁମେ ଦେଖିପାରନା ତା'ର ସ୍ୱରୂପ ? ସତ କହୁଛ, ନାଁ ସୁବୋଧ ବାଳକ ପରି ଅଭିନୟ କରୁଛ ?

ଯୁଧ୍ଷ୍ଠିର–	ମୋର ତ କୌଣସି ଅପରାଧ ନାହିଁ ପିତାମହ। ଆପଣ ବିନା ଦୋଷରେ ମୋତେ ବାକ୍ୟ ବାଣରେ ବିଦ୍ଧ କରୁଛନ୍ତି।

ଭୀଷ୍ମ–	ସେଇଥିପାଇଁ ତ କହୁଛି ତୁମେ ଗୋଟିଏ ସୁବୋଧ ବାଳକ। ଗୁରୁଜନଙ୍କ ପ୍ରତି ଅସୀମ ଭକ୍ତି। ସେମାନଙ୍କର ମୁଖ ନିସୃତ ବାଣୀ ତ ତୁମପାଇଁ ଅମୃତ। ତା' ନହେଲେ ତୁମେ କ'ଣ ମୋ ପାଖକୁ ଆସିଥାନ୍ତ, ଯେ ତୁମ ସହିତ ଆଜି ପର୍ଯ୍ୟନ୍ତ ଶତ୍ରୁତା ହିଁ କରିଆସିଛି।

ଯୁଧ୍ଷ୍ଠିର–	ଆପଣ ଶତ୍ରୁ ପକ୍ଷରେ ଥିଲେ ସତ୍ୟ, କିନ୍ତୁ ଆପଣ ଯେ ମୋର ପରମ ହିତକାଙ୍କ୍ଷୀ, ନମସ୍ୟ ପିତାମହ। ଆପଣ ଚିରଦିନ ମାତେ ଅନ୍ତଃକରଣରେ ଆର୍ଶୀବାଦ ଦେଇ ଆସିଛନ୍ତି। ଏହା କ'ଣ ମୁଁ ଅସ୍ୱୀକାର କରିପାରିବି ?

ଭୀଷ୍ମ–	କିନ୍ତୁ ଗୋଟିଏ କଥା ଯେ ତୁମେ ସ୍ୱୀକାର କରିପାରୁନାହିଁ।

ଯୁଧ୍ଷ୍ଠିର–	କ'ଣ ?

ଭୀଷ୍ମ–	ଉପଦେଶ, ଆଶୀର୍ବାଦ, ଏତ ସବୁ ଗୁରୁଜନମାନଙ୍କର କର୍ତ୍ତବ୍ୟ। ସେମାନେ କେବଳ ଆଶୀର୍ବାଦ ଦିଅନ୍ତି। ଅନ୍ତରେ କିନ୍ତୁ ସଫଳତା ଚାହାନ୍ତିନି। ସେମାନେ ଯେଉଁ ଉପଦେଶ ଦିଅନ୍ତି, ତାକୁ କେତେବେଲେ ନିଜ ଜୀବନରେ ପରୀକ୍ଷା କରି ଦେଖିନ୍ତିନି। ସେମାନେ ତ କୁହନ୍ତି ମୁଁ ଯାହା କହୁଛି କର, ଯାହା କରୁଛି କରନାହିଁ।

ଯୁଧ୍ଷ୍ଠିର–	ଗୁରୁଜନମାନଙ୍କର ଆଶୀର୍ବାଦରେ ମୁଁ ତ କେବେ ଆନ୍ତରିକତାର ଅଭାବ ଲକ୍ଷ୍ୟ କରିନି।

ଭୀଷ୍ମ–	ମୁଁ କ'ଣ ତାହେଲେ ମିଥ୍ୟା କହୁଛି ଯୁଧ୍ଷ୍ଠିର ?

ଯୁଧ୍ଷ୍ଠିର–	ମତେ ଭାଷଣ ପରୀକ୍ଷାରେ ପକାଉଛନ୍ତି କାହିଁକି ପିତାମହ... ମୁଁ କ'ଣ ତା କହିପାରିବି ?

ଭୀଷ୍ମ–	ତା ହେଲେ ସ୍ୱୀକାର କରୁଛ ନିଶ୍ଚୟ।

ଯୁଧିଷ୍ଠିର– ପିତାମହ !

ଭୀଷ୍ମ– ତୁମେ କିଛି କହିପାରିବନି ମୁଁ ଜାଣେ । ତୁମର କୌଣସି ଜିଜ୍ଞାସା ନାହିଁ, ତୁମର କୌଣସି ଯୁକ୍ତି ନାହିଁ । ତୁମେ ଜଣେ ଭକ୍ତି ବିହ୍ୱଳ ଶ୍ରୋତା ମାତ୍ର ।

ଯୁଧିଷ୍ଠିର– ଆପଣମାନଙ୍କ ଉପଦେଶ ଶ୍ରବଣ କରିବା ତ ମୋର ପରମ କର୍ତ୍ତବ୍ୟ ।

ଭୀଷ୍ମ– ହଁ । ତୁମେ ଜଣେ ବାଧ୍ୟ ଅନୁଗତ ଛାତ୍ର । ତୁମପରି ପ୍ରତିକ୍ରିୟାହୀନ ମଣିଷ ତ ଛାତ୍ର ହେବା ପାଇଁ ଉପଯୁକ୍ତ । ହଁ, ପୂର୍ଣ୍ଣ ମନଯୋଗଦେଇ ଆଚାର୍ଯ୍ୟମାନଙ୍କ ବକ୍ତୃତା ଶୁଣିବା ତ ତମର ପରମ ଅଭୀଷ୍ଟ ।

ଯୁଧିଷ୍ଠିର– ସେ ସବୁକୁ ବିଶ୍ୱସ୍ତ ଭାବରେ ଅନୁସରଣ କରିବା –

ଭୀଷ୍ମ– ବକ୍ତୃତା ଦେବା ତ ଆମମାନଙ୍କ ଜୀବିକା । ବକ୍ତୃତା ଦେବାରେ ଆମର କ୍ଲାନ୍ତି ନାହିଁ । ଗୁରୁ ଆଉ ଗୁରୁଜନମାନଙ୍କ ବକ୍ତୃତା କେତେବେଳେ ବନ୍ଦ ହୁଏ, ଯେତେବେଳେ ପର୍ଯ୍ୟନ୍ତ ଶ୍ରୋତାମାନଙ୍କର ଧୈର୍ଯ୍ୟଚ୍ୟୁତି ନ ଘଟେ ।

ଯୁଧିଷ୍ଠିର– ବଚନାମୃତ କ'ଣ କେବେ ଧୈର୍ଯ୍ୟଚ୍ୟୁତି ଘଟାଏ ?

ଭୀଷ୍ମ– ଯେତେବେଳେ ତା' ଅନ୍ତଃସାରଶୂନ୍ୟ ମନେହୁଏ, ସେତେବେଳେ ତ ପ୍ରତାରଣାପୂର୍ଣ୍ଣ ବିବେଚିତ ହୁଏ ।

ଯୁଧିଷ୍ଠିର– ଏହା କ'ଣ କେବେ ହୁଏ ?

ଭୀଷ୍ମ– ମୋର ମନେହୁଏ, ବକ୍ତୃତା ହିଁ ସେୟା । ମୋର ଆଜି କୌଣସି ସ୍ୱାର୍ଥ ନାହିଁ, ସେଥିପାଇଁ ଏପରି ଉପଦେଶ ପୂର୍ଣ୍ଣ ବକ୍ତୃତା ଦେବାକୁ ମୁଁ ପ୍ରଗଲ୍ଭ । କିନ୍ତୁ ତୁମେ ମନେ କରିପାରୁଛ, ଯେଉଁଦିନ ମୁଁ ସମ୍ପୂର୍ଣ୍ଣ ନୀରବ ଥିଲି ? ଅଥଚ ସେଦିନ କିଛି କହିବା ହିଁ ମୋର ଉଚିତ ଥିଲା ।

ଯୁଧିଷ୍ଠିର– ମୁଁ ତ ସ୍ମରଣ କରିପାରୁ ନାହିଁ ।

ଭୀଷ୍ମ– ଏତେ ଶୀଘ୍ର ତୁମେ ଭୁଲିଗଲ ଯୁଧିଷ୍ଠିର ! ହଁ, ତୁମେ ଯେ ବର୍ତ୍ତମାନ ରାଜଚକ୍ରବର୍ତ୍ତୀ । ବିଶାଳ ଭାରତ ଭୂଖଣ୍ଡର ଏକାଧିପତି ସମ୍ରାଟ । ତୁମ ପକ୍ଷରେ ଭୁଲିଯିବା ତ ସ୍ୱାଭାବିକ । ମୁଁ କିନ୍ତୁ ଭୁଲିନାହିଁ । କଦାପି ଭୁଲିପାରିବି ନାହିଁ । ମୋତେ ପ୍ରଶ୍ନ କରାଗଲା, ମୁଁ ଉତ୍ତର ଦେଇପାରିଲି ନାହିଁ । କାହିଁକି କୁହ ତ ।

ଯୁଧିଷ୍ଠିର– କାହିଁକି ?

ଭୀଷ୍ମ– ଉତ୍ତର ଜଣା ନ ଥିଲା ବୋଲି ନୁହେଁ । ମୋର ସ୍ୱାର୍ଥହାନିର ଭୟରେ । କେବଳ ସ୍ୱାର୍ଥହାନିର ଭୟରେ ପୃଥିବୀର ଚରମତମ ଅନ୍ୟାୟକୁ ରାଜପୁରୀର ଅଳଙ୍କୃତ ପାଷାଣ ସ୍ତମ୍ଭ ପରି ନିର୍ବାକ୍ ହୋଇ ସହ୍ୟ କରିଗଲି ।

(ଦୃଶ୍ୟାନ୍ତରରେ ଉଦ୍ଭାସିତ ହେଲା ଦ୍ରୌପଦୀ ବସ୍ତ୍ର ହରଣର ଦୃଶ୍ୟ)

ଦ୍ରୌପଦୀ– ମୋର ଗୋଟିଏ ମାତ୍ର ଅନୁରୋଧ ଦୁଃଶାସନ, ମୋର ଗୋଟିଏ ମାତ୍ର ଅନୁରୋଧ, ମୋତେ ରାଜସଭା ଭିତରକୁ ଟାଣିନିଅନି । ସମସ୍ତଙ୍କ ଆଗରେ ମୁଁ କଦାପି ଠିଆ ହୋଇ ପାରିବିନି ।

ଦୁଃଶାସନ– ତା'ହେଲେ ଏତେ ପରିଶ୍ରମ କ'ଣ ମିଛରେ କଲି ଦ୍ରୌପଦୀ ? ତୁମେ ବିଜିତା ହୋଇଛ । ବର୍ତ୍ତମାନ ତୁମେ ଆମର ଦାସୀ । ପାଣ୍ଡବମାନଙ୍କୁ ଛାଡ଼ି ଆମକୁ ଭଜନ କର । କୁରୁପତି ଦୁର୍ଯ୍ୟୋଧନଙ୍କ ଆଦେଶ ନେଇ ଆସିଛି । ବର୍ତ୍ତମାନ ତାଙ୍କ ନିକଟକୁ ତୁମକୁ ନ ନେବା ଛଡ଼ା ତ ମୋର ଅନ୍ୟ ଉପାୟ ନାହିଁ ।

ଦ୍ରୌପଦୀ– ଦୁଃଶାସନ, ଧର୍ମ ଲଙ୍ଘନ କରନା । କୁଳବଧୂକୁ ସଭା ମଧ୍ୟରେ ପ୍ରବେଶ କରାଇ ତୁମମାନଙ୍କର ବଂଶର ଅମର୍ଯ୍ୟାଦା କରନା । ଗୋଟାଏ ଉଜ୍ଜ୍ୱଲ ପରମ୍ପରାକୁ କଳଙ୍କିତ କରନା ।

ଦୁଃଶାସନ– ମୋତେ ଏ ସବୁ ଉପଦେଶ ଶୁଣାଉଛ କାହିଁକି ଦ୍ରୌପଦୀ ? ଏଥିରେ ଆମର ବଂଶ କଦାପି କଳଙ୍କିତ ହେବନାହିଁ । ବରଂ ହେବ ଆହୁରି ଉଜ୍ଜ୍ୱଲ । ପୁରୁଷର ପୌରୁଷ କ'ଣ କେତେବେଳେ ହୁଏ ଅଗୌରବ ?

ଦ୍ରୌପଦୀ– ଏଇ କି ତୁମମାନଙ୍କର ପୌରୁଷ ? ଅସହାୟ ନାରୀର କେଶାକର୍ଷଣ କରି ସର୍ବ ସମ୍ମୁଖରେ ଲାଞ୍ଛିତ କରିବା –

ଦୁଃଶାସନ– ତୁମେ ଅସହାୟ କାହିଁକି ହେବ ଦ୍ରୌପଦୀ ? ବର୍ତ୍ତମାନ ତ ତୁମେ ପ୍ରତାପୀ କୌରବ ମାନଙ୍କର ପ୍ରାଣର ପ୍ରିୟତମା ।

ଦ୍ରୌପଦୀ– ଏପରି ଜଘନ୍ୟ ପାପକୁ ଉଚ୍ଚାରଣ କରିବା ପାଇଁ କୌଣସି ଦ୍ୱିଧା ହୁଏ ନାହିଁ ତୁମର ? ତୁମେ ନା କ୍ଷତ୍ରୀୟ ? ତୁମର ଲଜ୍ଜା ହୁଏ ନାହିଁ ? ତୁମେ କ'ଣ ଭାବିପାରୁନାହିଁ, ତୁମର ଏ କାର୍ଯ୍ୟରେ ସମଗ୍ର କ୍ଷତ୍ରୀୟ କୁଳର ହେବ ଚରମ ଅପମାନ !

ଦୁଃଶାସନ– ମାନ ଅପମାନ ମୋତେ ଶିଖାଅନା ଦ୍ରୌପଦୀ । ମୋତେ ମୋର କର୍ତ୍ତବ୍ୟ କରିବାକୁ ଦିଅ ।

ଦ୍ରୌପଦୀ– ଏଇ ତୁମର କର୍ତ୍ତବ୍ୟ ? ବୀରର କର୍ତ୍ତବ୍ୟ ? ସକଳ ନୀତିକୁ ବିସର୍ଜନ ଦେଇ –

ଦୁଃଶାସନ– ଅନେକ ହୋଇଛି ଦ୍ରୌପଦୀ । ମୁଁ ଆଉ ଗୋଟିଏ କଥା ବି ଶୁଣିବାକୁ ପ୍ରସ୍ତୁତ ନୁହେଁ ।

ଦ୍ରୌପଦୀ– ଦୁଃଶାସନ ! ତୁମେ କ'ଣ ପାଷାଣ ? ମୋର କାତର ଅନୁରୋଧ ତୁମ ହୃଦୟରେ ସାମାନ୍ୟ ମାତ୍ର ତରଙ୍ଗ ସୃଷ୍ଟି କରିପାରୁନି । ତୁମେ ଯାହା ହୁଅ ପଛେ ଦୁଃଶାସନ, ଶେଷଥର ପାଇଁ ମୋର ପ୍ରାର୍ଥନ; ମୁଁ ଏକବସ୍ତ୍ରା । ମୋତେ ଛାଡ଼ିଦିଅ...

ଦୁଃଶାସନ–   ନିଜକୁ ଆଉ ହାସ୍ୟାସ୍ପଦ କରନା । ତୁମେ ଏକବସ୍ତ୍ର ହୁଅ କି ବିବସ୍ତ୍ର ହୁଅ
            ସେ କଥା ମୋ ପାଇଁ ଅର୍ଥହୀନ । ଆସ ଚାଲିଆସ ।

ଦ୍ରୌପଦୀ–   ଉଃ, ନିଷ୍ଠୁର !

ଦୁଃଶାସନ–   କୁରୁପତି ! ଆପଣଙ୍କ ଆଦେଶରେ ଏ ଦାସୀକୁ ସଭା ମଧ୍ୟରେ ଉପସ୍ଥିତ
            କରାଇଲି । ବର୍ତ୍ତମାନ ମୋର କର୍ତ୍ତବ୍ୟ ?

ଦୁର୍ଯ୍ୟୋଧନ– ଅପେକ୍ଷା କର ଦୁଃଶାସନ । ପ୍ରଥମେ ସଭାସଦ୍ ବର୍ଗ ଆମର ଏ ଦାସୀର
            ସୌନ୍ଦର୍ଯ୍ୟ ଉପଭୋଗ କରନ୍ତୁ ।

ଦୁଃଶାସନ–   ହାଃ, ହାଃ, ଦେଖିଲ ଦ୍ରୌପଦୀ । କୌରବ ରାଜସଭାରେ ତୁମର କେତେ
            ସମ୍ମାନ ।

ଦ୍ରୌପଦୀ–   ଦୁଃଶାସନ : ତୁମେମାନେ ଯେଉଁ ଜଘନ୍ୟ ପାପ କରୁଛ, ଏ ପୃଥିବୀରେ
            ତା'ର କ୍ଷମା ନାହିଁ । ଇନ୍ଦ୍ରାଦି ଦେବଗଣ ତୁମର ସହାୟ ହେଲେ ବି
            ପାଣ୍ଡବମାନେ ତୁମକୁ ନିଶ୍ଚୟ ନିଧନ କରିବେ ।

ଦୁଃଶାସନ–   ଓଃ–ଆମର ଭୃତ୍ୟମାନେ ଆମକୁ ନିଧନ କରିବେ, ନାଁ ?

ଦ୍ରୌପଦୀ–   ନିଜକୁ ଏତେ ଶକ୍ତିଶାଳୀ ମନେ କରନା ଦୁଃଶାସନ । ଅବସ୍ଥାଚକ୍ରେ ଆଜି
            ଆମର ଏ ବିପର୍ଯ୍ୟୟ । ତେଣୁ ତୁମେ ଉପହାସ କରିବାକୁ ସାହସ କରୁଛ ।
            ନ ହେଲେ –

ଦୁଃଶାସନ–   ନ ହେଲେ କ'ଣ କରିଥାନ୍ତ ? ଓଃ, ବର୍ତ୍ତମାନ ଯେ ତୁମେ ଆମର କୁରୁ
            ସମ୍ରାଟଙ୍କ ଅଙ୍କଶାୟିନୀ ହେବାକୁ ଯାଉଛ । ମୋର ତ ସତକୁ ସତ ତୁମକୁ
            ଭୟ କରିବା ଉଚିତ ।

ଦ୍ରୌପଦୀ–   ଗୋଟାଏ ବର୍ବର ସହିତ କଥା କହିବାକୁ ମୁଁ ଘୃଣା କରେ । (ନୀରବ) କିନ୍ତୁ
            ଏ କ'ଣ ? ମୋର ଚରମ ଲାଞ୍ଛନା ଦେଖି କୁରୁବୃଦ୍ଧଗଣ ନୀରବ କାହିଁକି ?
            ଭୀଷ୍ମ, ଦ୍ରୋଣ, ବିଦୁର, ରାଜା ଧୃତରାଷ୍ଟ୍ର ସମସ୍ତେ ତ ନିର୍ଜୀବ ପୁତ୍ତଳିକା
            ପରି ବସିଛନ୍ତି । କେହି କିଛି କହୁନାହାନ୍ତି ।

ଦୁର୍ଯ୍ୟୋଧନ– କିଏ କହିବ ? ତୁମକୁ ଯେ ମୋ ଆଦେଶରେ ଏଠାକୁ ଅଣାଯାଇଛି । ଏ
            କଥା କ'ଣ ସମସ୍ତେ ଜାଣନ୍ତିନି ବୋଲି ମନେ କରୁଛ ? ତା' ଛଡ଼ା ଗୋଟାଏ
            ଦାସୀ ପାଇଁ ସମ୍ଭ୍ରାନ୍ତ ଲୋକମାନଙ୍କର କ'ଣ କେବେ ମୁହଁ ଖୋଲେ ?

ଦ୍ରୌପଦୀ–   କୁରୁବୃଦ୍ଧଗଣ ! ଆପଣମାନେ ମୋର ଗୁରୁଜନ, ମାନନୀୟ । ମୁଁ ଭାବି
            ପାରୁନାହିଁ, ଏ ଦାରୁଣ ଅଧର୍ମାଚାର ଦେଖି ଆପଣମାନେ କିପରି ନୀରବରେ
            ବସିଛନ୍ତି ? ଆପଣମାନେ ନୀତିଶାସ୍ତ୍ରବଡ଼ା ହୋଇ ମଧ୍ୟ ଏ ଚରମ ଅନ୍ୟାୟକୁ

କିପରି ସହ୍ୟକରି ଯାଉଛନ୍ତି ? ଭାରତବଂଶର ଧର୍ମ ଓ ମର୍ଯ୍ୟାଦା କ'ଣ ଆଜିଠାରୁ ଶେଷ ହୋଇଗଲା ?

ଦୁଃଶାସନ– ଦାସୀ ପୁଣି ଶୁଣାଉଛି ଧର୍ମ ଓ ମର୍ଯ୍ୟାଦାର କଥା । ହାଃ, ହାଃ–

ଦ୍ରୌପଦୀ– ସମସ୍ତେ ନୀରବ ଯେ ଆପଣମାନେ କ'ଣ ପ୍ରତିଜ୍ଞା କରିଛନ୍ତି କିଛି କହିବେନି ବୋଲି ? ନାରୀ ଜାତିର ଚରମ ଲାଞ୍ଛନା ଦେଖି ଆପଣମାନଙ୍କ ବିବେକ କ'ଣ କୌଣସି ପ୍ରତିକ୍ରିୟା ସୃଷ୍ଟି କରୁନାହିଁ ? ଆପଣମାନଙ୍କ ବିବେକ କ'ଣ ଚିରଦିନ ପାଇଁ ଅବଲୁପ୍ତ ହୋଇ ଯାଇଛି ? ହଁ, ହେବନାହିଁ ? ଆପଣମାନଙ୍କର ପୁଣି ଭିନ୍ନ ଧର୍ମ କ'ଣ ଅଛି ? ଏଇ ପାପିଷ୍ଠ ପ୍ରଭୁର ଇଚ୍ଛା ପାଳନ କରିବା ତ ଆପଣମାନଙ୍କର ଧର୍ମ ।

ଭୀଷ୍ମ– କଲ୍ୟାଣୀ, ଏ କ୍ଷେତ୍ରରେ ଆମେ କ'ଣ କହିପାରିବୁ ? ଆମେମାନେ ଯେ ଅନ୍ନଦାସ । କିପରି ବୁଝାଇବୁ ଧର୍ମ କ'ଣ ? ଧର୍ମର ତତ୍ତ୍ୱ ଯେ ଅତି ସୂକ୍ଷ୍ମ । ଏଇ ଧର୍ମ ଯୋଗୁ ହିଁ ତୁମର ଏ ନିର୍ଯ୍ୟାତନା – ଯୁଧିଷ୍ଠିର ସର୍ବସ୍ୱ ତ୍ୟାଗ କରିଛନ୍ତି ସତ୍ୟ, କିନ୍ତୁ ଏ ପର୍ଯ୍ୟନ୍ତ ଧର୍ମକୁ ଛାଡ଼ି ନାହାନ୍ତି । ଧର୍ମ ପାଶରେ ଆବଦ୍ଧ ହୋଇ ସେ ଦ୍ୟୁତକ୍ରୀଡ଼ା କରିଛନ୍ତି । ବର୍ତ୍ତମାନ ସେଇ ଧର୍ମକୁ ଆନ୍ତରିକତାର ସହିତ ପାଳନ କରିଚାଲିଛନ୍ତି । ଏଇ କଥା ଭାବି ତୁମେ ଆଉ ବ୍ୟସ୍ତ ହୁଅନାହିଁ ।

ଦ୍ରୌପଦୀ– ପିତାମହ ! ଆପଣଙ୍କର ଏ ଉତ୍ତର ଶୁଣି ମୋର ହୃଦୟ ବିଦୀର୍ଣ୍ଣ ହୋଇଯାଉଛି । ଆପଣମାନେ ମୋର ଗୁରୁଜନ, ମୋର ନମସ୍ୟ ତେବେ ବି ଆପଣମାନଙ୍କର ଏ ବିଚାରକୁ ଧନ୍ୟ କହିବାକୁ ଇଚ୍ଛା ହୁଏ ।

ଦୁର୍ଯ୍ୟୋଧନ–କାହିଁକି ଆଉ ଅକାରଣେ ଚିତ୍କାର କରୁଛ ଦ୍ରୌପଦୀ ? କିଏ ଶୁଣିବ ତୁମର ଏ ଚିତ୍କାର ?

ଦ୍ରୌପଦୀ– ଆଚ୍ଛା, ସଭାଜନମାନଙ୍କୁ ମୁଁ ଗୋଟିଏ ପ୍ରଶ୍ନ କରିପାରେ ?

ଦୁର୍ଯ୍ୟୋଧନ–ଗୋଟିଏ କାହିଁକି ଦଶଟା କରିପାର ।

ଦ୍ରୌପଦୀ– ମୁଁ ଜାଣେ, ଯୁଧିଷ୍ଠିର ସ୍ୱେଚ୍ଛାରେ ଦ୍ୟୁତକ୍ରୀଡ଼ାରେ ଆସିନାହାନ୍ତି । ଏଇ ଧୂର୍ତ୍ତ ଦୁଷ୍ଟ ଲୋକମାନେ କପଟତା କରି ତାଙ୍କୁ ସଭାକୁ ଡାକି ଆଣିଛନ୍ତି । ମୁଁ ବର୍ତ୍ତମାନ ଜାଣିବାକୁ ଚାହୁଁଛି, ମୋତେ ହରାଇବା ପୂର୍ବରୁ ଯୁଧିଷ୍ଠିର ନିଜେ ବିଜିତ ହୋଇଥିଲେ କି ନାଁ ? ଯଦି ବିଜିତ ହୋଇଥାନ୍ତି ତେବେ ମୋତେ ପଣ ରଖିବା ସମୟରେ ମୋ ଉପରେ ତାଙ୍କର ଅଧିକାର ଥିଲା ତ ? (ସମସ୍ତେ ନୀରବ) ନୀରବ କାହିଁକି ? ମୁଁ ଆପଣମାନଙ୍କଠାରୁ ସୁବିଚାର ଚାହେଁ, କୁହନ୍ତୁ ମୁଁ ବିଜିତା ହୋଇଛି କି ନାଁ ? (ସମସ୍ତେ ନୀରବ)

ଦ୍ରୌପଦୀ– ପଥର ପରି ସମସ୍ତେ ନୀରବ, ନିଷ୍କଳ । ଆପଣମାନଙ୍କର ଏ ନୀରବତା
ଦେଖି ମୋର କିନ୍ତୁ ଦୟା ହୁଏ । ଏଇ ମୁହୂର୍ତ୍ତରେ ମୁଁ ହୁଏତ ପୃଥ୍ବୀର
ସବୁଠାରୁ ଅସହାୟା ନାରୀ । କିନ୍ତୁ ମୋ ଅପେକ୍ଷା ଆପଣମାନେ ଯେ ଆହୁରି
ବେଶୀ ଅସହାୟ । ସତ୍ୟ କ'ଣ ତାହା ଆପଣମାନେ ହୃଦୟଙ୍ଗମ କରିଛନ୍ତି
ନିଶ୍ଚୟ । ସତ୍ୟକୁ ଜାଣି ମଧ୍ୟ ଆପଣମାନେ ସତ୍ୟକୁ ନ ଜାଣିବାର ଛଲନା
କରିଛନ୍ତି । ଆପଣମାନେ ଯୂପବଦ୍ଧ ପଶୁପରି ଭୀରୁ, କାପୁରୁଷ । ସତ୍ୟକୁ
ସ୍ୱୀକାର କରିବାର ସାହସ ଆପଣମାନଙ୍କର ନାହିଁ ।

ଭୀମ– ସଭା ମଧ୍ୟରେ ଦ୍ରୌପଦୀର ଏ ଅପମାନ ମୁଁ କଦାପି ସହ୍ୟ କରିପାରିବି
ନାହିଁ । ମୁଁ କୌରବଗଣଙ୍କୁ ଧ୍ୱଂସ କରିବି । ମହାରାଜ ଯୁଧିଷ୍ଠିର ମୋତେ
ଆଦେଶ ଦିଅନ୍ତୁ ।

ଦୁଃଶାସନ– ଦାସ ହୋଇ ପ୍ରଭୁମାନଙ୍କ ସମ୍ମୁଖରେ ଏପରି ଚିତ୍କାର କରିବା ଶୋଭନୀୟ
ନୁହେଁ ଭୀମ ।

ଭୀମ– ଏ କ'ଣ ? ଆପଣ ଆଦେଶ ଦେଉ ନାହାନ୍ତି କାହିଁକି ? ପାପିଷ୍ଠ ଶତ୍ରୁମାନଙ୍କର
ଏ ପ୍ରକାର କଟୂକ୍ତି ଆପଣ ନୀରବରେ ସହ୍ୟକରି ଯାଉଛନ୍ତି ?

ଯୁଧିଷ୍ଠିର– ଦ୍ୟୁତକ୍ରୀଡ଼ାରେ ମୁଁ ମୋର ରାଜ୍ୟର ଧନ ସମ୍ପଦ ସବୁ ହରାଇଛି । ମୋତେ
ଏବଂ ମୋର ଭାଇମାନଙ୍କୁ ହରାଇଛି । ଧର୍ମପତ୍ନୀକୁ ମଧ୍ୟ ହରାଇଛି । ବର୍ତ୍ତମାନ
ମୁଁ ସତ୍ୟ ଲଂଘନ କରିବି କିପରି ?

ଭୀମ– ଦ୍ୟୁତକ୍ରୀଡ଼ାରେ କେହି ବେଶ୍ୟାକୁ ମଧ୍ୟ ପଣ ରଖନ୍ତି ନାହିଁ । କିନ୍ତୁ ଆପଣ
ପାଣ୍ଡବ ମାନଙ୍କର ଧର୍ମପତ୍ନୀକୁ ପଣ ରଖିଛନ୍ତି । ବିନା ଅପରାଧରେ ସେ
ଆଜି ଆମ ସମ୍ମୁଖରେ ଲାଞ୍ଛିତା । ଏଥିରେ କ'ଣ ଆମର କର୍ତ୍ତବ୍ୟ ନାହିଁ ?

ଯୁଧିଷ୍ଠିର– ଶାନ୍ତ ହୁଅ । କୌଣସି କର୍ତ୍ତବ୍ୟ ନାହିଁ ଭୀମ ।

ଭୀମ– ନାଁ, ଆପଣ ଏତେ ନିଷ୍ଠୁର ହୁଅନ୍ତୁ ନାହିଁ । ଏହି ଶଠ ଦ୍ୟୁତମାନଙ୍କ ମୁହଁକୁ
ମୁଁ ଚୂର୍ଣ୍ଣୀଭୂତ କରିବି ।

ଯୁଧିଷ୍ଠିର– ଧର୍ମରକ୍ଷା ଯେ ଆମର ପ୍ରଥମ କର୍ତ୍ତବ୍ୟ ।

ଭୀମ– ଧର୍ମ ରକ୍ଷା ନାଁରେ ଆପଣ ଯେ ଚିରଦିନ ଆମମାନଙ୍କୁ ମରଣାନ୍ତକ ମାନସିକ
ଯନ୍ତ୍ରଣା ଦେଇ ଚାଲିଛନ୍ତି । ଆମମାନଙ୍କର ଆନୁଗତ୍ୟର ସୁଯୋଗରେ ଆମ
ଉପରେ ଅତ୍ୟାଚାର କରି ଚାଲିଛନ୍ତି ।

ଯୁଧିଷ୍ଠିର– ଭୀମ ! ଏ କ'ଣ କହୁଛ ଭୀମ । ତୁମମାନଙ୍କ ଉପରେ ମୁଁ ଅତ୍ୟାଚାର
କରୁଛି ?

ଭୀମ– ହଁ, ନିଶ୍ଚୟ ?

ଯୁଧିଷ୍ଠିର– ଏ କଥା କହିପାରିଲ ଭୀମ ? ତୁମେ କ'ଣ ଚିହ୍ନିପାରିନ ମୋର ହୃଦୟ ?

ଭୀମ– ଆଜି ମୁଁ କୌଣସି କଥା ଶୁଣିବାକୁ ଚାହେଁନା । ଆପଣ ଯେଉଁ ହାତରେ ଦ୍ୟୁତକ୍ରୀଡ଼ା କରି ଆମର ଏ ସର୍ବନାଶ ଡାକି ଆଣିଛନ୍ତି, ଆମମାନଙ୍କୁ ଶୃଙ୍ଖଳିତ କରିଛନ୍ତି ମୁଁ ସେ ହାତକୁ ଦଗ୍ଧ କରିବି ।

ଦ୍ରୌପଦୀ– ଶାନ୍ତ ହୁଅନ୍ତୁ ଭୀମସେନ । ମୋର ଚରମ ଦୁର୍ଭାଗ୍ୟ । ତା' ନ ହେଲେ ଭୁବନ ବିଜୟୀ ପଞ୍ଚପାଣ୍ଡବଙ୍କୁ ସ୍ୱାମୀ ରୂପେ ପାଇ ମୋତେ ଏ ଦଶା ଭୋଗିବାକୁ ପଡ଼ି ନଥାନ୍ତା । ମୋର ସତ୍ୟବଦ୍ଧ ସ୍ୱାମୀମାନେ ଆଜି ଫାଶବଦ୍ଧ ସିଂହପରି ଶକ୍ତିହୀନ । ନୀରବରେ ସେମାନେ ଦେଖି ଚାଲିଛନ୍ତି ଜଣେ ଅସହାୟ ଅଗ୍ରହଣୀୟା ନାରୀର ନିର୍ଯାତନା ।

ବିକର୍ଣ– ମୁଁ ରାଜ ସଭାର ସମସ୍ତ ସୁଧୀବର୍ଗଙ୍କୁ ପ୍ରଶ୍ନ କରୁଛି –

ଦୁର୍ଯ୍ୟୋଧନ– କ'ଣ ପ୍ରଶ୍ନ କରିବ ବିକର୍ଣ ?

ବିକର୍ଣ– ପାଞ୍ଚାଳୀ ଯେଉଁ ପ୍ରଶ୍ନ କରିଛନ୍ତି ଆପଣମାନେ ତା'ର ଯଥାଯଥ ଉତ୍ତର ଦିଅନ୍ତୁ । କୌଣସି ଉତ୍ତର ନ ଦେଇ ନୀରବରେ ବସିଛନ୍ତି କାହିଁକି ? କୁଳବୃଦ୍ଧ ଭୀଷ୍ମ, ମହାରାଜ ଧୃତରାଷ୍ଟ୍ର, ମହାମତି ବିଦୁର, ଆଚାର୍ଯ୍ୟ ଦ୍ରୋଣ, ଆଚାର୍ଯ୍ୟ କୃପା – ଆପଣମାନେ ଯଦି ଏହାର ସୁବିଚାର ନ କରନ୍ତି ତେବେ ଆମ ସମସ୍ତଙ୍କର ନରକଗତି ହେବ । (ସମସ୍ତେ ନୀରବ)

ବିକର୍ଣ– ପୁଣି ନୀରବତା । ଆପଣମାନଙ୍କ ମନରେ ଏ ପ୍ରଶ୍ନ ନିଶ୍ଚୟ ଆଲୋଡ଼ନ ସୃଷ୍ଟି କରିଛି । ଆପଣମାନେ କିଛି କହିବେ କହିବେ ବୋଲି ଭାବୁଛନ୍ତି, କିନ୍ତୁ କିଛି କହିପାରୁ ନାହାନ୍ତି । ମୁଁ ଜାଣେ କାହା ଭୟରେ ଆପଣମାନଙ୍କର ଏ ଦଶା । ନିଜର ଭବିଷ୍ୟତ ନିରାପଦା ହିଁ ଆଜି ବଡ଼ ହୋଇ ଉଠିଛି । ସେଥିପାଇଁ ତ ଆପଣମାନେ ବିବେକକୁ ବିସର୍ଜନ ଦେଇପାରିଛନ୍ତି । ଏହି ଆପଣଙ୍କର ପୌରୁଷ ?

ଦୁର୍ଯ୍ୟୋଧନ– ବିକର୍ଣ ! ତୁମେ ବାଳକ । ଏ ଭିତରେ ତୁମେ ମୁଣ୍ଡ ଭର୍ତ୍ତି କରୁଛ କାହିଁକି ? ଗୁରୁଜନମାନଙ୍କୁ ଅପମାନିତ କରିବା ତୁମ ପକ୍ଷରେ ଅନୁଚିତ । ତୁମର ପରିସର ଲଂଘନ କରି ମୋତେ ଉତ୍ତେଜିତ କରନାହିଁ ।

ବିକର୍ଣ– ମୁଁ ତ କାହା ବିରୁଦ୍ଧରେ କିଛି କହିନାହିଁ । ଯାହା ନ୍ୟାୟ ମନେ କରିଛି, ତାହାହିଁ କହୁଛି । କେହି ଯେତେବେଳେ ଉତ୍ତର ଦେଉନାହାନ୍ତି, ମୋତେ ତ କିଛି କହିବାକୁ ହେବ ।

ଦୁର୍ଯ୍ୟୋଧନ– କିଏ କହିଛି ତୁମକୁ କିଛି କହିବାକୁ ?

ବିକର୍ଣ୍ଣ– ବିବେକକୁ ଲଙ୍ଘନ କରି ମୁଁ ନୀରବ ରହିପାରୁ ନାହିଁ। ଶୁଣନ୍ତୁ ଆପଣମାନେ, ସମସ୍ତେ ଜାଣନ୍ତି, ବ୍ୟସନାକ୍ତ ବ୍ୟକ୍ତି ଧର୍ମରୁ ବିଚ୍ୟୁତ ହୁଏ। ଏହି ସମୟରେ ତା'ର କାର୍ଯ୍ୟଗୁଡ଼ିକ ଅକାର୍ଯ୍ୟ ବୋଲି ବିବେଚିତ। ତେଣୁ ଦ୍ୟୁତିକ୍ରୀଡ଼ାରେ ବ୍ୟସନାକ୍ତ ହୋଇ ଯୁଧିଷ୍ଠିର ଯେଉଁ ପଣ ରଖିଛନ୍ତି, ତାହା ଅକାର୍ଯ୍ୟ, ଧର୍ମ ବିରୋଧୀ। ଦ୍ୱିତୀୟତଃ ଦ୍ରୌପଦୀ ପଞ୍ଚପାଣ୍ଡବଙ୍କ ପତ୍ନୀ। ଏକା ଯୁଧିଷ୍ଠିର ତାଙ୍କୁ ପଣ ରଖିପାରିବେ ନାହିଁ। ତୃତୀୟତଃ ଯୁଧିଷ୍ଠିର ନିଜେ ବିଜିତ ହେବାପରେ ଦ୍ରୌପଦୀଙ୍କୁ ପଣ ରଖିଛନ୍ତି। ସେତେବେଳେ ଦ୍ରୌପଦୀଙ୍କ ଉପରେ ତାଙ୍କର କୌଣସି ଅଧିକାର ନଥିଲା। ବର୍ତ୍ତମାନ ଆପଣମାନେ ବିଚାର କରନ୍ତୁ, ଦ୍ରୌପଦୀ ବିଜିତ ହୋଇଛନ୍ତି କି ନାଁ ?

ଦୁର୍ଯ୍ୟୋଧନ– ଆଉ ନିର୍ବୋଧତା କରନା। ତୁମେ କ'ଣ ବୁଝିପାରୁ ନାହଁ ଯେ ଦ୍ରୌପଦୀ ବିଜିତା ବୋଲି ସଭାସଦ୍‌ମାନେ ମୌନ ସମ୍ମତି ଜଣାଉଛନ୍ତି। ଯୁଧିଷ୍ଠିର ଯେଉଁ ସର୍ବସ୍ୱ ପଣ କରିଛନ୍ତି, ସେଥିରେ ଦ୍ରୌପଦୀ ଅନ୍ତର୍ଭୁକ୍ତା। ଦ୍ରୌପଦୀଙ୍କୁ ପଣ ରଖିବା ସମୟରେ ତ କୌଣସି ପାଣ୍ଡବ ଆପତ୍ତି କରିନଥିଲେ। ପୁଣି ପଞ୍ଚପତିର ପତ୍ନୀ ବାରାଙ୍ଗନା ଛଡ଼ା ଆଉ କ'ଣ ହୋଇପାରେ ? ବର୍ତ୍ତମାନ ପାଣ୍ଡବମାନଙ୍କ ସହିତ ଦ୍ରୌପଦୀ ବିଜିତା। ଏଥିରେ କୌଣସି ସନ୍ଦେହ ଅଛି ? ଦୁଃଶାସନ ଆଉ ବିଳମ୍ବ କରନାହିଁ। ତୁମେ ବର୍ତ୍ତମାନ ପାଣ୍ଡବମାନଙ୍କର ଓ ଦ୍ରୌପଦୀର ବସ୍ତ୍ର ହରଣ କର।

ଯୁଧିଷ୍ଠିର– ଏଇ ନେଇଯାଅ ଆମମାନଙ୍କର ବସ୍ତ୍ର। ଆମେ ଫୋପାଡ଼ି ଦେଉଛୁ।

ଦୁଃଶାସନ– ଦ୍ରୌପଦୀ, ତୁମେ ତ ବସ୍ତ୍ର ଫୋପାଡ଼ିଲ ନାହିଁ। ତା' ହେଲେ ମୁଁ ତୁମକୁ ବିବସ୍ତ୍ର କରିବି।

ଦ୍ରୌପଦୀ– ପାପିଷ୍ଠ, ଆଉ ଅଗ୍ରସର ହୁଅ ନାହିଁ। ଶେଷଥର ପାଇଁ କହି ରଖୁଛି, ତୁମର ଏଇ ଦୁଷ୍କୃତିକୁ ପାଣ୍ଡବମାନେ କଦାପି କ୍ଷମା କରିବେ ନାହିଁ।

ଦୁଃଶାସନ– ଆଛା ! ଏଇ ବିବସ୍ତ୍ର କଲି।

ଦ୍ରୌପଦୀ– ଓଃ, ଛାଡ଼ିଦିଅ। ଛାଡ଼ିଦିଅ କହୁଛି।

ଦୁଃଶାସନ– କାହିଁ କେହିତ କିଛି କହୁନାହାନ୍ତି। ଦାସଦାସୀମାନଙ୍କ ଉପରେ ଅତ୍ୟାଚାର କରିବା ତ ଆମର ନ୍ୟାୟ୍ୟ ଅଧିକାର। ଆମର ବିଳାସ।

ଦ୍ରୌପଦୀ– ହେ କେଶବ, ରକ୍ଷାକର ପ୍ରଭୁ। ଏ ନିରାଶ୍ରୟାର ତୁମେ ହିଁ କେବଳ ସହାୟ।

ତୁମ ଛଡ଼ା ଏ ବିପଦରୁ ମୋତେ ରକ୍ଷା କରିବାକୁ କେହି ନାହିଁ ପ୍ରଭୁ, କେହି ନାହିଁ ।

ଦୁଃଶାସନ– ଆଶ୍ଚର୍ଯ୍ୟ, ଏ କି ମାୟା କେଉଁଠୁ ଆସୁଛି ରାଶି ରାଶି ବସ୍ତ୍ର । ଏ ଯେ ବସ୍ତ୍ରର ଗୋଟାଏ ପାହାଡ଼ ହୋଇଯାଇଛି ତେବେ ବି ବସ୍ତ୍ରର ଶେଷ ନାହିଁ । ମୁଁ ଯେ କ୍ଲାନ୍ତି ଅନୁଭବ କରୁଛି ।

ଭୀମ– ମୁଁ ଆଜି ସର୍ବ ସମକ୍ଷରେ ପ୍ରତିଜ୍ଞା କରୁଛି । ମୁଁ ଯଦି ଏ ଅପମାନର ପ୍ରତିଶୋଧ ନ ନେଇପାରେ, ଏହି ନରାଧମ ଦୁଃଶାସନର ବକ୍ଷ ବିଦୀର୍ଣ୍ଣ କରି ରକ୍ତପାନ ନ କରିପାରେ, ତେବେ ମୋର ଗତି ନାହିଁ ।

ଦ୍ରୌପଦୀ– ପ୍ରଭୁ ଦୟାମୟ । କରୁଣାସାଗର ।

ଭୀଷ୍ମ– କଲ୍ୟାଣୀ ! ଦେଖ ଭଗବାନ ଶ୍ରୀକୃଷ୍ଣଙ୍କ କରୁଣାରେ ତୁମର କେହି କ୍ଷତି କରିପାରି ନାହାନ୍ତି । ଧର୍ମର ତତ୍ତ୍ୱ ଅତି ଦୁର୍ବୋଧ । ତେଣୁ ମୁଁ ଉତ୍ତର ଦେଇପାରୁନାହିଁ । ତୁମେ କିନ୍ତୁ କିଛି ମନେକରନା । ଏ ପ୍ରଶ୍ନର ଉତ୍ତର କେବଳ ଦେଇପାରନ୍ତି ଏକମାତ୍ର ଯୁଧିଷ୍ଠିର ।

ଦୁର୍ଯ୍ୟୋଧନ–ଦ୍ରୌପଦୀ ! ତୁମ ଦାସୀତ୍ୱ ମୋଚନର ଗୋଟିଏ ମାତ୍ର ଉପାୟ ମୁଁ ଦେଖିପାରୁଛି । ଭୀଷ୍ମ, ଅର୍ଜୁନ, ନକୁଳ, ସହଦେବ ସମସ୍ତେ କହନ୍ତୁ, ଯୁଧିଷ୍ଠିର ହିଁ ସ୍ୱୀକାର କରନ୍ତୁ ।

ଦ୍ରୌପଦୀ– ହା' ଧର୍ମ !

ଭୀମ– ଧର୍ମରାଜ ଯୁଧିଷ୍ଠିରଙ୍କର ପ୍ରଭୁତ୍ୱ ସ୍ୱୀକାର କରି ଆଜି ଆମେମାନେ ନିରୁପାୟ । ତା' ନ ହେଲେ ଆଜି ପାପିଷ୍ଠ କୌରବମାନଙ୍କୁ ମୁଁ ବିନାଶ କରିଥାନ୍ତି । ଯୁଧିଷ୍ଠିରଙ୍କର ଆଦେଶ ଥିଲେ ଚପେଟ ଘାତରେ ପାପୀମାନଙ୍କୁ ଧରାଶାୟୀ କରିଦେଇଥାନ୍ତି । ମୁଁ ବୁଝିପାରୁନି, ଶକ୍ତିଧର ହୋଇ ଶକ୍ତିହୀନ ପରି କାହିଁକି ମୁଁ ଅଭିନୟ କରିଚାଲିଛି ।

ଦୁଃଶାସନ– ବୃଥା ଆସ୍ଫାଳନ କର ନାହିଁ ଭୀମ । ତୁମମାନଙ୍କ ଜ୍ୟେଷ୍ଠ ଭ୍ରାତାଙ୍କୁ ସତ୍ୟଭ୍ରଷ୍ଟ କରନାହିଁ ।

ଦୁର୍ଯ୍ୟୋଧନ– ଦ୍ରୌପଦୀ ବୁଝିଲ ତ, ତମ ପ୍ରଶ୍ନର କୌଣସି ଉତ୍ତର ନାହିଁ । ତୁମେ କ'ଣ ଭାବିପାରୁଛ ଯେ ତୁମର ଏଠି କେହି ସହାୟ ଅଛି ? ତୁମେ ଯେଉଁମାନଙ୍କୁ ସ୍ୱାମୀ ବୋଲି ମାନି ଆସିଛ ସେମାନଙ୍କର ସ୍ୱରୂପ ଦେଖିଲ ତ ! ବର୍ତ୍ତମାନ ମୋତେ ହିଁ ଭଜନ କର । ମୋର ମନୋହାରିଣୀ ହୋଇ ଐଶ୍ୱର୍ଯ୍ୟ ଭୋଗକର । ଏଇ ଦେଖ କି ସୁନ୍ଦର କଦଳୀ କାଣ୍ଡତୁଲ୍ୟ ମୋର ଊରୁ । ଚାହିଁ ଦେଖ ।

ଭୀମ– ତୁମ ପାପର ଶେଷ ନାହିଁ ଦୁର୍ଯ୍ୟୋଧନ। ତୁମର ଏଇ ହୀନ ଆଚରଣ
ପ୍ରତିଶୋଧ ମୁଁ ନିଶ୍ଚୟ ନେବି। ଯୁଦ୍ଧ କ୍ଷେତ୍ରରେ ତୁମର ଏଇ ବାମ ଊରୁକୁ
ଯଦି ମୁଁ ଭାଙ୍ଗି ନପାରେ, ତା ହେଲେ ମୋର ପିତୃଲୋକରେ ଗତି ନାହିଁ।
(ଦୃଶ୍ୟପଟ ପରିବର୍ତ୍ତିତ ହୋଇଛି। ଭୀଷ୍ମ ଯୁଧିଷ୍ଠିରକୁ କହିଚାଲିଛନ୍ତି)

ଭୀଷ୍ମ– ମନେ କରିପାରୁଛ ଯୁଧିଷ୍ଠିର, ସେଦିନ କୁରୁସଭାରେ ଯେଉଁ ହୃଦୟ ବିଦାରକ
ନାଟକଟି, ଅଭିନୀତ ହୋଇଗଲା।

ଯୁଧିଷ୍ଠିର– ଆଉ ସେ ସବୁ ଭାବି ଲାଭ କ'ଣ ? ବର୍ତ୍ତମାନ ତ ଆମେ ସେ ଅପମାନର
ପ୍ରତିଶୋଧ ନେଇସାରିଛୁ। ଗୋଟିଏ ଆନନ୍ଦମୟ ମୁହୂର୍ତ୍ତରେ ଅତୀତକୁ ସ୍ମରଣ
କରି ଆଉ କଷ୍ଟ ପାଇବାକୁ ଯିବୁ କାହିଁକି ?

ଭୀଷ୍ମ– ହଁ, ତୁମ ନିକଟରେ ସେ ସବୁ ଅର୍ଥହୀନ ହେଇପାରେ। ମୋ ନିକଟରେ
ଯୁଦ୍ଧର ସକଳ ଘଟଣା ହୁଏତ ହଜିଯିବ। କିନ୍ତୁ ସେ ଦିନର ଘଟଣା ମୁଁ
କୌଣସି ପ୍ରକାରେ ଛାତିରୁ ଲିଭାଇ ଦେଇପାରୁନାହିଁ। ପବିତ୍ର ଭରତ ବଂଶର
କୁଳବଧୂ – ନାଁ ! ନାଁ। ଜଣେ ଅସହାୟା ନାରୀ – କୁରୁ ସଭାରେ ଲାଞ୍ଛିତା
ହେଲା, ତା'ର ତୁଳନା ଇତିହାସରେ ନାହିଁ।

ଯୁଧିଷ୍ଠିର– ଏ ଜଘନ୍ୟତାର କ'ଣ ଶେଷ ଅଛି ପିତାମହ ? ଇତିହାସରେ କ'ଣ
ପୁନରାବୃତ୍ତି ଘଟେ ନାହିଁ ? ଦୁଷ୍କୃତି ଚିରଦିନ ମଥା ଉଞ୍ଚକରି ରହି ନପାରେ।
ତା'ର ଧ୍ୱଂସ ଅବଶ୍ୟ ହେବ।

ଭୀଷ୍ମ– ତୁମେ ମୂଳ ପ୍ରଶ୍ନଟି କିନ୍ତୁ ଏଡ଼ାଇଯାଉଛ। ପାପୀମାନଙ୍କ ପକ୍ଷରେ ପାପ
କରିବା ତ ସ୍ୱାଭାବିକ। ତା'ର ପ୍ରତିରୋଧ ତ ଦିନେ ନିଶ୍ଚୟ ହେବ। କିନ୍ତୁ
ଯେଉଁଠି ପୃଥିବୀର ଜଘନ୍ୟତମ ପାପ ସର୍ବ ସମକ୍ଷରେ ଘଟିଯାଏ, ସେଠାରେ
ନୀରବ ଦର୍ଶକହୋଇ ବସିରହିବା ଠାରୁ ଆଉ ଅଧିକ ପାପ କ'ଣ
ହୋଇପାରେ ? ତୁମେ ହୁଏତ ସତ୍ୟବଦ୍ଧ ହୋଇ କିଛି କହିପାରିଲ ନାହିଁ।
ମୁଁ ଏ କ'ଣ କଲି ?

ଯୁଧିଷ୍ଠିର– ପିତାମହ !

ଭୀଷ୍ମ– ବର୍ତ୍ତମାନ ବି ସେକଥା ଭାବି ହୃଦୟ ମୋର ବିଦୀର୍ଣ୍ଣ ହୋଇଯାଉଛି। ଯୁଧିଷ୍ଠିର
ଆତ୍ମାର ଏ ଚରମ ଅପମାନ ମୁଁ ସହ୍ୟ କରିପାରୁ ନାହିଁ। ହୀନ ସ୍ୱାର୍ଥ ମଣିଷକୁ
କେତେ ତଳକୁ ଓହ୍ଲାଇ ଦିଏ। ଉପଜୀବ୍ୟ ହୋଇ। ବଞ୍ଚରହିବା ପରି ପାପ
ଆଉ କ'ଣ ହୋଇପାରେ।

ଯୁଧିଷ୍ଠିର– ସେସବୁ ଭୁଲିଯାଆନ୍ତୁ ପିତାମହ। ବର୍ତ୍ତମାନ ତ ସେ ପରିସ୍ଥିତି ନାହିଁ।

ଭୀଷ୍ମ–	ଆଛା ଯୁଧିଷ୍ଠିର, ତୁମକୁ ସମସ୍ତେ ଧର୍ମରାଜ କହନ୍ତି, ନାଁ ?

ଯୁଧିଷ୍ଠିର–	ହଁ, ପିତାମହ ।

ଭୀଷ୍ମ–	ତମେ ସବୁ ସମୟରେ ଧର୍ମାଚରଣ କରି ଆସିଛ, ନାଁ ?

ଯୁଧିଷ୍ଠିର–	ମୁଁ ୟାର କି ଉତ୍ତର ଦେଇପାରିବି ?

ଭୀଷ୍ମ–	ବର୍ତ୍ତମାନ କ'ଣ ତୁମେ ଦ୍ରୋଣାଚାର୍ଯ୍ୟଙ୍କ ନିଧନ ଘଟଣାକୁ ସ୍ମରଣ କରିପାର ?

ଯୁଧିଷ୍ଠିର–	କାହିଁକି ପିତାମହ ?

ଭୀଷ୍ମ–	କେମିତି ବୁଝେଇବି ମୋର ସେହି ଦୁଃଖକୁ ? ଭିତରେ ଭିତରେ ଗୋଟାଏ ଅନୁତାପର କୀଟ ଯେମିତି ହୃଦୟକୁ ମୋର କୋରି ଖାଏ । ମୁଁ ବହୁବାର ଚେଷ୍ଟା କରିଛି ଭୁଲିଯିବାକୁ; କିନ୍ତୁ ଭୁଲିପାରିନି ।

ଭୀଷ୍ମ–	କାହିଁକି ଭୁଲିପାରିନ ?

ଯୁଧିଷ୍ଠିର–	ଏକଥା କ'ଣ ଭୁଲିଯିବା ପରି ?

ଭୀଷ୍ମ–	ନାଁ, ସେକଥା ଠିକ୍ ନୁହେଁ । ଏ କଳଙ୍କିତ ଘଟଣାଟି ତୁମକୁ ଧର୍ମରାଜ ରୂପେ ପ୍ରତିଷ୍ଠିତ କରିବାରେ ପ୍ରତିବନ୍ଧକତା ସୃଷ୍ଟି କରିଚି ବୋଲି । ତୁମର ଯଶର ମଳୟ ଉପଦ୍ରୁତ ହୋଇଛି ବୋଲି ।

ଯୁଧିଷ୍ଠିର–	ପିତାମହ ! ମୁଁ ଅପରାଧୀ । ମୋର ପରମ ପୂଜ୍ୟ ଗୁରୁଦେବଙ୍କ ସହିତ ନିଷ୍ଠୁର ପ୍ରବଞ୍ଚନା କରିଛି । ଜଣେ ପୁତ୍ରଶୋକ ଅଧୀର ବୃଦ୍ଧକୁ ଆତତାୟୀ ପରି ହତ୍ୟା କରିଛି । ଯେ ଗଭୀର ବିଶ୍ୱାସ ନେଇ –

ଭୀଷ୍ମ–	ଦୁଃଖ କାହିଁକି ? ସବୁ ସତ୍ୟେ ତ ଧର୍ମରାଜ । (ଦୃଶ୍ୟପଟ ପରିବର୍ତ୍ତିତ ହୋଇଛି)

ଶ୍ରୀକୃଷ୍ଣ–	ଦ୍ରୋଣାଚାର୍ଯ୍ୟଙ୍କ ହାତରୁ ଆମର ଆଉ ନିସ୍ତାର ନାହିଁ ଧର୍ମରାଜ । ଦେଖୁଛନ୍ତି ତାଙ୍କର ପ୍ରବଳ ଶର ବୃଷ୍ଟିରେ ପାଣ୍ଡବସେନା କିପରି ଭିନ୍ନଭିନ୍ନ ହୋଇଯାଉଛନ୍ତି । ଅସଂଖ୍ୟ ସେନା କଦଳୀ ବୃକ୍ଷ ପରି ପ୍ରତିମୁହୂର୍ତ୍ତରେ ଲୋଟି ପଡୁଛନ୍ତି । ଦ୍ରୋଣାଚାର୍ଯ୍ୟଙ୍କ ହାତରୁ ଇନ୍ଦ୍ରାଦି ଦେବଗଣଙ୍କର ମଧ୍ୟ ମୁକ୍ତି ନାହିଁ । ଏ ପରିସ୍ଥିତିରେ କ'ଣ କରାଯିବ କୁହ ?

ଯୁଧିଷ୍ଠିର–	ଆମର ପରାଜୟ ତା'ହେଲେ କ'ଣ ନିଶ୍ଚିତ ହୃଷୀକେଶ ?

ଶ୍ରୀକୃଷ୍ଣ–	ଆଉ ତ କିଛି ଉପାୟ ଦେଖୁନି । ଆମର ଶୌର୍ଯ୍ୟ, ବୀର୍ଯ୍ୟ, ପରାକ୍ରମ, ସବୁ ବ୍ୟର୍ଥ ହୋଇଯାଉଛି ।

ଯୁଧିଷ୍ଠିର–	ଆମର ଅଭିଲାଷ କ'ଣ ତା'ହେଲେ ପୂର୍ଣ୍ଣ ହେବ ନାହିଁ ? ତା'ହେଲେ ଶେଷରେ ପାପର ହିଁ ଜୟ ହେଲା ?

ଶ୍ରୀକୃଷ୍ଣ–	ଆପଣ କିଛି ଉପାୟ ଚିନ୍ତା କରି ପାରୁଛନ୍ତି ?

ଯୁଧିଷ୍ଠିର–   ମୁଁ ? ମୁଁ କେତେବେଳେ କିଛି ଚିନ୍ତା କରିପାରିନି ? ଆପଣଙ୍କର ବୁଦ୍ଧି,
ଆପଣଙ୍କର ପରାମର୍ଶ ହିଁ ତ ଆମକୁ ଏ ପର୍ଯ୍ୟନ୍ତ ବିଜୟୀ କରି ଆଣିଛି।
ବର୍ତ୍ତମାନ ଆପଣ ଯଦି କୌଶଳ ପ୍ରୟୋଗ କରି ଆମକୁ ରକ୍ଷା ନ କରନ୍ତି
ତା'ହେଲେ ଆମର ଯେଉଁ ଶୋଚନୀୟ ଦଶା ହେବ, ତାହା ଆପଣ ସହ୍ୟ
କରି ପାରିବେ ତ ?

ଶ୍ରୀକୃଷ୍ଣ–   ସେ କଥା ତ ଭାବୁଛି। ତେବେ ହଁ, ଗୋଟାଏ ଉପାୟ ଅଛି।

ଯୁଧିଷ୍ଠିର–   କୁହନ୍ତୁ କି ଉପାୟ।

ଶ୍ରୀକୃଷ୍ଣ–   ଏଇ ପରିସ୍ଥିତିରେ କିନ୍ତୁ ଧର୍ମର ଆଶ୍ରୟ ଛାଡ଼ିବାକୁ ପଡ଼ିବ। ନଚେତ୍ ବିଜୟ
ଅସମ୍ଭବ। ମୋର ମନେହୁଏ ଦ୍ରୋଣ ଅବିଳମ୍ବେ ଆମ ସମସ୍ତଙ୍କୁ ବଧ
କରିବେ।

ଯୁଧିଷ୍ଠିର–   ମୁଁ କ'ଣ ଧର୍ମର ଆଶ୍ରୟ ଛାଡ଼ିପାରେ ?

ଶ୍ରୀକୃଷ୍ଣ–   ନ ହେଲେ ମୃତ୍ୟୁ ତ ସୁନିର୍ଣ୍ଣିତ। ଯୁଦ୍ଧ ନୀତିରେ ଧର୍ମ ଅଧର୍ମ ବୋଲି କିଛି
ନାହିଁ। ଜୀବନ ସଙ୍କଟାପନ୍ନ ହେବା ସମୟରେ କିଏ ଧର୍ମାଚରଣ କରେ ?

ଯୁଧିଷ୍ଠିର–   କ'ଣ କରିବାକୁ ହେବ ଆମକୁ ?

ଶ୍ରୀକୃଷ୍ଣ–   ଆମକୁ ନୁହଁ, ଆପଣଙ୍କୁ। ଅଶ୍ୱତ୍ଥାମାର ମିଥ୍ୟା ମୃତ୍ୟୁ ସମ୍ବାଦ ପ୍ରଚାର କରିବାକୁ
ହେବ। ଏକମାତ୍ର ଏଇପରି ଦାରୁଣ ସମ୍ବାଦ ହିଁ ତାଙ୍କୁ ଅସ୍ତ୍ର ତ୍ୟାଗ କରାଇପାରେ।

ଯୁଧିଷ୍ଠିର–   ଏହା କ'ଣ ସମ୍ଭବ ?

ଭୀମ–   ସମ୍ଭବ ମହାରାଜ, ଅସମ୍ଭବକୁ ସମ୍ଭବ କରିବାକୁ ହେବ। ପରମ ହିତାକାଙ୍କ୍ଷୀ
ଶ୍ରୀକୃଷ୍ଣଙ୍କ ପରାମର୍ଶ ଆମେ ସବୁ ସମୟରେ ଗ୍ରହଣ କରି ଆସିଛୁ। ଆଜି
ଏଥ‌ରୁ ବିଚ୍ୟୁତ ହେବାର କୌଣସି ପ୍ରଶ୍ନ ରହି ନ ପାରେ।

ଶ୍ରୀକୃଷ୍ଣ–   ଧନ୍ୟ ଭୀମସେନ। ଠିକ୍ ବୀରୋଚିତ୍ କଥା ହିଁ କହିଛ।

ଭୀମ–   ଆପଣ ଚିନ୍ତା କରିବେ ନାହିଁ। ମୁଁ ସେ ଦାୟିତ୍ୱ ନେଲି।

ଶ୍ରୀକୃଷ୍ଣ–   ମାଳବରାଜ ଇନ୍ଦ୍ରବର୍ମ୍ମାର ଅଶ୍ୱତ୍ଥମା ନାମକ ହସ୍ତୀକୁ ପ୍ରଥମେ ନିହତ
କରିବାକୁ ହେବ।

ଭୀମ–   ହଁ, ହ୍ୟ, ଠିକ୍ କହିଛନ୍ତି, ତାହା କରିବି। ତା'ପରେ ଆଚାର୍ଯ୍ୟ ଦ୍ରୋଣଙ୍କୁ
ଯାଇ କହିବି, ଅଶ୍ୱତ୍ଥମା ହତ ହୋଇଛି।

ଶ୍ରୀକୃଷ୍ଣ–   ଠିକ୍ ବୁଝିଛ। ଏଇ ତ ମୋର ପରାମର୍ଶ। ମୁଁ ତୁମକୁ ଏଇ କଥା କହିବି
ବୋଲି ସ୍ଥିର କରିଥିଲି। ତେବେ ଯୁଧିଷ୍ଠିରଙ୍କ ମୁହଁରୁ କଥାଟା ନ ବାହାରିଲେ –

ଭୀମ–   ମୁଁ ଆଗ ଚେଷ୍ଟା କରେ ଦେଖାଯାଉ।

ଶ୍ରୀକୃଷ୍ଣ– ମୋର ମନେ ହୁଏନା, ଭୀମଙ୍କ କଥାରେ ସେ ବିଶ୍ୱାସ କରିବେ। ଯଦି
ଅବିଶ୍ୱାସ କରନ୍ତି; ଆପଣଙ୍କୁ କିନ୍ତୁ ଅଶ୍ୱତ୍‍ଥାମା ହତଃ' ଏଇ ଅସତ୍ୟଟି
କହିବାକୁ ପଡ଼ିବ।

ଯୁଧିଷ୍ଠିର– ମୁଁ? ମୋତେ? ହଁ ହଁ – କହିବି–କହିପାରେ – କହିବି –

ଶ୍ରୀକୃଷ୍ଣ– ନିଜକୁ ଦୃଢ଼ କରନ୍ତୁ। ଦୁଃସମୟକୁ କୌଣସି ପ୍ରକାରେ ଅତିକ୍ରମ କରିବାକୁ
ହେବ।

ଯୁଧିଷ୍ଠିର– କିନ୍ତୁ –

ଶ୍ରୀକୃଷ୍ଣ– ଦ୍ୱିଧା କରିବେ ନାହିଁ। ଦ୍ରୋଣାଚାର୍ଯ୍ୟ ଆପଣଙ୍କର ଗୁରୁଦେବ ହୋଇପାରନ୍ତି,
କିନ୍ତୁ ସେ ପାପୀ। ଯେଉଁମାନେ ପାପ କରନ୍ତି, ସେମାନଙ୍କର ବିନାଶ
ଅବଶ୍ୟମ୍ଭାବୀ, ସେ ବେଦବିତ୍ ଧର୍ମ ନିରତ ବ୍ରାହ୍ମଣ; କିନ୍ତୁ ବ୍ରାହ୍ମଣ ବୃତ୍ତିର
ଅସମ୍ମାନ କରି କ୍ରୂର କ୍ଷତ୍ରିୟ ବୃତ୍ତିକୁ ଗ୍ରହଣ କରି ନେଇଛନ୍ତି। ବ୍ରହ୍ମାସ୍ତ୍ର
ସମ୍ପର୍କରେ ଅନଭିଜ୍ଞ ଯୋଧାମାନଙ୍କୁ ବ୍ରହ୍ମାସ୍ତ୍ର ଦ୍ୱାରା ହତ୍ୟା କରୁଛନ୍ତି। ବର୍ତ୍ତମାନ
ବିଂଶ ସହସ୍ର ପାଞ୍ଚାଳ ରଥୀ, ପଞ୍ଚଶତ ମତ୍ସ ସୈନ୍ୟ, ଷଟ ସହସ୍ର ସୃଞ୍ଜୟ
ସୈନ୍ୟ, ଦଶ ସହସ୍ର, ଦଶ ସହସ୍ର ହସ୍ତୀ, ଦଶ ସହସ୍ର ଅଶ୍ୱ, ବ୍ରହ୍ମାସ୍ତ୍ରରେ
ଭୁଲୁଣ୍ଠିତ ହୋଇଛନ୍ତି। ଏହା କ'ଣ ନୀତିହୀନତା ନୁହେଁ।

ଯୁଧିଷ୍ଠିର– ଗୁରୁଦେବଙ୍କ ପ୍ରତି ଆମର ଅସୀମ ଶ୍ରଦ୍ଧା, ଅସୀମ ଭକ୍ତି। କିନ୍ତୁ ଯୁଦ୍ଧ କ୍ଷେତ୍ରରେ
ସେ କିପରି ଆମକୁ ଧ୍ୱଂସ କରିବାକୁ ଆଗେଇ ଆସନ୍ତି, ମୁଁ ଆଶ୍ଚର୍ଯ୍ୟ ହୁଏ।

ଶ୍ରୀକୃଷ୍ଣ– ଏଥିରେ ଆଶ୍ଚର୍ଯ୍ୟ ହେବାର କିଛି ନାହିଁ। ଆଚାର୍ଯ୍ୟ ଦ୍ରୋଣ ତ ଦୁର୍ଯ୍ୟୋଧନର
ଅନ୍ନରେ ପ୍ରତିପାଳିତ। ପ୍ରଭୁର ଆଦେଶ ତାଙ୍କୁ ପାଳନ କରିବାକୁ ପଡ଼ିବ?
ସେ ଯାହା କରୁଛନ୍ତି, ସବୁ କେବଳ ସ୍ୱାର୍ଥରକ୍ଷା ପାଇଁ, ନିଜର ନିରାପଦ
ଭବିଷ୍ୟତ ପାଇଁ।

ଯୁଧିଷ୍ଠିର– ଆମ ପ୍ରତି ଯେଉଁ ଅନ୍ୟାୟ କରିଛନ୍ତି, ଯେଉଁ ଅବିଚାର କରିଛନ୍ତି ସବୁ
ଭୁଲିଯିବାକୁ ଚେଷ୍ଟା କରିଛି। ତାଙ୍କର ଅସହାୟତା କଥା ଚିନ୍ତା କରି କେବେ
ତାଙ୍କ ନିନ୍ଦା କରିନି।

ଶ୍ରୀକୃଷ୍ଣ– ସେଇଟା ହିଁ ଆପଣଙ୍କର ଅପରାଧ। ଯେ ଅନ୍ୟାୟକୁ ନୀରବରେ ସହ୍ୟ
କରିଯାଏ, ତା'ଉପରେ ତ ବାରମ୍ବାର ଅନ୍ୟାୟ ହୁଏ। ଆଜି କିନ୍ତୁ ଆପଣଙ୍କର
ସମୟ ଆସିଛି, ସେ ସମସ୍ତ ଅନ୍ୟାୟକୁ ସ୍ମରଣ କରିବା ପାଇଁ।

ଯୁଧିଷ୍ଠିର– ମୁଁ ସମସ୍ତ ସ୍ମରଣ କରିପାରେ ହୃଷୀକେଶ। ଏ ହେଉଛି ଆମର ପରମ
ପୂଜ୍ୟ ଆଚାର୍ଯ୍ୟ। ଯିଏ ସକଳ ନୀତି ଧର୍ମକୁ ଅନାୟାସରେ ଲଂଘନ

କରିପାରନ୍ତି । କୁରୁ ସଭାରେ ଦ୍ରୌପଦୀର ଚରମ ଲାଞ୍ଛନା ଦେଖି ମଧ୍ୟ ଏ ନୀରବରେ ବସି ରହିଥିଲେ । ସ୍ୱାର୍ଥହାନୀର ଭୟରେ ଦ୍ରୌପଦୀଙ୍କ ସେହି ପ୍ରଶ୍ନର ଉତ୍ତର ଦେଇପାରିଲେ ନାହିଁ । ଏ ଆମର ଶିଶୁପୁତ୍ର ସମର ଅନଭିଜ୍ଞ ଅଭିମନ୍ୟୁକୁ କପଟ ଯୁଦ୍ଧରେ ହତ୍ୟା କରିଛନ୍ତି । ପରିଶ୍ରାନ୍ତ ଅର୍ଜୁନକୁ ବିନାଶ କରିବାକୁ ଦୁର୍ଯ୍ୟୋଧନକୁ ଅକ୍ଷୟ କବଚ ଦେଇଛନ୍ତି ।

ଶ୍ରୀକୃଷ୍ଣ–	ତା'ହେଲେ ଆପଣ ବର୍ତ୍ତମାନ ବୁଝିପାରୁଛନ୍ତି, ଗୁରୁଦେବ ତାଙ୍କର ପ୍ରିୟ ଶିଷ୍ୟମାନଙ୍କୁ କେତେଦୂର ଶ୍ରଦ୍ଧା କରନ୍ତି ।

ଯୁଧିଷ୍ଠିର–	ଆପଣଙ୍କ ଯୁକ୍ତି ସମ୍ମୁଖରେ ମୁଁ ପରାଜିତ ହୃଷୀକେଶ ।

ଶ୍ରୀକୃଷ୍ଣ–	ତା'ହେଲେ ଆପଣଙ୍କର ସାହସ ହୋଇଛି ଦେଖୁଛି । ମନକୁ ଦୃଢ଼ କରନ୍ତୁ । ବରଂ ସମ୍ପୂର୍ଣ୍ଣ ମିଥ୍ୟା କହିବାରେ ଅସୁବିଧା ଥାଏ, ତେବେ ଅନ୍ତତଃ କିଛିଟା ମିଥ୍ୟା କହିପାରନ୍ତି । ଧରନ୍ତୁ ଦ୍ରୋଣ ଯେତେବେଲେ ତାଙ୍କର ପୁତ୍ର ସମ୍ପର୍କରେ ପ୍ରଶ୍ନ କରିବେ, ଆପଣ ଉଚ୍ଚ ସ୍ୱରରେ କହିବେ– "ଅଶ୍ୱତ୍ଥାମା ହତଃ", ଅସ୍ୱସ୍ତ ଭାବେ କହିବେ, ଇତି "କୁଞ୍ଜରମ୍", ଯୁଦ୍ଧଭୂମିରେ କୋଲାହଲ ଭିତରେ ଏଇ ଟିକକହିଁ ଯଥେଷ୍ଟ । (ପୁଣି ଦୃଶ୍ୟପଟ ପରିବର୍ତ୍ତିତ ହୋଇଛି । ପୂର୍ବପରି ଭୀଷ୍ମ ଓ ଯୁଧିଷ୍ଠିରଙ୍କ କଥୋପକଥନ)

ଭୀଷ୍ମ:	ବର୍ତ୍ତମାନ ଅବଶ୍ୟ ତୁମର ଅପରାଧ ସ୍ୱୀକାର କରୁଛ, କିନ୍ତୁ ସେତେବେଲେ କ'ଣ କରିଥିଲ ? ସେତେବେଲେ ତ ତୁମର ସତ୍ୟ କଥନ ଅପେକ୍ଷା ଯୁଦ୍ଧ ଜୟ ଆଉ ରାଜ୍ୟ ଲାଭ ହିଁ ବଡ଼ହୋଇ ଠିଆ ହୋଇଥିଲା । ମୁଁ ସତ୍ୟ କହୁଛି ତ ଯୁଧିଷ୍ଠିର ?

ଯୁଧିଷ୍ଠିର–	ଆଉ ଲଜ୍ଜା ଦେବେନାହିଁ ପିତାମହ ।

ଭୀଷ୍ମ–	ଏଥିରେ ଲଜ୍ଜା କରିବାର କ'ଣ ଅଛି ?

ଯୁଧିଷ୍ଠିର–	ସାରା ଜଗତର ନିନ୍ଦାକୁ ହୁଏତ ମୁଁ ମାଥାପାତି ନେବି । କିନ୍ତୁ ଦ୍ରୋଣାଚାର୍ଯ୍ୟ ଯେ ଥିଲେ ଆମମାନଙ୍କର ବିପକ୍ଷ । ପୁଣି କ୍ଷତ୍ରୀୟ ପରି ଅସ୍ତ୍ରୀଧାରୀ ।

ଭୀଷ୍ମ–	ତା' ବୋଲି–

ଯୁଧିଷ୍ଠିର–	ମୁଁ ହୁଏତ ସ୍ୱାର୍ଥପରବଶ ହୋଇ ଅନ୍ୟାୟ କରିଛି । ସେ କ'ଣ ଅନ୍ୟାୟ କରିନାହାନ୍ତି ? ତାଙ୍କର ଅନ୍ୟାୟଟାକୁ ଆପଣ ଏଡ଼େଇ ଯାଉଛନ୍ତି କାହିଁକି ?

ଭୀଷ୍ମ–	ସେ ଯେଉଁ ଅନ୍ୟାୟ କରିଛନ୍ତି ତାହା ଯେ କେବଲ କୌରବମାନଙ୍କ ପାଇଁ ତା' ନୁହେଁ, ତୁମମାନଙ୍କ ପାଇଁ ମଧ୍ୟ ।

ଯୁଧିଷ୍ଠିର–	ଆମମାନଙ୍କ ପାଇଁ ?

ଭୀଷ୍ମ–   ହଁ, ଏକଲବ୍ୟର ଦକ୍ଷିଣାଙ୍ଗୁଷ୍ଠି ଛେଦନ କାହାର ସ୍ୱାର୍ଥପାଇଁ ? ଅର୍ଜୁନକୁ ଶର ସନ୍ଧାନରେ ଅଦ୍ୱିତୀୟ କରି ରଖିବାକୁ ଗୋଟିଏ ଜଘନ୍ୟ ଆତତାୟୀର କାର୍ଯ୍ୟ କରିନାହାନ୍ତି ଦ୍ରୋଣାଚାର୍ଯ୍ୟ ?

ଯୁଧିଷ୍ଠିର–   ମୋର କିନ୍ତୁ ଖୁବ୍ ଦୁଃଖ ହୁଏ ଏକଲବ୍ୟ ପାଇଁ । ନିଜର ଅସାଧାରଣ କୃତିତ୍ୱହିଁ ଶେଷରେ ଅଭିଶାପର ପାହାଡ଼ ହୋଇ ଠିଆ ହୋଇଗଲା । କେତେ ଆଶା ନେଇ ସାମାନ୍ୟ ସ୍ୱୀକୃତି ପାଇଁ ସେ ଦୌଡ଼ି ଆସିଥିଲା ଗୁରୁଙ୍କ ପାଖକୁ । କିନ୍ତୁ ହେଲା କ'ଣ ? କି ଅପରାଧ ସେ କରିଥିଲା ?

ଭୀଷ୍ମ–   ହଁ, ତା'ର ଅପରାଧଟା ଥିଲା । ଅପରାଧ ହିଁ ହେଉଛି ଗୁରୁଭକ୍ତି । ଜଣେ ନିଷାଦ ବାଳକର ରାଜଶ୍ରୀତ ଆଚାର୍ଯ୍ୟଙ୍କ ଭକ୍ତି କରିବାର କି ଅଧିକାର ଅଛି ? ରାଜପୁତ୍ର ଅର୍ଜୁନର ଭକ୍ତି ଆଉ ନିଷାଦ ବାଳକର ଭକ୍ତି କ'ଣ ଏକା କଥା ? ରାଜପୁତ୍ର ବିଶ୍ୱବିଜୟୀ ନ ହୋଇ ହେବ ଗୋଟାଏ ନିଷାଦ ବାଳକ ? ଏଇଟା କ'ଣ ଆମ ସମାଜରେ କେବେ ସମ୍ଭବ ହୋଇପାରେ ?

ଯୁଧିଷ୍ଠିର–   ଏ ବିବେକ ବିରୋଧୀ । ଏ ଯେ ଅନ୍ୟାୟ ।

ଭୀଷ୍ମ–   କେହି କଦାପି ବିବେକ ନେଇ କାର୍ଯ୍ୟ କରେ ନାହିଁ ଯୁଧିଷ୍ଠିର । ସବୁ କ୍ଷେତ୍ରରେ ଅନ୍ୟାୟଟା ହିଁ ବେଶୀ ଭାଗ ହୁଏ । ଯେଉଁଠି ସ୍ୱାର୍ଥ, ସେଇଠି ତ ଅନ୍ୟାୟ । ଆଚାର୍ଯ୍ୟ ହେଲେ ବୋଲି ସେମାନେ କ'ଣ ମଣିଷ ନୁହନ୍ତି ? କେଉଁ ଦିଗରେ ସେମାନଙ୍କର ସ୍ୱାର୍ଥସିଦ୍ଧି ହେବ, ସେଇଟା ତ ଦେଖିବାକୁ ପଡ଼ିବ । ଯେଉଁ ଦିଗରେ ସ୍ୱାର୍ଥ, ସେହି ଦିଗରେ ବିଚାରର ଗତି ।

ଯୁଧିଷ୍ଠିର–   ତା ହେଲେ ଗୋଟାଏ ହୀନ ସ୍ୱାର୍ଥର ନିଷ୍ଠୁର ଚକ୍ରତଳୁ କ'ଣ ଆମର ମୁକ୍ତି ନାହିଁ ?

ଭୀଷ୍ମ–   ନାଁ ମୁକ୍ତି ନାହିଁ । ସ୍ୱାର୍ଥ ଛାଡ଼ି ଗୋଟାଏ ବାସ୍ତବ ପୃଥିବୀର ରୂପ କଳ୍ପନା ଅସମ୍ଭବ । ପ୍ରକୃତରେ କେହି ଧର୍ମ ପାଳନ କରନ୍ତି ନାହିଁ । ସମସ୍ତେ ଧର୍ମ ଧ୍ୱଜୀ । ତୁମେ, ମୁଁ, ଆଚାର୍ଯ୍ୟ ଦ୍ରୋଣ, ଆମପରି ଏ ପୃଥିବୀର ଆହୁରି ଅନେକ । କେହି ନ୍ୟାୟ ଦେଇପାରେନା; ନ୍ୟାୟ ଦେଇପାରେନା ।

ଯୁଧିଷ୍ଠିର–   ପିତାମହ !

ଭୀଷ୍ମ–   ଆଶ୍ଚର୍ଯ୍ୟ ହୁଅନାହିଁ । ଅନୁଶାସନ ଛଳରେ ମୁଁ ଯେଉଁସବୁ କଥା କହିଛି, ସେ ସବୁ ଭୁଲିଯାଅ ଯୁଧିଷ୍ଠିର । ଅନ୍ଧକାରରେ ବୃଥା ଆଲୋକର ସନ୍ଧାନ କରିବାକୁ ଯାଇ ନିଜକୁ ହଜାଇ ଦିଅନା । ମୂଲ୍ୟବୋଧକୁ ହତ୍ୟାକରି ସ୍ୱାର୍ଥରକ୍ଷା ହିଁ ତ ଆଜିର ଅନୁଶାସନ ।

ଶୀତଳ ହୁଅନା ସୂର୍ଯ୍ୟ

ରତି ରଂଜନ ମିଶ୍ର

(ଚରିତ୍ର : ପ୍ରକାଶ– ସୁବ୍ରତ ଚୌଧୁରୀ, ବିକାଶ– ଅକ୍ଷୟ ମିଶ୍ର, ନରେନ୍ଦ୍ର– ଜୀମୂତ ପଟ୍ଟନାୟକ, ନିରଞ୍ଜନ– ସୁବାସ ବୋଷ, ଗୋପି (ରଞ୍ଜିତା)– ରତି ମିଶ୍ର, ନିର୍ଦ୍ଦେଶନା– ରତି ମିଶ୍ର)

ଶୁଭସନ୍ଧ୍ୟା ସୁଧୀବୃନ୍ଦ !

ଆପଣମାନେ ଆମର ଅନ୍ନଦାତା, ଆମର ନମସ୍ୟ ଆପଣମାନେ ଏକ ସଭ୍ୟ ସମାଜର କର୍ଣ୍ଣଧାର ଏବଂ ନିଶ୍ଚିତ ଭାବରେ ଶିକ୍ଷିତ । ଅଥଚ ଶିକ୍ଷାଲାଭ ସମୟରେ ଗୋଟିଏ କାମ ବୋଧହୁଏ କରିନଥିବେ । ଏଇ ଧରନ୍ତୁ ହଷ୍ଟେଲରେ ରହି ପାଠ ପଢ଼ିବା ! କିଛି ଛାତ୍ର ଘରୁ ଯାଇ, କିଛି ହଷ୍ଟେଲରେ ରହି, ଆଉ କିଛି... ଆଚ୍ଛା – ଆପଣମାନଙ୍କ ଭିତରୁ କେହି କେବେ ହଷ୍ଟେଲରେ ସିଟ୍ ନ ପାଇ ପ୍ରାଇଭେଟ୍ ମେସରେ ରହି ପାଠ ପଢ଼ିଛନ୍ତି ?

ନା... ବୋଧହୁଏ, ସମସ୍ତଙ୍କର ଏ ଅନୁଭୂତି ନଥିବ । ଆସନ୍ତୁ ନା, ଆପଣମାନଙ୍କୁ ଏକ ମେସ ଘର ଭିତରକୁ ନେଇଯାଉଛୁ...

ପରଦା – ଖୋଲିଛି । ଆଲୋକ ଅଳ୍ପ । ମଞ୍ଚରେ ଗୋଟିଏ ବ୍ଲକ୍ ବା ଚେୟାର ବ୍ୟତୀତ ଅନ୍ୟ କିଛି ନାହିଁ ।

ବ୍ୟାକ୍ ଗ୍ରାଉଣ୍ଡ : ଏମିତି ଏକ ଖୋଲା ଘରକୁ ଦେଖି ଆପଣମାନେ ମନେମନେ ଭାବୁଥିବେ, ଏଇଟା ଯଦି ମେସ୍‌ଘର, ତେବେ ଏଠି ଖଟ ଚେୟାର, ଟେବୁଲ, ସୁରେଇ, ବହି, ଆଲଣା ସବୁ କୁଆଡ଼େ ଗଲା ? ଆପଣଙ୍କ ସନ୍ଦେହ ଯଥାର୍ଥ ! କିନ୍ତୁ କଥା କ'ଣ ଜାଣିଛନ୍ତି... ଏଇ ଘର ଭିତରେ କିଛିଦିନ ତଳେ ଗୋଟିଏ ଦୁର୍ଘଟଣା ଘଟିଯାଇଥିଲା, ଆମେ ସେ ଦୁର୍ଘଟଣାର କାହାଣୀକୁ ନେଇ ନାଟକ ବନେଇଛୁ ଏବଂ ଏଘଡ଼ି ପରିବେଷଣ କରିବୁ । ଆଉ ଆଙ୍କ କଲାବେଳେ ଏ ଟେବୁଲ ଚେୟାର ସବୁ ଆମକୁ ଅସୁବିଧାରେ

ପକେଇବ ବୋଲି, ଏଠୁ ବାହାର କରିଦେଇଛୁ। ଏଇଟାକୁ ଗୋଟିଏ ମେସଘର ବୋଲି ଭାବିନିଅନ୍ତୁ ନା... ସବୁ ଠିକ୍ ହୋଇଯିବ।

(ଆଲୋକ ଉଜ୍ଜ୍ୱଳତର ହୋଇଆସିଛି ଏବଂ ଗୋପି ଆସିଛି – ବାହାରୁ)

ବର୍ତ୍ତମାନ ଏ ଘର ଭିତରକୁ ଯିଏ ପ୍ରବେଶ କଲେ ସିଏ ଏଠି ରହୁଥିବା ଛାତ୍ର ନୁହନ୍ତି କିନ୍ତୁ ଏଠି ରହନ୍ତି। ତାଙ୍କ ନାଁ ଗୋପିନାଥ। ଗୋପିଆ ଆଜ୍ଞା। ଏ ମେସର ଚାକର। ତାଙ୍କ ହାତରେ ପରିବା...

ଗୋପି–   (ଭିତରକୁ) ରୁହନ୍ତୁ। (ଦର୍ଶକଙ୍କୁ) ନା ଆଜ୍ଞା, ମିଛକଥା।
ମୋ ନାଁ ଗୋପି ନୁହେଁ କି ମୁଁ ଏ ମେସର ଚାକର ନୁହେଁ। କଥା କ'ଣ କି ଆଜ୍ଞା, ଏ ମେସରେ ଯେଉଁ ଦୁର୍ଘଟଣା ଘଟି ନଥିଲା ! ତାକୁ ଏଠିକାର ଚାକର ଗୋପିଆ ପ୍ରତ୍ୟକ୍ଷ କରିଥିଲା। କିନ୍ତୁ ସେଇଟା ପୁରା ବୋକାଟେ। କ'ଣ ବୋଇଲେ କ'ଣ କହେ ସିଏ ନିଜେ ବି ବୁଝିପାରେନି। ଏମିତି ଲୋକଙ୍କୁ ନେଇ ତ ନାଟକ କରିବା ମୁସ୍କିଲ। ତେଣୁ ନାଚ ପିଲାମାନେ ଠିକ୍ କଲେ ତା' ରୋଲଟା ମୁଁ କରିଦେବି। ମୋ ନାଁ ଆଜ୍ଞା ରଞ୍ଜିତ୍ ରାଉତରାୟ। ମୁଁ ଜଣେ ଛାତ୍ର। କିନ୍ତୁ ବର୍ତ୍ତମାନ ଆଉ ଛାତ୍ର ନୁହେଁ। ବର୍ତ୍ତମାନଠୁ ମୁଁ ଗୋପି ହୋଇଗଲି। ଚାକର। ନାଟକ ପରେ କଥାବାର୍ତ୍ତା କରିବି, ରହୁଛି। ମୋର ତ ରୋଲ କିଛି ନାହିଁ। ଖାଲି ଦେଖିବା କଥା। ତେଣୁ ମଝିରେ ମଝିରେ ଆପଣଙ୍କ ସାମ୍‍ନାକୁ ଆସିବି। ଆରେ, ଅସଲ କାମଟା ତ କରିନି ଏ ଯାଏଁ। ଆସନ୍ତୁ, ଆପଣମାନଙ୍କୁ ଆମ ବାବୁମାନଙ୍କ ସହିତ ପରିଚୟ କରେଇ... (ପଛକୁ) ଆରେ ଏ ଯାଏଁ କ'ଣ କେହି ଆସିନାହାନ୍ତି। (ଦୂରରୁ ଚାହିଁ) ନା ଆଜ୍ଞା, ଆସିଗଲେ ବାବୁ ଆମର...

(ନରେନ୍ଦ୍ର ଆସିଛି। ସିରିଅସ୍। ପଛକୁ ଯାଇ ଠିଆହେଉଛି)

ଗୋପି–   ଆଗିଆଁ। ସେ ଦୋକାନୀ...

ନରେନ୍ଦ୍ର– ଚୋପ୍ (ଗୋପୀ ଆଗକୁ ଗୁଞ୍ଜ ଆସିଛି। ଦର୍ଶକଙ୍କୁ)

ଗୋପି–   ମୋ ବା'ଲୋ, ବାବୁ କ'ଣ ଆଜି ଭାରି ଗରମ ? କ'ଣ ଗୋଟେ ହୋଇଯାଇଥବ। ଇଏ ଆଜ୍ଞା ନରେନ୍ଦ୍ର ବାବୁ। ଭାରି ଭଲଲୋକ। ବି.ଏ. ପାସ୍ କରି ଚାକିରି ଖୋଜୁଛନ୍ତି। ଆଉ ଗୋଟେ କ'ଣ ପାଠ ବି ପଢୁଛନ୍ତି। ଆଉ ଯେଉମାନେ ଏଠି ରହୁଛନ୍ତି – ସେମାନେ ହେଲେ...

ପ୍ରକାଶ–   (ଭିତରୁ) ଆବେ ଗୋପିଆ, କବାଟ ଖୋଲ୍। ଆମେ ଏଠି କେତେବେଲୁ ଠିଆ ହୋଇଛୁ। ଆବେ ଶୁଭୁଛି ନା ନାହିଁ।

ଗୋପି–   ଶୁଣୁଛନ୍ତି ଆଜ୍ଞା, ମିଛୁଟାରେ କିମିତି ଚିଲଉଛନ୍ତି । (ବଡ଼ ପାଟିରେ) ଆଗିଆଁ,
            କବାଟ ଖୋଲା ଅଛି । ଠେଲି ଦିଅନ୍ତୁ ।
            (ପ୍ରକାଶ, ବିକାଶ, ନିରଞ୍ଜନ ଆସିଛନ୍ତି)
            ଏଇ ଆଜ୍ଞା, ବାବୁମାନେ ଏଥର ଚାକିରି ଖୋଜି, ବୁଲାବୁଲି କରି ଆସିଗଲେ ।
            ସେମାନେ ସେମାନଙ୍କ କଥା କହିବେ । ମୋର ଏଥର ଛୁଟି ।
ଗୋପି–   (ପ୍ରକାଶକୁ) ଆଜ୍ଞା ସେ ଦୋକାନୀ ବାକି ପଇସା ମାଗୁଥିଲା ।
ପ୍ରକାଶ–   (ନରେନ୍ଦ୍ରକୁ ହାତ ଦେଖାଇ) ତା’ ପାଖରୁ ନେଇଗଲୁନି ?
ନରେନ୍ଦ୍ର–   ମୁଁ ଆଜି ଟିଉସନ ଛାଡ଼ିଦେଇଛି ।
ବିକାଶ–   ଛାଡ଼ିଦେଇଛୁ, ମାନେ ?
ନରେନ୍ଦ୍ର–   ମାନେ – ମାନେ ମତେ ମନାକରାଗଲା ।
ନିରଞ୍ଜନ–   କାହିଁକି, ତୁ ତ’ ଖରାପ ପଢ଼ାଇଲା ପିଲା ନୁହେଁ ?
ନରେନ୍ଦ୍ର–   ତଥାପି ମନାକରାଗଲା, କାରଣ...
ଗୋପି–   ହେଇତ ଆରମ୍ଭ କରିଦେଲେ । ଆଜ୍ଞା ଟିକିଏ ରୁହନ୍ତୁ । ମୁଁ ଆପଣଙ୍କ ପରିଚୟଟା ଦେଇଦିଏ ।
            (ପାଖକୁ ଆସିଛି – ଚାହିଁଛି – ପଛକୁ ଯାଇ)
            ଏମାନେ ହେଲେ
ସମସ୍ତେ–   ଆମେ –
ପ୍ରକାଶ–   ପ୍ରକାଶ
ବିକାଶ–   ବିକାଶ
ନରେନ୍ଦ୍ର–   ନରେନ୍ଦ୍ର
ନିରଞ୍ଜନ–   ନିରଞ୍ଜନ
ପ୍ରକାଶ–   ପ୍ରକାଶ ଆମର ଅତୀତ ଏକ ଅନ୍ଧକାରର ଇତିହାସ ।
ବିକାଶ–   ସାମ୍ନାରେ ଆଲୋକର ସମ୍ଭାବନା ନାହିଁ ।
ନରେନ୍ଦ୍ର–   ବର୍ତ୍ତମାନର ଚୋରାବାଲି ଉପରେ ଠିଆ ହୋଇ ଆମେ ସଂଘର୍ଷ କରୁଛୁ ।
ନିରଞ୍ଜନ–   ପୃଥିବୀ ସହିତ, ନିଜ ମନ ସହିତ, ଦେହ ସହିତ ।
ପ୍ରକାଶ–   ନିଜ ଜ୍ୱାଲା, ଯନ୍ତ୍ରଣା, କ୍ଷୁଧା ସହିତ ।
ବିକାଶ–   ଆମେ ପ୍ରକୃତରେ ଶିକ୍ଷିତ ।
ନରେନ୍ଦ୍ର–   କିନ୍ତୁ ବେକାର ।
ନିରଞ୍ଜନ–   ଆମ ପାଖରେ ପେଟ ପୋଷିବାର ଉପାୟ ନାହିଁ । ପେଟରେ ଭୋକ ଓ
            ଚାରିଆଡ଼େ ଅନ୍ଧକାର ।

ପ୍ରକାଶ– କ'ଣ କରିବୁ ?

ବିକାଶ– କ'ଣ ?

ନରେନ୍ଦ୍ର– (ଆଗକୁ) ମୁଁ ମହାମାନ୍ୟ ମହାରାଜାଙ୍କ ଅଲିଅଲି ଦୁହିତାଙ୍କୁ ଶିକ୍ଷା ପ୍ରଦାନ କରୁଥିଲି । ଅଥଚ ଆଜି ସେତକ ବନ୍ଦ ହୋଇଗଲା ।

ସମସ୍ତେ– କାହିଁକି ?

ନରେନ୍ଦ୍ର– (ଚାହିଁଛି, ନୀରବ) କହୁଛି । (ଆଗକୁ ଯାଇ) ଆଜିର ଶିକ୍ଷା ସମୟ ଶେଷ ହୋଇ ଆସୁଥାଏ । ମହାରାଜାଙ୍କ ମହାମାନ୍ୟ ଭୃତ୍ୟ ସମ୍ବାଦ ପରିବେଷଣ କଲେ– ଛାମୁ ତଲବ କରୁଛନ୍ତି । ଗଲି । (ଯାଇଛି । ପଛରେ ବିକାଶ ହଁ ମହାରାଜା)

ନରେନ୍ଦ୍ର– ହଜୁର !

ବିକାଶ– କାଲିଠୁ ତୁମର ଆସିବା ଦରକାର ନାହିଁ ।

ନରେନ୍ଦ୍ର– ଆଜ୍ଞା !

ବିକାଶ– ତମେ ଆଇ.ଏ.ଏସ୍. ପାଇ ପାରିବ ?

ନରେନ୍ଦ୍ର– ଭାରି ଟଫ୍ କମ୍ପିଟିସନ୍ ଆଜ୍ଞା, ଚେଷ୍ଟା କରୁଛି ।

ବିକାଶ– ତୁମର ବ୍ୟାଙ୍କ ବାଲାନ୍ସ କେତେ ?

ନରେନ୍ଦ୍ର– ମୁଁ ନିହାତି ଗରିବ ।

ବିକାଶ– ତୁମର ପ୍ରାସାଦ ଅଛି, ବିଦେଶୀ ଗାଡ଼ି ?

ନରେନ୍ଦ୍ର– (ହସି) ମୋତେ ବୋଧହୁଏ ଉପହାସ କରୁଛନ୍ତି ।

ବିକାଶ– ହଁ ଉପହାସ କରୁଛି । ତମେ ରାଜକୁମାରୀଙ୍କୁ ପ୍ରେମ ନିବେଦନ କରିବାକୁ ସାହସ କଲ କେମିତି ?

ନରେନ୍ଦ୍ର– ନା ଆଜ୍ଞା, ମୁଁ ନୁହେଁ, ନିଜେ ରାଜକୁମାରୀସାହେବା...

ବିକାଶ– ବନ୍ଦ କର ! କାଲିଠାରୁ ଏ ଗେଟ୍ ମାଡ଼ିବାକୁ ଚେଷ୍ଟା କରିବନି । ଏଇ ନିଅ ତୁମର ଚିଠି । ବର୍ତ୍ତମାନଠାରୁ ସେ ଅର୍ଥହୀନ ପ୍ରେମର ମୃତ୍ୟୁ ହେଲା ।

ନରେନ୍ଦ୍ର– କିନ୍ତୁ ମଣିମା ?

ବିକାଶ– ତମେମାନେ ଗୋଲାମ । ତମର ଜନ୍ମ ସେଥିପାଇଁ । ଯାଅ । (ନରେନ୍ଦ୍ର ଆସିଛି ଆଗକୁ)

ନରେନ୍ଦ୍ର– ତା'ପରେ ଫାଟକ ପାଖରେ ଠିଆହୋଇ ପଛକୁ ଚାହିଁଲି । ଚିଠିଗୁଡ଼ାକ ସେଇଠି ଚିରି ପବନରେ ଉଡ଼େଇଦେଲି ଏବଂ ଫେରିଆସିଲି – ତମେ ବିଶ୍ୱାସ କରିପାରିବନି, ମୋ ଦେହର ପ୍ରତ୍ୟେକ ଅଂଶରେ ରାଜକୁମାରୀଙ୍କ ଦେହର ବାସ୍ନା ଏବେ ବି ମିଳିବ । ଅଥଚ...

ଗୋପି-   ଆଜ୍ଞା, ମୁଁ ପୁଣି ଆସିଯାଇଛି । ଟିକିଏ ମଝିରେ ଡିସ୍ଟରବ କରିବା ପାଇଁ ।
         ଗୋଟେ କଥା କହିବାକୁ ଭୁଲି ଯାଇଥିଲି । କଥା କ'ଣ କି ଏମାନେ ଯେଉଁସବୁ
         କଥା କହିବେ, ସେଗୁଡ଼ା ଆଜ୍ଞା ପ୍ରକୃତରେ ଗୋଟେ ଦିନରେ ଘଟି ନଥିଲା ।
         କିନ୍ତୁ ଆପଣ ତ କୋଉଦିନ କ'ଣ ଘଟିଥିଲା ସେଗୁଡ଼ା ଦେଖିବା ପାଇଁ ମାସମାସ
         ଧରି ବସିପାରିବେନି । ତେଣୁ ଆପଣଙ୍କୁ ସବୁକଥା ଏକାଦିନେ କହିବା ପାଇଁ
         ସବୁ ଘଟଣାକୁ ମିଶେଇମାଶେଇ ଦେଉଛୁ । ଆପଣଙ୍କର କିଛି ଅସୁବିଧା
         ହେବନି ? ଭାବିନେବେନି ? (ବିକାଶକୁ) ସିଏ ତାଙ୍କ କଥା କହିଦେଲେ ।
ବିକାଶ-   ହଁ ।
ଗୋପି-   ବିକାଶବାବୁଙ୍କୁ ଆପଣମାନେ ଏଇ ଭିତରେ ଚିହ୍ନି ଯାଇଥିବେ । ଇଏ ଜଣେ
         ଆଜ୍ଞା ବଡ଼ ବକ୍ତା । କଲେଜରେ କ'ଣ ସବୁ ବକାବକି କରି କପ୍ ପାଇଛନ୍ତି ।
         ଭାରି ନାଁ ଆଜ୍ଞା ତାଙ୍କର । ତାଙ୍କୁ ବି ଦିନେ ରାଜା ଡାକି ନେଇଥିଲେ ।
         (ପ୍ରକାଶ - ରାଜା, ନରେନ୍ଦ୍ର, ନିରଞ୍ଜନ - ପ୍ରହରୀ । ତା ପାଖକୁ)
ନରେନ୍ଦ୍ର- ଆପଣ ବିକାଶ ?
ବିକାଶ-   ହଁ ।
ନିରଞ୍ଜନ- ଛାମୁରୁ ତଲବ ହେଇଛି ।
ବିକାଶ-   କାହିଁକି ?
ନରେନ୍ଦ୍ର- ଚାଲନ୍ତୁ ।
ବିକାଶ-   କାହିଁକି ?
ନିରଞ୍ଜନ- ଯିବେନି ?
ବିକାଶ-   ଚାଲ (ଯାଇଛି । ମହାରାଜ; ପ୍ରକାଶ)
ପ୍ରକାଶ-   ତମେ ବିକାଶ ?
ବିକାଶ-   ଆଜ୍ଞା !
ପ୍ରକାଶ-   ଶିକ୍ଷାଲାଭ କରିଛ ?
ବିକାଶ-   ଆଜ୍ଞା !
ପ୍ରକାଶ-   ସୁନ୍ଦର ବକ୍ତୃତା ଦିଅ ?
ବିକାଶ-   ଆଜ୍ଞା ।
ପ୍ରକାଶ-   ତମେ ବେକାର ?
ବିକାଶ-   ଆଜ୍ଞା ।
ପ୍ରକାଶ-   ମୁଁ ତୁମର ସବୁ ଖବର ପାଇଛି । ମୁଁ ତୁମକୁ ସାହାଯ୍ୟ କରିବି ।

ବିକାଶ–   ମୋର ଭାଗ୍ୟ ଆଜ୍ଞା ।

ପ୍ରକାଶ–   ତମେ ମୋ ଅଧୀନରେ ଚାକିରି କରିବ ? ତମର କାମହେବ ବକ୍ତୃତା ଦେବା । ମୋର ରାଜ୍ୟର ସର୍ବତ୍ର ବୁଲି ବକ୍ତୃତା ଦେବ । ବକ୍ତୃତାରେ ମୋର ଯଶ ଗାନ କରିବ । ସର୍ବସାଧାରଣ ଜନତାଙ୍କୁ ବୁଝେଇଦେବ ଯେ, ମୁଁ ହେଉଛି ଏ ପୃଥିବୀର ସର୍ବଶ୍ରେଷ୍ଠ ସମ୍ରାଟ ।

ବିକାଶ–   କିନ୍ତୁ ମହାରାଜ, ମୁଁ ମିଛ କହିବାକୁ ଘୃଣା କରେ ।

ପ୍ରକାଶ–   ପୃଥିବୀରେ ମିଛ ସତ କିଛି ନାହିଁ । ଗୋଟାଏ ମିଛକୁ ହଜାରଥର ସତ ବୋଲି କହିଲେ ଲୋକେ ତାକୁ ସତ ମଣିବେ ! କୁହ, ପାରିବ ?

ବିକାଶ–   କହିବି ମହାରାଜ !

ପ୍ରକାଶ–   ତୁମକୁ ସମୟ ବି ଦିଆଗଲା । ଯାଅ । ହଁ, ଶୁଣ, ମୋ ଆଜ୍ଞା ଅବମାନନା କରିବା ଅର୍ଥ ସମସ୍ତ ରାଜଶକ୍ତିର ଅବମାନନା । ରାଜଶକ୍ତିର ଅବମାନନା କରୁଥିବା ଲୋକଙ୍କୁ ଦେଶଦ୍ରୋହୀ କହନ୍ତି । ଆଉ ଦେଶଦ୍ରୋହୀକୁ ଦଣ୍ଡ କ'ଣ ତମେ ଜାଣିଛ । ଯାଅ ।

                                                  (ଫେରୁଛି)

ଗୋପି–   ଆପଣ ସେଇଠୁ ଫେରିଆସିଲେ । ସିଧା ମୁହଁ ଉପରେ ମନାକରି ଦେଲେନି ? କ'ଣ ସାହସ ହେଲାନି ? ପ୍ରକାଶବାବୁ କେମିତି ମନା କରିଦେଲେ । ସିଏତ ଆପଣଙ୍କ ପରି ପିଲା । (ଆଗକୁ) ହଁ ଆଜ୍ଞା । ପ୍ରକାଶ ବାବୁ ସିଧା ମୁହେଁ ମୁହେଁ ବତେଇଦେଲେ । ସେଦିନ ଆଜ୍ଞା ସନ୍ଧ୍ୟାବେଳଟା । ପ୍ରକାଶବାବୁ ସେଇଠି ବସି କ'ଣ ଲେଖୁଥାଆନ୍ତି । ପ୍ରକାଶବାବୁ ଜଣେ ଲେଖକ ଆଜ୍ଞା । ଗପ ଲେଖନ୍ତି, ଗୀତ ବି । ମୁଁ ଏଇଠି ଠିଆ ହୋଇଥାଏ । ଏଇ ସମୟରେ ଜଣେ ଲୋକ କବାଟ ଠକ୍ଠକ୍ କଲା । (ନିରଞ୍ଜନ Out)

ଗୋପି–   କାହାକୁ ଖୋଜୁଛନ୍ତି ଆଜ୍ଞା ?

ନିରଞ୍ଜନ– ପ୍ରକାଶବାବୁ ଏଇଠି ରହନ୍ତି ?

ଗୋପି–   ହେଲପର ସେଇଠି ବସିଛନ୍ତି । (ପ୍ରକାଶକୁ) ପ୍ରକାଶବାବୁ! (ଗୋପି Out)

ପ୍ରକାଶ–   ମୁଁ ପ୍ରକାଶ । ଆପଣ ?

ନିରଞ୍ଜନ– ଆପଣ ମୋତେ ଚିହ୍ନିପାରିବେ ନାହିଁ । ପରିଚୟ ପରେ ଦେବି । କୁହନ୍ତୁ, ବର୍ତ୍ତମାନ ଆପଣଙ୍କ ଲେଖାଲେଖି କେମିତି ଚାଲିଛି ?

ପ୍ରକାଶ–   ସେମିତି । ହେଲେ କିଏ ପଚାରୁଛି ଆମ କଥା ?

ନିରଞ୍ଜନ– କାହିଁକି, ଅସୁବିଧା କ'ଣ ?

ପ୍ରକାଶ– ଅସୁବିଧା ଆଉ କ'ଣ ? ଖାଲି ଲେଖିଚାଲିଛି ।

ନିରଞ୍ଜନ– କାହିଁକି ? ପତ୍ରପତ୍ରିକାରେ ଛପେଇ ଦେଉନାହାନ୍ତି ?

ପ୍ରକାଶ– ଆପଣ କ'ଣ ଜାଣିନାହାନ୍ତି ? ଛପେଇବା ପାଇଁ ଗୋଟେ ବଡ଼ ପଦବୀ କିମ୍ବା ବ୍ୟାକିଂ ଦରକାର । ଆମର ସେସବୁ କାଇଁ ?

ନିରଞ୍ଜନ– ପତ୍ରପତ୍ରିକା ନ ହେଲା ନାହିଁ, ବହି ଛପେଇ ଦିଅନ୍ତୁ ।

ପ୍ରକାଶ– ବହି ? ହୁଁ । କାଲି ସକାଳେ କ'ଣ ଖାଇବାକୁ ହବ, ଯିଏ ତା'ର ଯୋଗାଡ଼ କରିପାରୁନି – ସିଏ ବହି ଛପେଇବ ? ପଇସା କାଇଁ ?

ନିରଞ୍ଜନ– ମୁଁ ଦେବି ପଇସା । ବହି ଛପେଇବା ପାଇଁ । ଖାଇବା ପାଇଁ ।

ପ୍ରକାଶ– ଆପଣ ଦେବେ ?

ନିରଞ୍ଜନ– ନା ଠିକ୍ ମୁଁ ଦେବିନି । ମହାରାଜ ଦେବେ । ମହାରାଜ ଆପଣଙ୍କ ପରି ଯୁବଲେଖକଙ୍କ ଖବର ସବୁ ସଂଗ୍ରହ କରିଛନ୍ତି । ସେ ଆପଣମାନଙ୍କୁ ସାହାଯ୍ୟ କରିବାକୁ ଚାହାନ୍ତି ।

ପ୍ରକାଶ– ଯା ହେଉ, ଆମମାନଙ୍କର ଭାଗ୍ୟ ।

ନିରଞ୍ଜନ– କିନ୍ତୁ ଆପଣମାନେ ମଧ୍ୟ ଟିକିଏ ସାହାଯ୍ୟ କରିବେ ମହାରାଜାଙ୍କୁ ।

ପ୍ରକାଶ– ସାହାଯ୍ୟ ?

ନିରଞ୍ଜନ– ବେଶୀ କିଛି କଷ୍ଟ କରିବାକୁ ପଡ଼ିବନି । ଆପଣମାନଙ୍କୁ ସବୁ ତଥ୍ୟ ଯୋଗାଇ ଦିଆଯିବ । ଆପଣମାନେ ସେସବୁ ଏକାଠି କରି ମହାରାଜାଙ୍କ ଜୀବନୀ ଲେଖିବେ । ମହାରାଜାଙ୍କର ଗୁଣାବଳୀ ଓ ତାଙ୍କ ରାଜତ୍ୱ ସମୟର କାର୍ଯ୍ୟ ସବୁ ବର୍ଣ୍ଣନା କରିବେ । ସେସବୁ ବହି ହଜାର ହଜାର ସଂଖ୍ୟାରେ ଛପାହୋଇ ରାଜ୍ୟସାରା ବଣ୍ଟାଯିବ । ଆଉ ଆପଣମାନଙ୍କୁ ସ୍ୱୀକୃତି ମିଲିଯିବ ଲେଖକ ହିସାବରେ ।

ପ୍ରକାଶ– ଓଃ ! ମୁଁ ଠିକ୍ ବୁଝିଲି । ଆପଣ ଯାଆନ୍ତୁ ।

ନିରଞ୍ଜନ– ମାନେ !

ପ୍ରକାଶ– ଆଉ ଆସିବା ଦରକାର ନାହିଁ ।

ନିରଞ୍ଜନ– ମୁଁ ଠିକ୍ ବୁଝି ପାରିଲିନି ।

ପ୍ରକାଶ– ଏଥିରେ ବୁଝିବାର କିଛି ନାହିଁ । ମୁଁ ଗୋଲାମୀକୁ ଘୃଣା କରେ । ମୋ ଆଦର୍ଶକୁ ମୁଁ ବଲିଦେଇ ପାରିବିନି ।

ନିରଞ୍ଜନ– ଆପଣ ଆଉଥରେ ଚିନ୍ତାକରି ଜବାବ ଦିଅନ୍ତୁ । ଆପଣ ନ ମିଲିଲେ ଆହୁରି ଅନେକ ଅଛନ୍ତି । କିନ୍ତୁ ଆପଣ ରାଜଆଜ୍ଞା ଅବମାନନା କରୁଛନ୍ତି । ରାଜଦ୍ରୋହ ଅପରାଧର ଶାସ୍ତି କ'ଣ ଆପଣ ଜାଣନ୍ତି ?

ପ୍ରକାଶ–   ହଁ, ଜାଣେ ।

ନିରଞ୍ଜନ– ଠିକ୍ ଅଛି, ଦେଖାହେବ ।   (ଯାଇଛି, ଗୋପି ଆସିଛି)

ଗୋପି–   (ତାଲିମାରି) ବାଃ, ବାଃ ! ଠିକ୍ ପିଲା, ପୂରା ଠିକ୍ । ମୁହେଁ ମୁହେଁ ଜବାବ ।
          (ପଛକୁ ଚାହିଁ, ନିରଞ୍ଜନ ବାବୁଙ୍କୁ)

ଗୋପି–   ନିରଞ୍ଜନ ବାବୁଙ୍କ କଥା ନ କହିଲେ ଚଳିବ । ଆପଣମାନଙ୍କ ଭିତରୁ କିଏ ନ
          ଚିହ୍ନିଥିବ ଯେ ତାଙ୍କୁ ! ଆପଣମାନେ ତ ଜାଣିଥିବେ, ସେ ଏଇ ବୟସରୁ
          ଦେଶ ଜାତିର ଉନ୍ନତି ପାଇଁ ଗାଁ ଗଣ୍ଡାରେ ବୁଲି ଲୋକମାନଙ୍କୁ ଶିକ୍ଷା ଦେଉଛନ୍ତି ।
          ଆତ୍ମରକ୍ଷାର କୌଶଳସବୁ ଶିଖାଉଛନ୍ତି ଏବଂ ଲୋକ ସଂଗଠନ କରୁଛନ୍ତି ।
          ରାଜା ଦିନେ... (ନିରଞ୍ଜନଙ୍କୁ) ଆଖା ! ସେଇଟା କି ବାହିନୀଟି ରାଜା କହିଲେ ?

ପ୍ରକାଶ–   କି ବାହିନୀ କିରେ ?

ବିକାଶ–   ତୁ ଜାଣିନୁ ?

ପ୍ରକାଶ–   ନା ତା

ନରେନ୍ଦ୍ର– କ'ଣ ତ ! ସେ କହୁନଥିଲା – ରାଜା କହିଲେ –
          (ରାଜାପରି) ତୁମେ ନିରଞ୍ଜନ, ମୋ ପ୍ରାସାଦ ମଧକୁ ଚାଲିଆସ । ଏଠି ରାଜ୍ୟ
          ସେନାବାହିନୀ ଗଠନ କର । ସେମାନେ ଦେଶ ଭିତରେ ଓ ବାହାରେ ଗୁପ୍ତଚର
          ଓ ଶତ୍ରୁମାନଙ୍କର ଗତିବିଧୢ ଲକ୍ଷ୍ୟ କରିବେ । ତୁମକୁ ପ୍ରଚୁର ପାରିଶ୍ରମିକ
          ଦେବି ।

ପ୍ରକାଶ–   ଓଃ, ସିଏ ମନାକରି ଦେଲା ! ତା' ପରେ ?

ବିକାଶ–   ତେଣୁ ରାଜା ରାଗିଗଲେ ।

ନରେନ୍ଦ୍ର– ଆଉ ବନ୍ଦୀ କରିବାର ଧମକ ଦେଲେ ।

ପ୍ରକାଶ–   ତେଣୁ ସେ ଲୁଚି ଲୁଚି ବୁଲୁଛି ।

ବିକାଶ–   ନିଜର ଠିକ୍ଠିକଣା ନାହିଁ ।

ନରେନ୍ଦ୍ର– କ'ଣ କରିବ ଠିକ୍ କରିପାରୁନି ।

ପ୍ରକାଶ–   ଆମେ ବି ?

ବିକାଶ–   କ'ଣ କରିବା ?

ନରେନ୍ଦ୍ର– କ'ଣ ?

ଗୋପି–   ଚିନ୍ତା କରନ୍ତୁ ଆଖା, ଉପାୟ ଚିନ୍ତା କରନ୍ତୁ । ମୁଁ ଯଦି ଏଇନେ କହିବି –
          ମତେ ଗୋଟେ ଉପାୟ ବତେଇ ଦିଅନ୍ତୁ । ସଉଦା କୋଉଠୁ ଆସିବ କିମ୍ଭ
          ମୋ ଦରମା ଗଣ୍ଠାକ –

ନିରଞ୍ଜନ-   ମୁଁ ମୋ କର୍ତ୍ତବ୍ୟ ଠିକ୍ କରିନେଇଛି । ଏ ରାଜ୍ୟରେ ମୁଁ ଯେଉଁମାନଙ୍କୁ ସଂଗଠିତ
କରିଛି, ସେମାନଙ୍କୁ ହିଂସ୍ର କରିଦେବି, ଯେଉଁମାନଙ୍କୁ ଆତ୍ମରକ୍ଷାର କୌଶଳ
ଶିଖାଇଛି, ସେମାନଙ୍କୁ ଗୁଣ୍ଡା ବନେଇବି । ଫଳରେ ଏଇ ରାଜ୍ୟର ଗ୍ରାମେ
ଗ୍ରାମେ ନଗ୍ରେ ନଗ୍ରେ ହିଂସାକାଣ୍ଡ ବ୍ୟାପିଯିବ । ଗୋଲାମମାନଙ୍କ ରକ୍ତରେ
ରାସ୍ତା ଲାଲ ହୋଇଯିବ । ଦେଖିବ କିଏ ରକ୍ଷା କରିବ ରାଜ୍ୟକୁ, ରାଜାକୁ ।

ନରେନ୍ଦ୍ର-   ମୁଁ ସେଇଦିନ ପ୍ରତିଜ୍ଞା କରିଥିଲି ଯେଉଦିନ ରାଜା ମତେ ବାହାର କରି
ଦେଇଥିଲେ ପ୍ରାସାଦ ମଧ୍ୟରୁ – ଯେତେଦିନ ପର୍ଯ୍ୟନ୍ତ ଏ ରାଜ୍ୟର କନ୍ୟାମାନେ
ପ୍ରେମିକର ଓଠରେ ଓଠ ରଖି, ମୁଁ ସମ୍ପୂର୍ଣ୍ଣ ତୁମର ବୋଲି କହି, ପରଦିନ
ବାପାଙ୍କ ସାମ୍ନାରେ ନିଜକୁ ସତୀ ପ୍ରମାଣିତ କରି ଚାଲି ନ ଆସିବେ, ସେତେଦିନ
ପର୍ଯ୍ୟନ୍ତ ଏଠି ପ୍ରେମ ସଫଳ ନୁହେଁ । ସତ୍ୟ ଏଠି ଅନ୍ଧକାର । ସ୍ୱପ୍ନ ସବୁ
ମିଥ୍ୟା । ମୁଁ ପ୍ରତିଜ୍ଞା କରିଛି ଏ ରାଜ୍ୟର ସେପରି କୁମାରୀମାନଙ୍କୁ ଅବୈଧ
ସନ୍ତାନର ଜନନୀ କରେଇବି । ଫଳରେ ସେ ଗର୍ବ ଭାଙ୍ଗିଯିବ । ସେ ଅହଂକାର
ଚୂନା ହୋଇଯିବ ।

ପ୍ରକାଶ-   ମତେ କିନ୍ତୁ ବଞ୍ଚିବାକୁ ହବ । ମୋ ପେଟରେ ଭୋକ ।
ମୋର ପଇସା ଦରକାର ଆଉ ପଇସା ପାଇଁ ମୁଁ ବହି ଲେଖିବି । ଯେଉଁ ବହି
ବିନା ପରିଶ୍ରମରେ ଲେଖାଯାଇ ପାରିବ, ଯେଉ ବହି ବିନା ଦ୍ୱିଧାରେ
ଲୋକମାନେ କିଣି ନେଇଯିବେ, ବେଶୀ ପଇସା ଦେବେ – ସେହି ବହି ।
ଅଶ୍ଳୀଳ ବହି । Pornography । ମସ୍ତରାମ ମାର୍କା ।

ବିକାଶ-   ମୋ କଥା କିନ୍ତୁ ଅଲଗା । ଏଠି ସ୍ୱାର୍ଥପର ନ ହେଲେ କେହି ବଞ୍ଚିରହି ପାରିବନି ।
ମୁଁ ଲୋକମାନଙ୍କୁ ଘୃଣା କରେ । ତେଣୁ ମୁଁ ରାଜାଙ୍କର ଭାଟ ହୋଇଯିବି । –
ସଭାକୁ ଯାଇ ବକ୍ତୃତା ଦେବି ।
(ଗୋପି ସାମ୍ନାକୁ ଆଗେଇ ନେଇଛି । ବେକରେ ଫୁଲମାଲ ଦେଇ, ନିଜେ
ଜାଲି ମାରିଛି ଏବଂ ବସିଲାବେଳକୁ...)

ବିକାଶ-   ଏତେ କମ୍ ଲୋକ କ'ଣ ସଭାରେ ?

ଗୋପି-   ଆଜ୍ଞା, ପଇସା ଦେଇ ଟ୍ରକ୍‌ରେ ବସେଇ ଗାଁ ଗଣ୍ଡାରୁ ଏତିକି ଯୋଗାଡ଼ କରିଛୁ ।
ଆଉ କୁଆଡୁ ଆସିବେ, ଚଳେଇ ନିଅନ୍ତୁ ।

ବିକାଶ-   ଆଚ୍ଛା ମୋର ପ୍ରିୟ ଭାଇଭଉଣୀମାନେ, ଆପଣମାନେ ଏକ ସୁବର୍ଣ୍ଣ ଯୁଗରେ
ବସବାସ କରୁଛନ୍ତି । ଆପଣଙ୍କର କୌଣସି ଦୁଃଖକଷ୍ଟ ନାହିଁ । ଏହି ଯୁଗର
ସ୍ରଷ୍ଟା ହେଉଛନ୍ତି ଆମର ମହାମାନ୍ୟ ମହାରାଜା । ସେ ଆପଣମାନଙ୍କ ପାଇଁ

ତାଙ୍କର ସର୍ବସ୍ୱ ଦାନ କରି ଦେଇଛନ୍ତି । ତାଙ୍କ ପିତା ଓ ପିତାମହ ଏ ରାଜ୍ୟ ପାଇଁ ତାଙ୍କର ଘରଦ୍ୱାର ବି ଦାନ କରି ଦେଇଥିଲେ – ଏପରିକି ଏ ପୃଥିବୀରେ ଶାନ୍ତି ପ୍ରତିଷ୍ଠା କରିବା ପାଇଁ – ତାଙ୍କ ପିତା ଏ ଦେଶର କିଛି ଅଂଶ ଆମର ପଡ଼ୋଶୀ ଦେଶକୁ ଦାନ କରି ଦେଇଛନ୍ତି ।

ତେଣୁ ବନ୍ଧୁଗଣ, ଆପଣମାନେ ଏକଜୁଟ୍ ହୋଇ ଆଗେଇ ଆସନ୍ତୁ, ଏଇ ମହାମାନ୍ୟ ମହାରାଜ କିପରି ଯୁଗଯୁଗ ବଞ୍ଚନ୍ତୁ ଏବଂ ଆମକୁ ଶାସନ କରନ୍ତୁ ସେଇ ପ୍ରାର୍ଥନା କରିବା ଭଗବାନଙ୍କ ନିକଟରେ ।

(ଗୋପୀ ତାଳିମାରୁଛି । ବୋକାଙ୍କ ପରି ଚାହିଁଛି)

ବିକାଶ– ଜୟ ମହାରାଜ କି (କେହି ଉତ୍ତର ଦେଉନାହାନ୍ତି)

ଗୋପି– (ହଠାତ୍) ଜୟ... (ସେମାନେ ଫେରି ଆସିଛନ୍ତି)

ଗୋପି– କ'ଣ ଆଜ୍ଞା ଉପାୟ ସବୁ ଠିକ୍ ହୋଇଗଲା ?

ପ୍ରକାଶ– ହଁ ।

ଗୋପି– ଏଥର ଲାଗିପଡ଼ନ୍ତୁ କାମରେ । ମୁଁ ଯାଉଛି, ଆଉ ଡେରି କାହିଁକି ଛି ! ଛି ! ଭୀରୁଗୁଡ଼ାକ ।

ନରେନ୍ଦ୍ର– ଗୋପି, କ'ଣ କହିଲୁ ବେ !

ଗୋପି– ମୋର ଭୁଲ୍ ହୋଇଗଲା ଆଜ୍ଞା ! ମୁଁ ମୁରୁଖ ଲୋକ । ଆପଣଙ୍କ ପରି ମୋର ବୁଦ୍ଧି ନାହିଁ, ହେଲେ ଆପଣମାନେ ଯୋଉ କାମ ସବୁ କରୁଛନ୍ତି, ଏଗୁଡ଼ା ମୋ ମନକୁ ପାଉନି ।

ନିରଞ୍ଜନ– ନ ପାଇଲେ ତୁ ଚାଲିଯା ଏଠୁ ।

ଗୋପି– ହଁ ଆଜ୍ଞା। ଚାଲିଯିବି, ଏ ଛୋଟଲୋକି ସବୁ ଦେଖିବାକୁ ମୋର ଇଚ୍ଛା ନାହିଁ ।

ପ୍ରକାଶ– କ'ଣ କହିଲୁ ? ଛୋଟ ଲୋକି ?

ଗୋପି– ଆଉ କ'ଣ ? ଆପଣ ପରା ଏଇନା କହିଲେ କ'ଣ ସବୁ ମସ୍ତରାମବାଲା ବହି ଲେଖିବେ ? ଆପଣଙ୍କ ମୁହଁରେ କ'ଣ ଟିକିଏ ସରମ ନାହିଁ । ସେ ସବୁ ବହି ଆପଣଙ୍କ ଭାଇ ଭଉଣୀ ପଢ଼ିଲେ, କ୍ଷତିଟା କାହାର ହବ ଜାଣପାରୁଛନ୍ତି ତ ?

ଆଉ ବିକାଶବାବୁ, ଆପଣ ଭାଟ ହେଇ ରାଜାଲାଗି ବକ୍ତୃତା ଦେବେ। ଆପଣଙ୍କ ନିଜ ଲୋକମାନଙ୍କୁ ମିଛ କହି ଭଣ୍ଡେଇବେ । ଲାଜ ଲାଗୁନି । କ'ଣ ଦୋଷ କରିଥିଲେ ସେମାନେ ଆପଣଙ୍କର ? ଆପଣ ନରେନ୍ଦ୍ରବାବୁ, ଭାଣ୍ଡୁଆ ଛୁଆ କରେଇବେ । କିଏ ଜନ୍ମ କରିବ ସେ ଛୁଆ ? ସେମାନେ କ'ଣ ଆପଣଙ୍କର

କେହି ନୁହନ୍ତି ? ନିଜ ଭଉଣୀମାନଙ୍କ କଥା କେବେ ଚିନ୍ତା କରିଛନ୍ତି ?...
ଛି...ଛି...ଛି...

(ନିରଞ୍ଜନଙ୍କୁ) – ଆପଣ କହିଦେଲେ ଲୋକଙ୍କୁ ଗୁଣ୍ଠା କରିଦେବେ। ରକ୍ତରେ
ହୋରି ଖେଳିବେ। ରାସ୍ତାଘାଟରେ ଚାକୁ ଚାଲିବ। କିନ୍ତୁ ମନେରଖିଥାନ୍ତୁ
ନିରଞ୍ଜନବାବୁ, ଦିନେ ନା ଦିନେ ଯେତେବେଲେ ସେଇ ଛୁରୀ ଆପଣଙ୍କ
ବେକରେ ବାଜିବ – ସେତେବେଲେ– ? କିଛି ଚିନ୍ତା କରିଛନ୍ତି ?

କ’ଣ ଦୋଷ କରିଥିଲେ ଏଇ ରାଜ୍ୟର ନିରୀହ ଭାଇ ଭଉଣୀମାନେ ?
କୋଉଥିପାଇଁ, ଆପଣମାନେ ତାଙ୍କ ଉପରେ ଦାଉ ସାଧିବାକୁ ଏତେ
ବଦ୍ଧପରିକର ? ବରଂ ତା’ରି ଉପରେ ଦାଉ ସାଧନ୍ତୁ, ତା’ରି କ୍ଷତି କରନ୍ତୁ,
ଯିଏ ଆପଣଙ୍କୁ ଗୋଲାମ ବନେଇବାକୁ ଚାହିଁଛି, ଯିଏ ଆପଣଙ୍କୁ ବନ୍ଦୀ
କରିବାକୁ ଚର ପଠେଇଛି, ଯିଏ ଆପଣଙ୍କୁ ହତ୍ୟା କରିବାର ଧମକ୍ ଦେଇଛି।

ପ୍ରକାଶ–   ହଁ।

ନରେନ୍ଦ୍ର/ନିର/ବିକାଶ– ସେ କିଏ ?

ଗୋପି–   ସିଏ– ରାଜା... ଆ–ଆ !

(ଗୋପି ବ୍ଲକ୍ ଉପରେ / ନିଜେ ରାଜା)

ସମସ୍ତେ–   ରାଜା ଆମ ଉପରେ ଅତ୍ୟାଚାର କରିଛି।

ରାଜା ଆମକୁ କଷ୍ଟ ଦେଇଛି।

ରାଜା ଆମକୁ ଗୋଲାମ ବନେଇଛି।

ଆମେ ତାକୁ ହତ୍ୟା କରିବୁ।

ହତ୍ୟା–ହତ୍ୟା–ହତ୍ୟା–

ଗୋପି–   ରାଜାକୁ ଏତେ ସହଜରେ ଆପଣମାନେ ହତ୍ୟା କରିପାରିବେନି। କାରଣ –
ତା’ର ଅସୁମାରୀ ଶକ୍ତି। ତାକୁ ମାରିବା ପାଇଁ ବୁଦ୍ଧି ଦରକାର। ସେ ବୁଦ୍ଧି
ଆପଣମାନଙ୍କ ପାଖରେ ଅଛି ?

ପ୍ରକାଶ–   ଆମ ପାଖରେ ?

ଗୋପି–   ହଁ ପ୍ରକାଶ ବାବୁ, ଆପଣ ମସ୍ତରାମ ମାର୍କା ବହି ଲେଖିବେ ବୋଲି କହୁଥିଲେ
ନା ? ବରଂ ତା ବଦଲରେ ଆପଣ ଲୋକମାନଙ୍କର ଦୁଃଖ ଯନ୍ତ୍ରଣାର କାହାଣୀ
ଲେଖନ୍ତୁ – ବିପ୍ଲବର କାହାଣୀ ରଚନା କରନ୍ତୁ। ଆଉ ବିକାଶ ବାବୁ – ଆପଣ
ରାଜାଙ୍କର ଭାଟ ହେବେ ବୋଲି କହୁଥିଲେ ନା ? ବରଂ ଆପଣ ଏଇ ଦୁଃଖ
ଯନ୍ତ୍ରଣାର କାହାଣୀକୁ, ଏ ବିପ୍ଲବର ବାଣୀକୁ, ଦେଶର ଅଧିକନ୍ଦିରେ ପ୍ରଚାର

କରନ୍ତୁ । ଆଉ ନିରଞ୍ଜନ ବାବୁ, ଆପଣ ଲୋକଙ୍କୁ ଗୁଣ୍ଡା ବନେଇବେ ବୋଲି କହୁଥିଲେ ନା ? ବରଂ ତା ବଦଳରେ ତାଙ୍କୁ ବିପ୍ଳବର ମନ୍ତ୍ରରେ ଦୀକ୍ଷା ଦିଅନ୍ତୁ, ଦୈହିକ ଓ ଯାନ୍ତ୍ରିକ ଶକ୍ତିରେ ବଳୀୟାନ କରାନ୍ତୁ । ଆପଣ କହୁଥିଲେ ନା ନରେନ୍ଦ୍ର ବାବୁ, କୁମାରୀମାନଙ୍କୁ ନଷ୍ଟ କରିବା ପାଇଁ ? ବରଂ ତା’ ପରିବର୍ତ୍ତେ ସେମାନଙ୍କୁ ସ୍ନେହ ଦିଅନ୍ତୁ, ଭାଇର ସ୍ନେହ । ସେମାନେ ଆପଣଙ୍କୁ ଆଶ୍ରୟ ଦେବେ – ଆପଣଙ୍କ ଦୁର୍ଦ୍ଦିନରେ, ଜୀବନ ଦେଇ । (ଆଗକୁ) ଯେତେବେଳେ ଏ ବିପ୍ଳବ କାହାଣୀ ଏ ଦେଶରେ ସର୍ବତ୍ର ଖେଳେଇ ହେଇଯିବ, ସେତେବେଳେ ଏ ଜାତିର ରକ୍ତରେ ନିଆଁ ଲାଗିଯିବ । ଆଉ ଯେତେବେଳେ ସେମାନଙ୍କ ଦେହରେ ସୃଷ୍ଟି ହେବ ଅସୁମାରୀ ଶକ୍ତି, ହାତରେ ଥିବ ହତିଆର – ଆଉ ପଛରେ ଥିବା ଆଶୀର୍ବାଦ ଓ ସ୍ନେହ ମମତା – ସେତେବେଳେ – ରାଜା – ହାଃ – ହାଃ – ରାଜା – ହାଃ-ହାଃ – ରାଜା – ଆ–

(ଅନ୍ଧାର । ଗୋପି ବାହାରକୁ ଯାଇଛି)

ଏକ୍‍– ପ୍ରକାଶ ଲେଖିଛି ଏବଂ ଲୋକଙ୍କ ଘରେ ଲେଖା ବାଣ୍ଟୁଛି ।

ଦୁଇ– ବିକାଶ ଲୋକମାନଙ୍କୁ ବକ୍ତୃତା ଦେଇ ବୁଝାଉଛି ।

ତିନି– ନରେନ୍ଦ୍ର ଛୋଟ ପିଲାମାନଙ୍କ ସହ ଖେଳୁଛି, ଯଥା– ଚଟା, ଛକି ଶୂନ ଏବଂ ରେଳଗାଡ଼ି ହବା ।

ଚାରି– ନିରଞ୍ଜନ ଆତ୍ମରକ୍ଷାର କୌଶଳ ଶିଖାଉଛି, ଯଥା– ମୁଷ୍ଟିଯୁଦ୍ଧ ଏବଂ ବନ୍ଦୁକ ଚାଳନା ।
    (ଆଲୋକ ଏବଂ ସମସ୍ତେ ନୀରବରେ ଅଭିନୟ କରିଚାଲିଛନ୍ତି । ପଛରୁ ସଙ୍ଗୀତ ଆସ୍ତେ ଆସ୍ତେ ଉଚ୍ଚତର)

ବ୍ୟାକ୍‍ଗ୍ରାଉଣ୍ଡ– ଦେଶରେ ଶାନ୍ତିଶୃଙ୍ଖଳା ବ୍ୟାହତ ହୋଇଛି । ଦଳେ ଯୁବକ ଏ ଦେଶକୁ ଖଣ୍ଡଖଣ୍ଡ କରି ଦେବାକୁ ଷଡ଼ଯନ୍ତ୍ର ଚଳେଇଛନ୍ତି । ଏମାନେ ସବୁ ଦେଶଦ୍ରୋହୀ, ଏମାନଙ୍କୁ ହତ୍ୟାକର । (ଗୁଳିର ଶବ୍ଦ, ଆଲୋକ ଲାଲ) ହତ୍ୟା କର (ଗୁଳି) ହତ୍ୟା କର (ଗୁଳି), ହତ୍ୟା କର (ଗୁଳି) (ଏବଂ ଜଣକ ଉପରେ ଜଣେ ଟଳି ପଡ଼ିଛନ୍ତି ଓ ଫ୍ରିଜ୍‍)

ଗୋପି– ବିପ୍ଳବର ଆରମ୍ଭ ନ ହେଉଣୁ ବିପ୍ଳବୀଙ୍କର ମୃତ୍ୟୁ ଘଟିଲା । କିନ୍ତୁ ବିପ୍ଳବ କ’ଣ ଏଠି ବନ୍ଦ ହେଇଯିବ ? ନା, କେବେ ନୁହେଁ । ବିପ୍ଳବୀ ମରିଗଲେ ବିପ୍ଳବର ମୃତ୍ୟୁ ହୁଏନା । ପୁଣି ବିପ୍ଳବୀ ବାହାରନ୍ତି – ପୁଣି ଜନ୍ମ ନିଅନ୍ତି ଏବଂ ମୋର ବିଶ୍ୱାସ, ଏମାନଙ୍କ ପରି ଆହୁରି ବିପ୍ଳବୀ ଏଠି ଥିବେ, ଆପଣମାନଙ୍କ

ଭିତରେ। ସେମାନଙ୍କୁ ମୋର ଅନୁରୋଧ, ସେମାନେ ଆରମ୍ଭ ହୋଇଥିବା ଏଇ କାର୍ଯ୍ୟକୁ ପୂରା କରିବେ। ରହୁଛି। (ଧଳା ଆଲୋକ) (ପଛକୁ ଫେରିଛି) (ତାଳି ମାରିଛି)

– ଏଇ ଉଠ୍‌ବେ। ସେଇଟି କାହିଁକି ସେମିତି ଠିଆ ହେଇଛ?

– (ଆଗକୁ) ଏମାନେ ଆଜ୍ଞା ଯେତେବେଳେ ମରିଗଲେ ସେତିକିବେଳୁ ଏ ନାଟକର ଶେଷ ହୋଇଛି। ଏଗୁଡ଼ା ଯାହା ହେଉଛି, ଏସବୁ ନାଟକ ବାହାରର କଥା। (ପ୍ରକାଶକୁ) କିରେ, ଯିବା?

ପ୍ରକାଶ–   ହଁ।

ଗୋପୀ–   ଆରେ, ନମସ୍କାର କର... ନମସ୍କାର ଆଜ୍ଞା। (ପଜ୍‌)
ଟିକିଏ ରହ, ଆଜ୍ଞା ଗୋଟିଏ କଥା ଭୁଲି ଯାଇଥିଲି। ଆପଣଙ୍କୁ ଦି'ଟା ଜିନିଷ ଭାରି ଅଡ଼ୁଆ ଲାଗୁଥିବ। ଭାବୁଥିବେ, ଏମାନେ ତ' ସେ ଦୁର୍ଘଟଣାରେ ମରିଯାଇ ଥିଲେ, ପୁଣି ନାଟକ କରିବାକୁ ଆସିଲେ କେମିତି? ଆଉ ଶୁଣି ଭାବୁଥିବେ, ଗୋପି ତ ଗୋଟେ ଚାକର। ସେ ଏଡ଼େ ଏଡ଼େ ବହିପଢ଼ା କଥା ଜାଣିଲା କେମିତି? ଆଗେ ଏମାନଙ୍କ କଥା କହିଦିଏ। ଆଗରୁ ତ କହିଛି – ରାଜାଙ୍କ ଲୋକ ଯେତେବେଳେ ଏମାନଙ୍କୁ ଖୋଜିଲେ, ଏମାନେ ଯିଏ ଯୁଆଡ଼େ ଲୁଚିଲେ। ତାଙ୍କ ଖବର ଆଦୌ ପାଇଲୁନି। ତେଣୁ ଆମେ ଭାବିଲୁ, ଏମାନଙ୍କୁ ରାଜା ଧରିନେଇଛି ଏବଂ ମାରିଦେଇଛି। ସେଇକଥା ନାଟକରେ ଲେଖିଦେଲୁ। ଅଥଚ ଏମାନେ ବଞ୍ଚିଥିଲେ ଏବଂ ବଞ୍ଚିଛନ୍ତି। ଆଉ, ଗୋପି କଥା! ପ୍ରକୃତ କଥା କ'ଣ କି ଆଜ୍ଞା, ରାଜାଙ୍କ ଲୋକ ଏମାନଙ୍କୁ ଖୋଜି ଖୋଜି ଏଠି ଆସି ପହଞ୍ଚିଲା। ଗୋପିକୁ ପଚାରିଲା, ସେ ଏଣୁତେଣୁ କ'ଣ ବକିଲାରୁ ତାକୁ ଧରିନେଇ ଭୁକେଇ ଦେଲେ। ତେଣୁ ତା ରୋଲ୍ ମତେ କରିବାକୁ ପଡ଼ିଲା। ମୁଁ ତ ଆଜ୍ଞା ଆଗରୁ କେବେ ଡ୍ରାମାରେ ରୋଲ୍ କରିନି। ଏମାନଙ୍କ କଥା ଶୁଣି ଟିକେ ଏକ୍‌ସାଇଟେଡ୍ ହୋଇଗଲି ଓ ଡ୍ରାମାରେ ଓଭରଆକ୍‌ସନ ବି କରି ପକେଇଛି ବୋଧହୁଏ। ଯାହା କହିବା କଥା, ଯାହା ମୋର ବହିପଢ଼ା କଥା, ସବୁ ମିଶେଇ ମାଶେଇ କହି ଦେଇଛି। ସେଥିପାଇଁ ଆଜ୍ଞା। କ୍ଷମା ମାଗିନେଉଛି। ରହୁଛି! ନାଟକ କେମିତି ଲାଗିଲା କହିବେ ନମସ୍କାର।

 । ଆସ୍ତେ ଆସ୍ତେ ଅନ୍ଧକାର ।

ଭଗ୍ନ ସହରର ଇତିବୃତ୍ତ

ବିଜୟ କୁମାର ଶତପଥୀ

ଚରିତ୍ର : ୧. ବୃଦ୍ଧବ୍ୟକ୍ତି, ୨. ପ୍ରବଞ୍ଚକ (ଭୃତ୍ୟ), ୩. ଟୁରିଷ୍ଟ, ୪. ଅନ୍ଧବ୍ୟକ୍ତି, ୫. ବ୍ୟକ୍ତି, ୬. ତ୍ରୁଷ୍ଟା ।

ଏକ ସହର ମଧ୍ୟରେ ଅବସ୍ଥିତ ଗୋଟିଏ ଭଗ୍ନ ଗୃହର ଦୃଶ୍ୟ । ସହରଟି ବହୁଦିନରୁ ପରିତ୍ୟକ୍ତ ମଧ୍ୟ । ତା'ର ପରିବେଶ ଅପରିଷ୍କୃତ ଓ ଆବର୍ଜନାମୟ । ଦର୍ଶିକ ଗ୍ୟାଲେରୀକୁ ଦୁଇଭାଗ କରି ଗୋଟିଏ ରାସ୍ତା ଲମ୍ବି ଯାଇଛି ମଞ୍ଚ ପର୍ଯ୍ୟନ୍ତ । ଆବଶ୍ୟକତା ଅନୁସାରେ ସେହି ରାସ୍ତାଟିକୁ ସ୍ପର୍ଶ କରିବା ପାଇଁ ସ୍ପଟ୍ ଲାଇଟ୍‍ର ପ୍ରୟୋଜନ । ଗୃହ ଅର୍ଥାତ୍ ମଞ୍ଚର ମଧ୍ୟ ଭାଗରେ ଝୁଲୁଛି ଗୋଟିଏ ଖଣ୍ଡା । ଠିକ୍ ତାରି ତଳେ ଉପରକୁ ଦୃଷ୍ଟି ତୋଲି ଚାହିଁଛନ୍ତି ଜଣେ ବୃଦ୍ଧ । ମୁହଁରେ ତଥା ତାଙ୍କ ପ୍ରତ୍ୟେକ ଅଙ୍ଗ ପ୍ରତ୍ୟଙ୍ଗରେ ବୟସର ଛାପ । ମଞ୍ଚର ଆଲୋକ ମଳିନ ।

ବୃଦ୍ଧ   : (ଯୁବକଙ୍କ ଉଦ୍ଦେଶ୍ୟରେ) ତୁମେ ?

ଟୁରିଷ୍ଟ : ଜଣେ ଟୁରିଷ୍ଟ ଆଜ୍ଞା ।

ବୃଦ୍ଧ   : ଟୁରିଷ୍ଟ !

ଟୁରିଷ୍ଟ : ଏମିତି ଅନେକ ଜାଗା ବୁଲିଛି । ବୁଲିବୁଲି ଖୋଜିଖୋଜି ମୁଁ କ୍ଲାନ୍ତ ହୋଇପଡ଼ିଛି । ତଥାପି ଖୋଜି ଚାଲିଛି । ଆହୁରି ବ୍ୟଗ୍ର ଓ ଉତ୍କଣ୍ଠା ସହକାରେ ମୁଁ ଖୋଜି ଚାଲିଛି ।

ବୃଦ୍ଧ   : ଏତେ ଖୋଜିବା ପରେ ତୁମେ କିଛି ହେଲେ ପାଇନ ? କେଉଁଠି ହେଲେ ତୁମେ ତୁମର ଈପ୍ସିତ ଜିନିଷ ପାଇନ ?

ଟୁରିଷ୍ଟ : ନା, ଯେତେ ଖୋଜିଛି ଜୀବନର ସଂଜ୍ଞା ମୋ ନିକଟରେ ସେତେ ଦୁର୍ବୋଧ ହୋଇପଡ଼ିଛି । ମୁଁ ବେଶୀ ପରିମାଣରେ ତା ସମ୍ପର୍କରେ ସନ୍ଦିହାନ ହୋଇ ପଡ଼ିଛି ।

ବୃଦ୍ଧ   : (ମ୍ଲାନହସ୍ୟ) ଜାଣେ, ଏକ ଘୂର୍ଣ୍ଣିତ ଆବର୍ତ ମଧ୍ୟରେ ତୁମେ ଖାଲି ଘୂରି ବୁଲୁଥିବ ।

ସିସିଫସ୍ ପରି ମୁଣ୍ଡରେ ଓଜନିଆ ବୋଝନେଇ ପାହାଡ଼ ଉପରକୁ ଯାଉଯାଉ ତୁମେ ବାରମ୍ବାର ପାହାଡ଼ ତଳକୁ ଖସି ପଡ଼ୁଥିବ। ଆଛା ତୁମେ ଏଠିକି କେମିତି ଆସିଲ ?

ଟୁରିଷ୍ଟ : (ଛେପ ଢୋକି) ମୁଁ...ମୁଁ କେମିତି ଆସିଲି ମୁଁ ଜାଣିନି। କିପରି ଗୋଟେ ଆକର୍ଷଣ ମତେ ବୋଧହୁଏ ଏ ସହର ଆଡ଼କୁ ଟାଣି ଆଣିଲା।

ବୃଦ୍ଧ : (ଆଶ୍ଚର୍ଯ୍ୟ ହୋଇ) ଆକର୍ଷଣ। ଏ ବିଧ୍ୱସ୍ତ ସହରରେ ପୁଣି ଗୋଟାଏ ଆକର୍ଷଣ ଥାଇପାରେ ! ଯୁବକ ମୃତ୍ୟୁପରି ଶୀତଳ ନିସ୍ତବ୍ଧତା ଏ ସହରର ପରିବ୍ୟାପ୍ତ। ଏଠି ନାହିଁ ପ୍ରାଣସ୍ପନ୍ଦନ, ନାହିଁ ମଧ ବଞ୍ଚିବାର କୌଣସି ଆକର୍ଷଣ।

ଟୁରିଷ୍ଟ : କ'ଣ କହୁଛନ୍ତି ଆପଣ ? ମୁଁ କିନ୍ତୁ ଅନେକ ଆଶା ନେଇ ଏଠିକି ଧାଇଁ ଆସିଛି। ଏଇ ଦେଖନ୍ତୁ ରାତି କ୍ରମଶଃ ପାଖେଇ ଆସିଲାଣି। ମୁଁ ଅନ୍ତତଃ ଏଇ ରାତିଟା ଏଠି ଆଶ୍ରୟ ନେବା ପାଇଁ ଚାହେଁ। ତା'ପରେ ଅନେକ ବୁଲି ବୁଲି ମୁଁ କ୍ଲାନ୍ତ ହୋଇପଡ଼ିଛି। ନିଃସ୍ୱ ମଧ। ଏପରିକି ମୋର ଖାଦ୍ୟ ପାନୀୟ ପାଇଁ ମଧ ମୁଁ ସମ୍ବଳହୀନ।

ବୃଦ୍ଧ : ତୁମେ ସ୍ୱପ୍ନ ଦେଖୁଛ ଟୁରିଷ୍ଟ, ଏ ପରିତ୍ୟକ୍ତ ସହରରେ ଆଶ୍ରୟ ଜମା ମିଳେନା। ଏଠି କେବଳ ବିକ୍ଷୁବ୍ଧ ସମୁଦ୍ର ଢେଉ ପରି ଯନ୍ତ୍ରଣା ମଥା ପିଟେ। ଦେଖୁଛ ! ଏଡ଼େ ବଡ଼ ବିରାଟ ସହର ମାତ୍ର କେହି ନାହାନ୍ତି। ମରୁ ପ୍ରାନ୍ତର ପରି ଶୂନ୍ୟତା ଯେପରି ସବୁଆଡ଼େ ଘେରି ରହିଛି ! ଆଉ ମଧ ଦେଖୁଛ (ସେ ଟୁରିଷ୍ଟଙ୍କୁ ଆଙ୍ଗୁଳି ନିର୍ଦ୍ଦେଶ କରି ଖଡ୍ଗ ଦେଖାଇଲେ) ଏ ଉତ୍ତୋଲିତ ଖଡ୍ଗକୁ।

ଟୁରିଷ୍ଟ : (ଚିତ୍କାର କରି) ଖଡ୍ଗ ...ଓଃ... ଖଡ୍ଗ।

ବୃଦ୍ଧ : (ଖୁବ୍ ଜୋର୍‌ରେ ହସି ଉଠିଛନ୍ତି) ଜାଣେ ତୁମେ ଭୟ କରୁଛ। ଖୁବ୍ ଭୟ କରୁଛ। ଏ ଉତ୍ତୋଲିତ ଖଡ୍ଗ କବଳରୁ ତୁମର ଆଦୌ ପରିତ୍ରାଣ ନାହିଁ। ଏ ସହରରେ ଯିଏ ଥରେ ପ୍ରବେଶ କରେ ଏ ଖଡ୍ଗ ତାକୁ ଶାସ୍ତି ଦିଏ... ନିଷ୍ଠୁର... ନିର୍ମମ... ଡିମୋକ୍ଲିସ୍ ଖଡ୍ଗ।

ଟୁରିଷ୍ଟ : (ବ୍ୟସ୍ତହୋଇ) ଡିମୋକ୍ଲିସ୍ ଖଡ୍ଗ।

ବୃଦ୍ଧ : (ଖୁବ୍ ଜୋରରେ) କେବଳ ମଣିଷ ନୁହନ୍ତି। ଏ ଖଡ୍ଗ ମଧ ଦିନେ ସମୁଦାୟ ସଂସ୍କୃତି ଓ ସଭ୍ୟତାକୁ ଗ୍ରାସ କରିବ। ମୁଁ ସେଇ ସୁଦିନର ଅପେକ୍ଷାରେ। ଏରକା ବନରେ ସଙ୍ଗଠିତ ହେବାକୁ ଯାଉଥିବା ଲୋମହର୍ଷଣକାରୀ ଯୁଦ୍ଧ ଓ ଧ୍ୱଂସ ପାଇଁ ମୁଁ ଅପେକ୍ଷା କରି ରହିଛି ବହୁଦିନରୁ। କିନ୍ତୁ କାହିଁ ସେ ପ୍ରଳୟ ? ଓଃ... ନୂଆ ସୃଷ୍ଟି କେଡ଼େ ଚମକ୍କାର ? କୋଲାହଲ ରତ ମଣିଷର ନୂଆ ଜୀବନ ସତରେ ଭାରି ସୁନ୍ଦର।

ଚୁରିଷ୍ଟ : ଆପଣ କ'ଣ କହୁଛନ୍ତି ମୁଁ ଜମା ବୁଝି ପାରୁନି। ମନେ ହେଉଛି ଆପଣ
ଯେମିତି ମୋ ନିକଟରେ ଦୁର୍ବୋଧ ହୋଇପଡୁଛନ୍ତି।

ବୃଦ୍ଧ : (ସାମାନ୍ୟ ହସି) ଏ ଜନଶୂନ୍ୟ ବିଧ୍ୱସ୍ତ ଇଲାକା, ତା ଭିତରେ ବୟସ ଭାରରେ
ନଇଁ ପଡ଼ିଥିବା ମୋ ପରି ଜଣେ ବୃଦ୍ଧ। ସବୁକିଛି ଦୁର୍ବୋଧ ଲାଗିବା ସ୍ୱାଭାବିକ
କଥା।

ଚୁରିଷ୍ଟ : (ଅନୁନୟ କଣ୍ଠରେ) ଦେଖନ୍ତୁ ଆଜ୍ଞା ମୁଁ ଆଜି ରାତିଟା ଏଠି ଆଶ୍ରୟ ଚାହେଁ।
ତା'ପରେ ସକାଳୁ ଉଠି ମୁଁ ଚାଲିଯିବି। ଦୟାକରି ମତେ କଥା ଦିଅନ୍ତୁ ଆଜ୍ଞା
ଆଜି ରାତିଟା ପାଇଁ ଆପଣ ମତେ ଆଶ୍ରୟ ଦେବେ କି ନାହିଁ ?

ବୃଦ୍ଧ : ଘୋର ବିଡ଼ମ୍ବନା ଯୁବକ। ମୁଁ... ହଁ ମୋରି କଥା କହୁଛି। ମୁଁ ବି ନିଜେ
ଆଶ୍ରୟହୀନ ଜଣେ, ଏ ସହରରେ ଅନେକଗୁଡ଼ିଏ ଘର, ମାତ୍ର ସବୁଗୁଡ଼ିକ
ପରିତ୍ୟକ୍ତ। ମୋ ପାଇଁ କେଉଁଠି ହେଲେ ମୁଣ୍ଡ ଗୁଞ୍ଜିବାକୁ ରାହା ନାହିଁ। ମୋ
ପାଇଁ ପ୍ରତ୍ୟେକ ଗୃହର ଦ୍ୱାର ନିଷେଧ। (ବୃଦ୍ଧଙ୍କର କଣ୍ଠ କ୍ରମଶଃ କରୁଣ
ହୋଇ ଆସୁଥିଲା) ମୁଁ ଅସହାୟ ଭାବରେ ମୋ ଭୃତ୍ୟର ଦୟା ଉପରେ ବଞ୍ଚିଛି।

ଚୁରିଷ୍ଟ : (ଆଶ୍ଚର୍ଯ୍ୟ ସହକାରେ) ଆପଣ ଆପଣଙ୍କ ଭୃତ୍ୟର ଦୟା ଉପରେ ବଞ୍ଚିଛନ୍ତି।

ବୃଦ୍ଧ : ଆଶ୍ଚର୍ଯ୍ୟ ହୋଇପାର ଯୁବକ ମାତ୍ର ଗତ୍ୟନ୍ତର ନାହିଁ। ମୋର ଜୀବନ ଧାରଣ
ପାଇଁ ମୋର ଭୃତ୍ୟ ଏକମାତ୍ର ସହାୟକ। ତା ନିକଟରେ ମୁଁ ଆଶ୍ରିତ। (କରୁଣ
କଣ୍ଠରେ) ଆଉ ଗୋଟିଏ କଥା କ'ଣ ଜାଣିଛ ? ମୋର ଭୃତ୍ୟ ମୋତେ ନିର୍ମମ
ଭାବରେ ପ୍ରହାର କରେ। ହଁ ଅତି ନିର୍ମମ ଆଉ ନିଷ୍ଠୁର ଭାବରେ। ମୁଁ କିନ୍ତୁ
କାନ୍ଦି ପାରେନି, ଚିତ୍କାର ବି କରିପାରେନି। ପ୍ରହାର ଜନିତ ସେହି ଜ୍ୱାଲାକୁ
ମୁଣ୍ଡପାତି ହଜମ କରିନିଏ ଯେପରିକି ସେଗୁଡ଼ିକ ମୋର ଏକାନ୍ତ ଭାବରେ
ପ୍ରାପ୍ୟ।

ଚୁରିଷ୍ଟ : କିନ୍ତୁ ଆପଣତ ତା'ର ମୁନିବ, ଇଚ୍ଛା କଲେ ତା ଉପରେ ପ୍ରଭୁତ୍ୱ ଜାହିର କରି
ପାରନ୍ତେ। ମାତ୍ର...

ବୃଦ୍ଧ : ଚୁରିଷ୍ଟ ! ତୁମେ କାହୁଁ ଜାଣିବା ଜଣେ ଏକଚ୍ଛତ୍ର ସମ୍ରାଟ୍ ତା'ର ଭୃତ୍ୟ ଦ୍ୱାରା
ଅତ୍ୟାଚାରିତ ? ତୁମେ ଗୌତମ ବୁଦ୍ଧଙ୍କୁ ଜାଣିଛ ?

ଚୁରିଷ୍ଟ : ଆପଣ କ'ଣ ସେହି ମହାମାନବଙ୍କ କଥା କହୁଛନ୍ତି।

ବୃଦ୍ଧ : ହଁ ଯିଏ ମଣିଷକୁ ତା'ର ଶତ୍ରୁମାନଙ୍କ କବଳରୁ ରକ୍ଷା କରିବା ପାଇଁ ଦେଇ
ଯାଇଥିଲେ ଅଷ୍ଟାଙ୍ଗିକ ମାର୍ଗର ଧାରଣା, ଜୀବନକୁ ସୁସ୍ଥ ସୁନ୍ଦର କରିବାପାଇଁ
ପ୍ରବୃତ୍ତି ନିପୀଡନରୁ ରକ୍ଷା କରିବାପାଇଁ ଯିଏ ବାଢ଼ିଥିଲେ ଜୀବନ ଦର୍ଶନର

ନିଗୂଢ଼ ସିଦ୍ଧାନ୍ତ, ଧ୍ୱଂସମୁଖୀ ଏହି ସୃଷ୍ଟିକୁ ଯେ ହଠାତ୍ ରକ୍ଷା କରି ଦେଇଥିଲେ—
ମୁଁ ତାଙ୍କରି କଥା କହୁଛି ଟୁରିଷ୍ଟ ।

ଟୁରିଷ୍ଟ : କିନ୍ତୁ ତାଙ୍କ କଥା ଆପଣ...

ବୃଦ୍ଧ : ଏତେ ଚେଷ୍ଟାକରି ଗୌତମ ବୁଦ୍ଧ ମଧ୍ୟ ମଣିଷକୁ ରକ୍ଷା କରିପାରିଲେନି । ଏବେ
ମଧ୍ୟ ପ୍ରତ୍ୟେକ ମଣିଷ ମୋରି ପରି ଏକ ନିର୍ଜନ ଓ ବିବର୍ଣ୍ଣ ସହରର ଅଧିବାସୀ ।
ସେମାନେ ସମସ୍ତେ ସେମାନଙ୍କର ପ୍ରିୟତମ ଭୃତ୍ୟମାନଙ୍କ ଦ୍ୱାରା ଅହରହ
ନିର୍ଯାତିତ ଓ ଯନ୍ତ୍ରଣାକାତର । କାହାରି ନିସ୍ତାର ନାହିଁ ଟୁରିଷ୍ଟ, କାହାର ନିସ୍ତାର
ନାହିଁ । ଏହି ଉତ୍ତୋଳିତ ଖଡ୍ଗ ସେହି ଯନ୍ତ୍ରଣାକ୍ଲିଷ୍ଟ ମଣିଷ ବେକରେ
କେତେବେଳେ ଯେ ପଡ଼ିବ ତା'ର ହିସାବ କିଏ ରଖିଛି ?

ଟୁରିଷ୍ଟ : କ୍ଷମା କରନ୍ତୁ ଆଜ୍ଞା, କାଲି ସକାଳୁ ମୁଁ ଏଠୁ ଚାଲିଯିବି ।

ବୃଦ୍ଧ : ସକାଳର ସ୍ୱପ୍ନ ମନଇଚ୍ଛା ଦେଖ ଯୁବକ ମାତ୍ର ଏଠାରେ ସକାଳ କଦାପି
ଆସିବନି । ବନ୍ଧ୍ୟାନାରୀର ଗର୍ଭରେ ଭ୍ରୁଣ ସଞ୍ଚାର ପରି ଏଠି ସକାଳ ଏକ
ନିଷ୍ଫଳ ସ୍ୱପ୍ନ । ସକାଳ ଆସିବାର ସ୍ୱପ୍ନ ଦେଖୁ ଦେଖୁ ହଠାତ୍ ତୁମେ ଦେଖିବ
ଯେ ତୁମେ ବୃଦ୍ଧ ହେଇ ଯାଇଚ ଠିକ୍ ମୋରି ପରି । ତା'ପରେ ...ହଁ, ହଁ, ତା'
ପରେ ତୁମପାଇଁ ହୁଏତ, ତୁମପାଇଁ ଅନ୍ୟମାନେ କଫିନ୍ ପ୍ରସ୍ତୁତ କରୁଥିବେ ।

ଟୁରିଷ୍ଟ : ନାଁ, ଅସମ୍ଭବ, ମିଥ୍ୟା । ମୁଁ ବଞ୍ଚିବାକୁ ଚାହେଁ । ଜୀବନକୁ ତିଳ ତିଳ କରି
ଉପଭୋଗ କରିବାକୁ ଚାହେଁ । ଜୀବନର ସଂଜ୍ଞା ଖୋଜିବାକୁ ଇଚ୍ଛା ପ୍ରକାଶ
କରେ । ମତେ କ୍ଷମାକରନ୍ତୁ ମୁଁ ଏଠୁ ଚାଲିଯିବି । ମୁଁ ଜୀବନର ଅନ୍ୱେଷଣ
କରିବି ।

ବୃଦ୍ଧ : ଥରେ ଏ ସହରରେ ପ୍ରବେଶ କଲେ ଏଠାରୁ ମୁକ୍ତି ପାଇବା ଅସମ୍ଭବ, ଏ
ବିଧିର ନିର୍ଦ୍ଦେଶ । ତୁମେ ଏଠାର ବାଧ୍ୟ କ୍ରୀଡ଼ନକ ।

ଟୁରିଷ୍ଟ : (ଯନ୍ତ୍ରଣାରେ ଅସ୍ୱସ୍ତ ଚିତ୍କାର କରି ଉଠୁଥିଲେ ହାତ ମୁହଁରେ ଢାଙ୍କି ନା... ନା...
ମୁଁ ମୁକ୍ତି ଚାହେଁ ।

ବୃଦ୍ଧ : ତୁମେ ବ୍ୟସ୍ତ ହୋଇପଡ଼ୁଚ ଟୁରିଷ୍ଟ; କିନ୍ତୁ ମୁଁ ନିରୁପାୟ । ତୁମେ ଶୁଣିଲେ
ଆଶ୍ଚର୍ଯ୍ୟ ହୋଇପାର ମୁଁ ଦିନେ ଏହି ସମଗ୍ର ସହରର ତଥା କ୍ଷୁଦ୍ର ରାଜ୍ୟଟିର
ଏକମାତ୍ର ଅଧୀଶ୍ୱର ଥିଲି । ସମ୍ରାଟ୍ ଥିଲି । ମୁଁ ଆଜି ନିଃସହାୟ ଭାବରେ ମୋର
ଭୃତ୍ୟଠାରୁ ମୁକ୍ତି ଚାହୁଁଛି । ଚାହୁଁଛି ମଧ୍ୟ ଏ ସହରରୁ ମୁକ୍ତି ।

ଟୁରିଷ୍ଟ : ଅଧୀଶ୍ୱର ?

ବୃଦ୍ଧ : ହଁ ଯୁବକ ପ୍ରାଚୁର୍ଯ୍ୟର ସୀମା ନଥିଲା । ରାଜ ଅନ୍ତଃପୁରରେ ଦାସଦାସୀମାନଙ୍କର

ଗହଳ ଚହଳ, ସଭାକକ୍ଷରେ ପାରିଷଦ ବର୍ଗମାନଙ୍କର କୋଲାହଳ, ରାଜ ରାସ୍ତାରେ ଅସଂଖ୍ୟ ନରନାରୀମାନଙ୍କର ଭିଡ଼ ସବୁଥିଲା ଯୁବକ । କିନ୍ତୁ ହଠାତ୍‌ ସବୁକିଛି ଯେମିତି ବଦଳିଗଲା । କେଉଁ ଯାଦୁକରର ହସ୍ତ ସ୍ପର୍ଶରେ ସବୁ ଭାଙ୍ଗି ଛିଡ଼ି ଖିନ୍‌ ଭିନ୍‌ ହୋଇଗଲା । ସହରର ରଙ୍ଗ ବଦଳିଗଲା ! ଏକ ବିବର୍ଣ୍ଣ ମଳିନ ରୂପନେଇ ଏ ସହର ଆତ୍ମପ୍ରକାଶ କଲା । ସମସ୍ତେ ମରି ହଜିଗଲେ । ମାତ୍ର ମୁଁ... (ଗଭୀର ଦୁଃଖରେ ଅଭିଭୂତ ହୋଇ) ମୁଁ ଖାଲି ରହିଗଲି ଯୁବକ । ସହରର ରଙ୍ଗ ବଦଳିଯିବା ସଙ୍ଗେ ସଙ୍ଗେ ମୁଁ ବୁଢ଼ା ହୋଇଗଲି... ଅଥର୍ବ ଓ ପଙ୍ଗୁ ! (ଚାପା କଣ୍ଠରେ) ହେଇ ! ଶୁଣୁଚ ଟୁରିଷ୍ଟ ଅଗଣିତ ମୃତ ବ୍ୟକ୍ତିମାନଙ୍କର ବିକଟ କଣ୍ଠସ୍ୱର କିପରି ଭାସି ଆସୁଛି । ସେଇ ଅତୃପ୍ତ ପ୍ରେତମାନେ ମତେ ଉପହାସ କରୁଛନ୍ତି ।

ଟୁରିଷ୍ଟ : ଉପହାସ କରୁଛନ୍ତି ?

ବୃଦ୍ଧ : ହଁ ସେମାନେ ଯେମିତି କହୁଛନ୍ତି ମୁଁ ଭୟଙ୍କର ଭାବରେ ଦୋଷୀ । ମୁଁ ଆହୁରି ଶାସ୍ତି ଦରକାର କରେ । କିନ୍ତୁ ଯୁବକ ଶାସ୍ତିର ତ ସୀମାଥାଏ । କହିପାରିବ ଟୁରିଷ୍ଟ, ପିତାମହ ଭୀଷ୍ମ ମହାଭାରତ ଯୁଦ୍ଧର ଶେଷ ପର୍ଯ୍ୟନ୍ତ କାହିଁକି ବଞ୍ଚିଥିଲେ ? ଶରଶଯ୍ୟାଶାୟୀ ପିତାମହ ବୋଧହୁଏ ମହାଭାରତର ନାରକୀୟ ଲୀଳା ଦେଖନ୍ତୁ ବୋଲି ବିଧାତାର ଇଚ୍ଛା ଥିଲା ।

ଟୁରିଷ୍ଟ : କ'ଣ ଆପଣ କହୁଛନ୍ତି ମୁଁ କିଛି ବୁଝିପାରୁନି । ଆପଣ ଯେପରି କ୍ରମଶଃ ଦୁର୍ବୋଧର ଘନ କୁହେଲି ଭିତରେ ନିଜକୁ ଛଦି ଦେଉଛନ୍ତି ।

ବୃଦ୍ଧ : ଜୀବନତ ସେଇମିତି ଦୁର୍ବୋଧ ତା'ର ସଂଜ୍ଞା ମଧ୍ୟ । ଆଚ୍ଛା ତୁମେ କେବେ ହେଲେ କାନ୍ଦିଛ ନହେଲେ କାନ୍ଦିବାର ଛଳନା କରିଛ ?

ଟୁରିଷ୍ଟ : ମୁଁ ଜୀବନକୁ ସହଜ ଭାବରେ ନେଇଛି । ବୁଲିଛି ଫୁର୍ତି କରିଛି । କରିବାଟା ବୋକାମି, ନିହାତି ଦୁର୍ବଳତା ।

ବୃଦ୍ଧ : ଦୁର୍ବଳତା, ଏ ତୁମେ କ'ଣ କହୁଛ ? ସେଦିନ ପ୍ରଥମ ମଣିଷ ଶିଶୁ ଯେତେବେଳେ ଜନ୍ମ ନେଇଥିଲା ସେ ହାତ ଗୋଡ଼ ହଲାଇ କୁଆଁ କୁଆଁ ରାବ କରିଥିଲା । ଅସହାୟ ସେ ଶିଶୁ ପ୍ରକୃତି କୋଳରେ ବଞ୍ଚିବାକୁ ଶିଖିଲା । ସଭ୍ୟତାର ଘୋଡ଼ା ଦୌଡ଼... ବଞ୍ଚିବାର ଜିଜ୍ଞାସା ତାକୁ ପାଳନ କଲା । ତା'ପରେ ...ହଁ ହଁ ତା'ପରେ କାନ୍ଦିବାକୁ ଭୁଲିଗଲା । ଯେମିତି କାନ୍ଦିବାକୁ ଭୁଲିଯାଇଛ । କାନ୍ଦିବାକୁ ଶିଖ ଯୁବକ । ଅସରା ଅସରା ଶ୍ରାବଣ ମାସର ବର୍ଷା ପରି ତୁମେ କାନ୍ଦି ପକାଅ । ନଚେତ୍‌ ସବୁ ଧ୍ୱଂସ ହୋଇଯିବ, ପ୍ରଳୟ ହୋଇଯିବ । ମଣିଷ ହେବାପାଇଁ, ନର୍କକୁ ସ୍ୱର୍ଗରେ ପରିଣତ କରିବା ପାଇଁ କାନ୍ଦିବାର ପ୍ରୟୋଜନ ଅଛି । ସୃଷ୍ଟିପାଇଁ,

ନୂତନ ଜୀବନ ପାଇଁ ଲୁହର ପ୍ରୟୋଜନ ଅଛି ଯୁବକ । କେବଳ ସେଥିପାଇଁ ପ୍ରତି ମୁହୂର୍ତ୍ତରେ ମୁଁ କାନ୍ଦୁଛି... ଆଉ ଅପେକ୍ଷା କରୁଛି ।

ଟୁରିଷ୍ଟ : ଆଜ୍ଞା କ୍ଷମା କରିବେ, ମୁଁ କ୍ଲାନ୍ତ ହୋଇ ପଡ଼ିଛି । ମୁଁ ବିଶ୍ରାମ ଚାହେଁ । ସମୟ ବୋଧହୁଏ ।

ବୃଦ୍ଧ : ସମୟର ସୀମା ଏଠି ସକାଳ । ଏଠି ସମୟ ସ୍ଥିର, ଗଭୀର ସମୁଦ୍ର ପରି । ତା'ର ବିରାଟ ବିରାଟ ଦୁଇଟା ହିଂସ୍ର ଆଖିରେ, ସେ ଯେମିତି ସବୁଗୁଡ଼ିକୁ ଆତ୍ମସାତ୍ କରିବା ପାଇଁ ଚାହେଁ । ତା'ର ରୋଗଗ୍ରସ୍ତ ପାଣ୍ଡୁର ମୁହଁରେ ଯୁଗ ଯୁଗ ସଞ୍ଚିତ ଅନେକ କ୍ଷୁଧାର ହସ୍ତାକ୍ଷର ।

ଟୁରିଷ୍ଟ : ଆଶ୍ଚର୍ଯ୍ୟ ! ସମୟ ବି ଏଠି...

ବୃଦ୍ଧ : ଗତିଶୀଳ ନୁହେଁ, ପକ୍ଷାଘାତ ରୋଗଗ୍ରସ୍ତ । ହଁ ତୁମେ ଆସ ଟୁରିଷ୍ଟ । ତୁମେ ଆଜିଠାରୁ ଏ ସହରର ଅଧିବାସୀ ଠିକ୍ ମୋରି ପରି । ମୋର ଭୃତ୍ୟ ପ୍ରବଞ୍ଚକ ଓ ସହରର ଅଜ୍ଞାତ ତରୁଣୀ ତୃଷ୍ଣା ତୁମକୁ ସେମାନଙ୍କର ଇଚ୍ଛାନୁଯାୟୀ ବ୍ୟବହାର କରିବେ । ପଲାୟନର ସ୍ୱପ୍ନ ଏଠାରେ ଦେଖିବନି; କାରଣ ଏଠାରୁ ପଲାୟନର ସମସ୍ତ ପଥ ରୁଦ୍ଧ । (ବୃଦ୍ଧ ଚାଲିଯାଇଛନ୍ତି)

(ଗୋଟିଏ କୋମଳ ନାରୀ କଣ୍ଠର ଖିଲ୍ ଖିଲ୍ ହସ ପରଦା ଅନ୍ତରାଳରୁ ଭାସି ଆସିଛି । ଟୁରିଷ୍ଟ ଜଣକ ସମ୍ଭ୍ରାନ୍ତ ହୋଇ ପଡ଼ିଛନ୍ତି । ସେ ହଠାତ୍ ଜାଣିପାରି ନାହାନ୍ତି ସେ କଣ୍ଠସ୍ୱର କେଉଁଠୁ ଆସୁଛି । ପରେ ପରେ ଭାସି ଆସିଛି ସେଇ ନାରୀ କଣ୍ଠର ସଙ୍ଗୀତ ।)

ମୁଁ ଏକ ସୁନାର ପକ୍ଷୀ

ଧରା ଦିଏନା ଉଡ଼ିବୁଲେ ଖାଲି

ଗାଇ ଜୀବନର ଗୀତି

ଚିରି ଆକାଶର ଛାତି ।୧।

ସପନ ଭିଜା କଣ୍ଠରେ ମୋହର

ଆଲୁଅ ଅନ୍ଧାର ରାତି

ଯଉବନ ଗୀତି

ମୁଁ ଏକ ସୁନାର ପକ୍ଷୀ ।୨।

(ଟୁରିଷ୍ଟ ଜଣକ ଯେପରି ନାରୀଟିର ମଧୁର ସ୍ୱରରେ ଅଭିଭୂତ ହୋଇ ପଡ଼ିଥିଲେ । ଗୀତଟି ବନ୍ଦ ହୋଇଯାଇଥିଲେ ମଧ୍ୟ ତାଙ୍କର ଅଭିଭୂତ ଅବସ୍ଥା କଟିନଥିଲା । ପୁଣି ସେହି କଣ୍ଠର ଖିଲି ଖିଲି ହସରେ ସେ ପ୍ରକୃତିସ୍ଥ ହେଲେ)

କଣ୍ଠସ୍ୱର : ମୋ ନାଁ ତୃଷ୍ଣା।

ଟୁରିଷ୍ଟ : (ଆଶ୍ଚର୍ଯ୍ୟରେ) ତୃଷ୍ଣା।

କଣ୍ଠସ୍ୱର : ଆଶ୍ଚର୍ଯ୍ୟ ହେଉଛନ୍ତି ବୋଧେ।

ଟୁରିଷ୍ଟ : ଏଁ …ନା…ନା

କଣ୍ଠସ୍ୱର : ଆପଣ ଭାରି ସନ୍ଦେହୀ।

ଟୁରିଷ୍ଟ : (ସେ ଆଗେଇ ଯାଉଥିଲେ ଓ ମଞ୍ଚର ବିଭିନ୍ନ ସ୍ଥାନଗୁଡ଼ିକୁ ଦେଖୁଥିଲେ ପ୍ରକୃତରେ କଣ୍ଠସ୍ୱର କେଉଁଠୁ ଆସୁଛି) ନା.. ନା… ମୁଁ ଆଦୌ ସନ୍ଦେହୀ ନୁହେଁ।

କଣ୍ଠସ୍ୱର : (ପୁଣି ହସିଉଠି) ଆପଣ ନିରାଶ ହେଲେ ନା ! ମନେରଖନ୍ତୁ ଆପଣ ମତେ ଜମା ଖୋଜିବେନି ଯଦିଓ ମୁଁ ଏଇ ସହରରେ ରହେ।

ଟୁରିଷ୍ଟ : (ମନ୍ତ୍ରମୁଗ୍ଧ କଣ୍ଠରେ) ଜମା ଖୋଜିବିନି।

କଣ୍ଠସ୍ୱର : ନା ଖୋଜିଲେ ଦୁଃଖ ହିଁ ସାର ହେବ।

ଟୁରିଷ୍ଟ : ଦୁଃଖ ?

କଣ୍ଠସ୍ୱର : କହିଲେ ଦେଖି ମୋ ଗୀତ ଆପଣଙ୍କୁ କେମିତି ଲାଗିଲା ?

ଟୁରିଷ୍ଟ : ଭଲ ଖୁବ୍ ଭଲ। ତୃଷ୍ଣା ! ଶୁଣ ତୃଷ୍ଣା ! ତୁମ ଗୀତ ଶୁଣି ମୁଁ… ମୁଁ ତୁମକୁ.. (ପୁଣି ତୃଷ୍ଣାର ଖିଲି ଖିଲି ହସରେ ମଞ୍ଚ ମୁଖରିତ ହୋଇ ଉଠିଲା। ଟୁରିଷ୍ଟ ଅସହାୟ କଣ୍ଠରେ ଡାକି ଉଠିଲେ ତୃଷ୍ଣାକୁ। ଟୁରିଷ୍ଟଙ୍କର ବିପରୀତ ଦିଗରୁ ପ୍ରବେଶ କରିଛି ଜଣେ ଭୀଷଣାକୃତି ବ୍ୟକ୍ତି। ମୁଖ ତା'ର ବିକୃତ ଭୟଙ୍କର। ନାଟକରେ ସେ ପ୍ରବଞ୍ଚକ ନାମରେ ପରିଚିତ।)

ପ୍ରବଞ୍ଚକ : କାହାକୁ ଡାକୁଚ ?

ଟୁରିଷ୍ଟ : (ପ୍ରକୃତିସ୍ଥ ହୋଇ) ନା ସେ କିଛି ନୁହେଁ।

ପ୍ରବଞ୍ଚକ : (ହୋ ହୋ ହସି ଉଠି) କିଛି ନୁହେଁ। ତୁମେ ପ୍ରଲାପ କରୁନା ତ।

ଟୁରିଷ୍ଟ : ମୁଁ ଜଣେ ଟୁରିଷ୍ଟ ଆଜ୍ଞା।

ପ୍ରବଞ୍ଚକ : ଜାଣେ। ମଣିଷର ସଂଖ୍ୟା ହେଲା ମଣିଜ ଜଣେ ଟୁରିଷ୍ଟ। ସେମିତି ତମେ ବୁଲି ବୁଲି ହଠାତ୍ ଏଇ ପରିଧ୍ ମଧ୍ୟରେ ପହଞ୍ଚ ଯାଇଛ।

ଟୁରିଷ୍ଟ : ମୁଁ କାଲି ସକାଳୁ ଚାଲିଯିବି। ମୁଁ କେମିତି ଏଠି ପହଞ୍ଚଲି ମୁଁ ଜାଣିନି। (ହଠାତ୍ ପ୍ରବଞ୍ଚକର ଭୟଙ୍କର ହସରେ ମଞ୍ଚ ମୁଖରିତ ହୋଇ ଉଠିଲା ଏବଂ ପରେ ଅନ୍ଧାର ହୋଇ ଆସିଲା।)

ଦ୍ୱିତୀୟ ଦୃଶ୍ୟ

(ପରିଚିତ ସେଇ ଦୃଶ୍ୟ। ଠିଆ ହୋଇଥିଲେ ବୃଦ୍ଧ ଓ ଜଣେ ଅନ୍ଧ ବ୍ୟକ୍ତି। ତାଙ୍କ ଆଡ଼କୁ ମୁହଁ କରି ଠିଆ ହୋଇଥିଲା ଭୃତ୍ୟ ପ୍ରବଞ୍ଚକ)

ପ୍ରବଞ୍ଚକ : (ବୃଦ୍ଧ ଓ ଅନ୍ଧଙ୍କର ଉଦ୍ଦେଶ୍ୟରେ ଆଦେଶ ଦେବା ଭଙ୍ଗୀରେ) ହଁ, ଏକ– ଦୁଇ–ତିନ୍ ଆରମ୍ଭ କରାଯାଉ।

ବୃଦ୍ଧ : ନିରୁତ୍ତର

ଅନ୍ଧ : ନିରୁତ୍ତର

ପ୍ରବଞ୍ଚକ : (ପୂର୍ବାପେକ୍ଷା ଆହୁରି ଜୋରରେ ଚିକ୍କାର କରି) ଏକ – ଦୁଇ – ତିନ୍ ଅଭିନୟର ମୁହୂର୍ତ୍ତ ଆରମ୍ଭ ହୋଇଗଲା।
(ଅନ୍ଧ ଜଣକ ବସି ପଡ଼ିଛନ୍ତି। ବୃଦ୍ଧ ଦୁଇ ତିନି ପାଦ ପଛକୁ ଘୁଞ୍ଚି ଯାଇଛନ୍ତି।)
(ବସିଥିବା ଅବସ୍ଥାରେ) ମୁଁ ଦୃଷ୍ଟି ଶକ୍ତି ରହିତ, ମୁଁ ଅଭିନୟ ଦେଖିବି କେମିତି ?

ପ୍ରବଞ୍ଚକ : ଅନ୍ଧ ହେଲେ ବି ତୁମେ ଦର୍ଶକ। (ବୃଦ୍ଧଙ୍କ ଉଦ୍ଦେଶ୍ୟରେ) ହଁ, ଏବେ ଆରମ୍ଭ ହେଉ।

ବୃଦ୍ଧ : (ଦୁଇହାତ ମୁହଁରେ ଘୋଡ଼ାଇ) ନା – ନା – ମୁଁ...

ପ୍ରବଞ୍ଚକ : ମୁଁ ଜାଣେ ମୁଁ ତୁମର ଭୃତ୍ୟ।

ବୃଦ୍ଧ : ତେବେ –

ପ୍ରବଞ୍ଚକ : ହଁ, ତୁମର ଭୃତ୍ୟର ନିର୍ଦ୍ଦେଶରେ ତୁମେ ଅଭିନୟ କରିବ।

ବୃଦ୍ଧ : (କହିବାକୁ ଯେମିତି ଇଚ୍ଛା ନାହିଁ। କିନ୍ତୁ ବାଧବାଧକତାରେ ଯେପରି କହିଛନ୍ତି ଯନ୍ତ୍ରଣା ପୂର୍ଣ୍ଣ କଣ୍ଠରେ) ସ–ମ୍ରା–ଟ୍।

ପ୍ରବଞ୍ଚକ : (ଆନନ୍ଦର ସହିତ) ସମ୍ରାଟ୍! (ସଙ୍ଗେ ସଙ୍ଗେ ସେ ସମ୍ରାଟର ଅଙ୍ଗଭଙ୍ଗୀ କରିଛନ୍ତି ଓ ମଞ୍ଚର ଗୋଟିଏ ପାର୍ଶ୍ୱରୁ ଅନ୍ୟ ପାର୍ଶ୍ୱକୁ ରାଜକୀୟ ଠାଣିରେ ଚାଲିଛନ୍ତି) କ'ଣ କିଛି ଖବର ?

ବୃଦ୍ଧ : ଆଜ୍ଞା ମହରାଜ।

ପ୍ରବଞ୍ଚକ : (ଦର୍ପିତ ଭଙ୍ଗୀରେ) ହଁ... କୁହ

ବୃଦ୍ଧ : ଏ ରାଜ୍ୟରେ –

ପ୍ରବଞ୍ଚକ : କ'ଣ ?

ବୃଦ୍ଧ : କେହି ନାହାନ୍ତି।

ପ୍ରବଞ୍ଚକ : କାରଣ ?

ବୃଦ୍ଧ   : ଥରେ ରାଜ୍ୟରେ ପ୍ଲେଗ୍ ହୋଇଥିଲା ।

ପ୍ରବଞ୍ଚକ   : ପ୍ଲେଗ୍ ।

ବୃଦ୍ଧ   : ହଁ, ସମୁଦାୟ ରାଜ୍ୟ ନିଷ୍ଠୁର ହୋଇଗଲା ।

ଅନ୍ଧ   : ମୁଁ କିଛି ଦେଖି ପାରୁନି । ଶବ୍ଦ ଗୁଡ଼ିକ ଯାହା ଖାଲି ଶୁଣି ପାରୁଛି । ଅଭିନୟ
            କଳାବେଳେ ଆପଣଙ୍କର ଅଙ୍ଗଭଙ୍ଗୀ ସମ୍ପର୍କରେ ମୁଁ ଆଦୌ ସଚେତନ ନୁହେଁ ।
            ମୁଁ ତା ହେଲେ...
            (ଅନ୍ଧ ଜଣକ ଯିବାପାଇଁ ଉଠୁଥିଲେ ମାତ୍ର ପ୍ରବଞ୍ଚକ ତାଙ୍କୁ ଜବରଦସ୍ତି
            ବସାଇଦେଲେ ।)

ପ୍ରବଞ୍ଚକ   : (ଅନ୍ଧଙ୍କ ଉଦ୍ଦେଶ୍ୟରେ) ଏତିକି ଖାଲି ମନେରଖ ମୁଁ ସମ୍ରାଟ୍ । ଆଉ ଏ
            ମୋର ଭୃତ୍ୟ ବୃଦ୍ଧବ୍ୟକ୍ତି । ଜଣେ ସମ୍ରାଟ୍ ଯେପରି ଅଙ୍ଗଭଙ୍ଗୀ କରିବା କଥା ।
            ମୁଁ ଠିକ୍ ସେହିପରି କରୁଛି । ଆଉ ଏ ଭୃତ୍ୟ ମୋ ନିର୍ଦ୍ଦେଶ ଅପେକ୍ଷାରେ
            ବସିଛନ୍ତି ।
            (ପୁଣି ଦର୍ପିତ ଠାଣିରେ ମଞ୍ଚର ଗୋଟିଏ ଭାଗରୁ ଅନ୍ୟ ଭାଗକୁ ଚାଲିବାକୁ
            ଲାଗିଲେ)

ବୃଦ୍ଧ   : ନା... ନା... ତୁମେ ମୋର ଭୃତ୍ୟ । ମୁଁ ସହରର ଏକଛତ୍ର ସମ୍ରାଟ୍ ।
            (ଅଶ୍ରୁ ସକଳ କଣ୍ଠରେ ମୁଁ ମୋର ଭୃତ୍ୟର ନିର୍ଦ୍ଦେଶରେ କିଂକର୍ତ୍ତବ୍ୟବିମୂଢ଼
            ହୋଇ ଅଭିନୟ କରିବା ପାଇଁ ବାଧ୍ୟ ହେଉଛି)

ଅନ୍ଧ   : ବର୍ତ୍ତମାନ ସମୟ ।

ପ୍ରବଞ୍ଚକ   : ପଚାରିବାର ପ୍ରୟୋଜନ ନାହିଁ । ଅଭିନୟ ଖାଲି ନିର୍ବିକାର ଭାବରେ
            ଦେଖିଚାଲ । (ବୃଦ୍ଧଙ୍କ ଉଦ୍ଦେଶ୍ୟରେ) ବନ୍ଦକଲ କାହିଁକି ? ପୁଣି ଆରମ୍ଭ
            କର ଠିକ୍ ଯେଉଁଠାରୁ ତୁମେ ଛାଡ଼ିଥିଲ ।

ବୃଦ୍ଧ   : (ଘୋର ଯନ୍ତ୍ରଣାରେ) ସମ୍ରାଟ୍ ।

ପ୍ରବଞ୍ଚକ   : ହଁ କ'ଣ କିଛି ଖବର ଅଛି ?

ବୃଦ୍ଧ   : ଆଜ୍ଞା ।

ପ୍ରବଞ୍ଚକ   : କୁହ ।

ବୃଦ୍ଧ   : ଏ ରାଜ୍ୟରେ ସମସ୍ତେ ମରିଗଲା ପରେ ଏକମାତ୍ର ବୃଦ୍ଧ ବଞ୍ଚି ରହିଛନ୍ତି ।
            ମାତ୍ର ତାଙ୍କର ଭୃତ୍ୟ ତାଙ୍କୁ ନିର୍ମମ ଭାବରେ ପ୍ରହାର କରୁଛି । ଏ ସହରକୁ
            ଯିଏ ଆସୁଛନ୍ତି ସମସ୍ତେ ପ୍ଲେଗ୍‌ର ଭୟଙ୍କର ଆକ୍ରମଣରେ ମୃତ୍ୟୁବରଣ
            କରୁଛନ୍ତି । ଏକ ନୀରବଦ୍ରଷ୍ଟା ଭାବରେ ବୃଦ୍ଧ ସେଗୁଡ଼ିକୁ ଅନୁଧ୍ୟାନ କରି

ଚାଲିଛନ୍ତି । ବୃଦ୍ଧ ହେଉଛନ୍ତି ଏ କରୁଣ ସହରର ପ୍ରତିନିଧୁ । ସେ ଏଠାରୁ
ଚାଲିଯିବାକୁ ଚାହାନ୍ତି । (ପ୍ରବେଶ କରିଛନ୍ତି ଟୁରିଷ୍ଟ । ଏ ଦୃଶ୍ୟ ଦେଖି ହତବାକ୍
ହୋଇ ଛିଡ଼ା ହୋଇଛନ୍ତି ।)

ପ୍ରବଞ୍ଚକ : ତୁମେ ଆସ ଯୁବକ । ଏ ଅନ୍ଧ ପରି ତୁମେ ମଧ ଜଣେ ଆଶ୍ରୟ ପ୍ରାର୍ଥୀ ।

ଟୁରିଷ୍ଟ : (ଯେମିତି କିଛି ବୁଝି ପାରି ନାହାନ୍ତି ।

ପ୍ରବଞ୍ଚକ : ଏ ବୃଦ୍ଧବ୍ୟକ୍ତି ଜଣକ ମୋର ଏକମାତ୍ର ଭୃତ୍ୟ । ତୁମେ ତାଙ୍କର ସାହାଯ୍ୟ
ନେଇପାର । କିନ୍ତୁ, ସ୍ମରଣ ରଖିଥିବ ସମ୍ରାଟ୍ ସେ ବୃଦ୍ଧଜଣକ ନୁହନ୍ତି ମୁଁ । ମୁଁ
ସମ୍ରାଟ୍, ନିର୍ଦ୍ଦେଶକ, ନାଁ ମୋର ପ୍ରବଞ୍ଚକ ।

(ସେ ଜୋର୍‌ରେ ହସି ଉଠିଛନ୍ତି)

ଅନ୍ଧାର ହୋଇଛି ମଞ୍ଚ ।

ତୃତୀୟ ଦୃଶ୍ୟ

(ପୂର୍ବ୍ବର ସେଇ ଦୃଶ୍ୟ । ମଞ୍ଚରେ ମଧ ପୂର୍ବ ପରି ନିସ୍ତବ୍ଧ ଆଲୋକ । ଖଡ୍‌ଗର ଠିକ୍ ତଳେ
ଠିଆ ହୋଇଛନ୍ତି ବୃଦ୍ଧ ଜଣକ । ବୃଦ୍ଧୁ ନିର୍ମ୍ମ ଭାବରେ ପ୍ରହାର କରି ଚାଲିଛି ପ୍ରବଞ୍ଚକ ।
ବୃଦ୍ଧ ଅସ୍ୱସ୍ଥ କଣ୍ଠରେ ଚିତ୍କାର କରି ଚାଲିଛନ୍ତି ।)

ବୃଦ୍ଧ : ମତେ ମୁକ୍ତିଦିଅ ପ୍ରବଞ୍ଚକ । ଯଥେଷ୍ଟ ହେଲାଣି ।

ପ୍ରବଞ୍ଚକ : ଏତିକି ନୁହେଁ ବୃଦ୍ଧ । ତୁମ ପାଇଁ ଆହୁରି ଶାସ୍ତିର ପ୍ରୟୋଜନ । ମୋରି ନିର୍ଦ୍ଦେଶ
ମାନିନେବା ଛଡ଼ା ତୁମର କୌଣସି ଉପାୟ ନାହିଁ । ହୋଇପାରେ ମୁଁ ତୁମର
ଅନୁଗତ ଭୃତ୍ୟ କିନ୍ତୁ ମୁଁ ନିର୍ଦ୍ଦେଶକ, ତୁମର ପ୍ରତ୍ୟେକ କାର୍ଯ୍ୟକଳାପର,
ଜୀବନର, ଆଉ ଏ ନିସ୍ତବ୍ଧ ସହରର ।

ବୃଦ୍ଧ : ନିର୍ଦ୍ଦେଶକ ?

ପ୍ରବଞ୍ଚକ : ହଁ ନିର୍ଦ୍ଦେଶକ ପ୍ରବଞ୍ଚକ । ମୋରି ନିର୍ଦ୍ଦେଶରେ ତୁମେ ପରିଚାଳିତ ହେବା
ପାଇଁ ବାଧ୍ୟ ।

ବୃଦ୍ଧ : ମୋତେ କ୍ଷମା କର ପ୍ରବଞ୍ଚକ । ଥରେ ତୁମର ପ୍ରଭୁ ଏଇ ବୃଦ୍ଧଟିର କଥା
ହୃଦୟଙ୍ଗମ କର ।

ପ୍ରବଞ୍ଚକ : ମୁଁ କୌଣସି କଥା ଶୁଣିବା ପାଇଁ ପ୍ରସ୍ତୁତ ନୁହେଁ । ତୁମର ସ୍ମରଣ ଥାଇପାରେ
ଏ ସହରରେ ତୁମେ ଯେତେବେଳେ ପ୍ରବେଶ କଲ ସେତେବେଳେ ତୁମ
ସହ ମୁଁ ମଧ ଆସିଥିଲି ।

ବୃଦ୍ଧ : ହଁ, ସେତେବେଳେ ତୁମେ ମୋତେ ଯେପରି ଏଠିକି ବାଟ କଢ଼ାଇ ଆଣିଥିଲ। କେବଳ ତୁମରି ପ୍ରେରଣାରେ ମୁଁ ଏଠିକି ଆସିଥିଲି।

ପ୍ରବଞ୍ଚକ : ତା ହେଲେ ମୋ କାର୍ଯ୍ୟକଳାପରେ ତୁମେ ବାଧା ଦେଉଛ କାହିଁକି ? ଭାବୁଛ ଏ ସହରରୁ ମୋର ଆଦେଶ ବିନା ତୁମେ ଖସି ଚାଲିଯିବ।

ବୃଦ୍ଧ : ମୁଁ ଏ ସହରର ସ-ମ୍ରା-ଟ ପ୍ରବଞ୍ଚକ।

ପ୍ରବଞ୍ଚକ : (ଖୁବ୍ ଜୋର୍‌ରେ ହସି ଉଠିଛି) ସମ୍ରାଟ୍
ଫାଙ୍କା। ଆଭିଜାତ୍ୟ ନେଇ ବଞ୍ଚିବାର ମାନେ କିଛି ହୁଏନା। ବୃଦ୍ଧ। ଫଣା ତୁମର ବ୍ୟକ୍ତିତ୍ୱ, ଆଭିଜାତ୍ୟ ଆଉ ତୁମର ଏଇ ସାମ୍ରାଜ୍ୟ। ପୃଥିବୀର ପ୍ରତିଟି ମଣିଷ ଏହି ଫଣା ଖୋଲକୁ ନେଇ ବଞ୍ଚୁଛି। ମାତ୍ର ତା'ର ମାନେ କ'ଣ ହୋଇପାରେ ?

ବୃଦ୍ଧ : ପ୍ରବଞ୍ଚକ।

ପ୍ରବଞ୍ଚକ : ଜାଣେ, ପୌରୁଷ ଉପରେ ଆଘାତ ଆସିଥିବ। ମାତ୍ର ଭୃତ୍ୟ ଯେଉଁଠି ପ୍ରଭୁଙ୍କୁ ନିର୍ମମ ଭାବରେ ପ୍ରହାର କରେ, ଭୃତ୍ୟର ନିର୍ଦ୍ଦେଶ ଯେଉଁ ବ୍ୟକ୍ତି ନିର୍ବିକାରରେ ମାନିନିଏ, ତା'ର କୌଣସ ପୌରୁଷ ଅଛି ବୋଲି ତୁମେ ବିଶ୍ୱାସ କରିବ।

ବୃଦ୍ଧ : (ଚିତ୍କାର କରି) ପ୍ରବଞ୍ଚକ।

ପ୍ରବଞ୍ଚକ : ତୁମର ଏ ନିଷ୍ଫଳ ଅନୁରୋଧ ମୁଁ ପ୍ରତ୍ୟାଖ୍ୟାନ କରେ। ତୁମକୁ ଏ ସହରରେ ଏମିତି ରହିବାକୁ ପଡ଼ିବ ଯେ ପର୍ଯ୍ୟନ୍ତ ଏ ସହର ଧ୍ୱଂସ ନହୋଇଛି।
(ସେ ଖୁବ୍ ଜୋର୍‌ରେ ହସି ଉଠିଲେ ଓ ପରେ କକ୍ଷରୁ ଦୃଢ଼ ବେଗରେ ନିଷ୍କ୍ରାନ୍ତ ହୋଇଗଲେ)

ବୃଦ୍ଧ : (ଅସହାୟ କଣ୍ଠରେ) ଓଃ... ସେ କଥା ମୁଁ ଜାଣେ ପ୍ରବଞ୍ଚକ। ମୋର ମୁକ୍ତି ଏଇ ଅବାସ୍ତବ ପରିକଳ୍ପନା। ଏ ସହରର ଧ୍ୱଂସ ପାଇଁ ମୁଁ ଅପେକ୍ଷା କରିବି।
(ସେ ଦୁଇହାତ ମୁହଁରେ ଢାଙ୍କି ଛିଡ଼ା ହୋଇଥିଲା ବେଳେ ପ୍ରବେଶ କରିଛନ୍ତି ଟୁରିଷ୍ଟ)

ଟୁରିଷ୍ଟ : କିଛିକ୍ଷଣ ଆଗରୁ ଏଠାରେ ଚିତ୍କାର ଶୁଭୁଥିଲା।

ବୃଦ୍ଧ : (କଥାରେ ବାଧାଦେଇ) ନା, ନା ତ, ମୁଁ ଜମା ଚିତ୍କାର କରୁନଥିଲି। ମୁଁ ବେଶ୍ ଭଲ ଥିଲି।

ଟୁରିଷ୍ଟ : ମିଛକଥା, ଆପଣଙ୍କର ସେଇ ଅନୁଗତ ଭୃତ୍ୟ ପ୍ରବଞ୍ଚକ ଆପଣଙ୍କୁ ନିର୍ମମ ଭାବରେ ପ୍ରହାର କରୁଥିଲା ଓ ଆପଣ କରୁଣ ଭାବରେ ଚିତ୍କାର କରୁଥିଲେ। ଏଇତ, ଆପଣଙ୍କ ଦେହସାରା ଅନେକ କ୍ଷତର ଚିହ୍ନ।

ବୃଦ୍ଧ : (ପ୍ରହାର ଜନିତ କ୍ଷତ ଚିହ୍ନଗୁଡ଼ିକ ଘୋଡ଼ାଇ ପକାଇବାର କଥା ଛାଡ଼ ଟୁରିଷ୍ଟ। ଏ କ୍ଷତ ଚିହ୍ନ ଖାଲି ମୋର ନୁହେଁ। ମୋ ଦେହର ଅସଂଖ୍ୟ କ୍ଷତ ମଧ୍ୟରେ ସବୁ ମଣିଷଙ୍କ ଯନ୍ତ୍ରଣା, ନିର୍ଯ୍ୟାତନା ରୂପାୟିତ। ପ୍ରବଞ୍ଚକ କବଳରୁ କାହାରି ମୁକ୍ତି ନାହିଁ। ତୁମେ, ମୁଁ, ପ୍ରତ୍ୟେକ ମଣିଷ ତା'ର କବଳରେ କବଳିତ। ଯନ୍ତ୍ରଣା, ହାହାକାରର ଅନ୍ଧାର ଗହ୍ବର ମଧ୍ୟକୁ ସେ ଆମକୁ ଟାଣି ନେଇଛି। ଇତିହାସ ତା'ର ହିସାବ ରଖିନି, ପୁରାଣରେ ସେ ସବୁ ଲିପିବଦ୍ଧ ହୋଇନି। ଯୁଗ ଯୁଗ ଧରି ମଣିଷ ତା'ର ଅତ୍ୟାଚାରରେ ଖାଲି ଲୁହଢାଳି କାନ୍ଦିଛି। ମୁକ୍ତିର ସ୍ବପ୍ନ ଦେଖିଛି ଠିକ୍ ମୋରି ପରି।

ଟୁରିଷ୍ଟ : କିନ୍ତୁ ଗୋଟିଏ କଥା କ'ଣ ଜାଣନ୍ତି ? ଏ ସହର ମତେ କାହିଁକି କ୍ରମଶଃ ଭଲ ଲାଗୁଛି। ଗୋଟିଏ କେମିତି ଆତ୍ମୀୟତା ଆସି ଯାଉଚି ଏ ସହର ସଂଗରେ।

ବୃଦ୍ଧ : (ଆଶ୍ଚର୍ଯ୍ୟ ହୋଇ) କ'ଣ କହିଲ ତୁମେ, ଏ ବିବର୍ଣ୍ଣ ସହର ସଙ୍ଗରେ ତୁମର ଆତ୍ମୀୟତା ଆସିଯାଉଛି ?

ଟୁରିଷ୍ଟ : ମୁଁ ଭାବୁଛି ଜୀବନର ଅବଶିଷ୍ଟ ସମୟତକ ମୁଁ ଏଠି କଟେଇ ଦିଅନ୍ତି। ପ୍ରକୃତରେ ଅନେକ ଭଲ ଲାଗୁଛି।

ବୃଦ୍ଧ : (ଜୋର୍‌ରେ) ନା, ନା ଅସମ୍ଭବ, ମିଥ୍ୟା।

ଟୁରିଷ୍ଟ : ଏଠି ସୁନ୍ଦର କଣ୍ଠ ସଂଗୀତ ଅଛି। ତା'ର, ମିଠା, ମିଠା ଆମେଜ୍ ମନରେ ଅନେକ ସ୍ବପ୍ନ ଭରି ଦେଉଛି। (କଥାର ମୋଡ଼ ବଦଳାଇ) ଆଛା। କହି ପାରିବେ ଏଠି କ'ଣ କୌଣସି...

ବୃଦ୍ଧ : ଅର୍ଥାତ୍‌ !

ଟୁରିଷ୍ଟ : ସୁନ୍ଦରୀ ତରୁଣୀ ରହନ୍ତି।

ବୃଦ୍ଧ : ଆପଣ ପ୍ରଲାପ କରୁନାହାନ୍ତି ତ।

ଟୁରିଷ୍ଟ : ହଁ ଯାର ଆଖି ଦୁଇଟି ହୁଏତ ନୀର ହ୍ରଦ ପରି। ଯାର ଛନ୍ଦ ମଧୁର କଥାରେ ଅନେକ ଅବାଧତା, ବନ ପକ୍ଷୀର ମଧୁର କାକଳୀ।

ବୃଦ୍ଧ : କିନ୍ତୁ କାହାକଥା ଆପଣ କହୁଛନ୍ତି ?

ଟୁରିଷ୍ଟ : (ସ୍ବପ୍ନାଚ୍ଛନ୍ନ କଣ୍ଠରେ) ତୃଷା... ଆଃ ତୃଷା ଏକ ସୁନ୍ଦରୀ ତରୁଣୀର ନାଁ। ତା' କଣ୍ଠର ନୀଳ ବିଷ ଜ୍ବାଲାରେ ମୁଁ ଦଗ୍‌ଧୀଭୂତ। ସବୁକିଛି ହଜେଇ ଦେବାକୁ ଆକୁଲତା ଯେମିତି ତା କଣ୍ଠରେ। ପାହାନ୍ତି ପହର ଶୂନ୍ୟତା, ସକାଳ ଓ ସନ୍ଧ୍ୟାର ପରିପୂର୍ଣ୍ଣତା ସବୁ ଯେମିତି ମିଶାମିଶି ହୋଇ ତା କଣ୍ଠରେ... ଅଭୁତ।

ବୃଦ୍ଧ : ଆପଣ କ୍ରମଶଃ ବିସ୍ତୃତ ହୋଇଯାଉଛନ୍ତି, ସହରର ଭୟାବହତା ସମ୍ପର୍କରେ। ପୁଣି ପ୍ରବଞ୍ଚକ ସମ୍ପର୍କରେ ମଧ୍ୟ।

ଟୁରିଷ୍ଟ : ଅଯଥା ବାକ୍ୟ ବିନିମୟ ଆପଣ ବନ୍ଦ କରିପାରନ୍ତି । ମୁଁ ଜାଣେ, ଯଥାର୍ଥ
ଭାବରେ ଆପଣ ଈର୍ଷାପରାୟଣ । ଆପଣ ତୃଷ୍ଣା ପ୍ରତି ମୋ ଆକର୍ଷଣ ସହି
ପାରୁନାହାନ୍ତି ।

(ସେ କ୍ରମଶଃ ବିରକ୍ତ ହୋଇ ଉଠୁଥିଲେ)

ବୃଦ୍ଧ : (ଚିତ୍କାର କରି) ଟୁରିଷ୍ଟ ।

ଟୁରିଷ୍ଟ : ହଁ ବୁଢ଼ା ହେଲେ ମଣିଷ ଠିକ୍ ଆପଣଙ୍କ ପରି ଈର୍ଷାପରାୟଣ ହୋଇପଡ଼େ ।
ବୟସର ଧୂସର ଭୂଇଁରେ ଛିଡ଼ାହୋଇ ସବୁଜ ଘାସର ଲ‌ଙ୍କୁ ଦୃଷ୍ଟିନିକ୍ଷେପ
କଲେ, ସେ ନିଷ୍ଫଳ କ୍ରୋଧରେ ପ୍ରଜ୍ୱଳିତ ହୋଇ ଉଠେ ।

ବୃଦ୍ଧ : (ମ୍ଲାନ ହସି) ତୁମେ ଜାଣିଛ ଟୁରିଷ୍ଟ ସେ କଣ୍ଠସ୍ୱର ଏକ ପ୍ରେତାତ୍ମାର ।
ସେଥିରେ ଧ୍ୱଂସର ନିମନ୍ତ୍ରଣ ।

ଟୁରିଷ୍ଟ : ଆପଣ ...ତାକୁ ଦେଖିଛନ୍ତି ।

ବୃଦ୍ଧ : ନା ଟୁରିଷ୍ଟ । କିନ୍ତୁ ଏ ସହରକୁ ଯିଏ ଆସନ୍ତି ମୁଁ ସମୟକୁ ଅନୁରୋଧ କରେ
ତା ଗୀତ ଜମା ଶୁଣନି । ଜାଣି ଜାଣି ତା କବଳରେ ପଡ଼ି ନିଜର ପତନକୁ
ଆମନ୍ତ୍ରଣ କରି ଆଣନି । ସେ ଏକ ବିଷକନ୍ୟା । ମୋର ତୁମକୁ ସେଇ
ଅନୁରୋଧ ଯୁବକ । ସେଇ ଅଶରୀରୀ ପ୍ରେତାତ୍ମା କଣ୍ଠରେ ଅଭିଭୂତ ହୁଅନା ।
ସେ ସହରର ଗଳି, ଉପଗଳି ବୁଲି ସଙ୍ଗୀତ ଗାନ କରୁଛି, ତା କଣ୍ଠସ୍ୱର
ଯିଏ ଶୁଣେ ସେ ଅନ୍ଧ ହୋଇଯାଏ । ତା’ପରେ ଏ ଖଡ୍ଗ (ଉପରକୁ ଚାହିଁ
ପୂର୍ବାପେକ୍ଷା ଜୋର କଣ୍ଠରେ) ହଁ ଏ ଖଡ୍ଗ ତାକୁ ହତ୍ୟା କରେ ।

ଟୁରିଷ୍ଟ : (ବୃଦ୍ଧଙ୍କର କଥା ଶୁଣିବା ପାଇଁ ଯେପରି ପ୍ରସ୍ତୁତ ନଥିଲେ) ସେ ଯାହାହେଉ
ମୁଁ ତାକୁ ଭଲପାଏ ।

ବୃଦ୍ଧ : ତା’ର ଆଦୌ ସ୍ମୃତି ନାହିଁ ।

ଟୁରିଷ୍ଟ : ତୃଷ୍ଣା ଏକ ସୁନ୍ଦର ତରୁଣୀ ।

ବୃଦ୍ଧ : ସେ ଅଶରୀରୀ । ତା’ର ପ୍ରବେଶ ମଣିଷ ମନର ଦୁର୍ବଳତମ ମୁହୂର୍ତ୍ତରେ ।

ପ୍ରବଞ୍ଚକ : ତୃଷ୍ଣା ଏକ ସୁନ୍ଦରୀ ତରୁଣୀ ।

ବୃଦ୍ଧ : ଦେହର କ୍ଷୁଧା ଓ ମନର ବିକାର ।

ଟୁରିଷ୍ଟ : ଅସମ୍ଭବ ।

ବୃଦ୍ଧ : ନା, ମୃତ୍ୟୁପରି ସତ୍ୟ ।

ଟୁରିଷ୍ଟ : ନା, ନା, ନା, ଅସମ୍ଭବ, ତୃଷ୍ଣା ଏକ ସୁନ୍ଦରୀ ତରୁଣୀ ।

ବୃଦ୍ଧ : ବିକାର ଗ୍ରସ୍ତ ରୁଚିର ପ୍ରତୀକ ।

ଟୁରିଷ୍ଟ   : (ଜୋରରେ ଆଘାତ କରିଛନ୍ତି ବୃଦ୍ଧଙ୍କୁ) ରାସ୍କେଲ ।

ବୃଦ୍ଧ   : (ଛଳ ଛଳ ଆଖିରେ) ଟୁରିଷ୍ଟ, ମତେ ତୁମେ ମାରି ପାରିଲ । ଏ ପରିତ୍ୟକ୍ତ
           ସହରରେ ଶେଷରେ ତୁମେ ମଧ...

ଟୁରିଷ୍ଟ   : ସ୍ୱାର୍ଥ ସାଧନରେ ସାମାନ୍ୟ ବ୍ୟତିକ୍ରମ ଆସିଲେ ମଣିଷ ଭୀଷଣ ହୋଇପଡ଼େ ।
           ମୁଁ ତ ତୁମକୁ ଅଧିକ କିଛି ପୁରସ୍କାର ଦେଇନି । ମତେ ଆପଣଙ୍କର ଭୃତ୍ୟ
           ପ୍ରବଞ୍ଚକ ସେଦିନ କହିଥିଲା ଏଠି ସୁନ୍ଦରୀ ତରୁଣୀ ତୃଷ୍ଣା ବାସକରେ । ସେ
           କୁଆଡ଼େ ଭାରି ସୁନ୍ଦରୀ... ଆଃ... ରୂପସୀ ତରୁଣୀ ତୃଷ୍ଣା ! ବୁଝିଲେ ଆଜ୍ଞା,
           ତୃଷ୍ଣାପାଇଁ ମୁଁ ସବୁକିଛି କରିପାରେ ।

ବୃଦ୍ଧ   : (ଯୁବକଙ୍କ କଥାରେ ବାଧା ଦେବାକୁ ଚେଷ୍ଟା କରି ବିଫଳ ହେଲେ) ମିଛକଥା ।
           ପ୍ରବଞ୍ଚକ ମିଛ କହିଛି । ତୃଷ୍ଣା ବୋଲି ଏଠି କେହି ତରୁଣୀ ନାହାନ୍ତି ।
           ସେମାନଙ୍କର ବ୍ୟୂହ ଭିତରକୁ ତୁମେ ସ୍ୱେଚ୍ଛାରେ ପ୍ରବେଶ କରିଛ ଯୁବକ ।
           ଏଥର ତୁମର ନିସ୍ତାର ନାହିଁ । ତୁମେ... ହଁ, ହଁ ତୁମେ ଏକ କ୍ରୀଡ଼ା ପୁତୁଳିକା ।
                                          (ସେ ନିଷ୍କ୍ରାନ୍ତ ହୋଇଗଲେ)
           (ମଞ୍ଚରେ କିଛି ସମୟ ନୀରବତାର ରାଜୁତି । ଭାସି ଆସୁଥିଲା ପୁଣି ସେଇ
           କୋମଳ ନାରୀ କଣ୍ଠର ସଂଗୀତ । ଟୁରିଷ୍ଟ ଜଣକ ଅଭିଭୂତ ହୋଇ ତାକୁ
           ଉପଭୋଗ କରି ଚାଲିଥିଲେ ।)

ଟୁରିଷ୍ଟ   : (ସଂଗୀତ ଅପସରି ଯିବାପରେ) ତୃଷ୍ଣା ! ଅଭୂତ ଆଉ ରହସ୍ୟମୟୀ ଏହି
           ତରୁଣୀ । ଜାଣେନା କ'ଣ ତା'ର ଇଚ୍ଛା ? ସେ କ'ଣ ଚାହେଁ ? ତା କଣ୍ଠରେ
           ଅନେକ ପ୍ରତୀକ୍ଷାର ସ୍ୱରଲିପି, ରଙ୍ଗ ବେରଙ୍ଗର ସ୍ୱପ୍ନ ।
           (ସେ ଖୁବ୍ ଜୋରରେ ତୃଷ୍ଣାକୁ ଡାକି ଉଠିଛନ୍ତି)
           (ସେଇ କଣ୍ଠରେ ଖିଲିଖିଲି ହସ ଭାସି ଆସିଛି । ଟୁରିଷ୍ଟ ଜଣକ କ୍ରମଶଃ
           ଦୁର୍ବଳ ହୋଇପଡ଼ିଛନ୍ତି । ପ୍ରବେଶ କରିଛି ପ୍ରବଞ୍ଚକ । ସେ ଗୋଟିଏ ଅନ୍ଧର
           ହସ୍ତକୁ ଦୃଢ଼ ରୂପେ ବନ୍ଧନ କରି ଏକରକମ ଟାଣି ଟାଣି ଆଣିଛନ୍ତି ମଞ୍ଚ
           ଉପରକୁ । ସେମାନଙ୍କ ପ୍ରବେଶରେ ପ୍ରକୃତିସ୍ଥ ହୋଇ ପଡ଼ିଛନ୍ତି ଟୁରିଷ୍ଟ)

ଟୁରିଷ୍ଟ   : ଏ କିଏ ?

ପ୍ରବଞ୍ଚକ : ଏ ସହରର ଜଣେ ଅନ୍ଧ ।

ଟୁରିଷ୍ଟ   : ସେ କେମିତି ଅନ୍ଧ ହେଲେ ?

ପ୍ରବଞ୍ଚକ : ଅତି ଅବାନ୍ତର ଏ ପ୍ରଶ୍ନ । ମୁଁ ଯଦି ପଚାରେ ତୁମେ କେମିତି ଆଉ କିପରି
           ଏଠି ଆସି ପହଞ୍ଚିଲ । କାହିଁକି ଏ ସହରରେ ସକାଳ ଏକ ସ୍ୱପ୍ନ ? ସେ

କଥା କେହି କହି ପାରିବନି। ସବୁ ଘଟଣା ଘଟିଯାଏ ନିହାତି ଅପ୍ରତ୍ୟାଶିତ ଭାବରେ।

ଟୁରିଷ୍ଟ : ସେ କ'ଣ ଏ ସହରର ସ୍ଥାୟୀ ଅପରାଧୀ ?

ପ୍ରବଞ୍ଚକ : ନା, ତୁମପରି ଜୀବନର ସଂଜ୍ଞା ଖୋଜି ଖୋଜି ସେ ଏଠି ଆସି ପହଞ୍ଚିଲେ। ତା'ପରେ ସେ ଏ ସହରର ଅଧିବାସୀ ଭାବରେ ପରିଚିତ। ସେ ବୃଦ୍ଧଙ୍କର ଘନିଷ୍ଟ ବନ୍ଧୁ।

ଟୁରିଷ୍ଟ : (ଅନ୍ଧଙ୍କ ଉଦ୍ଦେଶ୍ୟରେ) ଆପଣ କ'ଣ ଜଣେ ଟୁରିଷ୍ଟ ଥିଲେ ? ବିଭିନ୍ନ ସ୍ଥାନ ବୁଲି ବୁଲି ଆପଣ କ'ଣ ଶେଷରେ ଏଇ ବିଧ୍ୱସ୍ତ ସହରରେ ପହଞ୍ଚିଗଲେ ? ମୁଁ ଜଣେ ପରିବ୍ରାଜକ ଆଜ୍ଞା। ବୁଲିବା ହେଲା ମୋର କାମ। ଅନେକ ସ୍ଥାନ ବୁଲିଛି, ଦେଖିଛି, ଜୀବନକୁ ଉପଭୋଗ କରିଛି। କିନ୍ତୁ ଏ ସହରରେ ଆସି ଦେଖିଲି ଏହା ବିଧ୍ୱସ୍ତ ପରିତ୍ୟକ୍ତ।

ଅନ୍ଧ : (ମ୍ଲାନ ହସି) ତୁମର ଅନୁମାନ ମିଥ୍ୟା ନୁହେଁ। ଏଠି ଅସ୍ୱସ୍ଥ ମୃତ୍ୟୁର କଳାଛାଇ ଯେପରି ଘୁରି ବୁଲୁଛି। କେତେବେଳେ କେଉଁ ମୁହୂର୍ତ୍ତରେ ମଣିଷ ତା'ର ଶିକାର ହେବ କେହି କହି ପାରିବେନି।

ଟୁରିଷ୍ଟ : ଆପଣ ଏମିତି ଦୃଷ୍ଟିଶକ୍ତି ରହିତ ହେଲେ କେମିତି ?

ଅନ୍ଧା : (ବାଷ୍ପାକୁଳ କଣ୍ଠରେ) ମୁଁ ଦୃଷ୍ଟିଶକ୍ତି ରହିତ ...ହଁ, ମୁଁ ଅନ୍ଧ। ଏ ସୃଷ୍ଟିରେ ମୋର ଏକମାତ୍ର ପରିଚୟ, ମୁଁ ନିଃସ୍ୱ ଅନ୍ଧ। ଜୀବନର ଶ୍ରେଷ୍ଠ ମୂଲ୍ୟବାନ ରତ୍ନ ଦୁଇଟିକୁ ମୁଁ ହରାଇ ଦେଇଛି।

(ତାଙ୍କର ଚକ୍ଷୁରେ ଅଶ୍ରୁର ପ୍ଲାବନ)

ପ୍ରବଞ୍ଚକ : ଅଯଥା ଅଶ୍ରୁପାତର ପ୍ରୟୋଜନ ନାହିଁ ଅନ୍ଧ। ତୁମର ଅଶ୍ରୁପାତ ପାଇଁ ମୋର ସାମାନ୍ୟତମ କରୁଣା ବି ନାହିଁ।

ଅନ୍ଧ : ସେ କଥା ମୁଁ ଜାଣେ। କିନ୍ତୁ ...କିନ୍ତୁ କାହିଁକି ମୁଁ ଅନ୍ଧ ହେଲି।

ଟୁରିଷ୍ଟ : କାହିଁକି ?

ଅନ୍ଧ : ଦିନ, ଦିନ, ମାସ, ମାସ, ବର୍ଷ, ବର୍ଷ ଧରି ତାକୁ ଖୋଜିଲି। ଗଳି, ଉପଗଳି, ସହରର ରାସ୍ତାଧାର, ତଥାପି ପାଇଲିନି। ଶେଷରେ କେଉଁ ଏକ ପରିଚିତ ସଂଗୀତର ମୂର୍ଚ୍ଛନା ମୋତେ ଏଠିକି ଟାଣି ଆଣିଲା। ଏଠାକୁ ଆସିବା ଛଡ଼ା ମୋର କିଛି ରାସ୍ତା ନଥିଲା। କିନ୍ତୁ... କିନ୍ତୁ ଏଠି ମୁଁ ଅନ୍ଧ ହୋଇଗଲି।

ପ୍ରବଞ୍ଚକ : (ହସିଛନ୍ତି ପୈଶାଚିକ ଭାବରେ) କାନ୍ଦିଲେ କିଛି ମୂଲ୍ୟ ନାହିଁ ଅନ୍ଧ। ତୁମେ ସୃଷ୍ଟିର ସବୁଠାରୁ ଅଦରକାରୀ ଜୀବ। ତୁମର ନିଷ୍ଫଳ କ୍ରନ୍ଦନରେ ତୁମର

ଦୃଷ୍ଟିଶକ୍ତି ଫେରିବନି। ତୁମେ ଏ ଅଭିଶପ୍ତ ସୃଷ୍ଟି। ନର୍ଦ୍ଦମାର କାଦୁଅପରି ସାଲୁବାଲୁ ଅନ୍ଧାରରେ ଘାଣ୍ଟି ହେବା ଛଡ଼ା ତୁମର ରାସ୍ତ କିଛି ନାହିଁ। ଏ ସହର ଦୂରରୁ ସମସ୍ତଙ୍କୁ ଆକୃଷ୍ଟ କରେ। ଏ ସହରର ମଧୁର ସଂଗୀତ ଶୁଣି ଏଠାକୁ ସମସ୍ତେ ଆକୃଷ୍ଟ ହୋଇ ଧାଇଁ ଆସନ୍ତି ଠିକ୍ ଯେମିତି ନିଆଁର ଶିଖାଦେଖି ପତଙ୍ଗମାନେ ଧାଇଁ ଆସନ୍ତି। କିନ୍ତୁ ପତଙ୍ଗ ଜାଣି ପାରେନି ସେ ନିଆଁର ଶିଖାରେ ପୋଡ଼ିଜଳି ଛାରଖାର ହୋଇଯିବ। ତୁମ ପଳାୟନର ସମସ୍ତ ପଥ ରୁଦ୍ଧ।

ଅନ୍ଧ : (ସେହିପରି କାନ୍ଦୁଥିବା ଅବସ୍ଥାରେ) ତୁମେ ପ୍ରତାରକ, ଭଣ୍ଡ, ହିପୋକ୍ରାଟ। ମୁଁ ତୁମ ଉପରେ ପ୍ରତିଶୋଧ ନେବି।

ପ୍ରବଞ୍ଚକ : (ପୁଣି ହସି ଉଠି) ମୁଁ ଏଇ ସହରର ନିର୍ଦ୍ଧେଶକ। ଜାଣିଥିବ ନାଁ ମୋର ପ୍ରବଞ୍ଚକ। (ସେ ମଞ୍ଚରୁ ନିଷ୍କ୍ରାନ୍ତ ହୋଇଯାଇଛନ୍ତି। ଟୁରିଷ୍ଟଙ୍କର ମୁହଁରେ ଦେଖାଦେଇଛି ଭୟ ଓ ଆଶଙ୍କା ଚିହ୍ନ)

ଟୁରିଷ୍ଟ : (କରୁଣ କଣ୍ଠରେ) ମୁଁ ତାହା ହେଲେ କ'ଣ ଅନ୍ଧ ହୋଇଯିବି ?

ଅନ୍ଧ : ମତେ ପଚାରୁଛନ୍ତି।

ଟୁରିଷ୍ଟ : ମୁଁ ତା'ହେଲେ ଅନ୍ଧ ହୋଇଯିବି ?

ଅନ୍ଧ : ହଁ ମୋରି ପରି ଅନ୍ଧ, କିନ୍ତୁ ତା ପୂର୍ବରୁ ନିଜ ଚକ୍ଷୁକୁ ନିଜ ହାତରେ ନଷ୍ଟ କରିଦିଅ।

ଟୁରିଷ୍ଟ : ମୁଁ ଦୃଶ୍ୟାକୁ ଏକାନ୍ତ ଭାବରେ ଚାହେଁ।

ଅନ୍ଧ : ଅନ୍ଧ ହେଲା ପରେ କିନ୍ତୁ ଇଚ୍ଛା କରିବେନି

ଟୁରିଷ୍ଟ : ଦୃଶ୍ୟାକୁ ?

ଅନ୍ଧ : ଅନ୍ଧମାନେ ସ୍ଥିତପ୍ରଜ୍ଞ, ମହାପୁରୁଷ।

ଟୁରିଷ୍ଟ : (ଜୋର ଗଲାରେ) ମିଛ।

ଅନ୍ଧ : ପ୍ରତି ମହାପୁରୁଷ ଅନ୍ଧ।

ଟୁରିଷ୍ଟ : I hate prophets. I spet on them. ମୁଁ ବିଶ୍ୱାସ କରେ ଜୀବନ। ଜୀବନର ପ୍ରତି ଇଞ୍ଚକୁ ମୁଁ ଉପଭୋଗ କରିବା ପାଇଁ ଚାହେଁ।

ଅନ୍ଧ : ଅନ୍ଧ ହେଲେ ମଣିଷ ନିଜକୁ ଦେଖେ। ସେ ସତ୍ୟଦ୍ରଷ୍ଟା ହୁଏ। ଯୀଶୁଖ୍ରୀଷ୍ଟ, ମହମ୍ମଦ, ଶଙ୍କରଙ୍କ ପରି ସେ ନୂତନ ଦିଗ୍‌ଦର୍ଶନ ଦିଏ।

ଟୁରିଷ୍ଟ : They are first class hypocrities exploiters.

ଅନ୍ଧ : ଆଚ୍ଛା ତୁମେ ବିଲ୍ୱମଙ୍ଗଳକୁ ଜାଣିଛ ?

ଟୁରିଷ୍ଟ : ନା।

ଅନ୍ଧ   : ସେ ସେହି ପୌରାଣିକ ମହାପୁରୁଷ ଯିଏ ନିଜ ନିଜର ଚକ୍ଷୁ ଉତ୍ପାଟିତ କରି
          ଦେଇଥିଲେ । ସେ ଅନ୍ଧ ହୋଇ ସାରିଲା ପରେ ଏକ ନୂଆ ସନ୍ଧାନ ଓ ବାର୍ତ୍ତା
          ଯେମିତି ଖୋଜି ପାଇଲେ ।

ଚୁରିଷ୍ଟ   : କ'ଣ ସେ ସତ୍ୟ ?

ଅନ୍ଧ   : ସବୁ ପାପାଚାର ମୂଳରେ ରହିଛି ମଣିଷର ଆଖି । ତାକୁ ନିଜ ହାତରେ ନଷ୍ଟ
          କରିଦିଅ ସେ ନିଜେ ନଷ୍ଟ ହେବା ପୂର୍ବରୁ ।

ଚୁରିଷ୍ଟ   : ତା' ମାନେ –

ଅନ୍ଧ   : ନିଜେ ଆଖିକୁ ନଷ୍ଟ କରିଦେଲେ ମଣିଷ ଦିବ୍ୟ ଆନନ୍ଦ ଲାଭ କରେ । ମାତ୍ର
          ତାହାର ପ୍ରଭାବରେ କଳଙ୍କିତ ଚକ୍ଷୁ ନଷ୍ଟ ହେଲେ ଦୁଃଖର ସୀମା ରହେନି ।
          ଆଖି ମଣିଷକୁ ଅନ୍ଧ କରିଦିଏ । ଅନ୍ଧ ହେଲେ ମଣିଷ ଦିବ୍ୟଦୃଷ୍ଟି ଲାଭ କରେ ।
          ସମସ୍ତେ– ହଁ, ହଁ ସମସ୍ତେ ଅନ୍ଧ ହୋଇଯିବା ଉଚିତ ।

ଚୁରିଷ୍ଟ   : (ଜୋର୍‌ରେ) ନା, ନା, ନା,

(ମଞ୍ଚ ଅନ୍ଧାର ହୋଇ ଆସିଲା)

ଚତୁର୍ଥ ଦୃଶ୍ୟ

(ଅନ୍ଧକାର ମଞ୍ଚରେ ଯନ୍ତ୍ରଣାଜନିତ ଚିତ୍କାର ଭାସି ଆସୁଥିଲା । ଆଲୁଅ ଆସିଲା
ବେଳକୁ ଦେଖାଗଲା ସେଇ ପୂର୍ବ ପରିଚିତ ଦୃଶ୍ୟ । ଝୁଲୁଥିବା ଖଣ୍ଡାଟି ଖସି
ଆସିଥିଲା । ଠିକ୍ ତା'ରି ତଳେ ଶୋଇଥିଲେ ଅନ୍ଧ ଜଣକ । ଏକ କରୁଣ ମୂର୍ଚ୍ଛନା
ପରିବେଶକୁ ଭାରାକ୍ରାନ୍ତ କରି ତୋଳିଥିଲା । ପାଖରେ ଠିଆ ହୋଇଥିଲେ ଚୁରିଷ୍ଟ
ଓ ବୃଦ୍ଧ ବ୍ୟକ୍ତି । ମୁହଁରେ କରୁଣତାର ଆଭାସ ।)

ଚୁରିଷ୍ଟ   : ଏଇ ଅଳ୍ପ ସମୟ ପୂର୍ବେ ତାଙ୍କର ମୃତ୍ୟୁ ହୋଇଗଲା ।

ବୃଦ୍ଧ   : ହଁ, ମୃତ୍ୟୁ ହୋଇଗଲା । (ତାଙ୍କ ଚକ୍ଷୁରେ ଅଶ୍ରୁର ପ୍ଲାବନ) ମୋ ସୁହୃଦ ବନ୍ଧୁ
          ଅନ୍ଧଙ୍କର ମୃତ୍ୟୁ ହୋଇଗଲା । ବୃଦ୍ଧ ସାମାନ୍ୟ ଆଗେଇ ଆସି ଝୁଲୁଥିବା
          ଖଡ୍‌ଗ ଆଡ଼କୁ ଚାହିଁ ଜୋର୍‌ରେ କହିବାକୁ ଲାଗିଛନ୍ତି ।) ହେ ଉତ୍ତୋଳିତ
          ଖଡ୍‌ଗ ! ତୁମେ କୁହ, ମୋ ମୁକ୍ତି କେବେ ? କେବେ ଦଳିତ ସଭ୍ୟତା ଓ
          ସଂସ୍କୃତିର ଧ୍ୱଂସ ? ମହାଭାରତ ଯୁଦ୍ଧର ଶେଷ ପର୍ବ କ'ଣ ଏବେ ବି
          ଅମୀମାଂସିତ ? ପିତାମହ ଭୀଷ୍ମ ଏବେ ବି କ'ଣ ଶରଶଯ୍ୟାରେ ?

ଚୁରିଷ୍ଟ   : ସେ ମୋ ପରି ଜଣେ ଚୁରିଷ୍ଟ ଥିଲେ ।

ବୃଦ୍ଧ   : ପ୍ରଥମେ ଆକର୍ଷଣ, ତା'ପରେ ଖୋଜିବା, ନିବିଡ଼ ଭାବରେ ଖୋଜିବା,
              ତା'ପରେ...

ଟୁରିଷ୍ଟ   : ତା'ପରେ ?

ବୃଦ୍ଧ   : ତା'ପରେ ଅନ୍ଧ ହୋଇଯିବା। ଦରାଣ୍ଡି ହୋଇ ପ୍ରବଞ୍ଚକର ଦୁର୍ଦ୍ଦଶା ସହ ମୃତ୍ୟୁ
              ବରଣ କରିବା, ଠିକ୍ ଏହିପରି।

ଟୁରିଷ୍ଟ   : ତା ହେଲେ ମୋର...

              (ହଠାତ୍ ପ୍ରବେଶ କରିଛି ପ୍ରବଞ୍ଚକ। ଟୁରିଷ୍ଟଙ୍କର କଥା ଅଟକି ଯାଇଛି ?)

ପ୍ରବଞ୍ଚକ   : ମୁଁ ତାଙ୍କୁ ନିର୍ମ୍ମ ଭାବରେ ପ୍ରହାର କରି ହତ୍ୟା କରିଛି।

ବୃଦ୍ଧ   : କିନ୍ତୁ...

ପ୍ରବଞ୍ଚକ   : ଆପଣ ବିସ୍ମିତ ହୋଇ ଯାଉଛନ୍ତି। ମୁଁ ନିର୍ଦ୍ଦେଶକ, ଜୀବନର ନିୟାମକ।
              ସମବେଦନାର ପ୍ରୟୋଜନ ନାହିଁ ବୃଦ୍ଧ। ତମେ କେବଳ ଗୋଟିଏ ପରେ
              ଗୋଟିଏ ସାଂଦର୍ଶନ କରିଚାଲ। ପ୍ରତିବାଦର କ୍ଷୀଣତମ ସ୍ୱର ଉତ୍ତୋଳନ
              ନକରି ଦେଖିଚାଲ ହତ୍ୟାର ବିଭୀଷିକା, ଯନ୍ତ୍ରଣାଗ୍ରସ୍ତ ଜୀବନର ଆର୍ତ୍ତନାଦ।

ବୃଦ୍ଧ   : ମୋର ଅସହାୟ ମୁହୂର୍ତ୍ତମାନଙ୍କରେ ସେ ମୋର ବଞ୍ଚିବାର ଅବଲମ୍ବନ ଥିଲେ।

ପ୍ରବଞ୍ଚକ   : ସବୁ ଅବଲମ୍ବନ ମିଥ୍ୟା, ନିହାତି ଫାଙ୍କା। ଜଣକ ପରେ ଜଣେ ଏଇମିତି
              ଅନେକ ଆସିବେ ଏ ସହରକୁ। ସମସ୍ତେ ଠିକ୍ ଏଇ ଦଶା ଭୋଗ କରିବେ।
              ଦୃଷ୍ଟିଶକ୍ତି ରହିତ ହୋଇ ଅସହାୟ ମୃତ୍ୟୁବରଣ କରିବେ। ତୁମର ଅବଲମ୍ବନ
              ଖାଲି ଦୁଃଖର କାରଣ ବୃଦ୍ଧ।

ବୃଦ୍ଧ   : ତା ହେଲେ...

ପ୍ରବଞ୍ଚକ   : ସ୍ନେହ, ମମତା, ବନ୍ଧନ କିଛି ନାହିଁ। ସେମାନଙ୍କର ରଙ୍ଗ ଏଠି ବିବର୍ଣ୍ଣ,
              ରୋଗଗ୍ରସ୍ତ ବ୍ୟକ୍ତିର ପାଣ୍ଡୁର ମୁଖପରି।

ପ୍ରବଞ୍ଚକ   : (ଟୁରିଷ୍ଟଙ୍କ ପ୍ରତି) କ'ଣ ସେ ତରୁଣୀର କିଛି ସନ୍ଧାନ ପାଇଲେ ଯାହାର
              କଣ୍ଠସ୍ୱର ତୁମକୁ ମୁଗ୍ଧ କରିଥିଲା।

ଟୁରିଷ୍ଟ   : ନା, ଅନେକ ଖୋଜିଲି। ଅଜସ୍ର ପ୍ରତୀକ୍ଷାର କ୍ଲାନ୍ତିରେ ମୁଁ ଏବେ ବି ଭାଙ୍ଗି
              ପଡ଼ୁଛି। ମାତ୍ର କାହିଁ ? ତା'ର କୌଣସି ସନ୍ଧାନ ମୁଁ ପାଉନି।

ପଞ୍ଚମ ଦୃଶ୍ୟ

(ଅନ୍ଧାର ମଧ୍ୟରେ ଟୁରିଷ୍ଟଙ୍କ ଯନ୍ତ୍ରଣାଜନିତ ଚିକ୍ରାର ସ୍ୱର ସ୍ପଷ୍ଟ ହୋଇ ଆସୁଥିଲା।
ହସୁଥିଲା ଖୁବ୍ ଜୋରରେ ପ୍ରବଞ୍ଚକ। ପ୍ରହାରର ଶବ୍ଦ ମଧ୍ୟ ଶୁଭୁଥିଲା। ମଞ୍ଚର

ସେଇ ପୂର୍ବ ନିଷ୍କ୍ରିୟ ଆଲୋକ ଆସିଲା ବେଳକୁ ଦେଖାଗଲା ଖଡ୍ଗଟି ନଇଁ ଆସିଛି । ଖଡ୍ଗ ତଳେ ପଡ଼ିଛି ଟ୍ୟୁରିଷ୍ଙ୍କ ଶବ । ବୃଦ୍ଧ ଶବ ନିକଟରେ ଆଣ୍ଠେଇ ପଡ଼ି କାନ୍ଦୁଛନ୍ତି ।)

ବୃଦ୍ଧ : ଟ୍ୟୁରିଷ୍ ! ଶୁଣ ଥରେ ହେଲେ ଶୁଣ ମୋ କଥା । ମତେ କ୍ଷମାକର, ମୁଁ ତୁମକୁ ରକ୍ଷା କରିପାରିନି । ମୋର କର୍ତ୍ତୃତ୍ୱ କିଛି ନାହିଁ ଏଠି । ମୁଁ ଖାଲି ଏ ଯନ୍ତ୍ରଣାଗ୍ରସ୍ତ ସମାଜର ପ୍ରତୀକ ।

(ପ୍ରବେଶ କରିଛି ପ୍ରବଞ୍ଚକ । ହାତରେ ଚାବୁକ୍)

ପ୍ରବଞ୍ଚକ : (ବୃଦ୍ଧଙ୍କୁ ଲକ୍ଷ୍ୟ କରି) କି ପ୍ରହସନ ଚାଲିଛି ଏଠି !

ବୃଦ୍ଧ : (କାନ୍ଦୁଥିଲେ) ଏ କ'ଣ ଶେଷଦୃଶ୍ୟ, ଯେଉଁ ନାଟକର ତୁମେ ହେଉଛ ନିର୍ଦ୍ଦେଶକ ଆଉ ମୁଁ ଏକମାତ୍ର ଅଭିନେତା ।

ପ୍ରବଞ୍ଚକ : (ବ୍ୟଙ୍ଗ କରି) ଶେଷ ଦୃଶ୍ୟ, ତୁମେ ପ୍ରଳାପ କରୁନାତ ।

ବୃଦ୍ଧ : ପୁଣି କ'ଣ ଆହୁରି ବାକି ଅଛି ?

ପ୍ରବଞ୍ଚକ : ହଁ, ଅନେକ ବାକି ଅଛି ।

ବୃଦ୍ଧ : ପ୍ରତ୍ୟେକର ସୀମା ଥାଏ ପ୍ରବଞ୍ଚକ । ମୋ ସହିବାର ସୀମା ଅତିକ୍ରମ କରାଯାଇଛି । ଟ୍ୟୁରିଷ୍ ମୃତ୍ୟୁବରଣ କରିଛନ୍ତି । ଓ୫ ମତେ... ମତେ ତୁମେ ହତ୍ୟାକର । ମୁଁ ମରିବାକୁ ଚାହେଁ । (ହାତଯୋଡ଼ି ଅନୁନୟ କଣ୍ଠରେ) ମତେ ମାରିଦିଅ ପ୍ରବଞ୍ଚକ । ମୋର ଭୃତ୍ୟ ହିସାବରେ ଏତିକି ମୋର ଅନୁରୋଧ ରକ୍ଷାକର ।

ପ୍ରବଞ୍ଚକ : (ବୃଦ୍ଧଙ୍କୁ ଖୁବ୍ ଜୋରରେ ଗୋଡ଼ରେ ଠେଲିଦେଲେ) ଅଯଥା ପ୍ରଳାପର ମୂଲ୍ୟନାହିଁ । ତୁମେ ଆଦୌ ମରିପାରିବନି । ତୁମେ ମୃତ୍ୟୁଞ୍ଜୟୀ । ଏହା ବିଧାତାର ନିର୍ଦ୍ଦେଶ ।

ବୃଦ୍ଧ : କାହିଁକି ଏ ଅଭିଶାପ କାହିଁକି ? (ପୁଣି ଥରେ ପ୍ରବଞ୍ଚକର ଗୋଡ଼ ଧରି ।) ମୋର ଆଖି ଦୁଇଟା ନହେଲେ ଫୁଟେଇ ଦିଅ । ମୋର ଅନ୍ଧ ହେବା ନିହାତି ପ୍ରୟୋଜନ । ଅନ୍ଧ ହେଲେ ମୁଁ କାହାରି ଯନ୍ତ୍ରଣା ଦେଖି ପାରିବିନି । ଜଣକ ପରେ ଜଣେ ଏଇମିତି ଏ ସହରରେ ମୃତ୍ୟୁବରଣ କରି ଚାଲିଛନ୍ତି । ଯିଏ ଆସୁଛି ଏଠାରେ ତା'ର ପରିତ୍ରାଣ ନାହିଁ । ହେଲେ ମୁଁ ଆଉ ଏତେ ଦେଖି ପାରିବିନି ।

ପ୍ରବଞ୍ଚକ : ପୁଣି ତୁମେ ଭୁଲିଯାଉଛ ମୁଁ ତୁମର ନିର୍ଦ୍ଦେଶରେ ଆଦୌ ପରିଚାଳିତ ନୁହେଁ । ମୁଁ ମୋର ପରିଧିରେ ସ୍ୱତନ୍ତ୍ର । କାହାରି ଦ୍ୱାରା ମୁଁ ପ୍ରଭାବିତ ନୁହେଁ । ତୁମେ ସବୁ କିଛି ଦେଖିବା ପାଇଁ ବାଧ୍ୟ ।

(ପ୍ରବଞ୍ଚକ ଚାଲି ଯାଇଛନ୍ତି । ବୃଦ୍ଧ କିଛି ସମୟ ମଞ୍ଚରୁ ଗୋଟିଏ ପ୍ରାନ୍ତରୁ
ଅନ୍ୟପ୍ରାନ୍ତ ଯାଏ ପଦଚାରଣ କରିଛନ୍ତି । ପୁଣି ମଝିରେ ମଝିରେ ଅଟକି
ଯାଇଛନ୍ତି । ଦର୍ଶକ ମଞ୍ଚରୁ ଯେଉଁ ରାସ୍ତାଟି ଲମ୍ବି ଆସିଥିଲା, ସ୍ପଟ୍ ଲାଇଟ୍
ଜଳିବା ଫଳରେ ତାହା ଆହୁରି ସ୍ପଷ୍ଟ ହୋଇଆସିଛି । ରାସ୍ତା ଦେଇ ଧୀର
ଗମ୍ଭୀର ଭାବରେ ପ୍ରବେଶ କରିଛନ୍ତି ଜଣେ ବ୍ୟକ୍ତି । ପରିଧାନ ଧଳା ଧୋତି
ଓ ଧଳା ଚଦର । ସେ ବୃଦ୍ଧଙ୍କ ନିକଟରେ ଅଟକି ଯାଇଛନ୍ତି । ପରେ ସ୍ପଟ୍
ଲାଇଟ୍ ଲିଭିଯାଇଛି ।

ବୃଦ୍ଧ   : (ଆଶ୍ଚର୍ଯ୍ୟ ହୋଇ) କିଏ ଆପଣ ?

ବ୍ୟକ୍ତି   : ଆପଣ ଯାହାକୁ ବ୍ୟଗ୍ର ହୋଇ ଖୋଜୁଥିଲେ । ମୁଁ ସେଇ ଆପଣଙ୍କର ମୁକ୍ତିଦାତା ।

ବୃଦ୍ଧ   : (ତାଙ୍କ ମୁହଁ ଆନନ୍ଦରେ ଉଜ୍ଜଳି ଉଠିଲା) ମୁକ୍ତିଦାତା ।

ବ୍ୟକ୍ତି   : ହଁ ତୁମର, ଆଉ ପୀଡ଼ିତ ମାନବ ଆତ୍ମାର । ପୁରାତନକୁ ଧ୍ୱଂସକରି ମୁଁ ଗାନ
କରିବି ନୂତନର ବେଦମନ୍ତ୍ର । ଈଶ୍ୱରଙ୍କ ନୂଆବାର୍ତ୍ତା ନେଇ ମୁଁ ଉପସ୍ଥିତ
ହୋଇଛି ।

ବୃଦ୍ଧ   : (ଗଭୀର ଆନନ୍ଦରେ) ଈଶ୍ୱରଙ୍କ ବାର୍ତ୍ତା ।

ବ୍ୟକ୍ତି   : ହଁ ତୁମପରି ଅସଂଖ୍ୟ ପୀଡ଼ିତ ଓ ଅତ୍ୟାଚାରିତ ବ୍ୟକ୍ତିମାନଙ୍କ ପାଇଁ ତାଙ୍କର
ବାର୍ତ୍ତା ।

ବୃଦ୍ଧ   : କୁହନ୍ତୁ ତା'ହେଲେ କ'ଣ ସେ ଈଶ୍ୱରଙ୍କ ବାର୍ତ୍ତା ।

ବ୍ୟକ୍ତି   : (ଉଚ୍ଚ କଣ୍ଠରେ ପଢ଼ିବାକୁ ଲାଗିଲେ) ଦୁଃଖ, ଶୋକ, ନୈରାଶ୍ୟ କିଛିନାହିଁ...
ପୁତ୍ର, ଆଗେଇଆ । ସବୁକିଛି ପଛରେ ପକେଇ ସ୍ୱର୍ଗୀୟ ଆଲୋକ ଦୀପ୍ତିରେ
ଉଦ୍‌ଭାସିତ ହୋଇ ଏକମାତ୍ର ରାସ୍ତାରେ ଚାଲିଆ, ଚାଲିଆ । ସମୟ ଅନେକ
ଅଛ । ଘନୀଭୂତ ଅନ୍ଧାରରୁ ଆଲୋକ ଆଡ଼କୁ ଯନ୍ତ୍ରଣାର ପଙ୍କିଳ ପରିବେଶରୁ
ଅମୃତ ସୋପାନ ଆଡ଼କୁ ଆଗେଇ ଯିବା ତୋର ଧର୍ମ । ମୃତ୍ୟୁ ରୂପକ
ମହାନିଦ୍ରା । ଜୀବନର ଅନ୍ତିମ ପରିଣତି ନୁହେଁ । ତୋ ପାଇଁ ଅନେକ ରାସ୍ତା
ବାକି ।

(ବ୍ୟକ୍ତି ଜଣକ ଏହି ସରମନ୍‌ ପଢ଼ିବା ଭିତରେ ଏ ପର୍ଯ୍ୟନ୍ତ ମଞ୍ଚରେ ଥିବା
ନିସ୍ତବ୍ଧ ଆଲୋକ ହଠାତ୍ ଉଜ୍ଜ୍ୱଳ ହୋଇ ଉଠିଛି । ବୃଦ୍ଧ ଆନନ୍ଦରେ ଅଧୀର
ହୋଇ ଚିତ୍କାର କରି ଉଠିଛନ୍ତି ।

ବୃଦ୍ଧ   : ଏ ବିବର୍ଣ୍ଣ ସହରରେ ସକାଳ ଦେଖା ଦେଇଛି । ଅନେକ ଦିନ ଏ ସହର
ଯେମିତି ନୂଆ ହୋଇ ଆତ୍ମାପ୍ରକାଶ କରିଛି । ବିବର୍ଣ୍ଣ ଗୋଧୂଳିର ରଙ୍ଗ ଆଉ

ନାହିଁ। ମୁଁ ମୁକ୍ତ। ମୁଁ ଆଜି ମୁକ୍ତ ଆକାଶର ପକ୍ଷୀ। (ସେ ପାଗଲଙ୍କ ପରି ହସିବାକୁ ଲାଗିଲେ) ମୋର ପ୍ରିୟ ଭୃତ୍ୟ ପ୍ରବଞ୍ଚକ, ତୁମେ ଦେଖ ମୁଁ ଆଜି କେମିତି ମୁକ୍ତି ପାଉଛି। ମୁଁ ଆଉଏ ପରିତ୍ୟକ୍ତ ସହରର ଅଧିବାସୀ ନୁହେଁ। ଶୃଙ୍ଖଳର ବେଡ଼ି ମୋ ହାତରୁ ଖସି ପଡ଼ିଛି।

(ଧୀରେ ଧୀରେ ଝୁଲୁଥିବା ଖଣ୍ଡଟି ଖସି ଆସୁଥିଲା ତଳକୁ। ଜୋର୍‌ରେ କିଛି ଗୁଡ଼ାଏ ଭାଙ୍ଗିପଡ଼ିବାର ଶବ୍ଦ ମଧ୍ୟ ପାଖେଇ ଆସୁଥିଲା)

ବୃଦ୍ଧ : (ଚିତ୍କାର କରି) ଦେଖନ୍ତୁ ଏ ଖଡ୍‌ଗ କେମିତି ନଇଁ ଆସୁଛି। ପରିତ୍ୟକ୍ତ ସହରଟିରେ ଯାହାକିଛି ଅବଶିଷ୍ଟ ଥିଲା ଭାଙ୍ଗି ଛାରଖାର ହୋଇ ଯାଉଛି। ପ୍ରଳୟ, ପ୍ରଳୟ, ଧ୍ୱଂସ। ପୁଣି ନୂଆ ସୃଷ୍ଟି... ଓଃ କେଡ଼େ ଚମତ୍କାର।

(ପ୍ରବେଶ କରିଛି ପ୍ରବଞ୍ଚକ)

ପ୍ରବଞ୍ଚକ : ମୁଁ ଆପଣଙ୍କ ସହ ଯିବି ସମ୍ରାଟ୍। ମୁଁ ଆପଣଙ୍କ ଅନୁଗତ ଭୃତ୍ୟ।

ବୃଦ୍ଧ : ସମୟ ଅତିକ୍ରାନ୍ତ ହୋଇଯାଇଛି ପ୍ରବଞ୍ଚକ। ମୁକ୍ତିର ନୂଆ ସୂର୍ଯ୍ୟ। ଦେଖୁନ ତା’ର ଲାଲ୍ ଆଲୋକ ଚତୁର୍ଦିଗରେ କେମିତି ବିଚ୍ଛୁରିତ ହୋଇ ପଡ଼ିଛି। ମୁଁ ଚାଲିଲି ଏ ସହରର ସୀମିତ ଗଣ୍ଡିରୁ ମୁକ୍ତି ପାଇ ମୁଁ ଚାଲିଲି। ମୋର ଯନ୍ତ୍ରଣାର ଦିନ ସରିଯାଇଛି। ବିଦାୟ ପ୍ରବଞ୍ଚକ। (ବ୍ୟକ୍ତିଙ୍କ ନିକଟକୁ ଯାଇ) ଆସନ୍ତୁ ଆଜ୍ଞା।

ବ୍ୟକ୍ତି : ହଁ, ଚାଲ।

(ପୁଣି ସେ ରାସ୍ତାଟି ସ୍ୱଚ୍ଛ ହୋଇ ଉଠିଛି। ସେମାନେ ମଞ୍ଚରୁ ଲମ୍ବି ଯାଇଥିବା ରାସ୍ତା ଦେଇ ଆଗେଇ ଯାଉଥିଲେ)

ବୃଦ୍ଧ : (ଆଗେଇ ଯାଉ ଯାଉ ଆନନ୍ଦର ଆତିଶଯ୍ୟରେ) ମୁଁ ମୁକ୍ତି ପାଉଛି। ହଁ ପ୍ରବଞ୍ଚକ, ତୁମେ ତୁମର ସେଇ ଅଶରୀରୀ ତରୁଣୀ ତୃଷା ସହ ରୁହ। ମାତ୍ର କେତେ ସମୟ ? ଏ ସହର ଧ୍ୱଂସ ହୋଇଯିବ। (ଭାଙ୍ଗି ପଡ଼ିବାର ଶବ୍ଦ ଆସୁଥିଲା।) ମୁଁ ଜୀବନର ନୂଆ ମୂଲ୍ୟବୋଧରେ ଆଜି ଅନୁପ୍ରାଣିତ। ମୋ ବକ୍ଷରେ ନୂତନ ପ୍ରାଣ ସ୍ପନ୍ଦନ। ହୃଦୟରେ ମୋର ପୁଲକ। ମୁଁ ଆଉ ବୃଦ୍ଧ ନୁହେଁ। ମୁଁ ଚିର ଯୁବକ। ମୁଁ ଚିର ଯୁବକ। ମୋର ମୃତ୍ୟୁ ନାହିଁ। ଦୁଃଖ ନାହିଁ, ମଧ୍ୟ ଅନୁଶୋଚନା ନାହିଁ। ମୁଁ ସେଇ ମହାମାନବ ଯିଏ ଦେଖି ପାରୁଛି ଜୀବନର ସତ୍ୟ। (ବ୍ୟକ୍ତିଙ୍କ ଉଦ୍ଦେଶ୍ୟରେ) ଚାଲନ୍ତୁ ଆଜ୍ଞା। (ପ୍ରବଞ୍ଚକ ସେମିତି ଛିଡ଼ା ହୋଇଥିଲା ବୋଲ ମଞ୍ଚ ଅନ୍ଧାର ହୋଇ ଆସିଲା।)

ପ୍ଲେଗ୍

ନାରାୟଣ ସାହୁ

ପ୍ରଥମ ଦୃଶ୍ୟ

(ସାହିତ୍ୟ ଏକାଡେମୀ ସଭାପତିଙ୍କ ଅଫିସ୍ ରୁମ୍। ସଭାପତିଙ୍କ ଆସନ ସମ୍ମୁଖରେ ଏକ ଟେବୁଲ ଉପରେ ସୁସଜ୍ଜିତ ଅବସ୍ଥାରେ ରଖାଯାଇଥିଲା ସରସ୍ୱତୀଙ୍କ ଫଟୋଚିତ୍ର। ଫଟୋ ସମ୍ମୁଖରେ ଦଣ୍ଡାୟମାନ ଥିଲା ସଭାପତିଙ୍କ ମସ୍ତିଷ୍କବିକୃତ ପୁତ୍ର ମୂଷିକ)

ମୂଷିକ : ଦେବୀ, ଦିଅ...।

ପରମଗୁରୁ : (ପ୍ରବେଶ କରି) ଆହେ ମୂଷିକବାବୁ, ସାର୍ ନାହାନ୍ତି। ତମେ ଏଠି କ'ଣ କରୁଛ ?

ମୂଷିକ : ସରସ୍ୱତୀଙ୍କୁ ମାଗୁଛି। ସିଏ ଦଉନି...।

ପରମଗୁରୁ : ବାପାଙ୍କର କ'ଣ ଅଭାବ ଅଛି, ତମେ ଆହୁରି ମାଗୁଛ। ଆଚ୍ଛା, କ'ଣଟା ମାଗୁଛ, କହିଲ।

ମୂଷିକ : ମୋର ଗୋଟାଏ ପୁରସ୍କାର ଦରକାର।

ପରମଗୁରୁ : (ହସି) ଆହେ ମୂଷିକବାବୁ, ତମକୁ ଏ ରୋଗ କେବେଠାରୁ ଧରିଲା ? ବାପା ତମର ସାହିତ୍ୟ ଏକାଡେମୀ ସଭାପତି। ତାଙ୍କ ପାଖକୁ ଯେତିକି ଲୋକ ଆସନ୍ତି, ସମସ୍ତଙ୍କର କିଛି ନା କିଛି ପୁରସ୍କାର ଦରକାର ହେଲେ...

ମୂଷିକ : ମୋର ବି ସେଇଥିରୁ ଗୋଟାଏ ଦରକାର।

ପରମଗୁରୁ : ହେଲେ, ଏଠି ଏ ବାଗ୍‌ଦେବୀଙ୍କ ଫଟୋକୁ କହିଲେ, ସିଏ କ'ଣ ତମକୁ ପୁରସ୍କାରଟା ଦେଇ ପକେଇବେ। ତା'ପରେ ସାହିତ୍ୟ ଏକାଡେମୀ ପୁରସ୍କାରଟା ପିଜୁଲି କି କମଳା ହେଇନି ଗଛରୁ ତୋଳିଆଣି ଦେଇଦେବେ।

ମୂଷିକ   : ବାବା ତ ସଦାବେଳେ ଯ୍ୟା'ଙ୍କୁ ପୂଜା କରିଥା'ନ୍ତି ।

ପରମଗୁରୁ   : ମୂଷିକବାବୁ, ତମେ ପିଲାଲୋକ । ବାପା ତମର ମହାନ୍‌ ପଣ୍ଡିତ । ତାଙ୍କ
                ବଚନ ବେଦରଗାର । ନ ଜାଣି ତମ ଜେଜେ ତାଙ୍କ ନାଁ ରଖିଛନ୍ତି
                ଗାଲମାଧବ ଶତପଥୀ । ଚାଲ ଘରକୁ ଯିବା ଚାଲ । କେତେବେଳେ ଆସି
                ସାର୍‌ ପହଞ୍ଚିବେ । ମୋ ଅବସ୍ଥା ଦି'ଗଣ୍ଡା ଦି'କଡ଼ା ହୋଇଯିବ ।

ମୂଷିକ   : ନା, ପରମା, ନା'... ମୁଁ ଜମା ଯିବିନି । ପୁରସ୍କାର ନେଲେ ଯାଇ ଯିବି ।
                (ମୂଷିକ ସରସ୍ବତୀଙ୍କ ଫଟୋ ଧରିଛି ନେବାପାଇଁ । ବାଧା ଦେଉଛି ପରମଗୁରୁ ।)

ପରମଗୁରୁ   : ମୂଷିକବାବୁ, ରଖିଦିଅ । ସେଇଟା ଖେଳିବା ଜିନିଷ ନୁହେଁ ।

ମୂଷିକ   : ନା ପରମା, ନା... ।

ପରମଗୁରୁ   : କେତେଥର କହିଛି, 'ପରମା' ବୋଲି ଡାକିବିନି । ମୁଁ ପରମଗୁରୁ । ବାବୁ,
                ଫଟୋଟା ରଖିଦିଅ ।

ମୂଷିକ   : ନା, କେବେ ନୁହେଁ
                (ମୂଷିକକୁ ଧରିବାକୁ ଚେଷ୍ଟା କରିଛନ୍ତି ପରମଗୁରୁ । ଗୋଡ଼ାଗୋଡ଼ି
                ହେଇଛନ୍ତି ।)

ପରମଗୁରୁ   : ଆବେ ମୂଷା, ଭଲରେ କହୁଛି, ଫଟୋ ରଖିଦେ । ନ ହେଲେ ତତେ
                ଯନ୍ତାରେ ପୂରେଇ ଦେବି ।
                (ମୂଷିକ ଦାନ୍ତ ନିକୁଟି ଖଟେଇ ହୋଇଛି ।)

ପରମଗୁରୁ   : ଆବେ ଗାଲୁଆପୁଅ ମୂଷା, ତତେ ନେହୁରା ହେଉଛି, ଫଟୋଟା ରଖିଦେ ।
                ମୋ ଚାକିରି ଚାଲିଯିବରେ । ମୋ ବାପାଟା ପରା ! ମୁଁ କଥା ଦଉଛି,
                ତତେ ନିଶ୍ଚୟ ସାହିତ୍ୟ ଏକାଡ଼େମୀ ପୁରସ୍କାର ମିଳିବ । ଅସରପା, ଓଡ଼ଶ
                ଯେତେବେଳେ ପୁରସ୍କାର ପାଇଲେଣି, ତୁ କାହିଁକି ନ ପାଇବୁ ।

ମୂଷିକ   : ସତ କହୁଛୁ, ମତେ ମିଳିବ ?

ପରମଗୁରୁ   : ସାହିତ୍ୟ ଏକାଡ଼େମୀ ପ୍ରେସିଡ଼େଣ୍ଟ ଗାଲମାଧବ ଶତପଥୀଙ୍କ ପିଠନ
                ପରମଗୁରୁ ଏ ଜବାବ୍‌ ତମକୁ ଦଉଛି । ଚଳିତ ବର୍ଷ ସାହିତ୍ୟ ଏକାଡ଼େମୀ
                ପୁରସ୍କାର ମୂଷିକ ଶତପଥୀ ପାଇବେ ।

ମୂଷିକ   : ପରମା, ତୁ କେତେ ଭଲ !
                (ଫଟୋଟି ଯଥା ସ୍ଥାନରେ ରଖିଛି ମୂଷିକ ।)

ପରମଗୁରୁ   : ହଉ, ଏଥର ଯାଆନ୍ତୁ । ତିନିଦିନ ପରେ ଏକାଡ଼େମୀ ମଟିଙ୍ଗ । ବାପାଙ୍କ
                କହି ମୁଁ ଗୋଟାଏ ଛୋଟିଆ ମୋଟିଆ ପୁରସ୍କାର କରେଇଦେବି ।

ମୂଷିକ   : ବାଏ... ପରମା... ବାଏ...! (ଚାଲିଯାଇଛି)

ପରମଗୁରୁ : କି ସାଂଘାତିକ ଏ ମୂଷାଛୁଆ! ବାପରେ ବାପ୍! ମଣିଷକୁ ଟିକିଏ ଶାନ୍ତିରେ
           ରଖେଇ ଦେବେନି ଏମାନେ।

           (କ୍ଲାନ୍ତ ଭାବେ ଗୋଟିଏ ଚେୟାରରେ ବସିପଡ଼ିଛି।)

ଦ୍ୱିତୀୟ ଦୃଶ୍ୟ

ସାହିତ୍ୟ ଏକାଡେମୀ ସଭାପତିଙ୍କ ଅଫିସରୁମ୍। ଟେବୁଲ୍ ଉପରେ ମଥା ରଖି
କ୍ଲାନ୍ତ ଭାବେ ଶୋଇଯାଇଥିଲେ ସଭାପତି। ଧୋୟ୍ସା ଅନ୍ଧାର। ଆସିଛନ୍ତି ଶୁଭ୍ର
ପୋଷାକଧାରୀ ଜଣେ ବୃଦ୍ଧ।)

ମୁଖ୍ୟମନ୍ତ୍ରୀ : ପ୍ରେସିଡେଣ୍ଟ...! ହୋ ପ୍ରେସିଡେଣ୍ଟ...! ବେଶ୍ ଚିନ୍ତିତ ହୋଇ ତ ତମେ
             ଶୋଇପାରୁଛ! ହୋ ଗାଲମାଧବ!

ଗାଲମାଧବ : (ଆଖି ମଲି ମଲି) କିଏ...? ଏତେ ରାତିରେ...! କିଏ... କିଏ ତମେ?

ମୁଖ୍ୟମନ୍ତ୍ରୀ : କୁର୍ସି ଉପରେ ବସିଗଲା ପରେ ମଣିଷଗୁଡ଼ାକ ଅତୀତକୁ ଭୁଲିଯାଆନ୍ତି।
             ମତେ ଚିହ୍ନିପାରୁନ?

ଗାଲମାଧବ : ଦିନରାତି ଲୋକ ଚାଲିଛନ୍ତି। ସମସ୍ତଙ୍କ ପୁରସ୍କାର ଦରକାର। ସେଥିରେ
           ପୁଣି କଲ୍‌ଚର ମନ୍ତ୍ରୀ ଧମକ ଦେଇଛନ୍ତି, ତାଙ୍କ ଲୋକ ପୁରସ୍କାର ନ
           ପାଇଲେ ଏକାଡେମୀକୁ ଗ୍ରାଣ୍ଟ ବନ୍ଦ କରିଦେବେ।

ମୁଖ୍ୟମନ୍ତ୍ରୀ : ଦେଇଦିଅ। କାଠଫାଲିଆ ଖଣ୍ଡେ କି ପଥର ଖଣ୍ଡେ ତ ଦେଉଛ।

ଗାଲମାଧବ : ଟଙ୍କା ତ କମ୍ ଦଉନୁ!

ମୁଖ୍ୟମନ୍ତ୍ରୀ : ମାର ଗୁଲି ତମ ଟଙ୍କାକୁ। ଏଇଥିଲାଗି ତା'ହେଲେ ତମକୁ ଏ କୁର୍ସି
             ଉପରେ ବସେଇଥିଲି?

ଗାଲମାଧବ : ସାର୍, ଆପଣ?

ମୁଖ୍ୟମନ୍ତ୍ରୀ : ହଁ, ଆଉ କାହିଁକି ଚିହ୍ନିବ! କାମ ସରିଲା ପରେ କିଏ କାହାକୁ ପଚାରେ!

ଗାଲମାଧବ : ସାର୍, ଆପଣଙ୍କ କଣ୍ଠସ୍ୱର କହିଦଉଛି, ଆପଣ ଆମର ସ୍ୱର୍ଗତ ମୁଖ୍ୟମନ୍ତ୍ରୀ!

ମୁଖ୍ୟମନ୍ତ୍ରୀ : ହଁ, ତମେ ଠିକ୍ ଚିହ୍ନିପାରିଛ! ମୁଁ ତମର ସେହି ପୂର୍ବତନ ମୁଖ୍ୟମନ୍ତ୍ରୀ!

ଗାଲମାଧବ : ସାର୍, ଆପଣ ତ ମରି ସାରିଛନ୍ତି! ହେଲେ –

ମୁଖ୍ୟମନ୍ତ୍ରୀ : ମୋର ଆତ୍ମା ଶାନ୍ତି ପାଇପାରି ନାହିଁ! ସେଇଥିପାଇଁ ମତେ ବାରମ୍ବାର ଏ
             ମର୍ତ୍ୟମଣ୍ଡଲକୁ ଆସିବାକୁ ପଡୁଛି। ଆଉ ତମେ ଯେହେତୁ ମୋର ନିଜ ଲୋକ –

ଗାଲମାଧବ : କୁହନ୍ତୁ ସାର୍, ମୁଁ ଆପଣଙ୍କ ପାଇଁ କ'ଣ କରିପାରିବି?

ମୁଖ୍ୟମନ୍ତ୍ରୀ	: ମୋ ପାଇଁ ନୁହେଁ, ମୋର ଆତ୍ମାର ଶାନ୍ତି ପାଇଁ...।

ଗାଲମାଧବ	: ଠିକ୍ ଅଛି। ମୁଁ ନିଶ୍ଚୟ କରିବି। କୁହନ୍ତୁ।

ମୁଖ୍ୟମନ୍ତ୍ରୀ	: ଗାଲମାଧବ, ମୋର ଗୋଟାଏ ସାହିତ୍ୟ ଏକାଡ଼େମୀ ପୁରସ୍କାର ଦରକାର।

ଗାଲମାଧବ	: (ହଠାତ୍ ଚମକିପଡ଼ି) ସାର୍...!

ମୁଖ୍ୟମନ୍ତ୍ରୀ	: କ'ଣ ସାହିତ୍ୟ ଏକାଡ଼େମୀ ପୁରସ୍କାର ପାଇଁ ମୁଁ ଅଯୋଗ୍ୟ ?

ଗାଲମାଧବ	: ସେ କଥା ମୁଁ କହୁନି। ହେଲେ ଆପଣ ତ ମରିସାରିଛନ୍ତି। ପୁରସ୍କାରଟା
	  ନେଇ କ'ଣ କରିବେ ? ତା'ପରେ ମୁଁ କେମିତି ବା ଦେବି ?

ମୁଖ୍ୟମନ୍ତ୍ରୀ	: ମୋ ନାଁରେ ମରଣୋତ୍ତର ପୁରସ୍କାର ଦେବ। ଯେତେଦିନ ଯାଏ ମତେ
	  ତମେ ପୁରସ୍କାର ନ ଦେଇଛ, ସେତେଦିନ ଯାଏ ମୁଁ ଏ ସାହିତ୍ୟ
	  ଏକାଡ଼େମୀ ବାଉଣ୍ଡାରୀ ଚାରିପଟେ ଘୁରି ବୁଲୁଥିବି। ଦେଖିଲ ତ ତିରିଶ
	  ତାରିଖ ମିଟିଂରେ ମେମରମାନେ କେମିତି ତମ ଉପରେ ରାଗ
	  ଶୁଢ଼େଇଲେ !

ଗାଲମାଧବ	: ସମସ୍ତେ ଏଠି ସ୍ୱାର୍ଥରେ ବନ୍ଧା। କିଏ ମୁଖ୍ୟବକ୍ତା ହବ ତ କିଏ ମୁଖ୍ୟ
	  ଅତିଥି ହେବ ! ଏଇ ମେମରମାନେ ଯେମିତି ଏକାଡ଼େମୀଟାକୁ ଟେକି
	  ଧରିଛନ୍ତି। ସମସ୍ତଙ୍କର ସେୟାର ଦରକାର।

ମୁଖ୍ୟମନ୍ତ୍ରୀ	: ଗାଲମାଧବ, ଆହୁରି ସ୍ତ୍ରଙ୍ଗ୍ ହୁଅ। ବେଲକାଲ ଭଲ ନୁହେଁ।

ଗାଲମାଧବ	: ଏ ଚେୟାରରେ ବସିବା ଦିନଠାରୁ ମତେ ନିଦ ହଉନି। ଦେଖୁ ନାହାନ୍ତି।
	  ଘରଛାଡ଼ି ମୁଁ ଏଠି ଅଫିସରେ କାହିଁକି ରାତି କଟାଉଥାନ୍ତି। ରାତିଦିନ
	  ଘରକୁ ଫୋନ୍। ପୁରସ୍କାର ଦରକାର।

ମୁଖ୍ୟମନ୍ତ୍ରୀ	: କାଠଫାଲିଆ କାଗଜ ଆଉ କନା ସଂଖ୍ୟା ବଢ଼େଇ ଦିଅ। କେତେ ବା
	  ଖର୍ଚ୍ଚ ହେବ !

ଗାଲମାଧବ	: ସେମିତି କଲେ, ପୁରସ୍କାରଟା ଶସ୍ତା ହୋଇଯିବ !

ମୁଖ୍ୟମନ୍ତ୍ରୀ	: ତମ ଲୋକଗୁଡ଼ାକ କୋଉ ଦାମିକା ଯେ ! ଯିଏ ଖଣ୍ଡେ ବହି ଲେଖିଦେଲା,
	  ତା'ର ଗୋଟାଏ ପୁରସ୍କାର ଦରକାର। କୁଲିଠାରୁ କଣ୍ଟ୍ରାକ୍ଟର ପର୍ଯ୍ୟନ୍ତ
	  ସମସ୍ତଙ୍କର ପୁରସ୍କାର ଦରକାର।

ଗାଲମାଧବ	: ସାର, ସମସ୍ତେ କ'ଣ ଆପଣଙ୍କ ଭଲି ସାହିତ୍ୟିକ ହୋଇଛନ୍ତି ! ଜୀବଦ୍ଦଶା
	  ଭିତରେ ଏ ଦେଶର ଜନତା ଆପଣଙ୍କୁ କ'ଣ ଦେଲା ?

ମୁଖ୍ୟମନ୍ତ୍ରୀ	: ସେଇଥିପାଇଁ ତ ମିଲାପରେ ତ ତମପାଖକୁ ଆସିଛି। ମୋ ଅଶରୀରୀ ଆତ୍ମା
	  ଏ ସାହିତ୍ୟ ଏକାଡ଼େମୀ ପାଚେରି କଡ଼ରେ ଚକ୍କର କାଟୁଛି କ'ଣ ପାଇଁ ?

ଗାଲମାଧବ   : ସାର୍‌, ମତେ ଆପଣ ଏ କୁର୍ସି ଦେଇଛନ୍ତି । ମୁଁ ଏତିକି କରିପାରିବିନି ? ମୋ ଉପରେ ଭରସା ରଖନ୍ତୁ ।
            (ଦୁଆର ମୁହଁ ପାଖରେ ନାଚ ଆଉ ଗୀତର ଆୱାଜ ଶୁଭିଛି । ଉଭୟ କାନ ଡେରିଛନ୍ତି ।)

ଗାଲମାଧବ   : ଏତେ ରାତିରେ କିଏ ଆସିଲା ?

ମୁଖ୍ୟମନ୍ତ୍ରୀ : ଦେଖି ଚାହିଁ କାରବାର କର । ସମୟଟା ଆଦୌ ଭଲ ନୁହେଁ ।

ଗାଲମାଧବ   : ସାର୍‌, ଆପଣ ଭିତରେ ଲୁଚି ଯାଆନ୍ତୁ । କେହି ଯଦି ଦେଖିଦବ... ।

ମୁଖ୍ୟମନ୍ତ୍ରୀ : ଠିକ୍‌ ଅଛି । ମୁଁ ଯାଉଛି । ହେଲେ ମୋ ପୁରସ୍କାର କଥା ଯେମିତି...

ଗାଲମାଧବ   : ସାର୍‌, ଅଧୀନ ସେ ଭୁଲ୍‌ କରିବିନି । ଯା’ହେଲେ ଆପଣ ମୋର ଅନ୍ନଦାତା... ।
            (ହାତଯୋଡ଼ି ନମସ୍କାର କରିଛନ୍ତି ଗାଲମାଧବ । ଚାଲିଯାଇଛନ୍ତି ମୁଖ୍ୟମନ୍ତ୍ରୀ । ଆସିଛନ୍ତି ବୃହନ୍ନଳା ଏବଂ ସାଥିରେ ତାଙ୍କର ବାୟକ, ଯାହାଙ୍କ କାନ୍ଧରେ ଝୁଲୁଥିଲା ଢୋଲକି... । ଘର ଭିତରେ ସେମାନେ ନୃତ୍ୟ ବାଦ୍ୟ ପରିବେଷଣ କରିଛନ୍ତି ।)

ମୁଖ୍ୟମନ୍ତ୍ରୀ : ଏସବୁ ମୁଁ କିଛି ବୁଝିପାରୁନି । ଆପଣ କିଏ ?

ବୃହନ୍ନଳା   : ଆମେ ହଉଛୁ ‘ବୃହନ୍ନଳା’...

ଗାଲମାଧବ   : କି ନଳା ?

ବାୟକ   : ବୃହନ୍ନଳା । ଅଭିଶପ୍ତ ଅର୍ଜୁନ । ଆମ୍ଭେ ହଉଛୁ ତାଙ୍କ ବାୟକ ଶ୍ରୀ...

ଗାଲମାଧବ   : ଥାଉ । ହେଇଗଲା । ହଇବେ ହିଞ୍ଜଡ଼ା, ଆଉ କୋଉଠି ଗାଲୁ ପେଲିବାକୁ ଲୋକ ମିଲିଲେନି !

ବୃହନ୍ନଳା   : ମୁଖ ସମ୍ଭାଲି କଥୋପକଥନରେ ବ୍ୟାପୃତ ହୁଅ ।

ବାୟକ   : କ୍ରୋଧ ଅନର୍ଥର କାରଣ । ରସନା ସଂଯତ କର, ସଭାପତି ମହାଭାଗ !

ଗାଲମାଧବ   : ବାଜେ କଥା ବନ୍ଦ କର । ରାତି ଅଧରେ ଆସି ମତେ ହଇରାଣ କରିବ ?

ବୃହନ୍ନଳା   : ଦିନଯାକ ତ ଅତ୍ୟ ଭୀଷଣ ଭିଡ଼ । ରାତ୍ରିକାଲ ନିରାପଦ ଭାବି ଆସିବା ହେଲୁ ।

ଗାଲମାଧବ   : ହଉ, ଏଥର କହିବା ହୁଅନ୍ତୁ । କିସ ପାଇଁ ଏ ଶୁଭ ଆଗମନ ?

ବାୟକ   : ବୃହନ୍ନଳାଙ୍କର ଗୋଟିଏ ପୁରସ୍କାର ଆବଶ୍ୟକ । ସାହିତ୍ୟ ଏକାଡେମୀ ପୁରସ୍କାର ।

ଗାଲମାଧବ   : (ହସି) ହିଞ୍ଜଡ଼ାୟାକ ବି ଶେଷରେ ଏ ଦୌଡ଼ରେ ସାମିଲ୍‌ ! ବାଃ... ବାହାରେ ବାୟକ...!

ବାୟକ : 'ବୃହନ୍ନଳା' ହିଞ୍ଜଡ଼ା ନୁହନ୍ତି ।

ବୃହନ୍ନଳା : ବୃହନ୍ନଳା ବି ମଣିଷ । ସଭାପତି, ପୁରସ୍କାର ପାଇଁ ଆମ୍ଭେ କ'ଣ ଅଯୋଗ୍ୟ ।

ବାୟକ : ସଭାପତି, ବୃହନ୍ନଳା ମୂତ୍ରାଗାର ଯିବେ । କୁତ୍ର ମୂତ୍ରାଗାରଃ ?

ଗାଲମାଧବ : ସେଇଟା କି ଜିନିଷ ?

ବୃହନ୍ନଳା : 'ବାୟକ'... କିମ୍ କରିଷ୍ୟାମି ?

ଗାଲମାଧବ : ଏସବୁ ପେଖନା ଏଠି ଚଳିବନି । ଯାଅ...

ବାୟକ : ସଭାପତି, ବୃହନ୍ନଳା ମୂତ୍ରାଗାର ଯିବେ । 'ମୂତ୍ରାଗାର' ?

ଗାଲମାଧବ : ମୂତ୍ରାଗାର କ'ଣ ?

ବୃହନ୍ନଳା : (ସାନ୍ ପାସ୍ର ସଂକେତ ଆଙ୍ଗୁଲିରେ)

ଗାଲମାଧବ : ଓ, ୟୁରିନାଲ୍ ! ସେ କଥା ନ କହି ମୂତ୍ରାଗାର... ମୂତ୍ରାଗାର ହଉଛ ! ସେପଟେ ପୁରୁଷଙ୍କ ପାଇଁ । ଏପଟେ ମହିଳାଙ୍କ ପାଇଁ ହେଲେ ତମର କୋଉପଟ ?

ବାୟକ : ବୃହନ୍ନଳା ଉଭୟପଟେ ପ୍ରବେଶ କରିପାରିବେ । କାରଣ ସେ ଉଭୟର ସମ୍ମିଶ୍ରଣ । ପୁରୁଷ ଆଉ ନାରୀ ବି ।
(ତରବର ହୋଇ ବୃହନ୍ନଳା ଚାଲିଯାଇଛନ୍ତି ।)

ଗାଲମାଧବ : ହଇହୋ ବାୟକ, ଆଉ କେହି ଲୋକ ମିଳିଲେନି ? ଏ ଦୋମିଶାକୁ ସାଙ୍ଗରେ ଧରିକି ଯାତରା ଚଲେଇଛ ?

ବାୟକ : ବିଶ୍ୱାସ କର, ସଭାପତି । ପୁରସ୍କାର ପ୍ରାପ୍ତି ଅର୍ଥେ ବୃହନ୍ନଳା ଏଠାକୁ ଆଗମନ କରିଛନ୍ତି । ଆମ୍ଭେ ତାଙ୍କର ସହଚର ମାତ୍ର ।

ଗାଲମାଧବ : ପୁରସ୍କାରଟା କ'ଣ ଛେନା ନଡ଼ିଆ ପାଇଲ ! ଯେତେବେଳେ ଯିଏ ଆସିବ, ଚକଟି ଖାଇବ । ମୁଁ ଦେବି, ତମେ ଗିଳିବ !

ବାୟକ : ବିରକ୍ତି ପରିହାର କର ।

ଗାଲମାଧବ : ଏଠି ପୁରସ୍କାର ଫୁରସ୍କାର କିଛି ମିଳିବନି । ଯାଅ... ।

ବୃହନ୍ନଳା : (ପ୍ରବେଶ କରି) ଶାନ୍ତି... ଶାନ୍ତି...! ଅହୋ ସଭାପତି, ତବ ମୂତ୍ରାଗାରଃ ଅତୀବ ଶୋଭନୀୟ ! କି ସୁନ୍ଦର !

ଗାଲମାଧବ : ହଉ, ସେତିକି ଥାଉ । ଏବେ ଯାଅ । ରାତି ବହୁତ ହେଲାଣି । ମତେ ଟିକେ ଶୋଇବାକୁ ଦିଅ ।

ବାୟକ : ସଭାପତି, ବୃହନ୍ନଳା ପୁରସ୍କାର ନ ନେଇ ଫେରିପାରିବେନି ।

ବୃହନଳା : ଏହା ଅତ୍ୟନ୍ତ ସ୍ପଷ୍ଟ । ତେବେ ଆମ୍ଭେ କୌଣସି ଅର୍ଥ ତୁମ୍ବକୁ ଦେଇପାରିବୁ ନାହିଁ ।

ବାୟକ   : ହଁ, ସଭାପତି ମହାଶୟ, ପୁରସ୍କାରର ଅଧା ଅର୍ଥ ତମର। ବାକି ଅଧା
               ଆମର।

ଗାଲମାଧବ   : ମତେ କ'ଣ ବେପାରୀ ପାଇଲ କି ? କିସ ଭାବୁଛ ? ଜିଭ ଓପାଡ଼ି
               ପକାଇବି।

ବାୟକ   : ଆଚ୍ଛା ଠିକ୍, ଅଛି ପୁରସ୍କାରର ପୂରା ଅର୍ଥ ତମେ ନିଅ। ହେଲେ କନା,
               କାଗଜ ଆଉ ଫାଳିଆ ଆମର।

ଗାଲମାଧବ   : ସାହିତ୍ୟ ଏକାଡ଼େମୀ ପ୍ରେସିଡ଼େଣ୍ଟକୁ ଲାଞ୍ଚ। ଜେଲ୍ ପଠେଇଦେବି।

ବୃହନଳା   : (ଗାଲମାଧବଙ୍କ ଗାଲରେ ଜୋରକରି ଚୁମ୍ବନ ଦେଇ) ମରିଯାଉଥାଏ
               ଲୋ ମା'...! ତୁମ୍ଭଙ୍କୁ କିଏ ନ ଚିହ୍ନେ!

ଗାଲମାଧବ   : ବୃହନ୍ନଳା !

ବୃହନଳା   : ଚୁପ୍, ତୁଚ୍ଛାର ମଣିଷ ! ତୁମ୍ଭେ ସାହିତ୍ୟର ସଂକଟ। କୀଟ !

ବାୟକ   : ପ୍ରେସିଡ଼େଣ୍ଟ, ବୃହନ୍ନଳା ରାଗିଲେ ତମକୁ କଦାପି କ୍ଷମା ଦେବିନି। ତମେ
               ତ ପୁଣି ଧରାଧରି କରି ପ୍ରେସିଡ଼େଣ୍ଟ ହେଇଛ ! କେତେ ମାଲ୍ ମନ୍ତ୍ରୀଙ୍କୁ
               ଦେଇଛ, ସେ କଥା କାହାକୁ ବା ଅଜଣା !

ଗାଲମାଧବ   : 'ବାୟକ' ! (ରାଗରେ ଥରି)

ବୃହନଳା   : ବାୟକ ସତ୍ୟ ପ୍ରକାଶ କରିଛନ୍ତି। କ୍ରୋଧ ସମ୍ବରଣ କର। ଅଯଥା କ୍ରୋଧ
               ଶରୀର ପ୍ରତି କ୍ଷତିକାରକ। ମଧୁମେହ ରୋଗ୍୴ ବୃଦ୍ଧିକାରକ୍୴।

ଗାଲମାଧବ   : ବୃହନ୍ନଳା !

ବୃହନଳା   : ତୁଟା ବେସରମଟା କିରେ ! ଲାଜ ଲାଗୁନି। ଜଣେ ମହିଳାଙ୍କ ସାଙ୍ଗରେ
               ଏପର ଅଭଦ୍ର ବ୍ୟବହାର। ଅହଁ ବୃହନ୍ନଳା୴ !

ବାୟକ   : କୁହ ପ୍ରେସିଡ଼େଣ୍ଟ...। ତମ ଭାଗ କେତେ ? ଆଉ ତମ ସେକ୍ରେଟାରୀଙ୍କ
               ଭାଗ କେତେ ? ଆଚ୍ଛା, ତମେ ଦି'ଜଣ ଯାକ ତ ସାହିତ୍ୟ ଘର ମାଡ଼ିନା !
               ତମ ଦି'ଟାଙ୍କୁ କିଏ ଏମିତି ପଦବୀ ଦି'ଟା ଦେଲା ! ମନ୍ତ୍ରୀ ନା ସେକ୍ରେଟାରୀ
               । କାହାକୁ ଦେଇଛ ?

ଗାଲମାଧବ   : ବାୟକ, ବୃହନ୍ନଳା ! ତମେ ଦିହେଁ ସୀମା ଟପିଯାଉଛ ! ଖାଲି ରାତିଟା
               ମତେ ଅଡୁଆ ପରିସ୍ଥିତିରେ ପକେଇଦେଇଛି। ନଚେତ୍...

ବୃହନଳା   : ଅଲାଜୁକଟା କିରେ ! ହେଲା ଟଙ୍କା ଦେଇ ପ୍ରେସିଡ଼େଣ୍ଟ ହେଇଛୁ ! ବଡ଼
               ବଡ଼ କଥା କାହିଁକି ବକୁଛୁ ?

ବାୟକ   : ପ୍ରେସିଡ଼େଣ୍ଟ... ବୃହନ୍ନଳା ଉଚିତ କଥା କହିଛନ୍ତି। କେତେ ଟଙ୍କା ନେଇ

ପୁରସ୍କାରଟା ଦବ ? ହାଁ, ବୃହନ୍ନଳାଙ୍କର ନାଟକ ବିଭାଗର ପୁରସ୍କାରଟା ଦରକାର ।

(ବୃହନ୍ନଳା ନୃତ୍ୟ ପରିବେଷଣ କରିଛନ୍ତି । ବାୟକ ବାଦ୍ୟବାଦନ କରିଛନ୍ତି । ଗାଲମାଧବ ନିଜ କାନ ଚିପି ଧରିଛନ୍ତି ।)

ଗାଲମାଧବ : ମୋ ବାପା ମୋ ମା'... । ଦୟାକରି ଯା... । ତମ ପୁରସ୍କାର ମୁଁ ବିଚାର କରିବି ।

ବୃହନ୍ନଳା : କିସ କହୁଛୁରେ !

ବାୟକ : ବୃହନ୍ନଳା ବିଚାରକୁ ପସେନ୍ଦ କରନ୍ତି ନାହିଁ । ପକ୍କା ଜବାବ । ହଁ, ଆଗାମୀ ନବବର୍ଷ ଦିନ ଯେମିତି ନାଟକ ବିଭାଗ ପୁରସ୍କାରଟା...

ଗାଲମାଧବ : ଅନ୍ୟମାନେ ଅଛନ୍ତି । ମୁଁ ଏକା କ'ଣ କରିବି ।

ବୃହନ୍ନଳା : ସତ୍ୟମ୍ ବଦ । ଅପ୍ରିୟମ୍ ବଦ ।

ବାୟକ : ବ୍ୟସ୍ତ ହୁଅନି ପ୍ରେସିଡେଣ୍ଟ, ତମ କଥା ବୃହନ୍ନଳା ବୁଝିବେ । ହଁ, ନୂଆବର୍ଷରେ କାଶ୍ମୀର ବୁଲିଯିବାପାଇଁ ଦୁଇଟା ପ୍ଲେନ୍ ଟିକେଟ୍ ଡାକରେ ପାଇବ ।

ବୃହନ୍ନଳା : ପ୍ରେସିଡେଣ୍ଟ, ଏଥର ବୃହନ୍ନଳାକୁ ବିଦାୟ ଦିଅ ।

ବାୟକ : ହଁ ନବବର୍ଷରେ ନାଟକ ବିଭାଗରେ ପୁରସ୍କାରଟା ଯେମିତି...

ଗାଲମାଧବ : ଅବଶ୍ୟ ମିଳିବ ।

(ହସି ହସି ହାତ ଯୋଡୁଥିଲେ ଗାଲମାଧବ । ବାଦ୍ୟ ନୃତ୍ୟ ସହ ବାହାରି ଯାଉଥିଲେ ବୃହନ୍ନଳା ଏବଂ ବାୟକ)

ତୃତୀୟ ଦୃଶ୍ୟ

(ଏକାଡେମୀ ସଭାପତିଙ୍କ ଅଫିସରୁମ୍ । ସମୟ ଦିବସ । ପରମଗୁରୁ ସିଗାରେଟ୍ ଟାଣୁଥିଲେ । ବାହାରୁ ଆସିଛନ୍ତି ପ୍ରଫେସର ଶର୍ମା ।

ପରମଗୁରୁ : ଆସନ୍ତୁ, ପ୍ରଫେସର ଶର୍ମା । ସାର୍ ଆପଣଙ୍କୁ ସଦାବେଳେ ଝୁରି ହଉଛନ୍ତି । କ'ଣ ନ କଲେ ଆପଣ !

ଶର୍ମା : ମୁଁ କିବା ମଣିଷ ! କ'ଣ ବା ମୁଁ କରିଛି !

ପରମଗୁରୁ : ଆପଣଙ୍କ ପରାମର୍ଶକୁ ମନ୍ତ୍ରୀ ଗ୍ରହଣ କରିଛନ୍ତି । ପୁରସ୍କାର ପାଇବାକୁ ହେଲେ ସାହିତ୍ୟିକମାନଙ୍କୁ ରିଫ୍ରେସର କୋର୍ସ କରିବାକୁ ପଡ଼ିବ । ଅତିକମ୍‌ରେ ଦୁଇଟି ।

ଶର୍ମା : ନବୀନ ତରୁଣ ଲେଖକମାନଙ୍କ ପାଇଁ ମଧ୍ୟ ଦୁଇଟି ଓରିଏଣ୍ଟସନ୍ ପ୍ରୋଗ୍ରାମ୍ ରହିଛି । ଖାଲି ସେତିକି ନୁହେଁ, ପ୍ରତ୍ୟେକ ପ୍ରାର୍ଥୀ ପାଞ୍ଚଶ ଟଙ୍କା ଲେଖାଏଁ ରେଜିଷ୍ଟେସନ ଫି ଦେବେ । ସରକାରଙ୍କର ବେଶ୍ କିଛି ଆୟ ହେବ ।

ପରମଗୁରୁ : ଏ ବର୍ଷ ରିଫ୍ରେସର ପାଇଁ ତିନି ଶହ ଆଉ ଓରିଏଣ୍ଟସନ୍ କୋର୍ସ ପାଇଁ ପାଞ୍ଚ ଶହ ଦରଖାସ୍ତ ପକେଇଛନ୍ତି । ଆପଣଙ୍କ ବ୍ରେନ୍‌ରେ ଏ ସୁପର ଡୁପର ଆଇଡ଼ିଆ ଯୁଟିଲା କେମିତି ?

ଶର୍ମା : ବିନା ସ୍ୱାର୍ଥରେ ଏ ପ୍ରଫେସର ଶର୍ମା କୋଉଠି ହାତ ଦିଏନା । କଟକ ଆଉ ଭୁବନେଶ୍ୱରରେ ଯେଉଁ ଦି'ଟା ଲିଟରେଚର ଟ୍ରେନିଂ ଫାକ୍‌ଟ୍ରି ଖୋଲାଯାଇଉଛି, ସେଠି ଆପ୍ଲିକାଣ୍ଟମାନଙ୍କ ପାଇଁ ପସିବଲ୍, ଟେଷ୍ଟପେପର ଛପାଚାଲିଛି ।

ପରମଗୁରୁ : ଏ ବାବଦକୁ ବହୁତ ଟଙ୍କା ଖର୍ଚ୍ଚ ହୋଇଥିବ ।

ଶର୍ମା : ସେ ଅନୁଷ୍ଠାନଟା ମନ୍ତ୍ରୀଙ୍କ ଶାଳକଙ୍କର । ମୁଁ କେବଳ ତା'ର ଲୋକଦେଖାଣିଆ ତତ୍ତ୍ୱାବଧାରକ । (ହସି ହସି)

ପରମଗୁରୁ : ପ୍ରଫେସର ସାହେବ ଆଉ ଟିକିଏ ପରିଶ୍ରମ କରନ୍ତୁ । ପୁରସ୍କାରପ୍ରାପ୍ତିର ଭାବମୂର୍ତ୍ତିଟା ଆହୁରି ସହଜ ହୋଇଉଠିବ ।

ଶର୍ମା : କ'ଣଟା କହିବାକୁ ଚାହୁଁଛ ?

ପରମଗୁରୁ : ବିଚାରକମାନଙ୍କ ସାଧୁତା ମାପିବାପାଇଁ ଗୋଟାଏ ଏଣ୍ଟ୍ରାନ୍ସ ପରୀକ୍ଷା ଦରକାର । ସେମିତି ହେଲେ ସେମାନେ ଆଉ କାମିନୀ କାଞ୍ଚନ ପ୍ରତି ଆକର୍ଷିତ ହେବେନି ।

ଶର୍ମା : ଆଉ ଗୋଟାଏ ଜିନିଷ ଛାଡ଼ିଯାଉଛ ବନ୍ଧୁ । ସେଇଟା ହଉଛି ଜାତିକୁ ନେଇ ପଲିଟିକ୍‌ସ । ଅର୍ଥାତ୍ ବ୍ରାହ୍ମଣ କି କରଣ ! ଯାଜପୁରବାଲା କି ବରହମ୍‌ପୁରବାଲା ! ସମ୍ବଲପୁରବାଲା କି ବାଲେଶ୍ୱରବାଲା । ଆଉ ସମସ୍ତେ ମୂର୍ଖ । ସେମାନେ ସାହିତ୍ୟ ଚାଷଣ ଧାର ଧାରନ୍ତି ନାହିଁ ଯେମିତି !

ପରମଗୁରୁ : ସତରେ ସାର୍, ଏ ପୁରସ୍କାର ବ୍ୟାଧିର ଚେରଟା କେତେକ ଗହୀରକୁ ଯାଇଛି ।

ଶର୍ମା : ଏଥରେ ଆଇ.ଏ.ଏସ୍. ଆଉ ଆଇ.ପି.ଏସ୍. ଧାରୀ ସାହିତ୍ୟ ଠିକାଦାର ମାନଙ୍କର ମଧ୍ୟ କୋଟା ରହିଛି ।

ପରମଗୁରୁ : ସେ କଥା କାହିଁକି କହୁଛନ୍ତି ! ଆମର ଯେଉ ଦି'ଟା ବଡ଼ ସାହିତ୍ୟ କଣ୍ଟ୍ରାକ୍ଟର ଅଛନ୍ତି । ସେମାନେ ଯେତେବେଲେ କଲଚର ବିଭାଗରେ ଥିଲେ, ଯାହା

ଯୋଉଠୁ ଆସିଲା, ପ୍ରଥମେ ସେମାନେ ଗିଲି ପକାଇଲେ । ବଲ୍‌ଲେ ତ
ଅନ୍ୟମାନେ ପାଇବେ ।

ଶର୍ମା   : ଏମାନଙ୍କର ପ୍ରକୃତି ହେଉଛି, 'ଆପେ ବଞ୍ଚିଲେ ବାପର ନାଁ'… । ନିଜେ
ପୁରସ୍କାରଟା ପାଇଗଲା ପରେ, ସେମାନେ ଚାହାଁନ୍ତି ଆଉ କେହି ସେ
ପୁରସ୍କାର ନ ପାଆନ୍ତୁ ।

ପରମଗୁରୁ : ଆଉ କିଏ ପାଇଗଲେ ସେମାନେ କେମିତି ଏକ ନମ୍ବର ହେଇ ରହିବେ !
ପଟିଆରା କମିଯିବ ।

ଶର୍ମା   : ହଁ, ଯଦି ବା ପାଇବେ, ତାଙ୍କ କ୍ୟାମ୍ପର ଲୋକ ହିଁ ପାଇବେ । ଅନ୍ୟମାନଙ୍କୁ
ସେଠି ମୁହଁ ପୂରାଇବା ମନା । କେତେଦିନ ଇଏ କ୍ୟାମ୍ପ୍ ରାଜନୀତି
ଚାଲିଥିବ !

          (ବାହାରୁ କହି କହି ଆସିଛନ୍ତି ପ୍ରେସିଡେଣ୍ଟ)

ଗାଲମାଧବ: ଯେତେଦିନ ଯାଏ ଏ ଦେଶର ଜନତା ସଚେତନ ନ ହୋଇଛନ୍ତି ।

ଶର୍ମା   : ନମସ୍କାର ଆଜ୍ଞା ! ଖାସା କଥାଟାଏ କହିଛନ୍ତି । ଏ ବର୍ଷର ଶ୍ରେଷ୍ଠ ରୋଗୀ
କିଏ ହଉଛି ?

ଗାଲମାଧବ: ସେଇ ମିଟିଙ୍ଗରୁ ତ ଆସୁଛି । ଜଣେ ପୂର୍ବତନ ମୁଖ୍ୟମନ୍ତ୍ରୀ ମରଣୋତ୍ତର
ସମ୍ମାନ ଲାଭ କରୁଛନ୍ତି ।

ଶର୍ମା   : ଶୁଣିଲି, ଜଣେ ହିଞ୍ଜଡ଼ା ବି…

ଗାଲମାଧବ: କାହିଁକି ନ ପାଇବେ ! ମନ୍ତ୍ରୀଙ୍କ କ୍ୟାମ୍ପର ଲୋକ… ଏରିଆ ଅନୁସାରେ
ଯେତେବେଳେ ପୁରସ୍କାର ଦିଆଯାଉଛି, ସେତେବେଳେ ବୃହନ୍ନଳା କାହିଁକି
ନ ପାଇବେ ! ଏଠି କାହିଁକି ଠିଆ ହେଇଛ ? (ପରମଗୁରୁକୁ) ଯାଥ, ତା'
ଆଣ… ।

ପରମଗୁରୁ : ସାର, ମୂଷିକବାବୁଙ୍କ କଥା କ'ଣ କଲେ ?

ଗାଲମାଧବ: ପୁରସ୍କାରଟା କ'ଣ ଚକ୍‌ଲେଟ୍ ହେଇଛି, ବୋତଲ ଭିତରୁ କାଢ଼ି
ଦେଇଦେବି ! ଯାହା ତମେମାନେ ସବୁ କଲଣି, ଶେଷରେ ମୋ ଚାକିରିଟା
ନବ ! ମାସକୁ ଯୋଉ ପାଞ୍ଚହଜାର ମିଲୁଛି, ସେତକ ବି ବୁଡ଼େଇବ !

ପରମଗୁରୁ : କେମିତି ତାଙ୍କୁ ପ୍ରବୋଧନା ଦେବି ?

ଶର୍ମା   : କାଠଫାଲିଆ, କନା ଆଉ କାଗଜ କ'ଣ ବଜାରରେ ଅଭାବ ଅଛି ?
ପରମଗୁରୁ, ଏକଥା ତୁମକୁ ବୁଝେବାକୁ ପଡ଼ିବ ।

ପରମଗୁରୁ : ମୂଷିକବାବୁଙ୍କର ଟିକିଏ ମୁଣ୍ଡ ଦୋଷ ରହିଛି !

ଗାଲମାଧବ: ହେଲେ ରୋଗୀ ତ ହେଇନି !

ଶର୍ମା   : ଅନ୍ୟମାନଙ୍କ ଭଳି ସିଏ ତ ପାଗଳ ହେଇନି !

ଗାଲମାଧବ: ଚା'ଟା କେତେବେଳୁ ମାରୁଛି ।

ପରମଗୁରୁ : ଆଣୁଛି ସାର୍... (ପ୍ରସ୍ଥାନ)

(ବାଦ୍ୟବାଦକ ସହ ପ୍ରବେଶ କରିଛନ୍ତି ବୃହନ୍ନଳା ଏବଂ ବାୟକ । ହାଣ୍ଡସେକ୍ କରିଛି ବୃହନ୍ନଳା ଗାଲମାଧବଙ୍କ ସହିତ)

ଗାଲମାଧବ: ଆରେ ଇଏ କ'ଣ ହଉଛି !

ବାୟକ   : ଖବର ପାଇଗଲୁ ତ, ସେଇଥିପାଇଁ ବଧେଇ ଜଣେଇବାକୁ ଚାଲିଆସିଲୁ ।

ବୃହନ୍ନଳା   : ଇଏ ନବୀନ ମହୋଦୟ- ? (ଶର୍ମାଙ୍କୁ ଲକ୍ଷ୍ୟକରି)

ଗାଲମାଧବ: ଇଏ ହେଉଛନ୍ତି ପ୍ରଫେସର ଶର୍ମା ।

ବୃହନ୍ନଳା   : ଅହୋ, ନାମ ଶୁଣିଛୁ ! ପାରିବାର ଲୋକ । ଆମ୍ଭ ପୁସ୍ତକ ହିନ୍ଦୀରେ ଅନୁବାଦ କରିଦିଅ, ତୁମ୍ଭଙ୍କ ଦିଲ୍ଲୀ ପଠେଇଦବୁ ।

ବାୟକ   : ବୃହନ୍ନଳାଙ୍କ ବାକ୍ୟ ଉପରେ ଭରସା ଆସୁନି ? ପ୍ରେସିଡେଣ୍ଟଙ୍କୁ ପଚାରି ବୁଝନ୍ତୁ ।

ଗାଲମାଧବ: ଦେଖ, ଏ ସମୟରେ ଏଠିକି ଆସିବାଟା...

ବୃହନ୍ନଳା   : କିଏ ଏମିତି ସଟିଆ ଅଛି, ଯିଏ ଖିଲିପାନ ନ ଖାଉଛି ! କିଏ ମଦ ଖାଉଛି... କିଏ ଟଙ୍କା ଖାଉଛି... ଆଉ କିଏ ମାଂସ ଖାଉଛି । କିଏ ଜଣେ ଏମିତି ଅଛି, ଯିଏ ସୁସ୍ଥ ମଣିଷ ବୋଲେଇବ !

ଗାଲମାଧବ: ଦୟାକରି, ଯାଆନ୍ତୁ । ନଚେତ୍ ସବୁ ଅନର୍ଥ ହୋଇଯିବ ।

(ହାତ ଯୋଡ଼ୁଥିଲେ ଗାଲମାଧବ । ବାଦ୍ୟବାଦକ ସହ ନିଷ୍କ୍ରାନ୍ତ ହେଉଥିଲେ ବୃହନ୍ନଳା ଏବଂ ବାୟକ।)

ପଶୁଘାତ

ଶଙ୍କର ପ୍ରସାଦ ତ୍ରିପାଠୀ

ନାଟକର ଆରମ୍ଭ ବିଳମ୍ବିତ ରାତିରୁ। ଯେତେବେଳେ ଅନ୍ଧାର ତା' ପଣତରେ ଘୋଡ଼ାଇ ଦିଏ ସମଗ୍ର ସହର। ଯେତେବେଳେ ସାଧାରଣତଃ ଆରମ୍ଭ ହୁଏନାହିଁ, ନାଟକର ପ୍ରଥମ ଦୃଶ୍ୟ। ସହରର କୌଣସି ସ୍ଥାନରେ, ଗୋଟିଏ ଫ୍ଲାଟ୍ ଏବଂ ତା'ର ବେଡ଼ରୁମ୍। କାନ୍ଥରେ କିଛି ଅତ୍ୟାଧୁନିକ ପେଣ୍ଟିଂ ଓ ମଝିରେ ଗୋଟିଏ ବେଡ଼ ପଡ଼ିଛି। ଘର ଭିତରେ ଟେବୁଲ୍ ଲ୍ୟାମ୍ପ୍ ଜଳୁଛି ଏବଂ ବାହାରେ ପ୍ରଚୁର ଅନ୍ଧାର। ଟେବୁଲ୍ ଲ୍ୟାମ୍ପ୍ ସାମ୍ନାରେ ଦୁଇଜଣ ସାମ୍ନାସାମ୍ନି ଠିଆ ହୋଇଛନ୍ତି। ଜିତ୍ ଓ ଲିସା। ସମ୍ପର୍କରେ ସେମାନେ ସ୍ୱାମୀ ସ୍ତ୍ରୀ। ଏମିତି କିଛି ସମୟ ଧରି ସମୋନେ ଠିଆ ହେଇଛନ୍ତି। ଜିତ୍ ଅନ୍ୟମନସ୍କ ଏବଂ ଲିସା ସାମାନ୍ୟ ଭୟଭୀତ। କିଛି ସମୟ ଅନ୍ଧାରସ୍ନାନ କରିବା ପରେ ଜିତ୍ କହିଉଠିଚି।

ଜିତ୍ : ଏଇଠୁ ଜଙ୍ଗଲର ଆରମ୍ଭ...

ଲିସା : ଏଇଠୁ ?

ଜିତ୍ : ହଁ, ଏଇଠୁ, ଜଙ୍ଗଲର ଆରମ୍ଭ...

ଲିସା : ନା, ନା, ଏଇଟା ଆମର ବେଡ଼ରୁମ୍। ଆମେ ଗୋଟେ ନିରାପଦ ସହରରେ ଅଛେ। ଜଙ୍ଗଲ ବୋଲି କେମିତି କହୁଚ ?

ଜିତ୍ : ଲିସା, ହୁଏତ ମୁଁ ଯାହା ଭାବୁଚି, ତୁମେ ତା' ଅନୁଭବ କରିପାରୁନ ? କିମ୍ବା ମୋର ମାନସିକତା ଓ ତୁମର ଭାବନା ଭିତରେ କିଛି ତଫାତ୍ ରହୁଚି। ଟିକିଏ ଗଭୀର ଭାବରେ ଚିନ୍ତାକଲେ ତୁମେ ଜାଣିପାରିବ ଏଇଠୁ ଜଙ୍ଗଲର ଆରମ୍ଭ।

ଲିସା : ଏମିତି କ'ଣ କହୁଚ ? ଆର ୟୁ ଇନ୍ ଟ୍ରାନ୍ସ ?

ଜିତ୍ : ଜଙ୍ଗଲ କହିଲେ, ତୁମେ କ'ଣ ବୁଝ ? କିଛି ଗଛ ଓ କଣ୍ଟାବଣ। ଚାରିଆଡ଼େ

ହିଂସ୍ରଜନ୍ତୁ ଓ ସରୀସୃପ ବୁଲୁଥିବେ । ଭିତରେ କୌଣସି ରାସ୍ତା ନଥିବ । ଜଙ୍ଗଲ ଯେତେ ଘଞ୍ଚ ହୋଇଆସିବ, କେବଳ ଅନ୍ଧାର – ଆଦିମ ଅନ୍ଧାର । ବିରାଟ ଗଛମାନଙ୍କ ମୁଣ୍ଡ ଉପରେ ସୂର୍ଯ୍ୟକିରଣ କାଚଖଣ୍ଡ ଭଳି ଭାଙ୍ଗିପଡ଼ିବ, ଆଉ ଅନ୍ଧାର ପାଖରେ ହାର୍ ମାନୁଥିବ ବାରମ୍ବାର । ଏଯା ତ ?

ଲିସା   :   ତମେ ଯାହା ଭାବୁଚ, ମୁଁ ବି ସେୟା ଭାବୁଚି ।

ଜିତ୍‌   :   ଏ ଘର ଭିତରେ ସାମାନ୍ୟ ଆଲୋକ ଅଛି । କିନ୍ତୁ ବାହାରେ କେବଳ ଅନ୍ଧାର । ମୁଁ ଏ ଟେବୁଲ୍‌ ଲ୍ୟାମ୍ପଟା ଲିଭେଇଦେବି । କିଛି ସମୟପାଇଁ ତମେ ଭୁଲିଯାଅ, ତମେ ଯେଉଁଠି ଅଛ । ତା'ପରେ ଆମେ ବାହାରକୁ ପାଦ କାଢ଼ିବା । ତମେ ନିଶ୍ଚୟ ଅନୁଭବ କରିପାରିବ, ଏଇଠୁ ଜଙ୍ଗଲର ଆରମ୍ଭ –

ଲିସା   :   ଏମିତି କ'ଣ କହୁଚ, ଜିତ୍‌ ?

ଜିତ୍‌   :   ବାହାରେ ତମେ ଦେଖିବ, କିଛି ଗଛ, ଲତା ଓ କଣ୍ଟାବଣ ରହିଛି । ଅନେକ ହିଂସ୍ରଜନ୍ତୁ ଓ ସରୀସୃପ ବୁଲୁଛନ୍ତି । କ୍ରମଶଃ ଜଙ୍ଗଲ ଘଞ୍ଚ ହୋଇଆସିବ । ଆଉ ତମେ ମିଶିଯିବ ଆଦିମ ଅନ୍ଧାର ଭିତରେ ।

ଲିସା   :   ଏମିତି କାହିଁକି ହବ ?

ଜିତ୍‌   :   ନ ହେବା ଉଚିତ । କିନ୍ତୁ ତୁମେ କହିପାରିବ, ଆମେ ଗୋଟେ ଜଙ୍ଗଲ ଭିତରେ ରହିନୁ ?

ଲିସା   :   ନା, ଆମ ଚାରିପାଖରେ ଏକ ବିରାଟ ସହର, ଯିଏ ସମୟ ସହ ପାଦ ମିଳାଇ ବଢ଼ି ଚାଲିଛି । ତା' ଭିତରେ ଏଇ ନିରାପଦ ଛୋଟ ଘର । ଯାକୁ ଜଙ୍ଗଲ ବୋଲି ମୁଁ କାହିଁକି ଭାବିବି ?

ଜିତ୍‌   :   ବର୍ତ୍ତମାନ ଘଣ୍ଟାରେ, ରାତି ଏଗାରଟା ବାଜିଲା । ଏବେ ସହରର ସମସ୍ତ କୋଲାହଲ ବନ୍ଦ୍‌ ହୋଇଯାଇଥିବ । ତମେ ଏଇଠୁ ପାଦ କାଢ଼ି, କିଛି ସମୟ ଚାଲିବା ଆରମ୍ଭ କର । ଦେଖିବ, ତମେ ଗୋଟେ ଜଙ୍ଗଲ ଭିତରେ ପହଞ୍ଚିଯାଇଛ ।

ଲିସା   :   ଏମିତି ଗୋଟେ ମାନସିକତା ମୁଁ ଗ୍ରହଣ କରିବାକୁ ରାଜି ନୁହେଁ । ଆମ ଭଳି ଲକ୍ଷଲକ୍ଷ ଲୋକ ଏଠି ପଢ଼ିଛନ୍ତି । ସେମାନଙ୍କର ପ୍ରେମ ଓ ଆତ୍ମୀୟତା ଗଢ଼ିଉଠିଛି ଏ ସହର ସହିତ । କେହି ଅତିଷ୍ଠ ହୋଇ ଏଠୁ ଛାଡ଼ି ଚାଲିଯାଇନାହାନ୍ତି । ତେଣୁ ତୁମ କଥା ମୁଁ ଗ୍ରହଣ କରିପାରୁନି ।

ଜିତ୍‌   :   ଠିକ୍‌ କଥା ! ହୁଏତ ଏମିତି ହୋଇପାରେ, ଯେଉ ସମୟକୁ ମୁଁ ସାମ୍ନା କରୁଚି, କି ଯେଉ ପରିସ୍ଥିତିର ମୁଁ ସାମ୍ନାସାମ୍ନି ହେଉଚି, ସେଭଳି ଅଘଟଣ,

ଅନ୍ୟମାନଙ୍କ ସହ ଘଟିନି । ଭାଗ ଘଟିଛି, ଯାହା ଆମେ ଜାଣିନାହେଁ । ତେଣୁ ଆମ ଛଡ଼ା ଅନ୍ୟମାନେ ସ୍ୱାଭାବିକ ଅଛନ୍ତି ବୋଲି ଆମର ବିଶ୍ୱାସ ହଉଛି । ଓକେ, ତୁମ କଥା ଗ୍ରହଣ କରାଯାଉ, ଆମେ ଏବେ ଗୋଟେ ନିରାପଦ ସହରରେ ରହିଛେ ।

(ହଠାତ୍ ଜିତ୍‌ର ମୋବାଇଲ୍ ରିଂ ହୋଇଛି । ଜିତ୍ ଉଠାଇଛି ।)

ଜିତ୍	:	ହାଲୋ...
ସ୍ୱର	:	ମାଡ଼ାମ୍‌ଙ୍କୁ ଦିଅନ୍ତୁ ।
ଜିତ୍	:	କିଏ କହୁଥିଲେ ?
ସ୍ୱର	:	ଦିଅନ୍ତୁ, ସେ ଜାଣିପାରିବେ ।
ଜିତ୍	:	ତୁମର ଫୋନ୍ (ଜିତ୍, ଲିସାକୁ ମୋବାଇଲ୍ ଦେଇଛି)
ଲିସା	:	ହାଲୋ...
ସ୍ୱର	:	ହାଏ, ସୁଇଟ୍ ହାର୍ଟ, ତୁମେ ବହୁତ ସୁନ୍ଦର ।
ଲିସା	:	ନନ୍‌ସେନ୍‌ସ, କିଏ କହୁ ?
ସ୍ୱର	:	ୟୁ ଆର୍ ଭେରି ସେକ୍‌ସି । ମୋ ସହ ଫ୍ରେଣ୍ଡସିପ୍ କରିବ ?
ଲିସା	:	ଇଡ଼ିଅଟ୍, ମୋ ନମ୍ବର କୋଉଠୁ ପାଇଲ ?
ସ୍ୱର	:	ନେଟ୍‌ଓ୍ୱାର୍କରୁ – ଆଇ ଲଭ୍ ୟୁ ଡାର୍ଲିଂ...
ଲିସା	:	ମୁଁ ତତେ ପୁଲିସରେ ଦେବି ।
ସ୍ୱର	:	ପୁଲିସ ମୋର କ'ଣ ବଙ୍କା କରିବ ? ମୁଁ ତାକୁ ଡ୍ୟାସରେ ଖାତିର କରେନି ।
ଲିସା	:	ରାସକେଲ୍ – (ରାଗରେ ଫୋନ୍ ଅଫ୍ କରିବସିଛି)
ଜିତ୍	:	କେହି ଜଣେ, ନିଶ୍ଚୟ ଡିଷ୍ଟର୍ବ କରିଛି । ଅନୁସନ୍ଧାନ କଲେ ଜଣାପଡ଼ିବ, ଫୋନ୍‌ଟା କୋଉ ଏସ୍‌ଟିଡି ବୁଥରୁ ଆସିଥିବ । ଯିଏ ଫୋନ୍ କରିଥିବ, ତା'ର ପରିଚୟ ମିଳିବ ନାହିଁ ।
ଲିସା	:	ଏତେ ସ୍ୱାଭାବିକ ଭାବରେ ତୁମେ ଏ କଥା କେମିତି କହିପାରୁଚ ?
ଜିତ୍	:	କାରଣ, ଏ ସହରରେ ଅପରାଧସବୁ ସ୍ୱାଭାବିକ ଭାବରେ ଚାଲୁଚି । ଏକ୍‌ସାଇଟେଡ୍ ହବାର କିଛି ନାହିଁ । ନିଜକୁ ସ୍ୱାଭାବିକ କରିନିଅ, ଆଉ ଶାନ୍ତିରେ ନିଦରେ ଶୋଇଯାଅ ।
ଲିସା	:	ନା, ସହଜେ ତ, ଆଜି ଦିନସାରା ମୁଁ ଡିଷ୍ଟର୍ବ ହେଇ ଅଛି । ତାପରେ ଗୋଟେ ଲୋକ ବାଜେ କଥା କହି, ଆହୁରି ଡିଷ୍ଟର୍ବ କରିଦେଲା । କି ନିଦ ହେବ ଏଥରେ !

ଜିତ୍‌   : ସେଥ୍‌ପାଇଁ ସହଜ ଉପାୟ ହେଉଚି, ଆଇଦର ଡ୍ରିଙ୍କସ୍‌ ନେଇଯାଅ,
         ନହେଲେ ସ୍ଲିପିଂ ପିଲ ଖାଇ ଶୋଇଯାଅ ।

ଲିସା   : ମୁଁ ଭାବୁଚି, ତମେ ମତେ ଠଙ୍ଗା କରୁଚ ।

ଜିତ୍‌   : ଓ.କେ. ସିରିୟସ୍‌ କଥାଟା ମୁଁ ସ୍ୱାଭାବିକ ଭାବରେ କହିଦେଲି; ତେଣୁ
         ତମକୁ ଠଙ୍ଗା ଭଲି ଶୁଣାଗଲା । ଦେଖ ଲିସା, ଆମମାନଙ୍କର ଜୀବନ ଏଭଳି
         ଯାନ୍ତ୍ରିକ ହୋଇଯାଇଛି, ଆଉ ପ୍ରତି ମୁହୂର୍ତ୍ତରେ ଆମେ ଏଭଳି ଇନ୍‌ସିକ୍ୟୁରିଟି
         ଭିତରେ ଗତି କରୁଚେ ଯେ ଆମ ପାଇଁ ନିଦଟା ଗୋଟେ ମାୟା ! ତେଣୁ
         ବଞ୍ଚିବାକୁ ପଡ଼ିବ, ସକାଳୁ ଉଠି ମେସିନ୍‌ ଭଳି ଖଟିବାକୁ ପଡ଼ିବ । ସୋ –
         ପିଇବାକୁ ପଡ଼ିବ ଓ ଛଅ ଘଣ୍ଟା ଶୋଇବାକୁ ପଡ଼ିବ ।

ଲିସା   : ବୋଧହୁଏ ତମେ ଠିକ୍‌ କହୁଚ । ଆଜି ରାତିଟା ଅନ୍ତତଃ ସ୍ଲିପିଂ ପିଲ୍‌ ଖାଇ
         ଶୋଇବାକୁ ପଡ଼ିବ ।

ଜିତ୍‌   : ଓ୍ୱାନ୍‌ ମିନିଟ୍‌ । ତମେ ସ୍ଲିପିଂ ପିଲ୍‌ ଖାଇବ ଓ ଶୋଇଯିବ । ଏଇଠି ବୋଧେ
         ଏ ଦୃଶ୍ୟର ଶେଷ ହୋଇଯିବ ଅମୀମାଂସିତ ଭାବରେ । କିନ୍ତୁ ଏ ନାଟକରେ
         ତମେ ଲିସା, ଆଉ ମୁଁ ଜିତ୍‌ । ଦର୍ଶକମାନଙ୍କ ପାଖରେ ଅପରିଚିତ ହୋଇ
         ରହିଗଲେ । ଆମେ କିଏ ? ଆମର ପରିଚୟ କ’ଣ, ଆଉ କି ପରିସ୍ଥିତିର
         ସାମ୍ନାକରି ଆମେ, ଏଠି ଠିଆହୋଇଛୁ, ଏ ଏ ବିଷୟରେ କିଛି ବି
         ଦର୍ଶକମାନଙ୍କୁ କହିବେ । ତେଣୁ ତୁମେ ସ୍ୱାଭାବିକ ଠିଆହୋଇଯାଅ, ଅନ୍ତତଃ
         ଆମକୁ ନିଜ ପରିଚୟ ଦେବାକୁ ପଡ଼ିବ ।

         (ଜିତ୍‌ ଓ ଲିସା, ଦର୍ଶକମାନଙ୍କୁ ସାମ୍ନା କରି ଠିଆ ହୋଇଛନ୍ତି । ମଞ୍ଚରେ
         ସମ୍ପୂର୍ଣ୍ଣ ଆଲୋକ ଆସିଛି । ଗୋଟେ ବେଡ୍‌ ରୁମ୍‌ ଭିତରେ ସେମାନେ
         ଦୁଇଜଣ)

ଲିସା   : ମୁଁ ଲିସା ମହାନ୍ତି । ଗୋଟେ ସାଧାରଣ ପରିବାରରୁ ଆସିଛି । ପିଲାଦିନରୁ
         ବଡ଼ ହେବାର ନିଶା ଥିଲା । ସାଧାରଣ ଡିଗ୍ରୀ ନେଇ ଭଲ ଚାକିରି ମିଳିବନି
         ବୋଲି ମୁଁ ଜଏଣ୍ଟ ଏଣ୍ଟ୍ରାନ୍ସ ଦେଇ ଇଞ୍ଜିନିୟରିଂ ପଢ଼ିଲି । ଏଠି ପଇସା
         କିଣେ ପାଠକୁ । ମ୍ୟାନେଜମେଣ୍ଟ ସିଟ୍‌ରେ ଡୋନେସନ୍‌ ଛଅଲକ୍ଷ ଟଙ୍କା
         ଆଉ ଚାରିବର୍ଷରେ ଚାରିଲକ୍ଷ, ଏମିତି ଦଶଲକ୍ଷ ଖର୍ଚ୍ଚ କରିବା ପରେ
         ଭାବିଥିଲି, ଚାକିରି ମିଳିଯିବ । ମାତ୍ର ପ୍ଲେସମେଣ୍ଟ ହେଲାନାହିଁ । ପୁଣି
         ଆଠଲକ୍ଷ ଖର୍ଚ୍ଚ କରି ହାଇଦ୍ରାବାଦରେ ଏମ୍‌ବିଏ କଲି । ପଢ଼ା ଶେଷ
         ହେବାପରେ ଗୋଟେ କମ୍ପାନୀରେ ମାର୍କେଟିଂ ଏକ୍‌ଜିକ୍ୟୁଟିଭ୍‌ ଭାବରେ

ଜଏନ୍ କଲି । ମୁଣ୍ଡ ଉପରେ ଅଠରଲକ୍ଷ ଟଙ୍କାର ଲୋନ୍, ତା ସହ କମ୍ପାନୀ
ଚାକିରି । ଆଃ, ଜୀବନଟା ଯେମିତି ଗୋଟେ ମେସିନ୍ !

ଜିତ୍   : ମୁଁ, ଅଭିଜିତ୍ ଦାସ । ସେଇ ଏକା ପରିସ୍ଥିତିରେ ମୋର ପାଠପଢ଼ା ଓ ଚାକିରି ।
ମୁଣ୍ଡ ଉପରେ କେତେ ଲକ୍ଷ ଟଙ୍କାର ବ୍ୟାଙ୍କ ଲୋନ୍ ଆଉ ଚାକିରିଟା ଏଚ୍.ଆର୍.
ମ୍ୟାନେଜର । ଆମମାନଙ୍କ ଚାକିରି ସବୁ, ବାହାରକୁ ମହାକାଲ ଫଳ ପରି
ଦେଖାଯାଏ । ମାତ୍ର ଭିତରେ ଆମେ ନିଃସ୍ୱ ଓ ଅଙ୍ଗାର ପାଲଟିଯାଉ ।

ଲିସା   : ଆମମାନଙ୍କ ସକାଳ ଆରମ୍ଭ ହୁଏ ଆଠଚାରୁ । ରାତିରେ ବିଭିନ୍ନ ଦୁଶ୍ଚିନ୍ତା
ଓ ଅଫିସିଆଲ୍ ପ୍ରେସର ନେଇ ଠିକ୍‌ରେ ନିଦ ହୋଇନଥାଏ । ସକାଳୁ ଉଠି
ଘଣ୍ଟାକୁ ଦେଖି, ଆମେ ଚମକିପଡୁ, ଓଃ, ଇଟ୍ ଇଜ୍ ଟୁ ଲେଟ୍ । ତା'ପରେ
ମେସିନ୍ ପରି ବ୍ରସ୍ କରି, ଗାଧୋଇ, ଟିଫିନ୍ ଖାଇ, ନଅଟାରେ ଅଫିସ୍‌ରେ
ହାଜର ହେଉ ।

ଜିତ୍   : ଅଫିସରର ଗୁଡ଼ିଏ କାଚଘର । ତା' ଭିତରେ ଚୁପଚାପ୍ ବସିଥା'ନ୍ତି
ମଣିଷଗୁଡ଼ିଏ । ସାମ୍ନାରେ ଲାପ୍‌ଟପ୍ ! ଆମେ ସାମ୍ନାସାମ୍ନି ବସିଯାଉ ଲାପ୍‌ଟପ୍
ଆଗରେ । ଘଣ୍ଟାଘଣ୍ଟା ବିତିଯାଏ । ସମସ୍ତ ଭାଷା, ସମସ୍ତ ସମ୍ପର୍କ କେବଳ
ଲାପ୍‌ଟପ୍ ସହ । ଯେମିତି କମ୍ପ୍ୟୁଟର ଛଡ଼ା ଆମ ଆଗରେ ସମ୍ପର୍କର ପୃଥିବୀ
ନାହିଁ । ତା' ସହ କିଛି ବ୍ୟବସାୟିକ ମିଟିଂ ନହେଲେ ଯନ୍ତ୍ର ପାଲଟିଯାଏ
ମଣିଷ ।

ଲିସା   : କ୍ରମଶଃ, ମୁଁ ରୂପାନ୍ତରିତ ହୁଏ ଲାପ୍‌ଟପ୍‌ରେ । ମୁଁ ଓ ମୋ ସହ ସମ୍ପର୍କ
ଗଢୁଥିବା ଓ ଭାଙ୍ଗୁଥିବା ମଣିଷମାନେ ସେଇଠି ଥାଆନ୍ତି । ମୋ ଚାରିପାଖରେ
ଥିବା ସ୍ଥୁଲ ପୃଥିବୀ । ସେ ପୃଥିବୀରେ ଚଳପ୍ରଚଳ ହେଉଥିବା ସମସ୍ତ
ପ୍ରାଣୀମାନଙ୍କ ସହ ସମ୍ପର୍କ କଟିଯାଏ । ଘଣ୍ଟାଘଣ୍ଟା ଧରି ଅକ୍ଷର, ଫାଇଲ୍,
ୱେବ୍‌ସାଇଟ୍ ସହ ମୋର ସହାବସ୍ଥାନ । ଭୋକ ଲାଗିଲେ ଜଣାପଡ଼େ ଲଞ୍ଚ
ଆୱାର ହେଲା...

ଜିତ୍   : ଲଞ୍ଚ ସମୟରେ ଆମେ କିଛି ମଣିଷ ଏକାଠି ହେଉ । ଯାହାକିଛି କଥାବାର୍ତ୍ତା,
କମ୍ପାନୀ ଓ କମ୍ପାନୀର ବ୍ୟବସାୟକୁନେଇ । ତା'ଛଡ଼ା ଆମର କିଛି ବ୍ୟକ୍ତିଗତ
ଜୀବନ ନାହିଁ । ଅନ୍ତତଃ ନ ରହିବା ଉଚିତ । କାରଣ କମ୍ପାନୀ କିଣିନେଇଛି
ଆମର ସମସ୍ତ ସମୟ । ସେଇ ଲଞ୍ଚ ସମୟରେ ଲିସା ସହ ଦେଖାହୁଏ ।
ପଦେ ଦୁଇପଦ କଥା ହେବାକୁ ବି ସମୟ ନଥାଏ । ତା'ପରେ ମିଟିଂ,
ବୋର୍ଡ ମିଟିଂ, କର୍ପୋରେଟ୍ ମିଟିଂ ।

ଲିସା   :   ମାଲିକ ଜାଣେ, କେତେ ରକ୍ତ ଶୋଷିହେବ ଆମ ଦେହରୁ ମୁଣ୍ଡ ଉପରେ
କେତେବଡ଼ ପାହାଡ଼ ଲଦିହେବ। ସମୟ ସରିଯାଏ, ପାହାଡ଼ର ଓଜନ୍
ବଢ଼ିଚାଲେ। ଘଣ୍ଟାରେ ରାତି ନଅଟା ବାଜେ। ବାକିଥାଏ କେଉଁ
ଆଉଭାଇଜର ନହେଲେ ଏଜେଣ୍ଟଙ୍କ ସହ ମିଟିଂ ନାଇଟ୍ କ୍ଲବ୍‍ରେ,
ନହେଲେ ଫାଇଭଷ୍ଟାର ହୋଟେଲରେ। କମ୍ପାନୀର ଗେଷ୍ଟ ସେମାନେ।
କ୍ଲବ୍‍ରେ ମଦ ଆସର ଜମିଉଠେ। ଏଠି ସମସ୍ତେ ଉଚ୍ଛୃଙ୍ଖଳ ଓ ଅଶ୍ଳୀଳ।
ନିଜକୁ ଝିଅ ବୋଲି ଭାବିବାଟା ମୂର୍ଖାମି। ବରଂ କମ୍ପାନୀ ଏକ୍ଜ୍ୟୁକିଟିଭ୍
ବୋଲି ଭାବିବା ଉଚିତ।

ଜିତ୍   :   ନିଶା ଚଢ଼ୁଥାଏ ମୁଣ୍ଡକୁ। ପୁରୁଷ-ସ୍ତ୍ରୀ ବାଛବିଚାର ନଥାଏ। ସମସ୍ତ ଯେମିତି
ନିରାଶଙ୍କ। ଯେମିତି ମୁଁ କେଉଁ ନାରୀର ବାହୁବନ୍ଧନ ଭିତରେ ପ୍ରଲାପ
କରୁଛି, କିମ୍ବା କିଏ ଲିସାର ନିତମ୍ବକୁ ଧରି ନାଚୁଛି। ନିରାଶଙ୍କ ସମସ୍ତେ!
ମଧ୍ୟରାତ୍ରିରେ ଆସର ଥମିଯାଏ ଆମେ ଫେରିଆସୁ ଘରକୁ।

ଲିସା   :   ଘର – ଆଃ! ଚାରିଟା କାନ୍ଥ, ଉପରେ ଗୋଟେ ଛାତ। ତା’ତଳେ ଆମର
ଆଶ୍ରୟ ସ୍ଥଳ। ନା ନା, ଏଇଟା ଆମର ବିଶ୍ରାମ କକ୍ଷ। କିଛି ସମୟ ଲାଗି
ଅନୁଭବ ହୁଏ ଯେ ଆମେ ସ୍ୱାମୀ-ସ୍ତ୍ରୀ। ଏମିତି ଅନୁଭବ ହୁଅନ୍ତା ନାହିଁ,
ଯଦି ଆମ ଭିତରେ ଶାରୀରିକ ସମ୍ପର୍କ ନଥାନ୍ତା – କାରଣ ଆମେ ଅସହାୟ
ହୋଇ ଖୋଜୁଥାଉ ଟିକିଏ ନିଦ। ସାରାଦିନ କମ୍ପ୍ୟୁଟର ସହ ସମ୍ପର୍କଭିତରେ,
ଆମେ କେବଳ ସଚଳ ମେସିନ୍‍ଟିଏ ହୋଇଯାଇଥାଉ।

ଜିତ୍   :   ସାଧାରଣ ଅର୍ଥରେ ଘର କହିଲେ ଯାହା ବୁଝାଯାଏ, ସ୍ୱାମୀ-ସ୍ତ୍ରୀର ସମ୍ପର୍କ
କହିଲେ ଯାହା ବୁଝାଯାଏ, ବିବାହର ପ୍ରଥମ କେତେଦିନ ସେଭଳି ଅନୁଭବ
ହେଉଥିଲା। ଲିସା ରାନ୍ଧୁଥିଲା ତା’ର ଅନଭ୍ୟସ୍ତ ହାତରେ ଓ ମୁଁ ଅମୃତ ଭଳି
ଖାଉଥିଲି। ମୁଁ ତାକୁ ମୋଟର ସାଇକେଲରେ ଧରି ହୋଟେଲରୁ ପାର୍କ ଯାଏ
ଘୁରୁଥିଲି ଓ ସେ ମୋ ପିଠିରେ କିଟ୍ ବ୍ୟାଗଟିଏ ଭଳି ଝୁଲିପଡ଼ୁଥିଲା।

ଲିସା   :   ବିବାହର ପ୍ରଥମ କିଛିଦିନ। ତା’ପରେ ସବୁ ଅସଜଡ଼ା, ଯନ୍ତ ଭଳି ଜୀବନ।
ମାର୍କେଟିଂ କାମରେ ମୁଁ ବାହାରେ ରୁହେ ଅଧିକାଂଶ ଦିନ। ଘରେ ଜିତ୍
ଏକା। କ୍ରମଶଃ ଏହି ନିସଙ୍ଗତା ଆମର ଆପଣାର ହେଇଗଲା।

ଜିତ୍   :   କର୍ପୋରେଟ୍ ଦୁନିଆରେ କିଛି ପରମାନେଣ୍ଟ ନୁହେଁ। ଦୁଇତିନି ବର୍ଷ ପରେ
ଆମ ମୁହଁଟା ପୁରୁଣା ଲାଗେ। ବଦଲାଇବାକୁ ପଡ଼େ ଚାକିରି।

ଲିସା   :   ପୁଣି ନୂଆ ସ୍ଥାନଟିଏ ଖୋଜିବାକୁ ପଡ଼େ।

ଜିତ୍‌   : ପ୍ରିୟ ଦର୍ଶକବନ୍ଧୁ, ଏମିତି ଆମର ଜୀବନ। ଅସ୍ଥିର ଓ ବିପର୍ଯ୍ୟସ୍ତ। ତା'
          ଭିତରେ ବଞ୍ଚିବାକୁ ପଡ଼ିବ।
          (ଜିତ୍‌ର ମୋବାଇଲ୍‌ ରିଂ ହୋଇଟି)

ଜିତ୍‌   : ହାଲୋ।

ସ୍ୱର   : ମାଡ଼ାମ୍‌କୁ ମୋବାଇଲ ଦିଅ।

ଜିତ୍‌   : କିଏ ତୁମେ ?

ସ୍ୱର   : ମୋବାଇଲଟା ଦିଅ, ସେ ଜାଣିପାରିବେ।

ଜିତ୍‌   : ମୁଁ ପଚାରୁଚି, ତୁମେ କିଏ ?

ସ୍ୱର   : ମାଥା ରାଣ, ତାଙ୍କ ସହ ମୋର ଭିତିରି ସମ୍ପର୍କ ଅଛି। ମୋବାଇଲଟା
          ଦିଅ।

ଜିତ୍‌   : ଇଡ଼ିଅଟ୍‌ (ରାଗରେ ମୋବାଇଲ ବନ୍ଦ୍‌ କରିଦେଇଟି)

ଲିସା   : କ'ଣ ହେଲା ? ସେଇ ଲୋକଟାନା।

ଜିତ୍‌   : ତମପାଖରେ ସ୍ଲିପିଂ ଟାବ୍‌ଲେଟ୍‌ ଅଛି ?

ଲିସା   : ଏବେ ?

ଜିତ୍‌   : ହଁ ଏବେ। ଏବେ ଆମ ଆୟୁଷ୍କର ଗୋଟାଏ ଦିନ ଫେଡ଼ି ହୋଇଯିବା
          ଉଚିତ।
          (ଲିସା ଅସହାୟ ଭାବରେ ଜିତ୍‌କୁ ଚାହିଁଚି ଓ ଜିତ୍‌ ଘରର ଆଲୋକ ବନ୍ଦ
          କରିଛି। ମଞ୍ଚ ଅନ୍ଧାର ହୋଇଛି। ଆଲୋକ ଆସିବା ପରେ ଦେଖାଗଲା,
          ଲିସା ଅଫିସରେ ତା'ର ସି.ଇ.ଓ. ସନତ୍‌ଙ୍କ ସାମ୍ନାରେ ବସିଛି।)

ସନତ୍‌   : ମିସେସ୍‌ ମହାନ୍ତି, ଆଇ ଆମ୍‌ ଭେରି ସରି, ଟୁ ଇନ୍‌ଫର୍ମ ୟୁ ଦାଟ୍‌ ୟୋର
          ପରଫରମାନ୍‌ସ ଇଜ୍‌ ଭେରି ପୁଅର।

ଲିସା   : ସାର୍‌।

ସନତ୍‌   : ତମେ ଏ ବର୍ଷ୍କ ଟାର୍‌ଗେଟ୍‌ ରିଚ କରିପାରିଲନି। ତମକୁ କମ୍ପାନୀ ରଖିବ
          କେମିତି। ଏ ବର୍ଷ ତୁମର ଟାର୍‌ଗେଟ୍‌ ଥିଲା ପନ୍ଦର କୋଟି। ତମେ ଦେଇଛ
          ମାତ୍ର ଆଠ କୋଟି। ଏବେ କୁହ, କ'ଣ କରାଯିବ।

ଲିସା   : ସାର୍‌, ଗ୍ଲୋବାଲ୍‌ ଇକୋନମିରେ ଯେଉଁ କ୍ରାଇସିସ୍‌ ଦେଖାଦେଇଟି, ଏବେ
          ସବୁ କମ୍ପାନୀ କଷ୍ଟ କଟିଂ କରୁଛନ୍ତି। ଯେଉଁ କମ୍ପାନୀଠୁ ଆମେ ଆଗରୁ
          କୋଟିଏ ଟଙ୍କାର ଅର୍ଡର ପାଇଥଲୁ, ଏବେ ସେମାନେ ଟ୍ୱେଣ୍ଟି ଫାଇଭ୍‌
          ପର୍ସେଣ୍ଟ କମେଇଦେଇଛନ୍ତି। ତେଣୁ ଟାର୍‌ଗେଟ୍‌ ରିଚ୍‌ କରି ହେଲାନି।

ସନତ୍	:	ଏଇଟା ଏକ୍‌ସପ୍ଲାନେସନ୍‌ ନୁହେଁ, ମିସେସ୍‌ ମହାନ୍ତି । ଆମ କମ୍ପାନୀ ତୁମକୁ ଯେଉଁ ସାଲେରୀ ପ୍ୟାକେଜ୍‌ ଦଉଚି, ତାକୁ ତ କମେଇନି । ତମର ଟୁର୍‌ ଆଉଭାନ୍ସ, ତମର କ୍ୱାଲିଟେଟିଭ୍‌ ବୋନସ୍‌ କିଛି ତ କମ୍‌ କରିନି । ତେବେ ତୁମର କାମରେ କମ୍ପ୍ରମାଇଜ୍‌ କରିବ କେମିତି ? ହୁଏତ ତୁମେ ନିଜକୁ ଏ କମ୍ପିଟେଟିଭ୍‌ ମାର୍କେଟ୍‌ରେ ଠିକ୍‌ ଭାବରେ ପ୍ରୋଜେକ୍ଟ୍ କରିପାରୁନ କିମ୍ବା ୟୁ ଆର୍ ନଟ୍‌ ଫିଟ୍‌ ଫର୍‌ ଦି ପୋଷ୍ଟ ।
ଲିସା	:	ସାର୍, ଆପଣ ମୋ ଇଷ୍ଟିଗ୍ରିଟି ଉପରେ ସନ୍ଦେହ କରୁଛନ୍ତି ?
ସନତ୍	:	ଅଫ୍‌ କୋର୍ସ ! କର୍ପୋରେଟ୍‌ ୱାର୍ଲ୍ଡ କେବଳ ରେଜଲଟ୍‌ରେ ବିଶ୍ୱାସ କରେ । ଏକ୍‌ସ୍‌ପ୍ଲାନେସନ୍‌ରେ ନୁହେଁ ।
ଲିସା	:	ଠିକ୍‌ ଅଛି, ଆପଣ କୁହନ୍ତୁ, ମୁଁ କ'ଣ କରିବି ?
ସନତ୍	:	ଚେୟାରମ୍ୟାନ୍, ତୁମର ପରଫରମାନ୍ସରେ ଖୁସି ନୁହନ୍ତି । ତେଣୁ ବେଟର ହବ, ତୁମେ ଅନ୍ୟ କୋଉଠି ଟ୍ରାଇ କର ।
ଲିସା	:	ଥ୍ୟାଙ୍କ୍‌ ୟୁ ସାର୍‌ ! ମୁଁ ଅନ୍ୟ କମ୍ପାନୀରେ ଚେଷ୍ଟା କରୁଚି । ଆଶା ଉଇଦ୍‌ଇନ୍ ଓ୍ୱାନ୍ ମନ୍ଥ, ମୁଁ ରେଜିନେସନ୍‌ ଦେଇଦେବି ।
ସନତ୍	:	ଏବେ ତୁମେ ଆସିପାର... ।
		(ଲିସା ନୀରବରେ ଉଠି ଚାଲିଆସିଛି । ବାହାରେ ବଡ଼ ଅସହାୟ ଭାବରେ ଠିଆହୋଇଛି । ଜିତ୍‌ ଗୋଟିଏ ରୁମ୍‌ରୁ ବାହାରି କରିଡର ଦେଇ ଆସୁଚି ଓ ଲିସାକୁ ଠିଆହୋଇଥିବା ଦେଖି ତା' ପାଖକୁ ଆସିଚି ।)
ଜିତ୍	:	କ'ଣ ହେଲା ? ଏଠି କାହିଁକି ଠିଆହେଇଚ ?
ଲିସା	:	ସି.ଇ.ଓ.ଙ୍କ ପାଖକୁ ଆସିଲି ।
ଜିତ୍	:	ସେଇ ଟାର୍ଗେଟ୍‌ ବିଷୟରେ କହିଲେ ନା ?
ଲିସା	:	ହଁ । ଆଚ୍ଛା ଜିତ୍‌, ଜଣେ ଲୋକ କେତେଦୂର ପ୍ରଡ଼କ୍ଟିଭ୍‌ ହୋଇପାରେ ? ସୁନା ଅଣ୍ଡାଦିଆ କୁକୁଡ଼ା ଭଲି । ଆଜି ଗୋଟାଏ ଦବ, କାଲି ଦି'ଣ ଶେଷରେ ତାକୁ ମାରି ତା'ପେଟରୁ ସବୁତକ ଅଣ୍ଡା କାଢ଼ିଆଣିବ !
ଜିତ୍	:	କୁଲ୍‌ ଡାଉନ୍‌ । ଏଇଟା କର୍ପୋରେଟ୍‌ ପଲିସି । ଯଦି ତୁମଠୁ ସେମାନେ ଲାଭ ନ ପାଇବେ, ତା'ହେଲେ ଏତେ ଟଙ୍କା ଦେଇ ଚାକିରିରେ ରଖିବେ କାହିଁକି ? ଯଦି ତୁମେ କମ୍ପାନୀର requirement ସବୁ ପୂରଣ ନ କରିପାରିବ, ଏତେ ଟଙ୍କା ଖର୍ଚକରି ପାଠ ପଢ଼ିବ କାହିଁକି ?
ଲିସା	:	ମତେ ଆଜି ରେଜିନେସନ୍‌ ଦେବା ଲାଗି କୁହାଗଲା । ମୁଁ ମାସଟିଏ

ସମୟ ମାଗିଚି । ପ୍ରକୃତରେ ଚାକିରିଟା ଯେମିତି ପାଦର ଚପଲ ଭଳି ।
ଆଜି ବ୍ୟବହାର କରିବ, ପୁରୁଣା ହୋଇଗଲା, ପୁଣି କାଢ଼ି ଫିଙ୍ଗିଦେବ ।
ଜଷ୍ଟ ୟୁଜ୍ ଆଣ୍ଡ ଥ୍ରୋ, ଅଥଚ ପାଠ ପଢ଼ିଲାବେଳେ ଏଇ ଚାକିରି ପାଇଁ
ଆମେ କେତେ ସ୍ୱପ୍ନ ଦେଖିନଥିଲେ ? ସ୍ୱପ୍ନସବୁ ଆକ୍ୱାରିୟମ୍ର ରଙ୍ଗୀନ
ମାଛ ଭଳି ଆମ ଚାରିପଟେ ଘୁରୁଥିଲେ । ଅଥଚ ବାସ୍ତବତା କେତେ
ନିଷ୍ଠୁର !

ଜିତ୍	:	ତମେ ବହୁତ କିଛି ଭାବିଦଉଚ ଲିସା । ତମେ ସବୁକଥାଗୁଡ଼ାକ ନିଜ

ଜିତ୍ : ତମେ ବହୁତ କିଛି ଭାବିଦଉଚ ଲିସା । ତମେ ସବୁକଥାଗୁଡ଼ାକ ନିଜ
ଉପରକୁ ନେଇଯାଉଛ । ଅନ୍ୟ ଅର୍ଥରେ କହିଲେ, ତମେ ଅନ୍ୟକୁ ଟେନ୍‍ସନ୍‍
ଦେବା ବଦଳରେ ନିଜେ ସବୁ ଟେନ୍‍ସନ୍‍ ନେଇ ବୁଲୁଚ । ମାଇଁ ଡିଅର,
ଆଜିଠୁ ସବୁ ଜିନିଷକୁ ସ୍ୱାଭାବିକ ଭାବରେ ଗ୍ରହଣ କରିବା ଶିଖ ।

ଲିସା : ମାନେ ?

ଜିତ୍ : ଚାକିରି ଛାଡ଼ିବାକୁ ହେବ । ଠିକ୍ ଅଛି, ଆଉ କୋଉଠି ଚେଷ୍ଟା କରିବା ।
କମ୍ପାନୀର ଟାର୍ଗେଟ୍ ରିଚ୍ କରିହେଲାନାହିଁ । ନୋ ପ୍ରବ୍‍ଲେମ୍‍ । ହୁଏତ ଏଠି
ଆମେ ଅପାରଗ ହୋଇଛେ । ଆଉ କୋଉଠି ଆମର ଆବଶ୍ୟକତା
ଥାଇପାରେ । ଆମେ ଏଠିକି ଆସିବାପୂର୍ବରୁ ଏ କମ୍ପାନୀ ଆମର ନଥିଲା
ବା ଭବିଷ୍ୟତରେ ରହିବନି । ଭଡ଼ାଘର ଖୋଜୁଥିବା ଲୋକଟି, ଘର ପ୍ରତି
ମମତା ସୃଷ୍ଟି କରିବା ଉଚିତ ନୁହେଁ ।

ଲିସା : ଯେହେତୁ ତୁମର ବେଶୀ କିଛି ପ୍ରବ୍‍ଲେମ୍‍ ନାହିଁ ?

ଜିତ୍ : ନା, ପ୍ରବ୍‍ଲେମ୍‍ ଥିଲେ କି ମୁଁ ପ୍ରକାଶ କରେନି, କି ମୋ ଲାଗି କାହାର
ମୁଣ୍ଡବିନ୍ଧା ହେଉ, ସେ କଥା ଚାହେଁନି ।

ଲିସା : ଇଜ୍‍-ଇଟ୍‍ ?

ଜିତ୍ : ହଁ, ଦିନେ ମୁଁ ତୁମକୁ ଜଙ୍ଗଲ କଥା କହୁଥିଲି ନା ? ପ୍ରକୃତରେ ଗୋଟେ
ଜଙ୍ଗଲ ଭିତରେ ମୁଁ ପଶିଯାଉଚି । ମୁକୁଲିବା ବହୁତ କଷ୍ଟ । ତଥାପି ମୁଁ
ସ୍ୱାଭାବିକ ହେବାକୁ ଚେଷ୍ଟାକରୁଚି । ତା'ଛଡ଼ା ଉପାୟ ନାହିଁ ।

ଲିସା : କ'ଣ ହେଇଚି ତୁମର ?

ଜିତ୍ : କିଛି ନୁହେଁ । କିଛି ସମସ୍ୟା ହେଇଚି । କିନ୍ତୁ ଏଇଟା ବି ଗୋଟେ ପାର୍ଟ
ଅଫ ଲାଇଫ୍‍ । ଯେମିତି ଜୀବନରେ ଆଚିଭମେଣ୍ଟ, ପ୍ରମୋଶନ,
ହାଇପ୍ୟାକେଜ୍ ସାଲେରି ଗୋଟେଗୋଟେ ଆବଶ୍ୟକତା, ସେମିତି,
ଫ୍ରଷ୍ଟେସନ୍‍, ଏକସପ୍ଲ୍ଏଟେସନ୍‍, ମେଣ୍ଟାଲ୍ ଟରଚର, ଏସବୁ

ଗୋଟେଗୋଟେ ଅଂଶ। ଏସବୁ ସ୍ୱାଭାବିକ ଭାବରେ ଗ୍ରହଣ କରିବାକୁ ପଡ଼ିବ। ନହେଲେ ନିଜର ବଂଶବାଟା ବି ନଷ୍ଟ ହେଇଯିବ।

ଲିସା : ମତେ ଲାଗୁଚି, ତମେ ମତେ କିଛି ଲୁଚଉଚ।

ଜିତ୍ : ହଁ...

ଲିସା : ତମର ସ୍ତ୍ରୀ ହିସାବରେ ଏସବୁ ମୋର ଜାଣିବା ଉଚିତ ନୁହେଁ କି ?

ଜିତ୍ : (ଜୋର୍‌ରେ ହସିଚି)

ଲିସା : ହସୁଚ କାହିଁକି ?

ଜିତ୍ : ପ୍ରଥମ କଥା ହେଲା, ତମେ ଜାଣିଲେ ମତେ କିଛି ସାହାଯ୍ୟ କରିପାରିବିନି। ମୁଁ ତୁମକୁ ଆଉ କିଛି ମାନସିକ ଯନ୍ତ୍ରଣା ଦେବି। ଦ୍ୱିତୀୟ କଥା ହେଲା, ସ୍ୱାମୀ-ସ୍ତ୍ରୀ ଏମିତି ଗୋଟେ ସମ୍ପର୍କ ଆମ ଲାଗି ଅସ୍ୱାଭାବିକ। କୌଣସି କାରଣରୁ ଆମେ ଦୁଇଜଣ ପୁରୁଷସ୍ତ୍ରୀ ଗୋଟିଏ ଛାତତଳେ ଏକାଠି ରହୁଚେ। ଆମ ଭିତରେ କିଛି ଫିଜିକାଲ୍ ସମ୍ପର୍କ ରହିଚି। ଅଥଚ ଭାବପ୍ରବଣତା, ଅବା ସୂକ୍ଷ୍ମ ଅନୁଭବ ଦୃଷ୍ଟିରୁ ବିଚାରକଲେ, ଆମ ପାଖରେ ସମୟ ନାହିଁ। ଆମର ସବୁ ସମୟ କିଣିନେଇଚି କେଉଁ ଅଦୃଶ୍ୟ ସୌଦାଗର।

ଲିସା : ସେଇଟା ଆମ ଜୀବନର ସବୁଠୁ ବଡ଼ ବିଡ଼ମ୍ବନା।

ଜିତ୍ : ଲିଭ୍ ଇଟ୍। ଚାଲ, କ୍ୟାଣ୍ଟିନ୍‌ରେ କପେ କଫି ପିଇଆସିବା।

ଲିସା : ନା, ଅଫିସରେ ଆଜି ଦିନସାରା କାମ ବାକି ପଡ଼ିଚି। ସେସବୁ ସାରିବାକୁ ପଡ଼ିବ।

ଜିତ୍ : ଠିକ୍ ଅଛି। ତା'ହେଲେ ରାତିରେ କଥା ହେବା।

ଲିସା : ନା ନା, ମତେ ଟେନ୍‌ସନ୍‌ରେ ମନେଇଦେଲ। ପ୍ଲିଜ୍, ମୋ ରାଣ... ମତେ କୁହ, କ'ଣ ହେଇଚି ?

ଜିତ୍ : କିଛି ନାହିଁ, ବାବା। ସେଇ ଗୋଟିଏ ପ୍ରବଲେମ୍, ମିସେସ୍ ରଞ୍ଜେଗୀ।

ଲିସା : ମାନେ ଆମ ଚେୟାରମ୍ୟାନ୍ ?

ଜିତ୍ : ଖାଲି ଚେୟାରମ୍ୟାନ୍ ନୁହେଁ, ଆମ ମାଲିକଙ୍କ ସ୍ତ୍ରୀ।

ଲିସା : ସେ କାହିଁକି ତୁମକୁ ବାରମ୍ବାର ହଇରାଣ କରୁଚି। ଏତେ କାମକଲା ପରେ ବି ମେଣ୍ଢଲି ଟର୍‌ଚର୍ଡ କରିବାର ମାନେ କ'ଣ ? ମୁଁ ତାଙ୍କୁ ପଚାରିବି ?

ଜିତ୍ : କ'ଣ ପଚାରିବ ? ତମେ କ'ଣ ଜାଣିଚ ଯେ ପଚାରିବ ?

ଲିସା : ମୁଁ ସବୁ ଜାଣିଚି। ତମେ ତା'ର ସବୁ କଥାରେ ହଁ ମାରି ଭୁଲ୍ କରିଚ। ତା

କଥାରେ ଭ୍ରିଗାଲ୍ ଆପ୍ଏଣ୍ଡମେଣ୍ଟ କରୁଚ । ତା' ବ୍ଲାକ୍ମନି ସବୁ ହ୍ୱାଇଟ୍ କରିବା ଲାଗି କାମ କରୁଚ । ଏସବୁ କରିବା କ'ଣ ଦରକାର ?

ଜିତ୍ : ତା'ଛଡ଼ା ମୋର ଗତି ନାହିଁ ? ସେ କମ୍ପାନୀର ମାଲିକ । ମୁଁ ତା' କଥା ଶୁଣିବିନି । ତା' ପରଦିନ, ମତେ କହିବ, ଏଠୁ ରେଜିନେସନ୍ ଦେଇ ଚାଲିଯାଅ ।

ଲିସା : କ'ଣ ହେଲା ସେଠୁ ? ଆମେ ଆଉ କୋଉ କମ୍ପାନୀରେ ଜଏନ୍ କରିବା । ଏମିତି ତ ତିନିଟି କମ୍ପାନୀ ଛାଡ଼ିସାରିଲେଣି ।

ଜିତ୍ : ମୋର ସେଥିପାଇଁ ଭୟ ନାହିଁ । ଭୟ ହଉଚି, ସେ ମତେ କୋଉଦିନ ଫସେଇଦବ ।

ଲିସା : ମାନେ ? ହ୍ୱାଟ୍ ଡୁ ୟୁ ମିନ୍ ଟୁ ସେ ?

ଜିତ୍ : ହୁଏତ, କେଉଁ ରେପ୍ କେଶ୍‌ରେ କିମ୍ବା ଆଟେମ୍ପଟ୍ ଟୁ ରେପ୍ କେଶରେ ।

ଲିସା : ଜିତ୍, କ'ଣ ତୁମେ କହୁଚ ! ରେପ୍ ସହ ତୁମର ସମ୍ପର୍କ କ'ଣ ? ଏମିତି କାହିଁକି ହବ ?

ଜିତ୍ : କାରଣ, ଆଇନ୍‌ଟା ସ୍ତ୍ରୀମାନଙ୍କ ସପକ୍ଷରେ । ସେଥିପାଇଁ କୌଣସି ସାକ୍ଷ୍ୟପ୍ରମାଣ ଆବଶ୍ୟକ ନାହିଁ । ହୁଏତ ମୋ ବିରୁଦ୍ଧରେ ସେ ଆଇନକୁ ମିସ୍‌ୟୁଟିଲାଇଜ୍ କରିପାରେ...

ଲିସା : ହେ ଭଗବାନ । ତୁମେ ଏସବୁ କ'ଣ କହୁଚ ଜିତ୍ ?

ଜିତ୍ : ଲିସା, ମିସେସ୍ ରଷ୍ଟୋଗୀ, ଗୋଟେ ହିଂସ୍ର ବାଘୁଣୀ । ସେ ଶିକାର କରିବାକୁ ଭଲପାଏ । ତା'ର ପଇସାର ଅଭାବ ନାହିଁ । ତେଣୁ ସେ ଚାହେଁ, ପ୍ରତି ମୁହୂର୍ତକୁ ଉପଭୋଗ କରିବାକୁ । ସେ ଯାହା ଚାହେଁ, ତାକୁ ପାଇବାକୁ ଚେଷ୍ଟାକରେ । ଯଦି ନପାଏ, ତେବେ ମାନସିକ ଯନ୍ତ୍ରଣା ଦିଏ । ଯେହେତୁ କର୍ପୋରେଟ୍ ଦୁନିଆରେ ମାଲିକମାନେ ଭାବନ୍ତି ଯେ ତାଙ୍କର ଅଧସ୍ତନ କର୍ମଚାରୀମାନେ, ସେମାନଙ୍କ କ୍ରୀତଦାସ । କ୍ରୀତଦାସମାନଙ୍କର ସମସ୍ତ ସମୟ ମାଲିକମାନଙ୍କ ପାଇଁ ଉତ୍ସର୍ଗୀକୃତ ।

ଲିସା : ତମକୁ ସେ କିଛି କହିଚି ?

ଜିତ୍ : ହଁ,

(ମଞ୍ଚ ଅନ୍ଧାର । ଆଲୋକ ଆସିବାପରେ ଦେଖାଗଲା, ଏହା କୌଣସି କମ୍ପାନୀର ଅଫିସ୍ ରୁମ୍ । ଆଗରେ ମିସେସ୍ ରଷ୍ଟୋଗୀ ବସିଛନ୍ତି । ବୟସ ପଚାଶରୁ ଊର୍ଧ୍ୱ । ତାଙ୍କ ସାମ୍ନାରେ ଜିତ୍ ବସିଛି ।)

ରସ୍ତୋଗୀ   : ମିଷ୍ଟର ଅଭିଜିତ୍, ତୁମେ କରୁଚ କ'ଣ ? ଏ ବର୍ଷ ଆମ କମ୍ପାନୀରୁ ଦଶଜଣ
                ଇଞ୍ଜିନିୟର, ରେଜିନେସନ୍ ଦେଇ ଚାଲିଗଲେ ।

ଜିତ୍   : ମାଡ଼ାମ୍, କର୍ପୋରେଟ୍ ଦୁନିଆଟା ଏୟା । କେହି କୌଣସି ଜାଗାରେ ସ୍ଥିର
                ନୁହନ୍ତି । ଆଜି ଏଠି ଛନ୍ତି, ଯୋଉଠି ଅଧିକ ପଇସା ମିଲିଲା, ସେଠିକି
                ଚାଲିଯିବେ । ମୁଁ ତ ସେମାନଙ୍କ ପ୍ୟାକେଜ୍ ବଢ଼ାଇବା ଲାଗି କହିଥିଲି...

ରସ୍ତୋଗୀ   : ବର୍ଷକୁ ମୁଁ କେତେଥର ପ୍ୟାକେଜ୍ ବଢ଼େଇବି ! ଠିକ୍ ଅଛି, ସେମାନେ
                ଏଫିସିଏଣ୍ଟ ଥିଲେ । କିନ୍ତୁ ତାଙ୍କ ଜାଗାରେ ତ ଭଲ ଲୋକ ତମେ
                ଆଣିପାରିଲନି । ଗୁଡ଼ିଏ ଅପାରଗ ଲୋକକୁ ନେଇ ମୁଁ କମ୍ପାନୀ ଚଲେଇବି ।

ଜିତ୍   : ଅପାରଗ ଲୋକମାନେ ହିଁ ପଡ଼ି ରହିନ୍ତି । ଯେଉଁମାନେ ସମର୍ଥ, ସେମାନଙ୍କର
                ବଜାରରେ ବିକ୍ରୟ ଯୋଗ୍ୟତା ଥାଏ । ସେମାନେ ବାରମ୍ବାର ସ୍ଥାନ
                ବଦଲାଉଥାନ୍ତି ।

ରସ୍ତୋଗୀ   : ଏଠି, ତମ ଭଲି ଜଣେ ଏଚ୍.ଆର୍. ମ୍ୟାନେଜରର ଦାୟିତ୍ୱ ହେଉଛି,
                ସେମାନଙ୍କୁ ଏଭଲି ନେଟ୍‌ୱାର୍କ ପ୍ରସ୍ତୁତ କରିପାରିଲେନି, ଯେମିତି ସେମାନେ
                ଏଠୁ ଯାଇପାରିବେନି । ଯଦି ବା ଯିବେ, ଅସୁବିଧାରେ ପଡ଼ିବେ ।

ଜିତ୍   : ସାରାଦିନ ତ ମୁଁ ସେୟାହିଁ କରୁଚି । କୁଚକ୍ରୀ ବାବୁନି ଭଲି, ଗୁଡ଼ିଏ କୃଟନୀତିର
                ଜାଲ ବୁଣୁଚି । ସେଇ ଜାଲରେ ଅନେକ ଜୀବନକୁ ଛନ୍ଦୁଚି । ତାଙ୍କ
                ଭବିଷ୍ୟତର ରାସ୍ତାକୁ ବନ୍ଦ କରୁଚି । ତା'ଛଡ଼ା ମୁଁ କରୁଚି କ'ଣ ?

ରସ୍ତୋଗୀ   : ତା'ର ରେଜଲଟ୍ କ'ଣ ? ତମ ଉପରେ ସମସ୍ତେ ଅସନ୍ତୁଷ୍ଟ । ଚେୟାରମ୍ୟାନ୍
                କହିସାରିଲେଣି, ତୁମ ଜାଗାରେ ଅଲ୍ଟରନେଟିଭ୍ ଯୋଗାଡ଼ କରିବାକୁ ।

ଜିତ୍   : ଆପଣ କରୁନାହାନ୍ତି କାହିଁକି ? କାହିଁକି ମତେ ମୁକ୍ତି ଦେଉନାହାନ୍ତି ?

ରସ୍ତୋଗୀ   : ତୁମକୁ ଏତେ ପଇସା ଦେଇ କିଏ ନବ ? ତା'ଛଡ଼ା ତୁମ ମୁଣ୍ଡ ଉପରେ
                ବିରାଟ ଲୋନ୍ । ଫ୍ଲାଟ୍ କିଣିଚ, ଗାଡ଼ି କିଣିଚ । ପର୍ସୋନାଲ୍ ଲୋନ୍ ଉଠେଇଚ ।
                ଏସବୁ ବୁଝାହବା ଦରକାର ।

ଜିତ୍   : ସବୁ ବିକିଦେବି – କିଛି ମୋର ଆବଶ୍ୟକ ନାହିଁ ।

ରସ୍ତୋଗୀ   : ଭଲ କଥା । ତୁମେ ଏବେଠୁ ଟ୍ରାଇ କର । ଆଉ କୋଉଠି ଭଲ କମ୍ପାନୀ
                ପାଇଲେ, ମତେ କହିବ ।

ଜିତ୍   : ମୁଁ ଜାଣେ, ଆପଣ ତା' କରେଇଦେବେନି ।

ରସ୍ତୋଗୀ   : ତା'ହେଲେ, କମ୍ପାନୀ ପାଇଁ କାମକର ।

ଜିତ୍   : ମୁଁ ତ ମୋ କାମରେ କେବେ ଅବହେଲା କରିନି ।

ରଞ୍ଜୋଗୀ : ମିଷ୍ଟର ଅଭିଜିତ୍‌, ତୁମ ପାଖରେ କାମ କରିବାର ମନବୃତ୍ତି ଅଛି। ତୁମେ ଅପାରଗ ନୁହଁ। ମାତ୍ର ପ୍ରବ୍‌ଲେମ୍‌ ହଉଚି, ସମୟ ସହ ପାଦ ମିଳାଇ ତୁମେ ଚାଲିପାରିନି। ତୁମେ ପରମ୍ପରାବାଦୀ। ଅନ୍ୟ ଅର୍ଥରେ କହିଲେ, ଅଳ୍ପ ବେତନଭୋଗୀମାନେ ଯେମିତି ବଞ୍ଚବାକୁ ପସନ୍ଦ କରନ୍ତି, ତୁମେ ସେଇ ଜୀବନରେ ବିଶ୍ୱାସ କର। ଆଧୁନିକ ସମୟରେ ନିଜକୁ କେମିତି ଏକ୍‌ସପୋଜ୍‌ କରିବାକୁ ପଡ଼େ, ତୁମେ ଶିଖିନ। ସେଥିପାଇଁ କମ୍ପାନୀ ତରଫରୁ ତୁମକୁ ପ୍ରୋଜେକ୍ଟ୍‌ କଲାବେଳେ ଅସୁବିଧା ଦେଖାଦେଉନି।

ଜିତ୍‌ : ଆପଣ କ'ଣ କହୁଚନ୍ତି, ମୁଁ ବୁଝିପାରୁନି।

ରଞ୍ଜୋଗୀ : ମେଟ୍ରୋସିଟିରେ, ପୁଞ୍ଜିପତିମାନେ କେମିତି ବଞ୍ଚନ୍ତି, ସେ ବିଷୟରେ କିଛି ଜାଣ ?

ଜିତ୍‌ : କିଛିକିଛି ଜାଣିଚି।

ରଞ୍ଜୋଗୀ : ସେମାନେ ଆମର କ୍ଲାଏଣ୍ଟ, ବିଜିନେସ୍‌ ପାର୍ଟନର। ସେମାନଙ୍କୁ ଖୁସିକରିବା ଆମର ଦାୟିତ୍ୱ ଆମେ ନିଜକୁ ଏଭଳି ପ୍ରୋଜେକ୍ଟ କରିବା ନାହିଁ, ଯାହା ଦେଖି ସେମାନେ ଅନୁଭବ କରିବେ ଯେ ତାଙ୍କ ସମକକ୍ଷ ହେବା ଲାଗି ଆମର ସ୍ଟାଣ୍ଡାର୍ଡ ନାହିଁ।

ଜିତ୍‌ : ଏଭଳି କିଛି ଇନ୍‌ଫରମେସନ୍‌ ଆପଣ ପାଇଛନ୍ତି ?

ରଞ୍ଜୋଗୀ : ତମେ ସ୍ମାର୍ଟ, ହ୍ୟାଣ୍ଡସମ୍‌। ଅଥଚ, ମିସେସ୍‌ ଭଟ୍ଟାଚାର୍ଯ୍ୟ ଆମ ଅର୍ଡର କ୍ୟାନ୍‌ସଲ୍‌ କଲେ କାହିଁକି ?

ଜିତ୍‌ : ସେ ତାଙ୍କ ବେଡ୍‌ରୁମ୍‌କୁ ମତେ ଇନ୍‌ଭାଇଟ୍‌ କରିଥିଲେ...

ରଞ୍ଜୋଗୀ : ସୋ ହ୍ୱାଟ୍‌ ? ଏହାଦ୍ୱାରା, କ'ଣ ତୁମକୁ ହରାଇବାକୁ ପଡ଼ିଥାନ୍ତା ?

ଜିତ୍‌ : ପୌରୁଷ ! ସତ୍‌ ହୋଇ ବଞ୍ଚବାର ବିଶ୍ୱାସ। ଯାହା ଉପରେ କେବଳ ମୋର ଅଧିକାର ଅଛି।

ରଞ୍ଜୋଗୀ : ତମେ ତେବେ, ତୁମର ପୌରୁଷକୁ ନିଷିଦ୍ଧ ବୋଲି ଘୋଷଣା କରିଛ ?

ଜିତ୍‌ : ହଁ, ତା' ଉପରେ ମୋ ସ୍ତ୍ରୀ ଲିସାର କେବଳ ଅଧିକାର ଅଛି।

ରଞ୍ଜୋଗୀ : କିନ୍ତୁ, ତୁମେ, ପାର୍ଟିରେ ମିସେସ୍‌ ଭଟ୍ଟାଚାର୍ଯ୍ୟଙ୍କୁ ଛୁଇଁଥିଲ। ତାଙ୍କୁ ଆଲିଙ୍ଗନ କରିଥିଲ। ତାଙ୍କ ସହ ନାଚିଥିଲ ଓ ଉତ୍ତେଜିତ କରିଥିଲ।

ଜିତ୍‌ : ଏଇଟା କମ୍ପାନୀର ଆବଶ୍ୟକତା ଥିଲା।

ରଞ୍ଜୋଗୀ : ଆଇନ୍‌ ଦୃଷ୍ଟିରୁ ଦେଖିଲେ, ଏଇଟା ଆଟେମ୍ପଟ୍‌ ଟୁ ରେପ୍‌ ପାଖାପାଖି...

ଜିତ୍‌ : ଆପଣ ମତେ ଏକ୍‌ସପ୍ଲୋଏଟ୍‌ କରୁଛନ୍ତି।

ରସ୍ତୋଗୀ	:	କରିନି, ଏଣିକି କରିବି। ମୁଁ ମିସେସ୍ ଭଟ୍ଟାଚାର୍ଯ୍ୟ ନୁହେଁ। ମୁଁ ମଣିଷ ଶିକାର କରେ। ଓକେ, ତୁମେ ଯାଅ। ନିଜକୁ ମାନସିକ ସ୍ତରରେ ପ୍ରସ୍ତୁତ କର। ଯାଅ।

(ଜିତ୍ ଉଠି ଚାଲିଆସିଛି। ମିସେସ୍ ରସ୍ତୋଗୀଙ୍କ ମୁହଁରେ କୁଟିଳ ହସ। ମଞ୍ଚ ଅନ୍ଧାର ହୋଇଛି। ଆଲୋକ ଆସିଛି। ତାଙ୍କର ସେଇ ଦୃଶ୍ୟ। ଜିତ୍ ଓ ଲିସା, ସାମ୍ନାସାମ୍ନି ଠିଆ ହୋଇଛନ୍ତି।)

ଲିସା	:	ଓଃ, କଥାଟା ଏତେଦୂର ଆଗେଇଯାଇଚି।

ଜିତ୍	:	ଛାଡ଼, ସେ କିଛି ନୁହେଁ। ତମେ ଅଯଥାରେ ଟେନ୍‌ସନ୍ ହେବ, ସେଥିଲାଗି କହୁ ନ ଥିଲି।

ଲିସା	:	ଏଥିରେ ମୋର କି ଭୁଲ୍ ଅଛି।

ମାନେ। ମୋ’ର ତମ ସ୍ତ୍ରୀ ହୋଇ ରହିବା ଉଚିତ୍ ଥିଲା। ଯାହା ମୋର ଏକମାତ୍ର ପରିଚୟ। କିନ୍ତୁ ମୁଁ ମାର୍କେଟିଂ ଏକ୍‌ଜିକ୍ୟୁଟିଭ୍ ହେବାପାଇଁ ଅଣନିଶ୍ୱାସୀ ହୋଇ ଦଉଡ଼ିଲି। ନିଜର ଅନ୍ତରଙ୍ଗ ସମୟ, ନିଜର ମାନସିକ ଶାନ୍ତିକୁ ବଲି ଦେଲି। ଆଉ ଆଘାତ ବି ପାଇଲି। ତୁମ ପ୍ରତି ମୋର ଯଥେଷ୍ଟ ପ୍ରେମ ଓ ଭଲପାଇବା ଅଛି, ଏକଥା ସମସ୍ତେ ଜାଣିବା ଉଚିତ ଥିଲା। ତା’ହେଲେ ଆଜି ଏ ପରିସ୍ଥିତି ସୃଷ୍ଟି ହେଇ ନଥାନ୍ତା। ଠିକ୍ ଅଛି। ଡେରି ହେଇଗଲା, ତଥାପି ସମୟ ଅଛି। ଆସ ମୋ’ ସାଙ୍ଗରେ।

ଜିତ୍	:	କୁଆଡ଼େ ?

ଲିସା	:	ଆଜି ସକାଳୁ ରେଜିନେସନ୍ ଦବାକୁ ପଡ଼ବ। ଏବେ ଏଇ ମୁହୂର୍ତ୍ତରେ।

ଜିତ୍	:	ତମେ କ’ଣ ପାଗଳ ହେଇଗଲ ? ହଠାତ୍ ଏ କମ୍ପାନୀ ଛାଡ଼ିଲେ ଆମ ଅବସ୍ଥା କ’ଣ ହବ ? ମୁଣ୍ଡ ଉପରେ ଗୁଡ଼ାଏ ଲୋନ୍...

ଲିସା	:	ନା, ମୁଁ ପାଗଳ ହେଇନି, ଆଉ କିଛିଦିନ ଡେରି ହେଇଥିଲେ, ହୁଏତ ପାଗଳ ହୋଇଯାଇଥାଆନ୍ତି। ଜିତ, ମୁଁ ଗୋଟେ ସାଧାରଣ ପରିବାରରୁ ଆସିଥିଲି। ସାଧାରଣ ଭାବରେ ମୁଁ ବଞ୍ଚିପାରିବି। ତା’ଛଡ଼ା, ଏ ବିରାଟ ପୃଥିବୀ ପଡ଼ିଚି। ଆମେ ମଧ ଅପାରଗ ନୋହୁ। ତେଣୁ ବଞ୍ଚିବାରେ ଆଦୌ କଷ୍ଟ ହବନି। ଆସ ମୋ’ ସାଙ୍ଗରେ...

ଜିତ୍	:	ଲିସା, ଶୁଣ। ସେଣ୍ଟିମେଣ୍ଟାଲ୍ ହେଇ କିଛି ଡିସିସନ୍ ନିଅନି।

ଲିସା	:	ମୁଁ ଠିକ୍ ଡିସିସନ୍ ନେଇଚି। ଆଉ ଭାବିବା ଦରକାର ନାହିଁ। ଆସ ମୋ ସାଙ୍ଗରେ। (ଲିସା, ଜିତ୍‌କୁ ଟାଣିଟାଣି ନେଇଯାଇଛି। ମଞ୍ଚ ଅନ୍ଧାର।

ଆଲୋକ ଆସିଛି। ସହରର ଗୋଟିଏ ରାସ୍ତା। ରାତି ଅନେକ ହେଲାଣି।
ରାସ୍ତା ପ୍ରାୟ ଶୂନ୍‌ଶାନ୍‌। କେବଳ ବତିଖୁଣ୍ଟର ଆଲୋକ ଦେଖାଯାଉଛି।
ଜିତ୍‌ ଓ ଲିସା, ହାତ ଧରାଧରି ହୋଇଚାଲିଛନ୍ତି।

ଲିସା   :   ଓଃ, ବହୁତ ରିଲାକ୍ସ ଲାଗୁଚି।

ଜିତ୍‌   :   ତମ କଥା ଶୁଣି, ମୁଁ ହସିବି ନା କାନ୍ଦିବି ?

ଲିସା   :   ପୁଣି ସେଇ ଚାକିରି ପଛରେ ପଡ଼ିଚ। ଭୁଲିଯାଅ। ବହୁଦିନ ପରେ ଆମେ
              ନିରୋଲା ରାସ୍ତାରେ ଚାଲିଚେ। ମତେ ତ ବହୁତ ଭଲ ଲାଗୁଚି...

ଜିତ୍‌   :   ମତେ, କିନ୍ତୁ ଭୟ ଲାଗୁଚି। କାରଣ, ଏଇଟା ଅପରାଧୀମାନଙ୍କ ସହର।

ଲିସା   :   ତମେ ଡରୁଆ ଲୋକ।

ଜିତ୍‌   :   ତୁମେ ଯାହା କଳଣି, ମତେ ଫସେଇଦବ। ଚାଲ, ଘରକୁ ଫେରିଯିବା।
              (କିଛି ଲୋକ ଅନ୍ଧାରରେ ଆସି ଘେରିଯାଇଛନ୍ତି)

୧ମ ଲୋକ : ଭାଇ, କୁଆଡ଼େ ଯାଉଚ ?

ଲିସା   :   ବୁଲାବୁଲି କରୁଥିଲୁ...।

୨ୟ   :   ହଉ, ପାଖରେ କ'ଣ ରଖିଚ କାଢ଼ିଦିଅ। ନହେଲେ ଚାକୁରେ ଖେଲ
              ହବ...।

ଜିତ୍‌   :   ଏୟ, ତମେ ଏଠୁ ଯିବ, ନା ପୁଲିସକୁ ଫୋନ୍‌ କରିବି ?

୧ମ   :   ଦାଦାଟେରେ। (୧ମ ଲୋକ ଜିତର ବେକକୁ ଧରିଚି) ଶଳା ଦାଦାଟେ
              ମାଡ଼ ଖାଇବାକୁ ଇଚ୍ଛା ହେଉଚି...

ଲିସା   :   ଏୟ, ତମେ ତାଙ୍କ ସାଙ୍ଗରେ କାହିଁକି ଲାଗିଚ ? ତମର ଯାହା ଦରକାର ମୁଁ
              ଦଉଚି, ନିଅ। (ନିଜର ଗହଣା ଖୋଲି ଦେଇଚି)

୨ୟ   :   (ଜିତ୍‌କୁ) ଆଉ ତମ ପାଖରେ କ'ଣ ଅଛି କାଢ଼ିଦିଅ। ଜାକିହଉଚ କାହିଁକି ?

ଲିସା   :   ଜିତ୍‌, ସେମାନେ ଯାହା ମାଗୁଛନ୍ତି, ଦେଇଦିଅ। (ଜିତ୍‌ ଘଣ୍ଟା ଓ ଚେନ୍‌
              ଖୋଲି ଦେଇଦେଇଚି)

୧ମ   :   ଯାହା କହ ସାଙ୍ଗ, ଇଏ ଦବା ପାଟି।

୨ୟ   :   ନାନୀ, ତମେ ରହିଲ କାହିଁକି, ଚାଲ...

ଜିତ୍‌   :   ଏୟ, ଇଏ କି ଭଣ୍ଡାମି ଚାଲିଚି। ଛାଡ଼ ତାକୁ (ସେମାନେ ଲିସାକୁ ଟଣାଟଣି
              କରିଛନ୍ତି। ଦୂରାରୁ ପୁଲିସ୍‌ ଗାଡ଼ି ଆସିବାର ଶବ୍ଦ ଶୁଣାଯାଇଚି)

୧ମ   :   ସାଙ୍ଗ, ସତରେ ପୁଲିସ ଆସିଲାରେ। ଚାଲ୍‌, ପଲେଇବା।

୨ୟ   :   ହଉ ନାନୀ, ଆଜି ତମେ ଯାଅ। ଆଉ କୋଉଦିନ ଦେଖାହବ।

(ସେଇ ଲୋକମାନେ ଦଉଡ଼ି ଚାଲିଗଲେ। ପୁଲିସ ଗାଡ଼ିର ଶବ୍ଦ ପାଖରୁ ଶୁଣାଯାଇଚି। ପରେ ଜଣେ ପୁଲିସ ଇନ୍‌ସ୍ପେକ୍‌ଟର ଆସିଛନ୍ତି)

ଇନ୍‌ସ୍ପେକ୍‌ଟର : ତମେମାନେ କିଏ ? ଏତେ ରାତିରେ କ'ଣ କରୁଚ ?

ଜିତା : ମୁଁ ଅଭିଜିତ୍‌। ଆମର ଜଣେ ରିଲେସନ୍‌ ଘରୁ ଫେରୁଥିଲୁ। ଏଇ କିଛି ସମୟ ଆଗରୁ ତଲେ ଅଣ୍ଟି ସୋସିଆଲ୍‌ ଲୋକ ଆମଠୁ ସବୁ ସୁନାଗହଣା ଛଡ଼େଇ ନେଇଗଲେ।

ଇନ୍‌ସ୍ପେ. : ଏଇଟା ତମମାନଙ୍କର ଭୁଲ୍‌। ଏତେ ରାତିରେ ଚାଲି ଚାଲି ଆସିବା ଉଚିତ ନ ଥିଲା। ସାଙ୍ଗରେ ପୁଣି ସ୍ତ୍ରୀ ଲୋକ ଅଛନ୍ତି। ହଉ, ତମେ ଘରକୁ ଚାଲିଯାଅ। କାଲି ସକାଳେ ଆସି ଗୋଟେ ଏଫ୍‌.ଆଇ.ଆର୍‌ ଦେଇଦେବ। ଯାଅ।

ଜିତ୍‌ : ଆଜ୍ଞା। ଲିସାକୁ, ଆସ
(ଲିସାକୁ ନେଇ ଚାଲିଯାଇଚି)

ଇନ୍‌ସ୍ପେ. : ପାଠଶାଠ ପଢ଼ି, ଏମାନେ ଏଇ ବୁଦ୍ଧି କରିବେ। କ'ଣ କରାଯିବ ?
(ଇନ୍‌ସ୍ପେକ୍‌ଟର ବିରକ୍ତ ହେଇ ଚାଲିଯାଇଚି। ମଞ୍ଚ ଅନ୍ଧାର। ଆଲୋକ ଆସିଛି। ଗୋଟିଏ ଜଙ୍ଗଲ। ଜଙ୍ଗଲ ପାଖରେ ଠିଆ ହୋଇଛନ୍ତି ଜିତ୍‌ ଓ ଲିସା)

ଜିତ୍‌ : ଏଇଠୁ ଜଙ୍ଗଲର ଆରମ୍ଭ।

ଲିସା : ମୁଁ କିନ୍ତୁ ଆଦୌ ଡରୁନି। କାରର ଜଙ୍ଗଲରେ ମଣିଷ ନଥିବେ।

ଜିତ୍‌ : କିନ୍ତୁ ପଶୁ ଥିବେ...

ଲିସା : ସେମାନେ ମଣିଷ ଭଳି ଭୟଙ୍କର ନୁହନ୍ତି। ସେମାନଙ୍କ ଉପରେ ଆଘାତ ନହେଲେ, କିଛି କ୍ଷତି କରନ୍ତିନି...।

ଜିତ୍‌ : ତମେ ବାଘ ହାବୁଡ଼ରେ ପଡ଼ିଚ ?

ଲିସା : ଆପାତତଃ, ଆମେ ଯେଉ ଜଙ୍ଗଲରେ ପଶିବା, ସେଠି ବାଘ ନଥିବେ। ଏବେ ବାଘମାନେ ମଣିଷଙ୍କର ଦର୍ଶନୀୟ ପଦାର୍ଥ।

ଜିତ୍‌ : ତେବେ, ଜଙ୍ଗଲ ଭିତରେ ପଶିବା ?

ଲିସା : ଆମେ ତ ସେୟା ଭାବି ଆସିବେ।

ଜିତ୍‌ : ଏଭଳି ଏକ ନିଷ୍ଠୁ କାହିଁକି ନେଇ ?

ଲିସା : ଜଙ୍ଗଲଟା ସହରଠୁ ନିରାପଦ...।

ଜିତ୍‌ : ଆଉ କିଛି ?

ଲିସା   :   ଏଠି ନିଜକୁ ଆବିଷ୍କାର କରିହୁଏ... ।

ଜିତ୍   :   ଯେମିତି ଆମେ ଏକା – ଆମ ଛଡ଼ା କେହି ନାହାନ୍ତି ।

ଲିସା   :   କାହାର କର୍ତ୍ତୃତ୍ୱ ଆମ ଉପରେ ନାହିଁ ।

ଜିତ୍   :   ଚାଲିବା ।

ଲିସା   :   ଚାଲୁଚେ ତ ।

ଜିତ୍   :   କ୍ରମଶଃ ଘଞ୍ଚ ହୋଇଆସୁଚି ଜଙ୍ଗଲ ।

ଲିସା   :   ବହୁତ ଭଲ ଲାଗୁଚି । ଏଇ ବୋଧେ ମୁକ୍ତି ।

ଜିତ୍   :   ମୁକ୍ତି...

ଲିସା   :   ଗୁଡ଼ାଏ ଜଞ୍ଜାଳରୁ, ଗୁଡ଼ାଏ ବନ୍ଧନରୁ...

ଜିତ୍   :   ଆଗରେ କେବଳ ଅନ୍ଧାର...

ଲିସା   :   ଆହୁରି ପାଖକୁ ଆସ, ଜିତ୍...

ଜିତ୍   :   ଭୟ କରୁଚ ବୋଧେ ?

ଲିସା   :   ତୁମକୁ ପ୍ରଥମ କରି ଅନୁଭବ କରୁଚି । ଯେଉ ଅନୁଭବ, ଆଉ କୋଉଠି
            ହେଇ ନଥାନ୍ତା ।

ଜିତ୍   :   ଆମେ ହଜିଯାଉଚେନା ?

ଲିସା   :   ବୋଧହୁଏ ସେଇଆ ।

ଜିତ୍   :   ଆଉ ଆଗକୁ ଯିବା ?

ଲିସା   :   ହଁ, ଯେପର୍ଯ୍ୟନ୍ତ ଜଙ୍ଗଲ ନ ସରିଚି ।

ଜିତ୍   :   ଫେରିବାର ରାସ୍ତା ହୁଏତ ମିଲି ନପାରେ ।

ଲିସା   :   କୁଆଡ଼େ ଫେରିବାର ଥିଲା କି ?

ଜିତ୍   :   ଘରକୁ...

ଲିସା   :   (ହସିଚି, ଖୁବ୍ ଜୋର୍‍ରେ)

ଜିତ୍   :   ହସୁଚ କାହିଁକି ?

ଲିସା   :   ଏଇଠୁ ଘରର ଆରମ୍ଭ...

            (ହଠାତ୍ ଜିତ୍ ଗମ୍ଭୀର ହୋଇଯାଇଚି । କିଛି ସମୟ ପରେ ଲିସା ମଧ
            ଗମ୍ଭୀର । ମଞ୍ଚ ଅନ୍ଧାର)

ନାଟ୍ୟକାରଙ୍କ ପରିଚୟ

୧. କବିଚନ୍ଦ୍ର କାଳୀଚରଣ ପଟ୍ଟନାୟକ :

ନାଟ୍ୟକାର କାଳୀଚରଣ ପଟ୍ଟନାୟକ କଟକ ଜିଲ୍ଲାର ବଡ଼ମ୍ୟାଗଡ଼ଠାରେ ୨୩ ଡିସେମ୍ବର ୧୮୯୭ ମସିହାରେ ଜନ୍ମ। ଓଡ଼ିଆ ନାଟକରେ ସୁବର୍ଣ୍ଣ ଯୁଗ ଗଢ଼ିବାଠାରୁ ଆରମ୍ଭ କରି ବହୁ ଉଚ୍ଚକୋଟୀର ନାଟକ, ଏକାଙ୍କିକା, ଗୀତିନାଟ୍ୟ ପ୍ରଭୃତି ସାହିତ୍ୟ କୃତି ରଚନା କରିବା ପର୍ଯ୍ୟନ୍ତ ତାଙ୍କର ଅବଦାନ ଅତୁଳନୀୟ। ତାଙ୍କର ପ୍ରଥମ ଏକାଙ୍କିକା 'ଜୀବିତ ତର୍ପଣ' ୧୯୪୦ ମସିହାରେ ପ୍ରକାଶ ପାଏ। ପରବର୍ତ୍ତୀ ସମୟରେ ୧୯୬୮ ମସିହାରେ 'ପଞ୍ଚରଙ୍ଗ' ଓ 'ଷଡ଼ରସ' ଏବଂ ୧୯୭୬ ମସିହାରେ 'ସପ୍ତପର୍ଣ୍ଣୀ' ଏକାଙ୍କିକା ସଂକଳନ ପ୍ରକାଶ ପାଇଛି। ଆଲୋଚ୍ୟ 'ଦେବତାର ତଳେ' ଏକାଙ୍କିକାଟି 'ପଞ୍ଚରଙ୍ଗ' (୧୯୬୮) ନାଟ୍ୟ ସଂକଳନରେ ସ୍ଥାନିତ ପ୍ରଥମ ଏକାଙ୍କିକା। ସେ 'କୁମ୍ଭାରଚକ' (୧୯୭୫) ଆତ୍ମଜୀବନୀ ପାଇଁ ୧୯୭୧ ମସିହାରେ ସାହିତ୍ୟ ଏକାଡେମୀ ପୁରସ୍କାର ପାଇଥିଲେ ଏବଂ ୧୯୬୯ ମସିହାରେ କେନ୍ଦ୍ର ସଂଗୀତ ନାଟକ ଏକାଡେମୀ ଦ୍ୱାରା 'ରତନ ସଦସ୍ୟ' ରୂପେ ମନୋନୀତ ମଧ୍ୟ ହୋଇଥିଲେ। ୧୯୭୮ ମସିହା ଜୁଲାଇ ୧୪ ତାରିଖ ଦିନ ଦେହତ୍ୟାଗ କରିଥିଲେ।

୨. ହରେକୃଷ୍ଣ ମହାତବ :

ଓଡ଼ିଶାର ପୂର୍ବତନ ମୁଖ୍ୟମନ୍ତ୍ରୀ ତଥା ହରେକୃଷ୍ଣ ମହତାବ ଭଦ୍ରକଠାରେ ୧୮୯୯ ମସିହା ୨୧ ନଭେମ୍ବରରେ ଜନ୍ମଗ୍ରହଣ କରିଥିଲେ। ରାଜନୀତିକ ଜୀବନକାଳରେ ମଧ୍ୟ ସେ ବହୁ ସଫଳ ଉପନ୍ୟାସ ଗଳ୍ପ, କବିତା, ଶିଶୁ ସାହିତ୍ୟ ରଚନା କରିଥିଲେ। ତାଙ୍କର 'ଯୁଗ ସଂକେତ' ନାମରେ ଏକା ଏକାଙ୍କିକା ସଂକଳନ ରହିଛି। ଯେଉଁଥିରେ ୧୨ଟି ଏକାଙ୍କିକା ସ୍ଥାନ ପାଇଛି। ସେଇ ଏକାଙ୍କିକା ଗୁଡ଼ିକ ହେଉଛି – 'ଯୁଗ ସଂକେତ', 'ଗୁପ୍ତ ପ୍ରଣୟ', 'ବାସ୍ତବିକ', 'ପ୍ରବଞ୍ଚନା', 'ଗଣ୍ତାଘର', 'ଇତିହାସର ପରିହାସ', 'ରୂପାନ୍ତର', 'ସମତାର ଅନୁତାପ', 'ମୁକ୍ତି ଓ ମୁକ୍ତ', 'ଶମ୍ବୁକର ତପସ୍ୟା', 'ଅନ୍ଧ ଯୁଗ' ଓ 'ଉଚ୍ଚରୋଉଚ' ପ୍ରଭୃତି।

'ସାଧନା ପଥେ' ଆତ୍ମଜୀବନୀ ଗ୍ରନ୍ଥ ପାଇଁ ସେ ୧୯୮୩ ମସିହାରେ ସାହିତ୍ୟ ଏକାଡ଼େମୀ ପୁରସ୍କାର ପାଇଛନ୍ତି । ୧୯୮୬ ମସିହା ୨ ଜାନୁୟାରୀ ମୃତ୍ୟୁବରଣ କରିଥିଲେ ।

୩. କାଳିନ୍ଦୀ ଚରଣ ପାଣିଗ୍ରାହୀ :

ଜଣେ ସଫଳ ଔପନ୍ୟାସିକ ଭାବେ ପରିଚିତ ପଦ୍ମଭୂଷଣ କାଳିନ୍ଦୀ ଚରଣ ପାଣିଗ୍ରାହୀ ୧୯୦୧ ମସିହା କୁଲାଇ ୨ ତାରିଖରେ ପୁରୀରେ ଜନ୍ମଗ୍ରହଣ କରିଥିଲେ । କ୍ଷୁଦ୍ରଗଳ୍ପ, ଜୀବନୀ, ଆତ୍ମଜୀବନୀ, ପ୍ରବନ୍ଧ ପ୍ରଭୃତି ବିଭିନ୍ନ ବିଭାଗରେ ସେ ଲେଖାଲେଖି କରିଛନ୍ତି । ତାଙ୍କର ମୁଖ୍ୟତଃ ତିନୋଟି ନାଟ୍ୟ କୃତି ରହିଛି ଯଥା- 'ପଦ୍ମିନୀ', 'ପ୍ରିୟଦର୍ଶୀ' ଓ 'ସୌମ୍ୟା' । ଆଲୋଚ୍ୟ 'ପଦ୍ମିନୀ' ଏକାଙ୍କିକାଟି ଐତିହାସିକ ଏକାଙ୍କିକା ଭାବେ ପରିଚିତ । ୧୯୯୧ ମସିହା ମଇ ୧୫ ତାରିଖରେ ମୃତ୍ୟୁବରଣ କରିଥିଲେ ।

୪. ପ୍ରାଣବନ୍ଧୁ କର :

ଆଧୁନିକ ଓଡ଼ିଆ ଏକାଙ୍କିକାର ପ୍ରାଣସ୍ୱରୂପ ପ୍ରାଣବନ୍ଧୁ କର ସର୍ବଭାରତୀୟ ସ୍ତରରେ ନାଟକ ଓ ଏକାଙ୍କିକାକୁ ପହଞ୍ଚାଇ କୃତିତ୍ୱ ଅର୍ଜନ କରିଥିଲେ । ୧୯୧୪ ମସିହା ୧ ଡିସେମ୍ବର କଟକ ଜିଲ୍ଲାର ବାଙ୍କୀ, ଉମପଡ଼ାଠାରେ ଜନ୍ମ ଗ୍ରହଣ କରିଥିଲେ । ସେ ବହୁ ଚର୍ଚ୍ଚିତ ଓଡ଼ିଆ ଉପନ୍ୟାସ ('ମାଟିର ମଣିଷ', 'ଛମାଣ ଆଠଗୁଣ୍ଠ', 'ମାମୁ', 'ଟାଉଟର')କୁ ନାଟ୍ୟ ରୂପାନ୍ତର କରିଛନ୍ତି । ଏହା ସହିତ 'ଶ୍ୱେତପଦ୍ମ' (୧୯୪୮), 'ଅଶାନ୍ତ' (୧୯୬୦), 'ସ୍ନାୟୁସଂହାର' (୧୯୬୯) ପ୍ରଭୃତି ନାଟକ ରଚନା କରିଛନ୍ତି । ତାଙ୍କର ପ୍ରଥମ ଏକାଙ୍କିକା 'ପାଗଳ ଜନତାର ବାହାରେ' ପ୍ରକାଶ ପାଇଥିଲା ୧୯୩୮ ମସିହାରେ । ପରେ ପରେ 'ସ୍ମୃତି ବିଭ୍ରାଟ', 'ଦୂର ପାହାଡ଼', 'ପେଟୁ', 'ଶିଶୁ', 'ସନ୍ଧ୍ୟା ଆସରର ଭୂତ', 'ମହ୍ୟା', 'କିଛି ନାହିଁ ସେଠାରେ' ପ୍ରଭୃତି ଏକାଙ୍କିକାଗୁଡ଼ିକରେ ଜୀବନର ବିଭିନ୍ନ ଦିଗକୁ ଉଲ୍ଲେଖ କରିଛନ୍ତି । ଏହା ବ୍ୟତୀତ ଜନ୍ ଗ୍ଲାସଉଦ୍ଧିଙ୍କ ଏକାଙ୍କିକାକୁ 'The Little Man' ଅବଲମ୍ବନରେ 'ଅକିଞ୍ଚନ' ଓଡ଼ିଆ ଏକାଙ୍କିକା ସୃଷ୍ଟି କରିଛନ୍ତି । 'ଶ୍ୱେତପଦ୍ମ' ନାଟକ ପାଇଁ ୧୯୪୮ ମସିହାରେ ଭାରତ ସରକାରଙ୍କ ନିଖିଲ ଭାରତୀୟ ଏକାଙ୍କିକା ପ୍ରତିଯୋଗିତାରେ ପ୍ରଥମ ପୁରସ୍କାର ପ୍ରାପ୍ତ । ୧୯୬୮ ମସିହାରେ 'ଅଶାନ୍ତ' ନାଟକ ପାଇଁ କେନ୍ଦ୍ର ସଙ୍ଗୀତ ନୃତ୍ୟ ନାଟକ ଏକାଡ଼େମୀ ଦ୍ୱାରା ସର୍ବଭାରତୀୟ ସ୍ତରରେ ପ୍ରଥମ ପୁରସ୍କାର ପ୍ରାପ୍ତ ଏବଂ ୧୯୮୦ ମସିହାରେ 'ସ୍ନାୟୁ ସଂହାର' ନାଟକ ନିମନ୍ତେ ଓଡ଼ିଶା ସାହିତ୍ୟ ଏକାଡ଼େମୀ ଦ୍ୱାରା ଶ୍ରେଷ୍ଠ ନାଟକ ଭାବେ ପୁରସ୍କୃତ । ନାଟ୍ୟକାର ପ୍ରାଣବନ୍ଧୁ କର ୩୦ ମାର୍ଚ୍ଚ ୧୯୯୮ ମସିହାରେ ମୃତ୍ୟୁବରଣ କରିଥିଲେ ।

୫. ଶ୍ରଦ୍ଧାକର ସ୍ୱପ୍ନକାର :

ଜଣେ ଆଇନଜୀବୀ ଓ ଗାନ୍ଧିବାଦୀ ରାଜନେତା ଭାବେ ପରିଚିତ ଶ୍ରଦ୍ଧାକର ସ୍ୱପ୍ନକାର ୧୪ ସେପ୍ଟେମ୍ବର ୧୯୧୪ ମସିହାରେ ସମ୍ବଲପୁର ଜିଲ୍ଲାର ଝାରୁଆପଡ଼ାଠାରେ ଜନ୍ମ ଗ୍ରହଣ କରିଥିଲେ । କବିତା, ନାଟକ, ଏକାଙ୍କିକା, ଭ୍ରମଣ ସାହିତ୍ୟ ଗଳ୍ପ, ରମ୍ୟ ରଚନା ଓ ପ୍ରବନ୍ଧ ପ୍ରଭୃତି ସାହିତ୍ୟର ବିଭିନ୍ନ ବିଭାଗରେ ସେ ଲେଖନୀ ଚାଳନା କରିଥିଲେ । ତାଙ୍କ ଦ୍ୱାରା ରଚିତ 'ସୁରେନ୍ଦ୍ର ସାଏ' ନାଟକ ୧୯୬୩ ମସିହାରେ ପ୍ରକାଶିତ । ଏହା ସହିତ 'କସ୍ତୁରୀ ମୃଗ' (୧୯୬୪) ଏକାଙ୍କିକା ସଂକଳନରେ ଛଅଟି ଏକାଙ୍କିକା ସ୍ଥାନିତ ହୋଇ ପ୍ରକାଶ ପାଇଥିଲା । ସେହି ଏକାଙ୍କିକାଗୁଡ଼ିକ ନାମ ହେଉଛି 'ବିଷକନ୍ୟା', 'ଦ୍ୱିତୀୟ ପଞ୍ଚବାର୍ଷିକ ଯୋଜନା', 'ଚନ୍ଦ୍ରାଲୋକରେ ଆଧୁନିକ ସଭ୍ୟତା', 'କବିର ମୃତ୍ୟୁ', 'ଆରୁଣିର ସ୍ୱପ୍ନ' ଏବଂ 'ସାବିତ୍ରୀ-ସତ୍ୟବାନ କଥାନି' । ପୁରାଣର କଥାବସ୍ତୁ, ସାହିତ୍ୟ ସ୍ରଷ୍ଟାଙ୍କ ଜୀବନୀ, ସମସାମୟିକ ଘଟଣାକୁ ଲକ୍ଷ୍ୟ ରଖି ବିଭିନ୍ନ ଏକାଙ୍କିକା ଓ ଗଳ୍ପ ରଚନା କରିଛନ୍ତି । ଏହି ସାରସ୍ୱତ ସ୍ରଷ୍ଟା ୧୯୯୩ ମସିହା ଜାନୁଆରୀ ୫ ତାରିଖରେ ଦେହତ୍ୟାଗ କରିଥିଲେ ।

୬. ରାମଚନ୍ଦ୍ର ମିଶ୍ର :

ପାରମ୍ପରିକ ନାଟକ ରଚନା କରି ବ୍ୟବସାୟିକ ରଙ୍ଗମଞ୍ଚରେ ସଫଳତା ଅର୍ଜନ କରିଥିବା ନାଟ୍ୟକାର ରାମଚନ୍ଦ୍ର ମିଶ୍ର ୧୯୧୯ ମସିହାରେ ଦଶପଲ୍ଲାଠାରେ ଜନ୍ମ । ତାଙ୍କର ପ୍ରଥମ ଏକାଙ୍କିକା 'ପ୍ରତୀକ୍ଷା' ୧୯୫୮ ମସିହାରେ ଦିଲ୍ଲୀରେ ଆକାଶବାଣୀ ସାହିତ୍ୟ ସମାରୋହରେ ପ୍ରସାରିତ ହୋଇଥିଲା ଏବଂ ପରବର୍ତ୍ତୀ ସମୟରେ 'ପ୍ରବାସୀ' (୧୯୫୯), 'ପଡ଼ୋଶୀ', 'ଆବିଷ୍କାର', ବେତାର ଏକାଙ୍କିକା 'ମନ୍ତ୍ରୀ ଆସିବେ' (୧୯୯୧) ପ୍ରଭୃତି ପ୍ରକାଶ ପାଇଥିଲା । ଆଲୋଚ୍ୟ 'ମନ୍ତ୍ରୀ ଆସିବେ' ଏକାଙ୍କିକାଟି 'ମନ୍ତ୍ରୀଯୁଗ' (୧୯୯୯) ପୁସ୍ତକରେ ସ୍ଥାନିତ । 'ଆଶା ନିରାଶା', 'ମନ୍ତ୍ରୀ ଆସିବେ' ଓ 'ଭୋଟ ସଂସାର' ଏଇ ତିନୋଟି 'ମନ୍ତ୍ରୀଯୁଗ' ବହିରେ ରହିଛ । ସେ 'ନାଟକ ରୀତିମତ' ପାଇଁ ୧୯୮୬ ମସିହାରେ ଓଡ଼ିଶା ସାହିତ୍ୟ ଏକାଡେମୀ ଦ୍ୱାରା ପୁରସ୍କୃତ ।

୭. ଗୋପାଳ ଛୋଟରାୟ :

ମଞ୍ଚ ଉପଯୋଗୀ ନାଟକ, ଗୀତିନାଟ୍ୟ ରଚନା କରି ଓଡ଼ିଆ ସାହିତ୍ୟରେ ପ୍ରସିଦ୍ଧି ଲାଭ କରିଥିବା ଗୋପାଳ ଛୋଟରାୟ ୧୯୧୬ ମସିହା ଅପ୍ରେଲ ୨୦ ତାରିଖରେ ଜଗତସିଂହପୁରର ପୁରୁଣାଗଡ଼ଠାରେ ଜନ୍ମ । କେବଳ ନାଟକ ନୁହେଁ ବରଂ ଓଡ଼ିଆ ଗଳ୍ପ ଓ ଉପନ୍ୟାସକୁ ମଧ୍ୟ ନାଟ୍ୟ ରୂପାନ୍ତର କରିଛନ୍ତି । ତାଙ୍କର 'ଶାଖା ପ୍ରଶାଖା' (୧୯୭୨)

ନାଟ୍ୟ ସଂକଳନରେ ନଅଟି ଛୋଟ ନାଟକ ରହିଛି । ସମସ୍ତ ଏକାଙ୍କିକାକୁ ଏକତ୍ରିତ କରି 'ଏକାଙ୍କିକା ସଂକଳନ' (ପ୍ରଥମ ଖଣ୍ଡ), 'ଏକାଙ୍କିକା ସଂକଳନ' (ଦ୍ୱିତୀୟ ଖଣ୍ଡ) ପ୍ରକାଶିତ । ଏହା ବ୍ୟତୀତ ୧୯୯୧ ମସିହାରେ ଚତୁରଙ୍ଗ ପ୍ରକାଶନୀ ଭୁବନେଶ୍ୱର ତରୁଫରୁ 'ଶ୍ରେଷ୍ଠ ଏକାଙ୍କିକା' ସଂକଳନଟି ପ୍ରକାଶିତ । ସ୍ଥାନିତ ଏକାଙ୍କିକାଗୁଡ଼ିକ ହେଉଛି 'ବନନାସିକା', 'ସୀମା', 'ଡାକ୍ତର ଜ୍ୱାଇଁ', 'ମକଦ୍‌ଧମା', 'ଲକ୍ଷ୍ମୀ', 'ନ ପାହୁ ରାତି ନ ମରୁ ପତି', 'ସମୁଦ୍ର ମନ୍ଥନ' ଓ 'ମହିଳା ମଧ ବୟସ୍କା' ପ୍ରଭୃତି । ତାଙ୍କର 'ହାସ୍ୟରସର ନାଟକ' (୧୯୮୧) କୃତି ପାଇଁ ୧୯୮୪ ମସିହାରେ ସାହିତ୍ୟ ଏକାଡେମୀ ଦ୍ୱାରା ପୁରସ୍କୃତ । ଗୋପାଳ ଛୋଟରାୟ ୨୦୦୩ ମସିହା ୨୨ ଜାନୁଆରୀ ପ୍ରାଣତ୍ୟାଗ କରିଥିଲେ ।

୮. ସୁରେନ୍ ମହାନ୍ତି :

ଓଡ଼ିଶାରେ ବେତାର କେନ୍ଦ୍ର ପ୍ରତିଷ୍ଠା କ୍ଷେତ୍ରରେ ବହୁ ସହଯୋଗ କରିଥିବା ସୁରେନ୍ ମହାନ୍ତି ୧୯୨୧ ମସିହାରେ ଜନ୍ମ । ସେ ପ୍ରାୟ ବେତାର ନାଟକ, ମଞ୍ଚ ନାଟକ ଓ ଏକାଙ୍କିକା ରଚନା କରି ଲୋକପ୍ରିୟତା ହାସଲ କରିଛନ୍ତି । ତାଙ୍କ ଦ୍ୱାରା 'ସପ୍ତସ୍ୱରୀ' (୧୯୬୬) ଏକାଙ୍କିକା ସଂକଳନ ପ୍ରକାଶିତ । ଏଥରେ ସାତୋଟି ନାଟକ ରହିଛି । ଯଥା– 'ପାହାଡ଼ର ଆତ୍ମକଥା', 'ଫୁଲ ଓ ଫୁଲଦାନୀ', 'ସ୍ୱଗତ', 'କାଳିର ଭୂତ', 'କାକଟସ୍‌ର କାହାଣୀ', 'ଆମର ଦାବି' ଏବଂ 'ବିଶ୍ୱରୂପ' । ଏହି ସବୁ ଏକାଙ୍କିକା ୧୯୬୬–୭୧ ମସିହା ମଧରେ ରଚିତ ।

୯. ଭଞ୍ଜକିଶୋର ପଟ୍ଟନାୟକ :

ଅନ୍ନପୂର୍ଣ୍ଣ 'ବି' ଗ୍ରୁପରେ ପ୍ରାୟ ନାଟକ ମଞ୍ଚସ୍ଥ କରି ଖ୍ୟାତି ଅର୍ଜନ କରିଥିବା ଭଞ୍ଜକିଶୋର ପଟ୍ଟନାୟକ କଟକ ଜିଲ୍ଲା ସାଲେପୁରର ଛାଣିପୁର ଗ୍ରାମରେ ଜନ୍ମ ୧୩ ନଭେମ୍ବର ୧୯୨୨ ମସିହାରେ । ସ୍ୱାଧୀନତା ପରବର୍ତ୍ତୀ ସମୟରେ ସେ ରଚନା କରିଥିବା ନାଟକଗୁଡ଼ିକ ହେଉଛି 'ଜୟମାଲ୍ୟ' (୧୯୫୨), 'ଅଶୋକ ସ୍ତମ୍ଭ' (୧୯୫୯), 'ମାଣିକ ଯୋଡ଼ି' (୧୯୫୧) ପ୍ରଭୃତି ସଫଳ ନାଟକ ରଚନା କରିଥିଲେ । ତାଙ୍କର ପ୍ରମୁଖ ଏକାଙ୍କିକାଗୁଡ଼ିକ ହେଉଛି – 'ବାଣହରଣ', 'ସଂସ୍କାର', 'ପ୍ରାୟଶ୍ଚିତ ଭେଟି', 'ଜନ୍ମାନ୍ତର', 'ବରକନ୍ୟା', 'ସାବିତ୍ରୀ', 'ସୁଲତାନ ରେଜିଆ', 'ମାଇଲ ଖୁଣ୍ଟ', 'ଦଶଭୁଜା', 'ଶ୍ରୀଗୁଣ୍ଠିକା', 'ବାଜି ରାଉତ', 'ଜାଗରଣ', 'କୋଣାର୍କ', 'ଘରଣୀ', 'ସୁଖୀ ସଂସାର', 'ଅଗ୍ନି ପତଙ୍ଗ', 'କର୍ଣ୍ଣ', 'ଖାନ୍‌ତିଲାସ୍‌' ଓ 'ଦିଗ୍‌ଦର୍ଶନ' । ନାଟ୍ୟକାର ୧୯୯୯ ମସିହା ୨୬ ନଭେମ୍ବରରେ ମୃତ୍ୟୁବରଣ କରିଥିଲେ ।

୧୦. ବିଶ୍ୱଜିତ୍ ଦାସ :

'ସଂକେତ' (୧୯୬୪) ନାଟ୍ୟାନୁଷ୍ଠାନର ପ୍ରତିଷ୍ଠାତା ବିଶ୍ୱଜିତ୍ ଦାସ ଛାତ୍ର ଅବସ୍ଥାରୁ ପ୍ରଥମେ ଏକାଙ୍କିକା ଲେଖିବା ଆରମ୍ଭ କରିଥିଲେ। ସେତେବେଳେ ସେ ରେଭେନ୍‌ସା ମହାବିଦ୍ୟାଳୟରେ ଛାତ୍ର ଥିଲେ। ୧୮ ଅଗଷ୍ଟ ୧୯୩୬ ମସିହାରେ ନାଟ୍ୟକାରଙ୍କର ଜନ୍ମ। ରୁଷୀୟ ନାଟ୍ୟକାର ଗୋଗାଲ୍ (Nikolai Gogal) 'Inspector General' (୧୮୩୬) ନାଟକର ମର୍ମାନୁସରଣ କରି 'ପ୍ରତାପଗଡ଼ରେ ଦି'ଦିନ' (୧୯୬୭) ରଚନା କରିଥିଲେ। ସେହିପରି ବର୍ଣ୍ଣାଡ଼ ସ (George Beroand Shaw)ଙ୍କ 'On the Rocks' ନାଟକର ମର୍ମାନୁସରଣ କରି ଓଡ଼ିଆରେ 'ବୃଢ଼େ' (୧୯୮୨) ନାଟକ ରଚନା କରିଥିଲେ। ତାଙ୍କର ପ୍ରଥମ ନାଟକ 'ବହ୍ନି' (୧୯୫୭) ଭାରତୀୟ ସ୍ୱାଧୀନତା ସଂଗ୍ରାମର ଦଶମ ବାର୍ଷିକ ଉତ୍ସବ ଉପଲକ୍ଷେ ଅନୁଷ୍ଠିତ ରାଜ୍ୟସ୍ତରୀୟ ନାଟକ ଉତ୍ସବରେ ସର୍ବଶ୍ରେଷ୍ଠ ନାଟକ ଭାବେ ପୁରସ୍କୃତ। ୧୯୭୮ ମସିହାରେ ଛଅଟି ଏକାଙ୍କିକାକୁ ନେଇ 'ଏକାଙ୍କିକା' ସଂକଳନ ପ୍ରକାଶ ପାଇଛି। ଏଥିରେ ସ୍ଥାନିତ ଏକାଙ୍କିକାଗୁଡ଼ିକ ହେଉଛି – 'ଚିଫ୍‌ଗେଷ୍ଟ', 'ପ୍ରବେଶ ପ୍ରସ୍ଥାନ', 'ସୋ', 'କୀଟ', 'ପିକ୍‌ନିକ୍' ଏବଂ 'ଛଦ୍ମବେଶୀ'। 'ମୃଗୟା' ନାଟ୍ୟ ସ୍ରଷ୍ଟା ୨୦୦୪ ମସିହା ଡିସେମ୍ବର ୩୦ ତାରିଖରେ ଦେହତ୍ୟାଗ କରିଥିଲେ।

୧୧. ବିଜୟ ମିଶ୍ର :

ସାହିତ୍ୟ ଏକାଡେମୀ ବିଜେତା ନାଟ୍ୟକାର ବିଜୟ ମିଶ୍ର ୧୬ ଜୁଲାଇ ୧୯୩୬ ମସିହରେ ବାଲେଶ୍ୱର ଜିଲ୍ଲାର ନୀଳଗିରି, ସନ୍ତରାଗଡ଼ିଆଠାରେ ଜନ୍ମ ଗ୍ରହଣ କରିଥିଲେ। ବିଭିନ୍ନ ପରୀକ୍ଷାଧର୍ମୀ ନାଟକ, ଚଳଚିତ୍ରକାର, ସଂଳାପ ଲେଖକ ଭାବେ ସୁପରିଚିତ। ସାମ୍ପ୍ରତିକ ସମୟକୁ ଆଖିଆଗରେ ରଖି କେତେକ ଏକାଙ୍କିକା ରଚନା କରିଛନ୍ତି। ତାଙ୍କର ପ୍ରମୁଖ ଏକାଙ୍କିକାଗୁଡ଼ିକ ହେଉଛି– 'ଲେଭଲ୍ କ୍ରସିଂ', 'ତୋଠାରି ଲାଗି', 'କୌଣସି ଏକ ନାଟକ ପାଇଁ' ଇତ୍ୟାଦି। ନାଟକ 'ଯାଦୁଗର' ନିମନ୍ତେ ୧୯୭୮ ମସିହାରେ ଓଡ଼ିଶା ସାହିତ୍ୟ ଏକାଡେମୀ ପୁରସ୍କାର, 'ବାନପ୍ରସ୍ଥ' ନାଟକ ପାଇଁ ୨୦୧୩ ମସିହାରେ ସାହିତ୍ୟ ଏକାଡେମୀ ଦ୍ୱାରା ପୁରସ୍କୃତ ହୋଇଛନ୍ତି। ଏହି ସ୍ରଷ୍ଟା ୨୦ ଅପ୍ରେଲ ୨୦୨୦ ମସିହାରେ ମୃତ୍ୟୁବରଣ କରିଥିଲେ।

୧୨. ନିମାଇଁ ପଟ୍ଟନାୟକ :

ଜଣେ ଭଲ ଗାନ୍ଧିକ ଭାବେ ନିମାଇଁ ପଟ୍ଟନାୟକ ପରିଚିତ। ଜନ୍ମ ୧୯୩୭ ମସିହା

ନ୍ୟାଗଡ଼ର ବଉଳ ସାହିରେ । ମୃତ୍ୟୁ ୨୦୧୪ ମସିହାରେ । ତାଙ୍କର ସାହିତ୍ୟ କୃତି ମଧ୍ୟରେ ବହୁ ଗଳ୍ପ ଓ ସମାଲୋଚନା ରହିଛି । 'ପଦ୍ମତୋଲା' (୧୯୬୬), 'ଅନ୍ଧାରର ମୁହଁ' (୧୯୬୬), 'ନୀଳସପନର ଅଭିଷେକ' (୨୦୦୧), 'ନିଜ ସହ ନିଜ ସମ୍ପର୍କ' (୨୦୦୨), 'ନିଧୂନିତ ନିନାଦ' (୨୦୦୬) ପ୍ରଭୃତି ଗଳ୍ପ ସଂକଳନ । ଏଇ ସବୁ ଗଳ୍ପ ରଚନା କରିଥିଲେ ମଧ୍ୟ ସେ 'ଗେଣ୍ଠା' ନାମ ଏକ ଏକାଙ୍କିକା ଲେଖିଥିଲେ । ପ୍ରାୟ ଅନ୍ୟ କିଛି ଏକାଙ୍କିକା ତାଙ୍କର ଦୃଷ୍ଟିଗୋଚର ହୁଏ ନାହିଁ ।

୧୩. ହରିହର ମିଶ୍ର :

ଓଡ଼ିଶା ସାହିତ୍ୟ ଏକାଡେମୀର ପୂର୍ବତନ ସଭାପତି ତଥା ନାଟ୍ୟକାର ହରିହର ମିଶ୍ର ୨୦.୦୧.୧୯୪୧ ମସିହା ପୁରୀଠାରେ ଜନ୍ମ ଗ୍ରହଣ କରିଥିଲେ । ଜଣେ କେବଳ ନାଟ୍ୟକାର ଭାବେ ନୁହେଁ ବରଂ କବିତା, ଉପନ୍ୟାସ, ଗଳ୍ପ, ସମାଲୋଚନା ପ୍ରଭୃତି ସାହିତ୍ୟର ବିଭିନ୍ନ ବିଭାଗରେ ସେ ସିଦ୍ଧହସ୍ତ । 'ବନାଗ୍ନି' (୧୯୧୦), 'ଏ ଅମୃତ କାହାର' (୧୯୫୯), 'ଭଙ୍ଗାସିଡ଼ି', 'ସିଗ୍ନାଲ', 'ମରିବା ପୂର୍ବରୁ' ପ୍ରଭୃତି ଏକାଙ୍କିକାର ସ୍ରଷ୍ଟା । ନାଟକ 'ରାତ୍ରିର ଦୁଇଟି ଡେଣା' ପାଇଁ ୧୯୭୪ରୁ ୧୯୭୬ ମସିହାରେ ଓଡ଼ିଆ ସାହିତ୍ୟ ଏକାଡେମୀ ପୁରସ୍କାର ଲାଭ ଏବଂ ସାମଗ୍ରିକ କୃତି ପାଇଁ ୨୦୧୧ ମସିହାରେ ଶାରଲା ପୁରସ୍କାର ଦ୍ୱାରା ସମ୍ମାନିତ ।

୧୪. ରମେଶ ପ୍ରସାଦ ପାଣିଗ୍ରାହୀ :

ନୂଆ ନୂଆ ନାଟ୍ୟଶୈଳୀରେ ଯଦି କିଏ ନାଟକ ଏ ପର୍ଯ୍ୟନ୍ତ ଲେଖି ଆସିଥାନ୍ତି ତେବେ ସେ ହେଉଛନ୍ତି ରମେଶ ପ୍ରସାଦ ପାଣିଗ୍ରାହୀ । ଓଡ଼ିଆ ନାଟକ ସାହିତ୍ୟରେ ତାଙ୍କ ନାମଟିର ହିଁ ଯଥେଷ୍ଟ । ୧୯୪୪ ମସିହାରେ ଜନ୍ମଗ୍ରହଣ କରିଥିବା ନାଟ୍ୟକାର ପାଣିଗ୍ରାହୀ ୧୯୮୪ ମସିହାରେ 'ମହାନାଟକ' ନାଟ୍ୟକୃତି ପାଇଁ ଓଡ଼ିଶା ସାହିତ୍ୟ ଏକାଡେମୀ ପୁରସ୍କାର ଏବଂ ସାମଗ୍ରିକ କୃତି ପାଇଁ ୨୦୨୦ ମସିହାରେ 'ସାହିତ୍ୟ ଭାରତୀ' ସମ୍ମାନର ସମ୍ମାନିତ । ବହୁଳ ପରିମାଣରେ ନାଟକ ଲେଖିଥିବା ନାଟ୍ୟକାର ନିଜର ଏକାଙ୍କିକା ବା କ୍ଷୁଦ୍ର ନାଟକ ଗୁଚ୍ଛ ପ୍ରକାଶ କରନ୍ତି 'ଦେଖୁ ଦେଖୁ ଅଦୃଶ୍ୟ' (୨୦୧୧) ସଂକଳନରେ । ଏଥିରେ ସ୍ଥାନିତ ହୋଇଥିବା ନାଟକଗୁଡ଼ିକ ହେଉଛି – 'ସେ ମରିଗଲେ' ଶ୍ରୀ ଶ୍ରୀ ମହାଲକ୍ଷ୍ମୀ ପୂଜା (୧୯୭୪), 'ଚାଳିଶ୍ ମିନିଟ୍‌ରେ' (୨୦୦୩), 'ଜେଜେ ମା', 'ଟୁଆଁ ଟୁଇଁ', 'ଗଳିତ କୃଷ୍ଣ' । 'ବିଗତ ଭବିଷ୍ୟତ' (୧୯୧୦) ଓ 'ସ୍ୱଗତୋକ୍ତି' ଇତ୍ୟାଦି ।

୧୫. ରତ୍ନାକର ଚଇନି :

ନାଟ୍ୟକାର ରତ୍ନାକର ଚଇନି ୨୫ ଅଗଷ୍ଟ ୧୯୪୫ ମସିହାରେ କଟକ ଜିଲ୍ଲ୍ମାର ସାଲେପୁର ଅନ୍ତର୍ଗତ ଅରେଇ ଗ୍ରାମରେ ଜନ୍ମଗ୍ରହଣ କରିଥିଲେ । ସାହିତ୍ୟର ବିଭିନ୍ନ ବିଭାଗରେ ତଥା ଗଳ୍ପ, ଉପନ୍ୟାସ ତଥା ସମାଲୋଚନା କ୍ଷେତ୍ରରେ ଲେଖାଲେଖି କରିଛନ୍ତି । ତାଙ୍କର ଏକାଙ୍କିକା ସଂକଳନ ମଧ୍ୟରେ ରହିଛି ଫକଲଙ୍କିତ ସୂର୍ଯ୍ୟ' (୧୯୭୫), 'ଅନେକ କାକ୍‌ଟସ୍‌' (୧୯୮୧), 'ରଙ୍ଗ ତରଙ୍ଗ' (୧୯୧୧) ପ୍ରଭୃତି । ଆଲୋଚ୍ୟ 'ସୁନା ହରିଣ' ଏକାଙ୍କିକାଟି 'ରଙ୍ଗ ତରଙ୍ଗ' ସଂକଳନରୁ ଗୃହୀତ । 'କଳଙ୍କିତ ସୂର୍ଯ୍ୟ' ନାଟକ ପାଇଁ ସେ ୧୯୧୧ ମସିହାରେ ଓଡ଼ିଶା ସାହିତ୍ୟ ଏକାଡ଼େମୀ ପୁରସ୍କାର ଓ ୨୦୧୬ ମସିହାରେ ସାମଗ୍ରିକ କୃତି ପାଇଁ 'ସାହିତ୍ୟ ଭାରତୀ' ସମ୍ମାନରେ ସମ୍ମାନିତ । ୧୮.୦୪.୨୦୨୦ ମସିହାରେ ସେ ମୃତ୍ୟୁବରଣ କରିଥିଲେ ।

୧୬. ନୀଳାଦ୍ରି ଭୂଷଣ ହରିଚନ୍ଦନ :

ଇତିହାସ, ପୁରାଣ ଓ କିମ୍ବଦନ୍ତୀରୁ କାହାଣୀ ସଂଗ୍ରହ କରି ନାଟକ ଓ ଏକାଙ୍କିକା ରଚନା କରିଥିବା ନାଟ୍ୟକାର ନୀଳାଦ୍ରି ଭୂଷଣ ହରିଚନ୍ଦନ ୧୯୪୬ ମସିହାରେ ଖୋର୍ଦ୍ଧାର ଗମ୍ଭାରୀ ମୁଣ୍ଢାର ଜନ୍ମ ଗ୍ରହଣ କରିଥିଲେ । ତାଙ୍କର ପ୍ରମୁଖ ଏକାଙ୍କିକାଗୁଡ଼ିକ ହେଉଛି 'ପୁଣ୍ୟଭୂମି ଭାରତ', 'ବତାସ ନିଶବ୍ଦ ଆଜି', 'ମଇଁଷିର ପାଶ ନ ଯାଅ ଦନାଇ', 'ରତ୍ନାକରର ରାସ୍ତା', 'ଆଶ୍ଚର୍ଯ୍ୟ ମଣିଷ', 'ବରଗଛ', 'ରାସ୍ତା ନାହିଁ', 'ଦିନ ଦିନ ଶେଷଦିନ' 'ନିରୁତାପ', 'ବିଷୁକାଳ', 'ଶୂନ୍ୟତାର', 'ମୂକ ମୈନାକ', 'ଅରଣ୍ୟର ଅଶ୍ରୁ' ପ୍ରଭୃତି ।

୧୭. ରତିରଞ୍ଜନ ମିଶ୍ର :

ଜଣେ ବିସ୍ମକର ପ୍ରତିଭା, ପ୍ରସିଦ୍ଧ ନାଟ୍ୟକାର ରତିରଞ୍ଜନ ମିଶ୍ର ପ୍ରଚଳିତ ରାଜନୀତିକ ବ୍ୟବସ୍ଥା ପ୍ରତି ଦୃଢ଼ ପ୍ରତିବାଦ କରି ବହୁ ନାଟକ ରଚନା କରିଛନ୍ତି । ସେ ୧.୧୧.୧୯୪୨ ମସିହାରେ କେନ୍ଦୁଝରର ଆନନ୍ଦପୁର ଭୋଲା ନୂଆଁ ଗାଁରେ ଜନ୍ମ ଗ୍ରହଣ କରିଥିଲେ । ଆକାଶବାଣୀ କଟକରେ ପ୍ରୋଗ୍ରାମ ଏକ୍‌ଜିକ୍ୟୁଟିଭ୍‌ ଭାବେ କାର୍ଯ୍ୟରତ ଥିବା ସମୟରେ ବହୁ ପରିମାଣରେ ନାଟକ ଲେଖିଥିଲେ । ତାଙ୍କ ଛୋଟ ନାଟକଗୁଡ଼ିକ ହେଉଛି 'କୁଅଁଚୋରି', 'ଦୁଗ୍ଧଜାତ', 'ପରବର୍ତ୍ତୀ ଅଧ୍ୟାୟ', 'ସଂରକ୍ଷିତ', 'ଶୀତଳ ହୁଅନା ସୂର୍ଯ୍ୟ', 'ବୋମା', 'ରାତି ଶେଷ ରତି ଶେଷ', 'ଅନିବାର୍ଯ୍ୟ କାରଣ ବଶତଃ', 'ମାହାକାଞ୍ଚନିକ', 'ପ୍ରଜାତନ୍ତ୍ରବୋଧ', 'ଏକାଙ୍କିକା ଏକଦା ଏକ', 'ରୂପକ', 'ସମର ତରଙ୍ଗ' ଇତ୍ୟାଦି । ସେ 'ଦେଖ! ବର୍ଷା ଅସୁଛି' ନାଟକ ପାଇଁ ୧୯୮୧ ମସିହାରେ

ଓଡ଼ିଶା ସାହିତ୍ୟ ଏକାଡେମୀ ପୁରସ୍କାର ପାଇଥିଲେ। ୧୦ ମଇ ୨୦୦୫ ମସିହାରେ ମୃତ୍ୟୁବରଣ କରିଥିଲେ।

୧୮. ବିଜୟ କୁମାର ଶତପଥୀ :

୧୯୫୨ ମସିହାରେ ଜନ୍ମଗ୍ରହଣ କରିଥିବା ବିଜୟ କୁମାର ଶତପଥୀ ସ୍ୱାଧୀନତା ପରବର୍ତ୍ତୀ ତଥା ୧୯୮୦ ମସିହା ପରେ ପରେ ବହୁ ପରୀକ୍ଷାଧର୍ମୀ ନାଟକ ରଚନା କରିଛନ୍ତି। 'ଫସିଲର ନିଦ୍ରାଭଙ୍ଗ', 'କଂସର ଆତ୍ମା', 'କ୍ଷୁଧିତ ସରୀସୃପ', 'ଏଇ ଯେ ସୂର୍ଯ୍ୟ ଉଏଁ', 'ବିଷାଦ ବୃଭର କାହାଣୀ', 'କର୍ଣ୍ଣ', 'କାରାଗାରର କାହାଣୀ', 'ପକା ପଇସା ଦେଖ ତାମସା', 'ଏକ ଭଗ୍ନ ସହରର ଇତିବୃଉ' ପ୍ରଭୃତି ନାଟକର ରଚୟିତା। ତାଙ୍କର 'ଏଇଯେ ସୂର୍ଯ୍ୟ ଉଏଁ' ନାଟକ ପାଇଁ ୧୯୮୯ ମସିହାରେ ଓଡ଼ିଶା ସାହିତ୍ୟ ଏକାଡେମୀ ଦ୍ୱାରା ପୁରସ୍କୃତ।

୧୯. ନାରାୟଣ ସାହୁ :

ବିଭିନ୍ନ ପତ୍ରପତ୍ରିକାରେ ଏକାଙ୍କିକା ପ୍ରକାଶ କରାଉଥିବା ନାଟ୍ୟକାର ନାରାୟଣ ସାହୁ ୨୫ ନଭେମ୍ବର ୧୯୫୫ ମସିହାରେ କେନ୍ଦ୍ରାପଡ଼ା ଜିଲ୍ଲାର ଅରଡ଼ା ସାହିଁ, ବଗଡ଼ାରେ ଜନ୍ମ। ତାଙ୍କ ପ୍ରକାଶିତ ଓ ପ୍ରମୁଖ ଏକାଙ୍କିକାଗୁଡ଼ିକ ହେଉଛି 'ଚିଠି' (୨୦୦୧), ଶହୀଦ କୃଭିବାସ (୨୦୦୬), 'ବାଘିତୋଟାର ସନ୍ତ' (୨୦୦୭), 'ପୁଅ କାନ୍ଦୁଛି' (୨୦୦୯), 'ବଡ଼ ପୁଅ' (୨୦୦୧), 'ଶେଷ ଅଙ୍କ' (୨୦୦୩), 'ଯାହା କହି ହୁଏନା' (୨୦୦୨), 'ମୂର୍ଚ୍ଛା' (୨୦୦୨), ଅଭିମାନ (୨୦୦୨), 'ରେବତୀ' (୨୦୦୫), 'ପ୍ଲେଗ୍', 'ଦୁଃସମୟ' (୨୦୦୯) ଇତ୍ୟାଦି। ସେ ୧୯୯୧ ମସିହାରେ 'ଆଶ୍ରା ଖୋଜି ବୁଲୁଥିବା ଈଶ୍ୱର' ନାଟକ ପାଇଁ ଓଡ଼ିଶା ସାହିତ୍ୟ ଏକାଡେମୀ ଦ୍ୱାରା ପୁରସ୍କୃତ।

୨୦. ଶଙ୍କର ତ୍ରିପାଠୀ :

ନାଟ୍ୟକାର ଶଙ୍କର ପ୍ରସାଦ ତ୍ରିପାଠୀ ୧୯ ଜୁଲାଇ ୧୯୬୧ ମସିହାରେ ପୁରୀର ସାକ୍ଷୀଗୋପାଳ ଠାରେ ଜନ୍ମ ଗ୍ରହଣ କରିଥିଲେ। ତାଙ୍କ ଏକାଙ୍କିକାଗୁଡ଼ିକ ହେଉଛି– 'ନିଷିଦ୍ଧ କକ୍ଷ', 'ଅସମାହିତ', 'ସୀମାବଦ୍ଧ', 'ସ୍ରୋତ', 'କମ୍ୟ', 'ଦିନରାତି', 'ବର୍ଷା', 'ପତ୍ରବାହକ', 'ବିବର୍ଣ୍ଣ ବସନ୍ତ', 'ମଣ୍ଡ', 'ପଶୁଘାତ' ପ୍ରଭୃତି। 'ଶୁଣିବା ହେଉ ଏ କାହାଣୀ' ୧୯୯୪ ବର୍ଷ ପାଇଁ ଓଡ଼ିଶା ସାହିତ୍ୟ ଏକାଡେମୀ ପୁରସ୍କାର ଲାଭ କରିଛି।

■■

BLACK EAGLE BOOKS

www.blackeaglebooks.org
info@blackeaglebooks.org

Black Eagle Books, an independent publisher, was founded as a
nonprofit organization in April, 2019. It is our mission to
connect and engage the Indian diaspora and the world at large
with the best of works of world literature published on a
collaborative platform, with special emphasis on foregrounding
Contemporary Classics and New Writing.